MÉMOIRES D'OUTRE-TOMBE

GW00579371

Collection dirigée par Michel Zink et Michel Jarrety

FRANÇOIS DE CHATEAUBRIAND

Mémoires d'outre-tombe

Tome II

NOUVELLE ÉDITION ÉTABLIE,
PRÉSENTÉE ET ANNOTÉE PAR JEAN-CLAUDE BERCHET

GARNIER

Ancien élève de l'École normale supérieure, Jean-Claude Berchet est maître de Conférences à L'Université Paris III-Sorbonne nouvelle. Spécialiste de Chateaubriand, il a édité dans Le Livre de Poche classique *Les Natchez* et procuré une anthologie des *Mémoires d'outre-tombe*.

AVERTISSEMENT

Cette édition des *Mémoires d'outre-tombe* reproduit sous une forme allégée celle qui a paru dans la collection des Classiques Garnier de 1989 à 1998, exception faite de la partie critique proprement dite. Le texte en a été soigneusement revu et corrigé ; la plupart des appendices documentaires ainsi qu'une partie des notes ont dû être supprimés ; en revanche, les notes subsistantes ont été, le cas échéant, rectifiées ou complétées.

La présente édition se propose de publier les *Mémoires d'outre-tombe* dans leur version définitive, c'est-à-dire sous la forme que Chateaubriand arrêta lui-même à la fin de sa vie, et qui ne fut respectée par aucun éditeur.

On a donc choisi comme texte de base celui de la dernière copie intégrale, la copie notariale de 1847, avec sa division en 42 livres qu'on a répartis en quatre volumes : livres I à XII (tome 1) ; livres XIII à XXIV (tome 2) ; livres XXV à XXXIII (tome 3) ; livres XXXIV à XLII (tome 4). Chacun de ces volumes se trouve donc correspondre à une des anciennes « carrières » ou « parties » des *Mémoires*. On a toutefois retenu le texte du manuscrit de 1848 pour les sept livres où il a été conservé : livres I, II, VII, XX, XXI, XXXIX et XL. Pour les autres, il nous est arrivé de préférer la leçon des éditions originales : ce sont des variantes ponctuelles que nous signalons toujours.

Les notes de Chateaubriand sont appelées par un ou plusieurs astérisques : *, **, etc.

Enfin nous avons placé en tête du premier volume le texte intégral des *Mémoires de ma vie* (dans une version revue sur le manuscrit autographe), et reporté chaque fois en appendice les passages, chapitres ou livres retranchés au cours de la rédaction.

SIGLES ET ABRÉVIATIONS

1. ŒUVRES DE CHATEAUBRIAND

Abencérage	*Les Aventures du dernier Abencérage*, dans *Œuvres*, t. 1.
Atala	*Atala, ou les amours de deux sauvages dans le désert*, dans *Œuvres*, t. 1.
Correspondance	*Correspondance générale*, Gallimard, 1977-1986 (5 tomes parus).
Essai historique	*Essai historique, politique et moral sur les Révolutions anciennes et modernes considérées dans leur rapport avec la Révolution française*, Bibliothèque de la Pléiade, 1978.
Études historiques	dans *Œuvres complètes*, Ladvocat, 1831.
Génie	*Génie du Christianisme, ou Beautés de la religion chrétienne*, Bibliothèque de la Pléiade, 1978.
Histoire de France	*Analyse raisonnée et fragments de l'histoire de France*, dans *Œuvres complètes*, Ladvocat, 1831.
Itinéraire	*Itinéraire de Paris à Jérusalem*, dans *Œuvres*, t. 2.
Littérature anglaise	*Essai sur la littérature anglaise, ou considérations sur le génie des hommes, des temps et des révolutions*, Gosselin et Furne, 1836.
Martyrs	*Les Martyrs, ou le triomphe de la religion chrétienne*, dans *Œuvres*, t. 2.
Mélanges littéraires	dans *Œuvres complètes*, Ladvocat, 1826.
Natchez	*Les Natchez*, dans *Œuvres*, t. 1.

Œuvres 1 et 2	*Œuvres romanesques et voyages*, Bibliothèque de la Pléiade, 1969, t. 1 et 2.
Rancé	*Vie de Rancé*, dans *Œuvres*, t. 1.
René	dans *Œuvres*, t. 1.
Vérone	*Congrès de Vérone. Guerre d'Espagne. Négociations espagnoles*, Paris, Delloye, et Brockhaus, Leipzig, 1838.
Amérique	*Voyage en Amérique*, dans *Œuvres*, t. 1.
Italie	*Voyage en Italie*, dans *Œuvres*, t. 2.

2. OUVRAGES OU PÉRIODIQUES DE RÉFÉRENCE

Académie	*Dictionnaire de l'Académie* (avec dates des éditions).
Artaud	Artaud de Montor, *Histoire du pape Pie VII*, Adrien le Clere, 1836, 2. vol.
Boigne	*Mémoires* de la comtesse de Boigne, Mercure de France, 1999, 2 vol.
Bulletin	*Bulletin de la Société Chateaubriand* : grand bulletin, 1re série, 1930-1937 ; petit bulletin, 1947-1954 ; grand bulletin, 2e série, depuis 1957.
Collas	G. Collas, *Une famille noble pendant la Révolution. La vieillesse douloureuse de Mme de Chateaubriand*, Minard, 1961, 2 vol.
Cahier rouge	*Mémoires* de Madame de Chateaubriand, Perrin, 1990.
Dictionnaire Napoléon	publié sous la direction de Jean Tulard, Fayard, 1987.
Duchemin	M. Duchemin, *Chateaubriand*, Vrin, 1938.
Durry	Marie-Jeanne Durry, *La Vieillesse de Chateaubriand*, Le Divan, 1933, 2 vol.
Féraud	Abbé Féraud, *Dictionnaire critique de la langue française*, Marseille, Jean Mossy, 1787, 4 vol.
Huguet	E. Huguet, *Dictionnaire de la langue française au XVIe siècle*, Champion, puis Didier, 1925-1967.
Levaillant	M. Levaillant, *Chateaubriand, Madame Récamier et les Mémoires d'outre-tombe*, Delagrave, 1936.

Marcellus	Comte de Marcellus, *Chateaubriand et son temps*, Michel Lévy, 1859.
Michaud	*Biographie universelle, ancienne et moderne (...) par une société de gens de lettres et de savants*, Paris, L.-G. Michaud, 1811-1828 (52 volumes).
Molé	Mathieu Molé, *Souvenirs de jeunesse (1793-1803)*, Mercure de France, « Le Temps retrouvé », 1991.
R.H.L.F.	Revue d'histoire littéraire de la France.
Sainte-Beuve	Sainte-Beuve, *Chateaubriand et son groupe littéraire sous l'Empire*, nouvelle édition annotée par Maurice Allem, Garnier, 1948, 2 vol.
Scott	Sir Walter Scott, *Vie de Napoléon*, Treuttel et Wurtz, 1827, 18 vol. (édition in-16).
Ségur	*Histoire de Napoléon et de la Grande-Armée pendant l'année 1812*, par M. le général comte de Ségur, Baudouin frères, 3ᵉ éd., 1825, 2 vol.
T.L.F.	*Trésor de la langue française.*
Trévoux	*Dictionnaire* de Trévoux, édition de 1771.
Villemain	Villemain, *Chateaubriand. Sa vie, ses écrits, son influence littéraire et politique sur son temps*, Michel Lévy, 1858.

MÉMOIRES D'OUTRE-TOMBE

LIVRES XIII à XXIV
(1800-1815)

NOTICE DES *LIVRES XIII à XXIV*

Les douze livres réunis dans ce volume couvrent une période de quinze années, mais forment une sorte de diptyque : du livre XIII au livre XVIII, Chateaubriand continue son autobiographie, depuis son retour à Paris sous le Consulat jusqu'au début de la première Restauration, puis, à partir du livre XIX, il complète ce récit par une vie de Napoléon qui se termine au livre XXIV et qui déborde le cadre de la précédente chronologie. À vrai dire, la distribution de ces douze livres, ou du moins de la matière correspondante, a varié. Ils commencèrent par être associés dans la seconde partie des *Mémoires*. Puis, Chateaubriand rattacha les livres XIX-XXIV à la troisième partie, dont ils devaient, un peu plus tard, constituer la « première époque ». Enfin, lorsque fut supprimée la division en quatre parties (1846), ces douze livres furent numérotés de XIII à XXIV dans la série continue des quarante-deux livres de la version définitive. Nous avons donc affaire à la section la moins cohérente des *Mémoires*, du moins à première vue : sa relative instabilité reflète les vicissitudes de sa genèse, comme la singularité de sa conception.

On sait qu'à la fin de 1833 Chateaubriand avait achevé la rédaction de dix-huit livres : les douze de la première partie, revus et corrigés, mais aussi la matière de six livres supplémentaires, destinés à entrer dans la quatrième. Entre le tableau de sa jeunesse et le journal de ses courses à Prague ou à Venise, il avait laissé subsister une lacune de plus de trente ans qu'il allait falloir combler. Néanmoins,

la reprise des *Mémoires* exigeait une sécurité matérielle.
Or, les tentatives faites au cours de 1834 pour les vendre
avaient échoué. Les dettes se faisant pressantes, le vieil
écrivain fut obligé de se soumettre à un travail alimen-
taire : une traduction littérale du *Paradis perdu* de Milton,
que devait introduire un ample *Essai sur la littérature
anglaise*. Cette tâche ingrate, dans laquelle transparaissent
ses préoccupations de mémorialiste (ne serait-ce que par
de nombreuses citations inédites du manuscrit de 1834),
se poursuivit sur une vingtaine de mois ; elle le fatigua
beaucoup, parfois même le désespéra. Mais, lorsque les
quatre volumes parurent, au mois de juin 1836, quel soulagement pour Chateaubriand qui venait enfin de conclure
un accord acceptable pour la publication de ses *Mémoires*
(voir tome 1, Préface, p. 16). Libéré désormais de toute
contrainte financière, il allait pouvoir les reprendre,
pressé même par ses commanditaires de les terminer au
plus vite. Il indique au début du livre XIII la méthode
qu'il adopta : « j'ai, en premier lieu, élevé les pavillons
des extrémités, puis, déplaçant et replaçant çà et là mes
échafauds, j'ai monté la pierre et le ciment des constructions intermédiaires ». C'est en réalité au pavillon central
que Chateaubriand commença par travailler : il acheva
dès 1835 le récit de la première Restauration et des Cent-
Jours (livre XXIII). Les amis de Mme Récamier réunis à
Dieppe au mois de juillet entendirent la lecture de ces
pages qui firent la même année une grosse impression sur
Tocqueville : « Du mauvais goût quelquefois, quelquefois
de la bile âcre, de la profondeur dans la peinture des
embarras de Napoléon sur le trône, de la verve partout,
de la poésie à pleines mains. La marche de Napoléon sur
Paris (...) peinte comme auraient pu le faire Homère et
Tacite réunis, la bataille de Waterloo décrite de manière
à faire frémir tous les nerfs, quoique ce ne soit que le
retentissement lointain du canon... » (cité par Durry, t. 1,
p. 403-404).

Mais le mémorialiste ne disposait pas encore, à cette
époque, de la documentation nécessaire pour écrire le
reste. Quatre ans plus tôt (août 1832), lorsqu'il était parti
pour ce qu'il croyait devoir être un exil durable, il avait

emporté en Suisse « un énorme bagage de papiers, correspondances diplomatiques, lettres confidentielles, lettres de ministres et de rois ». Mais, lors de son retour précipité à Paris, quelques mois plus tard, il avait dû laisser ses archives à Genève, entre les mains de Charles et Rosalie de Constant. Ce fut seulement au mois de juillet 1836 qu'il chargea son secrétaire Pilorge de récupérer ce lourd dépôt. Néanmoins il faut bien avouer qu'une fois rentré en possession de toute sa documentation, Chateaubriand ne se pressa guère de la mettre en œuvre, ou du moins qu'il le fit en ordre dispersé. Pour « monter la pierre et le ciment des constructions intermédiaires », il ne suivit pas une progression régulière, au rythme continu, selon une chronologie linéaire ; il écrivit au contraire de façon discontinue, progressant par petites touches, anticipations, retours en arrière, bref : « déplaçant çà et là (ses) échafauds ». C'est un procédé apparenté à celui du peintre qui, une fois le cadre fixé, le sujet esquissé, la mise en place globale des figures accomplie, est libre de travailler telle ou telle partie du tableau. Dans les mois qui suivirent, malgré des interruptions de circonstance, Chateaubriand mena de front des séquences diverses : il termina le récit des journées de juillet 1830, puis le relia au groupe des livres de 1833 ; il travailla au livre consacré à Mme Récamier qui devait prendre place dans la troisième partie ; il ébaucha aussi, à la demande expresse du duc de Noailles, un livre sur Maintenon, destiné à la quatrième ; il traça enfin quelques « portraits contemporains ». Cela ne faisait que renforcer une « extrémité » des *Mémoires* (la dernière partie) sans beaucoup avancer dans la réalisation du corps central. Du reste, après une grave maladie (juin 1837) qui aurait dû lui rendre cette tâche plus urgente encore, Chateaubriand la différa de nouveau pour rédiger le *Congrès de Vérone* (juillet-octobre 1837), ouvrage destiné à expliquer sans plus attendre son action diplomatique sous la Restauration. Au moins pouvait-on penser que le mémorialiste serait ensuite disponible pour achever son monument. Il profita en effet des mois qui suivirent pour travailler à la seconde ou à la troisième partie, mais fut encore interrompu par la correction des épreuves du

Congrès, paru au mois de mai 1838, par un déménagement, enfin par un voyage dans le midi de la France, au
mois de juillet 1838. Mais les étapes de ce voyage ravi-
vèrent le souvenir de celui qu'il avait accompli dans ces
mêmes provinces trente-six ans plus tôt, avant de lui proposer, au golfe Juan, un lieu approprié pour conclure sa
réflexion sur la carrière de Napoléon. C'est pourquoi, à
peine revenu à Paris, installé dans son nouveau logis de
la rue du Bac, Chateaubriand rouvrit le chantier des
Mémoires pour ne plus le quitter : de septembre 1838 à
mai 1839, il compléta ou révisa les livres XIX-XXIV,
puis rédigea enfin les livres XIII-XVIII demeurés en
suspens.

Une fois terminé, chacun de ces livres subissait une
lecture confidentielle dans le salon de Mme Récamier,
comme nous le confirme un certain nombre de témoignages. Celle du livre XV rappelle par exemple à Ballanche « un passé auquel j'avais été un peu associé et
qui réveillait en moi des souvenirs de trente-cinq ans »
(lettre du 26 novembre 1838). Peu de temps après,
Mme Émile de Girardin (qui signe : « Le vicomte de Lau-
nay ») évoque, dans une de ses *Lettres parisiennes*, la
lecture des livres XIII et XVI : « C'est le récit de la mort
du duc d'Enghien ; c'est un retour à Paris après un voyage
en Angleterre ; c'est l'histoire du manuscrit d'*Atala*, que
l'auteur, découragé par une critique de M. de Fontanes,
voulait jeter au feu et que des tourterelles ont sauvé » (*La
Presse* du 7 décembre 1838). C'est enfin le livre XVIII,
qui date de « Paris 1839 » une conclusion dans laquelle
le narrateur exprime son soulagement de parvenir au
terme de son travail : « Maintenant, le récit que j'achève
rejoint les premiers livres de ma vie politique, précédemment écrits à des dates diverses ». Si nous exceptons le
livre XXIII, qui remonte à 1835, nous pouvons admettre
qu'il aura fallu une quinzaine de mois, étalés de 1837 à
1839, pour venir à bout de cette partie des *Mémoires.*
Même si elles ne sont qu'indicatives, les dates inscrites
au début de certains chapitres peuvent donc être tenues
pour vraisemblables. Il arrive néanmoins au mémorialiste
de brouiller un peu les pistes. Ainsi, la mention « Dieppe

1836 » qui figure en tête du livre XIII a une valeur plus symbolique que référentielle. Car, si Chateaubriand ne se rendit pas à Dieppe cette année-là (voir la note 1 de ce chapitre, p. 27), c'est bien de 1836 que date la reprise des *Mémoires* (mais pas de ce livre) : comme au début du livre II, Dieppe fonctionne donc comme le lieu emblématique de cette remise en route. Le chapitre XVI offre un autre exemple de localisation inexacte. Les chapitres 2 à 11 sont datés : « Chantilly, novembre 1838 ». Or, c'est un an plus tôt que Chateaubriand avait séjourné à Chantilly, non pas du reste pour écrire les chapitres en question, mais pour mettre au point le manuscrit du *Congrès de Vérone*. En revanche, c'est bien au mois de novembre 1838, mais à Paris, se remémorant les promenades mélancoliques de la Toussaint précédente, que Chateaubriand instruisit le procès du dernier Condé.

En réalité, lorsque Chateaubriand déclare, le 4 mai 1839, dans une lettre à Hyde de Neuville, que les *Mémoires* sont « finis », son manuscrit ne se présente pas, du moins pour ces douze livres, comme un texte *arrêté*, ni même comme un ensemble homogène : c'est une masse encore mouvante, au contour indécis, dont il reste à fixer les articulations. Dans un codicille à son testament daté du 12 juin 1837, il avait bien indiqué que la division des livres manquait « dans les dernières parties écrites ». Le « manuscrit de Genève » nous le confirme pour la période des Cent-Jours : dans les fragments conservés, ni les chapitres, ni même les livres ne sont délimités ; nous avons affaire à un récit continu. Sur le découpage ultérieur du texte, comme sur le montage des séquences, Chateaubriand a longtemps hésité. Il avait commencé par multiplier le nombre des livres, puis il se ravisa. Dans une instruction tardive mais qui, transcrite par Pilorge, ne peut être postérieure au mois de juillet 1843, il recommande au contraire de les regrouper. Ce travail ne fut jamais clos, car nous avons des traces de discordances jusque dans les ultimes versions : c'est ainsi que le manuscrit de 1848 (M) numérote XX le livre XIX de la copie de 1847 (C), XXI le livre XX et XXIII le livre XXII ; ce qui implique un léger décalage effacé dans la troisième partie. Dans le même « avertissement », il réaffirme en revanche son intention de maintenir la division des *Mémoires* en « carrières », dont la préface testamentaire avait naguère formulé le principe (voir t. 1, p. 17, et Appendice, p. 757).

Dans le « drame en trois actes » qu'il avait alors envisagé, le mémorialiste avait identifié une carrière *littéraire* « depuis 1800 jusqu'en 1814 » (Consulat, Empire), puis une carrière *politique* « depuis la Restauration ». Mais où tracer entre elles la ligne de démarcation : avril 1814 ou juillet 1815 ? La réponse demeura longtemps floue. Du point de vue autobiographique, sans doute est-ce la première de ces dates qui marque une rupture réelle : dans les dernières années du règne de Napoléon, Chateaubriand avait réitéré ses adieux à la littérature, pour proclamer son intention de se retirer de la scène publique ; avec *De Buonaparte et des Bourbons* c'est un nouveau *personnage* qui apparaît, une nouvelle carrière qui commence. Mais, à mesure que la figure de Napoléon grandissait, elle introduisait dans cette partie des *Mémoires* une dimension historique, voire épique qui modifiait les données du problème : le récit de la première Restauration, puis des Cent-Jours, rédigé le premier, changeait de sens. Au lieu de constituer le prélude à une histoire de la Restauration, il apparaissait davantage comme le tragique épilogue du drame impérial, au cours duquel le ministre sans administrés de Gand avait moins été un acteur qu'un témoin. La rédaction des livres sur Napoléon faisait donc éclater le cadre trop rigide des « parties » ou « carrières ». Ils formaient un ensemble presque autonome, un véritable intermède narratif comme le reconnaît le narrateur lui-même au début du livre XIX ; avant de poursuivre son récit, force lui est, dit-il, de revenir en arrière pour parler « du vaste édifice qui se construisait en dehors de (ses) songes ». En dehors, mais aussi, au moins pour ce qui est des dates, *à côté*. Sans doute est-ce la raison qui poussa le mémorialiste, dans un premier temps, à placer la vie de Napoléon à la suite de sa « carrière littéraire » pour composer une seconde partie au caractère antithétique. Malgré la rareté des témoignages sur cette disposition initiale, nous avons la preuve qu'elle a eu au moins un début de réalité ; c'est une déclaration explicite de Chateaubriand, à la fin de la troisième partie (livre XXXIII, chap. 10) : « Trois catastrophes ont marqué les trois parties précédentes de ma vie : j'ai vu mourir Louis XVI pendant ma carrière de voyageur et de soldat ; *au bout de ma carrière littéraire, Bonaparte a disparu* (c'est moi qui souligne) ; Charles X, en tombant, a fermé ma carrière politique ». Est-ce la crainte que la mégalomanie implicite de ce « parallèle » (Napoléon et moi) ne provoque quelques sarcasmes ? Toujours est-il que Chateaubriand modifia cette répartition lorsqu'il fit exécuter la première copie complète de ses *Mémoires* (1840). Il décida alors de rattacher la vie de Napoléon à la troisième partie qui, démesurément grossie au détriment de la seconde, aurait désormais la prétention de représenter une histoire politique de la France contemporaine, dans laquelle les Bourbons feraient du reste assez piètre figure en comparaison de leur extraordinaire prédécesseur. Mais, pour atténuer le déséquilibre ainsi créé, il imagina, lors de la révision de 1845, de découper à son tour la troisième partie : une « première époque » recueillerait les livres napoléoniens ; une « deuxième époque » retracerait le cours de la Restauration de 1815 à 1830. Cette solution originale mais lourde (en particulier pour les références !) avait au moins le mérite de souligner le caractère spécifique de la vie de Napoléon au sein de cette troisième partie. Mais cette nouvelle organisation ne fut guère plus durable que les précédentes : un an plus tard en effet, Chateaubriand faisait disparaître de son œuvre toute trace de « parties », pour établir une numérotation continue des livres. Dans cette version définitive de quarante-deux livres, la vie de Napoléon (les livres XIX-XXIV) occupe toujours une position centrale, comme le montre le schéma suivant : 18 (12 + 6) + 6 + 18 (9 + 9).

Terminés au printemps de 1839, les douze livres contenus dans ce volume qui regroupe donc la matière de la « seconde partie » primitive vont subir par la suite de nombreuses retouches qui répondent à des intentions diverses. Ainsi, Chateaubriand avait commencé par composer une version longue de son voyage en Orient, faisant alterner dans son récit des citations de son propre *Itinéraire* avec des extraits de celui de son domestique. Il lui substitua ensuite une version beaucoup plus elliptique qui a survécu dans la copie de 1847, pour revenir enfin à la version au préalable écartée. Exception faite de ce cas isolé, les livres XIII à XVIII ne bougèrent pas beaucoup. On doit toutefois signaler quelques suppressions notables. En 1837, par exemple, avait été ébauché un chapitre sur le « progrès futur des lettres », destiné à prendre place à la fin du livre XIII ; il fut complété au début de 1841, puis mis en réserve pour la conclusion des *Mémoires*, où ces pages auraient illustré le thème de la décadence de la civilisation ; pour finir le développement fut sacrifié dans sa totalité (voir Appendice, I, 1). Le livre XV présente, lui, un cas de substitution très intéressant. Chateaubriand avait prévu, sans doute dès 1834, de le conclure par une sorte de variation libre dans laquelle, à propos de Naples, il rêvait à la fugacité du bonheur, de la beauté, de la gloire ; il la remplaça, dans la version définitive, par une réflexion douloureuse sur les intermittences du cœur qu'il jugea plus en harmonie avec la mort de Mme de Beaumont. Les modifications qu'il apporta au texte de 1839, dans les livres XIX à XXIV, sont de nature différente : elles traduisent plutôt un louable souci de mettre à jour son texte pour tenir compte de publications nouvelles sur Napoléon qui ne cessent alors de paraître. Dès le mois de décembre 1840, le retour des cendres avait obligé le mémorialiste à changer la conclusion du livre XXIV ; ce fut la rage au cœur : il aurait bien préféré abandonner son héros à Sainte-Hélène, sur ce « catafalque de rochers » auquel la sépulture du Grand-Bé aurait alors donné une orgueilleuse réplique ! Un peu plus tard (1842), c'est au contraire avec plaisir qu'il utilisa les révélations du collectionneur Libri pour apporter sur la jeunesse de Bonaparte des informations inédites qui étoffèrent le livre XIX. Inversement, au livre XVI, il avait discuté assez longuement la possibilité de retrouver la trace des instructions écrites que le Premier Consul aurait fait porter à Vincennes dans la soirée du 20 mars 1804. Thiers avait en

effet laissé courir le bruit qu'il produirait cette pièce décisive dans son *Histoire du Consulat*. Mais à la sortie du
tome IV, au mois de juillet 1845, on resta sur sa faim ;
ce qui amena Chateaubriand à supprimer de son côté des
pages devenues intempestives...

Mais ce sont bien entendu des scrupules littéraires qui
ont guidé Chateaubriand dans la révision minutieuse de
ces douze livres. À cet égard, les fragments du manuscrit
de Genève qui correspondent au récit des Cent-Jours fournissent pour la première fois un dossier de référence un
peu étendu (près de 200 pages) concernant cette partie
des *Mémoires*. C'est un ensemble disparate, où les brouillons de premier jet sont rares, mais où nous trouvons parfois des rédactions successives de la même page. Le plus
souvent, nous avons affaire à des feuillets déjà recopiés
par Pilorge, isolés ou regroupés par série, sur lesquels
Chateaubriand a porté, jusqu'en 1843, des corrections
autographes. Le texte corrigé a passé parfois tel quel dans
la version définitive ; parfois au contraire il a été de nouveau retouché par la suite. Toutes ces corrections, au
niveau de la phrase ou du paragraphe, ont aussi pour
objectif une dilatation ou une compression de la rédaction
primitive. Car cette ultime révision vise moins à émascu-
ler le texte initial qu'à le styliser. Chateaubriand conserva
jusqu'au bout sa lucidité de grand artiste : s'il a le souci
des convenances, il est surtout de plus en plus sensible à
la pureté du style. À mesure que la vieillesse le détachait
du monde, peut-être prenait-il davantage conscience du
caractère dérisoire de certaines rages subalternes dans une
œuvre adressée à la postérité. Il avait de surcroît acquis
la conviction que, pour frapper juste, un seul coup suffit
s'il est bien *ajusté* ; que la force du bon archer (Apollon,
dieu de la Poésie) consiste à ne lancer qu'une flèche, mais
à la bien choisir. C'est ainsi que, parti du modèle un peu
touffu incarné par Saint-Simon (les mémoires de tradition
française), et sans rien renier de ses ressorts les plus effi-
caces, Chateaubriand évolue peu à peu vers un idéal de
concision souveraine (*imperatoria brevitas*) à la Tacite
qui, loin de faire perdre au trait son acuité, voire sa
cruauté, les grave dans le marbre.

Avec une coquetterie à peine déguisée, le mémorialiste se demande, à la fin du livre XVIII, s'il a su préserver la fougue ou la fraîcheur de son inspiration première. Il est vrai qu'à partir du livre XIII le récit, repris après une assez longue interruption, ne continue pas au même rythme que dans la première partie : il se brise, se morcelle, change presque de nature. Cette métamorphose est sensible dès les livres XIII-XVIII (la carrière « littéraire »). Cette partie qu'une allusion virgilienne (XIII, 1) assimile à une laborieuse anamnèse vers un passé mort convoque une série de fantômes (Pauline de Beaumont, Lucile, le duc d'Enghien, Armand de Chateaubriand) dans un texte nécrologique, étouffé de silences : des anciennes amantes (Delphine de Custine, Natalie de Noailles) à leur tour disparues, le nom est à peine prononcé. Si les jours de séduction et de délire ne laissent pour ainsi dire aucune trace dans le récit autobiographique, c'est par discrétion, sans doute ; mais c'est aussi parce que les enchanteresses ont par avance subi leur définitive métamorphose lorsqu'elles sont devenues Velléda, Cymodocée, Blanca... Il ne subsiste donc plus, en dehors des grandes déplorations funèbres, que les éphémérides pour alimenter le récit : voyages, visites, promenades, scènes domestiques ou champêtres. La vie *essentielle* (les réincarnations de la Sylphide) a passé dans les œuvres, au point de ne plus être que matière à littérature. Le mémorialiste doit donc affronter une difficulté qu'il avait déjà rencontrée à propos du voyage en Amérique : sa vie est déjà *écrite* quelque part, dans les lettres ou le journal du *Voyage en Italie*, dans les *Voyages à Clermont* ou *au Mont-Blanc* ; dans *Les Martyrs* ou dans son *Itinéraire de Paris à Jérusalem* ; dans le *Dernier Abencérage* ; les événements mêmes de cette vie ne sont parfois que des textes : publications du *Génie*, article du *Mercure*, affaire du discours académique. Dès lors comment procéder ? Faut-il supposer connues du lecteur ces pages anciennes, faut-il les récrire sous une autre forme, faut-il les réitérer sous forme de citations ? La double version du *Voyage en Orient*, au début du livre XVIII, offre un exemple de ce dilemme. À mesure qu'il avance dans la rédaction des *Mémoires*, Chateaubriand systématise de plus en plus ce procédé autocitationnel : le narrateur ne se borne pas à orner son discours de références littéraires ou à piller des notices de dictionnaires biographiques ou historiques ; il se comporte comme un archiviste de sa propre histoire ; il aime à citer des fragments de correspondance, des extraits de ses propres œuvres, des actes administratifs, comme autant de témoins dans son propre récit. Il lui arrive aussi, parfois, de transcrire une source inattendue. Il avait chargé sa femme, au début des années 30, de mettre par écrit ses souvenirs de leur vie commune ; ce que Mme de Chateaubriand fit, pour la période allant de 1804 à 1815, avec une tendresse touchante, mais aussi beaucoup de drôlerie, dans ce qu'on appelle aujourd'hui le *Cahier rouge* : c'est à elle qu'on doit, dans une large mesure, le portrait de Mme de Coislin, le récit des vacances de 1805, celui de leur installation à la Vallée-aux-Loups, enfin le journal des Cent-Jours à Gand. Cette pratique de la citation va prendre une ampleur plus grande encore dans les livres historiques (XVI, XIX-XXIV). Le mémorialiste a cette fois des scrupules de métier : il se reporte à des sources originales, il recherche les témoignages directs pour les confronter, il ne manque pas une occasion de se faire communiquer des archives inédites ; vers le 20 décembre 1845, il accepte encore de se déranger pour consulter les mémoires inédits de Cambacérès. Mais il se démarque en même temps des annalistes. Dans une page ironique qui vise Thiers (XX, 1 ; *infra*, p. 410-412), il raille leur minutie mégalomane, leur prétention à une illusoire exhaustivité : « je peins ses batailles, écrit-il, je ne les décris pas ». Il ne se propose pas de composer une « vie particulière » de Napoléon, il se limite au « résumé de ses actions ». Cette relative modestie se reflète dans la technique narrative. Loin de vouloir les intégrer dans un discours omniscient, le mémorialiste préfère citer ses sources pour les faire jouer dans une véritable mise en scène textuelle. Il lui arrive toutefois de céder au plaisir du récit « romanesque », pour des épisodes qui ont frappé son imagination (Bonaparte en Égypte, la campagne de

Russie, les tribulations du pape, la captivité de Sainte-Hélène). Mais, dans ce cas, il utilise presque toujours un modèle préalable (Ségur, Artaud, Scott, etc.) qu'il paraphrase avec une désinvolture calculée.

Car, malgré ses velléités érudites, Chateaubriand cherche moins à écrire une histoire objective de Napoléon qu'à méditer sur un destin exceptionnel, propre à nourrir par des *exemples* une réflexion morale et politique. C'est avec le regard de Montesquieu, de Rousseau, de Tocqueville, qu'il contemple son héros. Le peintre a beau résister, il finit par céder à la fascination de son modèle. On sait que Chateaubriand avait débuté sa carrière politique par un farouche réquisitoire contre « Buonaparte ». Puis, il avait peu à peu adouci ses critiques. Dès 1818, dans une notule du *Conservateur* (XXIV, 14 ; voir *infra*, p. 753), il avait reconnu son importance historique. Quelques années plus tard, il avait profité du *Voyage en Amérique* (1827) pour tracer un « Parallèle de Washington et de Bonaparte », dans lequel il corrigeait les excès de son pamphlet : on le retrouve dans la première partie des *Mémoires* (VI, 8). Enfin, dans le cadre élargi des livres XIX-XXIV, s'il continue à exprimer des réserves irréductibles, c'est pour rendre un hommage plus appuyé à son contemporain capital. Sans doute le mémorialiste ne fait-il que suivre le mouvement de la société tout entière qui, sous la monarchie de Juillet, élabore un véritable mythe de Napoléon. La scène inaugurale du livre XIII se réfère à une célèbre chanson de Béranger qui place cette *Vie* sous le patronage du Peuple. Car Napoléon ne compte pas comme individu : il fait *époque*, au sens où Buffon parle des « époques de la nature ». Le nouvel Alexandre fut aussi le nouvel Attila ; il incarne le génie de la Révolution, qu'il a su conduire jusqu'à son ultime avatar : le despotisme égalitaire. Héritier des « hommes illustres », il ouvre en même temps une nouvelle ère : Plutarque revu par Malraux... Voilà pourquoi sa personne rayonne au centre des *Mémoires d'outre-tombe*. Mais le *personnage* de Napoléon possède aussi une fonction narrative. C'est au moment où le chevalier de Combourg quitte la scène de la Révolution (juillet 1792) pour émigrer que le lieutenant Bonaparte regagne Paris pour recevoir le dernier brevet de capitaine signé des mains du roi. Au Breton exilé va succéder le Corse naturalisé, dans le rôle de témoin (puis acteur) des événements parisiens. Au livre IX, Chateaubriand avait interrompu son récit de la Révolution française, faute de le pouvoir assumer jusqu'au bout. À partir du livre XIX, le personnage de Napoléon va prendre le relais du narrateur dans la fonction de « représenter dans (sa) personne les principes, les idées, les événements, les catastrophes, l'épopée de (son) temps ». Grâce à ce gigantesque porte-parole, le mémorialiste opère un retour en arrière pour renouer le fil de *notre* histoire rompu sous la Terreur, avant de le suivre jusqu'à Waterloo : « Bonaparte, écrit-il, a été véritablement le Destin pendant seize années » (XXIV, 5). Étrange passation de pouvoir qui suggère une complicité plus profonde que les ressemblances de surface (que du reste le texte souligne à plaisir). Si Napoléon obsède Chateaubriand comme une figure de son Double, c'est qu'il représente un archétype[1] : il est le plus universel des hommes ; il porte à son point de plus extrême tension ce mélange indissoluble de misère et de grandeur qui caractérise, selon Pascal, notre nature déchue ; homme de désir dévoré par ses contradictions ou livré à une perpétuelle inquiétude (au sens augustinien du terme), il ressemble parfois comme un frère à René ; il est aussi bien Lucifer, ou Prométhée. Dans ce dialogue posthume du Poète et du Conquérant, il serait réducteur de ne voir qu'une revanche tardive. Lorsqu'il tisse autour du maître des réalités les mailles de son filet, le maître des songes ne proclame pas la supériorité de la littérature sur la vie. Il affirme plutôt par une audacieuse identification que Napoléon est déjà, par avance, du côté de la littérature ; que son génie si particulier repose sur les vertus mêmes du poète : imagination sans frein, don de voyance, faculté de conjuguer ensemble rêve et action, pratique poétique du monde. Songeur halluciné de son propre destin, Napoléon incarne

---

1. Voir Dominique Rincé, « Napoléon : une figure privilégiée dans les *Mémoires d'outre-tombe* », *Bulletin*, 1976, p. 57-62.

donc pour Chateaubriand la *poésie vivante*, capable de vaincre la mort par son aptitude surprenante à renaître sans cesse dans la légende, comme un être de fiction : « vivant, il a manqué le monde, mort il le possède » (XXIV, 8). On a désormais compris le sens de cette confrontation entre une vie qui est une œuvre et une œuvre qui est une vie : émulation, plus que rivalité. Lorsque le vieil écrivain, dans les années 40, corrige encore le texte de ses *Mémoires*, le héros « fastique » a déjà gagné le pari incertain de la mémoire. Mais le scribe inlassable qui est allé « le voir mourir » dispose à présent du secret de la survie. Il sait comment devenir ce « beau phénicoptère qui vole le long des ruines de Carthage », lequel apparaît, dans les dernières lignes du livre XXIV, comme le symbole même de toute écriture.

LIVRE TREIZIÈME

(1)

Dieppe, 1836

Revu en décembre 1846.

Séjour à Dieppe. — Deux sociétés.

Vous savez que j'ai maintes fois changé de lieu en écrivant ces *Mémoires* ; que j'ai souvent peint ces lieux, parlé des sentiments qu'ils m'inspiraient et retracé mes souvenirs, mêlant ainsi l'histoire de mes pensées et de mes foyers errants à l'histoire de ma vic.

Vous voyez où j'habite maintenant[1]. En me promenant ce matin sur les falaises, derrière le château de Dieppe, j'ai aperçu la poterne qui communique à ces falaises au moyen d'un pont jeté sur un fossé : madame de Longueville[2] avait échappé par là à la reine Anne d'Autriche ; embarquée au Havre, mise à terre à Rotterdam, elle se

---

1. Malgré la date inscrite en tête du chapitre, c'est du 7 au 25 juillet 1835 que Chateaubriand fit à Dieppe, en compagnie de Madame Récamier, un séjour qui lui laissa un souvenir enchanteur.   2. Voir les *Mémoires* de Mme de Motteville (collection Petitot, seconde série, t. XXXIX, 1824, p. 19-20).

rendit à Stenay, auprès du maréchal de Turenne[1]. Les lauriers du grand capitaine n'étaient plus innocents, et la moqueuse exilée ne traitait pas trop bien le coupable.

Madame de Longueville, qui relevait de l'hôtel de Rambouillet, du trône de Versailles et de la municipalité de Paris, se prit de passion pour l'auteur des *Maximes*, et lui fut fidèle autant qu'elle le pouvait. Celui-ci vit moins de ses *pensées* que de l'amitié de madame de La Fayette et de madame de Sévigné, des vers de La Fontaine[2] et de l'amour de madame de Longueville : voilà ce que c'est que les attachements illustres.

La princesse de Condé, près d'expirer, dit à madame de Brienne : « Ma chère amie, mandez à cette pauvre misérable qui est à Stenay, l'état où vous me voyez, et qu'elle apprenne à mourir. » Belles paroles[3] ; mais la princesse oubliait qu'elle-même avait été aimée de Henri IV, qu'emmenée à Bruxelles par son mari, elle avait voulu rejoindre le Béarnais, *s'échapper la nuit, par une fenêtre, et faire ensuite trente ou quarante lieues à cheval* ; elle était alors une *pauvre misérable* de dix-sept ans.

Descendu de la falaise, je me suis trouvé sur le grand chemin de Paris ; il monte rapidement au sortir de Dieppe. À droite, sur la ligne ascendante d'une berge, s'élève le mur d'un cimetière ; le long de ce mur est établi un rouet de corderie. Deux cordiers, marchant parallèlement à reculons et se balançant d'une jambe sur l'autre, chantaient ensemble à demi-voix. J'ai prêté l'oreille ; ils en étaient à ce couplet du *Vieux caporal*[4] : beau mensonge poétique, qui nous a conduits où nous sommes :

---

1. Turenne avait alors pris le parti de la Fronde contre la Cour, par amour pour la duchesse de Longueville, sœur de Condé, mais il ne fut guère payé de retour.   2. Allusion au « Discours à M. le duc de La Rochefoucauld » (*Fables*, X, 14).   3. Elles sont citées dans les *Mémoires* de Mme de Motteville. Tous les mémoires du temps évoquent la passion du roi Henri IV pour mademoiselle de Montmorency, devenue en 1609 princesse de Condé, et mère de la duchesse de Longueville.   4. *Le Vieux Caporal* porte la date de 1829 dans les *Œuvres* de Béranger. Cette chanson évoque les derniers moments du sous-officier condamné à être fusillé pour rébellion contre un gradé « morveux », et qui se souvient de « ces guerres/ Où nous bousculions tous les rois ».

> *Qui là-bas sanglote et regarde ?*
> *Eh ! c'est la veuve du tambour, etc., etc.*

Ces hommes prononçaient le refrain : *Conscrits au pas ; ne pleurez pas... Marchez au pas, au pas,* d'un ton si mâle et si pathétique que les larmes me sont venues aux yeux. En marquant eux-mêmes le pas et en dévidant leur chanvre, ils avaient l'air de filer le dernier moment du vieux caporal : je ne saurais dire ce qu'il y avait dans cette gloire particulière à Béranger, solitairement révélée par deux matelots qui chantaient à la vue de la mer la mort d'un soldat.

La falaise m'a rappelé une grandeur monarchique, le chemin une célébrité plébéienne : j'ai comparé en pensée les hommes aux deux extrémités de la société ; je me suis demandé à laquelle de ces époques j'aurais préféré appartenir. Quand le présent aura disparu comme le passé, laquelle de ces deux renommées attirera le plus les regards de la postérité ?

Et néanmoins, si les faits étaient tout, si la valeur des noms ne contrepesait dans l'histoire la valeur des événements, quelle différence entre mon temps et le temps qui s'écoula depuis la mort de Henri IV jusqu'à celle de Mazarin ! Qu'est-ce que les troubles de 1648 comparés à cette Révolution, laquelle a dévoré l'ancien monde, dont elle mourra peut-être, en ne laissant après elle ni vieille, ni nouvelle société ? N'avais-je pas à peindre dans mes *Mémoires* des tableaux d'une importance incomparablement au-dessus des scènes racontées par le duc de La Rochefoucauld ? À Dieppe même, qu'est-ce que la nonchalante et voluptueuse idole de Paris séduit et rebelle, auprès de madame la duchesse de Berry ? Les coups de canon qui annonçaient à la mer la présence de la veuve royale, n'éclatent plus [1] ; la flatterie de poudre et de fumée n'a laissé sur le rivage que le gémissement des flots.

---

1. Les séjours répétés que la duchesse de Berry fit à Dieppe dans les dernières années de la Restauration contribuèrent à lancer la mode des bains de mer.

Les deux filles des Bourbons, Anne-Geneviève et Marie-Caroline[1], se sont retirées ; les deux matelots de la chanson du poète plébéien s'abîmeront ; Dieppe est vide de moi-même : c'était un autre *moi*, un *moi* de mes premiers jours finis, qui jadis habita ces lieux, et ce *moi* a succombé, car nos jours meurent avant nous. Ici vous m'avez vu sous-lieutenant au régiment de Navarre, exercer des recrues sur les galets ; vous m'y avez revu exilé sous Bonaparte ; vous m'y rencontrerez de nouveau lorsque les journées de juillet m'y surprendront[2]. M'y voici encore ; j'y reprends la plume pour continuer mes Confessions.

Afin de nous reconnaître, il est utile de jeter un coup d'œil sur l'état de mes *Mémoires*.

(2)

OÙ EN SONT MES *MÉMOIRES*.

Il m'est arrivé ce qui arrive à tout entrepreneur qui travaille sur une grande échelle : j'ai, en premier lieu, élevé les pavillons des extrémités, puis, déplaçant et replaçant çà et là mes échafauds[3], j'ai monté la pierre et le ciment des constructions intermédiaires ; on employait plusieurs siècles à l'achèvement des cathédrales gothiques. Si le ciel m'accorde de vivre, le monument sera fini par mes diverses années, l'architecte, toujours le même, aura seulement changé d'âge. Du reste, c'est un supplice de conserver intact son être intellectuel, emprisonné dans une enveloppe matérielle usée. Saint Augustin sentant son argile tomber, disait à Dieu :

---

1. La duchesse de la Fronde, de la branche des Condé ; et la belle-fille de Charles X, des Bourbons de Naples. 2. Voir I, 6 ; IV, 10 ; XXXI, 8. 3. « Planches soutenues par des tréteaux ou par des pièces de bois fichées dans un mur, sur lesquelles se mettent des maçons, des sculpteurs ou des peintres pour travailler » (*Trévoux*).

« Servez de tabernacle à mon âme » ; et il disait aux hommes : « Quand vous m'aurez connu dans ce livre, priez pour moi [1]. »

Il faut compter trente-six ans entre les choses qui commencent mes *Mémoires* et celles qui m'occupent [2]. Comment renouer avec quelque ardeur la narration d'un sujet rempli jadis pour moi de passion et de feu, quand ce ne sont plus des vivants avec qui je vais m'entretenir, quand il s'agit de réveiller des effigies glacées au fond de l'Éternité, de descendre dans un caveau funèbre pour y jouer à la vie ? Ne suis-je pas moi-même quasi-mort ? Mes opinions ne sont-elles pas changées ? Vois-je les objets du même point de vue ? Ces événements personnels dont j'étais si troublé, les événements généraux et prodigieux qui les ont accompagnés ou suivis, n'en ont-ils pas diminué l'importance aux yeux du monde, ainsi qu'à mes propres yeux ? Quiconque prolonge sa carrière sent se refroidir ses heures ; il ne retrouve plus le lendemain l'intérêt qu'il portait à la veille. Lorsque je fouille dans mes pensées, il y a des noms, et jusqu'à des personnages, qui échappent à ma mémoire, et cependant ils avaient peut-être fait palpiter mon cœur : vanité de l'homme oubliant et oublié ! Il ne suffit pas de dire aux songes, aux amours : « Renaissez ! » pour qu'ils renaissent ; on ne se peut ouvrir la région des ombres qu'avec le rameau d'or, et il faut une jeune main pour le cueillir [3].

---

1. Transcription libre de ce que saint Augustin écrivait à propos des *Confessions* (*Lettres*, 231, 6).   **2.** Il faut peut-être comprendre : entre la date des événements racontés à la fin de la 1re partie des *Mémoires* (livre XII), et le temps actuel (été 1836) de la reprise du récit.   **3.** Au thème sapiential de la fragilité du temps humain, Chateaubriand oppose la garantie de survie que procure la littérature ; c'est la signification symbolique, pour lui, chez Virgile, de ce rameau magique que la Sibylle de Cumes indique à Énée comme le seul moyen de descendre au séjour des morts, puis de revenir à la vie (*Énéide*, chant VI, vers 137, 143, 187, 211).

(3)

Dieppe, 1836.

ANNÉE 1800. – VUE DE LA FRANCE. – J'ARRIVE À PARIS.

Aucuns venants des Lares patries[1]. (RABELAIS.)

Depuis huit ans enfermé dans la Grande-Bretagne, je n'avais vu que le monde anglais, si différent, surtout alors, du reste du monde européen.

À mesure que le *packet-boat* de Douvres approchait de Calais, au printemps de 1800, mes regards me devançaient au rivage. J'étais frappé de l'air pauvre du pays : à peine quelques mâts se montraient dans le port ; une population en carmagnole et en bonnet de coton s'avançait au devant de nous le long de la jetée : les vainqueurs du continent me furent annoncés par un bruit de sabots. Quand nous accostâmes le môle[2], les gendarmes et les douaniers sautèrent sur le pont, visitèrent nos bagages et nos passeports : en France, un homme est toujours suspect, et la première chose que l'on aperçoit dans nos affaires, comme dans nos plaisirs, est un chapeau à trois cornes ou une baïonnette.

Madame Lindsay nous attendait à l'auberge ; le lendemain nous partîmes avec elle pour Paris, madame d'Aguesseau, une jeune personne sa parente[3] et moi.

---

1. Citation mutilée : « Aucuns venans de tes lares patries » (du foyer paternel), empruntée à une « Epistre du Lymosin de Pantagruel, grand excoriateur de la lingue latiale ». Cette facétie apocryphe, intégrée dans les œuvres de Rabelais depuis 1558, se rattache au chapitre VI de *Pantagruel*. **2.** C'est le 16 floréal an VIII/ mardi 6 mai 1800 que Chateaubriand et ses amis débarquèrent à Calais. Sur les conditions difficiles de ce retour, voir la mise au point de P. Christophorov, dans *Bulletin*, 1961, p. 40-46. **3.** Sur Mme Lindsay, voir livre XI (t. I, p. 681) ; sur Mme d'Aguesseau, voir livre XII (t. I, p. 745). De sa liaison avec George Howard, celle-ci avait eu une fille, née le 2 avril 1796, qu'elle ramena en France avec elle comme sa fille adoptive. Georgina Howard demeura très attachée à sa mère. Chateaubriand fut

Sur la route, on n'apercevait presque point d'hommes ; des femmes noircies et hâlées, les pieds nus, la tête découverte ou entourée d'un mouchoir, labouraient les champs : on les eût prises pour des esclaves. J'aurais dû plutôt être frappé de l'indépendance et de la virilité de cette terre où les femmes maniaient le hoyau, tandis que les hommes maniaient le mousquet. On eût dit que le feu avait passé dans les villages ; ils étaient misérables et à moitié démolis : partout de la boue ou de la poussière, du fumier et des décombres.

À droite et à gauche du chemin, se montraient des châteaux abattus ; de leurs futaies rasées, il ne restait que quelques troncs équarris, sur lesquels jouaient des enfants. On voyait des murs d'enclos ébréchés, des églises abandonnées, dont les morts avaient été chassés, des clochers sans cloches, des cimetières sans croix, des saints sans tête et lapidés dans leurs niches. Sur les murailles étaient barbouillées ces inscriptions républicaines déjà vieillies : LIBERTÉ, ÉGALITÉ, FRATERNITÉ OU LA MORT. Quelquefois on avait essayé d'effacer le mot MORT, mais les lettres noires ou rouges reparaissaient sous une couche de chaux. Cette nation, qui semblait au moment de se dissoudre, recommençait un monde, comme ces peuples sortant de la nuit de la barbarie et de la destruction au moyen âge.

En approchant de la capitale, entre Écouen et Paris, les ormeaux n'avaient point été abattus ; je fus frappé de ces belles avenues itinéraires[1], inconnues au sol anglais. La

---

le tuteur légal de la jeune fille jusqu'à son mariage, au début de la Restauration.

1. Cette expression ne laisse pas de surprendre. Dans la langue classique, *avenue* signifie : passage, voie par laquelle on accède à un lieu (par terre ou par mer). Mais au XIXe siècle, le mot ne désigne plus qu'un chemin terrestre, souvent bordé par des arbres (par exemple pour donner accès à un château). De son côté, *itinéraire*, employé comme adjectif, est un latinisme qui a le sens de : routier (dont les premières occurrences ne sont pas antérieures à 1834, selon le *Dictionnaire étymologique* de Bloch et Wartburg). Mais *Trévoux* ne le signale déjà plus qu'associé à mesure, borne ou colonne. Faut-il interpréter ces « avenues itinéraires » comme de simples « voies de communication routières » ? Le contexte invite plutôt à comprendre : de grandes routes ombragées comme des allées de parc. *Cf.* livre IV, chap. 1 : « À la descente de Saint-Cyr, je fus frappé de la grandeur des chemins et de la régularité des plantations ».

France m'était aussi nouvelle que me l'avaient été autrefois les forêts de l'Amérique. Saint-Denis était découvert, les fenêtres en étaient brisées ; la pluie pénétrait dans ses nefs verdies, et il n'avait plus de tombeaux ; j'y ai vu, depuis, les os de Louis XVI, les Cosaques, le cercueil du duc de Berry et le catafalque de Louis XVIII.

Auguste de Lamoignon vint au devant de madame Lindsay : son élégant équipage contrastait avec les lourdes charrettes, les diligences sales, délabrées, traînées par des haridelles attelées de cordes que j'avais rencontrées depuis Calais. Madame Lindsay demeurait aux Ternes[1]. On me mit à terre, sur le chemin de la Révolte[2] et je gagnai, à travers champs, la maison de mon hôtesse[3]. Je demeurai vingt-quatre heures chez elle ; j'y rencontrai un grand et gros monsieur Lasalle[4] qui lui servait à arranger des affaires d'émigrés. Elle fit prévenir M. de Fontanes de mon arrivée ; au bout de quarante-huit heures[5], il me vint chercher au fond d'une petite chambre que madame Lindsay m'avait louée dans une auberge, presque à sa porte.

---

1. Situé au-delà de la barrière du Roule (actuelle place des Ternes), le hameau des Ternes, qui faisait alors partie de la commune de Neuilly, passait pour une saine villégiature.   2. La route de la révolte avait été ouverte sous Louis XV pour relier Versailles à Saint-Denis, sans passer par la capitale où pouvaient éclater des émeutes. Son tracé correspondait, le long des Ternes, au boulevard Gouvion Saint-Cyr actuel.   3. À son débarquement, le passeport de Chateaubriand avait été envoyé à Paris pour vérification. Le voyageur avait donc été obligé, pour éviter une attente fastidieuse, de quitter Calais, le jeudi 8 mai, avec une simple copie certifiée conforme de ce document, mais sans être muni du laissez-passer officiel qui lui aurait été indispensable du point de vue légal. Il lui fallait donc prendre des précautions.   4. Joseph-Henri La Salle (1759-1833), ancien professeur de statistique au Collège de France, fut, du 9 novembre 1798 au 29 juin 1799, membre du bureau central de police du canton de Paris. Après le 18 Brumaire, il fut nommé à la commission chargée des émigrés, en faveur desquels il publiera une brochure (1801). Ce sera aussi un collaborateur du *Journal des Débats*.   5. Dans une lettre envoyée de Calais le 18 floréal/ 8 mai, Chateaubriand avait annoncé à Fontanes son arrivée pour le samedi 10 mai. S'ils firent leur entrée dans Paris le dimanche 11, il faudrait admettre que Fontanes serait venu chercher son ami un peu plus tôt.

C'était un dimanche : vers trois heures de l'après-midi, nous entrâmes à pied dans Paris par la barrière de l'Étoile. Nous n'avons pas une idée aujourd'hui de l'impression que les excès de la Révolution avaient fait sur les esprits en Europe, et principalement parmi les hommes absents de la France pendant la Terreur ; il me semblait, à la lettre, que j'allais descendre aux enfers. J'avais été témoin, il est vrai, des commencements de la Révolution ; mais les grands crimes n'étaient pas alors accomplis, et j'étais resté sous le joug des faits subséquents, tels qu'on les racontait au milieu de la société paisible et régulière de l'Angleterre.

M'avançant sous mon faux nom, et persuadé que je compromettais mon ami Fontanes, j'ouïs, à mon grand étonnement, en entrant dans les Champs-Élysées, des sons de violon, de cor, de clarinette et de tambour. J'aperçus des *bastringues* où dansaient des hommes et des femmes ; plus loin, le palais des Tuileries m'apparut dans l'enfoncement de ses deux grands massifs de marronniers. Quant à la place Louis XV, elle était nue ; elle avait le délabrement, l'air mélancolique et abandonné d'un vieil amphithéâtre ; on y passait vite ; j'étais tout surpris de ne pas entendre des plaintes ; je craignais de mettre le pied dans un sang dont il ne restait aucune trace ; mes yeux ne se pouvaient détacher de l'endroit du ciel où s'était élevé l'instrument de mort ; je croyais voir en chemise, liés auprès de la machine sanglante, mon frère et ma belle-sœur : là était tombée la tête de Louis XVI[1]. Malgré les joies de la rue, les tours des églises étaient muettes ; il me semblait être rentré le jour de l'immense douleur, le jour du Vendredi-Saint.

---

1. *Cf.* Villemain, p. 86 : « Il racontait, dans sa vieillesse, qu'à l'entrée de la place de la Révolution, songeant à l'échafaud de Louis XVI, ses yeux s'étaient obscurcis de larmes, tous ses membres avaient tremblé, et il s'était appuyé à un balustre des fossés pour ne pas tomber. *L'obélisque de Louqsor*, ajoutait-il amèrement, *n'est pas assez élevé pour cacher la place où fut immolé Louis XVI.* » Chateaubriand exprimera une opinion différente à la fin des *Mémoires* (voir livre XLII, chap. 9, sur la mort de Charles X).

M. de Fontanes demeurait dans la rue Saint-Honoré, aux environs de Saint-Roch. Il me mena chez lui, me présenta à sa femme, et me conduisit ensuite chez son ami, M. Joubert, où je trouvai un abri provisoire[1] : je fus reçu comme un voyageur dont on avait entendu parler.

Le lendemain, j'allai à la police, sous le nom de Lassagne, déposer mon passeport étranger et recevoir en échange, pour rester à Paris, une permission qui fut renouvelée de mois en mois[2]. Au bout de quelques jours, je louai un entresol rue de Lille, du côté de la rue des Saints-Pères.

J'avais apporté le *Génie du Christianisme* et les premières feuilles de cet ouvrage, imprimées à Londres. On m'adressa à M. Migneret, digne homme, qui consentit à se charger de recommencer l'impression interrompue et à me donner d'avance quelque chose pour vivre[3]. Pas une âme ne connaissait mon *Essai sur les Révolutions*, malgré ce que m'en avait mandé M. Lemière. Je déterrai le vieux philosophe Delisle de Sales, qui venait de publier son *Mémoire en faveur de Dieu*[4] et je me rendis chez

---

1. Chez Arnaud Joubert, dit Joubert-Lafond (1768-1854), qui avait alors pour adresse : « au *Singe violet*, rue Saint-Honoré, près de la rue de l'Échelle ». C'était le frère cadet de Joseph Joubert, qui se trouvait depuis un an à Montignac. De retour à Paris au mois de septembre suivant, il ne resta que quelques jours, avant de repartir pour Villeneuve. C'est le 28 janvier 1801 qu'il regagnera la capitale ; ses relations avec Chateaubriand, sans doute entrevu déjà, ne se nouèrent vraiment qu'à partir de cette date.   2. C'est le mardi 13 mai qu'ayant obtenu du ministre de Prusse une nouvelle attestation de sa fausse identité, Chateaubriand put se faire délivrer, à la Préfecture de Police, un permis de séjour renouvelable. Mais une note adressée le 1er thermidor/ 20 juillet 1800 au ministre de la Police générale prouve qu'on le fit surveiller, sans résultat du reste : « C'est un homme de lettres qui ne voyage que pour acquérir des connaissances. Il ne fréquente ici que des savants ou des libraires. »   3. Sur les difficultés financières qu'affronta Chateaubriand au cours de cette période, et les intermédiaires qui le mirent en relation avec Migneret, voir mon article : « Un ami inconnu de Chateaubriand : le peintre Neveu », *Bulletin*, 1980, n° 23, p. 14-19. Le rapport de police cité dans la note précédente mentionne ce Neveu (voir livre XIV, p. 84, note 1).
4. Paris, J.-J. Fuchs, an X-1802.

Ginguené [1]. Celui-ci était logé rue de Grenelle-Saint-Germain, près de l'hôtel du Bon La Fontaine. On lisait encore sur la loge de la concierge : *Ici on s'honore du titre de citoyen, et on se tutoie. Ferme la porte, s'il vous plaît.* Je montai : M. Ginguené, qui me reconnut à peine, me parla du haut de la grandeur de tout ce qu'il était et avait été. Je me retirai humblement, et n'essayai pas de renouer des liaisons si disproportionnées.

Je nourrissais toujours au fond du cœur les regrets et les souvenirs de l'Angleterre ; j'avais vécu si longtemps dans ce pays que j'en avais pris les habitudes : je ne pouvais me faire à la saleté de nos maisons, de nos escaliers, de nos tables, à notre malpropreté, à notre bruit, à notre familiarité, à l'indiscrétion de notre bavardage : j'étais Anglais de manière, de goûts et, jusqu'à un certain point, de pensées ; car si, comme on le prétend, lord Byron s'est inspiré quelquefois de *René* dans son *Childe-Harold*, il est vrai de dire aussi que huit années de résidence dans la Grande-Bretagne, précédées d'un voyage en Amérique, qu'une longue habitude de parler, d'écrire et même de penser en anglais, avaient nécessairement influé sur le tour et l'expression de mes idées. Mais peu à peu je goûtai la sociabilité qui nous distingue, ce commerce charmant, facile et rapide des intelligences, cette absence de toute morgue et de tout préjugé, cette inattention à la fortune et aux noms, ce nivellement naturel de tous les rangs, cette égalité des esprits qui rend la société française incomparable et qui rachète nos défauts : après quelques mois d'établissement au milieu de nous, on sent qu'on ne peut plus vivre qu'à Paris.

---

1. Ginguené (voir livre IV, chap. 12) avait bénéficié de la réaction thermidorienne : directeur de l'Instruction publique de 1795 à 1797, il avait ensuite été envoyé à Turin comme ambassadeur. Le 4 nivôse an VIII/ 25 décembre 1799, il fut appelé à siéger au Tribunat, avec nombre de ses amis idéologues ; mais il en sera écarté dès 1802, à cause de son opposition à la politique de Bonaparte. Il faisait partie du groupe fondateur de *La Décade*, le puissant organe du parti « philosophique ».

(4)

Paris, 1837.

Année 1800 – Ma vie à Paris.

Je m'enfermai au fond de mon entresol, et je me livrai
tout entier au travail. Dans les intervalles de repos, j'allais
faire de divers côtés des reconnaissances. Au milieu du
Palais-Royal, le Cirque[1] avait été comblé ; Camille Des-
moulins ne pérorait plus en plein vent ; on ne voyait plus
circuler des troupes de prostituées, compagnes virginales
de la déesse Raison, et marchant sous la conduite de
David, costumier et corybante. Au débouché de chaque
allée, dans les galeries, on rencontrait des hommes qui
criaient des curiosités[2], *ombres chinoises, vues d'optique,
cabinets de physique, bêtes étranges* ; malgré tant de têtes
coupées, il restait encore des oisifs. Du fond des caves du
Palais-Marchand sortaient des éclats de musique, accompagnés du bourdon des grosses caisses : c'était peut-être
là qu'habitaient ces géants que je cherchais et que
devaient avoir nécessairement produits des événements
immenses. Je descendais ; un bal souterrain s'agitait au
milieu de spectateurs assis et buvant de la bière. Un petit
bossu, planté sur une table, jouait du violon et chantait
un hymne à Bonaparte, qui se terminait par ces vers :

---

1. Le Cirque était un immense bâtiment de forme oblongue (112 x
32 mètres) édifié à la veille de la Révolution dans le jardin du Palais-
Royal pour servir à divers usages (boutiques, spectacles, etc.). Il abrita
un moment (octobre 1790-juillet 1791) les séances du Cercle social,
avant de disparaître à la fin de la décennie.   **2.** Parmi les nombreuses
attractions du Palais-Royal, figuraient : dans la galerie de Montpensier,
le *Cabinet des figures de cire* de Curtius, ainsi que le *Cabinet de physique et de mécanique* de Pelletier ; dans la galerie de Valois, le
Théâtre de Séraphin (ombres chinoises, marionnettes), etc.

> *Par ses vertus, par ses attraits,*
> *Il méritait d'être leur père !*

On lui donnait un sou après la ritournelle. Tel est le fond de cette société humaine qui porta Alexandre et qui portait Napoléon.

Je visitais les lieux où j'avais promené les rêveries de mes premières années. Dans mes couvents d'autrefois, les clubistes avaient été chassés après les moines. En errant derrière le Luxembourg, je fus conduit à la Chartreuse ; on achevait de la démolir[1].

La place des Victoires et celle de Vendôme pleuraient les effigies absentes du grand Roi ; la communauté des Capucines était saccagée : le cloître intérieur servait de retraite à la fantasmagorie de Robertson[2]. Aux Cordeliers, je demandai en vain la nef gothique[3] où j'avais aperçu Marat et Danton dans leur primeur. Sur le quai des Théatins[4], l'église de ces religieux était devenue un café et une salle de danseurs de corde. À la porte, une enluminure représentait des funambules, et on lisait en grosses lettres : *Spectacle gratis*. Je m'enfournai avec la foule dans cet antre perfide : je ne fus pas plutôt assis à ma place, que des garçons entrèrent serviette à la main et criant comme des enragés : « Consommez, messieurs ! consommez ! » Je ne me le fis pas dire deux fois, et je m'évadai piteusement aux ris moqueurs de l'assemblée, parce que je n'avais pas de quoi *consommer*.

---

1. Le *Génie du Christianisme* évoque les ruines de la Chartreuse de Paris (III, 5, 3) ; mais c'est plutôt un souvenir de 1792.   **2.** Le couvent des Capucines était situé à proximité de la place Vendôme, dont sa chapelle fermait la perspective au nord (sur la chaussée actuelle de la rue de la Paix). Le physicien belge Gaspard Robertson (1762-1837) avait mis au point un système perfectionné de lanterne magique.   **3.** La nef des Cordeliers, une des plus longues de Paris, avait été reconstruite au XVIIIe siècle.   **4.** Devenu en 1791 le quai Voltaire.

(5)

CHANGEMENT DE LA SOCIÉTÉ.

La Révolution s'est divisée en trois parties qui n'ont rien de commun entre elles : la République, l'Empire et la Restauration ; ces trois mondes divers, tous trois aussi complètement finis les uns que les autres, semblent séparés par des siècles. Chacun de ces trois mondes a eu un principe fixe : le principe de la République était l'égalité, celui de l'Empire la force, celui de la Restauration la liberté. L'époque républicaine est la plus originale et la plus profondément gravée, parce qu'elle a été unique dans l'histoire : jamais on n'avait vu, jamais on ne reverra l'ordre physique produit par le désordre moral, l'unité sortie du gouvernement de la multitude, l'échafaud substitué à la loi et obéi au nom de l'humanité.

J'assistai, en 1801, à la seconde transformation sociale. Le pêle-mêle était bizarre : par un travestissement convenu, une foule de gens devenaient des personnages qu'ils n'étaient pas : chacun portait son nom de guerre ou d'emprunt suspendu à son cou, comme les Vénitiens, au carnaval, portent à la main un petit masque pour avertir qu'ils sont masqués. L'un était réputé Italien ou Espagnol, l'autre Prussien ou Hollandais ; j'étais Suisse. La mère passait pour être la tante de son fils, le père pour l'oncle de sa fille ; le propriétaire d'une terre n'en était que le régisseur. Ce mouvement me rappelait, dans un sens contraire, le mouvement de 1789, lorsque les moines et les religieux sortirent de leur cloître et que l'ancienne société fut envahie par la nouvelle : celle-ci, après avoir remplacé celle-là, était remplacée à son tour.

Cependant le monde ordonné commençait à renaître ; on quittait les cafés et la rue pour rentrer dans sa maison ; on recueillait les restes de sa famille ; on recomposait son héritage en en rassemblant les débris, comme, après une bataille, on bat le rappel et on fait le compte de ce que l'on a perdu. Ce qui demeurait d'églises entières se rouvrait : j'eus le bonheur de sonner la trompette à la porte du temple[1]. On distinguait les vieilles générations républicaines qui se retiraient, des générations impériales qui s'avançaient. Des généraux de la réquisition, pauvres, au langage rude, à la mine sévère, et qui, de toutes leurs campagnes, n'avaient remporté que des blessures et des habits en lambeaux, croisaient les officiers brillants de dorure de l'armée consulaire. L'émigré rentré causait tranquillement avec les assassins de quelques-uns de ses proches. Tous les portiers, grands partisans de feu M. de Robespierre, regrettaient les spectacles de la place Louis XV, où l'on coupait la tête à *des femmes qui*, me disait mon propre concierge de la rue de Lille, *avaient le cou blanc comme de la chair de poulet*. Les septembriseurs, ayant changé de nom et de quartier, s'étaient faits marchands de pommes cuites au coin des bornes ; mais ils étaient souvent obligés de déguerpir, parce que le peuple, qui les reconnaissait, renversait leur échoppe et les voulait assommer. Les révolutionnaires enrichis commençaient à s'emménager dans les grands hôtels vendus du faubourg Saint-Germain. En train de devenir barons et comtes, les Jacobins ne parlaient que des horreurs de 1793, de la nécessité de châtier les prolétaires et de réprimer les excès de la populace. Bonaparte, plaçant les Brutus et les Scévola à sa police[2], se préparait à les barioler de rubans, à les salir de titres, à les forcer de trahir leurs opinions et de déshonorer leurs crimes. Entre tout cela poussait une génération vigoureuse semée dans le sang, et s'élevant pour ne plus répandre que celui de l'étranger ; de jour en jour s'accomplissait la métamorphose des républicains en impérialistes et de la tyrannie de tous dans le despotisme d'un seul.

---

1. Allusion à la publication du *Génie du Christianisme*. La formule est une réminiscence du second livre des *Chroniques* (en particulier V, 12-13) qui évoque la dédicace par Salomon du temple de Jérusalem.
2. Allusion, en particulier, à Fouché.

(6)

Paris, 1837.

Revu en décembre 1846.

Année de ma vie, 1801. – Le *Mercure*. – *Atala*.

Tout en m'occupant à retrancher, augmenter, changer
les feuilles du *Génie du Christianisme*, la nécessité me
forçait de suivre quelques autres travaux. M. de Fontanes
rédigeait alors le *Mercure de France* : il me proposa
d'écrire dans ce journal[1]. Ces combats n'étaient pas sans
quelque péril : on ne pouvait arriver à la politique que
par la littérature, et la police de Bonaparte entendait à
demi-mot. Une circonstance singulière, en m'empêchant
de dormir, allongeait mes heures et me donnait plus de
temps. J'avais acheté deux tourterelles ; elles roucoulaient
beaucoup : en vain je les enfermais la nuit dans ma petite
malle de voyageur ; elles n'en roucoulaient que mieux.
Dans un des moments d'insomnie qu'elles me causaient,
je m'avisai d'écrire pour le *Mercure* une lettre à madame
de Staël[2]. Cette boutade me fit tout à coup sortir de

---

1. La rédaction du nouveau *Mercure de France*, commandité par
Lucien Bonaparte, alors ministre de l'Intérieur, avait été confiée à Fontanes, qui plaça son entreprise, avec le concours de La Harpe, sous le
signe de la *restauration* littéraire. Le prospectus avait été lancé à la fin du
mois de mai, le premier numéro avait paru le 1er messidor an VIII/20 juin
1800 ; sa périodicité fut dès lors bimensuelle. Chateaubriand collabora
de façon régulière au *Mercure* qui se révéla un agent publicitaire utile
pour la diffusion de ses propres œuvres.   **2.** En réalité, une « Lettre au
Citoyen Fontanes sur la seconde édition de l'ouvrage de Mme de Staël »
(*Mercure* du 1er nivôse an IX/22 décembre 1800). *De la littérature* avait
paru fin avril : Fontanes lui avait consacré des *extraits* assez défavorables
dans le *Mercure* des 20 juin et 20 juillet. Dans la seconde édition de son
livre (novembre 1800), Mme de Staël répliqua ; Fontanes continua ses
critiques, mais de façon indirecte, dans un article sur le *Cours de Morale
religieuse* de Necker (1er frimaire/22 novembre). En somme, Chateau-

l'ombre ; ce que n'avaient pu faire mes deux gros
volumes sur les *Révolutions*, quelques pages d'un journal
le firent. Ma tête se montrait un peu au-dessus de l'obscurité.

Ce premier succès semblait annoncer celui qui l'allait
suivre. Je m'occupais à revoir les épreuves d'*Atala*
(épisode renfermé, ainsi que *René*, dans le *Génie du
Christianisme*) lorsque je m'aperçus que des feuilles me
manquaient. La peur me prit : je crus qu'on avait dérobé
mon roman, ce qui assurément était une crainte bien peu
fondée, car personne ne pensait que je valusse la peine
d'être volé. Quoi qu'il en soit, je me déterminai à publier
Atala à part, et j'annonçai ma résolution dans une lettre
adressée au *Journal des Débats* et au *Publiciste*[1].

Avant de risquer l'ouvrage au grand jour, je le montrai
à M. de Fontanes : il en avait déjà lu des fragments en
manuscrit à Londres. Quand il fut arrivé au discours du
père Aubry, au bord du lit de mort d'Atala, il me dit
brusquement d'une voix rude : « Ce n'est pas cela ; c'est
mauvais ; refaites cela ! » Je me retirai désolé ; je ne me
sentais pas capable de mieux faire. Je voulais jeter le tout
au feu ; je passai depuis huit heures jusqu'à onze heures
du soir dans mon entresol, assis devant ma table, le front
appuyé sur le dos de mes mains étendues et ouvertes sur
mon papier. J'en voulais à Fontanes ; je m'en voulais ; je
n'essayais pas même d'écrire, tant je désespérais de moi.
Vers minuit, la voix de mes tourterelles[2] m'arriva, adou-
cie par l'éloignement et rendue plus plaintive par la prison où je les tenais renfermées : l'inspiration me revint ;

---

briand se chargea de clore une trop longue polémique, ce qui lui permit
de se « poser » pour la première fois dans le milieu littéraire (il avait
signé son article : « L'Auteur du *Génie du Christianisme* »).
   1. Cette lettre fut publiée dans le *Journal des Débats* du 31 mars 1801,
puis dans *Le Publiciste* du 1er avril (10 et 11 germinal an IX). *Atala* fut
mis en vente le lendemain 2 avril 1801.   **2.** Si nous avons eu raison de
reconnaître dans le début du livre XIII une reprise métaphorique de la
nekuia virgilienne (voir p. 31, note 3 ; et la « descente aux enfers » du
chap. 3), sans doute faut-il aussi rattacher ce couple de tourterelles inspi-
ratrices à celles (*geminae columbae*) que Vénus envoie à son fils pour le
conduire au rameau d'or (*Énéide*, VI, vers 190-204).

je traçai de suite le discours du missionnaire, sans une seule interligne, sans en rayer un seul mot, tel qu'il est resté et tel qu'il existe aujourd'hui. Le cœur palpitant, je le portai le matin à Fontanes, qui s'écria : « C'est cela ! c'est cela ! je vous l'avais bien dit, que vous feriez mieux ! ».

C'est de la publication d'*Atala* que date le bruit que j'ai fait dans ce monde : je cessai de vivre de moi-même et ma carrière publique commença. Après tant de succès militaires, un succès littéraire paraissait un prodige ; on en était affamé. L'étrangeté de l'ouvrage ajoutait à la surprise de la foule. *Atala* tombant au milieu de la littérature de l'Empire, de cette école classique, vieille rajeunie dont la seule vue inspirait l'ennui, était une sorte de production d'un genre inconnu. On ne savait si l'on devait la classer parmi les *monstruosités* ou parmi les *beautés* ; était-elle Gorgone ou Vénus ? Les académiciens assemblés dissertèrent doctement sur son sexe et sur sa nature, de même qu'ils firent des rapports sur le *Génie du Christianisme*. Le vieux siècle la repoussa, le nouveau l'accueillit.

Atala devint si populaire qu'elle alla grossir, avec la Brinvilliers, la collection de *Curtius*. Les auberges de rouliers étaient ornées de gravures rouges, vertes et bleues, représentant Chactas, le père Aubry et la fille de Simaghan. Dans des boîtes de bois, sur les quais, on montrait mes personnages en cire, comme on montre des images de Vierge et de saints à la foire. Je vis sur un théâtre du boulevard ma sauvagesse coiffée de plumes de coq, qui parlait de l'*âme de la solitude* à un sauvage de son espèce, de manière à me faire suer de confusion. On représentait aux Variétés une pièce dans laquelle une jeune fille et un jeune garçon, sortant de leur pension, s'en allaient par le coche se marier dans leur petite ville ; comme en débarquant ils ne parlaient, d'un air égaré, que crocodiles, cigognes et forêts, leurs parents croyaient qu'ils étaient devenus fous. Parodies, caricatures, moqueries m'accablaient[1]. L'abbé Morellet, pour me confondre, fit asseoir

1. A. Weil en a dressé une liste partielle dans son édition critique du roman (José Corti, 1950, p. LVI-LIX). Voir aussi *Bulletin*, 1974, p. 40-44, sans compter les parodies ultérieures (Nodier, Scribe, etc.).

sa servante sur ses genoux et ne put tenir les pieds de la jeune vierge dans ses mains, comme Chactas tenait les pieds d'Atala pendant l'orage[1] : si le Chactas de la rue d'Anjou s'était fait peindre ainsi, je lui aurais pardonné sa critique.

Tout ce train servait à augmenter le fracas de mon apparition. Je devins à la mode. La tête me tourna : j'ignorais les jouissances de l'amour-propre, et j'en fus enivré. J'aimai la gloire comme une femme, comme un premier amour. Cependant, poltron que j'étais, mon effroi égalait ma passion : conscrit, j'allais mal au feu. Ma sauvagerie naturelle, le doute que j'ai toujours eu de mon talent, me rendaient humble au milieu de mes triomphes. Je me dérobais à mon éclat ; je me promenais à l'écart, cherchant à éteindre l'auréole dont ma tête était couronnée. Le soir, mon chapeau rabattu sur mes yeux, de peur qu'on ne reconnût le grand homme, j'allais à l'estaminet lire à la dérobée mon éloge dans quelque petit journal inconnu. Tête à tête avec ma renommée, j'étendais mes courses jusqu'à la pompe à feu de Chaillot, sur ce même chemin où j'avais tant souffert en allant à la Cour ; je n'étais pas plus à mon aise avec mes nouveaux honneurs. Quand ma supériorité dînait à trente sous au pays latin, elle avalait de travers, gênée par les regards dont elle se croyait l'objet. Je me contemplais, je me disais : « C'est pourtant toi, créature extraordinaire, qui manges comme un autre homme ! » Il y avait aux Champs-Élysées un café que j'affectionnais à cause de quelques rossignols suspendus en cage au pourtour intérieur de la salle ; madame Rousseau, la maîtresse du lieu, me connaissait de vue sans savoir qui j'étais. On m'apportait vers dix heures du soir une tasse de café, et je cherchais *Atala*

---

1. Il voulait par cette expérience démontrer le caractère peu crédible de la phrase suivante : « Assis moi-même sous l'arbre, tenant ma bien-aimée sur mes genoux, et réchauffant ses pieds nus entre mes mains, j'étais plus heureux... » etc. Les *Observations critiques sur le roman intitulé Atala* de Morellet parurent au mois de mai 1801 (elles seront rééditées en 1818 dans un volume de *Mélanges de littérature et de philosophie*). Le rationalisme parfois perspicace de cette brochure affecta Chateaubriand, mais il tira profit de ses leçons.

dans les *Petites-Affiches*, à la voix de mes cinq ou six Philomèles. Hélas ! je vis bientôt mourir la pauvre madame Rousseau ; notre société des rossignols et de l'Indienne qui chantait : *Douce habitude d'aimer, si nécessaire à la vie* ! ne dura qu'un moment[1].

Si le succès ne pouvait prolonger en moi ce stupide engouement de ma vanité, ni pervertir ma raison, il avait des dangers d'une autre sorte ; ces dangers s'accrurent à l'apparition du *Génie du Christianisme*, et à ma démission pour la mort du duc d'Enghien. Alors vinrent se presser autour de moi, avec les jeunes femmes qui pleurent aux romans, la foule des chrétiennes, et ces autres nobles enthousiastes dont une action d'honneur fait palpiter le sein. Les éphèbes de treize et quatorze ans étaient les plus périlleuses ; car ne sachant ni ce qu'elles veulent, ni ce qu'elles vous veulent, elles mêlent avec séduction votre image à un modèle de fables, de rubans et de fleurs. J.-J. Rousseau parle des déclarations qu'il reçut à la publication de la *Nouvelle Héloïse* et des conquêtes qui lui étaient offertes[2] : je ne sais si l'on m'aurait ainsi livré des empires, mais je sais que j'étais enseveli sous un amas de billets parfumés ; si ces billets n'étaient aujourd'hui des billets de grand'mères, je serais embarrassé de raconter avec une modestie convenable comment on se disputait un mot de ma main, comment on ramassait une enveloppe suscrite par moi, et comment, avec rougeur, on la cachait, en baissant la tête, sous le voile tombant d'une longue chevelure. Si je n'ai pas été gâté, il faut que ma nature soit bonne.

Politesse réelle ou curieuse faiblesse, je me laissais quelquefois aller jusqu'à me croire obligé de remercier chez elles les dames inconnues qui m'envoyaient leurs noms avec leurs flatteries : un jour, à un quatrième étage, je trou-

---

1. Dans une lettre du 26 juillet 1814, Chateaubriand rappelle à Chênedollé « le bon temps de nos misères où nous prenions le détestable café de Mme Rousseau ». En revanche, les paroles que cite ensuite Chateaubriand ne sont pas faciles à identifier : ces 2 heptasyllabes ont un rythme (impair-ternaire) de chanson populaire qui pourrait convenir à un air de danse. Peut-être sont-ils empruntés à une romance inspirée par *Atala* ; mais ils ne figurent dans aucun recueil ou fichier connu.   2. Au début du livre XI des *Confessions*.

vai une créature ravissante sous l'aile de sa mère, et chez
qui je n'ai pas remis le pied. Une Polonaise m'attendait
dans des salons de soie ; mélange de l'odalisque et de la
Valkyrie, elle avait l'air d'un perce-neige à blanches fleurs,
ou d'une de ces élégantes bruyères qui remplacent les
autres filles de Flore, lorsque la saison de celles-ci n'est pas
encore venue ou qu'elle est passée : ce chœur féminin,
varié d'âge et de beauté, était mon ancienne sylphide réali-
sée. Le double effet sur ma vanité et mes sentiments pouvait être d'autant plus redoutable que jusqu'alors, excepté
un attachement sérieux, je n'avais été ni recherché, ni distingué de la foule. Toutefois je le dois dire : m'eût-il été
facile d'abuser d'une illusion passagère, l'idée d'une
volupté advenue par les voies chastes de la Religion révol-
tait ma sincérité : être aimé à travers le *Génie du Christianisme*, aimé pour l'*Extrême-Onction*, pour la *Fête des
morts* ! Je n'aurais jamais été ce honteux tartuffe.

J'ai connu un médecin provençal, le docteur Vigaroux[1] ;
arrivé à l'âge où chaque plaisir retranche un jour, « il
n'avait point, disait-il, de regret du temps ainsi perdu ; sans
s'embarrasser s'il donnait le bonheur qu'il recevait, il allait
à la mort dont il espérait faire sa dernière délice. » Je fus
cependant témoin de ses pauvres larmes lorsqu'il expira ;
il ne put me dérober son affliction ; il était trop tard ; ses
cheveux blancs ne descendaient pas assez bas pour cacher
et essuyer ses pleurs[2]. Il n'y a de véritablement malheureux

---

1. Il faut sans doute identifier ce médecin « provençal » avec celui
dont parle Joubert dans une lettre du 14 septembre 1803 à Mme de
Beaumont : « M. Vigaroux (...) conseille invariablement aux faibles ce
que les forts seuls peuvent pratiquer. Est-il rien de plus désolant dans
le monde que les maximes qui vous donnent, pour unique ressource,
de qui vous est un mal certain ? Tel est pour moi le *vigarousisme*. (...)
Votre vieux commandeur veut que la vie sorte toujours du mouvement,
tandis que c'est le mouvement, au contraire, qui doit sortir de la vie.
Comme je me suis tué par ma fidélité opiniâtre au dicton : *Courez et
mangez*, je suis pour mon vieillard contre le vôtre et contre tous les
Vigaroux. »   2. On rencontre déjà cette image sur un fragment intitulé « Amour et vieillesse » : « Quelques rares cheveux blancs sur la
tête chauve d'un homme ne descendent point assez bas pour essuyer
les larmes qui tombent de ses yeux ». Elle a été reprise dans *Rancé*,
p. 989 : « Que fais-je dans le monde ? Il n'est pas bon d'y demeurer

en quittant la terre que l'incrédule : pour l'homme sans foi, l'existence a cela d'affreux qu'elle fait sentir le néant ; si l'on n'était point né, on n'éprouverait pas l'horreur de ne plus être : la vie de l'athée est un effrayant éclair qui ne sert qu'à découvrir un abîme.

Dieu de grandeur et de miséricorde ! vous ne nous avez point jetés sur la terre pour des chagrins peu dignes et pour un misérable bonheur ! Notre désenchantement inévitable nous avertit que nos destinées sont plus sublimes. Quelles qu'aient été nos erreurs, si nous avons conservé une âme sérieuse et pensé à vous au milieu de nos faiblesses, nous serons transportés, quand votre bonté nous délivrera, dans cette région où les attachements sont éternels !

(7)

Paris, 1837.

Année de ma vie, 1801.
Madame de Beaumont : sa société.

Je ne tardai pas à recevoir le châtiment de ma vanité d'auteur, la plus détestable de toutes, si elle n'en était la plus bête ; j'avais cru pouvoir savourer *in petto* la satisfaction d'être un sublime génie, non en portant, comme aujourd'hui, une barbe et un habit extraordinaires[1], mais en restant accoutré de la même façon que les honnêtes gens, distingué seulement par ma supériorité : inutile espoir ! mon orgueil devait être puni ; la correction me vint des personnages politiques que je fus obligé de connaître : la célébrité est un bénéfice à charge d'âmes.

---

lorsque les cheveux ne descendent plus assez bas pour essuyer les larmes qui tombent des yeux ».

1. Allusion ironique à la mode « Jeune France » des années 1830.

M. de Fontanes était lié avec madame Bacciocchi[1] ; il me présenta à la sœur de Bonaparte, et bientôt au frère du premier consul, Lucien[2]. Celui-ci avait une maison de campagne près de Senlis (le Plessis), où j'étais contraint d'aller dîner ; ce château avait appartenu au cardinal de Bernis. Lucien avait dans son jardin le tombeau de sa première femme[3], une dame moitié allemande et moitié espagnole, et le souvenir du poète cardinal. La nymphe nourricière d'un ruisseau creusé à la bêche, était une mule qui tirait de l'eau d'un puits : c'était là le commencement de tous les fleuves que Bonaparte devait faire couler dans son empire. On travaillait à ma radiation[4] ; on me nommait déjà et je

---

1. Née le 3 janvier 1777, Élisa Bonaparte avait été élevée à Saint-Cyr. Au sortir des années difficiles, elle avait épousé un obscur officier corse, Pascal-Félix Bacciochi, qui ne fut jamais très gênant pour elle. Sous le Consulat, elle faisait les honneurs de la maison de son frère Lucien, devenu veuf ; elle recevait une petite cour de gens de lettres amenés par Fontanes, qui passait alors pour être du dernier bien avec elle. C'est ainsi qu'elle sera pour Chateaubriand une efficace protectrice, du moins jusqu'en 1804.   2. Lucien Bonaparte ayant été envoyé à Madrid, comme ambassadeur extraordinaire au mois de novembre 1800, Chateaubriand ne lui fut sans doute pas présenté avant son retour, un an plus tard (donc à la fin de 1801).   3. À la date du 14 mai 1800, Lucien évoque ainsi le Plessis-Chamant dans son journal : « Christine Boyer, ma femme, vient de mourir (...). C'est avec sa cendre inanimée que j'entre dans le manoir acquis pour elle et embelli à son intention (...). Je restais avec deux petites filles. Ma sœur Élisa leur servit de mère au moment de la catastrophe et vint me rejoindre au Plessis » (Th. Jung, *Lucien Bonaparte et ses mémoires*, Charpentier, 1882, p. 381-382). Il avait racheté la propriété à son beau-frère, le général Leclerc.   4. Selon toute apparence, Chateaubriand avait attendu que paraisse *Atala* pour déclencher la procédure. Le 1er floréal an IX/21 avril 1801, il commença par demander au ministre de la Police de pouvoir demeurer à Paris, « sous la surveillance de la municipalité », en dérogation au décret du 1er fructidor an III/18 août 1795, qui ne prévoyait cette éventualité que pour les domiciliés. Ce qui lui fut accordé le 5 mai. Chateaubriand pouvait dès lors solliciter sa radiation pure et simple. Il lui fallut néanmoins rédiger trois pétitions successives dans les semaines qui suivirent, puis faire intervenir directement Mme Bacciochi auprès du Premier Consul. Enfin, le 2 thermidor an IX/21 juillet 1801, son arrêté de radiation fut signé. Il pouvait écrire dès le surlendemain à Mme de Staël : « Je suis *citoyen français* » ; avec ce commentaire : « Fouché a été très bien dans mon affaire et même à peu près le seul. Je vous dois sans doute une grande partie de cette faveur. Mme Bacciochi a été adorable ». Voir à ce sujet Duchemin, p. 187-193.

me nommais moi-même tout haut *Chateaubriand*, oubliant qu'il me fallait appeler *Lassagne*. Des émigrés m'arrivèrent, entre autres MM. de Bonald et Chênedollé. Christian de Lamoignon, mon camarade d'exil à Londres, me conduisit chez madame Récamier[1] : le rideau se baissa subitement entre elle et moi.

La personne qui tint le plus de place dans mon existence, à mon retour de l'émigration, fut madame la comtesse de Beaumont. Elle demeurait une partie de l'année au château de Passy, près de Villeneuve-sur-Yonne, que M. Joubert habitait pendant l'été. Madame de Beaumont revint à Paris et désira me connaître[2].

Pour faire de ma vie une longue chaîne de regrets, la Providence voulut que la première personne dont je fus accueilli avec bienveillance au début de ma carrière publique, fût aussi la première à disparaître. Madame de Beaumont ouvre la marche funèbre de ces femmes qui ont passé devant moi. Mes souvenirs les plus éloignés reposent sur des cendres, et ils ont continué de tomber de cercueil en cercueil ; comme le Pandit indien, je récite les prières des morts, jusqu'à ce que les fleurs de mon chapelet soient fanées.

Madame de Beaumont était fille d'Armand Marc de Saint-Herem, comte de Montmorin, ambassadeur de France à Madrid, commandant en Bretagne, membre de l'assemblée des Notables en 1787, et chargé du porte-feuille des affaires étrangères sous Louis XVI, dont il était fort aimé : il périt sur l'échafaud, où le suivit une partie de sa famille[3].

---

1. Voir livre XXVIII, chap. 18 (tome 3).   2. Pauline de Montmorin, née le 20 août 1768, avait épousé Christophe de Beaumont le 25 septembre 1786, mais se sépara très vite de son mari (leur divorce ne sera néanmoins prononcé qu'au printemps de 1800). Elle avait connu, dans sa jeunesse, le milieu éclairé où se côtoyaient les Necker, les Suard, Mme de Staël, Condorcet, André Chénier... Sous la Terreur, elle se réfugia en Bourgogne, chez ses cousins Sérilly. C'est alors qu'elle fit la connaissance de Joubert, qui lui voua désormais une profonde amitié. Il lui présenta sans doute Chateaubriand au mois de mars 1801.   3. En réalité, le comte de Montmorin (1746-1792) avait péri le premier, dans les massacres de septembre. Sa femme, née Françoise de Tanes (1742-1794), ainsi que leur fils Calixte, né en 1772, furent guillotinés le 10 mai 1794. Enfin, leur fille aînée, Victoire, comtesse de la Luzerne, mourut en prison le 10 juillet de la même année.

Madame de Beaumont, plutôt mal que bien de figure, est fort ressemblante dans un portrait fait par madame Lebrun[1]. Son visage était amaigri et pâle ; ses yeux, coupés en amande, auraient peut-être jeté trop d'éclat, si une suavité extraordinaire n'eût éteint à demi ses regards en les faisant briller languissamment, comme un rayon de lumière s'adoucit en traversant le cristal de l'eau[2]. Son caractère avait une sorte de raideur et d'impatience qui tenait à la force de ses sentiments et au mal intérieur qu'elle éprouvait. Âme élevée, courage grand, elle était née pour le monde d'où son esprit s'était retiré par choix et malheur ; mais quand une voix amie appelait au dehors cette intelligence solitaire, elle venait et vous disait quelques paroles du ciel. L'extrême faiblesse de madame de Beaumont rendait son expression lente, et cette lenteur touchait ; je n'ai connu cette femme affligée qu'au moment de sa fuite ; elle était déjà frappée de mort, et je me consacrai à ses douleurs. J'avais pris un logement rue Saint-Honoré, à l'hôtel d'Étampes, près de la rue Neuve-du-Luxembourg[3]. Madame de Beaumont occupait dans cette dernière rue un appartement ayant vue sur les jardins du ministère de la Justice. Je me rendais chaque soir chez elle, avec ses amis et les miens, M. Joubert, M. de Fontanes, M. de Bonald, M. Molé, M. Pasquier, M. Chênedollé, hommes qui ont occupé une place dans les lettres et dans les affaires.

Plein de manies et d'originalité, M. Joubert[4] manquera éternellement à ceux qui l'ont connu. Il avait une prise extraordinaire sur l'esprit et sur le cœur, et quand une fois

---

1. Voir sa reproduction dans *Album Chateaubriand*, p. 75. Dans la liste des « Tableaux et portraits exécutés par Mme Vigée Le Brun avant de quitter la France en 1789 », qui figure à la fin de ses *Mémoires*, le peintre date ce tableau de 1788.   **2.** Cf. *Pensées*, p. 55 : « Les paroles de Mad^e de Beaumont arrivaient tristes et souffrantes parce qu'elles avaient traversé ses douleurs ».   **3.** Actuelle rue Cambon.   **4.** Le philosophe Joseph Joubert (1754-1824), ami de longue date de Fontanes, se lie avec Chateaubriand à partir de 1801. Celui-ci rédige ces pages au moment où il prépare, avec Arnaud Joubert, le *Recueil des pensées de M. Joubert*, qu'il préfacera (Le Normant, 1838). On comparera ce portrait à celui que trace Molé (*Souvenirs de jeunesse*, Mercure de France, 1991, p. 140-142).

il s'était emparé de vous, son image était là comme un fait, comme une pensée fixe, comme une obsession qu'on ne pouvait plus chasser. Sa grande prétention était au calme et personne n'était aussi troublé que lui : il se surveillait pour arrêter ces émotions de l'âme qu'il croyait nuisibles à sa santé, et toujours ses amis venaient déranger les précautions qu'il avait prises pour se bien porter, car il ne se pouvait empêcher d'être ému de leur tristesse ou de leur joie : c'était un égoïste qui ne s'occupait que des autres. Afin de retrouver des forces, il se croyait souvent obligé de fermer les yeux et de ne point parler pendant des heures entières. Dieu sait quel bruit et quel mouvement se passaient intérieurement chez lui, pendant ce silence et ce repos qu'il s'ordonnait. M. Joubert changeait à chaque moment de diète et de régime, vivant un jour de lait, un autre jour de viande hachée, se faisant cahoter au grand trot sur les chemins les plus rudes, ou traîner au petit pas dans les allées les plus unies. Quand il lisait, il déchirait de ses livres les feuilles qui lui déplaisaient, ayant, de la sorte, une bibliothèque à son usage, composée d'ouvrages évidés, renfermés dans des couvertures trop larges.

Profond métaphysicien, sa philosophie, par une élaboration qui lui était propre, devenait peinture ou poésie ; Platon à cœur de La Fontaine, il s'était fait l'idée d'une perfection qui l'empêchait de rien achever. Dans des manuscrits trouvés après sa mort, il dit : « Je suis comme une harpe éolienne, qui rend quelques beaux sons et qui n'exécute aucun air. » Madame Victorine de Chastenay prétendait *qu'il avait l'air d'une âme qui avait rencontré par hasard un corps, et qui s'en tirait comme elle pouvait :* définition charmante et vraie[1].

Nous riions des ennemis de M. de Fontanes, qui le voulaient faire passer pour un politique profond et dissimulé[2] : c'était tout simplement un poète irascible, franc

---

1. *Mémoires* de Mme de Chastenay, Perrin, 1987, p. 392-393. Chateaubriand retouche un peu le texte, ou le propos, original.   2. Quoi qu'il en soit, la carrière de Fontanes après le 18 Brumaire ne fut pas moins rapide. Il se fit remarquer, le 8 février 1800, par un *Éloge de Washington*, dans une cérémonie officielle. Puis il attacha sa fortune à

jusqu'à la colère, un esprit que la contrariété poussait à bout, et qui ne pouvait pas plus cacher son opinion qu'il ne pouvait prendre celle d'autrui. Les principes littéraires de son ami Joubert n'étaient pas les siens : celui-ci trouvait quelque chose de bon partout et dans tout écrivain ; Fontanes, au contraire, avait horreur de telle ou telle doctrine, et ne pouvait entendre prononcer le nom de certains auteurs. Il était ennemi juré des principes de la composition moderne : transporter sous les yeux du lecteur l'action matérielle, le crime besognant ou le gibet avec sa corde, lui paraissait des énormités ; il prétendait qu'on ne devait jamais apercevoir l'objet que dans un milieu poétique, comme sous un globe de cristal. La douleur s'épuisant machinalement par les yeux ne lui semblait qu'une sensation du Cirque ou de la Grève ; il ne comprenait le sentiment tragique qu'ennobli par l'admiration, et changé, au moyen de l'art, en une *pitié charmante*[1]. Je lui citais des vases grecs : dans les arabesques de ces vases, on voit le corps d'Hector traîné au char d'Achille, tandis qu'une petite figure, qui vole en l'air, représente l'ombre de Patrocle, consolée par la vengeance du fils de Thétis. « Eh bien ! Joubert, s'écria Fontanes, que dites-vous de cette métamorphose de la nue ? comme ces Grecs représentaient l'âme[2] ! » Joubert se crut attaqué, et il mit Fontanes en contradiction avec lui-même, en lui reprochant son indulgence pour moi. Ces débats, souvent très comiques, étaient à ne point finir : un soir, à onze heures

---

celle de Lucien Bonaparte, qui le chargea de superviser les « affaires culturelles » de son ministère, puis lui confia la rédaction du *Mercure*. Le génie de Fontanes sera de survivre à la disgrâce de son protecteur. Élu membre du Corps législatif pour les Deux-Sèvres (février 1802), membre de la commission chargée de rédiger les programmes des lycées, il sera élevé à la présidence du Corps législatif le 11 janvier 1804. Enfin, le 17 mars 1808, il fut nommé par Napoléon Grand Maître de la nouvelle Université impériale, puis sénateur et comte le 5 février 1810, avec tous les avantages financiers attachés à ces charges.

1. Boileau, *Art poétique*, III, 20. Chateaubriand a repris maintes fois cette idée à son compte.   **2.** La version définitive de 1848 modifie ainsi le texte de la copie notariale de 1847 : « ... cette métamorphose de la muse ? comme ces Grecs respectaient l'âme ! » Il est difficile de savoir quelle part a eue Chateaubriand à ces corrections.

et demie, quand je demeurais place Louis XV, dans l'attique de l'hôtel de madame de Coislin, Fontanes remonta mes quatre-vingt-quatre marches pour venir furieux, en frappant du bout de sa canne, achever un argument qu'il avait laissé interrompu : il s'agissait de Picard[1], qu'il mettait, dans ce moment-là, fort au-dessus de Molière ; il se serait donné de garde d'écrire un seul mot de ce qu'il disait : Fontanes parlant et Fontanes la plume à la main, étaient deux hommes.

C'est M. de Fontanes, j'aime à le redire, qui encouragea mes premiers essais ; c'est lui qui annonça le *Génie du Christianisme* ; c'est sa muse qui, pleine d'un dévouement étonné, dirigea la mienne dans les voies nouvelles où elle s'était précipitée ; il m'apprit à dissimuler la difformité des objets par la manière de les éclairer ; à mettre, autant qu'il était en moi, la langue classique dans la bouche de mes personnages romantiques. Il y avait jadis des hommes conservateurs du goût, comme ces dragons qui gardaient les pommes d'or du jardin des Hespérides ; ils ne laissaient entrer la jeunesse que quand elle pouvait toucher au fruit sans le gâter.

Les écrits de mon ami vous entraînent par un cours heureux ; l'esprit éprouve un bien-être et se trouve dans une situation harmonieuse où tout charme et rien ne blesse. M. de Fontanes revoyait sans cesse ses ouvrages ; nul, plus que ce maître des vieux jours, n'était convaincu de l'excellence de la maxime : « Hâte-toi lentement. » Que dirait-il donc, aujourd'hui qu'au moral comme au physique, on s'évertue à supprimer le chemin et que l'on croit ne pouvoir jamais aller assez vite ? M. de Fontanes préférait voyager au gré d'une délicieuse mesure. Vous avez vu ce que j'ai dit de lui quand je le retrouvai à Londres ; les regrets que j'exprimais alors, il me faut les répéter ici : la vie nous oblige sans cesse à pleurer par anticipation ou par souvenir.

---

1. Louis-Benoît Picard (1769-1828), auteur médiocre mais fécond de comédies, de vaudevilles, etc. La partialité de Fontanes envers ce précurseur de Scribe relève du même goût de la provocation que les feuilletons dramatiques publiés à la même époque par Geoffroy dans les *Débats*.

M. de Bonald[1] avait l'esprit délié ; on prenait son ingé-
niosité pour du génie ; il avait rêvé sa politique métaphysique à l'armée de Condé, dans la Forêt-Noire, de même
que ces professeurs d'Iéna et de Gœttingue qui marchèrent depuis à la tête de leurs écoliers et se firent tuer
pour la liberté de l'Allemagne. Novateur, quoiqu'il eût
été mousquetaire sous Louis XVI, il regardait les anciens
comme des enfants en politique et en littérature ; et il
prétendait, en employant le premier la fatuité du langage
actuel, que le grand-maître de l'Université n'était *pas
encore assez avancé pour entendre cela.*

Chênedollé[2], avec du savoir et du talent, non pas naturel, mais appris, était si triste qu'il se surnommait le Cor-
beau ; il allait à la maraude dans mes ouvrages. Nous
avions fait un traité : je lui avais abandonné mes ciels,
mes vapeurs, mes nuées ; mais il était convenu qu'il me
laisserait mes brises, mes vagues et mes forêts.

Je ne parle maintenant que de mes amis littéraires ;
quant à mes amis politiques, je ne sais si je vous en entre-

---

1. Le vicomte Louis de Bonald (1754-1840) avait émigré en Allemagne, après la désastreuse campagne des Princes (1792). C'est à
Heidelberg qu'il médita son premier ouvrage, *Théorie du pouvoir politique et religieux* (Constance, 1796). Il regagna peu après son Rouergue
natal, pour y vivre dans une demi-clandestinité. On le retrouve à Paris,
au début du Consulat : il fréquente le salon de Mme de Beaumont, il
publie successivement un essai sur le *Divorce* (1801), puis les trois
volumes de sa *Législation primitive* (1802), il collabore au *Mercure*. Il
retourne ensuite dans sa province, malgré les avances de Napoléon,
avant de réapparaître sous la Restauration comme LE penseur du parti
ultra. Il participa en particulier, avec Chateaubriand, à la rédaction du
Conservateur (voir livre XXV, chap. 9). Le personnage a suscité des
avis contrastés : voir par exemple le jugement que porte, à la même
époque, Molé dans ses *Souvenirs* (p. 336-337). Le tour épigrammatique
de ce portrait révèle des réserves qui sont bien antérieures à la Restauration (*cf.* XIV, 2).   **2.** Charles-Julien Lioult de Chênedollé (1769-
1833) avait profité de son émigration pour voyager en Allemagne, puis
en Suisse. Il avait rencontré des écrivains célèbres ; il avait beaucoup
lu, sans parvenir à une véritable originalité. Il travaillait alors à un
vaste poème sur le *Génie de l'homme* qui paraîtra en 1807. Éternel
épigone, Chênedollé ne tardera pas à retourner vivre dans son manoir
du Coisel, près de Vire.

tiendrai : des principes et des discours ont creusé entre nous des abîmes[1] !

Madame Hocquart et madame de Vintimille venaient à la réunion de la rue Neuve-du-Luxembourg. Madame de Vintimille[2], femme d'autrefois, comme il en reste peu, fréquentait le monde et nous rapportait ce qui s'y passait ; je lui demandais si l'on *bâtissait encore des villes*[3]. La peinture des petits scandales qu'ébauchait une piquante raillerie, sans être offensante, nous faisait mieux sentir le prix de notre sûreté. Madame de Vintimille avait été chantée avec sa sœur par M. de Laharpe. Son langage était circonspect, son caractère contenu, son esprit acquis : elle avait vécu avec mesdames de Chevreuse, de Longueville, de La Vallière, de Maintenon, avec madame Geoffrin et madame du Deffant. Elle se mêlait bien à une société dont l'agrément tenait à la variété des esprits et à la combinaison de leurs différentes valeurs.

Madame Hocquart[4] fut fort aimée du frère de madame de Beaumont, lequel s'occupa de la dame de ses pensées jusque sur l'échafaud, comme Aubiac[5] allait à la potence en baisant un manchon de velours ras bleu qui lui restait

---

1. Sans doute Molé, ainsi que Pasquier, dans lesquels Chateaubriand ne verra plus tard que des carriéristes sans envergure. Au moins il se soumet-il à une règle de discrétion, tandis que, de leur côté, ses « amis politiques » ne le ménageront pas dans leurs propres *Mémoires*. 2. Née Angélique de La Live de Jully (1763-1831), Mme de Vintimille était la nièce de Mme de La Briche et de Mme d'Houdetot et la sœur de Mme de Fezensac. Elle avait épousé un officier de marine beaucoup plus âgé qu'elle, le vicomte Hubert de Vintimille (1740-1817). Molé (p. 119-120), puis Frénilly (*Mémoires*, Perrin, 1987, p. 179) ont laissé des témoignages sur ce couple original.   3. C'est la question que pose Paul à Eudore au livre XI des *Martyrs* (p. 287 et p. 618 pour la référence à la *Vie des Pères du désert*).   4. Henriette Pourrat avait épousé en 1789 Gilles Toussaint Hocquart de Turtot (1765-1835), colonel-baron du Premier Empire, pair de la Restauration. Elle était la sœur de Mme Lecoulteux, chantée par André Chénier sous le nom de Fanny. C'est du reste dans le salon de leur mère, la veuve du banquier Pourrat, que Pauline de Beaumont avait rencontré le poète (vers 1791). Sur Mme Hocquart, voir Frénilly, p. 104-105.   5. Chateaubriand adore cette anecdote, qu'il a citée dans son *Histoire de France*, qu'il répète dans une lettre du 1er juin 1837 (Durry, p. 482), contemporaine de la rédaction de ce chapitre.

des bienfaits de Marguerite de Valois. Nulle part désormais ne se rassembleront sous un même toit tant de personnes distinguées appartenant à des rangs divers et à diverses destinées, pouvant causer des choses les plus communes comme des choses les plus élevées : simplicité de discours qui ne venait pas d'indigence, mais de choix. C'est peut-être la dernière société où l'esprit français de l'ancien temps ait paru. Chez les Français nouveaux on ne trouvera plus cette urbanité, fruit de l'éducation et transformée par un long usage en aptitude du caractère. Qu'est-il arrivé à cette société ? Faites donc des projets, rassemblez des amis, afin de vous préparer un deuil éternel ! Madame de Beaumont n'est plus, Joubert n'est plus, Chênedollé n'est plus, madame de Vintimille n'est plus. Autrefois, pendant les vendanges, je visitais à Villeneuve M. Joubert ; je me promenais avec lui sur les coteaux de l'Yonne ; il cueillait des oronges dans les taillis et moi des veilleuses dans les prés. Nous causions de toutes choses et particulièrement de notre amie madame de Beaumont, absente pour jamais : nous rappelions le souvenir de nos anciennes espérances. Le soir, nous rentrions dans Villeneuve, ville environnée de murailles décrépites du temps de Philippe-Auguste et de tours à demi rasées au-dessus desquelles s'élevait la fumée de l'âtre des vendangeurs. Joubert me montrait de loin sur la colline un sentier sablonneux au milieu des bois et qu'il prenait lorsqu'il allait voir sa voisine, cachée au château de Passy pendant la Terreur.

Depuis la mort de mon cher hôte, j'ai traversé quatre ou cinq fois le Senonais. Je voyais du grand chemin les coteaux : Joubert ne s'y promenait plus ; je reconnaissais les arbres, les champs, les vignes, les petits tas de pierres où nous avions accoutumé de nous reposer. En passant dans Villeneuve, je jetais un regard sur la rue déserte et sur la maison fermée de mon ami. La dernière fois que cela m'arriva, j'allais en ambassade à Rome : ah ! s'il eût été à ses foyers, je l'aurais emmené à la tombe de madame de Beaumont ! Il a plu à Dieu d'ouvrir à M. Joubert une Rome céleste, mieux appropriée encore à son âme platonique, devenue chrétienne. Je ne le rencontrerai plus ici-bas : *Je m'en irai vers lui ; il ne reviendra pas vers moi* [1].

(8)

Paris, 1837.

ANNÉE DE MA VIE, 1801. – ÉTÉ À SAVIGNY.

Le succès d'*Atala* m'ayant déterminé à recommencer le *Génie du Christianisme*, dont il y avait déjà deux volumes imprimés, madame de Beaumont me proposa de me donner une chambre à la campagne, dans une maison qu'elle venait de louer à Savigny. Je passai six mois dans sa retraite, avec M. Joubert et nos autres amis [2].

La maison [3] était située à l'entrée du village, du côté de Paris, près d'un vieux grand chemin qu'on appelle dans le pays le *Chemin de Henri IV* ; elle était adossée à un coteau de vignes, et avait en face le parc de Savigny, terminé par un rideau de bois et traversé par la petite rivière de l'Orge. Sur la gauche s'étendait la plaine de Viry jusqu'aux fontaines de Juvisy. Tout autour de ce

---

1. Paroles de David, après la mort du premier fils que lui a donné Bethsabée : non pas dans les *Psaumes*, mais au deuxième livre de Samuel, XII, 23. Amenée par le contexte, la curieuse image de la *Rome céleste* se substitue à la *Jérusalem céleste* du Nouveau Testament (Hébreux, XII, 22 ; Apocalypse, XXI, 2).   **2.** Ce séjour à Savigny-sur-Orge, à six lieues au sud de Paris, dura du 19 mai jusqu'à la fin du mois de novembre 1801, mais fut entrecoupé de nombreuses visites à Paris, au moins dans les premières semaines. Les Joubert firent une brève apparition à Savigny à la fin du mois de mai, puis revinrent en août pour un séjour plus long, au cours duquel Molé arriva lui aussi (p. 149-150). On lui rendit sa visite au Marais, chez Mme de La Briche, vers la mi-septembre.   **3.** Quelques dessins ou photographies anciennes nous ont conservé le souvenir de cette grande maison de campagne, démolie en 1904 : voir *Bulletin*, 1930, pl. III et IV ; *Album Chateaubriand*, p. 92.

pays, on trouve des vallées, où nous allions le soir à la découverte de quelques promenades nouvelles.

Le matin, nous déjeunions ensemble ; après le déjeuner, je me retirais à mon travail ; madame de Beaumont avait la bonté de copier les citations que je lui indiquais[1]. Cette noble femme m'a offert un asile lorsque je n'en avais pas : sans la paix qu'elle m'a donnée, je n'aurais peut-être jamais fini un ouvrage que je n'avais pu achever pendant mes malheurs.

Je me rappellerai éternellement quelques soirées passées dans cet abri de l'amitié ; nous nous réunissions, au retour de la promenade, auprès d'un bassin d'eau vive, placé au milieu d'un gazon dans le potager : madame Joubert, madame de Beaumont et moi, nous nous asseyions sur un banc ; le fils de madame Joubert se roulait à nos pieds sur la pelouse ; cet enfant[2] a déjà disparu. M. Joubert se promenait à l'écart dans une allée sablée ; deux chiens de garde et une chatte se jouaient autour de nous, tandis que des pigeons roucoulaient sur le bord du toit. Quel bonheur pour un homme nouvellement débarqué de l'exil, après avoir passé huit ans dans un abandon profond, excepté quelques jours promptement écoulés ! C'était ordinairement dans ces soirées que mes amis me faisaient parler de mes voyages ; je n'ai jamais si bien peint qu'alors les déserts du Nouveau-Monde. La nuit, quand les fenêtres de notre salon champêtre étaient ouvertes, madame de Beaumont remarquait diverses constellations, en me disant que je me rappellerais un jour qu'elle m'avait appris à les connaître : depuis que je l'ai perdue, non loin de son tombeau, à Rome, j'ai plusieurs fois, du milieu de la campagne, cherché au firmament les étoiles qu'elle m'avait nommées ; je les ai aperçues brillant au-dessus des montagnes de la Sabine ; le rayon prolongé de ces astres venait frapper la surface du Tibre. Le lieu où je les ai vus sur les bois de Savigny, et les lieux où je les revoyais, la mobilité de mes destinées, ce signe

---

1. Sur leur collaboration, avec la participation active de Joubert, voir Rémy Tessonneau, *Joubert éducateur*, Plon, p. 99-119.   2. Victor Joubert, né en 1794.

qu'une femme m'avait laissé dans le ciel pour me souvenir d'elle, tout cela brisait mon cœur. Par quel miracle l'homme consent-il à faire ce qu'il fait sur cette terre, lui qui doit mourir ?

Un soir, nous vîmes dans notre retraite quelqu'un entrer à la dérobée par une fenêtre et sortir par une autre ; c'était M. Laborie[1] ; il se sauvait des serres de Bonaparte. Peu après apparut une de ces âmes en peine qui sont une espèce différente des autres âmes, et qui mêlent, en passant, leur malheur inconnu aux vulgaires souffrances de l'espèce humaine : c'était Lucile, ma sœur.

Après mon arrivée en France, j'avais écrit à ma famille pour l'informer de mon retour. Madame la comtesse de Marigny, ma sœur aînée, me chercha la première[2], se trompa de rue et rencontra cinq messieurs Lassagne, dont le dernier monta du fond d'une trappe de savetier pour répondre à son nom. Madame de Chateaubriand vint à son tour : elle était charmante et remplie de toutes les qualités propres à me donner le bonheur que j'ai trouvé auprès d'elle, depuis que nous sommes réunis. Madame la comtesse de Caud, Lucile, se présenta ensuite. M. Joubert et madame de Beaumont se prirent d'un attachement passionné et d'une tendre pitié pour elle. Alors commença entre eux une correspondance qui n'a fini qu'à la mort des deux femmes qui s'étaient penchées l'une vers l'autre, comme deux fleurs de même nature prêtes à se faner. Madame Lucile s'étant arrêtée à Versailles, le 30 septembre 1802[3], je reçus d'elle ce billet : « Je t'écris

---

1. Antoine-Athanase Roux de Laborie (1769-1842), ami des frères Bertin, fut un des actionnaires du nouveau *Journal des Débats*. Employé au ministère des Relations extérieures grâce à la protection de Talleyrand, il fut accusé par Fouché, sans doute pour nuire à son rival, de divulguer des informations confidentielles. Il fut alors obligé de se cacher pour échapper à la police, puis de quitter la France pour quelque temps. Une lettre de Chateaubriand à Fontanes, envoyée de Savigny le 30 septembre 1801, confirme le passage de Laborie.   2. Si la correspondance de Chateaubriand atteste qu'il avait repris des relations affectueuses avec sa sœur Marigny dès la fin de 1800, il ne subsiste aucune trace de la visite de sa femme qui réside alors à Fougères.   3. Il faut sans doute rectifier cette date en « 1801 », puisque ni Pauline de Beaumont ni Chateaubriand ne retour-

pour te prier de remercier de ma part madame de Beaumont de l'invitation qu'elle me fait d'aller à Savigny. Je compte avoir ce plaisir à peu près dans quinze jours, à moins que du côté de madame de Beaumont, il ne se trouve quelque empêchement. » Madame de Caud vint à Savigny comme elle l'avait annoncé.

Je vous ai raconté que, dans sa jeunesse, ma sœur, chanoinesse du chapitre de l'Argentière et destinée à celui de Remiremont, avait eu pour M. de Malfilâtre, conseiller au parlement de Bretagne, un attachement qui, renfermé dans son sein, avait augmenté sa mélancolie naturelle. Pendant la Révolution, elle épousa M. le comte de Caud et le perdit après quinze mois de mariage. La mort de madame la comtesse de Farcy, sœur qu'elle aimait tendrement, accrut la tristesse de madame de Caud. Elle s'attacha ensuite à madame de Chateaubriand, ma femme ; elle prit sur elle un empire qui devint pénible, car Lucile était violente, impérieuse, déraisonnable, et madame de Chateaubriand, soumise à ses caprices, se cachait d'elle pour lui rendre les services qu'une amie plus riche rend à une amie susceptible et moins heureuse.

Le génie de Lucile et son caractère profond étaient arrivés presque à la folie de J.-J. Rousseau ; elle se croyait en butte à des ennemis secrets : elle donnait à madame de Beaumont, à M. Joubert, à moi, de fausses adresses pour lui écrire [1], elle examinait les cachets, cherchait à

---

nèrent à Savigny en 1802. On ignore si Lucile avait revu son frère avant son passage à Savigny : sa présence y est attestée par une lettre de Chateaubriand à Mme de Staël du 24 août 1801, puis par une autre à Joubert du 9 septembre. De son côté, Mme de Beaumont écrit à Joubert, vers le 20 octobre : « Mme de Caud qui est ici me charge de la rappeler à votre souvenir » (Tessonneau, *op. cit.*, p. 115).

1. C'est dans les premiers mois de 1803, alors que Chênedollé la supplie de devenir sa femme, que Lucile commença à prendre des précautions pour échapper à la surveillance de ses sœurs. Voici ce qu'elle lui écrit le 2 avril : « Tout ce que vous saurez pour le moment, c'est que j'ai la certitude qu'on voit les lettres et celles que je reçois. Je vais faire en sorte que celle-ci évite le sort des autres » (Sainte-Beuve, t. 2, p. 189). Quelques mois plus tard, elle se fait adresser sa correspondance chez un imprimeur de Fougères, et Joubert, qui transmet à Chênedollé cette recommandation le 19 juin, précise : « Elle vous invite aussi, ainsi que Mme de Beaumont, à déguiser un peu vos écritures » (*ibid.*, p. 201).

découvrir s'ils n'avaient point été rompus ; elle errait de domicile en domicile, ne pouvait ni rester chez mes sœurs ni avec ma femme ; elle les avait prises en antipathie et madame de Chateaubriand, après lui avoir été dévouée au delà de tout ce qu'on peut imaginer, avait fini par être accablée du fardeau d'un attachement si cruel.

Une autre fatalité avait frappé Lucile : M. de Chênedollé, habitant auprès de Vire, l'était allé voir à Fougères ; bientôt, il fut question d'un mariage qui manqua[1]. Tout échappait à la fois à ma sœur, et retombée sur elle-même, elle n'avait pas la force de se porter. Ce spectre plaintif s'assit un moment sur une pierre, dans la solitude riante de Savigny : tant de cœurs l'y avaient reçue avec joie ! ils l'auraient rendue avec tant de bonheur à une douce réalité d'existence ! Mais le cœur de Lucile ne pouvait battre que dans un air fait exprès pour elle, et qui n'avait point été respiré. Elle dévorait avec rapidité les jours du monde à part dans lequel le ciel l'avait placée. Pourquoi Dieu avait-il créé un être uniquement pour souffrir ? Quel rapport mystérieux y a-t-il donc entre une nature pâtissante et un principe éternel ?

Ma sœur n'était point changée ; elle avait pris seulement l'expression fixe de ses maux : sa tête était un peu baissée, comme une tête sur laquelle les heures ont pesé. Elle me rappelait mes parents ; ces premiers souvenirs de

---

1. Lucile avait sans doute rencontré Chênedollé chez Mme de Beaumont, peu après son installation provisoire à Paris, au mois de juin 1802. Le poète normand avait été rayé de la liste des émigrés le 23 juin, mais le Préfet de police ne fut autorisé à lui donner un passeport pour Vire que le 28 juillet. Le 25 août suivant, Mme de Beaumont lui donne des nouvelles de Lucile en ces termes : « Elle vous plaint de toute son âme et me charge de vous dire mille choses » (Sainte-Beuve, t. 2, p. 172). Ainsi devait commencer une douloureuse liaison ; le mariage fut envisagé jusqu'à une dernière entrevue, le dimanche 9 octobre 1803, qui décida de la rupture définitive : on avait appris que Chênedollé avait épousé le 30 juin 1796, à Hambourg, une jeune femme originaire de Liège qui lui avait donné un fils, et qu'il était le seul à ne pas reconnaître la validité de ce mariage.

famille, évoqués de la tombe, m'entouraient comme des larves accourues pour se réchauffer la nuit à la flamme mourante d'un bûcher funèbre. En la contemplant, je croyais apercevoir dans Lucile toute mon enfance, qui me regardait derrière ses yeux un peu égarés[1].

La vision de douleur s'évanouit : cette femme, grevée de la vie, semblait être venue chercher l'autre femme abattue qu'elle devait emporter.

(9)

Paris, 1837.

ANNÉE DE MA VIE, 1802. – TALMA.

L'été passa : selon la coutume, je m'étais promis de le recommencer l'année suivante ; mais l'aiguille ne revient point à l'heure qu'on voudrait ramener. Pendant l'hiver à Paris, je fis quelques nouvelles connaissances. M. Jullien[2], homme riche, obligeant, et convive joyeux, quoique d'une famille où l'on se tuait, avait une loge aux Français ; il la prêtait à madame de Beaumont ; j'allai quatre ou cinq fois au spectacle avec M. de Fontanes et M. Joubert. À mon entrée dans le monde, l'ancienne comédie était dans toute sa gloire ; je la retrouvai dans sa complète décomposition ; la tragédie se soutenait encore,

---

1. Comparer ce début du portrait de Lucile au texte des *Mémoires de ma vie* (t. 1, p. 138). Pour la suite, voir livre XV, chap. 1 et 2 ; XVIII, chap. 6.   **2.** Ce fils de banquier genevois, « frère très puîné et fort riche de la vieille Mme Rilliet » (Frénilly, p. 249), menait à Paris une agréable vie de garçon. Molé le cite dans ses *Souvenirs* comme un hôte occasionnel du Marais ou de Champlâtreux : voir son portrait p. 272-273 ; et, p. 441, le récit des enfantillages où il entraînait Chateaubriand.

grâce à mademoiselle Duchesnois et surtout à Talma[1], arrivé à la plus grande hauteur du talent dramatique. Je l'avais vu à son début ; il était moins beau et, pour ainsi dire, moins jeune qu'à l'âge où je le revoyais : il avait pris la distinction, la noblesse et la gravité des années.

Le portrait que madame de Staël a fait de Talma dans son ouvrage sur l'Allemagne[2], n'est qu'à moitié vrai : le brillant écrivain apercevait le grand acteur avec une imagination de femme, et lui donna ce qui lui manquait.

Il ne fallait pas à Talma le monde intermédiaire : il ne savait pas le *gentilhomme* ; il ne connaissait pas notre ancienne société ; il ne s'était pas assis à la table des châtelaines, dans la tour gothique au fond des bois ; il ignorait la flexibilité, la variété de ton, la galanterie, l'allure légère des mœurs, la naïveté, la tendresse, l'héroïsme d'honneur, les dévouements chrétiens de la chevalerie : il n'était pas Tancrède, Coucy, ou, du moins, il les transformait en héros d'un moyen âge de sa création : Othello était au fond de Vendôme.

Qu'était-il donc, Talma ? Lui, son siècle et le temps antique. Il avait les passions profondes et concentrées de l'amour et de la patrie ; elles sortaient de son sein par explosion. Il avait l'inspiration funeste, le dérangement de génie de la Révolution à travers laquelle il avait passé. Les terribles spectacles dont il fut environné se répétaient dans son talent avec les accents lamentables et lointains des chœurs de Sophocle et d'Euripide. Sa grâce qui n'était point la grâce convenue, vous saisissait comme le malheur. La noire ambition, le remords, la jalousie, la mélancolie de l'âme, la douleur physique, la folie par les dieux et l'adversité, le deuil humain : voilà ce qu'il savait. Sa seule entrée en scène, le seul son de sa voix étaient puissamment tragiques. La souffrance et la pensée se

---

1. Si nous en croyons Sainte-Beuve, le portrait de Talma avait commencé par figurer au livre IX. Mais il est probable que ce chapitre lui confère une plus grande ampleur.   2. Deuxième partie, chap. 27. Dans ce chapitre sur la *Déclamation*, Mme de Staël crédite Talma de pouvoir incarner aussi bien un chevalier chrétien qu'un héros de tragédie antique ; opinion que Chateaubriand conteste.

mêlaient sur son front, respiraient dans son immobilité, ses poses, ses gestes, ses pas. *Grec*, il arrivait, pantelant et funèbre, des ruines d'Argos, immortel Oreste, tourmenté qu'il était depuis trois mille ans par les Euménides ; *Français*, il venait des solitudes de Saint-Denis, où les Parques de 1793 avaient coupé le fil de la vie tombale des rois. Tout entier triste, attendant quelque chose d'inconnu, mais d'arrêté dans l'injuste ciel, il marchait, forçat de la destinée, inexorablement enchaîné entre la fatalité et la terreur.

Le temps jette une obscurité inévitable sur les chefs-d'œuvre dramatiques vieillissants ; son ombre portée change en Rembrandt les Raphaël les plus purs ; sans Talma une partie des merveilles de Corneille et de Racine serait demeurée inconnue. Le talent dramatique est un flambeau ; il communique le feu à d'autres flambeaux à demi-éteints, et fait revivre des génies qui vous ravissent par leur splendeur renouvelée.

On doit à Talma la perfection de la tenue de l'acteur. Mais la vérité du théâtre et le rigorisme du vêtement sont-ils aussi nécessaires à l'art qu'on le suppose ? Les personnages de Racine n'empruntent rien de la coupe de l'habit : dans les tableaux des premiers peintres, les fonds sont négligés et les costumes inexacts. Les *Fureurs* d'Oreste ou la *Prophétie* de Joad[1], lues dans un salon par Talma en frac, faisaient autant d'effet que déclamées sur la scène par Talma en manteau grec ou en robe juive. Iphigénie était accoutrée comme madame de Sévigné, lorsque Boileau adressait ces beaux vers à son ami[2] :

> *Jamais Iphigénie en Aulide immolée*
> *N'a coûté tant de pleurs à la Grèce assemblée,*
> *Que, dans l'heureux spectacle à nos yeux étalé*
> *En a fait sous son nom verser la Champmeslé.*

Cette correction dans la représentation de l'objet inanimé est l'esprit des arts de notre temps : elle annonce la décadence de la haute poésie et du vrai drame ; on se

---

1. Dans *Andromaque* et dans *Athalie*.   2. *Épîtres*, VII.

contente des petites beautés, quand on est impuissant aux
grandes ; on imite, à tromper l'œil, des fauteuils et du
velours, quand on ne peut plus peindre la physionomie
de l'homme assis sur ce velours et dans ces fauteuils.
Cependant, une fois descendu à cette vérité de la forme
matérielle, on se trouve forcé de la reproduire ; car le
public, matérialisé lui-même, l'exige.

(10)

ANNÉES DE MA VIE, 1802 ET 1803.
GÉNIE DU CHRISTIANISME. − CHUTE ANNONCÉE.
CAUSE DU SUCCÈS FINAL.

Cependant j'achevais le *Génie du Christianisme*.
Lucien en désira voir quelques épreuves ; je les lui
communiquai ; il mit aux marges des notes assez
communes[1].

Quoique le succès de mon grand livre fût aussi éclatant
que celui de la petite *Atala*, il fut néanmoins plus
contesté : c'était un ouvrage grave où je ne combattais
plus les principes de l'ancienne littérature et de la philosophie par un roman, mais où je les attaquais par des
raisonnements et des faits. L'empire voltairien poussa un
cri et courut aux armes. Madame de Staël se méprit sur
l'avenir de mes études religieuses : on lui apporta l'ouvrage sans être coupé ; elle passa ses doigts entre les
feuillets, tomba sur le chapitre *la Virginité*, et elle dit à
M. Adrien de Montmorency[2], qui se trouvait avec elle :

1. Les épreuves furent sans doute disponibles dès le mois de
janvier 1802. C'est alors que Lucien Bonaparte, rentré depuis peu de
son ambassade espagnole, a pu souhaiter les lire, voire les annoter. Il
fut, en effet, le rapporteur au Tribunat du projet de Concordat, et
prononça, en faveur de son adoption, un discours remarqué (sans
doute de la main de Fontanes) au Corps législatif le 18 germinal an
X/8 avril 1802. Le *Génie du Christianisme* fut enfin mis en vente
le 24 germinal/14 avril.　　2. Le chapitre 9 du livre 1 de la 1re partie, intitulé dans la 1re édition « Examen de la virginité sous ses

« Ah ! mon Dieu ! notre pauvre Chateaubriand ! Cela va tomber à plat ! » L'abbé de Boullogne[1] ayant entre les mains quelques parties de mon travail, avant la mise sous presse, répondit à un libraire qui le consultait : « Si vous voulez vous ruiner, imprimez cela. » Et l'abbé de Boullogne a fait depuis un trop magnifique éloge de mon livre.

Tout paraissait en effet annoncer ma chute : quelle espérance pouvais-je avoir, moi sans nom et sans prôneurs, de détruire l'influence de Voltaire, dominante depuis plus d'un demi-siècle, de Voltaire qui avait élevé l'énorme édifice achevé par les encyclopédistes et consolidé par tous les hommes célèbres en Europe ? Quoi ! les Diderot, les d'Alembert, les Duclos, les Dupuis[2], les Helvétius, les Condorcet étaient des esprits sans autorité ? Quoi ! le monde devait retourner à la Légende dorée, renoncer à son admiration acquise à des chefs-d'œuvre de science et de raison ? Pouvais-je jamais gagner une cause que n'avaient pu sauver Rome armée de ses foudres, le clergé de sa puissance ; une cause en vain défendue par l'archevêque de Paris, Christophe de Beaumont[3], appuyé des arrêts du parlement, de la force armée et du nom du Roi ? N'était-il pas aussi ridicule que

---

rapports poétiques ». Cette formule disparaîtra des éditions ultérieures. Adrien de Montmorency-Laval (1768-1837) est alors un adorateur de Mme Récamier, un familier de Mme de Staël.
1. Écrivain-journaliste de la bonne presse, Étienne-François de Boullogne (1747-1825) sera nommé évêque de Troyes le 8 mars 1808, puis créé baron le 5 octobre suivant. Il fut un orateur apprécié des cérémonies impériales, mais ses prises de position lors du petit concile de 1811 lui vaudront des tracasseries policières.   **2.** Dans cette liste, Charles-François Dupuis (1742-1809), qui se rattache au groupe des Idéologues, est le seul contemporain de la parution du *Génie du Christianisme*. Membre de la Convention, du Conseil des Cinq-Cents, puis du Corps législatif qu'il présida du 22 novembre 1801 jusqu'au mois de septembre 1802, il est surtout connu pour son *Origine de tous les cultes*, ambitieuse entreprise de démystification du christianisme.   **3.** Archevêque de Paris de 1746 à 1781, ce prélat se signala par sa virulence, sinon par ses succès, contre les encyclopédistes. Son mandement contre *Émile* lui valut une réponse fameuse de Rousseau (1763).

téméraire à un homme obscur, de s'opposer à un mouvement philosophique tellement irrésistible qu'il avait produit la Révolution ? Il était curieux de voir un pygmée
raidir ses petits bras[1] pour étouffer le progrès du siècle,
arrêter la civilisation et faire rétrograder le genre humain !
Grâce à Dieu, il suffirait d'un mot pour pulvériser l'insensé : aussi M. Ginguené, en maltraitant le *Génie du
Christianisme* dans la *Décade*, déclarait que la critique
venait trop tard, puisque mon rabâchage était déjà oublié.
Il disait cela cinq ou six mois après la publication d'un
ouvrage que l'attaque de l'Académie française entière, à
l'occasion des prix décennaux[2], n'a pu faire mourir.

Ce fut au milieu des débris de nos temples que je
publiai le *Génie du Christianisme*. Les fidèles se crurent
sauvés : on avait alors un besoin de foi, une avidité
de consolations religieuses, qui venaient de la privation
de ces consolations depuis de longues années. Que de
forces surnaturelles à demander pour tant d'adversités
subies ! Combien de familles mutilées avaient à chercher auprès du Père des hommes[3] les enfants qu'elles
avaient perdus ! Combien de cœurs brisés, combien
d'âmes devenues solitaires, appelaient une main divine
pour les guérir ! On se précipitait dans la maison de
Dieu, comme on entre dans la maison du médecin le
jour d'une contagion. Les victimes de nos troubles (et
que de sortes de victimes !) se sauvaient à l'autel ;
naufragés s'attachant au rocher[4] sur lequel elles
cherchent leur salut.

Bonaparte, désirant alors fonder sa puissance sur la
première base de la société, venait de faire des arrangements avec la cour de Rome : il ne mit d'abord aucun
obstacle à la publication d'un ouvrage utile à la popula-

---

1. Expression empruntée à une épigramme de Lebrun contre La
Harpe, dans laquelle il se moque de ses « efforts de pygmée » pour
« étouffer (la) haute renommée » de Corneille.   **2.** Voir livre XVIII,
chap. 9 (*infra*, p. 310).   **3.** Si la paternité divine est maintes fois
invoquée dans la Bible, c'est chez Homère qu'on trouve, à propos de
Zeus, la formule : « le *père* des dieux et des *hommes* ».   **4.** Image
elle aussi biblique : voir Psaumes XVIII, 3 ; LXXI, 3 ; etc.

rité de ses desseins ; il avait à lutter contre les hommes qui l'entouraient et contre des ennemis déclarés du culte ; il fut donc heureux d'être défendu au dehors par l'opinion que le *Génie du Christianisme* appelait. Plus tard, il se repentit de sa méprise : les idées monarchiques régulières étaient arrivées avec les idées religieuses.

Un épisode du *Génie du Christianisme*, qui fit moins de bruit alors qu'*Atala*, a déterminé un des caractères de la littérature moderne ; mais, au surplus, si *René* n'existait pas, je ne l'écrirais plus ; s'il m'était possible de le détruire, je le détruirais. Une famille de René poètes et de René prosateurs a pullulé : on n'a plus entendu que des phrases lamentables et décousues ; il n'a plus été question que de vents et d'orages, que de maux inconnus livrés aux nuages et à la nuit. Il n'y a pas de grimaud sortant du collège qui n'ait rêvé être le plus malheureux des hommes ; de bambin qui à seize ans n'ait épuisé la vie, qui ne se soit cru tourmenté par son génie ; qui, dans l'abîme de ses pensées, ne se soit livré au *vague de ses passions* ; qui n'ait frappé son front pâle et échevelé, et n'ait étonné les hommes stupéfaits d'un malheur dont il ne savait pas le nom, ni eux non plus.

Dans *René*, j'avais exposé une infirmité de mon siècle ; mais c'était une autre folie aux romanciers d'avoir voulu rendre universelles des afflictions en dehors de tout. Les sentiments généraux qui composent le fond de l'humanité, la tendresse paternelle et maternelle, la piété filiale, l'amitié, l'amour, sont inépuisables ; mais les manières particulières de sentir, les individualités d'esprit et de caractère ne peuvent s'étendre et se multiplier dans de grands et nombreux tableaux. Les petits coins non découverts du cœur de l'homme sont un champ étroit ; il ne reste rien à recueillir dans ce champ après la main qui l'a moissonné la première. Une maladie de l'âme n'est pas un état permanent et naturel : on ne peut la reproduire, en faire une littérature, en tirer parti comme d'une passion générale incessamment modifiée au gré des artistes qui la manient et en changent la forme.

Quoi qu'il en soit, la littérature se teignit des couleurs de mes tableaux religieux, comme les affaires ont gardé la phraséologie de mes écrits sur la cité ; *la Monarchie selon la Charte*, a été le rudiment de notre gouvernement représentatif, et mon article du *Conservateur*, sur *les intérêts moraux et les intérêts matériels* [1] a laissé ces deux désignations à la politique.

Des écrivains me firent l'honneur d'imiter *Atala* et *René*, de même que la chaire emprunta mes récits des Missions et des bienfaits du christianisme. Les passages dans lesquels je démontre qu'en chassant les divinités païennes des bois, notre culte élargi a rendu la nature à sa solitude ; les paragraphes où je traite de l'influence de notre religion dans notre manière de voir et de peindre, où j'examine les changements opérés dans la poésie et l'éloquence ; les chapitres que je consacre à des recherches sur les sentiments étrangers introduits dans les caractères dramatiques de l'antiquité, renferment le germe de la critique nouvelle. Les personnages de Racine, comme je l'ai dit, sont et ne sont point des personnages grecs, ce sont des personnages chrétiens : c'est ce qu'on n'avait point du tout compris.

Si l'effet du *Génie du Christianisme* n'eût été qu'une réaction contre les doctrines auxquelles on attribuait les malheurs révolutionnaires, cet effet aurait cessé avec la cause disparue ; il ne se serait pas prolongé jusqu'au moment où j'écris. Mais l'action du *Génie du Christianisme* sur les opinions ne se borna pas à une résurrection momentanée d'une religion qu'on prétendait au tombeau : une métamorphose plus durable s'opéra. S'il y avait dans l'ouvrage innovation de style, il y avait aussi changement de doctrine ; le fond était altéré comme la forme ; l'athéisme et le matérialisme ne furent plus la base de la croyance ou de l'incroyance des jeunes esprits ; l'idée de Dieu et de l'immortalité de l'âme reprit son empire : dès lors, altération dans

1. Voir livre XXV, chap. 9 et 10 (tome 3).

la chaîne des idées qui se lient les unes aux autres. On ne fut plus cloué dans sa place par un préjugé antireligieux ; on ne se crut plus obligé de rester momie du néant, entourée de bandelettes philosophiques ; on se permit d'examiner tout système, si absurde qu'on le trouvât, *fût-il même chrétien.*

Outre les fidèles qui revenaient à la voix de leur Pasteur, il se forma, par ce droit de libre examen, d'autres fidèles *a priori*. Posez Dieu pour principe, et le Verbe va suivre : le Fils naît forcément du Père.

Les diverses combinaisons abstraites ne font que substituer aux mystères chrétiens des mystères encore plus incompréhensibles : le panthéisme, qui, d'ailleurs, est de trois ou quatre espèces, et qu'il est de mode aujourd'hui d'attribuer aux intelligences éclairées, est la plus absurde des rêveries de l'Orient, remise en lumière par Spinosa : il suffit de lire à ce sujet l'article du sceptique Bayle sur ce juif d'Amsterdam. Le ton tranchant dont quelques-uns parlent de tout cela révolterait, s'il ne tenait au défaut d'études : on se paye de mots que l'on n'entend pas, et l'on se figure être des génies transcendants. Que l'on se persuade bien que les Abailard, les saint Bernard, les saint Thomas d'Aquin ont porté dans la métaphysique une supériorité de lumières dont nous n'approchons pas ; que les systèmes saint-simonien, phalanstérien, fouriériste, humanitaire, ont été trouvés et pratiqués par les diverses hérésies : que ce que l'on nous donne pour des progrès et des découvertes, sont des vieilleries qui traînent depuis quinze cents ans dans les écoles de la Grèce et dans les collèges du moyen âge. Le mal est que les premiers sectaires ne purent parvenir à fonder leur république néoplatonicienne, lorsque Gallien permit à Plotin d'en faire l'essai dans la Campanie : plus tard, on eut le très grand tort de brûler les sectaires, quand ils voulurent établir la communauté des biens, déclarer la prostitution sainte, en avançant qu'une femme ne peut, sans pécher, refuser un homme qui lui demande une union passagère au nom de Jésus-Christ : il ne fallait, disaient-ils pour arriver à cette union, qu'anéantir son âme, et la mettre un moment en dépôt dans le sein de Dieu[1].

Le heurt que le *Génie du Christianisme* donna aux esprits, fit sortir le dix-huitième siècle de l'ornière, et le jeta pour jamais hors de sa voie : on recommença, ou plutôt on commença à étudier les sources du christianisme : en relisant les Pères (en supposant qu'on les eût jamais lus) on fut frappé de rencontrer tant de faits curieux, tant de science philosophique, tant de beautés de style dans tous les genres, tant d'idées, qui, par une gradation plus ou moins sensible, faisaient le passage de la société antique à la société moderne : ère unique et mémorable de l'humanité, où le ciel communique avec la terre au travers d'âmes placées dans des hommes de génie.

Auprès du monde croulant du paganisme, s'éleva autrefois, comme en dehors de la société, un autre monde, spectateur de ces grands spectacles, pauvre, à l'écart, solitaire, ne se mêlant des affaires de la vie que quand on avait besoin de ses leçons ou de ses secours. C'était une chose merveilleuse de voir ces premiers évêques, presque tous honorés du nom de saints et de martyrs, ces simples prêtres veillant aux reliques et aux cimetières, ces religieux et ces ermites dans leurs couvents ou dans leurs grottes, faisant des règlements de paix, de morale, de charité, quand tout était guerre, corruption, barbarie : allant des tyrans de Rome aux chefs des Tartares et des Goths, afin de prévenir l'injustice des uns et la cruauté des autres, arrêtant des armées avec une croix de bois et une parole pacifique ; les plus faibles des hommes, et protégeant le monde contre Attila ; placés entre deux univers pour en être le lien, pour consoler les derniers moments d'une société expirante, et soutenir les premiers pas d'une société au berceau[2].

---

1. Chateaubriand est le premier à rattacher avec clarté les hérésies médiévales (Vaudois, Joachimistes, etc.) comme les illuminismes ou socialismes modernes au néo-platonisme. *Cf.* les *Études historiques* (1831). 2. Cf. la conclusion des *Études historiques* : « Quand la poussière qui s'élevait sous les pieds de tant d'armées, qui sortait de l'écroulement de tant de monuments, fut tombée ; quand les tourbillons

(11)

GÉNIE DU CHRISTIANISME, SUITE.
DÉFAUTS DE L'OUVRAGE.

Il était impossible que les vérités développées dans le *Génie du Christianisme* ne contribuassent pas au changement des idées. C'est encore à cet ouvrage que se rattache le goût actuel pour les édifices du moyen âge : c'est moi qui ai rappelé le jeune siècle à l'admiration des vieux temples. Si l'on a abusé de mon opinion ; s'il n'est pas vrai que nos cathédrales aient approché de la beauté du Parthénon[1] ; s'il est faux que ces églises nous apprennent dans leurs documents de pierre des faits ignorés ; s'il est insensé de soutenir que ces mémoires de granit nous révèlent des choses échappées aux savants Bénédictins[2] ; si à force d'entendre rabâcher du gothique on en meurt d'ennui, ce n'est pas ma faute[3]. Du reste, sous le rapport des arts, je sais ce qui manque au *Génie du Christianisme* ; cette partie de ma composition est défectueuse, parce qu'en 1800, je ne connaissais pas les arts : je n'avais vu

de fumée qui s'échappaient de tant de villes en flammes, furent dissipés ; quand la mort eut fait taire les gémissements de tant de victimes ; quand le bruit de la chute du colosse romain eut cessé, alors on aperçut une croix, et au pied de cette croix un monde nouveau. Quelques prêtres, l'Évangile à la main, assis sur des ruines, ressuscitaient la société au milieu des tombeaux, comme Jésus-Christ rendit la vie aux enfants de ceux qui avaient cru en lui. »
1. C'est ce que Chateaubriand lui-même avait soutenu dans la préface des *Études historiques*, lorsqu'il oppose à la stérilité du Protestantisme la fécondité esthétique de la Religion catholique : « Celle-ci a couvert le monde de ses monuments ; on lui doit cette architecture gothique qui rivalise par les détails et qui efface par la grandeur les monuments de la Grèce ».   2. Allusion à Michelet (*Histoire de France*, t. 2, 1833), ainsi qu'à Victor Hugo (*Notre-Dame de Paris*, 1831, livre V, chap. 2 : *Ceci tuera cela*).   3. Chateaubriand avait déjà exprimé une lassitude analogue dans *Littérature anglaise* à propos de Walter Scott : « Moi qui tant décrivis, aimai, chantai, vantai les vieux temples chrétiens, j'en meurs d'ennui : il me restait pour dernière illusion une cathédrale ; on me la fait prendre en grippe ».

ni l'Italie, ni la Grèce, ni l'Égypte. De même, je n'ai pas
tiré un parti suffisant des vies des saints et des légendes ;
elles m'offraient pourtant des histoires merveilleuses : en
y choisissant avec goût, on y pouvait faire une moisson
abondante. Ce champ des richesses de l'imagination du
moyen âge surpasse en fécondité les *Métamorphoses*
d'Ovide et les fables milésiennes. Il y a, de plus, dans
mon ouvrage des jugements étriqués ou faux, tels que
celui que je porte sur Dante, auquel j'ai rendu depuis un
éclatant hommage [1].

Sous le rapport sérieux, j'ai complété le *Génie du
Christianisme* dans mes *Études historiques*, un de mes
écrits dont on a le moins parlé et qu'on a le plus volé.

Le succès d'*Atala* m'avait enchanté, parce que mon
âme était encore neuve ; celui du *Génie du Christianisme*
me fut pénible : je fus obligé de sacrifier mon temps à

1. Dans son second article de *La Décade* (29 juin 1802), Ginguené avait reproché pêle-mêle à Chateaubriand de ne connaître ni
la musique, ni les beaux-arts, ni la *Divine Comédie*. Malgré quelques
appréciations élogieuses dans le *Génie du Christianisme* (II, 1, 2 :
« Dans le pathétique et dans le terrible, le Dante a peut-être égalé
les plus grands poètes »), c'est en effet dans son *Essai sur la
littérature anglaise* (Seconde partie, « Que les défauts de Shakespeare tiennent à son siècle ») qu'il fera réparation à Dante : « Dante,
venu deux siècles et demi avant Shakespeare, ne trouva rien en
arrivant au monde. La société latine expirée, avait laissé une langue
belle, mais d'une beauté morte ; langue inutile à l'usage commun,
parce qu'elle n'exprimait plus le caractère, les idées, les mœurs et
les besoins de la vie nouvelle. La nécessité de s'entendre avait fait
naître un idiome vulgaire employé des deux côtés des Alpes du
Midi, et aux deux versants des Pyrénées orientales. Dante adopta ce
bâtard de Rome, que les savants et les hommes du pouvoir dédai-
gnaient de reconnaître ; il le trouva vagabond dans les rues de
Florence, nourri au hasard par un peuple républicain, dans toute la
rudesse plébéienne et démocratique. Il communiqua au fils de son
choix sa virilité, sa simplicité, son indépendance, sa noblesse, sa
tristesse, sa sublimité sainte, sa grâce sauvage. Dante tira du néant
la parole de son esprit ; il donna l'être au verbe de son génie ; il
fabriqua lui-même la lyre dont il devait obtenir des sons si beaux,
comme ces astronomes qui inventèrent les instruments avec lesquels
ils mesurèrent les cieux. L'*italien* et la *Divina Commedia* jaillirent
à la fois de son cerveau ; du même coup l'illustre exilé dota la race
humaine d'une langue admirable et d'un poème immortel. »

des correspondances au moins inutiles et à des politesses étrangères. Une admiration prétendue ne me dédommageait point des dégoûts qui attendent un homme dont la foule a retenu le nom. Quel bien peut remplacer la paix que vous avez perdue en introduisant le public dans votre intimité ? Joignez à cela les inquiétudes dont les muses se plaisent à affliger ceux qui s'attachent à leur culte, les embarras d'un caractère facile, l'inaptitude à la fortune, la perte des loisirs, une humeur inégale, des affections plus vives, des tristesses sans raison, des joies sans cause : qui voudrait, s'il en était le maître, acheter à de pareilles conditions les avantages incertains d'une réputation qu'on n'est pas sûr d'obtenir, qui vous sera contestée pendant votre vie, que la postérité ne confirmera pas, et à laquelle votre mort vous rendra à jamais étranger ?

La controverse littéraire sur les nouveautés du style qu'avait excitée *Atala*, se renouvela à la publication du *Génie du Christianisme*.

Un trait caractéristique de l'école impériale, et même de l'école républicaine, est à observer : tandis que la société avançait en mal ou en bien, la littérature demeurait stationnaire ; étrangère au changement des idées, elle n'appartenait pas à son temps. Dans la comédie, les seigneurs de village, les Colin, les Babet ou les intrigues de ces salons que l'on ne connaissait plus, se jouaient (comme je l'ai déjà fait remarquer) devant des hommes grossiers et sanguinaires, destructeurs des mœurs dont on leur offrait le tableau ; dans la tragédie, un parterre plébéien s'occupait des familles des nobles et des rois.

Deux choses arrêtaient la littérature à la date du dix-huitième siècle : l'impiété qu'elle tenait de Voltaire et de la Révolution, le despotisme dont la frappait Bonaparte. Le chef de l'État trouvait du profit dans ces lettres subordonnées qu'il avait mises à la caserne, qui lui présentaient les armes, qui sortaient lorsqu'on criait : « Hors la garde ! », qui marchaient en rang et qui manœuvraient comme des soldats. Toute indépendance semblait rébellion à son pouvoir ; il ne voulait pas plus d'émeute de mots et d'idées qu'il ne souffrait d'insurrection. Il suspendit l'*Habeas corpus* pour la pensée comme pour la liberté individuelle. Reconnaissons aussi que le public fatigué d'anarchie, reprenait volontiers le joug des règles.

La littérature qui exprime l'ère nouvelle, n'a régné que quarante ou cinquante ans après le temps dont elle était l'idiome. Pendant ce demi-siècle elle n'était employée que par l'opposition. C'est madame de Staël, c'est Benjamin Constant, c'est Lemercier[1], c'est Bonald, c'est moi enfin, qui les premiers avons parlé cette langue. Le changement de littérature dont le dix-neuvième siècle se vante, lui est arrivé de l'émigration et de l'exil ; ce fut M. de Fontanes qui couva ces oiseaux d'une autre espèce que lui, parce que, remontant au dix-septième siècle, il avait pris la puissance de ce temps fécond et perdu la stérilité du dix-huitième. Une partie de l'esprit humain, celle qui traite de matières transcendantes, s'avança seule d'un pas égal avec la civilisation ; malheureusement la gloire du savoir ne fut pas sans tache : les La Place, les Lagrange, les Cuvier, les Monge, les Chaptal, les Berthollet, tous ces prodiges, jadis fiers démocrates, devinrent les plus obséquieux serviteurs de Napoléon. Il faut le dire à l'honneur des lettres : la littérature nouvelle fut libre, la science servile ; le caractère ne répondit point au génie, et ceux dont la pensée était montée au plus haut du ciel, ne purent élever leur âme au-dessus des pieds de Bonaparte : ils prétendaient n'avoir pas besoin de Dieu, c'est pourquoi ils avaient besoin d'un tyran.

Le classique napoléonien était le génie du dix-neuvième siècle affublé de la perruque de Louis XIV, ou frisé comme au temps de Louis XV. Bonaparte avait voulu que les hommes de la Révolution ne parussent à sa cour qu'en habit habillé, l'épée au côté. On ne voyait pas la France du moment ; ce n'était pas de l'ordre, c'était de la discipline. Aussi, rien n'était plus ennuyeux que cette pâle résurrection de la littérature d'autrefois. Ce calque froid, cet anachronisme improductif disparut quand la littérature

---

1. Népomucène Lemercier (1771-1840) est alors connu pour son théâtre ; il cherche à innover, soit dans ses tragédies républicaines, soit dans ses drames historiques. Bien accueilli (à la Malmaison) par le Premier Consul, il finira par le rebuter à cause de son indépendance de caractère.

nouvelle fit irruption avec fracas par le *Génie du Christianisme*. La mort du duc d'Enghien eut pour moi l'avantage, en me jetant à l'écart, de me laisser suivre dans
la solitude mon aspiration particulière et de m'empêcher
de m'enrégimenter dans l'infanterie régulière du vieux
Pinde : je dus à ma liberté morale ma liberté intellec-
tuelle[1].

Au dernier chapitre du *Génie du Christianisme*, j'examine ce que serait devenu le monde si la foi n'eût pas été
prêchée au moment de l'invasion des Barbares ; dans un
autre paragraphe, je mentionne un important travail à
entreprendre sur les changements que le christianisme
apporta dans les lois après la conversion de Constantin.

En supposant que l'opinion religieuse existât telle
qu'elle est à l'heure où j'écris maintenant, le *Génie du
Christianisme* étant encore à faire, je le composerais tout
différemment qu'il est : au lieu de rappeler les bienfaits
et les institutions de notre religion au passé, je ferais voir
que le christianisme est la pensée de l'avenir et de la
liberté humaine ; que cette pensée rédemptrice et messie
est le seul fondement de l'égalité sociale ; qu'elle seule
la peut établir, parce qu'elle place auprès de cette égalité
la nécessité du devoir, correctif et régulateur de l'instinct
démocratique[2]. La légalité ne suffit pas pour contenir,
parce qu'elle n'est pas permanente ; elle tire sa force de
la loi ; or la loi est l'ouvrage des hommes qui passent et
varient. Une loi n'est pas toujours obligatoire ; elle peut
toujours être changée par une autre loi : contrairement à
cela, la morale est permanente ; elle a sa force en elle-
même, parce qu'elle vient de l'ordre immuable ; elle seule
peut donc donner la durée.

Je ferais voir que partout où le christianisme a dominé,
il a changé l'idée, il a rectifié les notions du juste et de
l'injuste, substitué l'affirmation au doute, embrassé l'hu-

---

1. Chateaubriand avait rédigé un chapitre entier sur « le progrès
futur des lettres », qu'il finira par retrancher (voir Appendice I).
2. Sur ces questions qui ont beaucoup préoccupé le dernier Chateaubriand, qu'il reprendra du reste dans la conclusion des *Mémoires*, voir
Frank Paul Bowman, « Chateaubriand et le Christ des barricades »,
dans *Bulletin*, 1990, p. 41-50.

manité entière dans ses doctrines et ses préceptes. Je
tâcherais de deviner la distance où nous sommes encore
de l'accomplissement total de l'Évangile, en supputant le
nombre des maux détruits et des améliorations opérées
dans les dix-huit siècles écoulés de ce côté-ci de la Croix.
Le christianisme agit avec lenteur parce qu'il agit partout ; il ne s'attache pas à la réforme d'une société
particulière, il travaille sur la société générale ; sa phi-
lanthropie s'étend à tous les fils d'Adam : c'est ce qu'il
exprime avec une merveilleuse simplicité dans ses orai-
sons les plus communes, dans ses vœux quotidiens, lorsqu'il dit à la foule dans le temple : « Prions pour tout ce
qui souffre sur la terre. » Quelle religion a jamais parlé
de la sorte ! Le Verbe ne s'est point fait chair dans
l'homme de plaisir, il s'est incarné à l'homme de douleur[1], dans le but de l'affranchissement de tous, d'une
fraternité universelle et d'une salvation immense.

Quand le *Génie du Christianisme* n'aurait donné naissance qu'à de telles investigations, je me féliciterais de
l'avoir publié : reste à savoir si, à l'époque de l'apparition
de ce livre, un autre *Génie du Christianisme*, élevé sur le
nouveau plan dont j'indique à peine le tracé, aurait obtenu
le même succès. En 1803, lorsqu'on n'accordait rien à
l'ancienne religion, qu'elle était l'objet du dédain, que
l'on ne savait pas le premier mot de la question, aurait-
on été bien venu à parler de la liberté future descendant
du calvaire, quand on était encore meurtri des excès de la
liberté des passions ? Bonaparte eût-il souffert un pareil
ouvrage ? Il était peut-être utile d'exciter les regrets, d'intéresser l'imagination à une cause si méconnue, d'attirer
les regards sur l'objet méprisé, de le rendre aimable,

---

1. Le début de la phrase renvoie à saint Jean (I, 14) ; la suite à la
préfiguration par Isaïe de la victime christique (LIII, 2-5) : « Homme
de douleur (...) il était méprisé et déconsidéré. Or, c'étaient nos souffrances qu'il supportait et nos douleurs dont il était accablé (...). Il a
été transpercé à cause de nos péchés, écrasé à cause de nos crimes ».
Marcellus (p. 138) incrimine la « latinité suspecte » du mot *salvation*,
qu'il commente ainsi : « terme de pratique détourné de son acception
habituelle dans le jargon de la chicane ; et pourtant ici cette expression
ne me choque qu'à demi ».

avant de montrer comment il était sérieux, puissant et salutaire.

Maintenant, dans la supposition que mon nom laisse quelque trace, je le devrai au *Génie du Christianisme* : sans illusion sur la valeur intrinsèque de l'ouvrage, je lui reconnais une valeur accidentelle ; il est venu juste et à son moment. Par cette raison, il m'a fait prendre place à l'une de ces époques historiques qui, mêlant un individu aux choses, contraignent à se souvenir de lui. Si l'influence de mon travail ne se borne pas au changement que, depuis quarante années, il a produit parmi les générations vivantes ; s'il servait encore à ranimer chez les tard-venus une étincelle des vérités civilisatrices de la terre ; si le léger symptôme de vie que l'on croit apercevoir se soutenait dans les générations à venir, je m'en irais plein d'espérance dans la miséricorde divine. Chrétien réconcilié, ne m'oublie pas dans tes prières, quand je serai parti ; mes fautes m'arrêteront peut-être à ces portes où ma charité avait crié pour toi : « Ouvrez-vous, portes éternelles ! *Elevamini, portae aeternales* [1] ! ».

Revu en décembre 1846.

---

1. Psaumes, XXIV (Vulgate XXIII), 7 et 9 : « Et vous, portes éternelles, levez-vous et vous ouvrez, afin de laisser entrer le roi de gloire » (trad. Sacy).

LIVRE QUATORZIÈME

(1)

Paris, 1837.

Revu en décembre 1846.

Années de ma vie, 1802 et 1803. – Châteaux. Madame de Custine. – M. de Saint-Martin. Madame d'Houdetot et Saint-Lambert.

Ma vie se trouva toute dérangée aussitôt qu'elle cessa d'être à moi. J'avais une foule de connaissances en dehors de ma société habituelle. J'étais appelé dans les châteaux que l'on rétablissait. On se rendait comme on pouvait dans ces manoirs demi-démeublés demi-meublés, où un vieux fauteuil succédait à un fauteuil neuf. Cependant, quelques-uns de ces manoirs étaient restés intacts, tels que le Marais, échu à madame de La Briche[1], excellente

---

1. Adélaïde Prévost (1755-1844) avait épousé Alexis La Live de La Briche, le plus jeune fils du financier La Live de Bellegarde. Demeurée veuve à trente ans avec une belle fortune, elle avait une fille unique qui épousa Mathieu Molé en 1798. Un peu avant la Révolution, Mme de La Briche avait hérité de son oncle le domaine du Marais, près de Saint-Chéron, où ce dernier venait de faire construire une luxueuse résidence. C'est là qu'elle recevait ses amis (voir Frénilly, Molé, etc.).

femme dont le bonheur n'a jamais pu se débarrasser. Je me souviens que mon immortalité allait rue Saint-Dominique-d'Enfer[1] prendre une place pour le Marais dans une méchante voiture de louage, où je rencontrais madame de Vintimille et madame de Fezensac[2]. À Champlâtreux, M. Molé[3] faisait refaire de petites chambres au second étage. Son père, tué révolutionnairement[4], était remplacé, dans un grand salon délabré, par un tableau[5] dans lequel Mathieu Molé était représenté, arrêtant une émeute avec un bonnet carré : tableau qui faisait sentir la différence des temps. Une superbe patte d'oie de tilleuls avait été coupée ; mais une des trois avenues existait encore dans la magnificence de son vieux ombrage ; on l'a mêlée depuis à de nouvelles plantations : nous en sommes aux peupliers.

Au retour de l'émigration, il n'y avait si pauvre banni qui ne dessinât les tortillons d'un jardin anglais dans les dix pieds de terre ou de cour qu'il avait retrouvés : moi-même, n'ai-je pas planté jadis la Vallée-aux-Loups ? N'y ai-je pas commencé ces *Mémoires* ? Ne les ai-je pas continués dans le parc de Montboissier, dont on essayait alors de raviver l'aspect défiguré par l'abandon ? Ne les ai-je pas prolongés dans le parc de Maintenon rétabli tout à l'heure, proie nouvelle pour la démocratie qui revient ?

---

1. Actuelle rue Royer-Collard. La rue d'Enfer, sur laquelle elle débouchait, faisait alors suite, le long du Luxembourg, à la rue de la Harpe (aujourd'hui la partie haute du boulevard Saint-Michel). 2. La sœur de Mme de Vintimille, née Louise de La Live de Jully (1764-1832), avait épousé en 1783 Philippe de Montesquiou-Fezensac (1753-1833). Elles étaient les nièces de Mme de La Briche. 3. Le jeune Mathieu Molé (1781-1855), dernier du nom, avait été introduit dès 1801 dans le cercle de Mme de Beaumont, où il noua des relations amicales avec Fontanes, Joubert, Chateaubriand. Il venait de reprendre possession de la terre patrimoniale de Champlâtreux (près de Luzarches). Après un séjour de quatre mois outre-Manche (avril-août 1802), il avait entrepris de restaurer le château, mais aussi de réaménager selon le modèle anglais le parc dévasté. 4. Le Président Édouard-François Molé, gendre du marquis de Lamoignon, a été guillotiné le 20 avril 1794. 5. Cette grande composition historique du peintre Vincent avait été exposée au Salon de 1779 sous le titre : « Le Président Molé arrêté par les factieux pendant les troubles de la Fronde ».

Les châteaux brûlés en 1789 auraient dû avertir le reste des châteaux de demeurer cachés dans leurs décombres : mais les clochers des villages engloutis qui percent les laves du Vésuve, n'empêchent pas de replanter sur la surface de ces mêmes laves d'autres églises et d'autres hameaux.

Parmi les abeilles qui composaient leur ruche, était la marquise de Custine, héritière des longs cheveux de Marguerite de Provence, femme de saint Louis, dont elle avait du sang[1]. J'assistai à sa prise de possession de Fervaques, et j'eus l'honneur de coucher dans le lit du Béarnais[2], de même que dans le lit de la reine Christine à Combourg. Ce n'était pas une petite affaire que ce voyage ; il fallait embarquer dans la voiture Astolphe de Custine[3], enfant, M. Berstecher, le gouverneur, une vieille bonne alsacienne ne parlant qu'allemand, Jenny la femme de chambre, et Trim, chien fameux qui mangeait les provisions de la route. N'aurait-on pas pu croire que cette colonie se rendait à Fervaques pour jamais ? et cependant le château n'était pas achevé de meubler que le signal du délogement fut donné. J'ai vu celle qui affronta l'échafaud d'un si grand courage, je l'ai vue, plus blanche

---

1. Delphine de Sabran, marquise de Custine (1770-1826), avait subi les prisons de la Terreur ; son beau-père, son mari furent guillotinés ; elle mena une existence orageuse, jusqu'à ce que la bienveillance de Fouché lui permette de refaire sa fortune. Elle avait eu déjà quelques liaisons, lorsqu'elle rencontra Chateaubriand. Il tomba sous le charme au printemps de 1803, puis régna sans partage une fois revenu de Rome ; mais elle le fatigua bientôt de ses exigences. Leur « amour sans gloire » (voir Maurice Levaillant, *Chateaubriand prince des songes*, Hachette, 1960, p. 29-56) ne devait pas survivre au voyage en Orient, mais il fit place à une fidèle amitié.   2. Le château de Fervacques (près de Lisieux) avait accueilli Henri IV. Mme de Custine le racheta au duc de Laval le 27 octobre 1803. C'est donc en 1804 (août, octobre), ou 1805, qu'il faut situer ces expéditions. Chateaubriand retourna une dernière fois à Fervacques au mois de juin 1806.   3. Astolphe de Custine (1790-1857) fut un personnage original, complexe. Il est surtout connu pour *La Russie en 1839* (1843), mais Baudelaire pouvait aussi écrire qu'il avait été « entre Balzac et Flaubert, le rénovateur du roman français ». Il a évoqué dans *Aloys* (1827) son adolescence tourmentée, non sans faire une place particulière à Chateaubriand.

qu'une Parque, vêtue de noir, la taille amincie par la mort, la tête ornée de sa seule chevelure de soie, je l'ai vue me sourire de ses lèvres pâles et de ses belles dents, lorsqu'elle quittait Sécherons, près Genève, pour expirer à Bex, à l'entrée du Valais ; j'ai entendu son cercueil passer la nuit dans les rues solitaires de Lausanne[1] pour aller prendre sa place éternelle à Fervaques : elle se hâtait de se cacher dans une terre qu'elle n'avait possédée qu'un moment, comme sa vie. J'avais lu sur le coin d'une cheminée du château ces méchantes rimes attribuées à l'amant de Gabrielle :

> *La dame de Fervaques*
> *Mérite de vives attaques.*

Le soldat-roi en avait dit autant à bien d'autres : déclarations passagères des hommes, vite effacées et descendues de beautés en beautés, jusqu'à madame de Custine. Fervaques a été vendu.

Je rencontrai encore la duchesse de Châtillon[2], qui, pendant mon absence des Cent-Jours, décora ma vallée d'Aulnay. Madame Lindsay, que je n'avais cessé de voir, me fit connaître Julie Talma[3]. Madame de Clermont-Tonnerre m'attira chez elle. Nous avions une grand'mère commune, et elle voulait bien m'appeler son cousin. Veuve du comte de Clermont-Tonnerre, elle se remaria depuis au marquis de Talaru. Elle avait, en prison, converti M. de Laharpe. Ce fut par elle que je connus

---

1. Voir livre XXVIII, chap. 10.   **2.** Pauline de Lannois (1774-1826), veuve du duc de Châtillon-Montmorency, « jouit quelque temps de sa liberté. Pour faire une fin, elle épousa le moins aimable de ses adorateurs, Raymond de Bérenger. Elle avait un esprit sérieux et fort distingué, mais pas assez supérieur pour se mettre au niveau des simples mortels » (*Mémoires* de la comtesse de Boigne, Mercure de France, 1999, t. 1, p. 297).   **3.** La danseuse Julie Careau (1756-1805), après une liaison avec le vicomte de Ségur, avait épousé Talma (avril 1791), mais elle se sépara de lui trois ans plus tard. Elle conserva un salon achalandé, où elle recevait une société choisie. Ce sera une amie fidèle de Benjamin Constant.

le peintre Neveu, enrôlé au nombre de ses cavaliers-servants[1] ; Neveu me mit un moment en rapport avec Saint-Martin.

M. de Saint-Martin avait cru trouver dans *Atala* certain argot dont je ne me doutais pas, et qui lui prouvait une affinité de doctrines avec moi[2]. Neveu, afin de lier deux frères, nous donna à dîner dans une chambre haute qu'il habitait dans les communs du Palais-Bourbon[3]. J'arrivai au rendez-vous à six heures ; le philosophe du ciel était déjà à son poste. À sept heures, un valet discret posa un potage sur la table, se retira et ferma la porte. Nous nous assîmes et nous commençâmes à manger en silence. M. de Saint-Martin, qui, d'ailleurs, avait de très belles façons, ne prononçait que de courtes paroles d'oracle. Neveu répondait par des exclamations, avec des attitudes et des grimaces de peintre ; je ne disais mot.

Au bout d'une demi-heure, le nécromant rentra, enleva la soupe, et mit un autre plat sur la table : les mets se succédèrent ainsi un à un et à de longues distances. M. de Saint-Martin, s'échauffant peu à peu, se mit à parler en façon d'archange ; plus il parlait, plus son langage devenait ténébreux. Neveu m'avait insinué, en me serrant la main, que nous verrions des choses extraordinaires, que nous entendrions des bruits : depuis six mortelles heures, j'écoutais et je ne découvrais rien. À minuit, l'homme des visions se lève tout à coup : je crus que l'esprit des ténèbres ou l'esprit divin descendait, que les sonnettes allaient faire retentir les mystérieux corridors ; mais M. de

---

1. Louise de Rosières-Sorans (1766-1832) avait épousé, le 24 février 1782, le comte Stanislas de Clermont-Tonnerre, qui fut massacré par la foule le soir du 10 août 1792. Elle se remaria en 1802 avec le marquis de Talaru. Chateaubriand ne prisait pas outre mesure sa bizarrerie. François-Marie Neveu (1756-1808) la connaissait depuis longtemps. Sur ses relations avec Saint-Martin voir le livre précédent, p. 36.   2. Du moins avaient-ils le même éditeur en la personne de Migneret. Quelques mois après le *Génie du Christianisme*, celui-ci publia le dernier ouvrage de Saint-Martin, *Le Ministère de l'homme-esprit*, que Chateaubriand possédait dans sa bibliothèque de la Vallée-aux-Loups.   3. C'est là qu'avait été installée la nouvelle École Polytechnique, où le peintre avait un logement de fonction comme professeur de dessin. Ce dîner se déroula le 27 janvier 1803.

Saint-Martin déclara qu'il était épuisé, et que nous reprendrions la conversation une autre fois ; il mit son chapeau et s'en alla. Malheureusement pour lui, il fut arrêté à la porte et forcé de rentrer par une visite inattendue : néanmoins il ne tarda pas à disparaître. Je ne l'ai jamais revu : il courut mourir dans le jardin de M. Lenoir-Laroche, mon voisin d'Aulnay[1].

Je suis un sujet rebelle pour le Swedenborgisme[2] : l'abbé Faria[3], à un dîner chez madame de Custine, se vanta de tuer un serin en le magnétisant : le serin fut le plus fort, et l'abbé, hors de lui, fut obligé de quitter la partie, de peur d'être tué par le serin : chrétien, ma seule présence avait rendu le trépied impuissant.

Une autre fois, le célèbre Gall[4], toujours chez madame de Custine, dîna près de moi sans me connaître, se trompa sur mon angle facial, me prit pour une grenouille et voulut, quand il sut qui j'étais, raccommoder sa science d'une manière dont j'étais honteux pour lui. La forme de la tête peut aider à distinguer le sexe dans les individus, à indi-

---

1. Le 14 octobre 1803, à Châtenay. Jean-Jacques Lenoir-Laroche (1749-1825) faisait partie du Sénat conservateur depuis le 24 décembre 1799.   2. Dans cette référence au mystique suédois Swedenborg (1688-1772), il ne faut voir qu'un terme générique, qui amalgame tous les illuminismes de cette époque. Dans ce domaine le scepticisme de Chateaubriand a des racines profondes, comme le prouve ce témoignage de Sainte-Beuve : « Un jour, chez Mme Récamier on parlait devant lui des choses singulières qui se rattachent au magnétisme animal, de la catalepsie, du somnambulisme ; on citait des faits merveilleux dont on avait été témoin. Quand l'auteur de ces récits fut sorti, M. de Chateaubriand, qui était resté assez silencieux, dit : « Pour moi, je suis bien malheureux ; j'ai voulu voir toujours et n'ai pu jamais rien voir de tout cela, rien ne s'est jamais révélé à moi : j'ai la fibre trop grossière... J'ai dîné un soir avec le mystique Saint-Martin, et quand a sonné minuit, je m'en suis allé sans avoir rien vu... Peut-être au reste cela tient-il à ce que toute ma foi est occupée ailleurs, vers un but déterminé » (Sainte-Beuve, t. 2, p. 317-318).   3. Joseph Faria (1755-1819), magnétiseur réputé dont Alexandre Dumas a transmis le nom à la postérité dans *Le Comte de Monte-Cristo*.   4. François-Joseph Gall (1758-1828), anatomiste du cerveau, inventeur de la *phrénologie* qui fascinera Balzac, mais que Chateaubriand accueille avec réserve. Marcellus nous apprend (p. 140) que Gall « se défendit vivement de sa bévue lorsqu'on lui en reparla, vingt ans plus tard, à Londres ».

quer ce qui appartient à la bête, aux passions animales ;
quant aux facultés intellectuelles, la phrénologie en igno-
rera toujours. Si l'on pouvait rassembler les crânes divers
des grands hommes morts depuis le commencement du
monde, et qu'on les mît sous les yeux des phrénologistes
sans leur dire à qui ils ont appartenu, ils n'enverraient pas
un cerveau à son adresse : l'examen des *bosses* produirait
les méprises les plus comiques.

Il me prend un remords : j'ai parlé de M. de Saint-Martin
avec un peu de moquerie, je m'en repens. Cette moquerie
que je repousse continuellement et qui me revient sans cesse,
me met en souffrance ; car je hais l'esprit satirique comme
étant l'esprit le plus petit, le plus commun et le plus facile de
tous ; bien entendu que je ne fais pas ici le procès à la haute
comédie. M. de Saint-Martin était, en dernier résultat, un
homme d'un grand mérite, d'un caractère noble et indépendant. Quand ses idées étaient explicables, elles étaient élevées et d'une nature supérieure. Ne devrais-je pas le sacrifice
des deux pages précédentes à la généreuse et beaucoup trop
flatteuse déclaration de l'auteur du *Portrait de M. de Saint-
Martin fait par lui-même ?* Je ne balancerais pas à les effacer, si ce que je dis pouvait nuire le moins du monde à la
renommée grave de M. de Saint-Martin et à l'estime qui s'attachera toujours à sa mémoire. Je vois du reste avec plaisir
que mes souvenirs ne m'avaient pas trompé : M. de Saint-
Martin n'a pas pu être tout à fait frappé de la même manière
que moi dans le dîner dont je parle ; mais on voit que je
n'avais pas inventé la scène et que le récit de M. de Saint-
Martin ressemble au mien par le fond.

« Le 27 janvier 1803, dit-il, j'ai eu une entrevue avec
M. de Chateaubriand dans un dîner arrangé pour cela,
chez M. Neveu à l'École polytechnique. J'aurais beaucoup gagné à le connaître plus tôt : c'est le seul homme
de lettres honnête avec qui je me sois trouvé en présence
depuis que j'existe, et encore n'ai-je joui de sa conversation que pendant le repas. Car aussitôt après parut une
visite qui le rendit muet pour le reste de la séance et je
ne sais quand l'occasion pourra renaître, parce que le roi
de ce monde a grand soin de mettre les bâtons dans les

roues de ma carriole. Au reste, de qui ai-je besoin, excepté de Dieu ?[1] »

M. de Saint-Martin vaut mille fois mieux que moi : la dignité de sa dernière phrase écrase du poids d'une nature humaine sérieuse ma raillerie inoffensive.

J'avais aperçu M. de Saint-Lambert et madame d'Houdetot[2] au Marais, représentant l'un et l'autre les opinions et les libertés d'autrefois, soigneusement empaillées et conservées ; c'était le dix-huitième siècle expiré et marié à sa manière. Il suffit de tenir bon dans la vie, pour que les illégitimités deviennent des légitimités. On se sent une estime infinie pour l'immoralité, parce qu'elle n'a pas cessé de l'être, et que le temps l'a décorée de rides. À la vérité, deux vertueux époux, qui ne sont pas époux, et qui restent unis par respect humain, souffrent un peu de leur vénérable état ; ils s'ennuient et se détestent cordialement dans toute la mauvaise humeur de l'âge : c'est la justice de Dieu.

Malheur à qui le ciel accorde de longs jours[3] !

Il devenait difficile de comprendre quelques pages des *Confessions*, quand on avait vu l'objet des transports de Rousseau : madame d'Houdetot avait-elle conservé les lettres que Jean-Jacques lui écrivait, et qu'il dit avoir été plus brûlantes que celles de la *Nouvelle Héloïse* ? On croit qu'elle en avait fait le sacrifice à Saint-Lambert.

À près de quatre-vingts ans, madame d'Houdetot s'écriait encore, dans des vers agréables :

Et l'amour me console !
Rien ne pourra me consoler de lui.

---

1. Saint-Martin, *Mon portrait historique et philosophique*, Julliard, 1961, n° 1095.   **2.** Sur ce couple « philosophique », voir Molé, *passim*. Le poète des *Saisons* (1769) devait mourir le 10 février 1803, à quatre-vingt-sept ans. La comtesse d'Houdetot, belle-sœur de Mme de La Briche, née en 1730, devait lui survivre jusqu'en 1813.   **3.** Citation (inexacte) du chant III des *Saisons* : « Malheur à qui *les dieux* accordent de longs jours ! / Consumé de douleurs vers la fin de leur cours, (...) / Il voit autour de lui tout périr, tout changer ; / À la race nouvelle il se trouve étranger. »

Elle ne se couchait point qu'elle n'eût frappé trois fois à terre avec sa pantoufle, en disant à feu l'auteur des *Saisons* : « Bonsoir, mon ami ! » C'était là à quoi se réduisait, en 1803, la philosophie du dix-huitième siècle.

La société de madame d'Houdetot, de Diderot, de Saint-Lambert, de Rousseau, de Grimm, de madame d'Épinay, m'a rendu la vallée de Montmorency insupportable, et quoique, sous le rapport des faits, je sois bien aise qu'une relique des temps voltairiens soit tombée sous mes yeux, je ne regrette point ces temps. J'ai vu dernièrement, à Sannois, la maison qu'habitait madame d'Houdetot ; ce n'est plus qu'une coque vide, réduite aux quatre murailles. Un âtre abandonné intéresse toujours ; mais que disent des foyers où ne s'est assise ni la beauté, ni la mère de famille, ni la religion, et dont les cendres, si elles n'étaient dispersées, reporteraient seulement le souvenir vers des jours qui n'ont su que détruire ?

(2)

Paris, 1838.

Voyage dans le midi de la France (1802).

Une contrefaçon du *Génie du Christianisme*, à Avignon, m'appela au mois d'octobre 1802 dans le midi de la France [1]. Je ne connaissais que ma pauvre Bretagne et

---

1. Parti le 18 octobre 1802, Chateaubriand ne regagna Paris que début décembre. Mais, au souvenir de ce voyage éloigné dans le temps, il mêle, dans ce chapitre, un souvenir beaucoup plus récent, celui du périple hâtif accompli au mois de juillet 1838, qui, par Clermont, Albi, Toulouse, Marseille, le conduisit jusqu'au golfe Juan (retour par la route Napoléon, puis Lyon). C'est juste après son retour que les pages suivantes furent mises au point. Mais, dans un autre sens, peut-être se rattachent-elles à un très ancien projet. Dans le *Bulletin de Lyon* du 8 brumaire/30 octobre 1802, Ballanche signale en effet le passage de

les provinces du Nord, traversées par moi en quittant mon pays. J'allais voir le soleil de Provence, ce ciel qui devait me donner un avant-goût de l'Italie et de la Grèce, vers lesquelles mon instinct et la muse me poussaient. J'étais dans une disposition heureuse ; ma réputation me rendait la vie légère : il y a beaucoup de songes dans le premier enivrement de la renommée, et les yeux se remplissent d'abord avec délices de la lumière qui se lève ; mais que cette lumière s'éteigne, elle vous laisse dans l'obscurité ; si elle dure, l'habitude de la voir vous y rend bientôt insensible.

Lyon me fit un extrême plaisir[1]. Je retrouvai ces ouvrages des Romains, que je n'avais point aperçus depuis le jour où je lisais dans l'amphithéâtre de Trèves quelques feuilles d'*Atala*, tirées de mon havresac. Sur la Saône passaient d'une rive à l'autre des barques entoilées, portant la nuit une lumière ; des femmes les conduisaient ; une nautonière de dix-huit ans, qui me prit à son bord, raccommodait, à chaque coup d'aviron, un bouquet de fleurs mal attaché à son chapeau. Je fus réveillé le matin par le son des cloches. Les couvents suspendus aux coteaux semblaient avoir recouvré leurs solitaires. Le fils de M. Ballanche, propriétaire, après M. Migneret, du *Génie du Christianisme*, était mon hôte[2] : il est devenu mon ami. Qui ne connaît aujourd'hui le philosophe chrétien, dont les écrits brillent de cette clarté paisible sur laquelle on se plaît à attacher les regards, comme sur le rayon d'un astre ami dans le ciel ?

Chateaubriand de la manière suivante : « Le citoyen Chateaubriand, auteur du *Génie du Christianisme*, a passé par notre ville ces jours derniers, pour se rendre dans les départements méridionaux. Quelques personnes prétendent que cet admirable écrivain s'occupe, dans ce moment-ci, à rassembler des matériaux pour un *Voyage en France* ».

1. Voir la lettre à Fontanes du 6 novembre 1802. **2.** Pierre-Simon Ballanche le fils (1778-1847) avait publié dix-huit mois plus tôt un ouvrage précurseur : *Du sentiment dans ses rapports avec la littérature et les arts*, qu'il avait envoyé à La Harpe, et dans lequel il avait soutenu des thèses voisines de celles du *Génie du Christianisme*. Cela ne fit pas obstacle à une sympathie qui se changea vite en amitié. Ballanche sera désormais le correspondant lyonnais de Chateaubriand, avant de le retrouver dans le cercle de Mme Récamier.

Le 27 octobre, le bateau de poste qui me conduisait à Avignon, fut obligé de s'arrêter à Tain, à cause d'une tempête. Je me croyais en Amérique : le Rhône me représentait mes grandes rivières sauvages. J'étais niché dans une petite auberge, au bord des flots ; un conscrit se tenait debout dans un coin du foyer ; il avait le sac sur le dos et allait rejoindre l'armée d'Italie. J'écrivais sur le soufflet de la cheminée, en face de l'hôtelière, assise en silence devant moi, et qui, par égard pour le voyageur, empêchait le chien et le chat de faire du bruit.

Ce que j'écrivais, était un article [1] déjà presque fait en descendant le Rhône et relatif à la *Législation primitive* de M. de Bonald. Je prévoyais ce qui est arrivé depuis : « La littérature française, disais-je, va changer de face ; avec la Révolution, vont naître d'autres pensées, d'autres vues des choses et des hommes. Il est aisé de prévoir que les écrivains se diviseront. Les uns s'efforceront de sortir des anciennes routes ; les autres tâcheront de suivre les antiques modèles, mais toutefois en les présentant sous un jour nouveau. Il est assez probable que les derniers finiront par l'emporter sur leurs adversaires, parce qu'en s'appuyant sur les grandes traditions et sur les grands hommes, ils auront des guides plus sûrs et des documents plus féconds. »

Les lignes qui terminent ma critique voyageuse sont de l'histoire ; mon esprit marchait dès lors avec mon siècle : « L'auteur de cet article, disais-je, ne se peut refuser à une image qui lui est fournie par la position dans laquelle il se trouve. Au moment même où il écrit ces derniers mots, il descend un des plus grands fleuves de France. Sur deux montagnes opposées s'élèvent deux tours en ruines ; au haut de ces tours sont attachées de petites cloches que les montagnards sonnent à notre passage. Ce fleuve, ces montagnes, ces sons, ces monuments gothiques, amusent un moment les yeux des spectateurs ; mais personne ne s'arrête pour aller où la cloche l'invite.

---

1. Ce compte rendu devait paraître dans le *Mercure* des 29 brumaire et 18 nivôse an XI/20 novembre 1802 et 8 janvier 1803. Chateaubriand cite un paragraphe du début, puis la conclusion de la première partie.

Ainsi les hommes qui prêchent aujourd'hui morale et religion, donnent en vain le signal du haut de leurs ruines à ceux que le torrent du siècle entraîne ; le voyageur s'étonne de la grandeur des débris, de la douceur des bruits qui en sortent, de la majesté des souvenirs qui s'en élèvent, mais il n'interrompt point sa course, et au premier détour du fleuve, tout est oublié. »

Arrivé à Avignon la veille de la Toussaint[1], un enfant portant des livres m'en offrit : j'achetai du premier coup trois éditions différentes et contrefaites d'un petit roman nommé *Atala*. En allant de libraire en libraire, je déterrai le contrefacteur à qui j'étais inconnu. Il me vendit les quatre volumes du *Génie du Christianisme*, au prix raisonnable de neuf francs l'exemplaire, et me fit un grand éloge de l'ouvrage et de l'auteur. Il habitait un bel hôtel entre cour et jardin. Je crus avoir trouvé la pie au nid : au bout de vingt-quatre heures, je m'ennuyai de suivre la fortune, et je m'arrangeai presque pour rien avec le voleur[2].

Je vis madame de Janson[3], petite femme sèche, blanche et résolue, qui, dans sa propriété, se battait avec le Rhône, échangeait des coups de fusil avec les riverains et se défendait contre les années.

Avignon me rappela mon compatriote. Du Guesclin valait bien Bonaparte, puisqu'il arracha la France à la conquête[4]. Arrivé auprès de la ville des papes avec les aventuriers que sa gloire entraînait en Espagne, il dit au prévôt envoyé au devant de lui par le pontife : « Frère,

---

1. Le 31 octobre 1802.   2. Chateaubriand ne reçut, dans cette affaire, qu'une compensation en espèces de 240 francs.   3. Sans doute la marquise de Forbin-Janson, née le 24 mars 1763 à Avignon, qui possédait un domaine au bord du Rhône (Les Issarts).   4. C'est dans un chapitre du *Génie* intitulé : « Vie et mœurs des chevaliers » (IV, 5, 6, p. 1020 et 1029-1030), que Chateaubriand avait mentionné pour la première fois « le héros qui devait sauver la France ». Puis il avait consacré quelques pages à Duguesclin dans *Le Conservateur* (64e livraison, décembre 1819 ; t. V, p. 561-566), avant de les reprendre dans son *Analyse raisonnée de l'histoire de France*. Mais il emprunte cette anecdote à une vieille chronique versifiée, qu'il paraphrase dans une prose archaïsante (voir Charrière, *Documents inédits de l'histoire de France*, t. 1, 1839, p. 278).

ne me celez pas : dont vient ce trésor ? l'a prins le pape en son trésor ? Et il lui répondit que non, et que le commun d'Avignon l'avoit payé chacun sa portion. Lors, dit Bertrand, prévost, je vous promets que nous n'en aurons denier en notre vie, et voulons que cet argent cueilli soit rendu à ceux qui l'ont payé, et dites bien au pape qu'il le leur fasse rendre ; car si je savois que le contraire fust, il m'en poiseroit ; et eusse ores passé la mer, si retournerois-je par-deçà. Adonc fut Bertrand payé de l'argent du pape, et ses gens de rechief absous, et ladite absolution première de rechief confirmée. »

Les voyages transalpins commençaient autrefois par Avignon[1], c'était l'entrée de l'Italie. Les géographies disent : « Le Rhône est au Roi, mais la ville d'Avignon est arrosée par une branche de la rivière de la Sorgue, qui est au pape. » Le pape est-il bien sûr de conserver longtemps la propriété du Tibre ? On visitait à Avignon le couvent des Célestins. Le bon roi René, qui diminuait les impôts quand la tramontane soufflait, avait peint dans une des salles du couvent des Célestins un squelette : c'était celui d'une femme d'une grande beauté qu'il avait aimée.

Dans l'église des Cordeliers, se trouvait le sépulcre de *madonna Laura* : François Ier commanda de l'ouvrir et salua les cendres immortalisées. Le vainqueur de Marignan laissa à la nouvelle tombe qu'il fit élever cette épitaphe :

> *En petit lieu compris vous pouvez voir*
> *Ce qui comprend beaucoup par renommée :*
> ....
> *Ô gentille âme, estant tant estimée,*
> *Qui te pourra louer qu'en se taisant ?*
> *Car la parole est tousjours réprimée,*
> *Quant le sujet surmonte le disant.*

On aura beau faire, le *père des lettres*, l'ami de Benvenuto Cellini, de Léonard de Vinci, du Primatice, le roi à

---

1. En réalité, tous les détails qui suivent sur Avignon sont empruntés à la *Description historique et géographique de la France* de Piganiol de La Force (édition de 1752, t. V. p. 394 *sq.*), y compris les citations.

qui nous devons la Diane, sœur de l'Apollon du Belvédère, et la Sainte Famille de Raphaël ; le chantre de
Laure, l'admirateur de Pétrarque, a reçu des beaux-arts
reconnaissants une vie qui ne périra point.

J'allai à Vaucluse cueillir, au bord de la fontaine, des
bruyères parfumées et la première olive que portait un
jeune olivier :

> *Chiara fontana, in quel medesmo bosco,*
> *Sorgea d'un sasso ; ed acque fresche e dolci*
> *Spargea soavemente mormorando.*
> *Al bel seggio riposto, ombroso e fosco*
> *Ne pastori appressavan, ne bifolci ;*
> *Ma nimfe e muse a quel tenor cantando*[1].

« Cette claire fontaine, dans ce même bocage, sort d'un
rocher ; elle répand, fraîches et douces, ses ondes qui sua-
vement murmurent. À ce beau lit de repos, ni les pasteurs,
ni les troupeaux ne s'empressent ; mais la nymphe et la
muse y vont chantant. »

Pétrarque a raconté comment il rencontra cette vallée[2] :
« Je m'enquérais », dit-il, « d'un lieu caché où je pusse
me retirer comme dans un port, quand je trouvai une
petite vallée fermée, Vaucluse, bien solitaire, d'où naît la
source de la Sorgue, reine de toutes les sources : je m'y
établis. C'est là que j'ai composé mes poésies en langue
vulgaire ; vers où j'ai peint les chagrins de ma jeunesse. »

C'est aussi de Vaucluse qu'il entendait, comme on
l'entendait encore lorsque j'y passais, le bruit des armes
retentissant en Italie ; il s'écriait[3] :

---

1. Pétrarque, *Canzoniere*, CCCXXIII, vers 37-42. La traduction suivante est approximative. On peut la rectifier ainsi : « Une claire fontaine,
en ce même bosquet, jaillissait d'un rocher ; ses eaux fraîches et douces
se répandaient avec un suave murmure. De ce beau lieu écarté, ombragé,
où ne pénètrent pas les rayons du soleil, n'approchaient ni les bergers ni
les bouviers ; mais les nymphes et les muses y chantaient à l'unis-
son. »   2. *Epistola ad posteros*, « Reperii Vallem... quae clausa
dicitur », etc.   3. *Canzoniere*, CXXVIII, vers 1, 28-30, 81-86.

Italia mia...
....
O diluvio raccolto
Di che deserti strani
Per inondar i nostri dolci campi !

....
Non è questo 'l terren ch'io toccai pria ?
Non è questo 'l mio nido,
Ove nudrito fui si dolcemente ?
Non è questa la patria, in ch'io mi fido
Madre benigna e pia
Chi copre l' uno et l' altro mio parente ?

« Mon Italie !... Ô déluge rassemblé des déserts étrangers pour inonder nos doux champs ! N'est-ce pas là le sol que je touchai d'abord ? n'est-ce pas là le nid où je fus si doucement nourri ? n'est-ce pas là la patrie en qui je me confie, mère bénigne et pieuse qui couvre l'un et l'autre de mes parents ? »

Plus tard, l'amant de Laure invite Urbain V à se transporter à Rome : « Que répondrez-vous à saint Pierre, s'écrie-t-il éloquemment, quand il vous dira : "Que se passe-t-il à Rome ? Dans quel état est mon temple, mon tombeau, mon peuple ?" Vous ne répondez rien ? D'où venez-vous ? Avez-vous habité les bords du Rhône ? Vous y naquîtes, dites-vous : et moi, n'étais-je pas né en Galilée[1] ? »

Siècle fécond, jeune, sensible, dont l'admiration remuait les entrailles ; siècle qui obéissait à la lyre d'un grand poète, comme à la loi d'un législateur ! C'est à Pétrarque que nous devons le retour du souverain pontife au Vatican ; c'est sa voix qui a fait naître Raphaël et sortir de terre le dôme de Michel-Ange.

De retour à Avignon, je cherchai le palais des papes, et l'on me montra la *Glacière*[2] : la Révolution s'en est

---

1. C'est à la suite de cette lettre que, le 30 avril 1367, le pape Urbain V devait quitter Avignon. 2. En octobre 1791, des dizaines de détenus furent massacrés puis ensevelis sous une couche de chaux vive dans la fosse de la tour des Latrines, ou de la Glacière, au Palais des Papes.

prise aux lieux célèbres ; les souvenirs du passé sont obligés de pousser au travers et de reverdir sur des ossements. Hélas ! les gémissements des victimes meurent vite après elles ; ils arrivent à peine à quelque écho qui les fait survivre un moment, quand déjà la voix dont ils s'exhalaient est éteinte. Mais tandis que le cri des douleurs expirait au bord du Rhône, on entendait dans le lointain les sons du luth de Pétrarque ; une *canzone* solitaire, échappée de la tombe, continuait à charmer Vaucluse d'une immortelle mélancolie et de chagrins d'amour d'autrefois.

Alain Chartier était venu de Bayeux se faire enterrer à Avignon, dans l'église de Saint-Antoine. Il avait écrit *la Belle Dame sans mercy*, et le baiser de Marguerite d'Écosse l'a fait vivre [1].

D'Avignon je me rendis à Marseille. Que peut avoir à désirer une ville à qui Cicéron adresse ces paroles, dont le tour oratoire a été imité par Bossuet : « Je ne t'oublierai pas, Marseille, dont la vertu est à un degré si éminent, que la plupart des nations te doivent céder, et que la Grèce même ne doit pas se comparer à toi. » *(Pro L. Flacco [2])*. Tacite, dans la *Vie d'Agricola*, loue aussi Marseille, comme mêlant l'urbanité grecque à l'économie des provinces latines [3]. Fille de l'Hellénie, institutrice de la Gaule, célébrée par Cicéron, emportée par César, n'est-ce pas réunir assez de gloire ? Je me hâtai de monter à *Notre-Dame de la Garde*, pour admirer la mer que bordent avec leurs ruines les côtes riantes de tous les pays fameux de l'antiquité. La mer, qui ne marche point, est la source de la mythologie, comme l'océan, qui se lève deux fois le jour, est l'abîme auquel a dit Jéhovah : « Tu n'iras pas plus loin [4]. »

---

1. *Cf.* Piganiol, mais aussi *Michaud*, t. 8, 1813, p. 251-252 : « Né en Normandie, et, suivant certains biographes, à Bayeux, en 1386 (...), il mourut à Avignon en 1449. (...) Pasquier rapporte que, se trouvant un jour endormi, Marguerite d'Écosse, épouse du dauphin de France, depuis Louis XI (...) lui donna un baiser sur la bouche. »   **2.** Chap. XXVI. **3.** Chap. IV : « Locum Graeca comitate et provinciali parcimonia mixtum ac bene compositum ». Né à Fréjus, Agricola avait poursuivi ses études à Marseille.   **4.** Job, XXXVIII, 11.

Cette année même, 1838, j'ai remonté sur cette cime [1] ; j'ai revu cette mer qui m'est à présent si connue, et au bout de laquelle s'élevèrent la croix et la tombe victorieuses. Le mistral soufflait ; je suis entré dans le fort bâti par François Ier, où ne veillait plus un vétéran de l'armée d'Égypte, mais où se tenait un conscrit destiné pour Alger et perdu sous des voûtes obscures. Le silence régnait dans la chapelle restaurée, tandis que le vent mugissait au dehors. Le cantique des matelots de la Bretagne à *Notre-Dame de Bon-Secours* me revenait en pensée : vous savez quand et comment [2] je vous ai déjà cité cette complainte de mes premiers jours de l'Océan :

> *Je mets ma confiance,*
> *Vierge, en votre secours, etc.*

Que d'événements il avait fallu pour me ramener aux pieds de l'*Étoile des mers*, à laquelle j'avais été voué dans mon enfance ! Lorsque je contemplais ces *ex-voto*, ces peintures de naufrages suspendues autour de moi, je croyais lire l'histoire de mes jours. Virgile place sous les portiques de Carthage un Troyen, ému à la vue d'un tableau représentant l'incendie de Troie [3], et le génie du chantre d'Hamlet a profité de l'âme du chantre de Didon.

Au bas de ce rocher, couvert autrefois de la forêt chantée par Lucain [4], je n'ai point reconnu Marseille : dans les rues droites, longues et larges, je ne pouvais plus m'égarer. Le port était encombré de vaisseaux ; j'y aurais à peine trouvé, il y a trente-six ans, une *nave*, conduite par

---

1. Le 28 juillet 1838. Faut-il rappeler que la vieille chapelle gothique du fort de la Garde ne fut remplacée par la basilique actuelle que sous le second Empire ?   **2.** Voir livre I, chap. 4 (t. 1, p. 207).   **3.** *Énéide*, livre I, vers 450-493. Le Troyen est Énée qui, à son arrivée à Carthage, contemple les fresques du temple de Junon, dans lesquelles il a la surprise de reconnaître sa propre histoire. La référence shakespearienne est moins explicite ; sans doute une allusion à la scène des comédiens dans *Hamlet*, III, 2.   **4.** *Pharsale*, chant III.

un descendant de Pythéas[1], pour me transporter en
Chypre comme Joinville : au rebours des hommes, le
temps rajeunit les villes. J'aimais mieux ma vieille Marseille, avec ses souvenirs des Bérenger, du duc d'Anjou,
du roi René, de Guise et d'Épernon, avec les monuments
de Louis XIV et les vertus de Belzunce[2] ; les rides me
plaisaient sur son front. Peut-être qu'en regrettant les
années qu'elle a perdues, je ne fais que pleurer celles
que j'ai trouvées. Marseille m'a reçu gracieusement, il est
vrai ; mais l'émule d'Athènes est devenue trop jeune pour
moi.

Si les *Mémoires* d'Alfieri eussent été publiés[3] en 1802
je n'aurais pas quitté Marseille sans visiter le rocher des
bains du poète. Cet homme rude est arrivé une fois au
charme de la rêverie et de l'expression :

« Après le spectacle, dit-il, un de mes amusements, à
Marseille, était de me baigner presque tous les soirs dans
la mer ; j'avais trouvé un petit endroit fort agréable sur
une langue de terre placée à droite hors du port, où, en
m'asseyant sur le sable, le dos appuyé contre un petit
rocher, qui empêchait qu'on ne pût me voir du côté de la
terre, je n'avais plus devant moi que le ciel et la mer.
Entre ces deux immensités qu'embellissaient les rayons
d'un soleil couchant, je passais, en rêvant, des heures
délicieuses ; et là, je serais devenu poète, si j'avais su
écrire dans une langue quelconque. »

---

1. Dans la préface du *Voyage en Amérique* (p. 620), Chateaubriand
avait déjà évoqué ce navigateur du IVe siècle : « Pythéas de Marseille
(...) naviqua jusque dans les mers de la Scandinavie (...) et surgit à
cette fameuse Thulé », etc.   **2.** Ce genre de liste lasse un peu. On
retrouvera Mgr de Belzunce au chap. 14 du livre XXXIV (t. 4).
3. Ils le furent en 1804 (t. 4 et 5 des *Opere postume*). Chateaubriand,
qui passa par Florence au lendemain de la mort du poète, le mentionne
dans sa *Lettre à Fontanes*, après avoir songé à lui consacrer une étude.
Selon Marcellus, p. 142, il lisait volontiers la *Vie*, dont il appréciait le
naturel. Le passage qu'il cite (Troisième époque, chap. IV) rappelle ses
propres rêveries à Brest ou à Saint-Malo. Il utilise ici la traduction de
Petitot (*Vie de Victor Alfieri*, traduite par M***, Nicolle, 1809).

Je revins par le Languedoc et la Gascogne[1]. À Nîmes, les Arènes et la Maison-Carrée n'étaient pas encore dégagées ; cette année 1838, je les ai vues dans leur exhumation. Je suis aussi allé chercher Jean Reboul[2]. Je me défiais un peu de ces ouvriers-poètes, qui ne sont ordinairement ni poètes, ni ouvriers : réparation à M. Reboul. Je l'ai trouvé dans sa boulangerie ; je me suis adressé à lui sans savoir à qui je parlais, ne le distinguant pas de ses compagnons de Cérès. Il a pris mon nom, et m'a dit qu'il allait voir si la personne que je demandais était chez elle. Il est revenu bientôt après et s'est fait connaître : il m'a mené dans son magasin ; nous avons circulé dans un labyrinthe de sacs de farine, et nous sommes grimpés par une espèce d'échelle dans un petit réduit, comme dans la chambre haute d'un moulin à vent. Là, nous nous sommes assis et nous avons causé. J'étais heureux comme dans mon grenier à Londres, et plus heureux que dans mon fauteuil de ministre à Paris. M. Reboul a tiré d'une commode un manuscrit, et m'a lu des vers énergiques d'un poème qu'il compose sur le *Dernier jour*. Je l'ai félicité de sa religion et de son talent. Je me rappelais ses belles strophes à *un Exilé* :

> *Quelque chose de grand se couve dans le monde ;*
> *Il faut, ô jeune roi[3], que ton âme y réponde ;*
> *Oh ! ce n'est pas pour rien que, calmant notre deuil,*
> *Le ciel par un mourant fit révéler ta vie ;*
> *Que quelque temps après, de ses enfants suivie,*

---

1. Chateaubriand quitta, le 7 novembre, Avignon pour Marseille. On le retrouve une vingtaine de jours plus tard à Fougères, sans connaître davantage le détail de son voyage de 1802, que viennent de plus en plus recouvrir les souvenirs de 1838.   2. Le 24 juillet 1838. Le Nîmois Jean Reboul (1796-1864) avait commencé à publier des vers dans la presse royaliste dès la fin de la Restauration (voir abbé M. Bruyère, *Un poète chrétien au XIXᵉ siècle* (...), Champion, 1926). Son premier recueil de *Poésies* (1836) lui avait valu la célébrité. Chateaubriand le nomme, dans *Littérature anglaise*, parmi les « poètes des classes industrielles ». Le récit de leur entrevue de 1838 a été confirmé par Reboul lui-même, qui insérera dans ses *Poésies nouvelles* (1846) une pièce « À M. de Chateaubriand ».   3. Allusion au duc de Bordeaux, en faveur duquel Charles X avait abdiqué le 2 août 1830.

Aux yeux de l'univers, la nation ravie
T'éleva dans ses bras sur le bord d'un cercueil !

Il fallut me séparer de mon hôte, non sans souhaiter au poète les jardins d'Horace[1]. J'aurais mieux aimé qu'il rêvât au bord de la cascade de Tibur, que de le voir recueillir le froment broyé par la roue au-dessous de cette cascade. Il est vrai que Sophocle était peut-être un forgeron à Athènes, et que Plaute, à Rome, annonçait Reboul à Nîmes.

Entre Nîmes et Montpellier, je passai sur ma gauche Aigues-Mortes, que j'ai visitée en 1838[2]. Cette ville est encore tout entière avec ses tours et son enceinte : elle ressemble à un vaisseau de haut bord échoué sur le sable où l'ont laissé saint Louis, le temps et la mer. Le saint roi avait donné des *usages* et statuts à la ville d'Aigues-Mortes[3] : « Il veut que la prison soit telle, qu'elle serve non à l'extermination de la personne, mais à sa garde ; que nulle information ne soit faite pour des paroles injurieuses ; que l'adultère même ne soit recherché qu'en certains cas, et que le violateur d'une vierge, *volente vel nolente*, ne perde ni la vie, ni aucun de ses membres, *sed alio modo puniatur.* »

À Montpellier, je revis la mer, à qui j'aurais volontiers écrit comme le roi très-chrétien à la Confédération suisse : « Ma fidèle alliée et ma grande amie. » Scaliger aurait voulu faire de Montpellier *le nid de sa vieillesse.* Elle a reçu son nom de deux vierges saintes, *Mons puellarum* : de là la beauté de ses femmes. Montpellier, en tom-

---

1. C'est en réalité la politique qui devait solliciter Reboul : au printemps 1848, il sera envoyé à la nouvelle Assemblée Constituante par les légitimistes du Gard.   **2.** Le lundi 23 juillet 1838. Cette brève visite impressionna beaucoup Chateaubriand (« J'ai vu Aigues-Mortes, merveille du XIIIᵉ siècle, laissé tout entière sur vos rivages. J'ai aperçu la Camargue qui, seule, mériterait un voyage exprès », écrivit-il le 6 août à son hôte toulousain, Léonce de Lavergne).   **3.** Ce texte est emprunté à la *Notice* sur Aigues-Mortes publiée en 1821 par E. di Pietro.

bant devant le cardinal de Richelieu, vit mourir la constitution aristocratique de la France[1].

De Montpellier à Narbonne, j'eus, chemin faisant, un retour à mon naturel, une attaque de mes songeries. J'aurais oublié cette attaque si, comme certains malades imaginaires, je n'avais enregistré le jour de ma crise sur un tout petit bulletin, seule note de ce temps retrouvée pour aide à ma mémoire. Ce fut cette fois un espace aride, couvert de digitales, qui me fit oublier le monde : mon regard glissait sur cette mer de tiges empourprées, et n'était arrêté au loin que par la chaîne bleuâtre du Cantal. Dans la nature, hormis le ciel, l'océan et le soleil, ce ne sont pas les immenses objets dont je suis inspiré ; ils me donnent seulement une sensation de grandeur, qui jette ma petitesse éperdue et non consolée aux pieds de Dieu. Mais une fleur que je cueille, un courant d'eau qui se dérobe parmi des joncs, un oiseau qui va s'envolant et se reposant devant moi, m'entraînent à toutes sortes de rêves. Ne vaut-il pas mieux s'attendrir sans savoir pourquoi, que de chercher dans la vie des intérêts émoussés, refroidis par leur répétition et leur multitude ? Tout est usé aujourd'hui, même le malheur.

À Narbonne, je rencontrai le canal des Deux-Mers. Corneille, chantant cet ouvrage, ajoute sa grandeur à celle de Louis XIV :

La Garonne et le Tarn[2] en leurs grottes profondes,
Soupiraient dès longtemps pour marier leurs ondes,
Et faire ainsi couler par un heureux penchant
Les trésors de l'aurore aux rives du couchant.
Mais à des vœux si doux, à des flammes si belles
La nature, attachée à des lois éternelles,
Pour obstacle invincible opposait fièrement
Des monts et des rochers l'affreux enchaînement.

---

1. De nouveau, recours à Piganiol, t. VI, pour quelques « pilotis ». Le siège de Montpellier date de 1622. **2.** Voici un cas où, malgré leur vigilance, les éditeurs de 1848 ont laissé passer une leçon absurde. Dans son poème de 1668, Corneille avait écrit : « la Garonne et l'Atax ». C'est Piganiol (t. VI, p. 23) qui a mal transcrit ce nom latin de l'Aude, preuve que Chateaubriand se borne à le recopier.

France, ton grand roi parle, et ces rochers se fendent,
La terre ouvre son sein, les plus hauts monts descendent.
Tout cède. ....

À Toulouse, j'aperçus du pont de la Garonne la ligne des Pyrénées ; je la devais traverser quatre ans plus tard : les horizons se succèdent comme nos jours. On me proposa de me montrer dans un caveau le corps desséché de la belle Paule : heureux ceux qui croient sans avoir vu [1] ! Montmorency avait été décapité dans la cour de l'Hôtel de Ville : cette tête coupée était donc bien importante, puisqu'on en parle encore après tant d'autres têtes abattues ? Je ne sais si dans l'histoire des procès criminels il existe une déposition de témoin qui ait fait mieux reconnaître l'identité d'un homme : « Le feu et la fumée dont il étoit couvert, dit Guitaut, m'empêchèrent d'abord de le reconnoître ; mais voyant un homme qui, après avoir rompu six de nos rangs, tuoit encore des soldats au septième, je jugeai que ce ne pouvoit être que M. de Montmorenci ; je le sus certainement lorsque je le vis renversé à terre sous son cheval mort [2]. »

L'église abandonnée de Saint-Sernin me frappa par son architecture. Cette église est liée à l'histoire des Albigeois, que le poème, si bien traduit par M. Fauriel, fait revivre [3] :

« Le vaillant jeune comte, la lumière et l'héritier de son père, la croix et le fer, entrent ensemble par l'une des portes. Ni en chambre, ni en étage, il ne reste pas une jeune fille ; les habitants de la ville, grands et petits, regardent tous le comte comme fleur de rosier. »

C'est de l'époque de Simon de Montfort que date la perte de la langue d'*Oc* : « Simon, se voyant seigneur de

---

1. C'est la parole du Christ à Thomas (*Jean*, XX, 29), mais la citation de Chateaubriand est ironique.   **2.** Henri II, duc de Montmorency, maréchal de France, fut décapité à Toulouse pour rébellion le 30 octobre 1632. Les propos du capitaine Guitaut sont rapportés dans la notice de *Michaud*, t. XXX, 1821, p. 18b.   **3.** *Histoire de la croisade contre les hérétiques albigeois, écrite en vers provençaux par un poète contemporain et traduite par M. Fauriel* (1837). Le « jeune comte » est Simon de Montfort.

tant de terres, les départit entre les gentilshommes, tant
français qu'autres, *atque loci leges dedimus* », disent les
huit archevêques et évêques signataires.

J'aurais bien voulu avoir le temps de m'enquérir[1] à
Toulouse d'une de mes grandes admirations, de Cujas,
écrivant, couché à plat ventre, ses livres épandus autour
de lui. Je ne sais si l'on a conservé le souvenir de
Suzanne, sa fille, mariée deux fois. La constance n'amusait pas beaucoup Suzanne, elle en faisait peu de cas ;
mais elle nourrit l'un de ses maris des infidélités dont
mourut l'autre. Cujas fut protégé par la fille de François Ier, Pibrac par la fille de Henri II, deux Marguerites
de ce sang des Valois, pur sang des Muses. Pibrac est
célèbre par ses quatrains traduits en persan. (J'étais logé
peut-être dans l'hôtel du président son père.) « Ce bon
monsieur de Pibrac, dit Montaigne[2], avoit un esprit si
gentil, les opinions si saines, les mœurs si douces ; son
âme étoit si disproportionnée à notre corruption et à nos
tempêtes ! » Et il a fait l'apologie de la Saint-Barthélemy.

Je courais sans pouvoir m'arrêter[3] ; le sort me renvoyait
à 1838 pour admirer en détail la cité de Raimond de
Saint-Gilles, et pour parler des nouvelles connaissances

---

1. En ce qui concerne le jurisconsulte toulousain Cujas (1522-1590),
comme pour Pibrac (1529-1584), les éléments de ce paragraphe sont
empruntés à la biographie Michaud. On y peut lire à propos de Cujas
(t. X, 1813, p. 341a) : « Il avait coutume de travailler couché par terre
et sur le ventre, ses livres dispersés autour de lui » ; et p. 342 b des
détails sur sa fille Suzanne, tirés de Bayle. À propos des *Quatrains
moraux* de Gui du Faur, seigneur de Pibrac, nous lisons (t. XXXIV,
1823, p. 252a) : « Ces quatrains ont été traduits en diverses langues et
goûtés universellement. Les Turcs, les Arabes et les Persans se les sont
appropriés. »   2. C'est également *Michaud* qui oriente vers Montaigne ; Chateaubriand se borne à compléter la citation, non sans la
modifier. *Cf. Essais*, livre III, chap. 9 : « C'estoyent âmes diversement
belles (...). Mais qui les avoit logées en cet aage, si disconvenables et
si disproportionnées à notre corruption et à nos tempestes ? »   3. Le
second séjour de Chateaubriand à Toulouse dura trois jours (19, 20 et
21 juillet 1838) ; il revit son « occitanienne », devenue comtesse de
Castelbajac (voir livre XXXI, chap. 1), visita la ville, puis assista à une
séance des Jeux Floraux, la célèbre Académie dont il avait été élu
Maître en avril 1821.

que j'y ai faites ; M. de Lavergne[1], homme de talent,
d'esprit et de raison ; mademoiselle Honorine Gasc[2],
Malibran future. Celle-ci, en ma qualité nouvelle de serviteur de Clémence Isaure[3], me rappelait ces vers que Chapelle et Bachaumont[4] écrivaient dans l'île d'Ambijoux,
près de Toulouse :

> *Hélas ! que l'on seroit heureux*
> *Dans ce beau lieu digne d'envie,*
> *Si, toujours aimé de Sylvie,*
> *On pouvoit, toujours amoureux,*
> *Avec elle passer sa vie !*

Puisse mademoiselle Honorine être en garde contre sa
belle voix ! Les talents sont *de l'or de Toulouse*[5] *:* ils
portent malheur.

Bordeaux était à peine débarrassé de ses échafauds et
de ses lâches Girondins[6]. Toutes les villes que je voyais
avaient l'air de belles femmes relevées d'une violente
maladie et qui commencent à peine à respirer. À Bor-

---

1. Fidèle admirateur de Chateaubriand, Léonce Guilhaud de
Lavergne (1809-1880) avait assisté, chez Mme Récamier, à la lecture
des *Mémoires* de 1834, dont il avait rendu compte dans la *Revue du
Midi*. Il poursuivra sa carrière de notable local jusqu'au Sénat de la
Troisième République.   **2.** Chateaubriand avait été charmé par
la voix de cette « Philomèle des Pyrénées ». Dans la nuit qui suivit son
départ de Toulouse (qu'il passa dans sa voiture), il fit un *couplet* à
son intention, qu'il chargea dès le lendemain Lavergne de transmettre à sa destinataire. Selon Marcellus (p. 143), Mlle Gasc aurait
continué de chanter à Paris, puis fini par épouser le consul du
Danemark.   **3.** C'est la fondatrice légendaire des Jeux Floraux, vers
la fin du XVe siècle.   **4.** La relation de leur voyage dans le midi
de la France (1656), entremêlée de vers, date de 1663.   **5.** *Aurum
tolosanum* : proverbe expliqué par Aulu-Gelle (*Nuits attiques*, III, 9,
7) ; il désigne un trésor qui porte malheur, selon une vieille histoire
recueillie par Justin (*Abrégé des Histoires philippiques de Trogue Pompée*, XXXII, 3, 9-12). Cette expression, ainsi que les vers qui précèdent,
sont empruntés à Piganiol (t. V, p. 325).   **6.** Retour au voyage de
1802. Les Girondins sont encore qualifiés de « faction lâche » au
chap. 2 du Livre XLII, parce qu'ils parlèrent en faveur de Louis XVI,
puis votèrent sa mort.

deaux, Louis XIV avait jadis fait abattre le Temple[1] de
la Tutelle, afin de bâtir le Château-Trompette : Spon[2] et
les amis de l'antiquité gémirent :

>   *Pourquoi démolit-on ces colonnes des dieux*
>   *Ouvrage des Césars, monument tutélaire ?*

On trouvait à peine quelques restes des Arènes. Si l'on
donnait un témoignage de regret à tout ce qui tombe, il
faudrait trop pleurer.

Je m'embarquai pour Blaye. Je vis ce château alors
ignoré, auquel, en 1833, j'adressai ces paroles[3] : « Captive de Blaye ! je me désole de ne pouvoir rien pour vos
présentes destinées ! » Je m'acheminai vers Rochefort, et
je me rendis à Nantes, par la Vendée.

Ce pays portait, comme un vieux guerrier, les mutila-
tions et les cicatrices de sa valeur. Des ossements blanchis
par le temps et des ruines noircies par les flammes frappaient les regards. Lorsque les Vendéens étaient près
d'attaquer l'ennemi, ils s'agenouillaient et recevaient la
bénédiction d'un prêtre : la prière prononcée sous les
armes n'était point réputée faiblesse, car le Vendéen qui
élevait son épée vers le ciel, demandait la victoire et non
la vie.

La diligence dans laquelle je me trouvais enterré était
remplie de voyageurs qui racontaient les viols et les
meurtres dont ils avaient glorifié leur vie dans les guerres
vendéennes. Le cœur me palpita, lorsqu'ayant traversé la

---

1. Temple romain consacré à une déesse *tutélaire*. La suite est inspirée par Piganiol (t. VII, p. 233-234), auquel Chateaubriand prend sa
citation : « Les regrets furent même accompagnés de larmes d'un des
plus savants antiquaires, M. Spon ; ce qui donna occasion aux vers
qui furent imprimés dans le *Mercure* ». **2.** Célèbre « antiquaire »
du siècle de Louis XIV, Jacob Spon (1647-1685) a publié en 1678 un
Voyage (...) *de Grèce et du Levant* que Chateaubriand utilisera dans
son *Itinéraire*.   **3.** Extrait de la conclusion du *Mémoire sur la captivité de Mme la duchesse de Berry*, qu'on pourra lire au chap. 25 du
livre XXXV.

Loire à Nantes, j'entrai en Bretagne[1]. Je passai le long des murs de ce collège de Rennes qui vit les dernières années de mon enfance. Je ne pus rester que vingt-quatre heures auprès de ma femme et de mes sœurs, et je regagnai Paris.

(3)

Paris, 1838.

ANNÉES DE MA VIE, 1802 ET 1803.
M. DE LAHARPE : SA MORT.

J'arrivai pour voir mourir un homme qui appartenait à ces noms supérieurs au second rang dans le dix-huitième siècle, et qui, formant une arrière-ligne solide dans la société, donnaient à cette société de l'ampleur et de la consistance.

J'avais connu M. de Laharpe en 1789 : comme Flins, il s'était pris d'une belle passion pour ma sœur, madame la comtesse de Farcy. Il arrivait avec trois gros volumes de ses œuvres sous ses petits bras, tout étonné que sa gloire ne triomphât pas des cœurs les plus rebelles. Le verbe haut, la mine animée, il tonnait contre les abus, faisant faire une omelette chez les ministres où il ne trouvait pas le dîner bon, mangeant avec ses doigts, traînant dans les plats ses manchettes, disant des grossièretés philosophiques aux plus grands seigneurs qui raffolaient de ses insolences ; mais, somme toute, esprit droit, éclairé,

─────────

1. S'il faut en croire une lettre du 24 juin 1802 à Mme de Staël, Chateaubriand avait déjà fait au printemps un voyage éclair dans sa province natale. Ce deuxième séjour à Fougères dura du 27 novembre au 5 décembre 1802. Ce fut une occasion pour Mme de Chateaubriand de présenter son mari à la bonne société locale, comme le prouve ce témoignage : « Voilà Mme de Chateaubriand enchantée (...). M. et Mme de Châteaubourg sont venus ici voir leur frère. Il repart demain. Il a passé ses huit jours en festins » (cité dans *Bulletin*, 1976, p. 43).

impartial au milieu de ses passions, capable de sentir le talent, de l'admirer, de pleurer à de beaux vers ou à une belle action, et ayant un de ces fonds propres à porter le repentir. Il n'a pas manqué sa fin : je le vis mourir chrétien courageux, le goût agrandi par la religion, n'ayant conservé d'orgueil que contre l'impiété, et de haine que contre la *langue révolutionnaire*[1].

À mon retour de l'émigration, la religion avait rendu M. de Laharpe favorable à mes ouvrages : la maladie dont il était attaqué ne l'empêchait pas de travailler ; il me récitait des passages d'un poème qu'il composait sur la Révolution[2] ; on y remarquait quelques vers énergiques

---

1. Jean-François de La Harpe (1739-1803) avait été une brillante figure de la république des lettres : disciple de Voltaire, auteur à succès (*Mélanie, ou la religieuse*, 1771, etc.), académicien. Comme beaucoup de ses confrères, il avait commencé par accueillir la Révolution avec faveur, mais il ne tarda pas à déchanter. Un bref séjour en prison (mars-avril 1794) lui fit rencontrer la « veuve Clermont-Tonnerre » qui opéra sa conversion, puis noua des relations affectueuses avec lui. La Harpe mettra, dans les années suivantes, sa fougue de converti au service de la religion persécutée : dès 1797, il participe avec Fontanes à la rédaction du *Mémorial* ; il publie (chez Migneret) une traduction des *Psaumes (Le Psautier français, traduction nouvelle avec des notes, précédée d'un Discours sur l'esprit des livres saints et le style des prophètes)*, ainsi qu'un opuscule intitulé *Du Fanatisme dans la langue révolutionnaire, ou de la Persécution suscitée par les barbares du* XVIIIᵉ *siècle contre la religion chrétienne et ses ministres.* Obligé de se cacher après Fructidor, il réapparaît au début du Consulat. Le 3 frimaire an IX/24 novembre 1800, il inaugure la reprise de ses conférences du Lycée par un discours sur le nouveau Cyrus, puis il assure la publication de ce *Cours de littérature* (H. Agasse, an VII-an XIII). Il est alors très proche du groupe du *Mercure*, songe à rédiger des *Observations critiques* pour défendre *Atala* au printemps 1801 ; mais son « délire réacteur » provoque un nouvel exil (mars-juillet 1802), au moment même de la parution du *Génie du Christianisme.* Le vieil académicien aura néanmoins le temps, avant de mourir, de se voir réintégré dans le nouvel Institut. 2. *Le Triomphe de la religion chrétienne, ou le Roi martyr* (Veuve Migneret, 1814). Quelques jours avant sa mort, La Harpe avait remis le manuscrit de son poème à Chateaubriand, qui cita un passage du second chant dans la note XXXII de la deuxième édition du *Génie* (avril 1803). C'est du même ouvrage posthume que sont tirés les vers qui suivent. Chateaubriand les avait déjà cités au chap. 5 du livre XII.

contre les crimes du temps et contre les *honnêtes gens*
qui les avaient soufferts :

> *Mais s'ils ont tout osé, vous avez tout permis :*
> *Plus l'oppresseur est vil, plus l'esclave est infâme.*

Oubliant qu'il était malade, coiffé d'un bonnet blanc,
vêtu d'un spencer ouaté, il déclamait à tue-tête ; puis laissant échapper son cahier, il disait d'une voix qu'on entendait à peine : « Je n'en puis plus : je sens une griffe de fer
dans le côté. » Et si, malheureusement, une servante venait
à passer, il reprenait sa voix de Stentor et mugissait :
« Allez vous-en ! Allez vous-en ! Fermez la porte ! » Je lui
disais un jour : « Vous vivrez pour l'avantage de la religion.
— Ah ! oui », me répondit-il, « Ce serait bien à Dieu ;
mais il ne le veut pas, et je mourrai ces jours-ci. » Retombant dans son fauteuil et enfonçant son bonnet sur ses
oreilles, il expiait son orgueil par sa résignation et son
humilité.

Dans un dîner chez Migneret, je l'avais entendu parler
de lui-même avec la plus grande modestie, déclarant qu'il
n'avait rien fait de supérieur, mais qu'il croyait que l'art
et la langue n'avaient point dégénéré entre ses mains.

M. de Laharpe quitta ce monde le 11 février 1803 :
l'auteur des *Saisons*[1] mourait presqu'en même temps au
milieu de toutes les consolations de la philosophie,
comme M. de Laharpe au milieu de toutes les consolations de la religion ; l'un visité des hommes, l'autre visité
de Dieu.

M. de Laharpe fut enterré le 12 février 1803, au cimetière de la barrière de Vaugirard. Le cercueil ayant été
déposé au bord de la fosse, sur le petit monceau de terre
qui le devait bientôt recouvrir, M. de Fontanes prononça
un discours[2]. La scène était lugubre : les tourbillons de
neige tombaient du ciel et blanchissaient le drap mor-

---

1. Saint-Lambert, décédé la veille. Molé a consacré quelques pages
incisives à cette double mort (p. 373-380), à la fin desquelles il évoque
lui aussi le discours de Fontanes.   **2.** Ce discours fut publié dans le
Mercure du 30 pluviôse an XI/19 février 1803, précédé par un texte de
Chateaubriand auquel ce paragraphe fait écho.

tuaire que le vent soulevait, pour laisser passer les dernières paroles de l'amitié à l'oreille de la mort. Le
cimetière a été détruit et M. de Laharpe exhumé : il
n'existait presque plus rien de ses cendres chétives. Marié
sous le Directoire, M. de Laharpe n'avait pas été heureux
avec sa belle femme ; elle l'avait pris en horreur en le
voyant, et ne voulut jamais lui accorder aucun droit[1].

Au reste, M. de Laharpe avait, ainsi que toute chose,
diminué auprès de la Révolution qui grandissait toujours :
les renommées se hâtaient de se retirer devant le représentant de cette Révolution, comme les périls perdaient leur
puissance devant lui.

(4)

Paris, 1838.

ANNÉES DE MA VIE, 1802 ET 1803.
ENTREVUE AVEC BONAPARTE.

Tandis que nous étions occupés du vivre et du mourir
vulgaires, la marche gigantesque du monde s'accomplissait ; l'Homme du temps prenait le haut bout dans la race
humaine. Au milieu des remuements immenses, précur-
seurs du déplacement universel, j'étais débarqué à Calais
pour concourir à l'action générale, dans la mesure assi-
gnée à chaque soldat. J'arrivai, la première année du
siècle, au camp où Bonaparte battait le rappel des destinées : il devint bientôt premier consul à vie.

Après l'adoption du Concordat par le Corps législatif
en 1802, Lucien, ministre de l'intérieur, donna une fête à

---

1. Le remariage de La Harpe, à soixante-huit ans, avec une demoiselle de Hatte-Longuerue, beaucoup plus jeune que lui, qui avait été
négocié par son ami le banquier Récamier, fut presque aussitôt suivi
par un divorce (1797).

son frère ; j'y fus invité, comme ayant rallié les forces chrétiennes et les ayant ramenées à la charge. J'étais dans la galerie, lorsque Napoléon entra : il me frappa agréablement ; je ne l'avais jamais aperçu que de loin. Son sourire était caressant et beau ; son œil admirable, surtout par la manière dont il était placé sous son front et encadré dans ses sourcils. Il n'avait encore aucune charlatanerie dans le regard, rien de théâtral et d'affecté. Le *Génie du Christianisme*, qui faisait en ce moment beaucoup de bruit, avait agi sur Napoléon. Une imagination prodigieuse animait ce politique si froid : il n'eût pas été ce qu'il était, si la muse n'eût été là ; la raison accomplissait les idées du poète. Tous ces hommes à grande vie sont toujours un composé de deux natures, car il les faut capables d'inspiration et d'action : l'une enfante le projet, l'autre l'accomplit.

Bonaparte m'aperçut et me reconnut, j'ignore à quoi. Quand il se dirigea vers ma personne, on ne savait qui il cherchait ; les rangs s'ouvraient successivement ; chacun espérait que le consul s'arrêterait à lui ; il avait l'air d'éprouver une certaine impatience de ces méprises. Je m'enfonçais derrière mes voisins ; Bonaparte éleva tout à coup la voix et me dit : « Monsieur de Chateaubriand ! » Je restai seul alors en avant, car la foule se retira et bientôt se reforma en cercle autour des interlocuteurs. Bonaparte m'aborda avec simplicité : sans me faire de compliments, sans questions oiseuses, sans préambule, il me parla sur-le-champ de l'Égypte et des Arabes, comme si j'eusse été de son intimité et comme s'il n'eût fait que continuer une conversation déjà commencée entre nous. « J'étais toujours frappé, me dit-il, quand je voyais les cheiks tomber à genoux au milieu du désert, se tourner vers l'Orient et toucher le sable de leur front. Qu'était-ce que cette chose inconnue qu'ils adoraient vers l'Orient ? »

Bonaparte s'interrompit, et passant sans transition à une autre idée : « Le christianisme ? Les idéologues n'ont-ils pas voulu en faire un système d'astronomie ? Quand cela serait, croient-ils me persuader que le christianisme est petit ? Si le christianisme est l'allégorie du mouvement des sphères, la géométrie des astres, les esprits forts ont beau faire, malgré eux ils ont encore laissé assez de grandeur à l'*infâme*[1]. »

Bonaparte incontinent s'éloigna. Comme à Job, dans ma nuit, « un esprit est passé devant moi ; les poils de ma chair se sont hérissés ; il s'est tenu là : je ne connais point son visage et j'ai entendu sa voix comme un petit souffle.[2] »

Mes jours n'ont été qu'une suite de visions ; l'enfer et le ciel se sont continuellement ouverts sous mes pas ou sur ma tête, sans que j'aie eu le temps de sonder leurs ténèbres ou leurs lumières. J'ai rencontré une seule fois sur le rivage des deux mondes l'homme du dernier siècle et l'homme du nouveau, Washington et Napoléon. Je m'entretins un moment avec l'un et l'autre ; tous deux me renvoyèrent à la solitude, le premier par un souhait bienveillant, le second par un crime.

Je remarquai qu'en circulant dans la foule, Bonaparte me jetait des regards plus profonds que ceux qu'il avait arrêtés sur moi en me parlant. Je le suivais aussi des yeux :

> *Chi è quel grande, che non par che curi*
> *L'incendio ?*

« Quel est ce grand qui n'a cure de l'incendie[3] ? » (DANTE).

---

1. C'est le nom que Voltaire avait donné à la religion chrétienne. 2. Citation du livre de Job, IV, 15-16. Cette vision est racontée par Eliphaz de Témân, un des trois amis de Job venus le consoler dans sa détresse. 3. *Enfer*, XIV, vers 46-47. Chateaubriand oublie un mot dans sa traduction : « qui ne *semble pas avoir* cure... ».

(5)

Paris, 1837.

Année de ma vie, 1803.
Je suis nommé premier secrétaire d'ambassade à Rome.

À la suite de cette entrevue, Bonaparte pensa à moi pour Rome[1] : il avait jugé d'un coup d'œil où et comment je pouvais être utile. Peu lui importait que je n'eusse pas été dans les affaires, que j'ignorasse jusqu'au premier mot de la diplomatie pratique ; il croyait que tel esprit sait toujours, et qu'il n'a pas besoin d'apprentissage. C'était un grand découvreur d'hommes ; mais il voulait qu'ils n'eussent de talent que pour lui, à condition encore qu'on parlât peu de ce talent ; jaloux de toute renommée, il la regardait comme une usurpation sur la sienne : il ne devait y avoir que Napoléon dans l'univers.

Fontanes et madame Bacciochi me parlèrent de la satisfaction que le Consul avait eue de *ma conversation* : je n'avais pas ouvert la bouche ; cela voulait dire que Bonaparte était content de lui. Ils me pressèrent de profiter de

---

1. Il est indispensable, pour comprendre la nomination de Chateaubriand, de la replacer dans le contexte post-concordataire. Elle ne fut souhaitée ni par le cardinal Fesch, renfermé dans des perspectives plus cléricales, ni par Talleyrand, qui aurait préféré promouvoir un diplomate de carrière. C'est donc bien à Napoléon qu'il faut en attribuer la pensée, même si elle lui fut soufflée de divers côtés. Mais une pareille décision, toute politique, ne se justifiait pas par une appréciation des qualités personnelles (par exemple littéraires) du futur secrétaire, mais par le désir de placer à Rome une personnalité symbolique qui puisse illustrer le ralliement de la noblesse, du clergé, du peuple catholiques. Dans ces conditions, Chateaubriand rencontra moins, au cours de sa mission, des difficultés « psychologiques », comme il voudrait nous le faire croire (comme il en est peut-être persuadé), que des impasses politiques. Est-il un rallié sincère, ou un homme du double jeu ? Peut-il se révéler un instrument efficace ? Telles sont les questions *objectives* qu'on se pose à Paris ; la réponse sera son rappel.

la fortune. L'idée d'être quelque chose ne m'était jamais venue ; je refusai net. Alors, on fit parler une autorité à laquelle il m'était difficile de résister.

L'abbé Émery[1], supérieur du séminaire de Saint-Sulpice, vint me conjurer, au nom du clergé, d'accepter, pour le bien de la religion, la place de premier secrétaire de l'ambassade que Bonaparte destinait à son oncle, le cardinal Fesch. Il me faisait entendre que l'intelligence du cardinal n'étant pas très remarquable, je me trouverais bientôt le maître des affaires. Un hasard singulier m'avait mis en rapport avec l'abbé Émery : j'avais passé aux États-Unis avec l'abbé Nagot et divers séminaristes, vous le savez. Ce souvenir de mon obscurité, de ma jeunesse, de ma vie de voyageur, qui se réfléchissait dans ma vie publique, me prenait par l'imagination et le cœur. L'abbé Émery, estimé de Bonaparte, était fin par sa nature, par sa robe et par la Révolution ; mais cette triple jeunesse ne lui servait qu'au profit de son vrai mérite ; ambitieux seulement de faire le bien, il n'agissait que dans le cercle de la plus grande prospérité d'un séminaire. Circonspect dans ses actions et dans ses paroles, il eût été superflu de violenter l'abbé Émery, car il tenait toujours sa vie à votre disposition, en échange de sa volonté qu'il ne cédait jamais : sa force était de vous attendre, assis sur sa tombe.

Il échoua dans sa première tentative ; il revint à la

---

1. Originaire du pays de Gex, Jacques Émery (1732-1811) avait un lointain cousinage avec la marquise de Villette : peut-être est-ce elle qui lui avait présenté Chateaubriand, au début de 1791. Ce théologien estimé, Supérieur général de la Compagnie de Saint-Sulpice, grand vicaire de Paris, joua un rôle occulte mais décisif dans la réorganisation religieuse de la France concordataire. C'est lui qui, au printemps de 1802, favorisa la réconciliation du chanoine Fesch avec les autorités ecclésiastiques, après une retraite spirituelle qu'il dirigea ; lui qui facilita ensuite son intronisation à Lyon. Il était donc fort bien placé pour intervenir auprès de Chateaubriand ; mais il est plus difficile de connaître la nature exacte de sa mission, ou de savoir par qui il avait été mandaté. Constatons simplement qu'il représente alors une politique de ralliement conditionnel du clergé réfractaire au « nouveau Cyrus », ce qui ne pouvait aller sans arrière-pensées. Sans doute avait-il chargé le collaborateur du cardinal-ministre de veiller au grain, mais sans esclandre ; c'est à quoi échoua la « franchise bretonne » de ce dernier.

charge, et sa patience me détermina. J'acceptai la place qu'il avait mission de me proposer, sans être le moins du monde convaincu de mon utilité au poste où l'on m'appelait ; je ne vaux rien du tout en seconde ligne. J'aurais peut-être encore reculé, si l'idée de madame de Beaumont n'était venue mettre un terme à mes scrupules. La fille de M. de Montmorin se mourait ; le climat de l'Italie lui serait, disait-on, favorable ; moi allant à Rome, elle se résoudrait à passer les Alpes : je me sacrifiai à l'espoir de la sauver. Madame de Chateaubriand se prépara à me venir rejoindre ; M. Joubert parlait de l'accompagner, et madame de Beaumont partit pour le Mont-d'Or, afin d'achever ensuite sa guérison au bord du Tibre [1].

M. de Talleyrand occupait le ministère des relations extérieures ; il m'expédia ma nomination [2]. Je dînai chez lui : il est demeuré tel dans mon esprit qu'il s'y plaça au premier moment. Au reste, ses belles façons faisaient contraste avec celles des marauds de son entourage ; ses roueries avaient une importance inconcevable : aux yeux

---

1. En réalité, c'est Pauline de Beaumont qui désira, de toutes ses dernières forces, rejoindre Chateaubriand, malgré les objections de Joubert à ce « fatal voyage de Rome » (voir Sainte-Beuve, t. 2, p. 205). Amante délaissée, au moins voulut-elle mourir auprès de son ami. Il devenait facile de trouver un prétexte médical que Chateaubriand, alors qu'elle est encore au Mont-Dore, fait mine de prendre pour argent comptant. Mais, dans sa correspondance ultérieure avec le comte de La Luzerne, il reconnaîtra que les médecins de la station thermale ne conseillèrent cette solution que comme « dernière ressource », c'est-à-dire qu'ils considéraient ce remède comme désespéré. On ne sait par ailleurs si Mme de Chateaubriand « se prépara » au même voyage ; elle ne fut certes pas encouragée, puisque, le 16 août 1802, son mari déclare sans ambages à Fontanes que, s'il est en Italie, c'est par « crainte de (se) réunir à (sa) femme ». Il ne proposa pas moins, dès le 19 mai, à sa sœur Marigny de venir le voir en compagnie de Lucile ; auraient-elles songé à partir sans leur belle-sœur ? Ce paragraphe présente donc comme un sacrifice à des exigences multiples mais convergentes, une décision qui fut, trente-cinq ans plus tôt, le fruit de motivations beaucoup plus complexes : le principal objectif de ces distorsions consiste à jeter un voile sur des affaires de cœur que rien ne destine à la publicité.   2. Arrêté du 14 floréal an XI/4 mai 1803, dont Chateaubriand accusa réception le 12 mai.

d'un brutal guêpier[1], la corruption des mœurs semblait génie, la légèreté d'esprit profondeur. La Révolution était trop modeste ; elle n'appréciait pas assez sa supériorité : ce n'est pas même chose d'être au-dessus ou au-dessous des crimes.

Je vis les ecclésiastiques attachés au cardinal : je distinguai le joyeux abbé de Bonnevie[2] : jadis aumônier à l'armée des Princes, il s'était trouvé à la retraite de Verdun ; il avait aussi été grand vicaire de l'évêque de Châlons, M. de Clermont-Tonnerre[3], qui s'embarqua derrière nous pour réclamer une pension du Saint-Siège, en qualité de *Chiaramonte*. Mes préparatifs achevés, je me mis en route[4] : je devais devancer à Rome l'oncle de Napoléon.

---

1. Ce terme a déjà mis en échec la sagacité de Marcellus (p. 145), qui propose la correction : *guerrier*, qui désignerait Napoléon. En réalité, nous avons là un emploi vieilli du mot, dans le sens figuré de : bruyante assemblée de gens grossiers.   2. Pierre-Étienne de Bonnevie (1761-1849), après un séjour de quelques années dans un diocèse de Prusse orientale, avait regagné la France au début du Consulat, pour se voir nommé, le 6 janvier 1803, chanoine et grand vicaire de Lyon. Il accompagna le cardinal Fesch à Rome, où il restera jusqu'en avril 1804. Ce prédicateur réputé, de compagnie agréable, comptera parmi les amis les plus fidèles des Chateaubriand (voir par exemple livre XVII, chap. 4).   3. Jules de Clermont-Tonnerre (1749-1830), évêque de Châlons depuis 1782, avait émigré, puis démissionné de son siège épiscopal en 1801. Il espérait, grâce à la protection de Talleyrand, son ancien condisciple au séminaire, obtenir des compensations du Saint-Siège. En effet, après le conclave de Venise qui avait élu pape le cardinal Chiaramonti, de vieille noblesse romagnole, il avait imaginé entre la famille de Pie VII et les Clermont-Tonnerre une lointaine origine commune, fondée sur une étymologie fantaisiste. Arrivé à Rome en octobre 1803, il fut vite obligé de rabattre beaucoup sur ses prétentions. Chateaubriand le retrouvera au conclave de 1829 (voir livre XXX).   4. Le jeudi 26 mai 1803.

(6)

Paris, 1838.

ANNÉE DE MA VIE, 1803.
VOYAGE DE PARIS AUX ALPES DE SAVOIE.

À Lyon, je revis mon ami M. Ballanche. Je fus témoin de la Fête-Dieu renaissante[1] ; je croyais avoir quelque part à ces bouquets de fleurs, à cette joie du ciel que j'avais rappelée sur la terre.

Je continuai ma route ; un accueil cordial me suivait : mon nom se mêlait au rétablissement des autels. Le plaisir le plus vif que j'aie éprouvé, c'est de m'être senti honoré en France et chez l'étranger des marques d'un intérêt sérieux. Il m'est arrivé quelquefois, tandis que je me reposais dans une auberge de village, de voir entrer un père et une mère avec leur fils : ils m'amenaient, me disaient-ils, leur enfant pour me remercier. Était-ce l'amour-propre qui me donnait alors ce plaisir dont je parle ? Qu'importait à ma vanité que d'obscurs et honnêtes gens me témoignassent leur satisfaction sur un grand chemin, dans un lieu où personne ne les entendait ? Ce qui me touchait, du moins j'ose le croire, c'était d'avoir produit un peu de bien, consolé quelques affligés, fait renaître au fond des entrailles d'une mère l'espérance

---

1. Arrivé à Lyon le soir du samedi 28 mai, veille de Pentecôte, Chateaubriand demeura dans la métropole des Gaules jusqu'au mercredi 15 juin. Il fut entouré, au cours de ce séjour, de flatteuses marques de sympathie. Ses tractations commerciales avec Ballanche lui permirent de compléter la modeste avance consentie par le ministère (voir livre XV, p. 151, note 1). Enfin, le dimanche 12 juin, sur ordre du cardinal-archevêque (contrevenant ainsi à des stipulations précises des Articles organiques), se déroula dans la ville une imposante procession de la Fête-Dieu, dont Chateaubriand rendra compte dans le *Mercure de France* du 6 messidor/25 juin (article reproduit dans le *Bulletin de Lyon* du 27 messidor/16 juillet 1803).

d'élever un fils chrétien, c'est-à-dire un fils soumis, respectueux, attaché à ses parents. Aurais-je goûté cette joie pure si j'eusse écrit un livre dont les mœurs et la religion auraient eu à gémir ?

La route est assez triste en sortant de Lyon : depuis la Tour-du-Pin jusqu'à Pont-de-Beauvoisin, elle est fraîche et bocagère.

À Chambéry, où l'âme chevaleresque de Bayard se montra si belle [1], un homme fut accueilli par une femme, et pour prix de l'hospitalité qu'il en reçut, il se crut philosophiquement obligé de la déshonorer. Tel est le danger des lettres ; le désir de faire du bruit l'emporte sur les sentiments généreux : si Rousseau ne fût jamais devenu écrivain célèbre, il aurait enseveli dans les vallées de la Savoie les faiblesses de la femme qui l'avait nourri ; il se serait sacrifié aux défauts même de son amie ; il l'aurait soulagée dans ses vieux ans, au lieu de se contenter de lui donner une tabatière et de s'enfuir. Ah ! que la voix de l'amitié trahie ne s'élève jamais contre notre tombeau !

Après avoir passé Chambéry, se présente le cours de l'Isère. On rencontre partout dans les vallées des croix sur les chemins et des madones dans le tronc des pins. Les petites églises, environnées d'arbres, font un contraste touchant avec les grandes montagnes. Quand les tourbillons de l'hiver descendent de ces sommets chargés de glaces, le Savoyard se met à l'abri dans son temple champêtre et prie.

Les vallées où l'on entre au-dessus de Montmélian sont bordées par des monts de diverses formes, tantôt deminus, tantôt habillés de forêts.

Aiguebelle semble clore les Alpes ; mais en tournant un rocher isolé, tombé sur le chemin, vous apercevez de nouvelles vallées attachées au cours de l'Arche.

Les monts des deux côtés se dressent ; leurs flancs deviennent perpendiculaires ; leurs sommets stériles commencent à présenter quelques glaciers : des torrents se précipitent et vont grossir l'Arche qui court follement. Au milieu de ce tumulte des eaux, on remarque une cas-

---

1. Bayard commença par être page du duc de Savoie.

cade légère qui tombe avec une grâce infinie sous un
rideau de saules.

Ayant passé Saint-Jean-de-Maurienne et arrivé vers le
coucher du soleil à Saint-Michel, je ne trouvai pas de
chevaux : obligé de m'arrêter, j'allai me promener hors
du village. L'air devint transparent à la crête des monts ;
leur dentelure se traçait avec une netteté extraordinaire,
tandis qu'une grande nuit sortant de leur pied s'élevait
vers leur cime. La voix du rossignol était en bas, le cri
de l'aigle en haut ; l'alisier[1] fleuri dans la vallée, la
blanche neige sur la montagne. Un château, ouvrage des
Carthaginois, selon la tradition populaire, se montrait sur
le redan taillé à pic. Là, s'était incorporée au rocher la
haine d'un homme[2], plus puissante que tous les obstacles.
La vengeance de l'espèce humaine pesait sur un peuple
libre[3], qui ne pouvait bâtir sa grandeur qu'avec l'esclavage et le sang du reste du monde.

Je partis à la pointe du jour et j'arrivai, vers les deux
heures après midi, à Lans-le-Bourg, au pied du Mont
Cenis. En entrant dans le village, je vis un paysan qui
tenait un aiglon par les pieds ; une troupe impitoyable
frappait le jeune roi, insultait à la faiblesse de l'âge et à
la majesté tombée ; le père et la mère du noble orphelin
avaient été tués : on me proposa de me le vendre ; il
mourut des mauvais traitements qu'on lui avait fait subir
avant que je le pusse délivrer. Je me souvenais alors du
pauvre petit Louis XVII ; je pense aujourd'hui à Henri V :
quelle rapidité de chute et de malheur !

Ici, l'on commence à gravir le Mont Cenis et on quitte
la petite rivière d'Arche, qui vous conduit au pied de la
montagne. De l'autre côté du Mont Cenis, la Doria vous
ouvre l'entrée de l'Italie. Les fleuves sont non seulement
des *grands chemins qui marchent*, comme les appelle
Pascal, mais il tracent encore le chemin aux hommes.

Quand je me vis pour la première fois au sommet des
Alpes, une étrange émotion me saisit ; j'étais comme cette

---

1. Arbre de la famille des rosacées, qui ressemble par ailleurs au
sorbier.   2. Annibal, auquel le *Voyage en Italie* consacre un passage
plus explicite.   3. Les Romains.

alouette qui traversait, en même temps que moi, le plateau
glacé, et qui, après avoir chanté sa petite chanson de la
plaine, s'abattait parmi des neiges, au lieu de descendre
sur des moissons. Les stances que m'inspirèrent ces montagnes en 1822 [1], retracent assez bien les sentiments qui
m'agitaient aux mêmes lieux en 1803 :

> *Alpes, vous n'avez point subi mes destinées !*
> *Le temps ne vous peut rien ;*
> *Vos fronts légèrement ont porté les années*
> *Qui pèsent sur le mien.*

> *Pour la première fois, quand, rempli d'espérance,*
> *Je franchis vos remparts,*
> *Ainsi que l'horizon, un avenir immense*
> *S'ouvrait à mes regards.*

> *L'Italie à mes pieds, et devant moi le monde !*

Ce monde, y ai-je réellement pénétré ? Christophe
Colomb eut une apparition qui lui montra la terre de ses
songes, avant qu'il l'eût découverte ; Vasco de Gama rencontra sur son chemin le géant des tempêtes [2] : lequel de
ces deux grands hommes m'a prédit mon avenir ? Ce que
j'aurais aimé avant tout eût été une vie glorieuse par un
résultat éclatant, et obscure par sa destinée. Savez-vous
quelles sont les premières cendres européennes qui reposent en Amérique ? Ce sont celles de Biorn le Scandi-
nave : il mourut en abordant à Vinland, et fut enterré par
ses compagnons sur un promontoire. Qui sait cela ? Qui
connaît celui dont la voile devança le vaisseau du pilote
génois au Nouveau-Monde ? Biorn dort sur la pointe d'un
cap ignoré, et depuis mille ans son nom ne nous est trans-

---

1. Lorsqu'il se rendit au Congrès de Vérone. Sous le titre « Les
Alpes et l'Italie », ces vers ont été publiés dans les *Œuvres complètes*
(t. XXII, 1828, p. 359-361). La dernière des strophes que cite Chateaubriand continue ainsi : « L'Italie à mes pieds, et devant moi le monde, /
Quel champ pour mes désirs ! / Je volais, j'évoquais cette Rome féconde / En puissants souvenirs. » Elle reflète bien son état d'esprit de
1803.   2. Allusion à un passage des *Lusiades* cité dans la préface du
Voyage en Amérique (p. 632).

mis que par les sagas des poètes, dans une langue que l'on ne parle plus[1].

(7)

Du Mont Cenis à Rome. – Milan et Rome.

J'avais commencé mes courses dans le sens contraire des autres voyageurs : les vieilles forêts de l'Amérique s'étaient offertes à moi avant les vieilles cités de l'Europe. Je tombais au milieu de celles-ci au moment où elles se rajeunissaient et mouraient à la fois dans une révolution nouvelle. Milan était occupé par nos troupes ; on achevait d'abattre le château, témoin des guerres du moyen âge.

L'armée française s'établissait, comme une colonie militaire, dans les plaines de la Lombardie. Gardés çà et là par leurs camarades en sentinelle, ces étrangers de la Gaule, coiffés d'un bonnet de police, portant un sabre en guise de faucille par-dessus leur veste ronde, avaient l'air de moissonneurs empressés et joyeux. Ils remuaient des pierres, roulaient des canons, conduisaient des chariots, élevaient des hangars et des huttes de feuillage. Des chevaux sautaient, caracolaient, se cabraient dans la foule comme des chiens qui caressent leurs maîtres. Des Italiennes vendaient des fruits sur leurs éventaires au marché de cette foire armée : nos soldats leur faisaient présent de leurs pipes et de leurs briquets, en leur disant comme les anciens barbares, leurs pères, à leurs bien-aimées : « Moi, Fotrad, fils d'Eupert, de la race des Franks, je te donne à toi, Helgine, mon épouse chérie, en honneur de ta beauté

---

1. Chateaubriand a déjà résumé son histoire, à partir de Malte-Brun (*Précis de géographie universelle*, Buisson, 1810, t. 1, p. 394), dans la préface du *Voyage en Amérique*, p. 635. Mais il ne fait alors aucune mention de son éventuelle sépulture, dans laquelle il est aisé de reconnaître une préfiguration du Grand-Bé.

(*in honore pulchritudinis tuae*), mon habitation dans le quartier des Pins[1]. »

Nous sommes de singuliers ennemis : on nous trouve d'abord un peu insolents, un peu trop gais, trop remuants, nous n'avons pas plus tôt tourné les talons qu'on nous regrette. Vif, spirituel, intelligent, le soldat français se mêle aux occupations de l'habitant chez lequel il est logé ; il tire de l'eau au puits, comme Moïse pour les filles de Madian[2], chasse les pasteurs, mène les agneaux au lavoir, fend le bois, fait le feu, veille à la marmite, porte l'enfant dans ses bras ou l'endort dans son berceau. Sa bonne humeur et son activité communiquent la vie à tout ; on s'accoutume à le regarder comme un conscrit de la famille. Le tambour bat-il ? le garnisaire court à son mousquet, laisse les filles de son hôte pleurant sur la porte, et quitte la chaumière, à laquelle il ne pensera plus avant qu'il soit entré aux Invalides.

À mon passage à Milan, un grand peuple réveillé ouvrait un moment les yeux[3]. L'Italie sortait de son sommeil, et se souvenait de son génie comme d'un rêve divin : utile à notre propre renaissance, elle apportait dans la mesquinerie de notre pauvreté la grandeur de la nature transalpine, nourrie qu'elle était, cette Ausonie, aux chefs-d'œuvre des arts et dans les hautes réminiscences d'une patrie fameuse. L'Autriche est venue ; elle a remis son manteau de plomb sur les Italiens ; elle les a forcés à regagner leur cercueil. Rome est rentrée dans ses ruines, Venise dans sa mer. Venise s'est affaissée en embellissant le ciel de son dernier sourire ; elle s'est couchée charmante dans ses flots, comme un astre qui ne doit plus se lever[4].

Le général Murat commandait à Milan. J'avais pour lui une lettre de madame Bacciocchi. Je passai la journée

---

1. Cette citation figure dans le carnet de notes de Combourg (*Pensées*, p. 61). Sans doute est-ce un fragment détaché de la documentation des *Études historiques*, qui renvoie à une constitution de dot du VIIe siècle.   **2.** Voir Exode, II, 11-22.   **3.** Ce paragraphe ne figure pas dans le *Voyage en Italie* : le début évoque les premières lignes de *La Chartreuse de Parme*, la suite rappelle le souvenir du voyage à Venise de 1833.   **4.** *Cf.* le livre XXXIX (tome 4).

avec les aides-de-camp : ils n'étaient pas aussi pauvres que mes camarades devant Thionville. La politesse française reparaissait sous les armes ; elle tenait à prouver qu'elle était toujours du temps de Lautrec [1].

Je dînai en grand gala, le 23 juin, chez M. de Melzi [2], à l'occasion du baptême de l'enfant du général Murat. M. de Melzi avait connu mon frère : les manières du vice-président de la république cisalpine étaient belles ; sa maison ressemblait à celle d'un prince qui l'aurait toujours été : il me traita poliment et froidement ; il me trouva tout juste dans des dispositions pareilles aux siennes.

J'arrivai à ma destination le 27 juin au soir, avant-veille de la Saint-Pierre : le Prince des Apôtres m'attendait, comme mon indigent patron me reçut depuis à Jérusalem [3]. J'avais suivi la route de Florence, de Sienne et de Radicofani. Je m'empressai d'aller rendre ma visite à M. Cacault [4], auquel le cardinal Fesch succédait, tandis que je remplaçais M. Artaud [5].

---

1. Odet de Foix, vicomte de Lautrec (1485-1528), maréchal de France, héros des guerres de Louis XII, puis de François Ier en Italie. Chateaubriand le considère, avec Bayard, comme la fine fleur de la chevalerie française (voir livre XXIX, chap. 2). Son frère, Thomas, est un personnage du *Dernier Abencérage* ; sa sœur, Françoise de Foix, fut cette comtesse de Chateaubriand aimée de François Ier, à laquelle une notice sera consacrée dans le Supplément des *Mémoires*. **2.** Francesco Melzi d'Eril (1753-1816), comte de Magenta, duc de Lodi. Ce patricien cultivé, de vieille famille milanaise, fut le collaborateur parfois réservé, mais toujours efficace, de la politique italienne de Bonaparte. Vice-président de la République mise en place par la Consulte de Lyon (hiver 1801-1802), il continuera de servir sous le prince Eugène, comblé de faveurs par Napoléon. **3.** Voir livre I, chap. 1, note 6 et *Itinéraire*, p. 983. **4.** François Cacault (1743-1805). Ce Breton de Nantes avait commencé, vers la quarantaine, une carrière diplomatique en Italie, où il resta pendant la Révolution. Il négocia le traité de Tolentino (1797), puis fut élu au Conseil des Cinq-Cents ; membre du Corps législatif après Brumaire, il fut renvoyé à Rome au mois de février 1801 pour négocier le Concordat. Il avait su se faire apprécier du Pape, comme du cardinal Consalvi, qui regrettèrent son départ. En compensation de son rappel, il sera nommé sénateur (mai 1804). **5.** Le chevalier Alexis-François Artaud de Montor (1772-1849), ancien émigré, occupa plusieurs postes diplomatiques en Italie, mais fut aussi un littérateur distingué (histoire de la peinture, traduction de Dante, histoire des papes, etc.).

Le 28 juin, je courus tout le jour : je jetai un premier regard sur le Colysée, le Panthéon, la colonne Trajane et le château Saint-Ange. Le soir, M. Artaud me mena à un bal dans une maison aux environs de la place Saint-Pierre[1]. On apercevait la girandole de feu de la coupole de Michel-Ange, entre les tourbillons des valses qui roulaient devant les fenêtres ouvertes ; les fusées du feu d'artifice du môle d'Adrien s'épanouissaient à Saint-Onuphre, sur le tombeau du Tasse : le silence, l'abandon et la nuit étaient dans la campagne romaine.

Le lendemain, j'assistai à l'office de la Saint-Pierre. Pie VII, pâle, triste et religieux, était le vrai pontife des tribulations. Deux jours après, je fus présenté à Sa Sainteté[2] : elle me fit asseoir auprès d'elle. Un volume du *Génie du Christianisme* était obligeamment ouvert sur sa table. Le cardinal Consalvi[3], souple et ferme, d'une

---

1. *Cf.* Artaud de Montor, *Histoire du Pape Pie VII*, Adrien Le Clere, 1836, t. 1, p. 424-425 : « Je me chargeai d'être le *cicerone* à Rome du nouveau secrétaire : je le conduisis par la rue détournée qui est à droite de la rue du *Borgo*, presqu'à la façade de Saint-Pierre, pour qu'il eût tout à coup la surprise de ce coup d'œil, et j'eus beaucoup de plaisir à jouir de ses émotions, qu'il exprimoit d'une manière simple, franche, et en même temps imprévue. Il parloit peu, parce qu'il étoit comme hors de lui d'admiration. Sans doute rien de si grand, de si magnifique n'avoit frappé ses yeux ; il paroissoit ravi de contempler ainsi le plus beau temple de notre culte. Je conduisis aussi mon nouvel hôte vers le colysée : là, les émotions du voyageur devoient se reporter plutôt vers les salutaires préceptes de l'histoire. C'étoit, d'ailleurs, toujours avec une aménité si douce et si élégante qu'il manifestoit ses moindres sensations, qu'on ne tarda pas à l'aimer dans Rome, et à montrer le désir que la légation nouvelle fût unie comme la légation précédente, et que tout en servant avec zèle les intérêts du gouvernement, elle montrât avec constance les égards respectueux auxquels le Saint-Siège avoit tant de droits après ses malheurs.   **2.** Cette audience pontificale du 1er juillet 1803 fit grande impression sur Chateaubriand qui la raconta dans plusieurs de ses lettres. Le 28 septembre 1802, il avait envoyé à Pie VII un exemplaire de son ouvrage (qui ne fut acheminé par le cardinal Caprara qu'avec beaucoup de retard et de réserves). C'est le soir de ce même jour qu'arriva le cardinal Fesch, plus tôt que prévu.   **3.** Ercole Consalvi (1757-1823) avait déjà occupé des fonctions importantes à la Curie lorsqu'il fut banni de Rome, en 1798, à cause de son hostilité envers la Révolution française. Il contribua néanmoins à faire élire Pie VII au conclave de 1800. Celui-ci le récompensa

résistance douce et polie, était l'ancienne politique romaine vivante, moins la foi du temps et plus la tolérance du siècle.

En parcourant le Vatican, je m'arrêtai à contempler ces escaliers où l'on peut monter à dos de mulet, ces galeries ascendantes repliées les unes sur les autres, ornées de chefs-d'œuvre, le long desquelles les papes d'autrefois passaient avec toute leur pompe, ces Loges que tant d'artistes immortels ont décorées, tant d'hommes illustres admirées, Pétrarque, Tasse, Arioste, Montaigne, Milton, Montesquieu, et puis des reines et des rois, ou puissants ou tombés, enfin un peuple de pèlerins venu des quatre parties de la terre : tout cela maintenant immobile et silencieux ; théâtre dont les gradins abandonnés, ouverts devant la solitude, sont à peine visités par un rayon de soleil.

On m'avait recommandé de me promener au clair de la lune : du haut de la Trinité-du-Mont, les édifices lointains paraissaient comme les ébauches d'un peintre ou comme des côtes effumées[1] vues de la mer, du bord d'un vaisseau. L'astre de la nuit, ce globe que l'on suppose un monde fini, promenait ses pâles déserts au dessus des déserts de Rome ; il éclairait des rues sans habitants, des enclos, des places, des jardins où il ne passe personne, des monastères où l'on n'entend plus la voix des cénobites, des cloîtres aussi muets et aussi dépeuplés que les portiques du Colysée.

Qu'arriva-t-il, il y a dix-huit siècles, à pareille heure et aux mêmes lieux ? Quels hommes ont ici traversé l'ombre de ces obélisques, après que cette ombre eut cessé de tomber sur les sables d'Égypte ? Non seulement l'ancienne Italie n'est plus, mais l'Italie du moyen âge a disparu. Toutefois, la trace de ces deux Italies est encore

---

par le chapeau de cardinal et le choisit comme secrétaire d'État. Négociateur du Concordat en 1801, le cardinal Consalvi sera obligé de se retirer en 1806, et bientôt interné en France. Mais il retrouvera son poste en 1814, et le conservera jusqu'à la mort de Pie VII, qui précédera de peu la sienne, en 1823.

1. « Effumer : terme de peinture. C'est peindre une chose légèrement, rendre les objets moins sensibles » (*Trévoux*).

marquée dans la Ville éternelle : si la Rome moderne montre son Saint-Pierre et ses chefs-d'œuvre, la Rome ancienne lui oppose son Panthéon et ses débris ; si l'une fait descendre du Capitole ses consuls, l'autre amène du Vatican ses pontifes. Le Tibre sépare les deux gloires : assises dans la même poussière, Rome païenne s'enfonce de plus en plus dans ses tombeaux, et Rome chrétienne redescend peu à peu dans ses catacombes.

(8)

PALAIS DU CARDINAL FESCH. – MES OCCUPATIONS.

Le cardinal Fesch avait loué, assez près du Tibre, le palais Lancelotti[1] ; j'y ai vu depuis, en 1827[2], la princesse Lancelotti. On me donna le plus haut étage du palais : en y entrant, une si grande quantité de puces me sautèrent aux jambes, que mon pantalon blanc en était tout noir. L'abbé de Bonnevie et moi, nous fîmes, le mieux que nous pûmes, laver notre demeure[3]. Je me croyais retourné à mes chenils de New-Road : ce souvenir de ma pauvreté ne me déplaisait pas. Établi dans ce cabinet diplomatique, je commençai à délivrer des passeports et à m'occuper de fonctions aussi importantes. Mon écriture était un obstacle à mes talents, et le cardinal Fesch

---

1. Le long de la via dei Coronari, entre la place Navone et le pont Saint-Ange. **2.** Inadvertance pour 1828. Voir livre XXIX, chap. 6. **3.** Une lettre de Bonnevie à Jauffret, autre grand vicaire de Lyon, citée par A. Latreille (*Napoléon et le Saint-Siège*, Alcan, 1935, p. 202) confirme les déclarations de Chateaubriand : « La vie monacale que nous menons ne me plaît guère. C'est d'une monotonie à faire peur. Il n'existe aucune société, chacun vit pour soi et je ne trouve rien de plus ennuyeux que les Éminences (...). Je ne connais encore des Romaines que quelques vieilles princesses chez lesquelles M. Le Cardinal me conduit quelquefois. Que deviendrons-nous l'hiver ? (...) J'ai beau exorciser les puces, elles résistent aux anathèmes de ma colère. »

haussait les épaules quand il apercevait ma signature[1]. Je n'avais presque rien à faire dans ma chambre aérienne qu'à regarder par-dessus les toits, dans une maison voisine, des blanchisseuses qui me faisaient des signes ; une cantatrice future, instruisant sa voix, me poursuivait de son solfège éternel ; heureux quand il passait quelque enterrement pour me désennuyer ! Du haut de ma fenêtre, je vis dans l'abîme de la rue le convoi d'une jeune mère : on la portait, le visage découvert, entre deux rangs de pèlerins[2] blancs ; son nouveau-né, mort aussi et couronné de fleurs, était couché à ses pieds.

Il m'échappa une grande faute : ne doutant de rien, je crus devoir rendre visite aux personnes notables ; j'allai, sans façon, offrir l'hommage de mon respect au roi abdicataire de Sardaigne[3]. Un horrible cancan sortit de cette démarche insolite ; tous les diplomates se boutonnèrent. « Il est perdu ! il est perdu ! » répétaient les caudataires et les attachés, avec la joie que l'on éprouve charitablement aux mésaventures d'un homme, quel qu'il soit. Pas une buse diplomatique qui ne se crût supérieure à moi de toute la hauteur de sa bêtise. On espérait bien que j'allais tomber, quoique je ne fusse rien et que je ne comptasse pour rien : n'importe, c'était quelqu'un qui tombait, cela fait toujours plaisir. Dans ma simplicité, je ne me doutais

---

1. En revanche, son application est telle lorsqu'il rédige une pièce officielle que son écriture est méconnaissable. **2.** Pour *pénitents* ? **3.** Prise à la lettre, cette formule ne saurait désigner que le roi Charles-Emmanuel IV (1751-1819), beau-frère de Louis XVI, qui, devenu veuf, avait abdiqué au mois de juin 1802 en faveur de son frère, pour se retirer à Frascati. Chateaubriand lui rendit en effet une visite, qui persuada le monarque déchu que la France le faisait surveiller. Mais c'est en réalité la visite que le secrétaire de la Légation rendit à son successeur (« au roi et à *la reine* de Sardaigne », écrit-il dans la dépêche qu'il envoie le 12 juillet à Talleyrand pour minimiser la portée de son geste) qui fut très mal prise à Paris. Le nouveau roi de Sardaigne, Victor-Emmanuel Ier (1759-1824), après avoir perdu le Piémont (annexé par le sénatus-consulte du 11 septembre 1802), vivait à Rome, où la petite cour sarde en exil, soutenue par la Russie, formait le centre de nombreuses intrigues hostiles au Premier Consul. Cette démarche inconsidérée suscita la colère de Napoléon, rancune encore vivace dans le *Mémorial de Sainte-Hélène* (1er juin 1816).

pas de mon crime, et, comme depuis, je n'aurais pas donné d'une place quelconque un fétu. Les rois, auxquels on croyait que j'attachais une importance si grande, n'avaient à mes yeux que celle du malheur. On écrivit de Rome à Paris mes effroyables sottises : heureusement, j'avais affaire à Bonaparte ; ce qui devait me noyer me sauva.

Toutefois, si de prime-abord et de plein saut devenir premier secrétaire d'ambassade sous un prince de l'Église, oncle de Napoléon, paraissait être quelque chose, c'était néanmoins comme si j'eusse été expédition-naire dans une préfecture. Dans les démêlés qui se prépa-raient, j'aurais pu trouver à m'occuper, mais on ne m'initiait à aucun mystère. Je me pliais parfaitement au contentieux de chancellerie ; mais à quoi bon perdre mon temps dans des détails à la portée de tous les commis ?

Après mes longues promenades et mes fréquentations du Tibre, je ne rencontrais en rentrant, pour m'occuper, que les parcimonieuses tracasseries du cardinal, les rodo-montades gentilhommières de l'évêque de Châlons[1], et les incroyables menteries du futur évêque de Maroc. L'abbé Guillon[2], profitant d'une ressemblance de noms qui sonnaient à l'oreille de la même manière que le sien, prétendait, après s'être échappé miraculeusement du mas-sacre des Carmes, avoir donné l'absolution à madame de Lamballe, à la Force. Il se vantait d'être l'auteur du dis-cours de Robespierre à l'Être-Suprême. Je pariai, un jour, lui faire dire qu'il était allé en Russie : il n'en convint

---

1. Mgr de Clermont-Tonnerre.   2. Marie-Nicolas-Sylvestre Guil-lon (1759-1847), ancien aumônier de la princesse de Lamballe. Le 25 septembre 1802, dans un article du *Journal des Débats*, il avait rendu un hommage discret à *Atala* qui lui avait valu le jour même une lettre de remerciement de Chateaubriand. Quelques mois plus tard, Guillon lui envoya la nouvelle édition de son livre sur *La Fontaine et tous les fabulistes*. M. Émery, qui appréciait sa « tête meublée de connaissances », le fit adjoindre à la mission du cardinal Fesch comme spécialiste de droit canon. Sa vaniteuse jactance ne tarda pas à indispo-ser son entourage, comme son chef. Le cardinal Fesch demanda son rappel au début de 1804. Il poursuivra une carrière tumultueuse, mais il lui faudra attendre la Monarchie de Juillet pour se voir désigner comme évêque *in partibus* de Maroc.

pas tout à fait, mais il avoua avec modestie qu'il avait passé quelques mois à Saint-Pétersbourg.

M. de La Maisonfort[1], homme d'esprit qui se cachait, eut recours à moi, et bientôt M. Bertin[2] l'aîné, propriétaire des *Débats*, m'assista de son amitié dans une circonstance douloureuse. Exilé à l'île d'Elbe, par l'homme qui, revenant à son tour de l'île d'Elbe, le poussa à Gand, M. Bertin avait obtenu, en 1803, du républicain M. Briot[3] que j'ai connu, la permission d'achever son ban en Italie[4]. C'est avec lui que je visitai les ruines de Rome et que je vis mourir madame de Beaumont ; deux choses qui ont lié sa vie à la mienne. Critique plein de goût, il m'a

---

1. Le marquis de La Maisonfort (1763-1827), ancien capitaine de dragons, imprimeur à Brunswick pendant la Révolution, se dépense alors beaucoup au service de la cause royaliste. Après avoir intrigué à Naples, il séjournait depuis quelques mois à Rome ; lorsque le cardinal Fesch demanda son arrestation (22 novembre 1803), il passa en Toscane. Il sera député sous la Restauration, puis ministre plénipotentiaire à Florence. Il avait des prétentions littéraires, dans le genre léger de son maître Louis XVIII.   2. Louis-François Bertin (1766-1841), dit le gros Bertin, pour le différencier de son frère, consacra sa vie entière au journalisme. Au lendemain de Brumaire, il avait participé à la relance du *Journal des Débats*, auquel il attachera son nom. Mais il fut peu après impliqué dans la « conspiration anglaise » de Roux-Laborie (voir livre XIII, p. 60, note 1). Il fut alors incarcéré au Temple (du 26 février au 10 novembre 1801), puis exilé en Italie.   3. Le Franc-Comtois Pierre-Joseph Briot (1771-1827), ardent jacobin, député du Doubs au Conseil des Cinq-Cents, fut un éphémère commissaire général à l'île d'Elbe (automne 1801-printemps 1802) ; destitué le 17 avril 1802, rétabli dans son poste un an plus tard, il devait quitter Porto Ferrajo au mois de janvier 1804, pour continuer une carrière administrative dans le royaume de Naples, où il est considéré comme un introducteur du carbonarisme. C'était un familier de la comtesse de Clermont-Tonnerre, chez qui Chateaubriand a pu faire sa connaissance. Mais ce fut son successeur intérimaire Lelièvre qui délivra un passeport pour Livourne à Bertin en août 1802.   4. Il commença par séjourner à Naples, à partir du mois de septembre 1802, puis arriva au printemps 1803 à Rome. C'est là qu'il fit la connaissance de Chateaubriand, auquel il ne tarda pas à être lié de façon étroite (voir Molé, p. 448-449). Sur les péripéties de cet « itinéraire italien », voir P. Riberette, *Bulletin*, 1971, p. 17-24.

donné, ainsi que son frère[1], d'excellents conseils pour mes ouvrages. Il eût montré un vrai talent de parole, s'il avait été appelé à la tribune. Longtemps légitimiste, ayant subi l'épreuve de la prison au Temple, et celle de la déportation à l'île d'Elbe, ses principes sont, au fond, demeurés les mêmes. Je restai fidèle au compagnon de mes mauvais jours ; toutes les opinions politiques de la terre seraient trop payées par le sacrifice d'une heure d'une sincère amitié : il suffit que je reste invariable dans mes opinions, comme je reste attaché à mes souvenirs[2].

Vers le milieu de mon séjour à Rome, la princesse Borghèse arriva[3] : j'étais chargé de lui remettre des souliers de Paris. Je lui fus présenté ; elle fit sa toilette devant moi : la jeune et jolie chaussure qu'elle mit à ses pieds ne devait fouler qu'un instant cette vieille terre.

Un malheur me vint enfin occuper : c'est une ressource sur laquelle on peut toujours compter.

Revu en décembre 1846

---

1. Pierre-Louis Bertin de Vaux (voir livre XXIII, chap. 5).   2. Le ralliement ultérieur de Bertin à la Monarchie de Juillet ne justifie pas, pour Chateaubriand, la rupture de leur ancienne amitié.   3. Devenue veuve après la mort du général Leclerc, Pauline Bonaparte avait épousé, le 28 août 1803, à Paris, le prince Camille Borghèse. Arrivé à Rome le 9 novembre 1803, le nouveau couple princier devait donner, la semaine suivante, un grandiose *ricevimento*.

LIVRE QUINZIÈME

(1)

Paris, 1837.

Revu le 22 février 1845.

ANNÉE DE MA VIE, 1803.
MANUSCRIT DE MADAME DE BEAUMONT.
LETTRES DE MADAME DE CAUD.

Quand je partis de France, nous étions bien aveugles sur madame de Beaumont : elle pleura beaucoup, et son testament a prouvé qu'elle se croyait condamnée[1]. Cependant ses amis, sans se communiquer leur crainte, cherchaient à se rassurer ; ils croyaient aux miracles des eaux, achevés ensuite par le soleil de l'Italie ; ils se quittèrent et prirent des routes diverses[2] : le rendez-vous était à Rome.

---

1. Ce testament, daté du 5 mai 1802, avait été déposé par Mme de Beaumont entre les mains de M. Lemoine, son homme de confiance avant de devenir celui de Chateaubriand (voir M. Levaillant, *Splendeurs et misères de M. de Chateaubriand*, Ollendorf, 1922, chap. 1). La copie holographe qu'elle avait emportée à Rome fut ouverte le lendemain de sa mort, le samedi 5 décembre 1803.   2. La petite société se dispersa dans les semaines qui suivirent le départ de Chateaubriand, le 26 mai. Chênedollé retourna quelques jours plus tard à Vire. Les

Des fragments écrits à *Paris*, au *Mont-d'Or*, à *Rome*, par madame de Beaumont, et trouvés dans ses papiers, montrent quel était l'état de son âme.

« Paris.

« Depuis plusieurs années, ma santé dépérit d'une manière sensible. Des symptômes que je croyais le signal du départ, sont survenus sans que je sois encore prête à partir. Les illusions redoublent avec les progrès de la maladie. J'ai vu beaucoup d'exemples de cette singulière faiblesse, et je m'aperçois qu'ils ne me serviront de rien. Déjà je me laisse aller à faire des remèdes aussi ennuyeux qu'insignifiants, et, sans doute, je n'aurai pas plus de force pour me garantir des remèdes cruels dont on ne manque pas de martyriser ceux qui doivent mourir de la poitrine. Comme les autres, je me livrerai à l'espérance ; à l'espérance ! puis-je donc désirer de vivre ? Ma vie passée a été une suite de malheurs, ma vie actuelle est pleine d'agitations et de troubles ; le repos de l'âme m'a fui pour jamais. Ma mort serait un chagrin momentané pour quelques-uns, un bien pour d'autres, et pour moi le plus grand des biens.

« Ce 21 floréal, 10 mai, anniversaire de la mort de ma mère et de mon frère [1] :

Je péris la dernière et la plus misérable [2] !

« Oh ! pourquoi n'ai-je pas le courage de mourir ? Cette maladie, que j'avais presque la faiblesse de craindre, s'est arrêtée, et peut-être suis-je condamnée à vivre longtemps : il me semble cependant que je mourrais avec joie :

Mes jours ne valent pas qu'il m'en coûte un soupir [3].

Joubert se mirent en route pour Villeneuve le 13 juillet. Pauline de Beaumont quitta Paris la dernière, le 28 juillet, pour se rendre au Mont-Dore, malgré sa fatigue.

1. Anniversaire dans le calendrier républicain. Mais si le 21 floréal an II correspondait bien au 10 mai 1794, le 21 floréal an XI a correspondu au 11 mai 1803. **2.** *Phèdre*, acte I, scène 3, vers 258. **3.** Je ne suis pas parvenu à identifier ce vers.

« Personne n'a plus que moi à se plaindre de la nature : en me refusant tout, elle m'a donné le sentiment de tout ce qui me manque. Il n'y a pas d'instant où je ne sente le poids de la complète médiocrité à laquelle je suis condamnée. Je sais que le contentement de soi et le bonheur sont souvent le prix de cette médiocrité dont je me plains amèrement ; mais en n'y joignant pas le don des illusions, la nature en a fait pour moi un supplice. Je ressemble à un être déchu qui ne peut oublier ce qu'il a perdu, qui n'a pas la force de le regagner. Ce défaut absolu d'illusion, et par conséquent d'entraînement, fait mon malheur de mille manières. Je me juge comme un indifférent pourrait me juger et je vois mes amis tels qu'ils sont. Je n'ai de prix que par une extrême bonté qui n'a assez d'activité, ni pour être appréciée, ni pour être véritablement utile, et dont l'impatience de mon caractère m'ôte tout le charme : elle me fait plus souffrir des maux d'autrui qu'elle ne me donne de moyens de les réparer. Cependant, je lui dois le peu de véritables jouissances que j'ai eues dans ma vie ; je lui dois surtout de ne pas connaître l'envie, apanage si ordinaire de la médiocrité sentie. »

« Mont-d'Or.

« J'avais le projet d'entrer sur moi dans quelques détails ; mais l'ennui me fait tomber la plume des mains.

« Tout ce que ma position a d'amer et de pénible se changerait en bonheur, si j'étais sûre de cesser de vivre dans quelques mois.

« Quand j'aurais la force de mettre moi-même à mes chagrins le seul terme qu'ils puissent avoir, je ne l'emploierais pas : ce serait aller contre mon but, donner la mesure de mes souffrances et laisser une blessure trop douloureuse dans l'âme que j'ai jugée digne de m'appuyer dans mes maux.

« Je me *supplie en pleurant* de prendre un parti aussi rigoureux qu'indispensable. Charlotte Corday prétend qu'*il n'y a point de dévouement dont on ne retire plus de jouissance qu'il n'en a coûté de peine à s'y décider*[1] ;

---

1. Lettre à Barbaroux, du 16 juillet 1793.

mais elle allait mourir, et je puis vivre encore longtemps. Que deviendrai-je ? Où me cacher ? Quel tombeau choisir ? Comment empêcher l'espérance d'y pénétrer ? Quelle puissance en murera la porte ?

« M'éloigner en silence, me laisser oublier, m'ensevelir pour jamais, tel est le devoir qui m'est imposé et que j'espère avoir le courage d'accomplir. Si le calice est trop amer, une fois oubliée rien ne me forcera de l'épuiser en entier, et peut-être que tout simplement ma vie ne sera pas aussi longue que je le crains.

« Si j'avais déterminé le lieu de ma retraite, il me semble que je serais plus calme ; mais la difficulté du moment ajoute aux difficultés qui naissent de ma faiblesse, et il faut quelque chose de surnaturel pour agir contre soi avec force, pour se traiter avec autant de rigueur que le pourrait faire un ennemi violent et cruel. »

                                 « Rome, ce 28 octobre.

« Depuis dix mois, je n'ai pas cessé de souffrir ; depuis six, tous les symptômes du mal de poitrine et quelques-uns au dernier degré : il ne me manque plus que des illusions, et peut-être en ai-je ! »

M. Joubert, effrayé de cette envie de mourir qui tourmentait madame de Beaumont, lui adressait ces paroles dans ses *Pensées* : « Aimez et respectez la vie, sinon pour elle, au moins pour vos amis. En quelque état que soit la vôtre, j'aimerai toujours mieux vous savoir occupée à la filer qu'à la découdre. »

Ma sœur, dans ce moment, écrivait à madame de Beaumont. Je possède cette correspondance, que la mort m'a rendue. L'antique poésie représente je ne sais quelle Néréide comme une fleur flottant sur l'abîme : Lucile était cette fleur. En rapprochant ses lettres des fragments cités plus haut, on est frappé de cette ressemblance de tristesse d'âme, exprimée dans le langage différent de ces anges infortunés. Quand je songe que j'ai vécu dans la société de telles intelligences, je m'étonne de valoir si peu. Ces pages de deux femmes supérieures, disparues de la terre à peu de distance l'une de l'autre, ne tombent pas sous mes yeux, qu'elles ne m'affligent amèrement :

« À Lascardais, ce 30 juillet.

« J'ai été si charmée, madame, de recevoir enfin une lettre de vous, que je ne me suis pas donné le temps de prendre le plaisir de la lire de suite tout entière : j'en ai interrompu la lecture pour aller apprendre à tous les habitants de ce château que je venais de recevoir de vos nouvelles, sans réfléchir qu'ici ma joie n'importe guère, et que même presque personne ne savait que j'étais en correspondance avec vous. Me voyant environnée de visages froids, je suis remontée dans ma chambre, prenant mon parti d'être seule joyeuse. Je me suis mise à achever de lire votre lettre, et, quoique je l'aie relue plusieurs fois, à vous dire vrai, madame, je ne sais pas tout ce qu'elle contient. La joie que je ressens toujours en voyant cette lettre si désirée, nuit à l'attention que je lui dois.

« Vous partez donc, madame ? N'allez pas, rendue au Mont-d'Or, oublier votre santé ; donnez-lui tous vos soins, je vous en supplie du meilleur et du plus tendre de mon cœur. Mon frère m'a mandé qu'il espérait vous voir en Italie. Le destin, comme la nature, se plaît à le distinguer de moi d'une manière bien favorable. Au moins, je ne céderai pas à mon frère le bonheur de vous aimer : je le partagerai avec lui toute la vie. Mon Dieu, madame, que j'ai le cœur serré et abattu ! Vous ne savez pas combien vos lettres me sont salutaires, comme elles m'inspirent du dédain pour mes maux ! L'idée que je vous occupe, que je vous intéresse, m'élève singulièrement le courage[1]. Écrivez-moi donc, madame, afin que je puisse conserver une idée qui m'est si nécessaire.

« Je n'ai point encore vu M. Chênedollé ; je désire

---

1. Voir livre XIII, p. 62, note 1. Chênedollé avait annoncé sa visite à la Sécardais (ou Lascardais) dans une lettre du 12 juillet, que Lucile avait reçue le 19 ; elle lui répondit le 23 : « Tenez-vous convaincu pour jamais que mes sentiments pour vous sont inaltérables, et que vous êtes et serez toujours présent à ma pensée ». Il arriva peu après, puis rentra chez lui en passant par Fougères, où il fut hébergé par Mme de Chateaubriand.

beaucoup son arrivée. Je pourrai lui parler de vous et de M. Joubert ; ce sera pour moi un bien grand plaisir. Souffrez, madame, que je vous recommande encore votre santé, dont le mauvais état m'afflige et m'occupe sans cesse. Comment ne vous aimez-vous pas ? Vous êtes si aimable et si chère à tous ; ayez donc la justice de faire beaucoup pour vous.

« LUCILE. »

« Ce 2 septembre.

« Ce que vous me mandez, madame, de votre santé, m'alarme et m'attriste ; cependant je me rassure en pensant à votre jeunesse, en songeant que, quoique vous soyez fort délicate, vous êtes pleine de vie.

« Je suis désolée que vous soyez dans un pays qui vous déplaît. Je voudrais vous voir environnée d'objets propres à vous distraire et à vous ranimer. J'espère qu'avec le retour de votre santé, vous vous réconcilierez avec l'Auvergne : il n'est guère de lieu qui ne puisse offrir quelque beauté à des yeux tels que les vôtres. J'habite maintenant Rennes[1] : je me trouve assez bien de mon isolement. Je change, comme vous voyez, madame, souvent de demeure ; j'ai bien la mine d'être déplacée sur la terre : effectivement, ce n'est pas d'aujourd'hui que je me regarde comme une de ses productions superflues. Je crois, madame, vous avoir parlé de mes chagrins et de mes agitations. À présent, il n'est plus question de tout cela, je jouis d'une paix intérieure qu'il n'est plus au pouvoir de personne de m'enlever. Quoique parvenue à mon âge, ayant, par circonstance et par goût, mené presque toujours une vie solitaire, je ne connaissais, madame, nullement le monde : j'ai fait enfin cette maussade connaissance. Heureusement, la réflexion est venue à mon secours. Je me suis demandé qu'avait donc ce monde de si formidable et où résidait sa valeur, lui qui ne peut jamais être, dans le mal comme dans le bien, qu'un objet de pitié ? N'est-il pas vrai, madame, que le jugement de

---

1. « Chez Mlle Jouvelle, rue Saint-Georges, n° 11 », depuis le début du mois de septembre, selon sa sœur Châteaubourg.

l'homme est aussi borné que le reste de son être, aussi mobile et d'une incrédulité égale à son ignorance ? Toutes ces bonnes ou mauvaises raisons m'ont fait jeter avec aisance, derrière moi, la robe bizarre dont je m'étais revêtue : je me suis trouvée pleine de sincérité et de force ; on ne peut plus me troubler. Je travaille de tout mon pouvoir à ressaisir ma vie, à la mettre tout entière sous ma dépendance.

« Croyez aussi, madame, que je ne suis point trop à plaindre, puisque mon frère, la meilleure partie de moi-même, est dans une situation agréable, qu'il me reste des yeux pour admirer les merveilles de la nature, Dieu pour appui, et pour asile un cœur plein de paix et de doux souvenirs. Si vous avez la bonté, madame, de continuer à m'écrire, cela me sera un grand surcroît de bonheur. »

Le mystère du style, mystère sensible partout, présent nulle part ; la révélation d'une nature douloureusement privilégiée ; l'ingénuité d'une fille qu'on croirait être dans sa première jeunesse, et l'humble simplicité d'un génie qui s'ignore, respirent dans ces lettres, dont je supprime un grand nombre. Madame de Sévigné écrivait-elle à madame de Grignan avec une affection plus reconnaissante que madame de Caud à madame de Beaumont ? *Sa tendresse pouvait se mêler de marcher côte à côte avec la sienne.* Ma sœur aimait mon amie avec toute la passion du tombeau, car elle sentait qu'elle allait mourir. Lucile n'avait presque point cessé d'habiter près des Rochers[1] ; mais elle était la fille de son siècle et la Sévigné de la solitude.

---

1. Le château des Rochers, près de Vitré, qui fut la résidence habituelle de la marquise de Sévigné en Bretagne.

(2)

Paris, 1837.

ARRIVÉE DE MADAME DE BEAUMONT À ROME.
LETTRE DE MA SŒUR.

Une lettre de M. Ballanche, datée du 30 fructidor, m'annonça l'arrivée de madame de Beaumont, venue du Mont-d'Or à Lyon et se rendant en Italie. Il me mandait que le malheur que je redoutais n'était point à craindre, et que la santé de la malade paraissait s'améliorer[1]. Madame de Beaumont, parvenue à Milan[2], y rencontra M. Bertin que des affaires y avaient appelé : il eut la complaisance de se charger de la pauvre voyageuse, et il la conduisit à Florence[3] où j'étais allé l'attendre. Je fus terrifié à sa vue ; elle n'avait plus que la force de sourire. Après quelques jours de repos, nous nous mîmes en route pour Rome, cheminant au pas pour éviter les cahots. Madame de Beaumont recevait partout des soins empressés : un attrait vous intéressait à cette aimable femme, si délaissée et si souffrante, échappée seule de sa famille. Dans les auberges, les servantes mêmes se laissaient prendre à cette douce commisération.

Ce que je sentais peut se deviner : on a conduit des amis à la tombe, mais ils étaient muets et un reste d'espérance inexplicable ne venait pas rendre votre douleur plus poignante. Je ne voyais plus le beau pays que

1. À la fin de sa cure en Auvergne, Mme de Beaumont avait envoyé à ses amis des nouvelles rassurantes. Ballanche avait été chargé de prendre soin de la malade lors de son passage à Lyon, où elle séjourna une semaine à la mi-septembre. **2.** Le 29 septembre 1803. Bertin était venu à sa rencontre sur la demande expresse de Chateaubriand. **3.** Partis de Milan le 3 octobre, ils arrivèrent à Florence le 7, presque en même temps que Chateaubriand venu les rejoindre. Ils repartirent ensemble pour Rome.

nous traversions ; j'avais pris le chemin de Pérouse : que m'importait l'Italie ? J'en trouvais encore le climat trop rude, et si le vent soufflait un peu, les brises me semblaient des tempêtes.

À Terni, madame de Beaumont parla d'aller voir la cascade ; ayant fait un effort pour s'appuyer sur mon bras, elle se rassit et me dit : « Il faut laisser tomber les flots. » J'avais loué pour elle à Rome une maison solitaire près de la place d'Espagne, sous le mont Pincio ; il y avait un petit jardin avec des orangers en espalier et une cour plantée d'un figuier[1]. J'y déposai la mourante. J'avais eu beaucoup de peine à me procurer cette retraite, car il y a un préjugé à Rome contre les maladies de poitrine, regardées comme contagieuses.

À cette époque de la renaissance de l'ordre social, on recherchait ce qui avait appartenu à l'ancienne monarchie : le pape envoya savoir des nouvelles de la fille de M. de Montmorin ; le cardinal Consalvi et les membres du sacré collège imitèrent Sa Sainteté ; le cardinal Fesch lui-même donna à madame de Beaumont jusqu'à sa mort des marques de déférence et de respect que je n'aurais pas attendues de lui[2], et qui m'ont fait oublier les misérables divisions des premiers temps de mon séjour à Rome. J'avais écrit à M. Joubert les inquiétudes dont j'étais tourmenté avant l'arrivée de madame de Beaumont : « Notre amie m'écrit du Mont-d'Or, lui disais-je, des lettres qui me brisent l'âme : elle dit qu'elle *sent qu'il n'y a plus d'huile dans la lampe* ; elle parle des *derniers battements de son cœur*. Pourquoi l'a-t-on laissée seule dans ce voyage ? pourquoi ne lui avez-vous point écrit ? Que deviendrons-nous si nous la perdons ? qui nous consolera d'elle ? Nous ne sentons le prix de nos amis qu'au moment où nous sommes menacés de les perdre. Nous sommes même assez insensés quand tout va bien, pour

---

1. Il faut situer cette demeure, dans laquelle Pauline ne passa guère plus de trois semaines, quelque part entre la via Margutta et le Pincio ; mais toute tentative de localisation plus précise serait illusoire, dans un quartier que Valadier devait remodeler lorsqu'il aménagea, au-dessus de la Piazza del Popolo, les terrasses du Pincio.   2. Il avait reçu pour cela des instructions officielles.

croire que nous pouvons impunément nous éloigner
d'eux : le ciel nous en punit ; il nous les enlève et nous
sommes épouvantés de la solitude qu'ils laissent autour
de nous. Pardonnez, mon cher Joubert ; je me sens aujour-
d'hui mon cœur de vingt ans ; cette Italie m'a rajeuni ;
j'aime tout ce qui m'est cher avec la même force que
dans mes premières années. Le chagrin est mon élément :
je ne me retrouve que quand je suis malheureux. Mes
amis sont à présent d'une espèce si rare, que la seule
crainte de me les voir ravir glace mon sang. Souffrez mes
lamentations : je suis sûr que vous êtes aussi malheureux
que moi. Écrivez-moi, écrivez aussi à cette autre infortunée de Bretagne [1]. »

Madame de Beaumont se trouva d'abord un peu soulagée. La malade elle-même recommença à croire à sa vie.
J'avais la satisfaction de penser que, du moins, madame
de Beaumont ne me quitterait plus : je comptais la
conduire à Naples au printemps, et de là, envoyer ma
démission au ministre des affaires étrangères. M. d'Agincourt [2], ce véritable philosophe, vint voir le léger oiseau
de passage, qui s'était arrêté à Rome avant de se rendre
à la terre inconnue ; M. Boguet [3], déjà le doyen de nos
peintres, se présenta. Ces renforts d'espérances soutinrent
la malade et la bercèrent d'une illusion qu'au fond de
l'âme elle n'avait plus. Des lettres cruelles à lire m'arrivaient de tous côtés, m'exprimant des craintes et des
espérances. Le 4 octobre, Lucile m'écrivait de Rennes :

« J'avais commencé l'autre jour une lettre pour toi ; je
viens de la chercher inutilement ; je t'y parlais de

---

1. Lucile.   2. Jean-Baptiste Seroux d'Agincourt (1730-1814),
une fois fortune faite dans la Ferme générale, se fixa vers 1779 à Rome
où il demeura jusqu'à sa mort. Il avait entrepris de réunir des matériaux
pour une vaste encyclopédie des arts du Moyen Âge qui paraîtra de
1810 à 1824 sous le titre : *Histoire de l'art par les monuments, depuis
sa décadence au IVe siècle, jusqu'à son renouvellement au XVIe siècle*.
C'était une des figures marquantes de la colonie française de Rome.
Dans sa « Lettre à M. de Fontanes », Chateaubriand le cite comme le
Winckelmann français.   3. Didier Boguet (1755-1839), peintre de
paysages historiques établi à Rome, que Chateaubriand retrouvera lors
de son deuxième séjour (voir livre XXIX, chap. 6).

madame de Beaumont, et je me plaignais de son silence à mon égard. Mon ami, quelle triste et étrange vie je mène depuis quelques mois ! Aussi ces paroles du prophète me reviennent sans cesse à l'esprit : *Le Seigneur vous couronnera de maux, et vous jettera comme une balle*[1]. Mais laissons mes peines et parlons de tes inquiétudes. Je ne puis me les persuader fondées : je vois toujours madame de Beaumont pleine de vie et de jeunesse, et presque immatérielle : rien de funeste ne peut, à son sujet, me tomber dans le cœur. Le ciel, qui connaît nos sentiments pour elle, nous la conservera sans doute. Mon ami, nous ne la perdrons point ; il me semble que j'en ai au dedans de moi la certitude. Je me plais à penser que, lorsque tu recevras cette lettre, tes soucis seront dissipés. Dis-lui de ma part tout le véritable et tendre intérêt que je prends à elle ; dis-lui que son souvenir est pour moi une des plus belles choses de ce monde. Tiens ta promesse et ne manque pas de m'en donner le plus possible des nouvelles. Mon Dieu ! quel long espace de temps il va s'écouler avant que je ne reçoive une réponse à cette lettre ! Que l'éloignement est quelque chose de cruel ! D'où vient que tu me parles de ton retour en France ? Tu cherches à me flatter, tu me trompes. Au milieu de toutes mes peines, il s'élève en moi une douce pensée, celle de ton amitié, celle que je suis dans ton souvenir telle qu'il a plu à Dieu de me former. Mon ami, je ne regarde plus sur la terre de sûr asile pour moi que ton cœur ; je suis étrangère et inconnue pour tout le reste. Adieu, mon pauvre frère ! te reverrai-je ? cette idée ne s'offre pas à moi d'une manière bien distincte. Si tu me revois, je crains que tu ne me retrouves qu'entièrement insensée. Adieu, toi à qui je dois tant ! Adieu, félicité sans mélange ! Ô souvenirs de mes beaux jours, ne pouvez-vous donc éclairer un peu maintenant mes tristes heures ?

« Je ne suis pas de ceux qui épuisent toute leur douleur

---

1. Isaïe, XXII, 18. Lucile cite la traduction du texte de la Vulgate, qui interprète un passage obscur, sans doute mutilé, que les exégètes modernes traduisent ainsi : « Voici que Yahvé te roule en boule, et qu'il te jette comme une balle sur un vaste terrain ! »

dans l'instant de la séparation ; chaque jour ajoute au chagrin que je ressens de ton absence, et serais-tu cent ans à
Rome que tu ne viendrais pas à bout de ce chagrin. Pour
me faire illusion sur ton éloignement, il ne se passe pas
de jour où je ne lise quelques feuilles de ton ouvrage : je
fais tous mes efforts pour croire t'entendre. L'amitié que
j'ai pour toi est bien naturelle ; dès notre enfance, tu as
été mon défenseur et mon ami ; tu n'as toute ta vie
cherché qu'à répandre du charme sur la mienne ; jamais
tu ne m'as coûté une larme, et jamais tu n'as fait un ami
sans qu'il ne soit devenu le mien. Mon aimable frère, le
ciel qui se plaît à se jouer de toutes mes autres félicités,
veut que je trouve mon bonheur tout en toi, que je me
confie à ton cœur. Donne-moi vite des nouvelles de
madame de Beaumont. Adresse-moi tes lettres chez
mademoiselle Lamotte, quoique je ne sache pas quel
espace de temps j'y pourrai rester. Depuis notre dernière
séparation, je suis toujours, à l'égard de ma demeure,
comme un sable mouvant qui me manque sous les pieds :
il est bien vrai que pour quiconque ne me connaît pas, je
dois paraître inexplicable ; cependant je ne varie que de
forme, car le fond reste constamment le même. »

La voix du cygne qui s'apprêtait à mourir, fut transmise
par moi au cygne mourant : j'étais l'écho de ces inef-
fables et derniers concerts !

(3)

LETTRE DE MADAME DE KRÜDNER.

Une autre lettre, bien différente de celle-ci, mais écrite
par une femme dont le rôle a été extraordinaire, madame
de Krüdner[1], montre l'empire que madame de Beaumont,

---

1. Julie de Vietinghoff (1764-1824), fille du gouverneur de Riga,
épousa un diplomate russe, le baron de Krüdener, le 29 septembre
1782. Mais elle ne tarda pas à se séparer de son mari pour mener une
existence cosmopolite, non sans prétentions littéraires qui la poussèrent

sans aucune force de beauté, de renommée, de puissance ou de richesse, exerçait sur les esprits.

« Paris, 24 novembre 1803.

« J'ai appris avant-hier par M. Michaud[1], qui est revenu de Lyon, que madame de Beaumont était à Rome et qu'elle était très, très malade : voilà ce qu'il m'a dit. J'en ai été profondément affligée ; mes nerfs s'en sont ressentis, et j'ai beaucoup pensé à cette femme charmante, que je ne connaissais pas depuis longtemps, mais que j'aimais véritablement. Que de fois j'ai désiré pour elle du bonheur ! Que de fois, j'ai souhaité qu'elle pût franchir les Alpes et trouver sous le ciel de l'Italie les douces et profondes émotions que j'y ai ressenties moi-même ! Hélas ! n'aurait-elle atteint ce pays si ravissant, que pour n'y connaître que les douleurs et pour y être exposée à des dangers que je redoute ! Je ne saurais vous exprimer combien cette idée m'afflige. Pardon, si j'en ai été si absorbée, que je ne vous ai pas encore parlé de vous-même, mon cher Chateaubriand ; vous devez connaître mon sincère attachement pour vous, et en vous montrant l'intérêt si vrai que m'inspire madame de Beaumont, c'est vous toucher plus que je n'eusse pu le faire

---

à se lier avec Bernardin de Saint-Pierre, Mme de Staël, Benjamin Constant, Jean-Paul Richter, les frères Werner, etc. C'est Mme de Staël qui devait la mettre en relation avec Chateaubriand, au printemps de 1802. Ce dernier accepta de bonne grâce de se prêter à ses vues littéraires : il présenta, dans le *Mercure* du 10 vendémiaire an XI/2 octobre 1802, un florilège de ses *Pensées*. Après avoir séjourné à Genève, puis à Lyon (décembre 1802-avril 1803), la baronne de Krüdener avait regagné Paris avec le manuscrit de son roman *Valérie*, qu'elle fit lire à Chateaubriand juste avant son départ pour Rome.

1. Le journaliste royaliste Joseph-François Michaud (1767-1839) avait mené sous la Révolution une existence difficile. Devenu éditeur au début du Consulat, il faisait partie du groupe du *Mercure*, où Chateaubriand avait publié, le 23 pluviôse/12 février 1803, un compte rendu de son poème *Le Printemps d'un proscrit*. Mme de Krüdener fit sa conquête au mois de juin 1803 : Michaud fit annoncer *Valérie* dans le *Mercure* du 23 juillet, puis salua la parution du roman (début décembre 1803, avec la date de 1804) par un compte rendu dithyrambique dans le numéro du 10 décembre.

en m'occupant de vous. J'ai devant mes yeux ce triste spectacle ; j'ai le secret de la douleur, et mon âme s'arrête toujours avec déchirement devant ces âmes auxquelles la nature donna la puissance de souffrir plus que les autres. J'espérais que madame de Beaumont jouirait du privilège qu'elle reçut, d'être plus heureuse ; j'espérais qu'elle retrouverait un peu de santé avec le soleil d'Italie et le bonheur de votre présence. Ah ! rassurez-moi, parlez-moi ; dites-lui que je l'aime sincèrement, que je fais des vœux pour elle. A-t-elle eu ma lettre écrite en réponse à la sienne à Clermont ? Adressez votre réponse à Michaud : je ne vous demande qu'un mot, car je sais, mon cher Chateaubriand, combien vous êtes sensible et combien vous souffrez. Je la croyais mieux ; je ne lui ai pas écrit ; j'étais accablée d'affaires ; mais je pensais au bonheur qu'elle aurait de vous revoir, et je savais le concevoir. Parlez-moi un peu de votre santé ; croyez à mon amitié, à l'intérêt que je vous ai voué à jamais, et ne m'oubliez pas.

« B. Krüdner. »

(4)

Paris, 1838.

Mort de madame de Beaumont.

Le mieux que l'air de Rome avait fait éprouver à madame de Beaumont, ne dura pas : les signes d'une destruction immédiate disparurent, il est vrai ; mais il semble que le dernier moment s'arrête toujours pour nous tromper. J'avais essayé deux ou trois fois une promenade en voiture avec la malade ; je m'efforçais de la distraire, en lui faisant remarquer la campagne et le ciel : elle ne prenait plus goût à rien. Un jour, je la menai au Colysée ;

c'était un de ces jours d'octobre, tels qu'on n'en voit qu'à Rome. Elle parvint à descendre, et alla s'asseoir sur une pierre, en face d'un des autels placés au pourtour de l'édifice. Elle leva les yeux ; elle les promena lentement sur ces portiques morts eux-mêmes depuis tant d'années, et qui avaient vu tant mourir ; les ruines étaient décorées de ronces et d'ancolies safranées par l'automne, et noyées dans la lumière. La femme expirante abaissa ensuite, de gradins en gradins jusqu'à l'arène, ses regards qui quittaient le soleil ; elle les arrêta sur la croix de l'autel, et me dit : « Allons ; j'ai froid. » Je la reconduisis chez elle ; elle se coucha et ne se releva plus.

Je m'étais mis en rapport avec le comte de La Luzerne[1] ; je lui envoyais de Rome, par chaque courrier, le bulletin de la santé de sa belle-sœur[2]. Lorsqu'il avait été chargé par Louis XVI d'une mission diplomatique à Londres, il avait emmené mon frère avec lui : André Chénier faisait partie de cette ambassade.

Les médecins que j'avais assemblés de nouveau, après l'essai de la promenade, me déclarèrent qu'un miracle seul pouvait sauver madame de Beaumont. Elle était frappée de l'idée qu'elle ne passerait pas le 2 novembre, jour des Morts ; puis elle se rappela qu'un de ses parents, je ne sais lequel, avait péri le 4 novembre. Je lui disais que son imagination était troublée ; qu'elle reconnaîtrait la fausseté de ses frayeurs ; elle me répondait, pour me consoler : « Oh ! oui, j'irai plus loin ! » Elle aperçut quelques larmes que je cherchais à lui dérober ; elle me tendit la main, et me dit : « Vous êtes un enfant ; est-ce que vous ne vous y attendiez pas ? »

La veille de sa fin, jeudi 3 novembre, elle parut plus tranquille. Elle me parla d'arrangements de fortune, et me

---

1. César-Guillaume de La Luzerne, fils du ministre de la Marine de Louis XVI, beau-frère de Mme de Beaumont depuis 1787. Chateaubriand paraît cette fois le confondre avec son oncle Anne-César, chevalier puis marquis de La Luzerne, ambassadeur à Londres de 1787 à 1791 (voir livre II, chap. 10). **2.** Dans sa première lettre connue au comte de La Luzerne (qui date seulement du 2 novembre 1803), Chateaubriand dresse un bilan des progrès accomplis depuis la cure au Mont-Dore, mais laisse néanmoins prévoir une mort prochaine.

dit, à propos de son testament, que *tout était fini ; mais que tout était à faire, et qu'elle aurait désiré seulement avoir deux heures pour s'occuper de cela*. Le soir, le médecin m'avertit qu'il se croyait obligé de prévenir la malade qu'il était temps de songer à mettre ordre à sa conscience : j'eus un moment de faiblesse ; la crainte de précipiter, par l'appareil de la mort, le peu d'instants que madame de Beaumont avait encore à vivre, m'accabla. Je m'emportai contre le médecin, puis je le suppliai d'attendre au moins jusqu'au lendemain.

Ma nuit fut cruelle, avec le secret que j'avais dans le sein. La malade ne me permit pas de la passer dans sa chambre. Je demeurai en dehors, tremblant à tous les bruits que j'entendais : quand on entr'ouvrait la porte, j'apercevais la clarté débile d'une veilleuse qui s'éteignait.

Le vendredi 4 novembre, j'entrai, suivi du médecin. Madame de Beaumont s'aperçut de mon trouble, elle me dit : « Pourquoi êtes-vous comme cela ? J'ai passé une bonne nuit. » Le médecin affecta alors de me dire tout haut qu'il désirait m'entretenir dans la chambre voisine. Je sortis : quand je rentrai, je ne savais plus si j'existais. Madame de Beaumont me demanda ce que me voulait le médecin. Je me jetai au bord de son lit, en fondant en larmes. Elle fut un moment sans parler, me regarda et me dit d'une voix ferme, comme si elle eût voulu me donner de la force : « Je ne croyais pas que c'eût été tout à fait aussi prompt : allons, il faut bien vous dire adieu. Appelez l'abbé de Bonnevie. »

L'abbé de Bonnevie, s'étant fait donner des pouvoirs, se rendit chez madame de Beaumont. Elle lui déclara qu'elle avait toujours eu dans le cœur, un profond sentiment de religion ; mais que les malheurs inouïs dont elle avait été frappée pendant la Révolution, l'avaient fait douter quelque temps de la justice de la Providence ; qu'elle était prête à reconnaître ses erreurs et à se recommander à la miséricorde éternelle ; qu'elle espérait, toutefois, que les maux qu'elle avait soufferts dans ce monde-ci abrégeraient son expiation dans l'autre. Elle me fit signe de me retirer et resta seule avec son confesseur.

Je le vis revenir une heure après, essuyant ses yeux et disant qu'il n'avait jamais entendu un plus beau langage, ni vu un pareil héroïsme. On envoya chercher le curé, pour administrer les Sacrements. Je retournai auprès de madame de Beaumont. En m'apercevant, elle me dit : « Eh bien ! êtes-vous content de moi ? » Elle s'attendrit sur ce qu'elle daignait appeler *mes bontés* pour elle : ah ! si j'avais pu dans ce moment racheter un seul de ses jours par le sacrifice de tous les miens, avec quelle joie je l'aurais fait ! Les autres amis de madame de Beaumont, qui n'assistaient pas à ce spectacle, n'avaient du moins qu'une fois à pleurer : debout, au chevet de ce lit de douleurs d'où l'homme entend sonner son heure suprême, chaque sourire de la malade me rendait la vie et me la faisait perdre en s'effaçant. Une idée déplorable vint me bouleverser : je m'aperçus que madame de Beaumont ne s'était doutée qu'à son dernier soupir de l'attachement véritable que j'avais pour elle : elle ne cessait d'en marquer sa surprise et elle semblait mourir désespérée et ravie. Elle avait cru qu'elle m'était à charge, et elle avait désiré s'en aller pour me débarrasser d'elle.

Le curé arriva à onze heures : la chambre se remplit de cette foule de curieux et d'indifférents qu'on ne peut empêcher de suivre le prêtre à Rome. Madame de Beaumont vit la formidable solennité sans le moindre signe de frayeur. Nous nous mîmes à genoux, et la malade reçut à la fois la Communion et l'Extrême-Onction. Quand tout le monde se fut retiré, elle me fit asseoir au bord de son lit et me parla pendant une demi-heure de mes affaires et de mes intentions avec la plus grande élévation d'esprit et l'amitié la plus touchante ; elle m'engagea surtout à vivre auprès de madame de Chateaubriand et de M. Joubert ; mais M. Joubert[1] devait-il vivre ?

Elle me pria d'ouvrir la fenêtre, parce qu'elle se sentait oppressée. Un rayon de soleil vint éclairer son lit et sem-

---

1. La formule de la relation de 1803 est, bien entendu, beaucoup moins explicite. Dans une lettre du 16 novembre à Fontanes, Chateaubriand déclare : « Je ne balance plus que sur un point ; savoir si j'irai m'ensevelir en Bretagne, ou chez Joubert à Villeneuve ».

bla la réjouir. Elle me rappela alors des projets de retraite à la campagne, dont nous nous étions quelquefois entretenus, et elle se mit à pleurer.

Entre deux et trois heures de l'après-midi, madame de Beaumont demanda à changer de lit à madame Saint-Germain, vieille femme de chambre espagnole qui la servait avec une affection digne d'une aussi bonne maîtresse : le médecin s'y opposa dans la crainte que madame de Beaumont n'expirât pendant le transport. Alors elle me dit qu'elle sentait l'approche de l'agonie. Tout à coup, elle rejeta sa couverture, me tendit une main, serra la mienne avec contraction ; ses yeux s'égarèrent. De la main qui lui restait libre, elle faisait des signes à quelqu'un qu'elle voyait au pied de son lit ; puis reportant cette main sur sa poitrine, elle disait : *C'est là !* Consterné, je lui demandai si elle me reconnaissait : l'ébauche d'un sourire parut au milieu de son égarement ; elle me fit une légère affirmation de tête ; sa parole n'était déjà plus dans ce monde. Les convulsions ne durèrent que quelques minutes. Nous la soutenions dans nos bras, moi, le médecin et la garde : une de mes mains se trouvait appuyée sur son cœur qui touchait à ses légers ossements ; il palpitait avec rapidité comme une montre qui dévide sa chaîne brisée. Oh ! moment d'horreur et d'effroi, je le sentis s'arrêter ! nous inclinâmes sur son oreiller la femme arrivée au repos ; elle pencha la tête. Quelques boucles de ses cheveux déroulés tombaient sur son front ; ses yeux étaient fermés, la nuit éternelle était descendue. Le médecin présenta un miroir et une lumière à la bouche de l'étrangère ; le miroir ne fut point terni du souffle de la vie et la lumière resta immobile. Tout était fini.

(5)

Paris.

Funérailles.

Ordinairement, ceux qui pleurent peuvent jouir en paix de leurs larmes, d'autres se chargent de veiller aux derniers soins de la religion : comme représentant, pour la France, le cardinal-ministre absent alors ; comme le seul ami de la fille de M. de Montmorin, et responsable envers sa famille, je fus obligé de présider à tout : il me fallut désigner le lieu de la sépulture, m'occuper de la profondeur et de la largeur de la fosse, faire délivrer le linceul et donner au menuisier les dimensions du cercueil.

Deux religieux veillèrent auprès de ce cercueil qui devait être porté à *Saint-Louis-des-Français.* Un de ces pères était d'Auvergne et né à Montmorin même. Madame de Beaumont avait désiré qu'on l'ensevelît dans une pièce d'étoffe que son frère Auguste, seul échappé à l'échafaud, lui avait envoyé de l'Île-de-France[1]. Cette étoffe n'était point à Rome ; on n'en trouva qu'un morceau qu'elle portait partout. Madame Saint-Germain attacha cette zone autour du corps avec une cornaline qui renfermait des cheveux de M. de Montmorin. Les ecclésiastiques français étaient convoqués ; la princesse Borghèse[2] prêta le char funèbre de sa famille ; le cardinal Fesch avait laissé l'ordre, en cas d'un accident trop prévu, d'envoyer sa livrée et ses voitures. Le samedi 5 novembre à sept heures du soir, à la lueur des torches et au milieu d'une grande foule, passa madame de Beaumont par le chemin où nous passons tous. Le dimanche 6 novembre, la messe de l'enterrement fut célébrée. Les funérailles

---

1. Auguste de Montmorin, officier de marine, avait péri noyé, en 1793, dans les parages de cette même Île-de-France.   **2.** La princesse douairière.

eussent été moins françaises à Paris qu'elles ne le furent
à Rome. Cette architecture religieuse, qui porte dans
ses ornements les armes et les inscriptions de notre
ancienne patrie ; ces tombeaux où sont inscrits les noms
de quelques-unes des races les plus historiques de nos
annales ; cette église, sous la protection d'un grand saint,
d'un grand roi et d'un grand homme, tout cela ne conso-
lait pas, mais honorait le malheur. Je désirais que le dernier rejeton d'une famille jadis haut placée trouvât, du
moins, quelque appui dans mon obscur attachement, et
que l'amitié ne lui manquât pas comme la fortune.

La population romaine, accoutumée aux étrangers, leur
sert de frères et de sœurs. Madame de Beaumont a laissé
sur ce sol hospitalier aux morts, un pieux souvenir ; on
se la rappelle encore : j'ai vu Léon XII prier à son tombeau. En 1827[1], je visitai le monument de celle qui fut
l'âme d'une société évanouie ; le bruit de mes pas autour
de ce monument muet, dans une église solitaire, m'était
une admonition. « Je t'aimerai toujours, dit l'épitaphe
grecque ; mais toi, chez les morts, ne bois pas, je t'en
prie, à cette coupe qui te ferait oublier tes anciens
amis[2]. »

---

1. Le 4 novembre 1828 (et non pas 1827 ; même erreur p. 162), fête
de saint Charles Borromée, Chateaubriand présida, comme ambassadeur de France, la messe célébrée à Saint-Louis des Français pour la
fête du roi Charles X. Le pape Léon XII avait bien voulu accepter de
participer à la cérémonie. C'était le 25ᵉ anniversaire de la mort de
Pauline, et la première fois que Chateaubriand pouvait contempler le
monument qu'il lui avait fait élever.   2. *Anthologie palatine*, VII,
346 : « Excellent Sabinus, que ce monument, bien que la pierre en soit
petite, te soit un gage de ma grande amitié ! Je te regretterai sans cesse ;
mais toi, ne va pas, si tu le peux, chez les morts, boire une seule goutte
de cette eau du Léthé qui te ferait oublier ton ami ».

(6)

Paris, 1838.

Année de ma vie, 1803.
Lettres de M. Chênedollé, de M. de Fontanes,
de M. Necker et de madame de Staël.

Si l'on rapportait à l'échelle des événements publics les calamités d'une vie privée, ces calamités devraient à peine occuper un mot dans des *Mémoires*. Qui n'a perdu un ami ? qui ne l'a vu mourir ? qui n'aurait à retracer une pareille scène de deuil ? La réflexion est juste, cependant personne ne s'est corrigé de raconter ses propres aventures ; sur le vaisseau qui les emporte, les matelots ont une famille à terre, qui les intéresse et dont ils s'entretiennent mutuellement. Chaque homme renferme en soi un monde à part, étranger aux lois et aux destinées générales des siècles[1]. C'est, d'ailleurs, une erreur de croire que les révolutions, les accidents renommés, les catastrophes retentissantes, soient les fastes uniques de notre nature : nous travaillons tous un à un à la chaîne de l'histoire commune, et c'est de toutes ces existences individuelles que se compose l'univers humain aux yeux de Dieu.

En assemblant des regrets autour des cendres de madame de Beaumont, je ne fais que déposer sur un tombeau les couronnes qui lui étaient destinées.

Lettre de M. Chênedollé.

« Vous ne doutez pas, mon cher et malheureux ami, de toute la part que je prends à votre affliction. Ma douleur n'est pas aussi grande que la vôtre, parce que cela n'est

---

1. Chateaubriand a développé cette idée à plusieurs reprises : voir en particulier *Voyage en Italie*, p. 1443.

pas possible ; mais je suis bien profondément affligé de cette perte, et elle vient noircir encore cette vie qui, depuis longtemps, n'est plus que de la souffrance pour moi. Ainsi donc passe et s'efface de dessus la terre tout ce qu'il y a de bon, d'aimable et de sensible. Mon pauvre ami, dépêchez-vous de repasser en France ; venez chercher quelques consolations auprès de votre vieux ami. Vous savez si je vous aime : venez.

« J'étais dans la plus grande inquiétude sur vous ; il y avait plus de trois mois que je n'avais reçu de vos nouvelles, et trois de mes lettres sont restées sans réponse. Les avez-vous reçues ? Madame de Caud a cessé tout à coup de m'écrire, il y a deux mois[1]. Cela m'a causé une peine mortelle, et cependant, je crois n'avoir aucun tort à me reprocher envers elle. Mais quoi qu'elle fasse, elle ne pourra m'ôter l'amitié tendre et respectueuse que je lui ai vouée pour la vie. Fontanes et Joubert ont aussi cessé de m'écrire ; ainsi, tout ce que j'aimais semble s'être réuni pour m'oublier à la fois. Ne m'oubliez pas, ô vous, mon bon ami, et que sur cette terre de larmes, il me reste encore un cœur sur lequel je puisse compter ! Adieu ! je vous embrasse en pleurant. Soyez sûr, mon bon ami, que je sens votre perte comme on doit la sentir.

« 23 novembre 1803. »

Lettre de M. de Fontanes.

« Je partage tous vos regrets, mon cher ami : je sens la douleur de votre situation. Mourir si jeune et après avoir survécu à toute sa famille ! Mais, du moins, cette intéressante et malheureuse femme n'aura pas manqué des secours et des souvenirs de l'amitié. Sa mémoire vivra dans des cœurs dignes d'elle. J'ai fait passer à M. de La Luzerne la touchante relation qui lui était destinée. Le vieux Saint-Germain, domestique de votre amie, s'est chargé de la porter. Ce bon serviteur m'a fait pleurer en

---

1. Voir livre XIII, p. 62, note 1.

me parlant de sa maîtresse. Je lui ai dit qu'il avait un legs de dix mille francs ; mais il ne s'en est pas occupé un seul moment. S'il était possible de parler d'affaires dans de si lugubres circonstances, je vous dirais qu'il était bien naturel de vous donner au moins l'usufruit d'un bien qui doit passer à des collatéraux éloignés et presque inconnus*. J'approuve votre conduite ; je connais votre délicatesse ; mais je ne puis avoir pour mon ami le même désintéressement qu'il a pour lui-même. J'avoue que cet oubli m'étonne et m'afflige. Madame de Beaumont sur son lit de mort vous a parlé, avec l'éloquence du dernier adieu, de l'avenir et de votre destinée. Sa voix doit avoir plus de force que la mienne. Mais vous a-t-elle conseillé de renoncer à huit ou douze mille francs d'appointement[1] lorsque votre carrière était débarrassée des premières épines ? Pourriez-vous précipiter, mon cher ami, une démarche[2] aussi importante ? Vous ne doutez pas du grand plaisir que j'aurai à vous revoir. Si je ne consultais que mon propre bonheur, je vous dirais : Venez tout à l'heure. Mais vos intérêts me sont aussi chers que les miens et je ne vois pas des ressources assez prochaines pour vous dédommager des avantages que vous perdez volontairement. Je sais que votre talent, votre nom et le travail ne vous laisseront jamais à la merci des premiers besoins ;

---

* L'amitié de M. de Fontanes va beaucoup trop loin ; madame de Beaumont m'avait mieux jugé ; elle pensa sans doute que si elle m'eût laissé sa fortune, je ne l'aurais pas acceptée.

---

1. Au moment de son départ pour Rome, Chateaubriand avait escompté un traitement de douze mille francs, aligné sur celui du poste équivalent dans les grandes ambassades, mais il fut obligé de se contenter de huit mille francs. Il ne toucha du reste qu'une partie de cette somme : une avance de 2 000 francs pour le premier trimestre, une somme identique pour le second, ainsi que 1 650 francs pour les frais de voyage. Mme Bacciochi lui avait de surcroît avancé quatre mille francs supplémentaires à son départ. Enfin, de passage à Lyon, il avait traité avec Ballanche pour des rééditions du *Génie*, ce qui lui avait encore procuré 200 louis (4 800 francs) ; il avait pu disposer ainsi à Rome de moyens très au-dessus de ses revenus ordinaires.   **2.** Allusion à la volonté maintes fois exprimée par Chateaubriand de démissionner de son poste.

mais je vois là plus de gloire que de fortune. Votre éducation, vos habitudes, veulent un peu de dépense. La renommée ne suffit pas seule aux choses de la vie, et cette misérable science du *pot-au-feu* est à la tête de toutes les autres quand on veut vivre indépendant et tranquille. J'espère toujours que rien ne vous déterminera à chercher la fortune chez les étrangers [1]. Eh ! mon ami, soyez sûr qu'après les premières caresses ils valent encore moins que les compatriotes. Si votre amie mourante a fait toutes ces réflexions, ses derniers moments ont dû être un peu troublés ; mais j'espère qu'au pied de sa tombe vous trouverez des leçons et des lumières supérieures à toutes celles que les amis qui vous restent pourraient vous donner. Cette aimable femme vous aimait : elle vous conseillera bien. Sa mémoire et votre cœur vous guideront sûrement : je ne suis plus en peine si vous les écoutez tous deux. Adieu, mon cher ami, je vous embrasse tendrement. »

M. Necker m'écrivit la seule lettre que j'aie jamais reçue de lui. J'avais été le témoin de la joie de la cour lors du renvoi de ce ministre, dont les honnêtes opinions contribuèrent au renversement de la monarchie. Il avait été collègue de M. de Montmorin. M. Necker allait bientôt mourir au lieu d'où sa lettre était datée : n'ayant pas alors auprès de lui madame de Staël, il trouva quelques larmes pour l'amie de sa fille :

LETTRE DE M. NECKER

« Ma fille, monsieur, en se mettant en route pour l'Allemagne [2] m'a prié d'ouvrir les paquets d'un grand volume qui pourraient lui être adressés, afin de juger s'ils valaient la peine de les lui faire parvenir par la poste :

---

1. Chateaubriand avait cherché, dans le cours de 1803, à se concilier les bonnes grâces de la cour de Russie pour obtenir soit une pension, soit une charge lucrative. 2. Mme de Staël avait été invitée à quitter Paris sur ordre de la police. Partie le 25 octobre 1803 en compagnie de Benjamin Constant, elle séjourna quelques jours à Metz auprès de Charles de Villers, puis arriva le 13 novembre à Francfort.

c'est le motif qui m'instruit, avant elle, de la mort de madame de Beaumont. Je lui ai envoyé, monsieur, votre lettre[1] à Francfort, d'où elle sera probablement transmise plus loin, et peut-être à Weimar ou à Berlin. Ne soyez donc pas surpris, monsieur, si vous ne recevez pas la réponse de madame de Staël, aussitôt que vous avez droit de l'attendre. Vous êtes bien sûr, monsieur, de la douleur qu'éprouvera madame de Staël en apprenant la perte d'une amie dont je lui ai toujours entendu parler avec un profond sentiment. Je m'associe à sa peine, je m'associe à la vôtre, monsieur, et j'ai une part à moi en particulier, lorsque je songe au malheureux sort de toute la famille de mon ami M. de Montmorin.

« Je vois, monsieur, que vous êtes sur le point de quitter Rome, pour retourner en France ; je souhaite que vous preniez votre route par Genève, où je vais passer l'hiver. Je serais très empressé à vous faire les honneurs d'une ville où vous êtes déjà connu de réputation. Mais où ne l'êtes-vous pas, monsieur ? Votre dernier ouvrage, étincelant de beautés incomparables, est entre les mains de tous ceux qui aiment à lire.

« J'ai l'honneur de vous présenter, monsieur, les assurances et l'hommage des sentiments les plus distingués.

« Necker.

« Coppet, le 27 novembre 1803. »

Lettre de madame de Staël.

« Francfort, ce 3 décembre 1803.

« Ah ! mon Dieu, *my dear Francis*, de quelle douleur je suis saisie en recevant votre lettre ! Déjà hier, cette affreuse nouvelle était tombée sur moi par les gazettes, et votre déchirant récit vient la graver pour jamais en lettres

---

1. Voir cette émouvante lettre, datée du 9 novembre, dans *Correspondance*, t. 1, p. 280-281. Elle se termine par ces mots : « Si vous conservez encore quelque bienveillance pour moi, vos lettres me seront un grand soulagement : je suis comme un enfant qui a peur dans la solitude, et qui a besoin d'entendre au moins quelque voix amie ».

de sang dans mon cœur. Pouvez-vous, pouvez-vous me
parler d'opinions différentes[1] sur la religion, sur les
prêtres ? Est-ce qu'il y a deux opinions, quand il n'y a
qu'un sentiment ? Je n'ai lu votre récit qu'à travers les
plus douloureuses larmes. *My dear Francis*, rappelez-
vous le temps où vous vous sentiez le plus d'amitié pour
moi ; n'oubliez pas surtout celui où tout mon cœur était
attiré vers vous, et dites-vous que ces sentiments, plus
tendres, plus profonds que jamais, sont au fond de mon
âme pour vous. J'aimais, j'admirais le caractère de
madame de Beaumont : je n'en connais point de plus
généreux, de plus reconnaissant, de plus passionnément
sensible. Depuis que je suis entrée dans le monde, je
n'avais jamais cessé d'avoir des rapports avec elle, et je
sentais toujours qu'au milieu même de quelques diver-
sités, je tenais à elle par toutes les racines. Mon cher
Francis, donnez-moi une place dans votre vie. Je vous
admire, je vous aime, j'aimais celle que vous regrettez.
Je suis une amie dévouée, je serai pour vous une sœur.
Plus que jamais, je dois respecter vos opinions : Mathieu[2]
qui les a, a été un ange pour moi dans la dernière peine
que je viens d'éprouver. Donnez-moi une nouvelle raison
de les ménager ; faites que je vous sois utile ou agréable
de quelque manière. Vous a-t-on écrit que j'avais été exilée à quarante lieues de Paris ? J'ai pris ce moment pour
faire le tour de l'Allemagne ; mais, au printemps, je serai
revenue à Paris même, si mon exil est fini, ou auprès de
Paris, ou à Genève. Faites que, de quelque manière, nous
nous réunissions. Est-ce que vous ne sentez pas que mon
esprit et mon âme entendent la vôtre, et ne sentez-vous

---

1. Dans sa lettre du 9 novembre, Chateaubriand écrivait : « Je vous
envoie la copie de la relation que j'adresse par le même courrier à
M. de La Luzerne. S'il y est beaucoup question de *prêtres* et de *religion*, j'espère que vous n'aurez pas la cruauté de plaisanter dans de
pareilles circonstances ».   2. Comme son cousin Adrien (voir
livre XIII, p. 66-67, note 2), Mathieu de Montmorency est alors un
familier de Mme de Staël. Il avait défendu des opinions libérales à la
Constituante (voir livre V, chap. 10), puis émigré après le 10 août.
Comme membre de la Congrégation, il participera un peu plus tard de
façon active à la lutte du parti catholique contre la politique impériale.

pas en quoi nous nous ressemblons, à travers les différences ? M. de Humboldt[1] m'avait écrit, il y a quelques jours, une lettre où il me parlait de votre ouvrage avec une admiration qui doit vous flatter dans un homme et de son mérite et de son opinion. Mais que vais-je vous parler de vos succès dans un tel moment ? Cependant, elle les aimait ces succès, elle y attachait sa gloire. Continuez de rendre illustre celui qu'elle a tant aimé. Adieu, mon cher François. Je vous écrirai de Weimar en Saxe. Répondez-moi là, chez MM. Desport banquiers. Que dans votre récit, il y a des mots déchirants ! Et cette résolution de garder la pauvre Saint-Germain ; vous l'amènerez une fois dans ma maison.

« Adieu tendrement : douloureusement adieu.

« N. DE STAËL. »

Cette lettre empressée, affectueusement rapide, écrite par une femme illustre, me causa un redoublement d'attendrissement. Madame de Beaumont aurait été bien heureuse dans ce moment, si le ciel lui eût permis de renaître ! Mais nos attachements, qui se font entendre des morts, n'ont pas le pouvoir de les délivrer : quand Lazare se leva de la tombe, il avait les pieds et les mains liés avec des bandes et le visage enveloppé d'un suaire : or, l'amitié ne saurait dire, comme le Christ à Marthe et à Marie : « Déliez-le, et le laissez aller[2]. »

Ils sont passés aussi mes consolateurs, et ils me demandent pour eux les regrets qu'ils donnaient à une autre.

---

1. Guillaume de Humboldt (1767-1835), alors ministre de Prusse à Rome, où il avait sans doute connu Chateaubriand, et où il recevra Mme de Staël en 1805.   **2.** Allusion au récit de la résurrection de Lazare (Jean, XI, 43-44).

(7)

Paris, 1838.

ANNÉES DE MA VIE, 1803 ET 1804.
PREMIÈRE IDÉE DE MES *MÉMOIRES*.
JE SUIS NOMMÉ MINISTRE DE FRANCE DANS LE VALAIS.
DÉPART DE ROME.

J'étais déterminé à quitter cette carrière des affaires où des malheurs d'homme étaient venus se mêler à la médiocrité du travail et à d'infâmes tracasseries[1] politiques. On n'a pas su ce que c'est que la désolation du cœur, quand on n'est point demeuré seul à errer dans les lieux naguère habités d'une personne qui avait agréé votre vie : on la cherche et on ne la trouve plus ; elle vous parle, vous sourit, vous accompagne ; tout ce qu'elle a porté ou touché reproduit son image ; il n'y a entre elle et vous qu'un rideau transparent, mais si lourd que vous ne pouvez le lever. Le souvenir du premier ami qui vous a laissé sur la route est cruel ; car, si vos jours se sont prolongés, vous avez nécessairement fait d'autres pertes : ces morts qui se sont suivies, se rattachent à la première, et vous pleurez à la fois dans une seule personne toutes celles que vous avez successivement perdues.

Tandis que je prenais des arrangements prolongés par l'éloignement de la France, je restais abandonné sur les ruines de Rome. À ma première promenade, les aspects me semblaient changés, je ne reconnaissais ni les arbres, ni les monuments, ni le ciel ; je m'égarais au milieu des campagnes, le long des arcades des aqueducs, comme autrefois sous les berceaux des bois du Nouveau Monde.

---

1. Le bilan de ce premier séjour romain, sur ce plan, a été bien établi par Pierre Riberette, « Chateaubriand secrétaire de légation à Rome », dans *Chateaubriand e l'Italia*, Accademia Nazionale dei Lincei, 1969, p. 87-116.

Je rentrais dans la Ville éternelle, qui joignait maintenant à tant d'existences passées une vie éteinte de plus. À force de parcourir les solitudes du Tibre, elles se gravèrent si bien dans ma mémoire, que je les reproduisis assez correctement dans ma lettre à M. de Fontanes [1] : « Si l'étranger est malheureux, disais-je ; s'il a mêlé les cendres qu'il aima à tant de cendres illustres, avec quel charme ne passera-t-il pas du tombeau de Cecilia Metella au cercueil d'une femme infortunée ! »

C'est aussi à Rome que je conçus, pour la première fois, l'idée d'écrire les *Mémoires de ma vie* ; j'en trouve quelques lignes jetées au hasard, dans lesquelles je déchiffre ce peu de mots : « Après avoir erré sur la terre, passé les plus belles années de ma jeunesse loin de mon pays, et souffert à peu près tout ce qu'un homme peut souffrir, la faim même, je revins à Paris en 1800. »

Dans une lettre à M. Joubert, j'esquissais ainsi mon plan :

« Mon seul bonheur est d'attraper quelques heures, pendant lesquelles je m'occupe d'un ouvrage qui peut seul apporter de l'adoucissement à mes peines : ce sont les *Mémoires de ma vie*. Rome y entrera : ce n'est que comme cela que je puis désormais parler de Rome. Soyez tranquille ; ce ne seront point des confessions pénibles pour mes amis : si je suis quelque chose dans l'avenir, mes amis y auront un nom aussi beau que respectable. Je n'entretiendrai pas non plus la postérité du détail de mes faiblesses ; je ne dirai de moi que ce qui est convenable à ma dignité d'homme et, j'ose le dire, à l'élévation de mon cœur. Il ne faut présenter au monde que ce qui est beau ; ce n'est pas mentir à Dieu que de ne découvrir de sa vie que ce qui peut porter nos pareils à des sentiments nobles et généreux. Ce n'est pas, qu'au fond, j'aie rien à cacher ; je n'ai ni fait chasser une servante pour un ruban volé, ni abandonné mon ami mourant dans une rue, ni

---

1. Datée de « Rome, le 10 janvier 1804 », cette *Lettre* fut publiée dans le *Mercure de France* du 12 ventôse an XII/3 mars 1804, puis reprise dans le *Voyage en Italie* (*Œuvres complètes*, Ladvocat, t. VII, 1827). Dans la citation qui suit, le texte original est un peu abrégé.

déshonoré la femme qui m'a recueilli, ni mis mes bâtards aux Enfants-Trouvés[1], mais j'ai eu mes faiblesses, mes abattements de cœur ; un gémissement sur moi suffira pour faire comprendre au monde ces misères communes, faites pour être laissées derrière le voile. Que gagnerait la société à la reproduction de ces plaies que l'on retrouve partout ? On ne manque pas d'exemples, quand on veut triompher de la pauvre nature humaine. »

Dans ce plan que je me traçais, j'oubliais ma famille, mon enfance, ma jeunesse, mes voyages et mon exil : ce sont pourtant les récits où je me suis plu davantage.

J'avais été comme un heureux esclave : accoutumé à mettre sa liberté au cep[2], il ne sait plus que faire de son loisir, quand ses entraves sont brisées. Lorsque je me voulais livrer au travail, une figure venait se placer devant moi, et je ne pouvais plus en détacher mes yeux : la religion seule me fixait par sa gravité et par les réflexions d'un ordre supérieur qu'elle me suggérait.

Cependant, en m'occupant de la pensée d'écrire mes *Mémoires*, je sentis le prix que les anciens attachaient à la valeur de leur nom ; il y a peut-être une réalité touchante dans cette perpétuité des souvenirs qu'on peut laisser en passant. Peut-être, parmi les grands hommes de l'antiquité, cette idée d'une vie immortelle chez la race humaine leur tenait-elle lieu de cette immortalité de l'âme, demeurée pour eux un problème. Si la renommée est peu de chose quand elle ne se rapporte qu'à nous, il faut convenir néanmoins que c'est un beau privilège attaché à l'amitié du génie, de donner une existence impérissable à tout ce qu'il a aimé.

J'entrepris un commentaire de quelques livres de la Bible, en commençant par la Genèse. Sur ce verset : *Voici qu'Adam est devenu comme l'un de nous, sachant le bien et le mal ; donc, maintenant, il ne faut pas qu'il porte la main au fruit de vie, qu'il le prenne, qu'il en mange et*

---

1. Ces allusions visent, bien entendu, le Rousseau des *Confessions*.　　**2.** À être enchaîné. Les *ceps* sont des entraves, *mettre aux ceps* est une expression usuelle, au propre comme au figuré (métaphore amoureuse) dans la langue du XVIe siècle, mais elle est très rare au singulier.

qu'il vive éternellement[1] ; je remarquai l'ironie formidable du Créateur : *Voici qu'Adam est devenu semblable à l'un de nous*, etc. *Il ne faut pas que l'homme porte la main au fruit de vie.* Pourquoi ? Parce qu'il a goûté au fruit de la science et qu'il connaît le bien et le mal ; il est maintenant accablé de maux ; *donc, il ne faut pas qu'il vive éternellement* : quelle bonté de Dieu que la mort !

Il y a des prières commencées, les unes pour *les inquiétudes de l'âme*, les autres pour *se fortifier contre la prospérité des méchants* : je cherchais à ramener à un centre de repos mes pensées errantes hors de moi.

Comme Dieu ne voulait pas finir là ma vie, la réservant à de longues épreuves, les orages qui s'étaient soulevés se calmèrent. Tout à coup, le cardinal-ambassadeur changea de manières à mon égard : j'eus une explication avec lui, et déclarai ma résolution de me retirer. Il s'y opposa : il prétendit que ma démission, dans ce moment, aurait l'air d'une disgrâce ; que je réjouirais mes ennemis, que le Premier Consul prendrait de l'humeur, ce qui m'empêcherait d'être tranquille dans les lieux où je voulais me retirer. Il me proposa d'aller passer quinze jours ou un mois à Naples.

Dans ce moment même, la Russie me faisait sonder pour savoir si j'accepterais la place de gouverneur d'un grand-duc ; ce serait tout au plus si j'aurais voulu faire à Henri V le sacrifice des dernières années de ma vie.

Tandis que je flottais entre mille partis, je reçus la nouvelle que le Premier Consul m'avait nommé ministre dans le Valais[2]. Il s'était d'abord emporté sur des dénonciations ; mais revenant à sa raison, il comprit que j'étais de cette race qui n'est bonne que sur un premier plan, qu'il ne fallait me mêler à personne, ou bien que l'on ne tirerait jamais parti de moi. Il n'y avait point de place vacante ;

---

1. Genèse, III, 22.   **2.** Le Premier Consul signa son arrêté de nomination le 7 frimaire an XII/29 novembre 1803. Chateaubriand fut averti par Fontanes vers le 20 décembre, mais ne devait recevoir un avis officiel que le 28, à la veille de son départ pour Naples.

il en créa une [1] et la choisissant conforme à mon instinct de solitude et d'indépendance, il me plaça dans les Alpes ; il me donna une république catholique avec un monde de torrents ; le Rhône et nos soldats se croiseraient à mes pieds, l'un descendant vers la France, les autres remontant vers l'Italie, le Simplon ouvrant devant moi son audacieux chemin. Le Consul devait m'accorder autant de congés que j'en désirerais pour voyager en Italie, et madame Bacciocchi me faisait mander par Fontanes que la première grande ambassade disponible m'était réservée. J'obtins donc cette première victoire diplomatique sans m'y attendre, et sans le vouloir : il est vrai qu'à la tête de l'État se trouvait une haute intelligence, qui ne voulait pas abandonner à des intrigues de bureaux une autre intelligence qu'elle sentait trop disposée à se séparer du pouvoir.

Cette remarque est d'autant plus vraie que le cardinal Fesch, à qui je rends dans ces *Mémoires* une justice sur laquelle peut-être il ne comptait pas, avait envoyé deux dépêches malveillantes à Paris [2], presqu'au moment même que ses manières étaient devenues plus obligeantes, après la mort de madame de Beaumont. Sa véritable pensée était-elle dans ses conversations, lorsqu'il me permettait d'aller à Naples, ou dans ses missives diplomatiques ? Conversations et missives sont de la même date, et contradictoires. Il n'a tenu qu'à moi de mettre M. le cardinal d'accord avec lui-même, en faisant disparaître les traces des rapports qui me concernaient : il m'eût suffi de retirer des cartons, lorsque j'étais ministre des affaires étrangères, les élucubrations de l'ambassadeur : je n'aurais fait que ce qu'a fait M. de Talleyrand au sujet de sa correspondance avec l'empereur. Je n'ai pas cru avoir le

---

1. Ce poste nouveau avait été créé quelques mois plus tôt pour surveiller la route du Simplon. On avait songé, pour le pourvoir, au secrétaire de la légation française auprès de la République helvétique, un certain Gandolphe. Son nom fut effacé au dernier moment au profit de Chateaubriand, qu'il alla remplacer à Rome, où il devait mourir peu après de la malaria.   2. La première date du 22 thermidor an XI/10 août 1803 ; la seconde, du 16 pluviôse an XII/5 février 1804, fut rédigée après le départ de Chateaubriand pour Paris.

droit d'user de ma puissance à mon profit. Si, par hasard, on recherchait ces documents, on les trouverait à leur place[1]. Que cette manière d'agir soit une duperie, je le veux bien ; mais pour ne pas me faire le mérite d'une vertu que je n'ai pas, il faut qu'on sache que ce respect des correspondances de mes détracteurs, tient plus à mon mépris qu'à ma générosité. J'ai vu aussi dans les archives de l'ambassade à Berlin des lettres offensantes de M. le marquis de Bonnay[2] à mon égard : loin de me ménager, je les ferai connaître.

M. le cardinal Fesch ne gardait pas plus de retenue avec le pauvre abbé Guillon (l'évêque de Maroc) : il était signalé comme un *agent de la Russie*. Bonaparte traitait M. Lainé[3] d'*agent de l'Angleterre* : c'étaient là de ces commérages dont ce grand homme avait pris la méchante habitude dans des rapports de police. Mais n'y avait-il rien à dire contre M. Fesch lui-même ? Quel cas sa propre famille faisait-elle de lui ? Le cardinal de Clermont-Tonnerre était à Rome comme moi, en 1803 ; que n'écrivait-il point de l'oncle de Napoléon ! J'ai les lettres.

Au reste, à qui ces contentions, ensevelies depuis quarante ans dans des liasses vermoulues, importent-elles ? Des divers acteurs de cette époque un seul restera, Bonaparte. Nous tous qui prétendons vivre, nous sommes déjà morts : lit-on le nom de l'insecte, à la faible lueur qu'il traîne quelquefois après lui en rampant ?

M. le cardinal Fesch m'a retrouvé depuis, ambassadeur auprès de Léon XII ; il m'a donné des preuves d'estime : de mon côté, j'ai tenu à le prévenir et à l'honorer. Il est d'ailleurs naturel que l'on m'ait jugé avec une sévérité que je ne m'épargne pas. Tout cela est archipassé : je ne veux pas même reconnaître l'écriture de ceux qui, en 1803, ont servi de secrétaires officiels ou officieux à M. le cardinal Fesch.

---

1. En réalité, elles ont bel et bien disparu, depuis au moins un siècle.
2. Voir livre XXVI, chap. 5.   3. Sur Lainé, voir *infra*, livre XXII, p. 541, note 1. À propos de Guillon, outre les rapports de Fesch, on peut citer ce jugement du cardinal Pacca : « Il a dit-on les plus grands désagréments, au point qu'il a été menacé des galères parce qu'il voyait trop de russes » (Duchemin, p. 242).

Je partis pour Naples [1] : là commença une année sans madame de Beaumont ; année d'absence, que tant d'autres devaient suivre ! Je n'ai point revu Naples depuis cette époque, bien qu'en 1827 [2], je fusse à la porte de cette même ville, où je me promettais d'aller avec madame de Chateaubriand. Les orangers étaient couverts de leurs fruits, et les myrtes de leurs fleurs. Baïes, les Champs-Élysées et la mer, étaient des enchantements que je ne pouvais plus dire à personne. J'ai peint la baie de Naples dans *les Martyrs* [3]. Je montai au Vésuve et descendis dans son cratère. Je me pillais : je jouais une scène de *René*.

À Pompéi, on me montra un squelette enchaîné et des mots latins estropiés, barbouillés par des soldats sur des murs. Je revins à Rome [4]. Canova m'accorda l'entrée de son atelier, tandis qu'il travaillait à une statue de nymphe. Ailleurs, les modèles des marbres du tombeau que j'avais commandé, étaient déjà d'une grande expression. J'allai prier sur des cendres à Saint-Louis, et je partis pour Paris le 21 janvier 1804, autre jour de malheur [5].

Voici une prodigieuse misère [6] : trente-cinq ans se sont écoulés depuis la date de ces événements. Mon chagrin ne se flattait-il pas, en ces jours lointains, que le lien qui venait de se rompre serait mon dernier lien ? Et pourtant, que j'ai vite, non pas oublié, mais remplacé ce qui me fut cher ! Ainsi va l'homme de défaillance en défaillance. Lorsqu'il est jeune et qu'il mène devant lui sa vie, une ombre d'excuse lui reste ; mais lorsqu'il s'y attelle et qu'il la traîne péniblement derrière lui, comment l'excuser ? L'indigence de notre nature est si profonde, que dans nos infirmités volages, pour exprimer nos affections récentes, nous ne pouvons employer que des mots déjà usés par nous dans nos anciens attachements. Il est cependant des paroles qui ne devraient servir qu'une fois : on

---

1. Chateaubriand quitta Rome le 31 décembre, il arriva le surlendemain à Naples. **2.** Nouveau lapsus pour 1828. **3.** Livre V. **4.** On trouve le récit de ce voyage à Naples, qui dura une quinzaine de jours, dans le *Voyage en Italie*. **5.** Anniversaire de la mort de Louis XVI. **6.** Chateaubriand avait déjà placé ce terme dans la bouche du père Aubry (*Atala*, p. 91) pour exprimer la même idée, qu'il développe dans la préface de 1805 (*Œuvres*, 1, p. 29-30).

les profane en les répétant. Nos amitiés trahies et délaissées nous reprochent les nouvelles sociétés où nous sommes engagés ; nos heures s'accusent : notre vie est une perpétuelle rougeur, parce qu'elle est une faute continuelle.

LIVRE SEIZIÈME

(1)

Paris, 1838.

Revu le 22 février 1845.

Année de ma vie, 1804. – République du Valais.
Visite au château des Tuileries.
Hôtel de Montmorin.
J'entends crier la mort du duc d'Enghien.
Je donne ma démission.

Mon dessein n'étant pas de rester à Paris, je descendis à l'hôtel de France, rue de Beaune, où madame de Chateaubriand vint me rejoindre pour se rendre avec moi dans le Valais[1]. Mon ancienne société, déjà à demi dispersée, avait perdu le lien qui la réunissait.

Bonaparte marchait à l'empire ; son génie s'élevait à mesure que grandissaient les événements : il pouvait, comme la poudre en se dilatant, emporter le monde ; déjà

---

1. Après avoir traversé Florence, puis Milan, Chateaubriand fit une courte halte à Lyon (le 6 février), il demeura ensuite quelques jours chez les Joubert à Villeneuve ; il arriva enfin à Paris vers le 15 février 1804.

immense, et cependant ne se sentant pas au sommet, ses forces le tourmentaient ; il tâtonnait, il semblait chercher son chemin : quand j'arrivai à Paris, il en était à Pichegru et à Moreau ; par une mesquine envie, il avait consenti à les admettre pour rivaux : Moreau, Pichegru et Georges Cadoudal qui leur était fort supérieur, furent arrêtés[1].

Ce train vulgaire de conspirations que l'on rencontre dans toutes les affaires de la vie, n'avait rien de ma nature et j'étais aise de m'enfuir aux montagnes.

Le conseil de la ville de Sion m'écrivit. La naïveté de cette dépêche en a fait pour moi un document ; j'entrais dans la politique par la religion : le *Génie du Christianisme* m'en avait ouvert les portes.

RÉPUBLIQUE DU VALAIS.

Sion, 20 février 1804.

LE CONSEIL DE LA VILLE DE SION,

À monsieur Chateaubriand,
secrétaire de légation de la République française
à Rome.

« Monsieur,

« Par une lettre officielle de notre grand-baillif, nous avons appris votre nomination à la place de ministre de France près de notre République. Nous nous empressons à vous en témoigner la joie la plus complète que ce choix nous donne. Nous voyons dans cette nomination un précieux gage de la bienveillance du Premier Consul envers notre République, et nous nous félicitons de l'honneur de vous posséder dans nos murs : nous en tirons les plus heureux augures pour les avantages de notre patrie et de

---

1. Depuis quelque temps régnait à Paris une atmosphère de conspiration, sur laquelle le gouvernement avait entrepris de faire la lumière en procédant à de nombreuses arrestations : Moreau, le 15 février ; Pichegru, le 28, Cadoudal, le 9 mars. Les interrogatoires firent naître le soupçon qu'un prince français allait prendre la tête du coup de force royaliste qu'on craignait.

notre ville. Pour vous donner un témoignage de ces sentiments, nous avons délibéré de vous faire préparer un
logement provisoire[1], digne de vous recevoir, garni de
meubles et d'effets convenables pour votre usage, autant
que la localité et nos circonstances le permettent, en attendant que vous ayez pu prendre vous-même des arrangements à votre convenance.

« Veuillez, Monsieur, agréer cette offre comme une
preuve de nos dispositions sincères à honorer le gouvernement français dans son employé, dont le choix *doit
plaire particulièrement à un peuple religieux*. Nous vous
prions de vouloir bien nous prévenir de votre arrivée dans
cette ville.

« Agréez, Monsieur, les assurances de notre respectueuse
considération.

　　　　　　　　« Le président du conseil de la ville de Sion.
　　　　　　　　　　　　　　　　« DE RIEDMATTEN.

« Par le conseil de la ville :
　　　　　　　　　　　　　　« Le secrétaire du conseil,
　　　　　　　　　　　　　　　　« DE TORRENTE. »

Deux jours avant le 20 mars[2], je m'habillai pour aller
prendre congé de Bonaparte aux Tuileries ; je ne l'avais
pas revu depuis le moment où il m'avait parlé chez
Lucien. La galerie où il recevait était pleine ; il était
accompagné de Murat et d'un premier aide-de-camp ; il
passait presque sans s'arrêter. À mesure qu'il approcha de
moi, je fus frappé de l'altération de son visage : ses joues
étaient dévalées[3] et livides, ses yeux âpres, son teint pâli

---

1. Chateaubriand remercia le 6 mars ; il annonçait son arrivée pour
la mi-avril.　　**2.** Lapsus pour : 21 mars, à corriger aussi dans les
pages suivantes. Ce serait donc le 19 mars (ou plutôt le dimanche
18 mars) que Chateaubriand aurait vu Napoléon pour la seconde et
dernière fois.　　**3.** Adjectif rare qu'on retrouve au chap. 6 du
livre XXI (*infra*, p. 508 : « le visage hâve et dévalé »). Il est en général
interprété comme le participe du verbe *dévaler*, encore attesté par *Trévoux* au sens de : (faire) descendre, tomber. Chateaubriand voudrait
alors parler de joues « tombantes » ou « creuses », comme Du Bellay
dans *Les Antiquités de Rome* : « Le corps de Rome en cendre est deval-
lé ». Mais peut-être faut-il le rattacher à son emploi, usuel dans la

et brouillé, son air sombre et terrible. L'attrait qui m'avait précédemment poussé vers lui, cessa ; au lieu de rester sur son passage, je fis un mouvement afin de l'éviter. Il me jeta un regard comme pour chercher à me reconnaître, dirigea quelques pas vers moi, puis se détourna et s'éloigna. Lui aurais-je apparu comme un avertissement ? Son aide-de-camp me remarqua ; quand la foule me couvrait, cet aide-de-camp essayait de m'entrevoir entre les personnages placés devant moi, et rentraînait le Consul de mon côté. Ce jeu continua près d'un quart d'heure, moi toujours me retirant, Napoléon me suivant toujours sans s'en douter. Je n'ai jamais pu m'expliquer ce qui avait frappé l'aide-de-camp. Me prenait-il pour un homme suspect qu'il n'avait jamais vu ? Voulait-il, s'il savait qui j'étais, forcer Bonaparte à s'entretenir avec moi ? Quoi qu'il en soit, Napoléon passa dans un autre salon. Satisfait d'avoir rempli ma tâche en me présentant aux Tuileries, je me retirai. À la joie que j'ai toujours éprouvée en sortant d'un château, il est évident que je n'étais pas fait pour y entrer.

Retourné à l'hôtel de France, je dis à plusieurs de mes amis : « Il faut qu'il y ait quelque chose d'étrange que nous ne savons pas, car Bonaparte ne peut être changé à ce point, à moins d'être malade. » M. Bourienne a su ma singulière prévision, il a seulement confondu les dates ; voici sa phrase[1] : « En revenant de chez le Premier Consul, M. de Chateaubriand déclara à ses amis qu'il

---

langue du XVIe siècle, dans le contexte plus précis de la sépulture, dont *Huguet* cite de multiples exemples : Marot, *Epistres* 59 (« ... aussi pâle / Comme ceux qu'au sepulchre on devalle ») ; Ronsard, *Odes*, V, 20 (« ... un mort qu'on devalle en la fosse ») ; Antoine de Baïf (« Je sembloy de ma couleur palle / A ceux qu'en la tumbe on devalle ») ; etc. Dans ce cas, ce mot vieilli aurait survécu, dans le parler populaire ou provincial, pour désigner aussi la pâleur cadavérique.

1. Dans ses *Mémoires* (Ladvocat, 1829, t. V, p. 348), Bourrienne rapporte bien ces propos, mais ils auraient été tenus, selon lui, après une audience du Premier Consul qu'il situe dans la matinée même du 21 mars. Clausel, qui cite le passage dans ses *Notes* (voir p. 169, note 1), observe : « Tout est erroné dans cette narration (...). La visite de M. de Chateaubriand chez le Premier Consul (...) eut lieu quelques jours avant ».

avait remarqué chez le Premier Consul une grande altération et quelque chose de sinistre dans le regard. »

Oui, je le remarquai : une intelligence supérieure n'enfante pas le mal sans douleur, parce que ce n'est pas son
fruit naturel et qu'elle ne devait pas le porter.

Le surlendemain, 20 mars, je me levai de bonne
heure, pour un souvenir qui m'était triste et cher. M. de
Montmorin avait fait bâtir un hôtel au coin de la rue
Plumet[1], sur le boulevard neuf des Invalides. Dans le
jardin de cet hôtel, vendu pendant la Révolution,
madame de Beaumont, presque enfant, avait planté un
cyprès, et elle s'était plu quelquefois à me le montrer
en passant : c'était à ce cyprès, dont je savais seul
l'origine et l'histoire, que j'allais faire mes adieux. Il
existe encore, mais il languit et s'élève à peine à la
hauteur de la croisée sous laquelle une main qui s'est
retirée aimait à le cultiver. Je distingue ce pauvre arbre
entre trois ou quatre autres de son espèce ; il semble me
connaître et se réjouir quand j'approche ; des souffles
mélancoliques inclinent un peu vers moi sa tête jaunie,
et il murmure à la fenêtre de la chambre abandonnée :
intelligences mystérieuses entre nous, qui cesseront
quand l'un ou l'autre sera tombé.

Mon pieux tribut payé, je descendis le boulevard, traversai l'esplanade des Invalides, le pont Louis XVI et le
jardin des Tuileries, dont je sortis près du pavillon Marsan, à la grille qui s'ouvre aujourd'hui sur la rue de
Rivoli. Là, entre onze heures et midi, j'entendis un
homme et une femme qui criaient une nouvelle officielle ;
des passants s'arrêtaient, subitement pétrifiés par ces
mots : « Jugement de la commission militaire spéciale
convoquée à Vincennes, qui condamne à la peine de mort
LE NOMMÉ LOUIS-ANTOINE-HENRI DE BOURBON, NÉ LE 2 AOÛT
1772 À CHANTILLY. »

Ce cri tomba sur moi comme la foudre ; il changea ma
vie, de même qu'il changea celle de Napoléon. Je rentrai

---

1. Il existe toujours, au n° 27 de la rue Oudinot actuelle. Il abritait
alors la nonciature du cardinal Caprara. Pour la date, voir p. 166,
note 2.

chez moi ; je dis à madame de Chateaubriand : « Le duc d'Enghien vient d'être fusillé. » Je m'assis devant une table, et je me mis à écrire ma démission. Madame de Chateaubriand ne s'y opposa point et me vit écrire avec un grand courage. Elle ne se dissimulait pas mes dangers : on faisait le procès au général Moreau et à Georges Cadoudal ; le lion avait goûté le sang, ce n'était pas le moment de l'irriter.

M. Clausel de Coussergues[1] arriva sur ces entre-faites ; il avait aussi entendu crier l'arrêt. Il me trouva la plume à la main ; ma lettre, dont il me fit supprimer, par pitié pour madame de Chateaubriand, des phrases de colère[2], partit ; elle était au ministre des relations extérieures. Peu importait la rédaction : mon opinion et mon crime étaient dans le fait de ma démission : Bonaparte ne s'y trompa pas. Madame Bacciocchi jeta les hauts cris en apprenant ce qu'elle appelait ma *défection* ; elle m'envoya chercher et me fit les plus vifs reproches. M. de Fontanes qui agit ensuite avec une amitié intrépide, devint presque fou de peur, au premier

---

1. Jean-Claude Clausel de Coussergues (1759-1846), originaire du Rouergue, ancien conseiller à la Cour des Aides de Montpellier (où il avait eu pour collègue Cambacérès), avait émigré (armée de Condé) puis regagné la France en 1797. Propriétaire à Coussergues (Aveyron) dont il était le maire, ami de Fontanes, il fut aussi, sous le Consulat, éditeur et journaliste. À partir de 1804, fort apprécié aussi par Mme de Chateaubriand, il deviendra un des plus fidèles amis du ménage. Élu député au Corps Législatif le 17 février 1807, réélu le 6 janvier 1813, Clausel votera la déchéance de Napoléon, le 3 avril 1814, avant de poursuivre, sous la Restauration, une carrière politique sous la bannière ultra. Au mois de juillet 1832, il avait rédigé, « pour (ses) enfants », des « Notes relatives à M. de Chateaubriand » qu'il communiqua au mémorialiste juste avant le départ de ce dernier pour la Suisse. Son récit de la journée du 21 mars concorde, à quelques heures près, avec celui de Chateaubriand. Cf. le *Cahier rouge*, p. 49.   **2.** Datée du 1er germinal an XII/22 mars 1804, elle est en effet rédigée en termes mesurés : « Citoyen Ministre, Les médecins viennent de me déclarer que Mme de Chateaubriand est dans un état de santé qui fait craindre pour sa vie. Ne pouvant absolument pas quitter ma femme dans une pareille circonstance », etc.

moment[1] ; il me réputait fusillé avec toutes les personnes qui m'étaient attachées. Pendant plusieurs jours, mes amis restèrent dans la crainte de me voir enlever par la police ; ils se présentaient chez moi d'heure en heure, et toujours en frémissant, quand ils abordaient la loge du portier. M. Pasquier vint m'embrasser le lendemain de ma démission, disant qu'on était heureux d'avoir un ami tel que moi. Il demeura un temps assez considérable dans une honorable modération éloigné des places et du pouvoir.

Néanmoins, ce mouvement de sympathie, qui nous emporte à la louange d'une action généreuse, s'arrêta. J'avais accepté, en considération de la religion, une place hors de France, place que m'avait conférée un génie puissant, vainqueur de l'anarchie, un chef sorti du principe populaire, le *consul* d'une *république*, et non un roi continuateur d'une *monarchie* usurpée ; alors, j'étais isolé dans mon sentiment, parce que j'étais conséquent dans ma conduite ; je me retirai quand les conditions auxquelles je pouvais souscrire s'altérèrent ; mais aussitôt que le héros se fut changé en meurtrier, on se précipita dans ses antichambres[2]. Six mois après le 20 mars, on eût pu croire qu'il n'y avait plus qu'une opinion dans la haute société, sauf de méchants quolibets que l'on se permettait à huis-clos. Les personnes *tombées* prétendaient avoir été *forcées*, et l'on ne *forçait*, disait-on, que ceux qui avaient un grand nom ou une grande importance, et chacun, pour prouver son importance ou ses quartiers, obtenait d'être *forcé* à force de sollicitations.

Ceux qui m'avaient le plus applaudi s'éloignèrent ; ma présence leur était un reproche : les gens prudents

---

1. Chateaubriand se contente de reprendre ici une formule du *Cahier rouge* qu'il adoucit. Fontanes, qui présidait le Corps Législatif, devait prononcer le 24 mars le discours de clôture de la session ; on imagine sa position !   **2.** Chateaubriand ne se fait aucune illusion sur les réactions des Français au lendemain du 21 mars. Les mémorialistes contemporains ont du reste souligné le caractère isolé de son geste : « le seul acte de courage qui eut lieu à cette époque », dit Bourrienne ; « le seul acte éclatant de réprobation contre le gouvernement », écrit Mme de Chastenay (*Mémoires*, Perrin, 1987, p. 334).

trouvent de l'imprudence dans ceux qui cèdent à l'honneur. Il y a des temps où l'élévation de l'âme est une véritable infirmité ; personne ne la comprend ; elle passe pour une espèce de borne d'esprit, pour un préjugé, une habitude inintelligente d'éducation, une lubie, un travers qui vous empêche de juger les choses ; imbécillité honorable peut-être, dit-on, mais ilotisme stupide. Quelle capacité peut-on trouver à n'y voir goutte, à rester étranger à la marche du siècle, au mouvement des idées, à la transformation des mœurs, au progrès de la société ? N'est-ce pas une méprise déplorable que d'attacher aux événements une importance qu'ils n'ont pas ? Barricadé dans vos étroits principes, l'esprit aussi court que le jugement, vous êtes comme un homme logé sur le derrière d'une maison, n'ayant vue que sur une petite cour, ne se doutant ni de ce qui se passe dans la rue, ni du bruit qu'on entend au dehors. Voilà où vous réduit un peu d'indépendance, objet de pitié que vous êtes pour la médiocrité : quant aux grands esprits à l'orgueil affectueux et aux yeux sublimes, *oculos sublimes*, leur dédain miséricordieux vous pardonne, parce qu'ils savent que vous ne *pouvez pas entendre*[1]. Je me renfonçai donc humblement dans ma carrière littéraire ; pauvre Pindare destiné à chanter dans la première Olympique *l'excellence de l'eau*[2], laissant le vin aux heureux.

L'amitié rendit le cœur à M. de Fontanes ; madame Bacciocchi plaça sa bienveillance entre la colère de son frère et ma résolution ; M. de Talleyrand, indifférence ou calcul, garda ma démission plusieurs jours avant d'en parler : quand il l'annonça à Bonaparte, celui-ci avait eu le temps de réfléchir. En recevant de ma part la seule et directe marque de blâme d'un honnête homme qui ne craignait pas de le braver, il ne prononça que ces deux

---

1. Allusions ironiques : à un passage des Proverbes (VI, 17) où le *regard altier* est abominé par Dieu au même titre qu'une « langue menteuse, des mains qui répandent le sang innocent, un cœur qui médite des crimes, des pieds empressés au mal, un faux témoin qui profère des mensonges et le semeur de litiges entre frères » ; mais aussi à la surdité spirituelle du pécheur endurci dans Isaïe, VI, 10, ou Matthieu, XIII, 14.   2. C'est le premier vers : Ἄριστον μὲν ὕδωρ...

mots : « C'est bon. » Plus tard il dit à sa sœur : « Vous avez eu bien peur pour votre ami. » Longtemps après, en causant avec M. de Fontanes, il lui avoua que ma démission était une des choses qui l'avaient le plus frappé. M. de Talleyrand me fit écrire une lettre de bureau dans laquelle il me reprochait gracieusement d'avoir privé son département de mes talents et de mes services[1]. Je remis les frais d'établissement[2], et tout fut fini en apparence. Mais en osant quitter Bonaparte, je m'étais placé à son niveau, et il était animé contre moi de toute sa forfaiture, comme je l'étais contre lui de toute ma loyauté. Jusqu'à sa chute, il a tenu le glaive suspendu sur ma tête ; il revenait quelquefois à moi par un penchant naturel et cherchait à me noyer dans ses fatales prospérités ; quelquefois, j'inclinais vers lui par l'admiration qu'il m'inspirait, par l'idée que j'assistais à une transformation sociale, non à un simple changement de dynastie : mais antipathiques sous beaucoup de rapports, nos deux natures reparaissaient, et s'il m'eût fait fusiller volontiers, en le tuant je n'aurais pas senti beaucoup de peine.

La mort fait ou défait un grand homme ; elle l'arrête au pas qu'il allait descendre, ou au degré qu'il allait monter : c'est une destinée accomplie ou manquée ; dans le premier cas, on en est à l'examen de ce qu'elle a été ; dans le second, aux conjectures de ce qu'elle aurait pu devenir.

Si j'avais rempli un devoir dans des vues lointaines d'ambition, je me serais trompé. Charles X n'a appris qu'à Prague ce que j'avais fait en 1804 : il revenait de la monarchie. « Chateaubriand », me dit-il au château de Hradschin, « vous aviez servi Bonaparte ? – Oui, sire. – Vous avez donné votre démission à la mort de M. le duc d'Enghien ? – Oui, sire. » Le malheur instruit ou rend la mémoire. Je vous ai raconté qu'un jour, à Londres, réfugié avec M. de Fontanes dans une allée pendant une

---

1. Datée du 12 germinal an XII/2 avril 1804, la lettre du ministre se termine en effet par cette formule. 2. Le remboursement de ces douze mille francs, déjà employés « en linge et argenterie », obéra les dernières économies de Mme de Chateaubriand (voir *Cahier rouge*, p. 50).

averse, M. le duc de Bourbon se vint cacher sous le même abri[1] : en France, son vaillant père et lui, qui remerciaient si poliment quiconque écrivait l'oraison funèbre de M. le duc d'Enghien, ne m'ont pas adressé un souvenir : ils ignoraient sans doute aussi ma conduite : il est vrai que je ne leur en ai jamais parlé.

(2)

Chantilly, novembre 1838[2].

MORT DU DUC D'ENGHIEN.

Comme aux oiseaux voyageurs, il me prend au mois d'octobre une inquiétude qui m'obligerait à changer de climat, si j'avais encore la puissance des ailes et la légèreté des heures : les nuages qui volent à travers le ciel me donnent envie de fuir. Afin de tromper cet instinct, je suis accouru à Chantilly. J'ai erré sur la pelouse où de vieux gardes se traînent à l'orée des bois. Quelques corneilles, volant devant moi, par-dessus des genêts, des taillis, des clairières, m'ont conduit aux étangs de Commelle. La mort a soufflé sur les amis qui m'accompagnèrent jadis au château de la reine Blanche : les sites de ces solitudes n'ont été qu'un horizon triste, entr'ouvert un moment du côté de mon passé. Aux jours de René, j'aurais trouvé des mystères de la vie dans le ruisseau de la Thève : il dérobe sa course parmi des prêles et des mousses ; des roseaux le voilent ; il meurt dans ces étangs qu'alimente

---

1. Voir livre XI, chap. 3.   **2.** C'est en réalité le 28 octobre 1837 que Chateaubriand quitta Paris pour aller passer une douzaine de jours à Chantilly, en compagnie de son secrétaire Pilorge, pour mettre au point le manuscrit du *Congrès de Vérone*. Si donc les chapitres qui suivent furent bien rédigés au mois de novembre 1838, ce ne fut pas à Chantilly, mais dans le rez-de-chaussée de la rue du Bac, que les Chateaubriand occupaient depuis le mois de juillet.

sa jeunesse, sans cesse expirante, sans cesse renouvelée : ces ondes me charmaient quand je portais en moi le désert avec les fantômes qui me souriaient, malgré leur mélancolie, et que je parais de fleurs.

Revenant le long des haies à peine tracées, la pluie m'a surpris ; je me suis réfugié sous un hêtre : ses dernières feuilles tombaient comme mes années ; sa cime se dépouillait comme ma tête ; il était marqué au tronc d'un cercle rouge, pour être abattu comme moi. Rentré à mon auberge, avec une moisson de plantes d'automne et dans des dispositions peu propres à la joie, je vous raconterai la mort de M. le duc d'Enghien, à la vue des ruines de Chantilly.

Cette mort, dans le premier moment, glaça d'effroi tous les cœurs ; on appréhenda le revenir du règne de Robespierre. Paris crut revoir un de ces jours qu'on ne voit qu'une fois, le jour de l'exécution de Louis XVI. Les serviteurs, les amis, les parents de Bonaparte étaient consternés. À l'étranger, si le langage diplomatique étouffa subitement la sensation populaire, elle n'en remua pas moins les entrailles de la foule. Dans la famille exilée des Bourbons, le coup pénétra d'outre en outre : Louis XVIII renvoya au roi d'Espagne l'ordre de la Toison-d'Or, dont Bonaparte venait d'être décoré ; le renvoi était accompagné de cette lettre, qui fait honneur à l'âme royale :

« Monsieur et cher cousin, il ne peut y avoir rien de commun entre moi et le grand criminel que l'audace et la fortune ont placé sur un trône qu'il a eu la barbarie de souiller du sang pur d'un Bourbon, le duc d'Enghien. La religion peut m'engager à pardonner à un assassin ; mais le tyran de mon peuple doit toujours être mon ennemi. La Providence, par des motifs inexplicables, peut me condamner à finir mes jours en exil ; mais jamais ni mes contemporains, ni la postérité ne pourront dire que, dans le temps de l'adversité, je me sois montré indigne d'occuper, jusqu'au dernier soupir, le trône de mes ancêtres. »

Il ne faut point oublier un autre nom, qui s'associe au nom du duc d'Enghien : Gustave-Adolphe, le détrôné et le banni, fut le seul des rois alors régnants [1] qui osa élever la voix pour sauver le jeune prince français. Il fit partir de Carlsruhe un aide-de-camp porteur d'une lettre à Bonaparte ; la lettre arriva trop tard : le dernier des Condé n'existait plus. Gustave-Adolphe renvoya au roi de Prusse le cordon de l'Aigle-Noir, comme Louis XVIII avait renvoyé la Toison-d'Or au roi d'Espagne. Gustave déclarait à l'héritier du grand Frédéric que, « d'après les *lois de la chevalerie*, il ne pouvait pas consentir à être le frère d'armes de l'assassin du duc d'Enghien ». (Bonaparte avait l'Aigle-Noir.) Il y a je ne sais quelle dérision amère dans ces souvenirs presque insensés de chevalerie, éteints partout, excepté au cœur d'un roi malheureux pour un ami assassiné ; nobles sympathies de l'infortune, qui vivent à l'écart sans être comprises, dans un monde ignoré des hommes !

Hélas ! nous avions passé à travers trop de despotismes différents, nos caractères, domptés par une suite de maux et d'oppressions, n'avaient plus assez d'énergie pour qu'à propos de la mort du jeune Condé notre douleur portât longtemps le crêpe : peu à peu les larmes se tarirent ; la peur déborda en félicitations sur les dangers auxquels le Premier Consul venait d'échapper ; elle pleurait de reconnaissance d'avoir été sauvée par une si sainte immolation. Néron, sous la dictée de Sénèque, écrivit au sénat une lettre apologétique du meurtre d'Agrippine [2] ; les sénateurs, transportés, comblèrent de bénédictions le fils magnanime qui n'avait pas craint de s'arracher le cœur par un parricide tant salutaire ! La société retourna vite à ses plaisirs ; elle avait frayeur de son deuil : après la Terreur, les victimes épargnées dansaient, s'efforçaient de paraître heureuses, et, craignant d'être soupçonnées coupables de mémoire, elles avaient la même gaieté qu'en allant à l'échafaud.

---

1. Gustave IV (1778-1837) régna sur la Suède de 1792 à 1809. Ami du prince, il protesta contre son enlèvement, rappela son ambassadeur à Paris, enfin refusa de reconnaître Napoléon comme empereur. Le 26 thermidor an XII/14 août 1804, le *Moniteur* devait publier un article vengeur contre le « Don Quichotte du Nord », qui fut bientôt chassé du pouvoir. Voir *infra*, p. 456.   **2.** Voir *Annales*, XIV, 11, 3.

Ce ne fut pas de but en blanc et sans précaution que l'on arrêta le duc d'Enghien[1] ; Bonaparte s'était fait rendre compte du nombre de Bourbons en Europe. Dans un conseil où furent appelés MM. de Talleyrand et Fouché, on reconnut que le duc d'Angoulême était à Varsovie avec Louis XVIII ; le comte d'Artois et le duc de Berry à Londres, avec les princes de Condé et de Bourbon. Le plus jeune des Condé était à Ettenheim, dans le duché de Bade. Il se trouva que MM. Taylor et Drake, agents anglais, avaient noué des intrigues de ce côté. Le duc de Bourbon, le 16 juin 1803, mit en garde son petit-fils[2] contre une arrestation possible, par un billet à lui adressé de Londres et que l'on conserve. Bonaparte appela auprès de lui les deux consuls ses collègues ; il fit d'abord d'amers reproches à M. Réal[3] de l'avoir laissé ignorer ce qu'on projetait contre lui. Il écouta patiemment les objections : ce fut Cambacérès qui s'exprima avec le plus de vigueur. Bonaparte l'en remercia et passa outre. C'est ce que j'ai vu dans les *Mémoires* de Cambacérès, qu'un de ses neveux, M. de Cambacérès, pair de France, m'a permis de consulter, avec une obligeance dont je conserve un souvenir reconnaissant[4]. La bombe lancée ne revient pas ; elle va où le génie l'envoie, et tombe. Pour exécuter les ordres de Bonaparte, il fallait violer le territoire de l'Allemagne, et le territoire fut immédiatement violé. Le duc d'Enghien fut arrêté à Ettenheim. On ne trouva auprès de lui, au lieu du général Dumouriez, que

---

1. Le *Dictionnaire Napoléon* offre un exposé très clair de cette affaire, dû à Jean-Paul Bertaud, qui lui a par ailleurs consacré un ouvrage. Il apparaît que Chateaubriand a mené une enquête consciencieuse, utilisé tous les documents disponibles, pour conclure à la responsabilité fondamentale de Napoléon. Jugement aujourd'hui partagé par tous les historiens.   2. Lapsus pour : son fils. Malgré ces mises en garde, le jeune prince écrivait à Charles Stuart, le 12 février 1804 : « J'ose espérer que les Anglais me jugeront digne de combattre avec eux mes plus implacables ennemis ».   3. Pierre-François Réal (1757-1834), ancien substitut du procureur de la Commune, protégé de Barras, puis conseiller d'État, fut chargé, au début de 1804, de superviser les instructions en cours ; il occupera jusqu'en 1815 de hautes fonctions dans la police.   4. Consultation tardive, puisque leur correspondance à ce sujet date du mois de décembre 1845.

le marquis de Tuméry et quelques autres émigrés de peu de renom : cela aurait dû avertir de la méprise. Le duc d'Enghien est conduit à Strasbourg. Le commencement de la catastrophe de Vincennes nous a été raconté par le prince même : il a laissé un petit journal de route d'Ettenheim à Strasbourg[1] : le héros de la tragédie vient sur l'avant-scène prononcer ce prologue :

JOURNAL DU DUC D'ENGHIEN.

« Le jeudi 15 mars, à Ettenheim, ma maison cernée, dit le prince, par un détachement de dragons et des piquets de gendarmerie ; total, deux cents hommes environ, deux généraux, le colonel des dragons, le colonel Charlot de la gendarmerie de Strasbourg, à cinq heures (du matin). À cinq heures et demie, les portes enfoncées, emmené au Moulin, près la Tuilerie. Mes papiers enlevés, cachetés. Conduit dans une charrette, entre deux haies de fusiliers, jusqu'au Rhin. Embarqué pour Rhisnau. Débarqué et marché à pied jusqu'à Pfortsheim. Déjeuné à l'auberge. Monté en voiture avec le colonel Charlot, le maréchal-des-logis de la gendarmerie, un gendarme sur le siège et Grunstein. Arrivé à Strasbourg, chez le colonel Charlot, vers cinq heures et demie. Transféré une demi-heure après, dans un fiacre, à la citadelle...............................
....
Dimanche 18, on vient m'enlever à une heure et demie du matin. On ne me laisse que le temps de m'habiller. J'embrasse mes malheureux compagnons, mes gens. Je pars seul avec deux officiers de gendarmerie et deux gendarmes. Le colonel Charlot m'a annoncé que nous allons chez le général de division, qui a reçu des ordres de Paris. Au lieu de cela, je trouve une voiture avec six chevaux de poste sur la place de l'Église. Le lieutenant Petermann y monte à côté de moi, le maréchal-des-logis Blitersdorff sur le siège, deux gendarmes en dedans, l'autre en dehors. »

---

1. Publié par Dupin dans sa brochure (voir chapitre suivant, note 1).

Ici le naufragé, prêt à s'engloutir, interrompt son journal de bord.

Arrivée vers les quatre heures du soir[1] à l'une des barrières de la capitale, où vient aboutir la route de Strasbourg, la voiture, au lieu d'entrer dans Paris, suivit le boulevard extérieur et s'arrêta au château de Vincennes. Le prince, descendu de la voiture dans la cour intérieure, est conduit dans une chambre de la forteresse, on l'y enferme et il s'endort. À mesure que le prince approchait de Paris, Bonaparte affectait un calme qui n'était pas naturel. Le 18 mars, il partit pour la Malmaison ; c'était le dimanche des Rameaux. Madame Bonaparte, qui, comme toute sa famille, était instruite de l'arrestation du prince, lui parla de cette arrestation. Bonaparte lui répondit : « Tu n'entends rien à la politique. » Le colonel Savary[2] était devenu un des habitués de Bonaparte. Pourquoi ? parce qu'il avait vu le Premier Consul pleurer à Marengo. Les hommes à part doivent se défier de leurs larmes, qui les mettent sous le joug des hommes vulgaires. Les larmes sont une de ces faiblesses par lesquelles un témoin peut se rendre maître des résolutions d'un grand homme.

On assure que le premier Consul fit rédiger tous les ordres pour Vincennes. Il était dit dans un de ces ordres, que si la condamnation prévue était une condamnation à mort, elle devrait être exécutée sur-le-champ. Je crois à cette version, bien que je ne puisse l'attester, puisque ces ordres manquent. Madame de Rémusat, qui, dans la soirée du 20 mars, jouait aux échecs à la Malmaison avec le Premier Consul, l'entendit murmurer quelques vers sur la clémence d'Auguste ; elle crut que Bonaparte revenait à lui et que le prince était sauvé. Non ; le destin avait prononcé son oracle. Lorsque Savary reparut à la Malmaison, madame Bonaparte devina tout le malheur. Le Premier

---

1. Le 20 mars 1804.   2. Jean-Marie Savary (1774-1833), alors jeune officier, avait annoncé au général Bonaparte la mort de Desaix, sur le champ de bataille de Marengo. Le Premier Consul le choisit comme aide de camp, le nomma colonel de la légion de gendarmerie, puis général le 29 août 1803. Il fut le 20 mars son mandataire auprès de Murat, puis de la commission militaire. Créé duc de Rovigo en 1808, il sera ministre de la police de 1810 à 1812.

Consul s'était enfermé seul pendant plusieurs heures. Et puis le vent souffla, et tout fut fini.

COMMISSION MILITAIRE NOMMÉE.

Un ordre de Bonaparte, du 29 ventôse an XII[1], avait arrêté qu'une commission militaire, composée de sept membres nommés par le général gouverneur de Paris (Murat), se réunirait à Vincennes, pour juger *le ci-devant duc d'Enghien, prévenu d'avoir porté les armes contre la République, etc.*

En exécution de cet arrêté, le même jour, 29 ventôse, Joachim Murat nomma, pour former ladite commission, les sept militaires ; à savoir :

Le général Hulin[2], commandant les grenadiers à pied de la garde des Consuls, président ;

Le colonel Guitton, commandant le 1er régiment de cuirassiers ;

Le colonel Bazancourt, commandant le 4e régiment d'infanterie légère ;

Le colonel Ravier, commandant le 18e régiment d'infanterie de ligne ;

Le colonel Barrois, commandant le 96e régiment d'infanterie de ligne ;

Le colonel Rabbe, commandant le 2e régiment de la garde municipale de Paris ;

Le citoyen d'Autancourt, major de la gendarmerie d'élite, qui remplira les fonctions de capitaine-rapporteur.

---

1. 20 mars 1804.   **2.** Pierre-Auguste Hulin (1758-1841) fut tiré de son obscurité par la prise de la Bastille. Commandant de la Garde Nationale de Paris, puis militaire de carrière (armée du Nord, Italie), il avait été nommé général de brigade (1803), commandant la garde consulaire. Il sera un peu plus tard gouverneur militaire de Paris ; c'est à ce titre qu'il fit échouer la conspiration de Malet (1812), non sans recevoir une horrible blessure, qui lui valut le sobriquet de *Bouffe-la-Balle* (voir le début du chap. 4).

INTERROGATOIRE DU CAPITAINE-RAPPORTEUR.

Le capitaine d'Autancourt, le chef d'escadron Jacquin, de la légion d'élite, deux gendarmes à pied du même corps, Lerva, Tharsis, et le citoyen Noirot, lieutenant au même corps, se rendent à la chambre du duc d'Enghien ; ils le réveillent : il n'avait plus que quatre heures à attendre, avant de retourner à son sommeil. Le capitaine-rapporteur, assisté de Molin, capitaine au 18e régiment, greffier choisi par ledit rapporteur, interroge le prince.

A lui demandé ses noms, prénoms, âge et lieu de naissance ?

A répondu se nommer Louis-Antoine-Henri de Bourbon, duc d'Enghien, né le 2 août 1772, à Chantilly.

A lui demandé où il a résidé depuis sa sortie de France ?

A répondu qu'après avoir suivi ses parents, le corps de Condé s'étant formé, il avait fait toute la guerre, et qu'avant cela, il avait fait la campagne de 1792, en Brabant, avec le corps de Bourbon.

A lui demandé s'il n'était point passé en Angleterre, et si cette puissance lui accorde toujours un traitement ?

A répondu n'y être jamais allé ; que l'Angleterre lui accorde toujours un traitement, et qu'il n'a que cela pour vivre.

A lui demandé quel grade il occupait dans l'armée de Condé ?

A répondu : commandant de l'avant-garde en 1796, avant cette campagne comme volontaire au quartier général de son grand-père et toujours, depuis 1796, comme commandant de l'avant-garde.

A lui demandé s'il connaissait le général Pichegru ; s'il a eu des relations avec lui ?

A répondu : Je ne l'ai, je crois, jamais vu. Je n'ai point eu de relations avec lui. Je sais qu'il a désiré me voir. Je me loue de ne l'avoir point connu, d'après les vils moyens dont on dit qu'il a voulu se servir, s'ils sont vrais.

A lui demandé s'il connaît l'ex-général Dumouriez, et s'il a des relations avec lui ?

A répondu : Pas davantage.

De quoi a été dressé le présent qui a été signé par le duc d'Enghien, le chef d'escadron Jacquin, le lieutenant Noirot, les deux gendarmes et le capitaine-rapporteur.

Avant de signer le présent procès-verbal, le duc d'Enghien a dit : « Je fais avec instance la demande d'avoir une audience particulière du Premier Consul. Mon nom, mon rang, ma façon de penser et l'horreur de ma situation me font espérer qu'il ne se refusera pas à ma demande. »

SÉANCE ET JUGEMENT DE LA COMMISSION MILITAIRE.

À deux heures du matin, 21 mars, le duc d'Enghien fut amené dans la salle où siégeait la commission et répéta ce qu'il avait dit dans l'interrogatoire du capitaine-rapporteur. Il persista dans sa déclaration : il ajouta qu'il était prêt à faire la guerre, et qu'il désirait avoir du service dans la nouvelle guerre de l'Angleterre contre la France. « Lui ayant été demandé s'il avait quelque chose à présenter dans ses moyens de défense, a répondu n'avoir rien à dire de plus.

« Le président fait retirer l'accusé ; le conseil délibérant à huis-clos, le président recueille les voix, en commençant par le plus jeune en grade ; ensuite, ayant émis son opinion le dernier, l'unanimité des voix a déclaré le duc d'Enghien coupable, et lui a appliqué l'article... de la loi du... ainsi conçu... et en conséquence l'a condamné à la peine de mort. Ordonne que le présent jugement sera exécuté de suite à la diligence du capitaine-rapporteur, après en avoir donné lecture au condamné, en présence des différents détachements des corps de la garnison.

« Fait, clos et jugé sans désemparer à Vincennes les jour, mois et an que dessus et avons signé. »

La fosse étant *faite, remplie et close*, dix ans d'oubli, de consentement général et de gloire inouïe s'assirent dessus ; l'herbe poussa au bruit des salves qui annonçaient des victoires, aux illuminations qui éclairaient le sacre pontifical, le mariage de la fille des Césars ou la naissance du roi de Rome. Seulement de rares affligés rôdaient dans le bois, aventurant un regard furtif au bas du fossé vers l'endroit lamentable, tandis que quelques prisonniers l'apercevaient du haut du donjon qui les enfermait. La Restauration vint : la terre de la tombe fut remuée et avec elle les consciences ; chacun alors crut devoir s'expliquer. M. Dupin aîné publia sa discussion ; M. Hulin, président de la commission militaire, parla ; M. le duc de Rovigo entra dans la controverse en accusant M. de Talleyrand ; un tiers répondit pour M. de Talleyrand et Napoléon éleva sa grande voix sur le rocher de Sainte-Hélène.

Il faut reproduire et étudier ces documents, pour assigner à chacun la part qui lui revient et la place qu'il doit occuper dans ce drame. Il est nuit, et nous sommes à Chantilly ; il était nuit quand le duc d'Enghien était à Vincennes.

(3)

Chantilly, novembre 1838.

Année de ma vie, 1804.

Lorsque M. Dupin publia sa brochure [1], il me l'envoya avec cette lettre :

« Paris, ce 10 novembre 1823.

« Monsieur le vicomte,

« Veuillez recevoir un exemplaire de ma publication relative à l'assassinat du duc d'Enghien.

« Il y a longtemps qu'elle eût paru, si je n'avais voulu, avant tout, respecter la volonté de monseigneur le duc de Bourbon, qui, ayant eu connaissance de mon travail, m'avait fait exprimer son désir que cette déplorable affaire ne fût point exhumée.

« Mais la Providence ayant permis que d'autres prissent l'initiative, il est devenu nécessaire de faire connaître la vérité, et après m'être assuré qu'on ne persistait plus à me faire garder le silence, j'ai parlé avec franchise et sincérité.

« J'ai l'honneur d'être avec un profond respect,

« Monsieur le vicomte,

« De votre Excellence, le très humble et très obéissant serviteur,

« Dupin. »

---

1. *Pièces judiciaires et historiques relatives au procès du duc d'Enghien avec le Journal de ce prince depuis l'instant de son arrestation, précédées de la discussion des actes de la commission militaire* (...), Baudoin, 1823. Jean-Jacques Dupin aîné (1783-1865), juriste libéral, député de 1827 à 1848, devait participer à la révolution de Juillet, qui le nomma procureur général auprès de la Cour de Cassation. Dès le début de la Restauration, il avait publié une brochure sur la *Libre Défense des accusés.*

M. Dupin que je félicitai et remerciai, révèle dans sa lettre d'envoi un trait ignoré et touchant des nobles et miséricordieuses vertus du père de la victime. M. Dupin commence ainsi sa brochure :

« La mort de l'infortuné duc d'Enghien est un des événements qui ont le plus affligé la nation française : il a déshonoré le gouvernement consulaire.

« Un jeune prince, à la fleur de l'âge, surpris par trahison sur un sol étranger, où il dormait en paix sous la protection du droit des gens ; entraîné violemment vers la France ; traduit devant de prétendus juges qui, en aucun cas, ne pouvaient être les siens ; accusé de crimes imaginaires ; privé du secours d'un défenseur ; interrogé et condamné à huis-clos ; mis à mort de nuit dans les fossés du château-fort qui servait de prison d'État, tant de vertus méconnues, de si chères espérances détruites, feront à jamais de cette catastrophe un des actes les plus révoltants auxquels ait pu s'abandonner un gouvernement absolu !

« Si aucune forme n'a été respectée ; si les juges étaient incompétents ; s'ils n'ont pas même pris la peine de relater dans leur arrêt la date et le texte des lois sur lesquelles ils prétendaient appuyer cette condamnation ; si le malheureux duc d'Enghien a été fusillé en vertu d'une sentence *signée en blanc*... et qui n'a été régularisée qu'après coup ! alors ce n'est plus seulement l'innocente victime d'une erreur judiciaire ; la chose reste avec son véritable nom : c'est un odieux assassinat. »

Cet éloquent exorde conduit M. Dupin à l'examen des pièces : il montre d'abord l'illégalité de l'arrestation ; le duc d'Enghien n'a point été arrêté en France ; il n'était point prisonnier de guerre, puisqu'il n'avait pas été pris les armes à la main ; il n'était pas prisonnier à titre civil, car l'extradition n'avait pas été demandée ; c'était un emparement violent de la personne, comparable aux captures que font les pirates de Tunis et d'Alger, une course de voleurs, *incursio latronum*.

Le jurisconsulte passe à l'incompétence de la commission militaire ; la connaissance de prétendus complots tramés contre l'État n'a jamais été attribuée aux commissions militaires.

Vient après cela l'examen du jugement :

« L'interrogatoire (c'est M. Dupin qui continue de parler) a lieu le 29 ventôse à minuit. Le 30 ventôse, à deux heures du matin, le duc d'Enghien est introduit devant la commission militaire.

« Sur la minute du jugement on lit : Aujourd'hui, le 30 ventôse an XII de la République, *à deux heures du matin :* ces mots, *deux heures du matin*, qui n'y ont été mis que parce qu'en effet, il était cette heure-là, sont effacés sur la minute, sans avoir été remplacés par d'autre indication.

« Pas un seul témoin n'a été ni entendu, ni produit contre l'accusé.

« L'accusé *est déclaré coupable !* Coupable de quoi ? Le jugement ne le dit pas.

« Tout jugement qui prononce une peine doit contenir la citation de la loi en vertu de laquelle la peine est appliquée.

« Eh bien, ici, aucune de ces formes n'a été remplie ; aucune mention n'atteste au procès-verbal que les commissaires aient eu sous les yeux un *exemplaire de la loi ;* rien ne constate que le président en ait *lu le texte* avant de l'appliquer. Loin de là, le jugement, dans sa forme matérielle, offre la preuve que les commissaires ont condamné sans savoir ni la date, ni la teneur de la loi ; car ils ont *laissé en blanc*, dans la minute de la sentence, et la date de la loi et le numéro de l'article, et la place destinée à recevoir son texte. Et cependant c'est sur la minute d'une sentence constituée dans cet état d'imperfection, que le plus noble sang a été versé par des bourreaux !

« La délibération doit être secrète ; mais la prononciation du jugement doit être publique ; c'est encore la Loi qui nous le dit. Or, le jugement du 30 ventôse dit bien : Le conseil délibérant à *huis clos* ; mais on n'y trouve pas la mention que l'on ait rouvert les portes, on n'y voit pas exprimé que le résultat de la délibération ait été prononcé en séance publique. Il le dirait, y pourrait-on croire ? Une séance publique, à deux heures du matin, dans le donjon de Vincennes, lorsque toutes les issues du château étaient gardées par des gendarmes d'élite ! Mais, enfin, on n'a pas même pris la précaution de recourir au mensonge ; le jugement est muet sur ce point.

« Ce jugement est signé par le président et les six autres commissaires, y compris le rapporteur, mais il est à remarquer que la minute *n'est pas signée par le greffier*, dont le concours, cependant, était nécessaire pour lui donner authenticité.

« La sentence est terminée par cette terrible formule : *Sera exécuté* DE SUITE, *à la diligence du capitaine-rapporteur.*

« DE SUITE ! mots désespérants qui sont l'ouvrage des juges ! DE SUITE ! Et une loi expresse, celle du 15 brumaire an VI, accordait le recours en révision contre tout jugement militaire ! »

M. Dupin, passant à l'exécution, continue ainsi :

« Interrogé de nuit, jugé de nuit, le duc d'Enghien a été tué de nuit. Cet horrible sacrifice devait se consommer dans l'ombre, afin qu'il fût dit que toutes les lois avaient été violées, toutes, même celles qui prescrivaient la publicité de l'exécution. »

Le jurisconsulte vient aux irrégularités dans l'instruction : « L'article 19 de la loi du 13 brumaire an V porte qu'après avoir clos l'interrogatoire, le rapporteur dira au prévenu de *faire choix d'un ami pour défenseur.* – Le prévenu aura *la faculté de choisir ce défenseur* dans toutes les classes de citoyens présents sur les lieux ; s'il déclare qu'il ne peut faire ce choix, le rapporteur le fera pour lui.

« Ah ! sans doute le prince n'avait point d'*amis*[*] parmi ceux qui l'entouraient ; la cruelle déclaration lui en fut faite par un des fauteurs[1] de cette horrible

---

[*] Allusion à une abominable réponse qu'on aurait faite, dit-on, à M. le duc d'Enghien.

---

1. Voir livre V, chap. 13.

scène !... Hélas ! que n'étions-nous présents ? que ne fut-il permis au prince de faire un appel au barreau de Paris ? Là, il eût trouvé des amis de son malheur, des défenseurs de son infortune. C'est en vue de rendre ce jugement présentable aux yeux du public qu'on paraît avoir préparé plus à loisir une nouvelle rédaction. La substitution tardive d'une seconde rédaction, en apparence plus régulière que la première (bien qu'également injuste), n'ôte rien à l'odieux d'avoir fait périr le duc d'Enghien sur un croquis de jugement signé à la hâte, et qui n'avait pas encore reçu son complément. »

Telle est la lumineuse brochure de M. Dupin. Je ne sais toutefois si, dans un acte de la nature de celui qu'examine l'auteur, le plus ou le moins de régularité tient une place importante : qu'on eût étranglé le duc d'Enghien dans une chaise de poste de Strasbourg à Paris, ou qu'on l'ait tué dans le bois de Vincennes, la chose est égale. Mais n'est-il pas providentiel de voir des hommes, après longues années, les uns démontrer l'irrégularité d'un meurtre auquel ils n'avaient pris aucune part, les autres accourir, sans qu'on le leur demandât, devant l'accusation publique ? Qu'ont-ils donc entendu ? quelle voix d'en haut les a sommés de comparaître ?

(4)

Chantilly, novembre 1838.

Le général Hulin.

Après le grand jurisconsulte, voici venir un vétéran aveugle : il a commandé les grenadiers de la Vieille Garde ; c'est tout dire aux braves. Sa dernière blessure, il l'a reçue de Malet, dont le plomb impuissant est resté perdu dans un visage qui ne s'est jamais détourné du boulet. *Frappé de cécité, retiré du monde, n'ayant pour consolations que les soins de sa famille* (ce sont ses propres paroles), le juge du duc d'Enghien semble sortir de son tombeau à l'appel du souverain Juge ; il plaide sa cause sans se faire illusion et sans s'excuser[1] :

« Qu'on ne se méprenne point, dit-il, sur mes intentions. Je n'écris point par peur, puisque ma personne est sous la protection de lois émanées du trône même, et que sous le gouvernement d'un roi juste, je n'ai rien à redouter de la violence et de l'arbitraire. J'écris pour dire la vérité, même en tout ce qui peut m'être contraire. Ainsi, je ne prétends justifier ni la forme ni le fond du jugement, mais je veux montrer sous l'empire et au milieu de quel concours de circonstances il a été rendu ; je veux éloigner de moi et de mes collègues l'idée que nous ayons agi comme des hommes de parti. Si l'on doit nous blâmer encore, je veux aussi qu'on dise de nous : *Ils ont été bien malheureux !* »

Le général Hulin affirme que, nommé président d'une commission militaire, il n'en connaissait pas le but ; qu'arrivé à Vincennes, il l'ignorait encore ; que les autres membres de la commission l'ignoraient également ; que le commandant du château, M. Harel[2], étant interrogé, lui dit ne savoir rien lui-même, ajoutant ces paroles : « Que voulez-vous ? je ne suis plus rien ici. Tout se fait sans mes ordres et ma participation : c'est un autre qui commande ici. »

Il était dix heures du soir, quand le général Hulin fut tiré de son incertitude par la communication des pièces. – L'audience fut ouverte à minuit, lorsque l'examen du prisonnier par le capitaine-rapporteur eut été fini. « La lecture des pièces, dit le président de la commission, donna lieu à un incident. Nous remarquâmes qu'à la fin de l'interrogatoire subi devant le capitaine-rapporteur, le prince, avant de signer, *avait tracé, de sa propre main, quelques lignes où il exprimait le désir d'avoir une expli-*

---

1. Dans une brochure intitulée *Explications offertes aux hommes impartiaux*, parue comme la précédente chez Baudoin frères (1823).   2. Le capitaine Jacques Harel avait obtenu ce poste après avoir infiltré, puis dénoncé un réseau de conjurés contre le Premier Consul (*Mémoires* de Bourrienne, 1829, t. IV, p. 190 et suivantes).

cation avec le Premier Consul. Un membre fit la proposition de transmettre cette demande au gouvernement. La commission y déféra ; mais, au même instant, le général, qui était venu se poster derrière mon fauteuil, nous représenta que cette demande était *inopportune*. D'ailleurs, nous ne trouvâmes dans la loi aucune disposition qui nous autorisât à surseoir. La commission passa donc outre, se réservant, après les débats, de satisfaire au vœu du prévenu. »

Voilà ce que raconte le général Hulin. Or on lit cet autre passage dans la brochure du duc de Rovigo[1] : « Il y avait même assez de monde pour qu'il m'ait été difficile, étant arrivé des derniers, de pénétrer derrière le siège du président où je parvins à me placer. »

C'était donc le duc de Rovigo qui s'était *posté derrière le fauteuil* du président ? Mais lui, ou tout autre, ne faisant pas partie de la commission, avait-il le droit d'intervenir dans les débats de cette commission et de représenter qu'une demande était *inopportune ?*

Écoutons le commandant des grenadiers de la Vieille Garde parler du courage du jeune fils des Condé ; il s'y connaissait :

« Je procédai à l'interrogatoire du prévenu ; je dois le dire, il se présenta devant nous avec une noble assurance, repoussa loin de lui d'avoir trempé directement ou indirectement dans un complot d'assassinat contre la vie du Premier Consul ; mais il avoua aussi avoir porté les armes contre la France, disant avec un courage et une fierté qui ne nous permirent jamais, dans son propre intérêt, de le faire varier sur ce point : "*Qu'il avait soutenu les droits de sa famille, et qu'un Condé ne pouvait jamais rentrer en France que les armes à la main. Ma naissance, mon opinion*, ajouta-t-il, *me rendent à jamais l'ennemi de votre gouvernement*."

« La fermeté de ses aveux devenait désespérante pour ses juges. Dix fois nous le mîmes sur la voie de revenir

---

1. *Extraits des Mémoires du duc de Rovigo, concernant la catastrophe de M. le duc d'Enghien* (1823). Le texte intégral des *Mémoires* de Savary ne paraîtra qu'en 1828.

sur ses déclarations, toujours il persista d'une manière inébranlable : "*Je vois*, disait-il par intervalles, *les intentions honorables des membres de la commission, mais je ne peux me servir des moyens qu'ils m'offrent.*" Et sur l'avertissement que les commissions militaires jugeaient sans appel : "*Je le sais*, me répondit-il, *et je ne me dissimule pas le danger que je cours ; je désire seulement avoir une entrevue avec le Premier Consul.*" »

Est-il dans toute notre histoire une page plus pathétique ? La nouvelle France jugeant la France ancienne, lui rendant hommage, lui présentant les armes, lui faisant le salut du drapeau en la condamnant ; le tribunal établi dans la forteresse où le grand Condé, prisonnier, cultivait des fleurs : le général des grenadiers de la garde de Bonaparte, assis en face du dernier descendant du vainqueur de Rocroi, se sentant ému d'admiration devant l'accusé sans défenseur, abandonné de la terre, l'interrogeant tandis que le bruit du fossoyeur qui creusait la tombe, se mêlait aux réponses assurées du jeune soldat ! Quelques jours après l'exécution, le général Hulin s'écriait : « Ô le brave jeune homme ! quel courage ! Je voudrais mourir comme lui ! »

Le général Hulin, après avoir parlé de la *minute* et de la *seconde* rédaction du jugement, dit : « Quant à la seconde rédaction, la seule vraie, comme elle ne portait pas l'ordre *d'exécuter de suite*, mais seulement *de lire de suite* le jugement au condamné, *l'exécution de suite* ne serait pas le fait de la commission, mais seulement de ceux qui auraient pris sur leur responsabilité propre de brusquer cette fatale exécution.

« Hélas ! nous avions bien d'autres pensées ! À peine le jugement fut-il signé, que je me mis à écrire une lettre dans laquelle, me rendant en cela l'interprète du vœu unanime de la commission, j'écrivais au Premier Consul pour lui faire part du désir qu'avait témoigné le prince d'avoir une entrevue avec lui, et aussi pour le conjurer de remettre une peine que la rigueur de notre position ne nous avait pas permis d'éluder.

« C'est à cet instant qu'un homme, qui s'était constamment tenu dans la salle du conseil, et que je nommerais à l'instant, si je ne réfléchissais que, même en me défendant, il ne me convient pas d'accuser... – Que faites-vous là ? me dit-il en s'approchant de moi. – J'écris au Premier Consul, lui répondis-je, pour lui exprimer le vœu du conseil et celui du condamné. – Votre affaire est finie, me dit-il en reprenant la plume : maintenant cela me regarde.

« J'avoue que je crus, et plusieurs de mes collègues avec moi, qu'il voulait dire : *Cela me regarde d'avertir le Premier Consul.* La réponse, entendue en ce sens, nous laissait l'espoir que l'avertissement n'en serait pas moins donné. Et comment nous serait-il venu à l'idée que qui que ce fût auprès de nous, *avait l'ordre de négliger les formalités voulues par les lois ?* »

Tout le secret de cette funeste catastrophe est dans cette déposition. Le vétéran qui, toujours près de mourir sur le champ de bataille, avait appris de la mort le langage de la vérité, conclut par ces paroles :

« Je m'entretenais de ce qui venait de se passer sous le vestibule contigu à la salle des délibérations. Des conversations particulières s'étaient engagées ; j'attendais ma voiture, qui, n'ayant pu entrer dans la cour intérieure, non plus que celles des autres membres, retarda mon départ et le leur ; nous étions nous-mêmes enfermés, sans que personne pût communiquer au dehors, lorsqu'une explosion se fit entendre : bruit terrible qui retentit au fond de nos âmes et les glaça de terreur et d'effroi.

« Oui, je le jure au nom de tous mes collègues, cette exécution ne fut point autorisée par nous : notre jugement portait qu'il en serait envoyé une expédition au ministre de la guerre, au grand-juge ministre de la justice, et au général en chef gouverneur de Paris.

« L'ordre d'exécution[1] ne pouvait être régulièrement donné que par ce dernier ; les copies n'étaient point encore expédiées ; elles ne pouvaient pas être terminées avant qu'une partie de la journée ne fût écoulée. Rentré dans Paris, j'aurais été trouver le gouverneur, le Premier Consul, que sais-je ? Et tout à coup un bruit affreux vient nous révéler que le prince n'existe plus !

---

1. Sur ce problème, voir Appendice 3.

« Nous ignorions si celui qui a si cruellement précipité cette exécution funeste *avait des ordres : s'il n'en avait point, lui seul est responsable ; s'il en avait, la commission, étrangère à ces ordres, la commission, tenue en chartre privée*, la commission, dont le dernier vœu était pour le salut du prince, n'a pu ni en prévenir, ni en empêcher l'effet. On ne peut l'en accuser.

« Vingt ans écoulés n'ont point adouci l'amertume de mes regrets. Que l'on m'accuse d'ignorance, d'erreur, j'y consens ; qu'on me reproche une obéissance à laquelle aujourd'hui je saurais bien me soustraire dans de pareilles circonstances ; mon attachement à un homme que je croyais destiné à faire le bonheur de mon pays ; ma fidélité à un gouvernement que je croyais légitime alors et qui était en possession de mes serments ; mais que l'on me tienne compte, ainsi qu'à mes collègues, des circonstances fatales au milieu desquelles nous avons été appelés à prononcer. »

La défense est faible, mais vous vous repentez, général : paix vous soit[1]. Si votre arrêt est devenu la feuille de route du dernier Condé, vous irez rejoindre, à la garde avancée des morts, le dernier conscrit de notre ancienne patrie. Le jeune soldat se fera un plaisir de partager son lit avec le grenadier de la Vieille Garde ; la France de Fribourg et la France de Marengo dormiront ensemble.

---

1. C'est le salut adressé par le Christ ressuscité à ses apôtres (Luc, XXIV, 36 ; Jean, XX, 19, 21 et 26). C'est aussi la formule par laquelle le confesseur congédie le pénitent absous.

(5)

Chantilly, novembre 1838.

LE DUC DE ROVIGO.

M. le duc de Rovigo, en se frappant la poitrine, prend son rang dans la procession qui vient se confesser à la tombe. J'avais été longtemps sous le pouvoir du ministre de la police ; il tomba sous l'influence qu'il supposa m'être rendue au retour de la légitimité : il me communiqua une partie de ses *Mémoires*. Les hommes, dans sa position, parlent de ce qu'ils ont fait avec une merveilleuse candeur ; ils ne se doutent pas de ce qu'ils disent contre eux-mêmes : s'accusant sans s'en apercevoir, ils ne soupçonnent pas qu'il y ait une autre opinion que la leur, et sur les fonctions dont ils s'étaient chargés, et sur la conduite qu'ils ont tenue. S'ils ont manqué de fidélité, ils ne croient pas avoir violé leur serment ; s'ils ont pris sur eux des rôles qui répugnent à d'autres caractères, ils pensent avoir rendu de grands services. Leur naïveté ne les justifie pas, mais elle les excuse.

M. le duc de Rovigo me consulta sur les chapitres où il traite de la mort du duc d'Enghien ; il voulait connaître ma pensée, précisément parce qu'il savait ce que j'avais fait ; je lui sus gré de cette marque d'estime, et lui rendant franchise pour franchise, je lui conseillai de ne rien publier. Je lui dis : « Laissez mourir tout cela ; en France l'oubli ne se fait pas attendre. Vous vous imaginez laver Napoléon d'un reproche et rejeter la faute sur M. de Talleyrand ; or vous ne justifiez pas assez le premier, et n'accusez pas assez le second. Vous prêtez le flanc à vos ennemis ; ils ne manqueront pas de vous répondre. Qu'avez-vous besoin de faire souvenir le public que vous commandiez la gendarmerie d'élite à Vincennes ? Il ignorait la part directe que vous avez eue dans cette action de malheur, et vous la lui révélez. Général, jetez le manuscrit au feu : je vous parle dans votre intérêt. »

Imbu des maximes gouvernementales de l'Empire, le duc de Rovigo pensait que ces maximes convenaient également au trône légitime ; il avait la conviction que sa brochure lui rouvrirait la porte des Tuileries.

C'est en partie à la lumière de cet écrit que la postérité verra se dessiner les fantômes de deuil. Je voulus cacher l'inculpé venu me demander asile pendant la nuit ; il n'accepta point la protection de mon foyer.

M. de Rovigo fait le récit du départ de M. de Caulaincourt qu'il ne nomme point ; il parle de l'enlèvement d'Ettenheim, du passage du prisonnier à Strasbourg, et de son arrivée à Vincennes. Après une expédition sur les côtes de la Normandie, le général Savary était revenu à la Malmaison. Il est appelé à cinq heures du soir, le 19 mars 1804, dans le cabinet du Premier Consul, qui lui remet une lettre cachetée pour la porter au général Murat, gouverneur de Paris. Il vole chez le général, se croise avec le ministre des relations extérieures, reçoit l'ordre de prendre la gendarmerie d'élite et d'aller à Vincennes. Il s'y rend à huit heures du soir et voit arriver les membres de la commission. Il pénètre bientôt dans la salle où l'on jugeait le prince, le 20, à une heure du matin, et il va s'asseoir derrière le président. Il rapporte les réponses du duc d'Enghien, à peu près comme les rapporte le procès-verbal de l'unique séance. Il m'a raconté que le prince, après avoir donné ses dernières explications, ôta vivement sa casquette, la posa sur la table, et, comme un homme qui résigne sa vie, dit au président : « Monsieur, je n'ai plus rien à dire. »

M. de Rovigo insiste sur ce que la séance n'était point mystérieuse : « Les portes de la salle, affirme-t-il, étaient ouvertes et libres pour tous ceux qui pouvaient s'y rendre *à cette heure.* » M. Dupin avait déjà remarqué cette perturbation de raisonnement. À cette occasion, M. Achille Roche [1], qui semble écrire pour M. de Talleyrand, s'écrie :

1. Le publiciste Achille Roche (1801-1834), secrétaire de Benjamin Constant, auteur de *Messieurs le duc de Rovigo et le prince de Talleyrand* (1823).

« La séance ne fut point mystérieuse ! À minuit elle se tint dans la partie habitée du château ; dans la partie habitée d'une prison ! Qui assistait donc à cette séance ? des geôliers, des soldats, des bourreaux. »

Nul ne pouvait donner des détails plus exacts sur le moment et le lieu du coup de foudre que M. le duc de Rovigo ; écoutons-le :

« Après le prononcé de l'arrêt, je me retirai avec les officiers de mon corps qui, comme moi, avaient assisté aux débats, et j'allai rejoindre les troupes qui étaient sur l'esplanade du château. L'officier qui commandait l'infanterie de ma légion, vint me dire avec une émotion profonde, qu'on lui demandait un piquet pour exécuter la sentence de la commission militaire : – Donnez-le, répondis-je. – Mais, où dois-je le placer ? – Là où vous ne pourrez blesser personne. Car déjà les habitants des populeux environs de Paris étaient sur les routes pour se rendre aux divers marchés.

« Après avoir bien examiné les lieux, l'officier choisit le fossé comme l'endroit le plus sûr pour ne blesser personne. M. le duc d'Enghien y fut conduit par l'escalier de la tour d'entrée du côté du parc, et y entendit la sentence, qui fut exécutée. »

Sous ce paragraphe, on trouve cette note de l'auteur du mémoire : « Entre la sentence et son exécution, on avait creusé une fosse : c'est ce qui a fait dire qu'on l'avait creusée avant le jugement. »

Malheureusement, les inadvertances sont ici déplorables : « M. de Rovigo prétend, dit M. Achille Roche, apologiste de M. de Talleyrand, qu'il a obéi ! Qui lui a transmis l'ordre d'exécution ? Il paraît que c'est un M. Delga, tué à Wagram. Mais que ce soit ou ne soit pas ce M. Delga, si M. Savary se trompe en nous nommant M. Delga, on ne réclamera pas, aujourd'hui, sans doute, la gloire qu'il attribue à cet officier. On accuse M. de Rovigo d'avoir hâté cette exécution ; ce n'est pas lui, répond-il : un homme qui est mort lui a dit qu'on avait donné des ordres pour la hâter. »

Le duc de Rovigo n'est pas heureux au sujet de l'exécution, qu'il raconte avoir eu lieu de jour ; cela d'ailleurs ne changeant rien au fait, n'ôterait qu'un flambeau au supplice.

« À l'heure où se lève le soleil, en plein air, fallait-il, dit le général, une lanterne pour voir un homme à *six pas* ! Ce n'est pas que le soleil, ajoute-t-il, fût clair et serein ; comme il était tombé toute la nuit une pluie fine, il restait encore un brouillard humide qui retardait son apparition. L'exécution a eu lieu à six heures du matin, le fait est attesté par des *pièces irrécusables*. »

Et le général ne fournit ni n'indique ces pièces. La marche du procès démontre que le duc d'Enghien fut jugé à deux heures du matin et fut fusillé de suite. Ces mots, *deux heures du matin*, écrits d'abord à la première minute de l'arrêt, sont ensuite biffés sur cette minute. Le procès-verbal de l'exhumation prouve, par la déposition de trois témoins, madame Bon, le sieur Godard et le sieur Bounelet (celui-ci avait aidé à creuser la fosse), que la mise à mort s'effectua de nuit. M. Dupin aîné rappelle la circonstance d'un falot attaché sur le cœur du duc d'Enghien, pour servir de point de mire, ou tenu, à même intention, d'une main ferme, par le prince. Il a été question d'une grosse pierre retirée de la fosse et dont on aurait écrasé la tête du patient. Enfin, le duc de Rovigo devait s'être vanté de posséder quelques dépouilles de l'holocauste : j'ai cru moi-même à ces bruits ; mais les pièces légales prouvent qu'ils n'étaient pas fondés.

Par le procès-verbal, en date du mercredi 20 mars 1816, des médecins et chirurgiens, pour l'exhumation du corps, il a été reconnu que la tête était brisée, que la *mâchoire supérieure, entièrement séparée des os de la face, était garnie de douze dents ; que la mâchoire inférieure, fracturée dans sa partie moyenne, était partagée en deux, et ne présentait plus que trois dents*. Le corps était à plat sur le ventre la tête plus basse que les pieds ; les vertèbres du cou avaient une chaîne d'or.

Le second procès-verbal d'exhumation (à la même date, 20 mars 1816), le *Procès-verbal général*, constate qu'on a retrouvé, avec les restes du squelette, une bourse de maroquin contenant onze pièces d'or, soixante-dix pièces d'or renfermées dans des rouleaux cachetés, des cheveux, des débris de vêtements, des morceaux de casquette portant l'empreinte des balles qui l'avaient traversée.

Ainsi, M. de Rovigo n'a rien pris des dépouilles ; la terre qui les retenait les a rendues et a témoigné de la probité du général ; une lanterne n'a point été attachée sur le cœur du prince, on en aurait trouvé des fragments, comme ceux de la casquette trouée ; une grosse pierre n'a point été retirée de la fosse ; le feu du piquet *à six pas* a suffi pour mettre en pièces la tête, pour *séparer la mâchoire supérieure des os de la face*, etc.

À cette dérision des vanités humaines, il ne manquait que l'immolation pareille de Murat, gouverneur de Paris, la mort de Bonaparte captif, et cette inscription gravée sur le cercueil du duc d'Enghien : « Ici est le *corps* de très haut et puissant Prince du sang, pair de France, *mort à* Vincennes le 21 mars 1804, âgé de 31 ans 7 mois et 19 jours. » Le *corps* était des os fracassés et nus ; le *haut et puissant Prince*, les fragments brisés de la carcasse d'un soldat : pas un mot qui rappelle la catastrophe, pas un mot de blâme ou de douleur dans cette épitaphe gravée par une famille en larmes ; prodigieux effet du respect que le siècle porte aux œuvres et aux susceptibilités révolutionnaires ! On s'est hâté de même de faire disparaître la chapelle mortuaire du duc de Berry [1].

Que de néants ! Bourbons, inutilement rentrés dans vos palais, vous n'avez été occupés que d'exhumations et de funérailles ; votre temps de vie est passé. Dieu l'a voulu ! L'ancienne gloire de la France périt sous les yeux de l'ombre du grand Condé, dans un fossé de Vincennes : peut-être était-ce au lieu même où Louis IX, *à qui l'on n'alloit que comme à un saint*, « s'asseyoit sous un chesne, et où tous ceux qui avoient affaire à luy venoient luy parler sans empeschement d'huissiers ni d'autres ; et quand il voyoit aucune chose à amender, en la parole de ceux qui parloient pour autrui, lui-même l'amendoit de sa

---

1. Voir livre XXV, chap. 11.

bouche, et tout le peuple qui avoit affaire par devant lui estoit autour de luy[1] » (JOINVILLE).

Le duc d'Enghien demanda à parler à Bonaparte ; *il avait affaire par devant lui* ; il ne fut point écouté ! Qui du bord du ravelin contemplait au fond du fossé ces armes, ces soldats à peine éclairés d'une lanterne dans le brouillard et les ombres, comme dans la nuit éternelle ? Où était-il placé, le falot ? Le duc d'Enghien avait-il à ses pieds sa fosse ouverte ? fut-il obligé de l'enjamber pour se mettre à la distance des *six pas* mentionnés par le duc de Rovigo ?

On a conservé une lettre de M. le duc d'Enghien, âgé de neuf ans, à son père, le duc de Bourbon ; il lui dit : « Tous les *Enghiens* sont *heureux* ; celui de la bataille de Cerizoles, celui qui gagna la bataille de Rocroi : j'espère l'être aussi. »

Est-il vrai qu'on refusa un prêtre[2] à la victime ? Est-il vrai qu'elle ne trouva qu'avec difficulté une main pour se charger de transmettre à une femme le dernier gage d'un attachement ? Qu'importait aux bourreaux un sentiment de piété ou de tendresse ? Ils étaient là pour tuer, le duc d'Enghien pour mourir.

Le duc d'Enghien avait épousé secrètement, par le ministère d'un prêtre, la princesse Charlotte de Rohan : en ces temps où la patrie était errante, un homme, en raison même de son élévation, était arrêté par mille entraves politiques ; pour jouir de ce que la société publique accorde à tous, il était obligé de se cacher. Ce mariage légitime, aujourd'hui connu, rehausse l'éclat d'une fin tragique ; il substitue la gloire du ciel au pardon du ciel : la religion perpétue la pompe du malheur, quand après la catastrophe accomplie, la croix s'élève sur le lieu désert.

---

1. Ce passage correspond à la fin de la première partie des *Mémoires* de Joinville (édition Du Cange).   2. À cette demande, Savary aurait répliqué, du haut du glacis : « Pas de capucinade ! »

(6)

Chantilly, novembre 1838.

M. DE TALLEYRAND.

M. de Talleyrand, après la brochure de M. de Rovigo, avait présenté un mémoire justificatif à Louis XVIII : ce mémoire, que je n'ai point vu et qui devait tout éclaircir, n'éclaircissait rien. En 1820, nommé ministre plénipotentiaire à Berlin [1], je déterrai dans les archives de l'ambassade une lettre du *citoyen Laforest* [2], écrite au *citoyen Talleyrand*, au sujet de M. le duc d'Enghien. Cette lettre énergique est d'autant plus honorable pour son auteur qu'il ne craignait pas de compromettre sa carrière, sans recevoir de récompense de l'opinion publique, sa démarche devant rester ignorée : noble abnégation d'un homme qui, par son obscurité même, avait dévolu ce qu'il a fait de bien à l'obscurité.

M. de Talleyrand reçut la leçon et se tut ; du moins, je ne trouvai rien de lui dans les mêmes archives, concernant la mort du prince. Le ministre des relations extérieures avait pourtant mandé, le 2 ventôse, au ministre de l'électeur de Bade, « que le Premier Consul avait cru devoir donner à des détachements l'ordre de se rendre à Offenbourg et à Ettenheim, pour y saisir les instigateurs des conspirations inouïes qui, par leur nature, mettent hors du droit des gens tous ceux qui manifestement y ont pris part ».

Un passage des généraux Gourgaud, Montholon et du

---

1. Il ne rejoignit son poste qu'au mois de janvier 1821, mais sans doute est-ce avant son départ qu'il étudia la correspondance de la légation.   2. Antoine-René de Laforest (1756-1846). Ce diplomate de carrière, protégé de Talleyrand, avait participé au congrès de Lunéville, puis avait été envoyé pour représenter la France auprès de la Diète de Ratisbonne. Il fut ministre plénipotentiaire à Berlin de 1805 à 1807.

docteur Ward[1] met en scène Bonaparte : « Mon ministre, dit-il, me représenta fortement qu'il fallait se saisir du duc d'Enghien, quoiqu'il fût sur un territoire neutre. Mais j'hésitais encore, et le prince de Bénévent m'apporta deux fois, pour que je le signasse, l'ordre de son arrestation. Ce ne fut cependant qu'après que je me fus convaincu de l'urgence d'un tel acte, que je me décidai à le signer. »

Au dire du *Mémorial de Sainte-Hélène*, ces paroles seraient échappées à Bonaparte : « Le duc d'Enghien se comporta devant le tribunal avec une grande bravoure. À son arrivée à Strasbourg, il m'écrivit une lettre : cette lettre fut remise à Talleyrand, qui la garda jusqu'à l'exécution. »

Je crois peu à cette lettre : Napoléon aura transformé en lettre la demande que fit le duc d'Enghien de parler au vainqueur de l'Italie, ou plutôt les quelques lignes exprimant cette demande, qu'avant de signer l'interrogatoire prêté devant le capitaine-rapporteur, le prince avait tracées de sa propre main. Toutefois, parce que cette lettre ne se retrouverait pas, il ne faudrait pas en conclure rigoureusement qu'elle n'a pas été écrite : « J'ai su, dit le duc de Rovigo, que dans les premiers jours de la Restauration, en 1814, l'un des secrétaires de M. de Talleyrand n'a pas cessé de faire des recherches dans les archives, sous la galerie du Muséum. Je tiens ce fait de celui qui a reçu l'ordre de l'y laisser pénétrer. Il en a été fait de même au dépôt de la guerre pour les actes du procès de M. le duc d'Enghien, où il n'est resté que la sentence. »

Le fait est vrai : tous les papiers diplomatiques, et notamment la correspondance de M. de Talleyrand avec l'*Empereur* et le *Premier Consul*, furent transportés des archives du Muséum à l'hôtel de la rue Saint-Florentin ; on en détruisit une partie ; le reste fut enfoui dans un poêle, où l'on oublia de mettre le feu : la prudence du ministre ne put aller plus loin contre la légèreté du prince.

---

1. Gourgaud et Montholon publièrent, de 1822 à 1825, des *Mémoires pour servir à l'histoire de Napoléon par les généraux qui ont partagé sa captivité*. Quant à William Warden (1777-1849), médecin à bord du Northumberland, il avait publié ses *Lettres* dès son retour en Angleterre (Londres, 1816 ; tr. fr., Bruxelles, 1817).

Les documents non brûlés furent retrouvés ; quelqu'un pensa les devoir conserver : j'ai tenu dans mes mains et lu de mes yeux une lettre de M. de Talleyrand ; elle est datée du 8 mars 1804 et relative à l'arrestation, non encore exécutée, de M. le duc d'Enghien. Le ministre invite le Premier Consul à sévir contre ses ennemis. On ne me permit pas de garder cette lettre, j'en ai retenu seulement ces deux passages : « Si la justice oblige de punir rigoureusement, la politique exige de punir sans exception.

....

J'indiquai au Premier Consul M. de Caulaincourt, auquel il pourrait donner ses ordres, et qui les exécuterait avec autant de discrétion que de fidélité. »

Ce rapport du prince de Talleyrand paraîtra-t-il un jour entier ? Je l'ignore ; mais ce que je sais, c'est qu'il existait encore il y a deux ans [1].

Il y eut une délibération du conseil pour l'arrestation du duc d'Enghien. Cambacérès, dans ses *Mémoires* inédits affirme, et je le crois, qu'il s'opposa à cette arrestation ; mais en racontant ce qu'il dit, il ne dit pas ce qu'on lui répliqua.

Du reste, le *Mémorial de Sainte-Hélène* nie les sollicitations en miséricorde auxquelles Bonaparte aurait été exposé. La prétendue scène de Joséphine demandant à genoux la grâce du duc d'Enghien, s'attachant au pan de l'habit de son mari et se faisant traîner par ce mari inexorable, est une de ces inventions de mélodrame avec lesquelles nos fabliers composent aujourd'hui la véridique histoire. Joséphine ignorait, le 19 mars au soir, que le duc d'Enghien devait être jugé ; elle le savait seulement arrêté. Elle avait promis à madame de Rémusat de s'intéresser au sort du prince. Comme celle-ci revenait, le 19 au soir, à la Malmaison avec Joséphine, on s'aperçut que la future impératrice, au lieu d'être uniquement préoccupée des périls du prisonnier de Vincennes, mettait souvent la tête à la portière de sa voiture pour regarder un général

---

1. Son existence a été confirmée lors de la publication des *Mémoires* du baron de Méneval (Dentu, 1893-1894).

mêlé à sa suite : la coquetterie d'une femme avait emporté ailleurs la pensée qui pouvait sauver la vie du duc d'Enghien. Ce ne fut que le 21 mars que Bonaparte dit à sa femme : « Le duc d'Enghien est fusillé. » Cette parole en regardant à une montre a été mal à propos attribuée à M. de Talleyrand.

Ces *Mémoires* de madame de Rémusat, que j'ai connue, étaient extrêmement curieux sur l'intérieur de la cour impériale. L'auteur les a brûlés pendant les Cent-Jours, et ensuite écrits de nouveau[1] : ce ne sont plus que des souvenirs reproduits par des souvenirs ; la couleur est affaiblie ; mais Bonaparte y est toujours montré à nu et jugé avec impartialité.

Des hommes attachés à Napoléon disent qu'il ne sut la mort du duc d'Enghien qu'après l'exécution du prince : ce récit paraîtrait recevoir quelque valeur de l'anecdote rapportée plus haut par le duc de Rovigo, concernant Réal allant à Vincennes, si cette anecdote était vraie. La mort une fois arrivée par les intrigues du parti révolutionnaire, Bonaparte reconnut le fait accompli, pour ne pas irriter des hommes qu'il croyait puissants : cette ingénieuse explication n'est pas recevable.

(7)

PART DE CHACUN[2].

En résumant maintenant ces faits, voici ce qu'ils m'ont prouvé : Bonaparte a voulu la mort du duc d'Enghien ; personne ne lui avait fait une condition de cette mort pour monter au trône. Cette condition supposée est une de ces subtilités des politiques qui prétendent trouver des causes

---

1. Ils ne furent publiés qu'en 1880, par Paul de Rémusat.   2. Nous reproduisons, pour ce chapitre, la version de 1848 qui comporte de sensibles différences avec la copie de 1847. Preuve que Chateaubriand a relu et corrigé son texte jusqu'à la fin.

occultes à tout. – Cependant, il est probable que certains hommes compromis ne voyaient pas sans plaisir le Premier Consul se séparer à jamais des Bourbons. Le jugement de Vincennes fut une affaire du tempérament violent de Bonaparte, un accès de froide colère alimenté par les rapports de son ministre.

M. de Caulaincourt[1] n'est coupable que d'avoir exécuté l'ordre de l'arrestation.

Murat n'a à se reprocher que d'avoir transmis des ordres généraux et de n'avoir pas eu la force de se retirer : il n'était point à Vincennes pendant le jugement.

Le duc de Rovigo s'est trouvé chargé de l'exécution ; il avait probablement un ordre secret : le général Hulin l'insinue. Quel homme eût osé prendre sur lui de faire exécuter *de suite* une sentence à mort sur le duc d'Enghien, s'il n'eût agi d'après un mandat impératif ?

Quant à M. de Talleyrand, prêtre et gentilhomme, il inspira et prépara le meurtre en inquiétant Bonaparte avec insistance : il craignait le retour de la Légitimité. Il serait possible, en recueillant ce que Napoléon a dit à Sainte-Hélène et les lettres que l'évêque d'Autun a écrites, de prouver que celui-ci a pris à la mort du duc d'Enghien une très forte part. Vainement on objecterait que la légèreté, le caractère et l'éducation du ministre devaient l'éloigner de la violence, que la corruption devait lui ôter l'énergie ; il ne demeurerait pas moins constant qu'il a décidé le Consul à la fatale arrestation. Cette arrestation du duc d'Enghien, le 15 de mars, n'était pas ignorée de M. de Talleyrand ; il était journellement en rapport avec Bonaparte et conférait avec lui ; pendant l'intervalle qui s'est écoulé entre l'arrestation et l'exécution, M. de Talleyrand, lui, ministre instigateur, s'est-il repenti, a-t-il dit un seul mot au Premier Consul en faveur du malheureux

---

1. Le général marquis de Caulaincourt (1773-1827) est à cette époque aide de camp du Premier Consul, qui a déjà su apprécier son savoir-faire diplomatique. Ce fut en réalité le général Ordener qui enleva le duc. Caulaincourt avait été envoyé à Strasbourg, avec une lettre de Talleyrand destinée au grand-duc de Bade, pour coordonner les opérations, mais il ne fut pour rien dans le jugement du prévenu, ni dans son exécution.

Prince ? Il est naturel de croire qu'il a applaudi à l'exécution de la sentence [1].

La commission militaire a jugé le duc d'Enghien, mais avec douleur et repentir.

Telle est, consciencieusement, impartialement, strictement, la juste part de chacun. Mon sort a été trop lié à cette catastrophe pour que je n'aie pas essayé d'en éclaircir les ténèbres et d'en exposer les détails. Si Bonaparte n'eût pas tué le duc d'Enghien, s'il m'eût de plus en plus rapproché de lui (et son penchant l'y portait), qu'en fût-il résulté pour moi ? Ma carrière littéraire était finie ; entré de plein saut dans la carrière politique, où j'ai prouvé ce que j'aurais pu par la guerre d'Espagne, je serais devenu riche et puissant. La France aurait pu gagner à ma réunion avec l'Empereur ; moi, j'y aurais perdu. Peut-être serais-je parvenu à maintenir quelques idées de liberté et de modération dans la tête du grand homme ; mais ma vie, rangée parmi celles qu'on appelle heureuses, eût été privée de ce qui en a fait le caractère et l'honneur : la pauvreté, le combat et l'indépendance.

(8)

Chantilly, novembre 1838.

BONAPARTE : SES SOPHISMES ET SES REMORDS.

Enfin le principal accusé se lève après tous les autres, il ferme la marche des pénitents ensanglantés. Supposons qu'un juge fasse comparaître devant lui *le nommé Bonaparte*, comme le capitaine-rapporteur fit comparaître devant lui le *nommé d'Enghien* ; supposons que la minute

---

1. La rédaction définitive de ce paragraphe aggrave les charges qui pèsent sur Talleyrand, alors que dans la copie de 1847 Chateaubriand lui trouve encore des excuses.

du dernier interrogatoire calqué sur le premier nous reste ;
comparez et lisez :

A lui demandé ses noms et prénoms ?

— A répondu se nommer Napoléon Bonaparte.

A lui demandé où il a résidé depuis qu'il est sorti de
France ?

— A répondu : Aux Pyramides, à Madrid, à Berlin, à
Vienne, à Moscou, à Sainte-Hélène.

A lui demandé quel rang il occupait dans l'armée ?

— A répondu : Commandant à l'avant-garde des
armées de Dieu. Aucune autre réponse ne sort de la
bouche du prévenu.

Les divers acteurs de la tragédie se sont mutuellement
chargés ; Bonaparte seul n'en rejette la faute sur personne ; il ne fléchit point la tête et reste debout ; il s'écrie
comme le stoïcien : « Douleur, je n'avouerai jamais que
tu sois un mal ! » Mais ce que dans son orgueil il
n'avouera point aux vivants, il est contraint de le confesser aux morts. Ce Prométhée, le vautour au sein, ravisseur
du feu céleste, se croyait supérieur à tout, et il est forcé
de répondre au duc d'Enghien qu'il a fait poussière avant
le temps : le squelette, trophée sur lequel il s'est abattu,
l'interroge et le domine par une nécessité du ciel.

La domesticité et l'armée, l'antichambre et la tente,
avaient leurs représentants à Sainte-Hélène : un serviteur,
estimable par sa fidélité au maître qu'il avait choisi, était
venu se placer près de Napoléon comme un écho à son
service. La niaiserie lui répétait la fable, en lui donnant
un accent de sincérité. Bonaparte était la *Destinée* ;
comme elle, il trompait dans la forme les esprits fascinés ;
mais au fond de ses impostures, on entendait retentir cette
vérité inexorable : « Je suis ! » Et l'univers en a senti le
poids.

L'auteur de l'ouvrage le plus accrédité sur Sainte-
Hélène [1] expose la théorie qu'inventait Napoléon au profit
des meurtriers ; l'exilé volontaire tient pour parole
d'Évangile un homicide bavardage à prétention de pro-

fondeur, qui expliquerait seulement la vie de Napoléon
telle qu'il voulait l'arranger, et comme il prétendait
qu'elle fût écrite. Il laissait ses instructions à ses néo-
phytes : M. le comte de Las-Cases apprenait sa leçon
sans s'en apercevoir ; le prodigieux captif, errant dans des
sentiers solitaires, entraînait après lui par des mensonges
son crédule adorateur, de même qu'Hercule suspendait
les hommes à sa bouche par des chaînes d'or.

« La première fois, dit l'honnête chambellan, que j'entendis Napoléon prononcer le nom du duc d'Enghien, j'en
devins rouge d'embarras. Heureusement, je marchais à sa
suite dans un sentier étroit, autrement il n'eût pas manqué
de s'en apercevoir. Néanmoins, lorsque, pour la première
fois, l'empereur développa l'ensemble de cet événement,
ses détails, ses accessoires ; lorsqu'il exposa ses divers
motifs avec sa logique serrée, lumineuse, entraînante, je
dois confesser que l'affaire me semblait prendre à mesure
une face nouvelle... L'empereur traitait souvent ce sujet,
ce qui m'a servi à remarquer dans sa personne des
nuances caractéristiques très prononcées. J'ai pu voir à
cette occasion très distinctement en lui, et maintes fois,
l'homme privé se débattant avec l'homme public, et les
sentiments naturels de son cœur aux prises avec ceux de
sa fierté et de la dignité de sa position. Dans l'abandon
de l'intimité, il ne se montrait pas indifférent au sort du
malheureux prince ; mais sitôt qu'il s'agissait du public,
c'était tout autre chose. Un jour, après avoir parlé avec
moi du sort et de la jeunesse de l'infortuné, il termina en
disant : – « Et j'ai appris depuis, mon cher, qu'il m'était
favorable ; on m'a assuré qu'il ne parlait pas de moi sans
quelque admiration ; et voilà pourtant la justice distributive d'ici-bas ! » – Et ces dernières paroles furent dites
avec une telle expression, tous les traits de la figure se
montraient en telle harmonie avec elles, que si celui que
Napoléon plaignait eût été dans ce moment en son pouvoir, je suis bien sûr que, quels qu'eussent été ses intentions ou ses actes, il eût été pardonné avec ardeur...
L'empereur avait coutume de considérer cette affaire sous
deux rapports très distincts : celui du droit commun ou

de la justice établie, et celui du droit naturel ou des écarts de la violence.

« Avec nous et dans l'intimité, l'empereur disait que la faute, au dedans, pourrait en être attribuée à un excès de zèle autour de lui, ou à des vues privées, ou enfin à des intrigues mystérieuses. Il disait qu'il avait été poussé inopinément, qu'on avait pour ainsi dire surpris ses idées, précipité ses mesures, enchaîné ses résultats. « Assurément, disait-il, si j'eusse été instruit à temps de certaines particularités concernant les opinions et le naturel du prince ; si surtout j'avais vu la lettre qu'il m'écrivit et qu'on ne me remit, Dieu sait par quels motifs, qu'après qu'il n'était plus, bien certainement j'eusse pardonné. » Et il nous était aisé de voir que le cœur et la nature seuls dictaient ces paroles à l'empereur, et seulement pour nous ; car il se serait senti humilié qu'on pût croire un instant qu'il cherchât à se décharger sur autrui, ou descendît à se justifier ; sa crainte à cet égard, ou sa susceptibilité, étaient telles qu'en parlant à des étrangers ou dictant sur ce sujet pour le public, il se restreignait à dire que, s'il eût eu connaissance de la lettre du prince, peut-être lui eût-il fait grâce, vu les grands avantages politiques qu'il en eût pu recueillir ; et, traçant de sa main ses dernières pensées, qu'il suppose devoir être consacrées parmi les contemporains et dans la postérité, il prononce sur ce sujet, qu'il regarde comme un des plus délicats pour sa mémoire, que si c'était à refaire il le ferait encore. »

Ce passage, quant à l'écrivain, a tous les caractères de la plus parfaite sincérité ; elle brille jusque dans la phrase où M. le comte de Las-Cases déclare que Bonaparte aurait pardonné avec ardeur à un homme qui n'était pas coupable. Mais les théories du chef sont les subtilités à l'aide desquelles on s'efforce de concilier ce qui est inconciliable. En faisant la distinction *du droit commun ou de la justice établie, et du droit naturel ou des écarts de la violence*, Napoléon semblait s'arranger d'un sophisme dont, au fond, il ne s'arrangeait pas ; il ne pouvait soumettre sa conscience de même qu'il avait soumis le monde. Une faiblesse naturelle aux gens supérieurs et aux petites gens lorsqu'ils ont commis une faute, est de la vouloir faire passer pour l'œuvre du génie, pour une vaste combinaison que le vulgaire ne peut comprendre. L'orgueil dit ces choses-là, et la sottise les croit. Bonaparte regardait sans doute comme la marque d'un esprit dominateur cette sentence qu'il débitait dans sa componction de grand homme : « Mon cher, voilà pourtant la justice distributive d'ici-bas ! » Attendrissements vraiment philosophiques ! Quelle impartialité ! comme elle justifie, en le mettant sur le compte du destin, le mal qui est venu de nous-mêmes ! On pense tout excuser maintenant lorsqu'on s'est écrié : « Que voulez-vous ? c'était ma nature, c'était l'infirmité humaine. » Quand on a tué son père, on répète : « Je suis fait comme cela ! » Et la foule reste là bouche béante, et l'on examine le crâne de cette puissance et l'on reconnaît qu'elle était *faite comme cela*[1]. Et que m'importe que vous soyez fait comme cela ! Dois-je subir votre façon d'être ? Ce serait un beau chaos que le monde, si tous les hommes qui sont *faits comme cela*, venaient à vouloir s'imposer les uns aux autres. Lorsqu'on ne peut effacer ses erreurs, on les divinise ; on se fait un dogme de ses torts, on change en religion des sacrilèges, et l'on se croirait apostat de renoncer au culte de ses iniquités.

(9)

Ce qu'il faut conclure de tout ce récit.
Inimitiés enfantées par la mort
du duc d'Enghien.

Une grave leçon est à tirer de la vie de Bonaparte. Deux actions, toutes deux mauvaises, ont commencé et amené sa chute : la mort du duc d'Enghien, la guerre d'Espagne. Il a beau passer dessus avec sa gloire, elles

---

1. Allusion à la phrénologie de Gall (voir chap. 1 du livre XIV).

sont demeurées là pour le perdre. Il a péri par le côté même où il s'était cru fort, profond, invincible, lorsqu'il violait les lois de la morale en négligeant, en dédaignant sa vraie force, c'est-à-dire, ses qualités supérieures dans l'ordre et l'équité. Tant qu'il ne fit qu'attaquer l'anarchie et les étrangers ennemis de la France, il fut victorieux ; il se trouva dépouillé de sa vigueur aussitôt qu'il entra dans les voies corrompues : le cheveu coupé par Dalila n'est autre chose que la perte de la vertu [1]. Tout crime porte en soi une incapacité radicale et un germe de malheur : pratiquons donc le bien pour être heureux, et soyons justes pour être habiles.

En preuve de cette vérité, remarquez qu'au moment même de la mort du prince, commença la dissidence qui, croissant en raison de la mauvaise fortune, détermina la chute de l'ordonnateur de la tragédie de Vincennes. Le cabinet de Russie, à propos de l'arrestation du duc d'Enghien, adressa des représentations vigoureuses contre la violation du territoire de l'Empire : Bonaparte sentit le coup, et répondit dans *le Moniteur*, par un article foudroyant qui rappelait la mort de Paul Ier. À Saint-Pétersbourg, un service funèbre avait été célébré pour le jeune Condé. Sur le cénotaphe on lisait : « Au duc d'Enghien *quem devoravit bellua corsica* [2]. » Les deux puissants adversaires se réconcilièrent en apparence dans la suite ; mais la blessure mutuelle que la politique avait faite et que l'insulte élargit, leur resta au cœur : Napoléon ne se crut vengé que quand il vint coucher à Moscou ; Alexandre ne fut satisfait que quand il entra dans Paris.

La haine du cabinet de Berlin sortit de la même origine : j'ai parlé de la noble lettre de M. de Laforest, dans laquelle il racontait à M. de Talleyrand l'effet qu'avait produit le meurtre du duc d'Enghien à la cour de Potsdam. Madame de Staël était en Prusse lorsque la nouvelle de Vincennes

---

1. C'est au livre des Juges, chap. XVI, que Dalila coupe la chevelure de Samson, le livrant ainsi sans défense à ses ennemis. Chateaubriand a maintes fois exprimé la conviction que la politique ne saurait se fonder que sur la morale.   2. « que le monstre corse a dévoré ».

arriva. « Je demeurais à Berlin, dit-elle, sur le quai de la Sprée, et mon appartement était au rez-de-chaussée. Un matin, à huit heures, on m'éveilla pour me dire que le prince Louis-Ferdinand était à cheval sous mes fenêtres, et me demandait de venir lui parler. – Savez-vous, me dit-il, que le duc d'Enghien a été enlevé sur le territoire de Baden, livré à une commission militaire, et fusillé vingt-quatre heures après son arrivée à Paris ? – Quelle folie ! lui répondis-je ; ne voyez-vous pas que ce sont les ennemis de la France qui ont fait circuler ce bruit ? En effet, je l'avoue, ma haine, quelque forte qu'elle fût contre Bonaparte, n'allait pas jusqu'à me faire croire à la possibilité d'un tel forfait. – Puisque vous doutez de ce que je vous dis, me répondit le prince Louis, je vais vous envoyer le *Moniteur*, dans lequel vous lirez le jugement. Il partit à ces mots, et l'expression de sa physionomie présageait la vengeance ou la mort. Un quart d'heure après, j'eus entre les mains ce *Moniteur* du 21 mars (30 pluviôse [1]), qui contenait un arrêt de mort prononcé par la commission militaire, séant à Vincennes, contre le nommé *Louis d'Enghien !* C'est ainsi que des Français désignaient le petit-fils des héros qui ont fait la gloire de leur patrie ! Quand on abjurerait tous les préjugés d'illustre naissance, que le retour des formes monarchiques devait nécessairement rappeler, pourrait-on blasphémer ainsi les souvenirs de la bataille de Lens et de celle de Rocroi ? Ce Bonaparte qui en a gagné, des batailles, ne sait pas même les respecter ; il n'y a ni passé ni avenir pour lui ; son âme impérieuse et méprisante ne veut rien reconnaître de sacré pour l'opinion ; il n'admet le respect que pour la force existante. Le prince Louis m'écrivait, en commençant son billet par ces mots : – Le nommé Louis de Prusse, fait demander à madame de Staël, etc. – Il sentait l'injure faite au sang royal dont il sortait, au souvenir des héros parmi lesquels il brûlait de se placer. Comment, après cette horrible action, un seul roi de l'Europe a-t-il pu se lier avec un tel homme ? La nécessité, dira-t-on ? Il y a un sanctuaire de l'âme où jamais son empire ne doit pénétrer ; s'il n'en

---

1. Inadvertance pour : ventôse. C'est en réalité le lendemain 1er germinal/22 mars que le *Moniteur* publia le texte du jugement.

était pas ainsi, que serait la vertu sur la terre ? Un amusement libéral qui ne conviendrait qu'aux paisibles loisirs des hommes privés[1]. »

Ce ressentiment du prince, qu'il devait payer de sa vie, durait encore lorsque la campagne de Prusse s'ouvrit en 1806[2]. Frédéric-Guillaume, dans son manifeste du 9 octobre, dit : « Les Allemands n'ont pas vengé la mort du duc d'Enghien ; mais jamais le souvenir de ce forfait ne s'effacera parmi eux. »

Ces particularités historiques, peu remarquées, méritaient de l'être ; car elles expliquent des inimitiés dont on serait embarrassé de trouver ailleurs la cause première, et elles découvrent en même temps ces degrés par lesquels la Providence conduit la destinée d'un homme, pour arriver de la faute au châtiment.

(10)

UN ARTICLE DU *MERCURE*.
CHANGEMENT DANS LA VIE DE BONAPARTE.

Heureuse, du moins, ma vie qui ne fut ni troublée par la peur, ni atteinte par la contagion, ni entraînée par les exemples ! La satisfaction que j'éprouve aujourd'hui de ce que je fis alors, me garantit que la conscience n'est point une chimère. Plus content que tous ces potentats, que toutes ces nations tombées aux pieds du glorieux soldat, je relis avec un orgueil pardonnable cette page qui m'est restée comme mon seul bien et que je ne dois qu'à moi. En 1807, le cœur encore ému du meurtre que je

---

1. *Dix années d'exil*, 1re partie, chap. 15 (édition posthume de 1821). Voir le texte rectifié dans la nouvelle édition (Fayard, 1996, p. 167-168).   2. Le prince Louis-Ferdinand de Prusse (1772-1806) fut tué à la bataille de Saalfeld le 10 octobre 1806.

viens de raconter, j'écrivais ces lignes[1] ; elles firent supprimer le *Mercure* et exposèrent de nouveau ma liberté.

« Lorsque, dans le silence de l'abjection, l'on n'entend plus retentir que la chaîne de l'esclave et la voix du délateur ; lorsque tout tremble devant le tyran, et qu'il est aussi dangereux d'encourir sa faveur que de mériter sa disgrâce, l'historien paraît, chargé de la vengeance des peuples. C'est en vain que Néron prospère, Tacite est déjà né dans l'empire ; il croît inconnu auprès des cendres de Germanicus, et déjà l'intègre Providence a livré à un enfant obscur la gloire du maître du monde. Si le rôle de l'historien est beau, il est souvent dangereux ; mais il est des autels comme celui de l'honneur, qui, bien qu'abandonnés, réclament encore des sacrifices ; le Dieu n'est point anéanti parce que le temple est désert. Partout où il reste une chance à la fortune, il n'y a point d'héroïsme à la tenter ; les actions magnanimes sont celles dont le résultat prévu est le malheur et la mort. Après tout, qu'importent les revers, si notre nom, prononcé dans la postérité, va faire battre un cœur généreux deux mille ans après notre vie ? »

La mort du duc d'Enghien, en introduisant un autre principe dans la conduite de Bonaparte, décomposa sa correcte intelligence : il fut obligé d'adopter, pour lui servir de bouclier, des maximes dont il n'eut pas à sa disposition la force entière, car il les faussait incessamment par sa gloire et par son génie. Il devint suspect ; il fit peur ; on perdit confiance en lui et dans sa destinée ; il fut contraint de voir, sinon de rechercher, des hommes qu'il

---

1. Chateaubriand condense, dans ce paragraphe, trois passages de son article du *Mercure*, et il modifie légèrement pour cela le texte original : « *Mais si* le rôle de l'historien (...). *Il y a des* autels (...). » La haine pour le nouveau Néron avait été nourrie dès 1804 par la mystérieuse mort de Pichegru (découvert, le 6 avril, étranglé dans son cachot), puis par le procès de Cadoudal (exécuté avec ses complices le 26 juin). Il en résulta une véritable ruée du public sur les œuvres de Tacite, que signale un rapport de Roederer à Joseph Bonaparte, daté du 14 juin 1804 : « Dans la semaine dernière toutes les traductions de Tacite qu'on a pu trouver ont été achetées chez les libraires : tout le monde veut lire Tacite ».

n'aurait jamais vus, et qui, par son action, se croyaient
devenus ses égaux ; la contagion de leur souillure le
gagnait. Il n'osait rien leur reprocher, car il n'avait plus
la liberté vertueuse du blâme. Ses grandes qualités restèrent les mêmes, mais ses bonnes inclinations s'altérèrent et ne soutinrent plus ses grandes qualités ; par la
corruption de cette tache originelle sa nature se détériora.
Dieu commanda à ses anges de déranger les harmonies
de cet univers, d'en changer les lois, de l'incliner sur ses
pôles : « Les anges, dit Milton, poussèrent avec effort
obliquement le centre du monde... le soleil reçut l'ordre
de détourner ses rênes du chemin de l'équateur... Les
vents déchirèrent les bois et bouleversèrent les mers[1]. »

> They with labor push'd
> Oblique the centric globe.... the sun
> Was bid turn reins from th' equinoctial road
> .... (winds)
> ... rend the woods, and seas upturn.

(11)

ABANDON DE CHANTILLY.

Les cendres de Bonaparte seront-elles exhumées
comme l'ont été celles du duc d'Enghien ? Si j'avais été
le maître, cette dernière victime dormirait encore sans
honneurs dans le fossé du château de Vincennes. Cet
excommunié eût été laissé, à l'instar de Raymond de Toulouse, dans un cercueil ouvert[2] ; nulle main d'homme

---

1. Montage de citations provenant du livre X du *Paradis perdu*.
2. À propos du comte de Toulouse Raymond VI (1156-1222), excommunié par le pape Innocent III pour avoir soutenu les hérétiques albigeois, Chateaubriand avait écrit dans son *Analyse raisonnée de
l'histoire de France* : « Longtemps après, les ossements du vieux Raymond, qui ne furent jamais enterrés, se montraient dans un coffre, tout
profanés et à moitié mangés par les rats ».

n'aurait osé dérober sous une planche la vue du témoin des jugements incompréhensibles et des colères de Dieu. Le squelette abandonné du duc d'Enghien et le tombeau désert de Napoléon à Saint-Hélène feraient pendant : il n'y aurait rien de plus remémoratif que ces restes en présence aux deux bouts de la terre.

Du moins, le duc d'Enghien n'est pas demeuré sur le sol étranger, ainsi que l'exilé des nations : celui-ci a pris soin de rendre à celui-là sa patrie, un peu durement il est vrai ; mais sera-ce pour toujours ? La France (tant de poussières vannées par le souffle de la Révolution l'attestent) n'est pas fidèle aux ossements. Le vieux Condé[1], dans son testament, déclare *qu'il n'est pas sûr du pays qu'il habitera le jour de sa mort*. Ô Bossuet ! que n'auriez-vous point ajouté au chef-d'œuvre de votre éloquence[2], si lorsque vous parliez sur le cercueil du grand Condé, vous eussiez pu prévoir l'avenir !

C'est ici même, c'est à Chantilly qu'est né le duc d'Enghien : *Louis-Antoine-Henri de Bourbon, né le 2 août 1772 à Chantilly*, dit l'arrêt de mort. C'est sur cette pelouse qu'il joua dans son enfance : la trace de ses pas s'est effacée. Et le triomphateur de Fribourg, de Nordlingen, de Lens, de Senef, où est-il allé avec ses *mains victorieuses et maintenant défaillantes ?* Et ses descendants, le Condé de Johannisberg et de Berstheim[3] ; et son fils, et son petit-fils, où sont-ils ? Ce château, ces jardins, ces jets d'eau *qui ne se taisaient ni jour ni nuit*, que sont-ils devenus ? Des statues mutilées, des lions dont on restaure la griffe ou la mâchoire ; des trophées d'armes sculptés dans un mur croulant ; des écussons à fleurs de lis effacées ; des fondements de tourelles rasées ; quelques cour-

---

1. Le prince Louis-Joseph de Condé (1736-1818), déjà désigné ainsi dans les *Mémoires sur la vie du duc de Berry* (voir le passage cité au livre IX, chap. 16).   2. Son *Oraison funèbre de Louis de Bourbon*, la dernière qu'il prononça, le 10 mars 1687, à Notre-Dame de Paris. Chateaubriand lui emprunte, au milieu du paragraphe suivant, les fragments cités en italique.   3. Le prince de Condé avait participé, à la fin de la guerre de Sept Ans, à la victoire de Johannisberg (1762). En 1789, les émigrés réunis sous ses ordres avaient remporté à Berstheim un éphémère succès.

siers de marbre au-dessus des écuries vides que n'anime plus de ses hennissements le cheval de Rocroi ; près d'un manège une haute porte non achevée : voilà ce qui reste des souvenirs d'une race héroïque ; un testament noué par un cordon a changé les possesseurs de l'héritage [1].

À diverses reprises la forêt entière est tombée sous la cognée [2]. Des personnages des temps écoulés ont parcouru ces chasses aujourd'hui muettes, jadis retentissantes. Quel âge et quelles passions avaient-ils, lorsqu'ils s'arrêtaient au pied de ces chênes ? quelle chimère les occupait ? Ô mes inutiles *Mémoires*, je ne pourrais maintenant vous dire :

> *Qu'à Chantilly, Condé vous lise quelquefois ;*
> *Qu'Enghien en soit touché* [3] *!*

Hommes obscurs, que sommes-nous auprès de ces hommes fameux ? Nous disparaîtrons sans retour : vous renaîtrez, *œillet de poète*, qui reposez sur ma table auprès de ce papier, et dont j'ai cueilli la petite fleur attardée parmi les bruyères ; mais nous, nous ne revivrons pas avec la solitaire parfumée qui m'a distrait [4].

---

1. Allusion à la mort du dernier Condé, le duc de Bourbon, trouvé pendu à la fenêtre de sa chambre, au château de Saint-Leu, le 27 août 1830, après avoir rédigé un testament par lequel il léguait la plus grande partie de sa fortune au plus jeune des fils de Louis-Philippe, non sans avoir réservé un legs appréciable à sa maîtresse, la baronne de Feuchères. Celle-ci fut mise hors de cause par un non-lieu (1831), mais le monde resta persuadé de sa culpabilité. Ce paragraphe est en germe dans une lettre à Madame Récamier du 31 octobre 1837.   2. Cette conclusion rappelle aussi les « adieux à Combourg » qui clôturent le livre III.   3. Boileau, *Épîtres*, VII, « À Monsieur Racine ». Boileau avait écrit, à propos des vers de son ami, ainsi que des siens : « Qu'à Chantilly Condé les souffre quelquefois (...). »   4. *Cf.* le beau commentaire de ce passage par Proust dans *Contre Sainte-Beuve* (...), Bibliothèque de la Pléiade, 1971, p. 651-652.

LIVRE DIX-SEPTIÈME

(1)

Année de ma vie, 1804.
Je viens demeurer rue de Miromesnil. – Verneuil.
Alexis de Tocqueville. – Le Mesnil.
Mézy. – Méréville.

Désormais à l'écart de la vie active[1], et néanmoins
sauvé par la protection de madame Bacciocchi de la
colère de Bonaparte, je quittai mon logement provisoire
rue de Beaune, et j'allai demeurer rue de Miromesnil. Le
petit hôtel que je louai[2] fut occupé depuis par M. de
Lally-Tollendal et madame Denain, sa *mieux aimée*,
comme on disait du temps de Diane de Poitiers. Mon
jardinet aboutissait à un chantier et j'avais auprès de ma
fenêtre un grand peuplier que M. de Lally-Tollendal, afin
de respirer un air moins humide, abattit lui-même de sa
grosse main, qu'il voyait transparente et décharnée :
c'était une illusion comme une autre. Le pavé de la rue

---

1. Dans certains chapitres de ce livre, ou du livre suivant, Chateaubriand utilise parfois de très près les souvenirs de sa femme, connus
sous le nom de *Cahier rouge*.   2. Les Chateaubriand emménagèrent
à la mi-avril 1804 dans cette jolie maison de style Directoire qui existe
toujours au n° 31 actuel de la rue de Miromesnil.

se terminait alors devant ma porte[1] ; plus haut, la rue ou le chemin, montait à travers un terrain vague que l'on appelait *la Butte-aux-Lapins*. La Butte-aux-Lapins, semée de quelques maisons isolées, joignait à droite le jardin de Tivoli, d'où j'étais parti avec mon frère pour l'émigration[2], à gauche le parc de Monceaux. Je me promenais assez souvent dans ce parc abandonné ; la Révolution y commença parmi les orgies du duc d'Orléans : cette retraite avait été embellie de nudités de marbre et de ruines factices, symbole de la politique légère et débauchée qui allait couvrir la France de prostituées et de débris.

Je ne m'occupais de rien ; tout au plus m'entretenais-je dans le parc avec quelques lapins, ou causais-je du duc d'Enghien avec trois corbeaux, au bord d'une rivière artificielle cachée sous un tapis de mousse verte. Privé de ma légation alpestre et de mes amitiés de Rome, de même que j'avais été tout à coup séparé de mes attachements de Londres, je ne savais que faire de mon imagination et de mes sentiments ; je les mettais tous les soirs à la suite du soleil, et ses rayons ne les pouvaient emporter sur les mers. Je rentrais et j'essayais de m'endormir au bruit de mon peuplier.

Pourtant ma démission avait accru ma renommée : un peu de courage sied toujours bien en France. Quelques-unes des personnes de l'ancienne société de madame de Beaumont m'introduisirent dans de nouveaux châteaux.

M. de Tocqueville, beau-frère de mon frère et tuteur de mes deux neveux orphelins, habitait le château de madame de Senozan[3] : c'était partout des héritages

---

1. C'est-à-dire au coin de la rue Verte (aujourd'hui rue de Penthièvre). Cette section de la rue de Miromesnil, ouverte en 1776, sera prolongée vers le nord à plusieurs reprises à partir de 1813, avant de rejoindre le boulevard de Courcelles (1863). Ce quartier nouveau ne constitue encore, en 1804, qu'une extension élégante, mais champêtre, du faubourg Saint-Honoré, où les Chateaubriand ont alors pour voisins Mme de Custine, Mme de La Briche, les Molé, etc. **2.** Voir livre IX, chap. 6 ; et Sainte-Beuve, t. 2, p. 310. **3.** Sœur de Malesherbes, Mme de Senozan avait été guillotinée le 10 mai 1794, à 76 ans. Le comte de Tocqueville, qui avait épousé sa petite-nièce (voir livre IV, chap. 13), avait hérité de son château de Verneuil, sur la rive gauche de la Seine, entre Poissy et Mantes.

d'échafaud. Là, je voyais croître mes neveux avec les trois cousins de Tocqueville, entre lesquels s'élevait Alexis, auteur de *la Démocratie en Amérique*. Il était plus gâté à Verneuil que je ne l'avais été à Combourg. Est-ce la dernière renommée que j'aurai vue ignorée dans ses langes ? Alexis de Tocqueville a parcouru l'Amérique civilisée, dont j'ai visité les forêts.

Verneuil a changé de maître ; il est devenu la possession de madame de Saint-Fargeau[1], célèbre par son père et par la Révolution qui l'adopta pour fille.

Près de Mantes, au Mesnil[2], était madame de Rosanbo : mon neveu, Louis de Chateaubriand, s'y maria dans la suite à mademoiselle d'Orglandes, nièce de madame de Rosanbo : celle-ci ne promène plus sa beauté autour de l'étang et sous les hêtres du manoir ; elle a passé. Quand j'allais de Verneuil au Mesnil, je rencontrais Mézy[3] sur la route : madame de Mézy était le roman renfermé dans la vertu et la douleur maternelle[4]. Du moins, si son enfant qui tomba d'une fenêtre et se brisa la tête, avait pu, comme les jeunes cailles que nous chassions, s'envoler par-dessus le château et se réfugier dans

---

1. Le conventionnel Le Pelletier de Saint-Fargeau, assassiné par un ancien garde du corps le 20 janvier 1793, pour avoir voté la mort de Louis XVI. Ce fut le premier « martyr » de la Révolution ; sa fille, âgée de huit ans, fut adoptée par la Nation.   2. Le château du Mesnil, belle demeure élevée au début du XVIIIe siècle, sur la rive droite de la Seine, à une lieue au nord de Mantes (commune de Fontenay Saint-Père), appartenait à Mme Moreau de Beaumont, née Grimod de La Reynière, et belle-sœur de Malesherbes. Après la mort de Mme Moreau de Beaumont (1805), la propriété passa au petit-neveu de celle-ci, Louis de Rosanbo. Il avait épousé Henriette d'Andlau, petite-fille d'Helvétius. Quant au mariage de Louis de Chateaubriand, il sera célébré le 8 octobre 1811.   3. Le manoir de Mézy, sur la rive droite de la Seine, en aval de Meulan, avait conservé des parties gothiques ; il possédait un beau jardin, dessiné par Le Nôtre, en pente douce vers le fleuve. Son propriétaire, Charles Dupleix de Mézy (1766-1835), sera préfet sous la Restauration, puis Pair de France sous la Monarchie de Juillet. Sa femme, née Antoinette Véron, fille de Receveur des Finances, mourut en 1824.   4. Le tragique accident qui coûta la vie à la petite Louise de Mézy date de 1812. Quelques années plus tôt, Mme de Mézy avait déjà perdu un fils, emporté par la phtisie.

l'Île-Belle, île riante de la Seine : *Coturnix per stipulas
pascens*[1] !

De l'autre côté de cette Seine, non loin du Marais,
madame de Vintimille m'avait présenté à Méréville.
Méréville était une oasis créée par le sourire d'une muse[2],
mais d'une de ces muses que les poètes gaulois appellent
les *doctes Fées*. Ici les aventures de *Blanca* et de *Velléda*[3]
furent lues devant d'élégantes générations, qui, s'échappant les unes des autres, comme des fleurs, écoutent
aujourd'hui les plaintes de mes années.

Peu à peu mon intelligence fatiguée de repos, dans ma
rue de Miromesnil, vit se former de lointains fantômes. Le
Génie du Christianisme m'inspira l'idée de faire la preuve
de cet ouvrage, en mêlant des personnages chrétiens à des
personnages mythologiques. Une ombre, que longtemps
après j'appelai Cymodocée, se dessina vaguement dans ma
tête : aucun trait n'en était arrêté. Une fois Cymodocée
devinée, je m'enfermai avec elle, comme cela m'arrive toujours avec les filles de mon imagination ; mais avant
qu'elles soient sorties de l'état de rêve et qu'elles soient
arrivées des bords du Léthé par la porte d'ivoire[4], elles

---

1. « La *caille* picorant à travers les chaumes » : exemple de dictionnaire, sans référence précise.   2. À Méréville (entre Étampes et
Pithiviers), sur le bord de la Juine, le peintre Hubert Robert, aidé de
Bélanger (architecte de Bagatelle), avait créé, pour le banquier Jean-
Joseph de Laborde, un des plus extraordinaires jardins *composés* de la
fin du XVIIIe siècle. Son fils, Alexandre de Laborde (1773-1842), avait
recouvré le domaine dès 1797 ; il en faisait les honneurs en compagnie
de sa sœur Natalie, qui vivait séparée de son mari le comte Charles de
Noailles. Par leur mère, née Rosalie-Claire de Nettine, ils étaient les
cousins germains de Mme de Vintimille. C'est au mois de juillet 1805
que Chateaubriand fit sa première visite à Méréville. La comtesse de
Noailles, ensuite duchesse de Mouchy (1774-1835), fut passionnément
aimée de lui, mais il se borne, dans ses *Mémoires*, à cette discrète
allusion à la muse inspiratrice des années 1805-1811, qui perdra la
raison dès 1817.   3. Dans les *Aventures du dernier Abencérage* et
les *Martyrs* (livres IX et X).   4. Allégorie des portes du sommeil
qu'on trouve aussi bien chez Homère (*Odyssée*, XIX, vers 562-567)
que chez Virgile (*Énéide*, VI, vers 893-896) : celle de corne laisse
échapper les ombres véridiques ; la seconde au contraire, malgré la
blancheur éclatante de son ivoire, ne laisse passer que les songes trom-
peurs envoyés vers le monde par les Mânes.

changent souvent de forme. Si je les crée par amour, je les défais par amour, et l'objet unique et chéri que je présente ensuite à la lumière est le produit de mille infidélités.

Je ne demeurai qu'un an dans la rue de Miromesnil, car la maison fut vendue. Je m'arrangeai avec madame la marquise de Coislin, qui me loua l'attique de son hôtel, place Louis XV[1].

(2)

MADAME DE COISLIN.

Madame de Coislin[2] était une femme du plus grand air. Âgée de près de quatre-vingts ans, ses yeux fiers et dominateurs avaient une expression d'esprit et d'ironie. Madame de Coislin n'avait aucunes lettres, et s'en faisait gloire ; elle avait passé à travers le siècle voltairien sans s'en douter ; si elle en avait conçu une idée quelconque, c'était comme d'un temps de bourgeois diserts. Ce n'est pas qu'elle parlât jamais de sa naissance ; elle était trop supérieure pour tomber dans ce ridicule ; elle savait très bien voir les *petites gens* sans déroger ; mais enfin, elle était née du premier marquis de France[3]. Si elle venait de Drogon de Nesle, tué dans la Palestine en 1096 ; de Raoul de Nesle, connétable et armé chevalier par Louis IX ; de Jean II de Nesle, régent de France pendant la dernière croisade de saint Louis, madame de Coislin avouait que c'était une bêtise du sort dont on ne devait pas la rendre responsable ; elle était naturellement de la cour, comme d'autres plus heureux sont de la rue, comme on est cavale

---

1. Place de la Concorde. Aujourd'hui Automobile-Club de France.
2. Fille de Louis de Mailly, comte de Rubempré, et nièce du marquis de Nesle, la marquise de Coislin, née le 17 septembre 1732, avait alors 73 ans. Veuve et sans enfants, elle mourra le 13 février 1817, à près de 85 ans. Sur le portrait qui suit, voir le *Cahier rouge*, p. 51-53.   3. La terre de Nesle (entre Péronne et Noyon), héréditaire dans sa famille, avait été érigée en marquisat dès 1545.

de race ou haridelle de fiacre : elle ne pouvait rien à cet
accident, et force lui était de supporter le mal dont il avait
plu au ciel de l'affliger.

Madame de Coislin avait-elle eu des liaisons avec
Louis XV ? elle ne me l'a jamais avoué : elle convenait
pourtant qu'elle en avait été fort aimée, mais elle prétendait avoir traité le royal amant avec la dernière rigueur[1].
« Je l'ai vu à mes pieds, me disait-elle, il avait des yeux
charmants et son langage était séducteur. Il me proposa
un jour de me donner une toilette de porcelaine comme
celle que possédait madame de Pompadour. – Ah ! sire,
m'écriai-je, ce serait donc pour me cacher dessous ! »

Par un singulier hasard, j'ai retrouvé cette toilette chez
la marquise de Cuningham à Londres ; elle l'avait reçue
de George IV, et elle me la montrait avec une amusante
simplicité[2].

Madame de Coislin habitait dans son hôtel une
chambre s'ouvrant sous la colonnade qui correspond à la
colonnade du Garde-Meuble. Deux marines de Vernet,
que Louis *le Bien-Aimé* avait données à la noble dame,
étaient accrochées sur une vieille tapisserie de satin ver-
dâtre. Madame de Coislin restait couchée jusqu'à deux
heures après midi, dans un grand lit à rideaux également
de soie verte, assise et soutenue par des oreillers ; une
espèce de coiffe de nuit mal attachée sur sa tête laissait
passer ses cheveux gris. Des girandoles de diamants mon-
tées à l'ancienne façon, descendaient sur les épaulettes de
son manteau de lit semé de tabac, comme au temps des
élégantes de la Fronde. Autour d'elle, sur la couverture,
gisaient éparpillées des *adresses* de lettres, détachées des
lettres mêmes, et sur lesquelles *adresses* madame de
Coislin écrivait en tous sens ses pensées : elle n'achetait
point de papier, c'était la poste qui le lui fournissait. De
temps en temps, une petite chienne appelée Lili mettait
le nez hors des draps, venait m'aboyer pendant cinq ou

1. En revanche, ses cousines, les quatre filles du marquis de Nesle,
passaient pour avoir été les maîtresses de Louis XV, ce qui faisait dire
dans leur descendance, avec un rien de complaisance : « Dieu pardonne, le monde oublie, mais le nez reste ! »   **2.** Voir livre XXVII,
chap. 15, et Marcellus, p. 164.

six minutes et rentrait en grognant dans le chenil de sa
maîtresse. Ainsi le temps avait arrangé les jeunes amours
de Louis XV.

Madame de Châteauroux et ses deux sœurs[1] étaient
cousines de madame de Coislin : celle-ci n'aurait pas été
d'humeur, ainsi que madame de Mailly, repentante et
chrétienne, à répondre à un homme qui l'insultait, dans
l'église Saint-Roch, par un nom grossier : « Mon ami,
puisque vous me connaissez, priez Dieu pour moi. »

Madame de Coislin, avare de même que beaucoup de
gens d'esprit, entassait son argent dans des armoires. Elle
vivait toute rongée d'une vermine d'écus qui s'attachait
à sa peau : ses gens la soulageaient.

Quand je la trouvais plongée dans d'inextricables
chiffres, elle me rappelait l'avare Hermocrate, qui dictant
son testament, s'était institué son héritier[2]. Elle donnait
cependant à dîner par hasard ; mais elle déblatérait contre
le café que personne n'aimait, suivant elle, et dont on
n'usait que pour allonger le repas.

Madame de Chateaubriand fit un voyage à Vichy avec
madame de Coislin et le marquis de Nesle ; le marquis
courait en avant et faisait préparer d'excellents dîners.
Madame de Coislin venait à la suite, et ne demandait
qu'une demi-livre de cerises. Au départ, on lui présentait
d'énormes mémoires, alors c'était un train affreux. Elle
ne voulait entendre qu'aux cerises ; l'hôte lui soutenait
que, soit que l'on mangeât, ou qu'on ne mangeât pas,
l'usage, dans une auberge, était de payer le dîner.

Madame de Coislin s'était fait un illuminisme à sa
guise. Crédule et incrédule, le manque de foi la portait à
se moquer des croyances dont la superstition lui faisait
peur. Elle avait rencontré madame de Krüdner[3] ; la mystérieuse Française n'était illuminée que sous bénéfice
d'inventaire ; elle ne plut pas à la fervente Russe, laquelle
ne lui agréa pas non plus. Madame de Krüdner dit pas-

---

1. Les demoiselles de Mailly (en réalité quatre) devinrent : la
comtesse de Mailly, la comtesse de Vintimille, la duchesse de Laura-
guais, la duchesse de Châteauroux.   2. *Anthologie palatine*, livre XI,
épigramme 171.   3. Voir note 1, p. 140.

sionnément à madame de Coislin : « Madame, quel est votre confesseur intérieur ? – Madame, répliqua madame de Coislin, je ne connais point mon confesseur intérieur ; je sais seulement que mon confesseur est dans l'intérieur de son confessionnal. » Sur ce, les deux dames ne se virent plus.

Madame de Coislin se vantait d'avoir introduit une nouveauté à la cour, la mode des chignons flottants, malgré la reine Marie Leczinska, fort pieuse, qui s'opposait à cette dangereuse innovation. Elle soutenait qu'autrefois une personne comme il faut ne se serait jamais avisée de payer son médecin. Se récriant contre l'abondance du linge de femme : « Cela sent la parvenue, disait-elle ; nous autres, femmes de la cour, nous n'avions que deux chemises ; on les renouvelait quand elles étaient usées ; nous étions vêtues de robes de soie et nous n'avions pas l'air de grisettes comme ces demoiselles de maintenant. »

Madame Suard[1], qui demeurait rue Royale, avait un coq dont le chant, traversant l'intérieur des cours, importunait madame de Coislin. Elle écrivit à madame Suard : « Madame, faites couper le cou à votre coq. » Madame Suard renvoya le messager avec ce billet : « Madame, j'ai l'honneur de vous répondre que je ne ferai pas couper le cou à mon coq. » La correspondance en demeura là. Madame de Coislin dit à Madame de Chateaubriand : « Ah ! mon cœur, dans quel temps nous vivons ! C'est pourtant cette fille de Pankoucke, la femme de ce membre de l'Académie, vous savez ? »

M. Hénin[2], ancien commis des affaires étrangères, et ennuyeux comme un protocole, barbouillait de gros romans. Il lisait un jour à madame de Coislin une description : une amante en larmes et abandonnée, pêchait

---

1. Mme Suard, née Amélie Panckoucke (1750-1830), avait un salon fréquenté par les gens de lettres. Son mari, directeur du *Publiciste*, avait été élu secrétaire perpétuel de la nouvelle Académie, lors de sa réorganisation en 1803.   2. Pierre-Michel Hennin (1728-1807) fut employé par le ministère des Affaires étrangères de 1749 à 1792. Sa révocation par la Révolution entraîna sa ruine ; il se consola en donnant libre cours à ses dons de polygraphe.

mélancoliquement un saumon. Madame de Coislin, qui s'impatientait et n'aimait pas le saumon, interrompit l'auteur, et lui dit de cet air sérieux qui la rendait si comique : « Monsieur Hénin, ne pourriez-vous pas faire prendre un autre poisson à cette dame ? »

Les histoires que faisait madame de Coislin ne pouvaient se retenir, car il n'y avait rien dedans ; tout était dans la pantomime, l'accent et l'air de la conteuse : jamais elle ne riait. Il y avait un dialogue entre *monsieur et madame Jacqueminot*, dont la perfection passait tout. Lorsque dans la conversation entre les deux époux, madame Jacqueminot répliquait : « Mais monsieur *Jacqueminot* ! » ce nom était prononcé d'un tel ton qu'un fou rire vous saisissait. Obligée de le laisser passer, madame de Coislin attendait gravement, en prenant du tabac.

Lisant dans un journal la mort de plusieurs rois, elle ôta ses lunettes et dit en se mouchant : « Il y a une épizootie sur les bêtes à couronne. »

Au moment où elle était prête à passer, on soutenait au bord de son lit qu'on ne succombait que parce qu'on se laissait aller ; que si l'on était bien attentif et qu'on ne perdît jamais de vue l'ennemi, on ne mourrait point : « Je le crois, dit-elle ; mais j'ai peur d'avoir une distraction. » Elle expira.

Je descendis le lendemain chez elle[1] ; je trouvai monsieur et madame d'Avaray, sa sœur et son beau-frère, assis devant la cheminée, une petite table entre eux, et comptant les louis d'un sac qu'ils avaient tiré d'une boiserie creuse. La pauvre morte était là dans son lit, les rideaux à demi fermés : elle n'entendait plus le bruit de l'or qui aurait dû la réveiller, et que comptaient des mains fraternelles.

Dans les pensées écrites par la défunte sur la marge d'imprimés et sur des adresses de lettres, il y en avait d'extrêmement belles. Madame de Coislin m'avait montré ce qui restait de la cour de Louis XV, sous Bona-

---

1. Faut-il rappeler qu'à la mort de Mme de Coislin (voir p. 220, note 2) les Chateaubriand avaient quitté depuis longtemps la place de la Concorde ?

parte et après Louis XVI, comme madame d'Houdetot m'avait fait voir ce qui traînait encore, au dix-neuvième siècle, de la société philosophique.

(3)

Voyage à Vichy, en Auvergne et au Mont-Blanc.

Dans l'été de l'année 1805, j'allai rejoindre madame de Chateaubriand à Vichy, où madame de Coislin l'avait menée, comme je viens de le dire. Je n'y trouvai point Jussac, Termes, Flamarens que madame de Sévigné avait *devant et après elle*, en 1677[1] ; depuis cent vingt et quelques années, ils dormaient. Je laissai à Paris ma sœur, madame de Caud qui s'y était établie depuis l'automne de 1804[2]. Après un court séjour à Vichy, madame de Chateaubriand me proposa de voyager, afin de nous éloigner pendant quelque temps des tracasseries politiques[3].

On a recueilli dans mes œuvres[4] deux petits *Voyages* que je fis alors en Auvergne et au Mont-Blanc. Après trente-quatre ans d'absence, des hommes, étrangers à ma personne, viennent de me faire, à Clermont, la réception qu'on fait à un vieil ami[5]. Celui qui s'est longtemps

---

1. À Vichy, M. de Jussac, gouverneur du duc de Vendôme, le marquis de Termes, neveu de la Montespan, et le chevalier de Flammarens prenaient leur douche « devant et après » Mme de Sévigné, « chacun sa demi-heure » (lettre à sa fille du 16 septembre 1677).   2. Voir *infra*, p. 237, note 2, pour la confusion des dates.   3. Mme de Chateaubriand avait quitté Paris pour Vichy, avec Mme de Coislin, au milieu du mois de juillet 1805. Son mari se rendit alors à Méréville pour une brève visite (voir p. 219, note 2), puis séjourna auprès de Mme de Custine à Fervacques du 20 juillet au 3 août. Il ne regagna Paris que pour repartir aussitôt rejoindre sa femme à Vichy.   4. Au tome VII des *Œuvres complètes* (Ladvocat, 1827). Le second de ces textes avait déjà paru dans le *Mercure de France* du 1er février 1806, sous le titre : « Voyage au Mont-Blanc et réflexions sur les paysages de montagne ».   5. Du 13 au 15 juillet 1838 (voir livre XIV, chap. 2, note 1).

occupé des principes dont la race humaine jouit en communauté, a des amis, des frères et des sœurs dans toutes les familles : car si l'homme est ingrat, l'humanité est reconnaissante. Pour ceux qui se sont liés avec vous par une bienveillante renommée, et qui ne vous ont jamais vu, vous êtes toujours le même ; vous avez toujours l'âge qu'ils vous ont donné ; leur attachement, qui n'est point dérangé par votre présence, vous voit toujours jeune et beau comme les sentiments qu'ils aiment dans vos écrits.

Lorsque j'étais enfant, dans ma Bretagne, et que j'entendais parler de l'Auvergne, je me figurais que celle-ci était un pays bien loin, bien loin, où l'on voyait des choses étranges, où l'on ne pouvait aller qu'avec grand péril, en cheminant sous la garde de la sainte Vierge. Je ne rencontre point sans une sorte de curiosité attendrie ces petits Auvergnats qui vont chercher fortune dans ce grand monde avec un petit coffret de sapin. Ils n'ont guère que l'espérance dans leur boîte, en descendant de leurs rochers ; heureux s'ils la rapportent !

Hélas ! il n'y avait pas deux ans que madame de Beaumont reposait au bord du Tibre, lorsque je foulai sa terre natale[1], en 1805 ; je n'étais qu'à quelques lieues de ce Mont-d'Or, où elle était venue chercher la vie qu'elle allongea un peu pour atteindre Rome. L'été dernier, en 1838, j'ai parcouru de nouveau cette même Auvergne. Entre ces dates, 1805 et 1838, je puis placer les transformations arrivées dans la société autour de moi.

Nous quittâmes Clermont, et, en nous rendant à Lyon, nous traversâmes Thiers et Roanne. Cette route, alors peu fréquentée, suivait çà et là les rives du Lignon. L'auteur de l'*Astrée*, qui n'est pas un grand esprit, a pourtant inventé des lieux et des personnages qui vivent ; tant la fiction, quand elle est appropriée à l'âge où elle paraît, a de puissance créatrice ! Il y a, du reste, quelque chose d'ingénieusement fantastique dans cette résurrection des nymphes et des naïades qui se mêlent à des bergers, des dames et des chevaliers : ces mondes divers s'associent

---

1. Les Montmorin Saint-Hérem appartenaient à une vieille famille auvergnate.

bien, et l'on s'accommode agréablement des fables de la mythologie, unies aux mensonges du roman : Rousseau a raconté comment il fut trompé par d'Urfé [1].

À Lyon, nous retrouvâmes M. Ballanche ; il fit avec nous la course à Genève et au Mont-Blanc. Il allait partout où on le menait, sans qu'il y eût la moindre affaire. À Genève, je ne fus point reçu à la porte de la ville par Clotilde, fiancée de Clovis : M. de Barante, le père, était devenu préfet du Léman. J'allai voir à Coppet madame de Staël ; je la trouvai seule au fond de son château, qui renfermait une cour attristée [2]. Je lui parlai de sa fortune et de sa solitude, comme d'un moyen précieux d'indépendance et de bonheur ; je la blessai. Madame de Staël aimait le monde ; elle se regardait comme la plus malheureuse des femmes, dans un exil dont j'aurais été ravi. Qu'était-ce à mes yeux que cette infélicité [3] de vivre dans ses terres, avec les conforts de la vie ? Qu'était-ce que ce malheur d'avoir de la gloire, des loisirs, de la paix, dans une riche retraite à la vue des Alpes, en comparaison de ces milliers de victimes sans pain, sans nom, sans secours, bannies dans tous les coins de l'Europe, tandis que leurs parents avaient péri sur l'échafaud ? Il est fâcheux d'être atteint d'un mal dont la foule n'a pas l'intelligence. Au reste, ce mal n'en est que plus vif : on ne l'affaiblit point en le confrontant avec d'autres maux, on n'est pas juge de la peine d'autrui ; ce qui afflige l'un fait la joie de l'autre ; les cœurs ont des secrets divers, incompréhensibles à d'autres cœurs. Ne disputons à personne ses souffrances ; il en est des douleurs comme des patries, chacun a la sienne.

Madame de Staël visita le lendemain madame de Chateaubriand à Genève, et nous partîmes pour Chamouny. Mon opinion sur les paysages des montagnes fit dire que je cherchais à me singulariser ; il n'en était rien. On verra,

---

1. Au livre IV des *Confessions*. Sur la route empruntée, voir le *Cahier rouge*, p. 53-57.   **2.** C'est le moment où Mme de Staël, revenue à Coppet après son voyage en Italie, noue une liaison avec Prosper de Barante, le fils du préfet du Léman, mais aussi celui où elle commence la rédaction de *Corinne*.   **3.** Ce malheur, cette infortune ; ce latinisme est un terme usuel au xvie siècle, de Rabelais à Régnier.

quand je parlerai du Saint-Gothard [1], que cette opinion m'est restée. On lit dans le *Voyage au Mont-Blanc* un passage que je rappellerai comme liant ensemble les événements passés de ma vie aux événements alors futurs de cette même vie, et aujourd'hui également passés.

« Il n'y a qu'une seule circonstance où il soit vrai que les montagnes inspirent l'oubli des troubles de la terre : c'est lorsqu'on se retire loin du monde pour se consacrer à la religion. Un anachorète qui se dévoue au service de l'humanité, un saint qui veut méditer les grandeurs de Dieu en silence, peuvent trouver la paix et la joie sur des roches désertes ; mais ce n'est point alors la tranquillité des lieux qui passe dans l'âme de ces solitaires, c'est au contraire leur âme qui répand sa sérénité dans la région des orages ....

Il y a des montagnes que je visiterais encore avec un plaisir extrême : ce sont celles de la Grèce et de la Judée. J'aimerais à parcourir les lieux dont mes nouvelles études me forcent de m'occuper chaque jour ; j'irais volontiers chercher sur le Thabor et le Taygète d'autres couleurs et d'autres harmonies, après avoir peint les monts sans renommée et les vallées inconnues du Nouveau-Monde. » Cette dernière phrase annonçait le voyage que j'exécutai en effet l'année suivante, 1806.

À notre retour à Genève, sans avoir pu revoir madame de Staël à Coppet, nous trouvâmes les auberges encombrées. Sans les soins de M. de Forbin [2] qui survint et nous

---

1. Au chap. 16 du livre XXXV (voir tome 4).　　2. De famille provençale, Louis-Auguste de Forbin (1779-1841) avait des attaches à Lyon, où il était demeuré orphelin après le siège de 1793. Il avait alors commencé des études de peinture auprès du graveur Jean-Jacques de Boissieu, avant de devenir, à Paris, élève de David. Il séjourna ensuite à Rome, de 1802 à 1805, en compagnie de son ami Granet, le peintre aixois. C'est là qu'il fit la connaissance de Chateaubriand (auquel il apporta, au mois de mars 1805, des nouvelles du tombeau de Mme de Beaumont), mais aussi de la nouvelle princesse Borghèse (Pauline Bonaparte) dont il ne tarda pas à devenir le chambellan (intime). Tenté alors par une carrière militaire qui le mena jusqu'au grade de colonel, il se retira de nouveau en Italie après Wagram. Il sera, de 1813 à 1815, un adorateur passionné de Mme Récamier, qu'il avait rencontrée à Rome. La Restauration le nomma directeur du Musée du Louvre, et c'est à ce titre qu'il voyagea en Orient de 1817 à 1818.

procura un mauvais dîner dans une antichambre noire, nous aurions quitté la patrie de Rousseau sans manger. M. de Forbin était alors dans la béatitude ; il promenait dans ses regards le bonheur intérieur qui l'inondait ; il ne touchait pas terre. Porté par ses talents et ses félicités, il descendait de la montagne comme du ciel, veste de peintre en justaucorps, palette au pouce, pinceaux en carquois. Bonhomme néanmoins, quoique excessivement heureux, se préparant à m'imiter un jour, quand j'aurais fait le voyage de Syrie, voulant même aller jusqu'à Calcutta, pour faire revenir les amours par une route extraordinaire, lorsqu'ils manqueraient dans les sentiers battus. Ses yeux avaient une protectrice pitié ; j'étais pauvre, humble, peu sûr de ma personne, et je ne tenais pas dans mes mains puissantes le cœur des princesses. À Rome, j'ai eu le bonheur de rendre à M. de Forbin son dîner du Lac ; j'avais le mérite d'être devenu ambassadeur. Dans ce temps-ci, on retrouve roi le soir le pauvre diable qu'on a quitté le matin dans la rue.

Le noble gentilhomme, peintre au droit de la Révolution, commençait cette génération d'artistes[1] qui s'arrangent eux-mêmes en croquis, en grotesques, en caricatures. Les uns portent des moustaches effroyables, on dirait qu'ils vont conquérir le monde ; leurs brosses sont des hallebardes, leurs grattoirs des sabres ; les autres ont d'énormes barbes, des cheveux pendants ou bouffis ; ils fument un cigare en guise de volcan. Ces *cousins de l'arc-en-ciel*[2], comme parle notre vieux Régnier, ont la tête remplie de déluges, de mers, de fleuves, de forêts, de cataractes, de tempêtes ou de carnages, de supplices et d'échafauds. Chez eux sont des crânes humains, des fleurets, des mandolines, des morions et des dolimans. Hâbleurs, entreprenants, impolis, libéraux (jusqu'au portrait du tyran qu'ils peignent), ils visent à former une

---

1. Portrait caricatural du *rapin* des années 1830, qui se termine toutefois par un hommage de sympathie. Cf. le chap. 6 du livre XXIX, et la brève évocation du peintre Cottereau, au chap. 20 du livre XXXV.   2. « Se dit des gens qui se prétendent plus sublimes et plus élevés que les autres dans leurs pensées » (*Huguet*). Chateaubriand se réfère à Mathurin Régnier, *Satire*, X, vers 18.

espèce à part entre le singe et le satyre ; ils tiennent à faire comprendre que le secret de l'atelier a ses dangers, et qu'il n'y a pas sûreté pour les modèles. Mais combien ne rachètent-ils pas ces travers par une existence exaltée, une nature souffrante et sensible, une abnégation entière d'eux-mêmes, un dévouement sans calcul aux misères des autres, une manière de sentir délicate, supérieure, idéalisée, une indigence fièrement accueillie et noblement supportée ; enfin, quelquefois par des talents immortels, fils du travail, de la passion, du génie et de la solitude !

Sortis de nuit de Genève pour retourner à Lyon, nous fûmes arrêtés au pied du fort de l'Écluse, en attendant l'ouverture des portes[1]. Pendant cette station des sorcières de Macbeth sur la bruyère, il se passait en moi des choses étranges. Mes années expirées ressuscitaient et m'environnaient comme une bande de fantômes ; mes saisons brûlantes me revenaient dans leur flamme et leur tristesse. Ma vie, creusée par la mort de madame de Beaumont, était demeurée vide : des formes aériennes, houris ou songes, sortant de cet abîme, me prenaient par la main et me ramenaient au temps de la sylphide. Je n'étais plus aux lieux que j'habitais, je rêvais d'autres bords. Quelque influence secrète me poussait aux régions de l'Aurore, où m'entraînaient d'ailleurs le plan de mon nouveau travail et la voix religieuse qui me releva du vœu de la villageoise, ma nourrice. Comme toutes mes facultés s'étaient accrues, comme je n'avais jamais abusé de la vie, elle surabondait de la sève de mon intelligence, et l'art, triomphant dans ma nature, ajoutait aux inspirations du poète. J'avais ce que les Pères de la Thébaïde appelaient des *ascensions* de cœur. Raphaël, (qu'on pardonne au blasphème de la similitude), Raphaël, devant *la Transfiguration* seulement ébauchée sur le chevalet, n'aurait pas été plus électrisé par son chef-d'œuvre que je ne l'étais par cet Eudore et cette Cymodocée, dont je ne savais pas encore le nom et dont j'entrevoyais l'image au travers d'une atmosphère d'amour et de gloire.

Ainsi le génie natif qui m'a tourmenté au berceau,

---

1. Elles barraient la route du défilé, au-dessus du Rhône.

retourne quelquefois sur ses pas après m'avoir abandonné ; ainsi se renouvellent mes anciennes souffrances ; rien ne guérit en moi ; si mes blessures se ferment instantanément, elles se rouvrent tout à coup comme celles de ces crucifix du moyen âge, qui saignent à l'anniversaire de la Passion. Je n'ai d'autre ressource, pour me soulager dans ces crises, que de donner un libre cours à la fièvre de ma pensée, de même qu'on se fait percer les veines quand le sang afflue au cœur ou monte à la tête. Mais de quoi parlé-je ? Ô religion, où sont donc tes puissances, tes freins, tes baumes ! Est-ce que je n'écris pas toutes ces choses à d'innombrables années de l'heure où je donnai le jour à René ? J'avais mille raisons pour me croire mort, et je vis ! C'est grand'pitié. Ces afflictions du poète isolé, condamné à subir le printemps malgré Saturne, sont inconnues de l'homme qui ne sort point des lois communes ; pour lui, les années sont toujours jeunes : « Or les jeunes chevreaux, dit Oppien[1], veillent sur l'auteur de leur naissance ; lorsque celui-ci vient à tomber dans les filets du chasseur, ils lui présentent avec la bouche l'herbe tendre et fleurie, qu'ils sont allés cueillir au loin, et lui apportent sur le bord des lèvres une eau fraîche, puisée dans le prochain ruisseau. »

(4)

Retour à Lyon.

De retour à Lyon[2], j'y trouvai des lettres de M. Joubert : elles m'annonçaient son impossibilité d'être à Villeneuve avant le mois de septembre. Je lui répondis : « Votre départ de Paris est trop éloigné et me gêne ; vous sentez que ma femme ne voudra jamais arriver avant vous à Villeneuve : c'est aussi une tête que celle-là, et depuis

---

1. *De la Chasse*, livre II, vers 350-354. La traduction est assez libre. 2. Le 31 août 1805.

qu'elle est avec moi, je me trouve à la tête de deux têtes
très difficiles à gouverner. Nous resterons à Lyon, où l'on
nous fait si prodigieusement manger que j'ai à peine le
courage de sortir de cette excellente ville. L'abbé de Bonnevie est ici, de retour de Rome ; il se porte à merveille ;
il est gai, il prêchaille ; il ne pense plus à ses malheurs ;
il vous embrasse et va vous écrire. Enfin tout le monde
est dans la joie, excepté moi ; il n'y a que vous qui gro-
gniez. Dites à Fontanes que j'ai dîné avec M. Saget. »

Ce M. Saget[1] était la providence des chanoines ; il
demeurait sur le coteau de Sainte-Foix, dans la région du
bon vin. On montait chez lui à peu près par l'endroit où
Rousseau avait passé la nuit au bord de la Saône.

« Je me souviens, dit-il[2], d'avoir passé une nuit délicieuse, hors de la ville, dans un chemin qui côtoyait la
Saône. Des jardins élevés en terrasse bordaient le chemin
du côté opposé : il avait fait très chaud ce jour-là ; la
soirée était charmante, la rosée humectait l'herbe flétrie ;
point de vent, une nuit tranquille ; l'air était frais sans
être froid ; le soleil après son coucher avait laissé dans le
ciel des vapeurs rouges, dont la réflexion rendait l'eau
couleur de rose ; les arbres des terrasses étaient chargés
de rossignols qui se répondaient de l'un à l'autre. Je me
promenais dans une sorte d'extase, livrant mes sens et
mon cœur à la jouissance de tout cela, et soupirant seulement un peu du regret d'en jouir seul. Absorbé dans ma
douce rêverie, je prolongeai fort avant dans la nuit ma
promenade, sans m'apercevoir que j'étais las. Je m'en
aperçus enfin : je me couchai voluptueusement sur la
tablette d'une espèce de niche ou de fausse porte, enfon-
cée dans un mur de terrasse : le ciel de mon lit était formé
par les têtes des arbres, un rossignol était précisément au-
dessus de moi ; je m'endormis à son chant : mon sommeil
fut doux ; mon réveil le fut davantage. Il était grand jour :

---

1. Ancien agent de change, devenu maire de Sainte-Foy. Sans
doute est-ce par Ballanche ou Bonnevie que Chateaubriand avait connu
ce personnage, que sa femme évoque aussi dans le *Cahier rouge*,
p. 55.   **2.** Au livre IV des *Confessions*.

mes yeux en s'ouvrant virent l'eau, la verdure, un paysage admirable. »

Le charmant itinéraire de Rousseau à la main, on arrivait chez M. Saget. Cet antique et maigre garçon, jadis marié, portait une casquette verte, un habit de camelot gris, un pantalon de nankin, des bas bleus et des souliers de castor. Il avait vécu beaucoup à Paris et s'était lié avec mademoiselle Devienne[1]. Elle lui écrivait des lettres fort spirituelles, le gourmandait et lui donnait de très bons conseils : il n'en tenait compte, car il ne prenait pas le monde au sérieux, croyant apparemment comme les Mexicains, que le monde avait déjà usé quatre soleils, et qu'au quatrième (lequel nous éclaire aujourd'hui) les hommes avaient été changés en magots. Il faisait les cornes au martyre de saint Pothin et de saint Irénée, au massacre des protestants rangés côte à côte par ordre de Mandelot, gouverneur de Lyon, et ayant tous la gorge coupée du même côté. Vis-à-vis le champ des fusillades des Brotteaux, il m'en racontait les détails, tandis qu'il se promenait parmi ses ceps, mêlant son récit de quelques vers de Loyse Labbé : il n'aurait pas perdu un coup de dent durant la dernière exécution de Lyon, sous la charte-vérité[2].

Certains jours, à Sainte-Foix, on étalait une certaine tête de veau marinée pendant cinq nuits, cuite dans le vin de Madère et rembourrée de choses exquises ; de jeunes paysannes très jolies servaient à table ; elles versaient l'excellent vin du crû renfermé dans des dames-jeannes de la grandeur de trois bouteilles. Nous nous abattions, moi et le chapitre en soutane, sur le festin Saget : le coteau en était tout noir.

---

1. La comédienne lyonnaise Françoise Thévenin, dite Sophie Devienne (1763-1841), joua les soubrettes au Théâtre-Français, de 1785 à 1813, année de sa retraite.   2. C'est toute la sanglante histoire de Lyon que Chateaubriand évoque dans ces quelques lignes : persécution des premiers chrétiens, massacres des guerres de religion, exécutions sommaires de la Terreur, sous le « proconsulat » de Fouché, enfin répression très récente des insurrections ouvrières de la Croix-Rousse par la Monarchie de Juillet.

Notre *dapifer*[1] trouva vite la fin de ses provisions :
dans la ruine de ses derniers moments, il fut recueilli par
deux ou trois des vieilles maîtresses qui avaient pillé sa
vie, « espèce de femmes, dit saint Cyprien, qui vivent
comme si elles pouvaient être aimées, *quae sic vivis ut
possis adamari.* »

(5)

COURSE À LA GRANDE-CHARTREUSE.

Nous nous arrachâmes aux délices de Capoue pour
aller voir la Chartreuse, toujours avec M. Ballanche. Nous
louâmes une calèche dont les roues disjointes faisaient un
bruit lamentable. Arrivés à Voreppe, nous nous arrêtâmes
dans une auberge au haut de la ville. Le lendemain à la
pointe du jour, nous montâmes à cheval et nous partîmes,
précédés d'un guide. Au village de Saint-Laurent, au bas
de la Grande-Chartreuse, nous franchîmes la porte de la
vallée, et nous suivîmes, entre deux flancs de rochers, le
chemin montant au monastère. Je vous ai parlé, à propos
de Combourg, de ce que j'éprouvai dans ce lieu. Les bâtiments abandonnés se lézardaient sous la surveillance
d'une espèce de fermier des ruines. Un frère lai était
demeuré là, pour prendre soin d'un solitaire infirme qui
venait de mourir : la religion avait imposé à l'amitié la
fidélité et l'obéissance. Nous vîmes la fosse étroite fraî-
chement recouverte : Napoléon, dans ce moment, en allait
creuser une immense à Austerlitz. On nous montra l'enceinte du couvent, les cellules, accompagnées chacune
d'un jardin et d'un atelier, on y remarquait des établis de
menuisier et des rouets de tourneur : la main avait laissé

---

1. On rencontre ce latinisme dans certaines vieilles chroniques
médiévales pour désigner un « officier de bouche » ou « seneschal »
chargé de servir le roi à table ; par extension celui qui « ordonne » le
festin.

tomber le ciseau. Une galerie offrait les portraits des supérieurs de la Chartreuse. Le palais ducal à Venise garde la suite des *ritratti* des doges ; lieux et souvenirs divers ! Plus haut, à quelque distance, on nous conduisit à la chapelle du reclus immortel de Le Sueur[1].

Après avoir dîné dans une vaste cuisine, nous repartîmes et nous rencontrâmes, porté en palanquin comme un rajah, M. Chaptal[2], jadis apothicaire, puis sénateur, ensuite possesseur de Chanteloup et inventeur du sucre de betterave, l'avide héritier des beaux roseaux indiens de la Sicile, perfectionnés par le soleil d'Otahiti. En descendant des forêts, j'étais occupé des anciens cénobites ; pendant des siècles, ils portèrent, avec un peu de terre dans le pan de leur robe, des plants de sapins, devenus des arbres sur les rochers. Heureux, ô vous qui traversâtes le monde sans bruit, et ne tournâtes pas même la tête en passant !

Nous n'eûmes pas plus tôt atteint la porte de la vallée qu'un orage éclate ; un déluge se précipite, et des torrents troublés dévalent[3] en rugissant de toutes les ravines. Madame de Chateaubriand, devenue intrépide à force de peur, galopait à travers les cailloux, les flots et les éclairs. Elle avait jeté son parapluie pour mieux entendre le tonnerre ; le guide lui criait : « Recommandez votre âme à Dieu ! Au nom du Père, du Fils et du Saint-Esprit ! » Nous arrivâmes à Voreppe au son du tocsin ; les restes de l'orage déchiré étaient devant nous. On apercevait au loin dans la campagne l'incendie d'un village, et la lune arrondissait la partie supérieure de son disque au-dessus des nuages, comme le front pâle et chauve de saint Bruno, fondateur de l'ordre du silence. M. Ballanche, tout

---

1. Eustache Le Sueur (1616-1655) avait illustré la « Vie de saint Bruno » dans une suite de peintures célèbres qui orna, jusqu'à la Révolution, le petit cloître de la chartreuse de Paris et se trouve aujourd'hui au Louvre.   2. Le chimiste Chaptal (1756-1832) ne cessa de se passionner pour les applications industrielles de la science de son temps. Ce fut aussi un remarquable administrateur. Il développa la production de sucre de betterave, pour remplacer la canne à sucre. Le domaine de Chanteloup, qu'il acheta au début du Consulat, avait appartenu au duc de Choiseul.   3. Plutôt que « détalent » (toutes les éditions).

dégouttant de pluie, disait avec sa placidité inaltérable :
« Je suis comme un poisson dans l'eau. » Je viens, en
cette année 1838, de revoir Voreppe[1] ; l'orage n'y était
plus ; mais il m'en reste deux témoins, madame de Chateaubriand et M. Ballanche. Je le fais observer, car j'ai eu
trop souvent, dans ces *Mémoires*, à remarquer les absents.

De retour à Lyon, nous y laissâmes notre compagnon
et nous allâmes à Villeneuve. Je vous ai raconté ce que
c'était que cette petite ville, mes promenades et mes
regrets au bord de l'Yonne avec M. Joubert. Là, vivaient
trois vieilles filles, mesdemoiselles Piat[2] ; elles rappelaient les trois amies de ma grand'mère à Plancouët, à
la différence près des positions sociales. Les vierges de
Villeneuve moururent successivement, et je me souvenais
d'elles à la vue d'un perron herbu, qui montait en dehors
de leur maison déshabitée. Que disaient-elles en leur
temps, ces demoiselles villageoises ? Elles parlaient d'un
chien, et d'un manchon que leur père leur avait acheté
jadis à la foire de Sens. Cela me charmait autant que le
concile de cette même ville, où saint Bernard fit condamner Abailard mon compatriote[3]. Les vierges au manchon
étaient peut-être des Héloïse ; elles aimèrent peut-être, et
leurs lettres retrouvées un jour, enchanteront l'avenir. Qui
sait ? Elles écrivaient peut-être à leur *seigneur, aussi leur
père, aussi leur frère, aussi leur époux : domino suo, imo
patri*, etc.[4] qu'elles se sentaient honorées du nom d'amie,
du nom de *maîtresse* ou de *courtisane, concubinae vel
scorti*[5]. « Au milieu de son sçavoir, dit un docteur grave,

---

1. Au retour de Cannes, le 31 juillet 1838.   **2.** Lisette Piat, gou-
vernante des Joubert à Villeneuve, et ses sœurs.   **3.** Le 2 juin 1140.
Abélard était né, en 1079, près de Nantes.   **4.** Suscription de la première lettre écrite par Héloïse à Abélard.   **5.** Allusion à un passage
de cette même lettre : *Et si uxoris nomen sanctius ac validius videtur,
dulcius mihi semper extitit amicae vocabulum, aut, si non indigneris,
concubinae vel scorti* (« Et même s'il te semble plus conforme à la
sainteté et à la validité de notre union de me nommer ton épouse, le
nom de maîtresse a toujours eu pour moi plus de douceur ; ou même,
si tu me passes cette expression, celui de concubine, ou de fille de
joie »).

je trouve Abailard avoir fait un trait de folie admirable, quand il suborna d'amour Héloïse son escolière[1]. »

(6)

Mort de madame de Caud.

Une grande et nouvelle douleur me surprit à Villeneuve. Pour vous la raconter, il faut retourner quelques mois en arrière de mon voyage en Suisse[2]. J'habitais encore la maison de la rue Miromesnil, lorsque dans l'automne de 1804, madame de Caud vint à Paris[3]. La mort de madame de Beaumont avait achevé d'altérer la raison de ma sœur ; peu s'en fallait qu'elle ne crût pas à cette mort, qu'elle ne soupçonnât du mystère dans cette disparition, ou qu'elle ne rangeât le Ciel au nombre des ennemis qui se jouaient de ses maux. Elle n'avait rien : je lui avais choisi un appartement rue Caumartin, en la trompant sur le prix de la location et sur les arrangements que je lui fis prendre avec un restaurateur. Comme une

---

1. Dom Gervaise, *La Vie de Pierre Abeillard (...)*, 1720. Sans vouloir commenter cette extraordinaire *dérive* textuelle à partir du *nom* de Sens (un vrai programme, avouons-le), rappelons qu'au moment de leur liaison, Abailard avait 39 ans, Héloïse 17, âge immuable de la Sylphide.   2. Lucile est morte à Paris le 10 novembre 1804, comme le prouve un riche dossier documentaire publié dans *Bulletin*, 1937. Le *Cahier rouge* date « la mort de la pauvre Mme de Caud » du mois de juin 1804 ; ce chapitre au contraire la reporte jusqu'à la fin de 1805 ! En réalité, la seule certitude du mémorialiste (comme de sa femme), c'est leur présence à Villeneuve lors de ce décès. Or, ils ont multiplié, à cette époque, les visites à la campagne, en particulier chez les Joubert. De ce point de vue, les années se répètent ; chacune se termine par un séjour à Villeneuve : en 1804, du 15 septembre au 15 octobre, puis du 28 octobre à la mi-décembre ; un an plus tard, Chateaubriand passe de nouveau, en compagnie de sa femme, un mois (octobre 1805) chez ses amis, avant de regagner Paris après un été bien rempli. À trente ans de distance, les années 1804 et 1805 se sont confondues dans son souvenir.   3. C'est en réalité dans la seconde quinzaine de mars 1804 que Lucile quitta la Bretagne.

flamme prête à s'éteindre, son génie jetait la plus vive lumière ; elle en était toute éclairée. Elle traçait quelques lignes qu'elle livrait au feu, ou bien elle copiait dans des ouvrages quelques pensées en harmonie avec la disposition de son âme. Elle ne resta pas longtemps rue Caumartin ; elle alla demeurer aux Dames Saint-Michel, rue du faubourg Saint-Jacques[1] : madame de Navarre[2] était supérieure du couvent. Lucile avait une petite cellule ayant vue sur le jardin : je remarquai qu'elle suivait des yeux, avec je ne sais quel désir sombre, les religieuses qui se promenaient dans l'enclos autour des carrés de légumes. On devinait qu'elle enviait la sainte, et qu'allant par-delà, elle aspirait à l'ange. Je sanctifierai ces *Mémoires* en y déposant, comme des reliques, ces billets de madame de Caud, écrits avant qu'elle eût pris son vol vers sa patrie éternelle[3].

« 17 janvier.

« Je me reposais de mon bonheur sur toi et sur madame de Beaumont, je me sauvais dans votre idée de mon ennui et de mes chagrins : toute mon occupation était de vous aimer. J'ai fait cette nuit de longues réflexions sur ton caractère et ta manière d'être. Comme toi et moi nous sommes toujours voisins, il faut, je crois, du temps pour me connaître, tant il y a diverses pensées dans ma tête !

---

1. Ces adresses sont antérieures au dernier séjour de Lucile à Paris. C'est au milieu de 1802 qu'elle avait occupé un logement chez les Dames de Saint-Michel, alors rue Notre-Dame-des-Champs ; elle avait ensuite loué, à la fin du mois de septembre, une chambre rue Thiroux (devenue par la suite une portion de la rue Caumartin). **2.** Autre confusion de Chateaubriand : Marie-Louise-Charlotte Poullot de Navarre était religieuse « institutrice » non pas chez les Dames de Saint-Michel, mais chez les Augustines de la Congrégation Notre-Dame (dont elle ne deviendra supérieure qu'en 1808) : c'est dans leur couvent de la rue Neuve-Saint-Étienne (aujourd'hui rue de Navarre) que Lucile résida jusqu'à la veille de sa mort. **3.** Les extraits que Chateaubriand donne des lettres de Lucile dans ce chapitre sont plus étendus que dans les *Mémoires de ma vie*, mais parfois censurés. Il ne les classe du reste pas selon un ordre chronologique : le premier date sans doute du 17 janvier 1803 ; certains autres pourraient remonter au milieu de 1802.

tant ma timidité et mon espèce de faiblesse extérieure
sont en opposition avec ma force intérieure ! En voilà
trop sur moi. Mon illustre frère, reçois le plus tendre
remerciement de toutes les complaisances et de toutes les
marques d'amitié que tu n'as cessé de me donner. Voilà
la dernière lettre de moi que tu recevras le matin. J'ai
beau te faire part de mes idées, elles n'en restent pas
moins tout entières en moi. »

Sans date.

« Me crois-tu sérieusement, mon ami, à l'abri de
quelque impertinence de M. Chênedollé ? Je suis bien
décidée à ne point l'inviter à continuer ses visites ; je me
résigne à ce que celle de mardi soit la dernière. Je ne
veux point gêner sa politesse. Je ferme pour toujours le
livre de ma destinée, et je le scelle du sceau de la raison ;
je n'en consulterai pas plus les pages, maintenant, sur les
bagatelles que sur les choses importantes de la vie. Je
renonce à toutes mes folles idées ; je ne veux m'occuper
ni me chagriner de celles des autres ; je me livrerai à
corps perdu à tous les événements de mon passage dans
ce monde. Quelle pitié que l'attachement que je me
porte ! Dieu ne peut plus m'affliger qu'en toi. Je le remercie du précieux, bon et cher présent qu'il m'a fait en ta
personne et d'avoir conservé ma vie sans tache ; voilà
tous mes trésors. Je pourrais prendre pour emblème de
ma vie la lune dans un nuage avec cette devise : Souvent
obscurcie, jamais ternie. Adieu, mon ami. Tu seras peut-
être étonné (du changement) de mon langage depuis hier
matin. Depuis t'avoir vu, mon cœur s'est relevé vers
Dieu, et je l'ai placé tout entier au pied de la croix, sa
seule et véritable place. »

« Ce jeudi.

« Bonjour, mon ami. De quelle couleur sont tes idées
ce matin ? Pour moi, je me rappelle que la seule personne
qui put me soulager quand je craignais pour la vie de
madame de Farcy fut celle qui me dit : « Mais il est dans

l'ordre des choses possibles que vous mouriez avant elle. » Pouvait-on frapper plus juste ? Il n'est rien tel, mon ami, que l'idée de la mort pour nous débarrasser de l'avenir. Je me hâte de te débarrasser de moi ce matin, car je me sens trop en train de dire de belles choses. Bonjour, mon pauvre frère. Tiens-toi en joie. »

Sans date.

« Lorsque madame de Farcy existait, toujours près d'elle, je ne m'étais pas aperçue du besoin d'être en société de pensées avec quelqu'un. Je possédais ce bien sans m'en douter. Mais depuis que nous avons perdu cette amie et les circonstances m'ayant séparée de toi, je connus le supplice de ne pouvoir jamais délasser et renouveler son esprit dans la conversation de quelqu'un ; je sens que mes idées me font mal lorsque je ne puis m'en débarrasser ; cela tient sûrement à ma mauvaise organisation. Cependant je suis assez contente, depuis hier, de mon courage. Je ne fais nulle attention à mon chagrin, et à l'espèce de défaillance intérieure que j'éprouve. Je me suis délaissée. Continue à être toujours aimable envers moi : ce sera humanité ces jours-ci. Bonjour, mon ami. À tantôt, j'espère. »

Sans date.

« Sois tranquille, mon ami ; ma santé se rétablit à vue d'œil. Je me demande souvent pourquoi j'apporte tant de soin à l'étayer. Je suis comme un insensé qui édifierait une forteresse au milieu d'un désert. Adieu, mon pauvre frère. »

Sans date.

« Comme ce soir je souffre beaucoup de la tête, je viens tout simplement, au hasard, de t'écrire quelques pensées de Fénelon pour remplir mon engagement :
– « On est bien à l'étroit quand on se renferme au dedans de soi. Au contraire, on est bien au large quand

on sort de cette prison pour entrer dans l'immensité de Dieu.

– « Nous retrouverons bientôt ce que nous avons perdu. Nous en approchons tous les jours à grands pas. Encore un peu, et il n'y aura plus de quoi pleurer. C'est nous qui mourons : ce que nous aimons vit et ne mourra point.

– « Vous vous donnez des forces trompeuses, telles que la fièvre ardente en donne au malade. On voit en vous, depuis quelques jours, un mouvement convulsif pour montrer du courage et de la gaieté avec un fonds d'agonie.

« Voilà tout ce que ma tête et ma mauvaise plume me permettent de t'écrire ce soir. Si tu veux, je recommencerai demain et t'en conterai peut-être davantage. Bon soir, mon ami. Je ne cesserai point de te dire que mon cœur se prosterne devant celui de Fénelon, dont la tendresse me semble si profonde et la vertu si élevée. Bonjour, mon ami.

« Je te dis à mon réveil mille tendresses et te donne cent bénédictions. Je me porte bien ce matin et suis inquiète si tu pourras me lire, et si ces pensées de Fénelon te paraîtront bien choisies. Je crains que mon cœur ne s'en soit trop mêlé. »

Sans date.

« Pourrais-tu penser que je m'occupe follement depuis hier à te corriger ? Les Blossac [1] m'ont confié dans le plus grand secret une romance de toi [2]. Comme je ne trouve pas que dans cette romance tu aies tiré parti de tes idées, je m'amuse à essayer de les rendre dans toute leur valeur. Peut-on pousser l'audace plus loin ? Pardonnez, grand

---

1. Cousins des Chateaubriand ; Mme de Blossac (1766-1851) était née Flore de Bedée. 2. Peut-être une ébauche du *Montagnard émigré*, que Chateaubriand publia dans le *Mercure de France* du 31 mai 1806, avant de le reprendre dans le *Dernier Abencérage*. On a retrouvé, en effet, une romance construite sur le même modèle qu'une tradition familiale attribue à Lucile (E. Aubrée, *Lucile et René de Chateaubriand chez leurs sœurs à Fougères*, Champion, 1929, p. 122-123).

homme, et ressouvenez-vous que je suis ta sœur, qu'il m'est un peu permis d'abuser de vos richesses. »

« Saint-Michel.

« Je ne te dirai plus : Ne viens plus me voir, – parce que n'ayant désormais que quelques jours à passer à Paris, je sens que ta présence m'est essentielle. Ne me viens tantôt qu'à quatre heures ; je compte être dehors jusqu'à ce moment. Mon ami, j'ai dans la tête mille idées contradictoires de choses qui me semblent exister et n'exister pas, qui ont pour moi l'effet d'objets qui ne s'offriraient que dans une glace, dont on ne pourrait, par conséquent, s'assurer, quoiqu'on les vît distinctement. Je ne veux plus m'occuper de tout cela ; de ce moment-ci, je m'abandonne. Je n'ai pas comme toi la ressource de changer de rive, mais je sens le courage de n'attacher nulle importance aux personnes et aux choses de mon rivage et de me fixer entièrement, irrévocablement, dans l'auteur de toute justice, et de toute vérité. Il n'y a qu'un déplaisir auquel je crains de mourir difficilement, c'est de heurter en passant, sans le vouloir, la destinée de quelque autre, non pas par l'intérêt qu'on pourrait prendre à moi ; je ne suis pas assez folle pour cela. »

« Saint-Michel.

« Mon ami, jamais le son de ta voix ne m'a fait tant de plaisir que lorsque je l'entendis hier dans mon escalier. Mes idées, alors, cherchaient à surmonter mon courage. Je fus saisie d'aise de te sentir si près de moi ; tu parus et tout mon intérieur rentra dans l'ordre. J'éprouve quelquefois une grande répugnance de cœur à boire mon calice. Comment ce cœur, qui est un si petit espace, peut-il renfermer tant d'existence et tant de chagrins ? Je suis bien mécontente de moi, bien mécontente. Mes affaires et mes idées m'entraînent ; je ne m'occupe presque plus de Dieu et je me borne à lui dire cent fois par jour : – Seigneur, hâtez-vous de m'exaucer, car mon esprit tombe dans la défaillance. »

Sans date.

« Mon frère, ne te fatigue ni de mes lettres, ni de ma présence ; pense que bientôt tu seras pour toujours délivré de mes importunités. Ma vie jette sa dernière clarté, lampe qui s'est consumée dans les ténèbres d'une longue nuit, et qui voit naître l'aurore où elle va mourir. Veuille, mon frère, donner un seul coup d'œil sur les premiers moments de notre existence ; rappelle-toi que souvent nous avons été assis sur les mêmes genoux, et pressés ensemble tous deux sur le même sein ; que déjà tu donnais des larmes aux miennes, que dès les premiers jours de ta vie tu as protégé, défendu ma frêle existence, que nos jeux nous réunissaient et que j'ai partagé tes premières études. Je ne te parlerai point de notre adolescence, de l'innocence de nos pensées et de nos joies, et du besoin mutuel de nous voir sans cesse. Si je te retrace le passé, je t'avoue ingénuement, mon frère, que c'est pour me faire revivre davantage dans ton cœur. Lorsque tu partis pour la seconde fois de France, tu remis ta femme entre mes mains, tu me fis promettre de ne m'en point séparer. Fidèle à ce cher engagement, j'ai tendu volontairement mes mains aux fers [1] et je suis entrée dans ces lieux destinés aux seules victimes vouées à la mort. Dans ces demeures, je n'ai eu d'inquiétude que sur ton sort ; sans cesse j'interrogeais sur toi les pressentiments de mon cœur. Lorsque j'eus recouvré la liberté, au milieu des maux qui vinrent m'accabler, la seule pensée de notre réunion m'a soutenue. Aujourd'hui que je perds sans retour l'espoir de couler ma carrière auprès de toi, souffre mes chagrins. Je me résignerai à ma destinée, et ce n'est que parce que je dispute encore avec elle, que j'éprouve de si cruels déchirements ; mais quand je me serai soumise à mon sort... Et quel sort ! Où sont mes amis, mes protecteurs et mes richesses ! À qui importe mon existence, cette existence délaissée de tous, et qui pèse tout entière sur elle-même ? Mon Dieu ! n'est-ce pas assez pour ma faiblesse de mes maux présents, sans y joindre encore l'effroi de l'avenir ? Pardon, trop cher ami, je me résignerai ; je m'endormirai d'un sommeil de mort sur ma destinée. Mais

---

1. Voir livre X, chap. 8, p. 654, note 2.

pendant le peu de jours que j'ai affaire dans cette ville,
laisse-moi chercher en toi mes dernières consolations ;
laisse-moi croire que ma présence t'est douce. Crois que
parmi les cœurs qui t'aiment, aucun n'approche de la sincérité et de la tendresse de mon impuissante amitié pour toi.
Remplis ma mémoire de souvenirs agréables qui pro-
longent auprès de toi mon existence. Hier, lorsque tu me
parlas d'aller chez toi, tu me semblais inquiet et sérieux,
tandis que tes paroles étaient affectueuses. Quoi, mon frère,
serais-je aussi pour toi un sujet d'éloignement et d'ennui ?
Tu sais que ce n'est pas moi qui t'ai proposé l'aimable distraction d'aller te voir, que je t'ai promis de ne point en abuser ; mais si tu as changé d'avis, que ne me l'as-tu dit avec
franchise ? Je n'ai point de courage contre tes politesses.
Autrefois, tu me distinguais un peu plus de la foule
commune et me rendais plus de justice. Puisque tu comptes
sur moi aujourd'hui, j'irai tantôt te voir à onze heures. Nous
arrangerons ensemble ce qui te conviendra le mieux pour
l'avenir. Je t'ai écrit, certaine que je n'aurais pas le courage
de te dire un seul mot de ce que contient cette lettre. »

Cette lettre si poignante et toute admirable est la dernière que je reçus ; elle m'alarma par le redoublement de
tristesse dont elle est empreinte. Je courus aux Dames
Saint-Michel ; ma sœur se promenait dans le jardin avec
madame de Navarre ; elle rentra quand on lui fit savoir
que j'étais monté chez elle. Elle faisait visiblement des
efforts pour rappeler ses idées et elle avait, par intervalles,
un léger mouvement convulsif dans les lèvres. Je la suppliai de revenir à toute sa raison, de ne plus m'écrire des
choses aussi injustes et qui me déchiraient le cœur, de ne
plus penser que je pouvais jamais être fatigué d'elle. Elle
parut un peu se calmer aux paroles que je multipliais pour
la distraire et la consoler. Elle me dit qu'elle croyait que
le couvent lui faisait mal, qu'elle se trouverait mieux dans
un logement isolé, du côté du Jardin-des-Plantes, là où
elle pourrait voir des médecins et se promener[1]. Je l'invitai à suivre son goût, ajoutant qu'afin d'aider Virginie sa

---

1. Peut-être avait-elle déjà songé à la pension où elle se réfugia la
veille de sa mort, rue Daubenton.

femme de chambre, je lui donnerais le vieux Saint-Germain. Cette proposition parut lui faire grand plaisir, en souvenir de madame de Beaumont, et elle m'assura qu'elle allait s'occuper de son nouveau logement. Elle me demanda ce que je comptais faire cet été : je lui dis que j'irais à Vichy rejoindre ma femme, ensuite chez M. Joubert à Villeneuve, pour de là rentrer à Paris. Je lui proposai de venir avec nous. Elle me répondit qu'elle voulait passer l'été seule, et qu'elle allait même renvoyer Virginie à Fougères. Je la quittai[1] ; elle était plus tranquille.

Madame de Chateaubriand partit pour Vichy, et je me disposai à la suivre. Avant de quitter Paris, j'allai revoir Lucile. Elle était affectueuse ; elle me parla de ses petits ouvrages, dont on a vu les fragments si beaux, dans le troisième livre de ces *Mémoires*. J'encourageai au travail le grand poète ; elle m'embrassa, me souhaita un bon voyage, me fit promettre de revenir vite. Elle me reconduisit sur le palier de l'escalier, s'appuya sur la rampe et me regarda tranquillement descendre. Quand je fus au bas, je m'arrêtai, et, levant la tête, je criai à l'infortunée qui me regardait toujours : « Adieu, chère sœur ! à bientôt ! soigne-toi bien. Écris-moi à Villeneuve. Je t'écrirai. J'espère que l'hiver prochain, tu consentiras à vivre avec nous. »

Le soir, je vis le bonhomme Saint-Germain ; je lui donnai des ordres et de l'argent pour qu'il baissât secrètement les prix de toutes les choses dont elle pourrait avoir besoin. Je lui enjoignis de me tenir au courant de tout et de ne pas manquer de me mander de revenir, en cas qu'il eût affaire de moi. Trois mois s'écoulèrent. En arrivant à Villeneuve, je trouvai deux billets assez tranquillisants sur la santé de madame de Caud ; mais Saint-Germain oubliait de me parler de la nouvelle demeure et des nouveaux arrangements de ma sœur. J'avais commencé à écrire à celle-ci une longue lettre, lorsque madame de

---

1. C'est dans une lettre écrite de Mantes à Chênedollé, le 15 août 1804, que Chateaubriand mentionne sa sœur pour la dernière fois : « Mme de Caud est très mal », écrit-il. Au retour de Fervacques, il passa la première quinzaine de septembre à Paris, qu'il retraversa les 18 et 28 octobre. On ignore la date de sa dernière visite à Lucile.

Chateaubriand tomba tout à coup dangereusement malade ; j'étais au bord de son lit quand on m'apporta une nouvelle lettre de Saint-Germain ; je l'ouvris : une ligne foudroyante m'apprenait la mort subite de Lucile.

J'ai pris soin de beaucoup de tombeaux dans ma vie, il était de mon sort et de la destinée de ma sœur que ses cendres fussent jetées au ciel. Je n'étais point à Paris au moment de sa mort ; je n'y avais aucun parent ; retenu à Villeneuve par l'état périlleux de ma femme, je ne pus courir à des restes sacrés ; des ordres transmis de loin arrivèrent trop tard pour prévenir une inhumation commune. Lucile était ignorée et n'avait pas un ami ; elle n'était connue que du vieux serviteur de madame de Beaumont, comme s'il eût été chargé de lier les deux destinées. Il suivit seul le cercueil délaissé, et il était mort lui-même avant que les souffrances de madame de Chateaubriand me permissent de la ramener à Paris [1].

Ma sœur fut enterrée parmi les pauvres : dans quel cimetière fut-elle déposée ? dans quel flot immobile d'un océan de morts fut-elle engloutie ? dans quelle maison expira-t-elle au sortir de la communauté des Dames de

---

1. Un mystère entoure les circonstances de la mort de Lucile, que le récit des *Mémoires* ne contribue guère à éclaircir. Chateaubriand fut en réalité prévenu, dès le 13 novembre 1804, par Mme de Marigny, qui résidait alors dans la capitale. Il lui répondit le même jour : « Mon vieux Saint-Germain ira chez toi (...). Il se fera conduire au cimetière, et montrer la fosse, afin qu'on la reconnaisse, et que je fasse mettre une pierre dessus, en arrivant à Paris. Ma femme est très malade et cette nouvelle a achevé de la mettre au lit ». Il y a donc bien eu, pour rendre les « derniers devoirs » à Lucile, une parente proche ; en revanche, le serviteur de Pauline de Beaumont ne suivit peut-être pas le « cercueil délaissé », puisque Chateaubriand suppose qu'il ne savait pas où il avait été enterré. Au moins la famille connaissait-elle le lieu de cette inhumation, puisque Mme de Marigny pouvait informer, le 5 juin 1805, sa sœur Châteaubourg du projet qu'avait leur frère « de faire élever un tombeau dans le cimetière où (Lucile) repose, et où nous avons fait *marquer sa place* ». Mais le mauvais vouloir des Châteaubourg fit traîner les choses en longueur. À ce médiocre scénario familial, Chateaubriand préfère substituer, dès le départ, un fantasme de perte totale dans la fosse commune, qui lui assure la possession entière de sa sœur morte. À la pérennité matérielle du monument de Pauline (fin du livre XV), Lucile oppose ainsi le non-lieu du souvenir.

Saint-Michel ? Quand, en faisant des recherches, quand, en compulsant les archives des municipalités, les registres des paroisses, je rencontrerais le nom de ma sœur, à quoi cela me servirait-il ? Retrouverais-je le même gardien de l'enclos funèbre ? retrouverais-je celui qui creusa une fosse demeurée sans nom et sans étiquette ? Les mains rudes qui touchèrent les dernières une argile si pure en auraient-elles gardé le souvenir ? Quel nomenclateur des ombres m'indiquerait la tombe effacée ? ne pourrait-il pas se tromper de poussière ? Puisque le ciel l'a voulu, que Lucile soit à jamais perdue ! Je trouve dans cette absence de lieu une distinction d'avec les sépultures de mes autres amis. Ma devancière dans ce monde et dans l'autre prie pour moi le Rédempteur[1] ; elle le prie du milieu des dépouilles indigentes parmi lesquelles les siennes sont confondues : ainsi repose égarée, parmi les préférés de Jésus-Christ, la mère de Lucile et la mienne. Dieu aura bien su reconnaître ma sœur ; et elle, qui tenait si peu à la terre, n'y devait point laisser de traces. Elle m'a quitté, cette sainte de génie. Je n'ai pas été un seul jour sans la pleurer. Lucile aimait à se cacher ; je lui ai fait une solitude dans mon cœur : elle n'en sortira que quand j'aurai cessé de vivre.

Ce sont là les vrais, les seuls événements de ma vie réelle ! Que m'importaient, au moment où je perdais ma sœur, les milliers de soldats qui tombaient sur les champs de bataille, l'écroulement des trônes et le changement de la face du monde ?

La mort de Lucile atteignit aux sources de mon âme : c'était mon enfance au milieu de ma famille, c'étaient les premiers vestiges de mon existence qui disparaissaient. Notre vie ressemble à ces bâtisses fragiles, étayées dans le ciel par des arcs-boutants : ils ne s'écroulent pas à la fois, mais se détachent successivement ; ils appuient encore quelque galerie, quand déjà ils manquent au sanctuaire ou au berceau de l'édifice. Madame de Chateaubriand, toute meurtrie encore des caprices impériaux de

---

1. Cette formule désigne le Christ dans les Épîtres de saint Paul (Romains, III, 24 ; Éphésiens, I, 7 ; Colossiens, I, 14, etc.).

Lucile, ne vit qu'une délivrance pour la chrétienne arrivée au repos du Seigneur. Soyons doux, si nous voulons être regrettés : la hauteur du génie et les qualités supérieures ne sont pleurées que des anges. Mais je ne puis entrer dans la consolation de madame de Chateaubriand.

LIVRE DIX-HUITIÈME

(1)

Paris, 1839.

Revu en décembre 1846.

Années de ma vie, 1805 et 1806.
Je reviens à Paris. – Je pars pour le Levant.

Quand, revenant à Paris par la route de Bourgogne, j'aperçus la coupole du Val-de-Grâce et le dôme de Sainte-Geneviève, qui domine le Jardin-des-Plantes, j'eus le cœur navré : encore une compagne de ma vie laissée sur la route ! Nous rentrâmes à l'hôtel de Coislin, et, bien que M. de Fontanes, M. Joubert, M. de Clausel, M. Molé vinssent passer les soirées chez moi, j'étais travaillé de tant de souvenirs et de pensées, que je n'en pouvais plus. Demeuré seul derrière les chers objets qui m'avaient quitté, comme un marin étranger dont l'engagement est expiré et qui n'a ni foyers, ni patrie, je frappais du pied la rive ; je brûlais de me jeter à la nage dans un nouvel océan pour me rafraîchir et le traverser. Nourrisson du Pinde et croisé à Solyme, j'étais impatient d'aller mêler mes délaissements[1] aux ruines d'Athènes, mes pleurs aux larmes de Madeleine[2].

J'allai voir ma famille en Bretagne[3], et, de retour à Paris, je partis pour Trieste le 13 juillet 1806 : madame de Chateaubriand m'accompagna jusqu'à Venise, où M. Ballanche la vint rejoindre[4].

Ma vie étant exposée heure par heure dans l'*Itinéraire*, je n'aurais plus rien à dire ici, s'il ne me restait quelques lettres inconnues écrites ou reçues pendant et après mon voyage. Julien, mon domestique et compagnon, a, de son côté, fait son *Itinéraire* auprès du mien, comme les passagers sur un vaisseau tiennent leur journal particulier dans un voyage de découverte. Le petit manuscrit qu'il met à ma disposition[5] servira de contrôle à ma narration : je serai Cook, il sera Clerke[6].

Afin de mettre dans un plus grand jour la manière dont on est frappé dans l'ordre de la société et la hiérarchie des intelligences, je mêlerai ma narration à celle de Julien[7]. Je le laisserai d'abord parler le premier, parce qu'il raconte quelques jours de voile faits sans moi de Modon à Smyrne.

---

1. Dans la langue des orateurs sacrés du xviiᵉ siècle (Bourdalone, Massillon), ce mot désigne la solitude dans laquelle demeure celui qui est délaissé, abandonné ; situation de vide intérieur.　　2. Allusion à la pécheresse repentante qui pleure aux pieds de Jésus (Luc, VII, 38) : il lui sera beaucoup pardonné parce qu'elle a beaucoup aimé. 3. Dans les premiers jours de juin 1806, Chateaubriand et sa femme furent reçus par les Châteaubourg, à Fougères puis au Plessis-Pillet. 4. Voir le récit plus circonstancié du *Cahier rouge* (p. 58-59).　　5. Par une lettre du 1ᵉʳ février 1826, signée : Julien Potelin, et publiée par M.-J. Durry dans la *Revue des Deux Mondes* du 1ᵉʳ décembre 1931. On en trouvera le texte intégral, établi par M. Regard, dans *Œuvres 2*, p. 1511-1540.　　6. Le capitaine Clerke, compagnon de Cook lors de son dernier voyage, commandait le *Resolution*. Il mourut de phtisie, au large du Kamtchatka, le 22 août 1779.　　7. Chateaubriand corrige, dans les citations suivantes, la prose de son domestique, et abrège parfois celles de son propre *Itinéraire*.

ITINÉRAIRE DE JULIEN.

« Nous nous sommes embarqués le vendredi 1er août ;
mais, le vent n'étant pas favorable pour sortir du port,
nous y sommes restés jusqu'au lendemain à la pointe
du jour. Alors le pilote du port est venu nous prévenir
qu'il pouvait nous en sortir. Comme je n'avais jamais
été sur mer, je m'étais fait une idée exagérée du danger,
car je n'en voyais aucun pendant deux jours. Mais le
troisième, il s'éleva une tempête ; les éclairs, le tonnerre, enfin un orage terrible nous assaillit et grossit la
mer d'une force effrayante. Notre équipage n'était
composé que de huit matelots, d'un capitaine, d'un
officier, d'un pilote et d'un cuisinier, et cinq passagers,
compris Monsieur et moi, ce qui faisait en tout dix-
sept hommes. Alors nous nous mîmes tous à aider aux
matelots pour fermer les voiles, malgré la pluie dont
nous fûmes bientôt traversés, ayant ôté nos habits pour
agir plus librement. Ce travail m'occupait et me faisait
oublier le danger qui, à la vérité, est plus effrayant par
l'idée qu'on s'en forme qu'il ne l'est réellement. Pendant deux jours, les orages se sont succédé, ce qui m'a
aguerri dans mes premiers jours de navigation ; je
n'étais aucunement incommodé. Monsieur craignait que
je ne fusse malade en mer ; lorsque le calme fut rétabli,
il me dit : « Me voilà rassuré sur votre santé ; puisque
vous avez bien supporté ces deux jours d'orage, vous
pouvez vous tranquilliser pour tout autre contre-
temps. » C'est ce qui n'a pas eu lieu dans le reste de
notre trajet jusqu'à Smyrne. Le 10, qui était un
dimanche, Monsieur a fait aborder près d'une ville
turque nommée Modon, où il a débarqué pour aller en
Grèce. Dans les passagers qui étaient avec nous, il y
avait deux Milanais, qui allaient à Smyrne, pour faire
leur état de ferblantier et fondeur d'étain. Dans les
deux, il y en avait un, nommé Joseph, qui parlait assez
bien la langue turque, à qui Monsieur proposa de venir
avec lui comme domestique interprète, et dont il fait
mention dans son *Itinéraire*. Il nous dit en nous quittant
que ce voyage ne serait que de quelques jours, qu'il

rejoindrait le bâtiment à une île où nous devions passer dans quatre ou cinq jours, et qu'il nous attendrait dans cette île, s'il y arrivait avant nous. Comme Monsieur trouvait en cet homme ce qui lui convenait pour ce petit voyage *(de Sparte et d'Athènes)*, il me laissa à bord pour continuer ma route jusqu'à Smyrne et avoir soin de tous nos effets. Il m'avait remis une lettre de recommandation près le consul français, pour le cas où il ne nous rejoindrait pas ; c'est ce qui est arrivé. Le quatrième jour, nous sommes arrivés à l'île indiquée. Le capitaine est descendu à terre et Monsieur n'y était pas. Nous avons passé la nuit et l'avons attendu jusqu'à sept heures du matin. Le capitaine est retourné à terre pour prévenir qu'il était forcé de partir ayant bon vent et obligé qu'il était de tenir compte de son trajet. De plus, il voyait un pirate qui cherchait à nous approcher, il était urgent de se mettre promptement en défense. Il fit charger ses quatre pièces de canon et monter sur le pont ses fusils, pistolets, et armes blanches ; mais, comme le vent nous était avantageux, le pirate nous abandonna. Nous sommes arrivés un lundi 18, à sept heures du soir, dans le port de Smyrne. »

Après avoir traversé la Grèce, touché à Zéa et à Chio, je trouvai Julien à Smyrne. Je vois aujourd'hui, dans ma mémoire, la Grèce comme un de ces cercles éclatants qu'on aperçoit quelquefois en fermant les yeux. Sur cette phosphorescence mystérieuse se dessinent des ruines d'une architecture fine et admirable, le tout rendu plus resplendissant encore par je ne sais quelle autre clarté des muses. Quand retrouverai-je le thym de l'Hymète, les lauriers-roses des bords de l'Eurotas ? Un des hommes que j'ai laissés avec le plus d'envie sur des rives étrangères, c'est le douanier turc du Pirée : il vivait seul, gardien de trois ports déserts, promenant ses regards sur des îles bleuâtres, des promontoires brillants, des mers dorées. Là, je n'entendais que le bruit des vagues dans le tombeau détruit de Thémistocle et le murmure des lointains souvenirs : au silence des débris de Sparte, la gloire même était muette.

J'abandonnai, au berceau de Mélésigène [1], mon pauvre drogman Joseph, le Milanais, dans sa boutique de ferblantier, et je m'acheminai vers Constantinople. Je passai à Pergame, voulant d'abord aller à Troie, par piété poétique ; une chute de cheval m'attendait au début de ma route ; non pas que Pégase bronchât, mais je dormais. J'ai rappelé cet accident dans mon *Itinéraire* ; Julien le raconte aussi, et il fait, à propos des routes et des chevaux des remarques dont je certifie l'exactitude.

ITINÉRAIRE DE JULIEN.

« Monsieur, qui s'était endormi sur son cheval, est tombé sans se réveiller. Aussitôt son cheval s'est arrêté, ainsi que le mien qui le suivait. Je mis de suite pied à terre pour en savoir la cause, car il m'était impossible de la voir à la distance d'une toise. Je vois Monsieur à moitié endormi à côté de son cheval, et tout étonné de se trouver à terre ; il m'a assuré qu'il ne s'était pas blessé. Son cheval n'a pas cherché à s'éloigner, ce qui aurait été dangereux, car des précipices se trouvaient très près du lieu où nous étions. »

Au sortir de la Somma, après avoir passé Pergame, j'eus avec mon guide la dispute qu'on lit dans l'*Itinéraire*. Voici le récit de Julien :

« Nous sommes partis de très bonne heure de ce village, après avoir remonté notre cantine. À peu de distance du village, je fus très étonné de voir Monsieur en colère contre notre conducteur ; je lui en demandai le motif. Alors Monsieur me dit qu'il était convenu avec le conducteur, à Smyrne, qu'il le mènerait dans les plaines de Troie, chemin faisant, et que, dans ce moment, il s'y refusait en disant que ces plaines étaient infestées de brigands. Monsieur n'en voulait rien croire et n'écoutait per-

---

1. Le « fils du Mélès » ; ainsi désignait-on parfois Homère, du nom de la petite rivière qui se jette dans le golfe de Smyrne, où certains le faisaient naître. Mais on pourrait aussi comprendre : « fils de Mélès » (celui-ci étant une personne).

sonne. Comme je voyais qu'il s'emportait de plus en plus, je fis signe au conducteur de venir près de l'interprète et du janissaire pour m'expliquer ce qu'on lui avait dit des dangers qu'il y avait à courir dans les plaines que Monsieur voulait visiter. Le conducteur dit à l'interprète, qu'on lui avait assuré qu'il fallait être en très grand nombre pour n'être pas attaqué : le janissaire me dit la même chose. Alors j'allai trouver Monsieur et lui répétai ce qu'ils m'avaient dit tous trois, et, de plus, que nous trouverions à une journée de marche un petit village où il y avait une espèce de consul qui pourrait nous instruire de la vérité. D'après ce rapport, Monsieur se calma et nous continuâmes notre route jusqu'à cet endroit. Aussitôt arrivé, il se rendit près du consul, qui lui dit tous les dangers qu'il courait, s'il persistait à vouloir aller en si petit nombre dans ces plaines de Troie. Alors Monsieur a été obligé de renoncer à son projet, et nous continuâmes notre route pour Constantinople. »

J'arrive à Constantinople.

MON ITINÉRAIRE.

« L'absence presque totale des femmes, le manque de voitures à roues et les meutes de chiens sans maîtres furent les trois caractères distinctifs qui me frappèrent d'abord dans l'intérieur de cette ville extraordinaire. Comme on ne marche guère qu'en babouches, qu'on n'entend point de bruit de carrosses et de charrettes, qu'il n'y a point de cloches, ni presque point de métiers à marteau, le silence est continuel. Vous voyez autour de vous une foule muette qui semble vouloir passer sans être aperçue, et qui a toujours l'air de se dérober aux regards du maître. Vous arrivez sans cesse d'un bazar à un cimetière, comme si les Turcs n'étaient là que pour acheter, vendre et mourir. Les cimetières, sans murs et placés au milieu des rues, sont des bois magnifiques de cyprès : les colombes font leurs nids dans ces cyprès et partagent la paix des morts. On découvre çà et là quelques monuments antiques qui n'ont de rapport ni avec les hommes modernes, ni avec les monuments nouveaux, dont ils sont environnés, on dirait qu'ils ont été transportés dans cette ville orientale par l'effet d'un talisman. Aucun signe de joie, aucune apparence de bonheur ne se montre à vos yeux ; ce qu'on voit n'est pas un peuple, mais un troupeau qu'un iman conduit et qu'un janissaire égorge. Au milieu des prisons et des bagnes, s'élève un sérail, capitole de la servitude : c'est là qu'un gardien sacré conserve soigneusement les germes de la peste et les lois primitives de la tyrannie. »

Julien, lui, ne se perd pas ainsi dans les nues :

ITINÉRAIRE DE JULIEN.

« L'intérieur de Constantinople est très désagréable par sa pente vers le canal et le port ; on est obligé de mettre dans toutes les rues qui descendent dans cette direction (rues fort mal pavées) des retraites très près les unes des autres, pour retenir les terres que l'eau entraînerait. Il y a peu de voitures : les Turcs font beaucoup plus usage de chevaux de selle que les autres nations. Il y a dans le quartier français quelques chaises à porteurs pour les dames. Il y a aussi des chameaux et des chevaux de somme pour le transport des marchandises. On voit également des porte-faix, qui sont des Turcs ayant de très gros et longs bâtons ; ils peuvent se mettre cinq ou six à chaque bout et portent des charges énormes d'un pas régulier ; un seul homme porte aussi de très lourds fardeaux. Ils ont une espèce de crochet, qui leur prend depuis les épaules jusqu'aux reins, et, avec une remarquable adresse d'équilibre, ils portent tous les paquets sans être attachés. »

(2)

Depuis Constantinople jusqu'à Jérusalem.

JE M'EMBARQUE À CONSTANTINOPLE
SUR UN BÂTIMENT QUI PORTAIT DES PÈLERINS GRECS
EN SYRIE.

MON ITINÉRAIRE.

« Nous étions sur le vaisseau à peu près deux cents passagers, hommes, femmes, enfants et vieillards. On voyait autant de nattes rangées en ordre des deux côtés de l'entre-pont. Dans cette espèce de république, chacun faisait son ménage à volonté : les femmes soignaient leurs enfants, les hommes fumaient ou préparaient leur dîner, les papas causaient ensemble. On entendait de tous côtés le son des mandolines, des violons et des lyres. On chantait, on dansait, on riait, on priait. Tout le monde était dans la joie. On me disait : "Jérusalem !" en me montrant le midi ; et je répondais : "Jérusalem !" Enfin, sans la peur, nous eussions été les plus heureuses gens du monde ; mais, au moindre vent, les matelots pliaient les voiles, les pèlerins criaient : *Christos, Kyrie eleison !* L'orage passé, nous reprenions notre audace. »

Ici, je suis battu par Julien :

ITINÉRAIRE DE JULIEN.

« Il a fallu nous occuper de notre départ pour Jaffa, qui eut lieu le jeudi 18 septembre. Nous nous sommes embarqués sur un bâtiment grec, où il y avait au moins, tant hommes que femmes et enfants, cent cinquante Grecs qui allaient en pèlerinage à Jérusalem, ce qui causait beaucoup d'embarras dans le bâtiment.

« Nous avions, de même que les autres passagers, nos

provisions de bouche et nos ustensiles de cuisine que j'avais achetés à Constantinople. J'avais, en outre, une autre provision assez complète que M. l'ambassadeur nous avait donnée, composée de très beaux biscuits, jambons, saucissons, cervelas ; vins de différentes sortes, rhum, sucre, citrons, jusqu'à du vin de quinquina contre la fièvre. Je me trouvais donc pourvu d'une provision très abondante, que je ménageais et ne consommais qu'avec une grande économie, sachant que nous n'avions pas que ce trajet à faire ; tout était serré où aucun passager ne pouvait aller.

« Notre trajet, qui n'a été que de treize jours, m'a paru très long par toutes sortes de désagréments et de malpropretés sur le bâtiment. Pendant plusieurs jours de mauvais temps que nous avons eus, les femmes et les enfants étaient malades, vomissaient partout au point que nous étions obligés d'abandonner notre chambre et de coucher sur le pont. Nous y mangions beaucoup plus commodément qu'ailleurs, ayant pris le parti d'attendre que tous nos Grecs aient fini leur tripotage. »

Je passe le détroit des Dardanelles ; je touche à Rhodes, et je prends un pilote pour la côte de Syrie. – Un calme nous arrête sous le continent de l'Asie, presque en face de l'ancien cap Chélidonia. – Nous restons deux jours en mer, sans savoir où nous étions.

MON ITINÉRAIRE.

« Le temps était si beau et l'air si doux, que tous les passagers restaient la nuit sur le pont. J'avais disputé un petit coin du gaillard d'arrière à deux gros caloyers qui ne me l'avaient cédé qu'en grommelant. C'était là que je dormais le 30 de septembre, à six heures du matin, lorsque je fus éveillé par un bruit confus de voix : j'ouvris les yeux, et j'aperçus les pèlerins qui regardaient vers la proue du vaisseau. Je demandai ce que c'était ; on me cria : *Signor, il Carmelo !* le Carmel ! Le vent s'était levé la veille à huit heures du soir, et, dans la nuit, nous étions arrivés à la vue des côtes de Syrie. Comme j'étais couché tout habillé, je fus bientôt debout, m'enquérant de la montagne sacrée. Chacun s'empressait de me la montrer de la main ; mais je n'apercevais rien, à cause du soleil qui commençait à se lever en face de nous. Ce moment avait quelque chose de religieux et d'auguste ; tous les pèlerins, le chapelet à la main, étaient restés en silence dans la même attitude, attendant l'apparition de la Terre-Sainte ; le chef des papas priait à haute voix : on n'entendait que cette prière et le bruit de la course du vaisseau que le vent le plus favorable poussait sur une mer brillante. De temps en temps, un cri s'élevait de la proue quand on revoyait le Carmel. J'aperçus enfin, moi-même, cette montagne, comme une tache ronde au-dessous des rayons de soleil. Je me mis alors à genoux à la manière des Latins. Je ne sentis point cette espèce de trouble que j'éprouvai en découvrant les côtes de la Grèce : mais la vue du berceau des Israélites et de la patrie des chrétiens me remplit de joie et de respect. J'allais descendre sur la terre des prodiges, aux sources de la plus étonnante poésie, aux lieux où, même humainement parlant, s'est passé le plus grand événement qui ait jamais changé la face du monde.

....

« Le vent nous manqua à midi ; il se leva de nouveau à quatre heures ; mais, par l'ignorance du pilote, nous dépassâmes le but... À deux heures de l'après midi, nous revîmes Jaffa.

« Un bateau se détacha de la terre avec trois religieux. Je descendis avec eux dans la chaloupe ; nous entrâmes dans le port par une ouverture pratiquée entre des rochers, et dangereuse même pour un caïque.

« Les Arabes du rivage s'avancèrent dans l'eau jusqu'à la ceinture, afin de nous charger sur leurs épaules. Il se passa, là, une scène assez plaisante ; mon domestique était vêtu d'une redingote blanchâtre ; le blanc étant la couleur de distinction chez les Arabes, ils jugèrent que Julien était le scheik. Ils se saisirent de lui et l'emportèrent en triomphe, malgré ses protestations, tandis que, grâce à mon habit bleu, je me sauvai obscurément sur le dos d'un mendiant déguenillé. »

Maintenant, entendons Julien, principal acteur de la scène :

ITINÉRAIRE DE JULIEN.

« Ce qui m'a beaucoup étonné, c'est de voir venir six Arabes pour me porter à terre, tandis qu'il n'y en avait que deux pour Monsieur, ce qui l'amusait beaucoup de me voir porter comme une châsse. Je ne sais si ma mise leur a paru plus brillante que celle de Monsieur ; il avait une redingote brune et boutons pareils, la mienne était blanchâtre, avec des boutons de métal blanc qui jetaient assez d'éclat par le soleil qu'il faisait ; c'est ce qui a pu, sans doute, leur causer cette méprise.

« Nous sommes entrés le mercredi 1er octobre chez les religieux de Jaffa, qui sont de l'ordre des Cordeliers, parlant latin et italien, mais très peu français. Ils nous ont très bien reçus et ont fait tout leur possible pour nous procurer tout ce qui nous était nécessaire. »

J'arrive à Jérusalem. – Par le conseil des Pères du couvent, je traverse vite la cité sainte pour aller au Jourdain. – Après m'être arrêté au couvent de Bethléem, je pars avec une escorte d'Arabes ; je m'arrête à Saint-Saba. – À minuit, je me trouve au bord de la mer Morte.

MON ITINÉRAIRE.

« Quand on voyage dans la Judée, d'abord un grand ennui saisit le cœur ; mais lorsque, passant de solitude en solitude, l'espace s'étend sans bornes devant vous, peu à peu l'ennui se dissipe, on éprouve une terreur secrète qui, loin d'abaisser l'âme, donne du courage et élève le génie. Des aspects extraordinaires décèlent de toutes parts une terre travaillée par des miracles : le soleil brûlant, l'aigle impétueux, le figuier stérile, toute la poésie, tous les tableaux de l'Écriture sont là. Chaque nom renferme un mystère ; chaque grotte déclare l'avenir ; chaque sommet retentit des accents d'un prophète. Dieu même a parlé sur ces bords : les torrents desséchés, les rochers fendus, les tombeaux entr'ouverts, attestent le prodige ; le désert paraît encore muet de terreur, et l'on dirait qu'il n'a osé rompre le silence depuis qu'il a entendu la voix de l'Éternel.

« Nous descendîmes de la croupe de la montagne, afin d'aller passer la nuit au bord de la mer Morte, pour remonter ensuite au Jourdain.

Itinéraire de Julien.

« Nous sommes descendus de cheval pour les laisser reposer et manger, ainsi que nous, qui avions une assez bonne cantine que les religieux de Jérusalem nous avaient donnée. Après notre collation faite, nos Arabes allèrent à une certaine distance de nous, pour écouter, l'oreille sur terre, s'ils entendaient quelque bruit ; nous ayant assuré que nous pouvions être tranquilles, alors chacun s'est abandonné au sommeil. Quoique couché sur des cailloux, j'avais fait un très bon somme, quand Monsieur vint me réveiller, à cinq heures du matin, pour faire préparer tout notre monde à partir. Il avait déjà empli une bouteille de fer-blanc, tenant environ trois chopines, de l'eau de la mer Morte, pour rapporter à Paris. »

Mon itinéraire.

« Nous levâmes le camp, et nous cheminâmes pendant une heure et demie avec une peine excessive dans une arène blanche et fine. Nous avancions vers un petit bois d'arbres de baume et de tamarins, qu'à mon grand étonnement, je voyais s'élever du milieu d'un sol stérile. Tout à coup, les Bethléémites s'arrêtèrent et me montrèrent de la main, au fond d'une ravine, quelque chose que je n'avais pas aperçu. Sans pouvoir dire ce que c'était, j'entrevoyais comme une espèce de sable en mouvement sur l'immobilité du sol. Je m'approchai de ce singulier objet, et je vis un fleuve jaune que j'avais peine à distinguer de l'arène de ses deux rives. Il était profondément encaissé, et roulait avec lenteur une onde épaisse : c'était le Jourdain...

« Les Bethléémites se dépouillèrent et se plongèrent dans le Jourdain. Je n'osai les imiter, à cause de la fièvre qui me tourmentait toujours. »

ITINÉRAIRE DE JULIEN.

« Nous sommes arrivés au Jourdain à sept heures du matin, par des sables où nos chevaux entraient jusqu'aux genoux, et par des fossés qu'ils avaient peine à remonter. Nous avons parcouru le rivage jusqu'à dix heures, et pour nous délasser, nous nous sommes baignés très commodément par l'ombre des arbrisseaux qui bordent le fleuve. Il aurait été très facile de passer de l'autre côté à la nage, n'ayant de largeur, à l'endroit où nous étions, qu'environ 40 toises ; mais il n'eût pas été prudent de le faire, car il y avait des Arabes qui cherchaient à nous rejoindre, et en peu de temps ils se réunissent en très grand nombre. Monsieur a empli sa seconde bouteille de fer-blanc d'eau du Jourdain. »

Nous rentrâmes dans Jérusalem : Julien n'est pas beaucoup frappé des Saints Lieux ; en vrai philosophe, il est sec : « Le Calvaire, dit-il, est dans la même église, sur une hauteur, semblable à beaucoup d'autres hauteurs sur lesquelles nous avons monté, et d'où l'on ne voit au loin que des terres en friche, et pour tous bois, des broussailles et arbustes rongés par les animaux. La vallée de Josaphat se trouve en dehors, au pied du mur de Jérusalem, et ressemble à un fossé de rempart. »

Je quittai Jérusalem, j'arrivai à Jaffa, et je m'embarquai pour Alexandrie. D'Alexandrie j'allai au Caire, et je laissai Julien chez M. Drovetti, qui eut la bonté de me noliser un bâtiment autrichien pour Tunis. Julien continue son journal à Alexandrie : « Il y a, dit-il, des Juifs qui font l'agiotage comme partout où ils sont. À une demi-lieue de la ville, il y a la colonne de Pompée, qui est en granit rougeâtre, montée sur un massif de pierres de taille. »

MON ITINÉRAIRE.

« Le 23 novembre, à midi, le vent étant devenu favorable, je me rendis à bord du vaisseau. J'embrassai M. Drovetti[1] sur le rivage, et nous nous promîmes amitié et souvenance ; j'acquitte aujourd'hui ma dette.

« Nous levâmes l'ancre à deux heures. Un pilote nous mit hors du port. Le vent était faible et de la partie du midi. Nous restâmes trois jours à la vue de la colonne de Pompée, que nous découvrions à l'horizon. Le soir du troisième jour, nous entendîmes le coup de canon de retraite du port d'Alexandrie. Ce fut comme le signal de notre départ définitif, car le vent du nord se leva, et nous fîmes voile à l'occident.

« Le 1er décembre, le vent, se fixant à l'ouest, nous barra le chemin. Peu à peu il descendit au sud-ouest et se changea en une tempête qui ne cessa qu'à notre arrivée à Tunis. Pour occuper mon temps, je copiais et mettais en ordre les notes de ce voyage et les descriptions des *Martyrs*. La nuit, je me promenais sur le pont avec le second, le capitaine Dinelli. Les nuits passées au milieu des vagues, sur un vaisseau battu de la tempête, ne sont pas stériles ; l'incertitude de notre avenir donne aux objets leur véritable prix : la terre, contemplée du milieu d'une mer orageuse, ressemble à la vie considérée par un homme qui va mourir. »

ITINÉRAIRE DE JULIEN.

« Après notre sortie du port d'Alexandrie, nous avons été assez bien pendant les premiers jours, mais cela n'a pas duré, car nous avons toujours eu mauvais temps et mauvais vent pendant le reste du trajet. Il y avait toujours de garde sur le pont un officier, le pilote et quatre mate-

---

1. Bernardino Drovetti (1776-1852), ancien officier piémontais, devenu Consul général de France à Alexandrie. Ce sera par la suite un égyptologue distingué, apprécié de Forbin (*Voyage dans le Levant*, 1819, p. 312), aussi bien que de Marcellus (*Souvenirs de l'Orient*, 1839, t. 2, p. 192).

lots. Quand nous voyions, à la fin du jour, que nous allions avoir une mauvaise nuit, nous montions sur le pont. Vers minuit, je faisais notre punch. Je commençais toujours à en donner à notre pilote et aux quatre matelots, ensuite j'en servais à Monsieur, à l'officier et à moi ; mais nous ne prenions pas cela aussi tranquillement que dans un café. Cet officier avait beaucoup plus d'usage que le capitaine ; il parlait très bien français, ce qui nous a été très agréable dans notre trajet. »

Nous continuons notre navigation et nous mouillons devant les îles Kerkeni.

MON ITINÉRAIRE.

« Un orage du sud-est s'éleva à notre grande joie, et en cinq jours nous arrivâmes dans les eaux de l'île de Malte. Nous la découvrîmes la veille de Noël ; mais le jour de Noël même, le vent, se rangeant à l'ouest-nord-ouest, nous chassa au midi de Lampedouse. Nous restâmes dix-huit jours sur la côte orientale du royaume de Tunis, entre la vie et la mort. Je n'oublierai de ma vie la journée du 28.

« Nous jetâmes l'ancre devant les îles de Kerkeni. Nous restâmes huit jours à l'ancre dans la petite Syrte, où je vis commencer l'année 1807. Sous combien d'astres et dans combien de fortunes diverses j'avais déjà vu se renouveler pour moi les années, qui passent si vite ou qui sont si longues ! Qu'ils étaient loin de moi ces temps de mon enfance où je recevais avec un cœur palpitant de joie la bénédiction et les présents paternels ! Comme ce premier jour de l'année était attendu ! Et maintenant, sur un vaisseau étranger, au milieu de la mer, à la vue d'une terre barbare, ce premier jour s'envolait pour moi, sans témoins, sans plaisirs, sans les embrassements de la famille, sans ces tendres souhaits de bonheur qu'une mère forme pour son fils avec tant de sincérité ! Ce jour, né du sein des tempêtes, ne laissait tomber sur mon front que des soucis, des regrets et des cheveux blancs. »

Julien est exposé à la même destinée, et il me reprend d'une de ces impatiences dont heureusement je me suis corrigé.

ITINÉRAIRE DE JULIEN.

« Nous étions très près de l'île de Malte et nous avions
à craindre d'être aperçus par quelque bâtiment anglais qui
aurait pu nous forcer d'entrer dans le port ; mais aucun
n'est venu à notre rencontre. Notre équipage se trouvait
très fatigué et le vent continuait à ne pas nous être favorable. Le capitaine voyant sur sa carte un mouillage
nommé Kerkeni, duquel nous n'étions pas éloignés, fit
voile dessus, sans en prévenir Monsieur, lequel voyant
que nous approchions de ce mouillage, s'est fâché de ce
qu'il n'avait pas été consulté, disant au capitaine qu'il
devait continuer sa route, ayant supporté de plus mauvais
temps. Mais nous étions trop avancés pour reprendre
notre route, et, d'ailleurs la prudence du capitaine a été
fort approuvée car cette nuit-là, le vent est devenu bien
plus fort et la mer très mauvaise. Ayant été obligés de
rester vingt-quatre heures de plus que notre prévision
dans le mouillage, Monsieur en marquait vivement son
mécontentement au capitaine, malgré les justes raisons
que celui-ci lui donnait.

« Il y avait environ un mois que nous naviguions, et il
ne nous fallait plus que sept ou huit heures pour arriver
dans le port de Tunis. Tout à coup, le vent devint si violent que nous fûmes obligés de nous mettre au large, et
nous restâmes trois semaines sans pouvoir aborder ce
port. C'est encore dans ce moment que Monsieur repro-
cha de nouveau au capitaine d'avoir perdu trente-six
heures au mouillage. On ne pouvait le persuader qu'il
nous serait arrivé plus grand malheur, si le capitaine eût
été moins prévoyant. Le malheur que je voyais était de
voir nos provisions baisser, sans savoir quand nous arri-
verions. »

Je foulai enfin le sol de Carthage. Je trouvai chez M. et
madame Devoise[1] l'hospitalité la plus généreuse. Julien
fait bien connaître mon hôte ; il parle aussi de la campagne et des Juifs : « Ils prient et pleurent », dit-il.

---

1. Jacques-Philippe Devoise, Consul général à Tunis depuis 1792,
ne prendra sa retraite qu'en 1819.

Un brick de guerre américain m'ayant donné passage à son bord, je traversai le lac de Tunis pour me rendre à La Goulette. « Chemin faisant, dit Julien, je demandai à Monsieur s'il avait pris l'or qu'il avait mis dans le secrétaire de la chambre où il couchait ; il me dit qu'il l'avait oublié, et je fus obligé de retourner à Tunis. » L'argent ne peut jamais me demeurer dans la cervelle.

Quand j'arrivai d'Alexandrie, nous jetâmes l'ancre en face les débris de la cité d'Annibal. Je les regardais du bord sans pouvoir deviner ce que c'était. J'apercevais quelques cabanes de Maures, un ermitage musulman sur la pointe d'un cap avancé, des brebis paissant parmi des ruines, ruines si peu apparentes que je les distinguais à peine du sol qui les portait : c'était Carthage. Je la visitai avant de m'embarquer pour l'Europe.

MON ITINÉRAIRE.

« Du sommet de Byrsa, l'œil embrasse les ruines de Carthage qui sont plus nombreuses qu'on ne le pense généralement : elles ressemblent à celles de Sparte, n'ayant rien de bien conservé, mais occupant un espace considérable. Je les vis au mois de février ; les figuiers, les oliviers et les caroubiers donnaient déjà leurs premières feuilles ; de grandes angéliques et des acanthes formaient des touffes de verdure parmi les débris de marbre de toutes couleurs. Au loin je promenais mes regards sur l'isthme, sur une double mer, sur des îles lointaines, sur une campagne riante, sur des lacs bleuâtres, sur des montagnes azurées ; je découvrais des forêts, des vaisseaux, des aqueducs, des villages maures, des ermitages mahométans, des minarets et les maisons blanches de Tunis. Des millions de sansonnets, réunis en bataillons et ressemblant à des nuages, volaient au-dessus de ma tête. Environné des plus grands et des plus touchants souvenirs, je pensais à Didon, à Sophonisbe, à la noble épouse d'Asdrubal ; je contemplais les vastes plaines où sont ensevelies les légions d'Annibal, de Scipion et de César ; mes yeux voulaient reconnaître l'emplacement d'Utique. Hélas ! les débris du palais de Tibère existent encore à Caprée, et l'on cherche en vain à Utique la place de la maison de Caton ! Enfin, les terribles Vandales, les légers Maures passaient tour à tour devant ma mémoire, qui m'offrait, pour dernier tableau, saint Louis expirant sur les ruines de Carthage. »

Julien achève comme moi de prendre sa dernière vue de l'Afrique à Carthage.

ITINÉRAIRE DE JULIEN.

« Le 7 et le 8 nous nous sommes promenés dans les ruines de Carthage où il se trouve encore quelques fondations à rase terre, qui prouvent la solidité des monuments de l'antiquité. Il y a aussi comme des distributions de bains qui sont submergés par la mer. Il existe encore de très belles citernes ; on en voyait d'autres qui étaient comblées. Le peu d'habitants qui occupent ces contrées cultivent les terres qui leur sont nécessaires. Ils ramassent différents marbres et pierres, ainsi que des médailles qu'ils vendent aux voyageurs comme antiques : Monsieur en a acheté pour rapporter en France. »

(3)

DE TUNIS JUSQU'À MA RENTRÉE EN FRANCE
PAR L'ESPAGNE.

Julien raconte brièvement notre traversée de Tunis à la baie de Gilbraltar ; d'Algésiras, il arrive promptement à Cadix, et de Cadix à Grenade. Indifférent à *Blanca*, il remarque seulement que l'*Alhambra et autres édifices élevés sont sur des rochers d'une hauteur immense*. Mon *Itinéraire* n'entre pas dans beaucoup plus de détails sur Grenade ; je me contente de dire :

« L'Alhambra me parut digne d'être remarqué, même

après les temples de Grèce. La vallée de Grenade est délicieuse et ressemble beaucoup à celle de Sparte : on
conçoit que les Maures regrettent un pareil pays. »

C'est dans *le Dernier des Abencerages* que j'ai décrit
l'Alhambra. L'Alhambra, le Généralife, le Monte-Santo
se sont gravés dans ma tête comme ces paysages fantastiques que, souvent à l'aube du jour, on croit entrevoir
dans un beau premier rayon de l'aurore. Je me sens
encore assez de nature pour peindre la Vega[1] ; mais je
n'oserais le tenter, de peur de l'*archevêque de Grenade*[2].
Pendant mon séjour dans la ville des sultanes, un guita-
riste, chassé par un tremblement de terre d'un village que
je venais de traverser, s'était donné à moi. Sourd comme
un pot, il me suivait partout : quand je m'asseyais sur une
ruine dans le palais des Maures, il chantait debout à mes
côtés, en s'accompagnant de sa guitare. L'harmonieux
mendiant n'aurait peut-être pas composé la symphonie de
la Création[3], mais sa poitrine brunie se montrait à travers
les lambeaux de sa casaque, et il aurait eu grand besoin
d'écrire comme Beethoven à mademoiselle Breuning[4].

« Vénérable Éléonore, ma très chère amie, je voudrais
bien être assez heureux pour posséder une veste de poil
de lapin tricotée par vous. »

Je traversai d'un bout à l'autre cette Espagne où, seize
années plus tard, le ciel me réservait un grand rôle, en
contribuant à étouffer l'anarchie chez un noble peuple et
à délivrer un Bourbon : l'honneur de nos armes fut rétabli,
et j'aurais sauvé la Légitimité, si la Légitimité avait pu
comprendre les conditions de sa durée.

---

1. La plaine de Grenade.   **2.** Allusion à un célèbre épisode de *Gil
Blas* (livre VII, chap. 4) : celui-ci, croyant bien faire, signale au prélat
que la qualité de ses sermons a baissé ; il est aussitôt chassé.   **3.** Le
célèbre oratorio de Haydn avait été créé à Paris, en présence du Premier
Consul, le 24 décembre 1800, par le ténor Garat, dans une adaptation
de Steibelt. Pleyel publia la partition pour piano dès 1801.   **4.** Éléonore de Breuning, amie de jeunesse de Beethoven, avait épousé en
1802 le docteur Wegler, familier du compositeur. La lettre en question,
du 2 novembre 1793, a paru dans ses *Biographische Notizen über Lud-
wig van Beethoven* (Coblence, Baedeker, 1838), qui furent presque aussitôt traduites en français : *Détails biographiques sur Beethoven (...)*,
Bureau de la *Revue et Gazette musicale*, 1839.

Julien ne me lâche pas qu'il ne m'ait ramené sur la place Louis XV, le 5 juin 1807, à trois heures après-midi. De Grenade, il me conduisit à Aranjuez, à Madrid, à l'Escurial, d'où il saute à Bayonne.

« Nous sommes repartis de Bayonne, dit-il, le mardi 9 mai, pour Pau, Tarbes, Barèges et Bordeaux, où nous sommes arrivés le 18, très fatigués, avec chacun un mouvement de fièvre. Nous en sommes repartis le 19, et nous avons passé à Angoulême et à Tours, et nous sommes arrivés le 28 à Blois[1], où nous avons couché. Le 31, nous avons continué notre route jusqu'à Orléans, et ensuite nous avons fait notre dernier coucher à Angerville. »

J'étais là, à une poste[2] d'un château dont mon long voyage ne m'avait point fait oublier les habitants. Mais les jardins d'Armide, où étaient-ils ? Deux ou trois fois, en retournant aux Pyrénées, j'ai aperçu du grand chemin la colonne de Méréville[3] ; ainsi que la colonne de Pompée, elle m'annonçait le désert : comme mes fortunes de mer, tout a changé.

J'arrivai à Paris avant les nouvelles que je donnais de moi : j'avais devancé ma vie. Tout insignifiants que sont ces billets, je les parcours, comme on regarde de méchants dessins qui représentent des lieux qu'on a visités. Ces billets datés de Modon, d'Athènes, de Zéa, de Smyrne, et de Constantinople ; de Jaffa, de Jérusalem, d'Alexandrie, de Tunis, de Grenade, de Madrid et de Burgos ; ces lignes tracées sur toutes sortes de papier, avec toutes sortes d'encre, apportées par tous les vents, m'intéressent. Il n'y a pas jusqu'à mes firmans que je ne me plaise à dérouler : j'en touche avec plaisir le vélin, j'en suis l'élégante calligraphie et je m'ébahis à la pompe du style. J'étais donc un bien grand personnage ! Nous

---

1. Chateaubriand corrige, à tort, le texte de Julien qui porte : le 26.   **2.** Soit huit kilomètres. C'est Natalie de Noailles, la châtelaine de Méréville, son « enchanteresse » du moment, que Chateaubriand compare à Armide.   **3.** Sorte de réplique de la colonne Trajane, haute de 37 mètres, qui servit parfois de relais au télégraphe de Chappe. C'était une des plus importantes fabriques du parc de Méréville. Chateaubriand ne retourna dans les Pyrénées qu'en 1829, mais il pense aussi, sans doute, à son voyage à Toulouse de 1838.

sommes de bien pauvres diables, avec nos lettres à trois sous et nos passeports à quarante, auprès de ces seigneurs du turban !

Osman Séïd, pacha de Morée, adresse ainsi, à qui de droit, mon firman pour Athènes :

Hommes de loi des bourgs de Misitra (Sparte) et d'Argos, cadis, nababs, effendis, de qui puisse la sagesse s'augmenter encore ; honneur de vos pairs et de nos grands, vaïvodes, et vous par qui voit votre maître, qui le remplacez dans chacune de vos juridictions, gens en place et gens d'affaires, dont le crédit ne peut que croître ;

« Nous vous mandons qu'entre les nobles de France, un noble (particulièrement) de Paris, muni de cet ordre, accompagné d'un janissaire armé et d'un domestique pour son escorte, a sollicité la permission et expliqué son intention de passer par quelques-uns des lieux et positions qui sont de vos juridictions, afin de se rendre à Athènes, qui est un isthme hors de là, séparé de vos juridictions.

« Vous donc, effendis, vaïvodes et tous autres désignés ci-dessus, quand le susdit personnage arrivera aux lieux de vos juridictions, vous aurez le plus grand soin qu'on s'acquitte envers lui des égards et de tous les détails dont l'amitié fait une loi, etc., etc.

« An 1221 de l'hégire. »

Mon passeport de Constantinople pour Jérusalem porte :

« Au tribunal sublime de Sa Grandeur le kadi de Kouds (Jérusalem), Schérif très excellent effendi :

« Très excellent effendi, que Votre Grandeur placée sur son tribunal auguste, agrée nos bénédictions sincères et nos salutations affectueuses.

« Nous vous mandons qu'un personnage noble, de la cour de France, nommé François-Auguste de Chateaubriand, se rend en ce moment vers vous, pour accomplir le *saint* pèlerinage (des chrétiens). »

Protégerions-nous de la sorte le voyageur inconnu près des maires et des gendarmes qui visitent son passeport ? On peut lire également dans ces firmans les révolutions des peuples : combien de *laissez-passer* a-t-il fallu que

Dieu donnât aux empires, pour qu'un esclave tartare imposât des ordres à un vaïvode de Misitra, c'est-à-dire à un magistrat de Sparte : pour qu'un musulman recommandât un chrétien au cadi de Kouds, c'est-à-dire de Jérusalem !

L'*Itinéraire* est entré dans les éléments qui composent ma vie. Quand je partis en 1806, un pèlerinage à Jérusalem paraissait une grande entreprise. Ores que [1] la foule m'a suivi et que tout le monde est en diligence, le merveilleux s'est évanoui ; il ne m'est guère resté en propre que Tunis : on s'est moins dirigé de ce côté, et l'on convient que j'ai désigné la véritable situation des ports de Carthage. Cette honorable lettre le prouve :

« Monsieur le vicomte, je viens de recevoir un plan du sol et des ruines de Carthage, donnant les contours exacts et les reliefs du terrain ; il a été élevé trigonométriquement sur une base de 1 500 mètres, il s'appuie sur des observations barométriques faites avec des baromètres correspondants. C'est un travail de dix ans de précision et de patience ; il confirme vos opinions sur la position des ports de Byrsa.

« J'ai repris avec ce plan exact, tous les textes anciens, et j'ai déterminé, je crois, l'enceinte extérieure et les autres parties du Cothon, de Byrsa et de Mégara, etc, etc. Je vous rends la justice qui vous est due à tant de titres.

« Si vous ne craignez pas de me voir fondre sur votre génie avec ma trigonométrie et ma lourde érudition, je serai chez vous au premier signe de votre part. Si nous vous suivons, mon père et moi, dans la littérature, *longissimo intervallo* [2], au moins nous aurons tâché de vous imiter pour la noble indépendance dont vous donnez à la France un si beau modèle.

---

1. Chateaubriand avait noté cette expression dans *Pensées*, p. 41 : « Ores que la chose est passée » (à présent que...). C'est un archaïsme que *Trévoux* déclare ne plus être en usage.   **2.** Allusion à un vers de Virgile (*Énéide*, V, 320) : *Proximus huic*, longo *sed proximus* intervallo ; « le plus proche de ce dernier, mais à une grande distance ».

« J'ai l'honneur d'être, et je m'en vante, votre franc admirateur,

« Dureau de La Malle[1]. »

Une pareille rectification des lieux aurait suffi autrefois pour me faire un nom en géographie. Dorénavant, si j'avais encore la manie de faire parler de moi, je ne sais où je pourrais courir, afin d'attirer l'attention du public : peut-être reprendrais-je mon ancien projet de la découverte du passage au pôle nord ; peut-être remonterais-je le Gange. Là, je verrais la longue ligne noire et droite des bois qui défendent l'accès de l'Himalaya ; lorsque, parvenu au col qui attache les deux principaux sommets du mont Ganghour, je découvrirais l'amphithéâtre incommensurable des neiges éternelles ; lorsque je demanderais à mes guides, comme Heber[2], l'évêque anglican de Calcutta, le nom des autres montagnes de l'est, ils me répondraient qu'elles bordent l'empire chinois. À la bonne heure ! mais revenir des Pyramides, c'est comme si vous reveniez de Montlhéry. À ce propos, je me souviens qu'un pieux antiquaire des environs de Saint-Denis en France, m'a écrit pour me demander si Pontoise ne ressemblait pas à Jérusalem[3].

La page qui termine l'*Itinéraire* semble être écrite en ce moment même, tant elle reproduit mes sentiments actuels.

« Il y a vingt ans, disais-je, que je me consacre à l'étude au milieu de tous les hasards et de tous les chagrins ; *diversa exilia et desertas quaerere terras*[4] : un grand nombre de feuilles de mes livres ont été tracées sous la tente, dans les déserts, au milieu des flots ; j'ai

---

1. Le géographe et archéologue Auguste Dureau de La Malle (1777-1857) avait réuni cette documentation pour une étude sur la *Topographie de Carthage* (1835). Son père, académicien, mort en 1807, est connu par ses traductions des historiens latins.   **2.** Reginald Heber (1783-1826), évêque de Calcutta (1822), a laissé un ouvrage posthume : *Récit de voyages à travers les provinces supérieures de l'Inde, de Calcutta à Bombay.*   **3.** C'est du reste sur ce thème qu'ont brodé les nombreuses parodies du livre.   **4.** *Énéide*, III, 4 : « chercher des exils différents, dans des contrées désertes ».

souvent tenu la plume sans savoir comment je prolonge-
rais de quelques instants mon existence... Si le ciel m'accorde un repos que je n'ai jamais goûté, je tâcherai
d'élever en silence un monument à ma patrie [1] ; si la Providence me refuse ce repos, je ne dois songer qu'à mettre
mes derniers jours à l'abri des soucis qui ont empoisonné
les premiers. Je ne suis plus jeune, je n'ai plus l'amour
du bruit ; je sais que les lettres dont le commerce est si
doux quand il est secret, ne nous attirent au dehors que
des orages. Dans tous les cas, j'ai assez écrit si mon nom
doit vivre ; beaucoup trop s'il doit mourir. »

Il est possible que mon *Itinéraire* demeure comme un
manuel à l'usage des juifs-errants de ma sorte : j'ai
marqué scrupuleusement les étapes et tracé une carte rou-
tière. Tous les voyageurs, à Jérusalem, m'ont écrit pour
me féliciter et me remercier de mon exactitude ; j'en citerai un témoignage :

« Monsieur, vous m'avez fait l'honneur, il y a quelques
semaines, de me recevoir chez vous, ainsi que mon ami
M. de Saint-Laumer ; en vous apportant une lettre
d'Abou-Gosch [2], nous venions vous dire combien on trouvait de nouveaux mérites à votre *Itinéraire* en le lisant
sur les lieux, et comme on appréciait jusqu'à son titre
même, tout humble et tout modeste que vous l'ayez
choisi, en le voyant justifié à chaque pas par l'exactitude
scrupuleuse des descriptions, fidèles encore aujourd'hui,
sauf quelques ruines de plus ou de moins, seul changement de ces contrées, etc.

« Jules Folentlot.
Rue Caumartin, n° 23. »

Mon exactitude tient à mon bon sens vulgaire ; je suis
de la race des Celtes et des tortues, race pédestre ; non
du sang des Tartares et des oiseaux, races pourvues de

---

1. En écrivant une *Histoire de France*, déjà promise à la fin des
Martyrs.   2. Chef de la tribu bédouine qui contrôlait les montagnes
de Judée, bien connu des voyageurs romantiques : il avait escorté Chateaubriand lors de son voyage de 1806 ; Lamartine à son tour le rencon-
trera (octobre 1832).

chevaux et d'ailes. La Religion, il est vrai, me ravit quelquefois dans ses bras ; mais quand elle me remet à terre, je chemine, appuyé sur mon bâton, me reposant aux bornes pour déjeuner de mon olive et de mon pain bis. *Si je suis moult allé en bois, comme font volontiers les François*[1], je n'ai, cependant, jamais aimé le changement pour le changement ; la route m'ennuie ; j'aime seulement le voyage à cause de l'indépendance qu'il me donne, comme j'incline vers la campagne, non pour la campagne mais pour la solitude. « Tout ciel m'est un, dit Montaigne, vivons entre les nôtres, allons mourir et rechigner entre les inconnus[2]. »

Il me reste aussi de ces pays d'Orient quelques autres lettres, parvenues à leur adresse plusieurs mois après leur date. Des pères de la Terre-Sainte, des consuls et des familles, me supposant devenu puissant sous la Restauration, ont réclamé, auprès de moi, les droits de l'hospitalité : de loin, on se trompe et l'on croit ce qui semble juste. M. Gaspari m'écrivit, en 1816, pour solliciter ma protection en faveur de son fils ; sa lettre est adressée : *À monsieur le vicomte de Chateaubriand, grand-maître de l'Université royale, à Paris.*

M. Caffe, ne perdant pas de vue ce qui se passe autour de lui, et m'apprenant des nouvelles de son univers, me mande d'Alexandrie : « Depuis votre départ, le pays n'est pas amélioré, quoique la tranquillité règne. Quoique le chef n'ait rien à craindre de la part des Mameluks, toujours réfugiés dans la Haute-Égypte, il faut pourtant qu'il se tienne en garde. Abd-el-Ouad fait toujours des siennes à la Mecque. Le canal de Manouf vient d'être fermé ; Méhémet-Ali sera mémorable en Égypte pour avoir exécuté ce projet, etc. »

Le 13 août 1816, M. Pangalo fils m'écrivait de Zéa :

« Monseigneur,
« Votre *Itinéraire de Paris à Jérusalem* est parvenu à

---

1. *Cf.* livre II, chap. 3.   **2.** *Essais*, livre III, chap. 9, « De la Vanité ». La citation de Chateaubriand est un montage.

Zéa, et j'ai lu, au milieu de notre famille, ce que Votre Excellence veut bien y dire d'obligeant pour elle. Votre séjour, parmi nous, a été si court, que nous ne méritons pas, à beaucoup près, les éloges que Votre Excellence a faits de notre hospitalité, et de la manière trop familière avec laquelle nous vous avons reçu. Nous venons d'apprendre aussi, avec la plus grande satisfaction, que Votre Excellence se trouve replacée par les derniers événements, et qu'elle occupe un rang dû à son mérite autant qu'à sa naissance. Nous l'en félicitons, et nous espérons qu'au faîte des grandeurs, monsieur le comte de Chateaubriand voudra bien se ressouvenir de Zéa, de la nombreuse famille du vieux Pangalo, son hôte, de cette famille dans laquelle le consulat de France existe depuis le glorieux règne de Louis-le-Grand, qui a signé le brevet de notre aïeul. Ce vieillard, si souffrant, n'est plus ; j'ai perdu mon père ; je me trouve, avec une fortune très médiocre, chargé de toute la famille ; j'ai ma mère, six sœurs à marier et plusieurs veuves à ma charge avec leurs enfants. J'ai recours aux bontés de Votre Excellence ; je la prie de venir au secours de notre famille, en obtenant que le vice-consulat de Zéa, qui est très nécessaire pour la relâche fréquente des bâtiments du Roi, ait des appointements comme les autres vice-consulats ; que d'agent, que je suis, sans appointements, je sois vice-consul, avec le traitement attaché à ce grade. Je crois que Votre Excellence obtiendrait facilement cette demande en faveur des longs services de mes aïeux, si elle daignait s'en occuper, et qu'elle excusera la familiarité importune de vos hôtes de Zéa, qui espèrent en vos bontés.

« Je suis avec le plus profond respect,

« Monseigneur,

« De Votre Excellence,

« Le très humble et très obéissant serviteur,

« M.-G. Pangalo.

« Zéa, le 3 août 1816. »

Toutes les fois qu'un peu de gaîté me vient sur les lèvres, j'en suis puni comme d'une faute. Cette lettre me fait sentir un remords en relisant un passage (atténué, il

est vrai, par des expressions reconnaissantes) sur l'hospitalité de nos consuls devant le Levant : « Mesdemoiselles
Pangalo, dis-je dans l'*Itinéraire*, chantent en grec :

> *Ah ! vous dirai-je, maman ?*

M. Pangalo poussait des cris, les coqs s'égosillaient,
et les souvenirs d'Ioulis, d'Aristée, de Simonide étaient
complètement effacés. »

Les demandes de protection tombaient presque toujours au milieu de mes discrédits et de mes misères [1]. Au
commencement même de la Restauration, le 11 octobre
1814, je reçus cette autre lettre datée de Paris :

« Monsieur l'Ambassadeur,

« Mademoiselle Dupont, des îles Saint-Pierre et
Miquelon, qui a eu l'honneur de vous voir dans ces îles,
désirerait obtenir de votre Excellence un moment d'audience. Comme elle sait que vous habitez la campagne,
elle vous prie de lui faire savoir le jour où vous viendrez
à Paris et où vous pourrez lui accorder cette audience.

« J'ai l'honneur d'être, etc.

« DUPONT. »

Je ne me souvenais plus de cette demoiselle de
l'époque de mon voyage sur l'océan, tant la mémoire est
ingrate ! Cependant, j'avais gardé un souvenir parfait de
la fille inconnue qui s'assit auprès de moi dans la triste
Cyclade glacée [2] :

« Une jeune marinière parut dans les déclivités supérieures du morne, elle avait les jambes nues quoiqu'il fît
froid, et marchait parmi la rosée ; etc. »

Des circonstances indépendantes de ma volonté m'empêchèrent de voir mademoiselle Dupont. Si, par hasard,
c'était la fiancée de Guillaumy, quel effet un quart de siècle
avait-il produit sur elle ? Avait-elle été atteinte de l'hiver

---

1. Il ne pourra par exemple faire aboutir la demande du vice-consul
de Zéa qu'en 1823, une fois devenu ministre (Marcellus, p. 181).
2. Voir livre VI, chap. 5.

de Terre-Neuve, ou conservait-elle le printemps des fèves
en fleurs, abritées dans le fossé du fort de Saint-Pierre ?

À la tête d'une excellente traduction des *Lettres de
saint Jérôme*[1] MM. Collombet et Grégoire ont voulu
trouver dans leur notice, entre ce saint et moi, à propos
de la Judée, une ressemblance à laquelle je me refuse par
respect. Saint Jérôme, du fond de sa solitude, traçait la
peinture de ses combats intérieurs ; je n'aurais pas rencontré les expressions de génie de l'habitant de la grotte
de Bethléem ; tout au plus, aurais-je pu chanter avec
saint François, mon patron en France et mon hôtelier au
Saint-Sépulcre, ses deux cantiques en italien de l'époque
qui précède l'italien de Dante :

> *In foco l'amor mi mise,*
> *In foco l'amor mi mise.*

J'aime à recevoir des lettres d'outre-mer ; ces lettres semblent m'apporter quelque murmure des vents, quelque rayon
des soleils, quelque émanation des destinées diverses que
séparent les flots et que lient les souvenirs de l'hospitalité.

Voudrais-je revoir ces contrées lointaines ? Une ou
deux, peut-être. Le ciel de l'Attique a produit en moi un
enchantement qui ne s'efface point ; mon imagination est
encore parfumée des myrtes du temple de la *Vénus aux
jardins* et de l'iris du Céphise.

Fénelon, au moment de partir pour la Grèce, écrivait à
Bossuet la lettre qu'on va lire. L'auteur futur de *Télémaque* s'y révèle avec l'ardeur du missionnaire et du
poète[2].

---

1. Cette édition a paru de 1836 à 1839, avec une dédicace à Chateaubriand. François-Zénon Collombet (1808-1853) publia les lettres qu'il
avait reçues de ce dernier dans son étude sur *Chateaubriand, sa vie et ses
écrits*, Lyon, 1851.   2. Bausset, qui a cité pour la première fois cette
lettre dans son *Histoire de Fénelon* (seconde édition, 1809, t. 1, p. 47-50),
la donne comme « probablement adressée à Bossuet ». Mais J. Orcibal,
dans son édition de la *Correspondance* de Fénelon (Klincksieck, 1972, t. 2,
p. 49 et t. 3, p. 95-102), la juge plus tardive : il la date du 9 octobre 1686.
Pour les problèmes posés par ce document, voir son article : « Fénelon sur
l'Aréopage et à Pathmos », *R.H.L.F.*, 1969, p. 430-440.

« Divers petits accidents ont toujours retardé jusqu'ici mon retour à Paris ; mais enfin, Monseigneur, je pars, et peu s'en faut que je ne vole. À la vue de ce voyage, j'en médite un plus grand. La Grèce entière s'ouvre à moi, le sultan effrayé recule ; déjà le Péloponèse respire en liberté, l'Église de Corinthe va refleurir ; la voix de l'Apôtre s'y fera encore entendre. Je me sens transporté dans ces beaux lieux et parmi ces ruines précieuses, pour y recueillir, avec les plus curieux monuments, l'esprit même de l'antiquité. Je cherche cet aréopage, où saint Paul annonça aux sages du monde le Dieu inconnu[1] ; mais le profane vient après le sacré, et je ne dédaigne pas de descendre au Pirée, où Socrate fait le plan de sa République. Je monte au sommet du Parnasse, je cueille les lauriers de Delphes et je goûte les délices de Tempé.

« Quand est-ce que le sang des Turcs se mêlera avec celui des Perses sur les plaines de Marathon, pour laisser la Grèce entière à la religion, à la philosophie et aux beaux-arts, qui la regardent comme leur patrie ?

> *... Arva beata*
> *Petamus arva, divites et insulas*[2].

« Je ne t'oublierai pas, ô île consacrée par les célestes visions du disciple bien-aimé, ô heureuse Pathmos, j'irai baiser sur la terre les pas de l'Apôtre, et je croirai voir les cieux ouverts. Là, je me sentirai saisi d'indignation contre le faux prophète, qui a voulu développer les oracles du véritable, et je bénirai le Tout-Puissant, qui, loin de précipiter l'Église comme Babylone, enchaîne le dragon et la rend victorieuse. Je vois déjà le schisme qui tombe, l'Orient et l'Occident qui se réunissent, et l'Asie qui voit renaître le jour après une si longue nuit ; la terre sanctifiée par les pas du Sauveur et arrosée de son sang, délivrée de ses profanateurs, et revêtue d'une nouvelle gloire ; enfin, les enfants d'Abraham épars sur

---

1. Actes des Apôtres, XVII, 22-23.   **2.** Horace, *Épodes*, XVI, 41-42 : « Gagnons les campagnes, les riches campagnes et les îles fortunées ».

toute la terre, et plus nombreux que les étoiles du firmament, qui, rassemblés des quatre vents, viendront en foule
reconnaître le Christ qu'ils ont percé, et montrer à la fin
des temps une résurrection. En voilà assez, Monseigneur,
et vous serez bien aise d'apprendre que c'est ici ma dernière lettre, et la fin de mes enthousiasmes, qui vous
importuneront peut-être. Pardonnez-les à ma passion de
vous entretenir de loin, en attendant que je puisse le faire
de près.

« Fr. de Fénelon. »

C'était là le vrai nouvel Homère, seul digne de chanter
la Grèce et d'en raconter la beauté au nouveau Chrysostome.

(4)

RÉFLEXIONS SUR MON VOYAGE. — MORT DE JULIEN.

Je n'ai devant les yeux, des sites de la Syrie, de
l'Égypte et de la terre punique, que les endroits en rapport
avec ma nature solitaire ; ils me plaisaient indépendam-
ment de l'antiquité, de l'art et de l'histoire. Les Pyramides me frappaient moins par leur grandeur que par le
désert contre lequel elles étaient appliquées ; la colonne
de Dioclétien[1] arrêtait moins mes regards que les festons
de la mer le long des sables de la Libye. À l'embouchure
pélusiaque du Nil, je n'aurais pas désiré un monument
pour me rappeler cette scène peinte par Plutarque[2] :

« L'affranchi chercha au long de la grève où il trouva
quelque demourant d'un vieil bateau de pêcheur, suffisant
pour brusler un pauvre corps nu et encore non tout entier.
Ainsi, comme il les amassoit et assembloit, il survint un
Romain, homme d'âge qui, en ses jeunes ans, avoit été à

---

1. Appelée aussi « colonne de Pompée » (voir p. 374, et *Itinéraire*,
p. 1152).   2. Chateaubriand cite Amyot, mais abrège un peu sa traduction (Plutarque, *Vie de Pompée*, CXI).

la guerre sous Pompée. Ah ! lui dit le romain, tu n'auras pas tout seul cet honneur et te prie, veuille-moi recevoir pour compagnon, en une si sainte et si dévote rencontre, afin que je n'aie point occasion de me plaindre en tout, ayant en récompense de plusieurs maux que j'ai endurés, rencontré au moins cette bonne aventure de pouvoir toucher avec mes mains et aider à ensevelir le plus grand capitaine des Romains. »

Le rival de César n'a plus de tombeau près de la Libye, et une jeune esclave *libyenne* a reçu de la main d'une *Pompée* une sépulture non loin de cette Rome, d'où le grand Pompée était banni. À ces jeux de la fortune, on conçoit comment les chrétiens s'allaient cacher dans la Thébaïde.

« Née en Libye, ensevelie à la fleur de mes ans sous la poussière ausonienne, je repose près de Rome le long de ce rivage sablonneux. L'illustre Pompée qui m'avait élevée avec une tendresse de mère, a pleuré ma mort et m'a déposée dans un tombeau qui m'égale, moi pauvre esclave, aux Romains libres. Les feux de mon bûcher ont prévenu ceux de l'hymen. Le flambeau de Proserpine a trompé nos espérances » *(Anthologie[1])*.

Les vents ont dispersé les personnages de l'Europe, de l'Asie, de l'Afrique, au milieu desquels j'ai paru, et dont je viens de vous parler : l'un est tombé de l'Acropolis d'Athènes, l'autre du rivage de Chio : celui-ci s'est précipité de la montagne de Sion, celui-là ne sortira plus des flots du Nil ou des citernes de Carthage. Les lieux aussi ont changé : de même qu'en Amérique s'élèvent des villes où j'ai vu des forêts, de même un empire se forme dans ces arènes de l'Égypte, où mes regards n'avaient rencontré que des *horizons nus et ronds comme la bosse d'un bouclier*, disent les poésies arabes, *et des loups si maigres que leurs mâchoires sont comme un bâton fendu*. La Grèce a repris cette liberté que je lui souhaitais en la traversant sous la garde d'un janissaire. Mais jouit-elle

---

1. *Anthologie Palatine*, VII, épigramme (funéraire) nº 185, que la tradition attribue à Antipater de Thessalonique. Chateaubriand arrange un peu le passage qui parle de *Pompeia*.

de sa liberté nationale ou n'a-t-elle fait que changer de joug[1] ?

Je suis en quelque façon le dernier visiteur de l'empire turc dans ses vieilles mœurs. Les révolutions, qui partout ont immédiatement précédé ou suivi mes pas, se sont étendues sur la Grèce, la Syrie, l'Égypte. Un nouvel Orient va-t-il se former ? qu'en sortira-t-il ? Recevrons-nous le châtiment mérité d'avoir appris l'art moderne des armes à des peuples dont l'état social est fondé sur l'esclavage et la polygamie ? Avons-nous porté la civilisation au dehors, ou avons-nous amené la barbarie dans l'intérieur de la chrétienté ? Que résultera-t-il des nouveaux intérêts, des nouvelles relations politiques, de la création des puissances qui pourront surgir dans le Levant ? Personne ne saurait le dire. Je ne me laisse pas éblouir par des bateaux à vapeur, et des chemins de fer ; par la vente du produit des manufactures et par la fortune de quelques soldats français, anglais, allemands, italiens, enrôlés au service d'un pacha : tout cela n'est pas de la civilisation. On verra peut-être revenir, au moyen des troupes disciplinées des Ibrahim futurs[2], les périls qui ont menacé l'Europe à l'époque de Charles Martel et dont plus tard nous a sauvés la généreuse Pologne[3]. Je plains les voyageurs qui me suivront : le harem ne leur cachera plus ses secrets : ils n'auront point vu le vieux soleil de l'Orient et le turban de Mahomet. Le petit Bédouin me criait en français, lorsque je passais dans les montagnes de la Judée : « En avant, marche ! » L'ordre était donné, et l'Orient a marché.

---

1. Après une période de luttes intestines, marquée par le meurtre du président Capodistria (Nauplie, 9 octobre 1831), on avait appelé, le 7 mars 1832, à régner sur la Grèce indépendante un prince bavarois, mal accepté par certains.   2. Chateaubriand écrit cela à la lumière des événements de 1839. Après avoir occupé la Syrie (Convention de Kutaya, mai 1833), Ibrahim Pacha, fils aîné de Méhémet-Ali, avait de nouveau écrasé une armée turque à Nezib, le 24 juin 1839. Grâce au soutien de la France, la puissance égyptienne est alors à son apogée ; elle déclinera, sous la pression anglaise, dans les années suivantes. 3. C'est en 1683 que le roi de Pologne Jean III Sobieski arrêta sous les murs de Vienne une invasion de 300 000 Turcs et Tartares.

Le camarade d'Ulysse, Julien, qu'est-il devenu ? Il m'avait demandé, en me remettant son manuscrit, d'être concierge dans ma maison, rue d'Enfer : cette place était occupée par un vieux portier et sa famille que je ne pouvais renvoyer. La colère du ciel ayant rendu Julien volontaire et ivrogne, je le supportai longtemps ; enfin, nous fûmes obligés de nous séparer. Je lui donnai une petite somme et lui fis une petite pension sur ma cassette, un peu légère, mais toujours copieusement remplie d'excellents billets hypothéqués sur mes châteaux en Espagne. Je fis entrer Julien selon son désir, à l'hospice des Vieillards : il y acheva le grand et dernier voyage. J'irai bientôt occuper son lit vide, comme je dormis au Kan de Demir-Capi[1] sur la natte d'où l'on venait d'enlever un musulman pestiféré. Ma vocation est définitivement pour l'hôpital où gît la vieille société. Elle fait semblant de vivre et n'en est pas moins à l'agonie. Quand elle sera expirée, elle se décomposera afin de se reproduire sous des formes nouvelles, mais il faut d'abord qu'elle succombe ; la première nécessité pour les peuples, comme pour les hommes, est de mourir : « La glace se forme au souffle de Dieu », dit Job[2].

---

1. Nous rétablissons ce nom, altéré dans les éditions antérieures.
2. Job, XXXVII, 10.

(5)

Paris, 1839.

Revu en juin 1847[1].

ANNÉES 1807, 1808, 1809 ET 1810.
ARTICLE DU *MERCURE* DU MOIS DE JUIN 1807.
J'ACHÈTE LA VALLÉE-AUX-LOUPS ET JE M'Y RETIRE.

Madame de Chateaubriand avait été très malade pendant mon voyage ; plusieurs fois mes amis m'avaient cru perdu. Dans quelques notes que M. de Clausel a écrites pour ses enfants[2] et qu'il a bien voulu me permettre de parcourir, je trouve ce passage :

« M. de Chateaubriand partit pour le voyage de Jérusalem au mois de juillet 1806 : pendant son absence j'allais tous les jours chez madame de Chateaubriand. Notre voyageur me fit l'amitié de m'écrire une lettre en plusieurs pages, de Constantinople, que vous trouverez dans le tiroir de notre bibliothèque, à Coussergues. Pendant l'hiver de 1806 à 1807, nous savions que M. de Chateaubriand était en mer pour revenir en Europe ; un jour, j'étais à me promener dans le jardin des Tuileries avec M. de Fontanes par un vent d'ouest affreux ; nous étions à l'abri de la terrasse du bord de l'eau. M. de Fontanes me dit : – Peut-être dans ce moment-ci, un coup de cette horrible tempête va le faire naufrager. Nous avons su depuis que ce pressentiment faillit se réaliser. Je note ceci pour exprimer la vive amitié, l'intérêt pour la gloire littéraire de M. de Chateaubriand, qui devait s'accroître par ce voyage ; les nobles, les profonds et rares sentiments qui animaient M. de Fontanes, homme excellent dont j'ai

---

1. Il est probable que les chapitres 5 à 9 ont formé, jusqu'à une date tardive, un livre autonome, numéroté XIX.   2. Voir livre XVI, p. 169, note 1.

reçu aussi de grands services et dont je vous recommande de vous souvenir devant Dieu. »

Si je devais vivre et si je pouvais faire vivre dans mes ouvrages les personnes qui me sont chères, avec quel plaisir j'emmènerais avec moi tous mes amis !

Plein d'espérance, je rapportai sous mon toit ma poignée de glanes[1] ; mon repos ne fut pas de longue durée.

Par une suite d'arrangements, j'étais devenu seul propriétaire du *Mercure*[2].

M. Alexandre de Laborde publia vers la fin du mois de juin 1807, son voyage en Espagne[3] ; au mois de juillet, je fis dans le *Mercure*, l'article dont j'ai cité des passages en parlant de la mort du duc d'Enghien : *Lorsque dans le silence de l'abjection*, etc. Les prospérités de Bonaparte, loin de me soumettre, m'avaient révolté ; j'avais pris une énergie nouvelle dans mes sentiments et dans les tempêtes. Je ne portais pas en vain un visage brûlé par le soleil, et je ne m'étais pas livré au courroux du ciel pour trembler avec un front noirci devant la colère d'un homme. Si Napoléon en avait fini avec les rois, il n'en avait pas fini avec moi. Mon article tombant au milieu de ses prospérités et de ses merveilles, remua la France[4] : on en répandit d'innombrables copies à la main ; plusieurs abonnés du *Mercure* détachèrent l'article et le firent relier à part ; on le lisait dans les salons, on le colportait de maison en maison. Il faut avoir vécu à cette époque pour se faire une idée de l'effet produit par une voix retentissant seule dans le silence du monde. Les nobles sentiments refoulés au fond des cœurs se réveillèrent. Napoléon s'emporta : on s'irrite moins en raison de

---

1. Épis recueillis dans un champ après la moisson. 2. Pour une somme de vingt mille francs, versés à Fontanes, sans qu'on puisse préciser la date de la transaction. 3. Cette luxueuse publication, ornée de gravures, devait paraître de 1806 à 1820 (quatre volumes in-folio). 4. Il avait paru, dans le *Mercure* du 4 juillet 1807, en même temps que le 79e bulletin de la Grande Armée annonçant la victoire de Friedland. Le 9, c'est le traité de Tilsit, célébré avec éclat. Lorsque le 27 juillet Napoléon fut de retour à Saint-Cloud, rien ni personne ne paraissait pouvoir lui résister.

l'offense reçue qu'en raison de l'idée que l'on s'est
formée de soi. Comment ! mépriser jusqu'à sa gloire ;
braver une seconde fois celui aux pieds duquel l'univers
était prosterné ! « Chateaubriand croit-il que je suis un
imbécile, que je ne le comprends pas ! Je le ferai sabrer
sur les marches des Tuileries. » Il donna l'ordre de
supprimer le *Mercure*[1] et de m'arrêter. Ma propriété
périt ; ma personne échappa par miracle : Bonaparte
eut à s'occuper du monde ; il m'oublia, mais je demeurai sous le poids de la menace.

C'était une déplorable position que la mienne : quand
je croyais devoir agir par les inspirations de mon honneur,
je me trouvais chargé de ma responsabilité personnelle et
des chagrins que je causais à ma femme. Son courage
était grand, mais elle n'en souffrait pas moins, et ces
orages, appelés successivement sur ma tête, troublaient sa
vie. Elle avait tant souffert pour moi durant la Révolution ! Il était naturel qu'elle désirât un peu de repos.
D'autant plus que madame de Chateaubriand admirait
Bonaparte sans restriction ; elle ne se faisait aucune illusion sur la Légitimité ; elle me prédisait sans cesse ce qui
m'arriverait au retour des Bourbons.

Le premier livre de ces *Mémoires* est daté de *la Vallée-
aux-Loups*, le 4 octobre 1811 : là se trouve la description
de la petite retraite que j'achetai pour me cacher à cette
époque[2]. Quittant notre appartement chez madame de
Coislin, nous allâmes d'abord demeurer rue des Saints-
Pères, hôtel de Lavalette, qui tirait son nom de la maîtresse et du maître de l'hôtel[3].

M. de Lavalette, trapu, vêtu d'un habit prune-de-Mon-
sieur, et marchant avec une canne à pomme d'or, devint

---

1. La fusion du *Mercure* et de la *Revue philosophique* (ancienne
Décade) fut alors imposée par le pouvoir pour des raisons qui dépas-
saient le cas Chateaubriand.   **2.** Sur cette acquisition onéreuse, voir
livre I, chap. 1. Les pages qui suivent sont une reprise fidèle du *Cahier
rouge* (p. 61-64).   **3.** Le portrait de Hyacinthe de Lavalette est plus
développé dans le *Cahier rouge* (p. 62). Jusqu'à la Restauration, son
hôtel de la rue des Saints-Pères deviendra la résidence habituelle des
Chateaubriand lorsqu'ils séjourneront à Paris.

mon homme d'affaires, si j'ai jamais eu des affaires. Il avait été officier du gobelet chez le Roi, et ce que je ne mangeais pas, il le buvait.

Vers la fin de novembre, voyant que les réparations de ma chaumière[1] n'avançaient pas, je pris le parti de les aller surveiller. Nous arrivâmes le soir à la Vallée. Nous ne suivîmes pas la route ordinaire ; nous entrâmes par la grille au bas du jardin. La terre des allées, détrempée par la pluie, empêchait les chevaux d'avancer ; la voiture versa. Le buste en plâtre d'Homère, placé auprès de madame de Chateaubriand, sauta par la portière et se cassa le cou : mauvais augure pour *les Martyrs*, dont je m'occupais alors.

La maison, pleine d'ouvriers qui riaient, chantaient, cognaient, était chauffée avec des copeaux et éclairée par des bouts de chandelle ; elle ressemblait à un ermitage illuminé la nuit par des pèlerins, dans les bois. Charmés de trouver deux chambres passablement arrangées, et dans l'une desquelles on avait préparé le couvert, nous nous mîmes à table. Le lendemain, réveillé au bruit des marteaux et des chants des colons, je vis le soleil se lever avec moins de souci que le maître des Tuileries.

J'étais dans des enchantements sans fin ; sans être madame de Sévigné, j'allais, muni d'une paire de sabots, planter mes arbres dans la boue, passer et repasser dans les mêmes allées, voir et revoir tous les petits coins, me cacher partout où il y avait une broussaille, me représentant ce que serait mon parc dans l'avenir, car alors l'avenir ne manquait point. En cherchant à rouvrir aujourd'hui par ma mémoire, l'horizon qui s'est fermé, je ne trouve plus le même, mais j'en rencontre d'autres. Je m'égare dans mes pensées évanouies ; les illusions sur lesquelles je tombe sont peut-être aussi belles que les premières ; seulement elles ne sont plus si jeunes ; ce que je voyais dans la splendeur du midi, je l'aperçois à la lueur du couchant. – Si je pouvais néanmoins cesser d'être harcelé par des songes ! Bayard, sommé de rendre une place, répondit : « Attendez que

---

1. Au sens anglais de *cottage*.

j'aie fait un pont de corps morts, pour pouvoir passer avec ma garnison[1]. » Je crains qu'il ne faille, pour sortir, passer sur le ventre de mes chimères.

Mes arbres, étant encore petits, ne recueillaient pas les bruits des vents de l'automne ; mais, au printemps, les brises qui haleinaient[2] les fleurs des prés voisins en gardaient le souffle, qu'elles reversaient sur ma vallée.

Je fis quelques additions à la chaumière ; j'embellis sa muraille de briques d'un portique soutenu par deux colonnes de marbre noir et deux cariatides de femmes de marbre blanc : je me souvenais d'avoir passé à Athènes. Mon projet était d'ajouter une tour au bout de mon pavillon ; en attendant, je simulai des créneaux sur le mur qui me séparait du chemin : je précédais ainsi la manie du moyen âge, qui nous hébète à présent. La Vallée-aux-Loups, de toutes les choses qui me sont échappées, est la seule que je regrette ; il est écrit que rien ne me restera. Après ma Vallée perdue, j'avais planté l'*Infirmerie de Marie-Thérèse*, et je viens pareillement de la quitter[3]. Je défie le sort de m'attacher à présent au moindre morceau de terre ; je n'aurai, dorénavant, pour jardin que ces avenues honorées de si beaux noms autour des Invalides, et où je me promène avec mes confrères manchots et boiteux. Non loin de ces allées, s'élève le cyprès de madame de Beaumont[4] ; dans ces espaces déserts, la grande et légère duchesse de Châtillon[5] s'est jadis appuyée sur mon bras. Je ne donne plus le bras qu'au temps : il est bien lourd !

Je travaillais avec délices à mes *Mémoires*, et *les Martyrs* avançaient ; j'en avais déjà lu quelques livres à M. de Fontanes. Je m'étais établi au milieu de mes souvenirs comme dans une grande bibliothèque : je consultais celui-ci et puis celui-là, ensuite je fermais le registre en soupirant, car je m'apercevais que la lumière, en y péné-

---

1. Cité dans les *Mémoires* de Martin Du Bellay, collection Petitot, seconde série, t. XVII, p. 311. La ville en question est Mézières. **2.** *Cf.* livre IX, p. 561, note 4.   **3.** Voir livre XXXVI, chap. 1. C'est au mois de juillet 1838 que les Chateaubriand quittèrent leur Infirmerie pour emménager au n° 112 de la rue du Bac.   **4.** Voir livre XVI, p. 168, note 1.   **5.** Voir p. 83, note 2.

trant, en détruisait le mystère. Éclairez les jours de la vie, ils ne seront plus ce qu'ils sont.

Au mois de juillet 1808, je tombai malade, et je fus obligé de revenir à Paris[1]. Les médecins rendirent la maladie dangereuse. Du vivant d'Hippocrate, il y avait disette de morts aux enfers, dit l'épigramme[2] : grâce à nos Hippocrates modernes, il y a aujourd'hui abondance.

C'est peut-être le seul moment où, près de mourir, j'aie eu envie de vivre. Quand je me sentais tomber en faiblesse, ce qui m'arrivait souvent, je disais à madame de Chateaubriand : « Soyez tranquille ; je vais revenir. » Je perdais connaissance, mais avec une grande impatience intérieure, car je tenais, Dieu sait à quoi. J'avais aussi la passion d'achever ce que je croyais et ce que je crois encore être mon ouvrage le plus correct. Je payais le fruit des fatigues que j'avais éprouvées dans ma course au Levant.

Girodet avait mis la dernière main à mon portrait[3]. Il le fit noir comme j'étais alors ; mais il le remplit de son génie. M. Denon[4] reçut le chef-d'œuvre pour le salon ; en noble courtisan, il le mit prudemment à l'écart. Quand Bonaparte passa sa revue de la galerie, après avoir regardé les tableaux, il dit : « Où est le portrait de Chateaubriand ? » Il savait qu'il devait y être : on fut obligé de tirer le proscrit de sa cachette. Bonaparte, dont la bouffée généreuse était exhalée, dit, en regardant le portrait : « Il a l'air d'un conspirateur qui descend par la cheminée. »

Étant un jour retourné seul à la Vallée, Benjamin, le jardinier, m'avertit qu'un gros monsieur étranger m'était venu demander ; que ne m'ayant point trouvé, il avait déclaré vouloir m'attendre ; qu'il s'était fait faire une omelette, et qu'ensuite il s'était jeté sur mon lit. Je monte, j'entre dans ma chambre, j'aperçois quelque chose

---

1. Mme de Chateaubriand donne plus de précisions sur cette maladie dans le *Cahier rouge*, p. 65.   **2.** *Anthologie Palatine*, IX, n° 53. Ce distique est attribué soit à Bassos, soit à Nicomédos.   **3.** Le tableau fut exposé au Salon de 1810, sous le titre : « Un homme méditant sur les ruines de Rome ». La date de son exécution est incertaine.   **4.** Dominique Vivant Denon (1745-1825), alors directeur du Musée du Louvre.

d'énorme endormi ; secouant cette masse, je m'écrie :
« Eh ! eh ! qui est là ? » La masse tressaillit et s'assit sur
son séant. Elle avait la tête couverte d'un bonnet à poil,
elle portait une casaque et un pantalon de laine mouchetée
qui tenaient ensemble, son visage était barbouillé de tabac
et sa langue tirée. C'était mon cousin Moreau ! Je ne
l'avais pas revu depuis le camp de Thionville. Il revenait
de Russie et voulait entrer dans la régie[1]. Mon ancien
cicerone à Paris, est allé mourir à Nantes. Ainsi a disparu
un des premiers personnages de ces *Mémoires*. J'espère
qu'étendu sur une couche d'asphodèle, il parle encore de
mes vers à madame de Chastenay, si cette ombre agréable
est descendue aux Champs-Élysées.

(6)

LES MARTYRS.

Au printemps de 1809 parurent *les Martyrs*[2]. Le travail
était de conscience : j'avais consulté des critiques de goût
et de savoir, MM. de Fontanes, Bertin, Boissonade[3],
Malte-Brun[4] et je m'étais soumis à leurs raisons. Cent et
cent fois j'avais fait, défait et refait la même page. De
tous mes écrits, c'est celui où la langue est la plus correcte.

---

1. Le gros cousin Moreau (voir livre IV, chap. 2) avait émigré en
Russie. Il ne regagna la France qu'en 1808, pour se retirer à Nantes,
où il mourra le 21 octobre 1812. Une lettre de Chateaubriand à sa
sœur Marigny signale son passage inopiné (*Correspondance*, t. 2,
p. 31). **2.** *Les Martyrs* furent mis en vente le 27 mars 1809.
La composition du volume avait nécessité de nombreuses tractations avec
les autorités, ainsi que des retouches de dernière minute sur les exem-
plaires déjà imprimés. **3.** Jean-François Boissonade (1774-1857),
alors critique au *Journal des Débats*, est déjà considéré comme un
helléniste réputé : il sera professeur de littérature grecque à la Sorbonne
(1809), puis au Collège de France (1828). **4.** Malte Conrad Brunn
(1775-1826), dit Malte-Brun, géographe danois installé à Paris depuis
1802, écrivait aussi dans les *Débats*.

Je ne m'étais pas trompé sur le plan ; aujourd'hui que mes idées sont devenues vulgaires, personne ne nie que les combats de deux religions, l'une finissant, l'autre commençant, n'offrent aux Muses un des sujets les plus riches, les plus féconds et les plus dramatiques. Je croyais donc pouvoir un peu nourrir des espérances pas trop folles ; mais j'oubliais la réussite de mon premier ouvrage : dans ce pays, ne comptez jamais sur deux succès rapprochés ; l'un détruit l'autre. Si vous avez quelque talent en prose, donnez-vous de garde d'en montrer en vers ; si vous êtes distingué dans les lettres, ne prétendez pas à la politique : tel est l'esprit français et sa misère. Les amours-propres alarmés, les envies surprises par le début heureux d'un auteur, se coalisent et guettent la seconde publication du poète, pour prendre une éclatante revanche :

> *Tous la main dans* l'encre, *jurent de se venger*[1].

Je devais payer la sotte admiration que j'avais pipée[2] lors de l'apparition du *Génie du Christianisme* ; force m'était de rendre ce que j'avais volé. Hélas ! point ne se fallait donner tant de peine pour me ravir ce que je croyais moi-même ne pas mériter ! Si j'avais délivré la Rome chrétienne, je ne demandais qu'une couronne obsidionale[3], une tresse d'herbe cueillie dans la Ville éternelle.

L'exécuteur de la justice des vanités fut M. Hoffmann[4], à qui Dieu fasse paix ! Le *Journal des Débats* n'était plus libre ; ses propriétaires n'y avaient plus de pouvoir, et la

---

1. Référence comique à un vers des *Sept contre Thèbes*, cité par le pseudo-Longin dans son *Traité du sublime* et traduit ainsi par Boileau : « Tous, la main dans le sang, jurent de se venger. »   2. Obtenue par fraude, indûment.   3. Couronne végétale que recevaient, à Rome, ceux qui avaient délivré une ville assiégée.   4. François Hoffmann (1760-1828), auteur dramatique, était entré comme critique au *Journal de l'Empire* (nouveau nom des *Débats*) lorsque Bertin en avait été évincé, pour qu'Étienne en devienne le rédacteur en chef (août 1807). Il avait débuté par des *Lettres champenoises* qui eurent beaucoup de succès. La parution de ses articles sur *Les Martyrs* commença le 7 avril 1807 : elle ne se termina qu'en juillet.

censure y consigna ma condamnation. M. Hoffmann fit pourtant grâce à la bataille des Francs et à quelques autres morceaux de l'ouvrage ; mais si Cymodocée lui parut gentille, il était trop excellent catholique pour ne pas s'indigner du rapprochement profane des vérités du Christianisme et des fables de la Mythologie. Velléda ne me sauvait pas. On m'imputa à crime d'avoir transformé la druidesse germaine de Tacite en gauloise, comme si j'avais voulu emprunter autre chose qu'un nom harmonieux ! et ne voilà-t-il pas que les chrétiens de France, à qui j'avais rendu de si grands services en relevant leurs autels, s'avisèrent bêtement de se scandaliser[1] sur la parole évangélique de M. Hoffmann ! Ce titre des *Martyrs* les avait trompés ; ils s'attendaient à lire un martyrologe, et le tigre, qui ne déchirait qu'une fille d'Homère, leur parut un sacrilège.

Le martyre réel du pape Pie VII, que Bonaparte avait amené prisonnier à Paris[2], ne les scandalisait pas, mais ils étaient tout émus de mes fictions, peu chrétiennes, disaient-ils. Et ce fut M. l'évêque de Chartres[3] qui se chargea de faire justice des horribles impiétés de l'auteur du *Génie du Christianisme*. Hélas ! il doit s'apercevoir qu'aujourd'hui son zèle est appelé à bien d'autres combats.

M. l'évêque de Chartres est le frère de mon excellent ami, M. de Clausel, très grand chrétien, qui ne s'est pas laissé emporter par une vertu aussi sublime que le critique, son frère.

Je pensai devoir répondre à la censure, comme je l'avais fait à l'égard du *Génie du Christianisme*. Montesquieu, par sa défense de l'*Esprit des lois*, m'encourageait. J'eus tort. Les auteurs attaqués diraient les meilleures choses du monde, qu'ils n'excitent que le sourire des

---

1. Le *Journal des curés* publia néanmoins un compte rendu très favorable.   2. Voir livre XX, chap. 9.   3. Claude-Hippolyte Clausel de Montals (1769-1857), alors chanoine à Amiens (où son frère Michel était grand vicaire), avait rédigé une critique sévère des *Martyrs* qu'un tiers fit parvenir, à son insu, à Chateaubriand ! Nommé en 1824 évêque de Chartres, il sera sous la Monarchie de Juillet un des champions de la lutte des catholiques pour la liberté scolaire.

esprits impartiaux et les moqueries de la foule. Ils se placent sur un mauvais terrain : la position défensive est antipathique au caractère français. Quand, pour répondre à des objections, je montrais qu'en stigmatisant tel passage, on avait attaqué quelque beau reste de l'antiquité ; battu sur le fait, on se tirait d'affaire en disant alors que *les Martyrs* n'étaient qu'un *pastiche*. Si je justifiais la présence simultanée des deux religions par l'autorité même des Pères de l'Église, on répliquait qu'à l'époque où je plaçais l'action des *Martyrs*, le paganisme n'existait plus chez les grands esprits.

Je crus de bonne foi l'ouvrage tombé ; la violence de l'attaque avait ébranlé ma conviction d'auteur. Quelques amis me consolaient ; ils soutenaient que la proscription n'était pas justifiée, que le public, tôt ou tard, porterait un autre arrêt ; M. de Fontanes surtout était ferme : je n'étais pas Racine, mais il pouvait être Boileau, et il ne cessait de me dire : « Ils y reviendront. » Sa persuasion à cet égard était si profonde, qu'elle lui inspira des stances charmantes :

Le Tasse, errant de ville en ville, etc. etc. [1]

sans crainte de compromettre son goût et l'autorité de son jugement.

En effet, les Martyrs se sont relevés ; ils ont obtenu l'honneur de quatre éditions consécutives ; ils ont même joui auprès des gens de lettres d'une faveur particulière : on m'a su gré d'un ouvrage qui témoigne d'études sérieuses, de quelque travail de style, d'un grand respect pour la langue et le goût.

La critique du fond a été promptement abandonnée. Dire que j'avais mêlé le profane au sacré, parce que j'avais peint deux cultes qui existaient ensemble, et dont chacun avait ses croyances, ses autels, ses prêtres, ses cérémonies, c'était dire que j'aurais dû renoncer à l'his-

---

1. Ces « Stances adressées à M. de Chateaubriand après les *Martyrs* » parurent dans le *Journal de Paris* du 25 janvier 1810, dans la *Gazette de France* du lendemain, enfin dans le *Mercure* du 3 février.

toire. Pour qui mouraient les martyrs ? Pour Jésus-Christ.
À qui les immolait-on ? Aux dieux de l'empire. Il y avait
donc deux cultes.

La question philosophique, savoir si, sous Dioclétien,
les Romains et les Grecs croyaient aux dieux d'Homère,
et si le culte public avait subi des altérations, cette question, comme *poète*, ne me regardait pas ; comme *historien*, j'aurais eu beaucoup de choses à dire.

Il ne s'agit plus de tout cela. *Les Martyrs* sont restés,
contre ma première attente, et je n'ai eu qu'à m'occuper
du soin d'en revoir le texte [1].

Le défaut des *Martyrs* tient au merveilleux *direct* que,
dans le reste de mes préjugés classiques, j'avais mal à
propos employé. Effrayé de mes innovations, il m'avait
paru impossible de me passer d'un *enfer* et d'un *ciel*.
Les bons et les mauvais anges suffisaient cependant à la
conduite de l'action, sans la livrer à des machines usées.
Si la bataille des Francs, si Velléda, si Jérôme, Augustin,
Eudore, Cymodocée ; si la description de Naples et de la
Grèce n'obtiennent pas grâce pour *les Martyrs*, ce ne sont
pas l'enfer et le ciel qui les sauveront. Un des endroits
qui plaisaient le plus à M. de Fontanes était celui-ci [2].

« Cymodocée s'assit devant la fenêtre de la prison, et,
reposant sur sa main sa tête embellie du voile des martyrs,
elle soupira ces paroles harmonieuses :

« Légers vaisseaux de l'Ausonie, fendez la mer calme
et brillante ; esclaves de Neptune, abandonnez la voile au
souffle amoureux des vents, courbez-vous sur la rame
agile. Reportez-moi sous la garde de mon époux et de
mon père, aux rives fortunées du Pamisus.

« Volez, oiseaux de Libye, dont le cou flexible se
courbe avec grâce, volez au sommet de l'Ithome, et dites
que la fille d'Homère va revoir les lauriers de la Mes-
sénie !

« Quand retrouverai-je mon lit d'ivoire, la lumière du

---

1. Le texte de la troisième édition (janvier 1810) révèle des corrections nombreuses, parfois importantes. La quatrième (septembre 1822)
ne comporte plus que des variantes orthographiques, ou de ponctuation.
La version définitive est celle des *Œuvres complètes* (Ladvocat,
novembre 1826-avril 1827).   **2.** Livre XXIII (*Œuvres*, 2, p. 473).

jour si chère aux mortels, les prairies émaillées de fleurs qu'une eau pure arrose, que la pudeur embellit de son souffle ! »

Le *Génie du Christianisme* restera mon grand ouvrage, parce qu'il a produit ou déterminé une révolution, et commencé la nouvelle ère du siècle littéraire. Il n'en est pas de même des *Martyrs* ; ils venaient après la révolution opérée, ils n'étaient qu'une preuve surabondante de mes doctrines ; mon style n'était plus une nouveauté, et même, excepté dans l'épisode de Velléda et dans la peinture des mœurs des Francs, mon poème se ressent des lieux qu'il a *fréquentés* [1] : le classique y domine le romantique.

Enfin, les circonstances qui contribuèrent au succès du *Génie du Christianisme* n'existaient plus ; le gouvernement, loin de m'être favorable, m'était contraire. *Les Martyrs* me valurent un redoublement de persécution : les allusions frappantes dans le portrait de Galérius et dans la peinture de la cour de Dioclétien ne pouvaient échapper à la police impériale ; d'autant que le traducteur anglais, qui n'avait pas de ménagements à garder, et à qui il était fort égal de me compromettre, avait fait, dans sa préface, remarquer les allusions [2].

La publication des *Martyrs* coïncida avec un accident funeste. Il ne désarma pas les aristarques, grâce à l'ardeur dont nous sommes échauffés à l'endroit du pouvoir ; ils sentaient qu'une critique littéraire qui tendait à diminuer l'intérêt attaché à mon nom, pouvait être agréable à Bonaparte. Celui-ci, comme les banquiers millionnaires qui donnent de larges festins et font payer les ports de lettres, ne négligeait pas les petits profits.

---

1. Allusion plaisante à un vers de Boileau (*Art poétique*, II, 172).
2. Cette traduction anglaise *(The Two Martyrs ; a moral tale by the vicomte de Chateaubriand...)* date de 1812 (seconde édition 1819). Son auteur, le catholique W. Joseph Walter, écrivait dans sa préface : « Il est visible que certaines parties de cet ouvrage ont été considérées, sur le continent, comme comportant une interprétation politique, et que, sous les traits du tyran Galérius, le rôle du chef actuel de la France est examiné avec une sévérité aussi pénétrante que mordante », etc.

(7)

Armand de Chateaubriand.

Armand de Chateaubriand[1] que vous avez vu compagnon de mon enfance et retrouvé à l'armée des Princes avec la sourde et muette Libba, était resté en Angleterre. Marié à Jersey, il était chargé de la correspondance des Princes[2]. Parti le 25 septembre 1808, il fut jeté sur les gisements[3] de Bretagne, le même jour, à onze heures du soir, près de Saint-Cast. L'équipage du bateau était composé de onze hommes ; deux seuls étaient Français, Roussel et Quintal.

Armand se rendit chez M. Delaunay-Boisé-Lucas, père, demeurant au village de Saint-Cast, où jadis les Anglais avaient été forcés de se rembarquer : son hôte lui conseilla de repartir ; mais le bateau avait déjà repris la route de Jersey. Armand, s'étant entendu avec le fils de M. Boisé-Lucas, lui remit les paquets dont il était chargé de la part de M. Henri Larivière[4], agent des Princes.

« Je me rendis le 29 septembre à la côte, dit-il dans un de ses interrogatoires, où je restai deux nuits sans voir mon bateau. La lune étant très forte, je me retirai et je revins le 14 ou le 15 du mois. Je restai jusqu'au 24 dudit. Je passai toutes les nuits dans les rochers, mais inutilement ; mon bateau ne vint pas, et, le jour, je me rendais au Boisé-Lucas. Le même bateau et le même équipage, dont Roussel et Quintal faisaient partie, devaient me

---

1. Voir livre I, chap. 5, note 1.   2. Agent de liaison, ou de renseignement, il avait, depuis la fin de la chouannerie, de plus en plus de mal à se faire employer. À quarante ans passés, sa dernière mission sur le continent avait pour objectif principal de réunir des informations sur le port militaire de Brest.   3. Les côtes (telles que leur position figure sur les cartes nautiques). Saint-Cast se trouvait non loin du Val-Guido, propriété des Chateaubriand du Plessis, où Armand avait passé son enfance.   4. Pierre-François Henry Larivière (1761-1838), ancien conventionnel banni après Fructidor, puis devenu à Londres un actif agent royaliste, collaborateur de Peltier.

reprendre. À l'égard des précautions prises avec
M. Boisé-Lucas père, il n'y en avait pas d'autres que
celles que je vous ai déjà détaillées. »

L'intrépide Armand, abordé à quelques pas de son
champ paternel, comme à la côte inhospitalière de la Tau-
ride, cherchait en vain des yeux sur les flots, à la clarté
de la lune, la barque qui l'aurait pu sauver. Autrefois,
ayant déjà quitté Combourg, prêt à passer aux Grandes-
Indes, j'avais promené ma vue attristée sur ces flots. Des
rochers de Saint-Cast où se couchait Armand, du cap de
la Varde où j'étais assis, quelques lieues de la mer, par-
courues par nos regards opposés, ont été témoins des
ennuis et ont séparé les destinées de deux hommes unis
par le nom et le sang. C'est aussi au milieu des mêmes
vagues que je rencontrai Gesril pour la dernière fois. Il
m'arrive assez souvent, dans mes rêves, d'apercevoir
Gesril et Armand laver la blessure de leurs fronts dans
l'abîme, en même temps que s'épand, rougie jusqu'à mes
pieds, l'onde avec laquelle nous avions accoutumé de
nous jouer dans notre enfance*.

Armand parvint à s'embarquer sur un bateau acheté à
Saint-Malo ; mais, repoussé par le nord-ouest, il fut
encore obligé de caler[1]. Enfin, le 6 janvier, aidé d'un
matelot appelé Jean Brien, il mit à la mer un petit canot
échoué, et s'empara d'un autre canot à flot. Il rend
compte ainsi de sa navigation, qui tient de mon étoile et
de mes aventures, dans son interrogatoire du 18 mars :

« Depuis les neuf heures du soir, que nous partîmes,
jusque vers les deux heures après minuit, le temps nous
fut favorable. Jugeant alors que nous n'étions pas
éloignés des rochers appelés les *Mainquiers*, nous mîmes
à l'ancre dans le dessein d'attendre le jour ; mais le vent
ayant fraîchi et craignant qu'il n'augmentât davantage,
nous continuâmes notre route. Peu de moments après, la
mer devint très grosse, et notre compas ayant été brisé

---

* Les originaux du procès d'Armand m'ont été remis par une main
ignorée et généreuse.

---

1. Baisser les voiles.

par une vague, nous restâmes dans l'incertitude de la route que nous faisions. La première terre dont nous eûmes connaissance le 7 (il pouvait être alors midi) fut la côte de Normandie, ce qui nous obligea à mettre à l'autre bord, et de nouveau nous revînmes mettre à l'ancre près des rochers appelés *Écreho*[1], situés entre la côte de Normandie et Jersey. Les vents contraires et forts nous obligèrent à rester dans cette situation tout le reste du jour et la journée du 8. Le 9 au matin, dès qu'il fit jour, je dis à Depagne qu'il me paraissait que le vent avait diminué, vu que notre bateau ne travaillait pas beaucoup, et de regarder d'où venait le vent. Il me dit qu'il ne voyait plus les rochers auprès desquels nous avions mis l'ancre. Je jugeai alors que nous allions en dérive et que nous avions perdu notre ancre. La violence de la tempête ne nous laissait d'autre ressource que de nous jeter à la côte. Comme nous ne voyions point la terre, j'ignorais à quelle distance nous pouvions en être. Ce fut à ce moment que je jetai à la mer mes papiers, auxquels j'avais pris la précaution d'attacher une pierre. Nous fîmes alors vent arrière et fîmes côte, vers les neuf heures du matin, à Bretteville-sur-Ay[2], en Normandie.

« Nous fûmes accueillis à la côte par les douaniers, qui me retirèrent de mon bateau presque mort, ayant les pieds et les jambes gelés. On nous déposa l'un et l'autre chez le lieutenant de la brigade de Bretteville. Deux jours après, Depagne fut conduit dans les prisons de Coutances, et, depuis cette époque, je ne l'ai pas revu. Quelques jours après, je fus moi-même transféré à la maison d'arrêt de cette ville ; le lendemain conduit par le maréchal-des-logis à Saint-Lô, où je restai huit jours chez ce même maréchal des logis. J'ai paru une fois devant M. le préfet du département, et, le 26 janvier, je partis avec le capitaine et le maréchal-des-logis de gendarmerie, pour être amené à Paris, où j'arrivai le 28. On me conduisit au

---

1. La barre des Écréhou, entre Jersey et Carteret.   2. À une dizaine de kilomètres au sud de Port-Bail.

bureau de M. Demaret[1], au ministère de la police générale, et de là à la prison de la Grande-Force. »

Armand eut contre lui les vents, les flots et la police impériale ; Bonaparte était de connivence avec les orages. Les dieux faisaient une bien grande dépense de courroux contre une existence chétive.

Le paquet jeté à la mer fut rejeté par elle sur la grève de Notre-Dame-d'Alloue, près Valognes. Les papiers renfermés dans ce paquet servirent de pièces de conviction ; il y en avait trente-deux. Quintal, revenu avec son bateau aux plages de la Bretagne pour prendre Armand, avait aussi, par une fatalité obstinée, fait naufrage dans les eaux de Normandie, quelques jours avant mon cousin. L'équipage du bateau de Quintal avait parlé ; le préfet de Saint-Lô avait su que M. de Chateaubriand était le chef des entreprises des Princes. Lorsqu'il apprit qu'une chaloupe montée seulement de deux hommes était atterrée[2], il ne douta point qu'Armand ne fût un des deux naufragés, car tous les pêcheurs parlaient de lui comme de l'homme le plus intrépide à la mer qu'on eût jamais vu.

Le 20 janvier 1809, le préfet de la Manche rendit compte à la police générale de l'arrestation d'Armand. Sa lettre commence ainsi :

« Mes conjectures sont complètement vérifiées : Chateaubriand est arrêté ; c'est lui qui a abordé sur la côte de Bretteville et qui avait pris le nom de *John Fall*.

« Inquiet de ce que, malgré des ordres très précis que j'avais donnés, John Fall n'arrivait point à Saint-Lô, je chargeai le maréchal-des-Logis de gendarmerie Mauduit, homme sûr et plein d'activité, d'aller chercher ce John Fall partout où il serait, et de l'amener devant moi, dans quelque état qu'il fût. Il le trouva à Coutance, au moment où l'on se disposait à le transférer à l'hôpital, pour lui traiter les jambes, qui ont été gelées.

« Fall a paru aujourd'hui devant moi. J'avais fait mettre Lelièvre dans un appartement séparé, d'où il pouvait voir arriver John Fall sans être aperçu. Lorsque Lelièvre l'a

---

1. Pierre-Marie Desmarest (1764-1832), chef de division chargé de la police secrète.   2. Avait pris terre.

vu monter les degrés d'un perron placé près de cet appartement, il s'est écrié, en frappant des mains et en changeant de couleur : – C'est Chateaubriand ! Comment donc l'a-t-on pris ?

« Lelièvre n'était prévenu de rien. Cette exclamation lui a été arrachée par la surprise. Il m'a prié ensuite de ne pas dire qu'il avait nommé Chateaubriand, parce qu'il serait perdu.

« J'ai laissé ignorer à John Fall que je susse qui il était. »

Armand, transporté à Paris, déposé à la Force, subit un interrogatoire secret à la maison d'arrêt militaire de l'Abbaye. Bertrand, capitaine à la première demi-brigade de vétérans, avait été nommé par le général Hulin, devenu commandant d'armes de Paris, juge-rapporteur de la commission militaire chargée, par décret du 25 février, de connaître de l'affaire d'Armand.

Les personnes compromises étaient : M. de Goyon[1], envoyé à Brest par Armand, et M. de Boisé-Lucas fils, chargé de remettre des lettres de Henri de Larivière à MM. Laya et Sicard[2] à Paris.

Dans une lettre du 13 mars, écrite à Fouché, Armand lui disait : « Que l'empereur daigne rendre à la liberté des hommes qui languissent dans les prisons pour m'avoir témoigné trop d'amitié. À tout événement, que la liberté leur soit également rendue. Je recommande ma malheureuse famille à la générosité de l'empereur. »

Ces méprises d'un homme à entrailles humaines, qui s'adresse à une hyène, font mal. Bonaparte aussi n'était pas le lion de Florence[3] ; il ne se dessaisissait pas de

---

1. Armand de Goyon de Vaurouault, officier de marine, avait envoyé un rapport détaillé sur les défenses de Brest. **2.** Jean-Louis Laya (1761-1833), ancien auteur dramatique, connu pour son *Ami des lois* (1793), enseignait la littérature. Le célèbre abbé Sicard, de son côté, après une vie mouvementée sous la Révolution, avait repris la direction des Sourds-muets ; il était académicien depuis 1803. Tous deux furent compromis, mais parvinrent à se disculper. **3.** Allusion à un épisode alors célèbre. Un lion échappé de la ménagerie du Grand-Duc de Toscane, et prêt à dévorer un enfant rencontré sur son chemin, avait consenti à le rendre indemne à sa mère éplorée. Le peintre Nicolas Monsiau (1754-1837) avait traité ce sujet dans un tableau exposé au Salon de 1801 et intitulé : « Trait sublime de la maternité au siècle dernier. »

l'enfant aux larmes de la mère. J'avais écrit pour demander une audience à Fouché [1] ; il me l'accorda, et m'assura,
avec l'aplomb de la légèreté révolutionnaire, « qu'il avait
vu Armand, que je pouvais être tranquille ; qu'Armand
lui avait dit qu'il mourrait bien, et qu'en effet il avait l'air
très résolu ». Si j'avais proposé à Fouché de mourir, eût-
il conservé, à l'égard de lui-même, ce ton délibéré et cette
superbe insouciance ?

Je m'adressai à madame de Rémusat, je la priai de
remettre à l'impératrice une lettre en demande de justice
ou de grâce à l'empereur. Madame la duchesse de Saint-
Leu m'a raconté, à Arenenberg, le sort de ma lettre :
Joséphine la donna à l'empereur ; il parut hésiter en la
lisant, puis, rencontra un mot dont il fut blessé et il la jeta
au feu avec impatience. J'avais oublié qu'il ne faut être
fier que pour soi [2].

M. de Goyon, condamné avec Armand, subit sa sentence. On avait pourtant intéressé en sa faveur madame
la baronne-duchesse de Montmorency [3], fille de madame
de Matignon, dont les Goyon étaient alliés. Une Montmorency domestique aurait dû tout obtenir, s'il suffisait de
prostituer un nom pour apporter à un pouvoir nouveau
une vieille monarchie. Madame de Goyon [4], qui ne put
sauver son mari, sauva le jeune Boisé-Lucas [5]. Tout se

---

1. Selon le *Cahier rouge* (p. 66), Chateaubriand alla voir Fouché
une première fois, courant février, avec Mme de Custine, mais sans
résultat. La seconde entrevue date de la dernière semaine de
mars.   2. Chateaubriand ne se rebuta pas néanmoins. Le 29 mars,
jour de la comparution de son cousin, il écrivit une deuxième lettre,
plus pressante (recueillie dans la *Correspondance*, t. 2, p. 42). Ce fut
inutile. On pourra consulter, sur ces démarches, les *Mémoires* de
Mme de Rémusat, même s'ils ne sont pas toujours fiables.   3. Chateaubriand avait déjà rencontré, à Bruxelles, Mme de Montmorency,
née Goyon-Matignon, dont on disait : « femme du premier baron de
France et duchesse à la façon de Bonaparte ».   4. Née Julie-Renée
Potier de La Savarière, Mme de Goyon, ou Gouyon, était la petite-
fille de Julie-Angélique de Bedée et de Jacques-François Moreau (voir
livre IV, chap. 2). C'était donc la petite-cousine de Chateaubriand. Elle
avait vécu à Plancoët avant de se marier (1798).   5. Condamné à
mort le 30 mars, en même temps que les autres, il bénéficia du sursis,
puis de la commutation de sa peine.

mêla de ce malheur, qui ne frappait que des personnages inconnus ; on eût dit qu'il s'agissait de la chute d'un monde : tempêtes sur les flots, embûches sur la terre, Bonaparte, la mer, les meurtriers de Louis XVI, et peut-être quelque *passion*, âme mystérieuse des catastrophes du monde. On ne s'est pas même aperçu de toutes ces choses ; tout cela n'a frappé que moi et n'a vécu que dans ma mémoire. Qu'importaient à Napoléon des insectes écrasés par sa main sur sa couronne ?

Le jour de l'exécution [1], je voulus accompagner mon camarade sur son dernier champ de bataille ; je ne trouvai point de voiture, je courus à pied à la plaine de Grenelle. J'arrivai, tout en sueur, une seconde trop tard : Armand était fusillé contre le mur d'enceinte de Paris. Sa tête était brisée ; un chien de boucher léchait son sang et sa cervelle [2]. Je suivis la charrette qui conduisit le corps d'Armand et de ses deux compagnons, plébéien et noble, Quintal et Goyon, au cimetière de Vaugirard où j'avais enterré M. de Laharpe. Je retrouvai mon cousin pour la dernière fois, sans pouvoir le reconnaître : le plomb l'avait défiguré, il n'avait plus de visage ; je n'y pus remarquer le ravage des années, ni même y voir la mort au travers d'un orbe informe et sanglant ; il resta jeune dans mon souvenir comme au temps de Libba. Il fut fusillé le Vendredi-Saint : le Crucifié m'apparaît au bout de tous mes malheurs. Lorsque je me promène sur le boulevard de la plaine de Grenelle, je m'arrête à regarder l'empreinte du tir, encore marquée sur la muraille. Si les balles de Bonaparte n'avaient laissé d'autres traces, on ne parlerait plus de lui.

Étrange enchaînement de destinées ! Le général Hulin, commandant d'armes de Paris, nomma la commission qui fit sauter la cervelle d'Armand ; il avait été, jadis, nommé

---

1. Le Vendredi saint 31 mars 1809.   2. Chateaubriand parut alors se complaire dans ce genre de détail macabre, au risque de choquer son milieu (voir par exemple le billet que Mme de Rémusat déclare avoir reçu de lui le jour même). Dans une lettre tardive (24 septembre 1849) à Sainte-Beuve (*Correspondance* de ce dernier, t. 8, 1958, p. 39-40), Astolphe de Custine déclare qu'il aurait apporté à sa mère un mouchoir trempé dans le sang de la victime.

président de la commission qui cassa la tête du duc d'Enghien. N'aurait-il pas dû s'abstenir, après sa première
infortune, de tout rapport avec un conseil de guerre ? Et
moi, j'ai parlé de la mort du fils du grand Condé sans
rappeler au général Hulin la part qu'il avait eue dans
l'exécution de l'obscur soldat, mon parent. Pour juger les
juges du tribunal de Vincennes, j'avais sans doute, à mon
tour, reçu ma commission du Ciel.

(8)

Paris, 1839.

ANNÉES 1811, 1812, 1813, 1814.
PUBLICATION DE L'*ITINÉRAIRE*.
LETTRE DU CARDINAL DE BEAUSSET.
MORT DE CHÉNIER. – JE SUIS REÇU MEMBRE DE L'INSTITUT.
AFFAIRE DE MON DISCOURS.

L'année 1811 fut une des plus remarquables de ma carrière littéraire [1].

Je publiai l'*Itinéraire de Paris à Jérusalem*, je rempla-
çai M. de Chénier à l'Institut, et je commençai d'écrire
les *Mémoires* que j'achève aujourd'hui.

Le succès de l'*Itinéraire* fut aussi complet que celui
des *Martyrs* avait été disputé. Il n'est si mince barbouilleur de papier qui, à l'apparition de son *farrago* [2], ne
reçoive des lettres de félicitations. Parmi les nouveaux
compliments qui me furent adressés, il ne m'est pas per-

---

1. Le récit enchaîne, sans transition, du printemps de 1809 au début
de 1811. Cette ellipse de plus de dix-huit mois traduit la hâte qu'a le
mémorialiste de terminer la rédaction de cette section des *Mémoires*.
Elle correspond, pour Chateaubriand, à une période de difficultés, de
repli sur soi, qui a eu pour confidente privilégiée la duchesse de Duras
(voir le tome 2 de la *Correspondance*).   2. Mot latin qui signifie
« mélange de graines diverses ». Au figuré : fatras.

mis de faire disparaître la lettre d'un homme de vertu et
de mérite qui a donné deux ouvrages dont l'autorité est
reconnue, et qui ne laissent presque plus rien à dire sur
Bossuet et Fénelon. L'évêque d'Alais, cardinal de Beausset[1], est l'historien de ces grands prélats. Il outre infini-
ment la louange à mon égard, c'est l'usage reçu quand
on écrit à un auteur et cela ne compte pas ; mais le cardinal fait sentir du moins l'opinion générale du moment
sur l'*Itinéraire* ; il entrevoit, relativement à Carthage, les
objections dont mon sentiment géographique serait l'objet ; toutefois, ce sentiment a prévalu, et j'ai remis à leur
place les ports de Didon. On aimera à retrouver dans cette
lettre l'élocution d'une société choisie, ce style rendu
grave et doux par la politesse, la religion et les mœurs ;
excellence de ton dont nous sommes si loin aujourd'hui.

« À Villemoisson, par Longjumeau (Seine-et-Oise).
　　　　　　　　　　　　　　　　　« Ce 25 mars 1811.

« Vous avez dû recevoir, Monsieur, et vous avez reçu
le juste tribut de la reconnaissance et de la satisfaction
publique ; mais je puis vous assurer qu'il n'est aucun de
vos lecteurs qui ait joui avec un sentiment plus vrai de
votre intéressant ouvrage. Vous êtes le premier et le seul
voyageur qui n'ait pas eu besoin du secours de la gravure
et du dessin pour mettre sous les yeux de ses lecteurs les
lieux et les monuments qui rappellent de beaux souvenirs
et de grandes images. Votre âme a tout senti, votre imagination a tout peint, et le lecteur sent avec votre âme et
voit avec vos yeux.

« Je ne pourrais vous rendre que bien faiblement l'impression que j'ai éprouvée dès les premières pages, en
longeant avec vous les côtes de l'île de Corcyre, et en
voyant aborder tous ces hommes *éternels*, que des destins

---

1. Louis-François de *Bausset* (1748-1824), évêque d'Alais jusqu'à
la Révolution, avait démissionné de son siège (du reste supprimé par
la Constituante dès 1791) au moment du Concordat. Nommé chanoine
du chapitre impérial de Saint-Denis (1806), puis Conseiller titulaire de
l'Université, il se rendit célèbre par une *Histoire de Fénelon* (1808),
suivie par une *Histoire de Bossuet* (1814). La Restauration en fera un
pair de France (1815), un académicien (1816), enfin un cardinal (1817).

contraires y ont successivement conduits. Quelques lignes vous ont suffi pour graver à jamais les traces de leurs pas ; on les retrouvera toujours dans votre *itinéraire*, qui les conservera plus fidèlement que tant de marbres qui n'ont pas su garder les grands noms qui leur ont été confiés.

« Je connais actuellement les monuments d'Athènes comme on aime à les connaître. Je les avais déjà vus dans de belles gravures, je les avais admirés, mais je ne les avais pas sentis. On oublie trop souvent que si les architectes ont besoin de la description exacte, des mesures et des proportions, les hommes ont besoin de retrouver l'âme et le génie qui ont conçu les pensées de ces grands monuments.

« Vous avez rendu aux Pyramides cette noble et profonde intention, que de frivoles déclamateurs n'avaient pas même aperçue.

« Que je vous sais gré, monsieur, d'avoir voué à la juste exécration de tous les siècles ce peuple stupide et féroce, qui fait, depuis douze cents ans, la désolation des plus belles contrées de la terre ! On sourit avec vous à l'espérance de le voir rentrer dans le désert d'où il est sorti.

« Vous m'avez inspiré un sentiment passager d'indulgence pour les Arabes, en faveur du beau rapprochement que vous en avez fait avec les sauvages de l'Amérique septentrionale.

« La Providence semble vous avoir conduit à Jérusalem pour assister à la dernière représentation de la première scène du Christianisme. S'il n'est plus donné aux yeux des hommes de revoir ce tombeau, *le seul qui n'aura rien à rendre au dernier jour*, les chrétiens le retrouveront toujours dans l'Évangile, et les âmes méditatives et sensibles dans vos tableaux.

« Les critiques ne manqueront pas de vous reprocher les hommes et les faits dont vous avez couvert les ruines de Carthage, que vous ne pouviez pas peindre puisqu'elles n'existent plus. Mais, je vous en conjure, monsieur, bornez-vous seulement à leur demander s'ils ne seraient pas eux-mêmes bien fâchés de ne pas les retrouver dans ces peintures si attachantes.

« Vous avez le droit de jouir, monsieur, d'un genre de gloire qui vous appartient exclusivement par une sorte de création ; mais il est une jouissance encore plus satisfaisante pour un caractère tel que le vôtre, c'est celle d'avoir donné aux créations de votre génie la noblesse de votre âme et l'élévation de vos sentiments. C'est ce qui assurera, dans tous les temps, à votre nom et à votre mémoire, l'estime, l'admiration et le respect de tous les amis de la religion, de la vertu et de l'honneur.

« C'est à ce titre que je vous supplie, monsieur, d'agréer l'hommage de tous mes sentiments.

« † L.-F. DE BEAUSSET, anc. év. d'Alais. »

M. de Chénier mourut le 10 janvier 1811. Mes amis eurent la fatale idée de me presser de le remplacer à l'Institut[1]. Ils prétendaient qu'exposé comme je l'étais aux inimitiés du chef du gouvernement, aux soupçons et aux tracasseries de la police, il m'était nécessaire d'entrer dans un corps alors puissant par sa renommée et par les hommes qui le composaient ; qu'à l'abri derrière ce bouclier, je pourrais travailler en paix.

J'avais une répugnance invincible à occuper une place, même en dehors du gouvernement ; il me souvenait trop de ce que m'avait coûté la première. L'héritage de Chénier me semblait périlleux ; je ne pourrais tout dire qu'en m'exposant ; je ne voulais point passer sous silence le régicide, quoique Cambacérès fût la seconde personne de l'État ; j'étais déterminé à faire entendre mes réclamations en faveur de la liberté et à élever ma voix contre la tyrannie ; je voulais m'expliquer sur les horreurs de 1793, exprimer mes regrets sur la famille tombée de nos rois, gémir sur les malheurs de ceux qui leur étaient restés fidèles. Mes amis me répondirent que je me trompais ; que quelques louanges du chef du gouvernement, obligées dans le discours académique, louanges dont, sous un

---

1. Cette manière de présenter les choses dissimule le caractère presque officiel qu'a eu sa candidature.

rapport, je trouvais Bonaparte digne, lui feraient avaler toutes les vérités que je voudrais dire, que j'aurais à la fois l'honneur d'avoir maintenu mes opinions et le bonheur de faire cesser les terreurs de madame de Chateaubriand. À force de m'obséder, je me rendis, de guerre lasse ; mais je leur déclarai qu'ils se méprenaient ; que Bonaparte, lui, ne se méprendrait point à des lieux communs sur son fils, sa femme, sa gloire ; qu'il n'en sentirait que plus vivement la leçon ; qu'il reconnaîtrait le démissionnaire à la mort du duc d'Enghien, et l'auteur de l'article qui fit supprimer le *Mercure* ; qu'enfin, au lieu de m'assurer le repos, je ranimerais contre moi les persécutions. Ils furent bientôt obligés de reconnaître la vérité de mes paroles : il est vrai qu'ils n'avaient pas prévu la témérité de mon discours.

J'allai faire les visites d'usage aux membres de l'Académie. Madame de Vintimille me conduisit chez l'abbé Morellet. Nous le trouvâmes assis dans un fauteuil devant son feu ; il s'était endormi, et l'*Itinéraire*, qu'il lisait, lui était tombé des mains. Réveillé en sursaut au bruit de mon nom annoncé par son domestique, il releva la tête et s'écria : « Il y a des longueurs, il y a des longueurs ! » Je lui dis en riant que je le voyais bien, et que j'abrégerais la nouvelle édition. Il fut bon homme et me promit sa voix, malgré *Atala*. Lorsque, dans la suite, la *Monarchie selon la Charte* parut, il ne revenait pas qu'un pareil ouvrage politique eût pour auteur le chantre de la *fille des Florides*. Grotius n'avait-il pas écrit la tragédie d'*Adam et Ève* [1], et Montesquieu le *Temple de Gnide ?* Il est vrai que je n'étais ni Grotius ni Montesquieu.

L'élection eut lieu ; je passai au scrutin à une assez forte majorité [2]. Je me mis de suite à travailler à mon discours, je le fis et le refis vingt fois, n'étant jamais content de moi : tantôt, le voulant rendre possible à la lecture, je le trouvais trop fort ; tantôt, la colère me reve-

---

1. Cette tragédie latine, *Adamus exul*, parue à Leyde en 1601, servira de modèle à Milton pour le *Paradis perdu*.   **2.** En réalité, Chateaubriand fut élu au second tour, le 20 février 1811, par 13 voix sur 25 votants (chiffres donnés le lendemain par le *Journal de l'Empire*). Les résistances avaient donc été fortes.

nant, je le trouvais trop faible. Je ne savais comment mesurer la dose de l'éloge académique. Si, malgré mon antipathie pour l'homme, j'avais voulu rendre l'admiration que je sentais pour la partie publique de sa vie, j'aurais été bien au delà de la péroraison. Milton, que je cite au commencement du discours, me fournissait un modèle : dans sa *Seconde défense* du peuple anglais, il fait un éloge pompeux de Cromwell[1] :

« Tu as non seulement éclipsé les actions de tous nos rois, dit-il, mais celles qui ont été racontées de nos héros fabuleux. Réfléchis souvent au cher gage que la terre qui t'a donné la naissance a confié à tes soins ; la liberté qu'elle espéra autrefois de la fleur des talents et des vertus, elle l'attend maintenant de toi ; elle se flatte de l'obtenir de toi seul. Honore les vives espérances que nous avons conçues ; honore les sollicitudes de ta patrie inquiète ; respecte les regards et les blessures de tes braves compagnons, qui, sous ta bannière, ont hardiment combattu pour la liberté ; respecte les ombres de ceux qui périrent sur le champ de bataille ; enfin, respecte-toi toi-même ; ne souffre pas, après avoir bravé tant de périls pour l'amour des libertés, qu'elles soient violées par toi-même, ou attaquées par d'autres mains. Tu ne peux être vraiment libre que nous ne le soyons nous-mêmes. Telle est la nature des choses : celui qui empiète sur la liberté de tous est le premier à perdre la sienne et à devenir esclave. »

Johnson n'a cité que les louanges données au Protecteur, afin de mettre en contradiction le républicain avec lui-même ; le beau passage que je viens de traduire montre ce qui faisait le contrepoids de ces louanges. La critique de Johnson est oubliée ; la défense de Milton est restée : tout ce qui tient aux enchaînements des partis et aux passions du moment meurt comme eux et avec elles.

Mon discours étant prêt, je fus appelé à le lire devant la commission nommée pour l'entendre[2] : il fut repoussé

---

1. Ce texte est déjà cité dans *Littérature anglaise*, troisième partie.
2. Cette commission composée de François de Neufchâteau, Regnaud de Saint-Jean-d'Angély, Lacretelle, Laujon et Legouvé délibéra sans parvenir à un accord. Chateaubriand fut alors invité à donner lecture

à l'exception de deux ou trois membres. Il fallait voir
la terreur des fiers républicains qui m'écoutaient et que
l'indépendance de mes opinions épouvantait ; ils frémis-
saient d'indignation et de frayeur au seul mot de liberté.
M. Daru[1] porta à Saint-Cloud le discours. Bonaparte
déclara que s'il eût été prononcé, il aurait fait fermer les
portes de l'Institut et m'aurait jeté dans un cul de basse-
fosse pour le reste de ma vie.

Je reçus ce billet de M. Daru :

« Saint-Cloud, 28 avril 1811.

« J'ai l'honneur de prévenir monsieur de Chateaubriand que, lorsqu'il aura le temps ou l'occasion de venir
à Saint-Cloud, je pourrai lui rendre le discours qu'il a
bien voulu me confier. Je saisis cette occasion pour lui
renouveler l'assurance de la haute considération avec
laquelle j'ai l'honneur de le saluer.

« Daru. »

J'allai à Saint-Cloud, M. Daru me rendit le manuscrit,
çà et là déchiré, marqué *ab irato* de parenthèses et de
traces au crayon par Bonaparte : l'ongle du lion était
enfoncé partout, et j'avais une espèce de plaisir d'irrita-
tion à croire le sentir dans mon flanc. M. Daru ne me
cacha point la colère de Napoléon ; mais il me dit qu'en
conservant la péroraison, sauf une douzaine de mots, et
en changeant presque tout le reste, je serais reçu avec de
grands applaudissements. On avait copié le discours au
château, en supprimant quelques passages et en interpo-
lant quelques autres. Peu de temps après, il parut dans les
provinces imprimé de la sorte.

---

de son discours à ses confrères dans leur ensemble. Ils décidèrent, après
cette audition, qu'il ne pouvait convenir. Le soir même de la séance
(24 avril 1811), Chateaubriand écrivit au ministre Montalivet pour lui
expliquer son refus de modifier son texte.

1. Ce fut en réalité Regnaud qui informa aussitôt Napoléon. Le soir,
le grand maître des cérémonies Ségur, qui présidait la seconde classe
de l'Institut, subit une algarade publique du souverain au sujet de cette
affaire. Le comte Daru, académicien lui-même, venait de remplacer
Maret comme ministre secrétaire d'État.

Ce discours est un des meilleurs titres de l'indépendance de mes opinions et de la constance de mes principes. M. Suard, libre et ferme, disait que ce discours lu en pleine Académie aurait fait crouler les voûtes de la salle sous un tonnerre d'applaudissements. Se figure-t-on, en effet, le chaleureux éloge de la liberté prononcé au milieu de la servilité de l'empire ?

J'avais conservé ce discours avec un soin religieux ; le malheur a voulu que tout dernièrement en quittant l'infirmerie de Marie-Thérèse, on a brûlé une foule de papiers parmi lesquels le discours a péri. Je le regrette non pour ce que peut valoir un discours académique ; mais pour la singularité du monument. J'y avais placé le nom de mes confrères dont les ouvrages m'avaient fourni le prétexte de manifester des sentiments honorables [1].

Dans le manuscrit qui me fut rendu, le commencement du discours qui a rapport aux opinions de Milton était *barré* d'un bout à l'autre de la main de Bonaparte. Une partie de ma réclamation contre l'isolement des affaires dans lequel on voudrait tenir la littérature était également *stigmatisée* au crayon. L'éloge de l'abbé Delille, qui rappelait l'émigration, la fidélité du poète aux malheurs de la famille royale et aux souffrances de ses compagnons d'exil, était mis entre *parenthèses* ; l'éloge de M. de Fontanes avait une *croix*. Presque tout ce que je disais sur M. de Chénier, sur son frère, sur le mien, sur les autels expiatoires que l'on préparait à Saint-Denis, était *haché* de traits. Le paragraphe commençant par ces mots : « M. de Chénier adora la liberté, etc. » avait une *double rature* longitudinale. Je suis encore à comprendre comment le texte du discours corrompu, publié par les agents de l'Empire, a conservé assez correctement ce paragraphe. « M. de Chénier adora la liberté ; pourrait-on lui en faire un crime ? Les chevaliers mêmes, s'ils sortaient aujourd'hui de leurs tombeaux, suivraient les lumières de notre siècle. On verrait se former une illustre alliance entre l'honneur et la liberté, comme sous le règne

---

1. Nous suivons ici le texte de la copie notariale de 1847. On trouvera une copie intégrale du discours *infra*, p. 782-790.

des Valois les créneaux gothiques couronnèrent avec une grâce infinie dans nos monuments les ordres empruntés de la Grèce.

« La liberté n'est-elle pas le plus grand des biens et le premier des besoins de l'homme ? Elle enflamme le génie, elle élève le cœur, elle est nécessaire à l'ami des muses autant que l'air qu'il respire. Les arts peuvent, jusqu'à un certain point, vivre dans la dépendance, parce qu'ils se servent d'une langue à part qui n'est pas entendue de la foule ; mais les lettres, qui parlent une langue universelle, languissent et meurent dans les fers. Comment tracerait-on des pages dignes de l'avenir, s'il faut s'interdire, en écrivant, tout sentiment magnanime, toute pensée forte et grande ? La liberté est si naturellement l'amie des sciences et des lettres, qu'elle se réfugie auprès d'elles lorsqu'elle est bannie du milieu des peuples. C'est vous, messieurs, qu'elle charge d'écrire ses annales, de la venger de ses ennemis, de transmettre son nom et son culte à la dernière postérité. » Je n'invente, je ne change rien, on peut lire le passage imprimé dans l'édition furtive [1]. L'objurgation contre la tyrannie qui suivait ce morceau sur la liberté, et qui en faisait le pendant, est supprimée en entier dans cette édition de police. La péroraison est conservée : seulement l'éloge de nos triomphes dont je faisais honneur à la France, est tourné tout entier au profit de Napoléon.

Tout ne fut pas fini quand on eut déclaré que je ne serais pas reçu à l'Académie et qu'on m'eut rendu mon discours. On voudrait me contraindre à en écrire un second ; je déclarai que je m'en tenais au premier et que je n'en ferais pas d'autre [2]. Des personnes pleines de grâces, de générosité et de courage, que je ne connaissais pas, s'intéressaient à moi. Madame Lindsay, qui m'avait

---

1. Brochure de 16 pages, parue chez Chaumerot aîné (1815).
2. Il écrivit le 29 avril au comte de Ségur : « Monsieur le Président, Mes affaires et le mauvais état de ma santé ne me permettant pas de me livrer au travail, il m'est impossible dans ce moment de fixer l'époque à laquelle je désirerais avoir l'honneur d'être reçu à l'Académie. » Les choses en restèrent là, si bien que Chateaubriand ne prononça jamais son discours de réception.

ramené de Calais, parla à madame Gay laquelle s'adressa
à madame Regnault de Saint-Jean-d'Angély ; elles
parvinrent à remonter jusqu'au duc de Rovigo et l'invi-
tèrent à me laisser à l'écart. Les femmes de ce temps-là
interposaient leur beauté entre la puissance et l'infortune[1].

Tout ce bruit se prolongea par les prix décennaux[2],
jusque dans l'année 1812. Bonaparte, qui me persécutait,
fit pourtant demander à l'Académie, à propos de ces prix,
pourquoi elle n'avait point mis sur les rangs le *Génie du
Christianisme*. L'Académie s'expliqua : plusieurs de mes
confrères écrivirent leur jugement peu favorable à mon
ouvrage. J'aurais pu leur dire ce qu'un poète grec dit à
un oiseau[3] : « Fille de l'Attique, nourrie de miel, toi qui
chantes si bien, tu enlèves une cigale, bonne chanteuse

---

1. Sophie Gay (1776-1852), romancière à succès, Mme Regnaud,
née Laure Guesnon de Bonneuil, voire Mme Hamelin (qui, en 1849,
se plaindra de ne pas figurer sur cette liste) étaient toutes, à des titres
divers, bien introduites auprès du Pouvoir. Mais leur intervention est
sans doute un peu plus tardive (voir le chapitre suivant).   2. C'est
inverser la chronologie, car cette deuxième affaire est antérieure à
1811. Par un décret pris à Aix-la-Chapelle le 24 fructidor an
XII/11 septembre 1804, Napoléon avait institué des prix pour être
décernés tous les dix ans, le jour anniversaire du 18-Brumaire. On avait
fixé la première distribution au 9 novembre 1810. Le jury de littérature
ayant spontanément écarté Chateaubriand dès le mois de juillet, la
seconde classe de l'Institut refusa de nouveau de proposer son nom au
mois de novembre, malgré les pressions gouvernementales. Elle
demanda même, pour justifier ce refus, un rapport à une commission
composée de Morellet, Sicard, Arnault, Lacretelle et Daru. Celle-ci
vota, le 13 février 1811, une résolution affirmant que, « considéré
comme ouvrage de littérature », le *Génie du Christianisme* lui avait
paru « défectueux quant au fond et au plan », malgré « un talent très
distingué de style, de nombreux morceaux de détail remarquables, et,
dans quelques parties, des beautés de premier ordre ». C'est dans cette
atmosphère hostile que Chateaubriand posa sa candidature à la succession de Chénier. On ignore pourquoi ce paragraphe est placé à la fin
du chap. 8, alors qu'il devrait se trouver au début du chapitre suivant,
au titre duquel il correspond.   3. À une hirondelle, oiseau qui, selon
Plutarque (*Propos de table*, 727ᵉ), « se nourrit de chair et surtout
égorge, pour les manger, les cigales qui sont pourtant musiciennes et
sacrées ». La référence de cette épigramme est : *Anthologie Palatine*,
IX, nᵒ 122.

comme toi, et tu la portes pour nourriture à tes petits. Toutes deux ailées, toutes deux habitant ces lieux, toutes deux célébrant la naissance du printemps [1], ne lui rendras-tu pas la liberté ? Il n'est pas juste qu'une chanteuse périsse du bec d'une de ses semblables. »

(9)

PRIX DÉCENNAUX.
L'*ESSAI SUR LES RÉVOLUTIONS*.
LES NATCHEZ.

Ce mélange de colère et d'attrait de Bonaparte contre et pour moi est constant et étrange : il me veut enfermer pour le reste de mes jours à Vincennes et tout à coup il demande à l'Institut pourquoi il n'a pas parlé de moi à l'occasion des prix décennaux. Il fait plus, il déclare à Fontanes que, puisque l'Institut ne me trouve pas digne de concourir pour le prix, il m'en donnera un, qu'il me nommera surintendant général de toutes les bibliothèques de France ; surintendance appointée comme une ambassade de première classe [2]. La première idée que Bonaparte avait eue de m'employer dans la carrière diplomatique ne lui passait pas : il n'admettait point, pour cause à lui bien connue, que j'eusse cessé de faire partie du ministère des relations extérieures. Et toutefois, malgré ces munificences projetées, son préfet de police m'invite contradictoirement à m'éloigner de Paris, et je vais continuer mes *Mémoires* à Dieppe [3].

Bonaparte descend au rôle d'écolier taquin ; il déterre l'*Essai sur les Révolutions* et il se réjouit de la guerre

---

1. Le texte restitué (voir édition Waltz, collection Budé, t. VII, p. 49) signifie plutôt : « toi qui, comme elle, ne viens dans ce pays qu'en été ». Mais le sens général est bien que les poètes ne devraient pas « dévorer » les autres poètes.   **2.** Selon certains témoignages, cette idée serait venue de Chateaubriand lui-même.   **3.** Voir livre I, chap. 6.

qu'il m'attire à ce sujet[1]. Un M. Damaze de Raymond se fit mon champion : je l'allai remercier rue Vivienne. Il avait sur sa cheminée avec ses breloques, une tête de mort ; quelque temps après il fut tué en duel, et sa charmante figure alla rejoindre la face effroyable qui semblait l'appeler. Tout le monde se battait alors : un des mouchards chargés de l'arrestation de Georges Cadoudal reçut de lui une balle dans la tête.

Pour couper court à l'attaque de mauvaise foi de mon puissant adversaire, je m'adressai à ce M. de Pommereul dont je vous ai parlé lors de ma première arrivée à Paris : il était devenu directeur général de l'imprimerie et de la librairie : je lui demandai la permission de réimprimer l'*Essai* tout entier. On peut voir ma correspondance et le résultat de cette correspondance dans la préface de l'*Essai sur les Révolutions*, édition de 1826, tome deuxième des œuvres complètes[2]. Au surplus, le gouvernement impérial avait grandement raison de me refuser la réimpression de l'ouvrage en *entier* ; l'*Essai* n'était, ni par rapport aux libertés, ni par rapport à la monarchie légitime, un livre qu'on dût publier lorsque régnaient le despotisme et l'usurpation. La police se donnait un air d'impartialité en laissant dire quelque chose en ma faveur, et elle riait en m'empêchant de faire la seule chose qui me pût défendre. Au retour de Louis XVIII on exhuma de nouveau l'*Essai* ; comme on avait voulu s'en servir contre moi au temps de l'Empire, sous le rapport politique, on voulait me l'opposer au jour de la Restauration, sous le rapport religieux. J'ai fait une amende honorable si complète de mes erreurs dans les notes de la nouvelle édition de l'*Essai historique*, qu'il n'y a plus rien à me reprocher. La postérité viendra ; elle prononcera sur le *livre* et sur le *commentaire*, si ces vieilleries-là peuvent encore l'occuper. J'ose espérer qu'elle jugera l'*Essai* comme ma tête grise l'a jugé ; car, en avançant dans la vie, on prend de l'équité de cet avenir

---

1. Sur cette affaire, on consultera Pierre Riberette, « Chateaubriand entre la police et la censure napoléoniennes », dans *Bicentenaire de Chateaubriand*, Minard, 1971, p. 105-132.   2. Voir *Essai historique*, p. 10-13.

dont on approche. Le *livre* et les *notes* me mettent devant les hommes tel que j'ai été au début de ma carrière, tel que je suis au terme de cette carrière.

Au surplus, cet ouvrage que j'ai traité avec une rigueur impitoyable offre le *compendium* de mon existence comme poète, moraliste et homme politique futur. La sève du travail est surabondante, l'audace des opinions poussée aussi loin qu'elle peut aller. Force est de reconnaître que, dans les diverses routes où je me suis engagé, les préjugés ne m'ont jamais conduit, que je n'ai été aveugle dans aucune cause, qu'aucun intérêt ne m'a guidé, que les partis que j'ai pris ont toujours été de mon choix.

Dans l'*Essai*, mon indépendance en religion et en politique est complète ; j'examine tout : *républicain*, je sers la monarchie ; *philosophe*, j'honore la religion. Ce ne sont point là des contradictions, ce sont des conséquences forcées de l'incertitude de la théorie et de la certitude de la pratique chez les hommes. Mon esprit, fait pour ne croire à rien, pas même à moi, fait pour dédaigner tout, grandeurs et misères, peuples et rois, a nonobstant été dominé par un instinct de raison qui lui commandait de se soumettre à ce qu'il y a de reconnu beau : religion, justice, humanité, égalité, liberté, gloire. Ce que l'on rêve aujourd'hui de l'avenir, ce que la génération actuelle s'imagine avoir découvert d'une société à naître, fondée sur des principes tout différents de ceux de la vieille société, se trouve positivement annoncé dans l'*Essai*. J'ai devancé de trente années ceux qui se disent les proclamateurs d'un monde inconnu. Mes actes ont été de l'ancienne cité, mes pensées de la nouvelle ; les premiers de mon devoir, les dernières de ma nature.

L'*Essai* n'était pas un livre impie : c'était un livre de doute et de douleur. Je l'ai déjà dit*.

Du reste, j'ai dû m'exagérer ma faute et racheter par des idées d'ordre tant d'idées passionnées répandues dans mes ouvrages. J'ai peur au début de ma carrière d'avoir fait du mal à la jeunesse ; j'ai à réparer auprès d'elle, et

---

* Livre onzième de ces *Mémoires*.

je lui dois au moins d'autres leçons. Qu'elle sache qu'on peut lutter avec succès contre une nature troublée ; la beauté morale, la beauté divine, supérieure à tous les rêves de la terre, je l'ai vue ; il ne faut qu'un peu de courage pour l'atteindre et s'y tenir.

Afin d'achever ce que j'ai à dire sur ma carrière littéraire, je dois mentionner l'ouvrage qui la commença, et qui demeura en manuscrit jusqu'à l'année où je l'insérai dans mes *Œuvres complètes*.

À la tête des *Natchez*, la préface a raconté comment l'ouvrage fut retrouvé en Angleterre par les soins et les obligeantes recherches de M. de Thuisy [1].

Un manuscrit dont j'ai pu tirer *Atala, René*, et plusieurs descriptions placées dans le *Génie du Christianisme*, n'est pas tout à fait stérile. Ce premier manuscrit était écrit de suite, sans section ; tous les sujets y étaient confondus ; voyages, histoire naturelle, partie dramatique, etc. ; mais auprès de ce manuscrit d'un seul jet il en existait un autre partagé en livres. Dans ce second travail, j'avais non seulement procédé à la division de la matière, mais j'avais encore changé le genre de la composition, en la faisant passer du roman à l'épopée.

Un jeune homme qui entasse pêle-mêle ses idées, ses inventions, ses études, ses lectures, doit produire le chaos ; mais aussi dans ce chaos il y a une certaine fécondité qui tient à la puissance de l'âge.

Il m'est arrivé ce qui n'est peut-être jamais arrivé à un auteur : c'est de relire après trente années un manuscrit que j'avais totalement oublié.

J'avais un danger à craindre. En repassant le pinceau sur le tableau, je pouvais éteindre les couleurs ; une main plus sûre, mais moins rapide, courait risque de faire disparaître les traits moins corrects, mais aussi les touches les plus vives de la jeunesse : il fallait conserver à la composition son indépendance, et pour ainsi dire sa fougue ; il fallait laisser l'écume au frein du jeune coursier. S'il y a dans *les Natchez* des choses que je ne hasarderais qu'en tremblant aujourd'hui, il y a aussi des choses

---

1. Voir *Œuvres*, I, p. 159-160.

que je ne voudrais plus écrire, notamment la lettre de René dans le second volume. Elle est de ma première manière, et reproduit tout *René :* je ne sais ce que les *René* qui m'ont suivi ont pu dire pour mieux approcher de la folie[1].

Les Natchez s'ouvrent par une invocation au désert et à l'astre des nuits, divinités suprêmes de ma jeunesse :

« À l'ombre des forêts américaines, je veux chanter des airs de la solitude, tels que n'en ont point encore entendu des oreilles mortelles ; je veux raconter vos malheurs, ô Natchez ! ô nation de la Louisiane dont il ne reste plus que les souvenirs ! Les infortunes d'un obscur habitant des bois auraient-elles moins de droits à nos pleurs que celles des autres hommes ? et les mausolées des rois dans nos temples sont-ils plus touchants que le tombeau d'un Indien sous le chêne de sa patrie ?

« Et toi, flambeau des méditations, astre des nuits, sois pour moi l'astre du Pinde ! Marche devant mes pas, à travers les régions inconnues du Nouveau-Monde, pour me découvrir à ta lumière les secrets ravissants de ces déserts ! »

Mes deux natures sont confondues dans ce bizarre ouvrage, particulièrement dans l'original primitif. On y trouve des incidents politiques et des intrigues de roman ; mais à travers la narration on entend partout une voix qui chante, et qui semble venir d'une région inconnue.

Fin de ma carrière littéraire.

De 1812 à 1814, il n'y a plus que deux années pour finir l'Empire, et ces deux années dont on a vu quelque chose par anticipation, je les employai à des recherches sur la France et à la rédaction de quelques livres de ces *Mémoires* ; mais je n'imprimai plus rien. Ma vie de poésie et d'érudition fut véritablement close par la publi-

---

1. Pour une étude plus approfondie des problèmes posés par *Les Natchez*, on me permettra de renvoyer à la réédition que j'en ai procurée (Livre de Poche classique, 1989).

cation de mes trois grands ouvrages, le *Génie du Christianisme*, les *Martyrs* et l'*Itinéraire*. Mes écrits politiques commencèrent à la Restauration ; avec ces écrits également commença mon existence politique active. Ici donc se termine ma carrière littéraire proprement dite ; entraîné par le flot des jours, je l'avais omise ; ce n'est qu'en cette année 1831[1] que j'ai rappelé des temps laissés en arrière de 1800 à 1814.

Cette carrière littéraire, comme il vous a été loisible de vous en convaincre, ne fut pas moins troublée que ma carrière de *voyageur* et de *soldat* ; il y eut aussi des travaux, des rencontres et du sang dans l'arène ; tout n'y fut pas muses et fontaine Castalie ; ma carrière politique fut encore plus orageuse.

Peut-être quelques débris marqueront-ils le lieu qu'occupèrent mes jardins d'Académe[2]. Le *Génie du Christianisme* commence la révolution religieuse contre le philosophisme du dix-huitième siècle. Je préparais en même temps cette révolution qui menace notre langue, car il ne pouvait y avoir renouvellement dans l'idée qu'il n'y eût innovation dans le style. Y aura-t-il après moi d'autres formes de l'art à présent inconnues ? Pourra-t-on partir de nos études actuelles afin d'avancer, comme nous sommes partis des études passées pour faire un pas ? Est-il des bornes qu'on ne saurait franchir, parce qu'on se vient heurter contre la nature des choses ? Ces bornes ne se trouvent-elles point dans la division des langues modernes, dans la caducité de ces mêmes langues, dans les vanités humaines telles que la société nouvelle les a faites ? Les langues ne suivent le mouvement de la civilisation qu'avant l'époque de leur perfectionnement ; parvenues à leur apogée, elles restent un moment stationnaires, puis elles descendent sans pouvoir remonter.

Maintenant, le récit que j'achève rejoint les premiers livres de ma vie politique, précédemment écrits à des dates diverses. Je me sens un peu plus de courage en rentrant dans les parties faites de mon édifice. Quand je me suis remis au travail, je tremblais que le vieux fils de

---

1. *Sic*, pour 1839.　　2. Jardins où Platon enseignait, à Athènes.

Coelus ne vît se changer en truelle de plomb la truelle d'or du bâtisseur de Troie[1]. Pourtant il me semble que ma mémoire, chargée de me verser mes souvenirs, ne m'a pas trop failli : avez-vous beaucoup senti la glace de l'hiver dans ma narration ? trouvez-vous une énorme différence entre les poussières éteintes que j'ai essayé de ranimer, et les personnages vivants que je vous ai fait voir en vous racontant ma première jeunesse ? Mes années sont mes secrétaires ; quand l'une d'entre elles vient à mourir, elle passe la plume à sa puînée, et je continue de dicter ; comme elles sont sœurs, elles ont à peu près la même main.

---

1. Le bâtisseur de Troie, c'est Apollon, symbole de la création poétique. Le fils de Coelus (*Ouranos*, en grec), c'est Saturne (*Chronos*), identifié avec le Temps. En clair, cette allégorie quelque peu artificielle signifie : j'avais peur, la vieillesse venue, de ne pouvoir faire aussi bien que dans le passé.

LIVRE DIX-NEUVIÈME

DE BONAPARTE

(1)

La jeunesse est une chose charmante ; elle part au
commencement de la vie couronnée de fleurs comme la
flotte athénienne pour aller conquérir la Sicile et les délicieuses campagnes d'Enna[1]. La prière est dite à haute
voix par le prêtre de Neptune ; les libations sont faites
avec des coupes d'or ; la foule, bordant la mer, unit ses
invocations à celle du pilote ; le pæan est chanté, tandis
que la voile se déploie aux rayons et au souffle de l'aurore. Alcibiade, vêtu de pourpre et beau comme l'Amour,
se fait remarquer sur les trirèmes, fier des sept chars qu'il
a lancés dans la carrière d'Olympie. Mais à peine l'île
d'Alcinoüs[2] est-elle passée, l'illusion s'évanouit : Alcibiade banni va vieillir loin de sa patrie et mourir percé de

---

1. Ville du centre de la Sicile. Cette expédition des Athéniens contre
Syracuse a eu pour historien Thucydide, auquel Chateaubriand se réfère
pour la gracieuse évocation du départ de la flotte (*Guerre du Péloponnèse*, VI, 32), comme pour la brève allusion, un peu plus loin, au tragique épisode final des Latomies. Figure emblématique de la
République athénienne à son apogée, puis de sa défaite historique face
à Sparte, Alcibiade, par son destin, préfigure Napoléon.   2. Le père
de Nausicaa, qui accueille Ulysse naufragé dans son île de Corcyre
(aujourd'hui Corfou).

flèches sur le sein de Timandra[1]. Les compagnons de ses premières espérances, esclaves à Syracuse, n'ont pour alléger le poids de leurs chaînes que quelques vers d'Euripide.

Vous avez vu ma jeunesse quitter le rivage ; elle n'avait pas la beauté du pupille de Périclès, élevé sur les genoux d'Aspasie[2] ; mais elle en avait les heures matineuses[3] : et des désirs et des songes, Dieu sait ! Je vous les ai peints ces songes : aujourd'hui, retournant à la terre après maint exil, je n'ai plus à vous raconter que des vérités tristes comme mon âge. Si parfois je fais encore entendre les accords de la lyre, ce sont les dernières harmonies du poète qui cherche à se guérir de la blessure des flèches du temps, ou à se consoler de la servitude des années.

Vous savez la mutabilité[4] de ma vie dans mon état de voyageur et de soldat ; vous connaissez mon existence littéraire depuis 1800 jusqu'à 1813, année où vous m'avez laissé à la *Vallée-aux-Loups* qui m'appartenait encore, lorsque ma *carrière politique* s'ouvrit. Nous entrons présentement dans cette carrière : avant d'y pénétrer, force m'est de revenir sur les faits généraux que j'ai sautés en ne m'occupant que de mes travaux et de mes propres aventures : ces faits sont de la façon de Napoléon. Passons donc à lui ; parlons du vaste édifice qui se construisait en dehors de mes songes. Je deviens maintenant historien sans cesser d'être écrivain de mémoires ; un intérêt public va soutenir mes confidences privées ; mes petits récits se grouperont autour de ma narration.

---

1. Sa maîtresse. Voir Plutarque, *Alcibiade*, LXXX.   **2.** Orphelin, Alcibiade avait eu pour tuteur Périclès, dont la liaison avec la Milésienne Aspasie est demeurée célèbre (voir Plutarque, *Périclès*, XLVI-XLVII).   **3.** Matinales, du matin (de la vie). Archaïsme qu'on rencontre encore chez Chénier (*Élégies*, IV, II, 7 ; édition Dimoff, Delagrave, t. 3, p. 71) : « Quel charme de trouver la beauté paresseuse, / De venir visiter sa couche matineuse... »   **4.** Caractère de ce qui change, ou varie. Attesté par la *Néologie* de Mercier (1801), ce substantif est demeuré rare.

Lorsque la guerre de la Révolution éclata, les rois ne la comprirent point ; ils virent une révolte où ils auraient dû voir le changement des nations, la fin et le commencement d'un monde : ils se flattèrent qu'il ne s'agissait pour eux que d'agrandir leurs États de quelques provinces arrachées à la France ; ils croyaient à l'ancienne tactique militaire, aux anciens traités diplomatiques, aux négociations des cabinets ; et des conscrits allaient chasser les grenadiers de Frédéric, des monarques allaient venir solliciter la paix dans les antichambres de quelques démagogues obscurs, et la terrible opinion révolutionnaire allait dénouer sur les échafauds les intrigues de la vieille Europe. Cette vieille Europe pensait ne combattre que la France ; elle ne s'apercevait pas qu'un siècle nouveau marchait sur elle.

Bonaparte dans le cours de ses succès toujours croissants semblait appelé à changer les dynasties royales, à rendre la sienne la plus âgée de toutes. Il avait fait rois les électeurs de Bavière, de Wurtemberg et de Saxe ; il avait donné la couronne de Naples à Murat, celle d'Espagne à Joseph, celle de Hollande à Louis, celle de Westphalie à Jérôme ; sa sœur, Élisa Bacciocchi, était princesse de Lucques ; il était, pour son propre compte, empereur des Français, roi d'Italie, dans lequel royaume se trouvaient compris Venise, la Toscane, Parme et Plaisance ; le Piémont était réuni à la France ; il avait consenti à laisser régner en Suède un de ses capitaines, Bernadotte ; par le traité de la confédération du Rhin, il exerçait les droits de la maison d'Autriche sur l'Allemagne ; il s'était déclaré médiateur de la confédération helvétique ; il avait jeté bas la Prusse ; sans posséder une barque, il avait déclaré les Îles Britanniques en état de blocus. L'Angleterre malgré ses flottes fut au moment de n'avoir pas un port en Europe pour y décharger un ballot de marchandises ou pour y mettre une lettre à la poste.

Les États du pape faisaient partie de l'empire français ; le Tibre était un département de la France. On voyait dans les rues de Paris des cardinaux demi-prisonniers qui, passant la tête à la portière de leur fiacre, demandaient : « Est-ce ici que demeure le roi de... ? – Non, répondait le commissionnaire interrogé, c'est plus haut. » L'Autriche ne s'était rachetée qu'en livrant sa fille : le *chevaucheur* du midi réclama Honoria de Valentinien avec la moitié des provinces de l'empire[1].

Comment s'étaient opérés ces miracles ? Quelles qualités possédait l'homme qui les enfanta ? Quelles qualités lui manquèrent pour les achever ? Je vais suivre l'immense fortune de Bonaparte qui, nonobstant, a passé si vite que ses jours occupent une courte période du temps renfermé dans ces *Mémoires*. De fastidieuses productions de généalogies, de froides disquisitions[2] sur les faits, d'insipides vérifications de dates sont les charges et les servitudes de l'écrivain[3].

---

1. Épisode rappelé dans les *Études historiques* (Quatrième Discours, seconde partie), peu après un passage qui, à propos du roi des Huns, évoque déjà les guerres de Napoléon. Honoria était la sœur de Valentinien, qui refusa cette offre.   2. « Examen, recherche de quelque vérité dans les sciences » (*Féraud*). Ce terme de didactique est déjà tombé en désuétude à la fin du XVIII⁰ siècle.   3. Mais il ne saurait être question pour le commentateur de contrôler dans le détail cette « Histoire de Napoléon », qui exigerait à elle seule une étude approfondie.

(2)

BONAPARTE. – SA FAMILLE.

Le premier Buonaparte (Bonaparte) dont il soit fait mention dans les annales modernes est Jacques Buonaparte, lequel, augure du conquérant futur, nous a laissé l'histoire du *sac de Rome* en 1527, dont il avait été témoin oculaire. Napoléon-Louis Bonaparte, fils de la duchesse de Saint-Leu, mort après l'insurrection de la Romagne, a traduit en français ce document curieux[1] ; à la tête de la traduction il a placé une généalogie des Buonaparte : le traducteur dit « qu'il se contentera de remplir les lacunes de la préface de l'éditeur de Cologne, en publiant sur la famille Bonaparte des détails authentiques ; lambeaux d'histoire, dit-il, presque entièrement oubliés, mais au moins intéressants pour ceux qui aiment à retrouver dans les annales des temps passés l'origine d'une illustration plus récente. »

Suit une généalogie où l'on voit un chevalier Nordille Buonaparte, lequel, le 2 avril 1226, cautionna le prince Conradin de Souabe (celui-là à qui le duc d'Anjou fit trancher la tête) pour la valeur des droits de douane des effets dudit prince. Vers l'an 1255 commencèrent les proscriptions des familles trévisanes : une branche des Bonaparte alla s'établir en Toscane, où on les rencontre dans les hautes places de l'État. Louis-Marie-Fortuné

---

1. *Sac de Rome, écrit en 1527 par Jacques Bonaparte, témoin oculaire* (...), Florence, Imprimerie grand-ducale, 1830. Le prince Napoléon-Louis, né à Paris le 18 décembre 1804, était le second fils de Louis Bonaparte et de la reine Hortense. Il mourut de la rougeole à Forli, le 17 mars 1831, au cours des troubles de Romagne qu'il avait encouragés. Son ouvrage, revu et complété par son frère cadet (le futur Napoléon III), devait être republié dans le *Panthéon littéraire* de Buchon. Le texte original italien avait été réimprimé au milieu du XVIIᵉ siècle. Mais Chateaubriand utilise aussi une brochure parue la même année à Paris : *La famille Bonaparte depuis 1264 jusqu'à nos jours*, par M. Foissy, avocat (...), Libraire de Mme Vergne, 1830.

Buonaparte, de la branche établie à Sarzane, passa en Corse en 1612, se fixa à Ajaccio et devint le chef de la branche des Bonaparte de Corse. Les Bonaparte portent de gueules à deux barres d'or accompagné de deux étoiles.

Il y a une autre généalogie que M. Panckoucke a placée à la tête du recueil des écrits de Bonaparte[1] ; elle diffère en plusieurs points de celle donnée par Napoléon-Louis. D'un autre côté, madame d'Abrantès[2] veut que Bonaparte soit un Comnène, alléguant que le nom de Bonaparte est la traduction littérale du grec *Caloméros*, surnom de Comnène. Napoléon-Louis croit devoir terminer sa généalogie par ces paroles : « J'ai omis beaucoup de détails, car les titres de noblesse ne sont un objet de curiosité que pour un petit nombre de personnes, et d'ailleurs la famille Bonaparte n'en retirait aucun lustre.

« *Qui sert bien son pays n'a pas besoin d'aïeux*[3]. »

Nonobstant ce vers philosophique, la généalogie *subsiste*. Napoléon-Louis veut bien faire à son siècle la concession d'un apophtegme démocratique sans que cela tire à conséquence.

Tout ici est singulier : Jacques Buonaparte, historien du sac de Rome et de la détention du pape Clément VII par les soldats du connétable de Bourbon, est du même sang que Napoléon Buonaparte, destructeur de tant de villes, maître de Rome changée en préfecture, roi d'Italie, dominateur de la couronne des Bourbons et geôlier de Pie VII, après avoir été sacré empereur des Français par la main de ce pontife. Le traducteur de l'ouvrage de Jacques Buonaparte est Napoléon-Louis Buonaparte, neveu de

---

1. Cette publication des *Œuvres* de Napoléon, due à Charles-Louis Panckoucke (1780-1844), date de 1821-1822. **2.** Les *Mémoires* de la duchesse d'Abrantès, veuve du général Junot, à la rédaction desquels Balzac passe pour avoir collaboré, parurent chez Ladvocat, de 1831 à 1835. Ces dix-huit volumes furent un gros succès de librairie (quatre éditions successives). **3.** Vers de Voltaire dans *Mérope* (I, 3), où il rime avec un autre également sentencieux : « Le premier qui fut roi fut un soldat heureux ».

Napoléon, et fils du roi de Hollande, frère de Napoléon ;
et ce jeune homme vient de mourir dans la dernière insurrection de la Romagne, à quelque distance des deux villes
où la mère et la veuve de Napoléon sont exilées, au
moment où les Bourbons tombent du trône pour la troisième fois.

Comme il aurait été assez difficile de faire de Napoléon le fils de Jupiter Ammon par le serpent aimé
d'Olympias, ou le petit-fils de Vénus par Anchise[1], de
savants affranchis* trouvèrent une autre merveille à leur
usage : ils démontrèrent à l'empereur qu'il descendait
en ligne directe du Masque de fer[2]. Le gouverneur des
îles Sainte-Marguerite se nommait *Bonpart* ; il avait
une fille ; le Masque de fer, frère jumeau de Louis XIV,
devint amoureux de la fille de son geôlier et l'épousa
secrètement, de l'aveu même de la cour. Les enfants
qui naquirent de cette union furent clandestinement
portés en Corse, sous le nom de leur mère ; les *Bonpart*
se transformèrent en Bonaparte par la différence du
langage. Ainsi le Masque de fer est devenu le mystérieux aïeul, à face de bronze, du grand homme, rattaché
de la sorte au grand roi.

La branche des Franchini-Bonaparte porte sur son
écu trois fleurs de lis d'or. Napoléon souriait d'un air
d'incrédulité à cette généalogie ; mais il souriait : c'était
toujours un royaume revendiqué au profit de sa famille.
Napoléon affectait une indifférence qu'il n'avait pas,
car il avait lui-même fait venir sa généalogie de Toscane (Bourrienne). Précisément parce que la divinité de
la naissance manque à Bonaparte, cette naissance est
merveilleuse : « Je voyais, dit Démosthène, ce Philippe
contre qui nous combattions pour la liberté de la Grèce
et le salut de ses Républiques, l'œil crevé, l'épaule

---

* Las Cases.

---

1. Double allusion à César et Alexandre.   **2.** *Mémorial de Sainte-
Hélène*, 12 juillet 1816. Las Cases ne cite cette « fable ingénieuse »
que pour la tourner en dérision, et rapporter des propos ironiques de
Napoléon sur la « crédulité des hommes » et leur « amour du merveilleux ».

brisée, la main affaiblie, la cuisse retirée, offrir avec une fermeté inaltérable tous ses membres aux coups du sort, satisfait de vivre pour l'honneur et de se couronner des palmes de la victoire [1]. »

Or, Philippe était père d'Alexandre ; Alexandre était donc fils de roi et d'un roi digne de l'être ; par ce double fait, il commanda l'obéissance. Alexandre, né sur le trône, n'eut pas, comme Bonaparte, une petite vie à traverser afin d'arriver à une grande vie. Alexandre n'offre pas la disparate de deux carrières ; son précepteur est Aristote ; dompter Bucéphale est un des passe-temps de son enfance. Napoléon pour s'instruire n'a qu'un maître vulgaire ; des coursiers ne sont point à sa disposition ; il est le moins riche de ses compagnons d'études. Ce sous-lieutenant d'artillerie, sans serviteurs, va tout à l'heure obliger l'Europe à le reconnaître ; ce *petit caporal* mandera dans ses antichambres les plus grands souverains de l'Europe :

Ils ne sont pas venus, nos deux rois ? Qu'on leur die
Qu'ils se font trop attendre et qu'Attila s'ennuie [2].

Napoléon, qui s'écriait avec tant de sens : « Oh ! si j'étais mon petit-fils ! » ne trouva point le pouvoir dans sa famille, il le créa : quelles facultés diverses cette création ne suppose-t-elle pas ! Veut-on que Napoléon n'ait été que le metteur en œuvre de l'intelligence que des événements inouïs, des périls extraordinaires, avaient développée ? Cette supposition admise, il n'en serait pas moins étonnant : en effet, que serait-ce qu'un homme capable de diriger et de s'approprier tant de supériorités étrangères ?

1. *Discours sur la couronne*, LXVII.   2. Corneille, *Attila*, vers 1-2.

(3)

BRANCHE PARTICULIÈRE DES BONAPARTE DE LA CORSE.

Toutefois si Napoléon n'était pas né prince, il était, selon l'ancienne expression, fils de famille. M. de Marbeuf, gouverneur de l'île de Corse, fit entrer Napoléon dans un collège près d'Autun[1] ; il fut admis ensuite à l'école de Brienne. Élisa, madame Bacciocchi, reçut son éducation à Saint-Cyr : Bonaparte réclama sa sœur quand la Révolution brisa les portes de ces retraites religieuses. Ainsi l'on trouve une sœur de Napoléon pour dernière élève d'une institution dont Louis XIV avait entendu les premières jeunes filles chanter les chœurs de Racine.

Les preuves de noblesse exigées pour l'admission de Napoléon à une école militaire furent faites : elles contiennent l'extrait baptistaire de Charles Bonaparte, père de Napoléon, duquel Charles on remonte à François, dixième ascendant. Un certificat des nobles principaux de la ville d'Ajaccio, prouvant que la famille Bonaparte a toujours été au nombre des plus anciennes et des plus nobles ; un acte de reconnaissance de la famille Bonaparte de Toscane, jouissant du patriciat et déclarant que son origine est commune avec la famille Bonaparte de Corse, etc, etc.

« Lors de l'entrée de Bonaparte à Trévise, dit M. de Las Cases, on lui annonça que sa famille y avait été puissante ; à Bologne, qu'elle y avait été inscrite sur le livre d'or... À l'entrevue de Dresde, l'empereur François apprit à l'empereur Napoléon que sa famille avait été souveraine à Trévise, et qu'il s'en était fait représenter les documents : il ajouta qu'il était sans prix d'avoir été souverain, et qu'il fallait le dire à Marie-Louise, à qui cela ferait grand plaisir. »

---

1. En réalité à Autun même, où Napoléon séjourna du 1er janvier au 21 avril 1779, en particulier pour apprendre le français.

Né d'une race de gentilshommes, laquelle avait des alliances avec les Orsini, les Lomelli, les Médicis, Napoléon, violenté par la Révolution, ne fut démocrate qu'un moment ; c'est ce qui ressort de tout ce qu'il dit et écrit : dominé par son sang, ses penchants étaient aristocratiques. Pascal Paoli ne fut point le parrain de Napoléon comme on l'a dit : ce fut l'obscur Laurent Giubega, de Calvi ; on apprend cette particularité du registre de baptême tenu à Ajaccio par l'économe, le prêtre Diamante.

J'ai peur de compromettre Napoléon en le replaçant à son rang dans l'aristocratie. Cromwell, dans son discours prononcé au Parlement le 12 septembre 1654, déclare être né gentilhomme ; Mirabeau, La Fayette, Desaix et cent autres partisans de la Révolution étaient nobles aussi. Les Anglais ont prétendu que le prénom de l'empereur était Nicolas, d'où en dérision ils disaient *Nic*. Ce beau nom de Napoléon venait à l'empereur d'un de ses oncles qui maria sa fille avec un Ornano. Saint Napoléon est un martyr grec[1]. D'après les commentateurs de Dante, le comte Orso était fils de *Napoléon* de Cerbaja[2]. Personne autrefois, en lisant l'histoire, n'était arrêté par ce nom qu'ont porté plusieurs cardinaux ; il frappe aujourd'hui. La gloire d'un homme ne remonte pas ; elle descend. Le Nil à sa source[3] n'est connu que de quelque Éthiopien ; à son embouchure, de quel peuple est-il ignoré ?

---

1. Quelque peu oublié depuis sa mort, à Alexandrie, sous Dioclétien. Pie VII fixa la solennité de sa fête au 15 août, jour anniversaire de la naissance de son illustre homonyme.   **2.** *Purgatoire*, VI, 18-21.
3. Image peut-être suggérée par le début de la brochure de Foissy (voir note 1 du chap. 2, p. 322) : « Le public recherche avec curiosité son origine (...). Ainsi la source du Nil resterait ignorée, si ce fleuve, après un cours immense à travers les déserts de l'Afrique, ne venait majestueusement baigner Memphis et fertiliser les plaines de l'Égypte ».

(4)

Naissance et enfance de Bonaparte.

Il reste constaté que le vrai nom de Bonaparte est Buonaparte ; il l'a signé lui-même de la sorte dans toute sa campagne d'Italie et jusqu'à l'âge de trente-trois ans. Il le francisa ensuite, et ne signa plus que Bonaparte : je lui laisse le nom qu'il s'est donné et qu'il a gravé au pied de son indestructible statue*.

Bonaparte s'est-il rajeuni d'un an afin de se trouver Français, c'est-à-dire afin que sa naissance ne précédât pas la date de la réunion de la Corse à la France ? Cette question est traitée à fond d'une manière courte, mais substantielle, par M. Eckard[1] : on peut lire sa brochure. Il en résulte que Bonaparte est né le 5 février 1768, et non pas le 15 août 1769, malgré l'assertion positive de M. Bourrienne. C'est pourquoi le Sénat conservateur, dans sa proclamation du 3 avril 1814, traite Napoléon d'*étranger*.

L'acte de célébration du mariage de Bonaparte avec Marie-Josèphe-Rose de Tascher, inscrit au registre de l'état civil du deuxième arrondissement de Paris, 19 ventôse an IV (9 mars 1796) porte que Napoléon Buonaparte naquit à Ajaccio le 5 février 1768, et que son acte de naissance, visé par l'officier civil, constate cette date. Cette même date, s'accorde parfaitement avec ce qui est dit dans l'acte de mariage, que l'époux est âgé de vingt-huit ans.

L'acte de naissance de Napoléon, présenté à la mairie

---

* Ce nom de Buonaparte s'écrivait quelquefois avec le retranchement de l'*u* : l'économe d'Ajaccio qui signe au baptême de Napoléon a écrit trois fois Bonaparte sans employer la voyelle italienne *u*.

---

1. Jean Eckard, *Question d'état civil et historique, Napoléon Bonaparte est-il né Français ?* Imprimerie Everat, 1826. Sur cette question (aujourd'hui tranchée en faveur du 15 août 1769), Chateaubriand reflète les incertitudes des historiens de son temps.

du deuxième arrondissement lors de la célébration de son mariage avec Joséphine, fut retiré par un des aides de camp de l'empereur au commencement de 1810, lorsqu'on procédait à l'annulation du mariage de Napoléon avec Joséphine. M. Duclos, n'osant résister à l'ordre impérial, écrivit au moment même sur une des pièces de la *liasse Bonaparte : Son acte de naissance lui a été remis, ne pouvant, à l'instant de sa demande, lui en délivrer copie.* La date de la naissance de Joséphine est altérée dans l'acte de mariage, grattée et surchargée, quoiqu'on en découvre à la loupe les premiers linéaments. L'impératrice s'est ôté quatre ans : les plaisanteries qu'on faisait sur ce sujet au château des Tuileries et à Sainte-Hélène sont mauvaises et ingrates.

L'acte de naissance de Bonaparte, enlevé par l'aide de camp de 1810, a disparu ; toutes les recherches pour le découvrir ont été infructueuses.

Ce sont là des faits irréfragables [1], et aussi je pense, d'après ces faits, que Napoléon est né à Ajaccio le 5 février 1768. Cependant je ne me dissimule pas les embarras historiques qui se présentent à l'adoption de cette date.

Joseph, frère aîné de Bonaparte, est né le 5 janvier 1768 ; son frère cadet, Napoléon, ne peut être né la même année, à moins que la date de la naissance de Joseph ne soit pareillement altérée : cela est supposable, car tous les actes de l'état civil de Napoléon et de Joséphine sont soupçonnés d'être des faux. Nonobstant une juste suspicion de fraude, le comte de Beaumont, sous-préfet de Calvi, dans ses *Observations sur la Corse*, affirme que le registre de l'état civil d'Ajaccio marque la naissance de Napoléon au 15 août 1769. Enfin les papiers que m'avait prêtés M. Libri démontraient que Bonaparte lui-même se regardait comme étant né le 15 août 1769 à une époque où il ne pouvait avoir aucune raison pour désirer se rajeunir. Mais restent toujours la date *officielle* des pièces de son premier mariage et la suppression de son acte de naissance.

---

1. Incontestables, irrécusables.

Quoi qu'il en soit, Bonaparte ne gagnerait rien à cette transposition de vie : si vous fixez sa nativité au 15 août 1769, force est de reporter sa conception vers le 15 novembre 1768 ; or, la Corse n'a été cédée à la France que par le traité du 15 mai 1769[1] ; les dernières soumissions des Pièves (cantons de la Corse) ne se sont même effectuées que le 14 juin 1769. D'après les calculs les plus indulgents, Napoléon ne serait encore Français que de quelques heures de nuit dans le sein de sa mère. Eh bien, s'il n'a été que le citoyen d'une patrie douteuse, cela classe à part sa nature : existence tombée d'en haut, pouvant appartenir à tous les temps et à tous les pays.

Toutefois Bonaparte a incliné vers la patrie italienne ; il détesta les Français jusqu'à l'époque où leur vaillance lui donna l'empire. Les preuves de cette aversion abondent dans les écrits de sa jeunesse. Dans une note que Napoléon a écrite sur le suicide, on trouve ce passage : « Mes compatriotes, chargés de chaînes, embrassent en tremblant la main qui les opprime... Français, non contents de nous avoir ravi tout ce que nous chérissons, vous avez encore corrompu nos mœurs. »

Une lettre écrite à Paoli en Angleterre, en 1789, qui a été rendue publique, commence de la sorte :

« Général,

« Je naquis quand la patrie périssait. Trente mille Français vomis sur nos côtes, noyant le trône de la liberté dans des flots de sang, tel fut le spectacle odieux qui vint le premier frapper mes regards. »

Une autre lettre de Napoléon à M. Gubica, greffier en chef des États de la Corse, porte :

« Tandis que la France renaît, que deviendrons-nous, nous autres infortunés Corses ? Toujours vils, continuerons-nous à baiser la main insolente qui nous opprime ?

---

1. Cette date fautive a été rectifiée par les éditeurs de 1848 : 15 mai 1768. Mais elle est indispensable pour comprendre la suite du raisonnement. Notons que Walter Scott écrit lui aussi : « La Corse ne fut réunie (à la France) qu'en juin 1769, quelques semaines avant la naissance de Napoléon ». C'est que la Corse ne devint effectivement française qu'un an après la signature du traité de Versailles.

continuerons-nous à voir tous les emplois que le droit naturel nous destinait occupés par des étrangers aussi méprisables par leurs mœurs et leur conduite que leur naissance est abjecte ? »

Enfin le brouillon d'une troisième lettre manuscrite de Bonaparte, touchant la reconnaissance par les Corses de l'Assemblée nationale de 1789, débute ainsi :

« Messieurs,
« Ce fut par le sang que les Français étaient parvenus à nous gouverner ; ce fut par le sang qu'ils voulurent assurer leur conquête. Le militaire, l'homme de loi, le financier, se réunirent pour nous opprimer, nous mépriser et nous faire avaler à longs traits la coupe de l'ignominie. Nous avons assez longtemps souffert leurs vexations ; mais puisque nous n'avons pas eu le courage de nous en affranchir de nous-mêmes, oublions-les à jamais ; qu'ils redescendent dans le mépris qu'ils méritent, ou du moins qu'ils aillent briguer dans leur patrie la confiance des peuples ; certes, ils n'obtiendront jamais la nôtre. »

Les préventions de Napoléon contre la mère-patrie ne s'effacèrent pas entièrement : sur le trône, il parut nous oublier ; il ne parla plus que de lui, de son empire, de ses soldats, presque jamais des Français ; cette phrase lui échappait : « Vous autres Français. »

L'empereur, dans les papiers de Sainte-Hélène, raconte que sa mère, surprise par les douleurs, l'avait laissé tomber de ses entrailles sur un tapis à grand ramage, représentant les héros de l'*Iliade* : il n'en serait pas moins ce qu'il est, fût-il tombé dans du chaume.

Je viens de parler de papiers retrouvés ; lorsque j'étais ambassadeur à Rome, en 1828, le cardinal Fesch, en me montrant ses tableaux et ses livres, me dit avoir des manuscrits de la jeunesse de Napoléon ; il y attachait si peu d'importance qu'il me proposa de me les montrer ; je quittai Rome, et je n'eus pas le temps de compulser les documents. Au décès de Madame Mère et du cardinal Fesch, divers objets de la succession ont été dispersés ; le carton qui renfermait les Essais de Napoléon a été apporté à Lyon avec plusieurs autres ; il est tombé entre les mains de M. Libri. M. Libri a inséré dans la *Revue des Deux Mondes* du 1ᵉʳ mars de cette année 1842 une notice détaillée des papiers du cardinal Fesch[1] ; il a bien voulu depuis m'envoyer le carton. J'ai profité de la communication pour accroître l'ancien texte de mes *Mémoires* concernant Napoléon toute réserve faite à un plus ample informé, aux renseignements contradictoires et aux objections à survenir[2].

(5)

LA CORSE DE BONAPARTE.

Benson, dans ses *Esquisses de la Corse* (Sketches of Corsica), parle de la maison de campagne qu'habitait la famille de Bonaparte[3] :

« En allant le long du rivage de la mer d'Ajaccio, vers l'île Sanguinière, à environ un mille de la ville, on ren-

---

1. Sous le titre suivant : « Souvenirs de la jeunesse de Napoléon, manuscrits inédits ». Le Florentin Guillaume Libri (1803-1869), mathématicien et physicien, avait trouvé un refuge politique en France, où il ne tarda pas à devenir professeur à la Faculté des Sciences de Paris (1834). Nommé ensuite par Villemain secrétaire de la commission chargée de dresser le catalogue général des manuscrits des bibliothèques publiques, il profita de sa position pour commettre de graves indélicatesses qui lui vaudront, après 1848, des démêlés avec la justice. C'est néanmoins de façon très régulière qu'il avait acheté le *carton Fesch* au diocèse de Lyon, après la mort du cardinal (1839). La publication partielle de la *Revue des Deux Mondes* intéressa vivement Chateaubriand qui pria Hortense Allart de se faire son interprète auprès de Libri pour obtenir la communication du dossier dans sa totalité. Il put ainsi le consulter à loisir en avril 1842, enrichissant ses *Mémoires* de documents inédits, puisqu'ils ne furent publiés dans leur intégralité qu'à la fin du siècle (Frédéric Masson et Guido Biagi, *Napoléon inconnu. Papiers inédits*, 1895). **2.** Voir en particulier Arthur Chuquet, *La Jeunesse de Napoléon*, A. Colin : t. 1 (Brienne) 1897 ; t. 2 (La Révolution) 1898 ; t. 3 (Toulon) 1899. **3.** Chateaubriand a sans doute emprunté ce passage à W. Scott, qui cite le livre de Benson (1825), mais il utilise sa propre traduction.

contre deux piliers de pierre, fragments d'une porte qui s'ouvrait sur le chemin ; elle conduisait à une villa en ruine, autrefois résidence du demi-frère utérin de madame Bonaparte, que Napoléon créa cardinal Fesch. Les restes d'un petit pavillon sont visibles au-dessous d'un rocher ; l'entrée en est quasi obstruée par un figuier touffu ; c'était la retraite accoutumée de Bonaparte, quand les vacances de l'école dans laquelle il étudiait lui permettaient de revenir chez lui. »

L'amour du pays natal suivit chez Napoléon sa marche ordinaire. Bonaparte, en 1788, écrivait, à propos de M. de Sussy, que *la Corse offrait un printemps perpétuel* ; il ne parla plus de son île quand il fut heureux ; il avait même de l'antipathie pour elle ; elle lui rappelait un berceau trop étroit. Mais à Sainte-Hélène sa patrie lui revint en mémoire : « La Corse avait mille charmes pour Napoléon[*] ; il en détaillait les plus grands traits, la coupe hardie de sa structure physique. Tout y était meilleur, disait-il ; il n'y avait pas jusqu'à l'odeur du sol même : elle lui eût suffi pour le deviner les yeux fermés ; il ne l'avait retrouvée nulle part. Il s'y voyait dans ses premières années, à ses premières amours ; il s'y trouvait dans sa jeunesse au milieu des précipices, franchissant les sommets élevés, les vallées profondes. »

Napoléon trouva le roman dans son berceau ; ce roman commence à Vannina, tuée par Sampietro son mari[1]. Le baron *Neuhof*, ou le roi Théodore, avait paru sur tous les rivages, demandant des secours à l'Angleterre, au pape, au Grand Turc, au bey de Tunis, après s'être fait couronner roi des Corses, qui ne savaient à qui se donner : Voltaire en rit. Les deux Paoli, Hyacinthe et surtout Pascal, avaient rempli l'Europe du bruit de leur nom. Buttafuoco

---

[*] *Mémorial de Sainte-Hélène.*

---

1. Tragique *chronique* du XVIe siècle, qui avait inspiré Napoléon (voir ci-dessous).

pria J.-J. Rousseau d'être le législateur de la Corse[1] ; le philosophe de Genève songeait à s'établir dans la patrie de celui qui, en dérangeant les Alpes, emporta Genève sous son bras. « Il est encore en Europe, écrivait Rousseau, un pays capable de législation : c'est l'île de Corse. La valeur et la constance avec laquelle ce brave peuple a su recouvrer et défendre sa liberté mériteraient bien que quelque homme sage lui apprît à la conserver. J'ai quelque pressentiment qu'un jour cette petite île étonnera l'Europe[2]. »

Nourri au milieu de la Corse, Bonaparte fut élevé à cette école primaire des révolutions ; il ne nous apporta pas à son début le calme ou les passions du jeune âge, mais un esprit déjà empreint des passions politiques. Ceci change l'idée qu'on s'est formée de Napoléon.

Quand un homme est devenu fameux, on lui compose des antécédents : les enfants prédestinés, selon les biographes, sont fougueux, tapageurs, indomptables ; ils apprennent tout, ou n'apprennent rien ; le plus souvent aussi ce sont des enfants tristes, qui ne partagent point les jeux de leurs compagnons, qui rêvent à l'écart et sont déjà poursuivis du nom qui les menace. Voilà qu'un enthousiaste a déterré les billets extrêmement communs (sans doute italiens) de Napoléon à ses grands-parents ; il nous faut avaler ces puériles âneries. Les pronostics de notre futurition[3] sont vains ; nous sommes ce que nous font les circonstances ; qu'un enfant soit gai ou triste, silencieux ou bruyant, qu'il montre ou ne montre pas des aptitudes au travail, nul augure à en tirer. Arrêtez un écolier à seize ans ; tout intelligent que vous le fassiez, cet enfant prodige, fixé à trois lustres, restera un imbécile ; l'enfant

---

1. C'est au mois de septembre 1764 que Rousseau avait été prié de rédiger un projet de constitution pour la Corse. Il y travailla de janvier à octobre 1765, mais le dossier, intitulé « Affaires de Corse », demeura inédit jusqu'en 1861. Il avait néanmoins été analysé dès 1825 par Musset-Pathay, dans une notice du *Supplément à l'histoire de la vie et des écrits de J.-J. Rousseau* (dans *Œuvres inédites* de Rousseau, t. 1, p. 403-419). 2. Le destin de Napoléon devait donner valeur prémonitoire à ce passage anodin du *Contrat social* (livre II, fin du chap. 10). 3. Voir livre V, p. 401, note 2.

manque même de la plus belle des grâces, le sourire : il rit, et ne sourit pas.

Napoléon était donc un petit garçon ni plus ni moins distingué que ses émules : « Je n'étais, dit-il, qu'un enfant obstiné et curieux. » Il aimait les renoncules et il mangeait des cerises avec mademoiselle Colombier. Quand il quitta la maison paternelle, il ne savait que l'italien. Son ignorance de la langue de Turenne était presque complète ; comme le maréchal de Saxe Allemand, Bonaparte Italien ne mettait pas un mot d'orthographe ; Henri IV, Louis XIV et le maréchal de Richelieu, moins excusables, n'étaient guère plus corrects. C'est visiblement pour cacher la négligence de son instruction que Napoléon a rendu son écriture indéchiffrable. Sorti de la Corse à neuf ans, il ne revit son île que huit ans après. À l'école de Brienne, il n'avait rien d'extraordinaire ni dans sa manière d'étudier, ni dans son extérieur. Ses camarades le plaisantaient sur son nom de Napoléon et sur son pays ; Il disait à son camarade Bourrienne : « Je ferai à tes Français tout le mal que je pourrai. » Dans un compte rendu au roi, en 1784, M. de Kéralio affirme que *le jeune Bonaparte serait un excellent marin* ; la phrase est suspecte, car ce compte rendu n'a été retrouvé que quand Napoléon inspectait la flottille de Boulogne.

Sorti de Brienne le 14 octobre 1784, Bonaparte passa à l'École militaire de Paris. La liste civile payait sa pension ; il s'affligeait d'être boursier. Cette pension lui fut conservée, témoin ce modèle de reçu trouvé dans le carton Fesch (carton de M. Libri) :

« Je soussigné reconnais avoir reçu de M. Biercourt la somme de 200 provenant de la pension que le roi m'a accordée sur les fonds de l'École militaire en qualité d'ancien cadet de l'école de Paris. »

Mademoiselle de Comnène[1] (madame d'Abrantès),

---

1. Laure-Adélaïde de Permon, qui épousera le général Junot le 30 octobre 1800, était née à Montpellier, où son père était Receveur des Finances, le 6 novembre 1784. Par sa mère, Louise-Marie Comnène, elle se flattait de descendre en ligne directe des empereurs de Trébizonde. Les Comnène étaient venus se fixer en Corse, à la tête de toute une colonie grecque, dans la seconde moitié du XVIIe siècle.

fixée tour à tour chez sa mère à Montpellier, à Toulouse et à Paris, ne perdait point de vue son compatriote Bonaparte : « Quand je passe aujourd'hui sur le quai de Conti », écrit-elle, « je ne puis m'empêcher de regarder la mansarde, à l'angle gauche de la maison, au troisième étage ; c'est là que logeait Napoléon, toutes les fois qu'il venait chez mes parents. »

Bonaparte n'était pas aimé à son nouveau prytanée : morose et frondeur, il déplaisait à ses maîtres ; il blâmait tout sans ménagement. Il adressa un mémoire au sous-principal sur les vices de l'éducation que l'on recevait. « Ne vaudrait-il pas mieux les astreindre (les élèves) à se suffire à eux-mêmes, c'est-à-dire, moins leur petite cuisine qu'ils ne feraient pas, leur faire manger du pain de munition ou d'un qui en approcherait, les habituer à battre, brosser leurs habits, à nettoyer leurs souliers et leurs bottes ? » C'est ce qu'il ordonna depuis à Fontainebleau et à Saint-Germain.

Le rabroueur [1] délivra l'école de sa présence et fut nommé sous-lieutenant d'artillerie au régiment de La Fère [2].

Toutes les affirmations qui précèdent, reprises des mémoires du temps ou de Libri, sont contestables dans le détail. Si le chevalier de Keralio, inspecteur des Écoles militaires, avait bien commencé par destiner le jeune Bonaparte à la marine, à cause de ses aptitudes en mathématiques, il fut remplacé dès le 1er juin 1783 par Reynaud de Monts, qui décida de faire de lui un artilleur, au désespoir de son père. La date de la sortie de Brienne varie selon les historiens, mais c'est le 22 octobre 1784 que le maréchal de Ségur, ministre de la Guerre, signa son brevet de cadet-gentilhomme. Il est évidemment anachronique de parler de « liste civile » à cette époque ; du reste, les élèves ne relevaient pas, pour leur entretien, de la cassette royale, mais des fonds propres de leur établissement. Le reçu cité par Libri ne concerne pas la scolarité, mais la pension allouée comme complément de solde après la sortie. Enfin, la mansarde du quai de Conti, chez les Permon, paraît bien être une légende, puisque le règlement interdisait toute sortie pour les élèves officiers.

1. Substantif correspondant au verbe *rabrouer* : « C'était un grand rabroueur », dit Brantôme du Connétable de Montmorency. Ce mot usuel au XVIe siècle a subsisté dans le langage familier (*Trévoux* : « On ne le dit point »), avant de reparaître dans les dictionnaires du XIXe siècle comme néologisme. **2.** Alors en garnison à Valence.

Entre 1784 et 1793, s'étend la carrière littéraire de Napoléon, courte par l'espace, longue par les travaux. Errant avec les corps d'artillerie dont il faisait partie à Auxonne, à Dôle, à Seurres, à Lyon, Bonaparte était attiré à tout endroit de bruit comme l'oiseau appelé par le miroir ou accourant à l'appeau. Attentif aux questions académiques, il y répondait ; il s'adressait avec assurance aux personnes puissantes qu'il ne connaissait pas : il se faisait l'égal de tous avant d'en devenir le maître. Tantôt il parlait sous un nom emprunté, tantôt il signait son nom qui ne trahissait point l'anonyme. Il écrivait à l'abbé Raynal, à M. Necker ; il envoyait aux ministres des mémoires sur l'organisation de la Corse, sur des projets de défense de Saint-Florent, de la Mortella, du golfe d'Ajaccio, sur la manière de disposer le canon pour jeter des bombes. On ne l'écoutait pas plus qu'on n'avait écouté Mirabeau lorsqu'il rédigeait à Berlin des projets relatifs à la Prusse et à la Hollande. Il étudiait la géographie. On a remarqué qu'en parlant de Sainte-Hélène il la signale par ces seuls mots : « Petite île [1] ». Il s'occupait de la Chine, des Indes, des Arabes. Il travaillait sur les historiens, les philosophes, les économistes, Hérodote, Strabon, Diodore de Sicile, Filangieri, Mably, Smith ; il réfutait le Discours sur l'origine et les fondements de l'égalité de *l'homme* et il écrivait : « *Je ne crois pas cela* ; je ne crois rien de cela. » Lucien Bonaparte raconte que lui, Lucien, avait fait deux copies d'une histoire esquissée par Napoléon. Le manuscrit de cette esquisse s'est retrouvé en partie dans le carton du cardinal Fesch : les recherches sont peu curieuses, le style est commun, l'épisode de Vannina est reproduit sans effet. Le mot de Sampietro aux grands seigneurs de la cour de Henri II après l'assassinat de Vannina vaut tout le récit de Napoléon : « Qu'importent au roi de France les démêlés de Sampietro et de sa femme ! »

Bonaparte n'avait pas au début de sa vie le moindre pressentiment de son avenir ; ce n'était qu'à l'échelon atteint qu'il prenait l'idée de s'élever plus haut : mais s'il

---

1. C'est par cette indication que se termine la notice de Libri.

n'aspirait pas à monter, il ne voulait pas descendre [1] ; on ne pouvait arracher son pied de l'endroit où il l'avait une fois posé. Trois cahiers des manuscrits (carton Fesch) sont consacrés à des recherches sur la Sorbonne et les libertés gallicanes ; il y a des correspondances avec Paoli, Saliceti, et surtout avec le P. Dupuy, minime, sous-principal à l'école de Brienne, homme de bon sens et de religion qui donnait des conseils à son jeune élève et qui appelle Napoléon son *cher ami*.

À ces ingrates études Bonaparte mêlait des pages d'imagination ; il parle des femmes ; il écrit *le Masque prophète, le Roman corse*, une nouvelle anglaise, *le Comte d'Essex* ; il a des dialogues sur l'amour qu'il traite avec mépris, et pourtant il adresse en brouillon une lettre de passion à une inconnue aimée ; il fait peu de cas de la gloire, ne met au premier rang que l'amour de la patrie, et cette patrie était la Corse.

Tout le monde a pu voir à Genève une demande parvenue à un libraire : le romanesque sous-lieutenant s'enquérait de *Mémoires* de madame de Warens [2]. Napoléon était poète aussi, comme le furent César et Frédéric : il préférait Arioste au Tasse ; il y trouvait les portraits de ses capitaines futurs, et un cheval tout bridé pour son voyage aux astres. On attribue à Bonaparte le madrigal suivant adressé à madame Saint-Huberty jouant le rôle de Didon [3] ; le fond peut appartenir à l'empereur, la forme est d'une main plus savante que la sienne :

> *Romains, qui vous vantez d'une illustre origine,*
> *Voyez d'où dépendait votre empire naissant !*
> *Didon n'a pas d'attrait assez puissant*
> *Pour retarder la fuite où son amant s'obstine.*
> *Mais si l'autre Didon, ornement de ces lieux,*
> *Eût été reine de Carthage,*

---

1. Allusion à un vers de *Cinna* (Acte 2, scène 1) : « Et monté sur le faîte, il aspire à descendre ». **2.** Ces *Mémoires* apocryphes (1785) sont dus au général Doppet, alors médecin. **3.** Dans la *Didon* de Piccinni. Sur la Saint-Huberty, voir livre IV, chap. 8. Edmond de Goncourt lui a consacré une biographie (Dentu, 1882).

Il eût, pour la servir, abandonné ses dieux,
Et votre beau pays serait encor sauvage.

Vers ce temps-là Bonaparte semblerait avoir été tenté de se tuer. Mille béjaunes [1] sont obsédés de l'idée du suicide, qu'ils pensent être la preuve de leur supériorité. Cette note manuscrite se trouve dans les papiers communiqués par M. Libri : « Toujours seul au milieu des hommes, je rentre pour rêver avec moi-même et me livrer à toute la vivacité de ma mélancolie. De quel côté est-elle tournée aujourd'hui ? du côté de la mort... Si j'avais passé soixante ans, je respecterais les préjugés de mes contemporains, et j'attendrais patiemment que la nature eût achevé son cours ; mais puisque je commence à éprouver des malheurs, que rien n'est plaisir pour moi, pourquoi supporterais-je des jours où rien ne me prospère ? »

Ce sont là les rêveries de tous les romans. Le fond et le tour de ces idées se trouvent dans Rousseau, dont Bonaparte aura altéré le texte par quelques phrases de sa façon.

Voici un essai d'un autre genre ; je le transcris lettre à lettre : l'éducation et le sang ne doivent pas rendre les princes trop dédaigneux à l'encontre : qu'ils se souviennent de leur empressement à faire queue au planton d'un homme qui les chassait à volonté de la chambrée des rois.

« FORMULES, CERTIFICAS ET AUTRES CHOSES ESENCIELLES
RELATIVES À MON ÉTAT ACTUELL.

« *Manière de demander un congé.*

« Lorsque l'on est en semestre et que l'on veut obtenir un congé d'été pour cause de maladie, l'on s'en fait dresser par un médecin de la ville et un cherugien un certificat comme quoi avant l'époque que vous désigné, votre senté ne vous permet pas de rejoindre à la garnison. Vous

---

1. Ce terme de fauconnerie, qui désigne les oisillons inexpérimentés, est utilisé par extension pour tous les nouveaux venus dans un corps (corporation, faculté, régiment).

observeré que ce certificat soit sur papier timbré, qu'il soit visé par le juge et le commandant de la place.

« Vous dresserez allors votre memoire au ministre de la guerre de la manière et formulle suivante :

À Ajaccio, le 21 avril 1787.

« MÉMOIRE EN DEMANDE D'UN CONGÉ.

CORPS ROYAL de l'artillerie	RÉGIMENT de La Fère
« Le sieur Napolione de Buonaparte, lieutenant en second au régiment de La Fère, artillerie	« Soupplie, monseigneur le maréchal de Ségur de vouloir bien lui accorder un congé de 5 mois et demie à compter du 16 mai prochain dont il a besoin pour le retablisement de sa senté suivant le certificat de medecin et cherugien ci-joint. Vu mon peu de fortune et une cure coûteuse, je demande la grace que le congé me soit accordé avec appointement.
	« BUONAPARTE. »

« L'on envoie le tout au colonel du régiment sur l'adresse du ministre ou du commissaire-ordonnateur, M. de Lance, soit que l'on lui écrive sur l'adresse de M. Sauquier, commissaire-ordonnateur des guerres à la cour. »

Que de détails pour enseigner à faire un faux ! On croit voir l'empereur travailler à régulariser les saisies des royaumes, paperasses illicites dont son cabinet s'encombrait.

Le style du jeune Napoléon est déclamatoire ; il n'y a de digne d'observation que l'activité d'un vigoureux pionnier qui déblaie des sables. La vue de ces travaux précoces me rappelle mes fatras juvéniles, mes *Essais historiques*, mon manuscrit des *Natchez* de quatre mille pages in-folio, attachées avec des ficelles ; mais je ne faisais pas aux marges de *petites maisons*, des *dessins d'enfant*, des *barbouillages d'écolier*, comme on en voit aux marges des brouillons de Bonaparte ; parmi mes juvéniles[1] ne roulait pas *une balle de pierre* qui pouvait avoir été le modèle d'un boulet d'étude.

Ainsi donc il y a une avant-scène à la vie de l'empereur ; un Bonaparte inconnu précède l'immense Napoléon ; la pensée de Bonaparte était dans le monde avant qu'il fût de sa personne : elle agitait secrètement la terre ; on sentait en 1789, au moment où Bonaparte apparaissait, quelque chose de formidable, une inquiétude dont on ne pouvait se rendre compte. Quand le globe est menacé d'une catastrophe, on en est averti par des commotions latentes ; on a peur ; on écoute pendant la nuit ; on reste les yeux attachés sur le ciel sans savoir ce que l'on a et ce qui va arriver.

(6)

PAOLI.

Paoli avait été rappelé d'Angleterre sur une motion de Mirabeau, dans l'année 1789. Il fut présenté à Louis XVI par le marquis de La Fayette, nommé lieutenant général et commandant militaire de la Corse. Bonaparte suivit-il l'exilé dont il avait été le protégé, et avec lequel il était en correspondance ? on l'a présumé. Il ne tarda pas à se brouiller avec Paoli : les crimes de nos premiers troubles refroidirent le vieux général ; il livra la Corse à l'Angleterre, afin d'échapper à la Convention. Bonaparte, à Ajaccio, était devenu membre d'un club de Jacobins ; un club opposé s'éleva, et Napoléon fut obligé de s'enfuir. Madame Letizia et ses filles se réfugièrent dans la colonie grecque de Carghèse, d'où elles gagnèrent Marseille. Joseph épousa dans cette ville, le 1er août 1794, mademoiselle Clary, fille d'un riche négociant. En 1792, le

---

1. Francisation de *juvenilia (opera)* : œuvres de jeunesse.

ministre de la guerre, l'ignoré Lajard, destitua un moment Napoléon, pour n'avoir pas assisté à une revue[1].

On retrouve Bonaparte à Paris avec Bourrienne dans cette année 1792. Privé de toute ressource, il s'était fait industriel : il prétendait louer des maisons en construction dans la rue Montholon, avec le dessein de les sous-louer. Pendant ce temps-là la Révolution allait son train ; le 20 juin sonna. Bonaparte, sortant avec Bourrienne de chez un restaurateur, rue Saint-Honoré, près le Palais-Royal, vit venir cinq ou six mille déguenillés qui poussaient des hurlements et marchaient contre les Tuileries ; il dit à Bourrienne : « Suivons ces gueux-là ». ; et il alla s'établir sur la terrasse du bord de l'eau. Lorsque le roi, dont la demeure était envahie, parut à l'une des fenêtres, coiffé du bonnet rouge, Bonaparte s'écria avec indignation : « *Che coglione* ! Comment a-t-on laissé entrer cette canaille ? il fallait en balayer quatre ou cinq cents avec du canon, et le reste courrait encore. »

Vous savez que le 20 juin 1792, j'étais bien près de Bonaparte : je me promenais à Montmorency[2], tandis que Barère et Maret cherchaient, comme moi, mais par d'autres raisons, la solitude. Est-ce à cette époque que Bonaparte était obligé de vendre et de négocier de petits assignats appelés Corcet[3] ? Après le décès d'un marchand de vin de la rue Saint-Avoye, dans un inventaire fait par Dumay, notaire, et Chariot commissaire-priseur, Bonaparte figure à l'appel d'une dette de loyer de quinze francs, qu'il ne put acquitter : cette misère augmente sa grandeur. Napoléon a dit à Sainte-Hélène : « Au bruit de l'assaut aux Tuileries, le 10 août, je courus au Carrousel, chez Fauvelet, frère de Bourrienne, qui y tenait un maga-

---

1. Confusion provenant de la lecture trop rapide de Libri. C'est au mois de décembre 1791 que le ministre Narbonne avait rayé des cadres de son régiment le lieutenant Bonaparte, retourné en Corse. Le 1er avril 1792, Napoléon se faisait élire, à Ajaccio, lieutenant-colonel en second de la garde nationale : c'est à ce titre qu'il aurait manqué une revue de rigueur. La décision de le réintégrer dans son arme, avec le grade de capitaine, fut prise par Lajard le 10 juillet 1792 (sur le brevet, signé par Louis XVI, voir chap. 8). **2.** Voir livre IX, chap. 6. **3.** Ce détail est emprunté au *Mémorial* (3 août 1816).

sin de meubles. » Le frère de Bourrienne avait fait une spéculation qu'il appelait *encan national* ; Bonaparte y avait déposé sa montre ; exemple dangereux : que de pauvres écoliers se croiront des Napoléons pour avoir mis leur montre en gage !

(7)

DEUX PAMPHLETS.

Bonaparte retourna dans le midi de la France le 2 janvier an II ; il s'y trouvait avant le siège de Toulon ; il y écrivait deux pamphlets : le premier est une lettre à Matteo Buttafuoco[1] ; il le traite indignement, et fait en même temps un crime à Paoli d'avoir remis le pouvoir entre les mains du peuple : « Étrange erreur, s'écrie-t-il, qui soumet à un brutal, à un mercenaire, l'homme qui, par son éducation, l'illustration de sa naissance, sa fortune, est seul fait pour gouverner ! »

Bien que révolutionnaire, Bonaparte se montre partout ennemi du peuple ; il fut néanmoins complimenté sur sa brochure par Masseria, président du club patriotique d'Ajaccio.

Le 29 juillet 1793, il fit imprimer un autre pamphlet, *le Souper de Beaucaire*[2]. Bourrienne en produit un manuscrit revu par Bonaparte, mais abrégé et mis plus d'accord avec les opinions de l'empereur au moment qu'il revit son œuvre : c'est un dialogue entre un Marseillais, un Nîmois, un militaire et un fabricant de Montpellier. Il est question des affaires du moment, de l'attaque d'Avignon par l'armée de Carteaux, dans laquelle Napoléon

---

1. Chateaubriand brouille la chronologie, faute de bien interpréter ses sources. La « Lettre à Buttafuoco », qui figure dans les *Œuvres inédites* (édition Panckoucke, t. 2), est datée par Napoléon : « De mon cabinet de Millelli, 23 janvier, an II ». Il faut comprendre : an II de la Liberté, pas de la République ; c'est-à-dire 1791.   2. Ce pamphlet jacobin avait été lui aussi réédité par Panckoucke.

avait figuré en qualité d'officier d'artillerie. Il annonce au *Marseillais* que son parti sera battu, parce qu'il a cessé d'adhérer à la Révolution. Le *Marseillais* dit au *militaire*, c'est-à-dire à Bonaparte : « On se ressouvient toujours de ce monstre qui était cependant un des principaux du club ; il fit lanterner un citoyen, pilla sa maison et viola sa femme, après lui avoir fait boire un verre du sang de son époux. – Quelle horreur ! s'écrie le militaire ; mais ce fait est-il vrai ? Je m'en méfie, car vous savez que l'on ne croit plus au viol aujourd'hui. » Légèreté du dernier siècle qui fructifiait dans le tempérament glacé de Bonaparte. Cette accusation d'avoir bu et fait boire du sang a souvent été reproduite. Quand le duc de Montmorency fut décapité à Toulouse [1], les hommes d'armes burent de son sang pour se communiquer la vertu d'un grand cœur.

(8)

Brevet de capitaine.

Nous arrivons au siège de Toulon : ici s'ouvre la carrière militaire de Bonaparte. Sur le rang que Napoléon occupait alors dans l'artillerie, le carton du cardinal Fesch renferme un étrange document [2] : c'est un brevet de capitaine d'artillerie délivré le 30 août 1792 à Napoléon par Louis XVI, vingt jours après le détrônement réel, arrivé le 10 août. Le roi avait été renfermé au Temple le 13, surlendemain du massacre des Suisses. Dans ce brevet il est dit que la nomination du 30 août 1792 comptera à l'officier promu à partir du 16 février précédent.

Les infortunés sont souvent prophètes ; mais cette fois la prévision du martyr n'était pour rien dans la gloire future de Napoléon. Il existe encore dans les bureaux de

---

1. Voir livre XIV, p. 101, note 2.　　**2.** Que Libri commente ainsi : « Le roi, avant de tomber, semble avoir voulu nommer son successeur ».

la guerre des brevets en blanc, signés d'avance par Louis XVI ; il n'y reste à remplir que les vides d'attente ; de ce genre aura été la commission précipitée. Louis XVI, renfermé au Temple, à la veille de son procès, au milieu de sa famille captive, avait autre chose à faire que de s'occuper de l'avancement d'un inconnu.

L'époque du brevet se fixe par le contre-seing ; ce contre-seing est : *Servan*. Servan, nommé au département de la guerre le 8 mai 1792, fut révoqué le 13 juin même année ; Dumouriez eut le portefeuille jusqu'au 18 ; Lajard prit à son tour le ministère jusqu'au 23 juillet ; Dabancourt lui succéda jusqu'au 10 août, jour que l'Assemblée nationale rappela Servan, lequel donna sa démission le 3 octobre. Nos ministères étaient alors aussi difficiles à compter que le furent depuis nos victoires.

Le brevet de Napoléon ne peut être du premier ministère de Servan, puisque la pièce porte la date du 30 août 1792 ; il doit être de son second ministère ; cependant il existe une lettre de Lajard, du 12 juillet, adressée au *capitaine d'artillerie Bonaparte*. Expliquez cela si vous pouvez. Bonaparte a-t-il acquis le document en question de la corruption d'un commis, du désordre des temps, de la fraternité révolutionnaire ? Quel protecteur poussait les affaires de ce Corse ? Ce protecteur était le maître éternel ; la France, sous l'impulsion divine, délivra elle-même le brevet au premier capitaine de la terre ; ce brevet devint légal sous la signature de Louis, qui laissa sa tête, à condition qu'elle serait remplacée par celle de Napoléon : marchés de la Providence devant lesquels il ne reste qu'à lever les mains au ciel.

(9)

TOULON.

Toulon avait reconnu Louis XVII et ouvert ses ports aux flottes anglaises. Carteaux d'un côté et le général Lapoype de l'autre, requis par les représentants Fréron, Barras, Ricord et Saliceti[1], s'approchèrent de Toulon. Napoléon, qui venait de servir sous Carteaux à Avignon, appelé au conseil militaire, soutint qu'il fallait s'emparer du fort *Mulgrave*, bâti par les Anglais sur la hauteur du *Caire*, et placer sur les deux promontoires l'Éguillette et Balaguier des batteries qui, foudroyant la grande et la petite rade, contraindraient la flotte ennemie à l'abandonner. Tout arriva comme Napoléon l'avait prédit : on eut une première vue sur ses destinées.

Madame Bourrienne a inséré quelques notes dans les *Mémoires* de son mari ; j'en citerais un passage qui montre Bonaparte devant Toulon :

« Je remarquai, dit-elle, à cette époque (1795, à Paris), que son caractère était froid et souvent sombre ; son sourire était faux et souvent mal placé ; et, à propos de cette observation, je me rappelle qu'à cette même époque, peu de jours après notre retour, il eut un de ces moments d'hilarité farouche qui me fit mal et qui me disposa à peu l'aimer. Il nous raconta avec une gaieté charmante qu'étant devant Toulon où il commandait l'artillerie, un officier qui se trouvait de son arme et sous ses ordres eut la visite de sa femme, à laquelle il était uni depuis peu, et qu'il aimait tendrement. Peu de jours après Bonaparte eut ordre de faire une nouvelle attaque sur la ville, et l'officier fut commandé. Sa femme vint trouver le général Bonaparte, et lui demanda, les larmes aux yeux, de dis-

---

1. Jean-François Ricord (1760-1818), ami des frères Robespierre, fut député du Gard à la Convention ; Christophe Saliceti (1757-1809), député de la Corse aux États Généraux, fut ensuite membre de la Convention, puis du Conseil des Cinq-Cents.

penser son mari de service ce jour-là. Le général fut insensible, à ce qu'il nous disait lui-même avec une gaieté charmante et féroce. Le moment de l'attaque arriva, et cet officier qui avait toujours été d'une bravoure extraordinaire, à ce que disait Bonaparte lui-même, eut le pressentiment de sa fin prochaine ; il devint pâle, il trembla. Il fut placé à côté du général, et dans un moment où le feu de la ville devint très fort, Bonaparte lui dit : *Gare ! voilà une bombe qui nous arrive* ! L'officier, ajouta-t-il, au lieu de s'effacer se courba et fut séparé en deux. Bonaparte riait aux éclats en citant la partie qui lui fut enlevée [1]. »

Toulon repris, les échafauds se dressèrent ; huit cents victimes furent réunies au Champ-de-Mars ; on les mitrailla. Les commissaires s'avancèrent en criant : « Que ceux qui ne sont pas morts se relèvent ; la République leur fait grâce », et les blessés qui se relevaient furent massacrés. Cette scène était si belle qu'elle s'est reproduite à Lyon après le siège.

> *Que dis-je ? aux premiers coups du foudroyant orage*
> *Quelque coupable encor peut-être est échappé :*
> *Annonce le pardon, et, par l'espoir trompé,*
> *Si quelque malheureux en tremblant se relève,*
> *Que la foudre redouble et que le fer achève.*

(L'abbé DELILLE [2].)

Bonaparte commandait-il en personne l'exécution en sa qualité de chef d'artillerie ? L'humanité ne l'aurait pas arrêté, bien que par goût il ne fût pas cruel.

On trouve ce billet aux commissaires de la Convention : « Citoyens représentants, c'est du champ de gloire,

---

1. Les *Mémoires* de Bourrienne ont paru chez Ladvocat en 1829 (10 volumes). Ils ont été rédigés, en réalité, par Villemarest. Leur fiabilité est faible. La citation suivante est empruntée au t. 1, p. 78.   2. Ces vers de *La Pitié* (Giguet et Michaud, 1803-an XI, chant III, p. 69) sont accompagnés de la note suivante (p. 173-174) : « Après le siège de Toulon, un grand nombre de citoyens de cette ville furent réunis sur une place. Les ordres furent donnés pour tirer sur eux à mitraille. Un membre de la Convention, qui assistait à cette terrible exécution, se promena froidement sur ce champ de mort ».

marchant dans le sang des traîtres, que je vous annonce avec joie que vos ordres sont exécutés et que la France est vengée : ni l'âge ni le sexe n'ont été épargnés. Ceux qui n'avaient été que blessés par le canon républicain ont été dépêchés par le glaive de la liberté et par la baïonnette de l'égalité. Salut et admiration.

« Brutus Buonaparte, citoyen sans-culotte. »

Cette lettre a été insérée pour la première fois, je pense, dans *la Semaine*, gazette publiée par Malte-Brun. La vicomtesse de Fors (pseudonyme) la donne dans ses *Mémoires sur la Révolution française*[1] ; elle ajoute que ce billet fut écrit sur la caisse d'un tambour ; Fabry le reproduit, article *Bonaparte*, dans la *Biographie des hommes vivants* ; Royou, *Histoire de France*[2], déclare qu'on ne sait pas quelle bouche fit entendre le cri meurtrier ; Fabry, déjà cité, dit, dans *les Missionnaires de 93*, que les uns attribuent le cri à Fréron, les autres à Bonaparte. Les exécutions du Champ-de-Mars de Toulon sont racontées par Fréron dans une lettre à Moïse Bayle de la Convention, et par Moltedo[3] et Barras au comité de salut public.

De qui en définitive est le premier bulletin des victoires napoléoniennes ? serait-il de Napoléon ou de son frère ? Lucien, en détestant ses erreurs, avoue, dans ses *Mémoires*[4], qu'il a été à son début ardent républicain. Placé à la tête du comité révolutionnaire à Saint-

---

1. C'est en réalité sous le pseudonyme de « vicomtesse de Fars-Fausselandry » que le baron de Lamothe-Langon publia, sous la Restauration, un certain nombre de compilations sur la récente histoire de la France. **2.** *Histoire de France depuis Pharamond jusqu'à la vingt-cinquième année de Louis XVIII*, Le Normant père, 1819. **3.** Né et mort à Vico (1751-1829), Moltedo avait été, comme Fesch, grand vicaire du nouvel évêque constitutionnel de la Corse, avant de devenir membre de la Convention, puis du Conseil des Cinq-Cents. Il fut ensuite nommé consul à Smyrne (1797-1798), puis, de 1804 à 1811, directeur des Droits-réunis, à Nice. **4.** La première édition des *Mémoires* de Lucien Bonaparte a paru chez Delaunay (1816) ; la seconde chez Gosselin (1836). Ce sont des publications apocryphes.

Maximin, en Provence, « nous ne nous faisions pas faute, dit-il, de paroles et d'adresses aux Jacobins de Paris. Comme la mode était de prendre des noms antiques, mon ex-moine prit, je crois, celui d'Épaminondas, et moi celui de Brutus. Un pamphlet a attribué à Napoléon cet emprunt du nom de Brutus, mais il n'appartient qu'à moi. Napoléon pensait à élever son propre nom au-dessus de ceux de l'ancienne histoire, et s'il eût voulu figurer dans ces mascarades, je ne crois pas qu'il eût choisi celui de Brutus. »

Il y a courage dans cette confession. Bonaparte, dans le *Mémorial de Sainte-Hélène*, garde un silence profond sur cette partie de sa vie[1]. Ce silence, selon madame la duchesse d'Abrantès, s'explique par ce qu'il y avait de scabreux dans sa position[2] : « Bonaparte s'était mis plus en évidence, dit-elle, que Lucien, et quoique depuis il ait beaucoup cherché à mettre Lucien à sa place, alors on ne pouvait s'y tromper. Le *Mémorial de Sainte-Hélène*, aura-t-il pensé, sera lu par cent millions d'individus, parmi lesquels peut-être en comptera-t-on à peine mille qui connaissent les faits qui me déplaisent. Ces mille personnes conserveront la mémoire de ces faits d'une manière peu inquiétante par la tradition orale : le *Mémorial* sera donc irréfutable. »

Ainsi de lamentables doutes restent sur le billet que Lucien ou Napoléon a signé : comment Lucien, n'étant pas représentant de la Convention, se serait-il arrogé le droit de rendre compte du massacre ? Était-il député de la commune de Saint-Maximin[3] pour assister au carnage ?

---

1. On lit néanmoins dans le *Mémorial* (du 16 au 21 août 1815) : « Lucien fut (...) de bonne heure un révolutionnaire zélé et un clubiste ardent. Et, à ce sujet, Napoléon disait qu'on trouvait dans les nombreux libelles publiés contre lui quelques adresses ou lettres signées Brutus Bonaparte (...) qu'on lui attribuait ».   2. *Les Mémoires de Mme la duchesse d'Abrantès, ou Souvenirs historiques sur Napoléon*, etc., parurent chez Ladvocat de 1831 à 1835. Ils ont été réédités par Jean de Bonnot. C'est au tome 1 de cette édition (1967) que renvoient nos références. Pour la citation suivante : chap. 13, p. 159.   3. Il occupait alors dans cette ville le modeste poste de garde-magasin des subsistances.

Alors comment aurait-il assumé sur sa tête la responsabilité d'un procès-verbal lorsqu'il y avait *plus grand* que lui aux jeux de l'amphithéâtre, et des témoins de l'exécution accomplie par son frère ? Il en coûterait d'abaisser les regards si bas après les avoir élevés si haut.

Admettons que le narrateur des exploits de Napoléon soit Lucien, président du comité de Saint-Maximin : il en résulterait toujours qu'un des premiers coups de canon de Bonaparte aurait été tiré sur des Français ; il est sûr, du moins, que Napoléon fut encore appelé à verser leur sang le 13 vendémiaire ; il y rougit de nouveau ses mains à la mort du duc d'Enghien. La première fois, nos immolations auraient révélé Bonaparte ; la seconde hécatombe le porta au rang qui le rendit maître de l'Italie ; et la troisième lui facilita l'entrée à l'empire.

Il a pris croissance dans notre chair ; il a brisé nos os, et s'est nourri de la moelle des lions. C'est une chose déplorable, mais il faut le reconnaître, si l'on ne veut ignorer les mystères de la nature humaine et le caractère des temps : une partie de la puissance de Napoléon vient d'avoir trempé dans la Terreur. La Révolution est à l'aise pour servir ceux qui ont passé à travers ses crimes ; une origine innocente est un obstacle.

Robespierre jeune avait pris Bonaparte en affection et voulait l'appeler au commandement de Paris à la place de Henriot. La famille de Napoléon s'était établie au château de Sallé, près d'Antibes. « J'y étais venu de Saint-Maximin, dit Lucien, passer quelques jours avec ma famille et mon frère. Nous étions tous réunis, et le général nous donnait tous les instants dont il pouvait disposer. Il vint un jour plus préoccupé que de coutume, et, se promenant entre Joseph et moi, il nous annonça qu'il ne dépendait que de lui de partir pour Paris dès le lendemain, en position de nous y établir tous avantageusement. Pour ma part cette annonce m'enchantait : atteindre enfin la capitale me paraissait un bien que rien ne pouvait balancer. On m'offre, nous dit Napoléon, la place de Henriot. Je dois donner ma réponse ce soir. Eh bien ! qu'en dites-vous ? Nous hésitâmes un moment. Eh ! eh ! reprit le général, cela vaut bien la peine d'y penser : il ne s'agirait pas de faire l'enthousiaste ; il n'est pas si facile de sauver sa tête à Paris qu'à Saint-Maximin. – Robespierre jeune est honnête, mais son frère ne badine pas. Il faudrait le servir. – Moi, soutenir cet homme ! non, jamais ! je sais combien je lui serais utile en remplaçant son imbécile commandant de Paris ; mais *c'est ce que je ne veux pas être*. Il n'est pas temps. Aujourd'hui il n'y a de place honorable pour moi qu'à l'armée : prenez patience, *je commanderai Paris plus tard*. Telles furent les paroles de Napoléon. Il nous exprima ensuite son indignation contre le régime de la Terreur, dont il nous annonça la chute prochaine, et finit par répéter plusieurs fois, moitié sombre et moitié souriant : *Qu'irais-je faire dans cette galère ?* »

Bonaparte, après le siège de Toulon, se trouva engagé dans les mouvements militaires de notre armée des Alpes. Il reçut l'ordre de se rendre à Gênes : des instructions secrètes lui enjoignirent de reconnaître l'état de la forteresse de Savone, de recueillir des renseignements sur l'intention du gouvernement génois relativement à la coalition. Ces instructions, délivrées à Loano le 23 messidor an II de la République[1], sont signées *Ricord*.

Bonaparte remplit sa mission. Le 9 thermidor arriva : les députés terroristes furent remplacés par Albitte[2], Saliceti et Laporte. Tout à coup ils déclarèrent, au nom du peuple français, que le général Bonaparte, commandant de l'artillerie de l'armée d'Italie, avait totalement perdu leur confiance par la conduite la plus suspecte et surtout par le voyage qu'il avait dernièrement fait à Gênes.

L'arrêté de Barcelonnette, 19 thermidor an II de la République française, une, indivisible et démocratique (6 août 1794), porte « que Bonaparte sera mis en état d'arrestation et traduit au comité de salut public à Paris, sous bonne et sûre escorte ». Saliceti examina les papiers de Bonaparte ; il répondait à ceux qui s'intéressaient au

---

1. Le 13 juillet 1794. Napoléon avait été confirmé dans son grade de général de brigade le 7 janvier précédent.   2. Le conventionnel Antoine-Louis Albitte (1750-1812), passé à la réaction thermidorienne, après avoir semé la terreur dans un certain nombre de départements.

détenu qu'on était forcé d'agir avec rigueur d'après une accusation d'espionnage partie de Nice et de Corse. Cette accusation était la conséquence des instructions secrètes données par Ricord : il fut aisé d'insinuer qu'au lieu de servir la France Napoléon avait servi l'étranger. L'empereur fit un grand abus d'accusations d'espionnage ; il aurait dû se rappeler les périls auxquels de pareilles accusations l'avaient exposé.

Napoléon, se débattant, disait aux représentants : « Saliceti, tu me connais... Albitte, tu ne me connais point ; mais tu connais cependant avec quelle adresse quelquefois la calomnie siffle. Entendez-moi ; restituez-moi l'estime des patriotes ; une heure après, si les méchants veulent ma vie... je l'estime si peu ! je l'ai si souvent méprisée ! »

Survint sentence d'acquittement. Parmi les pièces qui, dans ces années, servirent d'attestation à la bonne conduite de Bonaparte, on remarque un certificat de Pozzo di Borgo. Bonaparte ne fut rendu que provisoirement à la liberté ; mais dans cet intervalle il eut le temps d'emprisonner le monde.

Saliceti, l'accusateur, ne tarda pas à s'attacher à l'accusé : mais Bonaparte ne se confia jamais à son ancien ennemi. Il écrivit plus tard au général Dumas[1] : « Qu'il reste à Naples (Saliceti) ; il doit s'y trouver heureux. Il a contenu les lazzaroni ; je le crois bien : il leur a fait peur ; il est plus méchant qu'eux[2]. Qu'il sache que je n'ai pas assez de puissance pour défendre du mépris et de l'indignation publique les misérables qui ont voté la mort de Louis XVI*. »

---

* Souvenirs du lieutenant général comte Dumas, t. III, p. 317.

1. Mathieu Dumas (1753-1837), ancien aide de camp de Rochambeau, puis de La Fayette, membre de la Législative, puis du Conseil des Anciens, avait repris du service après le 18 Brumaire. Nommé général de division (1805), il sera ministre de la Guerre à Naples, auprès du roi Joseph. Ses *Souvenirs* ont été publiés chez Gosselin (1839). 2. À partir du Consulat, Saliceti exerça diverses fonctions en Italie : commissaire extraordinaire à Lucques, ministre plénipotentiaire à Gênes, enfin, de 1806 à 1809, ministre de la Police du Royaume de Naples.

Bonaparte, accouru à Paris, se logea rue du Mail, rue où je débarquai en arrivant de Bretagne avec madame Rose. Bourrienne le rejoignit, de même que Murat, soupçonné de terrorisme et ayant abandonné sa garnison d'Abbeville. Le gouvernement essaya d'envoyer Napoléon transformé en général de brigade d'infanterie dans la Vendée ; celui-ci déclina l'honneur, sous prétexte qu'il ne voulait pas changer d'arme. Le comité de salut public effaça le refusant de la liste des officiers généraux employés[1]. Un des signataires de la radiation est Cambacérès, qui devint le second personnage de l'empire.

Aigri par les persécutions, Napoléon songea à émigrer ; Volney l'en empêcha. S'il eût exécuté sa résolution, la cour fugitive l'eût méconnu ; il n'y avait pas d'ailleurs de ce côté de couronne à prendre ; j'aurais eu un énorme camarade, géant courbé à mes côtés dans l'exil.

L'idée de l'émigration abandonnée, Bonaparte se tourna vers l'Orient, doublement congénital à sa nature par le despotisme et l'éclat. Il s'occupa d'un mémoire pour offrir son épée au Grand-Seigneur[2] : l'inaction et l'obscurité lui étaient mortelles. « Je serai utile à mon pays », s'écriait-il, « si je puis rendre la force des Turcs plus redoutable à l'Europe. » Le gouvernement ne répondit point à cette note d'un fou, disait-on.

Trompé dans ses divers projets, Bonaparte vit s'accroître sa détresse : il était difficile à secourir ; il acceptait mal les services, de même qu'il souffrait d'avoir été élevé par la munificence royale. Il en voulait à quiconque était plus favorisé que lui de la fortune : dans l'âme de l'homme pour qui les trésors des nations allaient s'épuiser, on surprenait des mouvements de haine que les communistes et les prolétaires manifestent à cette heure contre les riches. Quand on partage les souffrances du pauvre, on a le sentiment de l'inégalité sociale ; on n'est pas plutôt monté en voiture que l'on méprise les gens à

---

1. Arrêté pris le 29 fructidor an III (15 septembre 1795), sous la présidence de Cambacérès.   2. Le sultan Selim avait bien demandé à la République française de lui envoyer des experts pour réorganiser la défense de Constantinople. Mais cette mission militaire ne fut prête à partir qu'à la fin de 1796.

pied. Bonaparte avait surtout en horreur les *muscadins* et les *incroyables*, jeunes fats du moment dont les cheveux étaient peignés à la mode des têtes coupées : il aimait à décourager leur bonheur[1]. Il eut des liaisons avec Baptiste aîné[2], et fit la connaissance de Talma. La famille Bonaparte professait le goût du théâtre : l'oisiveté des garnisons conduisit souvent Napoléon dans les spectacles.

Quels que soient les efforts de la démocratie pour rehausser ses mœurs par le grand but qu'elle se propose, ses habitudes abaissent ses mœurs ; elle a le vif ressentiment de cette étroitesse : croyant la faire oublier, elle versa dans la Révolution des torrents de sang ; inutile remède, car elle ne put tout tuer, et, en fin de compte, elle se retrouva en face de l'insolence des cadavres. La nécessité de passer par les petites conditions donne quelque chose de commun à la vie ; une pensée rare est réduite à s'exprimer dans un langage vulgaire, le génie est emprisonné dans le patois, comme, dans l'aristocratie usée, des sentiments abjects sont renfermés dans de nobles mots. Lorsqu'on veut relever certain côté inférieur de Napoléon par des exemples tirés de l'antiquité, on ne rencontre que le fils d'Agrippine[3] ; et pourtant les légions adorèrent l'époux d'Octavie, et l'empire romain tressaillait à son souvenir !

Bonaparte avait retrouvé à Paris mademoiselle de Comnène, qui épousa Junot, avec lequel Napoléon s'était lié dans le Midi.

« À cette époque de sa vie, dit la duchesse d'Abrantès[4], Napoléon était laid. Depuis il s'est fait en lui un changement total. Je ne parle pas de l'auréole prestigieuse de sa gloire : je n'entends que le changement physique qui s'est opéré graduellement dans l'espace de sept années. Ainsi tout ce qui en lui était osseux, jaune, maladif même, s'est arrondi, éclairci, embelli. Ses traits qui étaient presque tous anguleux et pointus, ont pris de la rondeur, parce qu'ils se sont revêtus de chair, dont il y avait presque

---

1. Sur cette aversion, voir la duchesse d'Abrantès, t. 1, chap. XIV, p. 176, et XV, p. 187.   2. Comédien.   3. C'est-à-dire Néron, qui avait épousé Octavie.   4. *Op. cit.*, chap. XIV, p. 172-173.

absence. Son regard et son sourire demeurèrent toujours admirables ; sa personne tout entière subit aussi du changement. Sa coiffure, si singulière pour nous aujourd'hui dans les gravures du passage du pont d'Arcole, était alors toute simple, parce que ces mêmes muscadins, après lesquels il criait tant, en avaient encore de bien plus longues ; mais son teint était si jaune à cette époque, et puis il se soignait si peu, que ses cheveux mal peignés, mal poudrés, lui donnaient un aspect désagréable. Ses petites mains ont aussi subi la métamorphose ; alors elles étaient maigres, longues et noires. On sait à quel point il en était devenu vain avec juste raison depuis ce temps-là. Enfin lorsque je me représente Napoléon entrant en 1795 dans la cour de l'hôtel de la Tranquillité, rue des Filles-Saint-Thomas, la traversant d'un pas assez gauche et incertain, ayant un mauvais chapeau rond enfoncé sur ses yeux et laissant échapper ses deux *oreilles de chien* mal poudrées et tombant sur le collet de cette redingote gris de fer, devenue depuis bannière glorieuse, tout autant pour le moins que le panache blanc de Henri IV ; sans gants, parce que, disait-il, c'était une dépense inutile ; portant des bottes mal faites, mal cirées, et puis tout cet ensemble maladif résultant de sa maigreur, de son teint jaune ; enfin, quand j'évoque son souvenir de cette époque, et que je le revois plus tard, je ne puis voir le même homme dans ces deux portraits. »

(10)

JOURNÉES DE VENDÉMIAIRE.

La mort de Robespierre n'avait pas tout fini : les prisons ne se rouvraient que lentement ; la veille du jour où le tribun expirant fut porté à l'échafaud, quatre-vingts victimes furent immolées, tant les meurtres étaient bien organisés ! tant la mort procédait avec ordre et obéissance ! Les deux bourreaux *Sanson* furent mis en juge-

ment ; plus heureux que *Roseau*, exécuteur de Tardiff
sous le duc de Mayenne[1], ils furent acquittés : le sang de
Louis XVI les avait lavés.

Les condamnés relaxés ne savaient à quoi employer
leur vie, les Jacobins désœuvrés à quoi amuser leurs
jours ; de là des bals et des regrets de la Terreur. Ce
n'était que goutte à goutte qu'on parvenait à arracher la
justice aux Conventionnels ; ils ne voulaient pas lâcher le
crime, de peur de perdre la puissance. Le tribunal révolutionnaire fut aboli.

André Dumont avait fait la proposition de poursuivre
les continuateurs de Robespierre ; la Convention, poussée
malgré elle, décréta à contre-cœur, sur un rapport de Saladin, qu'il y avait lieu de mettre en arrestation Barère,
Billaud de Varennes et Collot d'Herbois, les deux derniers, amis de Robespierre, et qui pourtant avaient contribué à sa chute. Carrier, Fouquier-Tinville, Joseph Lebon,
furent jugés ; des attentats révélés, notamment les
mariages républicains et la noyade de six cents enfants à
Nantes. Les sections, entre lesquelles se trouvaient divisées les gardes nationales, accusaient la Convention des
maux passés et craignaient de les voir renaître. La société
des Jacobins combattait encore ; elle ne pouvait renifler[2]
sur la mort. Legendre, jadis si violent, revenu à l'humanité, était entré au comité de sûreté générale. La nuit du
supplice de Robespierre, il avait fermé le repaire ; mais
huit jours après les Jacobins s'étaient rétablis sous le nom
de Jacobins *régénérés*. Les tricoteuses s'y retrouvèrent.
Fréron publiait son journal ressuscité l'*Orateur du
peuple*, et, tout en applaudissant à la chute de Robespierre, il se rangeait au pouvoir de la Convention. Le
buste de Marat restait exposé ; les divers comités, seulement changés de formes, existaient.

Un froid rigoureux et une famine, mêlés aux souffrances politiques, compliquaient les calamités ; des

---

1. Voir livre IX, chap. 4. Le conseiller Tardif avait été exécuté en
même temps que le président Buisson. **2.** Renifler sur : marquer de
la répugnance pour, refuser. *Cf.* la tournure populaire : « faire le nez
sur ».

groupes armés, remblayés de femmes, criant : « Du pain ! du pain ! » se formaient. Enfin le 1er prairial (20 mai 1795) la porte de la Convention fut forcée, Féraud assassiné et sa tête déposée sur le bureau du président. On raconte l'impassibilité de Boissy d'Anglas ; malheur à qui contesterait un acte de vertu !

Cette végétation révolutionnaire poussait vigoureusement sur la couche de fumier arrosé de sang humain qui lui servait de base. Rossignol, Huchet, Grignon, Moïse Bayle, Amar, Choudieu, Hentz, Granet, Léonard Bourdon[1], tous les hommes qui s'étaient distingués par leurs excès, s'étaient parqués entre les barrières ; et cependant notre renom croissait au dehors. Lorsque l'opinion s'élevait contre les Conventionnels, nos triomphes sur les étrangers étouffaient la clameur publique. Il y avait deux Frances : l'une horrible à l'intérieur, l'autre admirable à l'extérieur ; on opposait la gloire à nos crimes, comme Bonaparte l'opposa à nos libertés. Nous avons toujours rencontré pour écueil devant nous nos victoires.

Il est utile de faire remarquer l'anachronisme que l'on commet en attribuant notre succès à nos énormités : il fut obtenu avant et après le règne de la Terreur ; donc la Terreur ne fut pour rien dans la domination de nos armes. Mais ce succès eut un inconvénient : il forma une auréole autour de la tête des spectres révolutionnaires. On crut sans examiner la date que cette lumière lui appartenait : la prise de la Hollande, le passage du Rhin, semblèrent être la conquête de la hache, non de l'épée. Dans cette confusion on ne devinait pas comment la France parviendrait à se débarrasser des entraves qui, malgré la catastrophe des premiers coupables, continuaient de la presser : le libérateur était là pourtant.

Bonaparte avait conservé la plupart et la plus mauvaise part des amis avec lesquels il s'était lié dans le Midi et qui, comme lui, s'étaient réfugiés dans la capitale. Saliceti, demeuré puissant par la fraternité jacobine, s'était

---

1. Liste de partisans ou acteurs divers de la Terreur, presque tous membres de la Convention, qui survécurent à la réaction thermidorienne.

rapproché de Napoléon ; Fréron désirant épouser Pauline
Bonaparte (la princesse Borghèse), prêtait son appui à son
futur beau-frère.

Loin des criailleries du forum et de la tribune, Bonaparte se promenait le soir au Jardin des Plantes avec
Junot. Junot lui racontait sa passion pour Paulette, Napoléon lui confiait son penchant pour madame de Beauharnais[1] : l'incubation des événements allait faire éclore un
grand homme. Madame de Beauharnais avait des rapports
d'amitié avec Barras : il est probable que cette liaison
aida le souvenir du commissaire de la Convention, lorsque les journées décisives arrivèrent.

(11)

SUITE.

La liberté de la presse momentanément rendue travaillait dans le sens de la délivrance ; mais comme les démocrates n'avaient jamais aimé cette liberté et qu'elle
attaquait leurs erreurs, ils l'accusaient d'être royaliste.
L'abbé Morellet, Laharpe, lançaient des brochures qui se
mêlaient à celle de l'Espagnol Marchenna[2], immonde
savant et spirituel avorton. La jeunesse portait l'habit gris
à revers et à collet noir, réputé l'uniforme des chouans.
La réunion de la nouvelle législature était le prétexte des
rassemblements des sections. La section Lepelletier,
connue naguère sous le nom de section des Filles-Saint-
Thomas, était la plus animée ; elle parut plusieurs fois à

1. Chateaubriand résume la duchesse d'Abrantès, *op. cit.*, chap. XV,
p. 188-191.   **2.** José Marchenna (1768-1821), obligé de se réfugier
en France à cause de ses écrits peu orthodoxes, collabora un moment
avec Marat. Mais c'est pour ses publications contre-révolutionnaires
qu'il fut expulsé après Fructidor (1797). Il se fit connaître ensuite par
des supercheries littéraires (pastiches des érotiques latins), mais aussi
par ses traductions en espagnol des *Lettres persanes*, des *Contes* de
Voltaire, de *La Nouvelle Héloïse*, etc.

la barre de la Convention pour se plaindre : Lacretelle le jeune[1] lui prêta sa voix avec le même courage qu'il montra le jour où Bonaparte mitrailla les Parisiens sur les degrés de Saint-Roch[2]. Les sections, prévoyant que le moment du combat approchait, firent venir de Rouen le général Danican[3] pour le mettre à leur tête. On peut juger de la peur et des sentiments de la Convention par les défenseurs qu'elle convoqua autour d'elle : « À la tête de ces républicains », dit Réal dans son *Essai sur les journées de vendémiaire*[4], « que l'on appela le *bataillon sacré des patriotes de 89*, et dans leurs rangs, on appelait ces vétérans de la Révolution qui en avaient fait les six campagnes, qui s'étaient battus sous les murs de la Bastille, qui avaient terrassé la tyrannie et qui s'armaient aujourd'hui pour défendre le même château qu'ils avaient foudroyé au 10 août. Là je retrouvai les restes précieux de ces vieux bataillons de Liégeois et de Belges, sous les ordres de leur ancien général Fyon ».

Réal finit ce dénombrement par cette apostrophe : « Ô toi par qui nous avons vaincu l'Europe avec un gouvernement sans gouvernants et des armées sans paye, génie de la liberté, tu veillais encore sur nous ! » Ces fiers Trabans[5] de la liberté vécurent trop de quelques jours ; ils allèrent achever leurs hymnes à l'indépendance dans les bureaux de la police d'un tyran. Ce temps n'est aujourd'hui qu'un degré rompu sur lequel a passé la Révolution ; que d'hommes ont parlé et agi avec énergie,

---

1. Charles Lacretelle (1766-1855) avait été journaliste avant de devenir un historien estimé, auteur en particulier de la première grande *Histoire de la Révolution française* (1821-1826). Il fut proscrit après Vendémiaire, puis de nouveau emprisonné après Fructidor. Il a raconté ses tribulations au cours de cette période dans *Dix années d'épreuves pendant la Révolution* (A. Allouard, 1842). **2.** Le 13 Vendémiaire an IV (5 octobre 1795). **3.** Auguste Danican (1763-1848), destitué pour incapacité dans la guerre de Vendée, avait été remplacé à Rouen. Après Vendémiaire, il trouva refuge en Angleterre où il publia un pittoresque pamphlet contre la Convention, intitulé : *Les Brigands démasqués* (1796). **4.** Sur Réal, voir livre XVI, p. 176, note 3. La brochure en question exprime le point de vue de Barras. **5.** Nom des hallebardiers suisses ; par extension, garde du corps, défenseur. Les éditeurs de 1848 ont corrigé en « champions ».

se sont passionnés pour des faits dont on ne s'occupe plus ! Les vivants recueillent le fruit des existences oubliées qui se sont consumées pour eux.

On touchait au renouvellement de la Convention ; les assemblées primaires étaient convoquées : comités, clubs, sections, faisaient un tribouil [1] effroyable.

La Convention, menacée par l'aversion générale, vit qu'il se fallait défendre : à Danican elle opposa Barras, nommé chef de la force armée de Paris et de l'intérieur. Ayant rencontré Bonaparte à Toulon, et remémoré de lui par madame de Beauharnais, Barras fut frappé du secours dont lui pourrait être un pareil homme : il se l'adjoignit pour commandant en second. Le futur Directeur, entretenant la Convention des journées de vendémiaire, déclara que c'était aux dispositions savantes et promptes de Bonaparte que l'on devait le salut de l'enceinte, autour de laquelle il avait distribué les postes avec beaucoup d'habileté. Napoléon foudroya les sections et dit : « J'ai mis mon cachet sur la France. » Attila avait dit : « Je suis le marteau de l'univers, *ego malleus orbis*. »

Après le succès, Napoléon craignit de s'être rendu impopulaire, et il assura qu'il donnerait plusieurs années de sa vie pour effacer cette page de son histoire.

Il existe un récit des journées de vendémiaire de la main de Napoléon : il s'efforce de prouver que ce furent les sections qui commencèrent le feu. Dans leur rencontre il put se figurer être encore à Toulon : le général Carteaux était à la tête d'une colonne sur le Pont-Neuf ; une compagnie de Marseillais marchait sur Saint-Roch ; les postes occupés par les gardes nationales furent successivement emportés. Réal, de la narration duquel je vous ai déjà entretenu, finit son exposition par ces niaiseries que croient ferme les Parisiens : c'est un blessé qui, traversant le salon des Victoires, reconnaît un drapeau qu'il a pris :

---

1. Ancien terme populaire (*Académie* 1842, Littré) : agitation, tapage, vacarme. Godeffroy, qui cite des exemples de sa forme médiévale *(tribol)*, le commente ainsi : « *Tribouil* est encore usité dans le langage du bas peuple des villes et des campagnes ». Pour Marcellus (p. 195), c'est un mot de la langue des clubs.

« N'allons pas plus loin, dit-il d'une voix expirante, je veux mourir ici » ; c'est la femme du général Dufraisse qui coupe sa chemise pour en faire des bandes ; ce sont les deux filles de Durocher qui administrent le vinaigre et l'eau-de-vie. Réal attribue tout à Barras : flagornerie de réticence ; elle prouve qu'en l'an IV Napoléon, vainqueur au profit d'un autre, n'était pas encore compté.

Malgré son triomphe, Bonaparte n'espérait pas une prompte réussite, car il écrivait à Bourrienne : « Cherche un petit bien dans ta belle vallée de l'Yonne ; je l'achèterai dès que j'aurai de l'argent ; mais n'oublie pas que je ne veux pas de bien national[1]. » Dans la vallée de l'Yonne habitaient Madame de Beaumont et Monsieur Joubert. Bonaparte s'est ravisé sous l'Empire : il a fait grand cas des biens nationaux. Ces émeutes de vendémiaire terminent l'époque des émeutes : elles ne se sont renouvelées qu'en 1830, pour mettre fin à la monarchie.

Quatre mois après les journées de vendémiaire, le 19 ventôse (9 mars) an IV[2], Bonaparte épousa Marie-Josèphe-Rose de Tascher. L'acte ne fait aucune mention de la veuve du comte de Beauharnais. Tallien et Barras sont témoins au contrat. Au mois de juin[3] Bonaparte est appelé au généralat des troupes cantonnées dans les Alpes maritimes ; Carnot réclame contre Barras l'honneur de cette nomination. On appelait le commandement de l'armée d'Italie *la dot de madame Beauharnais*. Napoléon, qui racontait à Sainte-Hélène, avec dédain, avoir cru s'allier à une grande dame, manquait de reconnaissance.

Napoléon entre en plein dans ses destinées : il avait eu besoin des hommes, les hommes vont avoir besoin de lui ; les événements l'avaient fait, il va faire les événements. Il a maintenant traversé ces malheurs auxquels sont condamnées les natures supérieures avant d'être reconnues, contraintes de s'humilier sous les médiocrités dont

---

1. *Mémoires* de Bourrienne, t. 1, p. 103.   2. Le 9 mars 1796.
3. En réalité le 2 mars (12 ventôse an IV) ; inadvertance peu en accord avec la chronologie du chapitre suivant, comme s'ils avaient été rédigés à des dates différentes.

le patronage leur est nécessaire : le germe du plus haut palmier est d'abord abrité par l'Arabe sous un vase d'argile.

(12)

Campagnes d'Italie.

Arrivé à Nice, au quartier général de l'armée d'Italie, Bonaparte trouve les soldats manquant de tout, nus, sans souliers, sans pain, sans discipline. Il avait vingt-huit ans ; sous ses ordres commandait Masséna avec trente-huit mille hommes. C'était l'an 1796. Il ouvre sa première campagne le 20 mars, date fameuse qui devait se graver plusieurs fois dans sa vie[1]. Il bat Beaulieu à Montenotte ; deux jours après, à Millesimo, il sépare les deux armées autrichienne et sarde. À Ceva, à Mondovi, à Fossano, à Cherasco, les succès continuent ; le génie de la guerre même est descendu. Cette proclamation[2] fait entendre une voix nouvelle, comme les combats avaient annoncé un homme nouveau :

« Soldats ! vous avez remporté, en quinze jours, six victoires, pris vingt et un drapeaux, cinquante-cinq pièces de canon, quinze mille prisonniers, tué ou blessé plus de dix mille hommes. Vous avez gagné des batailles sans canon, passé des rivières sans ponts, fait des marches forcées sans souliers, bivouaqué sans eau-de-vie et souvent sans pain. Les phalanges républicaines, les soldats de la liberté, étaient seuls capables de souffrir ce que vous avez souffert ; grâce vous soit rendue, soldats !...

---

1. Mais qui, dans cette occurrence, se révèle inexacte (comme celle du *20 mars 1804*, au livre XVI). Bonaparte a pris son commandement le 27 mars à Nice ; puis c'est la série des victoires : Montenotte le 12 avril, Millesimo le 14, Ceva le 17, Mondovi le 21, Cherasco le 25. Il avait non pas 28 ans, mais un peu plus de 26. **2.** La proclamation de Cherasco date du 26 avril 1796. La citation de Chateaubriand condense le texte, avec de légères corrections.

« Peuples d'Italie ! l'armée française vient rompre vos chaînes ; le peuple français est l'ami de tous les peuples. Nous n'en voulons qu'aux tyrans qui vous asservissent. »

Dès le 15 mai la paix est conclue entre la République française et le roi de Sardaigne ; la Savoie est cédée à la France avec Nice et Tende. Napoléon avance toujours, et il écrit à Carnot :

Du quartier général, à Plaisance, 9 mai 1796.

« Nous avons enfin passé le Pô : la seconde campagne est commencée ; Beaulieu est déconcerté ; il calcule assez mal, et donne constamment dans les pièges qu'on lui tend. Peut-être voudra-t-il donner une bataille, car cet homme-là a l'audace de la fureur, et non celle du génie. Encore une victoire, et nous sommes maîtres de l'Italie. Dès l'instant que nous arrêterons nos mouvements, nous ferons habiller l'armée à neuf. Elle est toujours à faire peur ; mais tout engraisse ; le soldat ne mange que du pain de Gonesse[1], bonne viande et en quantité, etc. La discipline se rétablit tous les jours ; mais il faut souvent fusiller, car il est des hommes intraitables qui ne peuvent se commander. Ce que nous avons pris à l'ennemi est incalculable. Plus vous m'enverrez d'hommes, plus je les nourrirai facilement. Je vous fais passer vingt tableaux des premiers maîtres, du Corrège et de Michel-Ange. Je vous dois des remercîments particuliers pour les attentions que vous voulez bien avoir pour ma femme. Je vous la recommande : elle est patriote sincère, et je l'aime à la folie. J'espère que les choses vont bien, pouvant vous envoyer une douzaine de millions à Paris ; cela ne vous fera pas de mal pour l'armée du Rhin. Envoyez-moi quatre mille cavaliers démontés, je chercherai ici à les remonter. Je ne vous cache pas que, depuis la mort de Stengel, je n'ai plus un officier supérieur de cavalerie qui se batte. Je désirerais que vous me pussiez envoyer deux ou trois adjudants généraux qui aient du feu et une ferme résolution de ne jamais faire de savantes retraites. »

---

1. C'est-à-dire du pain blanc, pour la fabrication duquel ce bourg des environs de Paris avait acquis une grande réputation.

C'est une des lettres remarquables de Napoléon. Quelle vivacité ! quelle diversité de génie ! Avec les intelligences du héros se trouvent jetés pêle-mêle, dans la profusion triomphale, des tableaux de Michel-Ange, une raillerie piquante contre un rival[1] à propos de ces adjudants généraux *en ferme résolution de ne jamais faire de savantes retraites*. Le même jour Bonaparte écrivait au Directoire, pour lui donner avis de la suspension d'armes accordée au duc de Parme et de l'envoi du *Saint Jérôme* du Corrège. Le 11 mai, il annonce à Carnot le passage du pont de Lodi qui nous rend possesseurs de la Lombardie. S'il ne va pas tout de suite à Milan, c'est qu'il veut suivre Beaulieu et l'achever. – « Si j'enlève Mantoue, rien ne m'arrête plus pour pénétrer dans la Bavière ; dans deux décades je puis être dans le cœur de l'Allemagne. Si les deux armées du Rhin entrent en campagne, je vous prie de me faire part de leur position. Il serait digne de la République d'aller signer le traité de paix des trois armées réunies dans le cœur de la Bavière et de l'Autriche étonnées. »

L'aigle ne marche pas, il vole, chargé de banderoles de victoires suspendues à son cou et à ses ailes.

Il se plaint de ce qu'on veut lui donner pour adjoint Kellermann : « Je ne puis pas servir volontiers avec un homme qui se croit le premier général de l'Europe, et je crois qu'un mauvais général vaut mieux que deux bons. »

Le 1ᵉʳ juin 1796 les Autrichiens sont entièrement expulsés d'Italie, et nos avant-postes éclairent les monts de l'Allemagne : « Nos grenadiers et nos carabiniers, écrit Bonaparte au Directoire, jouent et rient avec la mort. Rien n'égale leur intrépidité, si ce n'est la gaieté avec laquelle ils font les marches les plus forcées. Vous croiriez qu'arrivés au bivouac ils doivent au moins dormir ; pas du tout : chacun fait son conte ou son plan d'opération du lendemain, et souvent on en voit qui rencontrent très juste. L'autre jour je voyais défiler une demi-brigade ; un chasseur s'approcha de mon cheval : Général, me dit-il, il faut faire cela. – Malheureux, lui dis-je, veux-tu bien te

---

1. Moreau.

taire ! Il disparaît à l'instant ; je l'ai fait en vain chercher : c'était justement ce que j'avais ordonné que l'on fît. »

Les soldats graduèrent[1] leur commandant : à Lodi ils le firent caporal, à Castiglione sergent.

Le 17 de novembre on débouche sur Arcole : le jeune général passe le pont qui l'a rendu fameux ; dix mille hommes restent sur la place. « C'était un chant de l'*Iliade !* » s'écriait Bonaparte au seul souvenir de cette action.

En Allemagne, Moreau accomplissait la célèbre retraite que Napoléon jaloux appelait une *retraite de sergent*. Bonaparte se préparait à dire à son rival, en battant l'archiduc Charles :

Je suivrai d'assez près votre illustre retraite
Pour traiter avec lui sans besoin d'interprète[2].

Le 16 janvier 1797[3], les hostilités se renouèrent par la bataille de Rivoli. Deux combats contre Wurmser, à Saint-Georges et à la Favorite, entraînent pour l'ennemi la perte de cinq mille tués et de vingt mille prisonniers ; le demeurant se barricade dans Mantoue ; la ville bloquée capitule ; Wurmser, avec les douze mille hommes qui lui restent, se rend.

Bientôt la Marche d'Ancône est envahie ; plus tard le traité de Tolentino nous livre des perles, des diamants, des manuscrits précieux, la *Transfiguration*, le *Laocoon*, l'*Apollon du Belvédère*[4], et termine cette suite d'opérations par lesquelles en moins d'un an quatre armées autrichiennes ont été détruites, la haute Italie soumise et le Tyrol entamé ; on n'a pas le temps de se reconnaître : l'éclair et le coup partent à la fois.

L'archiduc Charles, accouru pour défendre l'Autriche antérieure avec une nouvelle armée, est forcé au passage du Tagliamento ; Gradisca tombe ; Trieste est pris ; les

---

1. Dans le sens de : conférer un grade.   **2.** Corneille, *Sertorius*, III, 1 : propos de Sertorius à Pompée, envoyé par Sylla pour le combattre.   **3.** En réalité le 14.   **4.** Le tableau de Raphaël, comme les antiques du Belvédère, comptaient parmi les œuvres les plus célèbres du musée du Vatican.

préliminaires de la paix entre la France et l'Autriche sont signés à Léoben.

Venise, formée au milieu de la chute de l'empire romain, trahie et troublée, nous avait ouvert ses lagunes et ses palais ; une révolution (31 mai 1797) s'accomplit dans Gênes sa rivale : la République ligurienne prend naissance. Bonaparte aurait été bien étonné si, du milieu de ses conquêtes, il eût pu voir qu'il s'emparait de Venise pour l'Autriche, des Légations pour Rome, de Naples pour les Bourbons, de Gênes pour le Piémont, de l'Espagne pour l'Angleterre, de la Westphalie pour la Prusse, de la Pologne pour la Russie, semblable à ces soldats qui, dans le sac d'une ville, se gorgent de butin qu'ils sont obligés de jeter, faute de le pouvoir emporter, tandis qu'au même moment ils perdent leur patrie.

Le 9 juillet, la République cisalpine proclame son existence. Dans la correspondance de Bonaparte on voit courir la navette à travers la chaîne des révolutions attachées à la nôtre : comme Mahomet avec le glaive et le Koran, nous allions l'épée dans une main, les droits de l'homme dans l'autre.

Dans l'ensemble de ses mouvements généraux, Bonaparte ne laisse échapper aucun détail : tantôt il craint que les *vieillards* des grands peintres de Venise, de Bologne, de Milan, ne soient bien mouillés en passant le Mont Cenis ; tantôt il est inquiet qu'un manuscrit sur papyrus de la bibliothèque ambrosienne ne se soit perdu ; il prie le ministre de l'intérieur de lui apprendre s'il est arrivé à la Bibliothèque nationale. Il donne au Directoire exécutif son opinion sur ses généraux :

« Berthier : talents, activité, courage, caractère, tout pour lui.

« Augereau : beaucoup de caractère, de courage, de fermeté, d'activité ; est aimé du soldat, heureux dans ses opérations.

« Masséna : actif, infatigable, a de l'audace, du coup d'œil et de la promptitude à se décider.

« Serrurier : se bat en soldat, ne prend rien sur lui ; ferme ; n'a pas assez bonne opinion de ses troupes ; est malade.

« Despinois : mou, sans activité, sans audace, n'a pas l'état de la guerre, n'est pas aimé du soldat, ne se bat pas à sa tête ; a d'ailleurs de la hauteur, de l'esprit et des principes politiques sains ; bon à commander dans l'intérieur.

« Sauret : bon, très bon soldat, pas assez éclairé pour être général ; peu heureux.

« Abatucci : pas bon à commander cinquante hommes etc., etc. »

Bonaparte écrit au chef des Maïnottes [1] : « Les Français estiment le petit, mais brave peuple qui, seul de l'ancienne Grèce, a conservé sa vertu, les dignes descendants de Sparte, auxquels il n'a manqué pour être aussi renommés que leurs ancêtres que de se trouver sur un plus vaste théâtre. » Il instruit l'autorité de la prise de possession de Corfou : « L'île de Corcyre, remarque-t-il, était, selon Homère, la patrie de la princesse Nausicaa. » Il envoie le traité de paix conclu avec Venise : « Notre marine y gagnera quatre ou cinq vaisseaux de guerre, trois ou quatre frégates, plus trois ou quatre millions de cordages. – Qu'on me fasse passer les matelots français ou corses, mande-t-il ; je prendrai ceux de Mantoue et de Guarda. – Un million pour Toulon, que je vous ai annoncé, part demain ; deux millions, etc., formeront la somme de cinq millions que l'armée d'Italie aura fournie depuis la nouvelle campagne. – J'ai chargé... de se rendre à Sion pour chercher à ouvrir une négociation avec le Valais. – J'ai envoyé un excellent ingénieur pour savoir ce que coûterait cette route à établir (le Simplon)... J'ai chargé le même ingénieur de voir ce qu'il faudrait pour faire sauter le rocher dans lequel s'enfuit le Rhône, et par là rendre possible l'exploitation des bois du Valais et de la Savoie. » Il donne avis qu'il fait partir de Trieste un chargement de blé et d'aciers pour Gênes. Il fait présent

---

1. Les habitants du Magne, sur la côte orientale du Péloponnèse. Bonaparte leur avait envoyé des émissaires, afin « de rendre les enfants de la Grèce dignes de leurs ancêtres et de la grande nation qui vient de briser leurs chaînes ». Pour le compte rendu de cette singulière mission, voir le *Voyage de Dimo et Nicolo Stephanopoli en Grèce*, Guilleminet, an VIII.

au pacha de Scutari de quatre caisses de fusils, comme une marque de son amitié. Il ordonne de renvoyer de Milan quelques hommes suspects et d'en arrêter quelques autres. Il écrit au citoyen Groignard, ordonnateur de la marine à Toulon : « Je ne suis pas votre juge, mais si vous étiez sous mes ordres, je vous mettrais aux arrêts pour avoir obtempéré à une réquisition ridicule. » Une note remise au ministre du pape dit : « Le pape pensera peut-être qu'il est digne de sa sagesse, de la plus sainte des religions, de faire une bulle ou mandement qui ordonne aux prêtres obéissance au gouvernement[1]. »

Tout cela est mêlé des négociations avec les républiques nouvelles, des détails des fêtes pour Virgile et Arioste, des bordereaux explicatifs des vingt tableaux et des cinq cents manuscrits de Venise ; tout cela a lieu à travers l'Italie assourdie du bruit des combats, à travers l'Italie devenue une fournaise où nos grenadiers vivaient dans le feu comme des salamandres.

Pendant ces tourbillons d'affaires et de succès advint le 18 fructidor[2], favorisé par les proclamations de Bonaparte et les délibérations de son armée en jalousie de l'armée de la Meuse. Alors disparut celui qui, peut-être à tort, avait passé pour l'auteur des plans des victoires républicaines ; on assure que Danissy, Laffitte, d'Arçon, trois génies militaires supérieurs[3], dirigeaient ces plans : Carnot se trouva proscrit par l'influence de Bonaparte.

Le 17 octobre, celui-ci signe le traité de paix de Campo-Formio : la première guerre continentale de la Révolution finit à trente lieues de Vienne.

---

1. Les citations précédentes proviennent du t. 3 de la *Correspondance inédite, officielle et confidentielle de Napoléon Bonaparte* (Panckoucke, 1819), p. 281-285 (envoi du traité) ; p. 329 (lettre au chef des Maïnottes) ; p. 338 (au pacha de Scutari) ; p. 339 (à Groignard), etc.   2. Le 4 septembre 1797, un coup de force élimina les monarchistes des Conseils. Carnot fut obligé de prendre la fuite.   3. Officiers du génie qui collaborèrent avec Carnot.

(13)

CONGRÈS DE RASTADT.
RETOUR DE NAPOLÉON EN FRANCE.
NAPOLÉON EST NOMMÉ CHEF
DE L'ARMÉE DITE D'ANGLETERRE.
IL PART POUR L'EXPÉDITION D'ÉGYPTE.

Un congrès étant rassemblé à Rastadt, et Bonaparte ayant été nommé par le Directoire représentant à ce congrès, il prit congé de l'armée d'Italie. « Je ne serai consolé, lui dit-il, que par l'espoir de me revoir bientôt avec vous, luttant contre de nouveaux dangers. » Le 16 novembre 1797, son ordre du jour annonce qu'il a quitté Milan pour présider la légation française au congrès et qu'il a envoyé au Directoire le drapeau de l'armée d'Italie.

Sur un des côtés de ce drapeau Bonaparte avait fait broder ce résumé de ses conquêtes : « Cent cinquante mille prisonniers, dix-sept mille chevaux, cinq cent cinquante pièces de siège, six cents pièces de campagne, cinq équipages de ponts, neuf vaisseaux de cinquante-quatre canons, douze frégates de trente-deux, douze corvettes, dix-huit galères ; armistice avec le roi de Sardaigne, convention avec Gênes ; armistice avec le duc de Parme, avec le duc de Modène, avec le roi de Naples, avec le pape ; préliminaires de Léoben ; convention de Montebello avec la République de Gênes ; traité de paix avec l'empereur à Campo-Formio ; donné la liberté aux peuples de Bologne, Ferrare, Modène, Massa-Carrara, de la Romagne, de la Lombardie, de Brescia, de Bergame, de Mantoue, de Crème, d'une partie du Véronais, de Chiavenna, Bormio, et de la Valteline ; au peuple de Gênes, aux fiefs impériaux, au peuple des départements de Corcyre, de la mer Égée et d'Ithaque.

« Envoyé à Paris tous les chefs-d'œuvre de Michel-Ange, de Guerchin, du Titien, de Paul Véronèse, Corrège,

Albane, des Carrache, Raphaël, Léonard de Vinci, etc., etc. »

« Ce monument de l'armée d'Italie, dit l'ordre du jour, sera suspendu aux voûtes de la salle des séances publiques du Directoire, et il attestera les exploits de nos guerriers quand la génération présente aura disparu. »

Après une convention purement militaire, qui stipulait la remise de Mayence aux troupes de la République et la remise de Venise aux troupes autrichiennes, Bonaparte quitta Rastadt et laissa la suite des affaires du congrès aux mains de Treilhard et de Bonnier.

Dans les derniers temps de la campagne d'Italie, Bonaparte eut beaucoup à souffrir de l'envie de divers généraux et du Directoire : deux fois il avait offert sa démission ; les membres du gouvernement la désiraient et n'osaient l'accepter. Les sentiments de Bonaparte ne suivaient pas le penchant du siècle ; il cédait à contre-cœur aux intérêts nés de la Révolution : de là les contradictions de ses actes et de ses idées.

De retour à Paris [1], il descendit dans sa maison, rue Chantereine, qui prit et porte encore le nom de *rue de la Victoire*. Le conseil des Anciens voulut faire à Napoléon le don de Chambord, ouvrage de François Iᵉʳ, qui ne rappelle plus que l'exil du dernier fils de saint Louis [2]. Bonaparte fut présenté au Directoire, le 10 décembre 1797, dans la cour du palais du Luxembourg. Au milieu de cette cour s'élevait un autel de la Patrie, surmonté des statues de la Liberté, de l'Égalité et de la Paix. Les drapeaux conquis formaient un dais au-dessus des cinq directeurs habillés à l'antique ; l'ombre de la Victoire descendait de ces drapeaux sous lesquels la France faisait halte un moment. Bonaparte était vêtu de l'uniforme qu'il portait à Arcole et à Lodi. M. de Talleyrand reçut le vainqueur auprès de l'autel, se souvenant d'avoir naguère dit la

---

1. Le 5 décembre 1797. Dans les deux paragraphes qui suivent, Chateaubriand résume les *Mémoires* de Bourrienne (t. 2, p. 213-216).   2. Le fils posthume du duc de Berry qui porta dans son exil le titre de comte de Chambord ; le domaine lui avait été offert en 1821 par souscription nationale.

messe sur un autre autel[1]. Fuyard revenu des États-Unis, chargé par la protection de Chénier du ministère des relations extérieures, l'évêque d'Autun, le sabre au côté, était coiffé d'un chapeau à la Henri IV : les événements forçaient de prendre au sérieux ces travestissements.

Le prélat fit l'éloge du conquérant de l'Italie : « Il aime, dit-il mélancoliquement, il aime les chants d'Ossian, surtout parce qu'ils détachent de la terre. Loin de redouter ce qu'on appelle son ambition, il faudra peut-être la solliciter un jour pour l'arracher aux douceurs de sa studieuse retraite. La France entière sera libre, peut-être lui ne le sera jamais : telle est sa destinée. »

Merveilleusement deviné !

Le frère de saint Louis à Grandella, Charles VIII à Fornoue, Louis XII à Agnadel, François Ier à Marignan, Lautrec à Ravenne, Catinat à Turin, demeurent loin du nouveau général. Les succès de Napoléon n'eurent point de Pavie[2].

Les Directeurs, redoutant ce despotisme supérieur qui menaçait tous les despotismes, avaient vu avec inquiétude les hommages que l'on rendait à Napoléon ; ils songeaient à se débarrasser de sa présence. Ils favorisèrent la passion qu'il montrait pour une expédition dans l'Orient. Il disait : « L'Europe est une taupinière ; il n'y a jamais eu de grands empires et de grandes révolutions qu'en Orient ; je n'ai déjà plus de gloire : cette petite Europe n'en fournit pas assez. » Napoléon, comme un enfant, était charmé d'avoir été élu membre de l'Institut[3]. Il ne demandait que six ans pour aller aux Indes et pour en revenir. « Nous n'avons que vingt-neuf ans », remarquait-il, en songeant à lui ; « ce n'est pas un âge : j'en aurai trente-cinq à mon retour. »

Nommé général d'une armée dite de l'Angleterre, dont les corps étaient dispersés de Brest à Anvers, Bonaparte passa son temps à des inspections, à des visites aux auto-

---

1. Allusion à la messe de la Fédération, le 14 juillet 1790.   **2.** Le désastre de Pavie (24 février 1525), qui se termina par la capture de François Ier, devait mettre fin pour longtemps à la prépondérance française en Italie.   **3.** Le 26 décembre 1797, à la place de Carnot proscrit après le 18 fructidor, dans la classe des Sciences mathématiques.

rités civiles et scientifiques, tandis qu'on assemblait les troupes qui devaient composer l'armée d'Égypte. Survint l'échauffourée du drapeau tricolore et du bonnet rouge, que notre ambassadeur à Vienne, le général Bernadotte, avait planté sur la porte de son palais[1]. Le Directoire se disposait à retenir Napoléon pour l'opposer à la nouvelle guerre possible, lorsque M. de Cobentzel[2] prévint la rupture, et Bonaparte reçut l'ordre de partir. L'Italie devenue républicaine, la Hollande transformée en république, la paix laissant à la France, étendue jusqu'au Rhin, des soldats inutiles, dans sa prévoyance peureuse le Directoire s'empressa d'écarter le vainqueur. Cette aventure d'Égypte change à la fois la fortune et le génie de Napoléon, en surdorant ce génie, déjà trop éclatant, d'un rayon du soleil qui frappa la colonne de nuée et de feu[3].

---

1. Le 13 avril 1798. Cf. Bourrienne, t. 2, p. 236.　　2. Le signataire autrichien du traité de Campo-Formio.　　3. Allusion à la colonne qui précède les Hébreux dans le désert, de nuée pendant le jour, de feu pendant la nuit : voir Exode, XIII, 21-22.

EXPÉDITION D'ÉGYPTE

(14)

MALTE. – BATAILLE DES PYRAMIDES.
LE CAIRE. – NAPOLÉON DANS LA GRANDE PYRAMIDE.
SUEZ.

Toulon, 19 mai 1798.

« PROCLAMATION.

« Soldats,

« Vous êtes une des ailes de l'armée d'Angleterre.

« Vous avez fait la guerre de montagnes, de plaines, de sièges ; il vous reste à faire la guerre maritime.

« Les légions romaines, que vous avez quelquefois imitées, mais pas encore égalées, combattaient Carthage tour à tour sur cette même mer, et aux plaines de Zama. La victoire ne les abandonna jamais, parce que constamment elles furent braves, patientes à supporter la fatigue, disciplinées et unies entre elles.

« Soldats, l'Europe a les yeux sur vous ! vous avez de grandes destinées à remplir, des batailles à livrer, des dangers, des fatigues à vaincre ; vous ferez plus que vous n'avez fait pour la prospérité de la patrie, le bonheur des hommes et votre propre gloire. »

Après cette proclamation de souvenirs, Napoléon s'embarque : on dirait d'Homère ou du héros qui enfermait les chants du Méonide dans une cassette d'or[1]. Cet homme ne chemine pas tout doucement : à peine a-t-il mis l'Italie sous ses pieds, qu'il paraît en Égypte ; épisode romanesque dont il agrandit sa vie réelle. Comme Charlemagne, il attache une épopée à son histoire. Dans la bibliothèque qu'il emporta se trouvaient *Ossian, Werther,*

---

1. Le héros, c'est Alexandre ; le Méonide, c'est Homère : voir Plutarque, *Alexandre*, XLIX.

la Nouvelle Héloïse et *le Vieux Testament* : indication du chaos de la tête de Napoléon. Il mêlait les idées positives et les sentiments romanesques, les systèmes et les chimères, les études sérieuses et les emportements de l'imagination, la sagesse et la folie. De ces productions incohérentes du siècle, il tira l'Empire ; songe immense, mais rapide comme la nuit désordonnée qui l'avait enfanté.

Entré dans Toulon le 9 mai 1798, Napoléon descend à l'hôtel de la Marine ; dix jours après il monte sur le vaisseau amiral *l'Orient* ; le 19 mai il met à la voile ; il part de la borne où pour la première fois il avait répandu le sang, et un sang français : les massacres de Toulon l'avaient préparé aux massacres de Jaffa. Il menait avec lui les généraux premiers-nés de sa gloire : Berthier, Caffarelli, Kléber, Desaix, Lannes, Murat, Menou. Treize vaisseaux de ligne, quatorze frégates, quatre cents bâtiments de transports, l'accompagnent.

Nelson le laissa échapper du port et le manqua sur les flots, bien qu'une fois nos navires ne fussent qu'à six lieues de distance des vaisseaux anglais. De la mer de Sicile, Napoléon aperçut le sommet des Apennins ; il dit : « Je ne puis voir sans émotion la terre d'Italie ; voilà l'Orient ; j'y vais. » À l'aspect de l'Ida, explosion d'admiration sur Minos et la sagesse antique. Dans la traversée, Bonaparte se plaisait à réunir les savants et provoquait leurs disputes ; il se rangeait ordinairement à l'avis du plus absurde ou du plus audacieux ; il s'enquérait si les planètes étaient habitées, quand elles seraient détruites par l'eau ou par le feu, comme s'il eût été chargé de l'inspection de l'armée céleste.

Il aborde à Malte, déniche la vieille chevalerie retirée dans le trou d'un rocher marin ; puis il descend parmi les ruines de la cité d'Alexandre. Il voit à la pointe du jour cette colonne de Pompée que j'apercevais du bord de mon vaisseau en m'éloignant de la Libye [1]. Du pied du monument, immortalisé d'un grand et triste nom, il s'élance ;

---

1. *Cf. Itinéraire*, 1156 : « Nous restâmes trois jours à la vue de la colonne de Pompée, que nous découvrions à l'horizon ».

il escalade les murailles derrière lesquelles se trouvait jadis *le dépôt des remèdes de l'âme*[1], et les aiguilles de Cléopâtre, maintenant couchées à terre parmi des chiens maigres. La porte de Rosette est forcée ; nos troupes se ruent dans les deux havres et dans le phare. Égorgement effroyable ! L'adjudant général Boyer écrit à ses parents : « Les Turcs, repoussés de tous côtés, se réfugient chez leur dieu et leur prophète ; ils remplissent leurs mosquées ; hommes, femmes, vieillards, jeunes et enfants, tous sont massacrés. »

Bonaparte avait dit à l'évêque de Malte : « Vous pouvez assurer vos diocésains que la religion catholique, apostolique et romaine sera non seulement respectée, mais ses ministres spécialement protégés. » Il dit, en arrivant en Égypte : « Peuples d'Égypte, je respecte plus que les mameloucks Dieu, son Prophète et le Koran. Les Français sont amis des musulmans. Naguère ils ont marché sur Rome et renversé le trône du pape, qui aigrissait les chrétiens contre ceux qui professent l'islamisme ; bientôt après ils ont dirigé leur course vers Malte, et en ont chassé les incrédules qui se croyaient appelés de Dieu pour faire la guerre aux musulmans... Si l'Égypte est la ferme des mameloucks, qu'ils montrent le bail que Dieu leur en a fait. »

Napoléon marche aux Pyramides ; il crie à ses soldats : « Songez que du haut de ces monuments quarante siècles ont les yeux fixés sur vous. » Il entre au Caire ; sa flotte saute en l'air à Aboukir ; l'armée d'Orient est séparée de l'Europe. Julien (de la Drôme), fils de Julien le Conventionnel, témoin du désastre, le note minute par minute :

« Il est sept heures ; la nuit se fait et le feu redouble encore. À neuf heures et quelques minutes le vaisseau a sauté. Il est dix heures, le feu se ralentit et la lune se lève à droite du lieu où vient de s'élever l'explosion du vaisseau. »

---

1. C'est ainsi qu'Eudore appelle la célèbre Bibliothèque (*Martyrs*, livre XI, p. 279 et remarque p. 608), à la suite de Bossuet (*Discours sur l'histoire universelle*, III, 3 ; dans *Œuvres*, Bibliothèque de la Pléiade, p. 961). Les aiguilles de Cléopâtre étaient des obélisques de granit rose, dont un seul encore dressé.

Bonaparte au Caire déclare au chef de la loi qu'il sera le restaurateur des mosquées ; il envoie son nom à l'Arabie, à l'Éthiopie, aux Indes. Le Caire se révolte ; il le bombarde au milieu d'un orage ; l'inspiré dit aux croyants : « Je pourrais demander à chacun de vous compte des sentiments les plus secrets de son cœur, car je sais tout, même ce que vous n'avez dit à personne. » Le grand schérif de la Mecque le nomme, dans une lettre, le *protecteur de la Kaaba* ; le pape, dans une missive, l'appelle *mon très cher fils*.

Par une infirmité de nature, Bonaparte préférait souvent son côté petit à son grand côté. La partie qu'il pouvait gagner d'un seul coup ne l'amusait pas. La main qui brisait le monde se plaisait au jeu des gobelets ; sûr, quand il usait de ses facultés, de se dédommager de ses pertes ; son génie était le réparateur de son caractère. Que ne se présenta-t-il tout d'abord comme l'héritier des chevaliers ? Par une position double, il n'était, aux yeux de la multitude musulmane, qu'un faux chrétien et qu'un faux mahométan. Admirer des impiétés de système, ne pas reconnaître ce qu'elles avaient de misérable, c'est se tromper misérablement : il faut pleurer quand le géant se réduit à l'emploi du grimacier. Les infidèles proposèrent à saint Louis dans les fers la couronne d'Égypte, parce qu'il était resté, disent les historiens, le plus fier chrétien qu'on ait jamais vu.

Quand je passai au Caire, cette ville conservait des traces des Français : un jardin public, notre ouvrage, était planté de palmiers ; des établissements de restaurateurs l'avaient jadis entouré. Malheureusement, de même que les anciens Égyptiens, nos soldats avaient promené un cercueil autour de leurs festins.

Quelle scène mémorable, si l'on pouvait y croire ! Bonaparte assis dans l'intérieur de la pyramide de Chéops sur le sarcophage d'un Pharaon dont la momie avait disparu, et causant avec les muphtis et les imans ! Toutefois, prenons le récit du *Moniteur* comme le travail de la muse. Si ce n'est pas l'histoire matérielle de Napoléon, c'est l'histoire de son intelligence ; cela en vaut encore la peine. Écoutons dans les entrailles d'un sépulcre cette voix que tous les siècles entendront.

(*Moniteur*, 27 novembre 1798.)

« Ce jourd'hui, 25 thermidor de l'an VI[1] de la République française, une et indivisible, répondant au 28 de la lune de Mucharim, l'an de l'hégire 1213, le général en chef, accompagné de plusieurs officiers de l'état-major de l'armée et de plusieurs membres de l'Institut national, s'est transporté à la grande pyramide, dite de Chéops, dans l'intérieur de laquelle il était attendu par plusieurs muphtis et imans, chargés de lui en montrer la construction intérieure.

« La dernière salle, à laquelle le général en chef est parvenu, est à voûte plate, et longue de trente-deux pieds sur seize de large et dix-neuf de haut. Il n'y a trouvé qu'une caisse de granit d'environ huit pieds de long sur quatre d'épaisseur, qui renfermait la momie d'un Pharaon. Il s'est assis sur le bloc de granit, a fait asseoir à ses côtés les muphtis et imans, *Suleiman, Ibrahim* et *Muhamed*, et il a eu avec eux, en présence de sa suite, la conversation suivante :

Bonaparte : « Dieu est grand et ses œuvres sont merveilleuses. Voici un grand ouvrage de main d'hommes ! Quel était le but de celui qui fit construire cette pyramide ? »

Suleiman : « C'était un puissant roi d'Égypte, dont on croit que le nom était Chéops. Il voulait empêcher que des sacrilèges ne vinssent troubler le repos de sa cendre. »

Bonaparte : « Le grand Cyrus se fit enterrer en plein air, pour que son corps retournât aux éléments : penses-tu qu'il ne fit pas mieux ? le penses-tu ? »

Suleiman (s'inclinant) : « Gloire à Dieu, à qui toute gloire est due ! »

Bonaparte : « Gloire à Allah ! il n'y a point d'autre Dieu que Dieu ; Mohamed est son prophète, et je suis de ses amis. »

Ibrahim : « Que les anges de la victoire balayent la

---

1. 12 août 1798.

poussière sur ton chemin et te couvrent de leurs ailes ! Le
Mamelouck a mérité la mort.

Bonaparte : « Il a été livré aux anges noirs Moukir et
Quarkir. »

Suleiman : « Il étendit les mains de la rapine sur les
terres, les moissons, les chevaux de l'Égypte. »

Bonaparte : « Les trésors, l'industrie et l'amitié des
Francs seront votre partage, en attendant que vous mon-
tiez au septième ciel et qu'assis aux côtés des houris aux
yeux noirs, toujours jeunes et toujours vierges, vous vous
reposiez à l'ombre du laba, dont les branches offriront
d'elles-mêmes aux vrais musulmans tout ce qu'ils pourront désirer. »

De telles parades ne changent rien à la gravité des
Pyramides :

Vingt siècles, descendus dans l'éternelle nuit,
Y sont sans mouvement, sans lumière et sans bruit [1].

Bonaparte, en remplaçant Chéops, dans la crypte sécu-
laire, en aurait augmenté l'immensité ; mais il ne s'est
jamais traîné dans ce vestibule de la mort [2].

« Pendant le reste de notre navigation sur le Nil, dis-je
dans l'*Itinéraire*, je demeurai sur le pont à contempler ces
tombeaux . . . . Les grands monuments font une partie essentielle de la gloire de toute société humaine : ils
portent la mémoire d'un peuple au delà de sa propre existence, et le font vivre contemporain des générations qui
viennent s'établir dans ses champs abandonnés. »

Remercions Bonaparte, aux Pyramides, de nous avoir

---

1. Citation, très infidèle pour le premier vers, du *Saint Louis* du père
Lemoine (1653) : « Et cette antiquité, ces *siècles* dont l'histoire /
N'a pu sauver qu'à peine une obscure mémoire, / Réunis par la mort
en cette *sombre nuit, / Y sont sans mouvement, sans lumière et
sans bruit.* » Sur ce poème épique, voir *Génie*, II, 1, 4 (p. 638) :
« Il y règne, écrit Chateaubriand, une sombre imagination très propre
à la peinture de cette Égypte pleine de souvenirs et de tombeaux ». **2.** *Cf.* par exemple les *Mémoires* de Bourrienne (t. 2,
p. 300) : « Toute cette conversation avec le muphti, les ulémas, est une
mauvaise plaisanterie ».

si bien justifiés, nous autres petits hommes d'État entachés de poésie, qui maraudons de chétifs mensonges sur des ruines.

D'après les proclamations, les ordres du jour, les discours de Bonaparte, il est évident qu'il visait à se faire passer pour l'envoyé du ciel, à l'instar d'Alexandre. Callisthènes, à qui le Macédonien infligea dans la suite un si rude traitement, en punition sans doute de la flatterie du philosophe, fut chargé de prouver que le fils de Philippe était fils de Jupiter ; c'est ce que l'on voit dans un fragment de Callisthènes conservé par Strabon[1]. *Le Pourparler d'Alexandre*, de Pasquier, est un dialogue des morts entre Alexandre le grand conquérant et Rabelais le grand moqueur : « Cours-moi de l'œil, dit Alexandre à Rabelais, toutes ces contrées que tu vois être en ces bas lieux, tu ne trouveras aucun personnage d'étoffe qui, pour autoriser ses pensées, n'ait voulu donner à entendre qu'il eût familiarité avec les dieux. » Rabelais répond : « Alexandre, pour te dire le vrai, je ne m'amusai jamais à reprendre tes petites particularités, mêmement en ce qui appartient au vin. Mais quel profit sens-tu de ta grandeur maintenant ? en es-tu autre que moi ? Le regret que tu as te doit causer telle fâcherie qu'il te seroit beaucoup plus expédient qu'avec ton corps tu eusses perdu la mémoire. »

Et pourtant, en s'occupant d'Alexandre, Bonaparte se méprenait et sur lui-même et sur l'époque du monde et sur la religion : aujourd'hui, on ne peut se faire passer pour un dieu. Quant aux exploits de Napoléon dans le Levant, ils n'étaient pas encore mêlés à la conquête de l'Europe ; ils n'avaient pas obtenu d'assez hauts résultats pour imposer à la foule islamiste, quoiqu'on le surnommât le *sultan de feu*. « Alexandre, à l'âge de trente-trois ans, dit Montaigne, avoit passé victorieux toute la terre habitable, et, dans une demi-vie, avoit atteint tout l'effort de l'humaine nature. Plus de rois et de princes ont écrit

1. Strabon, *Géographie*, XVII, 43.

ses gestes que d'autres historiens n'ont écrit les gestes d'autre roi [1]. »

Du Caire, Bonaparte se rendit à Suez : il vit la mer qu'ouvrit Moïse et qui retomba sur Pharaon [2]. Il reconnut les traces d'un canal que commença Sésostris, qu'élargirent les Perses, que continua le second des Ptolémées, que réentreprirent les soudans dans le dessein de porter à la Méditerranée le commerce de la mer Rouge. Il projeta d'amener une branche du Nil dans le golfe Arabique : au fond de ce golfe son imagination traça l'emplacement d'un nouvel Ophir, où se tiendrait tous les ans une foire pour les marchands de parfums, d'aromates, d'étoffes de soie, pour tous les objets précieux de Mascate, de la Chine, de Ceylan, de Sumatra, des Philippines et des Indes. Les cénobites descendent du Sinaï, et le prient d'inscrire son nom auprès de celui de Saladin, dans le livre de leurs *garanties*.

Revenu au Caire, Bonaparte célèbre la fête anniversaire de la fondation de la République, en adressant ces paroles à ses soldats : « Il y a cinq ans l'indépendance du peuple français était menacée ; mais vous prîtes Toulon : ce fut le présage de la ruine de vos ennemis. Un an après, vous battiez les Autrichiens à Dego ; l'année suivante, vous étiez sur le sommet des Alpes ; vous luttiez contre Mantoue, il y a deux ans, et vous remportiez la célèbre victoire de Saint-Georges ; l'an passé, vous étiez aux sources de la Drave et de l'Isonzo, de retour de l'Allemagne. Qui eût dit alors que vous seriez aujourd'hui sur les bords du Nil, au centre de l'ancien continent ! »

---

1. *Essais*, II, XXXVI, « Des plus excellents hommes ». Chateaubriand condense un paragraphe de Montaigne, dont il rapproche la fin du début. 2. Voir Exode, XIV, 15-31.

(15)

Opinion de l'armée.

Mais Bonaparte, au milieu des soins dont il était occupé et des projets qu'il avait conçus, était-il réellement fixé dans ces idées ? Tandis qu'il avait l'air de vouloir rester en Égypte, la fiction ne l'aveuglait pas sur la réalité, et il écrivait à Joseph, son frère : « Je pense être en France dans deux mois ; fais en sorte que j'aie une campagne à mon arrivée, soit près de Paris ou en Bourgogne ; je compte y passer l'hiver. » Bonaparte ne calculait point ce qui pouvait s'opposer à son retour : sa volonté était sa destinée et sa fortune. Cette correspondance tombée aux mains de l'Amirauté[1], les Anglais ont osé avancer que Napoléon n'avait eu d'autre mission que de faire périr son armée. Une des lettres de Bonaparte contient des plaintes sur la coquetterie de sa femme.

Les Français, en Égypte, étaient d'autant plus héroïques qu'ils sentaient vivement leurs maux. Un maréchal des logis écrit à l'un de ses amis : « Dis à Ledoux qu'il n'ait jamais la faiblesse de s'embarquer pour venir dans ce maudit pays. »

Avrieury : « Tous ceux qui viennent de l'intérieur disent qu'Alexandrie est la plus belle ville : hélas ! que doit donc être le reste ? Figurez-vous un amas confus de maisons mal bâties, à un étage ; les belles avec terrasse, petite porte en bois, serrure *idem* ; point de fenêtres, mais un grillage en bois si rapproché qu'il est impossible de voir quelqu'un au travers. Rues étroites, hormis le quartier des Francs et le côté des grands. Les habitants pauvres, qui forment le plus grand nombre, au naturel,

---

1. C'est une curieuse publication, à laquelle Chateaubriand a emprunté les extraits qui suivent : *Correspondance de l'Armée française en Égypte, interceptée par l'escadre de Nelson ; publiée à Londres avec une introduction et des notes de la Chancellerie anglaise, traduite en français, suivie d'observations* par Édouard-Thomas Simon, Garnery, an VII.

hormis une chemise bleue jusqu'à mi-cuisse, qu'ils retroussent la moitié du temps dans leurs mouvements, une ceinture et un turban de guenilles. J'ai de ce charmant pays jusque par-dessus la tête. Je m'enrage d'y être. La maudite Égypte ! Sable partout ! Que de gens attrapés, cher ami ! Tous ces faiseurs de fortune, ou bien tous ces voleurs, ont le nez bas ; ils voudraient retourner d'où ils sont partis : je le crois bien. »

Roziz, capitaine : « Nous sommes très réduits ; avec cela il existe un mécontentement général dans l'armée ; le despotisme n'a jamais été au point qu'il l'est aujourd'hui ; nous avons des soldats qui se sont donné la mort en présence du général en chef, en lui disant : Voilà ton ouvrage ! »

Le nom de Tallien terminera la liste de ces noms aujourd'hui presque inconnus :

TALLIEN À MADAME TALLIEN [1].

« Quant à moi, ma chère amie, je suis ici, comme tu le sais, bien contre mon gré ; ma position devient chaque jour plus désagréable, puisque, séparé de mon pays, de tout ce qui m'est cher, je ne prévois pas le moment où je pourrai m'en rapprocher.

« Je te l'avoue bien franchement, je préférerais mille fois être avec toi et ta fille retiré dans un coin de terre, loin de toutes les passions, de toutes les intrigues, et je t'assure que si j'ai le bonheur de retoucher le sol de mon pays, ce sera pour ne le quitter jamais. *Parmi les quarante mille Français qui sont ici, il n'y en a pas quatre qui pensent autrement.*

« Rien de plus triste que la vie que nous menons ici ! Nous manquons de tout. Depuis cinq jours je n'ai pas

---

1. « Notre-Dame de Thermidor », née Jeanne-Thérésia de Cabarrus (1773-1835), avait divorcé pour épouser Tallien le 26 décembre 1794. Elle fut ensuite la maîtresse de Barras, Ouvrard, etc. Un second divorce (1802) lui permit enfin de devenir, le 9 août 1805, comtesse de Caraman, puis princesse de Chimay. La lettre de son mari date du 4 août 1798.

fermé l'œil ; je suis couché sur le carreau ; les mouches, les punaises, les fourmis, les cousins, tous les insectes nous dévorent, et vingt fois chaque jour je regrette notre charmante chaumière. Je t'en prie, ma chère amie, ne t'en défais pas.

« Adieu, ma bonne Thérésia, les larmes inondent mon papier. Les souvenirs les plus doux de ta bonté, de notre amour, l'espoir de te retrouver toujours aimable, toujours fidèle, d'embrasser ma chère fille, soutiennent seuls l'infortuné. »

La fidélité n'était pour rien dans tout cela.

Cette unanimité de plaintes est l'exagération naturelle d'hommes tombés de la hauteur de leurs illusions : de tous les temps les Français ont rêvé l'Orient ; la chevalerie leur en avait tracé la route ; s'ils n'avaient plus la foi qui les menait à la délivrance du saint tombeau, ils avaient l'intrépidité des croisés, la croyance des royaumes et des beautés qu'avaient créées, autour de Godefroi, les chroniqueurs et les troubadours. Les soldats vainqueurs de l'Italie avaient vu un riche pays à prendre, des caravanes à détrousser, des chevaux, des armes et des sérails à conquérir ; les romanciers avaient aperçu la princesse d'Antioche, et les savants ajoutaient leurs songes à l'enthousiasme des poètes. Il n'y a pas jusqu'au *Voyage d'Anténor*[1], qui ne passât au début pour une docte réalité : on allait pénétrer la mystérieuse Égypte, descendre dans les catacombes, fouiller les Pyramides, retrouver des manuscrits ignorés, déchiffrer des hiéroglyphes et réveiller Thermosiris[2]. Quand, au lieu de tout cela, l'Institut en s'abattant sur les Pyramides, les soldats en ne rencontrant que des fellahs nus, des cahutes de boue desséchée, se trouvèrent en face de la peste, des Bédouins et des mameloucks, le mécompte fut énorme. Mais l'injustice de la souffrance aveugla sur le résultat définitif. Les Français semèrent en Égypte ces germes de civilisation que Méhémet a

---

1. Ouvrage publié en 1798 par Étienne Lautier, sur le modèle du *Jeune Anacharsis*.   2. Le prêtre égyptien évoqué par Fénelon au livre II de *Télémaque*.

cultivés : la gloire de Bonaparte s'accrut ; un rayon de lumière se glissa dans les ténèbres de l'Islamisme, et une brèche fut faite à la barbarie.

(16)

CAMPAGNE DE SYRIE.

Pour prévenir les hostilités des pachas de la Syrie et poursuivre quelques mameloucks, Bonaparte entra le 22 février dans cette partie du monde à laquelle le combat d'Aboukir l'avait légué. Napoléon trompait ; c'était un de ses rêves de puissance qu'il poursuivait. Plus heureux que Cambyse, il franchit les sables sans rencontrer le vent du midi[1] ; il campe parmi les tombeaux ; il escalade El-Arisch, et triomphe à Gaza[2] : « Nous étions, écrit-il le 6, aux colonnes placées sur les limites de l'Afrique et de l'Asie ; nous couchâmes le soir en Asie. » Cet homme immense marchait à la conquête du monde ; c'était un conquérant pour des climats qui n'étaient pas à conquérir.

Jaffa est emporté. Après l'assaut, une partie de la garnison, estimée par Bonaparte à douze cents hommes et portée par d'autres à deux ou trois mille, se rendit et fut reçue à merci : deux jours après, Bonaparte ordonna de la passer par les armes.

Walter Scott et sir Robert Wilson[3] ont raconté ces mas-

---

1. Le terrible *khamsin* auquel Chateaubriand consacre un passage des *Martyrs* (p. 284-285). C'est Hérodote (III, 25) qui raconte comment une armée perse fut anéantie par lui dans le désert de Libye. **2.** El Arich ayant capitulé le 20 février 1799, les Français firent leur entrée à Gaza le 25. **3.** La *Vie de Napoléon* de Walter Scott date de 1827. La traduction française, parue la même année chez Treuttel et Wurtz, ou Gosselin, existe en double format : 9 volumes in-8° ou 18 volumes in-16 (c'est à cette dernière que nous renvoyons). Sir Robert Wilson (1777-1849) avait combattu en Égypte ; il en rapporta une *Relation historique de l'expédition anglaise en Égypte* (1802). On lui doit aussi une *Relation des campagnes de Pologne en 1806 et 1807* (1811). Il fit la campagne de 1812 du côté russe. On le retrouve à Paris en 1815

sacres ; Bonaparte, à Sainte-Hélène, n'a fait aucune difficulté de les avouer à lord Ebrington et au docteur O'Meara. Mais il en rejetait l'odieux sur la position dans laquelle il se trouvait : il ne *pouvait nourrir les prisonniers* ; il ne *les pouvait renvoyer en Égypte sous escorte.* Leur laisser la liberté sur parole ? *ils ne comprendraient* même pas ce point d'honneur et ces procédés européens. « Wellington dans ma place, disait-il, *aurait agi comme moi.* »

« Napoléon se décida, dit M. Thiers, à une mesure terrible et qui est le seul acte cruel de sa vie : il fit passer au fil de l'épée les prisonniers qui lui restaient ; l'armée consomma avec obéissance mais avec une espèce d'effroi, l'exécution qui lui était commandée[1]. »

Le seul acte cruel de sa vie, c'est beaucoup affirmer après les massacres de Toulon, après tant de campagnes où Napoléon compta à néant la vie des hommes. Il est glorieux pour la France que nos soldats aient protesté par *une espèce d'effroi* contre la cruauté de leur général.

Mais les massacres de Jaffa sauvaient-ils notre armée ? Bonaparte ne vit-il pas avec quelle facilité une poignée de Français renversa les forces du pacha de Damas ? À Aboukir, ne détruisit-il pas treize mille Osmanlis avec quelques chevaux ? Kléber, plus tard, ne fit-il pas disparaître le grand vizir et ses myriades de mahométans ? S'il s'agissait de droit, quel droit les Français avaient-ils eu d'envahir l'Égypte ? Pourquoi égorgeaient-ils des hommes qui n'usaient que du droit de la défense ? Enfin Bonaparte ne pouvait invoquer les lois de la guerre, puisque les prisonniers de la garnison de Jaffa avaient *mis bas les armes* et que leur *soumission avait été acceptée.* Le fait que le conquérant s'efforçait de justifier le gênait ; ce fait est passé sous silence ou indiqué vaguement dans les dépêches officielles et dans les récits des hommes attachés à Bonaparte. « Je me dispenserai, dit le docteur

---

(voir *infra*, p. 395, note 2), puis en Espagne au service des Cortès lors de la guerre de 1823.

1. *Histoire de la Révolution française*, édition Lecointe, 1834, t. 10, p. 401.

Larrey[1], de parler des suites horribles qu'entraîne ordinairement l'assaut d'une place : j'ai été le triste témoin de celui de Jaffa. » Bourrienne s'écrie : « Cette scène atroce me fait encore frémir, lorsque j'y pense, comme le jour où je la vis, et j'aimerais mieux qu'il me fût possible de l'oublier que d'être forcé de la décrire. Tout ce qu'on peut se figurer d'affreux dans un jour de sang serait encore au-dessous de la réalité[2]. » Bonaparte écrit au Directoire que : « Jaffa fut livré au pillage et à toutes les horreurs de la guerre qui jamais ne lui a paru si hideuse. » Ces horreurs, qui les avait commandées ?

Berthier, compagnon de Napoléon en Égypte, étant au quartier général d'Ens, en Allemagne, adressa, le 5 mai 1809, au major général de l'armée autrichienne une dépêche foudroyante contre une prétendue fusillade exécutée dans le Tyrol où commandait Chasteller : « Il a laissé égorger (Chasteller) sept cents prisonniers français et dix-huit à dix-neuf cents Bavarois ; crime inouï dans l'histoire des nations, qui eût pu exciter une terrible représaille, si S.M. ne regardait *les prisonniers comme placés sous sa foi et sous son honneur*. »

Bonaparte dit ici tout ce que l'on peut dire contre l'exécution des prisonniers de Jaffa. Que lui importaient de telles contradictions ? Il connaissait la vérité et il s'en jouait ; il en faisait le même usage que du mensonge ; il n'appréciait que le résultat, le moyen lui était égal ; le nombre des prisonniers l'embarrassait, il les tua.

Il y a toujours eu deux Bonaparte : l'un grand, l'autre petit. Lorsque vous croyez entrer en sûreté dans la vie de Napoléon, il rend cette vie affreuse.

Miot[3], dans la première édition de ses *Mémoires*

---

1. Dans sa *Relation historique et chirurgicale de l'expédition d'Orient*, Demonville, an XI-1803. Dominique Larrey (1766-1842) fut le chirurgien en chef de la Grande Armée.　　**2.** *Mémoires* de Bourrienne, t. 2, p. 226.　　**3.** Né en 1779, Jacques-François Miot avait servi très jeune en Égypte comme « commissaire-adjoint des guerres ». Ses *Mémoires pour servir à l'histoire des expéditions en Égypte et en Syrie pendant les années VI et VII de la République française* parurent chez Demonville dès 1804 (an XII) ; une seconde édition augmentée fut publiée chez Lenormant sous la première Restauration (1814).

(1804), se tait sur les massacres ; on ne les lit que dans l'édition de 1814. Cette édition a presque disparu ; j'ai eu peine à la retrouver. Pour affirmer une aussi douloureuse vérité, il ne me fallait rien moins que le récit d'un témoin oculaire. Autre est de savoir en gros l'existence d'une chose, autre d'en connaître les particularités : la vérité morale d'une action ne se décèle que dans les détails de cette action ; les voici d'après Miot :

« Le 20 ventôse (10 mars), dans l'après-midi, les prisonniers de Jaffa furent mis en mouvement au milieu d'un vaste bataillon carré formé par les troupes du général Bon. Un bruit sourd du sort qu'on leur préparait me détermina, ainsi que beaucoup d'autres personnes, à monter à cheval et à suivre cette colonne silencieuse de victimes, pour m'assurer si ce qu'on m'avait dit était fondé. Les Turcs, marchant pêle-mêle, prévoyaient déjà leur destinée ; ils ne versaient point de larmes ; ils ne poussaient point de cris : ils étaient résignés. Quelques-uns blessés, ne pouvant suivre aussi promptement, furent tués en route à coups de baïonnette. Quelques autres circulaient dans la foule, et semblaient donner des avis salutaires dans un danger aussi imminent. Peut-être espéraient-ils qu'en se disséminant dans les champs qu'ils traversaient, un certain nombre échapperait à la mort. Toutes les mesures avaient été prises à cet égard, et les Turcs ne firent aucune tentative d'évasion.

« Arrivés enfin dans les dunes de sable au sud-ouest de Jaffa, on les arrêta auprès d'une mare d'eau jaunâtre. Alors l'officier qui commandait les troupes fit diviser la masse par petites portions, et ces pelotons, conduits sur plusieurs points différents, y furent fusillés. Cette horrible opération demanda beaucoup de temps, malgré le nombre des troupes réservées pour ce funeste sacrifice, et qui, je dois le déclarer, ne se prêtaient qu'avec une extrême répugnance au ministère abominable qu'on exigeait de leurs bras victorieux. Il y avait près de la mare d'eau un groupe de prisonniers, parmi lesquels étaient quelques vieux chefs au regard noble et assuré, et un jeune homme dont le moral était fort ébranlé. Dans un âge si tendre, il devait se croire innocent, et ce sentiment le porta à une action qui parut choquer ceux qui l'entouraient. Il se précipita dans les jambes du cheval que montait le chef des troupes françaises ; il embrassa les genoux de cet officier, en implorant la grâce de la vie. Il s'écriait : « De quoi suis-je coupable ? quel mal ai-je fait ? » Les larmes qu'il versait, ses cris touchants, furent inutiles ; ils ne purent changer le fatal arrêt prononcé sur son sort. À l'exception de ce jeune homme, tous les autres Turcs firent avec calme leur abblution dans cette eau stagnante dont j'ai parlé, puis, se prenant la main, après l'avoir portée sur le cœur et à la bouche, ainsi que se saluent les musulmans, ils donnaient et recevaient un éternel adieu. Leurs âmes courageuses paraissaient défier la mort ; on voyait dans leur tranquillité la confiance que leur inspirait, à ces derniers moments, leur religion et l'espérance d'un avenir heureux. Ils semblaient se dire : « Je quitte ce monde pour aller jouir auprès de Mahomet d'un bonheur durable. » Ainsi ce bien-être après la vie, que lui promet le Koran, soutenait le musulman vaincu, mais fier de son malheur.

« Je vis un vieillard respectable, dont le ton et les manières annonçaient un grade supérieur, je le vis... faire creuser froidement devant lui, dans le sable mouvant, un trou assez profond pour s'y enterrer vivant : sans doute il ne voulut mourir que par la main des siens. Il s'étendit sur le dos dans cette tombe tutélaire et douloureuse, et ses camarades, en adressant à Dieu des prières suppliantes, le couvrirent bientôt de sable, et trépignèrent ensuite sur la terre qui lui servait de linceul, probablement dans l'idée d'avancer le terme de ses souffrances.

« Ce spectacle, qui fait palpiter mon cœur et que je peins encore trop faiblement, eut lieu pendant l'exécution des pelotons répartis dans des dunes. Enfin il ne restait plus de tous les prisonniers que ceux placés près de la mare d'eau. Nos soldats avaient épuisé leurs cartouches ; il fallut frapper ceux-ci à la baïonnette et à l'arme blanche. Je ne pus soutenir cette horrible vue ; je m'enfuis, pâle et prêt à défaillir. Quelques officiers me rapportèrent le soir que ces infortunés, cédant à ce mouvement irrésistible de la nature qui nous fait éviter le trépas, même quand nous n'avons plus l'espérance de lui échapper, s'élançaient les uns dessus les autres, et recevaient dans les membres les coups dirigés au cœur et qui devaient sur-le-champ terminer leur triste vie. Il se forma, puisqu'il faut le dire, une pyramide effroyable, de morts et de mourants dégouttant le sang, et il fallut retirer les corps déjà expirés pour achever les malheureux qui, à l'abri de ce rempart affreux, épouvantable, n'avaient point encore été frappés. Ce tableau est exact et fidèle, et le souvenir fait trembler ma main qui n'en rend point toute l'horreur. »

La vie de Napoléon opposée à de telles pages explique l'éloignement que l'on ressent pour lui.

Conduit par les religieux du couvent de Jaffa dans les sables au sud-ouest de la ville, j'ai fait le tour de la tombe, jadis monceau de cadavres, aujourd'hui pyramide d'ossements ; je me suis promené dans des vergers de grenadiers chargés de pommes vermeilles, tandis qu'autour de moi la première hirondelle arrivée d'Europe rasait la terre funèbre.

Le ciel punit la violation des droits de l'humanité : il envoya la peste ; elle ne fit pas d'abord de grands ravages. Bourrienne relève l'erreur des historiens qui placent la scène des *Pestiférés de Jaffa*[1] au premier passage des Français dans cette ville ; elle n'eut lieu qu'à leur retour de Saint-Jean d'Acre. Plusieurs personnes de notre armée m'avaient déjà assuré que cette scène était une pure fable ; Bourrienne confirme ces renseignements :

« Les lits des pestiférés, raconte le secrétaire de Napoléon, étaient à droite en entrant dans la première salle. Je marchais à côté du général ; j'affirme ne l'avoir pas vu toucher à un pestiféré. Il traversa rapidement les salles, frappant légèrement le revers jaune de sa botte avec la cravache qu'il tenait à la main. Il répétait en marchant à grands pas ces paroles : « Il faut que je retourne en Égypte pour la préserver des ennemis qui vont arriver[2]. »

---

1. C'est au Salon de 1804 que Gros exposa son célèbre tableau intitulé : *Bonaparte visitant les pestiférés de Jaffa* (aujourd'hui au Louvre).
2. *Mémoires* de Bourrienne, t. 2, p. 256.

Dans le rapport officiel du major général, 29 mai, il n'y est pas dit un mot des pestiférés, de la visite à l'hôpital et de l'attouchement des pestiférés.

Que devient le beau tableau de Gros ? Il reste comme un chef-d'œuvre de l'art.

Saint Louis, moins favorisé par la peinture, fut plus héroïque dans l'action : « Le bon roi, doux et débonnaire, quand il vit ce, eut grand pitié à son cœur, et fit tantost toutes autres choses laisser, et faire fosses emmi les champs et dédier là un cimetière par le légat... Le roi Louis aida de ses propres mains à enterrer les morts. À peine trouvoit-on aucun qui voulust mettre la main. Le roi venoit tous les matins, de cinq jours qu'on mit à enterrer les morts, après sa messe, au lieu, et disoit à sa gent : « Allons ensevelir les martyrs, qui ont souffert pour Notre-Seigneur, et ne soyez pas lassés de ce faire, car ils ont plus souffert que nous n'avons. » Là, étoient présens, en habits de cérémonie, l'archevêque de Tyr et l'évêque de Damiette et leur clergé qui disoient le service des morts. Mais ils estoupoient leur nez pour la puanteur ; mais oncques ne fut vu au bon roi Louis estouper le sien, tant le faisoit fermement et dévotement[1]. »

Bonaparte met le siège devant Saint-Jean-d'Acre. On verse le sang à Cana, qui fut témoin de la guérison du fils du centenier par le Christ[2] ; à Nazareth, qui cacha la pacifique enfance du Sauveur ; au Thabor, qui vit la transfiguration et où Pierre dit : « Maître, nous sommes bien sur cette montagne ; dressons-y trois tentes[3]. » Ce fut du mont Thabor que fut expédié l'ordre du jour à toutes les troupes qui occupaient *Sour, l'ancienne Tyr,*

---

1. Le *Journal de Jérusalem* (Belin, 1951, p. 49) mentionne déjà ce « vieux texte » tiré des *Annales du règne de saint Louis* de Guillaume de Nangis : il se trouve cité dans Joinville, édition de Mellot, Sallier et Caperonnière, 1761, p. 225. Mais la scène ne se passe pas à Jaffa. 2. Confusion entre la guérison du fils du fonctionnaire royal opérée à Cana (Jean, IV, 46-54) et celle du serviteur du centurion opérée à Capharnaüm (Matthieu, VIII, 5-13 ; Luc, VII, 1-10). 3. Voir Matthieu, XVII, 1-8. La localisation de la « transfiguration » sur le Thabor est une simple tradition ; elle ne figure pas dans les Évangiles (cf Marc, IX, 2-8 ; Luc, IX, 28-26).

Césarée, les Cataractes du Nil, les bouches *Pélusiaques,*
Alexandrie et les rives de la *mer Rouge*, qui portent les
ruines de *Kolsum* et d'*Arsinoé*. Bonaparte était charmé de
ces noms qu'il se plaisait à réunir.

Dans ce lieu des miracles, Kléber et Murat renouvelèrent les faits d'armes de Tancrède et de Renaud[1] ; ils
dispersèrent les populations de la Syrie, s'emparèrent du
camp du pacha de Damas, jetèrent un regard sur le Jourdain, sur la mer de Galilée, et prirent possession de Sca-
et, l'ancienne Béthulie. – Bonaparte remarque que les
habitants montrent l'endroit où Judith tua Holopherne[2].

Les enfants arabes des montagnes de la Judée m'ont
appris des traditions plus certaines lorsqu'ils me criaient
en français : « En avant marche[3] ! » « Ces mêmes déserts,
ai-je dit dans *les Martyrs*, ont vu marcher les armées de
Sésostris, de Cambyse, d'Alexandre, de César : siècles à
venir, vous y ramènerez des armées non moins nombreuses, des guerriers non moins célèbres[4]. »

Après m'être guidé sur les traces encore récentes de
Bonaparte en Orient, je suis ramené quand il n'est plus à
repasser sur sa course. Saint-Jean était défendu par Djezzar le *Boucher*. Bonaparte lui avait écrit de Jaffa, le
9 mars 1799 : « Depuis mon entrée en Égypte, je vous ai
fait connaître plusieurs fois que mon intention n'était pas
de vous faire la guerre, que mon seul but était de chasser
les mameloucks... Je marcherai sous peu de jours sur
Saint-Jean-d'Acre. Mais quelle raison ai-je d'ôter
quelques années de vie à un vieillard que je ne connais
pas ? Que font quelques lieues de plus à côté des pays
que j'ai conquis ? »

Djezzar ne se laissa pas prendre à ces caresses : le
vieux tigre se défiait de l'ongle de son jeune confrère. Il
était environné de domestiques mutilés de sa propre main.
« On raconte que Djezzar est un Bosnien cruel, disait-il
de lui-même (*récit du général Sébastiani*[5]), un homme de

---

1. Héros de la *Jérusalem délivrée.*   **2.** Ce meurtre est raconté au
chap. XIII du livre de Judith.   **3.** Cf. XVIII, 4 (*supra*, p. 280), et
Itinéraire, p. 979 et 1128.   **4.** *Martyrs*, p. 289 (livre XI).   **5.** De
1806 à 1808, le général Sébastiani fut ambassadeur à Constantinople
où Chateaubriand fut son hôte.

rien ; mais en attendant je n'ai besoin de personne et l'on
me recherche. Je suis né pauvre ; mon père ne m'a légué
que son courage. Je me suis élevé à force de travaux
mais cela ne me donne pas d'orgueil : car tout finit, e
aujourd'hui peut-être, ou demain, Djezzar finira, non pa
qu'il soit vieux, comme le disent ses ennemis, mais parc
que Dieu l'a ainsi ordonné. Le roi de France, qui étai
puissant, a péri ; Nabuchodonosor a été tué par un mou
cheron, etc. »

Au bout de soixante-un jours de tranchée, Napoléon fu
obligé de lever le siège de Saint-Jean d'Acre. Nos soldats
sortant de leurs huttes de terre, couraient après les boulet
de l'ennemi que nos canons lui renvoyaient. Nos troupes
ayant à se défendre contre la ville et contre les vaisseau
embossés[1] des Anglais, livrèrent neuf assauts et mon
tèrent cinq fois sur les remparts. Du temps des croisés, i
y avait à Saint-Jean-d'Acre, au rapport de Rigord[2], un
tour appelée *maudite*. Cette tour avait peut-être été rem
placée par la grosse tour qui fit échouer l'attaque d
Bonaparte. Nos soldats sautèrent dans les rues, où l'on s
battit corps à corps pendant la nuit. Le général Lannes fu
blessé à la tête, Colbert à la cuisse : parmi les morts o
compta Boyer, Venoux et le général Bon, exécuteur d
massacre des prisonniers de Jaffa. Kléber disait de c
siège : « Les Turcs se défendent comme des chrétiens, le
Français attaquent comme des Turcs. » Critique d'un sol
dat qui n'aimait pas Napoléon. Bonaparte s'en alla pro
clamant qu'il avait rasé le palais de Djezzar et bombard
la ville de manière qu'il n'y restait pas pierre sur pierre
que Djezzar s'était retiré avec ses gens dans un des fort
de la côte, qu'il était grièvement blessé, et que les frégate
aux ordres de Napoléon s'étaient emparées de trente bâti
ments syriens chargés de troupes.

Sir Sydney Smith et Phelippeaux, officier d'artilleri
émigré, assistaient Djezzar : l'un avait été prisonnier a
Temple, l'autre compagnon d'études de Napoléon[3].

---

1. C'est-à-dire amarrés dans une position défensive.   2. Moir
chroniqueur de Saint-Denis (1180-1226).   3. *Cf.* Scott, t. VI
p. 145. Ancien condisciple de Napoléon à Brienne, Antoine Le Picar
de Phelippeaux (1768-1799) avait aidé Sidney Smith à sortir de l

Autrefois périt devant Saint-Jean-d'Acre la fleur de la chevalerie, sous Philippe-Auguste. Mon compatriote, Guillaume le Breton, chante ainsi en vers latins du XIIe siècle [1] : « Dans tout le royaume à peine trouvait-on un lieu dans lequel quelqu'un n'eût quelque sujet de pleurer ; tant était grand le désastre qui précipita nos héros dans la tombe, lorsqu'ils furent frappés par la mort dans la ville d'Ascaron (Saint-Jean-d'Acre). »

Bonaparte était un grand magicien, mais il n'avait pas le pouvoir de transformer le général Bon, tué à Ptolémaïs, en Raoul, sire de Coucy, qui, expirant au pied des remparts de cette ville, écrivait à la dame de Fayel : *Mort por loïalement amer son amie* [2].

Napoléon n'aurait pas été bien reçu à rejeter la chanson des *canteors*, lui qui se nourrissait à Saint-Jean-d'Acre de bien d'autres fables. Dans les derniers jours de sa vie, sous un ciel que nous ne voyons pas, il s'est plu à divulguer ce qu'il méditait en Syrie, si toutefois il n'a pas inventé des projets d'après des faits accomplis et ne s'est pas amusé à bâtir avec un passé réel l'avenir fabuleux qu'il voulait que l'on crût. « Maître de Ptolémaïs », nous racontent les révélations de Sainte-Hélène, « Napoléon fondait en Orient un empire, et la France était laissée à d'autres destinées. Il volait à Damas, à Alep, sur l'Euphrate. Les chrétiens de la Syrie, ceux même de l'Arménie, l'eussent renforcé. Les populations allaient être ébranlées. Les débris des mameloucks, les Arabes du désert de l'Égypte, les Druses du Liban, les Mutualis ou mahométans opprimés de la secte d'Ali, pouvaient se réunir à l'armée maîtresse de la Syrie, et la commotion se

---

prison du Temple (1798). Après cette romanesque évasion, ils se retrouvèrent à Acre, dont ils organisèrent la défense avec succès. Mais Phelippeaux mourut peu après de la peste.

1. *Philippide*, chant IV, vers 317-321 et 323-324 (édition Guizot, p. 110), Marcellus signale la confusion entre Acre (Ptolémaïs) et Ascalon, qui se trouve beaucoup plus au sud.   **2.** Le sire de Coucy mourant avait chargé son écuyer de porter son cœur à sa maîtresse, avec cette déclaration. Voir *Histoire de Coucy et de la dame de Fayel* (coll. des Anciens monuments de la langue française, Imprimerie Crapelet, 1829) ou les *Chansons* de Coucy éditées par Francisque Michel (1830).

communiquait à toute l'Arabie. Les provinces de l'empire ottoman qui parlent arabe appelaient un grand changement et attendaient un homme avec des chances heureuses ; il pouvait se trouver sur l'Euphrate, au milieu de l'été, avec cent mille auxiliaires et une réserve de vingt-cinq mille Français qu'il eût successivement fait venir d'Égypte. Il aurait atteint Constantinople et les Indes et changé la face du monde. »

Avant de se retirer de Saint-Jean-d'Acre, l'armée française avait touché Tyr : désertée des flottes de Salomon et de la phalange du Macédonien, Tyr ne gardait plus que la solitude imperturbable d'Isaïe ; solitude dans laquelle *les chiens muets refusent d'aboyer*[1].

Le siège de Saint-Jean-d'Acre fut levé le 20 mai 1799. Arrivé à Jaffa le 27, Bonaparte fut obligé de continuer sa retraite. Il y avait environ trente à quarante pestiférés, nombre que Napoléon réduit à sept, qu'on ne pouvait transporter ; ne voulant pas les laisser derrière lui, dans la crainte, disait-il, de les exposer à la cruauté des Turcs, il proposa à Desgenettes[2] de leur administrer une forte dose d'opium. Desgenettes lui fit la réponse si connue : « Mon métier est de guérir les hommes, non de les tuer. » « On ne leur administra point d'opium, dit M. Thiers, et ce fait servit à propager une calomnie indigne et aujourd'hui détruite. »

Est-ce une calomnie ? est-elle détruite ? C'est ce que je ne saurais affirmer aussi péremptoirement que le brillant historien ; son raisonnement équivaut à ceci : Bonaparte n'a point empoisonné les pestiférés par la raison qu'il proposait de les empoisonner.

Desgenettes, d'une pauvre famille de gentilshommes bretons, est encore en vénération parmi les Arabes de la Syrie, et Wilson dit que son nom ne devrait être écrit qu'en lettres d'or.

Bourrienne écrit dix pages entières pour soutenir l'em-

---

1. Isaïe, LVI, 10.   2. Le médecin René-Nicolas Desgenettes (1762-1837), inspecteur général du service de santé, a publié une *Histoire médicale de l'armée d'Orient* (Croullebois, an X-1802). Ses propos sont rapportés et commentés par Thiers, *op. cit.*, p. 410.

poisonnement contre ceux qui le nient : « Je ne puis pas dire que j'aie vue donner la potion, dit-il, je mentirais ; mais je sais bien positivement que la décision a été prise et a dû être prise après délibération, que l'ordre en a été donné et que les pestiférés sont morts. Quoi ! ce dont s'entretenait, dès le lendemain du départ de Jaffa, tout le quartier général comme d'une chose positive, ce dont nous parlions comme d'un épouvantable malheur, serait devenu une atroce invention pour nuire à la réputation d'un héros [1] ? »

Napoléon n'abandonna jamais une de ses fautes ; comme un père tendre, il préfère celui de ses enfants qui est le plus disgracié. L'armée française fut moins indulgente que les historiens admiratifs ; elle croyait à la mesure de l'empoisonnement, non seulement contre une poignée de malades, mais contre plusieurs centaines d'hommes. Robert Wilson, dans son *Histoire de l'expédition des Anglais en Égypte*, avance le premier la grande accusation ; il affirme qu'elle était appuyée de l'opinion des officiers français prisonniers des Anglais en Syrie. Bonaparte donna le démenti à Wilson, qui répliqua n'avoir dit que la vérité. Wilson est le même major-général commissaire de la Grande-Bretagne auprès de l'armée russe pendant la retraite de Moscou ; il eut le bonheur de contribuer depuis à l'évasion de M. de Lavalette [2]. Il leva une légion contre la légitimité lors de la guerre d'Espagne en 1823, défendit Bilbao et renvoya à M. de Villèle son beau-frère, M. Desbassyns [3], contraint de relâcher dans le port. Le récit de Robert Wilson a donc sous divers points de vue, un grand poids. La plupart des relations sont uniformes sur le fait de l'empoisonnement. M. de Las Cases admet que le bruit de l'empoisonnement était cru dans

---

1. *Mémoires* de Bourrienne, t. 2, p. 262.   2. Marie Chamans, comte de Lavalette (1769-1830), directeur général des Postes, avait été condamné à mort au moment de la Terreur blanche. Il fut sauvé par sa femme, qui se substitua à lui dans sa cellule, puis par Wilson qui le cacha avant de lui permettre de se réfugier en Belgique.   3. Philippe Desbassayns, comte de Richemont (1774-1840), fut longtemps fonctionnaire dans les colonies, puis député de la Meuse sous Charles X. Il avait épousé en 1798 la sœur de Mme de Villèle.

l'armée. Bonaparte, devenu plus sincère dans sa captivité, a dit à M. Warden et au docteur O'Meara que, dans le cas où se trouvaient les pestiférés, il aurait cherché pour lui-même dans l'opium l'oubli de ses maux, et qu'il aurait fait administrer le poison à son propre fils. Walter Scott rapporte [1] tout ce qui s'est débité à ce sujet ; mais il rejette la version du grand nombre des malades condamnés, soutenant qu'un empoisonnement ne pourrait s'exécuter avec succès sur une multitude ; il ajoute que sir Sidney rencontra dans l'hôpital de Jaffa les *sept* Français mentionnés par Bonaparte. Walter Scott est de la plus grande impartialité ; il défend Napoléon comme il aurait défendu Alexandre contre les reproches dont on peut charger sa mémoire*.

---

* C'est pour ainsi dire la première fois que je parle de Walter Scott comme historien de Napoléon et je le citerai encore : c'est donc ici que je dois dire qu'on s'est trompé prodigieusement en accusant l'illustre Écossais de prévention contre un grand homme. La vie de Napoléon *(Life of Napoleon)* n'occupe pas moins de onze volumes [2]. Elle n'a pas eu le succès qu'on en pouvait espérer, parce que, excepté dans deux ou trois endroits, l'imagination de l'auteur de tant d'ouvrages si brillants lui a failli ; il est ébloui par les succès fabuleux qu'il décrit, et comme écrasé par le merveilleux de la gloire. La Vie entière manque aussi des grandes vues que les Anglais ouvrent rarement dans l'histoire, parce qu'ils ne conçoivent pas l'histoire comme nous. Du reste, cette Vie est exacte, sauf quelques erreurs de chronologie ; toute la partie qui a rapport à la détention de Bonaparte à Sainte-Hélène est excellente : les Anglais étaient mieux placés que nous pour connaître cette partie. En rencontrant une vie si prodigieuse, le romancier a été vaincu par la vérité. La raison domine dans le travail de Walter Scott ; il est en garde contre lui-même. La modération de ses jugements est si grande qu'elle dégénère en apologie. Le narrateur pousse la débonnaireté jusqu'à recevoir des excuses sophistiquées par Napoléon et qui ne sont pas admissibles. Il est évident que ceux qui parlent de l'ouvrage de Walter Scott comme d'un livre écrit sous l'influence des préjugés nationaux anglais et dans un intérêt privé ne l'ont jamais lu : on ne lit plus en France. Loin de rien exagérer contre Bonaparte, l'auteur est effrayé par l'opinion : ses concessions sont innombrables ; il capitule partout ; s'il aventure d'abord un jugement ferme, il le reprend ensuite

---

1. Scott, t. VII, p. 165-169.   **2.** Voir p. 384, note 3. Mais certains indices permettent de supposer que Chateaubriand a utilisé directement la version originale anglaise.

La retraite sous le soleil de la Syrie, fut marquée par
des malheurs qui rappellent les misères de nos soldats
dans la retraite de Moscou au milieu des frimas : « Il y
avait encore, dit Miot, dans les cabanes, sur les bords de
la mer, quelques malheureux qui attendaient qu'on les
transportât. Parmi eux, un soldat était attaqué de la peste,
et, dans le délire qui accompagne quelquefois l'agonie, il
supposa sans doute, en voyant l'armée marcher au bruit
du tambour, qu'il allait être abandonné ; son imagination
lui fit entrevoir l'étendue de son malheur s'il tombait
entre les mains des Arabes. On peut supposer que ce fut
cette crainte qui le mit dans une si grande agitation et qui
lui suggéra l'idée de suivre les troupes : il prit son havresac, sur lequel reposait sa tête, et le plaçant sur ses
épaules, il fit l'effort de se lever. Le venin de l'affreuse
épidémie qui coulait dans ses veines lui ôtait ses forces,
et au bout de trois pas il retomba sur le sable en donnant
de la tête. Cette chute augmenta sa frayeur, et, après avoir
passé quelques moments à regarder avec des yeux égarés
la queue des colonnes en marche, il se leva une seconde
fois et ne fut pas plus heureux ; à sa troisième tentative il
succomba et, tombant plus près de la mer, il resta à la
place que les destins lui avaient choisie pour tombeau. La
vue de ce soldat était épouvantable ; le désordre qui

---

par des considérations subséquentes qu'il croit devoir à l'impartialité ;
il n'ose tenir tête à son héros, ni le regarder en face. Malgré cette sorte
de pusillanimité devant l'infatuation populaire, Walter Scott a perdu le
mérite de ses condescendances pour avoir, dans son avertissement, fait
entendre cette simple vérité : « Si le système général de Napoléon »,
dit-il, « a reposé sur la violence et la fraude, ce n'est ni la grandeur de
ses talents, ni le succès de ses entreprises qui doit étouffer la voix ou
éblouir les yeux de celui qui s'aventure à devenir son historien. *If the
general system of Napoleon has rested upon force or fraud, it is neither
the greatness of his talents, nor the success of his undertakings, that
ought to stifle the voice or dazzle the eyes of him who adventures to
be his historian.* » L'humble audace qui essuie, comme Madeleine, la
poussière des pieds du Dieu avec sa chevelure passe aujourd'hui pour
un sacrilège[1].

---

1. Voir livre XVIII, p. 250, note 2.

régnait dans ses discours insignifiants, sa figure qui peignait la douleur, ses yeux ouverts et fixes, ses habits en lambeaux, offraient tout ce que la mort a de plus hideux. L'œil attaché sur les troupes en marche, il n'avait point eu l'idée, toute simple pour quelqu'un de sang-froid, de tourner la tête d'un autre côté : il aurait aperçu la division Kléber et celle de la cavalerie qui quittèrent Tentoura après les autres, et l'espoir de se sauver aurait peut-être conservé ses jours. »

Quand nos soldats, devenus impassibles, voyaient un de leurs infortunés camarades les suivre comme un homme dans l'ivresse, trébuchant, tombant, se relevant et retombant pour toujours, ils disaient : « Il a pris ses quartiers[1]. »

Une page de Bourrienne achèvera le tableau[2] :

« Une soif dévorante, disent les *Mémoires*, le manque total d'eau, une chaleur excessive, une marche fatigante dans des dunes brûlantes, démoralisèrent les hommes, et firent succéder à tous les sentiments généreux le plus cruel égoïsme, la plus affligeante indifférence. J'ai vu jeter de dessus les brancards des officiers amputés dont le transport était ordonné, et qui avaient même remis de l'argent pour récompenser de la fatigue. J'ai vu abandonner dans les orges des amputés, des blessés, des pestiférés, ou soupçonnés seulement de l'être. La marche était éclairée par des torches allumées pour incendier les petites villes, les bourgades, les villages, les hameaux, les riches moissons dont la terre était couverte. Le pays était tout en feu. Ceux qui avaient l'ordre de présider à ces désastres semblaient, en répandant partout la désolation, vouloir venger leurs revers et trouver un soulagement à leurs souffrances. Nous n'étions entourés que de mourants, de pillards et d'incendiaires. Des mourants jetés sur les bords du chemin disaient d'une voix faible : *Je ne suis pas pestiféré, je ne suis que blessé* ; et, pour convaincre

---

1. *Cf.* Scott, t. VII, p. 167.   2. *Mémoires* de Bourrienne, t. 2, p. 250. Selon Marcellus (p. 200), Chateaubriand avait prévu de terminer le chapitre par quatre vers du *Roland furieux* (XVII, 19), qu'il effaça ensuite pour ne pas multiplier les citations.

les passants, on en voyait rouvrir leur blessure ou s'en faire une nouvelle. Personne n'y croyait ; on disait : *Son affaire est faite* ; on passait, on se tâtait, et tout était oublié. Le soleil, dans tout son éclat sous ce beau ciel, était obscurci par la fumée de nos continuels incendies. Nous avions la mer à notre droite ; à notre gauche et derrière nous le désert que nous faisions ; devant nous les privations et les souffrances qui nous attendaient. »

(17)

RETOUR EN ÉGYPTE. – CONQUÊTE DE LA HAUTE-ÉGYPTE.

« Il est parti ; il est arrivé ; il a dissipé tous les orages ; son retour les a fait repasser dans le désert. » Ainsi chantait et se louait le triomphateur repoussé, en rentrant au Caire : il emportait le monde dans des hymnes.

Pendant son absence, Desaix avait achevé de soumettre la Haute-Égypte. On rencontre en remontant le Nil des débris à qui le langage de Bossuet laisse toute leur grandeur et l'augmente. « On a, dit l'auteur de l'*Histoire universelle*[1], découvert dans le Saïde des temples et des palais presque encore entiers, où ces colonnes et ces statues sont innombrables. On y admire surtout un palais dont les restes semblent n'avoir subsisté que pour effacer la gloire de tous les plus grands ouvrages. Quatre allées à perte de vue, et bornées de part et d'autre part des sphinx d'une matière aussi rare que leur grandeur est remarquable, servent d'avenues à quatre portiques dont la hauteur étonne les yeux. Quelle magnificence et quelle étendue ! Encore ceux qui nous ont décrit ce prodigieux édifice n'ont-ils pas eu le temps d'en faire le tour, et ne sont pas même assurés d'en avoir vu la moitié ; mais tout

---

1. Troisième partie, chap. 3 (*Œuvres* de Bossuet, Bibliothèque de la Pléiade, p. 964). Chateaubriand pratique quelques coupures à la fin de sa citation.

ce qu'ils y ont vu était surprenant. Une salle, qui apparemment faisait le milieu de ce superbe palais, était soutenue de six-vingt colonnes de six brassées de grosseur, grandes à proportion, et entremêlées d'obélisques que tant de siècles n'ont pu abattre. Les couleurs mêmes, c'est-à-dire ce qui éprouve le plus tôt le pouvoir du temps, se soutiennent encore parmi les ruines de cet admirable édifice et y conservent leur vivacité : tant l'Égypte savait imprimer le caractère d'immortalité à tous ses ouvrages ! Maintenant que le nom du roi Louis XIV pénètre aux parties du monde les plus inconnues, ne serait-ce pas un digne objet de cette noble curiosité de découvrir les beautés que la Thébaïde renferme dans ses déserts ? Quelles beautés ne trouverait-on pas si on pouvait aborder la ville royale, puisque si loin d'elle on découvre des choses si merveilleuses ! La puissance romaine, désespérant d'égaler les Égyptiens, a cru faire assez pour sa grandeur d'emprunter les monuments de leurs rois. »

Napoléon se chargea d'exécuter les conseils que Bossuet donnait à Louis XIV. « Thèbes, dit M. Denon[1], qui suivit l'expédition de Desaix, cette cité reléguée que l'imagination n'entrevoit plus qu'à travers l'obscurité des temps, était encore un fantôme si gigantesque qu'à son aspect l'armée s'arrêta d'elle-même et battit des mains. Dans le complaisant enthousiasme des soldats, je trouvai des genoux pour me servir de table, des corps pour me donner de l'ombre... Parvenus aux cataractes du Nil, nos soldats, toujours combattant contre les beys et éprouvant des fatigues incroyables, s'amusaient à établir dans le village de Syène des boutiques de tailleurs, d'orfèvres, de barbiers, de traiteurs à prix fixe. Sous une allée d'arbres alignés, ils plantèrent une colonne milliaire avec l'inscription : *Route de Paris*... En redescendant le Nil, l'armée eut souvent affaire aux Mecquains. On mettait le feu aux retranchements des Arabes : ils manquaient d'eau ; ils éteignaient le feu avec les pieds et les mains ; ils l'étouffaient avec leur corps. Noirs et nus, dit encore M. Denon,

---

1. Dans son *Voyage dans la basse et haute Égypte pendant les campagnes du général Bonaparte*, Didot, an X-1802.

on les voyait courir à travers les flammes : c'était l'image des diables dans l'enfer. Je ne les regardais point sans un sentiment d'horreur et d'admiration. Il y avait des moments de silence dans lesquels une voix se faisait entendre ; on lui répondait par des hymnes sacrés et des cris de combat. »

Ces Arabes chantaient et dansaient comme les soldats et les moines espagnols dans Saragosse embrasée[1] ; les Russes brûlèrent Moscou ; la sorte de sublime démence qui agitait Bonaparte, il la communiquait à ses victimes.

(18)

BATAILLE D'ABOUKIR. – BILLETS ET LETTRES DE NAPOLÉON.
IL REPASSE EN FRANCE. – DIX-HUIT BRUMAIRE.

Napoléon rentré au Caire écrivait au général Dugua : « Vous ferez, citoyen général, trancher la tête à Abdalla-Aga, ancien gouverneur de Jaffa. D'après ce que m'ont dit les habitants de Syrie, c'est un monstre dont il faut délivrer la terre. Vous ferez fusiller les nommés Hassan, Joussef, Ibrahim, Saleh, Mahamet, Bekir, Hadj-Saleh, Mustapha, Mahamed, tous mameloucks. » Il renouvelle souvent ces ordres contre des Égyptiens qui ont *mal parlé des Français* : tel était le cas que Bonaparte faisait des lois ; le droit même de la guerre permettait-il de sacrifier tant de vies sur ce simple ordre d'un chef : *vous ferez fusiller ?* Au sultan du Darfour il écrit : « Je désire que vous me fassiez passer *deux mille esclaves* mâles, ayant plus de seize ans. » Il aimait les esclaves.

Une flotte ottomane de cent voiles mouille à Aboukir et débarque une armée : Murat, appuyé du général Lannes, la jette dans la mer[2] ; Bonaparte instruit de ce succès le Directoire : « Le rivage où l'année dernière les courants ont porté les cadavres anglais et français est aujourd'hui

---

1. Voir livre XX, chap. 7 (p. 432).   2. Le 25 juillet 1799.

couvert de ceux de nos ennemis. » On se fatigue à marcher dans ces monceaux de victoires, comme dans les
sables étincelants de ces déserts.

Le billet suivant frappe tristement l'esprit : « J'ai été
peu satisfait, citoyen général, de toutes vos opérations
pendant le mouvement qui vient d'avoir lieu. Vous avez
reçu l'ordre de vous porter au Caire, et vous n'en avez
rien fait. Tous les événements qui peuvent survenir ne
doivent jamais empêcher un militaire d'obéir, et le talent
à la guerre consiste à lever les difficultés qui peuvent
rendre difficile une opération, et non pas à la faire manquer. Je vous dis ceci pour l'avenir. »

Ingrat d'avance, cette rude instruction de Bonaparte est
adressée à Desaix qui offrait à la tête des braves, dans
la Haute-Égypte, autant d'exemples d'humanité que de
courage, marchant au pas de son cheval, causant de
ruines, regrettant sa patrie, sauvant des femmes et des
enfants, aimé des populations qui l'appelaient le *Sultan
juste*, enfin à ce Desaix tué depuis à Marengo dans la
charge par laquelle le Premier Consul devint le maître de
l'Europe. Le caractère de l'homme perce dans le billet de
Napoléon : domination et jalousie ; on pressent celui que
toute renommée afflige, le prédestinateur auquel est donnée la parole qui reste et qui contraint ; mais sans cet
esprit de commandement Bonaparte aurait-il pu tout
abattre devant lui ?

Prêt à quitter le sol antique où l'homme d'autrefois
s'écriait en expirant[1] : « Puissances qui dispensez la vie
aux hommes, recevez-moi et accordez-moi une demeure
parmi les dieux immortels ! », Bonaparte ne songe qu'à
son avenir de la terre : il fait avertir par la mer Rouge les
gouverneurs de l'île de France et de l'île de Bourbon ; il
envoie ses salutations au sultan du Maroc et au bey de
Tripoli ; il leur fait part de ses affectueuses sollicitudes
pour les caravanes et les pèlerins de la Mecque ; Napoléon cherche en même temps à détourner le grand vizir

---

1. Chateaubriand avait déjà cité cette prière dans son *Essai historique* (p. 135-196) où il donne la référence : Porphyre, *De Abstinentia*
livre IV.

de l'invasion que la Porte médite, assurant qu'il est prêt à tout vaincre, comme à entrer dans toute négociation.

Une chose ferait peu d'honneur à notre caractère, si notre imagination et notre amour de nouveauté n'étaient plus coupables que notre équité nationale ; les Français s'extasient sur l'expédition d'Égypte, et ils ne remarquent pas qu'elle blessait autant la probité que le droit politique : en pleine paix avec la plus vieille alliée de la France, nous l'attaquons, nous lui ravissons sa féconde province du Nil, sans déclaration de guerre, comme des Algériens qui, dans une de leurs *algarades*, se seraient emparés de Marseille et de la Provence. Quand la Porte arme pour sa défense légitime, fiers de notre illustre guet-apens, nous lui demandons ce qu'elle a, pourquoi elle se fâche ; nous lui déclarons que nous n'avons pris les armes que pour faire la police chez elle, que pour la débarrasser de ces brigands de mameloucks qui tenaient son pacha prisonnier. Bonaparte mande au grand vizir : « Comment Votre Excellence ne sentirait-elle pas qu'il n'y a pas un Français de tué qui ne soit un appui de moins pour la Porte ? Quant à moi, je tiendrai pour le plus beau jour de ma vie celui où je pourrai contribuer à faire terminer une guerre à la fois *impolitique et sans objet*. » Bonaparte voulait s'en aller : la guerre alors était sans objet et impolitique ! L'ancienne monarchie fut du reste aussi coupable que la République : les archives de ses affaires étrangères conservent plusieurs plans de colonies françaises à établir en Égypte ; Leibnitz lui-même avait conseillé la colonie égyptienne à Louis XIV. Les Anglais n'estiment que la politique positive, celle des intérêts ; la fidélité aux traités et les scrupules moraux leur semblent puérils.

Enfin l'heure était sonnée : arrêté aux frontières orientales de l'Asie, Bonaparte va saisir d'abord le sceptre de l'Europe, pour chercher ensuite au nord, par un autre chemin, les portes de l'Himalaya et les splendeurs de Cachemire. Sa dernière lettre à Kléber, datée d'Alexandrie, 22 août 1799, est de toute excellence et réunit la raison, l'expérience et l'autorité. La fin de cette lettre s'élève à un pathétique sérieux et pénétrant.

« Vous trouverez ci-joint, citoyen général, un ordre pour prendre le commandement en chef de l'armée. La crainte que la croisière anglaise ne reparaisse d'un moment à l'autre me fait précipiter mon voyage de deux ou trois jours.

« J'emmène avec moi les généraux Berthier, Andréossi, Murat, Lannes et Marmont, et les citoyens Monge et Bertholet.

« Vous trouverez ci-joints les papiers anglais et de Francfort jusqu'au 10 juin. Vous y verrez que nous avons perdu l'Italie, que Mantoue, Turin et Tortone sont bloqués. J'ai lieu d'espérer que la première tiendra jusqu'à la fin de novembre. J'ai l'espérance, si la fortune me sourit, d'arriver en Europe avant le commencement d'octobre. »

Suivent des instructions particulières.

« Vous savez apprécier aussi bien que moi combien la possession de l'Égypte est importante à la France : cet empire turc, qui menace ruine de tous côtés, s'écroule aujourd'hui, et l'évacuation de l'Égypte serait un malheur d'autant plus grand, que nous verrions de nos jours cette belle province en d'autres mains européennes.

« Les nouvelles des succès ou des revers qu'aura la République doivent aussi entrer puissamment dans vos calculs.

....

« Vous connaissez, citoyen général, quelle est ma manière de voir sur la politique intérieure de l'Égypte : quelque chose que vous fassiez, les chrétiens seront toujours nos amis. Il faut les empêcher d'être trop insolents, afin que les Turcs n'aient pas contre nous le même fanatisme que contre les chrétiens, ce qui nous les rendrait irréconciliables.

....

« J'avais déjà demandé plusieurs fois une troupe de comédiens ; je prendrai un soin particulier de vous en envoyer. Cet article est très important pour l'armée et pour commencer à changer les mœurs du pays.

« La place importante que vous allez occuper en chef va vous mettre à même enfin de déployer les talents que la nature vous a donnés. L'intérêt de ce qui se passera ici est vif, et les résultats en seront immenses pour le commerce, pour la civilisation ; ce sera l'époque d'où dateront de grandes révolutions.

« Accoutumé à voir la récompense des peines et des travaux de la vie dans l'opinion de la postérité, j'abandonne avec le plus grand regret l'Égypte. L'intérêt de la patrie, sa gloire, l'obéissance, les événements extraordinaires qui viennent de se passer, me décident seuls à passer au milieu des escadres ennemies pour me rendre en Europe. Je serai d'esprit et de cœur avec vous. Vos succès me seront aussi chers que ceux où je me trouverais en personne, et je regarderai comme mal employés tous les jours de ma vie où je ne ferai pas quelque chose pour l'armée dont je vous laisse le commandement, et pour consolider le magnifique établissement dont les fondements viennent d'être jetés.

« L'armée que je vous confie est toute composée de mes enfants ; j'ai eu dans tous les temps, même dans les plus grandes peines, des marques de leur attachement. Entretenez-les dans ces sentiments, vous le devez à l'estime et à l'amitié toute particulière que j'ai pour vous et à l'attachement vrai que je leur porte.

« BONAPARTE. »

Jamais le guerrier n'a retrouvé d'accents pareils ; c'est Napoléon qui finit ; l'empereur, qui suivra, sera sans doute plus étonnant encore ; mais combien plus haïssable ! Sa voix n'aura plus le son des jeunes années : le temps, le despotisme, l'ivresse de la prospérité, l'auront altérée.

Bonaparte aurait été bien à plaindre s'il eût été contraint, en vertu de l'ancienne loi égyptienne, à tenir trois jours embrassés les *enfants* qu'il avait fait mourir. Il avait songé, pour les soldats qu'il laissait exposés à l'ardeur du soleil, à ces distractions que le capitaine Parry employa trente-deux ans après pour ses matelots dans les

nuits glacées du pôle[1]. Il envoie le testament de l'Égypte
à son brave successeur, qui sera bientôt assassiné, et il se
dérobe furtivement, comme César se sauva à la nage dans
le port d'Alexandrie. Cette reine que le poète appelait un
fatal prodige[2], Cléopâtre, ne l'attendait pas ; il allait au
rendez-vous secret que lui avait donné le sort, autre puissance infidèle. Après s'être plongé dans l'Orient, source
des renommées merveilleuses, il nous revient, sans toutefois être monté à Jérusalem, de même qu'il n'entra jamais
dans Rome. Le Juif qui criait : Malheur ! malheur ! rôda
autour de la ville sainte, sans pénétrer dans ses habitacles
éternels[3]. Un poète, s'échappant d'Alexandrie, monte le
dernier sur la frégate aventureuse. Tout imprégné des
miracles de la Judée, ayant appris la tombe aux Pyramides, Bonaparte franchit les mers, insouciant de leurs
vaisseaux et de leurs abîmes : tout était guéable pour ce
géant, événements et flots.

Napoléon prend la route que j'ai suivie : il longe
l'Afrique par des vents contraires ; au bout de vingt-un
jours, il double le cap Bon ; il gagne les côtes de Sardaigne, est forcé de relâcher à Ajaccio, promène ses
regards sur les lieux de sa naissance, reçoit quelque argent
du cardinal Fesch, et se rembarque ; il découvre une flotte
anglaise qui ne le poursuit pas. Le 8 octobre, il entra dans
la rade de Fréjus, non loin de ce golfe Juan où il se devait
manifester une terrible et dernière fois. Il aborde à terre,
part, arrive à Lyon, prend la route du Bourbonnais, entre à
Paris le 16 octobre. Tout paraît disposé contre lui, Barras,
Sieyès, Bernadotte, Moreau ; et tous ces opposants le
servent comme par miracle. La conspiration s'ourdit ; le
gouvernement est transféré à Saint-Cloud. Bonaparte veut

---

1. William Parry réalisa quatre expéditions vers le pôle Nord de
1819 à 1826. *Cf.* Introduction du *Voyage en Amérique* : « Le capitaine
Parry, ses officiers et son équipage, pleins de santé, chaudement
enfermés dans leur vaisseau, ayant des vivres en abondance, jouaient
la comédie, exécutaient des danses et représentaient des mascarades »
(*Œuvres*, 1, p. 648). 2. « Fatale monstrum » (Horace, *Odes*, I,
XXXVII, vers 21). 3. Voir *Itinéraire*, p. 1316. Chateaubriand cite
de nouveau cette anecdote relative au siège de Jérusalem par Titus
(Josèphe, *Guerre des Juifs*, VII) dans les *Études historiques*.

haranguer le conseil des Anciens : il se trouble, il balbutie les mots de frères d'armes, de volcan, de victoire, de César ; on le traite de Cromwell, de tyran, d'hypocrite : il veut accuser et on l'accuse ; il se dit accompagné du dieu de la guerre et du dieu de la fortune ; il se retire en s'écriant : « Qui m'aime me suive ! » On demande sa mise en accusation ; Lucien, président du conseil des Cinq-Cents, donne sa démission pour ne pas mettre Napoléon hors la loi. Il tire son épée et jure de percer le sein de son frère, si jamais il essaie de porter atteinte à la liberté. On parlait de faire fusiller le soldat déserteur, l'infracteur des lois sanitaires, le porteur de la peste, et on le couronne. Murat fait sauter par les fenêtres les représentants ; le 18 brumaire s'accomplit ; le gouvernement consulaire naît, et la liberté meurt.

Alors s'opère dans le monde un changement absolu : l'homme du dernier siècle descend de la scène, l'homme du nouveau siècle y monte ; Washington, au bout de ses prodiges, cède la place à Bonaparte, qui recommence les siens. Le 9 novembre le président des États-Unis ferme l'année 1799, le Premier Consul de la République française ouvre l'année 1800 :

Un grand destin commence, un grand destin s'achève.
                                        CORNEILLE [1].

C'est sur ces événements immenses qu'est écrite cette première partie de mes *Mémoires* que vous avez vue, ainsi qu'un texte moderne profanant d'antiques manuscrits. Je comptais mes abattements et mes obscurités à Londres sur les élévations et l'éclat de Napoléon ; le bruit de ses pas se mêlait au silence des miens dans mes promenades solitaires ; son nom me poursuivait jusque dans les réduits où se rencontraient les tristes indigences de mes compagnons d'infortune, et les joyeuses détresses, ou, comme aurait dit notre vieille langue, les misères *hilareuses* de Pelletier. Napoléon était de mon âge : partis tous les deux du sein de l'armée, il avait gagné cent batailles que je languissais encore dans l'ombre de ces

---

1. *Attila*, I, 2.

émigrations qui furent le piédestal de sa fortune. Resté si loin derrière lui, le pouvais-je jamais rejoindre ? Et néanmoins quand il dictait des lois aux monarques, quand il les écrasait de ses armées et faisait jaillir leur sang sous ses pieds, quand le drapeau à la main, il traversait les ponts d'Arcole et de Lodi, quand il triomphait aux Pyramides, aurais-je donné pour toutes ces victoires une seule de ces heures oubliées qui s'écoulaient en Angleterre dans une petite ville inconnue ? Oh ! magie de la jeunesse !

LIVRE VINGTIÈME

(1)

Position de la France au retour de Bonaparte de la campagne d'Égypte.

Je quittai l'Angleterre quelques mois après que Napoléon eut quitté l'Égypte [1] ; nous revînmes en France presque en même temps, lui de Memphis, moi de Londres : il avait saisi des villes et des royaumes ; ses mains étaient pleines de puissantes réalités ; je n'avais encore pris que des chimères.

Que s'était-il passé en Europe pendant l'absence de Napoléon ?

La guerre recommencée en Italie, au royaume de Naples et dans les États de Sardaigne ; Rome et Naples momentanément occupées ; Pie VI prisonnier, amené pour mourir en France ; traité d'alliance conclu entre les cabinets de Pétersbourg et de Londres.

Deuxième coalition continentale contre la France. Le 8 avril 1799, le congrès de Rastadt est rompu, les plénipotentiaires français sont assassinés. Suwaroff, arrivé en Italie, bat les Français à Cassano. La citadelle de Milan se rend au général russe. Une de nos armées, forcée

---

1. Voir livre XIII, chap. 3.

d'évacuer Naples, se soutient à peine, commandée par le général Macdonald. Masséna défend la Suisse.

Mantoue succombe après un blocus de soixante-douze jours et un siège de vingt. Le 15 octobre 1799, le général Joubert, tué à Novi, laisse le champ libre à Bonaparte ; il était destiné à jouer le rôle de celui-ci : malheur à qui barrait une fortune fatale, témoin Hoche, Moreau et Joubert ! Vingt mille Anglais descendus au Helder y restent inutiles ; leur flotte en partie est bloquée par les glaces ; notre cavalerie charge sur des vaisseaux et les prend. Dix-huit mille Russes, auxquels les combats et les fatigues ont réduit l'armée de Suwaroff, ayant passé le Saint-Gothard le 24 septembre, se sont engagés dans la vallée de la Reuss. Masséna sauve la France à la bataille de Zurich. Suwaroff, rentré en Allemagne, accuse les Autrichiens et se retire en Pologne. Telle était la position de la France, lorsque Bonaparte reparaît, renverse le Directoire et établit le Consulat.

Avant de m'engager plus loin, je rappellerai une chose dont on doit déjà être convaincu : je ne m'occupe pas d'une vie particulière de Bonaparte ; je trace l'abrégé et le résumé de ses actions ; je peins ses batailles, je ne les décris pas ; on les trouve partout, depuis Pommereul, qui a donné les *Campagnes d'Italie*[1], jusqu'à nos généraux critiques et censeurs des combats où ils assistèrent, jusqu'aux tacticiens étrangers, anglais, russes, allemands, italiens, espagnols. Les bulletins publics de Napoléon et ses dépêches secrètes forment le fil très peu sûr de ces narrations. Les travaux du lieutenant général Jomini fournissent la meilleure source d'instruction : l'auteur est d'autant plus croyable, qu'il a fait preuve d'études dans son *Traité de la grande tactique* et dans son *Traité des grandes opérations militaires*[2]. Admirateur de Napoléon

---

1. Son ouvrage est intitulé : *Campagnes du général Bonaparte en Italie pendant les années IV et V de la République française*, par un officier général, Plassans, an V-1797.   2. Le Vaudois Antoine-Henri Jomini (1779-1869), créé baron en 1807, demeura au service de la France de 1804 à 1812, avant de passer au service de la Russie (jusqu'à la guerre de Crimée incluse). Il passe pour le plus lucide interprète de la pensée stratégique de Napoléon. La seconde édition de son *Traité*

jusqu'à l'injustice, attaché à l'état-major du maréchal
Ney, on a de lui l'histoire critique et militaire des campagnes de la Révolution ; il a vu de ses propres yeux la
guerre en Allemagne, en Prusse, en Pologne et en Russie
jusqu'à la prise de Smolensk ; il était présent en Saxe aux
combats de 1813 ; de là il passa alors aux alliés ; il fut
condamné à mort par un conseil de guerre de Bonaparte,
et nommé au même moment aide de camp de l'empereur
Alexandre. Attaqué par le général Sarrazin, dans son *Histoire de la guerre de Russie et d'Allemagne*[1], Jomini lui
répliqua. Jomini a eu à sa disposition les matériaux
déposés au ministère de la guerre et aux autres archives
du royaume ; il a contemplé à l'envers la marche rétrograde de nos armées, après avoir servi à les guider en
avant. Son récit est lucide et entremêlé de quelques
réflexions fines et judicieuses. On lui a souvent emprunté
des pages entières sans le dire ; mais je n'ai point la vocation de copiste et je n'ambitionne point le renom suspect
d'un César méconnu, auquel il n'a manqué qu'un casque
pour soumettre de nouveau la terre. Si j'avais voulu venir
au secours de la mémoire des vétérans, en manœuvrant
sur des cartes, en courant autour des champs de bataille
couverts de paisibles moissons, en extrayant[2] tant et tant
de documents, en entassant descriptions sur descriptions
toujours les mêmes, j'aurais accumulé volumes sur
volumes, je me serais fait une réputation de capacité, au
risque d'ensevelir sous mes labeurs moi, mon lecteur et
mon héros. N'étant qu'un petit soldat, je m'humilie

---

des grandes opérations militaires, refondu en huit volumes, a paru de
1811 à 1816 chez Magimel. On lui doit aussi une *Histoire critique et
militaire des campagnes de la Révolution de 1792 à 1801* (seconde
édition augmentée, Anselin et Pochard, 15 vol., 1819-1824), ainsi
qu'une *Vie politique de Napoléon* (*ibid.*, 1827).
   1. Dans son *Histoire de la guerre de Russie (...) depuis le passage
du Niémen, juin 1812, jusqu'au passage du Rhin, Novembre 1813*
(Rosa, 1815), Sarrazin rendait Jomini responsable, par sa défection, de
la désastreuse campagne de Saxe : il aurait communiqué à la coalition
les plans de Napoléon.   **2.** Au sens classique de *faire des extraits*
(citations ou résumé).

devant la science des Végèce[1] ; je n'ai point pris pour mon public les officiers à demi-solde ; le moindre caporal en sait plus que moi.

(2)

CONSULAT

Nouvelle invasion de l'Italie.
Campagne de trente jours.
Victoire de Hohenlinden. – Paix de Lunéville.

Pour s'assurer de la place où il s'était assis, Napoléon avait besoin de se surpasser en miracles.

Le 25 et le 30 avril 1800, les Français franchissent le Rhin, Moreau à leur tête. L'armée autrichienne, battue quatre fois en huit jours, recule d'un côté jusqu'au Voralberg, de l'autre jusqu'à Ulm. Bonaparte passe le grand Saint-Bernard le 16 mai ; et le 20 le petit Saint-Bernard, le Simplon, le Saint-Gothard, le mont Cenis, le mont Genève, sont escaladés et emportés ; nous pénétrons en Italie par trois débouchés réputés imprenables, cavernes des ours, rochers des aigles. L'armée s'empare de Milan le 2 juin, et la République cisalpine se réorganise ; mais Gênes est obligé de se rendre après un siège mémorable, soutenu par Masséna.

L'occupation de Pavie et l'affaire heureuse de Montebello précèdent la victoire de Marengo.

Une défaite commence cette victoire : les corps de Lannes et de Victor épuisés cessent de combattre et abandonnent le terrain ; la bataille se renouvelle avec quatre mille hommes d'infanterie que conduit Desaix et qu'appuie la brigade de cavalerie de Kellermann[2] ; Desaix est

---

1. Flavius Végèce publia, sous le règne de Valentinien II, à la fin du IVᵉ siècle, un traité sur la tactique des Romains (*De Re militari*) qui connut de nombreuses éditions savantes au XVIIIᵉ siècle. 2. François-Étienne Kellermann (1770-1835), le fils du vainqueur de Valmy.

tué. Une charge de Kellermann décide le succès de la journée qu'achève de compléter l'esprit commun[1] de Mélas.

Desaix, gentilhomme d'Auvergne, sous-lieutenant dans le régiment de Bretagne, aide de camp du général Victor de Broglie, commanda en 1796 une division de l'armée de Moreau, et passa en Orient avec Bonaparte. Son caractère était désintéressé, naïf et facile. Lorsque le traité d'El-Arisch l'eut rendu libre, il fut retenu par lord Keith au lazaret de Livourne. « Quand les lumières étaient éteintes, dit Miot, son compagnon de voyage, notre général nous faisait conter des histoires de voleurs et de revenants ; il partageait nos plaisirs et apaisait nos querelles ; il aimait beaucoup les femmes et n'aurait voulu mériter leur amour que par son amour pour la gloire. » À son débarquement en Europe, il reçut une lettre du Premier Consul qui l'appelait auprès de lui ; elle l'attendrit, et Desaix disait : « Ce pauvre Bonaparte est couvert de gloire, et il n'est pas heureux. » Lisant dans les journaux la marche de l'armée de réserve, il s'écriait : « Il ne nous laissera rien à faire. » Il lui laissait à lui donner la victoire et à mourir.

Desaix fut inhumé sur le haut des Alpes, à l'hospice du mont Saint-Bernard, comme Napoléon sur les mornes de Sainte-Hélène.

Kléber assassiné trouva la mort en Égypte, de même que Desaix la rencontra en Italie[2]. Après le départ du commandant en chef, Kléber avec onze mille hommes défait cent mille Turcs sous les ordres du grand vizir, à Héliopolis ; exploit auquel Napoléon n'a rien à comparer.

Le 16 juin, convention d'Alexandrie. Les Autrichiens se retirent sur la rive gauche du bas Pô. Le sort de l'Italie est décidé dans cette campagne appelée de *trente jours*.

Le triomphe d'Hochstedt obtenu par Moreau console

---

1. Au lieu de presser la charge de sa cavalerie, qui aurait pu transformer la retraite des Français en déroute, le vieux général autrichien, trop vite persuadé de la victoire, se retira du champ de bataille, laissant à un subordonné le soin de terminer les opérations.   **2.** Le même jour, 14 juin 1800.

l'ombre de Louis XIV [1]. Cependant l'armistice entre l'Allemagne et l'Italie, conclu après la bataille de Marengo, était dénoncé le 20 octobre 1800.

Le 3 décembre amena la victoire de Hohenlinden au milieu d'une tempête de neige ; victoire encore obtenue par Moreau, grand général sur qui dominait un autre grand génie. Le compatriote de Du Guesclin marche sur Vienne. À vingt-cinq lieues de cette capitale, il conclut la suspension d'armes de Steyer avec l'archiduc Charles. Après la bataille de Pozzolo, le passage du Mincio, de l'Adige, et de la Brenta, survient, le 9 février 1801, le traité de paix de Lunéville.

Et il n'y avait pas neuf mois [2] que Napoléon était au bord du Nil ! Neuf mois lui avaient suffi pour renverser la révolution populaire en France et pour écraser les monarchies absolues en Europe.

Je ne sais plus si c'est à cette époque qu'il faut placer une anecdote que l'on trouve dans des mémoires familiers, et si cette anecdote mérite la peine d'être rappelée ; mais il ne manque pas d'historiettes sur César ; la vie n'est pas toute en plaine, on monte quelquefois, on descend souvent : Napoléon avait reçu dans son lit, à Milan, une Italienne de seize années, belle comme le jour ; au milieu de la nuit il la renvoya, de même qu'il aurait fait jeter par la fenêtre un bouquet de fleurs.

Une autre fois, une de ces printanières s'était glissée dans le même palais que lui ; elle rentrait à trois heures du matin, faisait le sabbat et roulait ses jeunes années sur la tête du lion, ce jour-là plus patient.

Ces plaisirs, loin d'être l'amour, n'avaient même pas une vraie puissance sur un homme de la mort : il aurait incendié Persépolis pour son propre compte, non pour les

---

1. La victoire de Hochstedt (19 juin 1800) ne rappelle pas seulement celle que remporta le maréchal de Villars, le 20 septembre 1702 ; elle efface aussi le souvenir de la défaite essuyée par les Français près du village voisin de Blenheim face au duc de Marlborough, secondé par le prince Eugène.   2. Comme le prouve la phrase suivante, Chateaubriand calcule le temps qui sépare le retour de Napoléon (octobre 1799) de la bataille de Marengo.

joies d'une courtisane[1]. « François Ier, dit Tavannes[2], voit
les affaires quand il n'a plus de femmes ; Alexandre voit
les femmes quand il n'a plus d'affaires. »

Les femmes, en général, détestaient Bonaparte comme
mères ; elles l'aimaient peu comme femmes, parce
qu'elles n'en étaient pas aimées : sans délicatesse, il les
insultait, ou ne les recherchait que pour un moment. Il a
inspiré quelque passion d'imagination après sa chute : en
ce temps-ci, et pour un cœur de femme, la poésie de la
fortune est moins séduisante que celle du malheur ; il y a
des fleurs de ruines.

À l'instar de l'ordre des chevaliers de Saint-Louis, la
Légion d'honneur est créée : par cette institution passe un
rayon de la vieille monarchie, et s'introduit un obstacle à
la nouvelle égalité. La translation des cendres de Turenne
aux Invalides[3] fit estimer Napoléon ; l'expédition du
capitaine Baudain portait sa renommée autour du
monde[4]. Tout ce qui pouvait nuire au Premier Consul
échoue : il se débarrasse du complot des prévenus du
18 vendémiaire[5] et échappe le 3 nivôse à la machine
infernale ; Pitt se retire ; Paul meurt[6] ; Alexandre lui succède ; on n'apercevait point encore Wellington. Mais
l'Inde s'ébranle pour nous enlever notre conquête du Nil ;
l'Égypte est attaquée par la mer Rouge, tandis que le
Capitan-Pacha l'aborde par la Méditerranée[7]. Napoléon
agite les empires : toute la terre se mêlait de lui.

---

1. *Cf.* Plutarque, *Alexandre*, LXVII.   **2.** Les *Mémoires* de Gaspard
de Saulx, maréchal de Tavannes (1555-1629), ont été publiés dans la collection Petitot, 2e série, t. XXIII-XXV, 1822.   **3.** Le 22 septembre
1800.   **4.** Cette expédition, dirigée par le capitaine Nicolas Baudin,
appareilla du Havre le 19 octobre 1800, pour aller explorer les terres australes.   **5.** Dans cette conspiration jacobine du 10 octobre 1800, dite
« des poignards », furent impliqués le sculpteur Ceracchi, le peintre
Topino-Lebrun, Demerville, ancien secrétaire de Barère, et le Corse
Joseph Aréna. Condamnés à mort, ils furent exécutés peu après.   **6.** Pitt
donna sa démission le 5 février 1801 ; il reprendra la direction du cabinet
anglais de mai 1804 à sa mort le 23 janvier 1806. De son côté, le tsar Paul Ier
fut assassiné le 23 mars 1801.   **7.** Le débarquement ottoman à Aboukir
date du 25 mars 1801. Le 23 mai suivant, le général Baird arrivait à Kosseir
avec un corps expéditionnaire de 10 000 Cipayes encadrés par mille
Anglais.

(3)

PAIX D'AMIENS.
RUPTURE DU TRAITÉ. — BONAPARTE ÉLEVÉ À L'EMPIRE.

Les préliminaires de la paix entre la France et l'Angleterre, arrêtés à Londres le 1er octobre 1801, sont convertis en traité à Amiens. Le monde napoléonien n'était point encore fixé ; ses limites changeaient avec la crue ou la décroissance des marées de nos victoires.

C'est à peu près alors que le Premier Consul nommait Toussaint-Louverture gouverneur à vie à Saint-Domingue, et incorporait l'île d'Elbe à la France ; mais Toussaint, traîtreusement enlevé, devait mourir dans un château fort du Jura[1], et Bonaparte se nantissait d'une prison à Porto-Ferrajo[2], afin de subvenir à l'empire du monde quand il n'y aurait plus de place.

Le 6 mai 1802, Napoléon est élu consul pour dix ans, et bientôt consul à vie. Il se trouve à l'étroit dans la vaste domination que la paix avec l'Angleterre lui avait laissée : sans s'embarrasser du traité d'Amiens, sans songer aux guerres nouvelles où sa résolution va le plonger, sous prétexte de la non-évacuation de Malte, il réunit les provinces du Piémont aux États français, et, en raison des troubles survenus en Suisse, il l'occupe. L'Angleterre rompt avec nous : cette rupture a lieu du 13 au 20 mai 1803[3], et le 22 mai paraît le décret sauvage qui enjoint d'arrêter tous les Anglais commerçant ou voyageant en France.

---

1. Le 7 avril 1803, au fort de Joux (voir livre XXXIX, chap. 3). **2.** Elbe, qui a pour capitale Porto-Ferrajo, fut réunie au territoire français le 26 août 1802. **3.** Withworth, ambassadeur de Grande-Bretagne, quitta effectivement Paris le 13 mai, malgré les efforts du gouvernement français pour le retenir ; et c'est bien le 20 mai que le Premier Consul, dans un message à chacune des Assemblées, constata la rupture de la paix, après que les Anglais, sans déclaration de guerre, eurent saisi les navires français à leur portée.

Bonaparte envahit le 3 juin l'électorat de Hanovre : à Rome, je fermais alors les yeux d'une femme ignorée.

Le 21 mars 1804 amène la mort du duc d'Enghien : je vous l'ai raconté. Le même jour, le Code civil ou le Code Napoléon est décrété pour nous apprendre à respecter les lois.

Quarante jours après la mort du duc d'Enghien, un membre du Tribunat, nommé Curée[1], fait, le 30 avril 1804, la motion d'élever Bonaparte au suprême pouvoir, apparemment parce qu'on avait juré la liberté : jamais maître plus éclatant n'est sorti de la proposition d'un esclave plus obscur.

Le Sénat conservateur change en décret la proposition du Tribunat. Bonaparte n'imite ni César ni Cromwell : plus assuré devant la couronne, il l'accepte. Le 18 mai il est proclamé empereur à Saint-Cloud, dans les salles dont lui-même chassa le peuple, dans les lieux où Henri III fut assassiné, Henriette d'Angleterre empoisonnée[2], Marie-Antoinette accueillie de quelques joies fugitives qui la conduisirent à l'échafaud, et d'où Charles X est parti pour son dernier exil.

Les adresses de congratulation débordent. Mirabeau en 1790 avait dit : « Nous donnons un nouvel exemple de cette aveugle et mobile inconsidération qui nous a conduits d'âge en âge à toutes les crises qui nous ont successivement affligés. Il semble que nos yeux ne puissent être dessillés et que nous ayons résolu d'être, jusqu'à la consommation des siècles, des enfants quelquefois mutins et toujours esclaves. »

Le plébiscite du 1er décembre 1804 est présenté à Napoléon ; l'empereur répond : *Mes descendants conser-*

---

1. Jean-François Curée (1756-1835) avait été membre de toutes les Assemblées depuis la Législative, sans laisser de traces particulières. Il fut récompensé de son zèle par une nomination au Sénat (14 août 1807), puis par le titre de comte de La Bédissière (15 juin 1808), avant de se retirer dans sa ville natale de Pézenas.   2. Lorsque la duchesse d'Orléans mourut à Saint-Cloud, en quelques heures, le 29 juin 1670, on attribua sa disparition au poison que lui aurait fait administrer le chevalier de Lorraine, favori de son mari.

veront longtemps ce trône. Quand on voit les illusions
dont la Providence environne le pouvoir, on est consolé
par leur courte durée.

(4)

EMPIRE

SACRE. – ROYAUME D'ITALIE.

Le 2 décembre 1804 eurent lieu le sacre et le couronnement de l'empereur à Notre-Dame de Paris. Le pape
prononça cette prière : « Dieu tout-puissant et éternel,
qui avez établi Hazaël pour gouverner la Syrie, et Jéhu
roi d'Israël, en leur manifestant vos volontés par l'organe du prophète Élie ; qui avez également répandu,
l'onction sainte des rois sur la tête de Saül et de David,
par le ministère du prophète Samuel, répandez par mes
mains le trésor de vos grâces et de vos bénédictions
sur votre serviteur Napoléon, que malgré notre indignité
personnelle, nous consacrons aujourd'hui empereur en
votre nom. » Pie VII n'étant encore qu'évêque d'Imola
avait dit en 1797 : « Oui, mes très chers frères, *siate
buoni cristiani, e sarete ottimi democratici*[1]. Les vertus
morales rendent bons démocrates. Les premiers chrétiens étaient animés de l'esprit de démocratie : Dieu
favorisa les travaux de Caton d'Utique et des illustres
républicains de Rome. » *Quo turbine fertur vita homi-
num*[2] ?

Le 18 mars 1805, l'empereur déclare au Sénat qu'il
accepte la couronne de fer que lui sont venus offrir les
collèges électoraux de la République cisalpine : il était à
la fois l'inspirateur secret du vœu et l'objet public du
vœu. Peu à peu l'Italie entière se range sous les lois ; il

---

1. « Soyez de bons chrétiens et vous serez de très bons démocrates ».   2. « Par quel tourbillon la vie des hommes est-elle emportée ? »

l'attache à son diadème, comme au XVIe siècle les chefs de guerre mettaient un diamant en guise de bouton à leur chapeau.

(5)

INVASION DE L'ALLEMAGNE. – AUSTERLITZ.
TRAITÉ DE PAIX DE PRESBOURG. – LE SANHÉDRIN.

L'Europe blessée voulut mettre un appareil à sa blessure : l'Autriche adhère au traité de Petersbourg conclu entre la Grande-Bretagne et la Russie[1]. Alexandre et le roi de Prusse ont une entrevue à Potsdam, ce qui fournit à Napoléon un sujet d'ignobles moqueries[2]. La troisième coalition continentale s'ourdit. Ces coalitions renaissaient sans cesse de la défiance et de la terreur ; Napoléon s'éjouissait dans les tempêtes : il profite de celle-ci.

Du rivage de Boulogne où il décrétait une colonne et menaçait Albion avec des chaloupes, il s'élance. Une armée organisée par Davoust se transporte comme un nuage à la rive du Rhin. Le 1er octobre 1805, l'empereur harangue ses cent soixante mille soldats : la rapidité de son mouvement déconcerte l'Autriche. Combat du Lech, combat de Werthingen, combat de Guntzbourg. Le 17 octobre, Napoléon paraît devant Ulm ; il fait à Mack le commandement : *Armes bas !* Mack obéit avec ses trente mille hommes. Munich se rend ; l'Inn est passé, Salzbourg pris, la Traun franchie. Le 13 novembre, Napoléon pénètre dans une de ces capitales qu'il visitera tour à tour : il traverse Vienne, enchaîné à ses propres triomphes, il est emmené à leur suite jusqu'au centre de la Moravie à la rencontre des Russes. À gauche la

---

1. Cette adhésion à la convention anglo-russe, signée à Saint-Pétersbourg le 11 avril précédent, date du 9 août 1805. **2.** Au cours de cette entrevue (1er octobre 1805), les souverains se promirent, sur le tombeau de Frédéric II, une mutuelle assistance contre les ambitions françaises.

Bohême s'insurge ; à droite les Hongrois se lèvent ; l'archiduc Charles accourt d'Italie. La Prusse, entrée clandestinement dans la coalition et ne s'étant pas encore déclarée, envoie le ministre Haugwitz porteur d'un ultimatum.

Arrive le 2 décembre 1805, la journée d'Austerlitz. Les alliés attendaient un troisième corps russe, qui n'était plus qu'à huit marches de distance. Kutuzoff soutenait qu'on devait éviter de risquer une bataille ; Napoléon par ses manœuvres force les Russes d'accepter le combat : ils sont défaits. En moins de deux mois les Français, partis de la mer du Nord, ont, par delà la capitale de l'Autriche, écrasé les légions de Catherine. Le ministre de Prusse vient féliciter Napoléon à son quartier général : « Voilà, dit le vainqueur, un compliment dont la fortune a changé l'adresse. » François second se présente à son tour au bivouac du soldat heureux : « Je vous reçois, lui dit Napoléon, dans le seul palais que j'habite depuis deux mois. – Vous savez si bien tirer parti de cette habitation, répondit François, qu'elle doit vous plaire [1]. » De pareils souverains valaient-ils la peine d'être abattus ? Un armistice est accordé. Les Russes se retirent en trois colonnes à journée d'étape dans un ordre déterminé par Napoléon. Depuis la bataille d'Austerlitz, Bonaparte ne fait presque plus que des fautes.

Le traité de paix de Presbourg est signé le 26 décembre 1805. Napoléon fabrique deux rois, l'électeur de Bavière et l'électeur de Wurtemberg. Les républiques que Bonaparte avaient créées, il les dévorait pour les transformer en monarchies ; et, contradictoirement à ce système, le 27 décembre 1805, au château de Schœnbrünn, il déclare que *la dynastie de Naples a cessé de régner* ; mais c'était pour la remplacer par la sienne : à sa voix, les rois entraient ou sautaient par les fenêtres. Les desseins de la Providence ne s'accomplissaient pas moins avec ceux de Napoléon : on voit marcher à la fois Dieu et l'homme. Bonaparte après sa victoire ordonne de bâtir le pont

---

1. Ce dialogue est rapporté par Artaud, *Histoire du pape Pie VII*, t. 2, p. 112.

d'Austerlitz à Paris, le ciel ordonne à Alexandre d'y passer.

La guerre commencée dans le Tyrol s'était poursuivie tandis qu'elle continuait en Moravie. Au milieu des prosternations, quand on trouve un homme debout, on respire : Hofer le Tyrolien[1] ne capitula pas comme son maître ; mais la magnanimité ne touchait point Napoléon ; elle lui semblait stupidité ou folie. L'empereur d'Autriche abandonna Hofer. Lorsque je traversai le lac de Garde, qu'immortalisèrent Catulle et Virgile, on me montra l'endroit où fut fusillé le chasseur : c'est tout ce que j'ai su personnellement du courage du sujet et de la lâcheté du Roi.

Le prince Eugène, le 14 janvier 1806, épousa la fille du nouveau roi de Bavière : les trônes s'abattaient de toute part dans la famille d'un soldat de la Corse. Le 20 février l'empereur décrète la restauration de l'église de Saint-Denis ; il consacre les caveaux reconstruits à la sépulture des princes de sa race, et Napoléon n'y sera jamais enseveli : l'homme creuse la tombe ; Dieu en dispose.

Berg et Clèves sont dévolus à Murat, les Deux-Siciles à Joseph. Un souvenir de Charlemagne traverse la cervelle de Napoléon et l'Université est érigée.

La République batave, contrainte à aimer les princes, envoie le 5 juin 1806 implorer Napoléon, afin qu'il daignât lui accorder son frère Louis pour roi.

L'idée de l'association de la Batavie à la France par une union plus ou moins déguisée ne provenait que d'une convoitise sans règle et sans raison : c'était préférer une petite province à fromage aux avantages qui résulteraient de l'alliance d'un grand royaume ami, en augmentant sans profit les frayeurs et les jalousies de l'Europe ; c'était confirmer aux Anglais la possession de l'Inde, en les obligeant, pour leur sûreté, de garder le cap de Bonne-

---

1. C'est au printemps de 1809 qu'Andréas Hofer (1767-1810) déclencha une insurrection dans le Tyrol, annexé au nouveau royaume de Bavière. Capturé le 8 janvier 1810, le patriote tyrolien fut traduit devant un conseil de guerre à Mantoue, puis exécuté sur ordre exprès de Napoléon.

Espérance et Ceylan dont ils s'étaient emparés à notre première invasion de la Hollande. La scène de l'octroiement des Provinces-Unies au prince Louis était préparée : on donna au château des Tuileries une seconde représentation de Louis XIV faisant paraître au château de Versailles son petit-fils Philippe V. Le lendemain il y eut déjeuner en grand gala, dans le salon de Diane. Un des enfants de la reine Hortense entre ; Bonaparte lui dit : « Chouchou, répète-nous la fable que tu as apprise. » L'enfant aussitôt : *Les grenouilles qui demandent un roi.* Et il continue :

> *Les grenouilles, se lassant*
> *De l'état démocratique,*
> *Par leurs clameurs firent tant*
> *Que Jupin leur donna un roi tout pacifique*[1].

Assis derrière la récente souveraine de Hollande, l'empereur, selon une de ses familiarités, lui pinçait les oreilles : s'il était de grande société, il n'était pas toujours de bonne compagnie.

Le 17 de juillet 1806 a lieu le traité de la confédération des États du Rhin ; quatorze princes allemands se séparent de l'Empire, s'unissent entre eux et avec la France : Napoléon prend le titre de protecteur de cette confédération.

Le 20 juillet la paix de la France avec la Russie étant signée, François II, par suite de la confédération du Rhin, renonce le 6 août à la dignité d'empereur électif d'Allemagne et devient empereur héréditaire d'Autriche[2] : le Saint-Empire romain croule. Cet immense événement fut à peine remarqué ; après la Révolution française, tout était petit ; après la chute du trône de Clovis, on entendait à peine le bruit de la chute du trône germanique.

Au commencement de notre Révolution, l'Allemagne

---

1. Chateaubriand résume, dans ce dernier vers, le texte plus circonstancié de La Fontaine (*Fables* III, 4) : « Que Jupin les soumit au pouvoir monarchique. / Il leur tomba du ciel un roi tout pacifique (...) » 2. Prenant dès lors le nom de François Ier.

comptait une multitude de souverains. Deux principales monarchies tendaient à attirer vers elles les différents pouvoirs : l'Autriche créée par le temps, la Prusse par un homme. Deux religions divisaient le pays et s'asseyaient tant bien que mal sur les bases du traité de Westphalie. L'Allemagne rêvait l'unité politique ; mais il manquait à l'Allemagne, pour arriver à la liberté, l'éducation politique, comme pour arriver à la même liberté l'éducation militaire manque à l'Italie. L'Allemagne, avec ses anciennes traditions, ressemblait à ces basiliques aux clochetons multiples, lesquelles pèchent contre les règles de l'art, mais n'en représentent pas moins la majesté de la religion et la puissance des siècles.

La confédération du Rhin est un grand ouvrage inachevé, qui demandait beaucoup de temps, une connaissance spéciale des droits et des intérêts des peuples ; il dégénéra subitement dans l'esprit de celui qui l'avait conçu : d'une combinaison profonde, il ne resta qu'une machine fiscale et militaire. Bonaparte, sa première visée de génie passée, n'apercevait plus que de l'argent et des soldats ; l'exacteur et le recruteur prenait la place du grand homme. Michel-Ange de la politique et de la guerre, il a laissé des cartons remplis d'immenses ébauches.

Remueur de tout, Napoléon imagina vers cette époque le grand Sanhédrin[1] : cette assemblée ne lui adjugea pas Jérusalem ; mais, de conséquence en conséquence, elle a fait tomber les finances du monde aux échoppes des Juifs, et produit par là dans l'économie sociale une fatale subversion.

Le marquis de Lauderdale vint à Paris remplacer M. Fox[2] dans les négociations pendantes entre la France et l'Angleterre ; pourparlers diplomatiques qui se rédui-

---

1. Voir article « Juifs », de Jacques Godechot, dans le *Dictionnaire Napoléon*. 2. Lord Launderdale était arrivé à Paris le 5 août 1806, pour succéder à lord Yarmouth qui avait engagé les pourparlers au printemps précédent. Ceux-ci furent interrompus après la mort du Premier ministre Fox, le 13 septembre.

sirent à ce mot de l'ambassadeur anglais sur M. de Talleyrand : « C'est de la boue* dans un bas de soie[1]. »

(6)

QUATRIÈME COALITION. — LA PRUSSE DISPARAÎT.
DÉCRET DE BERLIN.
GUERRE CONTINUÉE EN POLOGNE CONTRE LA RUSSIE.
TILSIT. — PROJET DE PARTAGE DU MONDE
ENTRE NAPOLÉON ET ALEXANDRE. — PAIX.

Dans le courant de 1806, la quatrième coalition éclate.
Napoléon part de Saint-Cloud, arrive à Mayence, enlève
à Saalbourg les magasins de l'ennemi. À Saalfeldt, le
prince Ferdinand de Prusse est tué. À Auerstaedt et
à Iéna, le 14 octobre, la Prusse disparaît dans une double
bataille ; je ne la retrouvai plus à mon retour de Jérusalem.

Le Bulletin prussien peint tout dans une ligne : « *L'armée du roi a été battue. Le roi et ses frères sont en vie.* »
Le duc de Brunswick survécut peu à ses blessures : en
1792, sa proclamation avait soulevé la France ; il m'avait
salué sur le chemin lorsque, pauvre soldat, j'allai rejoindre les frères de Louis XVI.

Le prince d'Orange[2] et Mœllendorf, avec plusieurs
officiers généraux renfermés dans Halle, ont la permission de se retirer en vertu de la capitulation de la place.

Mœllendorf[3], âgé de plus de quatre-vingts ans, avait

* J'affaiblis l'expression.

1. La célèbre apostrophe fut reprise par Napoléon lui-même lors
de la mémorable scène qu'il fit au prince de Bénévent le 28 janvier
1809.   2. Le futur Guillaume Ier (1772-1843), roi des Pays-Bas
(1815-1830), puis de la seule Hollande depuis 1830 jusqu'à son abdication (1840).   3. Pour ce portrait de Moellendorff, feld-maréchal
prussien, Chateaubriand utilise la notice de *Michaud* (t. XXIX, 1821,
p. 204).

été le compagnon de Frédéric, qui en fait l'éloge dans l'*Histoire de son temps*, de même que Mirabeau dans ses *Mémoires secrets*[1]. Il assista à nos désastres de Rosbach et fut témoin de nos triomphes d'Iéna : ainsi le duc de Brunswick vit à Clostercamp immoler d'Assas, et tomber à Auerstaedt Ferdinand de Prusse, coupable seulement de haine généreuse contre le meurtre du duc d'Enghien. Ces spectres des vieilles guerres de Hanovre et de Silésie avaient touché les boulets de nos deux empires : les ombres impuissantes du passé ne pouvaient arrêter la marche de l'avenir ; entre les fumées de nos anciennes tentes et de nos bivouacs nouveaux, elles parurent et s'évanouirent.

Erfurt capitule ; Leipsick est saisi par Davoust ; les passages de l'Elbe sont forcés ; Spandau cède ; Bonaparte fait prisonnière à Potsdam l'épée de Frédéric. Le 27 octobre 1806, le grand roi de Prusse, dans sa poussière autour de ses palais vides à Berlin, entend porter les armes d'une façon qui lui révèle des grenadiers étrangers : Napoléon est arrivé. Quand le monument de la philosophie[2] s'écroulait au bord de la Sprée, je visitais à Jérusalem le monument impérissable de la religion.

Stettin, Custrin se rendent ; énorme victoire de Lubeck ; la capitale de la Wagrie est emportée d'assaut ; Blücher, destiné à pénétrer deux fois dans Paris, demeure entre nos mains. C'est l'histoire de la Hollande et de ses quarante-six villes emportées dans un voyage en 1672 par Louis XIV.

Le 21 novembre paraît le décret de Berlin sur le système continental, décret gigantesque qui mit l'Angleterre au ban du monde, et fut au moment de s'accomplir ; ce décret paraissait fou, il n'était qu'immense. Nonobstant, si le blocus continental créa d'un côté les manufactures de la France, de l'Allemagne, de la Suisse et de l'Italie, de l'autre il étendit le commerce anglais sur le reste du

---

1. Sur les *Mémoires* de Mirabeau, en réalité son *Histoire secrète de la cour de Berlin* (1787), voir livre XXVI, chap. 2 et 5. Il écrit à propos de Moellendorff : « Cet homme est loyal, simple, ferme, vertueux et en première ligne de talents militaires » (cité dans *Michaud*, p. 205-206). 2. Voir p. 211, note 2.

globe : en gênant les gouvernements de notre alliance, il révolta des intérêts industriels, fomenta des haines, et contribua à la rupture entre le cabinet des Tuileries et le cabinet de Saint-Pétersbourg. Le blocus fut donc un acte douteux : Richelieu ne l'aurait pas entrepris.

Bientôt, à la suite des autres États de Frédéric, la Silésie est parcourue. La guerre avait commencé le 9 octobre entre la France et la Prusse : en dix-sept jours nos soldats, comme une volée d'oiseaux de proie, ont plané sur les défilés de la Franconie, sur les eaux de la Saale et de l'Elbe ; le 6 décembre les trouve au delà de la Vistule. Murat, depuis le 29 novembre, tenait garnison à Varsovie, d'où s'étaient retirés les Russes, venus trop tard au secours des Prussiens. L'électeur de Saxe, enflé en roi [1] napoléonien, accède à la confédération du Rhin, et s'engage à fournir en cas de guerre un contingent de vingt mille hommes.

L'hiver de 1807 suspend les hostilités entre les deux empires de France et de Russie ; mais ces empires se sont abordés, et une altération s'observe dans les destinées. Toutefois, l'astre de Bonaparte monte encore malgré ses aberrations. En 1807, le 7 février [2], il garde le champ de bataille à Eylau : il reste de ce lieu de carnage un des plus beaux tableaux de Gros, orné de la tête idéalisée de Napoléon. Après cinquante et un jours de tranchée, Dantzick ouvre ses portes au maréchal Lefebvre, qui n'avait cessé de dire aux artilleurs pendant le siège : « Je n'y entends rien ; mais fichez-moi un trou et j'y passerai. » L'ancien sergent aux gardes françaises devint duc de Dantzick.

Le 14 juin 1807, Friedland coûte aux Russes dix-sept mille morts et blessés, autant de prisonniers et soixante-dix canons ; nous le payâmes trop cher : nous avions changé d'ennemi ; nous n'obtenions plus de succès sans

---

1. Après le traité de Posen (11 décembre 1806), sous le nom de Frédéric-Auguste Ier. **2.** En réalité la bataille a eu lieu le 8. Et c'est la journée du lendemain que Gros a été invité à représenter (concours de mars 1807), dans le tableau exposé au Salon de 1808.

que la veine française ne fût largement ouverte. Koenigsberg est emporté ; à Tilsit un armistice est conclu.

Napoléon et Alexandre ont une entrevue dans un pavillon, sur un radeau. Alexandre menait en laisse le roi de Prusse qu'on apercevait à peine : le sort du monde flottait sur le Niémen, où plus tard il devait s'accomplir. À Tilsit on s'entretint d'un traité secret en dix articles. Par ce traité, la Turquie européenne était dévolue à la Russie, ainsi que les conquêtes que les armes moscovites pourraient faire en Asie. De son côté, Bonaparte devenait maître de l'Espagne et du Portugal, réunissait Rome et ses dépendances au royaume d'Italie, passait en Afrique, s'emparait de Tunis et d'Alger, possédait Malte, envahissait l'Égypte, ouvrant la Méditerranée aux seules voiles françaises, russes, espagnoles et italiennes : c'étaient des cantates[1] sans fin dans la tête de Napoléon. Un projet d'invasion de l'Inde par terre avait déjà été concerté en 1800 entre Napoléon et l'empereur Paul Ier.

La paix est conclue le 7 juillet. Napoléon, odieux dès le début pour la reine de Prusse[2], ne voulut rien accorder à ses intercessions. Elle habitait esseulée une petite maison sur la rive droite du Niémen, et on lui fit l'honneur de la prier deux fois aux festins des empereurs. La Silésie, jadis injustement envahie par Frédéric, fut rendue à la Prusse : on respectait le droit de l'ancienne injustice ; ce qui venait de la violence était sacré. Une partie des territoires polonais passa en souveraineté à la Saxe ; Dantzick fut rétabli dans son indépendance ; on compta pour rien les hommes tués dans ses rues et dans ses fossés : ridicules et inutiles meurtres de la guerre ! Alexandre reconnut la confédération du Rhin et les trois frères de

---

1. Italianisme entré dans la langue française au début du XVIIIe siècle (*Dictionnaire de musique* de Brossard, 1703), qui désigne alors un poème lyrique destiné à être mis en musique pour être chanté. Il est censé raconter une « action galante ou héroïque ». C'est donc un chant de victoire. 2. Les *Bulletins* de la Grande Armée comparaient la reine Louise, qui exerçait une vive influence sur son mari, soit à Hélène, soit à une Armide égarée par sa haine contre la France, soit à une Furie assoiffée de sang, cherchant à « susciter partout le feu dont elle était possédée ».

Napoléon, Joseph, Louis et Jérôme, comme rois de
Naples, de Hollande et de Westphalie.

(7)

GUERRE D'ESPAGNE.
ERFURT. — APPARITION DE WELLINGTON.

Cette fatalité dont Bonaparte menaçait les rois le menaçait lui-même ; presque simultanément il attaque la Russie, l'Espagne et Rome : trois entreprises qui l'ont perdu.
Vous avez vu dans le *Congrès de Vérone*, dont la publication a devancé celle de ces *Mémoires*, l'histoire de l'envahissement de l'Espagne[1]. Le traité de Fontainebleau fut
signé le 29 octobre 1807. Junot arrivé en Portugal avait
déclaré, d'après le décret de Bonaparte, que la maison de
Bragance *avait cessé de régner* ; protocole adopté : vous
savez qu'elle règne encore. On était si bien instruit à Lisbonne de ce qui se passait sur la terre, que Jean second[2]
ne connut ce décret que par un numéro du *Moniteur*
apporté par hasard, et déjà l'armée française était à trois
marches de la capitale de la Lusitanie. Il ne restait à la
cour qu'à fuir sur ces mers qui saluèrent les voiles de
Gama et entendirent les chants de Camoëns.

En même temps que pour son malheur Bonaparte avait
au nord touché la Russie, le rideau se leva au midi ; on
vit d'autres régions et d'autres scènes, le soleil de l'Andalousie, les palmiers du Guadalquivir que nos grenadiers
saluèrent en portant les armes. Dans l'arène on aperçut

---

1. Voir les chapitres I à IV du *Congrès de Vérone*, dont Chateaubriand réutilise ici certains passages.   2. Cette curieuse formule
désigne Don Maria José Luis de Bragance (1767-1826), *deuxième* fils
de Pierre III, beau-frère de Charles IV de Bourbon, qui exerçait alors
la régence au nom de sa mère. C'est lui qui décida, le 24 novembre
1807, de se réfugier au Brésil. Proclamé roi sous le nom de Jean VI,
au mois de mars 1816, il ne regagna Lisbonne qu'en 1821.

des taureaux combattant, dans les montagnes des guérillas demi-nues, dans les cloîtres des moines priant.

Par l'envahissement de l'Espagne, l'esprit de la guerre changea ; Napoléon se trouva en contact avec l'Angleterre, son génie funeste ; et il lui apprit la guerre : l'Angleterre détruisit la flotte de Napoléon à Aboukir, l'arrêta à Saint-Jean-d'Acre, lui enleva ses derniers vaisseaux à Trafalgar, le contraignit d'évacuer l'Ibérie, s'empara du midi de la France jusqu'à la Garonne, et l'attendit à Waterloo : elle garde aujourd'hui sa tombe à Sainte-Hélène comme elle occupa son berceau en Corse.

Le 5 mai 1808, le traité de Bayonne cède à Napoléon, au nom de Charles IV, tous les droits de ce monarque : le rapt des Espagnes ne fait plus de Bonaparte qu'un principion d'Italie, à la façon de Machiavel, sauf l'énormité du vol. L'occupation de la Péninsule diminue ses forces contre la Russie dont il est encore ostensiblement l'ami et l'allié, mais dont il porte au cœur la haine cachée. Dans sa proclamation, Napoléon avait dit aux Espagnols : « Votre nation périssait : j'ai vu vos maux, je vais y porter remède ; je veux que vos derniers neveux conservent mon souvenir et disent : *Il est le régénérateur de notre patrie*[1]. » Oui, il a été le régénérateur de l'Espagne, mais il prononçait des paroles qu'il comprenait mal. Un catéchisme d'alors, composé par les Espagnols, explique le sens véritable de la prophétie :

« Dis-moi, mon enfant, qui es-tu ? – Espagnol par la grâce de Dieu. – Quel est l'ennemi de notre félicité ? – L'empereur des Français. – Qui est-ce ? – Un méchant. – Combien a-t-il de natures ? – Deux, la nature humaine et la nature diabolique. – De qui dérive Napoléon ? – Du péché. – Quel supplice mérite l'Espagnol qui manque à ses devoirs ? – La mort et l'infamie des traîtres. – Que sont les Français ? – D'anciens chrétiens devenus hérétiques. »

Bonaparte tombé a condamné en termes non équivoques son entreprise d'Espagne : « J'embarquai, dit-il, fort mal toute cette affaire. *L'immoralité dut se montrer*

---

1. Proclamation du 24 mai 1808.

par trop patente, l'injustice par trop cynique, et le tout demeure fort vilain, puisque j'ai succombé ; car l'*attentat* ne se présente plus que dans sa honteuse nudité, privé de tout le grandiose et des nombreux bienfaits qui remplissaient mon intention. La postérité l'eût préconisé pourtant si j'avais réussi, et avec raison peut-être, à cause de ses grands et heureux résultats. Cette combinaison m'a perdu. Elle a détruit ma moralité en Europe, ouvert une école aux soldats anglais. Cette malheureuse guerre d'Espagne a été une véritable plaie, la cause première des malheurs de la France [1]. »

Cet aveu, pour réemployer la phrase de Napoléon, *est par trop cynique ;* mais ne nous y trompons pas : en s'accusant, le but de Bonaparte est de chasser dans le désert, chargé de malédiction, un attentat-émissaire, afin d'appeler sans réserve l'admiration sur toutes ses autres actions.

L'affaire de Baylen perdue [2], les cabinets de l'Europe, étonnés du succès des Espagnols, rougissent de leur pusillanimité. Wellington se lève pour la première fois sur l'horizon, au point où le soleil se couche ; une armée anglaise débarque le 31 juillet 1808 près de Lisbonne, et le 30 août les troupes françaises évacuent la Lusitanie. Soult avait en portefeuille des proclamations où il s'intitulait Nicolas Ier, roi de Portugal. Napoléon rappela de Madrid le grand-duc de Berg. Entre Joseph, son frère, et Joachim, son beau-frère, il lui plut d'opérer une transmutation : il prit la couronne de Naples sur la tête du premier et la posa sur la tête du second ; il enfonça d'un coup de main ces coiffures sur le front des deux nouveaux rois, et ils s'en allèrent, chacun de son côté, comme deux conscrits qui ont changé de shako.

Le 27 septembre, à Erfurt, Bonaparte donna une des dernières représentations de sa gloire ; il croyait s'être joué d'Alexandre et l'avoir enivré d'éloges. Un général écrivait : « Nous venons de faire avaler un verre d'opium

---

1. Cette citation du *Mémorial* est en réalité un montage qui associe trois passages différents (14 juin, 6 mai 1816). **2.** La capitulation du général Dupont date du 22 juillet 1808.

au czar et, pendant qu'il dormira, nous irons nous occuper ailleurs. »

Un hangar avait été transformé en salle de spectacle ; deux fauteuils à bras étaient placés devant l'orchestre pour les deux potentats ; à gauche et à droite, des chaises garnies pour les monarques ; derrière étaient des banquettes pour les princes : Talma, roi de la scène, joua devant un parterre de rois. À ce vers :

L'amitié d'un grand homme est un bienfait des dieux[1]

Alexandre serra la main de son *grand ami*, s'inclina et dit : « Je ne l'ai jamais mieux senti. »

Aux yeux de Bonaparte, Alexandre était alors un niais ; il en faisait des risées ; il l'admira quand il le supposa fourbe : « C'est un Grec du Bas-Empire, disait-il, il faut s'en défier. » À Erfurt, Napoléon affectait la fausseté effrontée d'un soldat vainqueur ; Alexandre dissimulait comme un prince vaincu : la ruse luttait contre le mensonge, la politique de l'Occident et la politique de l'Orient gardaient leurs caractères.

Londres éluda les ouvertures de paix qui lui furent faites, et le cabinet de Vienne se déterminait sournoisement à la guerre. Livré de nouveau à son imagination, Bonaparte, le 26 octobre, fit au Corps législatif cette déclaration : « L'Empereur de Russie et moi nous nous sommes vus à Erfurt : nous sommes d'accord et invariablement unis pour la paix comme pour la guerre. » Il ajouta : « Lorsque je paraîtrai *au delà* des Pyrénées, le Léopard épouvanté cherchera l'Océan pour éviter la honte, la défaite ou la mort » : et le Léopard a paru *en deçà* des Pyrénées.

Napoléon, qui croit toujours ce qu'il désire, pense qu'il reviendra sur la Russie, après avoir achevé de soumettre l'Espagne en quatre mois, comme il arriva depuis à la Légitimité, conséquemment il retire quatre-vingt mille vieux soldats de la Saxe, de la Pologne et de la Prusse ;

---

1. Dans ce vers de Voltaire (*Œdipe*, acte I, scène 1), Philoctète rappelle ce qu'il doit à Hercule. La pièce fut jouée à Erfurt le 4 octobre 1808.

il marche lui-même en Espagne ; il dit à la députation de la ville de Madrid[1] : « Il n'est aucun obstacle capable de retarder longtemps l'exécution de mes volontés. Les Bourbons ne peuvent plus régner en Europe ; aucune puissance ne peut exister sur le continent influencée par l'Angleterre. »

Il y a trente-deux ans que cet oracle est rendu, et la prise de Saragosse, dès le 21 février 1809, annonça la délivrance de l'univers.

Toute la vaillance des Français leur fut inutile : les forêts s'armèrent, les buissons devinrent ennemis. Les représailles n'arrêtèrent rien, parce que dans ce pays les représailles sont naturelles. L'affaire de Baylen, la défense de Girone et de Ciudad-Rodrigo, signalèrent la résurrection d'un peuple. La Romana, du fond de la Baltique, ramène ses régiments en Espagne[2], comme autrefois les Francs, échappés de la mer Noire, débarquèrent triomphants aux bouches du Rhin. Vainqueurs des meilleurs soldats de l'Europe, nous versions le sang des moines avec cette rage impie que la France tenait des bouffonneries de Voltaire et de la démence athée de la Terreur. Ce furent pourtant ces milices du cloître qui mirent un terme aux succès de nos vieux soldats ; ils ne s'attendaient guère à rencontrer ces enfroqués[3], à cheval comme des dragons de feu, sur les poutres embrasées des édifices de Saragosse, chargeant leurs escopettes parmi les flammes au son des mandolines, au chant des *boléros* et au *requiem* de la messe des morts : les ruines de Sagonte applaudirent[4].

Mais néanmoins le secret des palais des Maures,

---

1. La réception de la municipalité et du clergé de Madrid date du 15 décembre 1808.   2. Le marquis de La Romana commandait une division espagnole qui, mise à la disposition de Napoléon par Charles IV, avait occupé les îles danoises de Fionie et de Langeland (*cf.* « Les Espagnols en Danemark », dans le *Théâtre de Clara Gazul*, de Mérimée). Il réussit néanmoins, grâce à des bâtiments anglais, à ramener la majeure partie de ses troupes en Espagne, où il débarqua le 17 août 1808, à la grande joie de ses compatriotes.   3. Ces moines (revêtus du froc).   4. Allusion à la prise de Sagonte par Annibal, au mépris des traités, après une résistance héroïque des assiégés.

changés en basiliques chrétiennes, fut pénétré ; les églises dépouillées perdirent les chefs-d'œuvre de Velasquez et de Murillo ; une partie des os de Rodrigue à Burgos fut enlevée[1] ; on avait tant de gloire qu'on ne craignit pas de soulever contre soi les restes du Cid, comme on n'avait pas craint d'irriter l'ombre de Condé.

Lorsque, sortant du débris de Carthage, je traversai l'Hespérie avant l'invasion des Français, j'aperçus les Espagnes encore protégées de leurs antiques mœurs. L'Escurial me montra dans un seul site et dans un seul monument la sévérité de la Castille : caserne de cénobites, bâtie par Philippe second dans la forme d'un gril de martyre, en mémoire de l'un de nos désastres[2], l'Escurial s'élevait sur un sol concret[3] entre des mornes noirs. Il renfermait des tombes royales remplies ou à remplir, une bibliothèque à laquelle les araignées avaient apposé leur sceau, et des chefs-d'œuvre de Raphaël moisissant dans une sacristie vide. Ses onze cent quarante fenêtres, aux trois quarts brisées, s'ouvraient sur les espaces muets du ciel et de la terre : la cour et les hiéronymites y rassemblaient autrefois le siècle et le dégoût du siècle.

Auprès du redoutable édifice à face d'Inquisition chassée au désert, étaient un parc strié de genêts et un village dont les foyers enfumés révélaient l'ancien passage de l'homme. Le Versailles des steppes n'avait d'habitants que pendant le séjour intermittent des rois. J'ai vu le mauvis, alouette de bruyère, perché sur la toiture à jour. Rien n'était plus imposant que ces architectures saintes et sombres, à croyance invincible, à mine haute, à taciturne expérience ; une insurmontable force attachait mes yeux aux dosserets[4] sacrés, ermites de pierre qui portaient la religion sur leur tête.

---

1. Sur cette affaire rocambolesque, voir le commentaire de Théophile Gautier (*Voyage en Espagne*, Garnier-Flammarion, 1998, p. 111, et note 11, p. 418).   2. C'est en souvenir de la victoire de Saint-Quentin, qu'il avait remportée sur les Français le 10 août 1557, jour de la Saint-Laurent, que Philippe II décida de consacrer à ce martyr (grillé à Rome en 258) le célèbre monastère.   3. C'est-à-dire : formé par concrétion, solide, dur.   4. Jambages ou pilastres saillants, dans une architecture.

Adieu, monastères, à qui j'ai jeté un regard aux vallées de la Sierra-Nevada et aux grèves des mers de Murcie ! Là, au glas d'une cloche qui ne tintera bientôt plus, sous des arcades tombantes, parmi des laures[1] sans anachorètes, des sépulcres sans voix, des morts sans mânes ; dans des réfectoires vides, des préaux abandonnés où Bruno laissa son silence, François ses sandales, Dominique sa torche, Charles sa couronne, Ignace son épée, Rancé son cilice ; à l'autel d'une foi qui s'éteint, on s'accoutumait à mépriser le temps et la vie : si l'on rêvait encore des passions, votre solitude leur prêtait quelque chose qui allait bien à la vanité des songes.

À travers ces constructions funèbres on voyait passer l'ombre d'un homme noir, de Philippe II, leur inventeur.

(8)

Pie VII.
Réunion des États Romains à la France[2].

Bonaparte était entré dans l'orbite de ce que les astrologues appelaient la *planète traversière* : la même politique qui l'agitait en Espagne vassale, l'agitait dans l'Italie soumise. Que lui revenait-il des chicanes faites au clergé ? Le souverain pontife, les évêques, les prêtres, le catéchisme[3] même, ne surabondaient-ils pas en éloges de son pouvoir ? ne prêchaient-ils pas assez l'obéissance ? Les faibles États Romains, diminués d'une moitié, lui faisaient-ils obstacle ? n'en disposait-il pas à sa volonté ?

---

1. Voir livre III, chap. 4.   **2.** Pour ce chapitre comme pour le suivant, la source principale de Chateaubriand est : Artaud de Montor, *Histoire du Pape Pie VII*, Adrien le Clerc, 1836, t. 2 (auquel nous renvoyons). Artaud, que Chateaubriand avait remplacé à Rome (voir livre XIV, chap. 7), cite beaucoup lui-même les *Mémoires* du cardinal Pacca, qui venaient de paraître.   **3.** Voir André Latreille, *Le Catéchisme impérial de 1806* (1935).

Rome même n'avait-elle pas été dépouillée de ses chefs-d'œuvre et de ses trésors ? il ne lui restait que ses ruines.

Était-ce la puissance morale et religieuse du Saint-Siège dont Napoléon avait peur ? Mais, en persécutant la papauté, n'augmentait-il pas cette puissance ? le successeur de saint Pierre, soumis comme il l'était, ne lui devenait-il pas plus utile en marchant de concert avec le maître qu'en se trouvant forcé de se défendre contre l'oppresseur ? Qui poussait donc Bonaparte ? la partie mauvaise de son génie, son impossibilité de rester en repos : joueur éternel, quand il ne mettait pas des empires sur une carte, il y mettait une fantaisie.

Il est probable qu'au fond de ces tracasseries il y avait quelque cupidité de domination, quelques souvenirs historiques entrés de travers dans ses idées et inapplicables au siècle. Toute autorité (même celle du temps et de la foi) qui n'était pas attachée à sa personne semblait à l'empereur une usurpation. La Russie et l'Angleterre accroissaient sa soif de prépondérance, l'une par son autocratie, l'autre par sa suprématie spirituelle. Il se rappelait les temps du séjour des papes à Avignon, quand la France renfermait dans ses limites la source de la domination religieuse : un pape payé sur sa liste civile l'aurait charmé. Il ne voyait pas qu'en persécutant Pie VII, en se rendant coupable d'une ingratitude sans fruit, il perdait auprès des populations catholiques l'avantage de passer pour le restaurateur de la religion : il gagnait à sa convoitise le dernier vêtement du prêtre caduc qui l'avait couronné, et l'honneur de devenir le geôlier d'un vieillard mourant. Mais enfin il fallait à Napoléon un *département du Tibre ;* on dirait qu'il ne peut y avoir de conquête complète que par la prise de la ville éternelle : Rome est toujours la grande dépouille de l'Univers.

Pie VII avait sacré Napoléon. Prêt à retourner à Rome, on fit entendre au pape qu'on le pourrait retenir à Paris : « Tout est prévu, répondit le pontife ; avant de quitter l'Italie, j'ai signé une abdication régulière ; elle est entre les mains du cardinal Pignatelli à Palerme, hors de la portée du pouvoir des Français. Au lieu d'un pape, il ne restera entre vos mains qu'un moine appelé Barnabé Chiaramonti[1]. »

Le premier prétexte de la querelle du chercheur de querelle fut la permission accordée par le pape aux Anglais (avec lesquels lui souverain pontife était en paix) de venir à Rome comme les autres étrangers. Ensuite Jérôme Bonaparte ayant épousé aux États-Unis mademoiselle Patterson, Napoléon désapprouva cette alliance : madame Jérôme Bonaparte, prête d'accoucher, ne put débarquer en France et fut obligée d'aborder en Angleterre. Bonaparte veut faire casser le mariage à Rome[2] ; Pie VII s'y refuse, ne trouvant à l'engagement aucune cause de nullité, bien qu'il fût contracté entre un catholique et une protestante[3]. Qui défendait les droits de la justice, de la liberté et de la religion, du pape ou de l'empereur ? Celui-ci s'écriait : « Je trouve dans mon siècle un prêtre plus puissant que moi ; il règne sur les esprits, je ne règne que sur la matière : les prêtres gardent l'âme et me jettent le cadavre[4]. » Ôtez la mauvaise foi de Napoléon dans cette correspondance entre ces deux hommes, l'un debout sur des ruines nouvelles, l'autre assis sur de vieilles ruines, il reste un fonds extraordinaire de grandeur.

Une lettre[5] datée de Benevente en Espagne, du théâtre

---

1. Cité par Artaud, *op. cit.*, p. 45-46, comme « une réponse sublime du Pontife ». Mais Chateaubriand abrège son texte.   2. De passage à Baltimore (il avait alors 19 ans et servait dans la marine), Jérôme Bonaparte avait épousé (le 24 décembre 1803) une Américaine, sans consulter ni sa mère ni son frère. Sommé de rompre, puis de regagner la France, il ramena au contraire sa femme enceinte à Lisbonne ; celle-ci se rendit en Angleterre pour accoucher (1805), puis regagna les États-Unis. La nullité du mariage de Jérôme ayant été prononcée à Paris, le nouveau roi de Westphalie épousa, le 22 juillet 1807, la princesse Catherine de Wurtemberg.   3. Dans sa réponse du 27 juin 1805, Pie VII voulait bien admettre la nullité du mariage au civil, mais réaffirmait sa validité religieuse (voir Artaud, p. 67-73).   4. Ces propos, dont la première partie aurait été tenue à Fontanes (car Chateaubriand amalgame deux citations différentes), sont rapportés par Artaud, p. 136-137.   5. Datée du 1er janvier 1809, elle est adressée à Champagny. La coutume voulait que, le jour de la Chandeleur (fête de la Purification de la Vierge, le 2 février), le pape bénît les cierges utilisés lors de la cérémonie, avant de les envoyer à tous les souverains du monde catholique.

de la destruction, vient mêler le comique au tragique : on croit assister à une scène de Shakespeare : le maître du monde prescrit à son ministre des affaires étrangères d'écrire à Rome pour déclarer au pape que lui, Napoléon, n'acceptera pas les cierges de la Chandeleur, que le roi d'Espagne, Joseph, n'en veut pas non plus ; les rois de Naples et de Hollande, Joachim et Louis, doivent également refuser lesdits cierges.

Le consul de France eut ordre de dire à Pie VII « que ce n'était ni la pourpre ni la puissance qui donnent de la valeur à ces choses (la pourpre et la puissance d'un vieillard prisonnier !), qu'il peut y avoir en enfer des papes et des curés, et qu'un cierge bénit par un curé peut être une chose aussi sainte que celui d'un pape. » Misérables outrages d'une philosophie de club.

Puis Bonaparte, ayant fait une enjambée de Madrid à Vienne, reprenant son rôle d'exterminateur, par un décret daté du 17 mai 1809, réunit les États de l'Église à l'empire français, déclare Rome ville impériale libre, et nomme une *consulte* pour en prendre possession.

Le pape dépossédé résidait encore au Quirinal ; il commandait encore à quelques autorités dévouées, à quelques Suisses de sa garde ; c'était trop : il fallait un prétexte à une dernière violence ; on le trouva dans un incident ridicule, qui pourtant offrait une preuve naïve d'affection : des pêcheurs du Tibre avaient pris un esturgeon[1] ; ils le veulent porter à leur nouveau saint Pierre aux Liens ; aussitôt les agents français crient à l'*émeute !* et ce qui restait du gouvernement papal est dispersé. Le bruit du canon du château Saint-Ange annonce la chute de la souveraineté temporelle du pontife. Le drapeau pontifical abaissé fait place à ce drapeau tricolore qui dans toutes les parties du monde annonçait la gloire et les ruines. Rome avait vu passer et s'évanouir bien d'autres orages : ils n'ont fait qu'enlever la poussière dont sa vieille tête est couverte.

---

1. Chateaubriand emprunte cette histoire à Beauchamps, *Histoire des malheurs et de la captivité de Pie VII*, Le Prieur, 1816.

(9)

PROTESTATION DU SOUVERAIN PONTIFE.
IL EST ENLEVÉ DE ROME.

Le cardinal Pacca[1], un des successeurs de Consalvi qui s'était retiré, courut auprès du Saint Père. Tous les deux s'écrient : *Consummatum est !*[2] Le neveu du cardinal, Tibère Pacca, apporte un exemplaire imprimé du décret de Napoléon ; le cardinal prend le décret, s'approche d'une fenêtre dont les volets fermés ne laissaient entrer qu'une lumière insuffisante, et veut lire le papier ; il n'y parvient qu'avec peine, en voyant à quelques pas de lui son infortuné souverain et entendant les coups de canon du triomphe impérial. Deux vieillards dans la nuit d'un palais romain luttaient seuls contre une puissance qui écrasait le monde ; ils tiraient leur vigueur de leur âge : prêt à mourir on est invincible.

Le pape signa d'abord une protestation solennelle ; mais, avant de signer la bulle d'excommunication depuis long-temps préparée, il interrogea le cardinal Pacca : « Que feriez-vous ? » lui dit-il. – « Levez les yeux au ciel répondit le serviteur, ensuite donnez vos ordres : ce qui sortira de votre bouche sera ce que veut le ciel. » Le pape leva les yeux, signa et s'écria : « Donnez cours à la bulle. »

Megacci posa les premières affiches de la bulle aux portes des trois basiliques, de Saint-Pierre, de Sainte-Marie-Majeure et de Saint-Jean-de-Latran. Le placard fut arraché ; le général Miollis[3] l'expédia à l'empereur.

---

1. Bartolomeo Pacca (1756-1844), ancien nonce de Pie VI à Cologne, puis à Lisbonne, principal collaborateur de Pie VII après la démission de Consalvi.   2. « Tout est fini ! » : dernières paroles de Jésus avant de mourir (Jean, XIX, 30). Dans les trois paragraphes qui suivent, Chateaubriand résume Artaud, p. 207-209.   3. Le comte de Miollis (1759-1828), frère de Mgr de Miollis, évêque de Digne, commandait la division militaire de Rome depuis le 8 février 1808. Il avait été gouverneur de Mantoue, la patrie de Virgile ; il avait alors établi une fête annuelle en son honneur, puis lui avait élevé un monument.

Si quelque chose pouvait rendre à l'excommunication un peu de son ancienne force, c'était la vertu de Pie VII : chez les anciens, la foudre qui éclatait dans un ciel serein passait pour la plus menaçante. Mais la bulle conservait encore un caractère de faiblesse : Napoléon, compris parmi les *spoliateurs* de l'Église, n'était pas *expressément* nommé. Le temps était aux frayeurs ; les timides se réfugièrent en sûreté de conscience dans cette absence d'excommunication nominale. Il fallait combattre à coups de tonnerre ; il fallait rendre foudre pour foudre, puisqu'on n'avait pas pris le parti de se défendre ; il fallait faire cesser le culte, fermer les portes des temples, mettre les églises en interdit, ordonner aux prêtres de ne plus administrer les sacrements. Que le siècle fût propre ou non à cette haute aventure, utile était de la tenter : Grégoire VII n'y eût pas manqué. Si d'une part il n'y avait pas assez de foi pour soutenir une excommunication, de l'autre, il n'y en avait plus assez pour que Bonaparte, devenant un Henri VIII, se fît chef d'une Église séparée. L'empereur, par l'excommunication complète, se fût trouvé dans des difficultés inextricables : la violence peut fermer les églises, mais elle ne les peut ouvrir ; on ne saurait ni forcer le peuple à prier, ni contraindre le prêtre à offrir le saint sacrifice. Jamais on n'a joué contre Napoléon toute la partie qu'on pouvait jouer.

Un prêtre de soixante et onze ans, sans un soldat, tenait en échec l'Empire. Murat dépêcha sept cents Napolitains à Miollis : l'inaugurateur de la fête de Virgile à Mantoue, Radet, général de gendarmerie qui se trouvait à Rome, furent chargés d'enlever le pape et le cardinal Pacca. Les précautions militaires furent prises, les ordres donnés dans le plus grand secret et tout juste comme dans la nuit de la Saint-Barthélemy : lorsqu'une heure après minuit frapperait à l'horloge du Quirinal, les troupes rassemblées en silence devaient monter intrépidement à l'escalade de la geôle de deux prêtres décrépits[1].

---

1. Dans la nuit du 5 au 6 juillet 1809. Le récit de Chateaubriand suit de très près Artaud, ainsi que les *Mémoires* de Pacca, cités par ce dernier.

À l'heure attendue, le général Radet pénétra dans la cour du Quirinal par la grande entrée ; le colonel Siry, qui s'était glissé dans le palais, lui en ouvrit en dedans les portes. Le général monte aux appartements : arrivé dans la salle des sanctifications, il y trouve la garde suisse, forte de quarante hommes ; elle ne fit aucune résistance, ayant reçu l'ordre de s'abstenir : le pape ne voulait avoir devant lui que Dieu.

Les fenêtres du palais donnant sur la rue qui va à la Porta Pia avaient été brisées à coups de hache. Le pape, levé à la hâte, se tenait en rochet et en mosette[1] dans la salle de ses audiences ordinaires avec le cardinal Pacca, le cardinal Despuig, quelques prélats et des employés de la secrétairerie. Il était assis devant une table entre les deux cardinaux ; Radet entre ; on reste de part et d'autre en silence. Radet pâle et déconcerté prit enfin la parole : il déclare à Pie VII qu'il doit renoncer à la souveraineté temporelle de Rome, et que si Sa Sainteté refuse d'obéir, il a ordre de la conduire au général Miollis.

Le pape répondit que si les serments de fidélité obligeaient Radet d'obéir aux injonctions de Bonaparte, à plus forte raison lui, Pie VII, devait tenir les serments qu'il avait faits en recevant la tiare ; il ne pouvait ni céder ni abandonner le domaine de l'Église qui ne lui appartenait pas, et dont il n'était que l'administrateur.

Le pape ayant demandé s'il devait partir seul : « Votre Sainteté, répondit le général, peut emmener avec elle son ministre. » Pacca courut se revêtir dans une chambre voisine de ses habits de cardinal.

Dans la nuit de Noël[2], Grégoire VII, célébrant l'office à Sainte-Marie-Majeure, fut arraché de l'autel, blessé à la tête, dépouillé de ses ornements et conduit dans une tour par ordre du préfet Cencius. Le peuple prit les armes ; Cencius effrayé tomba aux pieds de son captif ; Grégoire

---

1. Le rochet est un surplis de toile fine, souvent garni de dentelles, qui se porte par-dessus la soutane. La mosette est une petite cape, ou camail, qui se porte par-dessus le rochet : voir p. ex. le portrait de Pie VII par David. Ces termes sont des italianismes, entrés dans la langue française en même temps que la mode ultramontaine, au cours du XVIIe siècle. 2. Année 1075.

apaisa le peuple, fut ramené à Sainte-Marie-Majeure et acheva l'office.

Nogaret et Colonne entrèrent la nuit (8 septembre 1303) dans Anagni, forcèrent la maison de Boniface VIII qui les attendait le manteau pontifical sur les épaules, la tête ceinte de la tiare, les mains armées des clefs et de la croix. Colonne le frappa au visage : Boniface en mourut de rage et de douleur.

Pie VII, humble et digne, ne montra ni la même audace humaine, ni le même orgueil du monde ; les exemples étaient plus près de lui ; ses épreuves ressemblaient à celles de Pie VI. Deux papes du même nom, successeurs l'un de l'autre, ont été victimes de nos révolutions. Tous deux traînés en France par la *voie douloureuse*[1] ; l'un, âgé de quatre-vingt-deux ans, venant expirer à Valence, l'autre, septuagénaire, subir la prison à Fontainebleau. Pie VII semblait être le fantôme de Pie VI, repassant sur le même chemin.

Lorsque Pacca dans sa robe de cardinal revint, il trouva son auguste maître déjà entre les mains des sbires et des gendarmes qui le forçaient de descendre les escaliers sur les débris des portes jetées à terre. Pie VI, enlevé du Vatican le 20 février 1800[2], trois heures avant le lever du soleil, abandonna le monde des chefs-d'œuvre qui semblait le pleurer et sortit de Rome, au murmure des fontaines de la place Saint-Pierre, par la porte Angélique. Pie VII, enlevé du Quirinal le 16 juillet[3] au point du jour, sortit par la Porte Pia ; il fit le tour des murailles jusqu'à la porte du Peuple. Cette Porte Pia, où tant de fois je me suis promené seul[4], fut celle par laquelle Alaric entra dans Rome. En suivant le chemin de ronde, où Pie VII avait passé, je ne voyais du côté de la villa Borghèse que la retraite de Raphaël, et du côté du Mont Pincio que les refuges de Claude Lorrain, et du Poussin ; merveilleux souvenirs de la beauté des femmes et de la lumière de

---

1. Cette expression désigne le trajet suivi par le Christ entre sa condamnation à mort et sa crucifixion : itinéraire qui, à Jérusalem, mène du Prétoire au Calvaire.   2. Lapsus pour : 1798.   3. Voir p. 439, note 1.   4. Voir livre XXX, chap. 13.

Rome ; souvenirs du génie des arts que protégea la puissance pontificale, et qui pouvaient suivre et consoler un prince captif et dépouillé.

Quand Pie VII partit de Rome, il avait dans sa poche un *papetto* de vingt-deux sous [1] comme un soldat à cinq sous par étape : il a recouvré le Vatican. Bonaparte, au moment des exploits du général Radet, avait les mains pleines de royaumes : que lui en est-il resté ? Radet a imprimé le récit de ses exploits [2] ; il en a fait faire un tableau qu'il a laissé à sa famille : tant les notions de la justice et de l'honneur sont brouillées dans les esprits.

Dans la cour du Quirinal le pape avait rencontré les Napolitains ses oppresseurs ; il les bénit ainsi que la ville : cette bénédiction apostolique se mêlant à tout, dans le malheur comme dans la prospérité, donne un caractère particulier aux événements de la vie de ces rois-pontifes qui ne ressemblent point aux autres rois.

Des chevaux de poste attendaient en dehors de la porte du Peuple. Les persiennes de la voiture où monta Pie VII étaient clouées du côté où il s'assit ; le pape entré, les portières furent fermées à double tour, et Radet mit les clefs dans sa poche ; le chef des gendarmes devait accompagner le pape jusqu'à la Chartreuse de Florence.

À Monterossi il y avait sur le seuil des portes des femmes qui pleuraient : le général pria Sa Sainteté de baisser les rideaux de la voiture pour se cacher. La chaleur était accablante. Vers le soir Pie VII demanda à boire ; le maréchal des logis Cardigny remplit une bouteille d'une eau sauvage qui coulait sur le chemin ; Pie VII but avec grand plaisir. Sur la montagne de Radicofani le pape descendit à une pauvre auberge ; ses habits étaient trempés de sueur, et il n'avait pas de quoi se changer ; Pacca aida la servante à faire le lit de Sa Sainteté. Le lendemain le pape rencontra des paysans, il leur dit : « Courage et prières ! » On traversa Sienne ; on entra dans Florence, une des roues de la voiture se brisa ; le

---

1. Détail emprunté à Pacca, cité par Artaud, p. 223.   **2.** Ce récit est cité par Artaud, qui confronte son témoignage avec celui du cardinal Pacca (chap. XIX).

peuple ému s'écriait : « *Santo padre ! santo padre !* » Le
pape fut tiré hors de la voiture renversée par une portière.
Les uns se prosternaient, les autres touchaient les vêtements de Sa Sainteté, comme le peuple de Jérusalem la
robe du Christ.

Le pape put enfin se remettre en route pour la Chartreuse ; il hérita dans cette solitude de la couche que dix
ans auparavant avait occupée Pie VI, lorsque deux palefreniers hissaient celui-ci dans la voiture et qu'il poussait
des gémissements de souffrance. La Chartreuse appartenait au site de Vallombrosa ; par une succession de forêts
de pins on arrivait aux Camaldules, et de là, de rocher en
rocher, à ce sommet de l'Apennin qui voit les deux mers.
Un ordre subit contraignit Pie VII de repartir pour
Alexandrie ; il n'eut que le temps de demander un bré-
viaire au prieur ; Pacca fut séparé du souverain pontife.

De la Chartreuse à Alexandrie la foule accourut de
toutes parts ; on jetait des fleurs au captif, on lui donnait
de l'eau, on lui présentait des fruits ; des gens de la campagne prétendaient le délivrer et lui disaient : « *Vuole ?
dica* [1]. » Un pieux larron lui déroba une épingle, relique
qui devait ouvrir au ravisseur les portes du ciel.

À trois milles de Gênes, une litière conduisit le pape
au bord de la mer ; une felouque le transporta de l'autre
côté de la ville à Saint-Pierre d'Arena. Par la route
d'Alexandrie et de Mondovi Pie VII gagna le premier
village français ; il y fut accueilli avec des effusions de
tendresse religieuse ; il disait : « Dieu pourrait-il nous
ordonner de paraître insensible à ces marques d'affection ? »

Les Espagnols faits prisonniers à Saragosse étaient
détenus à Grenoble : comme ces garnisons d'Européens
oubliées sur quelques montagnes des Indes, ils chantaient
la nuit et faisaient retentir ces climats étrangers des airs
de la patrie. Tout à coup le pape descend ; il semblait
avoir entendu ces voix chrétiennes. Les captifs volent au-
devant du nouvel opprimé ; ils tombent à genoux ; Pie VII

---

1. « Voulez-vous ? Dites ! » C'est Artaud qui cite « ces deux seuls
mots énergiques et terribles » (p. 243).

jette presque tout son corps hors de la portière ; il étend ses mains amaigries et tremblantes sur ces guerriers qui avaient défendu la liberté de l'Espagne avec l'épée, comme il avait défendu la liberté de l'Italie avec la foi ; les deux glaives se croisent sur des têtes héroïques.

De Grenoble Pie VII atteignit Valence. Là, Pie VI avait expiré ; là, il s'était écrié quand on le montra au peuple : « *Ecce homo !* »[1] Là, Pie VI se sépara de Pie VII ; le mort, rencontrant sa tombe, y rentra ; il fit cesser la double apparition, car jusqu'alors on avait vu comme deux papes marchant ensemble, ainsi que l'ombre accompagne le corps. Pie VII portait l'anneau que Pie VI avait au doigt lorsqu'il expira[2] : signe qu'il avait accepté les misères et les destinées de son devancier.

À deux lieues de Comana, saint Chrysostome logea aux établissements de saint Basilisque[3] ; ce martyr lui apparut pendant la nuit et lui dit : « Courage, mon frère Jean ! demain nous serons ensemble. » Jean répliqua : « Dieu soit loué de tout ! » Il s'étendit à terre et mourut.

À Valence, Bonaparte commença la carrière d'où il s'élança sur Rome. On ne laissa pas le temps à Pie VII de visiter les cendres de Pie VI ; on le poussa précipitamment à Avignon : c'était le faire rentrer dans la petite Rome ; il y put voir la glacière dans les souterrains du palais d'une autre lignée de pontifes, et entendre la voix de l'ancien poète couronné, qui rappelait les successeurs de saint Pierre au Capitole[4].

Conduit au hasard, il rentra dans la Savoie maritime[5] ; au pont du Var, il le voulut traverser à pied ; il rencontra la population divisée en ordres de métiers, les ecclésiastiques vêtus de leurs habits sacerdotaux, et dix mille personnes à genoux dans un profond silence. La reine

---

1. Paroles de Pilate à la foule des Juifs, lorsqu'il leur présenta le Christ après la flagellation (Jean, XIX, 5).　**2.** Voir Artaud, p. 220, note 1.　**3.** Épisode de la vie de saint Jean Chrysostome, que la tradition hagiographique situe dans le Pont (Asie Mineure).　**4.** Voir livre XIV, chap. 2. Le 8 avril 1341, jour de Pâques, Pétrarque avait reçu, au Capitole, une couronne de lauriers, symbole de la consécration poétique.　**5.** Le comté de Nice.

d'Étrurie[1] avec ses deux enfants, à genoux aussi, attendait le Saint Père au bout du pont. À Nice, les rues de la ville étaient jonchées de fleurs. Le commandant, qui menait le pape à Savone, prit la nuit un chemin infréquenté dans les bois ; à son grand étonnement il tomba au milieu d'une illumination solitaire ; un lampion avait été attaché à chaque arbre. Le long de la mer, la Corniche était pareillement illuminée ; les vaisseaux aperçurent de loin ces phares que le respect, l'attendrissement et la piété allumaient pour le naufrage d'un moine captif. Napoléon revint-il ainsi de Moscou ? Était-ce du bulletin de ses bienfaits et des bénédictions des peuples qu'il était précédé ?

Durant ce long voyage, la bataille de Wagram avait été gagnée, le mariage de Napoléon avec Marie-Louise arrêté. Treize des cardinaux mandés à Paris furent exilés, et la consulte romaine formée par la France avait de nouveau prononcé la réunion du Saint-Siège à l'empire.

Le pape, détenu à Savone, fatigué et assiégé par les créatures de Napoléon, émit un bref[2] dont le cardinal Roverella fut le principal auteur, et qui permettait d'envoyer des bulles de confirmation à différents évêques nommés. L'empereur n'avait pas compté sur tant de complaisance ; il rejeta le bref parce qu'il lui eût fallu mettre le souverain pontife en liberté. Dans un accès de colère il avait ordonné que les cardinaux opposants quittassent la pourpre ; quelques-uns furent enfermés à Vincennes.

Le préfet de Nice écrivit à Pie VII que « défense lui était faite de communiquer avec aucune église de l'Empire, sous peine de désobéissance ; que lui, Pie VII, a cessé d'être l'organe de l'Église parce qu'il prêche la rébellion et que *son âme est toute de fiel* ; que, puisque rien ne peut le rendre sage, il verra que Sa Majesté est assez puissante pour déposer un pape ».

---

1. Infante espagnole, souveraine de la Toscane de 1801 à 1807. **2.** Le 20 septembre 1811. C'est Artaud qui attribue (p. 293) la responsabilité de sa rédaction au cardinal Roverella.

Était-ce bien le vainqueur de Marengo qui avait dicté la minute d'une pareille lettre ?

Enfin, après trois ans de captivité à Savone, le 9 de juin 1812, le pape fut mandé en France. On lui enjoignit de changer d'habits : dirigé sur Turin, il arriva à l'hospice du mont Cenis au milieu de la nuit[1]. Là, près d'expirer, il reçut l'extrême-onction. On ne lui permit de s'arrêter que le temps nécessaire à l'administration du dernier sacrement ; on ne souffrit pas qu'il séjournât près du ciel. Il ne se plaignit point ; il renouvelait l'exemple de la mansuétude de la martyre de Verceil. Au bas de la montagne, au moment qu'elle allait être décollée, voyant tomber l'agrafe de la chlamyde du bourreau, elle dit à cet homme : « Voilà une agrafe d'or qui vient de tomber de ton épaule ; ramasse-la, crainte de perdre ce que tu n'as gagné qu'avec beaucoup de travail. »

Pendant sa traversée de la France, on ne permit pas à Pie VII de descendre de voiture. S'il prenait quelque nourriture, c'était dans cette voiture même, que l'on enfermait dans les remises de la poste. Le 20 juin au matin, il arriva à Fontainebleau ; Bonaparte trois jours après franchissait le Niémen pour commencer son expiation[2]. Le concierge refusa de recevoir le captif, parce qu'aucun ordre ne lui était encore parvenu. L'ordre envoyé de Paris, le pape entre dans le château ; il y fit entrer avec lui la justice céleste : sur la même table où Pie VII appuyait sa main défaillante, Napoléon signa son abdication.

Si l'inique invasion de l'Espagne souleva contre Bonaparte le monde politique, l'ingrate occupation de Rome lui rendit contraire le monde moral : sans la moindre utilité, il s'aliéna comme à plaisir les peuples et les autels, l'homme et Dieu. Entre ces deux précipices qu'il avait creusés aux deux bords de sa vie, il alla, par une étroite chaussée, chercher sa destruction au fond de l'Europe,

---

1. Ces détails sont dans Artaud, p. 296.   2. Victor Hugo reprendra ce terme pour intituler un des plus célèbres poèmes des *Châtiments*.

comme sur ce pont que la Mort, aidée du mal, avait jeté à travers le chaos[1].

Pie VII n'est point étranger à ces *Mémoires* : c'est le premier souverain auprès duquel j'aie rempli une mission dans ma carrière politique, commencée et subitement interrompue sous l'Empire. Je le vois encore me recevant au Vatican, le *Génie du Christianisme* ouvert sur sa table, dans le même cabinet où j'ai été admis aux pieds de Léon XII et de Pie VIII. J'aime à rappeler ce qu'il a souffert ; les douleurs qu'il a bénies à Rome en 1803 payeront aux siennes par mon souvenir une dette de reconnaissance.

(10)

CINQUIÈME COALITION. – PRISE DE VIENNE.
BATAILLE D'ESSLING. – BATAILLE DE WAGRAM.
PAIX SIGNÉE DANS LE PALAIS DE L'EMPEREUR D'AUTRICHE.
DIVORCE. – NAPOLÉON ÉPOUSE MARIE-LOUISE.
NAISSANCE DU ROI DE ROME.

Le 9 avril 1809, se déclara la cinquième coalition entre l'Angleterre, l'Autriche, l'Espagne, sourdement appuyée du mécontentement des autres peuples. Les Autrichiens, se plaignant de l'infraction de traités, passent tout à coup l'Inn à Braunau : on leur avait reproché leur lenteur, ils voulurent faire les Napoléon ; cette allure ne leur allait pas. Heureux de quitter l'Espagne, Bonaparte accourt en Bavière ; il se met à la tête des Bavarois sans attendre les Français : tout soldat lui était bon. Il défait à Abensberg l'archiduc Louis, à Eckmühl l'archiduc Charles ; il scie en deux l'armée autrichienne, il effectue le passage de la Salza[2].

Il entre à Vienne. Le 21 et le 22 mai a lieu la terrible

---

1. Allusion au *Paradis perdu* de Milton (fin du livre II).   **2.** Cette campagne éclair se déroula du 20 au 30 avril 1809.

affaire d'Essling. La relation de l'archiduc Charles porte que, le premier jour, deux cent quatre-vingt-huit pièces autrichiennes tirèrent cinquante et un mille coups de canon, et que le lendemain plus de quatre cents pièces jouèrent de part et d'autre. Le maréchal Lannes fut blessé mortellement. Bonaparte lui dit un mot et puis l'oublia : l'attachement des hommes se refroidit aussi vite que le boulet qui les frappe.

La bataille de Wagram (6 juillet 1809) résume les différents combats livrés en Allemagne : Bonaparte y déploie tout son génie. Le général César de Laville, chargé de l'aller prévenir d'un désastre qu'éprouve l'aile gauche, le trouve à l'aile droite dirigeant l'attaque du maréchal Davoust. Napoléon revient sur-le-champ à la gauche et répare l'échec essuyé par Masséna. Ce fut alors, au moment où l'on croyait la bataille perdue, que, jugeant seul du contraire par les manœuvres de l'ennemi, il s'écria : « La bataille est gagnée ! » Il oppose sa volonté à la victoire hésitante ; il la ramène au feu comme César ramenait par la barbe au combat ses vétérans étonnés[1]. Neuf cents bouches de bronze rugissent ; la plaine et les moissons sont en flammes ; de grands villages disparaissent ; l'action dure douze heures. Dans une seule charge, Lauriston marche au trot à l'ennemi, à la tête de cent pièces de canon. Quatre jours après on ramassait au milieu des blés des militaires qui achevaient de mourir aux rayons du soleil sur des épis piétinés, couchés et collés par du sang : les vers s'attachaient déjà aux plaies des cadavres avancés.

Dans ma jeunesse, on s'occupait de lire les commentaires de Folard et Guischardt, de Tempelhof et de Lloyd, sur les campagnes de Frédéric II ; on étudiait l'ordre *profond* et l'ordre *mince* ; j'ai fait manœuvrer sur ma table de sous-lieutenant bien de petits carrés de bois. La science militaire a changé comme tout le reste par la Révolution ; Bonaparte a inventé la grande guerre, dont les conquêtes de la République lui avaient fourni l'idée par les masses réquisitionnaires. Il méprisa les places fortes qu'il se

---

1. Suétone, *Vie de César*, LXII.

contenta de masquer, s'aventura dans le pays envahi et gagna tout, à coups de batailles. Il ne s'occupait point de retraites ; il allait droit devant lui comme ces voies romaines qui traversent sans se détourner les précipices et les montagnes. Il portait toutes ses forces sur un point, puis *ramassait* au demi-cercle les corps isolés dont il avait rompu la ligne. Cette manœuvre qui lui fut propre était d'accord avec la *furie française* ; mais il n'eût point réussi avec des soldats moins impétueux et moins agiles. Il faisait aussi, vers la fin de sa carrière, charger l'artillerie et emporter les redoutes par la cavalerie. Qu'en est-il résulté ? En menant la France à la guerre, on a appris à l'Europe à marcher : il ne s'est plus agi que de multiplier les moyens ; les masses ont équipollé[1] les masses. Au lieu de cent mille hommes on en a pris six cent mille ; au lieu de cent pièces de canon on en a traîné cinq cents : la science ne s'est point accrue ; l'échelle seulement s'est élargie. Turenne en savait autant que Bonaparte, mais il n'était pas maître absolu et ne disposait pas de quarante millions d'hommes. Tôt ou tard il faudra rentrer dans la guerre civilisée que savait encore Moreau, guerre qui laisse les peuples en repos tandis qu'un petit nombre de soldats font leur devoir ; il faudra en revenir à l'art des retraites, à la défense d'un pays au moyen des places fortes, aux manœuvres patientes qui ne coûtent que des heures en épargnant des hommes. Ces énormes batailles de Napoléon sont au delà de la gloire ; l'œil ne peut embrasser ces champs de carnage qui, en définitive, n'amènent aucun résultat proportionné à leurs calamités. L'Europe, à moins d'événements imprévus, est pour longtemps dégoûtée de combats. Napoléon a tué la guerre en l'exagérant : notre guerre d'Afrique[2] n'est qu'une école expérimentale ouverte à nos soldats.

Au milieu des morts, sur le champ de bataille de Wagram, Napoléon montra l'impassibilité qui lui était propre et qu'il affectait, afin de paraître au-dessus des

---

1. Équipoller : « Avoir une valeur égale, égaler » (*Académie*, 1740-1835).   **2.** En Algérie, que la France de Louis-Philippe est en train de soumettre au moment de la rédaction de ces pages.

autres hommes ; il dit froidement ou plutôt il répéta son mot habituel dans de telles circonstances : « Voilà une grande consommation ! »

Lorsqu'on lui recommandait des officiers blessés, il répondait : « Ils sont absents. » Si la vertu militaire enseigne quelques vertus, elle en affaiblit plusieurs : le soldat trop humain ne pourrait accomplir son œuvre ; la vue du sang et des larmes, les souffrances, les cris de douleur, l'arrêtant à chaque pas, détruiraient en lui ce qui fait les Césars ; race dont, après tout, on se passerait volontiers.

Après la bataille de Wagram, un armistice est convenu à Znaïm. Les Autrichiens, quoi qu'en disent nos bulletins, s'étaient retirés en bon ordre et n'avaient pas laissé derrière eux un seul canon monté. Bonaparte, en possession de Schœnbrünn, y travaillait à la paix. « Le 13 octobre, dit le duc de Cadore [1], j'étais venu de Vienne pour travailler avec l'empereur. Après quelques moments d'entretien, il me dit : "Je vais passer la revue ; restez dans mon cabinet ; vous rédigerez cette note que je verrai après la revue." Je restai dans son cabinet avec M. de Menneval, son secrétaire intime ; il rentra bientôt. – "Le prince de Lichtenstein, me dit Napoléon, ne vous a-t-il pas fait connaître qu'on lui faisait souvent la proposition de m'assassiner ? – Oui, sire ; il m'a exprimé l'horreur avec laquelle il rejetait ces propositions. – Eh bien ! on vient d'en faire la tentative. Suivez-moi." J'entrai avec lui dans le salon. Là étaient quelques personnes qui paraissaient très agitées, et qui entouraient un jeune homme de dix-huit à vingt ans, d'une figure agréable, très douce, annonçant une sorte de candeur et qui seul paraissait conserver un grand calme. C'était l'assassin. Il fut interrogé avec une grande douceur par Napoléon lui-même, le général Rapp servant d'interprète. Je ne rapporterai que quelques-unes de ses réponses, qui me frappèrent davantage.

---

1. Champagny, ministre des Affaires étrangères de 1807 à 1811. Ses *Souvenirs* ne furent imprimés qu'en 1846, mais son témoignage est confirmé par les *Mémoires* du général Rapp (Bossanges frères, 1823, p. 141-147).

"Pourquoi vouliez-vous m'assassiner ? – Parce qu'il n'y aura jamais de paix pour l'Allemagne tant que vous serez au monde. – Qui vous a inspiré ce projet ? – L'amour de mon pays. – Ne l'avez-vous concerté avec personne ? – Je l'ai trouvé dans ma conscience. – Ne saviez-vous pas à quels dangers vous vous exposiez ? – Je le savais ; mais je serais heureux de mourir pour mon pays. – Vous avez des principes religieux ; croyez-vous que Dieu autorise l'assassinat ? – J'espère que Dieu me pardonnera en faveur de mes motifs. – Est-ce que, dans les écoles que vous avez suivies, on enseigne cette doctrine ? – Un grand nombre de ceux qui les ont suivies avec moi sont animés de ces sentiments et disposés à dévouer leur vie au salut de la patrie. – Que feriez-vous si je vous mettais en liberté ? – Je vous tuerais."

« La terrible naïveté de ces réponses, la froide et iné-branlable résolution qu'elles annonçaient, et ce fanatisme, si fort au-dessus de toutes les craintes humaines, firent sur Napoléon une impression que je jugeai d'autant plus profonde qu'il montrait plus de sang-froid. Il fit retirer tout le monde, et je restai seul avec lui. Après quelques mots sur un fanatisme aussi aveugle et aussi réfléchi, il me dit : "Il faut faire la paix." » Ce récit du duc de Cadore méritait d'être cité en entier.

Les nations commençaient leur levée ; elles annon-çaient à Bonaparte des ennemis plus puissants que les rois ; la résolution d'un seul homme du peuple sauvait alors l'Autriche. Cependant la fortune de Napoléon ne voulait pas encore tourner la tête. Le 14 août 1809, dans le palais même de l'empereur d'Autriche, il fait la paix ; cette fois la fille des Césars est la palme remportée[1] ; mais Joséphine avait été sacrée, et Marie-Louise ne le fut pas : avec sa première femme, la vertu de l'onction divine sembla se retirer du triomphateur. J'aurais pu voir dans Notre-Dame de Paris la même cérémonie que j'ai vue

---

1. Le traité de Vienne, signé en réalité le 14 octobre 1809, ne comporte aucune clause concernant un éventuel mariage de Napoléon avec une archiduchesse.

dans la cathédrale de Reims[1] ; à l'exception de Napoléon, les mêmes hommes y figuraient.

Un des acteurs secrets qui eut le plus de part dans la conduite intérieure de cette affaire fut mon ami Alexandre de Laborde[2], blessé dans les rangs des émigrés, et honoré de la croix de Marie-Thérèse pour ses blessures.

Le 11 mars[3], le prince de Neuchâtel épousa à Vienne, par procuration, l'archiduchesse Marie-Louise. Celle-ci partit pour la France, accompagnée de la princesse Murat : Marie-Louise était parée sur la route des emblèmes de la souveraine. Elle arriva à Strasbourg le 22 mars et le 28 au château de Compiègne où Bonaparte l'attendait. Le mariage civil eut lieu à Saint-Cloud le 1er avril ; le 2, le cardinal Fesch donna dans le Louvre la bénédiction nuptiale aux deux époux. Bonaparte apprit à cette seconde femme à lui devenir infidèle, ainsi que l'avait été la première, en trompant lui-même son propre lit par son intimité avec Marie-Louise avant la célébration du mariage religieux[4] ; mépris de la majesté des mœurs royales et des lois saintes qui n'était pas d'un heureux augure.

Tout paraît achevé ; Bonaparte a obtenu la seule chose qui lui manquait : comme Philippe-Auguste s'alliant à Isabelle de Hainaut[5], il confond la dernière race avec la *race des grands rois* ; le passé se réunit à l'avenir. En arrière comme en avant, il est désormais le maître des siècles s'il se veut enfin fixer au sommet ; mais il a la puissance d'arrêter le monde et n'a pas celle de s'arrêter : il ira jusqu'à ce qu'il ait conquis la dernière couronne qui donne du prix à toutes les autres, la couronne du malheur.

---

1. Au sacre de Charles X (voir livre XXVIII, chap. 5). **2.** Le frère de Natalie de Noailles (voir livre XVII, p. 219, note 2), qui avait servi pendant la Révolution dans un régiment de Hussards autrichiens, avait conservé des relations à Vienne, où il avait été chargé d'une mission officieuse après la conclusion de la paix. C'est à lui que Metternich fit les premières ouvertures sur la possibilité du mariage de Napoléon avec Marie-Louise. **3.** 1810. **4.** Allusion à la réception « à la hussarde » que Napoléon fit à sa femme lors de son arrivée à Compiègne. Le mariage fut consommé avant même sa célébration. **5.** Dernière descendante des Carolingiens.

L'archiduchesse Marie-Louise, le 20 mars 1811, accouche d'un fils : sanction supposée des félicités précédentes. De ce fils, éclos, comme les oiseaux du pôle, au soleil de minuit, il ne restera qu'une valse triste, composée par lui-même à Schœnbrünn, et jouée sur des orgues dans les rues de Paris, autour du palais de son père[1].

(11)

PROJETS ET PRÉPARATIFS DE LA GUERRE DE RUSSIE[2].
EMBARRAS DE NAPOLÉON.

Bonaparte ne voyait plus d'ennemis ; ne sachant où prendre des empires, faute de mieux il avait pris le royaume de Hollande à son frère. Mais une inimitié secrète, qui remontait à l'époque de la mort du duc d'Enghien, était restée au fond du cœur de Napoléon contre Alexandre. Une rivalité de puissance l'animait ; il savait ce que la Russie pouvait faire et à quel prix il avait acheté les victoires de Friedland et d'Eylau. Les entrevues de Tilsit et d'Erfurt, des suspensions d'armes forcées, une paix que le caractère de Bonaparte ne pouvait supporter, des déclarations d'amitié, des serments de main, des embrassades, des projets fantastiques de conquêtes communes, tout cela n'était que des ajournements de haine. Il restait sur le continent un pays et des capitales où Napoléon n'était point entré, un empire debout en face

---

1. Allusion au destin du futur duc de Reichstadt.   2. À partir de ce chapitre, et jusqu'à la fin du livre XXI, la source principale de Chateaubriand est le livre du comte Philippe de Ségur (1780-1873), qui participa, comme général de brigade, à la campagne de Russie : *Histoire de Napoléon et de la Grande Armée pendant l'année 1812*, Baudouin, 1824 (auquel nous renvoyons dans sa troisième édition, de 1825). La mention « revu le 22 février 1845 » qui figure, dans le feuilleton de *La Presse*, en tête de ce chapitre prouve que, dans une version plus ancienne, les chapitres 11, 12 et 13 avaient été rattachés au livre suivant, conformément à la logique du sujet (la campagne de Russie).

de l'empire français : les deux colosses se devaient mesurer. À force d'étendre la France, Bonaparte avait rencontré les Russes, comme Trajan, en passant le Danube, avait rencontré les Goths[1].

Un calme naturel, soutenu d'une piété sincère, depuis qu'il était revenu à la religion, inclinait Alexandre à la paix : il ne l'aurait jamais rompue si l'on n'était venu le chercher. Toute l'année 1811 se passa en préparatifs. La Russie invitait l'Autriche domptée et la Prusse pantelante à se réunir à elle dans le cas où elle serait attaquée ; l'Angleterre arrivait avec sa bourse. L'exemple des Espagnols avait soulevé les sympathies des peuples ; déjà commençait à se former le lien de la vertu (Tugendbund) qui enserrait peu à peu la jeune Allemagne[2].

Bonaparte négociait ; il faisait des promesses ; il laissait espérer au roi de Prusse la possession des provinces russes allemandes ; le roi de Saxe et l'Autriche se flattaient d'obtenir des agrandissements dans ce qui restait encore de la Pologne ; des princes de la Confédération du Rhin rêvaient des changements de territoire à leur convenance ; il n'y avait pas jusqu'à la France que Napoléon ne méditât d'élargir, quoiqu'elle débordât déjà sur l'Europe ; il prétendait l'augmenter nominativement de l'Espagne. Le général Sébastiani lui dit : « Et votre frère ? » Napoléon répliqua : « Qu'importe mon frère ! est-ce qu'on donne un royaume comme l'Espagne ? » Le maître disposait par un mot du royaume qui avait coûté tant de malheurs et de sacrifices à Louis XIV ; mais il ne l'a pas gardé si longtemps. Quant aux peuples, jamais homme n'en a moins tenu compte et ne les a plus méprisés que Bonaparte ; il en jetait des lambeaux à la meute de rois qu'il conduisait à la chasse, le fouet à la main : « Attila, dit Jornandès[3], menait avec lui une foule de princes tributaires qui attendaient avec crainte et tremblement un signe du maître des monarques pour exécuter ce qui leur serait ordonné[4]. »

---

1. Allusion à la conquête de la Dacie par Trajan.   2. Cette société secrète réunissait des étudiants patriotes qui voulaient chasser les Français.   3. Historien des Goths (VIᵉ siècle).   4. *De Rebus Getorum*, XXXVIII.

Avant de marcher en Russie avec ses alliées l'Autriche et la Prusse, avec la Confédération du Rhin composée de rois et de princes, Napoléon avait voulu assurer ses deux flancs qui touchaient aux deux bords de l'Europe : il négociait deux traités, l'un au midi avec Constantinople, l'autre au nord avec Stockholm. Ces traités manquèrent.

Napoléon, à l'époque de son Consulat, avait renoué des intelligences avec la Porte : Sélim et Bonaparte avaient échangé leurs portraits ; ils entretenaient une correspondance mystérieuse. Napoléon écrivait à son compère, en date d'Ostende [1], 3 avril 1807 : « Tu t'es montré le digne descendant des Sélim et des Soliman. Confie-moi tous tes besoins : je suis assez puissant et assez intéressé à tes succès, tant par amitié que par politique, pour n'avoir rien à te refuser. » Charmante effusion de tendresse entre deux sultans causant bec à bec, comme aurait dit Saint-Simon [2].

Sélim renversé, Napoléon revient au système russe et songe à partager la Turquie avec Alexandre ; puis, bouleversé encore par un nouveau cataclysme d'idées, il se détermine à l'invasion de l'empire moscovite. Mais ce n'est que le 21 mars 1812 qu'il demande à Mahmoud son alliance, requérant soudain de lui cent mille Turcs au bord du Danube. Pour cette armée, il offre à la Porte la Valachie et la Moldavie. Les Russes l'avaient devancé ; leur traité était au moment de se conclure, et il fut signé le 28 mai 1812 [3].

Au nord, les événements trompèrent également Bonaparte. Les Suédois auraient pu envahir la Finlande, comme les Turcs menacer la Crimée : par cette combinaison la Russie, ayant deux guerres sur les bras, eût été dans l'impossibilité de réunir ses forces contre la France ; ce serait de la politique sur une vaste échelle, si le monde n'était aujourd'hui rapetissé au moral comme au physique par la communication des idées et des chemins de fer.

---

1. Erreur de copiste pour : Osterode, ville du Hanovre. *Cf.* Ségur, qui cite cette lettre (t. 1, p. 28-29 ; I, 3).   **2.** À propos du Père Tellier.   **3.** Sur cette négociation qui se termina par le traité de Bucarest, voir Ségur, t. 1, p. 36-39.

Stockholm, se renfermant dans une politique nationale, s'arrangea avec Pétersbourg.

Après avoir perdu en 1807 la Poméranie envahie par les Français, et en 1808 la Finlande envahie par la Russie, Gustave IV avait été déposé[1]. Gustave, loyal et fou, a augmenté le nombre des rois errants sur la terre, et moi, je lui ai donné une lettre de recommandation pour les Pères de Terre-Sainte : c'est au tombeau de Jésus-Christ qu'il se fait consoler. L'oncle de Gustave fut mis en place de son neveu détrôné[2]. Bernadotte, ayant commandé le corps d'armée français en Poméranie, s'était attiré l'estime des Suédois ; ils jetèrent les yeux sur lui ; Bernadotte fut choisi pour combler le vide que laissait le prince de Holstein-Augustembourg, prince héréditaire de Suède, nouvellement élu et mort[3]. Napoléon vit avec déplaisir l'élection de son ancien compagnon.

L'inimitié de Bonaparte et de Bernadotte remontait haut : Bernadotte s'était opposé au 18 brumaire : ensuite il contribua, par des conversations animées et par l'ascendant qu'il exerçait sur les esprits, à ces brouillements qui amenèrent Moreau devant une cour de justice. Bonaparte se vengea à sa façon, en cherchant à ravaler un caractère. Après le jugement de Moreau, il fit présent à Bernadotte d'une maison, rue d'Anjou, dépouille du général condamné ; par une faiblesse alors trop commune, le beau-frère de Joseph n'osa refuser cette munificence peu honorable. Grosbois fut donné à Berthier. La fortune ayant mis le sceptre de Charles XII aux mains d'un compatriote de Henri IV, Charles-Jean se refusa à l'ambition de Napoléon ; il pensa qu'il lui était plus sûr d'avoir pour allié Alexandre, son voisin, que Napoléon, ennemi éloigné ; il se déclara neutre, conseilla la paix et se proposa pour médiateur entre la Russie et la France.

---

1. Voir livre XVI, p. 175, note 1.   2. Le duc de Sudermanie régna sous le nom de Charles XIII (1809-1818).   3. Le 14 juin 1809, les États de Suède avaient choisi comme héritier de la couronne le prince de Holstein-Augustenbourg, beau-frère du roi de Danemark. Mais ce dernier mourut le 28 mai 1810. C'est alors que les Suédois se tournèrent vers Bernadotte, qu'ils élurent prince-royal le 21 août 1810, sous le nom de Charles-Jean.

Bonaparte entre en fureur ; il s'écrie : « Lui, le misérable, il me donne des conseils ! il veut me faire la loi ! un homme qui tient tout de ma bonté ! quelle ingratitude ! Je saurai bien le forcer de suivre mon impulsion souveraine ! » À la suite de ces violences, Bernadotte signa le 24 mars 1812 le traité de Petersbourg[1].

Ne demandez pas de quel droit Bonaparte traitait Bernadotte de *misérable*, oubliant qu'il ne sortait, lui Bonaparte, ni d'une source plus élevée, ni d'une autre origine : la Révolution et les armes. Ce langage insultant n'annonçait ni la hauteur héréditaire du rang, ni la grandeur de l'âme. Bernadotte n'était point ingrat, il ne devait rien à la bonté de Bonaparte.

L'empereur s'était transformé en un monarque de vieille race qui s'attribue tout, qui ne parle que de lui, qui croit récompenser ou punir en disant qu'il est satisfait ou mécontent. Beaucoup de siècles passés sous la couronne, une longue suite de tombeaux à Saint-Denis, n'excuseraient pas même ces arrogances.

La fortune ramena des États-Unis et du Nord de l'Europe deux généraux français sur le même champ de bataille, pour faire la guerre à un homme contre lequel ils s'étaient d'abord réunis et qui les avait séparés. Soldat ou roi, nul ne songeait alors qu'il y eût crime à vouloir renverser l'oppresseur des libertés. Bernadotte triompha, Moreau succomba[2]. Les hommes disparus jeunes sont de vigoureux voyageurs ; ils font vite une route que des hommes plus débiles achèvent à pas lents.

---

1. Là encore, Chateaubriand résume Ségur, I, 4 ; pour la citation, voir t. 1, p. 52 et 54.   **2.** Après son procès de 1804, Moreau gracié avait quitté la France pour les États-Unis. Rappelé en Europe par le tsar, au printemps de 1813, il participa à la campagne de Saxe jusqu'à sa mort le 2 septembre 1813.

(12)

L'EMPEREUR ENTREPREND L'EXPÉDITION DE RUSSIE.
OBJECTIONS. – FAUTE DE NAPOLÉON.

Ce ne fut pas faute d'avertissements que Bonaparte
s'obstina à la guerre de Russie : le duc de Frioul, le comte
de Ségur, le duc de Vicence[1], consultés, opposèrent à
cette entreprise une foule d'objections : « Il ne faut pas,
disait courageusement le dernier *(Histoire de la grande
armée)*, en s'emparant du continent et même des États
de la famille de son allié, accuser cet allié de manquer au
système continental. Quand les armées françaises couvraient l'Europe, comment reprocher aux Russes leur
armée ? Fallait-il donc se jeter par delà tous ces peuples
de l'Allemagne, dont les plaies faites par nous n'étaient
point encore cicatrisées ? Les Français ne se reconnaissaient déjà plus au milieu d'une patrie qu'aucune frontière
naturelle ne limitait. Qui donc défendra la véritable
France abandonnée ? – Ma renommée », répliqua l'empereur[2], Médée avait fourni cette réponse[3] : Napoléon faisait descendre à lui la tragédie.

Il annonçait le dessein d'organiser l'empire en cohortes
de ban et d'arrière-ban : sa mémoire était une confusion
de temps et de souvenirs. À l'objection des divers partis
existants encore dans l'empire, il répondait : « Les
royalistes redoutent plus ma perte qu'ils ne la désirent.
Ce que j'ai fait de plus utile et de plus difficile a été
d'arrêter le torrent révolutionnaire : il aurait tout englouti.
Vous craignez la guerre pour mes jours ? Me tuer, moi,
c'est impossible : ai-je donc accompli les volontés du

---

1. Duroc, grand maréchal du Palais ; Ségur, ancien ambassadeur en
Russie (sous Louis XVI), alors grand maître des cérémonies et père du
général-historien ; Caulaincourt qu'on avait rappelé de Saint-
Pétersbourg au mois de mai 1811.   2. Chateaubriand condense des
propos dispersés dans Ségur, II, 2 (t. I, p. 69-70, 72 et 73).   3. Allusion à la réplique « sublime » de la *Médée* de Corneille (acte I,
scène 5) : « Moi ! / Moi, dis-je, et c'est assez ».

Destin ? Je me sens poussé vers un but que je ne connais pas. Quand je l'aurai atteint, un atome suffira pour m'abattre[1]. » C'était encore une copie : les Vandales en Afrique, Alaric en Italie, disaient ne céder qu'à une impulsion surnaturelle : *divino jussu perurgeri*[2].

L'absurde et honteuse querelle avec le pape augmentant les dangers de la position de Bonaparte, le cardinal Fesch le conjurait de ne pas s'attirer à la fois l'inimitié du ciel et de la terre : Napoléon prit son oncle par la main, le mena à une fenêtre (c'était la nuit) et lui dit : « Voyez-vous cette étoile ? – Non, sire. – Regardez bien. – Sire, je ne la vois pas. – Eh bien, moi, je la vois[3]. »

« Vous aussi, disait Bonaparte à M. de Caulaincourt, vous êtes devenu Russe[4]. »

« Souvent, assure M. de Ségur[5], on le voyait (Napoléon) à demi renversé sur un sofa, plongé dans une méditation profonde ; puis il en sort tout à coup comme en sursaut, convulsivement et par des exclamations ; il croit s'entendre nommer et s'écrie : "Qui m'appelle ?" Alors il se lève, marche avec agitation. » Quand le Balafré[6] touchait à sa catastrophe, il monta sur la terrasse du donjon du château de Blois, appelée *le Perche au Breton* : sous un ciel d'automne, une campagne déserte s'étendant au loin, on le vit se promener à grands pas avec des mouvements furieux. Bonaparte, dans ses hésitations salutaires, dit : « Rien n'est assez établi autour de moi pour une guerre aussi lointaine ; il faut la retarder de trois ans. » Il offrait de déclarer au czar qu'il ne contribuerait ni directement, ni indirectement, au rétablissement du royaume de

---

1. Là encore, condensé de Ségur, II, 2 ; t. 1, p. 73, 75, 76.   **2.** Cf. *Études historiques* (Sixième Discours, 2ᵉ partie : « Suite des Mœurs des Barbares ») : « Les Vandales qui passèrent en Afrique avouaient céder moins à leur volonté qu'à une impulsion irrésistible. » Le texte latin cité dans la note correspondante (*fatebantur non suum esse quod facerent, agi enim se divino jussu ac perurgeri*) est emprunté à Salvien.   **3.** Ségur, II, 3 ; t. 1, p. 84.   **4.** *Ibid.*, p. 87.   **5.** Ségur, II, 4 ; t. 1, p. 90.   **6.** Le duc de Guise, à la veille de son assassinat (voir *Histoire de France*).

Pologne : l'ancienne et la nouvelle France ont également abandonné ce fidèle et malheureux pays[1].

Cet abandon, entre toutes les fautes politiques commises par Bonaparte, est une des plus graves. Il a déclaré, depuis cette faute, que s'il n'avait pas procédé à un rétablissement hautement indiqué, c'est qu'il avait craint de déplaire à son beau-père. Bonaparte était bien homme à être retenu par des considérations de famille ! L'excuse était si faible qu'elle ne le mène, en la donnant, qu'à maudire son mariage avec Marie-Louise. Loin d'avoir senti ce mariage de la même manière, l'empereur de Russie s'était écrié : « Me voilà renvoyé au fond de mes forêts. » Bonaparte fut tout simplement aveuglé par l'antipathie qu'il avait pour la liberté des peuples.

Le prince Poniatowski, lors de la première invasion de l'armée française, avait organisé des troupes polonaises ; des corps politiques s'étaient assemblés : la France maintint deux ambassadeurs successifs à Varsovie, l'archevêque de Malines[2] et M. Bignon. Français du Nord, les Polonais étaient braves et légers comme nous ; ils parlaient notre langue ; ils nous aimaient comme des frères ; ils se faisaient tuer pour nous avec une fidélité où respirait leur aversion de la Russie. La France les avait jadis perdus ; il lui appartenait de leur rendre la vie : ne devait-on rien à ce peuple sauveur de la chrétienté ? Je l'ai dit à Alexandre à Vérone : « Si Votre Majesté ne rétablit pas la Pologne, elle sera obligée de l'exterminer. » Prétendre ce royaume condamné à l'oppression par sa position géographique, c'est trop accorder aux collines et aux rivières : vingt peuples entourés de leur seul courage ont gardé leur indépendance, et l'Italie, remparée des Alpes, est tombée sous le joug de quiconque les a voulu franchir. Il serait plus juste de reconnaître une autre fatalité, savoir que les peuples belliqueux, habitants des plaines, sont

---

1. Allusion au refus de la Monarchie de Juillet de soutenir la cause de la Pologne après 1830. 2. Ancien abbé de Pradt (1759-1837), député à la Constituante, devenu aumônier de Napoléon. Il a publié une *Histoire* de son ambassade (1815). Le baron Bignon (1771-1841), administrateur de la Lituanie, lui succéda au début de 1813.

condamnés à la conquête : des plaines sont accourus les divers envahisseurs de l'Europe.

Loin de favoriser la Pologne, on voulut que ses soldats prissent la cocarde nationale ; pauvre qu'elle était, on la chargeait d'entretenir une armée française de quatre-vingt mille hommes ; le grand-duché de Varsovie était promis au roi de Saxe. Si la Pologne eût été reformée en royaume, la race slave depuis la Baltique jusqu'à la mer Noire reprenait son indépendance. Même dans l'abandon où Napoléon laissait les Polonais, tout en se servant d'eux, ils demandaient qu'on les jetât en avant ; ils se vantaient de pouvoir seuls entrer sans nous à Moscou : proposition inopportune ! Le poète armé, Bonaparte, avait reparu ; il voulait monter au Kremlin pour y chanter et pour signer un décret sur les théâtres[1].

Quoi qu'on publie aujourd'hui à la louange de Bonaparte, ce grand démocrate, sa haine des gouvernements constitutionnels était invincible ; elle ne l'abandonna point alors même qu'il était entré dans les déserts menaçants de la Russie. Le sénateur Wibicki lui apporta jusqu'à Wilna, les résolutions de la Diète de Varsovie : « C'est à vous, disait-il dans son exagération sacrilège, c'est à vous qui dictez au siècle son histoire, et en qui la force de la Providence réside, c'est à vous d'appuyer des efforts que vous devez approuver. » Il venait, lui, Wibicki, demander à Napoléon le Grand de prononcer ces seules paroles : « Que le royaume de Pologne existe », et le royaume de Pologne existera. « Les Polonais se dévoueront aux ordres du chef devant qui les siècles ne sont qu'un moment, et l'espace qu'un point. »

Napoléon répondit :

« Gentilshommes, députés de la Confédération de Pologne, j'ai entendu avec intérêt ce que vous venez de me dire. Polonais, je *penserais* et *agirais* comme vous ; j'aurais voté comme vous dans l'assemblée de Varsovie.

---

1. Le décret du 15 octobre 1812, sur la réorganisation de la Comédie-Française, fut signé à Moscou peu après le grave incendie qui avait ravagé la ville ; ce qui suggère un parallèle avec Néron, autre impérial histrion, qu'avait inspiré celui de Rome.

L'amour de son pays est le premier devoir de l'homme civilisé.

« *Dans ma situation, j'ai beaucoup d'intérêts à concilier et beaucoup de devoirs à remplir.* Si j'avais régné pendant le premier, le second, ou le troisième partage de la Pologne, j'aurais armé *mes peuples* pour la défendre.

« J'aime votre nation ! Pendant seize ans j'ai vu vos soldats à mes côtés, dans les champs d'Italie et dans ceux de l'Espagne. J'applaudis à ce que vous avez fait ; j'autorise les efforts que vous voulez faire ; je ferai tout ce qui dépendra de moi pour seconder vos résolutions.

« Je vous ai tenu le même langage dès ma première entrée en Pologne. Je dois y ajouter *que j'ai garanti à l'empereur d'Autriche l'intégrité de ses domaines, et que je ne puis sanctionner aucune manœuvre, ou aucun mouvement qui tende à troubler la paisible possession de ce qui lui reste des provinces de la Pologne.*

« Je récompenserai ce dévouement de vos contrées, qui vous rend si intéressants et vous acquiert tant de titres à mon estime et à ma protection, par tout ce qui *pourra dépendre de moi dans les circonstances*[1]. »

Ainsi crucifiée pour le rachat des nations, la Pologne a été abandonnée ; on a lâchement insulté sa passion ; on lui a présenté l'éponge pleine de vinaigre, lorsque sur la croix de la liberté elle a dit : « J'ai soif, *sitio*[2]. » « Quand la liberté, s'écria Mickiewicz[3], s'assiéra sur le trône du monde, elle jugera les nations. Elle dira à la France : Je

---

1. Propos cités par Ségur, IV, 3 ; t. 1, p. 154-156. 2. Allusions à la Passion du Christ : abandonné par ses disciples (Matthieu, XXVI, 56, et Marc, XIV, 50) ; insulté par la foule (Matthieu, XXVII, 29-30 et 39-44 ; Marc, XV, 29-32) ; dévoré par la soif (Jean, XIX, 28) ; abreuvé par une éponge imbibée de vinaigre (Matthieu, XXVII, 48 ; Marc, XV, 36 ; Jean, XIX, 29). Lorsque, le 28 novembre 1830, une insurrection avait éclaté à Varsovie, les Polonais avaient compté sur la France « nouvelle » pour les aider à se libérer des Russes. Malgré une opinion et une presse acquises à leur lutte, le gouvernement ne leur prodigua que de bonnes paroles, pour les inviter à la prudence. La capitulation de Varsovie (le 7 septembre 1831) suscita une vive émotion à Paris. 3. Dans le *Livre des Pèlerins polonais*, traduit par le comte de Montalembert, Renduel, 1833, p. 146-147.

t'ai appelée, tu ne m'as pas écoutée : va donc à l'esclavage. »

« Tant de sacrifices, tant de travaux, dit l'abbé de
Lamennais [1], doivent-ils être stériles ? Les sacrés martyrs
n'auraient-ils semé dans les champs de la patrie qu'un
esclavage éternel ? Qu'entendez-vous dans ces forêts ? Le
murmure triste des vents. Que voyez-vous passer sur ces
plaines ? L'oiseau voyageur qui cherche un lieu pour se
reposer. »

(13)

RÉUNION À DRESDE.
BONAPARTE PASSE EN REVUE SON ARMÉE ET ARRIVE AU BORD DU NIÉMEN.

Le 9 mai 1812, Napoléon partit pour l'armée et se rendit à Dresde. C'est à Dresde qu'il rassembla les ressorts
épars de la Confédération du Rhin, et que, pour la première et la dernière fois, il mit en mouvement cette
machine qu'il avait fabriquée.

Parmi les chefs-d'œuvre exilés qui regrettent le soleil
de l'Italie [2], a lieu une réunion de l'empereur Napoléon et
de l'impératrice Marie-Louise, de l'empereur et de l'impératrice d'Autriche, d'une cohue de souverains grands et
petits. Ces souverains aspirent à former de leurs diverses
cours les cercles subordonnés de la cour première : ils se
disputent le vasselage ; l'un veut être échanson du sous-
lieutenant de Brienne, l'autre son pannetier. L'histoire de
Charlemagne est mise à contribution par l'érudition des
chancelleries allemandes ; plus on était élevé, plus on
était rampant : « Une dame de Montmorency, dit Bona-

---

1. Dans un *Hymne à la Pologne*, inséré dans le volume précédent,
p. 173-176. **2.** Cf. livre XLI, chap. 3. La galerie de Dresde possédait en particulier un des plus célèbres tableaux de Raphaël : la Vierge
de Saint-Sixte.

parte dans Las Cases[1], se serait précipitée pour renouer les souliers de l'impératrice. »

Lorsque Bonaparte traversait le palais de Dresde pour se rendre à un gala préparé, il marchait le premier et en avant, le chapeau sur la tête ; François II suivait, chapeau bas, accompagnant sa fille, l'impératrice Marie-Louise ; la tourbe des princes venait pêle-mêle derrière, dans un respectueux silence. L'impératrice d'Autriche manquait au cortège ; elle se disait souffrante, ne sortait de ses appartements qu'en chaise à porteurs, pour éviter de donner le bras à Napoléon, qu'elle détestait. Ce qui restait de sentiments nobles s'était retiré au cœur des femmes.

Un seul roi, le roi de Prusse, fut d'abord tenu à l'écart : « Que me veut ce prince ? » s'écriait Bonaparte avec impatience. « N'est-ce pas assez de l'importunité de ses lettres ? Pourquoi veut-il me persécuter encore de sa présence ? Je n'ai pas besoin de lui[2]. » Dures paroles contre le malheur, prononcées la veille du malheur.

Le grand crime de Frédéric-Guillaume, auprès du *républicain* Bonaparte était d'*avoir abandonné la cause des rois*. Les négociations de la cour de Berlin avec le Directoire *décelaient en ce prince*, disait Bonaparte, *une politique timide, intéressée, sans noblesse, qui sacrifiait sa dignité et la cause générale des trônes à de petits agrandissements*. Quand il regardait sur une carte la nouvelle Prusse, il s'écriait : « Se peut-il que j'aie laissé à cet homme tant de pays ! » Des trois commissaires des alliés qui le conduisirent à Fréjus, le commissaire prussien[3] fut le seul que Bonaparte reçut mal et avec lequel il ne voulut avoir aucun rapport. On a cherché la cause secrète de cette aversion de l'empereur pour Guillaume ; on l'a cru trouver dans telle et telle circonstance particulière : en parlant de la mort du duc d'Enghien, je pense avoir touché de plus près la vérité.

Bonaparte attendit à Dresde les progrès des colonnes de ses armées : Marlborough, dans cette même ville, allant saluer Charles XII, aperçut sur une carte un tracé

1. *Mémorial*, 5 mars 1816.   2. Ségur, III, 1 ; t. 1, p. 109.   3. Voir livre XXII, chap. 20.

aboutissant à Moscou ; il devina que le monarque prendrait cette route, et ne se mêlerait pas de la guerre de
l'Occident. En n'avouant pas tout haut son projet d'invasion, Bonaparte ne pouvait néanmoins le cacher ; avec les
diplomates il mettait en avant trois griefs : l'ukase du
31 décembre 1810, prohibant certaines importations en
Russie, et détruisant, par cette prohibition, le *système
continental* ; la protestation d'Alexandre contre la réunion
du duché d'Oldenbourg ; les armements de la Russie. Si
l'on n'était accoutumé à l'abus des mots, on s'étonnerait
de voir donner pour cause légitime de guerre les règlements de douanes d'un État indépendant et la violation
d'un système que cet État n'a pas adopté. Quant à la réunion du duché d'Oldenbourg et aux armements de la Russie, vous venez de voir que le duc de Vicence avait osé
montrer à Napoléon l'outrecuidance de ces reproches. La
justice est si sacrée, elle semble si nécessaire au succès
des affaires, que ceux mêmes qui la foulent aux pieds
prétendent n'agir que d'après ses principes.

Cependant le général Lauriston fut envoyé à Saint-
Pétersbourg et le comte de Narbonne au quartier général
d'Alexandre : messagers de paroles suspectes de paix et
de bon vouloir. L'abbé de Pradt avait été dépêché à la
Diète polonaise ; il en revint surnommant son maître
Jupiter-Scapin. Le comte de Narbonne rapporta
qu'Alexandre, sans abattement et sans jactance, préférait
la guerre à une paix honteuse. Le czar professait toujours
pour Napoléon un enthousiasme naïf ; mais il disait que
la cause des Russes était juste, et que son ambitieux ami
avait tort. Cette vérité, exprimée dans les bulletins moscovites, prit l'empreinte du génie national : Bonaparte
devint l'*Antéchrist*.

Napoléon quitte Dresde le 22 mai 1812 [1], passe à Posen
et à Thorn ; il y vit piller les Polonais par ses autres alliés.
Il descend la Vistule, s'arrête à Dantzick, Kœnigsberg et
Gumbinnen.

Chemin faisant, il passe en revue ses différentes
troupes : aux vieux soldats, il parle des Pyramides, de

---

1. En réalité le 29.

Marengo, d'Austerlitz, d'Iéna, de Friedland ; avec les jeunes gens il s'occupe de leurs besoins, de leurs équipements, de leur solde, de leurs capitaines : il jouait dans ce moment à la bonté[1].

1. *Cf.* Ségur, III, 3 ; t. 1, p. 122-123.

LIVRE VINGT-UNIÈME

(1)

Invasion de la Russie.
Wilna. — Le sénateur polonais Wibicki.
Le parlementaire russe Balascheff.
Smolensk. — Murat. — Le fils de Platoff.

Lorsque Bonaparte franchit le Niémen, quatre-vingt-cinq millions cinq cent mille âmes reconnaissaient sa domination ou celle de sa famille ; la moitié de la population de la chrétienté lui obéissait ; ses ordres étaient exécutés dans un espace qui comprenait dix-neuf degrés de latitude et trente degrés de longitude. Jamais expédition plus gigantesque ne s'était vue, ne se reverra.

Le 22 juin, à son quartier général de Wilkowiski, Napoléon proclame la guerre : « Soldats, la seconde guerre de Pologne est commencée ; la première s'est terminée à Tilsit ; la Russie est entraînée par la fatalité : ses *destins* doivent s'accomplir[1]. »

Moscou répond à cette voix jeune encore par la bouche de son métropolitain, âgé de cent dix ans : « La ville de Moscou reçoit Alexandre, son Christ, comme une mère dans les bras de ses fils zélés, et chante Hosanna ! Béni

---

1. Ségur, IV, 1 ; t. 1, p. 135.

soit celui qui arrive[1] ! » Bonaparte s'adressait au Destin, Alexandre à la Providence.

Le 23 juin 1812, Bonaparte reconnut de nuit le Niémen ; il ordonna d'y jeter trois ponts. À la chute du jour suivant, quelques sapeurs passent le fleuve dans un bateau ; ils ne trouvent personne sur l'autre rive. Un officier de Cosaques, commandant une patrouille, vient à eux et leur demande qui ils sont. « Français. – Pourquoi venez-vous en Russie ? – Pour vous faire la guerre. » Le Cosaque disparaît dans les bois ; trois sapeurs tirent sur la forêt ; on ne leur répond point : silence universel[2].

Bonaparte était demeuré toute une journée étendu sans force et pourtant sans repos : il sentait quelque chose se retirer de lui. Les colonnes de son armée s'avancèrent à travers la forêt de Pilwisky, à la faveur de l'obscurité, comme les Huns conduits par une biche dans les Palus Méotides[3]. On ne voyait pas le Niémen ; pour le reconnaître, il en fallut toucher les bords.

Au lever du jour, au lieu des bataillons moscovites, ou des populations lithuaniennes, s'avançant au-devant de leurs libérateurs, on ne vit que des sables nus et des forêts désertes[4] : « À trois cents pas du fleuve, sur la hauteur la plus élevée, on apercevait la tente de l'empereur. Autour d'elle toutes les collines, leurs pentes, les vallées, étaient couvertes d'hommes et de chevaux. » (Ségur.)

L'ensemble des forces obéissant à Napoléon se montait à six cent quatre-vingt mille trois cents fantassins, à cent soixante-seize mille huit cent cinquante chevaux. Dans la guerre de la succession, Louis XIV avait sous les armes

---

1. Allusion à la foule des Juifs de Jérusalem acclamant Jésus comme le Messie, lors de son entrée dans la ville (Matthieu, XXI, 9 ; Marc, XI, 9-10 ; Jean, XII, 13).   **2.** Cf. Ségur, IV, 2 ; t. 1, p. 143-144 : « (...) il disparaît dans les bois, sur lesquels trois de nos soldats (...) déchargent leurs armes. Ainsi le faible bruit de trois coups de feu, auxquels on ne répondit pas, nous apprit (...) qu'une grande invasion était commencée ».   **3.** Cf. *Études historiques* (Sixième Discours, seconde partie) : « Une biche ouvre le chemin aux Huns à travers les Palus Méotides, et disparaît ». La référence est : Jornandès, *De Rebus Getorum*, XXIV.   **4.** Cette phrase condense un paragraphe entier de Ségur (IV, 2 ; t. 1, p. 145).

six cent mille hommes, tous Français. L'infanterie active, sous les ordres immédiats de Bonaparte, était répartie en dix corps. Ces corps se composaient de vingt mille Italiens, de quatre-vingt mille hommes de la Confédération du Rhin, de trente mille Polonais, de trente mille Autrichiens, de vingt mille Prussiens et de deux cent soixante-dix mille Français.

L'armée franchit le Niémen ; Bonaparte passe lui-même le pont fatal et pose le pied sur la terre russe. Il s'arrête et voit défiler ses soldats, puis il échappe à la vue, et galope au hasard dans une forêt, comme appelé au conseil des esprits sur la bruyère. Il revient ; il écoute ; l'armée écoutait : on se figure entendre gronder le canon lointain ; on était plein de joie : ce n'était qu'un orage ; les combats reculaient. Bonaparte s'abrita dans un couvent abandonné[1] : double asile de paix.

On a raconté que le cheval de Napoléon s'abattit et qu'on entendit murmurer : « C'est un mauvais présage ; un Romain reculerait. » Vieille histoire de Scipion, de Guillaume le Bâtard, d'Édouard III, et de Malesherbes partant pour le tribunal révolutionnaire.

Trois jours furent employés au passage des troupes ; elles prenaient rang et s'avançaient. Napoléon s'empressait sur la route ; le temps lui criait : « Marche ! marche ! », comme parle Bossuet[2].

À Wilna, Bonaparte reçut le sénateur Wibicki, de la Diète de Varsovie : un parlementaire russe, Balascheff, se présente à son tour[3] ; il déclare qu'on pouvait encore traiter, qu'Alexandre n'était point l'agresseur, que les Français se trouvaient en Russie sans aucune déclaration de guerre. Napoléon répond qu'Alexandre n'est qu'un général à la parade ; qu'Alexandre n'a que trois généraux : Kutuzoff, dont lui, Bonaparte, ne se soucie pas parce qu'il est Russe ; Beningsen, déjà trop vieil il y a six ans et maintenant en enfance ; Barclay, général de retraite. Le duc de Vicence, s'étant cru insulté par Bonaparte dans la

---

1. Ségur, IV, 2 ; t. 1, p. 147.   **2.** Allusion à un canevas de sermon pour le jour de Pâques, prêché à Meaux le 22 avril 1685 (*Œuvres oratoires* de Bossuet, édition Lebarq, Desclée de Brouwer, 1896, t. 6). **3.** Pour la suite du paragraphe, voir Ségur, IV, 5 ; t. 1, p. 173-175.

conversation, l'interrompit d'une voix irritée : « Je suis bon Français ; je l'ai prouvé ; je le prouverai encore, en répétant que cette guerre est impolitique, dangereuse, qu'elle perdra l'armée, la France et l'empereur. »

Bonaparte avait dit à l'envoyé russe : « Croyez-vous que je me soucie de vos jacobins de Polonais ? » Madame de Staël rapporte ce dernier propos[1], ses hautes liaisons la tenaient bien informée : elle affirme qu'il existait une lettre écrite à M. de Romanzoff[2] par un ministre de Bonaparte, lequel proposait de rayer des actes européens le nom de Pologne et de Polonais : preuve surabondante du dégoût de Napoléon pour ses braves suppliants.

Bonaparte s'enquit devant Balascheff du nombre des églises de Moscou ; sur la réponse, il s'écrie : « Comment, tant d'églises à une époque où l'on n'est plus chrétien ? – Pardon, sire, reprit le Moscovite, les Russes et les Espagnols le sont encore. »

Balascheff renvoyé avec des propositions inadmissibles, la dernière lueur de paix s'évanouit. Les bulletins disaient : « Le voilà donc cet empire de Russie, de loin si redoutable ! c'est un désert. Il faut plus de temps à Alexandre pour rassembler ses recrues qu'à Napoléon pour arriver à Moscou. »

Bonaparte, parvenu à Witepsk[3], eut un moment l'idée de s'y arrêter. Rentrant à son quartier général, après avoir vu Barclay se retirer encore, il jeta son épée sur des cartes et s'écria : « Je m'arrête ici ! ma campagne de 1812 est finie : celle de 1813 fera le reste. » Heureux s'il eût tenu à cette résolution que tous ses généraux lui conseillaient ! Il s'était flatté de recevoir de nouvelles propositions de paix : ne voyant rien venir, il s'ennuya ; il n'était qu'à vingt journées de Moscou. « Moscou, la ville sainte ! » répétait-il[4]. Son regard devenait étincelant, son air farouche : l'ordre de partir est donné. On lui fait des

---

1. Dans *Dix années d'exil*, seconde partie, chap. X. Les éditions modernes précisent le nom du ministre : Champagny. 2. Le comte Romanzoff (1754-1826) était le ministre des Affaires étrangères du tsar. 3. Le 28 juillet 1812. 4. *Cf.* Ségur, V, 1 ; t. 1, p. 228 : « Noms qu'il répète avec complaisance, et qui semblent accroître son désir ».

observations ; il les dédaigne ; Daru, interrogé, lui répond
« qu'il ne conçoit ni le but ni la nécessité d'une pareille
guerre. » L'empereur réplique : « Me prend-on pour un
insensé ? Pense-t-on que je fais la guerre par goût ? » Ne
lui avait-on pas entendu dire à lui, empereur, « que la
guerre d'Espagne et celle de Russie étaient deux chancres
qui rongeaient la France » ? Mais pour faire la paix, il
fallait être deux, et l'on ne recevait pas une seule lettre
d'Alexandre.

Et ces *chancres*, de qui venaient-ils ? Ces inconsé-
quences passent inaperçues et se changent même au
besoin en preuves de la candide sincérité de Napoléon.

Bonaparte se croirait dégradé s'il s'arrêtait dans une
faute qu'il reconnaît. Ses soldats se plaignent de ne plus
le voir qu'aux moments des combats, toujours pour les
faire mourir, jamais pour les faire vivre : il est sourd à
ces plaintes. La nouvelle de la paix entre les Russes et
les Turcs le frappe et ne le retient pas : il se précipite à
Smolensk. Les proclamations des Russes disaient : « Il
vient (Napoléon), la trahison dans le cœur et la loyauté
sur les lèvres, il vient nous enchaîner avec ses légions
d'esclaves. Portons la croix dans nos cœurs et le fer dans
nos mains ; arrachons les dents à ce lion ; renversons le
tyran qui renverse la terre. »

Sur les hauteurs de Smolensk Napoléon retrouve l'armée russe, composée de cent vingt mille hommes : « Je
les tiens ! » s'écrie-t-il. Le 17, au point du jour, Belliard
jette une bande de Cosaques dans le Dniéper ; le rideau
replié, on aperçoit l'armée ennemie sur la route de Moscou ; elle se retirait. Le rêve de Bonaparte lui échappe
encore. Murat, qui avait trop contribué à la vaine pour-
suite, dans son désespoir voulait mourir. Il refusait de
quitter une de nos batteries écrasée par le feu de la citadelle de Smolensk non encore évacuée : « Retirez-vous
tous ; laissez-moi seul ici ! » s'écriait-il. Une attaque
effroyable avait lieu contre cette citadelle : rangée sur
des hauteurs qui s'élèvent en amphithéâtre, notre armée
contemplait le combat au-dessous : quand elle vit les
assaillants s'élancer à travers le feu et la mitraille, elle

battit des mains comme elle avait fait à l'aspect des ruines de Thèbes[1].

Pendant la nuit un incendie attire les regards. Un sous-officier de Davoust escalade les murs, parvient dans la citadelle au milieu de la fumée ; le son de quelques voix lointaines arrive à son oreille : le pistolet à la main, il se dirige de ce côté et, à son grand étonnement, il tombe dans une patrouille d'amis. Les Russes avaient abandonné la ville, et les Polonais de Poniatowski l'avaient occupée.

Murat, par son costume extraordinaire, par le caractère de sa vaillance qui ressemblait à la leur, excitait l'enthousiasme des Cosaques. Un jour qu'il faisait sur leurs bandes une charge furieuse, il s'emporte contre elles, les gourmande et leur commande : les Cosaques ne comprennent pas, mais ils devinent, tournent bride et obéissent à l'ordre du général ennemi.

Lorsque nous vîmes à Paris l'hetman Platoff[2], nous ignorions ses afflictions paternelles : en 1812 il avait un fils beau comme l'Orient ; ce fils montait un superbe cheval blanc de l'Ukraine ; le guerrier de dix-sept ans combattait avec l'intrépidité de l'âge qui fleurit et espère : un uhlan polonais le tua. Étendu sur une peau d'ours, les Cosaques vinrent respectueusement baiser sa main. Ils prononcent des prières funèbres, l'enterrent sur une butte couverte de pins ; ensuite, tenant en main leurs chevaux, ils défilent autour de la tombe, la pointe de leur lance renversée contre terre : on croyait voir les funérailles

---

1. Ségur, VI, 4 ; t. 1, p. 276. En ce qui concerne Thèbes, voir le récit de Vivant Denon, cité au chap. 17 du livre XIX (*supra*, p. 400).
2. Chef (hetman ou, en ukrainien, ataman) des cosaques du Don, lieutenant-général dans les armées russes, Platoff dirigea le harcèlement des troupes françaises au cours de la retraite de Russie. Puis « il conduisit jusqu'à Paris ses hordes sauvages, qui marquèrent leur passage par le pillage et la dévastation. On sait (...) que la haute société accueillit (...) avec un enthousiasme qui doit surprendre ce chef des barbares accablé par les dames du plus grand monde de fleurs, de prévenance », etc. Ces lignes de Pierre Larousse (*Dictionnaire*, t. XII, 1874, p. 1162) donnent la mesure de sa réputation.

décrites par l'historien des Goths[1], ou les cohortes préto-
riennes renversant leurs faisceaux devant les cendres de
Germanicus, *versi fasces*[2]. « Le vent fait tomber les flo-
cons de neige que le printemps du nord porte dans ses
cheveux. » (*Edda de Sœmund*[3].)

(2)

Retraite des Russes. – Le Borysthène.
Obsession de Bonaparte.
Kutuzoff succède à Barclay.
dans le commandement de l'armée russe.
Bataille de la Moskowa ou de Borodino.
Bulletin. – Aspect du champ de bataille.

Bonaparte écrivit de Smolensk en France qu'il était
maître des salines russes et que son ministre du Trésor
pouvait compter sur quatre-vingts millions de plus[4].
    La Russie fuyait vers le pôle : les seigneurs, désertant
leurs châteaux de bois, s'en allaient avec leurs familles,
leurs serfs et leurs troupeaux. Le *Dniéper*, ou l'ancien
Borysthène, dont les eaux avaient jadis été déclarées
saintes par Wladimir, était franchi : ce fleuve avait

---

1. Jornandès, déjà cité dans les *Études historiques* (Sixième Discours, seconde partie : « Mœurs des Barbares »), décrit ainsi les funérailles faites par les Huns à leur roi Attila (*De Rebus Getorum*, XLIX).
2. Tacite, *Annales*, III, 2.   **3.** Soemund Sigfusson, historien islan-
dais du XIe siècle, a réuni sous ce nom (*Edda*, ou « Aieule ») les chants
primitifs de la Scandinavie. Le texte original a été publié à Stockholm
à partir de 1787. Mais, dès 1763, Mallet avait donné une traduction de
certains de ces textes, dans la seconde partie de son *Histoire du Danemark* (troisième édition augmentée, Genève, 1787) : « Monuments de
la Mythologie et de la Poésie des anciens peuples du Nord ». Chateaubriand qui les cite dans les *Études historiques* (Sixième Discours,
seconde partie, « Mœurs des Barbares ») indique dans une note qu'il a
eu recours pour compléter sa documentation à Jean-Jacques Ampère.
4. Ségur (VI, 5 ; t. 1, p. 280) ne juge « ni vrai ni vraisemblable qu'il
se soit laissé aller à de telles illusions ».

envoyé aux peuples civilisés des invasions de Barbares ; il subissait maintenant les invasions des peuples civilisés. Sauvage déguisé sous un nom grec, il ne se rappelait même plus les premières migrations des Slaves ; il continuait de couler inconnu, portant dans ses barques, parmi ses forêts, au lieu des enfants d'Odin, des châles et des parfums aux femmes de Saint-Pétersbourg et de Varsovie. Son histoire pour le monde ne commence qu'à l'orient des montagnes où sont les *autels d'Alexandre* [1].

De Smolensk on pouvait également conduire une armée à Saint-Pétersbourg et à Moscou. Smolensk aurait dû avertir le vainqueur de s'arrêter ; il en eut un moment l'envie : « L'empereur, dit M. Fain [2], découragé, parla du projet de s'arrêter à Smolensk. » Aux ambulances on commençait déjà à manquer de tout. Le général Gourgaud raconte [3] que le général Lariboisière fut obligé de délivrer l'étoupe de ses canons pour panser les blessés. Mais Bonaparte était entraîné ; il se délectait à contempler aux deux bouts de l'Europe les deux aurores qui éclairaient ses armées dans des plaines brûlantes et sur des plateaux glacés.

Roland, dans son cercle étroit de chevalerie, courait après Angélique ; les conquérants de première race poursuivent une plus haute souveraine : point de repos pour eux qu'ils n'aient pressé dans leurs bras cette divinité couronnée de tours, épouse du Temps, fille du Ciel et mère des dieux [4]. Possédé de sa propre existence, Bonaparte avait tout réduit à sa personne ; Napoléon s'était emparé de Napoléon ; il n'y avait plus que lui en lui. Jusqu'alors il n'avait exploré que des lieux célèbres ; maintenant il parcourait une voie sans nom le long de laquelle Pierre avait à peine ébauché les villes futures d'un empire qui ne comptait pas un siècle. Si les exem-

---

1. Les autels qu'Alexandre avait élevés au point le plus oriental de son expédition en Asie. *Cf.* Strabon, III, 5.   **2.** Baron Fain, *Manuscrit de 1812, contenant le précis des événements de cette année*, Delaunay, 1827.   **3.** Dans son ouvrage sur *Napoléon et la Grande-Armée en Russie*, Bossanges frères, 1825.   **4.** Cybèle, ou la Terre, à laquelle Virgile identifie (*Énéide*, VI, vers 781-787) la grandeur future de Rome : *Qualis Berecynthia mater*, etc.

ples instruisaient, Bonaparte aurait pu s'inquiéter au souvenir de Charles XII qui traversa Smolensk en cherchant Moscou. À Kolodrina il y eut une affaire meurtrière : on avait enterré à la hâte les cadavres des Français, de sorte que Napoléon ne put juger de la grandeur de sa perte. À Dorogobouj, rencontre d'un Russe avec une barbe éblouissante de blancheur descendant sur sa poitrine : trop vieux pour suivre sa famille, resté seul à son foyer, il avait vu les prodiges de la fin du règne de Pierre le Grand et il assistait, dans une silencieuse indignation, à la dévastation de son pays.

Une suite de batailles présentées et refusées amenèrent les Français sur le champ de la Moskowa. À chaque bivouac, l'empereur allait discutant avec ses généraux, écoutant leurs contentions, tandis qu'il était assis sur des branches de sapin ou se jouait avec quelque boulet russe qu'il poussait du pied[1].

Barclay[2], pasteur de Livonie, et puis général, était l'auteur de ce système de retraite qui laissait à l'automne le temps de le rejoindre : une intrigue de cour le renversa. Le vieux Kutuzoff battu à Austerlitz parce qu'on n'avait pas suivi son opinion, laquelle était de refuser le combat jusqu'à l'arrivée du prince Charles, remplaça Barclay. Les Russes voyaient dans Kutuzoff un général de leur nation, l'élève de Suwaroff, le vainqueur du grand vizir en 1811, et l'auteur de la paix avec la Porte, alors si nécessaire à la Russie. Sur ces entrefaites, un officier moscovite se présente aux avant-postes de Davoust ; il n'était chargé que de propositions vagues ; sa mission réelle semblait être de regarder et d'examiner : on lui montra tout. La curiosité française, insouciante et sans frayeur, lui demanda ce qu'on trouverait de Viazma à Moscou : « Pultava », répondit-il[3].

Arrivé sur les hauteurs de Borodino, Bonaparte voit enfin l'armée russe arrêtée et formidablement retranchée.

---

1. Ce détail se trouve dans Ségur, VII, 2, t. 1, p. 345.   **2.** Michel Barclay de Tolly (1761-1818), de famille écossaise émigrée en Finlande au XVIIIᵉ siècle.   **3.** Ségur, VII, 4 ; t. 1, p. 357. C'est à Pultava que Pierre le Grand avait battu le roi de Suède Charles XII, au mois de juillet 1709.

Elle comptait cent vingt mille hommes et six cents pièces de canon ; du côté des Français, égale force. La gauche des Russes examinée, le maréchal Davoust propose à Napoléon de tourner l'ennemi : « Cela me ferait perdre trop de temps », répond l'empereur. Davoust insiste ; il s'engage à avoir accompli sa manœuvre avant six heures du matin ; Napoléon l'interrompt brusquement : « Ah ! vous êtes toujours pour tourner l'ennemi [1]. »

On avait remarqué un grand mouvement dans le camp moscovite : les troupes étaient sous les armes ; Kutuzoff, entouré des popes et des archimandrites, précédé des emblèmes de la religion et d'une image sacrée sauvée des ruines de Smolensk, parle à ses soldats du ciel et de la patrie ; il nomme Napoléon le despote universel [2].

Au milieu de ces chants de guerre, de ces chœurs de triomphe mêlés à des cris de douleur, on entend aussi dans le camp français une voix chrétienne ; elle se distingue de toutes les autres ; c'est l'hymne saint qui monte seul sous les voûtes du temple. Le soldat dont la voix tranquille, et pourtant émue, retentit la dernière, est l'aide de camp du maréchal qui commandait la cavalerie de la garde. Cet aide de camp s'est mêlé à tous les combats de la campagne de Russie ; il parle de Napoléon comme ses plus grands admirateurs ; mais il lui reconnaît des infirmités ; il redresse des récits menteurs et déclare que les fautes commises sont venues de l'orgueil du chef et de l'oubli de Dieu dans les capitaines. « Dans le camp russe, dit le lieutenant-colonel de Baudus [3], on sanctifia cette vigile d'un jour qui devait être le dernier pour tant de braves. ....

« Le spectacle offert à mes yeux par la piété de l'ennemi, ainsi que les plaisanteries qu'il dicta à un trop grand nombre d'officiers placés dans nos rangs, me rappela que le plus grand de nos rois, Charlemagne, se disposa lui

---

1. Ségur, VII, 7 ; t. 1, p. 376-377.   2. Ségur, VII, 8 ; t. 1, p. 382-383.   3. Marie-Élie-Guillaume de Baudus (1786-1858), dont le père, ancien rédacteur du *Spectateur du Nord*, puis collaborateur des *Débats*, servait dans la diplomatie, fut aide de camp de Soult. Mis en demi-solde après Waterloo, il fut réintégré en 1816 avec le grade de chef de bataillon. Il a laissé des *Études sur Napoléon*, Debécourt, 1841.

aussi à commencer la plus périlleuse de ses entreprises par des cérémonies religieuses.

« Ah ! sans doute, parmi ces chrétiens égarés, il s'en trouva un grand nombre dont la bonne foi sanctifia les prières ; car si les Russes furent vaincus à la Moskowa, notre entier anéantissement, dont ils ne peuvent se glorifier en aucune façon, puisqu'il fut l'œuvre manifeste de la Providence, vint prouver quelques mois plus tard que leur demande n'avait été que trop favorablement écoutée. »

Mais où était le czar ? Il venait de dire modestement à madame de Staël fugitive qu'il regrettait de *n'être pas un grand général*[1]. Dans ce moment paraissait à nos bivouacs M. de Beausset, officier du palais : sorti des bois tranquilles de Saint-Cloud, et suivant les traces horribles de notre armée, il arrivait la veille des funérailles à la Moskowa ; il était chargé du portrait du roi de Rome que Marie-Louise envoyait à l'empereur. M. Fain et M. de Ségur peignent les sentiments dont Bonaparte fut saisi à cette vue ; selon le général Gourgaud, Bonaparte s'écria après avoir regardé le portrait : « Retirez-le, il voit de trop bonne heure un champ de bataille. »

Le jour qui précéda l'orage fut extrêmement calme : « Cette espèce de sagesse que l'on met, dit M. de Baudus, à préparer de si cruelles folies, a quelque chose d'humiliant pour la raison humaine quand on y pense de sang-froid à l'âge où je suis arrivé ; car, dans ma jeunesse, je trouvais cela bien beau. »

Vers le soir du 6, Bonaparte dicta cette proclamation ; elle ne fut connue de la plupart des soldats qu'après la victoire :

« Soldats, voilà la bataille que vous avez tant désirée. Désormais la victoire dépend de vous ; elle nous est nécessaire, elle nous donnera l'abondance et un prompt retour dans la patrie. Conduisez-vous comme à Austerlitz, à Friedland, à Witepsk et à Smolensk, et que la postérité la plus reculée cite votre conduite dans cette journée ; que

---

1. *Dix années d'exil*, seconde partie, chap. XIII.

l'on dise de vous : Il était à cette grande bataille sous les murs de Moscou[1]. »

Bonaparte passa la nuit dans l'anxiété : tantôt il croyait que les ennemis se retiraient, tantôt il redoutait le dénûment de ses soldats et la lassitude de ses officiers. Il savait que l'on disait autour de lui : « Dans quel but nous a-t-on fait faire huit cents lieues pour ne trouver que de l'eau marécageuse, la famine et des bivouacs sur des cendres ? Chaque année la guerre s'aggrave : de nouvelles conquêtes forcent d'aller chercher de nouveaux ennemis. Bientôt l'Europe ne lui suffira plus ; il lui faudra l'Asie ». Bonaparte, en effet, n'avait pas vu avec indifférence les cours d'eau qui se jettent dans le Volga ; né pour Babylone, il l'avait déjà tentée par une autre route. Arrêté à Jaffa à l'entrée occidentale de l'Asie, arrêté à Moscou à la porte septentrionale de cette même Asie, il vint mourir dans les mers qui bordent cette partie du monde d'où se levèrent l'homme et le soleil.

Napoléon, au milieu de la nuit, fit appeler un de ses aides de camp ; celui-ci le trouva la tête appuyée dans ses deux mains : « Qu'est-ce que la guerre ?, disait-il ; un métier de barbares où tout l'art consiste à être le plus fort sur un point donné. » Il se plaint de l'inconstance de la fortune ; il envoie examiner la position de l'ennemi : on lui rapporte que les feux brillent du même éclat et en égal nombre ; il se tranquillise. À cinq heures du matin, Ney lui envoie demander l'ordre d'attaque ; Bonaparte sort et s'écrie : « Allons ouvrir les portes de Moscou. » Le jour paraît ; Napoléon montrant l'Orient qui commençait à rougir : « Voilà le soleil d'Austerlitz ! » s'écria-t-il[2].

---

1. Texte cité par Ségur, VII, 7 ; t. 1, p. 381.   **2.** Pour ce paragraphe, voir Ségur, VII, 8 ; t. 1, p. 386-389.

(3)

EXTRAIT DU DIX-HUITIÈME BULLETIN
DE LA GRANDE ARMÉE.

« Mojaïsk, 12 septembre 1812.

....

« Le 6, à deux heures du matin, l'empereur parcourut les avant-postes ennemis ; on passa la journée à se reconnaître. L'ennemi avait une position très resserrée...

« Cette position parut belle et forte. *Il était facile de manœuvrer et d'obliger l'ennemi à l'évacuer ; mais cela aurait remis la partie* ....

....

« Le 7, à six heures du matin, le général comte Sorbier, qui avait armé la batterie droite avec l'artillerie de la réserve de la garde, commença le feu ....

« À six heures et demie, le général Compans est blessé. À sept heures, le prince d'Eckmühl a son cheval tué.......

« À sept heures, le maréchal duc d'Elchingen se remet en mouvement et, sous la protection de soixante pièces de canon que le général Foucher avait placées la veille contre le centre de l'ennemi, se porte sur le centre. Mille pièces de canon vomissent de part et d'autre la mort.

« À huit heures, les positions de l'ennemi sont enlevées, ses redoutes prises, et notre artillerie couronne ses mamelons. ....

....

« Il restait à l'ennemi ses redoutes de droite ; le général comte Morand y marche et les enlève ; mais à neuf heures du matin, attaqué de tous côtés, il ne peut s'y maintenir. L'ennemi, encouragé par ce succès, fit avancer sa réserve et ses dernières troupes pour tenter encore la fortune. La garde impériale russe en fait partie. Il attaque notre centre sur lequel avait pivoté notre droite. On craint pendant un moment qu'il n'enlève le village brûlé ; la division Friant s'y porte ; quatre-vingts pièces de canon françaises arrêtent d'abord et écrasent ensuite les colonnes ennemies qui se tiennent pendant deux heures serrées sous la mitraille, n'osant pas avancer, ne voulant pas reculer, et renonçant à l'espoir de la victoire. Le roi de Naples décide leur incertitude ; il fait charger le quatrième corps de cavalerie qui pénètre dans les brèches que la mitraille de nos canons a faites dans les masses serrées des Russes et les escadrons de leurs cuirassiers ; ils se débandent de tous côtés ....

....

« Il est deux heures après midi, toute espérance abandonne l'ennemi : la bataille est finie, la canonnade continue encore ; il se bat pour sa retraite et pour son salut, mais non pour la victoire.

« Notre perte totale peut être évaluée à dix mille hommes ; celle de l'ennemi à quarante ou cinquante mille. Jamais on n'a vu pareil champ de bataille. Sur six cadavres il y en avait un français et cinq russes. Quarante généraux russes ont été tués, blessés ou pris : le général Bagration a été blessé.

« Nous avons perdu le général de division comte Montbrun, tué d'un coup de canon ; le général comte Caulaincourt, qui avait été envoyé pour le remplacer, tué d'un même coup une heure après.

« Les généraux de brigade Compère, Plauzonne, Marion, Huart, ont été tués ; sept ou huit généraux ont été blessés, la plupart légèrement. Le prince d'Eckmühl n'a eu aucun mal. Les troupes françaises se sont couvertes de gloire et ont montré leur grande supériorité sur les troupes russes.

« Telle est en peu de mots l'esquisse de la bataille de la Moskowa, donnée à deux lieues en arrière de Mojaïsk et à vingt-cinq lieues de Moscou.

« L'empereur n'a jamais été exposé ; la garde, ni à pied ni à cheval, n'a pas donné et n'a pas perdu un seul homme. La victoire n'a jamais été incertaine. Si l'ennemi, forcé dans ses positions, n'avait pas voulu les reprendre, notre perte aurait été plus forte que la sienne ; mais il a détruit son armée en la tenant depuis huit heures jusqu'à deux sous le feu de nos batteries et en s'opiniâtrant à reprendre ce qu'il avait perdu. C'est la cause de son immense perte. »

Ce bulletin froid et rempli de réticences est loin de donner une idée de la bataille de la Moskowa, et surtout des affreux massacres à la grande redoute ; quatre-vingt mille hommes furent mis hors de combat ; trente mille d'entre eux appartenaient à la France. Auguste de La Rochejaquelein [1] eut le visage fendu d'un coup de sabre et demeura prisonnier des Moscovites : il rappelait d'autres combats et un autre drapeau. Bonaparte, passant en revue le 61e régiment presque détruit, dit au colonel : « Colonel qu'avez-vous fait d'un de vos bataillons ? – Sire, il est dans la redoute. » Les Russes ont toujours soutenu et soutiennent encore avoir gagné la bataille : ils vont élever une colonne triomphale funèbre sur les hauteurs de Borodino.

Le récit de M. de Ségur va suppléer à ce qui manque au bulletin de Bonaparte : « L'empereur parcourut, dit-il, le champ de bataille. Jamais aucun ne fut d'un si horrible aspect. Tout y concourait : un ciel obscur, une pluie froide, un vent violent, des habitations en cendres, une plaine bouleversée, couverte de ruines et de débris ; à l'horizon, la triste et sombre verdure des arbres du Nord ; partout des soldats errants parmi des cadavres et cherchant des subsistances jusque dans les sacs de leurs compagnons morts ; d'horribles blessures, car les balles russes sont plus grosses que les nôtres ; des bivouacs silencieux ; plus de chants, point de récits : une morne taciturnité.

« On voyait autour des aigles le reste des officiers et sous-officiers, et quelques soldats, à peine ce qu'il en fallait pour garder le drapeau. Leurs vêtements étaient déchirés par l'acharnement du combat, noircis de poudre, souillés de sang ; et pourtant, au milieu de ces lambeaux, de cette misère, de ce désastre, un air fier, et même, à

---

1. Le comte de La Rochejaquelein (1783-1863), frère cadet du chef vendéen, servit dans les armées impériales. Colonel, puis maréchal de camp sous la Restauration, il épousa en 1819 la fille aînée de la duchesse de Duras. Il sera condamné à mort par contumace pour avoir essayé de soulever la Vendée en faveur de la duchesse de Berry.

l'aspect de l'empereur, quelques cris de triomphe, mais rares et excités : car, dans cette armée capable à la fois d'analyse et d'enthousiasme, chacun jugeait de la position de tous..
....

« L'empereur ne put évaluer sa victoire que par les morts. La terre était tellement jonchée de Français étendus sur les redoutes, qu'elle paraissait leur appartenir plus qu'à ceux qui restaient debout. Il semblait y avoir là plus de vainqueurs tués que de vainqueurs vivants.

« Dans cette foule de cadavres, sur lesquels il fallait marcher pour suivre Napoléon, le pied d'un cheval rencontra un blessé et lui arracha un dernier signe de vie ou de douleur. L'empereur, jusque-là muet comme sa victoire, et que l'aspect de tant de victimes oppressait, éclata ; il se soulagea par des cris d'indignation, et par une multitude de soins qu'il fit prodiguer à ce malheureux. Puis il dispersa les officiers qui le suivaient pour qu'ils secourussent ceux qu'on entendait crier de toutes parts.

« On en trouvait surtout dans le fond des ravines où la plupart des nôtres avaient été précipités, et où plusieurs s'étaient traînés pour être plus à l'abri de l'ennemi et de l'ouragan. Les uns prononçaient en gémissant le nom de leur patrie ou de leur mère : c'étaient les plus jeunes. Les plus anciens attendaient la mort d'un air ou impassible ou sardonique, sans daigner implorer ni se plaindre : d'autres demandaient qu'on les tuât sur-le-champ : mais on passait à côté de ces malheureux, qu'on n'avait ni l'inutile pitié de secourir, ni la pitié cruelle d'achever. »

Tel est le récit de M. de Ségur[1]. Anathème aux victoires non remportées pour la défense de la patrie et qui ne servent qu'à la vanité d'un conquérant !

La garde, composée de vingt-cinq mille hommes d'élite, ne fut point engagée à la Moskowa : Bonaparte la refusa sous divers prétextes. Contre sa coutume, il se tint à l'écart du feu et ne pouvait suivre de ses propres yeux les manœuvres. Il s'asseyait ou se promenait près d'une redoute emportée la veille : lorsqu'on venait lui apprendre

---

1. Ségur, VII, 12 ; t. 1, p. 418-419 et 420-421.

la mort de quelques-uns de ses généraux, il faisait un geste de résignation. On regardait avec étonnement cette impassibilité ; Ney s'écriait : « Que fait-il derrière l'armée ? Là, il n'est à portée que des revers, et non des succès. Puisqu'il ne fait plus la guerre par lui-même, qu'il n'est plus général, qu'il veut faire partout l'empereur, qu'il retourne aux Tuileries et nous laisse être généraux pour lui [1]. » Murat avouait que dans cette grande journée il n'avait plus reconnu le génie de Napoléon.

Des admirateurs sans réserve ont attribué l'engourdissement de Napoléon à la complication des souffrances, dont, assurent-ils, il était alors accablé ; ils affirment qu'à tous moments il était obligé de descendre de cheval, et que souvent il restait immobile, le front appuyé contre des canons. Cela peut être : un malaise passager pouvait contribuer dans ce moment à la prostration de son énergie ; mais si l'on remarque qu'il retrouva cette énergie dans la campagne de Saxe et dans sa fameuse campagne de France, il faudra chercher une autre cause de son inaction à Borodino. Comment ! vous avouez dans votre bulletin qu'*il était facile de manœuvrer et d'obliger l'ennemi à évacuer sa belle position, mais que cela aurait remis la partie ;* et vous, qui avez assez d'*activité d'esprit* pour condamner à la mort tant de milliers de nos soldats, vous n'avez pas assez de *force de corps* pour ordonner à votre garde d'aller au moins à leur secours ? Il n'y a d'autre explication à ceci que la nature même de l'homme : l'adversité arrivait ; sa première atteinte le glaça. La grandeur de Napoléon n'était pas de cette qualité qui appartient à l'infortune ; la prospérité seule lui laissait ses facultés entières : il n'était point fait pour le malheur.

---

1. Ségur, VII, 10 ; t. 1, p. 402-403.

(4)

MARCHE EN AVANT DES FRANÇAIS. – ROSTOPSCHINE.
BONAPARTE AU MONT-DU-SALUT. – VUE DE MOSCOU.
ENTRÉE DE NAPOLÉON AU KREMLIN. – INCENDIE
DE MOSCOU. – BONAPARTE GAGNE AVEC PEINE
PETROWSKI. – ÉCRITEAU DE ROSTOPSCHINE.
SÉJOUR SUR LES RUINES DE MOSCOU.
OCCUPATIONS DE BONAPARTE.

Entre la Moskowa et Moscou, Murat engagea une affaire devant Mojaïsk. On entra dans la ville : on y trouva dix mille morts et mourants ; on jeta les morts par les fenêtres pour loger les vivants. Les Russes se repliaient en bon ordre sur Moscou.

Dans la soirée du 13 septembre, Kutuzoff avait assemblé un conseil de guerre : tous les généraux déclarèrent que *Moscou n'était pas la patrie*. Buturlin *(Histoire de la campagne de Russie)*, le même officier qu'Alexandre envoya au quartier de monseigneur le duc d'Angoulême en Espagne, Barclay, dans son *Mémoire justificatif*, donnent les motifs qui déterminèrent l'opinion du conseil. Kutuzoff proposa au roi de Naples une suspension d'armes, tandis que les soldats russes traverseraient l'ancienne capitale des czars. La suspension fut acceptée, car les Français voulaient conserver la ville ; Murat seulement serrait de près l'arrière-garde ennemie, et nos grenadiers emboîtaient le pas du grenadier russe qui se retirait. Mais Napoléon était loin du succès auquel il croyait toucher : Kutuzoff cachait Rostopschine.

Le comte Rostopschine était gouverneur de Moscou. La vengeance promettait de descendre du ciel : un ballon monstrueux, construit à grands frais, devait planer sur l'armée française, choisir l'empereur entre mille, s'abattre sur sa tête dans une pluie de fer et de feu. À l'essai, les ailes de l'aérostat se brisèrent ; force fut de renoncer à la bombe des nuées ; mais les artifices restèrent à Rostopschine. Les nouvelles du désastre de Borodino étaient

arrivées à Moscou, tandis que, sur un bulletin de Kutuzoff, on se flattait encore de la victoire dans le reste de
l'empire. Rostopschine avait fait diverses proclamations
en prose rimée ; il disait :

« Allons, mes amis les Moscovites, marchons aussi !
Nous rassemblerons cent mille hommes, nous prendrons
l'image de la sainte Vierge, cent cinquante pièces de
canon, et nous mettrons fin à tout [1]. »

Il conseillait aux habitants de s'armer simplement de
fourches, un Français ne pesant pas plus qu'une gerbe.

On sait que Rostopschine a décliné toute participation
à l'incendie de Moscou [2], on sait aussi qu'Alexandre ne
s'est jamais expliqué à ce sujet. Rostopschine a-t-il voulu
échapper au reproche des nobles et des marchands dont
la fortune avait péri ? Alexandre a-t-il craint d'être appelé
un Barbare par l'Institut ? Ce siècle est si misérable,
Bonaparte en avait tellement accaparé toutes les grandeurs, que quand quelque chose de digne arrivait, chacun
s'en défendait et en repoussait la responsabilité.

L'incendie de Moscou restera une résolution héroïque
qui sauva l'indépendance d'un peuple et contribua à la
délivrance de plusieurs autres. Numance [3] n'a point perdu
ses droits à l'admiration des hommes. Qu'importe que
Moscou ait été brûlé ! ne l'avait-il pas été déjà sept fois ?
N'est-il pas aujourd'hui brillant et rajeuni, bien que dans
son vingt-unième bulletin Napoléon eût prédit que l'*incendie de cette capitale retarderait la Russie de cent
ans* ? « Le malheur même de Moscou, dit admirablement
madame de Staël, a régénéré l'empire : cette ville religieuse a péri comme un martyr dont le sang répandu
donne de nouvelles forces aux frères qui lui survivent [4]. »
(Dix années d'exil.)

Où en seraient les nations si Bonaparte, du haut du
Kremlin, eût couvert le monde de son despotisme comme

---

1. Reprise, dans un ordre inversé, de Ségur, VIII, 2 ; t. 2, p. 13-
14.   **2.** Dans une brochure de 1823. Mais tous les témoignages du
temps, aussi bien russes que français, lui ont attribué la paternité de
cette décision.   **3.** Allusion à la farouche résistance de la ville de
Numance, assiégée par Scipion Émilien, au IIe siècle avant
notre ère.   **4.** *Dix années d'exil*, 2e partie, chap. XIV.

d'un drap mortuaire ? Les droits de l'espèce humaine passent avant tout. Pour moi, la terre fût-elle un globe explosible, je n'hésiterais pas à y mettre le feu s'il s'agissait de délivrer mon pays. Toutefois, il ne faut rien moins que les intérêts supérieurs de la liberté humaine pour qu'un Français, la tête couverte d'un crêpe et les yeux pleins de larmes, puisse se résoudre à raconter une résolution qui devait devenir fatale à tant de Français.

On a vu à Paris le comte Rostopschine, homme instruit et spirituel[1] : dans ses écrits la pensée se cache sous une certaine bouffonnerie ; espèce de Barbare policé, de poète ironique, dépravé même, capable de généreuses dispositions, tout en méprisant les peuples et les rois : les églises gothiques admettent dans leur grandeur des décorations grotesques.

La débâcle avait commencé à Moscou ; les routes de Cazan étaient couvertes de fugitifs à pied, en voiture, isolés ou accompagnés de serviteurs. Un présage avait un moment ranimé les esprits : un vautour s'était embarrassé dans les chaînes qui soutenaient la croix de la principale église[2] ; Rome eût, comme Moscou, vu dans ce présage la captivité de Napoléon.

À l'approche des longs convois de blessés russes qui se présentaient aux portes, toute espérance s'évanouit. Kutuzoff avait flatté Rostopschine de défendre la ville avec quatre-vingt-onze mille hommes qui lui restaient : vous venez de voir que le conseil de guerre l'obligeait de se retirer. Rostopschine demeura seul.

La nuit descend : des émissaires vont frapper mystérieusement aux portes, annoncent qu'il faut partir et que Ninive est condamnée[3]. Des matières inflammables sont introduites dans les édifices publics et les bazars, dans les boutiques et les maisons particulières ; les pompes sont enlevées. Alors Rostopschine ordonne d'ouvrir les pri-

---

1. *Cf.* Ségur, VIII, 2 ; t. 2, p. 15 : « Depuis, on a vu ce seigneur russe à Paris. C'est un homme rangé, bon époux, excellent père ; son esprit est supérieur et cultivé (...) il joint à la civilisation des temps modernes une énergie antique ».   2. Ségur, VIII, 3 ; t. 2, p. 25.   3. Voir Jonas, III, 4. Le prophète annonce la destruction prochaine de la ville pour convertir ses habitants.

sons : du milieu d'une troupe immonde on fait sortir un Russe et un Français ; le Russe, appartenant à une secte d'illuminés allemands [1], est accusé d'avoir voulu livrer sa patrie et d'avoir traduit la proclamation des Français ; son père accourt ; le gouverneur lui accorde un moment pour bénir son fils : « Moi, bénir un traître ! » s'écrie le vieux Moscovite, et il le maudit. Le prisonnier est livré à la populace et abattu.

« Pour toi, dit Rostopschine au Français, tu devais désirer l'arrivée de tes compatriotes : sois libre. Va dire aux tiens que la Russie n'a eu qu'un seul traître et qu'il est puni. »

Les autres malfaiteurs relâchés reçoivent, avec leur grâce, les instructions pour procéder à l'incendie, quand le moment sera venu. Rostopschine sort le dernier de Moscou, comme un capitaine de vaisseau quitte le dernier son bord dans un naufrage.

Napoléon, monté à cheval, avait rejoint son avant-garde. Une hauteur restait à franchir ; elle touchait à Moscou de même que Montmartre à Paris ; elle s'appelait le *Mont-du-Salut*, parce que les Russes y priaient à la vue de la ville sainte, comme les pèlerins en apercevant Jérusalem. Moscou *aux coupoles dorées*, disent les poètes slaves, resplendissait à la lumière du jour, avec ses deux cent quatre-vingt-quinze églises, ses quinze cents châteaux, ses maisons ciselées, colorées en jaune, en vert, en rose : il n'y manquait que les cyprès et le Bosphore. Le Kremlin faisait partie de cette masse couverte de fer poli ou peinturé. Au milieu d'élégantes villas de briques et de marbre, la Moskowa coulait parmi des parcs ornés de bois de sapins, palmiers de ce ciel : Venise, aux jours de sa gloire, ne fut pas plus brillante dans les flots de l'Adriatique. Ce fut le 14 septembre, à deux heures de l'après-midi, que Bonaparte, par un soleil orné des diamants du pôle, aperçut sa nouvelle conquête. Moscou, comme une princesse européenne aux confins de son empire, parée de toutes les richesses de l'Asie, semblait amenée là pour épouser Napoléon.

---

1. « (...) qu'on nomme martinistes », précise Ségur (VIII, 3 ; t. 2, p. 30).

Une acclamation s'élève : « Moscou ! Moscou ! »
s'écrient nos soldats ; ils battent encore des mains : au
temps de la vieille gloire, ils criaient, revers ou prospérités, vive le roi ! « Ce fut un beau moment, dit le lieutenant-colonel de Baudus[1] que celui où le magnifique
panorama présenté par l'ensemble de cette immense cité
s'offrit tout à coup à mes regards. Je me rappellerai toujours l'émotion qui se manifesta dans les rangs de la division polonaise ; elle me frappa d'autant plus qu'elle se fit
jour par un mouvement empreint d'une pensée religieuse.
En apercevant Moscou, les régiments entiers se jetèrent à
genoux et remercièrent le Dieu des armées de les avoir
conduits par la victoire dans la capitale de leur ennemi le
plus acharné. »

Les acclamations cessent ; on descend muets vers la
ville ; aucune députation ne sort des portes pour présenter
les clefs dans un bassin d'argent. Le mouvement de la
vie était suspendu dans la grande cité. Moscou chancelait
silencieuse devant l'étranger : trois jours après elle avait
disparu ; la Circassienne du Nord, la belle fiancée, s'était
couchée sur son bûcher funèbre.

Lorsque la ville était encore debout, Napoléon en marchant vers elle s'écriait : « La voilà donc cette ville
fameuse ! » et il regardait : Moscou, délaissée, ressemblait à la cité pleurée dans les *Lamentations*[2]. Déjà
Eugène et Poniatowski ont débordé les murailles ;
quelques-uns des officiers pénètrent dans la ville ; ils
reviennent et disent à Napoléon : « Moscou est déserte !
– Moscou est déserte ? c'est invraisemblable ! qu'on
m'amène les boyards. » Point de boyards, il n'est resté
que des pauvres qui se cachent. Rues abandonnées,
fenêtres fermées : aucune fumée ne s'élève des foyers
d'où s'en échapperont bientôt des torrents. Pas le plus
léger bruit. Bonaparte hausse les épaules.

Murat, s'étant avancé jusqu'au Kremlin, y est reçu par
les hurlements des prisonniers devenus libres pour délivrer leur patrie : on est contraint d'enfoncer les portes à
coup de canon.

---

1. *Études sur Napoléon*, t. 2, p. 102.   2. Jérusalem.

Napoléon s'était porté à la barrière de Dorogomilow ;
il s'arrêta dans une des premières maisons du faubourg,
fit une course le long de la Moskowa, ne rencontra personne. Il revint à son logement, nomma le maréchal
Mortier gouverneur de Moscou, le général Durosnel,
commandant de la place et M. de Lesseps[1] chargé de
l'administration en qualité d'intendant. La garde impériale et les troupes étaient en grande tenue pour paraître
devant un peuple absent. Bonaparte apprit bientôt avec
certitude que la ville était menacée de quelque événement. À deux heures du matin on lui vient dire que le feu
commence. Le vainqueur quitte le faubourg de Dorogomilow et vient s'abriter au Kremlin : c'était dans la matinée du 15. Il éprouva un moment de joie en pénétrant
dans le palais de Pierre le Grand ; son orgueil satisfait
écrivit quelques mots à Alexandre, à la réverbération du
bazar qui commençait à brûler, comme autrefois
Alexandre vaincu lui écrivait un billet du champ d'Austerlitz.

Dans le bazar on voyait de longues rangées de boutiques toutes fermées. On contient d'abord l'incendie ;
mais dans la seconde nuit il éclate de toutes parts ; des
globes lancés par des artifices crèvent, retombent en
gerbes lumineuses sur les palais et les églises. Une bise
violente pousse les étincelles et lance les flammèches sur
le Kremlin : il renfermait un magasin à poudre ; un parc
d'artillerie avait été laissé sous les fenêtres mêmes de
Bonaparte. De quartier en quartier nos soldats sont
chassés par les effluves du volcan. Des Gorgones et des
Méduses, la torche à la main, parcourent les carrefours
livides de cet enfer ; d'autres attisent le feu avec des
lances de bois goudronné. Bonaparte, dans les salles du
nouveau Pergame[2], se précipite aux croisées, s'écrie :
« Quelle résolution extraordinaire ! quels hommes ! ce
sont des Scythes ! »

Le bruit se répand que le Kremlin est miné : des servi-

---

1. Jean-Baptiste de Lesseps (1766-1834), explorateur du Kamtchatka avant la Révolution, était depuis 1802 commissaire pour les
relations commerciales en Russie.   2. Nom donné à la citadelle de
Troie. Allusion à la prise de la ville et à son incendie par les Grecs.

teurs se trouvent mal, des militaires se résignent. Les bouches des divers brasiers en dehors s'élargissent, se rapprochent, se touchent : la cour de l'Arsenal, comme un haut cierge, brûle au milieu d'un sanctuaire embrasé. Le Kremlin n'est plus qu'une île noire contre laquelle se brise une mer ondoyante de feu. Le ciel, reflétant l'illumination, est comme traversé des clartés mobiles d'une aurore boréale.

La troisième nuit descendait ; on respirait à peine dans une vapeur suffocante : deux fois des mèches ont été attachées au bâtiment qu'occupait Napoléon. Comment fuir ? les flammes attroupées bloquent les portes de la citadelle. En cherchant de tous les côtés, on découvre une potence qui donnait sur la Moskowa. Le vainqueur avec sa garde se dérobe par ce guichet de salut. Autour de lui dans la ville, des voûtes se fondent en mugissant, des clochers d'où découlaient des torrents de métal liquéfié se penchent, se détachent et tombent. Des charpentes, des poutres, des toits craquant, pétillant, croulant, s'abîment dans un Phlégéton[1] dont ils font rejaillir la lame ardente et des millions de paillettes d'or. Bonaparte ne s'échappe que sur les charbons refroidis d'un quartier déjà réduit en cendres : il gagna Petrowski, villa du czar.

Le général Gourgaud, critiquant l'ouvrage de M. de Ségur, accuse l'officier d'ordonnance de l'empereur de s'être trompé : en effet, il demeure prouvé, par le récit de M. de Baudus, aide de camp du maréchal Bessières, et qui servit lui-même de guide à Napoléon, que celui-ci ne s'évada pas par une poterne, mais qu'il sortit par la grande porte du Kremlin[2]. Du rivage de Sainte-Hélène, Napoléon revoyait brûler la ville des Scythes : « Jamais, dit-il, en dépit de la poésie, toutes les fictions de l'incendie de Troie n'égaleront la réalité de celui de Moscou. »

Remémorant antérieurement cette catastrophe, Bonaparte écrit encore : « *Mon mauvais génie m'apparut et m'annonça ma fin, que j'ai trouvée à l'île d'Elbe.* » Kutuzoff avait d'abord pris sa route à l'Orient ; ensuite il se rabattit au midi. Sa marche de nuit était à demi éclairée

---

1. Fleuve infernal.   2. *Études sur Napoléon*, t. 2, p. 127.

par l'incendie lointain de Moscou, dont il sortait un bourdonnement lugubre ; on eût dit que la cloche qu'on n'avait jamais pu monter à cause de son énorme poids eût été magiquement suspendue au haut d'un clocher brûlant pour tinter les glas. Kutuzoff atteignit Voronowo, possession du comte Rostopschine ; à peine avait-il aperçu la superbe demeure, qu'elle s'enfonce dans le gouffre de la nouvelle conflagration. Sur la porte de fer d'une église on lisait cet écriteau, la *scritta morta*[1], de la main du propriétaire : « J'ai embelli pendant huit ans cette campagne, et j'y ai vécu heureux au sein de ma famille ; les habitants de cette terre, au nombre de dix-sept cent vingt, la quittent à votre approche, et moi je mets le feu à ma maison pour qu'elle ne soit pas souillée par votre présence. Français, je vous ai abandonné mes deux maisons de Moscou avec un mobilier d'un demi-million de roubles. Ici vous ne trouverez que des cendres.

« Rostopschine. »

Bonaparte avait au premier moment admiré les feux et les Scythes comme un spectacle apparenté à son imagination ; mais bientôt le mal que cette catastrophe lui faisait le refroidit et le fit retourner à ses injurieuses diatribes. En envoyant la lettre de Rostopschine en France, il ajoute : « Il paraît que Rostopschine est aliéné ; les Russes le regardent comme une espèce de Marat. » Qui ne comprend pas la grandeur dans les autres ne la comprendra pas pour soi quand le temps des sacrifices sera venu.

Alexandre avait appris sans abattement son adversité. « Reculerons-nous, écrivait-il dans ses instructions circulaires, quand l'Europe nous encourage de ses regards ? Servons-lui d'exemple ; saluons la main qui nous choisit pour être la première des nations dans la cause de la vertu et de la liberté. » Suivait une invocation au Très-Haut.

Un style dans lequel se trouvent les mots de Dieu, de

---

1. Selon Marcellus, p. 208, la « lettre de mort », au sens du « dernier écrit », dans lequel on dit adieu à ce qu'on aime. Le texte est donné par Ségur, VIII, 9 ; t. 2, p. 76.

vertu, de liberté, est puissant : il plaît aux hommes, les rassure et les console ; combien il est supérieur à ces phrases affectées, tristement empruntées des locutions païennes, et fatalisées à la turque : *il fut, ils ont été, la fatalité les entraîne !* phraséologie stérile, toujours vaine, alors même qu'elle est appuyée sur les plus grandes actions.

Sorti de Moscou dans la nuit du 15 septembre, Napoléon y entra le 18. Il avait rencontré, en revenant, des foyers allumés sur la fange, nourris avec des meubles d'acajou et des lambris dorés. Autour de ces foyers en plein air étaient des militaires noircis, crottés, en lambeaux, couchés sur des canapés de soie ou assis dans des fauteuils de velours, ayant pour tapis sous leurs pieds, dans la boue, des châles de cachemire, des fourrures de la Sibérie, des étoffes d'or de la Perse, mangeant dans des plats d'argent une pâte noire ou de la chair sanguinolente de cheval grillé.

Un pillage irrégulier ayant commencé, on le régularisa ; chaque régiment vint à son tour à la curée. Des paysans chassés de leurs huttes, des Cosaques, des déserteurs de l'ennemi, rôdaient autour des Français et se nourrissaient de ce que nos escouades avaient rongé. On emportait tout ce qu'on pouvait prendre ; bientôt, surchargé de ces dépouilles, on les jetait, quand on venait à se souvenir qu'on était à six cents lieues de son toit.

Les courses que l'on faisait pour trouver des vivres produisaient des scènes pathétiques : une escouade française ramenait une vache ; une femme s'avança, accompagnée d'un homme qui portait dans ses bras un enfant de quelques mois ; ils montraient du doigt la vache qu'on venait de leur enlever. La mère déchira les misérables vêtements qui couvraient son sein, pour montrer qu'elle n'avait plus de lait ; le père fit un mouvement comme s'il eût voulu briser la tête de l'enfant sur une pierre. L'officier fit rendre la vache, et il ajoute : « L'effet que produisit cette scène sur mes soldats fut tel, que, pendant longtemps, il ne fut pas prononcé une seule parole dans les rangs. »

Bonaparte avait changé de rêve ; il déclarait qu'il vou-

lait marcher à Saint-Pétersbourg ; il traçait déjà la route
sur ses cartes ; il expliquait l'excellence de son plan nouveau, la certitude d'entrer dans la seconde capitale de
l'empire : « Qu'a-t-il à faire désormais sur des ruines ?
Ne suffit-il pas à sa gloire qu'il soit monté au Kremlin ? »
Telles étaient les nouvelles chimères de Napoléon ;
l'homme touchait à la folie, mais ses songes étaient
encore ceux d'un esprit immense.

« Nous ne sommes qu'à quinze marches de Saint-
Pétersbourg, dit M. Fain : Napoléon pense à se rabattre
sur cette capitale. » Au lieu de *quinze marches*, à cette
époque et dans de pareilles circonstances, il faut lire *deux
mois*. Le général Gourgaud ajoute que toutes les nouvelles qu'on recevait de Saint-Pétersbourg annonçaient la
peur qu'on avait du mouvement de Napoléon. Il est certain qu'à Saint-Pétersbourg, on ne doutait point du succès
de l'empereur s'il se présentait ; mais on se préparait à
lui laisser une seconde carcasse de cité, et la retraite sur
Archangel était jalonnée. On ne soumet point une nation
dont le pôle est la dernière forteresse. De plus les flottes
anglaises, pénétrant au printemps dans la Baltique,
auraient réduit la prise de Saint-Pétersbourg à une simple
destruction.

Mais tandis que l'imagination sans frein de Bonaparte
jouait avec l'idée d'un voyage à Saint-Pétersbourg, il
s'occupait sérieusement de l'idée contraire : sa foi dans
son espérance n'était pas telle qu'elle lui ôtât tout bon
sens. Son projet dominant était d'apporter à Paris une
paix signée à Moscou. Par là il se serait débarrassé des
périls de la retraite, il aurait accompli une étonnante
conquête, et serait rentré aux Tuileries le rameau d'olivier
à la main. Après le premier billet qu'il avait écrit à
Alexandre en arrivant au Kremlin, il n'avait négligé
aucune occasion de renouveler ses avances. Dans un
entretien bienveillant avec un officier général russe, M. de
Toutelmine, sous-directeur de l'hôpital des Enfants
trouvés à Moscou, hôpital miraculeusement épargné de
l'incendie, il avait glissé des paroles favorables à un
accommodement. Par M. Jacowleff, frère de l'ancien
ministre russe à Stuttgart, il écrivit directement à

Alexandre, et M. Jacowleff prit l'engagement de remettre cette lettre au czar sans intermédiaire. Enfin le général Lauriston fut envoyé à Kutuzoff : celui-ci promit ses bons offices pour une négociation pacifique ; mais il refusa au général Lauriston de lui délivrer un sauf-conduit pour Saint-Pétersbourg.

Napoléon était toujours persuadé qu'il exerçait sur Alexandre l'empire qu'il avait exercé à Tilsit et à Erfurt, et cependant Alexandre écrivait le 21 octobre au prince Michel Larcanowitz : « J'ai appris, à mon extrême mécontentement, que le général Beningsen a eu une entrevue avec le roi de Naples... .... Toutes les déterminations dans les ordres qui vous sont adressés par moi doivent vous convaincre que ma résolution est inébranlable, que dans ce moment aucune proposition de l'ennemi ne pourrait m'engager à terminer la guerre et à affaiblir par là le devoir sacré de venger la patrie. »

Les généraux russes abusaient de l'amour-propre et de la simplicité de Murat, commandant de l'avant-garde ; toujours charmé de l'empressement des Cosaques, il empruntait des bijoux de ses officiers pour faire des présents à ses courtisans du Don ; mais les généraux russes, loin de désirer la paix, la redoutaient. Malgré la résolution d'Alexandre, ils connaissaient la faiblesse de leur empereur, et ils craignaient la séduction du nôtre. Pour la vengeance, il ne s'agissait que de gagner un mois, que d'attendre les premiers frimas : les vœux de la chrétienté moscovite suppliaient le ciel de hâter ses tempêtes.

Le général Wilson[1], en qualité de commissaire anglais à l'armée russe, était arrivé ; il s'était déjà trouvé sur le chemin de Bonaparte en Égypte. Fabvier[2], de son côté, était revenu de notre armée du midi à celle du nord. L'Anglais poussait Kutuzoff à l'attaque, et l'on savait que les nouvelles apportées par Fabvier n'étaient pas bonnes

---

1. Voir livre XIX, p. 384, note 3.   **2.** Charles-Nicolas Fabvier (1782-1855), alors aide de camp de Marmont, fit brillamment la campagne de Saxe, puis celle de France, qu'il termina colonel et baron. Sous la Restauration, Fabvier sera un membre actif du parti libéral, puis combattra aux côtés des insurgés grecs.

Des deux bouts de l'Europe, les deux seuls peuples qui combattaient pour leur liberté se donnaient la main par-dessus la tête du vainqueur à Moscou. La réponse d'Alexandre n'arrivait point ; les estafettes de France s'attardèrent ; l'inquiétude de Napoléon augmentait ; des paysans avertissaient nos soldats : « Vous ne connaissez pas notre climat, leur disaient-ils, dans un mois le froid vous fera tomber les ongles. » Milton, dont le grand nom agrandit tout, s'exprime aussi naïvement dans sa *Moscovie* : « Il fait si froid dans ce pays que la sève des branches mises au feu gèle en sortant du bout opposé à celui qui brûle [1]. »

Bonaparte, sentant qu'un pas rétrograde rompait le prestige et faisait évanouir la terreur de son nom, ne pouvait se résoudre à descendre : malgré l'avertissement du prochain péril, il restait, attendant de minute en minute des réponses de Saint-Pétersbourg ; lui, qui avait commandé avec tant d'outrages, soupirait après quelques mots miséricordieux du vaincu. Il s'occupe au Kremlin d'un règlement pour la Comédie-Française ; il met trois soirées à achever ce majestueux ouvrage ; il discute avec ses aides de camp le mérite de quelques vers nouveaux arrivés de Paris ; autour de lui on admirait le sang-froid du grand homme, tandis qu'il y avait encore des blessés de ses derniers combats expirant dans des douleurs atroces, et que, par ce retard de quelques jours, il dévouait à la mort les cent mille hommes qui lui restaient. La servile stupidité du siècle prétend faire passer cette pitoyable affectation pour la conception d'un esprit incommensurable [2].

Bonaparte visita les édifices du Kremlin. Il descendit et remonta l'escalier sur lequel Pierre le Grand fit égorger les Strélitz [3] ; il parcourut la salle des festins où Pierre se

---

1. Ce passage est déjà cité dans *Littérature anglaise*, Troisième partie.   2. Réponse indirecte à Ségur, VIII, 11 ; t. 2, p. 102 : « Comme ils connaissent toute son anxiété, ils admirent la force de son génie et la facilité avec laquelle il déplace et fixe où il lui plaît toute la puissance de son attention ».   3. Les épisodes de la vie de Pierre le Grand qui suivent sont empruntés de la notice de la *Biographie Michaud*, t. XXXIV, 1823 (p. 345 pour le massacre des Strélitz ; p. 351 pour la lettre au Sénat de Moscou).

faisait amener des prisonniers, abattant une tête entre chaque rasade, proposant à ses convives, princes et ambassadeurs, de se divertir de la même façon. Des hommes furent roués alors, et des femmes enterrées vives ; on pendit deux mille Strélitz dont les corps restèrent accrochés autour des murailles.

Au lieu de l'ordonnance sur les théâtres, Bonaparte eût mieux fait d'écrire au sénat conservateur la lettre que des bords du Pruth Pierre écrivait au sénat de Moscou : « Je vous annonce que, trompé par ce faux avis, et sans qu'il y ait de ma faute, je me trouve ici enfermé dans mon camp par une armée quatre fois plus forte que la mienne. S'il arrive que je sois pris, vous n'avez plus à me considérer comme votre czar et seigneur, ni à tenir compte d'aucun ordre qui pourrait vous être porté de ma part, quand même vous y reconnaîtriez ma propre main. Si je dois périr, vous choisirez pour mon successeur le plus digne d'entre vous. »

Un billet de Napoléon, adressé à Cambacérès, contenait des ordres inintelligibles : on délibéra, et quoique la signature du billet portât un nom allongé d'un nom antique, l'écriture ayant été reconnue pour être celle de Bonaparte, on déclara que les ordres inintelligibles devaient être exécutés.

Le Kremlin renfermait un double trône pour deux frères : Napoléon ne partageait pas le sien. On voyait encore dans les salles le brancard brisé d'un coup de canon sur lequel Charles XII blessé se faisait porter à la bataille de Pultava. Toujours vaincu dans l'ordre des instincts magnanimes, Bonaparte, en visitant les tombeaux des czars, se souvint-il qu'aux jours de fête on les couvrait de draps mortuaires superbes ; que lorsqu'un sujet avait quelque grâce à solliciter, il déposait sa supplique sur l'un des tombeaux, et que le czar avait seul le droit de l'en retirer ?

Ces placets de l'infortune, présentés par la mort à la puissance, n'étaient point du goût de Napoléon. Il était occupé d'autres soins ; moitié désir de tromper, moitié nature, il prétendait comme en quittant l'Égypte, faire venir des comédiens de Paris à Moscou, et il assurait qu'un chanteur italien arrivait. Il dépouilla les églises du Kremlin, entassa dans ses fourgons des ornements sacrés et des images de saints avec les croissants et les queues de cheval conquis sur les mahométans. Il enleva l'immense croix de la tour du grand Yvan ; son projet était de la planter sur le dôme des Invalides : elle eût fait le pendant des chefs-d'œuvre du Vatican dont il avait décoré le Louvre. Tandis qu'on détachait cette croix, des corneilles vagissantes voletaient autour : « Que me veulent ces oiseaux ? » disait Bonaparte [1].

On touchait au moment fatal : Daru élevait des objections contre divers projets qu'exposait Bonaparte : « Quel parti prendre donc ? s'écria l'empereur. – Rester ici ; faire de Moscou un grand camp retranché ; y passer l'hiver ; faire saler les chevaux qu'on ne pourra nourrir ; attendre le printemps : nos renforts et la Lithuanie armée viendront nous délivrer et achever la conquête. – C'est un conseil de lion, répond Napoléon ; mais que dirait Paris ? La France ne s'accoutumerait pas à mon absence [2]. » – « Que dit-on de moi à Athènes ? » disait Alexandre [3].

Il se replonge aux incertitudes : partira-t-il ? ne partira-t-il pas ? Il ne sait. Maintes délibérations se succèdent. Enfin une affaire engagée à Winkovo, le 18 octobre, le détermine subitement à sortir des débris de Moscou avec son armée : ce jour-là même, sans appareil, sans bruit, sans tourner la tête, voulant éviter la route directe de Smolensk, il s'achemine par l'une des deux routes de Kalouga.

Durant trente-cinq jours, comme ces formidables dragons de l'Afrique qui s'endorment après s'être repus, il s'était oublié : c'était apparemment les jours nécessaires pour changer le sort d'un homme pareil. Pendant ce temps-là l'astre de sa destinée s'inclinait. Enfin il se

---

1. *Cf.* Ségur, VIII, 10 ; t. 2, p. 92 : « Pendant les travaux, on remarqua qu'une foule de corbeaux entouraient cette croix, et que Napoléon, fatigué de leurs tristes croassements, s'écria qu'il "semblait que ces nuées d'oiseaux sinistres voulussent la défendre". On ignore, dans une position si critique, quelles étaient toutes ses pensées, mais on le savait accessible à tous les pressentiments. » 2. Ségur, VIII, 11 ; t. 2, p. 101-102. 3. Plutarque, *Alexandre*, CI.

réveille pressé entre l'hiver et une capitale incendiée ; il se glisse au dehors des décombres : il était trop tard ; cent mille hommes étaient condamnés. Le maréchal Mortier, commandant l'arrière-garde, a l'ordre, en se retirant, de faire sauter le Kremlin[*].

(5)

RETRAITE

Bonaparte, se trompant ou voulant tromper les autres, écrivit le 18 octobre au duc de Bassano une lettre que rapporte M. Fain : « Vers les premières semaines de novembre, mandait-il, j'aurai ramené mes troupes dans le carré qui est entre Smolensk, Mohilow, Minsk et Witepsk. Je me décide à ce mouvement, parce que Moscou n'est plus une position militaire ; j'en vais chercher une autre plus favorable au début de la campagne prochaine. Les opérations auront alors à se diriger sur Pétersbourg et sur Kiew. » Pitoyable forfanterie, s'il ne s'agissait que du secours passager d'un mensonge ; mais dans Bonaparte une idée de conquête, malgré l'évidence contraire de la raison, pouvait toujours être une idée de bonne foi.

On marchait sur Malojaroslawetz : par l'embarras des bagages et des voitures mal attelées de l'artillerie, le troi-

---

* On achève d'imprimer à Saint-Pétersbourg les papiers d'État sur cette campagne, trouvés dans le cabinet d'Alexandre après sa mort. Ces documents, formant cinq à six volumes, jetteront sans doute un grand jour sur les événements si curieux d'une partie de notre histoire. Il sera bon de lire avec précaution les récits de l'ennemi, et cependant avec moins de défiance que les documents officiels de Bonaparte. Il est impossible de se figurer à quel point celui-ci altérait la réalité et la rendait insaisissable ; ses propres victoires se transformaient en roman dans son imagination. Toutefois, au bout de ses relations fantasmagoriques, restait cette vérité, à savoir, que Napoléon, par une raison ou par une autre, était le maître du monde. (Paris, note de 1841.)

sième jour de marche on n'était encore qu'à dix lieues
de Moscou. On avait l'intention de devancer Kutuzoff :
l'avant-garde du prince Eugène le prévint en effet à
Fominskoï. Il restait encore cent mille hommes d'infanterie au début de la retraite. La cavalerie était presque nulle,
à l'exception de trois mille cinq cents chevaux de la
garde. Nos troupes, ayant atteint la nouvelle route de
Kalouga le 21, entrèrent le 22 à Borowsk, et le 23 la
division Delzons, occupa Malojaroslawetz. Napoléon
était dans la joie ; il se croyait échappé.

Le 23 octobre, à une heure et demie du matin, la terre
trembla : cent quatre-vingt-trois milliers[1] de poudre,
placés sous les voûtes du Kremlin, déchirèrent le palais
des czars. Mortier, qui fit sauter le Kremlin, était réservé
à la machine infernale de Fieschi[2]. Que de mondes passés
entre ces deux explosions si différentes et par les temps
et par les hommes !

Après ce sourd mugissement, une forte canonnade vint
à travers le silence dans la direction de Malojaroslawetz :
autant Napoléon avait désiré ouïr ce bruit en entrant en
Russie, autant il redoutait de l'entendre en sortant. Un
aide de camp du vice-roi annonce une attaque générale
des Russes : à la nuit les généraux Compans et Gérard
arrivèrent en aide au prince Eugène. Beaucoup d'hommes
périrent des deux côtés ; l'ennemi parvint à se mettre à
cheval sur la route de Kalouga, et fermait l'entrée du chemin intact qu'on avait espéré suivre. Il ne restait d'autre
ressource que de retomber dans la route de Mojaïsk et de
rentrer à Smolensk par les vieux sentiers de nos malheurs : on le pouvait ; les oiseaux du ciel n'avaient pas
encore achevé de manger ce que nous avions semé pour
retrouver nos traces.

Napoléon logea cette nuit à Ghorodnia dans une pauvre
maison où les officiers attachés aux divers généraux ne
purent se mettre à couvert. Ils se réunirent sous la fenêtre
de Bonaparte ; elle était sans volets et sans rideaux ; on

---

1. Milliers de livres ; Chateaubriand ne fait ici que reprendre la
manière de compter de Ségur (IX, 6 ; t. 2, p. 147). **2.** Dont il sera
victime, le 28 juillet 1835.

en voyait sortir une lumière, tandis que les officiers restés
en dehors étaient plongés dans l'obscurité. Napoléon était
assis dans sa chétive chambre, la tête abaissée sur ses
deux mains ; Murat, Berthier et Bessières se tenaient
debout à ses côtés, silencieux et immobiles. Il ne donna
point d'ordre, et monta à cheval le 25 au matin, pour
examiner la position de l'armée russe.

À peine était-il sorti que roula jusqu'à ses pieds un
éboulis de Cosaques[1]. La vivante avalanche avait franchi
Luja, et s'était dérobée à la vue, le long de la lisière de
bois. Tout le monde mit l'épée à la main, l'empereur lui-
même. Si ces maraudeurs avaient eu plus d'audace, Bonaparte demeurait prisonnier. À Malojaroslawetz incendié,
les rues étaient encombrées de corps à moitié grillés,
coupés, sillonnés, mutilés par les roues de l'artillerie, qui
avait passé sur eux. Pour continuer le mouvement sur
Kalouga, il eût fallu livrer une seconde bataille ; l'empereur ne le jugea pas convenable. Il s'est élevé à cet égard
une discussion entre les partisans de Bonaparte et les amis
des maréchaux. Qui donna le conseil de reprendre la première route parcourue par les Français ? Ce fut évidemment Napoléon : une grande sentence funèbre à prononcer
ne lui coûtait guère ; il en avait l'habitude.

Revenu le 26 à Borowsk, le lendemain, près de Wéréia,
on présenta au chef de nos armées le général Vitzingerode
et son aide de camp le comte Nariskin : ils s'étaient laissé
surprendre en entrant trop tôt dans Moscou. Bonaparte
s'emporta : « Qu'on fusille ce général ! s'écrie-t-il hors
de lui : c'est un déserteur du royaume de Wurtemberg ;
il appartient à la Confédération du Rhin. » Il se répand en
invectives contre la noblesse russe et finit par ces mots :
« J'irai à Saint-Pétersbourg, je jetterai cette ville dans la
Newa », et subitement il commande de brûler un château
que l'on apercevait sur une hauteur : le lion blessé se
ruait en écumant sur tout ce qui l'environnait.

---

1. *Cf.* Ségur, IX, 3 ; t. 2, p. 129-130 : « C'était Platof et six mille
Cosaks qui, derrière notre avant-garde victorieuse, avaient tenté de traverser la rivière, la plaine basse et le grand chemin, en enlevant tout
sur le passage ».

Néanmoins, au milieu de ses folles colères, lorsqu'il intimait à Mortier l'ordre de détruire le Kremlin, il se conformait en même temps à sa double nature ; il écrivait au duc de Trévise des phrases de sensiblerie ; pensant que ses missives seraient connues, il lui enjoignait avec un soin tout paternel de sauver les hôpitaux ; « car c'est ainsi, ajoutait-il, que j'en ai usé à Saint-Jean-d'Acre ». Or, en Palestine il fit fusiller les prisonniers turcs et, sans l'opposition de Desgenettes, il eût empoisonné ses malades ! Berthier et Murat sauvèrent le prince Vitzingerode.

Cependant Kutuzoff nous poursuivait mollement. Wilson pressait-il le général russe d'agir, le général répondait : « Laissez venir la neige. » Le 29 septembre [1], on touche aux fatales collines de la Moskowa : un cri de douleur et de surprise échappe à notre armée. De vastes boucheries se présentaient, étalant quarante mille cadavres diversement consommés. Des files de carcasses alignées semblaient garder encore la discipline militaire ; des squelettes détachés en avant, sur quelques mamelons écrêtés, indiquaient les commandants et dominaient la mêlée des morts. Partout armes rompues, tambours défoncés, lambeaux de cuirasses et d'uniformes, étendards déchirés, dispersés entre les troncs d'arbres coupés à quelques pieds du sol par les boulets ; c'était la grande redoute de la Moskowa.

Au sein de la destruction immobile on apercevait une chose en mouvement [2] : un soldat français privé des deux jambes se frayait un passage dans des cimetières qui semblaient avoir rejeté leurs entrailles au dehors. Le corps d'un cheval effondré par son obus avait servi de guérite à ce soldat : il y vécut en rongeant sa loge de chair ; les viandes putréfiées des morts à la portée de sa main lui tenaient lieu de charpie pour panser ses plaies et d'amadou pour emmailloter ses os. L'effrayant remords de la gloire se traînait vers Napoléon : Napoléon ne l'attendit pas.

––––––––––

1. Inadvertance, non corrigée par les éditeurs de 1848. Il faut lire : 29 octobre (1812).   2. Pour ce paragraphe, voir Ségur, IX, 8 ; t. 2, p. 162.

Le silence des soldats, hâtés du froid, de la faim et de l'ennemi, était profond ; ils songeaient qu'ils seraient bientôt semblables aux compagnons dont ils apercevaient les restes. On n'entendait dans ce reliquaire que la respiration agitée et le bruit du frisson involontaire des bataillons en retraite.

Plus loin on retrouva l'abbaye de Kotloskoï transformée en hôpital ; tous les secours y manquaient : là restait encore assez de vie pour sentir la mort. Bonaparte, arrivé sur le lieu, se chauffa du bois de ses chariots disloqués. Quand l'armée reprit sa marche, les agonisants se levèrent, parvinrent au seuil de leur dernier asile, se laissèrent dévaler jusqu'au chemin, tendirent aux camarades qui les quittaient leurs mains défaillantes [1] : ils semblaient à la fois les conjurer et les ajourner.

À chaque instant retentissait la détonation des caissons qu'on était forcé d'abandonner. Les vivandiers jetaient les malades dans les fossés. Des prisonniers russes, qu'escortaient des étrangers au service de la France, furent dépêchés par leurs gardes : tués d'une manière uniforme, leur cervelle était répandue à côté de leur tête [2]. Bonaparte avait emmené l'Europe avec lui ; toutes les langues se parlaient dans son armée ; toutes les cocardes, tous les drapeaux s'y voyaient. L'Italien, forcé au combat, s'était battu comme un Français ; l'Espagnol avait soutenu sa renommée de courage : Naples et l'Andalousie n'avaient été pour eux que les regrets d'un doux songe. On a dit que Bonaparte n'avait été vaincu que par l'Europe entière, et c'est juste ; mais on oublie que Bonaparte n'avait vaincu qu'à l'aide de l'Europe, de force ou de gré son alliée.

La Russie résista seule à l'Europe guidée par Napoléon ; la France, restée seule et défendue par Napoléon, tomba sous l'Europe retournée ; mais il faut dire que la

---

1. *Cf.* Ségur, IX, 8 ; t. 2, p. 163 : « Les moins faibles se traînèrent sur le seuil de la porte ; ils bordèrent le chemin, et nous tendirent leurs mains suppliantes ». **2.** Ce détail macabre se trouve dans Ségur, *ibid.*, p. 164 : « Chacun avait la tête brisée de la même manière, et sa cervelle sanglante était répandue près de lui. On savait que deux mille prisonniers russes marchaient devant, et que c'étaient des Espagnols, des Portugais et des Polonais qui les conduisaient ».

Russie était défendue par son climat, et que l'Europe ne marchait qu'à regret sous son maître. La France, au contraire, n'était préservée ni par son climat ni par sa population décimée ; elle n'avait que son courage et le souvenir de sa gloire.

Indifférent aux misères de ses soldats, Bonaparte n'avait souci que de ses intérêts : lorsqu'il campait, sa conversation roulait sur des ministres vendus, disait-il, aux Anglais, lesquels ministres étaient les fomentateurs de cette guerre ; ne se voulant pas avouer que cette guerre venait uniquement de lui. Le duc de Vicence qui s'obstinait à racheter un malheur par sa noble conduite, éclatait au milieu de la flatterie au bivouac. Il s'écriait : « Que d'atroces cruautés ! Voilà donc la civilisation que nous apportons en Russie ! » Aux incroyables dires de Bonaparte, il faisait un geste de colère et d'incrédulité, et se retirait [1]. L'homme que la moindre contradiction mettait en fureur souffrait les rudesses de Caulaincourt en expiation de la lettre qu'il l'avait jadis chargé de porter à Ettenheim [2]. Quand on a commis une chose reprochable, le ciel en punition vous en impose les témoins : en vain les anciens tyrans les faisaient disparaître ; descendus aux enfers, ces témoins entraient dans le corps des Furies et revenaient.

Napoléon, ayant traversé Gjatsk, poussa jusqu'à Wiasma ; il le dépassa, n'ayant point trouvé l'ennemi qu'il craignait d'y rencontrer. Il arriva le 3 novembre à Slawkowo : là il apprit qu'un combat contre les troupes de Miloradowitch nous fut fatal : nos soldats, nos officiers blessés, les bras en écharpe, la tête enveloppée de linge, miracle de vaillance, se jetaient sur les canons ennemis.

Cette suite d'affaires dans les mêmes lieux, ces couches de morts ajoutées à des couches de morts, ces batailles doublées de batailles, auraient deux fois immortalisé des champs funestes, si l'oubli ne passait rapidement sur notre poussière. Qui pense à ces paysans laissés en Russie ? Ces rustiques sont-ils contents d'avoir été *à*

---

1. Sur ces réactions de Caulaincourt, voir Ségur, *ibid.*, p. 164-165 et 166-167. **2.** Voir livre XVI, p. 203, note 1.

la grande bataille sous les murs de Moscou[1] ? Il n'y a
peut-être que moi qui, dans les soirées d'automne, en
regardant voler au haut du ciel les oiseaux du Nord, me
souvienne qu'ils ont vu la tombe de nos compatriotes.
Des compagnies industrielles se sont transportées au
désert avec leurs fourneaux et leurs chaudières ; les os
ont été convertis en noir animal[2] : qu'il vienne du chien
ou de l'homme, le vernis est du même prix, et il n'est pas
plus brillant, soit qu'il ait été tiré de l'obscurité ou de la
gloire. Voilà le cas que nous faisons des morts aujour-
d'hui ! Voilà les rites sacrés de la nouvelle religion ! *Diis
Manibus.* Heureux compagnons de Charles XII, vous
n'avez point été visités par ces hyènes sacrilèges ! Pendant l'hiver l'hermine fréquente les neiges virginales, et
pendant l'été les mousses fleuries de Pultava.

Le 6 novembre (1812) le thermomètre descendit à dix-
huit degrés au-dessous de zéro[3] : tout disparaît sous la
blancheur universelle. Les soldats sans chaussures sentent
leurs pieds mourir ; leurs doigts violâtres et roidis laissent
échapper le mousquet dont le toucher brûle ; leurs cheveux se hérissent de givre, leurs barbes de leur haleine
congelée ; leurs méchants habits deviennent une casaque
de verglas. Ils tombent, la neige les couvre ; ils forment
sur le sol de petits sillons de tombeaux[4]. On ne sait plus
de quel côté les fleuves coulent ; on est obligé de casser
la glace pour apprendre à quel orient il faut se diriger.
Égarés dans l'étendue, les divers corps font des feux de
bataillon pour se rappeler et se reconnaître, de même que
des vaisseaux en péril tirent le canon de détresse. Les

---

1. Allusion à la proclamation citée au chap. 2 (*supra*,
p. 478).   **2.** Charbon ou vernis qui avait des propriétés décolorantes.
Il était obtenu par calcination des os en vase clos, selon un procédé
mis au point à cette époque.   **3.** Chateaubriand avait évoqué une
première fois la retraite de Russie dans *De Buonaparte, des Bourbons*
(1814). Simple esquisse qu'il développe dans ce chapitre, à partir de
Ségur, IX, 11 ; t. 2, p. 180-186 : « Mais le 6 novembre, le ciel se
déclare (...) »   **4.** *Cf.* Ségur : « Bientôt la neige les couvre ; de
légères éminences les font reconnaître : voilà leur sépulture ! La route
est toute parsemée de ces ondulations, comme un champ funéraire »
(p. 181).

sapins changés en cristaux immobiles s'élèvent çà et là, candélabres de ces pompes funèbres. Des corbeaux et des meutes de chiens blancs sans maîtres suivaient à distance cette retraite de cadavres.

Il était dur, après les marches, d'être obligé, à l'étape déserte, de s'entourer des précautions d'un ost[1] sain, largement pourvu, de poser des sentinelles, d'occuper des postes, de placer des grand'gardes. Dans des nuits de seize heures, battu des rafales du nord, on ne savait ni où s'asseoir, ni où se coucher ; les arbres jetés bas avec tous leurs albâtres refusaient de s'enflammer ; à peine parvenait-on à faire fondre un peu de neige, pour y démêler une cuillerée de farine de seigle. On ne s'était pas reposé sur le sol nu que des hurlements de Cosaques faisaient retentir les bois ; l'artillerie volante de l'ennemi grondait ; le jeûne de nos soldats était salué comme le festin des rois, lorsqu'ils se mettent à table ; les boulets roulaient leurs pains de fer au milieu des convives affamés. À l'aube, que ne suivait point l'aurore, on entendait le battement d'un tambour drapé de frimas ou le son enroué d'une trompette : rien n'était triste comme cette diane lugubre, appelant sous les armes des guerriers qu'elle ne réveillait plus. Le jour grandissant éclairait des cercles de fantassins roidis et morts autour des bûchers expirés[2].

Quelques survivants partaient ; ils s'avançaient, vers des horizons inconnus qui, reculant toujours, s'évanouissaient à chaque pas dans le brouillard. Sous un ciel pantelant, et comme lassé des tempêtes de la veille, nos files éclaircies traversaient des landes après des landes, des forêts suivies de forêts et dans lesquelles l'Océan semblait avoir laissé son écume attachée aux branches échevelées des bouleaux. On ne rencontrait même pas dans ces bois ce triste et petit oiseau de l'hiver qui chante, ainsi que moi, parmi les buissons dépouillés. Si je me retrouve tout à coup par ce rapprochement en présence de mes vieux

---

1. *Trévoux* : « Vieux mot qui signifiait autrefois une armée ».
2. Ce paragraphe réutilise des éléments fournis par Ségur, en particulier pour cette conclusion : « Le lendemain, des rangées circulaires de soldats étendus raides morts marquèrent les bivouacs » (p. 183-184).

jours, ô mes camarades ! (les soldats sont frères), vos souffrances me rappellent aussi mes jeunes années, lorsque, me retirant devant vous, je traversais, si misérable et si délaissé, la bruyère des Ardennes.

Les grandes armées russes suivaient la nôtre : celle-ci était partagée en plusieurs divisions qui se subdivisaient en colonnes : le prince Eugène commandait l'avant-garde, Napoléon le centre, l'arrière-garde le maréchal Ney. Retardés de divers obstacles et combats, ces corps ne conservaient pas leur exacte distance : tantôt ils se devançaient les uns les autres ; tantôt ils marchaient sur une ligne horizontale, très souvent sans se voir et sans communiquer ensemble faute de cavalerie. Des Tauridiens, montés sur de petits chevaux dont les crins balayaient la terre, n'accordaient de repos ni jour ni nuit à nos soldats harassés par ces taons de neige. Le paysage était changé : là où l'on avait vu un ruisseau, on retrouvait un torrent que des chaînes de glace suspendaient aux bords escarpés de sa ravine. « Dans une seule nuit, dit Bonaparte (Papiers de Sainte-Hélène), on perdit trente mille chevaux : on fut obligé d'abandonner presque toute l'artillerie, forte alors de cinq cents bouches à feu ; on ne put emporter ni munitions, ni provisions. Nous ne pouvions, faute de chevaux, faire de reconnaissance ni envoyer une avant-garde de cavalerie reconnaître la route. Les soldats perdaient le courage et la raison, et tombaient dans la confusion. La circonstance la plus légère les alarmait. Quatre ou cinq hommes suffisaient pour jeter la frayeur dans tout un bataillon. Au lieu de se tenir réunis, ils erraient séparément pour chercher du feu. Ceux qu'on envoyait en éclaireurs abandonnaient leurs postes et allaient chercher les moyens de se réchauffer dans les maisons. Ils se répandaient de tous côtés, s'éloignaient de leurs corps et devenaient facilement la proie de l'ennemi. D'autres se couchaient sur la terre, s'endormaient : un peu de sang sortait de leurs narines, et ils mouraient en dormant. Des milliers de soldats périrent. Les Polonais sauvèrent quelques-uns de leurs chevaux et un peu de leur artillerie ; mais les Français et les soldats des autres nations n'étaient plus les mêmes hommes. La cavalerie a surtout beaucoup souffert. Sur quarante mille hommes je ne crois pas qu'il en soit échappé trois mille. »

Et vous qui racontiez cela sous le beau soleil d'un autre hémisphère, n'étiez-vous que le témoin de tant de maux ?

Le jour même (6 novembre) où le thermomètre tomba si bas, arriva de France, comme une fresaie[1] égarée, la première estafette que l'on eût vue depuis longtemps : elle apportait la mauvaise nouvelle de la conspiration de Malet. Cette conspiration eut quelque chose du prodigieux de l'étoile de Napoléon. Au rapport du général Gourgaud, ce qui fit le plus d'impression sur l'empereur fut la preuve trop évidente « que les principes monarchiques dans leur application à sa monarchie avaient jeté des racines si peu profondes que de grands fonctionnaires, à la nouvelle de la mort de l'empereur, oublièrent que, le souverain étant mort, un autre était là pour lui succéder. »

Bonaparte à Sainte-Hélène (*Mémorial* de Las Cases) racontait qu'il avait dit à sa cour des Tuileries, en parlant de la conspiration de Malet : « Eh bien, messieurs, vous prétendiez avoir fini votre révolution ; vous me croyiez mort : mais le Roi de Rome, vos serments, vos principes, vos doctrines ? Vous me faites frémir pour l'avenir ! » Bonaparte raisonnait logiquement ; il s'agissait de sa dynastie : aurait-il trouvé le raisonnement aussi juste s'il s'était agi de la race de saint Louis ?

Bonaparte apprit l'accident de Paris au milieu d'un désert, parmi les débris d'une armée presque détruite dont la neige buvait le sang ; les droits de Napoléon fondés sur la force s'anéantissaient en Russie avec sa force, tandis qu'il avait suffi d'un seul homme pour les mettre en doute dans la capitale : hors de la religion, de la justice et de la liberté, il n'y a point de droits.

Presque au même moment que Bonaparte apprenait ce qui s'était passé à Paris, il recevait une lettre du maréchal Ney[2]. Cette lettre lui faisait part « que les meilleurs soldats se demandaient pourquoi c'était à eux seuls à

---

1. La fresaie, ou effraie, est un oiseau nocturne considéré comme de mauvais augure (*Académie* 1762).   2. Apportée par son aide de camp le colonel Dalbignac : voir Ségur, IX, 12 ; t. 2, p. 190-192.

combattre pour assurer la fuite des autres ; pourquoi
l'aigle ne protégeait plus et tuait ; pourquoi il fallait suc-
comber par bataillons, puisqu'il n'y avait plus qu'à
fuir ? »

Quand l'aide de camp de Ney voulut entrer dans des
particularités affligeantes, Bonaparte l'interrompit :
« Colonel, je ne vous demande pas ces détails. » – Cette
expédition de la Russie était une vraie extravagance que
toutes les autorités civiles et militaires de l'Empire
avaient blâmée : les triomphes et les malheurs que rappelait la route de retraite aigrissaient ou décourageaient les
soldats : sur ce chemin monté et redescendu, Napoléon
pouvait trouver aussi l'image des deux parts de sa vie.

(6)

Smolensk. – Suite de la retraite.

Le 9 novembre, on avait enfin gagné Smolensk. Un
ordre de Bonaparte avait défendu d'y laisser entrer personne avant que les postes n'eussent été remis à la garde
impériale. Des soldats du dehors confluent au pied des
murailles ; les soldats du dedans se tiennent renfermés.
L'air retentit des imprécations des désespérés forclos,
vêtus de sales lévites de Cosaques, de capotes rapetassées,
de manteaux et d'uniformes en loques, de couvertures de
lit ou de cheval, la tête couverte de bonnets, de mouchoirs
roulés, de shakos défoncés, de casques faussés et rompus ; tout cela sanglant ou neigeux, percé de balles ou
haché de coups de sabre. Le visage hâve et dévalé[1], les
yeux sombres et étincelants, ils regardaient en haut des
remparts en grinçant les dents, ayant l'air de ces prisonniers mutilés qui, sous Louis le Gros, portaient dans leur
main droite leur main gauche coupée : on les eût pris
pour des masques en furie ou pour des malades affolés,

---

1. Voir livre XVI, p. 166, note 3.

échappés des hôpitaux. La jeune et la vieille garde arrivèrent ; elles entrèrent dans la place incendiée à notre premier passage. Des cris s'élèvent contre la troupe privilégiée : « L'armée n'aurait-elle jamais que ses restes ? » Ces cohortes faméliques courent tumultuairement aux magasins comme une insurrection de spectres ; on les repousse ; on se bat : les tués restent dans les rues, les femmes, les enfants, les mourants sur les charrettes. L'air était empesté de la corruption d'une multitude d'anciens cadavres ; des militaires étaient atteints d'imbécillité ou de folie ; quelques-uns dont les cheveux s'étaient dressés et tordus, blasphémant ou riant d'un rire hébété, tombaient morts. Bonaparte exhale sa colère contre un misérable fournisseur impuissant dont aucun des ordres n'avait été exécuté[1].

L'armée de cent mille hommes, réduite à trente mille, était côtoyée d'une bande de cinquante mille traîneurs : il ne se trouvait plus que dix-huit cents cavaliers montés. Napoléon en donna le commandement à M. de Latour-Maubourg[2]. Cet officier, qui menait les cuirassiers à l'assaut de la grande redoute de Borodino, eut la tête fendue de coups de sabre ; depuis il perdit une jambe à Dresde. Apercevant son domestique qui pleurait, il lui dit : « De quoi te plains-tu ? tu n'auras plus qu'une botte à cirer. » Ce général, resté fidèle au malheur, est devenu le gouverneur de Henri V dans les premières années de l'exil du jeune prince : j'ôte mon chapeau en passant devant lui, comme en passant devant l'honneur.

On séjourna par force jusqu'au 14 dans Smolensk. Napoléon ordonna au maréchal Ney de se concerter avec Davoust et de démembrer la place en la déchirant avec

---

1. Pour ce paragraphe, voir Ségur, IX, 14 ; t. 2, p. 204-211. **2.** Pair de France sous la Restauration, ambassadeur à Londres, ministre de la Guerre de 1819 à 1821, puis gouverneur des Invalides, le marquis de Latour-Maubourg (1768-1850) participera au gouvernement occulte de la duchesse de Berry, puis deviendra gouverneur du duc de Bordeaux, à partir de 1835.

des fougasses[1] : pour lui, il se rendit à Krasnoï, où il s'établit le 15, après que cette station eut été pillée par les Russes. Les Moscovites rétrécissaient leur cercle : la grande armée dite de Moldavie était dans le voisinage ; elle se préparait à nous cerner tout à fait et à nous jeter dans la Bérésina.

Le reste de nos bataillons diminuait de jour en jour. Kutuzoff, instruit de nos misères, remuait à peine : « Sortez seulement un moment de votre quartier général, s'écriait Wilson ; avancez-vous sur les hauteurs, vous verrez que le dernier moment de Napoléon est venu. La Russie réclame cette victime : il n'y a plus qu'à frapper ; une charge suffira ; dans deux heures la face de l'Europe sera changée. »

Cela était vrai ; mais il n'y aurait eu que Bonaparte de particulièrement frappé, et Dieu voulait appesantir sa main sur la France.

Kutuzoff répondait : « Je fais reposer mes soldats tous les trois jours ; je rougirais, je m'arrêterais aussitôt, si le pain leur manquait un seul instant. J'escorte l'armée française ma prisonnière ; je la châtie dès qu'elle veut s'arrêter ou s'éloigner de la grande route. Le terme de la destinée de Napoléon est irrévocablement marqué : c'est dans les marais de la Bérésina que s'éteindra le météore en présence de toutes les armées russes. Je leur aurai livré Napoléon affaibli, désarmé, mourant : c'est assez pour ma gloire. »

Bonaparte avait parlé du *vieux* Kutuzoff avec ce dédain insultant dont il était si prodigue : le *vieux* Kutuzoff à son tour lui rendait mépris pour mépris.

L'armée de Kutuzoff était plus impatiente que son chef ; les Cosaques eux-mêmes s'écriaient : « Laissera-t-on ces squelettes sortir de leurs tombeaux ? »

Cependant on ne voyait pas venir le quatrième corps

---

1. Fougasse ou fougade : « Terme de guerre. C'est un petit fourneau en forme de puits, large de huit à dix pieds, et profond de douze, qu'on prépare sous un ouvrage qu'on veut faire sauter, qu'on charge de barils ou sacs de poudre, et qu'on recouvre de terre. On le fait jouer comme une mine » (*Trévoux*).

qui avait dû quitter Smolensk le 15 et rejoindre Napoléon le 16 à Krasnoï ; les communications étaient coupées ; le prince Eugène, qui menait la queue, essaya vainement de les rétablir : tout ce qu'il put faire, ce fut de tourner les Russes et d'opérer sa jonction avec la garde sous Krasnoï, mais toujours les maréchaux Davoust et Ney ne paraissaient pas.

Alors Napoléon retrouva subitement son génie : il sort de Krasnoï le 17, un bâton à la main, à la tête de sa garde réduite à treize mille hommes, pour affronter d'innombrables ennemis, dégager la route de Smolensk, et frayer un passage aux deux maréchaux. Il ne gâta cette action que par la réminiscence d'un mot peu proportionné à son masque : « J'ai assez fait l'empereur, il est temps que je fasse le général. » Henri IV, partant pour le siège d'Amiens, avait dit : « J'ai assez fait le roi de France, il est temps que je fasse le roi de Navarre. » Les hauteurs environnantes, au pied desquelles marchait Napoléon, se chargeaient d'artillerie et pouvaient à chaque instant le foudroyer ; il y jette un coup d'œil et dit : « Qu'un escadron de mes chasseurs s'en empare ! » Les Russes n'avaient qu'à se laisser rouler en bas, leur seule masse l'eût écrasé ; mais, à la vue de ce grand homme et des débris de la garde serrée en bataillon carré, ils demeurèrent immobiles, comme fascinés ; son regard arrêta cent mille hommes sur les collines.

Kutuzoff, à propos de cette affaire de Krasnoï, fut honoré à Pétersbourg du surnom de Smolenski : apparemment pour n'avoir pas, sous le bâton de Bonaparte, désespéré du salut de la République.

(7)

Passage de la Bérésina.

Après cet inutile effort, Napoléon repassa le Dniéper le 19 et vint camper à Orcha : il y brûla les papiers qu'il avait apportés pour écrire sa vie[1] dans les ennuis de l'hiver, si Moscou restée entière lui eût permis de s'y établir. Il s'était vu forcé de jeter dans le lac de Semlewo l'énorme croix de saint Jean : elle a été retrouvée par des Cosaques et replacée sur la tour du grand Yvan.

À Orcha les inquiétudes étaient grandes : malgré la tentative de Napoléon pour la rescousse du maréchal Ney, il manquait encore. On reçut enfin de ses nouvelles à Baranni : Eugène était parvenu à le rejoindre. Le général Gourgaud raconte le plaisir que Napoléon en éprouva, bien que les bulletins et les relations des amis de l'empereur continuent de s'exprimer avec une réserve jalouse sur tous les faits qui n'ont pas un rapport direct avec lui. La joie de l'armée fut promptement étouffée ; on passait de péril en péril. Bonaparte se rendait de Kokhanow à Tolozcim, lorsqu'un aide de camp lui annonça la perte de la tête du pont de Borisow, enlevé par l'armée de Moldavie au général Dombrowski. L'armée de Moldavie, surprise à son tour par le duc de Reggio dans Borisow, se retira derrière la Bérésina après avoir détruit le pont. Tchitchakoff se trouvait ainsi en face de nous, de l'autre côté de la rivière.

Le général Corbineau[2], commandant une brigade de notre cavalerie légère, renseigné par un paysan, avait découvert au-dessous de Borisow le gué de Vésélovo. Sur cette nouvelle, Napoléon, dans la soirée du 24, fit partir de Bobre d'Éblé et Chasseloup avec les pontonniers et

---

1. Ségur, X, 6 ; t. 2, p. 276. 2. Jean-Baptiste Corbineau (1776-1848). Promu général de division dès 1813, il se signala de nouveau lors de la campagne de France, sauvant Napoléon des cosaques à Brienne.

les sapeurs : ils arrivèrent à Stoudianka, sur la Bérésina, au gué indiqué.

Deux ponts sont jetés : une armée de quarante. mille Russes campait au bord opposé. Quelle fut la surprise des Français, lorsqu'au lever du jour ils aperçurent le rivage désert et l'arrière-garde de la division de Tchaplitz en pleine retraite ! Ils n'en croyaient pas leurs yeux. Un seul boulet, le feu de la pipe d'un Cosaque eussent suffi pour mettre en pièces ou pour brûler les faibles pontons de d'Éblé. On court avertir Bonaparte ; il se lève à la hâte, sort, voit et s'écrie : « J'ai trompé l'amiral ! » L'exclamation était naturelle ; les Russes avortaient au dénoûment et commettaient une faute qui devait prolonger la guerre de trois années ; mais leur chef n'avait point été trompé [1]. L'amiral Tchitchakoff avait tout aperçu ; il s'était simplement laissé aller à son caractère : quoique intelligent et fougueux, il aimait ses aises ; il craignait toujours le froid, restait au poêle, et pensait qu'il aurait toujours le temps d'exterminer les Français quand il se serait bien chauffé : il céda à son tempérament. Retiré aujourd'hui à Londres, ayant abandonné sa fortune et renoncé à la Russie, Tchitchakoff a fourni au *Quaterly-Review* de curieux articles sur la campagne de 1812 : il cherche à s'excuser, ses compatriotes lui répondent ; c'est une querelle entre les Russes. Hélas ! si Bonaparte, par la construction de ses deux ponts et l'incompréhensible retraite de la division Tchaplitz, était sauvé, les Français ne l'étaient pas : deux autres armées russes s'aggloméraient sur la rive du fleuve que Napoléon se préparait à quitter. Ici celui qui n'a point vu doit se taire et laisser parler les témoins.

« Le dévouement des pontonniers dirigés par d'Éblé, dit Chambray [2], vivra autant que le souvenir du passage de la Bérésina. Quoique affaiblis par les maux qu'ils enduraient depuis si longtemps, quoique privés de liqueurs et d'aliments substantiels, on les vit, bravant l'eau quelquefois jusqu'à la poitrine ; c'était courir à une

1. Chateaubriand minimise la tentative de diversion faite la veille sur les autres passages (voir Ségur, XI, 4 ; t. 2, p. 338-339).   **2.** *Histoire de l'expédition de Russie en 1812* : Pillet aîné, 1823 (t. 3, p. 300).

mort presque certaine ; mais l'armée les regardait ; ils se sacrifièrent pour son salut. »

« Le désordre régnait chez les Français, dit à son tour M. de Ségur[1], et les matériaux avaient manqué aux deux ponts ; deux fois, dans la nuit du 26 au 27, celui des voitures s'était rompu et le passage en avait été retardé de sept heures : il se brisa une troisième fois le 27, vers quatre heures du soir. D'un autre côté les traîneurs dispersés dans les bois et dans les villages environnants n'avaient pas profité de la première nuit, et le 27, quand le jour avait reparu, tous s'étaient présentés à la fois pour passer les ponts.

« Ce fut surtout quand la garde, sur laquelle ils se réglaient, s'ébranla. Son départ fut comme un signal : ils accoururent de toutes parts ; ils s'amoncelèrent sur la rive. On vit en un instant une masse profonde, large et confuse d'hommes, de chevaux et de chariots assiéger l'étroite entrée des ponts qu'elle débordait. Les premiers, poussés par ceux qui les suivaient, repoussés par les gardes et par les pontonniers, ou arrêtés par le fleuve, étaient écrasés, foulés aux pieds, ou précipités dans les glaces que charriait la Bérésina. Il s'élevait de cette immense et horrible cohue, tantôt un bourdonnement sourd, tantôt une grande clameur, mêlée de gémissements et d'affreuses imprécations... Le désordre avait été si grand, que, vers deux heures, quand l'empereur s'était présenté à son tour, il avait fallu employer la force pour lui ouvrir un passage. Un corps de grenadiers de la garde, et Latour-Maubourg, renoncèrent, par pitié, à se faire jour au travers de ces malheureux...
....

La multitude immense entassée sur la rive, pêle-mêle avec les chevaux et les chariots, y formait un épouvantable encombrement. Ce fut vers le milieu du jour que les premiers boulets ennemis tombèrent au milieu de ce chaos : ils furent le signal d'un désespoir universel.

....

---

1. Cette longue citation correspond à Ségur, XI, 8, t. 2, p. 360-362 ; et XI, 9, p. 367, 368-369, 370.

« Beaucoup de ceux qui s'étaient lancés les premiers de cette foule de désespérés, ayant manqué le pont, voulurent l'escalader par ses côtés ; mais la plupart furent repoussés dans le fleuve. Ce fut là qu'on aperçut des femmes au milieu des glaçons, avec leurs enfants dans leurs bras, les élevant à mesure qu'elles s'enfonçaient ; déjà submergées, leurs bras roidis les tenaient encore au-dessus d'elles.

« Au milieu de cet horrible désordre, le pont de l'artillerie creva et se rompit. La colonne engagée sur cet étroit passage voulut en vain rétrograder. Le flot d'hommes qui venait derrière, ignorant ce malheur, n'écoutant pas les cris des premiers, poussèrent devant eux, et les jetèrent dans le gouffre, où ils furent précipités à leur tour.

« Tout alors se dirigea vers l'autre pont. Une multitude de gros caissons, de lourdes voitures et de pièces d'artillerie y affluèrent de toutes parts. Dirigées par leurs conducteurs, et rapidement emportées sur une pente roide et inégale, au milieu de cet amas d'hommes, elles broyèrent les malheureux qui se trouvèrent surpris entre elles ; puis s'entre-choquant, la plupart, violemment renversées, assommèrent dans leur chute ceux qui les entouraient. Alors des rangs entiers d'hommes éperdus poussés sur ces obstacles s'y embarrassent, culbutent, et sont écrasés par des masses d'autres infortunés qui se succèdent sans interruption.

« Ces flots de misérables roulaient ainsi les uns sur les autres ; on n'entendait que des cris de douleur et de rage. Dans cette affreuse mêlée les hommes foulés et étouffés se débattaient sous les pieds de leurs compagnons, auxquels ils s'attachaient avec leurs ongles et leurs dents. Ceux-ci les repoussaient sans pitié comme des ennemis. Dans cet épouvantable fracas d'un ouragan furieux, de coups de canon, du sifflement de la tempête, de celui des boulets, des explosions des obus, de vociférations, de gémissements, de juremens effroyables, cette foule désordonnée n'entendait pas les plaintes des victimes qu'elle engloutissait. »

Les autres témoignages sont d'accord avec les récits de M. de Ségur : pour leur collation et leur preuve, je ne citerai plus que ce passage des *Mémoires de Vaudon-court*[1] :

« La plaine assez grande qui se trouve devant Vésélovo offre, le soir, un spectacle dont l'horreur est difficile à peindre. Elle est couverte de voitures et de fourgons, la plupart renversés les uns sur les autres et brisés. Elle est jonchée de cadavres d'individus non militaires, parmi lesquels on ne voit que trop de femmes et d'enfants traînés, à la suite de l'armée, jusqu'à Moscou, ou fuyant cette ville pour suivre leurs compatriotes, et que la mort avait frappés de différentes manières. Le sort de ces malheureux, au milieu de la mêlée des deux armées, fut d'être écrasés sous les roues des voitures ou sous les pieds des chevaux ; frappés par les boulets ou par les balles des deux partis ; noyés en voulant passer les ponts avec les troupes, ou dépouillés par les soldats ennemis et jetés nus sur la neige où le froid termina bientôt leurs souffrances. »

Quel gémissement Bonaparte a-t-il pour une pareille catastrophe, pour cet événement de douleur, un des plus grands de l'histoire ; pour des désastres qui surpassent ceux de l'armée de Cambyse ? Quel cri est arraché de son âme ? Ces quatre mots de son bulletin : « *Pendant la journée du 26 et du 27 l'armée passa.* » Vous venez de voir comment ! Napoléon ne fut pas même attendri par le spectacle de ces femmes élevant dans leurs bras leurs nourrissons au-dessus des eaux. L'autre grand homme qui par la France a régné sur le monde, Charlemagne, grossier barbare apparemment, chanta et pleura (poète qu'il était aussi) l'enfant englouti dans l'Èbre en se jouant sur la glace :

Trux puer adstricto glacie dum ludit in Hebro[2].

---

1. Général Frédéric Guillaume de Vaudoncourt, *Mémoires pour servir à l'histoire de la guerre entre la France et la Russie en 1812*, Londres, Deboffe, 1815 ; Paris, Barrois, 1817. **2.** Littéralement : « le sauvage enfant pris par la glace tandis qu'il joue sur le fleuve... » Nous ne sommes pas parvenus à retrouver la source de ce vers apocryphe.

Le duc de Bellune était chargé de protéger le passage. Il avait laissé en arrière le général Partouneaux qui fut obligé de capituler. Le duc de Reggio, blessé de nouveau, était remplacé dans son commandement par le maréchal Ney. On traversa les marais de la Gaina : la plus petite prévoyance des Russes aurait rendu les chemins impraticables. À Malodeczno[1], le 3 décembre, se trouvèrent toutes les estafettes arrêtées depuis trois semaines. Ce fut là que Napoléon médita d'abandonner le drapeau[2], « Puis-je rester, disait-il, à la tête d'une déroute ? » À Smorgoni, le roi de Naples et le prince Eugène le pressèrent de retourner en France. Le duc d'Istrie porta la parole ; dès les premiers mots Napoléon entra en fureur ; il s'écria : « Il n'y a que mon plus mortel ennemi qui puisse me proposer de quitter l'armée dans la situation où elle se trouve. » Il fit un mouvement pour se jeter sur le maréchal; son épée nue à la main[3]. Le soir il fit rappeler le duc d'Istrie[4] et lui dit : « Puisque vous le voulez tous, il faut bien que je parte. » La scène était arrangée ; le projet de départ était arrêté lorsqu'elle fut jouée. M. Fain assure en effet que l'empereur s'était déterminé à quitter l'armée pendant la marche *qui le ramena le 4 de Malodeczno à Biclitza.* Telle fut la comédie par laquelle l'immense acteur dénoua son drame tragique.

À Smorgoni l'empereur écrivit son vingt-neuvième bulletin. Le 5 décembre il monta sur un traîneau avec M. de Caulaincourt : il était dix heures du soir. Il traversa l'Allemagne caché sous le nom de son compagnon de

---

1. Ou Molodetschino (voir p. 519, la localité qui figure en tête du 29e bulletin). Chateaubriand orthographie selon ses sources (ici Ségur, puis le baron Fain), sans se soucier de normaliser par la suite.   2. Selon Ségur (XI, 11), c'est ce jour-là qu'il annonça sa décision à Daru et à Duroc.   3. Ségur ne mentionne aucune scène de ce genre, mais un dîner commun, suivi de discussions sur la répartition des responsabilités du commandement : « Alors, il était dix heures du soir, il se lève, et leur serrant affectueusement les mains, il les embrassa tous et partit ».   4. Le maréchal Bessières.

fuite. À sa disparution[1], tout s'abîma : dans une tempête,
lorsqu'un colosse de granit s'ensevelit sous les sables de
la Thébaïde, nulle ombre ne reste au désert[2]. Quelques
soldats dont il ne restait de vivant que les têtes finirent
par se manger les uns les autres sous des hangars de
branches de pins. Des maux qui paraissaient ne pouvoir
augmenter se complètent : l'hiver, qui n'avait encore été
que l'automne de ces climats, descend. Les Russes
n'avaient plus le courage de tirer, dans des régions de
glace, sur les ombres gelées que Bonaparte laissait vagabondes après lui.

À Wilna on ne rencontra que des juifs qui jetaient sous
les pieds de l'ennemi les malades qu'ils avaient d'abord
recueillis par avarice[3]. Une dernière déroute abîma le
demeurant des Français, à la hauteur de Ponary. Enfin on
touche au Niémen : des trois ponts sur lesquels nos
troupes avaient défilé, aucun n'existait ; un pont, ouvrage
de l'ennemi, dominait les eaux congelées. Des cinq cent
mille hommes, de l'innombrable artillerie qui, au mois
d'août, avaient traversé le fleuve, on ne vit repasser à
Kowno qu'un millier de fantassins réguliers, quelques
canons et trente mille misérables couverts de plaies. Plus
de musique, plus de chants de triomphe ; la bande à la
face violette, et dont les cils figés forçaient les yeux à se
tenir ouverts, marchait en silence sur le pont ou rampait
de glaçons en glaçons jusqu'à la rive polonaise. Arrivés
dans des habitations échauffées par des poêles, les malheureux expirèrent : leur vie se fondit avec la neige dont
ils étaient enveloppés. Le général Gourgaud affirme que
cent vingt-sept mille hommes repassèrent le Niémen : ce

---

1. Nous avons maintenu dans le texte cette forme archaïque du
mot (qu'on trouve chez Saint-Simon). Elle avait déjà été employée
par Chateaubriand dans la « Digression philosophique » du livre XI,
mais les éditeurs de 1848 ont corrigé en « disparition ».   2. Curieuse métamorphose du texte de Ségur (XII, 1 ; t. 2, p. 400) : « Au
milieu de ce désordre extrême, il fallait un colosse pour point de
ralliement, et il venait de disparaître. Dans le grand vide qu'il
laissa, Murat fut à peine aperçu ».   3. Chateaubriand résume ici
sobrement une page vengeresse de Ségur contre les Juifs de Vilna
(XII, 3 ; t. 2, p. 420).

serait toujours même à ce compte une perte de trois cent treize mille hommes dans une campagne de quatre mois.

Murat, parvenu à Gumbinnen, rassembla ses officiers et leur dit : « Il n'est plus possible de servir un insensé ; il n'y a plus de salut dans sa cause ; aucun prince de l'Europe ne croit plus à ses paroles ni à ses traités. » De là il se rendit à Posen et, le 16 janvier 1813, il disparut. Vingt-trois jours après, le prince de Schwartzenberg quitta l'armée : elle passa sous le commandement du prince Eugène. Le général York, d'abord blâmé ostensiblement par Frédéric-Guillaume et bientôt réconcilié avec lui, se retira en emmenant les Prussiens : la défection européenne commençait.

(8)

JUGEMENT SUR LA CAMPAGNE DE RUSSIE.
DERNIER BULLETIN DE LA GRANDE ARMÉE.
RETOUR DE BONAPARTE À PARIS.
HARANGUE DU SÉNAT.

Dans toute cette campagne Bonaparte fut inférieur à ses généraux, et particulièrement au maréchal Ney. Les excuses que l'on a données de la fuite de Bonaparte sont inadmissibles : la preuve est là, puisque son départ, qui devait tout sauver, ne sauva rien. Cet abandon, loin de réparer les malheurs, les augmenta et hâta la dissolution de la Fédération rhénane.

Le vingt-neuvième et dernier bulletin de la grande armée, daté de Molodetschino le 3 décembre 1812, arrivé à Paris le 18, n'y précéda Napoléon que de deux jours : il frappa la France de stupeur, quoiqu'il soit loin de s'exprimer avec la franchise dont on l'a loué ; des contradictions frappantes s'y remarquent et ne parviennent pas à couvrir une vérité qui perce partout. À Sainte-Hélène (comme on l'a vu ci-dessus), Bonaparte s'exprimait avec plus de bonne foi : ses révélations ne pouvaient plus compromettre un diadème alors tombé de sa tête. Il faut pourtant écouter encore un moment le ravageur :

« Cette armée, dit-il dans le bulletin du 3 décembre 1812, si belle le 6, était bien différente dès le 14. Presque sans cavalerie, sans artillerie, sans transports, nous ne pouvions nous éclairer à un quart de lieue........................

« Les hommes que la nature n'a pas trempés assez fortement pour être au-dessus de toutes les chances du sort et de la fortune parurent ébranlés, perdirent leur gaieté, leur bonne humeur, et ne rêvèrent que malheurs et catastrophes ; ceux qu'elle a créés supérieurs à tout conservèrent leur gaieté, leurs manières ordinaires, et virent une nouvelle gloire dans des difficultés différentes à surmonter.

« Dans tous ces mouvements, l'empereur a toujours marché au milieu de sa garde, la cavalerie commandée par le maréchal duc d'Istrie, et l'infanterie commandée par le duc de Dantzick. Sa Majesté a été satisfaite du bon esprit que sa garde a montré ; elle a toujours été prête à se porter partout où les circonstances l'auraient exigé ; mais les circonstances ont toujours été telles que sa simple présence a suffi, et qu'elle n'a pas été dans le cas de donner.

« Le prince de Neuchâtel, le grand maréchal, le grand écuyer[1] et tous les aides de camp et les officiers militaires de la maison de l'empereur, ont toujours accompagné Sa Majesté.

« Notre cavalerie était tellement démontée, que l'on a dû réunir les officiers auxquels il restait un cheval pour en former quatre compagnies de cent cinquante hommes chacune. Les généraux y faisaient les fonctions de capitaines, et les colonels celles de sous-officiers. Cet escadron sacré, commandé par le général Grouchy, et sous les ordres du roi de Naples, ne perdait pas de vue l'empereur dans tous ses mouvements. La santé de Sa Majesté n'a jamais été meilleure. »

Quel résumé de tant de victoires ! Bonaparte avait dit aux Directeurs : « Qu'avez-vous fait de cent mille Fran-

---

1. Successivement : Berthier, Duroc et Caulaincourt.

çais, tous mes compagnons de gloire ? Ils sont morts ! »
La France pouvait dire à Bonaparte : « Qu'avez-vous fait
dans une seule course des cinq cent mille soldats du Niémen, tous mes enfants ou mes alliés ? Ils sont morts ! »

Après la perte de ces cent mille soldats républicains
regrettés de Napoléon, du moins la patrie fut sauvée : les
derniers résultats de la campagne de Russie ont amené
l'invasion de la France et la perte de tout ce que notre
gloire et nos sacrifices avaient accumulé depuis vingt ans.

Bonaparte a sans cesse été gardé par un *bataillon sacré
qui ne le perdit pas de vue dans tous ses mouvements* ;
dédommagement des trois cent mille existences immolées : mais pourquoi la *nature ne les avait-elle pas trempées assez fortement* ? Elles auraient conservé *leurs
manières ordinaires*. Cette vive chair à canon méritait-
elle que *ses mouvements* eussent été aussi précieusement
surveillés que ceux de Sa Majesté ?

Le bulletin conclut, comme plusieurs autres, par ces
mots. « *La santé de Sa Majesté n'a jamais été meilleure.* »

Familles, séchez vos larmes : Napoléon se porte bien.

À la suite de ce rapport, on lisait cette remarque officielle dans les journaux : « C'est une pièce historique du
premier rang ; Xénophon et César ont ainsi écrit, l'un la
retraite des Dix mille, l'autre ses *Commentaires*. » Quelle
démence de comparaison académique ! Mais, laissant à
part la bénévole réclame littéraire, on devait être satisfait
parce que d'effroyables calamités causées par Napoléon
lui avaient fourni l'occasion de montrer ses talents
comme écrivain ! Néron a mis le feu à Rome, et il chante
l'incendie de Troie. Nous étions arrivés jusqu'à la féroce
dérision d'une flatterie qui déterrait dans ses souvenirs
Xénophon et César, afin d'outrager le deuil éternel de la
France[1].

Le Sénat conservateur accourt : « Le Sénat, dit Lacépède, s'empresse de présenter au pied du trône de V.M.I.
et R. l'hommage de ses félicitations sur l'*heureuse arri-*

---

1. Chateaubriand retrouve dans ce passage les accents de son pamphlet de 1814.

vée de V.M. au milieu de ses peuples. Le Sénat, premier conseil de l'empereur et *dont l'autorité n'existe que lorsque le monarque la réclame et la met en mouvement*, est établi pour la conservation de cette monarchie et de l'hérédité de votre trône, *dans notre quatrième dynastie*. La France et la postérité le trouveront, dans toutes les circonstances, fidèle à ce devoir sacré, et tous ses membres seront toujours prêts à périr pour la défense de ce *palladium* de la sûreté et de la prospérité nationales. » Les membres du Sénat l'ont merveilleusement prouvé en décrétant la déchéance de Napoléon !

L'empereur répond : « Sénateurs, ce que vous me dites m'est fort agréable. J'ai à cœur LA GLOIRE ET LA PUISSANCE de la France ; mais nos premières pensées sont POUR TOUT ce qui peut perpétuer la tranquillité intérieure... POUR CE TRÔNE auquel sont attachées DÉSORMAIS les destinées de la patrie... J'ai demandé à la Providence un nombre d'*années déterminé*... J'ai réfléchi à ce qui a été fait aux différentes époques ; j'y penserai encore. »

L'historien des reptiles[1], en osant congratuler Napoléon sur les prospérités publiques, est cependant effrayé de son courage ; il a peur d'*être* ; il a bien soin de dire que l'autorité du Sénat *n'existe* que lorsque le monarque la réclame *et la met en mouvement*. On avait tant à craindre de l'indépendance du Sénat !

Bonaparte, s'excusant à Sainte-Hélène, dit : « Sont-ce les Russes qui m'ont anéanti ? Non, ce sont de faux rapports, de sottes intrigues, de la trahison, de la bêtise, bien des choses enfin qu'on saura peut-être un jour et qui pourront atténuer ou justifier les deux fautes grossières, en diplomatie comme en guerre, que l'on a le droit de m'adresser. »

Des fautes qui n'entraînent que la perte d'une bataille ou d'une province permettent des excuses en paroles mystérieuses, dont on renvoie l'explication à l'avenir ; mais

---

1. Continuateur de Buffon au Muséum, comblé de titres par Napoléon, Lacépède avait publié une *Histoire naturelle des Quadrupèdes ovipares*, puis des *Serpents*, des *Reptiles*, des *Poissons*, enfin des *Cétacés* : bref de tout ce qui rampe, se traîne, ou se faufile.

des fautes qui bouleversent la société, et font passer sous le joug l'indépendance d'un peuple, ne sont pas effacées par les défaites de l'orgueil.

Après tant de calamités et de faits héroïques, il est rude à la fin de n'avoir plus à choisir dans les paroles du Sénat qu'entre l'horreur et le mépris.

LIVRE VINGT-DEUXIÈME

(1)

Malheurs de la France.
Joies forcées. – Séjour à ma Vallée.
Réveil de la légitimité.

Lorsque Bonaparte arriva précédé de son bulletin, la consternation fut générale. « On ne comptait dans l'Empire, dit M. de Ségur, que des hommes vieillis par le temps ou par la guerre, et des enfants ; presque plus d'hommes faits ! où étaient-ils ? Les pleurs des femmes, les cris des mères, le disaient assez ! Penchées laborieusement sur cette terre qui sans elles resterait inculte, elles maudissent la guerre en lui. »

Au retour de la Bérésina, il n'en fallut pas moins danser par ordre : c'est ce qu'on apprend des *Souvenirs pour servir à l'histoire*, de la reine Hortense[1]. On fut contraint d'aller au bal, la mort dans le cœur, pleurant intérieurement ses parents ou ses amis. Tel était le déshonneur auquel le despotisme avait condamné la France : on

---

1. Sans doute est-ce lors de son passage à Arenenberg le 29 août 1832 (voir livre XXXV, chap. 20) que Chateaubriand avait recueilli cette information inédite. À sa manière, Mme de Chastenay la confirme : « L'hiver, à Paris, fut sans fêtes ; M. de Bassano et la reine Hortense, par ordre, donnèrent seulement deux ou trois bals où il y eut fort peu de monde » (*Mémoires*, p. 479).

voyait dans les salons ce que l'on rencontre dans les rues, des créatures se distrayant de leur vie en chantant leur misère pour divertir les passants.

Depuis trois ans j'étais retiré à Aulnay : sur mon coteau de pins, en 1811, j'avais suivi des yeux la comète[1] qui pendant la nuit courait à l'horizon des bois ; elle était belle et triste, et, comme une reine, elle traînait sur ses pas son long voile. Qui l'étrangère égarée dans notre univers cherchait-elle ? à qui adressait-elle ses pas dans le désert du ciel ?

Le 23 octobre 1812, gîté[2] un moment à Paris, rue des Saints-Pères, à l'hôtel Lavalette[3], madame Lavalette, mon hôtesse, la sourde, me vint éveiller munie de son long cornet : « Monsieur ! monsieur ! Bonaparte est mort ! Le général Malet a tué Hulin. Toutes les autorités sont changées. La révolution est faite. »

Bonaparte était si aimé que pendant quelques instants Paris fut dans la joie, excepté les autorités burlesquement arrêtées. Un souffle avait presque jeté bas l'Empire. Évadé de prison à minuit, un soldat était maître du monde au point du jour ; un songe fut près d'emporter une réalité formidable. Les plus modérés disaient : « Si Napoléon n'est pas mort, il reviendra corrigé par ses fautes et par ses revers ; il fera la paix avec l'Europe, et le reste de nos enfants sera sauvé. » Deux heures après sa femme, M. Lavalette entra chez moi pour m'apprendre l'arrestation de Malet : *il ne me cacha pas* (c'était sa phrase coutumière) *que tout était fini*. Le jour et la nuit se firent au même moment. J'ai raconté comment Bonaparte reçut cette nouvelle dans un champ de neige près de Smolensk.

---

1. La célèbre comète de 1811, découverte par les astronomes au milieu du mois de mars, fut visible à Paris dans le cours du mois de mai (naissant et disparaissant de jour), puis, dans le ciel nocturne, de septembre à décembre. 2. Participe du verbe gîter : terme de chasse qui signifie, pour le lièvre ou autre gibier, « être dans son abri ». Le sens figuré (coucher, résider) est une survivance de la langue littéraire, relevant, au temps de Chateaubriand, de la langue populaire. 3. Voir livre XVIII, chap. 5, et surtout le *Cahier rouge*, p. 62.

Le *sénatus-consulte* (12 janvier 1813) mit à la disposition de Napoléon revenu deux cent cinquante mille hommes ; l'inépuisable France vit sortir de son sang par ses blessures de nouveaux soldats. Alors on entendit une voix depuis longtemps oubliée ; quelques vieilles oreilles françaises crurent en reconnaître le son : c'était la voix de Louis XVIII ; elle s'élevait du fond de l'exil[1]. Le frère de Louis XVI annonçait des principes à établir un jour dans une charte constitutionnelle ; premières espérances de liberté qui nous venaient de nos anciens rois.

Alexandre, entré à Varsovie, adresse une proclamation à l'Europe :

....

« Si le Nord imite le sublime exemple qu'offrent les Castillans, le deuil du monde est fini. L'Europe, sur le point de devenir la proie d'*un monstre*, recouvrerait à la fois son indépendance et sa tranquillité. Puisse enfin de ce *colosse sanglant qui menaçait le continent de sa criminelle éternité* ne rester qu'un long souvenir d'horreur et de pitié ! »

Ce *monstre*, ce *colosse sanglant qui menaçait le continent de sa criminelle éternité*, était si peu instruit par l'infortune qu'à peine échappé aux Cosaques, il se jeta sur un vieillard qu'il retenait prisonnier.

(2)

LE PAPE À FONTAINEBLEAU.

Nous avons vu l'enlèvement du pape à Rome, son séjour à Savone, puis sa détention à Fontainebleau[2]. La discorde s'était mise dans le sacré collège : des cardinaux voulaient que le Saint Père résistât pour le spirituel et ils

---

1. Le roi demeurait alors au château de Hartwell, dans le comté de Buckingham. Sa proclamation date du 1er février 1813.
2. Livre XX, chap. 8 et 9.

eurent ordre de ne porter que des bas noirs ; quelques-uns furent envoyés en exil dans les provinces ; quelques chefs du clergé français enfermés à Vincennes : d'autres cardinaux opinaient à la soumission complète du pape ; ils conservèrent leurs bas rouges ; c'était une seconde représentation des cierges de la Chandeleur.

Lorsqu'à Fontainebleau le pape obtenait quelque relâchement de l'obsession des cardinaux rouges, il se promenait seul dans les galeries de François Ier ; il y reconnaissait la trace des arts qui lui rappelaient la ville sacrée, et de ses fenêtres il voyait les pins que Louis XVI avait plantés en face des appartements sombres où Monaldeschi fut assassiné[1]. De ce désert, comme Jésus, il pouvait prendre en pitié les royaumes de la terre[2]. Le septuagénaire à moitié mort, que Bonaparte lui-même vint tourmenter, signa machinalement ce concordat de 1813[3], contre lequel il protesta bientôt après l'arrivée des cardinaux Pacca et Consalvi.

Lorsque Pacca[4] rejoignit le captif avec lequel il était parti de Rome, il s'imaginait trouver une grande foule autour de la geôle royale ; il ne rencontra dans les cours que de rares serviteurs et une sentinelle placée au haut de l'escalier en fer à cheval. Les fenêtres et les portes du palais étaient fermées : dans la première antichambre des appartements était le cardinal Doria, dans les autres salles se tenaient quelques évêques français. Pacca fut introduit auprès de Sa Sainteté : elle était debout, immobile, pâle, courbée, amaigrie, les yeux enfoncés dans la tête.

Le cardinal lui dit qu'il avait hâté son voyage pour se

---

1. Favori de la reine Christine de Suède, Monaldeschi fut assassiné sur son ordre, dans la galerie des Cerfs, en 1657. **2.** Dans le récit évangélique de la tentation du Christ dans le désert (Luc, IV, 1-13 et Matthieu, IV, 8-11), celui-ci ne saurait « prendre en pitié » les royaumes que lui offre Satan ; il les dédaigne. C'est à propos de la multiplication des pains que Matthieu (XIV, 14 et XV, 32) et Marc (VIII, 2) évoquent la pitié de Jésus pour la foule affamée. Exemple de contamination de la part de Chateaubriand qui, comme presque toujours, cite de mémoire. **3.** Cette signature fut obtenue le 25 janvier 1813. **4.** Dans les deux paragraphes qui suivent, Chateaubriand condense un fragment des *Mémoires* du cardinal Pacca reproduit dans Artaud, t. 2, p. 310-312.

jeter à ses pieds. Alors le pape : « Ces cardinaux nous ont entraîné à la table et nous ont fait signer. » Pacca se retira à l'appartement qu'on lui avait préparé, confondu qu'il était de la solitude des demeures, du silence des yeux, de l'abattement des visages et du profond chagrin empreint sur le front du pape. Retourné auprès de Sa Sainteté, il « la trouva (c'est lui qui parle) dans un état digne de compassion et qui faisait craindre pour ses jours. Elle était anéantie par une tristesse inconsolable en parlant de ce qui était arrivé ; cette pensée de tourment l'empêchait de dormir et ne lui permettait de prendre de nourriture que ce qui suffisait pour ne pas consentir à mourir : – De cela, disait-elle, je mourrai fou comme Clément XIV [1]. »

Dans le secret de ces galeries déshabitées [2] où la voix de saint Louis, de François Ier, de Henri IV et de Louis XIV ne se faisait plus entendre, le Saint Père passa plusieurs jours à écrire la minute et la copie de la lettre qui devait être remise à l'empereur. Le cardinal Pacca emportait caché dans sa robe le papier dangereux à mesure que le pape y ajoutait quelques lignes. L'ouvrage achevé, le pape le remit, le 24 mai 1813, au colonel Lagorce et le chargea de le porter à l'empereur. Il fit lire en même temps une allocution aux divers cardinaux qui se trouvaient près de lui : il regarde comme nul le bref qu'il avait donné à Savone et le concordat du 25 janvier. « Béni soit le Seigneur, dit l'allocution, qui n'a pas éloigné de nous sa miséricorde ! Il a bien voulu nous humilier par une salutaire confession. À nous donc soit l'humiliation pour le bien de notre âme ; à lui dans tous les siècles l'exaltation, l'honneur et la gloire !

« Du palais de Fontainebleau, le 24 mars 1813. »

Jamais plus belle ordonnance ne sortit de ce palais. La conscience du pape était allégée, le visage du martyr

---

1. Le pape Clément XIV, qui régna de 1769 à 1774, mourut peu de temps après avoir, sous la pression des cours européennes et contre sa conscience, prononcé la dissolution de la Compagnie de Jésus. 2. Dont les occupants sont partis, vides.

devint serein ; son sourire et sa bouche retrouvèrent leur grâce et ses yeux le sommeil.

Napoléon menaça d'abord de *faire sauter la tête de dessus les épaules de quelques-uns des prêtres de Fontainebleau* ; il pensa à se déclarer chef de la religion de l'État ; puis, retombant dans son naturel, il feignit de n'avoir rien su de la lettre du pape. Mais sa fortune décroissait. Le pape, sorti d'un ordre de pauvres moines, rentré par ses malheurs dans le sein de la foule, semblait avoir repris le grand rôle de tribun des peuples, et donné le signal de la déposition de l'oppresseur des libertés publiques.

(3)

DÉFECTIONS. – MORT DE LAGRANGE ET DE DELILLE.

La mauvaise fortune amène les trahisons et ne les justifie pas ; en mars 1813, la Prusse à Kalisch s'allie avec la Russie. Le 3 mars, la Suède fait un traité avec le cabinet de Saint-James ; elle s'oblige à fournir trente mille hommes. Hambourg est évacué par les Français, Berlin occupé par les Cosaques, Dresde pris par les Russes et les Prussiens.

La défection de la confédération du Rhin se prépare. L'Autriche adhère à l'alliance de la Russie et de la Prusse. La guerre se rouvre en Italie où le prince Eugène s'est transporté.

En Espagne, l'armée anglaise défait Joseph à Vittoria ; les tableaux dérobés aux églises et aux palais tombent dans l'Èbre ; je les avais vus à Madrid et à l'Escurial ; je les ai revus lorsqu'on les restaurait à Paris : le flot et Napoléon avaient passé sur ces Murillo et ces Raphaël, *velut umbra*[1]. Wellington, s'avançant toujours, bat le

---

1. Voir « Avant-propos » des *Mémoires*.

maréchal Soult à Roncevaux : nos grands souvenirs faisaient le fond des scènes de nos nouvelles destinées.

Le 14 février, à l'ouverture du Corps législatif, Bonaparte déclara qu'il avait toujours voulu la paix et qu'elle était nécessaire au monde. Ce mensonge ne lui réussissait plus. Du reste, dans la bouche de celui qui nous appelait *ses sujets*, aucune sympathie pour les douleurs de la France : Bonaparte levait sur nous des souffrances, comme un tribut qui lui était dû.

Le 3 avril, le Sénat conservateur ajoute cent quatre-vingt mille combattants à ceux qu'il a déjà alloués : coupes extraordinaires d'hommes au milieu des coupes réglées. Le 10 avril enlève Lagrange ; l'abbé Delille expira quelques jours après. Si dans le ciel la noblesse du sentiment l'emporte sur la hauteur de la pensée, le chantre de *la Pitié* est placé plus près du trône de Dieu que l'auteur de la *Théorie des fonctions analytiques*[1]. Bonaparte avait quitté Paris le 15 avril.

(4)

BATAILLES DE LÜTZEN, DE BAUTZEN ET DE DRESDE.
REVERS EN ESPAGNE.

Les levées de 1812, se succédant, s'étaient arrêtées en Saxe. Napoléon arrive. L'honneur du vieil ost expiré est remis à deux cent mille conscrits qui se battent comme les grenadiers de Marengo. Le 2 mai, la bataille de Lützen est gagnée : Bonaparte, dans ces nouveaux combats, n'emploie presque plus que l'artillerie. Entré dans Dresde, il dit aux habitants : « Je n'ignore pas à quel transport vous vous êtes livrés lorsque l'empereur Alexandre et le roi de Prusse sont entrés dans vos murs.

---

1. Le mathématicien fut inhumé au Panthéon, après avoir été comblé de multiples honneurs par Napoléon, charmé de son apolitisme. On fit aussi des obsèques nationales à Delille, décédé le 2 mai 1813.

Nous voyons encore sur le pavé le fumier des fleurs que vos *jeunes filles* ont semées sur les pas des monarques. » Napoléon se souvenait-il des *jeunes filles de Verdun* ?[1] C'était du temps de ses belles années.

À Bautzen, autre triomphe, mais où s'ensevelissent le général du génie Kirgener, et Duroc, grand maréchal du palais. « Il y a une autre vie, dit l'empereur à Duroc : nous nous reverrons. » Duroc se souciait-il beaucoup de le revoir ?

Le 26 et le 27 août, on s'aborde sur l'Elbe, dans des champs déjà fameux[2]. Revenu de l'Amérique, après avoir vu Bernadotte à Stockholm, et Alexandre à Prague, Moreau a les deux jambes emportées d'un boulet, à Dresde, à côté de l'empereur de Russie : vieille habitude de la fortune napoléonienne. On apprit la mort du vainqueur de Hohenlinden, dans le camp français, par un chien perdu, sur le collier duquel était écrit le nom du nouveau Turenne[3] ; l'animal, demeuré sans maître, courait au hasard parmi les morts : *Te, janitor Orci*[4] !

Le prince de Suède, devenu généralissime de l'armée du nord de l'Allemagne, avait adressé, le 15 août, une proclamation à ses soldats :

« Soldats, le même sentiment qui guida les Français de 1792, et qui les porta à s'unir et à combattre les armées qui étaient sur leur territoire, doit diriger aujourd'hui votre valeur contre celui qui, après avoir envahi le sol qui vous a vus naître, enchaîne encore vos frères, vos femmes et vos enfants. »

Bonaparte, encourant la réprobation unanime, s'élançait contre la liberté qui l'attaquait de toutes parts, sous

---

1. Voir livre IX, chap. 16. Delille a évoqué ce tragique épisode de la Terreur au chant III de *La Pitié*.   **2.** La guerre de Sept Ans avait déjà ravagé les environs de Dresde.   **3.** Turenne avait lui aussi été touché par un boulet perdu à la bataille de Salzbach (1675).   **4.** « Toi (devant qui trembla) le portier des Enfers » : apostrophe à Hercule (*Énéide*, VIII, 296) que Chateaubriand détourne de son sens premier. Il compare plutôt le chien de Moreau à Cerbère cherchant sa proie, que Virgile montre, au vers suivant, *ossa super recubans antro semesa cruento* (« couché dans son antre sanglant sur des ossements à moitié rongés »).

toutes les formes. Un sénatus-consulte du 28 août annule la déclaration d'un jury d'Anvers : bien petite infraction, sans doute, aux droits des citoyens, après l'énormité d'arbitraire dont avait usé l'empereur ; mais il y a au fond des lois une sainte indépendance dont les cris sont entendus : cette oppression d'un jury fit plus de bruit que les oppressions diverses dont la France était la victime.

Enfin, au midi, l'ennemi avait touché notre sol ; les Anglais, obsession de Bonaparte et cause de presque toutes ses fautes, passèrent la Bidassoa le 7 octobre : Wellington, l'homme fatal, mit le premier le pied sur la terre de France.

S'obstinant à rester en Saxe, malgré la prise de Vandamme en Bohême et la défaite de Ney près de Berlin par Bernadotte, Napoléon revint sur Dresde. Alors le Landsturm[1] se lève ; une guerre nationale, semblable à celle qui a délivré l'Espagne, s'organise.

(5)

CAMPAGNE DE SAXE OU DES POÈTES.

On a appelé les combats de 1813 la campagne de Saxe : ils seraient mieux nommés la *campagne de la jeune Allemagne* ou *des poètes*. À quel désespoir Bonaparte ne nous avait-il pas réduits par son oppression puisqu'en voyant couler notre sang, nous ne pouvons nous défendre d'un mouvement d'intérêt pour cette généreuse jeunesse saisissant l'épée au nom de l'indépendance ? Chacun de ces combats était une protestation pour les droits des peuples.

Dans une de ses proclamations, datée de Kalisch le 25 mars 1813, Alexandre appelait aux armes les populations de l'Allemagne, leur promettant, au nom de ses frères, les rois, des institutions libres. Ce signal fit éclater

---

1. Nom donné, en Allemagne ou en Suisse, à une levée en masse de tous les hommes valides.

la *Burschenschaft*[1], déjà secrètement formée. Les universités d'Allemagne s'ouvrirent ; elles mirent de côté la douleur pour ne songer qu'à la réparation de l'injure : « Que les lamentations et les larmes soient courtes, la douleur et la tristesse longues, disaient les Germains d'autrefois ; à la femme il est décent de pleurer, à l'homme de se souvenir : *Lamenta ac lacrymas cito, dolorem et tristitiam tarde ponunt. Feminis lugere honestum est, viris meminisse*[2]. » Alors la jeune Allemagne court à la délivrance de la patrie ; alors se pressèrent ces Germains, *alliés de l'Empire*, dont l'ancienne Rome se servit en guise d'armes et de javelots, *velut tela atque arma*.

Le professeur Fichte faisait à Berlin, en 1813, une leçon sur le *devoir*[3] ; il parla des calamités de l'Allemagne, et termina sa leçon par ces paroles : « Le cours sera donc suspendu jusqu'à la fin de la campagne. Nous le reprendrons dans notre patrie devenue libre, ou nous serons morts pour reconquérir la liberté. » Les jeunes auditeurs se lèvent en poussant des cris : Fichte descend de sa chaire, traverse la foule, et va inscrire son nom sur les rôles d'un corps partant pour l'armée.

Tout ce que Bonaparte avait méprisé et insulté lui devient péril : l'intelligence descend dans la lice contre la force brutale ; Moscou est la torche à la lueur de laquelle la Germanie ceint son baudrier : « Aux armes ! » s'écrie la muse. « Le Phénix de la Russie s'est élancé de son bûcher ! » Cette reine de Prusse, si faible et si belle, que Napoléon avait accablée de ses ingénieux outrages, se transforme en une ombre implorante et implorée : « Comme elle dort doucement ! chantent les bardes. Ah ! puisses-tu dormir jusqu'au jour où ton peuple lavera dans le sang la rouille de son épée ! Éveille-toi alors ! éveille-toi ! sois l'ange de la liberté et de la vengeance ! »

---

1. La *Confrérie des Camarades*, association secrète qui, à partir de 1815, réunira les étudiants des universités allemandes qui avaient abandonné leurs études pour prendre part à la lutte contre Napoléon. **2.** Tacite, *Germanie*, XXVII. **3.** Il avait déjà publié, quelques années plus tôt, ses *Discours à la nation allemande* (1807-1808).

Kœrner n'a qu'une crainte, celle *de mourir en prose* : « Poésie ! poésie ! s'écrie-t-il, rends-moi la mort à la clarté du jour[1] ! »

Il compose au bivouac l'hymne *de la Lyre et de l'Épée*[2].

LE CAVALIER.

« Dis-moi ma bonne épée, l'épée de mon flanc, pourquoi l'éclair de ton regard est-il aujourd'hui si ardent ? Tu me regardes d'un œil d'amour, ma bonne épée, l'épée qui fait ma joie. Hourrah ! »

L'ÉPÉE.

« C'est que c'est un brave cavalier qui me porte : voilà ce qui enflamme mon regard ; c'est que je suis la force d'un homme libre : voilà ce qui fait ma joie. Hourrah ! »

LE CAVALIER.

« Oui, mon épée, oui, je suis un homme libre, et je t'aime du fond du cœur : je t'aime comme si tu m'étais fiancée ; je t'aime comme une maîtresse chérie. »

---

1. Pastiche du vers homérique (*Iliade* XVII, 646) par lequel Ajax supplie Zeus de dissiper la brume qui obscurcit le champ de bataille : « Fais-nous un ciel clair et permets à nos yeux de voir. Une fois la lumière rétablie, tu pourras nous anéantir, si c'est ton bon plaisir ». Le sens de la formule avait été un peu forcé depuis que Boileau, dans sa traduction du *Traité du sublime* (chap. VII), avait popularisé la version suivante : « Grand Dieu, chasse la nuit qui nous couvre les yeux, / Et combats contre nous à la clarté des cieux. »   **2.** C'est le titre donné, lors de sa publication posthume (1814), au recueil des poèmes de guerre du Viennois Charles-Théodore Koerner (1791-1813), le « Tyrtée allemand », engagé dans le régiment des Chasseurs volontaires de Lützow, et mort au combat.

L'ÉPÉE.

« Et moi, je me suis donnée à toi ! à toi ma vie, à toi mon âme d'acier ! Ah ! si nous sommes fiancés, quand me diras-tu : Viens, viens, ma maîtresse chérie ! » Ne croit-on pas entendre un de ces guerriers du Nord, un de ces hommes de batailles et de solitudes, dont Saxo Grammaticus[1] dit : Il tomba, rit et mourut. »

Ce n'était point le froid enthousiasme d'un scalde en sûreté : Kœrner avait l'épée au flanc ; beau, blond et jeune, Apollon à cheval, il chantait la nuit comme l'Arabe sur sa selle ; son *maoual*[2], en chargeant l'ennemi, était accompagné du galop de son destrier. Blessé à Lützen, il se traîna dans les bois, où des paysans le retrouvèrent ; il reparut et mourut aux plaines de Leipsick, à peine âgé de vingt-cinq ans[3] : il s'était échappé des bras d'une femme qu'il aimait, et s'en allait dans tout ce que la vie a de délices. « Les femmes se plaisent, disait Tyrtée, à contempler le jeune homme resplendissant et debout : il n'est pas moins beau lorsqu'il tombe au premier rang ».[4]

Les nouveaux Arminius, nourris à l'école de la Grèce, avaient un bardit[5] général : quand ces étudiants abandonnèrent la paisible retraite de la science pour les champs de bataille, les joies silencieuses de l'étude pour les périls bruyants de la guerre, Homère et les Niebelungen pour l'épée, qu'opposèrent-ils à notre hymne de sang, à notre cantique révolutionnaire ? Ces

---

1. Historien danois du XIIe siècle, connu pour avoir recueilli les Chants des Scaldes (cf. livre XXXV, chap. 11).   **2.** Romance arabe. **3.** Kœrner ne mourut pas à Leipzig, mais à Gadebusch, dans le Mecklembourg, le 27 août 1813 ; il avait 22 ans.   **4.** Traduction libre de Tyrtée (chant 1, vers 27-30) : « Tout sied au jeune homme aussi longtemps qu'il resplendit de sa fleur printanière. Les hommes le contemplent, les femmes le chérissent, tant qu'il demeure en vie. Mais aussi qu'il est beau, lorsqu'il tombe au premier rang ! »   **5.** Chant de guerre des Gaulois ou des Germains. Par extension : chant national. Le Germain Arminius écrasa, en 9 avant Jésus-Christ, les légions romaines de Varus.

strophes pleines de l'affection religieuse, et de la sincérité de la nature humaine [1] :

« Quelle est la patrie de l'Allemand ? Nommez-moi
cette grande patrie ! Aussi loin que résonne la langue
allemande, aussi loin que des chants allemands se font
entendre pour louer Dieu, là doit être la patrie de
l'Allemand.

« La patrie de l'Allemand est le pays où le serrement
de mains suffit pour tout serment, où la bonne foi pure
brille dans tous les regards, où l'affection siège brûlante
dans tous les cœurs.

« Ô Dieu du ciel, abaisse tes regards sur nous et donne-
nous cet esprit si pur, si vraiment allemand, pour que
nous puissions vivre fidèles et bons. Là est la patrie de
l'Allemand, tout ce pays est sa patrie. »

Ces camarades de collège, maintenant compagnons
d'armes, ne s'inscrivent point dans ces *ventes* [2] où des
septembriseurs vouaient des assassinats au poignard :
fidèles à la poésie de leurs rêveries, aux traditions de
l'histoire, au culte du passé, ils firent d'un vieux château,
d'une antique forêt, les asiles conservateurs de la
Burschenschaft. La reine de Prusse était devenue leur
patronne, en place de la reine des nuits.

Du haut d'une colline, du milieu des ruines, les éco-
liers-soldats, avec leurs professeurs-capitaines, décou-
vraient le faîte des salles de leurs universités chéries :
émus au souvenir de leur docte antiquité, attendris à la
vue du sanctuaire de l'étude et des jeux de leur enfance,
ils juraient d'affranchir leur pays, comme Melchthal,
Fürst et Stauffacher prononcèrent leur triple serment [3] à
l'aspect des Alpes, par eux immortalisées, illustrés par
elles. Le génie allemand a quelque chose de mystérieux ;
la Thécla de Schiller est encore la fille teutonne douée de

---

1. Extrait des *Chants de guerre* (1813-1815) du poète Ernst-Maurice
Arndt (1769-1869).   2. Sections de la Charbonnerie, ou réunions de
ses affiliés.   3. Le serment du Grutli (1307) : les trois noms sont
empruntés à Simler. On les retrouve au chap. 11 du livre XXXV.

prescience et formée d'un élément divin[1]. Les Allemands adorent aujourd'hui la liberté dans un vague indéfinissable, de même qu'autrefois ils appelaient *Dieu* le secret des bois : *Deorumque nominibus appellant secretum illud*[2]... L'homme dont la vie était un dithyrambe en action ne tomba que quand les poètes de la jeune Allemagne eurent chanté et pris le glaive contre leur rival Napoléon, le poète armé.

Alexandre était digne d'avoir été le héraut envoyé aux jeunes Allemands : il partageait leurs sentiments élevés, et il était dans cette position de force qui rend possibles les projets ; mais il se laissa effrayer de la terreur des monarques qui l'environnaient. Ces monarques ne tinrent point leurs promesses ; ils ne donnèrent point à leurs peuples des institutions généreuses. Les enfants de la Muse (flamme par qui les masses inertes des soldats avaient été animées) furent plongés dans des cachots en récompense de leur dévouement et de leur noble crédulité. Hélas ! la génération qui rendit l'indépendance aux Teutons est évanouie ; il n'est demeuré en Germanie que de vieux cabinets usés. Ils appellent le plus haut qu'ils peuvent Napoléon un grand homme, pour faire servir leur présente admiration d'excuse à leur bassesse passée. Dans le sot enthousiasme pour l'homme qui continue à aplatir les gouvernements après les avoir fouettés, à peine se souvient-on de Kœrner : « Arminius, libérateur de la Germanie, dit Tacite, fut inconnu aux Grecs qui n'admirent qu'eux, peu célèbre chez les Romains qu'il avait vaincus ; mais des

---

1. Chateaubriand adapte à Thécla, héroïne des *Piccolomini* (seconde pièce de la trilogie de *Walstein*), une formule qu'utilise Tacite à propos des femmes de Germanie : *Inesse quin etiam sanctum aliquid et providum putant* (*Germanie*, VIII).   2. Tacite, *Germanie*, IX : *Lucus ac nemora consacrant, deorumque nominibus appellant secretum illud, quod sola reverentia vident* (« Ils consacrent des bois et des bocages, et désignent par des noms divins ce mystère que seule leur piété leur révèle »).

nations barbares le chantent encore, *caniturque barba-ras apud gentes*[1]. »

(6)

BATAILLE DE LEIPSICK.
RETOUR DE BONAPARTE À PARIS.
TRAITÉ DE VALENÇAY.

Le 18 et le 19 octobre se donna dans les champs de Leipsick ce combat que les Allemands ont appelé la *bataille des nations*. Vers la fin de la seconde journée, les Saxons et les Wurtembergeois, passant du camp de Napoléon sous les drapeaux de Bernadotte, décidèrent le résultat de l'action ; victoire entachée de trahison. Le prince de Suède, l'empereur de Russie et le roi de Prusse pénètrent dans Leipsick à travers trois portes différentes. Napoléon, ayant éprouvé une perte immense, se retira. Comme il n'entendait rien aux retraites de sergent, ainsi qu'il l'avait dit, il fit sauter des ponts derrière lui. Le prince Poniatowski, blessé deux fois, se noie dans l'Elster : la Pologne s'abîma avec son dernier défenseur.

Napoléon ne s'arrêta qu'à Erfurt : de là son bulletin annonça que son armée, toujours victorieuse, *arrivait comme une armée battue* : Erfurt, peu de temps auparavant, avait vu Napoléon au faîte de la prospérité.

Enfin les Bavarois, déserteurs après les autres d'une fortune abandonnée, essaient d'exterminer à Hanau le reste de nos soldats. Wrède[2] est renversé par les seuls

---

1. Chateaubriand transpose dans un ordre inversé le texte de Tacite (*Annales*, livre II, LXXXVIII, 3) : *Liberator haud dubie Germaniae* (...) *caniturque adhuc barbaras apud gentes, Graecorum annalibus ignotus, qui sua tantum mirantur, Romanis hauperinde celebris, dum vetera extollimus, recentium incuriosi.* 2. Le feld-maréchal Charles-Philippe de Wrède (1769-1838) avait servi Napoléon avec efficacité à la tête du contingent allié fourni par la Bavière, en particulier lors de la campagne de Russie.

gardes d'honneur : quelques conscrits, déjà vétérans, lui passent sur le ventre ; ils sauvent Bonaparte et prennent position derrière le Rhin. Arrivé en fugitif à Mayence, Napoléon, se retrouve à Saint-Cloud le 9 novembre ; l'infatigable de Lacépède revient lui dire : « Votre Majesté a tout surmonté. » M. de Lacépède avait parlé convenablement des ovipares ; mais il ne se pouvait tenir debout[1].

La Hollande reprend son indépendance et rappelle le prince d'Orange. Le 1er décembre les puissances alliées déclarent « qu'elles ne font point la guerre à la France, mais à l'empereur seul, ou plutôt à cette prépondérance qu'il a trop longtemps exercée, hors des limites de son empire, pour le malheur de l'Europe et de la France ».

Quand on voit s'approcher le moment où nous allions être renfermés dans notre ancien territoire, on se demande à quoi donc avaient servi le bouleversement de l'Europe et le massacre de tant de millions d'hommes ? Le temps nous engloutit et continue tranquillement son cours.

Par le traité de Valençay du 11 décembre, le misérable Ferdinand VII est renvoyé à Madrid : ainsi se termina obscurément à la hâte cette criminelle entreprise d'Espagne, première cause de la perte de Napoléon. On peut toujours aller au mal, on peut toujours tuer un peuple ou un roi ; mais le retour est difficile : Jacques Clément[2] raccommodait ses sandales pour le voyage de Saint-Cloud ; ses confrères lui demandèrent en riant combien son ouvrage durerait : « Assez pour le chemin que j'ai à faire, répondit-il : je dois aller, non revenir. »

---

1. Voir livre XXI, p. 522, note 1.   **2.** Assassin de Henri III (1er avril 1589).

(7)

LE CORPS LÉGISLATIF CONVOQUÉ,
PUIS AJOURNÉ. — LES ALLIÉS PASSENT LE RHIN.
COLÈRE DE BONAPARTE.
PREMIER JOUR DE L'AN 1814.

Le Corps législatif est assemblé le 19 décembre 1813. Étonnant sur le champ de bataille, remarquable dans son conseil d'État, Bonaparte n'a plus la même valeur en politique : la langue de la liberté, il l'ignore ; s'il veut exprimer des affections congéniales, des sentiments paternels, il s'attendrit tout de travers, et il plaque des paroles émues à son insensibilité. « Mon cœur, dit-il au Corps législatif, a besoin de la présence et de l'affection de mes *sujets*. Je n'ai jamais été séduit par la prospérité ; l'adversité me trouvera au-dessus de ses atteintes. J'avais conçu et exécuté de grands desseins pour la prospérité et le bonheur du monde. *Monarque et père*, je sens que la paix ajoute à la sécurité des trônes et à celle des familles. »

Un article officiel du *Moniteur* avait dit, au mois de juillet 1804, *sous l'Empire*, que *la France ne passerait jamais le Rhin, et que ses armées ne le passeraient plus.*

Les alliés traversèrent ce fleuve le 21 décembre 1813, depuis Bâle jusqu'à Schaffouse, avec plus de cent mille hommes ; le 31 du même mois, l'armée de Silésie, commandée par Blücher, le franchit à son tour, depuis Manheim jusqu'à Coblentz.

Par ordre de l'empereur, le Sénat et le Corps législatif avaient nommé deux commissions chargées de prendre connaissance des documents relatifs aux négociations avec les puissances coalisées ; prévision d'un pouvoir qui, se refusant à des conséquences devenues inévitables, voulait en laisser la responsabilité à une autre autorité.

La commission du Corps législatif, que présidait

M. Lainé[1], osa dire « que les moyens de paix auraient des effets assurés, si les Français étaient convaincus que leur sang ne serait versé que pour défendre une patrie et des lois protectrices ; que Sa Majesté doit être suppliée de maintenir l'entière et constante exécution des lois qui garantissent aux Français les droits de la liberté, de la sûreté, de la propriété, et à la nation le libre exercice de ses droits politiques ».

Le ministre de la police, duc de Rovigo, fait enlever les épreuves du rapport ; un décret du 31 décembre ajourne le Corps législatif ; les portes de la salle sont fermées. Bonaparte traite les membres de la commission législative d'*agents payés par l'Angleterre* : « Le nommé Lainé, disait-il, est un traître qui correspond avec le prince régent par l'intermédiaire de Desèze ; Raynouard, Maine de Biran et Flaugergues sont des factieux[2]. »

Le soldat s'étonnait de ne plus retrouver ces Polonais qu'il abandonnait et qui, en se noyant pour lui obéir, criaient encore : « Vive l'empereur ! » Il appelait le rapport de la commission une motion sortie d'un club de Jacobins. Pas un discours de Bonaparte dans lequel n'éclate son aversion pour la république dont il était sorti ; mais il en détestait moins les crimes que les libertés. À propos de ce même rapport, il ajoutait : « Voudrait-on rétablir la souveraineté du peuple ? Eh bien, dans ce cas, je me fais peuple ; car je prétends être toujours là où réside la souveraineté. » Jamais despote n'a expliqué plus énergiquement sa nature : c'est le mot retourné de Louis XIV : « L'État, c'est moi. »

À la réception du premier jour de l'an 1814, on s'atten-

---

1. Joseph Lainé (1767-1835), avocat bordelais élu au Corps législatif le 17 février 1808, fut le rédacteur du célèbre rapport qui porte son nom, adopté par les députés qui votèrent son impression le 29 décembre 1813, par 223 voix contre 31. Après les Cent-Jours, il deviendra président de la Chambre des députés (juillet 1815), mais conseillera sa dissolution, après avoir été nommé ministre de l'Intérieur (du 7 mai 1816 au 28 décembre 1818). Réélu député en octobre 1816, puis en novembre 1820, ce royaliste modéré fera son entrée à la Chambre des pairs le 23 décembre 1823.   2. Autres membres du Corps législatif qui faisaient partie de la commission.

dait à quelque scène. J'ai connu un homme attaché à cette cour, lequel se préparait à tout hasard à mettre l'épée à la main. Napoléon ne dépassa pas néanmoins la violence des paroles, mais il s'y laissa aller avec cette plénitude qui causait quelquefois de la confusion à ses hallebardiers mêmes : « Pourquoi, s'écria-t-il, parler devant l'Europe de ces débats domestiques ? Il faut laver son linge sale en famille. Qu'est-ce qu'un trône ? un morceau de bois recouvert d'un morceau d'étoffe : tout dépend de celui qui s'y assied. La France a plus besoin de moi que je n'ai besoin d'elle. Je suis un de ces hommes qu'on tue, mais qu'on ne déshonore pas. Dans trois mois nous aurons la paix, ou l'ennemi sera chassé de notre territoire, ou je serai mort [1]. »

C'était dans le sang que Bonaparte était accoutumé à laver le linge des Français. Dans trois mois on n'eut point la paix, l'ennemi ne fut point chassé de notre territoire, Bonaparte ne perdit point la vie : la mort n'était point son fait. Accablée de tant de malheurs et de l'ingrate obstination du maître qu'elle s'était donné, la France se voyait envahie avec l'inerte stupeur qui naît du désespoir.

Un décret impérial avait mobilisé 121 bataillons de gardes nationales ; un autre décret avait formé un conseil de régence, présidé par Cambacérès et composé de ministres, à la tête duquel était placée l'impératrice. Joseph, monarque en disponibilité, revenu d'Espagne avec ses pillages, est déclaré commandant général de Paris. Le 25 janvier 1814, Bonaparte quitte son palais pour l'armée, et va jeter une éclatante flamme en s'éteignant.

---

1. Il existe différentes versions de ce discours que Chateaubriand cite sous forme abrégée.

(8)

LE PAPE MIS EN LIBERTÉ.

La surveille, le pape avait été rendu à l'indépendance[1] ; la main qui allait à son tour porter des chaînes fut contrainte de briser les fers qu'elle avait donnés : la Providence avait changé les fortunes, et le vent qui soufflait au visage de Napoléon poussait les alliés à Paris.

Pie VII, averti de sa délivrance, se hâta de faire une courte prière dans la chapelle de François Ier ; il monta en voiture et traversa cette forêt qui, selon la tradition populaire, voit paraître le grand veneur de la mort quand un roi va descendre à Saint-Denis.

Le pape voyageait sous la surveillance d'un officier de gendarmerie qui l'accompagnait dans une seconde voiture. À Orléans, il apprit le nom de la ville dans laquelle il entrait.

Il suivit la route du Midi aux acclamations de la foule, de ces provinces où Napoléon devait bientôt passer, à peine en sûreté sous la garde des commissaires étrangers. Sa Sainteté fut retardée dans sa marche par la chute même de son oppresseur : les autorités avaient cessé leurs fonctions ; on n'obéissait à personne ; un ordre écrit de Bonaparte, ordre qui vingt-quatre heures auparavant aurait abattu la plus haute tête et fait tomber un royaume, était un papier sans cours : quelques minutes de puissance manquèrent à Napoléon pour qu'il pût protéger le captif que sa puissance avait persécuté. Il fallut qu'un mandat provisoire des Bourbons achevât de rendre la liberté au pontife qui avait ceint de leur diadème une tête étrangère : quelle confusion de destinées !

---

1. Pie VII quitta bien Fontainebleau le 23 janvier 1814 (Artaud, t. 2, p. 350), mais sans direction précise (en principe Savone). C'est seulement le 10 mars que Napoléon ordonna de reconduire le pape à Rome, que venait de quitter Miollis. Le 2 avril, le gouvernement provisoire publia un nouvel arrêté prescrivant de lui restituer toutes ses prérogatives souveraines.

Pie VII cheminait au milieu des cantiques et des larmes, au son des cloches, aux cris de : Vive le pape ! Vive le chef de l'Église ! On lui apportait, non les clefs des villes, des capitulations trempées de sang et obtenues par le meurtre, mais on lui présentait des malades à guérir, de nouveaux époux à bénir au bord de sa voiture ; il disait aux premiers : « Dieu vous console ! » Il étendait sur les seconds ses mains pacifiques ; il touchait de petits enfants dans les bras de leurs mères. Il ne restait aux villes que ceux qui ne pouvaient marcher. Les pèlerins passaient la nuit sur les champs pour attendre l'arrivée d'un vieux prêtre délivré. Les paysans, dans leur naïveté, trouvaient que le Saint Père ressemblait à Notre-Seigneur ; des protestants attendris disaient : « Voilà le plus grand homme de son siècle. » Telle est la grandeur de la véritable société chrétienne, où Dieu se mêle sans cesse avec les hommes ; telle est sur la force du glaive et du sceptre la supériorité de la puissance du faible, soutenu de la religion et du malheur.

Pie VII traversa Carcassonne, Béziers, Montpellier et Nîmes, pour réapprendre l'Italie. Au bord du Rhône, il semblait que les innombrables croisés de Raymond de Toulouse passaient encore la revue à Saint-Remy. Le pape revit Nice, Savone, Imola, témoins de ses afflictions récentes et des premières macérations de sa vie : on aime à pleurer où l'on a pleuré. Dans les conditions ordinaires, on se souvient des lieux et des temps du bonheur. Pie VII repassait sur ses vertus et sur ses souffrances, comme un homme dans sa mémoire revit de ses passions éteintes.

À Bologne, le pape fut laissé aux mains des autorités autrichiennes. Murat, Joachim-Napoléon, roi de Naples, lui écrivit le 4 avril 1814 :

« Très-saint Père, le sort des armes m'ayant rendu maître des États que vous possédiez lorsque vous fûtes forcé de quitter Rome, je ne balance pas à les remettre sous votre autorité, renonçant en votre faveur à tous mes droits de conquête sur ces pays. »

Qu'a-t-on laissé à Joachim et à Napoléon mourants ?

Le pape n'était pas encore arrivé à Rome qu'il offrit un asile à la mère de Bonaparte. Des légats avaient repris possession de la ville éternelle. Le 23 mai, au milieu du printemps, Pie VII aperçut le dôme de Saint-Pierre. Il a raconté avoir répandu des larmes en revoyant le dôme sacré. Prêt à franchir la Porte du Peuple, le pontife fut arrêté : vingt-deux orphelines vêtues de robes blanches, quarante-cinq jeunes filles portant de grandes palmes dorées s'avancèrent en chantant des cantiques[1]. La multitude criait : Hosanna ! Pignatelli, qui commandait les troupes sur le Quirinal lorsque Radet emporta d'assaut le jardin des Olives de Pie VII, conduisait à présent la marche des palmes[2]. En même temps que Pignatelli changeait de rôle, de nobles parjures, à Paris, reprenaient derrière le fauteuil de Louis XVIII leurs fonctions de grands domestiques : la prospérité nous est transmise avec ses esclaves, comme autrefois une terre seigneuriale était vendue avec ses serfs.

(9)

NOTES QUI DEVINRENT LA BROCHURE :
DE BONAPARTE ET DES BOURBONS.
JE PRENDS UN APPARTEMENT RUE DE RIVOLI.
ADMIRABLE CAMPAGNE DE FRANCE, 1814.

Au livre second de ces *Mémoires*, on lit (je revenais alors de mon premier exil de Dieppe) : « On m'a permis de revenir à ma Vallée. La terre tremble sous les pas du soldat étranger : j'écris, comme les derniers Romains, au bruit de l'invasion des Barbares. Le jour je trace des pages aussi agitées que les événements de ce jour ; la nuit, tandis que le roulement du canon lointain expire dans mes bois solitaires, je retourne au

---

1. Ce détail se trouve dans Artaud, t. 2, p. 361.   2. Chateaubriand continue son parallèle entre les tribulations de Pie VII et certains épisodes de la vie du Christ : guérison des malades, arrestation par la troupe au jardin des Oliviers, entrée triomphale à Jérusalem...

silence des années qui dorment dans la tombe et à la paix de mes plus jeunes souvenirs. »

Ces pages agitées que je traçais le jour étaient des notes relatives aux événements du moment, lesquelles, réunies, devinrent ma brochure : *De Bonaparte et des Bourbons*. J'avais une si haute idée du génie de Napoléon et de la vaillance de nos soldats, qu'une invasion de l'étranger, heureuse jusque dans ses derniers résultats, ne me pouvait tomber dans la tête : mais je pensais que cette invasion, en faisant sentir à la France le danger où l'ambition de Napoléon l'avait réduite, amènerait un mouvement intérieur, et que l'affranchissement des Français s'opérerait de leurs propres mains. C'était dans cette idée que j'écrivais mes notes, afin que si nos assemblées politiques arrêtaient la marche des alliés, et se résolvaient à se séparer d'un grand homme, devenu un fléau, elles sussent à qui recourir ; l'abri me paraissait être dans l'autorité, modifiée selon les temps, sous laquelle nos aïeux avaient vécu pendant huit siècles : quand dans l'orage on ne trouve à sa portée qu'un vieil édifice, tout en ruine qu'il est, on s'y retire.

Dans l'hiver de 1813 à 1814, je pris un appartement rue de Rivoli [1], en face de la première grille du jardin des Tuileries, devant laquelle j'avais entendu crier la mort du duc d'Enghien. On ne voyait encore dans cette rue que les arcades bâties par le gouvernement et quelques maisons isolées s'élevant çà et là avec leur dentelure latérale de pierres d'attente.

Il ne fallait rien moins que les maux dont la France était écrasée, pour se maintenir dans l'éloignement que Napoléon inspirait et pour se défendre en même temps de l'admiration qu'il faisait renaître sitôt qu'il agissait : c'était le plus fier génie d'action qui ait jamais existé ; sa première campagne en Italie et sa dernière campagne en France (je ne parle pas de Waterloo) sont ses deux plus belles campagnes ; Condé dans la première, Turenne dans

---

1. Dans une maison qui existe toujours 194 rue de Rivoli, au coin de la place des Pyramides. Sur cette installation, voir le *Cahier rouge*, p. 70, qui se trompe néanmoins sur la date.

la seconde, grand guerrier dans celle-là, grand homme
dans celle-ci ; mais différentes dans leurs résultats : par
l'une il gagna l'empire, par l'autre il le perdit. Ses
dernières heures de pouvoir, toutes déracinées, toutes
déchaussées qu'elles étaient, ne purent être arrachées,
comme les dents d'un lion, que par les efforts du bras de
l'Europe. Le nom de Napoléon était encore si formidable
que les armées ennemies ne passèrent le Rhin qu'avec
terreur ; elles regardaient sans cesse derrière elles pour
bien s'assurer que la retraite leur serait possible ; maîtresses de Paris, elles tremblaient encore. Alexandre jetant
les yeux sur la Russie, en entrant en France, félicitait les
personnes qui pouvaient s'en aller, et il écrivait à sa mère
ses anxiétés et ses regrets.

Napoléon bat les Russes à Saint-Dizier, les Prussiens
et les Russes à Brienne, comme pour honorer les champs
dans lesquels il avait été élevé. Il culbute l'armée de Silésie à Montmirail, à Champaubert, et une partie de la
grande armée à Montereau. Il fait tête[1] partout ; va et
revient sur ses pas ; repousse les colonnes dont il est
entouré. Les alliés proposent un armistice ; Bonaparte
déchire les préliminaires de la paix offerte et s'écrie : « Je
suis plus près de Vienne que l'empereur d'Autriche de
Paris ! »

La Russie, l'Autriche, la Prusse et l'Angleterre, pour
se réconforter mutuellement, conclurent à Chaumont un
nouveau traité d'alliance ; mais au fond, alarmées de la
résistance de Bonaparte, elles songeaient à la retraite. À
Lyon, une armée se formait sur le flanc des Autrichiens ;
dans le midi, le maréchal Soult arrêtait les Anglais ; le
congrès de Châtillon, qui ne fut dissous que le 15 mars,
négociait encore. Bonaparte chassa Blücher des hauteurs
de Craonne. La grande armée alliée n'avait triomphé le
27 février, à Bar-sur-Aube, que par la supériorité du
nombre. Bonaparte se multipliant avait recouvré Troyes
que les alliés réoccupèrent. De Craonne il s'était porté sur

---

1. Résister, faire front à. *Cf.* Bossuet, *Deuxième panégyrique de
saint Benoît* : « Il veut qu'on fasse tête contre tous les vices » (*Œuvres*,
Bibliothèque de la Pléiade, p. 560).

Reims. « Cette nuit, dit-il, j'irai prendre mon beau-père à Troyes. »

Le 20 mars, une affaire eut lieu près d'Arcis-sur-Aube. Parmi un feu roulant d'artillerie, un obus étant tombé au front d'un carré de la garde, le carré parut faire un léger mouvement : Bonaparte se précipite sur le projectile dont la mèche fume, il la fait flairer à son cheval ; l'obus crève, et l'empereur sort sain et sauf du milieu de la foudre brisée.

La bataille devait recommencer le lendemain ; mais Bonaparte, cédant à l'inspiration du génie, inspiration qui lui fut néanmoins funeste, se retire afin de se porter sur le derrière des troupes confédérées, les séparer de leurs magasins et grossir son armée des garnisons des places frontières. Les étrangers se préparaient à se replier sur le Rhin, lorsque Alexandre, par un de ces mouvements du ciel qui changent tout un monde, prit le parti de marcher à Paris, dont le chemin devenait libre*. Napoléon croyait entraîner la masse des ennemis, et il n'était suivi que de dix mille hommes de cavalerie qu'il pensait être l'avant-garde des principales troupes, et qui lui masquaient le mouvement réel des Prussiens et des Moscovites. Il dispersa ces dix mille chevaux à Saint-Dizier et Vitry, et s'aperçut alors que la grande armée alliée n'était pas derrière ; cette armée, se précipitant sur la capitale, n'avait devant elle que les maréchaux Marmont et Mortier avec environ douze mille conscrits.

Napoléon se dirige à la hâte sur Fontainebleau : là une sainte victime [1], en se retirant, avait laissé le rémunérateur et le vengeur. Toujours dans l'histoire marchent ensemble deux choses : qu'un homme s'ouvre une voie d'injustice, il s'ouvre en même temps une voie de perdition [2] dans laquelle, à une distance marquée, la première route vient tomber dans la seconde.

---

* J'ai entendu le général Pozzo raconter que c'était lui qui avait déterminé l'empereur Alexandre à marcher en avant.

---

1. Pie VII. **2.** Écho du livre de la *Sagesse*, V, 6-7.

(10)

JE COMMENCE À IMPRIMER MA BROCHURE.
UNE NOTE DE MADAME DE CHATEAUBRIAND.

Les esprits étaient fort agités : l'espoir de voir cesser, coûte que coûte, une guerre cruelle qui pesait depuis vingt ans sur la France rassasiée de malheur et de gloire, l'emportait dans les masses sur la nationalité. Chacun s'occupait du parti qu'il aurait à prendre dans la catastrophe prochaine. Tous les soirs mes amis venaient causer chez madame de Chateaubriand, raconter et commenter les événements de la journée. MM. de Fontanes, de Clausel, Joubert, accouraient avec la foule de ces amis de passage que donnent les événements et que les événements retirent. Madame la duchesse de Lévis[1], belle, paisible et dévouée, que nous retrouverons à Gand, tenait fidèle compagnie à madame de Chateaubriand. Madame la duchesse de Duras était aussi à Paris, et j'allais voir souvent madame la marquise de Montcalm[2], sœur du duc de Richelieu.

Je continuais d'être persuadé, malgré l'approche des champs de bataille, que les alliés n'entreraient pas à Paris et qu'une insurrection nationale mettrait fin à nos craintes. L'obsession de cette idée m'empêchait de sentir aussi vivement que je l'aurais fait la présence des armées étrangères : mais je ne me pouvais empêcher de réfléchir aux calamités que nous avions fait éprouver à l'Europe, en voyant l'Europe nous les rapporter.

---

1. Voir livre XXIII, chap. 9.   2. Armande-Marie de Vignerot du Plessis-Richelieu (1777-1832), fille du duc de Fronsac et de sa seconde femme Mlle de Gallifet, avait épousé au début du Consulat Hippolyte de Montcalm, pour se séparer de lui peu après. Jolie de visage, mais presque infirme à cause de ses difformités, spirituelle, cultivée, elle exerça une certaine influence sur la Restauration, après la nomination de son demi-frère le duc de Richelieu comme Premier ministre. Admiratrice de Chateaubriand, elle fut pour lui une amie aussi fidèle qu'utile.

Je ne cessais de m'occuper de ma brochure ; je la préparais comme un remède lorsque le moment de l'anarchie viendrait à éclater. Ce n'est pas ainsi que nous écrivons aujourd'hui, bien à l'aise, n'ayant à redouter que la guerre des feuilletons : la nuit je m'enfermais à clef ; je mettais mes paperasses sous mon oreiller, deux pistolets chargés sur ma table : je couchais entre ces deux muses. Mon texte était double ; je l'avais composé sous la forme de brochure, qu'il a gardée, et en façon de discours, différent à quelques égards de la brochure ; je supposais qu'à la levée de la France, on se pourrait assembler à l'Hôtel de Ville, et je m'étais préparé sur deux thèmes.

Madame de Chateaubriand a écrit quelques notes à diverses époques de notre vie commune ; parmi ces notes, je trouve le paragraphe suivant[1] :

« M. de Chateaubriand écrivait sa brochure *De Bonaparte et des Bourbons*. Si cette brochure avait été saisie, le jugement n'était pas douteux : la sentence était l'échafaud. Cependant l'auteur mettait une négligence incroyable à la cacher. Souvent, quand il sortait, il l'oubliait sur sa table ; sa prudence n'allait jamais au delà de la mettre sous son oreiller, ce qu'il faisait devant son valet de chambre, garçon fort honnête, mais qui pouvait se laisser tenter. Pour moi, j'étais dans des transes mortelles : aussi dès que M. de Chateaubriand était sorti, j'allais prendre le manuscrit et je le mettais sur moi. Un jour, en traversant les Tuileries, je m'aperçois que je ne l'ai plus, et, bien sûre de l'avoir senti en sortant, je ne doute pas de l'avoir perdu en route. Je vois déjà le fatal écrit entre les mains de la police et M. de Chateaubriand arrêté : je tombe sans connaissance au milieu du jardin ; de bonnes gens m'assistèrent, ensuite me reconduisirent à la maison dont j'étais peu éloignée. Quel supplice lorsque, montant l'escalier, je flottais entre une crainte, qui était presque une certitude, et un léger espoir d'avoir oublié de prendre la brochure ! En approchant de la chambre de mon mari, je me sentais de nouveau défaillir : j'entre enfin, rien sur la table : je m'avance vers le lit ; je tâte d'abord l'oreiller :

---

1. *Cahier rouge*, p. 77 (avec de minimes corrections).

je ne sens rien ; je le soulève : je vois le rouleau de papier ! Le cœur me bat chaque fois que j'y pense. Je n'ai jamais éprouvé un tel moment de joie dans ma vie. Certes, je puis le dire avec vérité, il n'aurait pas été si grand si je m'étais vue délivrée au pied de l'échafaud : car enfin c'était quelqu'un qui m'était bien plus cher que moi-même que j'en voyais délivré. »

Que je serais malheureux si j'avais pu causer un moment de peine à madame de Chateaubriand !

J'avais pourtant été obligé de mettre un imprimeur dans mon secret ; il avait consenti à risquer l'affaire ; d'après les nouvelles de chaque heure, il me rendait ou venait reprendre des épreuves à moitié composées, selon que le bruit du canon se rapprochait ou s'éloignait de Paris : pendant près de quinze jours je jouai ainsi ma vie à croix ou pile.

(11)

LA GUERRE ÉTABLIE AUX BARRIÈRES DE PARIS.
VUE DE PARIS. – COMBAT DE BELLEVILLE.
FUITE DE MARIE-LOUISE ET DE LA RÉGENCE.
M. DE TALLEYRAND RESTE À PARIS.

Le cercle se resserrait autour de la capitale : à chaque instant on apprenait un progrès de l'ennemi. Pêle-mêle entraient, par les barrières, des prisonniers russes et des blessés français traînés dans des charrettes : quelques-uns à demi-morts tombaient sous les roues qu'ils ensanglantaient. Des conscrits appelés de l'intérieur traversaient la capitale en longue file, se dirigeant sur les armées. La nuit on entendait passer sur les boulevards extérieurs des trains d'artillerie, et l'on ne savait si les détonations lointaines annonçaient la victoire décisive ou la dernière défaite.

La guerre vint s'établir enfin aux barrières de Paris. Du haut des tours de Notre-Dame on vit paraître la tête des colonnes russes, ainsi que les premières ondulations du flux de la mer sur une plage. Je sentis ce qu'avait dû éprouver un Romain lorsque, du faîte du Capitole, il découvrit les soldats d'Alaric et la vieille cité des Latins à ses pieds, comme je découvrais les soldats russes, et à mes pieds la vieille cité des Gaulois. Adieu donc, Lares paternels, foyers conservateurs des traditions du pays, toits sous lesquels avaient respiré et cette Virginie sacrifiée par son père[1] à la pudeur et à la liberté, et cette Héloïse vouée par l'amour aux lettres et à la religion.

Paris depuis des siècles n'avait point vu la fumée des camps de l'ennemi, et c'est Bonaparte qui, de triomphe en triomphe, a amené les Thébains à la vue des femmes de Sparte[2]. Paris était la borne dont il était parti pour courir la terre : il y revenait laissant derrière lui l'énorme incendie de ses inutiles conquêtes.

On se précipitait au Jardin des Plantes que jadis aurait pu protéger l'abbaye fortifiée de Saint-Victor : le petit monde des cygnes et des bananiers, à qui notre puissance avait promis une paix éternelle, était troublé. Du sommet du labyrinthe, par-dessus le grand cèdre, par-dessus les greniers d'abondance que Bonaparte n'avait pas eu le temps d'achever, au delà de l'emplacement de la Bastille et du donjon de Vincennes (lieux qui racontaient notre successive histoire), la foule regardait les feux de l'infanterie au combat de Belleville. Montmartre est emporté ; les boulets tombent jusque sur les boulevards du Temple. Quelques compagnies de la garde nationale sortirent et perdirent trois cents hommes dans les champs autour du

---

1. Ces allusions ne sont pas très claires. Tite-Live raconte comment, dans le Ier siècle de la République romaine, un plébéien tua sa fille Virginia, pour la soustraire à la convoitise du décemvir Appius Claudius. Ballanche fera de cette jeune fille une figure emblématique. Mais le parallèle avec Héloïse est singulier.　　**2.** C'est Épaminondas qui mena les Thébains jusque sous les remparts inviolés de Sparte, dont le roi Agésilas avait prétendu que jamais ses femmes ne verraient la fumée des camps ennemis (voir Plutarque, *Agésilas*, L).

tombeau des *martyrs*[1]. Jamais la France militaire ne brilla d'un plus vif éclat au milieu de ses revers : les derniers héros furent les cent cinquante jeunes gens de l'École polytechnique, transformés en canonniers dans les redoutes du chemin de Vincennes[2]. Environnés d'ennemis, ils refusaient de se rendre ; il fallut les arracher de leurs pièces : le grenadier russe les saisissait noircis de poudre et couverts de blessures ; tandis qu'ils se débattaient dans ses bras, il élevait en l'air avec des cris de victoire et d'admiration ces jeunes palmes françaises, et les rendait toutes sanglantes à leurs mères.

Pendant ce temps-là Cambacérès s'enfuyait avec Marie-Louise, le roi de Rome et la régence. On lisait sur les murs cette proclamation :

Le roi Joseph, lieutenant général de l'Empereur,
commandant en chef de la garde nationale.

« Citoyens de Paris,
« Le conseil de régence a pourvu à la sûreté de l'impératrice et du roi de Rome : je reste avec vous. Armons-nous pour défendre cette ville, ses monuments, ses richesses, nos femmes, nos enfants, tout ce qui nous est cher. Que cette vaste cité devienne un camp pour quelques instants, et que l'ennemi trouve sa honte sous ses murs qu'il espère franchir en triomphe. »

Rostopschine n'avait pas prétendu défendre Moscou ; il le brûla. Joseph annonçait qu'il ne quitterait jamais les Parisiens, et il décampait à petit bruit, nous laissant son courage placardé au coin des rues.

M. de Talleyrand faisait partie de la régence nommée par Napoléon. Du jour où l'évêque d'Autun cessa d'être, sous l'Empire, ministre des relations extérieures, il n'avait rêvé qu'une chose, la disparution[3] de Bonaparte suivie de la régence de Marie-Louise ; régence dont lui,

---

1. C'est-à-dire à Montmartre (*Mons Martyrum*, selon la tradition parisienne).   2. Les Polytechniciens renforçaient six compagnies de grenadiers de la garde nationale pour défendre la barrière du Trône avec vingt-huit canons.   3. Voir p. 518, note 1.

prince de Bénévent, aurait été le chef. Bonaparte, en le
nommant membre d'une régence provisoire en 1814,
semblait avoir favorisé ses désirs secrets. La mort napoléonienne n'était point survenue ; il ne resta à M. de Talleyrand qu'à clopiner aux pieds du colosse qu'il ne
pouvait renverser, et à tirer parti du moment pour ses
intérêts : le savoir-faire était le génie de cet homme de
compromis et de marchés. La position se présentait difficile : demeurer dans la capitale était chose indiquée ; mais
si Bonaparte revenait, le prince séparé de la régence fugitive, le prince retardataire, courait risque d'être fusillé ;
d'un autre côté, comment abandonner Paris au moment
où les alliés y pouvaient pénétrer ? Ne serait-ce pas
renoncer au profit du succès, trahir ce lendemain des événements, pour lequel M. de Talleyrand était fait ? Loin
de pencher vers les Bourbons, il les craignait à cause de
ses diverses apostasies. Cependant, puisqu'il y avait une
chance quelconque pour eux, M. de Vitrolles [1], avec l'assentiment du prélat marié, s'était rendu à la dérobée au
congrès de Châtillon, en chuchoteur non avoué de la légitimité. Cette précaution apportée, le prince, afin de se tirer
d'embarras à Paris, eut recours à un de ces tours dans
lesquels il était passé maître.

M. Laborie [2], devenu peu après, sous M. Dupont de
Nemours, secrétaire particulier du gouvernement provisoire, alla trouver M. de Laborde, attaché à la garde nationale ; il lui révéla le départ de M. de Talleyrand : « Il se
dispose, lui dit-il, à suivre la régence ; il vous semblera
peut-être nécessaire de l'arrêter, afin d'être à même de

---

    1. Eugène-François-Auguste de Vitrolles (1774-1854), créé baron
par Napoléon (1812), joua un rôle essentiel dans le rétablissement des
Bourbons : comme agent de liaison entre Monsieur et Talleyrand
(début avril 1814) ; puis comme inspirateur de la déclaration de Saint-
Ouen, un mois plus tard.   **2.** Sur Laborie, voir livre XIII (p. 60,
note 1). Pierre-Samuel Dupont de Nemours (1739-1817), ancien
membre de la Constituante, puis du Conseil des Anciens, se retira de
la vie publique. Choisi par le Sénat comme secrétaire général du gouvernement provisoire le 1er avril 1814, il fut ensuite nommé conseiller
d'État. Au moment des Cent-Jours, il alla rejoindre ses fils, installés
outre-Atlantique.

négocier avec les alliés, si besoin est. » La comédie fut
jouée en perfection. On charge à grand bruit les voitures
du prince ; il se met en route en plein midi, le 30 mars :
arrivé à la barrière d'Enfer, on le renvoie inexorablement
chez lui, malgré ses protestations. Dans le cas d'un retour
miraculeux, les preuves étaient là, attestant que l'ancien
ministre avait voulu rejoindre Marie-Louise et que la
force armée lui avait refusé le passage.

(12)

PROCLAMATION DU PRINCE GÉNÉRALISSIME
SCHWARTZENBERG. – DISCOURS D'ALEXANDRE.
CAPITULATION DE PARIS.

Cependant, à la présence des alliés, le comte Alexandre
de Laborde et M. Tourton, officiers supérieurs de la garde
nationale, avaient été envoyés auprès du généralissime
prince de Schwartzenberg, lequel avait été l'un des généraux de Bonaparte pendant la campagne de Russie. La
proclamation du généralissime fut connue à Paris dans la
soirée du 30 mars. Elle disait : « Depuis vingt ans l'Europe est inondée de sang et de larmes : les tentatives pour
mettre un terme à tant de malheurs ont été inutiles, parce
qu'il existe, dans le principe même du gouvernement qui
vous opprime, un obstacle insurmontable à la paix. Parisiens, vous connaissez la situation de votre patrie : la
conservation et la tranquillité de votre ville seront l'objet
des soins des alliés. C'est dans ces sentiments que l'Europe, en armes devant vos murs, s'adresse à vous. »
Quelle magnifique confession de la grandeur de la
France : *L'Europe en armes devant vos murs s'adresse à
vous !*
Nous qui n'avions rien respecté, nous étions respectés
de ceux dont nous avions ravagé les villes et qui, à leur
tour, étaient devenus les plus forts. Nous leur paraissions
une nation sacrée ; nos terres leur semblaient une cam-

pagne d'Élide[1] que, de par les dieux, aucun bataillon ne pouvait fouler. Si, nonobstant, Paris eût cru devoir faire une résistance, fort aisée, de vingt-quatre heures, les résultats étaient changés ; mais personne, excepté les soldats enivrés de feu et d'honneur, ne voulait plus de Bonaparte, et, dans la crainte de le conserver, on se hâta d'ouvrir les barrières.

Paris capitula le 31 mars : la capitulation militaire est signée au nom des maréchaux Mortier et Marmont par les colonels Denis et Fabvier[2] ; la capitulation civile eut lieu au nom des maires de Paris. Le conseil municipal et départemental députa au quartier général russe pour régler les divers articles : mon compagnon d'exil, Christian de Lamoignon, était du nombre des mandataires. Alexandre leur dit :

« Votre empereur, qui était mon allié, est venu jusque dans le cœur de mes États y apporter des maux dont les traces dureront longtemps ; une juste défense m'a amené jusqu'ici. Je suis loin de vouloir rendre à la France les maux que j'en ai reçus. Je suis juste, et je sais que ce n'est pas le tort des Français. Les Français sont mes amis, et je veux leur prouver que je viens leur rendre le bien pour le mal. Napoléon est mon seul ennemi. Je promets ma protection spéciale à la ville de Paris ; je protégerai votre garde nationale, qui est composée de l'élite de vos citoyens. C'est à vous d'assurer votre bonheur à venir ; il faut vous donner un gouvernement qui vous procure le repos et qui le procure à l'Europe. C'est à vous à émettre votre vœu : vous me trouverez toujours prêt à seconder vos efforts. »

Paroles qui furent accomplies ponctuellement : le bonheur de la victoire aux yeux des alliés l'emportait sur tout autre intérêt. Quels devaient être les sentiments d'Alexandre, lorsqu'il aperçut les dômes des édifices de

---

1. Le territoire sacré du Péloponnèse où se tenaient les Jeux Olympiques.		**2.** Le colonel Charles-Marie Denys de Damrémont (1783-1837), alors aide de camp du maréchal Marmont, duc de Raguse, suivit le roi à Gand pendant les Cent-Jours. Il se signalera plus tard par sa brillante conduite militaire en Espagne, puis en Algérie. Sur Fabvier, voir livre XXI, Chap. 4, p. 494, note 2.

cette ville où l'étranger n'était jamais entré que pour nous
admirer, que pour jouir des merveilles de notre civilisation et de notre intelligence ; de cette inviolable cité,
défendue pendant douze siècles par ses grands hommes ;
de cette capitale de la gloire que Louis XIV semblait
encore protéger de son ombre, et Bonaparte de son
retour !

(13)

Entrée des alliés dans Paris.

Dieu avait prononcé une de ces paroles par qui le
silence de l'éternité est de loin en loin interrompu. Alors
se souleva, au milieu de la présente génération, le marteau
qui frappa l'heure que Paris n'avait entendu sonner
qu'une fois : le 25 décembre 496, Reims annonça le baptême de Clovis, et les portes de Lutèce s'ouvrirent aux
Francs ; le 30 mars 1814, après le baptême de sang de
Louis XVI, le vieux marteau resté immobile se leva de
nouveau au beffroi de l'antique monarchie ; un second
coup retentit, les Tartares pénétrèrent dans Paris. Dans
l'intervalle de mille trois cent dix-huit ans, l'étranger
avait insulté les murailles de la capitale de notre empire
sans y pouvoir entrer jamais, hormis quand il s'y glissa
appelé par nos propres divisions. Les Normands assié-
gèrent la cité des *Parisii* ; les *Parisii* donnèrent la volée [1]
aux éperviers qu'ils portaient sur le poing ; Eudes, enfant
de Paris et roi futur, *rex futurus*, dit Abbon [2], repoussa les
pirates du Nord : les *Parisiens* lâchèrent leurs aigles en
1814 ; les alliés entrèrent au Louvre.

Bonaparte avait fait injustement la guerre à Alexandre

---

1. *Cf.* ce sens particulier, donné par *Trévoux* : « On dit, donner la
volée à quelqu'un, quand on le hue, en battant des mains, à son arrivée,
pour se moquer de lui ».   2. Dans un poème latin du xe siècle sur le
Siège de Paris par les Normands.

son admirateur qui implorait la paix à genoux ; Bonaparte avait commandé le carnage de la Moskowa ; il avait forcé les Russes à brûler eux-mêmes Moscou ; Bonaparte avait dépouillé Berlin, humilié son roi, insulté sa reine : à quelles représailles devions-nous donc nous attendre ? vous l'allez voir.

J'avais erré dans les Florides autour de monuments inconnus, jadis dévastés par des conquérants dont il ne reste aucune trace, et j'étais réservé au spectacle des hordes caucasiennes campées dans la cour du Louvre. Dans ces événements de l'histoire qui, selon Montaigne, « sont maigres témoins de notre prix et capacité [1] », ma langue s'attache à mon palais :

Adhœret lingua mea faucibus meis [2].

L'armée des alliés entra dans Paris le 31 mars 1814, à midi, à dix jours seulement de l'anniversaire de la mort du duc d'Enghien, 21 mars 1804. Était-ce la peine à Bonaparte d'avoir commis une action de si longue mémoire pour un règne qui devait durer si peu ? L'empereur de Russie et le roi de Prusse étaient à la tête de leurs troupes. Je les vis défiler sur les boulevards. Stupéfait et anéanti au dedans de moi, comme si l'on m'arrachait le nom de Français pour y substituer le numéro par lequel je devais désormais être connu dans les mines de la Sibérie, je sentais en même temps mon exaspération s'accroître contre l'homme dont la gloire nous avait réduits à cette honte.

Toutefois cette première invasion des alliés est demeurée sans exemple dans les annales du monde : l'ordre, la paix et la modération régnèrent partout ; les boutiques se rouvrirent ; des soldats russes de la garde, hauts de six pieds, étaient pilotés à travers les rues par de petits polissons français qui se moquaient d'eux, comme des pantins et des masques de carnaval. Les vaincus pouvaient être pris pour les vainqueurs ; ceux-ci, tremblant de leur succès, avaient l'air d'en demander excuse. La garde

---

1. *Essais*, III, 8.   2. Psaume 137 (Vulgate, 136), verset 7.

nationale occupait seule l'intérieur de Paris, à l'exception
des hôtels où logeaient les rois et les princes étrangers.
Le 31 mars 1814, des armées innombrables occupaient la
France ; quelques mois après, toutes ces troupes repassèrent nos frontières, sans tirer un coup de fusil, sans verser une goutte de sang, depuis la rentrée des Bourbons.
L'ancienne France se trouve agrandie sur quelques-unes
de ses frontières ; on partage avec elle les vaisseaux et
les magasins d'Anvers ; on lui rend trois cent mille prisonniers dispersés dans les pays où les avait laissés la
défaite ou la victoire. Après vingt-cinq années de
combats, le bruit des armes cesse d'un bout de l'Europe
à l'autre ; Alexandre s'en va, nous laissant les chefs-
d'œuvre conquis et la liberté déposée dans la Charte,
liberté que nous dûmes autant à ses lumières qu'à son
influence. Chef des deux autorités suprêmes, doublement
autocrate par l'épée et par la religion, lui seul de tous
les souverains de l'Europe avait compris qu'à l'âge de
civilisation auquel la France était arrivée, elle ne pouvait
être gouvernée qu'en vertu d'une constitution libre.

Dans nos inimitiés bien naturelles contre les étrangers,
nous avons confondu l'invasion de 1814 et celle de 1815,
qui ne se ressemblent nullement.

Alexandre ne se considérait que comme un instrument
de la Providence et ne s'attribuait rien. Madame de Staël
le complimentait sur le bonheur que ses sujets, privés
d'une constitution, avaient d'être gouvernés par lui, il lui
fit cette réponse si connue : « Je ne suis qu'un accident
heureux [1]. »

Un jeune homme, dans les rues de Paris, lui témoignait
son admiration de l'affabilité avec laquelle il accueillait
les moindres citoyens ; il lui répliqua : « Est-ce que les
souverains ne sont pas faits pour cela ? » Il ne voulut
point habiter le château des Tuileries, se souvenant que

---

1. Le propos est rapporté dans *Dix années d'exil*, seconde partie,
chap. XVII. Mme de Staël le commente ainsi : « Belles paroles, les
premières, je crois, de ce genre qu'un monarque absolu ait prononcées !
Que de vertus il faut pour juger le despotisme en étant despote ! et que
de vertus pour ne jamais en abuser... »

Bonaparte s'était plu dans les palais de Vienne, de Berlin et de Moscou.

Regardant la statue de Napoléon sur la colonne de la place Vendôme, il dit : « Si j'étais élevé si haut, je craindrais que la tête ne me tournât. »

Comme il parcourait le palais des Tuileries, on lui montra le salon de la Paix : « En quoi, dit-il en riant, ce salon servait-il à Bonaparte ? »

Le jour de l'entrée de Louis XVIII à Paris, Alexandre se cacha derrière une croisée, sans aucune marque de distinction, pour voir passer le cortège.

Il avait quelquefois des manières élégamment affectueuses. Visitant une maison de fous, il demanda à une femme si le nombre des *folles par amour*[1] était considérable : « Jusqu'à présent il ne l'est pas, répondit-elle, mais il est à craindre qu'il n'augmente à dater du moment de l'entrée de Votre Majesté à Paris. »

Un grand dignitaire de Napoléon disait au czar : « Il y a longtemps, sire, que votre arrivée était attendue et désirée ici. – Je serais venu plus tôt, répondit-il : n'accusez de mon retard que la valeur française. » Il est certain qu'en passant le Rhin il avait regretté de ne pouvoir se retirer en paix au milieu de sa famille.

À l'Hôtel des Invalides, il trouva les soldats mutilés qui l'avaient vaincu à Austerlitz : ils étaient silencieux et sombres ; on n'entendait que le bruit de leurs jambes de bois dans leurs cours désertes et leur église dénudée ; Alexandre s'attendrit à ce bruit des braves : il ordonna qu'on leur ramenât douze canons russes[2].

On lui proposait de changer le nom du pont d'Austerlitz : « Non, dit-il, il suffit que j'aie passé sur ce pont avec mon armée. »

Alexandre avait quelque chose de calme et de triste : il se promenait dans Paris, à cheval ou à pied, sans suite et sans affectation. Il avait l'air étonné de son triomphe ;

---

1. Allusion à un opéra-comique mis en musique par Dalayrac, *Nina ou la Folle par amour* (1786).   **2.** Cette anecdote est rapportée par Peltier dans son *Ambigu* du 20 avril. La scène est censée se passer à la Salpêtrière.

ses regards presque attendris erraient sur une population qu'il semblait considérer comme supérieure à lui ; on eût dit qu'il se trouvait un barbare au milieu de nous, comme un Romain se sentait honteux dans Athènes. Peut-être aussi pensait-il que ces mêmes Français avaient paru dans sa capitale incendiée ; qu'à leur tour ses soldats étaient maîtres de ce Paris où il aurait pu retrouver quelques-unes des torches éteintes par qui fut Moscou affranchie et consumée. Cette destinée, cette fortune changeante, cette misère commune des peuples et des rois, devaient profondément frapper un esprit aussi religieux que le sien.

(14)

BONAPARTE À FONTAINEBLEAU.
LA RÉGENCE À BLOIS.

Que faisait le vainqueur de Borodino ? Aussitôt qu'il avait appris la résolution d'Alexandre, il avait envoyé l'ordre au major d'artillerie Maillard de Lescourt de faire sauter la poudrière de Grenelle : Rostopschine avait mis le feu à Moscou ; mais il en avait fait auparavant sortir les habitants. De Fontainebleau où il était revenu, Napoléon s'avança jusqu'à Villejuif : de là il jeta un regard sur Paris ; des soldats étrangers en gardaient les barrières ; le conquérant se rappelait les jours où ses grenadiers veillaient sur les remparts de Berlin, de Moscou et de Vienne.

Les événements détruisent les événements : quelle pauvreté ne nous paraît pas aujourd'hui la douleur de Henri IV apprenant à Villejuif la mort de Gabrielle, et retournant à Fontainebleau[1] ! Bonaparte retourna aussi à cette solitude ; il n'y était attendu que par le souvenir de son auguste prisonnier : le captif de la paix venait de quitter le château afin de le laisser libre pour le captif

---

1. Voir les *Mémoires* de Bassompierre, collection Petitot, 2ᵉ série, t. XIX, 1822, p. 272-274.

de la guerre, « tant *le malheur* est prompt à remplir ses places [1]. »

La régence s'était retirée à Blois. Bonaparte avait ordonné que l'impératrice et le roi de Rome quittassent Paris, aimant mieux, disait-il, les voir au fond de la Seine que reconduits à Vienne en triomphe ; mais en même temps il avait enjoint à Joseph de rester dans la capitale. La retraite de son frère le rendit furieux et il accusa le ci-devant roi d'Espagne d'avoir tout perdu. Les ministres, les membres de la régence, les frères de Napoléon, sa femme et son fils, arrivèrent pêle-mêle à Blois, emportés dans la débâcle : fourgons, bagages, voitures, tout était là ; les carrosses même du roi y étaient et furent traînés à travers les boues de la Beauce à Chambord, seul morceau de la France laissé à l'héritier de Louis XIV. Quelques ministres passèrent outre, et s'allèrent cacher jusqu'en Bretagne, tandis que Cambacérès se prélassait en chaise à porteurs dans les rues montantes de Blois. Divers bruits couraient ; on parlait de deux camps et d'une réquisition générale. Pendant plusieurs jours on ignora ce qui se passait à Paris ; l'incertitude ne cessa qu'à l'arrivée d'un roulier dont le passeport était contresigné *Sacken* [2]. Bientôt le général russe Schouwaloff descendit à l'auberge de la Galère : il fut soudain assiégé par les grands, pressés d'obtenir de lui un visa pour leur sauve qui peut. Toutefois, avant de quitter Blois, chacun se fit payer sur les fonds de la régence ses frais de route et l'arriéré de ses appointements : d'une main on tenait ses passeports, de l'autre son argent, prenant soin d'envoyer en même temps son adhésion au gouvernement provisoire, car on ne perdit point la tête. Madame Mère et son frère, le cardinal Fesch, partirent pour Rome. Le prince Esterhazy vint chercher Marie-Louise et son fils de la part de François II.

---

1. Transposition de Bossuet (Oraison funèbre d'Henriette d'Angleterre, dans *Œuvres*, Bibliothèque de la Pléiade, p. 93) : « Elle va descendre (...) à ces demeures souterraines pour y dormir dans la poussière avec les grands de la terre (...) parmi lesquels à peine peut-on la placer, tant les rangs y sont pressés, tant la mort est prompte à remplir ces places ! » 2. Général russe que les Alliés avaient nommé gouverneur militaire de Paris.

Joseph et Jérôme se retirèrent en Suisse, après avoir inutilement voulu forcer l'impératrice à s'attacher à leur sort. Marie-Louise se hâta de rejoindre son père : médiocrement attachée à Bonaparte, elle trouva le moyen de se consoler et se félicita d'être délivrée de la double tyrannie de l'époux et du maître. Quand Bonaparte rapporta l'année suivante cette confusion de fuite aux Bourbons, ceux-ci, à peine arrachés à leurs longues tribulations, n'avaient pas eu quatorze ans d'une prospérité inouïe pour s'accoutumer aux aises du trône.

(15)

Publication de ma brochure.
De Bonaparte et des Bourbons.

Cependant Napoléon n'était point encore détrôné ; plus de quarante mille des meilleurs soldats de la terre étaient autour de lui ; il pouvait se retirer derrière la Loire ; les armées françaises arrivées d'Espagne grondaient dans le Midi ; la population militaire bouillonnante pouvait répandre ses laves ; parmi les chefs étrangers même, il s'agissait encore de Napoléon ou de son fils pour régner sur la France : pendant deux jours Alexandre hésita. M. de Talleyrand inclinait secrètement, comme je l'ai dit, à la politique qui tendait à couronner le roi de Rome, car il redoutait les Bourbons ; s'il n'entrait pas alors tout à fait dans le plan de la régence de Marie-Louise, c'est que Napoléon n'ayant point péri, il craignait, lui prince de Bénévent, de ne pouvoir rester maître pendant une minorité menacée par l'existence d'un homme inquiet, imprévu, entreprenant et encore dans la vigueur de l'âge*.

Ce fut dans ces jours critiques que je lançai ma bro-

_____

* Voyez plus loin *les Cent-Jours à Gand* et le portrait de M. de Talleyrand, vers la fin de ces *Mémoires*. (Paris, note de 1839.)

chure *De Bonaparte et des Bourbons*[1] pour faire pencher
la balance : on sait quel fut son effet. Je me jetai à corps
perdu dans la mêlée pour servir de bouclier à la liberté
renaissante contre la tyrannie encore debout et dont le
désespoir triplait les forces. Je parlai au nom de la légitimité, afin d'ajouter à ma parole l'autorité des affaires
positives. J'appris à la France ce que c'était que l'ancienne famille royale ; je dis combien il existait de
membres de cette famille, quels étaient leurs noms et leur
caractère : c'était comme si j'avais fait le dénombrement
des enfants de l'empereur de la Chine, tant la République
et l'Empire avaient envahi le présent et relégué les Bourbons dans le passé. Louis XVIII déclara, je l'ai déjà plusieurs fois mentionné[2], que ma brochure lui avait plus
profité qu'une armée de cent mille hommes[3] ; il aurait pu
ajouter qu'elle avait été pour lui un certificat de vie. Je
contribuai à lui donner une seconde fois la couronne par
l'heureuse issue de la guerre d'Espagne.

Dès le début de ma carrière politique je devins populaire dans la foule, mais dès lors aussi je manquai ma
fortune auprès des hommes puissants. Tout ce qui avait
été esclave sous Bonaparte m'abhorrait ; d'un autre côté,
j'étais suspect à tous ceux qui voulaient mettre la France
en vasselage. Je n'eus pour moi dans le premier moment,
parmi les souverains, que Bonaparte lui-même. Il parcourut ma brochure à Fontainebleau : le duc de Bassano la
lui avait portée ; il la discuta avec impartialité, disant :
« Ceci est juste ; cela n'est pas juste. Je n'ai point de
reproche à faire à Chateaubriand ; il m'a résisté dans ma
puissance ; mais ces canailles, tels et tels ! » et il les
nommait.

---

1. Le titre original est : *De Buonaparte, des Bourbons, et de la
nécessité de se rallier à nos princes légitimes* (...), par F.-A. de Chateaubriand, Mame frères, 1814. Cette brochure de 84 pages fut annoncée dans le *Journal des Débats* du 4 avril, et disponible le
lendemain. 2. En particulier dans la préface des *Mélanges politiques* (*Œuvres complètes*, Ladvocat, t. XXIV, 1828). 3. Mme de
Chateaubriand, dans le *Cahier rouge*, attribue le propos à Napoléon
lui-même (voir p. 77-78).

Mon admiration pour Bonaparte a toujours été grande et sincère, alors même que j'attaquais Napoléon avec le plus de vivacité.

La postérité n'est pas aussi équitable dans ses arrêts qu'on le dit ; il y a des passions, des engouements, des erreurs de distance comme il y a des passions, des erreurs de proximité. Quand la postérité admire sans restriction, elle est scandalisée que les contemporains de l'homme admiré n'eussent pas de cet homme l'idée qu'elle en a. Cela s'explique pourtant : les choses qui blessaient dans ce personnage sont passées ; ses infirmités sont mortes avec lui ; il n'est resté de ce qu'il fut que sa vie impérissable ; mais le mal qu'il causa n'en est pas moins réel ; mal en soi-même et dans son essence, mal surtout pour ceux qui l'ont supporté.

Le train du jour est de magnifier les victoires de Bonaparte : les patients ont disparu ; on n'entend plus les imprécations, les cris de douleur et de détresse des victimes ; on ne voit plus la France épuisée, labourant son sol avec des femmes ; on ne voit plus les parents arrêtés en pleige[1] de leurs fils, les habitants des villages frappés solidairement des peines applicables à un réfractaire ; on ne voit plus ces affiches de conscription collées au coin des rues, les passants attroupés devant ces immenses arrêts de mort et y cherchant, consternés, les noms de leurs enfants, de leurs frères, de leurs amis, de leurs voisins. On oublie que tout le monde se lamentait des triomphes ; on oublie que la moindre allusion contre Bonaparte au théâtre, échappée aux censeurs, était saisie avec transport ; on oublie que le peuple, la cour, les généraux, les ministres, les proches de Napoléon, étaient las de son oppression et de ses conquêtes, las de cette partie toujours gagnée et jouée toujours, de cette existence remise en question chaque matin par l'impossibilité du repos.

La réalité de nos souffrances est démontrée par la catastrophe même : si la France eût été fanatique de Bonaparte, l'eût-elle abandonné deux fois brusquement, complètement, sans tenter un dernier effort pour le garder ? Si

---

1. Ancien terme de jurisprudence qui signifie *caution*.

la France devait tout à Bonaparte, gloire, liberté, ordre, prospérité, industrie, commerce, manufactures, monuments, littérature, beaux-arts ; si, avant lui, la nation n'avait rien fait elle-même ; si la République, dépourvue de génie et de courage, n'avait ni défendu ni agrandi le sol, la France a donc été bien ingrate, bien lâche, en laissant tomber Napoléon aux mains de ses ennemis, ou du moins en ne protestant pas encore contre la captivité d'un pareil bienfaiteur ?

Ce reproche, qu'on serait en droit de nous faire, on ne nous le fait pas cependant, et pourquoi ? Parce qu'il est évident qu'au moment de sa chute la France n'a pas prétendu défendre Napoléon ; bien au contraire, elle l'a volontairement délaissé ; dans nos dégoûts amers, nous ne reconnaissions plus en lui que l'auteur et le contempteur de nos misères. Les alliés ne nous ont point vaincus : c'est nous qui, choisissant entre deux fléaux, avons renoncé à répandre notre sang, qui ne coulait plus pour nos libertés.

La République avait été bien cruelle, sans doute, mais chacun espérait qu'elle passerait, que tôt ou tard nous recouvrerions nos droits, en gardant les conquêtes préservatrices qu'elle nous avait données sur les Alpes et sur le Rhin. Toutes les victoires qu'elle remportait étaient gagnées en notre nom ; avec elle il n'était question que de la France ; c'était toujours la France qui avait triomphé, qui avait vaincu ; c'étaient nos soldats qui avaient tout fait et pour lesquels on instituait des fêtes triomphales ou funèbres ; les généraux (et il en était de fort grands) obtenaient une place honorable, mais modeste, dans les souvenirs publics : tels furent Marceau, Moreau, Hoche, Joubert ; les deux derniers destinés à tenir lieu de Bonaparte, lequel naissant à la gloire traversa soudain le général Hoche, et illustra de sa jalousie ce guerrier pacificateur mort tout à coup après ses triomphes d'Altenkirken, de Neuwied et de Kleinnister.

Sous l'Empire, nous disparûmes ; il ne fut plus question de nous, tout appartenait à Bonaparte : *J'ai ordonné, j'ai vaincu, j'ai parlé ; mes aigles, ma couronne, mon sang, ma famille, mes sujets.*

Qu'arriva-t-il pourtant dans ces deux positions à la fois semblables et opposées ? Nous n'abandonnâmes point la République dans ses revers ; elle nous tuait, mais elle nous honorait ; nous n'avions pas la honte d'être la propriété d'un homme ; grâce à nos efforts, elle ne fut point envahie ; les Russes, défaits au delà des monts, vinrent expirer à Zurich.

Quant à Bonaparte, lui, malgré ses énormes acquisitions, il a succombé, non parce qu'il était vaincu, mais parce que la France n'en voulait plus. Grande leçon ! qu'elle nous fasse à jamais ressouvenir qu'il y a cause de mort dans tout ce qui blesse la dignité de l'homme.

Les esprits indépendants de toute nuance et de toute opinion tenaient un langage uniforme à l'époque de la publication de ma brochure. La Fayette, Camille Jordan, Ducis, Lemercier, Lanjuinais, madame de Staël, Chénier, Benjamin Constant, Le Brun, pensaient et écrivaient comme moi. Lanjuinais disait : « Nous avons été chercher un maître parmi les hommes dont les Romains ne voulaient pas pour esclaves[1]. »

Chénier[2] ne traitait pas Bonaparte avec plus de faveur :

Un Corse a des Français dévoré l'héritage.
Élite des héros au combat moissonnés,
Martyrs avec la gloire à l'échafaud traînés,
Vous tombiez satisfaits dans une autre espérance.
Trop de sang, trop de pleurs ont inondé la France.
De ces pleurs, de ce sang un homme est l'héritier.

....
....

Crédule, j'ai longtemps célébré ses conquêtes,
Au forum, au sénat, dans nos jeux, dans nos fêtes.

....

---

1. Lanjuinais serait donc le « sénateur » auquel Chateaubriand, dans la 1re édition de sa brochure, avait attribué cette opinion (p. 64) : « Pour remplacer cette race antique, nous avons été chercher un roi chez un peuple où les Romains ne voulaient pas prendre des esclaves ».
2. *La Promenade* de Marie-Joseph Chénier ne parut qu'en 1814, dans une édition posthume.

Mais, lorsqu'en fugitif regagnant ses foyers,
Il vint contre l'empire échanger des lauriers,
Je n'ai point caressé sa brillante infamie ;
Ma voix des oppresseurs fut toujours ennemie ;
Et, tandis qu'il voyait des flots d'adorateurs
Lui vendre avec l'État des vers adulateurs,
Le tyran dans sa cour remarqua mon absence ;
Car je chante la gloire et non pas la puissance.
                              (*Promenade*, 1805.)

Madame de Staël portait un jugement non moins rigoureux de Napoléon :

« Ne serait-ce pas une grande leçon pour l'espèce
humaine, si ces directeurs (les cinq membres du Directoire), hommes très peu guerriers, se relevaient de leur
poussière et demandaient compte à Napoléon de la barrière
du Rhin et des Alpes, conquise par la République ; compte
des étrangers arrivés deux fois à Paris ; compte de trois millions de Français qui ont péri depuis Cadix jusqu'à Moscou ; compte surtout de cette sympathie que les nations
ressentaient pour la cause de la liberté en France, et qui
s'est maintenant changée en aversion invétérée ? »

(*Considérations sur la Révolution française.*)

Écoutons Benjamin Constant [1] :

« Celui qui, depuis douze années, se proclamait destiné
à conquérir le monde, a fait amende honorable de ses
prétentions..

« Avant même que son territoire ne soit envahi, il est
frappé d'un trouble qu'il ne peut dissimuler. À peine ses
limites sont-elles touchées, qu'il jette au loin toutes ses
conquêtes. Il exige l'abdication d'un de ses frères, il
consacre l'expulsion d'un autre ; sans qu'on le lui
demande, il déclare qu'il renonce à tout.

« Tandis que les rois, même vaincus, n'abjurent point
leur dignité, pourquoi le vainqueur de la terre cède-t-il
au premier échec ? Les cris de sa famille, nous dit-il,

---

1. Les citations qui suivent sont extraites de la conclusion du livre
mentionné, publié au début de 1814 (voir *Œuvres* de Benjamin
Constant, Bibliothèque de la Pléiade, p. 1060-1062).

déchirent son cœur. N'étaient-ils pas de cette famille ceux qui périssaient en Russie dans la triple agonie des blessures, du froid et de la famine ? Mais, tandis qu'ils expiraient, désertés par leur chef, ce chef se croyait en sûreté ; maintenant, le danger qu'il partage lui donne une sensibilité subite.

« La peur est un mauvais conseiller, là surtout où il n'y a pas de conscience : il n'y a dans l'adversité, comme dans le bonheur, de mesure que dans la morale. Où la morale ne gouverne pas, le bonheur se perd par la démence, l'adversité par l'avilissement..........................
....

« Quel effet doit produire sur une nation courageuse cette aveugle frayeur, cette pusillanimité soudaine, sans exemple encore au milieu de nos orages ? L'orgueil national trouvait (c'était un tort) un certain dédommagement à n'être opprimé que par un chef invincible. Aujourd'hui que reste-t-il ? Plus de prestige, plus de triomphes, un empire mutilé, l'exécration du monde, un trône dont les pompes sont ternies, dont les trophées sont abattus, et qui n'a pour tout entourage que les ombres errantes du duc d'Enghien, de Pichegru, de tant d'autres qui furent égorgés pour le fonder*. »

Ai-je été aussi loin que cela dans mon écrit *De Bonaparte et des Bourbons ?* Les proclamations des autorités en 1814, que je vais à l'instant reproduire, n'ont-elles pas redit, affirmé, confirmé ces opinions diverses ? Que les autorités qui s'expriment de la sorte aient été lâches et dégradées par leur première adulation, cela nuit aux rédacteurs de ces adresses, mais n'ôte rien à la force de leurs arguments.

Je pourrais multiplier les citations ; mais je n'en rappellerai plus que deux, à cause de l'opinion des deux hommes : Béranger, ce constant et admirable admirateur de Bonaparte, ne croit-il pas devoir s'excuser lui-même, témoin ces paroles : « Mon admiration enthousiaste et constante pour le génie de l'empereur, cette idolâtrie, ne

---

* *De l'Esprit de conquête*, édition d'Allemagne.

m'aveuglèrent jamais sur le despotisme toujours croissant de l'Empire. » Paul-Louis Courier, parlant de l'avènement de Napoléon au trône, dit[1] : « Que signifie, dis-moi..., un homme comme lui, Bonaparte, soldat, chef d'armée, le premier capitaine du monde, vouloir qu'on l'appelle *majesté* ! être Bonaparte et se faire *sire* ! Il aspire à descendre : mais non, il croit monter en s'égalant aux rois. Il aime mieux un titre qu'un nom. Pauvre homme, ses idées sont au-dessous de sa fortune... Ce César l'entendait bien mieux, et aussi c'était un autre homme : il ne prit point de titres usés ; mais il fit de son nom un titre supérieur à celui des rois. » Les talents vivants ont pris la route de la même indépendance, M. de Lamartine à la tribune[2], M. de Latouche[3] dans la retraite ; dans deux ou trois de ses plus belles odes, M. Victor Hugo a prolongé ces nobles accents[4] :

> *Dans la nuit des forfaits, dans l'éclat des victoires,*
> *Cet homme ignorant Dieu, qui l'avait envoyé, etc.*

Enfin, à l'extérieur, le jugement européen était tout aussi sévère. Je ne citerai parmi les Anglais que le sentiment des hommes de l'opposition, lesquels s'accommodaient de tout dans notre Révolution et la justifiaient de

---

1. Dans une lettre du mois de mai 1804 (voir *Œuvres complètes*, Bibliothèque de la Pléiade, p. 679). **2.** Dans une intervention, le 26 mai 1840, à la Chambre des députés, à propos du retour des cendres de Napoléon, Lamartine avait déclaré : « Je ne me prosterne pas devant cette mémoire ; je ne suis pas de cette religion napoléonienne (...) » **3.** Henri de Latouche (1785-1851), connu pour avoir été le premier éditeur des vers de Chénier (1819), fut aussi romancier, poète, journaliste, critique. Après la destitution de Chateaubriand, il lui adressa une *Épître à M. de Chateaubriand par un paysan de la Vallée-aux-loups*, qui ne tarda pas à le faire entrer dans le cercle de Mme Récamier (où il nouera des relations amicales avec Ballanche). Cette brève allusion du mémorialiste à son « indépendance » ne vise pas seulement son caractère de républicain libéral, mais sans doute aussi son roman de *Fragoletta* (1829), que Chateaubriand avait signalé dans la préface des *Études historiques*, et qui démonte avec lucidité les mécanismes du 18-Brumaire. **4.** En particulier dans « Buonaparte » (*Odes*, I, 11). Ce poème de jeunesse est daté de « mars 1822 ».

tout : lisez Mackintosh dans sa plaidoirie pour Pelletier[1]. Sheridan, à l'occasion de la paix d'Amiens, disait au parlement : « Quiconque arrive en Angleterre, en sortant de France, croit s'échapper d'un donjon pour respirer l'air et la vie de l'indépendance. »

Lord Byron, dans son Ode à Napoléon, le traite de la plus indigne manière :

> 'T is done – but yesterday a king !
> And arm'd with kings to strive,
> And now thou art a nameless thing
> So abject – yet alive.

« C'en est fait ! hier encore un roi ! et armé pour combattre les rois ! Et aujourd'hui tu es une *chose* sans nom, si abjecte ! vivant néanmoins. »

L'ode entière est de ce train ; chaque strophe enchérit sur l'autre, ce qui n'a pas empêché Lord Byron de célébrer le tombeau de Sainte-Hélène. Les poètes sont des oiseaux : tout bruit les fait chanter.

Lorsque l'élite des esprits les plus divers se trouve d'accord dans un jugement, aucune admiration factice ou sincère, aucun arrangement de faits, aucun système imaginé après coup, ne sauraient infirmer la sentence. Quoi ! on pourrait, comme le fit Napoléon, substituer sa volonté aux lois, persécuter toute vie indépendante, se faire une joie de déshonorer les caractères, de troubler les existences, de violenter les mœurs particulières autant que les libertés publiques ; et les oppositions généreuses qui s'élèveraient contre ces énormités seraient déclarées calomnieuses et blasphématrices ! Qui voudrait défendre la cause du faible contre le fort, si le courage, exposé à la vengeance des viletés[2] du présent, devait encore attendre le blâme des lâchetés de l'avenir !

---

1. Voir livre XII, chap. 5.   **2.** Au singulier, vileté (*vilitas*) est assez bien représenté dans notre ancienne langue. Mais le pluriel paraît bien être une innovation de Chateaubriand, qui se justifie ainsi (Marcellus, p. 213) : « Que voulez-vous ? à des actes presque inouïs, tant ils sont serviles, il faut des expressions insolites. »

Cette illustre minorité, formée en partie des enfants des Muses, devint graduellement la majorité nationale : vers la fin de l'Empire tout le monde détestait le despotisme impérial. Un reproche grave s'attachera à la mémoire de Bonaparte : il rendit son joug si pesant que le sentiment hostile contre l'étranger s'en affaiblit, et qu'une invasion, déplorable aujourd'hui en souvenir, prit, au moment de son accomplissement, quelque chose d'une délivrance : c'est l'opinion républicaine même, énoncée par mon infortuné et brave ami Carrel. « Le retour des Bourbons, avait dit à son tour Carnot[1], produisit en France un enthousiasme universel ; ils furent accueillis avec une effusion de cœur inexprimable, les anciens républicains partagèrent sincèrement les transports de la joie commune. Napoléon les avait particulièrement tant opprimés, toutes les classes de la société avaient tellement souffert, qu'il ne se trouvait personne qui ne fût réellement dans l'ivresse. »

Il ne manque à la sanction de ces opinions qu'une autorité qui les confirme : Bonaparte s'est chargé d'en certifier la vérité. En prenant congé de ses soldats dans la cour de Fontainebleau, il confesse hautement que la France le rejette : « La France elle-même, dit-il, a voulu d'autres destinées. » Aveu inattendu et mémorable, dont rien ne peut diminuer le poids ni amoindrir la valeur.

Dieu, en sa patiente éternité, amène tôt ou tard la justice : dans les moments du sommeil apparent du ciel, il sera toujours beau que la désapprobation d'un honnête homme veille, et qu'elle demeure comme un frein à l'absolu pouvoir. La France ne reniera point les nobles âmes, qui réclamèrent contre sa servitude, lorsque tout était prosterné, lorsqu'il y avait tant d'avantages à l'être, tant de grâces à recevoir pour des flatteries, tant de persécutions à recueillir pour des sincérités. Honneur donc aux La Fayette, aux de Staël, aux Benjamin Constant, aux Camille Jordan, aux Ducis, aux Lemercier, aux Lanjuinais, aux Chénier, qui, debout au milieu de la foule ram-

---

1. Dans son *Mémoire au Roi* (1814).

pante des peuples et des rois, ont osé mépriser la victoire et protester contre la tyrannie !

(16)

Le Sénat rend le décret de déchéance.

Le 2 avril, les sénateurs, à qui l'on ne doit qu'un seul article de la Charte de 1814, l'ignoble article qui leur conserve leurs pensions, décrétèrent la déchéance de Bonaparte. Si ce décret libérateur pour la France, infâme pour ceux qui l'on rendu, fait à l'espèce humaine un affront, en même temps il enseigne à la postérité le prix des grandeurs et de la fortune, quand elles ont dédaigné de s'asseoir sur les bases de la morale, de la justice et de la liberté.

Décret du Sénat conservateur.

« Le Sénat conservateur, considérant que dans une monarchie constitutionnelle le monarque n'existe qu'en vertu de la constitution ou du pacte social ;

« Que Napoléon Bonaparte, pendant quelque temps d'un gouvernement ferme et prudent, avait donné à la nation des sujets de compter, pour l'avenir, sur des actes de sagesse et de justice ; mais qu'ensuite il a déchiré le pacte qui l'unissait au peuple français, notamment en levant des impôts, en établissant des taxes autrement qu'en vertu de la loi, contre la teneur expresse du serment qu'il avait prêté à son avènement au trône, conformément à l'article 53 des constitutions du 28 floréal an XII ;

« Qu'il a commis cet attentat aux droits du peuple, lors même qu'il venait d'ajourner sans nécessité le Corps législatif, et de faire supprimer, comme criminel, un rapport de ce corps, auquel il contestait son titre et son rapport à la représentation nationale ;

« Qu'il a entrepris une suite de guerres, en violation de l'article 50 de l'acte des constitutions de l'an VIII, qui veut que la déclaration de guerre soit proposée, discutée, décrétée et promulguée, comme des lois ;

« Qu'il a, inconstitutionnellement, rendu plusieurs décrets portant peine de mort, nommément les deux décrets du 5 mars dernier, tendant à faire considérer comme nationale une guerre qui n'avait lieu que dans l'intérêt de son ambition démesurée ;

« Qu'il a violé les lois constitutionnelles par ses décrets sur les prisons d'État ;

« Qu'il a anéanti la responsabilité des ministres, confondu tous les pouvoirs, et détruit l'indépendance des corps judiciaires ;

« Considérant que la liberté de la presse, établie et consacrée comme l'un des droits de la nation, a été constamment soumise à la censure arbitraire de sa police, et qu'en même temps il s'est toujours servi de la presse pour remplir la France et l'Europe de faits controuvés, de maximes fausses, de doctrines favorables au despotisme, et d'outrages contre les gouvernements étrangers ;

« Que des actes et rapports, entendus par le Sénat, ont subi des altérations dans la publication qui en a été faite ;

« Considérant que, au lieu de régner dans la seule vue de l'intérêt, du bonheur et de la gloire du peuple français, aux termes de son serment, Napoléon a mis le comble aux malheurs de la patrie par son refus de traiter à des conditions que l'intérêt national obligeait d'accepter et qui ne compromettaient pas l'honneur français ; par l'abus qu'il a fait de tous les moyens qu'on lui avait confiés en hommes et en argent ; par l'abandon des blessés sans secours, sans pansement, sans subsistances ; par différentes mesures dont les suites étaient la ruine des villes, la dépopulation des campagnes, la famine et les maladies contagieuses ;

« Considérant que, pour toutes ces causes, le gouvernement impérial établi par le sénatus-consulte du 28 floréal an XII, ou 18 mai 1804, a cessé d'exister, et que le vœu manifeste de tous les Français appelle un ordre de choses dont le premier résultat soit le rétablissement de la paix générale et qui soit aussi l'époque d'une réconciliation solennelle entre tous les États de la grande famille européenne, le Sénat déclare et décrète ce qui suit : *Napoléon déchu du trône ; le droit d'hérédité aboli dans sa famille ; le peuple français et l'armée déliés envers lui du serment de fidélité.* »

Le Sénat romain fut moins dur lorsqu'il déclara Néron ennemi public : l'histoire n'est qu'une répétition des mêmes faits appliqués à des hommes et à des temps divers.

Se représente-t-on l'empereur lisant le document officiel à Fontainebleau ? Que devait-il penser de ce qu'il avait fait, et des hommes qu'il avait appelés à la complicité de son oppression de nos libertés ? Quand je publiai ma brochure *De Bonaparte et des Bourbons*, pouvais-je m'attendre à la voir amplifiée et convertie en décret de déchéance par le Sénat ? Qui empêcha ces législateurs, aux jours de la prospérité, de découvrir les maux dont ils reprochaient à Bonaparte d'être l'auteur, de s'apercevoir que la constitution avait été violée ? Quel zèle saisissait tout à coup ces muets *pour la liberté de la presse ?* Ceux qui avaient accablé Napoléon d'adulations au retour de chacune de ses guerres, comment trouvaient-ils maintenant qu'il ne les avait entreprises que *dans l'intérêt de son ambition démesurée ?* Ceux qui lui avaient jeté tant de conscrits à dévorer, comment s'attendrissaient-ils soudain sur des soldats blessés, *abandonnés sans secours, sans pansement, sans subsistances ?* Il y a des temps où l'on ne doit dépenser le mépris qu'avec économie, à cause du grand nombre de nécessiteux : je le leur plains [1] pour cette heure, parce qu'ils en auront encore besoin pendant et après les Cent-Jours.

Lorsque je demande ce que Napoléon à Fontainebleau pensait des actes du Sénat, sa réponse était faite : un ordre du jour du 4 avril 1814, non publié officiellement, mais

---

1. Plaindre quelque chose : employer ou donner avec parcimonie, ménager, épargner (vieilli ou régional). Chateaubriand garde des réserves de mépris pour... la suite !

recueilli dans divers journaux [1] au dehors de la capitale, remerciait l'armée de sa fidélité en ajoutant :

« Le Sénat s'est permis de disposer du gouvernement français ; il a oublié qu'il doit à l'empereur le pouvoir dont il abuse maintenant ; que c'est lui qui a sauvé une partie de ses membres de l'orage de la Révolution, tiré de l'obscurité et protégé l'autre contre la haine de la nation. Le Sénat se fonde sur les articles de la constitution pour la renverser ; il ne rougit pas de faire des reproches à l'empereur sans remarquer que, comme premier corps de l'État, il a pris part à tous les événements. Le Sénat ne rougit pas de parler des libelles publiés contre les gouvernements étrangers : il oublie qu'ils furent rédigés dans son sein. Si longtemps que la fortune s'est montrée fidèle à leur souverain, ces hommes sont restés fidèles, et nulle plainte n'a été entendue sur les abus du pouvoir. Si l'empereur avait méprisé les hommes, comme on le lui a reproché, alors le monde reconnaîtrait aujourd'hui qu'il a eu des raisons qui motivaient son mépris. »

C'est un hommage rendu par Bonaparte lui-même à la liberté de la presse : il devait croire qu'elle avait quelque chose de bon, puisqu'elle lui offrait un dernier abri et un dernier secours.

Et moi qui me débats contre le temps, moi qui cherche à lui faire rendre compte de ce qu'il a vu, moi qui écris ceci si loin des événements passés, sous le règne de Philippe, héritier contrefait d'un si grand héritage, que suis-je entre les mains de ce Temps, de ce grand dévorateur des siècles que je croyais arrêtés, de ce Temps qui me fait pirouetter dans les espaces avec lui ?

---

1. Publié par le baron Fain (*Manuscrit de 1814*, p. 375), il date en réalité du 5 avril.

(17)

HÔTEL DE LA RUE SAINT-FLORENTIN.
M. DE TALLEYRAND.

Alexandre était descendu chez M. de Talleyrand. Je n'assistai point aux conciliabules : on les peut lire dans les récits de l'abbé de Pradt[1] et des divers tripotiers qui maniaient dans leurs sales et petites mains le sort d'un des plus grands hommes de l'histoire et la destinée du monde. Je comptais pour rien dans la politique en dehors des masses ; il n'y avait pas d'intrigant subalterne qui n'eût aux antichambres beaucoup plus de droit et de faveur que moi : homme futur de la Restauration possible, j'attendais sous les fenêtres, dans la rue.

Par les machinations de l'hôtel de la rue Saint-Florentin, le Sénat conservateur nomma un gouvernement provisoire composé du général Bournonville[2], du sénateur Jaucourt, du duc de Dalberg, de l'abbé de Montesquiou, et de Dupont de Nemours ; le prince de Bénévent se nantit de la présidence.

En rencontrant ce nom pour la première fois, je devrais parler du personnage qui prit dans les affaires d'alors une part remarquable ; mais je réserve son portrait pour la fin de mes *Mémoires*[3].

L'intrigue qui retint M. de Talleyrand à Paris, lors de l'entrée des alliés, a été la cause de ses succès au début de la Restauration. L'empereur de Russie le connaissait pour l'avoir vu à Tilsit. Dans l'absence des autorités françaises, Alexandre descendit à l'hôtel de l'Infantado[4], que le maître de l'hôtel se hâta de lui offrir.

---

1. *Récit historique sur la restauration de la royauté en France le 31 mars 1814*, par M. de Pradt, Rosa, 1815.   **2.** Le sénateur comte de *Beurnonville* (1757-1821), ancien officier général de la République, sera nommé par Louis XVIII ministre et pair de France (1814), maréchal (1816), enfin marquis (1817).   **3.** Voir livre XLII, chap. 8.   **4.** Du nom de la duchesse espagnole qui fut sa dernière occupante avant la Révolution. Ce superbe hôtel édifié par Chalgrin,

Dès lors M. de Talleyrand passa pour l'arbitre du monde ; ses salons devinrent le centre des négociations. Composant le gouvernement provisoire à sa guise, il y plaça les partners de son whist : l'abbé de Montesquiou[1] y figura seulement comme une réclame de la légitimité.

Ce fut à l'infécondité de l'évêque d'Autun que les premières œuvres de la Restauration furent confiées : il frappa cette Restauration de stérilité, et lui communiqua un germe de flétrissure et de mort.

(18)

ADRESSES DU GOUVERNEMENT PROVISOIRE.
CONSTITUTION PROPOSÉE PAR LE SÉNAT.

Les premiers actes du gouvernement provisoire placé sous la dictature de son président, furent des proclamations adressées aux soldats et au peuple. « Soldats, disaient-elles aux premiers, la France vient de briser le joug sous lequel elle gémit avec vous depuis tant d'années. Voyez tout ce que vous avez souffert de la tyrannie. Soldats, il est temps de finir les maux de la patrie. Vous êtes ses plus nobles enfants ; vous ne pouvez appartenir à celui qui l'a ravagée, qui a voulu rendre votre nom

---

sur des plans de Gabriel, pour le comte de Saint-Florentin, ministre de Louis XV, fut la résidence de Talleyrand jusqu'à sa mort (au coin de la rue Saint-Florentin et de la rue de Rivoli).

1. François-Xavier de Montesquiou-Fezensac (1756-1832) avait joué un rôle de premier plan à la Constituante, comme député du clergé de Paris et membre du comité ecclésiastique. Émigré après le 10 août, il regagna la France sous le Directoire. Avec Royer-Collard, Quatremère de Quincy, etc., il ne tarda pas à constituer un comité royaliste occulte chargé de correspondre avec Louis XVIII. Au mois de mars 1814, il participa à la rédaction de la Charte, puis devint ministre de l'Intérieur (13 mai 1814-19 mars 1815). Réfugié en Angleterre pendant les Cent-Jours, il cumulera néanmoins les honneurs sous la Restauration ; nommé pair de France (1815), élu académicien (1816), enfin créé duc (1821).

odieux à toutes les nations, qui aurait peut-être compromis votre gloire si un homme qui N'EST PAS MÊME FRANÇAIS pouvait jamais affaiblir l'honneur de nos armes et la générosité de nos soldats. »

Ainsi, aux yeux de ses plus serviles esclaves, celui qui remporta tant de victoires n'est *plus même Français !* Lorsqu'au temps de la Ligue, Du Bourg rendit la Bastille à Henri IV, il refusa de quitter l'écharpe noire et de prendre l'argent qu'on lui offrait pour la reddition de la place. Sollicité de reconnaître le roi, il répondit « que c'était sans doute un très bon prince, mais qu'il avait donné sa foi à M. de Mayenne. Qu'au reste Brissac était un traître, et que, pour le lui maintenir, il le combattrait entre quatre piques, en présence du roi, et lui mangerait le cœur du ventre [1] ». Différence des temps et des hommes !

Le 4 avril parut une nouvelle adresse du gouvernement provisoire au peuple français ; elle lui disait :

« Au sortir de vos discordes civiles vous aviez choisi pour chef un homme qui paraissait sur la scène du monde avec les caractères de la grandeur. Sur les ruines de l'anarchie, il n'a fondé que le despotisme ; il devait au moins par *reconnaissance devenir Français* avec vous : *il ne l'a jamais été.* Il n'a cessé d'entreprendre sans but et sans motif des guerres injustes, en aventurier qui veut être fameux. Peut-être rêve-t-il encore à ses desseins gigantesques, même quand des revers inouïs punissent avec tant d'éclat l'orgueil et l'abus de la victoire. Il n'a su régner ni dans l'intérêt national, ni dans l'intérêt même de son despotisme. Il a détruit tout ce qu'il voulait créer, et recréé tout ce qu'il voulait détruire. Il ne croyait qu'à la force ; la force l'accable aujourd'hui : juste retour d'une ambition insensée. »

Vérités incontestables, malédictions méritées ; mais qui les donnait, ces malédictions ? que devenait ma pauvre petite brochure, serrée entre ces virulentes adresses ? ne disparaît-elle pas entièrement ? Le même jour, 4 avril, le

---

1. Voir *Mémoires* de l'Estoile (collection Petitot, 1re série, t. XLVII, 1825, p. 14-15). Le maréchal de Cossé-Brissac, nommé gouverneur de Paris par le duc de Mayenne, livra la ville au roi de Navarre.

gouvernement provisoire proscrit les signes et les emblèmes du gouvernement impérial ; si l'Arc de Triomphe eût existé, on l'aurait abattu. Mailhes [1], qui vota le premier la mort de Louis XVI, Cambacérès, qui salua le premier Napoléon du nom d'empereur, reconnurent avec empressement les actes du gouvernement provisoire.

Le 6, le Sénat broche une constitution : elle reposait à peu près sur les bases de la Charte future ; le Sénat était maintenu comme Chambre haute ; la dignité des sénateurs était déclarée inamovible et héréditaire ; à leur titre de majorat était attachée la dotation des sénatoreries ; la constitution rendait ces titres et majorats transmissibles aux descendants du possesseur : heureusement que ces ignobles hérédités avaient en elles des Parques, comme disaient les anciens.

L'effronterie sordide de ces sénateurs qui, au milieu de l'invasion de leur patrie, ne se perdent pas de vue un moment, frappe même dans l'immensité des événements publics.

N'aurait-il pas été plus commode pour les Bourbons d'adopter en arrivant le gouvernement établi, un Corps législatif muet, un Sénat secret et esclave, une presse enchaînée ? À la réflexion, on trouve la chose impossible : les libertés naturelles, se redressant dans l'absence du bras qui les courbait, auraient repris leur ligne verticale sous la faiblesse de la compression. Si les princes légitimes avaient licencié l'armée de Bonaparte comme ils auraient dû le faire (c'était l'opinion de Napoléon à l'île d'Elbe), et s'ils eussent conservé en même temps le gouvernement impérial, c'eût été trop de briser l'instrument de la gloire pour ne garder que l'instrument de la tyrannie : la Charte était la rançon de Louis XVIII.

---

1. Jean-Baptiste *Mailhe* (1754-1834), député de la Haute-Garonne à la Convention. Lors du vote du 20 janvier 1793, il fut désigné par le sort pour se prononcer le premier : il vota la mort du roi.

(19)

ARRIVÉE DU COMTE D'ARTOIS.
ABDICATION DE BONAPARTE À FONTAINEBLEAU.

Le 12 avril, le comte d'Artois arriva en qualité de lieutenant général du royaume. Trois ou quatre cents hommes à cheval allèrent au-devant de lui ; j'étais de la troupe. Il charmait par sa bonne grâce, différente des manières de l'Empire. Les Français reconnaissaient avec plaisir dans sa personne leurs anciennes mœurs, leur ancienne politesse et leur ancien langage ; la foule l'entourait et le pressait ; consolante apparition du passé, double abri qu'il était contre l'étranger vainqueur et contre Bonaparte encore menaçant. Hélas ! ce prince ne remettait le pied sur le sol français que pour y voir assassiner son fils [1] et pour retourner mourir sur cette terre d'exil dont il revenait : il y a des hommes à qui la vie a été jetée au cou comme une chaîne.

On m'avait présenté au frère du roi ; on lui avait fait lire ma brochure, autrement il n'aurait pas su mon nom ; il ne se rappelait ni de m'avoir vu à la cour de Louis XVI, ni au camp de Thionville, et n'avait sans doute jamais entendu parler du *Génie du Christianisme* : c'était tout simple. Quand on a beaucoup et longuement souffert, on ne se souvient plus que de soi ; l'infortune personnelle est une compagne un peu froide, mais exigeante ; elle vous obsède ; elle ne laisse de place à aucun autre sentiment, ne vous quitte point, s'empare de vos genoux et de votre couche.

La veille du jour de l'entrée du comte d'Artois, Napoléon, après avoir inutilement négocié avec Alexandre par l'entremise de M. de Caulaincourt, avait fait connaître l'acte de son abdication :

« Les puissances alliées ayant proclamé que l'empereur Napoléon était le seul obstacle au rétablissement de la

_____

1. Le duc de Berry.

paix en Europe, l'empereur Napoléon, fidèle à son serment, déclare qu'il renonce pour lui et ses héritiers au
trône de France et d'Italie, parce qu'il n'est aucun sacrifice personnel, même celui de la vie, qu'il ne soit prêt à
faire à l'intérêt des Français. »

À ces paroles éclatantes, l'empereur ne tarda pas de
donner, par son retour, un démenti non moins éclatant :
il ne lui fallut que le temps d'aller à l'île d'Elbe. Il resta
à Fontainebleau jusqu'au 20 avril.

Le 20 avril étant arrivé, Napoléon descendit le perron
à deux branches qui conduit au péristyle du château désert
de la monarchie des Capets. Quelques grenadiers, restes
des soldats vainqueurs de l'Europe, se formèrent en ligne
dans la grande cour, comme sur leur dernier champ de
bataille ; ils étaient entourés de ces vieux arbres, compagnons mutilés de François Ier et de Henri IV. Bonaparte
adressa ces paroles aux derniers témoins de ses combats :

« Généraux, officiers, sous-officiers et soldats de ma
vieille garde, je vous fais mes adieux : depuis vingt ans
je suis content de vous ; je vous ai toujours trouvés sur le
chemin de la gloire.

« Les puissances alliées ont armé toute l'Europe contre
moi, une partie de l'armée a trahi ses devoirs, et *la France
elle-même a voulu d'autres destinées*.

« Avec vous et les braves qui me sont restés fidèles,
j'aurais pu entretenir la guerre civile pendant trois ans ;
mais la France eût été malheureuse, ce qui était contraire
au but que je me suis proposé.

« Soyez fidèles au nouveau roi que la France s'est choisi ; n'abandonnez pas notre chère patrie, trop longtemps
malheureuse ! Aimez-la toujours, aimez-la bien, cette
chère patrie.

« Ne plaignez pas mon sort ; je serai toujours heureux
lorsque je saurai que vous l'êtes.

« J'aurais pu mourir ; rien ne m'eût été plus facile ;
mais je suivrai sans cesse le chemin de l'honneur. J'ai
encore à écrire ce que nous avons fait.

« Je ne puis vous embrasser tous ; mais j'embrasserai
votre général !... Venez, général... » (Il serre le général
Petit dans ses bras.) « Qu'on m'apporte l'aigle !... » (Il la

baise.) « Chère aigle ! que ces baisers retentissent dans le cœur de tous les braves !... Adieu, mes enfants !... Mes vœux vous accompagneront toujours ; conservez mon souvenir[1]. »

Cela dit, Napoléon lève sa tente qui couvrait le monde.

(20)

ITINÉRAIRE DE NAPOLÉON À L'ÎLE D'ELBE.

Bonaparte avait demandé à l'Alliance des commissaires, afin d'être protégé par eux jusqu'à l'île que les souverains lui accordaient en toute propriété et en avancement d'hoirie. Le comte Schouwaloff fut nommé pour la Russie, le général Kohler pour l'Autriche, le colonel Campbell pour l'Angleterre, et le comte Waldbourg-Truchsess pour la Prusse ; celui-ci a écrit l'*Itinéraire de Napoléon de Fontainebleau à l'île d'Elbe*[2]. Cette brochure et celle de l'abbé de Pradt sur l'ambassade de Pologne sont les deux comptes rendus dont Napoléon a été le plus affligé. Il regrettait sans doute alors le temps de sa libérale censure, quand il faisait fusiller le pauvre Palm[3], libraire allemand, pour avoir distribué à Nuremberg l'écrit de M. de Gentz : *L'Allemagne dans son profond abaissement*. Nuremberg, à l'époque de la publi-

---

1. La teneur des propos rapportés diffère du texte reproduit par le baron Fain. Dans son *Histoire de la Restauration* (t. 1, p. 215), le légitimiste Alfred Nettement avoue sa préférence pour la version de Chateaubriand : « C'est celle qui nous a paru la plus vraisemblable, par le désordre même des idées et par ce qu'elle a d'entrecoupé dans l'accent. Sans doute, M. de Chateaubriand n'était pas à Fontainebleau, mais il était parfaitement en mesure de savoir ce que l'empereur avait dit, et il n'est pas douteux qu'il ait fait tous ses efforts pour rétablir l'exactitude textuelle de ses paroles ».   **2.** Tr. fr., Panckoucke, 1815, 72 p. in-8°.   **3.** Johan Philipp Palm, arrêté à Nuremberg le 26 août 1806, fut traduit sur-le-champ devant une commission militaire, et fusillé trois heures après sa condamnation. Le compte rendu détaillé de cette affaire suscita une grande émotion lors de sa publication en 1814.

cation de cet écrit, étant encore ville libre, n'appartenait point à la France : Palm n'aurait-il pas dû deviner cette conquête !

Le comte de Waldbourg fait d'abord le récit de plusieurs conversations qui précédèrent à Fontainebleau le départ. Il rapporte que Bonaparte donnait les plus grands éloges à lord Wellington et s'informait de son caractère et de ses habitudes. Il s'excusait de n'avoir pas fait la paix à Prague, à Dresde et à Francfort ; il convenait qu'il avait eu tort, mais qu'il avait alors d'autres vues. « Je n'ai point été usurpateur, ajoutait-il, parce que je n'ai accepté la couronne que d'après le vœu unanime de la nation, tandis que Louis XVIII l'a usurpée, n'étant appelé au trône que par un vil Sénat dont plus de dix membres ont voté la mort de Louis XVI. »

Le comte de Waldbourg poursuit ainsi son récit : « L'empereur se mit en route, avec ses quatre autres voitures, le 21 vers midi, après avoir eu encore avec le général Kohler un long entretien dont voici le résumé : Eh bien ! vous avez entendu hier mon discours à la vieille garde ; il vous a plu et vous avez vu l'effet qu'il a produit. Voilà comme il faut parler et agir avec eux, et si Louis XVIII ne suit pas cet exemple, il ne fera jamais rien du soldat français ....

....

« Les cris de *Vive l'empereur* cessèrent dès que les troupes françaises ne furent plus avec nous. À Moulins nous vîmes les premières cocardes blanches, et les habitants nous reçurent aux acclamations de *Vivent les alliés !* Le colonel Campbell partit de Lyon en avant, pour aller chercher à Toulon ou à Marseille une frégate anglaise qui pût, d'après le vœu de Napoléon, le conduire dans son île.

« À Lyon, où nous passâmes vers les onze heures du soir, il s'assembla quelques groupes qui crièrent *Vive Napoléon !* Le 24, vers midi, nous rencontrâmes le maréchal Augereau près de Valence. L'empereur et le maréchal descendirent de voiture. Napoléon ôta son chapeau, et tendit les bras à Augereau, qui l'embrassa, mais sans le saluer. *Où vas-tu comme ça ?* lui dit l'empereur en le prenant par le bras, *tu vas à la cour ?* Augereau répondit que pour le moment il allait à Lyon : ils marchèrent près d'un quart d'heure ensemble, en suivant la route de Valence. L'empereur fit au maréchal des reproches sur sa conduite envers lui et lui dit : *Ta proclamation est bien bête ; pourquoi des injures contre moi ? Il fallait simplement dire : Le vœu de la nation s'étant prononcé en faveur d'un nouveau souverain, le devoir de l'armée est de s'y conformer. Vive le roi ! vive Louis XVIII !* Augereau alors se mit aussi à tutoyer Bonaparte, et lui fit à son tour d'amers reproches sur son insatiable ambition, à laquelle il avait tout sacrifié, même le bonheur de la France entière. Ce discours fatiguant Napoléon, il se tourna avec brusquerie du côté du maréchal, l'embrassa, lui ôta encore son chapeau, et se jeta dans sa voiture.

« Augereau, les mains derrière le dos, ne dérangea pas sa casquette de dessus sa tête ; et seulement, lorsque l'empereur fut remonté dans sa voiture, il lui fit un geste méprisant de la main en lui disant adieu............

....,...................

« Le 25, nous arrivâmes à Orange ; nous fûmes reçus aux cris de : *Vive le roi ! vive Louis XVIII !*

« Le même jour, le matin, l'empereur trouva un peu en avant d'Avignon, à l'endroit où l'on devait changer de chevaux, beaucoup de peuple rassemblé, qui l'attendait à son passage, et qui nous accueillit aux cris de : *Vive le roi ! vivent les alliés ! À bas le tyran, le coquin, le mauvais gueux !...* Cette multitude vomit encore contre lui mille invectives.

« Nous fîmes tout ce que nous pûmes pour arrêter ce scandale, et diviser la foule qui assaillait sa voiture ; nous ne pûmes obtenir de ces forcenés qu'ils cessassent d'insulter l'homme qui, disaient-ils, les avait rendus si malheureux et qui n'avait d'autre désir que d'augmenter encore leur misère..

« Dans tous les endroits que nous traversâmes, il fut reçu de la même manière. À Orgon, petit village où nous changeâmes de chevaux, la rage du peuple était à son comble ; devant l'auberge même où il devait s'arrêter, on avait élevé une potence à laquelle était suspendu un mannequin, en uniforme français, couvert de sang, avec une inscription placée sur la poitrine et ainsi conçue : *Tel sera tôt ou tard le sort du tyran.*

« Le peuple se cramponnait à la voiture de Napoléon, et cherchait à le voir pour lui adresser les plus fortes injures. L'empereur se cachait derrière le général Bertrand le plus qu'il pouvait ; il était pâle et défait, ne disant pas un mot. À force de pérorer le peuple, nous parvînmes à le tirer de ce mauvais pas.

« Le comte Schouwaloff, à côté de la voiture de Bonaparte, harangua la populace en ces termes : « N'avez-vous pas honte d'insulter à un malheureux sans défense ? Il est assez humilié par la triste situation où il se trouve, lui qui s'imaginait donner des lois à l'univers et qui se voit aujourd'hui à la merci de votre générosité ! Abandonnez-le à lui-même ; regardez-le : vous voyez que le mépris est la seule arme que vous devez employer contre cet homme qui a cessé d'être dangereux. Il serait au-dessous de la nation française d'en prendre une autre vengeance ! » Le peuple applaudissait à ce discours, et Bonaparte, voyant l'effet qu'il produisait, faisait des signes d'approbation à Schouwaloff, et le remercia ensuite du service qu'il lui avait rendu.

« À un quart de lieue en deçà d'Orgon, il crut indispensable la précaution de se déguiser : il mit une mauvaise redingote bleue, un chapeau rond sur sa tête avec une cocarde blanche, et monta un cheval de poste pour galoper devant sa voiture, voulant passer ainsi pour un courrier. Comme nous ne pouvions le suivre, nous arrivâmes à Saint-Canat bien après lui. Ignorant les moyens qu'il avait pris pour se soustraire au peuple, nous le croyions dans le plus grand danger, car nous voyions sa voiture entourée de gens furieux qui cherchaient à ouvrir les portières : elles étaient heureusement bien fermées, ce qui sauva le général Bertrand. La ténacité des femmes nous étonna le plus ; elle nous suppliaient de le leur livrer, disant : « Il l'a si bien mérité par ses torts envers nous et envers vous-mêmes, que nous ne vous demandons qu'une chose juste. »

« À une demi-lieue de Saint-Canat, nous atteignîmes la

voiture de l'empereur, qui, bientôt après, entra dans une mauvaise auberge située sur la grande route et appelée *la Calade*. Nous l'y suivîmes, et ce n'est qu'en cet endroit que nous apprîmes et le travestissement dont il s'était servi, et son arrivée dans cette auberge à la faveur de ce bizarre accoutrement ; il n'avait été accompagné que d'un seul courrier ; sa suite, depuis le général jusqu'au marmiton, était parée de cocardes blanches, dont ils paraissaient s'être approvisionnés à l'avance. Son valet de chambre, qui vint au-devant de nous, nous pria de faire passer l'empereur pour le colonel Campbell, parce qu'en arrivant il s'était annoncé pour tel à l'hôtesse. Nous promîmes de nous conformer à ce désir, et j'entrai le premier dans une espèce de chambre où je fus frappé de trouver le ci-devant souverain du monde plongé dans de profondes réflexions, la tête appuyée dans ses mains. Je ne le reconnus pas d'abord, et je m'approchai de lui. Il se leva en sursaut en entendant quelqu'un marcher, il me laissa voir son visage arrosé de larmes. Il me fit signe de ne rien dire, me fit asseoir près de lui, et, tout le temps que l'hôtesse fut dans la chambre, il ne me parla que de choses indifférentes. Mais lorsqu'elle sortit, il reprit sa première position. Je jugeai convenable de le laisser seul ; il nous fit cependant prier de passer de temps en temps dans sa chambre pour ne pas faire soupçonner sa présence.

« Nous lui fîmes savoir qu'on était instruit que le colonel Campbell avait passé la veille justement par cet endroit, pour se rendre à Toulon. Il résolut aussitôt de prendre le nom de lord Burghers.

« On se mit à table ; mais comme ce n'étaient pas ses cuisiniers qui avaient préparé le dîner, il ne pouvait se résoudre à prendre aucune nourriture, dans la crainte d'être empoisonné. Cependant, nous voyant manger de bon appétit, il eut honte de nous faire voir les terreurs qui l'agitaient, et prit de tout ce qu'on lui offrit ; il fit semblant d'y goûter, mais il renvoyait le mets sans y toucher ; quelquefois il jetait dessous la table ce qu'il avait accepté, pour faire croire qu'il l'avait mangé. Son dîner fut composé d'un peu de pain et d'un flacon de vin qu'il fit retirer de sa voiture et qu'il partagea même avec nous.

« Il parla beaucoup et fut d'une amabilité très remarquable. Lorsque nous fûmes seuls, et que l'hôtesse qui nous servait fut sortie, il nous fit connaître combien il croyait sa vie en danger ; il était persuadé que le gouvernement français avait pris des mesures pour le faire enlever ou assassiner dans cet endroit.

« Mille projets se croisaient dans sa tête sur la manière dont il pouvait se sauver ; il rêvait aussi aux moyens de tromper le peuple d'Aix, car on l'avait prévenu qu'une très grande foule l'attendait à la poste. Il nous déclara donc que ce qui lui paraissait le plus convenable, c'était de retourner jusqu'à Lyon, et de prendre de là une autre route pour s'embarquer en Italie. Nous n'aurions pu, en aucun cas, consentir à ce projet, et nous cherchâmes à le persuader de se rendre directement à Toulon ou d'aller par Digne à Fréjus. Nous tâchâmes de le convaincre qu'il était impossible que le gouvernement français pût avoir des intentions si perfides à son égard sans que nous en fussions instruits, et que la populace, malgré les indécences auxquelles elle se portait, ne se rendrait pas coupable d'un crime de cette nature.

« Pour nous mieux persuader, et pour nous prouver jusqu'à quel point ses craintes, selon lui, étaient fondées, il nous raconta ce qui s'était passé entre lui et l'hôtesse, qui ne l'avait pas reconnu. – Eh bien ! lui avait-elle dit, avez-vous rencontré Bonaparte ? – *Non*, avait-il répondu. – Je suis curieuse, continua-t-elle, de voir s'il pourra se sauver ; je crois toujours que le peuple va le massacrer : aussi faut-il convenir qu'il l'a bien mérité, ce coquin-là ! Dites-moi donc, on va l'embarquer pour son île ? – *Mais oui*. – On le noiera, n'est-ce pas ? – *Je l'espère bien !* lui répliqua Napoléon. *Vous voyez donc*, ajouta-t-il, *à quel danger je suis exposé*.

« Alors il recommença à nous fatiguer de ses inquiétudes et de ses irrésolutions. Il nous pria même d'examiner s'il n'y avait pas quelque part une porte cachée par laquelle il pourrait s'échapper, ou si la fenêtre, dont il avait fait fermer les volets en arrivant, n'était pas trop élevée pour pouvoir sauter et s'évader ainsi.

« La fenêtre était grillée en dehors, et je le mis dans un

embarras extrême en lui communiquant cette découverte. Au moindre bruit il tressaillait et changeait de couleur.

« Après dîner nous le laissâmes à ses réflexions ; et comme, de temps en temps, nous entrions dans sa chambre, d'après le désir qu'il en avait témoigné, nous le trouvions toujours en pleurs...
....

« L'aide de camp du général Schouwaloff vint dire que le peuple qui était ameuté dans la rue était presque entièrement retiré. L'empereur résolut de partir à minuit.

« Par une prévoyance exagérée, il prit encore de nouveaux moyens, pour n'être pas reconnu.

« Il contraignit, par ses instances, l'aide de camp du général Schouwaloff de se vêtir de la redingote bleue et du chapeau rond avec lesquels il était arrivé dans l'auberge.

« Bonaparte, qui alors voulut se faire passer pour un général autrichien, mit l'uniforme du général Kohler, se décora de l'ordre de Sainte-Thérèse, que portait le général, mit ma casquette de voyage sur sa tête, et se couvrit du manteau du général Schouwaloff.

« Après que les commissaires des puissances alliées l'eurent ainsi équipé, les voitures s'avancèrent ; mais, avant de descendre, nous fîmes une répétition, dans notre chambre, de l'ordre dans lequel nous devions marcher. Le général Drouot ouvrait le cortège ; venait ensuite le soi-disant empereur, l'aide de camp du général Schouwaloff, ensuite le général Kohler, l'empereur, le général Schouwaloff et moi qui avais l'honneur de faire partie de l'arrière-garde, à laquelle se joignit la suite de l'empereur.

« Nous traversâmes ainsi la foule ébahie qui se donnait une peine extrême pour tâcher de découvrir parmi nous celui qu'elle appelait *son tyran*.

« L'aide de camp de Schouwaloff (le major Olewieff) prit la place de Napoléon dans sa voiture, et Napoléon partit avec le général Kohler dans sa calèche.
....

« Toutefois, l'empereur ne se rassurait pas ; il restait toujours dans la calèche du général autrichien, et il commanda au cocher de fumer, afin que cette familiarité pût dissimuler sa présence. Il pria même le général Kohler de chanter, et comme celui-ci lui répondit qu'il ne savait pas chanter, Bonaparte lui dit de siffler.

« C'est ainsi qu'il poursuivit sa route, caché dans un des coins de la calèche, faisant semblant de dormir, bercé par l'agréable musique du général et encensé par la fumée du cocher.

« À Saint-Maximin, il déjeuna avec nous. Comme il entendit dire que le sous-préfet d'Aix était dans cet endroit, il le fit appeler, et l'apostropha en ces termes : *Vous devez rougir de me voir en uniforme autrichien ; j'ai dû le prendre pour me mettre à l'abri des insultes des Provençaux. J'arrivais avec pleine confiance au milieu de vous, tandis que j'aurais pu emmener avec moi six mille hommes de ma garde. Je ne trouve que des tas d'enragés qui menacent ma vie. C'est une méchante race que les Provençaux ; ils ont commis toutes sortes d'horreurs et de crimes dans la Révolution et sont tout prêts à recommencer : mais quand il s'agit de se battre avec courage, alors ce sont des lâches. Jamais la Provence ne m'a fourni un seul régiment dont j'aurais pu être content. Mais ils seront peut-être demain aussi acharnés contre Louis XVIII qu'ils le paraissent aujourd'hui contre moi,* etc.

« Ensuite, se tournant vers nous, il nous dit que Louis XVIII ne ferait jamais rien de la nation française s'il la traitait avec trop de ménagements. *Puis,* continua-t-il, *il faut nécessairement qu'il lève des impôts considérables, et ces mesures lui attireront aussitôt la haine de ses sujets.*

« Il nous raconta qu'il y avait dix-huit ans qu'il avait été envoyé en ce pays, avec plusieurs milliers d'hommes, pour délivrer deux royalistes qui devaient être pendus pour avoir porté la cocarde blanche. *Je les sauvai avec beaucoup de peine des mains de ces enragés ; et aujourd'hui,* continua-t-il, *ces hommes recommenceraient les mêmes excès contre celui d'entre eux qui se refuserait à porter la cocarde blanche ! Telle est l'inconstance du peuple français !*

« Nous apprîmes qu'il y avait au Luc deux escadrons

de hussards autrichiens ; et, d'après la demande de Napoléon, nous envoyâmes l'ordre au commandant d'y attendre notre arrivée pour escorter l'empereur jusqu'à Fréjus. »

Ici finit la narration du comte de Waldbourg : ces récits font mal à lire. Quoi ! les commissaires ne pouvaient-ils mieux protéger celui dont ils avaient l'honneur de répondre ? Qu'étaient-ils pour affecter des airs si supérieurs avec un pareil homme ? Bonaparte dit avec raison que, s'il l'eût voulu, il aurait pu voyager accompagné d'une partie de sa garde. Il paraissait trop évidemment qu'on était indifférent à son sort : on jouissait de sa dégradation ; on consentait avec complaisance aux marques de mépris que la victime requérait pour sa sûreté : il est si doux de tenir sous ses pieds la destinée de celui qui marchait sur les plus hautes têtes, de se venger de l'orgueil par l'insulte ! Aussi les commissaires ne trouvent pas un mot, même un mot de sensibilité philosophique, sur un tel changement de fortune, pour avertir l'homme de son néant et de la grandeur des jugements de Dieu ! Dans les rangs alliés, les anciens adulateurs de Napoléon avaient été nombreux : quand on s'est mis à genoux devant la force, on n'est pas reçu à triompher du malheur. La Prusse, j'en conviens, avait besoin d'un effort de vertu pour oublier ce qu'elle avait souffert, elle, son roi et sa reine ; mais cet effort devait être fait. Hélas ! Bonaparte n'avait eu pitié de rien ; tous les cœurs s'étaient refroidis pour lui. Le moment où il s'est montré le plus cruel, c'est à Jaffa ; le plus petit, c'est sur la route de l'île d'Elbe ; dans le premier cas, les nécessités militaires lui ont servi d'excuses ; dans le second, la dureté des commissaires étrangers donne le change aux sentiments des lecteurs et diminue son abaissement.

Le gouvernement provisoire de France ne me semble pas lui-même tout à fait irréprochable : je rejette les calomnies de Maubreuil[1], néanmoins, dans la terreur

---

1. Le marquis de Maubreuil, ancien écuyer de Jérôme Bonaparte, fut impliqué, au début de 1814, dans un vol commis au détriment de la reine de Westphalie. Il chercha à se disculper en prétendant qu'il avait été chargé par Talleyrand, au nom du gouvernement provisoire et

qu'inspirait encore Napoléon à ses anciens domestiques, une catastrophe fortuite aurait pu ne se présenter à leurs yeux que comme un malheur.

On voudrait douter de la vérité des faits rapportés par le comte de Waldbourg-Truchsess, mais le général Kohler a confirmé, dans une *suite de l'Itinéraire de Waldbourg*, une partie de la narration de son collègue ; de son côté, le général Schouwaloff m'a certifié l'exactitude des faits : ses paroles contenues en disaient plus que les paroles expansives de Waldbourg. Enfin l'*Itinéraire de Fabry*[1] est composé sur des documents français authentiques, fournis par des témoins oculaires.

Maintenant que j'ai fait justice des commissaires et des alliés, est-ce bien le vainqueur du monde que l'on aperçoit dans l'*Itinéraire de Waldbourg* ? Le héros réduit à des déguisements et à des larmes, pleurant sous une veste de courrier au fond d'une arrière-chambre d'auberge ? Était-ce ainsi que Marius se tenait sur les ruines de Carthage, qu'Annibal mourut en Bithynie, César au Sénat ? Comment Pompée se déguisa-t-il ? en se couvrant la tête de sa toge. Celui qui avait revêtu la pourpre se mettant à l'abri sous la cocarde blanche, poussant le cri de salut : Vive le roi ! ce roi dont il avait fait fusiller un héritier ! Le maître des peuples encourageant les humiliations que lui prodiguaient les commissaires afin de se mieux cacher, enchanté que le général Kohler sifflât devant lui, qu'un cocher lui fumât à la figure, forçant l'aide de camp du général Schouwaloff à jouer le rôle de l'empereur, tandis que lui Bonaparte portait l'habit d'un colonel autrichien et se couvrait du manteau d'un général russe ! Il

---

des souverains alliés, de liquider Napoléon. Affirmation peu crédible, mais qui produisit un gros scandale. Pour les suites de cette affaire, voir livre XLII, chap. 8.

1. Le publiciste royaliste Germain Fabry (1780-1821), déjà évoqué au chap. 9 du livre XIX, a publié un *Itinéraire de Buonaparte, depuis son départ de Doulevent, le 28 mars, jusqu'à son embarquement à Fréjus, le 29 avril, avec quelques détails sur ses derniers moments à Fontainebleau et sur sa nouvelle existence à Porto-Ferrajo*, Le Normant, 1814. Cette brochure de 79 pages grossira au fur et à mesure des rééditions.

fallait cruellement aimer la vie : ces immortels ne peuvent consentir à mourir.

Moreau disait de Bonaparte : « Ce qui le caractérise, c'est le mensonge et l'amour de la vie : je le battrai et je le verrai à mes pieds me demander grâce. » Moreau pensait de la sorte, ne pouvant comprendre la nature de Bonaparte ; il tombait dans la même erreur que lord Byron. Au moins, à Sainte-Hélène, Napoléon, grand par les Muses, bien que peu noble dans ses démêlés avec le gouverneur anglais, n'eut à supporter que le poids de son immensité. En France, le mal qu'il avait fait lui apparut personnifié dans les veuves et les orphelins, et le contraignit de trembler sous les mains de quelques femmes.

Tout cela est trop vrai ; mais Bonaparte ne doit pas être jugé d'après les règles que l'on applique aux grands génies, parce que la magnanimité lui manquait. Il y a des hommes qui ont la faculté de monter et qui n'ont pas la faculté de descendre. Lui, Napoléon, possédait les deux facultés : comme l'ange rebelle, il pouvait raccourcir sa taille incommensurable pour la renfermer dans un espace mesuré [1] ; sa ductilité lui fournissait des moyens de salut et de renaissance : avec lui tout n'était pas fini quand il semblait avoir fini. Changeant à volonté de mœurs et de costume, aussi parfait dans le comique que dans le tragique, cet acteur savait paraître naturel sous la tunique de l'esclave comme sous le manteau de roi, dans le rôle d'Attale [2] ou dans le rôle de César. Encore un moment, et vous verrez, du fond de sa dégradation, le nain relever sa tête de Briarée ; Asmodée sortira en fumée énorme du flacon où il s'était comprimé [3]. Napoléon estimait la vie pour ce qu'elle lui rapportait ; il avait l'instinct de ce qui lui restait encore à peindre ; il ne voulait pas que la toile lui manquât avant d'avoir achevé ses tableaux.

---

1. Allusion à la fin du livre I du *Paradis perdu* de Milton.
2. Empereur fantoche créé par Alaric lorsqu'il occupa Rome (409), puis dégradé par lui. C'est ensuite Honorius qui lui fit subir de cruelles avanies avant de le laisser finir ses jours à Lipari. Dans les *Études historiques*, Chateaubriand écrit à son sujet : « Comme il était possédé de la fureur de vivre, il est probable qu'il fut heureux ». 3. Personnages du *Diable boiteux* de Le Sage.

Sur les frayeurs de Napoléon, Walter Scott, moins injuste que les commissaires, remarque avec candeur que la fureur du peuple fit beaucoup d'impression sur Bonaparte, qu'il répandit des larmes, qu'il montra plus de faiblesse que n'en admettait son courage reconnu ; mais il ajoute : « Le danger était d'une espèce particulièrement horrible et propre à intimider ceux à qui la terreur des champs de bataille était familière : le plus brave soldat peut frémir devant la mort des de Witt[1]. »

Napoléon fut soumis à ces angoisses révolutionnaires dans les mêmes lieux où il commença sa carrière avec la Terreur.

Le général prussien, interrompant une fois son récit, s'est cru obligé de révéler un mal que l'empereur ne cachait pas : le comte de Waldbourg a pu confondre ce qu'il voyait avec les souffrances dont M. de Ségur avait été témoin dans la campagne de Russie[2], lorsque Bonaparte, contraint de descendre de cheval, s'appuyait la tête contre des canons. Au nombre des infirmités des guerriers illustres, la véritable histoire ne compte que le poignard qui perça le cœur de Henri IV, ou le boulet qui emporta Turenne.

Après le récit de l'arrivée de Bonaparte à Fréjus, Walter Scott, débarrassé des grandes scènes, retombe avec joie dans son talent ; il s'en *va en bavardin*, comme parle madame de Sévigné[3] ; il devise du passage de Napoléon à l'île d'Elbe, de la séduction exercée par Bonaparte sur les matelots anglais, excepté sur Hinton, qui ne pouvait entendre les louanges données à l'empereur sans murmu-

---

1. Scott, *op. cit.*, t. XVI, p. 47. Les frères de Witt furent massacrés par la foule, à La Haye, le 20 août 1672.   **2.** Ségur évoque (livre VII, chap. 10 ; t. 1, p. 403) « un mal qui, de tous, est celui qui abat peut-être le plus les forces physiques et morales ». Napoléon souffrait de la vessie.   **3.** Cette expression se rencontre dans une lettre du 24 avril 1671. Les éditions anciennes glosent : « Aller en Bavardin est une façon de parler entre elles pour dire : aller quêter des nouvelles et causer par la ville ». En réalité, Mme de Sévigné ne fait que transposer malicieusement, pour sa fille, le nom de la marquise de Lavardin, une des plus bavardes de leurs amies.

rer le mot *humbug*[1]. Quand Napoléon partit, Hinton souhaita à *Son Honneur* bonne santé et meilleure chance une autre fois. Napoléon était toutes les misères et toutes les grandeurs de l'homme.

(21)

Louis XVIII à Compiègne. – Son entrée à Paris.
La vieille garde. – Faute irréparable.
Déclaration de Saint-Ouen. – Traité de Paris.
La Charte. – Départ des alliés.

Tandis que Bonaparte, connu de l'univers, s'échappait de France au milieu des malédictions, Louis XVIII, oublié partout, sortait de Londres sous une voûte de drapeaux blancs et de couronnes. Napoléon, en débarquant à l'île d'Elbe, y retrouva sa force. Louis XVIII en débarquant à Calais, eût pu voir Louvel[2] ; il y rencontra le général Maison, chargé, seize ans après, d'embarquer Charles X à Cherbourg. Charles X, apparemment pour le rendre digne de sa mission future, donna dans la suite à M. Maison le bâton de maréchal de France[3], comme un chevalier, avant de se battre, conférait la chevalerie à l'homme inférieur avec lequel il daignait se mesurer.

Je craignais l'effet de l'apparition de Louis XVIII. Je me hâtai de le devancer dans cette résidence d'où Jeanne d'Arc tomba aux mains des Anglais et où l'on me montra un volume atteint d'un des boulets lancés contre Bonaparte. Qu'allait-on penser à l'aspect de l'invalide royal remplaçant le cavalier qui avait pu dire comme Attila :

---

1. Scott, *op. cit.*, t. XVI, p. 55. Une note du traducteur précise : « Ce mot vulgaire (...) exprime le dédain, encore plus par onomatopée que par son sens même ». Quelque chose comme : sornettes, foutaises !   2. Le futur assassin du duc de Berry. Lors de son procès, il avoua qu'en 1814 il avait fait le voyage de Metz à Calais pour tuer Louis XVIII lorsqu'il débarquerait.   3. Le 22 février 1829, pour récompenser son action à la tête de notre expédition de Morée.

« L'herbe ne croît plus partout où mon cheval a passé ? »
Sans mission et sans goût, j'entrepris (on m'avait jeté un
sort) une tâche assez difficile, celle de peindre *l'arrivée
à Compiègne*, de faire voir le fils de saint Louis tel que
je l'idéalisai à l'aide des Muses. Je m'exprimai ainsi [1] :

« Le carrosse du Roi était précédé des généraux et des
maréchaux de France, qui étaient allés au-devant de Sa
Majesté. Ce n'a plus été des cris de *Vive le Roi !* mais
des clameurs confuses dans lesquelles on ne distinguait
rien que les accents de l'attendrissement et de la joie. Le
Roi portait un habit bleu, distingué seulement par une
plaque et des épaulettes ; ses jambes étaient enveloppées
de larges guêtres de velours rouge, bordées d'un petit cordon d'or. Quand il est assis dans son fauteuil, avec ses
guêtres à l'antique, tenant sa canne entre ses genoux, on
croirait voir Louis XIV à cinquante ans............................
..... Les maréchaux Macdonald, Ney, Moncey, Serru-
rier, Brune, le prince de Neuchâtel, tous les généraux,
toutes les personnes présentes, ont obtenu pareillement du
Roi les paroles les plus affectueuses. Telle est en France
la force du souverain légitime, cette magie attachée au
nom du Roi. Un homme arrive seul de l'exil, dépouillé
de tout, sans suite, sans gardes, sans richesses ; il n'a rien
à donner, presque rien à promettre. Il descend de sa voiture, appuyé sur le bras d'une jeune femme ; il se montre
à des capitaines qui ne l'ont jamais vu, à des grenadiers
qui savent à peine son nom. Quel est cet homme ? c'est
le Roi ! Tout le monde tombe à ses pieds. »

Ce que je disais là des guerriers, dans le but que je me
proposais d'atteindre, était vrai quant aux chefs ; mais je
mentais à l'égard des soldats [2]. J'ai présent à la mémoire,
comme si je le voyais encore, le spectacle dont je fus
témoin lorsque Louis XVIII, entrant dans Paris le 3 mai,
alla descendre à Notre-Dame : on avait voulu épargner
au Roi l'aspect des troupes étrangères ; c'était un régi-

---

1. Dans un reportage anonyme publié par le *Journal des Débats* du
3 mai 1814 sous le titre : « Compiègne-avril 1814 ». Ce texte, ensuite
paru sous forme de brochure chez Le Normant, sera recueilli dans les
Œuvres complètes.   **2.** Il écrivait un peu plus loin : « un million de
soldats brûlent de mourir pour lui ».

ment de la vieille garde à pied qui formait la haie depuis le Pont-Neuf jusqu'à Notre-Dame, le long du quai des Orfèvres. Je ne crois pas que figures humaines aient jamais exprimé quelque chose d'aussi menaçant et d'aussi terrible. Ces grenadiers couverts de blessures, vainqueurs de l'Europe, qui avaient vu tant de milliers de boulets passer sur leurs têtes, qui sentaient le feu et la poudre ; ces mêmes hommes, privés de leur capitaine, étaient forcés de saluer un vieux roi, invalide du temps, non de la guerre, surveillés qu'ils étaient par une armée de Russes, d'Autrichiens et de Prussiens, dans la capitale envahie de Napoléon. Les uns, agitant la peau de leur front, faisaient descendre leur large bonnet à poil sur leurs yeux comme pour ne pas voir ; les autres abaissaient les deux coins de leur bouche dans le mépris de la rage ; les autres, à travers leurs moustaches, laissaient voir leurs dents comme des tigres. Quand ils présentaient les armes, c'était avec un mouvement de fureur, et le bruit de ces armes faisait trembler. Jamais, il faut en convenir, hommes n'ont été mis à une pareille épreuve et n'ont souffert un tel supplice. Si dans ce moment ils eussent été appelés à la vengeance, il aurait fallu les exterminer jusqu'au dernier, ou ils auraient mangé la terre.

Au bout de la ligne était un jeune hussard, à cheval ; il tenait son sabre nu, et le faisait sauter et comme danser par un mouvement convulsif de colère. Il était pâle ; ses yeux pivotaient dans leur orbite ; il ouvrait la bouche et la fermait tour à tour en faisant claquer ses dents et en étouffant des cris dont on n'entendait que le premier son. Il aperçut un officier russe : le regard qu'il lui lança ne peut se dire. Quand la voiture du Roi passa devant lui, il fit bondir son cheval, et certainement il eut la tentation de se précipiter sur le Roi[1].

La Restauration, à son début, commit une faute irréparable : elle devait licencier l'armée en conservant les

---

1. Thiers a cru devoir protester plus tard (au t. XVIII de son *Histoire*, p. 112) contre cette évocation de la vieille garde. Elle est néanmoins confirmée par beaucoup de *Mémoires* contemporains : Mme de Boigne (Mercure de France, t. 1, p. 371) ; Mme de Chastenay (Perrin, p. 523), etc.

maréchaux, les généraux, les gouverneurs militaires, les officiers dans leurs pensions, honneurs et grades ; les soldats seraient rentrés ensuite successivement dans l'armée reconstituée, comme ils l'ont fait depuis dans la garde royale : la légitimité n'eût pas eu d'abord contre elle ces soldats de l'Empire organisés, embrigadés, dénommés comme ils l'étaient aux jours de leurs victoires, sans cesse causant entre eux du temps passé, nourrissant des regrets et des sentiments hostiles à leur nouveau maître.

La misérable résurrection de la Maison-Rouge [1], ce mélange de militaires de la vieille monarchie et des soldats du nouvel empire, augmenta le mal : croire que des vétérans illustrés sur mille champs de bataille ne seraient pas choqués de voir des jeunes gens, très braves sans doute, mais pour la plupart neufs au métier des armes, de les voir porter, sans les avoir gagnées, les marques d'un haut grade militaire, c'était ignorer la nature humaine.

Pendant le séjour que Louis XVIII avait fait à Compiègne, Alexandre était venu le visiter. Louis XVIII le blessa par sa hauteur : il résulta de cette entrevue la déclaration du 2 mai, de Saint-Ouen. Le Roi y disait : qu'il était résolu à donner pour base de la constitution qu'il destinait à son peuple les garanties suivantes : *le gouvernement représentatif divisé en deux corps, l'impôt librement consenti, la liberté publique et individuelle, la liberté de la presse, la liberté des cultes, les propriétés inviolables et sacrées, la vente des biens nationaux irrévocable, les ministres responsables, les juges inamovibles et le pouvoir judiciaire indépendant, tout Français admissible à tous les emplois*, etc., etc.

Cette déclaration, quoiqu'elle fût naturelle à l'esprit de Louis XVIII, n'appartenait néanmoins ni à lui, ni à ses conseillers ; c'était tout simplement le temps qui partait de son repos : ses ailes avaient été ployées, sa fuite suspendue depuis 1792 : il reprenait son vol ou son cours. Les excès de la Terreur, le despotisme de Bonaparte,

---

1. Les compagnies qui formaient la Maison militaire du Roi portaient un uniforme rouge. C'est dans une de ces « compagnies rouges » que servit alors Vigny, avec le grade de lieutenant.

avaient fait rebrousser les idées ; mais, sitôt que les obstacles qu'on leur avait opposés furent détruits, elles affluèrent dans le lit qu'elles devaient à la fois suivre et creuser. On reprit les choses au point où elles s'étaient arrêtées ; ce qui s'était passé fut comme non avenu : l'espèce humaine, reportée au commencement de la Révolution, avait seulement perdu quarante ans[1] de sa vie ; or qu'est-ce que quarante ans dans la vie générale de la société ? Cette lacune a disparu lorsque les tronçons coupés du temps se sont rejoints.

Le 30 mai 1814 fut conclu le traité de Paris entre les alliés et la France. On convint que dans le délai de deux mois toutes les puissances qui avaient été engagées de part et d'autre dans la présente guerre enverraient des plénipotentiaires à Vienne pour régler dans un congrès général les arrangements définitifs.

Le 4 juin, Louis XVIII parut en séance royale dans une assemblée collective du Corps législatif et d'une fraction du Sénat. Il prononça un noble discours ; vieux, passés, usés, ces fastidieux détails ne servent plus que de fil historique.

La Charte, pour la plus grande partie de la nation, avait l'inconvénient d'être *octroyée* : c'était remuer, par ce mot très inutile, la question brûlante de la souveraineté royale ou populaire. Louis XVIII aussi datait son bienfait de l'an de son règne, regardant Bonaparte comme non avenu, de même que Charles II avait sauté à pieds joints par-dessus Cromwell : c'était une espèce d'insulte aux souverains qui avaient tous reconnu Napoléon, et qui dans ce moment même se trouvaient dans Paris. Ce langage suranné et ces prétentions des anciennes monarchies n'ajoutaient rien à la légitimité du droit et n'étaient que de puérils anachronismes. À cela près la Charte remplaçant le despotisme, nous apportant la liberté légale, avait de quoi satisfaire les hommes de conscience. Néanmoins, les royalistes qui en recueillaient tant d'avantages, qui, sortant ou de leur village, ou de leur foyer chétif, ou des

---

1. *Sic !* Faut-il croire, pour expliquer ce lapsus, que Chateaubriand pense à 1830 ?

places obscures dont ils avaient vécu sous l'Empire, étaient appelés à une haute et publique existence, ne reçurent le bienfait qu'en grommelant ; les libéraux, qui s'étaient arrangés à cœur joie de la tyrannie de Bonaparte, trouvèrent la Charte un véritable code d'esclaves. Nous sommes revenus au temps de Babel ; mais on ne travaille plus à un monument commun de confusion : chacun bâtit sa tour à sa propre hauteur, selon sa force et sa taille. Du reste, si la Charte parut défectueuse, c'est que la révolution n'était pas à son terme ; le principe de l'égalité et de la démocratie était au fond des esprits et travaillait en sens contraire de l'ordre monarchique.

Les princes alliés ne tardèrent pas à quitter Paris : Alexandre, en se retirant, fit célébrer un sacrifice religieux [1] sur la place de la Concorde. Un autel fut élevé où l'échafaud de Louis XVI avait été dressé. Sept prêtres moscovites célébrèrent l'office, et les troupes étrangères défilèrent devant l'autel. Le *Te Deum* fut chanté sur un des beaux airs de l'ancienne musique grecque. Les soldats et les souverains mirent genou en terre pour recevoir la bénédiction. La pensée des Français se reportait à 1793 et à 1794, alors que les bœufs refusaient de passer sur des pavés que leur rendait odieux l'odeur du sang. Quelle main avait conduit à la fête des expiations ces hommes de tous les pays, ces fils des anciennes invasions barbares, ces Tartares, dont quelques-uns habitaient des tentes de peaux de brebis au pied de la grande muraille de la Chine ? Ce sont là des spectacles que ne verront plus les faibles générations qui suivront mon siècle.

---

1. La cérémonie en question fut célébrée le dimanche 10 avril, mais le tsar ne quitta Paris que le 2 juin.

(22)

Première année de la Restauration.

Dans la première année de la Restauration, j'assistai à la troisième transformation sociale : j'avais vu la vieille monarchie passer à la monarchie constitutionnelle et celle-ci à la république ; j'avais vu la république se convertir en despotisme militaire, je voyais le despotisme militaire revenir à une monarchie libre, les nouvelles idées et les nouvelles générations se reprendre aux anciens principes et aux vieux hommes. Les maréchaux d'Empire devinrent des maréchaux de France ; aux uniformes de la garde de Napoléon se mêlèrent les uniformes des gardes du corps et de la Maison-Rouge, exactement taillés sur les anciens patrons ; le vieux duc d'Havré, avec sa perruque poudrée et sa canne noire, cheminait en branlant la tête, comme capitaine des gardes du corps, auprès du maréchal Victor, boiteux de la façon de Bonaparte ; le duc de Mouchy, qui n'avait jamais vu brûler une amorce, défilait à la messe auprès du maréchal Oudinot criblé de blessures ; le château des Tuileries, si propre et si militaire sous Napoléon, au lieu de l'odeur de la poudre, se remplissait de la fumée des déjeuners qui montait de toutes parts : sous messieurs les gentilshommes de la chambre, avec messieurs les officiers de la bouche et de la garde-robe, tout reprenait un exercice de domesticité. Dans les rues, on voyait des émigrés caducs avec des airs et des habits d'autrefois, hommes les plus respectables sans doute, mais aussi étrangers parmi la foule moderne que l'étaient les capitaines républicains parmi les soldats de Napoléon. Les dames de la cour impériale introduisaient au château les douairières du faubourg Saint-Germain et leur enseignaient les *détours* du palais [1]. Arrivaient des députations de Bordeaux, ornées de brassards ;

---

1. Allusion au vers de *Bajazet* (Acte IV, scène 7) : « Nourri dans le sérail, j'en connais les détours. »

des capitaines de paroisse de la Vendée, surmontés de chapeaux à la La Rochejaquelein. Ces personnages divers gardaient l'expression des sentiments, des pensées, des habitudes, des mœurs qui leur étaient familières. La liberté, qui était au fond de cette époque, faisait vivre ensemble ce qui semblait au premier coup d'œil ne pas devoir vivre ; mais on avait peine à reconnaître cette liberté parce qu'elle portait les couleurs de l'ancienne monarchie et du despotisme impérial. Chacun aussi savait mal le langage constitutionnel ; les royalistes faisaient des fautes grossières en parlant Charte ; les impérialistes en étaient encore moins instruits ; les Conventionnels, devenus tour à tour comtes, barons, sénateurs de Napoléon et pairs de Louis XVIII, retombaient tantôt dans le dialecte républicain qu'ils avaient presque oublié, tantôt dans l'idiome de l'absolutisme qu'ils avaient appris à fond. Des lieutenants généraux étaient promus à la garde des lièvres. On entendait des aides de camp du dernier tyran militaire discuter de la liberté inviolable des peuples, et des régicides soutenir le dogme sacré de la légitimité.

Ces métamorphoses seraient odieuses, si elles ne tenaient en partie à la flexibilité du génie français. Le peuple d'Athènes gouvernait lui-même ; des harangueurs s'adressaient à ses passions sur la place publique ; la foule souveraine était composée de sculpteurs, de peintres, d'ouvriers, *regardeurs de discours et auditeurs d'actions*, dit Thucydide[1]. Mais quand, bon ou mauvais, le décret était rendu, qui, pour l'exécuter, sortait de cette masse incohérente et inexperte ? Socrate, Phocion, Périclès, Alcibiade.

---

1. *Guerre du Péloponnèse*, III, 38, 4.

(23)

Est-ce aux royalistes qu'il faut s'en prendre de la Restauration ?

Est-ce aux royalistes qu'il faut *s'en prendre de la Restauration*, comme on l'avance aujourd'hui ? Pas le moins du monde : ne dirait-on pas que trente millions d'hommes étaient consternés tandis qu'une poignée de légitimistes accomplissaient, contre la volonté de tous, une restauration détestée, en agitant quelques mouchoirs et en mettant à leur chapeau un ruban de leur femme ? L'immense majorité des Français était, il est vrai, dans la joie ; mais cette majorité n'était point *légitimiste* dans le sens borné de ce mot, et comme ne s'appliquant qu'aux rigides partisans de la vieille monarchie. Cette majorité était une foule prise dans toutes les nuances des opinions, heureuse d'être délivrée, et violemment animée contre l'homme qu'elle accusait de tous ses malheurs ; de là le succès de ma brochure. Combien comptait-on d'aristocrates avoués proclamant le nom du Roi ? MM. Mathieu et Adrien de Montmorency, MM. de Polignac, échappés de leur geôle[1], M. Alexis de Noailles, M. Sosthène de La Rochefoucauld[2]. Ces sept ou huit hommes, que le peuple méconnaissait et ne suivait pas, faisaient-ils la loi à toute une nation ?

Madame de Montcalm m'avait envoyé un sac de douze cents francs pour les distribuer à la pure race légitimiste : je le lui renvoyai, n'ayant pas trouvé à placer un écu. On attacha une ignoble corde au cou de la statue qui surmontait la colonne de la place Vendôme ; il y avait si peu de royalistes pour faire du train à la gloire et pour tirer sur la corde, que ce furent les autorités, toutes bonapartistes,

---

1. Jules et Armand de Polignac, impliqués dans le procès de Moreau, furent longtemps maintenus en détention. Après leur évasion, le 28 janvier 1814, ils allèrent rejoindre Monsieur à Vesoul. **2.** Sosthène de La Rochefoucauld, futur duc de Doudeauville (1785-1864), était alors aide de camp du général Dessoles.

qui descendirent l'image de leur maître à l'aide d'une potence : le colosse courba la tête de force : il tomba aux pieds de ces souverains de l'Europe, tant de fois prosternés devant lui. Ce sont les hommes de la République et de l'Empire qui saluèrent avec enthousiasme la Restauration. La conduite et l'ingratitude des personnages élevés par la Révolution furent abominables envers celui qu'ils affectent aujourd'hui de regretter et d'admirer[1].

Impérialistes[2] et libéraux, c'est vous entre les mains desquels est échu le pouvoir, vous qui vous êtes agenouillés devant les fils de Henri IV ! Il était tout naturel que les royalistes fussent heureux de retrouver leurs princes et de voir finir le règne de celui qu'ils regardaient comme un usurpateur ; il ne l'était pas que vous, créatures de cet usurpateur, dépassassiez en exagération les sentiments des royalistes. Les ministres, les grands dignitaires, prêtèrent à l'envi serment à la légitimité ; toutes les autorités civiles et judiciaires faisaient queue pour jurer haine à la nouvelle dynastie proscrite, amour à la race antique qu'elles avaient cent et cent fois condamnée. Qui composait ces proclamations, ces adresses accusatrices et outrageantes pour Napoléon, dont la France était inondée ? des royalistes ? Non : les ministres, les généraux, les autorités, choisis et maintenus par Bonaparte. Où se tripotait la Restauration ? chez des royalistes ? Non : chez M. de Talleyrand. Avec qui ? avec M. de Pradt, aumônier du *dieu Mars* et saltimbanque mitré. Avec qui et chez qui dînait en arrivant le lieutenant général du royaume ? chez des royalistes et avec des royalistes ? Non : chez l'évêque d'Autun, avec M. de Caulaincourt. Où donnait-on des fêtes aux *infâmes princes étrangers ?* aux châteaux des royalistes ? Non : à la Malmaison, chez l'impératrice Joséphine[3]. Les plus chers amis de Napoléon, Berthier, par exemple, à qui portaient-ils leur ardent dévouement ? à la légitimité. Qui passait sa vie chez l'autocrate Alexandre, chez ce brutal Tartare ? les classes de l'Institut, les savants, les gens de lettres, les philosophes phi-

---

1. *Cf.* le *Cahier rouge*, p. 78.   **2.** Au sens de *bonapartistes.*
3. Celle-ci devait mourir le 29 mai 1814, à la Malmaison.

lanthropes, théophilanthropes et autres ; ils en revenaient charmés, comblés d'éloges et de tabatières. Quant à nous, pauvres diables de légitimistes, nous n'étions admis nulle part ; on nous comptait pour rien. Tantôt on nous faisait dire dans la rue d'aller nous coucher ; tantôt on nous recommandait de ne pas crier trop haut *Vive le Roi !* d'autres s'étant chargés de ce soin. Loin de forcer aucun à être légitimiste, les puissants déclaraient que personne ne serait obligé de changer de rôle et de langage, que l'évêque d'Autun ne serait pas plus contraint de dire la messe sous la royauté qu'il n'avait été contraint d'y aller sous l'Empire. Je n'ai point vu de châtelaine, point de Jeanne d'Arc, proclamer le souverain de droit, un faucon sur le poing ou la lance à la main ; mais madame de Talleyrand, que Bonaparte avait attachée à son mari comme un écriteau, parcourait les rues en calèche, chantant des hymnes sur la pieuse famille des Bourbons. Quelques draps pendillants aux fenêtres des familiers de la cour impériale faisaient croire aux bons Cosaques qu'il y avait autant de lis dans les cœurs des bonapartistes convertis que de chiffons blancs à leurs croisées. C'est merveille en France que la contagion, et l'on crierait *À bas ma tête !* si on l'entendait crier à son voisin. Les impérialistes entraient jusque dans nos maisons et nous faisaient, nous autres bourbonistes, exposer en drapeau sans tache les restes de blanc renfermés dans nos lingeries : c'est ce qui arriva chez moi ; mais madame de Chateaubriand n'y voulut entendre, et défendit vaillamment ses mousselines [1].

---

1. Le paragraphe dans son ensemble est inspiré par le *Cahier rouge*, p. 78-79.

(24)

Premier ministère.
Je publie les *Réflexions politiques*.
Madame la duchesse de Duras.
Je suis nommé ambassadeur en Suède.

Le Corps législatif transformé en Chambre des députés, et la Chambre des pairs, composée de cent cinquante-deux membres, nommés à vie, dans lesquels on comptait plus de soixante sénateurs[1], formèrent les deux premières Chambres législatives. M. de Talleyrand, installé au ministère des affaires étrangères, partit pour le congrès de Vienne, dont l'ouverture était fixée au 3 de novembre, en exécution de l'article 32 du traité du 30 mai ; M. de Jaucourt eut le portefeuille pendant un intérim qui dura jusqu'à la bataille de Waterloo. L'abbé de Montesquiou devint ministre de l'intérieur, ayant pour secrétaire général M. Guizot ; M. Malouët entra à la marine ; il décéda et fut remplacé par M. Beugnot ; le général Dupont obtint le département de la guerre ; on lui substitua le maréchal Soult, qui s'y distingua par l'érection du monument funèbre de Quiberon ; le duc de Blacas fut ministre de la maison du roi, M. Anglès préfet de police, le chancelier d'Ambray ministre de la justice, l'abbé Louis ministre des finances.

Le 21 octobre, l'abbé de Montesquiou présenta la première loi au sujet de la presse ; elle soumettait à la cen-

---

1. Ces chiffres ne sont pas confirmés par les historiens de la Restauration dont les propres chiffres du reste ne concordent pas. Pour Nettement (*Histoire de la Restauration*, t. 1, p. 444), il y avait 154 pairs, dont 91 anciens sénateurs, 10 maréchaux et 53 membres de la « vieille société ». En revanche Bertier de Sauvigny (*La Restauration*, Flammarion, 1974, p. 76) ne dénombre que 146 noms : 46 pairs « ancien régime », 93 anciens sénateurs et 10 maréchaux.

sure tout écrit de moins de vingt feuilles d'impression :
M. Guizot élabora cette première loi de liberté[1].

Carnot adressa une lettre au Roi[2] : il avouait que les
Bourbons *avaient été reçus avec joie* ; mais, ne tenant
aucun compte ni de la brièveté du temps ni de tout ce que
la Charte accordait, il donnait, avec des conseils hasardés,
des leçons hautaines : tout cela ne vaut quand on
doit accepter le rang de *ministre* et le titre de *comte* de
l'Empire ; point ne convient de se montrer fier envers un
prince faible et libéral quand on a été soumis[3] devant un
prince violent et despotique ; quand, machine usée de la
Terreur, on s'est trouvé insuffisant au calcul des proportions de la guerre napoléonienne. Je fis imprimer en
réponse les *Réflexions politiques*[4] ; elles contiennent la
substance de la *Monarchie selon la Charte*. M. Lainé,
président de la Chambre des députés, parla au Roi de
cet ouvrage avec éloge. Le Roi était toujours charmé des
services que j'avais le bonheur de lui rendre ; le ciel
paraissait m'avoir jeté sur les épaules la casaque de héraut
de la légitimité : mais plus l'ouvrage avait de succès,
moins l'auteur plaisait à Sa Majesté. Les *Réflexions politiques* divulguèrent mes doctrines constitutionnelles : la
cour en reçut une impression que ma fidélité aux Bourbons n'a pu effacer. Louis XVIII disait à ses familiers :
« Donnez-vous de garde d'admettre jamais un poète dans
vos affaires : il perdra tout. Ces gens-là ne sont bons à
rien. »

Une forte et vive amitié remplissait alors mon cœur :
la duchesse de Duras avait de l'imagination, et un peu

---

1. Perfidie envers Guizot, qui évoque dans ses *Mémoires* la gesta-
tion de cette loi : elle ne fut votée qu'à une faible majorité en
août 1814.   **2.** Son *Mémoire adressé au Roi en juillet 1814*, violent
réquisitoire contre la Restauration que Carnot fut obligé de désavouer
après une sévère mise au point de Chateaubriand dans le *Journal des
Débats* du 4 octobre 1814.   **3.** Ce ne fut pas le cas de Carnot qui
démissionna de son éphémère ministère de la Guerre dès le 8 octobre
1800, et qui se montra hostile, au Tribunat, à la plupart des mesures
antirépublicaines du gouvernement consulaire.   **4.** Ces *Réflexions
politiques sur quelques écrits du jour et sur les intérêts de tous les
Français* parurent chez Le Normant le 27 novembre 1814.

même dans le visage de l'expression de madame de
Staël : on a pu juger de son talent d'auteur par *Ourika*.
Rentrée de l'émigration, renfermée pendant plusieurs
années dans son château d'Ussé, au bord de la Loire, ce
fut dans les beaux jardins de Méréville que j'en entendis
parler pour la première fois, après avoir passé auprès
d'elle à Londres sans l'avoir rencontrée. Elle vint à Paris
pour l'éducation de ses charmantes filles, Félicie et Clara.
Des rapports de famille, de province, d'opinions littéraires et politiques, m'ouvrirent la porte de sa société. La
chaleur de l'âme, la noblesse du caractère, l'élévation de
l'esprit, la générosité de sentiments, en faisaient une
femme supérieure. Au commencement de la Restauration,
elle me prit sous sa protection ; car, malgré ce que j'avais
fait pour la monarchie légitime et les services que
Louis XVIII confessait avoir reçus de moi, j'avais été si
fort mis à l'écart que je songeais à me retirer en Suisse.
Peut-être eussé-je bien fait : dans ces solitudes que Napoléon m'avait destinées comme à son ambassadeur aux
montagnes, n'aurais-je pas été plus heureux qu'au château des Tuileries ? Quand j'entrai dans ces salons au
retour de la légitimité, ils me firent une impression
presque aussi pénible que le jour où j'y vis Bonaparte
prêt à tuer le duc d'Enghien. Madame de Duras parla de
moi à M. de Blacas[1]. Il répondit que j'étais bien libre
d'aller où je voudrais. Madame de Duras fut si orageuse,
elle avait un tel courage pour ses amis, qu'on déterra une
ambassade vacante, l'ambassade de Suède. Louis XVIII,
déjà fatigué de mon bruit, était heureux de faire présent
de moi à son bon frère le roi Bernadotte. Celui-ci ne se
figurait-il pas qu'on m'envoyait à Stockholm pour le

---

1. Casimir de Blacas (1770-1839), de très ancienne famille provençale, fut le fidèle compagnon du comte de Provence, devenu
Louis XVIII, au cours de son long exil. Dès 1814, il bénéficia de la
faveur royale : ministre de la Maison du Roi, puis (1815) grand maître
de la Garde-Robe, intendant des Bâtiments, pair de France ; ensuite
ambassadeur à Naples (où il négocia le mariage du duc de Berry avec
Marie-Caroline de Bourbon-Sicile), puis à Rome ; enfin membre de la
cour fantôme de Prague. Sur la négociation en cause, voir le *Cahier
rouge* (p. 82).

détrôner ? Eh ! bon Dieu ! princes de la terre, je ne détrône personne ; gardez vos couronnes, si vous pouvez, et surtout ne me les donnez pas, car je *n'en veux mie*.

Madame de Duras, femme excellente qui me permettait de l'appeler ma sœur, que j'eus le bonheur de revoir à Paris pendant plusieurs années, est allée mourir à Nice [1] : encore une plaie rouverte. La duchesse de Duras connaissait beaucoup madame de Staël : je ne puis comprendre comment je ne fus pas attiré sur les traces de madame Récamier, revenue d'Italie en France ; j'aurais salué le secours qui venait en aide à ma vie : déjà je n'appartenais plus à ces matins qui se consolent eux-mêmes, je touchais à ces heures du soir qui ont besoin d'être consolées.

(25)

EXHUMATION DES RESTES DE LOUIS XVI.
PREMIER 21 JANVIER À SAINT-DENIS.

Le 30 décembre de l'année 1814, les Chambres législatives furent ajournées au 1er mai 1815, comme si on les eût convoquées pour l'assemblée du Champ-de-Mai de Bonaparte. Le 18 janvier furent exhumés les restes de Marie-Antoinette et de Louis XVI. J'assistai à cette exhumation dans le cimetière où Fontaine et Percier ont élevé depuis, à la pieuse voix de madame la Dauphine et à l'imitation d'une église sépulcrale de Rimini, le monument peut-être le plus remarquable de Paris [2]. Ce cloître, formé d'un enchaînement de tombeaux, saisit l'imagination et la remplit de tristesse. Dans le livre IV de ces

---

1. Le 16 janvier 1828. Chateaubriand rédigea aussitôt une notice nécrologique que publia le *Journal des Débats* du vendredi 25 janvier (reproduite dans les *Lettres* de Chateaubriand *à Mme Récamier*, édition Levaillant, Flammarion, 1951, p. 178-179).   2. La Chapelle expiatoire, élevée de 1816 à 1826 par les architectes Le Bas et Fontaine.

Mémoires[1], j'ai parlé des exhumations de 1815 : au milieu des ossements je reconnus la tête de la reine par le sourire que cette tête m'avait adressé à Versailles.

Le 21 janvier on posa la première pierre des bases de la statue qui devait être élevée sur la place Louis XV, et qui ne l'a jamais été. J'écrivis la pompe funèbre du 21 janvier[2] ; je disais : « Ces religieux, qui vinrent avec l'oriflamme au-devant de la châsse de saint Louis, ne recevront point le descendant du saint roi. *Dans ces demeures souterraines où dormaient ces rois et ces princes anéantis, Louis XVI se trouvera seul !...* Comment tant de morts se sont-ils levés ? Pourquoi Saint-Denis est-il désert ? Demandons plutôt pourquoi son toit est rétabli, pourquoi son autel est debout ? Quelle main a reconstruit la voûte de ces caveaux, et préparé ces tombeaux vides ? La main de ce même homme qui était assis sur le trône des Bourbons. Ô Providence ! il croyait préparer des sépulcres à sa race, et il ne faisait que bâtir le tombeau de Louis XVI. »

J'ai désiré assez longtemps que l'image de Louis XVI fût placée dans le lieu même où le martyr répandit son sang[3] : je ne serais plus de cet avis. Il faut louer les Bourbons d'avoir, dès le premier moment de leur retour, songé à Louis XVI ; ils devaient toucher leur front avec ses cendres, avant de mettre sa couronne sur leur tête. Maintenant je présume qu'ils n'auraient pas dû aller plus loin. Ce ne fut pas à Paris comme à Londres une commission qui jugea le monarque, ce fut la Convention entière ; de là le reproche annuel qu'une cérémonie funèbre répétée semblait faire à la nation, en apparence représentée par une assemblée complète. Tous les peuples ont fixé des anniversaires à la célébration de leurs triomphes, de leurs désordres ou de leurs malheurs, car tous ont également voulu garder la mémoire des uns et des autres ; nous avons eu des solennités pour les barricades, des chants

---

1. Au chap. 9 (t. 1, note 1, p. 332), mais aussi au livre V, chap. 8 (t. 1, p. 384). **2.** Dans la brochure intitulée « Le Vingt et un janvier » parue chez Le Normant quelques jours plus tôt. **3.** Il préconisait ce projet dans ladite brochure.

pour la Saint-Barthélemy, des fêtes pour la mort de Capet ; mais n'est-il pas remarquable que la loi est impuissante à créer des jours de souvenir, tandis que la religion a fait vivre d'âge en âge le saint le plus obscur ? Si les jeûnes et les prières institués pour le sacrifice de Charles Ier durent encore, c'est qu'en Angleterre l'État unit la suprématie religieuse à la suprématie politique, et qu'en vertu de cette suprématie le 30 janvier 1649 est devenu jour *férié*. En France, il n'en est pas de la sorte : Rome seule a le droit de commander en religion ; dès lors, qu'est-ce qu'une ordonnance qu'un prince publie, un décret qu'une assemblée politique promulgue, si un autre prince, une autre assemblée, ont le droit de les effacer ? Je pense donc aujourd'hui que le symbole d'une fête qui peut être abolie, que le témoignage d'une catastrophe tragique non consacrée par le culte, n'est pas convenablement placé sur le chemin de la foule allant insouciante et distraite à ses plaisirs. Par le temps actuel, il serait à craindre qu'un monument élevé dans le but d'imprimer l'effroi des excès populaires donnât le désir de les imiter : le mal tente plus que le bien ; en voulant perpétuer la douleur, on en fait souvent perpétuer l'exemple. Les siècles n'adoptent point les legs de deuil, ils ont assez de sujet présent de pleurer sans se charger de verser encore des larmes héréditaires.

En voyant le catafalque qui partait du cimetière de Ducluzeau[1], chargé des restes de la reine et du roi, je me sentis tout saisi ; je le suivais des yeux avec un pressentiment funeste. Enfin Louis XVI reprit sa couche à Saint-Denis ; Louis XVIII, de son côté, dormit au Louvre, les deux frères commençaient ensemble une autre ère de rois et de spectres légitimes : vaine restauration du trône et de la tombe dont le temps a déjà balayé la double poussière.

Puisque j'ai parlé de ces cérémonies funèbres qui si

---

1. Le magistrat royaliste Olivier *Desclozeaux* (on ignore pourquoi son nom, correctement orthographié dans la brochure de 1815, elle-même recueillie dans les *Œuvres complètes*, a été déformé) avait acheté le cimetière de la Madeleine après sa désaffection, au printemps de 1794. Il avait noté le lieu où le couple royal avait été inhumé ; son témoignage servit à retrouver les corps.

souvent se répétèrent, je vous dirai le cauchemar dont j'étais oppressé, quand, la cérémonie finie, je me promenais le soir dans la basilique à demi détendue : que je songeasse à la vanité des grandeurs humaines parmi ces tombeaux dévastés, cela va de suite : morale vulgaire qui sortait du spectacle même ; mais mon esprit ne s'arrêtait pas là ; je perçais jusqu'à la nature de l'homme. Tout est-il vide et absence dans la région des sépulcres ? N'y a-t-il rien dans ce rien ? N'est-il point d'existences de néant, des pensées de poussière ? Ces ossements n'ont-ils point des modes de vie qu'on ignore ? Qui sait les passions, les plaisirs, les embrassements de ces morts ? Les choses qu'ils ont rêvées, crues, attendues, sont-elles comme eux des idéalités, engouffrées pêle-mêle avec eux ? Songes, avenirs, joies, douleurs, libertés et esclavages, puissances et faiblesses, crimes et vertus, honneurs et infamies, richesses et misères, talents, génies, intelligences, gloires, illusions, amours, êtes-vous des perceptions d'un moment, perceptions passées avec les crânes détruits dans lesquels elles s'engendrèrent, avec le sein anéanti où jadis battit un cœur ? Dans votre éternel silence, ô tombeaux, si vous êtes des tombeaux, n'entend-on qu'un rire moqueur et éternel ? Ce rire est-il le Dieu, la seule réalité dérisoire, qui survivra à l'imposture de cet univers ? Fermons les yeux ; remplissons l'abîme désespéré de la vie par ces grandes et mystérieuses paroles du martyr : « Je suis chrétien. »

(26)

L'ÎLE D'ELBE.

Bonaparte avait refusé de s'embarquer sur un vaisseau français, ne faisant cas alors que de la marine anglaise, parce qu'elle était victorieuse ; il avait oublié sa haine, les calomnies, les outrages dont il avait accablé la perfide Albion ; il ne voyait plus de digne de son admiration que le parti triomphant, et ce fut l'*Undaunted* qui le transporta au port de son premier exil ; il n'était pas sans inquiétude sur la manière dont il serait reçu : la garnison française lui remettrait-elle le territoire qu'elle gardait ? Des insulaires italiens, les uns voulaient appeler les Anglais, les autres demeurer libres de tout maître ; le drapeau tricolore et le drapeau blanc flottaient sur quelques caps rapprochés les uns des autres. Tout s'arrangea néanmoins. Quand on apprit que Bonaparte arrivait avec des millions, les opinions se décidèrent généreusement à recevoir l'*auguste victime*. Les autorités civiles et religieuses furent ramenées à la même conviction. Joseph-Philippe Arrighi, vicaire général, publia un mandement : « La divine Providence, disait la pieuse injonction, a voulu que nous fussions à l'avenir les sujets de Napoléon le Grand. L'île d'Elbe, élevée à un honneur aussi sublime, reçoit dans son sein l'oint du Seigneur. Nous ordonnons qu'un *Te Deum* solennel soit chanté en actions de grâces, etc. »

L'empereur avait écrit au général Dalesme [1], commandant de la garnison française, qu'il eût à faire connaître aux Elbois qu'il *avait fait choix* de leur île pour son séjour, en considération de la douceur de leurs mœurs et de leur climat. Il mit pied à terre à Porto-Ferrajo, au milieu du double salut de la frégate anglaise qui le portait et des batteries de la côte. De là, il fut conduit sous le dais de la paroisse à l'église où l'on chanta le *Te Deum*. Le bedeau, maître des cérémonies, était un homme court et gros, qui ne pouvait pas joindre ses mains autour de sa personne. Napoléon fut ensuite conduit à la mairie ; son logement y était préparé. On y déploya le nouveau pavillon impérial, fond blanc, traversé d'une bande rouge semée de trois abeilles d'or. Trois violons et deux basses le suivaient avec des raclements d'allégresse. Le trône, dressé à la hâte dans la salle des bals publics, était décoré de papier doré et de loques d'écarlate. Le côté comédien de la nature du prisonnier s'arrangeait de ces parades :

---

1. Le général baron Jean-Baptiste Dalesme (1763-1832), ancien député de la Haute-Vienne au Corps législatif.

Napoléon jouait à la chapelle[1], comme il amusait sa cour avec de vieux petits jeux dans l'intérieur de son palais aux Tuileries, allant après tuer des hommes par passe-temps. Il forma sa maison : elle se composait de quatre chambellans, de trois officiers d'ordonnance et de deux fourriers du palais. Il déclara qu'il recevrait les dames deux fois par semaine, à huit heures du soir. Il donna un bal. Il s'empara, pour y résider, du pavillon destiné au génie militaire. Bonaparte retrouvait sans cesse dans sa vie les deux sources dont elle était sortie, la démocratie et le pouvoir royal ; sa puissance lui venait des masses citoyennes, son rang de son génie ; aussi le voyez-vous passer sans effort de la place publique au trône, des rois et des reines qui se pressaient autour de lui à Erfurt, aux boulangers et aux marchands d'huile qui dansaient dans sa grange à Porto-Ferrajo. Il avait du peuple parmi les princes, du prince parmi les peuples. À cinq heures du matin, en bas de soie et en souliers à boucles, il présidait ses maçons à l'île d'Elbe.

Établi dans son empire, inépuisable en acier dès les jours de Virgile,

Insula inexhaustis Chalybum generosa metallis[2],

Bonaparte n'avait point oublié les outrages qu'il venait de traverser ; il n'avait point renoncé à déchirer son suaire ; mais il lui convenait de paraître enseveli, de faire seulement autour de son monument quelque apparition de fantôme. C'est pourquoi, comme s'il n'eût pensé à autre chose, il s'empressa de descendre dans ses carrières de fer cristallisé et d'aimant ; on l'eût pris pour l'ancien inspecteur des mines de ses ci-devant États. Il se repentit d'avoir affecté jadis le revenu des forges d'*Illua* à la Légion d'honneur ; 500.000 fr. lui semblaient alors mieux

---

1. Expression fréquente, dans les années 1820-1840, pour désigner les enfants qui jouent à imiter les cérémonies du culte, ou les adultes qui prennent trop au sérieux des choses futiles.   2. *Énéide*, X, 174 : « Île qui fournit en abondance les inépuisables métaux forgés par les Chalybes ». Walter Scott avait déjà cité ce vers de Virgile (t. XVI, p. 61).

valoir qu'une croix baignée dans le sang sur la poitrine
de ses grenadiers : « Où avais-je la tête ? dit-il ; mais j'ai
rendu plusieurs stupides décrets de cette nature. » Il fit un
traité de commerce avec Livourne et se proposait d'en
faire un autre avec Gênes. Vaille que vaille, il entreprit
cinq ou six toises de grand chemin et traça l'emplacement
de quatre grandes villes, de même que Didon dessina les
limites de Carthage. Philosophe revenu des grandeurs
humaines, il déclara qu'il voulait vivre désormais comme
un juge de paix dans un comté d'Angleterre : et pourtant,
en gravissant un morne qui domine Porto-Ferrajo, à la
vue de la mer qui s'avançait de tous côtés au pied des
falaises, ces mots lui échappèrent : « Diable ! il faut
l'avouer, mon île est très petite. » Dans quelques heures,
il eut visité son domaine ; il y voulut joindre un rocher
appelé *Pianosa*. « L'Europe va m'accuser, dit-il en riant,
d'avoir déjà fait une conquête [1]. » Les puissances alliées
se réjouissaient de lui avoir laissé en dérision quatre cents
soldats ; il ne lui en fallait pas davantage pour les rappeler
tous sous le drapeau.

La présence de Napoléon sur les côtes de l'Italie, qui
avait vu commencer sa gloire et qui garde son souvenir,
agitait tout. Murat était voisin ; ses amis, des étrangers,
abordaient secrètement ou publiquement à sa retraite ; sa
mère et sa sœur, la princesse Pauline, le visitèrent ; on
s'attendait à voir bientôt arriver Marie-Louise et son fils.
En effet parut une femme et un enfant [2] : reçue en grand
mystère, elle alla demeurer dans une villa retirée, au coin
le plus écarté de l'île : sur le rivage d'Ogygie, Calypso
parlait de son amour à Ulysse qui, au lieu de l'écouter,
songeait à se défaire des prétendants. Après deux jours

---

1. Ce mot, comme les deux qui précèdent, est cité par Scott (t. XVI,
p. 62, 63 et 66), que Chateaubriand suit de près dans ce chapitre. C'est
encore Walter Scott qui évoque la petite île de Pianosa (entre Elbe
et Monte-Christo) « abandonnée à cause des descentes fréquentes des
corsaires ».   2. La comtesse Walewska, et son jeune fils Alexandre
(né le 4 mai 1810). Arrivés le 1er septembre, ils repartirent le 3. *Cf.*
Scott (t. XVI, p. 74) : « Elle fut logée dans une petite maison de campagne très retirée, dans la partie la plus éloignée (...). Au bout de deux
jours elle se rembarqua pour Naples ».

de repos, le cygne du Nord reprit la mer pour aborder aux myrtes de Baïes, emportant son petit dans sa yole blanche.

Si nous eussions été moins confiants, il nous eût été facile de découvrir l'approche d'une catastrophe. Bonaparte était trop près de son berceau et de ses conquêtes ; son île funèbre devait être plus lointaine et entourée de plus de flots. On ne s'explique pas comment les alliés avaient imaginé de reléguer Napoléon sur les rochers où il devait faire l'apprentissage de l'exil : pouvait-on croire qu'à la vue des Apennins, qu'en sentant la poudre des champs de Montenotte, d'Arcole et de Marengo, qu'en découvrant Venise, Rome et Naples, ses trois belles esclaves, les tentations les plus irrésistibles ne s'empareraient pas de son cœur ? Avait-on oublié qu'il avait remué la terre et qu'il avait partout des admirateurs et des obligés, les uns et les autres ses complices ? Son ambition était déçue, non éteinte ; l'infortune et la vengeance en ranimaient les flammes : quand le prince des ténèbres du bord de l'univers créé aperçut l'homme et le monde, il résolut de les perdre [1].

Avant d'éclater, le terrible captif se contint pendant quelques semaines. Auprès de l'immense *pharaon* [2] public qu'il tenait, son génie négociait une fortune ou un royaume. Les Fouché, les Guzman d'Alfarache, pullulaient. Le grand acteur avait établi depuis longtemps le mélodrame à sa police et s'était réservé la haute scène ; il s'amusait des victimes vulgaires qui disparaissaient dans les trappes de son théâtre.

Le bonapartisme, dans la première année de la Restauration, passa du simple désir à l'action, à mesure que ses espérances grandirent et qu'il eut mieux connu le caractère faible des Bourbons. Quand l'intrigue fut nouée au dehors, elle se noua au dedans, et la conspiration devint flagrante. Sous l'habile administration de M. Ferrand,

---

1. *Cf.* Milton, *Paradis perdu*, livre IV : « La conscience éveille (dans Satan) le souvenir amer de ce qu'il fut, de ce qu'il est, et de ce qu'il doit être », etc.   2. Jeu de cartes qui se joue entre un banquier et un nombre illimité de pontes.

M. de Lavalette faisait la correspondance[1] : les courriers de la monarchie portaient les dépêches de l'empire. On ne se cachait plus ; les caricatures annonçaient un retour souhaité : on voyait des aigles rentrer par les fenêtres du château des Tuileries, d'où sortait par les portes un troupeau de dindons ; le *Nain jaune* ou *vert* parlait de plumes de *cane*[2]. Les avertissements venaient de toutes parts, et l'on n'y voulait pas croire. Le gouvernement suisse s'était inutilement empressé de prévenir le gouvernement du Roi des menées de Joseph Bonaparte, retiré dans le pays de Vaud. Une femme arrivée de l'île d'Elbe donnait les détails les plus circonstanciés de ce qui se passait à Porto-Ferrajo, et la police la fit jeter en prison. On tenait pour certain que Napoléon n'oserait rien tenter avant la dissolution du congrès, et que, dans tous les cas, ses vues se tourneraient vers l'Italie. D'autres, plus avisés encore, faisaient des vœux pour que le *petit caporal*, l'*ogre*, le *prisonnier*, abordât les côtes de France : cela serait trop heureux, on en finirait d'un seul coup ! M. Pozzo di Borgo déclarait à Vienne que le délinquant serait accroché à une branche d'arbre. Si l'on pouvait avoir certains papiers, on y trouverait la preuve que dès 1814 une conspiration militaire était ourdie et marchait parallèlement avec la conspiration politique que le prince de Talleyrand conduisait à Vienne, à l'instigation de Fouché. Les amis de Napoléon lui écrivirent que s'il ne hâtait son retour, il trouverait sa place prise aux Tuileries par le duc d'Orléans : ils s'imaginent que cette révélation servit à précipiter le retour de l'empereur. Je crois à l'existence de ces menées, mais je crois aussi que la cause déterminante qui décida Bonaparte était tout simplement la nature de son génie.

---

1. Lavalette avait été directeur général des Postes, cabinet noir compris. Remplacé par le comte Ferrand, alors diminué par la maladie, il ne cessa, prétendit-on, de diriger clandestinement son service, avant de reprendre avec éclat ses fonctions pendant les Cent-Jours.   2. Allusion au golfe Juan, près de Cannes, où Napoléon devait débarquer. Journal satirique rédigé par les habitués du salon de la reine Hortense (Étienne, Jouy, etc.), le *Nain jaune* amusait par ses épigrammes jusqu'à Louis XVIII.

La conspiration de Drouet d'Erlon et de Lefebvre-Desnouettes venait d'éclater[1]. Quelques jours avant la levée de boucliers de ces généraux, je dînais chez M. le maréchal Soult, nommé ministre de la guerre le 3 décembre 1814 : un niais racontait l'exil de Louis XVIII à Hartwell ; le maréchal écoutait ; à chaque circonstance rappelée il répondait par ces deux mots : « C'est historique. » – On apportait les pantoufles de Sa Majesté. – « C'est historique ! » – Le Roi avalait, les jours maigres, trois œufs frais avant de commencer son dîner. – « C'est historique ! » Cette réponse me frappa. Quand un gouvernement n'est pas solidement établi, tout homme dont la conscience ne compte pas devient, selon le plus ou le moins d'énergie de son caractère, un quart, une moitié, un trois quarts de conspirateur ; il attend la décision de la fortune : les événements font plus de traîtres que les opinions.

---

1. Ce complot militaire fut déclenché à partir de certaines garnisons du Nord, sitôt connu le débarquement de Napoléon. Dépêché en hâte par Soult, le maréchal Mortier ne tarda pas à ramener les troupes dans le devoir, tandis que les meneurs gradés prenaient la fuite.

LIVRE VINGT-TROISIÈME

(1)

COMMENCEMENT DES CENT-JOURS.
RETOUR DE L'ÎLE D'ELBE.

Tout à coup le télégraphe annonça aux braves et aux incrédules le débarquement de l'homme[1] : *Monsieur* court à Lyon avec le duc d'Orléans et le maréchal Macdonald ; il en revient aussitôt. Le maréchal Soult, dénoncé à la Chambre des députés, cède sa place le 11 mars au duc de Feltre[2]. Bonaparte rencontra devant lui, pour ministre de la guerre de Louis XVIII, en 1815, le général qui avait été son dernier ministre de la guerre en 1814.

La hardiesse de l'entreprise était inouïe. Sous le point de vue politique, on pourrait regarder cette entreprise comme le crime irrémissible et la faute capitale de Napoléon. Il savait que les princes encore réunis en congrès, que l'Europe encore sous les armes, ne souffriraient pas son rétablissement ; son jugement devait l'avertir qu'un succès, s'il l'obtenait, ne pouvait être que d'un jour : il immolait à sa passion de reparaître sur la scène le repos

---

1. Dans la soirée du 3 mars, Masséna envoya, de Marseille, un courrier porter la nouvelle à Lyon ; la dépêche fut ensuite transmise par le télégraphe à Paris où elle arriva dans les mains du roi le 5 en fin de matinée. Le *Moniteur* ne la publia que le 7 mars.   **2.** Clarke.

d'un peuple qui lui avait prodigué son sang et ses trésors ; il exposait au démembrement la patrie dont il tenait tout ce qu'il avait été dans le passé et tout ce qu'il sera dans l'avenir. Il y eut dans cette conception fantastique un égoïsme féroce, un manque effroyable de reconnaissance et de générosité envers la France.

Tout cela est vrai selon la raison pratique, pour un homme à entrailles plutôt qu'à cervelle ; mais, pour les êtres de la nature de Napoléon, une raison d'une autre sorte existe ; ces créatures à haut renom ont une allure à part : les comètes décrivent des courbes qui échappent au calcul ; elles ne sont liées à rien, ne paraissent bonnes à rien ; s'il se trouve un globe sur leur passage, elles le brisent et rentrent dans les abîmes du ciel ; leurs lois ne sont connues que de Dieu. Les individus extraordinaires sont les monuments de l'intelligence humaine ; ils n'en sont pas la règle.

Bonaparte fut donc moins déterminé à son entreprise par les faux rapports de ses amis que par la nécessité de son génie : il se croisa en vertu de la foi qu'il avait en lui. Ce n'est pas tout de naître, pour un grand homme : il faut mourir. L'île d'Elbe était-elle une fin pour Napoléon ? Pouvait-il accepter la souveraineté d'une tour, comme Tibère à Caprée, d'un carré de légumes, comme Dioclétien à Salone ? S'il eût attendu plus tard, aurait-il eu plus de chances de succès, alors qu'on eût été moins ému de son souvenir, que ses vieux soldats eussent quitté l'armée, que les nouvelles positions sociales eussent été prises ?

Eh bien ! il fit un coup de tête contre le monde : à son début, il dut croire ne s'être pas trompé sur le prestige de sa puissance.

Une nuit, entre le 25 et le 26 février, au sortir d'un bal dont la princesse Borghèse faisait les honneurs[1], il s'évade avec la victoire, longtemps sa complice et sa

---

1. *Cf.* Scott, t. XVI, p. 205 : « Pour garder le secret de son entreprise, sa sœur Pauline donna un bal la nuit de son départ, et, en quittant la fête, les officiers furent appelés inopinément à monter à bord de la petite escadre ».

camarade ; il franchit une mer couverte de nos flottes, rencontre deux frégates, un vaisseau de 74 et le brick de guerre le *Zéphyr* qui l'accoste et l'interroge ; il répond lui-même aux questions du capitaine ; la mer et les flots le saluent, et il poursuit sa course. Le tillac de l'*Inconstant*, son petit navire, lui sert de promenoir et de cabinet ; il dicte au milieu des vents, et fait copier sur cette table agitée trois proclamations à l'armée et à la France ; quelques felouques, chargées de ses compagnons d'aventure, portent, autour de sa barque amirale, pavillon blanc semé d'étoiles. Le 1er mars, à trois heures du matin, il aborde la côte de France entre Cannes et Antibes, dans le golfe Juan : il descend, parcourt la rive, cueille des violettes et bivouaque dans une plantation d'oliviers. La population stupéfaite se retire. Il manque Antibes et se jette dans les montagnes de Grasse, traverse Sernon, Barrême, Digne et Gap. À Sisteron, vingt hommes le peuvent arrêter, et il ne trouve personne. Il s'avance sans obstacle parmi ces habitants qui, quelques mois auparavant, avaient voulu l'égorger. Dans le vide qui se forme autour de son ombre gigantesque, s'il entre quelques soldats, ils sont invinciblement entraînés par l'attraction de ses aigles. Ses ennemis fascinés le cherchent et ne le voient pas ; il se cache dans sa gloire, comme le lion du Sahara se cache dans les rayons du soleil pour se dérober aux regards des chasseurs éblouis. Enveloppés dans une trombe ardente, les fantômes sanglants d'Arcole, de Marengo, d'Austerlitz, d'Iéna, de Friedland, d'Eylau, de la Moskowa, de Lützen, de Bautzen, lui font un cortège avec un million de morts. Du sein de cette colonne de feu et de nuée [1], sortent à l'entrée des villes quelques coups de trompette mêlés aux signaux du labarum tricolore : et les portes des villes tombent. Lorsque Napoléon passa le Niémen à la tête de quatre cent mille fantassins et de cent mille chevaux pour faire sauter le palais des czars à Moscou, il fut moins étonnant que lorsque, rompant son ban, jetant ses fers au visage des rois, il vint seul, de Cannes à Paris, coucher paisiblement aux Tuileries.

---

1. Voir livre XIX, p. 372, note 3.

(2)

TORPEUR DE LA LÉGITIMITÉ.
ARTICLE DE BENJAMIN CONSTANT.
ORDRE DU JOUR DU MARÉCHAL SOULT.
SÉANCE ROYALE. – PÉTITION DE L'ÉCOLE DE DROIT
À LA CHAMBRE DES DÉPUTÉS.

Auprès du prodige de l'invasion d'un seul homme, il
en faut placer un autre qui fut le contre-coup du premier :
la légitimité tomba en défaillance ; la pâmoison du cœur de
l'État gagna les membres et rendit la France immobile.
Pendant vingt jours, Bonaparte marche par étapes ; ses
aigles volent de clocher en clocher[1], et, sur une route
de deux cents lieues, le gouvernement, maître de tout,
disposant de l'argent et des bras, ne trouve ni le temps ni
le moyen de couper un pont, d'abattre un arbre, pour
retarder au moins d'une heure la marche d'un homme à
qui les populations ne s'opposaient pas, mais qu'elles ne
suivaient pas non plus.

Cette torpeur du gouvernement semblait d'autant plus
déplorable que l'opinion publique à Paris était fort animée ; elle se fût prêtée à tout, malgré la défection du
maréchal Ney. Benjamin Constant écrivait dans les
gazettes :

« Après avoir versé tous les fléaux sur notre patrie,
il a quitté le sol de la France. Qui n'eût pensé qu'il le
quittait pour toujours ? Tout à coup il se présente et
promet encore aux Français la liberté, la victoire, la
paix. Auteur de la constitution la plus tyrannique qui
ait régi la France, il parle aujourd'hui de liberté ? Mais
c'est lui qui, durant quatorze ans, a miné et détruit la
liberté. Il n'avait pas l'excuse des souvenirs, l'habitude
du pouvoir ; il n'était pas né sous la pourpre. Ce sont
ses concitoyens qu'il a asservis, ses égaux qu'il a
enchaînés. Il n'avait pas hérité de la puissance ; il a

1. C'est la célèbre formule de la proclamation du 1er mars.

voulu et médité la tyrannie : quelle liberté peut-il promettre ? Ne sommes-nous pas mille fois plus libres que
sous son empire ? Il promet la victoire, et trois fois il
a laissé ses troupes en Égypte, en Espagne et en Russie,
livrant ses compagnons d'armes à la triple agonie du
froid, de la misère et du désespoir. Il a attiré sur la
France l'humiliation d'être envahie ; il a perdu les
conquêtes que nous avions faites avant lui. Il promet
la paix et son nom seul est un signal de guerre. Le
peuple assez malheureux pour le servir redeviendrait
l'objet de la haine européenne ; son triomphe serait le
commencement d'un combat à mort contre le monde
civilisé... Il n'a donc rien à réclamer ni à offrir. Qui
pourrait-il convaincre, ou qui pourrait-il séduire ? La
guerre intestine, la guerre extérieure, voilà les présents
qu'il nous apporte [1]. »

L'ordre du jour du maréchal Soult, daté du 8 mars
1815, répète à peu près les idées de Benjamin Constant
avec une effusion de loyauté :

« Soldats,

« Cet homme qui naguère abdiqua aux yeux de l'Europe un pouvoir usurpé, dont il avait fait un si fatal usage,
est descendu sur le sol français qu'il ne devait plus revoir.

« Que veut-il ? la guerre civile : que cherche-t-il ? des
traîtres : où les trouvera-t-il ? Serait-ce parmi ces soldats
qu'il a trompés et sacrifiés tant de fois, en égarant leur
bravoure ? Serait-ce au sein de ces familles que son nom
seul remplit encore d'effroi ?

« Bonaparte nous méprise assez pour croire que nous
pourrons abandonner un souverain légitime et bien-aimé
pour partager le sort d'un homme qui n'est plus qu'un
aventurier. Il le croit, l'insensé ! et son dernier acte de
démence achève de le faire connaître.

« Soldats, l'armée française est la plus brave armée de
l'Europe, elle sera aussi la plus fidèle.

« Rallions-nous autour de la bannière des lis, à la voix
de ce père du peuple, de ce digne héritier des vertus du

---

1. Article publié dans le *Journal des Débats* du 19 mars.

grand Henri. Il vous a tracé lui-même les devoirs que vous avez à remplir. Il met à votre tête ce prince, modèle des chevaliers français, dont l'heureux retour dans notre patrie a déjà chassé l'usurpateur, et qui aujourd'hui va détruire par sa présence, son seul et dernier espoir. »

Louis XVIII se présenta le 16 mars à la Chambre des députés ; il s'agissait du destin de la France et du monde. Quand Sa Majesté entra, les députés et les spectateurs dans les tribunes se découvrirent et se levèrent ; une acclamation ébranla les murs de la salle. Louis XVIII monte lentement à son trône ; les princes, les maréchaux et les capitaines des gardes se rangent aux deux côtés du Roi. Les cris cessent ; tout se tait : dans cet intervalle de silence, on croyait entendre les pas lointains de Napoléon. Sa Majesté, assise, regarde un moment l'assemblée et prononce ce discours d'une voix ferme :

« Messieurs,

« Dans ce moment de crise où l'ennemi public a pénétré dans une partie de mon royaume et qu'il menace la liberté de tout le reste, je viens au milieu de vous resserrer encore les liens qui, vous unissant avec moi, font la force de l'État ; je viens, en m'adressant à vous, exposer à toute la France mes sentiments et mes vœux.

« J'ai revu ma patrie ; je l'ai réconciliée avec les puissances étrangères, qui seront, n'en doutez pas, fidèles aux traités qui nous ont rendus à la paix ; j'ai travaillé au bonheur de mon peuple ; j'ai recueilli, je recueille tous les jours les marques les plus touchantes de son amour ; pourrais-je à soixante ans mieux terminer ma carrière qu'en mourant pour sa défense ?

« Je ne crains donc rien pour moi, mais je crains pour la France : celui qui vient allumer parmi nous les torches de la guerre civile y apporte aussi le fléau de la guerre étrangère ; il vient remettre notre patrie sous son joug de fer ; il vient enfin détruire cette Charte constitutionnelle que je vous ai donnée, cette Charte, mon plus beau titre aux yeux de la postérité, cette Charte que tous les Français chérissent et que je jure ici de maintenir : rallions-nous donc autour d'elle. »

Le Roi parlait encore quand un nuage répandit l'obscurité dans la salle ; les yeux se tournèrent vers la voûte pour chercher la cause de cette soudaine nuit. Lorsque le monarque législateur cessa de parler, les cris de *Vive le Roi !* recommencèrent au milieu des larmes. « L'assemblée », dit avec vérité le *Moniteur*, « électrisée par les sublimes paroles du Roi, était debout, les mains étendues vers le trône. On n'entendait que ces mots : *Vive le Roi ! mourir pour le Roi ! le Roi à la vie et à la mort !* répétés avec un transport que tous les cœurs français partageront. »

En effet, le spectacle était pathétique : un vieux roi infirme, qui, pour prix du massacre de sa famille et de vingt-trois années d'exil, avait apporté à la France la paix, la liberté, l'oubli de tous les outrages et de tous les malheurs ; ce patriarche des souverains venant déclarer aux députés de la nation qu'à son âge, après avoir revu sa patrie, il ne pouvait mieux terminer sa carrière qu'en mourant pour la défense de son peuple ! Les princes jurèrent fidélité à la Charte ; ces serments tardifs furent clos par celui du prince de Condé et par l'adhésion du père du duc d'Enghien. Cette héroïque race prête à s'éteindre, cette race d'épée patricienne, cherchant derrière la liberté un bouclier contre une épée plébéienne plus jeune, plus longue et plus cruelle, offrait, en raison d'une multitude de souvenirs, quelque chose d'extrêmement triste.

Le discours de Louis XVIII, connu au dehors, excita des transports inexprimables. Paris était tout royaliste et demeura tel pendant les Cent-Jours. Les femmes particulièrement étaient bourbonistes.

La jeunesse adore aujourd'hui le souvenir de Bonaparte, parce qu'elle est humiliée du rôle que le gouvernement actuel fait jouer à la France en Europe ; la jeunesse, en 1814, saluait la Restauration, parce qu'elle abattait le despotisme et relevait la liberté. Dans les rangs des volontaires royaux on comptait M. Odilon Barrot[1], grand

---

1. Odilon Barrot (1791-1873), alors jeune avocat libéral, sera un des artisans de la Révolution de Juillet.

nombre d'élèves de l'École de médecine, et l'École de droit tout entière ; celle-ci adressa la pétition suivante, le 13 mars, à la Chambre des députés :

« Messieurs,

« Nous nous offrons au Roi et à la patrie ; l'École de droit tout entière demande à marcher. Nous n'abandonnerons ni notre souverain, ni notre constitution. Fidèles à l'honneur français, nous vous demandons des armes[1]. Le sentiment d'amour que nous portons à Louis XVIII vous répond de la constance de notre dévouement. Nous ne voulons plus de fers, nous voulons la liberté. Nous l'avons, on vient nous l'arracher : nous la défendrons jusqu'à la mort. Vive le Roi ! vive la constitution ! »

Dans ce langage énergique, naturel et sincère, on sent la générosité de la jeunesse et l'amour de la liberté. Ceux qui viennent nous dire aujourd'hui que la Restauration fut reçue avec dégoût et douleur par la France sont ou des ambitieux qui jouent une partie, ou des hommes naissants qui n'ont point connu l'oppression de Bonaparte, ou de vieux menteurs révolutionnaires impérialisés[2] qui, après avoir applaudi comme les autres au retour des Bourbons, insultent maintenant, selon leur coutume, ce qui est tombé, et retournent à leur instinct de meurtre, de police et de servitude.

---

1. Sept cents volontaires rejoignirent les gardes du corps à Beauvais, le 26 mars, puis suivirent Louis XVIII en Belgique. Leur bataillon ne regagna Paris que le 30 juillet.   **2.** Néologisme répandu dans la presse de la fin de la Restauration. *Cf.* livre XXII, p. 604, note 2.

(3)

PROJET DE DÉFENSE DE PARIS.

Le discours du Roi m'avait rempli d'espoir. Des conférences se tenaient chez le président de la Chambre des députés, M. Lainé. J'y rencontrai M. de La Fayette : je ne l'avais jamais vu que de loin à une autre époque, sous l'Assemblée constituante. Les propositions étaient diverses ; la plupart faibles, comme il advient dans le péril : les uns voulaient que le Roi quittât Paris et se retirât au Havre ; les autres parlaient de le transporter dans la Vendée ; ceux-ci barbouillaient des phrases sans conclusion ; ceux-là disaient qu'il fallait attendre et voir venir : ce qui venait était pourtant fort visible. J'exprimai une opinion différente : chose singulière ! M. de La Fayette l'appuya, et avec chaleur*. M. Lainé et le maréchal Marmont étaient aussi de mon avis. Je disais donc :

« Que le Roi tienne parole ; qu'il reste dans sa capitale. La garde nationale est pour nous. Assurons-nous de Vincennes. Nous avons les armes et l'argent : avec l'argent nous aurons la faiblesse et la cupidité. Si le Roi quitte Paris, Paris laissera entrer Bonaparte ; Bonaparte maître de Paris est maître de la France. L'armée n'est pas passée tout entière à l'ennemi ; plusieurs régiments, beaucoup de généraux et d'officiers, n'ont point encore trahi leur serment : demeurons fermes, ils resteront fidèles. Dispersons la famille royale, ne gardons que le Roi. Que MONSIEUR aille au Havre, le duc de Berry à Lille, le duc de Bourbon dans la Vendée, le duc d'Orléans à Metz ; madame la duchesse et M. le duc d'Angoulême sont déjà dans le Midi. Nos divers points de résistance empêcheront Bonaparte de concentrer ses forces. Barricadons-nous

---

* M. de La Fayette confirme, dans des *Mémoires* précieux pour les faits, que l'on a publiés depuis sa mort, la rencontre singulière de son opinion et de la mienne au retour de Bonaparte. M. de La Fayette aimait sincèrement l'honneur et la liberté. (Note de Paris, 1840.)

dans Paris. Déjà les gardes nationales des départements voisins viennent à notre secours. Au milieu de ce mouvement, notre vieux monarque, sous la protection du testament de Louis XVI, la Charte à la main restera tranquille assis sur son trône aux Tuileries ; le corps diplomatique se rangera autour de lui ; les deux Chambres se rassembleront dans les deux pavillons du château ; la maison du Roi campera sur le Carrousel et dans le jardin des Tuileries. Nous borderons de canons les quais et la terrasse de l'eau : que Bonaparte nous attaque dans cette position ; qu'il emporte une à une nos barricades ; qu'il bombarde Paris, s'il le veut et s'il a des mortiers ; qu'il se rende odieux à la population entière, et nous verrons le résultat de son entreprise ! Résistons seulement trois jours, et la victoire est à nous. Le Roi, se défendant dans son château, causera un enthousiasme universel. Enfin, s'il doit mourir, qu'il meure digne de son rang ; que le dernier exploit de Napoléon soit l'égorgement d'un vieillard. Louis XVIII, en sacrifiant sa vie, gagnera la seule bataille qu'il aura livrée ; il la gagnera au profit de la liberté du genre humain. »

Ainsi je parlai : on n'est jamais reçu à dire que tout est perdu quand on n'a rien tenté. Qu'y aurait-il eu de plus beau qu'un vieux fils de saint Louis renversant avec des Français, en quelques moments, un homme que tous les rois conjurés de l'Europe avaient mis tant d'années à abattre ?

Cette résolution, en apparence désespérée, était au fond très raisonnable et n'offrait pas le moindre danger. Je resterai à jamais convaincu que Bonaparte, trouvant Paris ennemi et le Roi présent, n'aurait pas essayé de les forcer. Sans artillerie, sans vivres, sans argent, il n'avait avec lui que des troupes réunies au hasard, encore flottantes, étonnées de leur brusque changement de cocarde, de leurs serments prononcés à la volée sur les chemins : elles se seraient promptement divisées. Quelques heures de retard perdaient Napoléon ; il suffisait d'avoir un peu de cœur. On pouvait même déjà compter sur une partie de l'armée ; les deux régiments suisses gardaient leur foi : le maréchal Gouvion Saint-Cyr ne fit-il pas reprendre la cocarde

blanche à la garnison d'Orléans deux jours après l'entrée
de Bonaparte dans Paris ? De Marseille à Bordeaux, tout
reconnut l'autorité du Roi pendant le mois de mars
entier : à Bordeaux, les troupes hésitaient ; elles seraient
restées à madame la duchesse d'Angoulême, si l'on avait
appris que le Roi était aux Tuileries et que Paris se défendait. Les villes de province eussent imité Paris. Le 10ᵉ de
ligne se battit très bien sous le duc d'Angoulême ; Masséna se montrait cauteleux et incertain ; à Lille, la garnison répondit à la vive proclamation du maréchal Mortier.
Si toutes ces preuves d'une fidélité possible eurent lieu
en dépit d'une fuite, que n'auraient-elles point été dans
le cas d'une résistance ?

Mon plan adopté, les étrangers n'auraient point de nouveau ravagé la France ; nos princes ne seraient point revenus avec les armées ennemies ; la légitimité eût été
sauvée par elle-même. Une seule chose eût été à craindre
après le succès : la trop grande confiance de la royauté
dans ses forces, et par conséquent des entreprises sur les
droits de la nation.

Pourquoi suis-je venu à une époque où j'étais si mal
placé ? Pourquoi ai-je été royaliste contre mon instinct
dans un temps où une misérable race de cour ne pouvait
ni m'entendre ni me comprendre ? Pourquoi ai-je été jeté
dans cette troupe de médiocrités qui me prenaient pour
un écervelé, quand je parlais courage ; pour un révolutionnaire, quand je parlais liberté ?

Il s'agissait bien de défense ! Le Roi n'avait aucune
frayeur, et mon plan lui plaisait assez par une certaine
grandeur *louis-quatorzième ;* mais d'autres figures étaient
allongées. On emballait les diamants de la couronne
(autrefois acquis des deniers particuliers des souverains),
en laissant trente-trois millions écus au trésor et quarante-
deux millions en effets. Ces soixante-quinze millions
étaient le fruit de l'impôt : que ne le rendait-on au peuple
plutôt que de le laisser à la tyrannie !

Une double procession montait et descendait les escaliers du pavillon de Flore ; on s'enquérait de ce qu'on
avait à faire : point de réponse. On s'adressait au capitaine
des gardes ; on interrogeait les chapelains, les chantres,

les aumôniers : rien. De vaines causeries, de vains projets, de vains débits de nouvelles. J'ai vu des jeunes gens pleurer de fureur en demandant inutilement des ordres et des armes ; j'ai vu des femmes se trouver mal de colère et de mépris[1]. Parvenir au Roi, impossible ; l'étiquette fermait la porte.

La grande mesure décrétée contre Bonaparte fut un ordre de *courir sus*[2] : Louis XVIII, sans jambes, *courir sus* le conquérant qui enjambait la terre ! Cette formule des anciennes lois, renouvelée à cette occasion, suffit pour montrer la portée d'esprit des hommes d'État de cette époque. *Courir sus* en 1815 ! *courir sus !* et *sus* qui ? *sus* un loup ? *sus* un chef de brigands ! *sus* un seigneur félon ? Non : *sus* Napoléon qui avait *couru sus* les rois, les avait saisis et marqués pour jamais à l'épaule de son *N* ineffaçable !

De cette ordonnance, considérée de plus près, sortait une vérité politique que personne ne voyait : la race légitime, étrangère à la nation pendant vingt-trois années, était restée au jour et à la place où la Révolution l'avait prise, tandis que la nation avait marché dans le temps et l'espace. De là impossibilité de s'entendre et de se rejoindre ; religion, idées, intérêts, langage, terre et ciel, tout était différent pour le peuple et pour le Roi, parce qu'ils n'étaient plus au même point de la route, parce qu'ils étaient séparés par un quart de siècle équivalant à des siècles.

Mais si l'ordre de *courir sus* paraît étrange par la conservation du vieil idiome de la loi, Bonaparte eut-il d'abord l'intention d'agir mieux, tout en employant un nouveau langage ? Des papiers de M. d'Hauterive, inventoriés par M. Artaud, prouvent qu'on eut beaucoup de peine à empêcher Napoléon de faire fusiller le duc d'An-

---

1. Allusion à une démarche faite le 18 mars par la duchesse de Duras auprès de Vitrolles, au cours de laquelle elle perdit connaissance, si nous en croyons les *Mémoires* de ce dernier (t. 2, p. 346).   2. Ordonnance royale du 6 mars, publiée dans le *Moniteur* du 7, qui déclarait « Bonaparte traître et rebelle ».

goulême, malgré la pièce officielle du *Moniteur*, pièce de
parade qui nous reste : il trouvait mauvais que ce prince
se fût défendu[1]. Et pourtant le fugitif de l'île d'Elbe, en
quittant Fontainebleau, avait recommandé aux soldats
d'être *fidèles au monarque* que la France s'était choisi.
Napoléon au moment où il parlait de nouveau d'immoler
un fils de France, était-il autre chose que le double usurpateur de la nouvelle royauté des Bourbons et des libertés
populaires ? Quoi ! le sang du duc d'Enghien ne lui avait
point suffi ? La famille de Bonaparte avait été respectée ;
la reine Hortense avait obtenu de Louis XVIII le titre de
duchesse de Saint-Leu ; Caroline, qui régnait encore à
Naples, n'eut son royaume vendu par M. de Talleyrand
que pendant le congrès de Vienne.

Cette époque, où la franchise manque à tous, serre le
cœur : chacun jetait en avant une profession de foi,
comme une passerelle pour traverser la difficulté du jour ;
quitte à changer de direction, la difficulté franchie : la
jeunesse seule était sincère, parce qu'elle touchait à son
berceau. Bonaparte déclare solennellement qu'il renonce
à la couronne ; il part et revient au bout de neuf mois.
Benjamin Constant imprime son énergique protestation
contre le tyran, et il change en vingt-quatre heures. On
verra plus tard, dans un autre livre de ces *Mémoires*, qui
lui inspira ce noble mouvement[2] auquel la mobilité de sa
nature ne lui permit pas de rester fidèle. Le maréchal
Soult anime les troupes contre leur ancien capitaine ;
quelques jours après il rit aux éclats de sa proclamation
dans le cabinet de Napoléon, aux Tuileries, et devient
major général de l'armée de Waterloo ; le maréchal Ney
baise les mains du Roi, jure de lui ramener Bonaparte
enfermé dans une cage de fer, et il livre à celui-ci tous
les corps qu'il commande. Hélas ! et le Roi de France ?...
Il déclare qu'à soixante ans il ne peut mieux terminer sa
carrière qu'en mourant pour la défense de son peuple...
et il fuit à Gand ! À cette impossibilité de vérité dans les

---

1. Dans son *Histoire de la vie et des travaux du comte d'Hauterive*
(A. Le Clère, 1839), Artaud évoque les ordres contradictoires de Napoléon à ce propos.   **2.** Ce fut Mme Récamier.

sentiments, à ce désaccord entre les paroles et les actions, on se sent saisi de dégoût pour l'espèce humaine.

Louis XVIII, au 20 mars, prétendait mourir au milieu de la France ; s'il eût tenu parole, la légitimité pouvait encore durer un siècle ; la nature même semblait avoir ôté au vieux Roi la faculté de se retirer, en l'enchaînant d'infirmités salutaires ; mais les destinées futures de la race humaine eussent été entravées par l'accomplissement de la résolution de l'auteur de la Charte. Bonaparte accourut au secours de l'avenir ; ce Christ de la mauvaise puissance prit par la main le nouveau paralytique, et lui dit : « Levez-vous et emportez votre lit ; *surge, tolle lectum tuum*[1]. »

(4)

Fuite du Roi.
Je pars avec madame de Chateaubriand.
Embarras de la route.
Le duc d'Orléans et le prince de Condé.
Tournai, Bruxelles. – Souvenirs.
Le duc de Richelieu.
Le Roi arrêté à Gand m'appelle auprès de lui.

Il était évident que l'on méditait une escampative[2] : dans la crainte d'être retenu, on n'avertissait pas même ceux qui, comme moi, auraient été fusillés une heure après l'entrée de Napoléon à Paris. Je rencontrai le duc de Richelieu dans les Champs-Élysées : « On nous trompe, me dit-il ; je monte la garde ici, car je ne compte pas attendre tout seul l'empereur aux Tuileries. »

---

1. Matthieu, IX, 6.   **2.** Terme populaire emprunté au gascon *escampativos*, qu'on rencontre chez Molière (*George Dandin*, III, 6) : « Ah ! je vous y prends donc, madame ma femme, et vous faites des escampativos pendant que je dors. » Il signifie : départ précipité (*cf.* décamper, escampette, etc.).

Madame de Chateaubriand avait envoyé le soir du 19, un domestique au Carrousel, avec ordre de ne revenir que lorsqu'il aurait la certitude de la fuite du Roi[1]. À minuit, le domestique n'étant pas rentré, je m'allai coucher. Je venais de me mettre au lit quand M. Clausel de Coussergues entra. Il nous apprit que Sa Majesté était partie et qu'elle se dirigeait sur Lille. Il m'apportait cette nouvelle de la part du Chancelier, qui, me sachant en danger, violait pour moi le secret et m'envoyait douze mille francs à reprendre sur mes appointements de ministre de Suède. Je m'obstinai à rester, ne voulant quitter Paris que quand je serais physiquement sûr du déménagement royal. Le domestique envoyé à la découverte revint : il avait vu défiler les voitures de la cour. Madame de Chateaubriand me poussa dans sa voiture, le 20 mars, à quatre heures du matin. J'étais dans un tel accès de rage que je ne savais où j'allais ni ce que je faisais.

Nous sortîmes par la barrière Saint-Martin. À l'aube, je vis des corbeaux descendre paisiblement des ormes du grand chemin où ils avaient passé la nuit pour prendre aux champs leur premier repas, sans s'embarrasser de Louis XVIII et de Napoléon : ils n'étaient pas, eux, obligés de quitter leur patrie, et, grâce à leurs ailes, ils se moquaient de la mauvaise route où j'étais cahoté. Vieux amis de Combourg ! nous nous ressemblions davantage quand jadis, au lever du jour, nous déjeunions des mûres de la ronce dans nos halliers de la Bretagne !

La chaussée était défoncée, le temps pluvieux, madame de Chateaubriand malade : elle regardait à tout moment par la lucarne du fond de la voiture si nous n'étions pas poursuivis. Nous couchâmes à Amiens, où naquit Du Cange[2] ; ensuite à Arras, patrie de Robespierre : là, je fus reconnu. Ayant envoyé demander des chevaux, le 22 au matin, le maître de poste les dit retenus pour un général

---

1. *Cf.* le récit de cette folle nuit dans le *Cahier rouge* (p. 85), ainsi que dans les *Souvenirs* de Clausel.   2. Charles Du Fresne, sieur Du Cange (1610-1688), historien et glossateur que Chateaubriand admire pour sa grande érudition. Il utilise parfois son *Glossarium ad scriptores mediae et infimae latinitatis* (1678), mais aussi son édition de Joinville, etc.

qui portait à Lille la nouvelle de l'*entrée triomphante de l'empereur et roi à Paris ;* madame de Chateaubriand mourait de peur, non pour elle, mais pour moi. Je courus à la poste et, avec de l'argent, je levai la difficulté.

Arrivés sous les remparts de Lille le 23, à deux heures du matin, nous trouvâmes les portes fermées ; ordre était de ne les ouvrir à qui que ce soit. On ne put ou on ne voulut nous dire si le Roi était entré dans la ville. J'engageai le postillon pour quelques louis, à gagner, en dehors des glacis, l'autre côté de la place et à nous conduire à Tournai ; j'avais, en 1792, fait à pied, pendant la nuit, ce même chemin avec mon frère. Arrivé à Tournai, j'appris que Louis XVIII était certainement entré dans Lille avec le maréchal Mortier, et qu'il comptait s'y défendre. Je dépêchai un courrier à M. de Blacas, le priant de m'envoyer une permission pour être reçu dans la place. Mon courrier revint avec une permission du commandant, mais sans un mot de M. de Blacas. Laissant madame de Chateaubriand à Tournai, je remontais en voiture pour me rendre à Lille, lorsque le prince de Condé arriva. Nous sûmes par lui que le Roi était parti et que le maréchal Mortier l'avait fait accompagner jusqu'à la frontière. D'après cette explication, il restait prouvé que Louis XVIII n'était plus à Lille lorsque ma lettre y parvint.

Le duc d'Orléans suivit de près le prince de Condé. Mécontent en apparence, il était aise au fond de se trouver hors de la bagarre ; l'ambiguïté de sa déclaration et de sa conduite portait l'empreinte de son caractère. Quant au vieux prince de Condé, l'émigration était son dieu Lare. Lui n'avait pas peur de monsieur de Bonaparte ; il se battait si l'on voulait, il s'en allait si l'on voulait : les choses étaient un peu brouillées dans sa cervelle ; il ne savait pas trop s'il s'arrêterait à Rocroi pour y livrer bataille, ou s'il irait dîner au Grand-Cerf. Il leva ses tentes quelques heures avant nous, me chargeant de recommander le café de l'auberge à ceux de sa maison qu'il avait laissés derrière lui. Il ignorait que j'avais donné ma démission à la mort de son petit-fils ; il sentait seulement dans son nom un certain accroissement de gloire, qui pouvait bien tenir à quelque Condé qu'il ne se rappelait plus.

Vous souvient-il de mon premier passage à Tournai avec mon frère, lors de ma première émigration ? Vous souvient-il, à ce propos, de l'homme métamorphosé en âne, de la fille des oreilles de laquelle sortaient des épis de blé, de la pluie de corbeaux qui mettaient le feu partout* ? En 1815, nous étions bien nous-mêmes une pluie de corbeaux ; mais nous ne mettions le feu nulle part. Hélas ! je n'étais plus avec mon malheureux frère. Entre 1792 et 1815, la République et l'Empire avaient passé : que de révolutions s'étaient aussi accomplies dans ma vie ! Le temps m'avait ravagé comme le reste. Et vous, jeunes générations du moment, laissez venir vingt-trois années, et vous direz à ma tombe où en sont vos amours et vos illusions d'aujourd'hui.

À Tournai étaient arrivés les deux frères Bertin : M. Bertin de Vaux s'en retourna à Paris ; l'autre Bertin, Bertin l'aîné, était mon ami. Vous savez par le livre quinzième de ces *Mémoires* ce qui m'attachait à lui.

De Tournai nous allâmes à Bruxelles : là je ne retrouvai ni le baron de Breteuil, ni Rivarol, ni tous ces jeunes aides de camp devenus morts ou vieux, ce qui est la même chose. Aucune nouvelle du barbier qui m'avait donné asile. Je ne pris point le mousquet, mais la plume ; de soldat j'étais devenu barbouilleur de papier. Je cherchais Louis XVIII ; il était à Gand, où l'avaient conduit MM. de Blacas et de Duras[1] : leur intention avait été d'abord d'embarquer le Roi pour l'Angleterre. Si le Roi avait consenti à ce projet, jamais il ne serait remonté sur le trône.

Étant entré dans un hôtel garni pour examiner un appartement, j'aperçus le duc de Richelieu fumant à demi couché sur un sofa, au fond d'une chambre noire. Il me parla des princes de la manière la plus brutale, déclarant

---

* Livre IX (chap. 7).

---

1. Respectivement ministre de la Maison du Roi et premier gentilhomme de la Chambre.

qu'il s'en allait en Russie et ne voulait plus entendre parler de ces gens-là. Madame la duchesse de Duras, arrivée à Bruxelles, eut la douleur d'y perdre sa nièce [1].

La capitale du Brabant m'est en horreur ; elle n'a jamais servi que de passage à mes exils ; elle a toujours porté malheur à moi ou à mes amis.

Un ordre du Roi m'appela à Gand. Les volontaires royaux et la petite armée du duc de Berry avaient été licenciés à Béthune, au milieu de la boue et des accidents d'une débâcle militaire : on s'était fait des adieux touchants. Deux cents hommes de la maison du Roi restèrent et furent cantonnés à Alost ; mes deux neveux, Louis et Christian de Chateaubriand, faisaient partie de ce corps.

(5)

LES CENT-JOURS À GAND.

Le Roi et son conseil.
Je deviens ministre de l'intérieur par *intérim*.
M. de Lally-Tollendal.
Madame la duchesse de Duras.
Le maréchal Victor.
L'abbé Louis et le comte Beugnot.
L'abbé de Montesquiou.
Dîners du poisson blanc : convives.

On m'avait donné un billet de logement dont je ne profitai pas : une baronne dont j'ai oublié le nom vint trouver madame de Chateaubriand à l'auberge et nous offrit un appartement chez elle : elle nous priait de si bonne grâce ! « Vous ne ferez aucune attention, nous dit-elle, à ce que vous contera mon mari : il a la tête... vous comprenez ? Ma fille aussi est tant soit peu extraordinaire ; elle a des moments terribles, la pauvre enfant ! mais elle est du reste douce comme un mouton. Hélas ! ce n'est pas celle-là qui

---

1. En réalité sa mère, Mme de Kersaint.

me cause le plus de chagrin ; c'est mon fils Louis, le dernier de mes enfants : si Dieu n'y met la main, il sera pire que son père. » Madame de Chateaubriand refusa poliment d'aller demeurer chez des personnes aussi raisonnables[1].

Le Roi, bien logé, ayant son service et ses gardes, forma son conseil. L'empire de ce grand monarque consistait en une maison du royaume des Pays-Bas, laquelle maison était située dans une ville qui, bien que la ville natale de Charles-Quint, avait été le chef-lieu d'une préfecture de Bonaparte : ces noms font entre eux un assez bon nombre d'événements et de siècles.

L'abbé de Montesquiou étant à Londres, Louis XVIII me nomma ministre de l'intérieur par *intérim*. Ma correspondance avec les *départements* ne me donnait pas grand'besogne ; je mettais facilement à jour ma correspondance avec les préfets, sous-préfets, maires et adjoints de nos bonnes villes, du côté intérieur de nos frontières ; je ne réparais pas beaucoup les chemins et je laissais tomber les clochers ; mon budget ne m'enrichissait guère ; je n'avais point de fonds secrets ; seulement, par un abus criant, *je cumulais ;* j'étais toujours ministre plénipotentiaire de Sa Majesté auprès du Roi de Suède, qui, comme son compatriote Henri IV, régnait par droit de conquête, sinon par droit de naissance[2]. Nous discourions autour d'une table couverte d'un tapis vert dans le cabinet du Roi. M. de Lally-Tollendal, qui était, je crois, ministre de l'instruction publique[3], prononçait des discours plus amples, plus joufflus encore que sa personne : il citait ses illustres aïeux les rois d'Irlande et embarbouillait le pro-

---

1. Cette anecdote est empruntée au *Cahier rouge* (p. 89), comme une bonne partie du chapitre. À Gand, les Chateaubriand logèrent successivement Hôtel de Flandres, rue aux Draps, puis chez les Van der Bruggen, rue de la Croix.   2. Bernadotte, alors prince royal de Suède, est né à Pau, comme Henri IV dont Voltaire écrivait au début de la *Henriade* : « Je chante ce héros qui régna sur la France / Et par droit de conquête et par droit de naissance. »   3. Il avait droit de participer au Conseil, mais sans portefeuille particulier. Lally-Tollendal avait alors pour égérie la femme du physicien Charles, future inspiratrice de Lamartine, alors fervente royaliste.

cès de son père dans celui de Charles Ier et de Louis XVI. Il se délassait le soir des larmes, des sueurs et des paroles qu'il avait versées au conseil, avec une dame accourue de Paris par enthousiasme de son génie ; il cherchait vertueusement à la guérir, mais son éloquence trompait sa vertu et enfonçait le dard plus avant.

Madame la duchesse de Duras était venue rejoindre M. le duc de Duras parmi les bannis. Je ne veux plus dire de mal du malheur, puisque j'ai passé trois mois auprès de cette femme excellente, causant de tout ce que des esprits et des cœurs droits peuvent trouver dans une conformité de goûts, d'idées, de principes et de sentiments. Madame de Duras était ambitieuse pour moi : elle seule a connu d'abord ce que je pouvais valoir en politique ; elle s'est toujours désolée de l'envie et de l'aveuglement qui m'écartaient des conseils du Roi ; mais elle se désolait encore bien davantage des obstacles que mon caractère apportait à ma fortune : elle me grondait, elle me voulait corriger de mon insouciance, de ma franchise, de mes naïvetés, et me faire prendre des habitudes de courtisanerie qu'elle-même ne pouvait souffrir. Rien peut-être ne porte plus à l'attachement et à la reconnaissance que de se sentir sous le patronage d'une amitié supérieure qui, en vertu de son ascendant sur la société, fait passer vos défauts pour des qualités, vos imperfections pour un charme. Un homme vous protège par ce qu'il vaut, une femme par ce que vous valez : voilà pourquoi de ces deux empires l'un est si odieux, l'autre si doux.

Depuis que j'ai perdu cette personne si généreuse, d'une âme si noble, d'un esprit qui réunissait quelque chose de la force de la pensée de madame de Staël·à la grâce du talent de madame de La Fayette, je n'ai cessé, en la pleurant, de me reprocher les inégalités dont j'ai pu affliger quelquefois des cœurs qui m'étaient dévoués. Veillons bien sur notre caractère ! Songeons que nous pouvons, avec un attachement profond, n'en pas moins empoisonner des jours que nous rachèterions au prix de tout notre sang. Quand nos amis sont descendus dans la tombe, quel moyen avons-nous de réparer nos torts ? Nos inutiles regrets, nos vains repentirs, sont-ils un remède aux peines que nous leur avons faites ? Ils auraient mieux aimé de nous un sourire pendant leur vie que toutes nos larmes après leur mort.

La charmante Clara (madame la duchesse de Rauzan) était à Gand avec sa mère. Nous faisions, à nous deux, de mauvais couplets sur l'air de *la Tyrolienne*. J'ai tenu sur mes genoux bien de belles petites filles qui sont aujourd'hui de jeunes grand'mères. Quand vous avez quitté une femme, mariée devant vous à seize ans, si vous revenez seize ans après, vous la retrouvez au même âge : « Ah ! madame, vous n'avez pas pris un jour ! » Sans doute : mais c'est à la fille que vous contez cela, à la fille que vous conduirez encore à l'autel. Mais vous, triste témoin des deux hymens, vous encoffrez[1] les seize années que vous avez reçues à chaque union : présent de noces qui hâtera votre propre mariage avec une dame blanche, un peu maigre.

Le maréchal Victor était venu se placer auprès de nous, à Gand, avec une simplicité admirable : il ne demandait rien, n'importunait jamais le Roi de son empressement ; on le voyait à peine ; je ne sais si on lui fit jamais l'honneur et la grâce de l'inviter une seule fois au dîner de Sa Majesté. J'ai retrouvé dans la suite le maréchal Victor ; j'ai été son collègue au ministère, et toujours la même excellente nature m'est apparue. À Paris, en 1823, M. le Dauphin fut d'une grande dureté pour cet honnête militaire[2] : il était bien bon, ce duc de Bellune, de payer par un dévouement

---

1. Encoffrer signifie : renfermer dans un coffre, accumuler ou encaisser de façon plus ou moins licite ou clandestine.   2. Lors de la guerre de 1823, on avait négligé de constituer à Bayonne, selon les plans prévus, les réserves nécessaires de vivres, fourrage, matériel de toute sorte. Pour ne pas retarder le passage de la Bidassoa, il fallut avoir recours au spéculateur Ouvrard qui régla le problème en quelques jours, non sans avoir prélevé une forte commission. Mais le duc d'Angoulême rendit le maréchal Victor, alors ministre de la Guerre, responsable de cette incurie publique : il provoqua sa démission le 19 octobre 1823. Malgré les instances de Chateaubriand, le duc de Bellune refusa de devenir en compensation ambassadeur à Vienne (voir sur cette affaire les *Mémoires* de la comtesse de Boigne, t. 2, p. 100-101).

si modeste une ingratitude si à l'aise ! La candeur
m'entraîne et me touche, lors même qu'en certaines
occasions elle arrive à la dernière expression de sa
naïveté. Ainsi le maréchal m'a raconté la mort de sa
femme dans le langage du soldat, et il m'a fait pleurer :
il prononçait des mots scabreux si vite, et il les changeait avec tant de pudicité, qu'on aurait pu même les
écrire.

M. de Vaublanc et M. Capelle [1] nous rejoignirent. Le
premier disait avoir de tout dans son portefeuille. Voulez-
vous du Montesquieu ? en voici ; du Bossuet ? en voilà.
À mesure que la partie paraissait vouloir prendre une
autre face, il nous arrivait des voyageurs.

L'abbé Louis et M. le comte Beugnot descendirent à
l'auberge où j'étais logé. Madame de Chateaubriand avait
des étouffements affreux, et je la veillais. Les deux nouveaux venus s'installèrent dans une chambre séparée seulement de celle de ma femme par une mince cloison ; il
était impossible de ne pas entendre, à moins de se boucher
les oreilles : entre onze heures et minuit les débarqués
élevèrent la voix ; l'abbé Louis qui parlait comme un loup
et à saccades, disait à M. Beugnot : « Toi ministre ? tu ne
le seras plus ! tu n'as fait que des sottises ! » Je n'entendis
pas clairement la réponse de M. le comte Beugnot, mais
il parla de 33 millions laissés au trésor royal. L'abbé
poussa, apparemment de colère, une chaise qui tomba. À
travers le fracas, je saisis ces mots : « Le duc d'Angoulême ? il faut qu'il achète du bien national à la barrière
de Paris. Je vendrai le reste des forêts de l'État. Je coupe-
rai tout, les ormes du grand chemin, le bois de Boulogne,
les Champs-Élysées : à quoi ça sert-il ? hein ! » La bruta-
lité faisait le principal mérite de M. Louis ; son talent était
un amour stupide des intérêts matériels. Si le ministre des
finances entraînait les forêts à sa suite, il avait sans doute
un autre secret qu'Orphée, qui *faisait aller après soi les*

1. Le comte de Vaublanc (1756-1845), ancien député, alors préfet
de la Moselle, sera ministre de l'Intérieur lors de la seconde Restauration. Le baron Capelle (1775-1843), autre préfet rallié, sera, dans le
cabinet Polignac, un des signataires des ordonnances de 1830.

bois par son beau vieller. Dans l'argot du temps, on appelait M. Louis un homme *spécial* ; sa spécialité financière
l'avait conduit à entasser l'argent des contribuables dans
le trésor, pour le faire prendre par Bonaparte. Bon tout au
plus pour le Directoire, Napoléon n'avait pas voulu de
cet homme spécial, qui n'était pas du tout un homme
unique.

L'abbé Louis était venu jusqu'à Gand réclamer son
ministère ; il était fort bien auprès de M. de Talleyrand,
avec lequel il avait officié solennellement à la première
fédération du Champ-de-Mars : l'évêque faisait le prêtre,
l'abbé Louis le diacre et l'abbé Desrenaudes le sous-
diacre. M. de Talleyrand, se souvenant de cette admirable
profanation, disait au baron Louis : « L'abbé, tu étais bien
beau en diacre au Champ-de-Mars ! » Nous avons supporté cette honte derrière la grande tyrannie de Bonaparte : devions-nous la supporter plus tard ?

Le Roi *très-chrétien* s'était mis à l'abri de tout
reproche de cagoterie : il possédait dans son conseil un
évêque marié, M. de Talleyrand ; un prêtre concubinaire,
M. Louis ; un abbé peu pratiquant, M. de Montesquiou.

Ce dernier, homme ardent comme un poitrinaire, d'une
certaine facilité de parole, avait l'esprit étroit et dénigrant,
le cœur haineux [1], le caractère aigre. Un jour que j'avais
péroré au Luxembourg pour la liberté de la presse, le
descendant de Clovis passant devant moi, qui ne venais
que du Breton Mormoran [2], me donna un grand coup de
genou dans la cuisse, ce qui n'était pas de bon goût ; je
le lui rendis, ce qui n'était pas poli : nous jouions au
coadjuteur et au duc de La Rochefoucauld [3]. L'abbé de

---

1. Ces diverses qualités lui avaient valu, de la part de Mirabeau, le
surnom de « petit serpent enjôleur ».   2. On lit simplement dans le
« Supplément à mes Mémoires » : « Dans les gestes de Louis le Débonnaire, on voit qu'il combattait un chef nommé Morman, ou Mormoran ;
on trouve encore, entre Fougères, Dol et Rennes, des gentilshommes
du nom de Monmuran, et un château du même nom ». De leur côté,
les origines des Montesquiou se perdaient dans les fastes mérovin-
giens.   3. Le cardinal de Retz raconte dans ses *Mémoires* (Classiques Garnier, t. 2, p. 229) comment, le 21 août 1651, à sa sortie de
la Grande Chambre du Parlement, le duc de La Rochefoucauld lui
coinça la tête entre des battants de porte pour le faire assassiner.

Montesquiou appelait plaisamment M. de Lally-Tollendal
« un animal à l'anglaise ».

On pêche, dans les rivières de Gand, un poisson blanc
fort délicat : nous allions, *tutti quanti*, manger ce bon
poisson dans une guinguette, en attendant les batailles et
la fin des empires. M. Laborie ne manquait point au rendez-vous : je l'avais rencontré pour la première fois à
Savigny, lorsque, fuyant Bonaparte, il entra par une
fenêtre chez madame de Beaumont, et se sauva par une
autre[1]. Infatigable au travail, multipliant ses courses
autant que ses billets, aimant à rendre des services comme
d'autres aiment à les recevoir, il a été calomnié : la
calomnie n'est pas l'accusation du calomnié, c'est l'excuse du calomniateur. J'ai vu se lasser des promesses dont
M. Laborie était riche ; mais pourquoi ? Les chimères
sont comme la torture : ça fait toujours passer une heure
ou deux[2]. J'ai souvent mené en main, avec une bride d'or,
de vieilles rosses de souvenirs qui ne pouvaient se tenir
debout, et que je prenais pour de jeunes et fringantes
espérances.

Je vis aussi aux dîners du poisson blanc M. Mounier[3],
homme de raison et de probité. M. Guizot daignait nous
honorer de sa présence.

---

1. Voir livre XIII, p. 60, note 1.   **2.** Allusion à une réplique de la
dernière scène des *Plaideurs* de Racine entre Isabelle et Dandin : « Hé !
Monsieur ! peut-on voir souffrir des malheureux ? / — Bon ! cela fait
toujours passer une heure ou deux. »   **3.** Le baron Edouard Mounier
(1784-1843), fils du député à la Constituante, intendant des domaines
de la Couronne, et futur pair de France (1819). Proche de Napoléon
dans les dernières années de son règne, il fut ensuite homme de
confiance du duc de Richelieu. Il présida en 1817 la commission des
créances de guerre et fut, en octobre 1818, à Aix-la-Chapelle, le principal artisan des négociations financières. En février 1820, il refusa le
ministère des Finances (alors confié au comte Siméon), mais se chargea, jusqu'en décembre 1821, de la direction de l'administration dépar-
tementale et de la police générale.

(6)

SUITE DES CENT-JOURS À GAND

MONITEUR DE GAND.
MON RAPPORT AU ROI : EFFET DE CE RAPPORT À PARIS.
FALSIFICATION.

On avait établi à Gand un *Moniteur*[1] : mon rapport au roi[2] du 12 mai, inséré dans ce journal, prouve que mes sentiments sur les libertés de la presse et sur la domination étrangère ont en tout temps et tout pays été les mêmes. Je puis aujourd'hui citer ces passages ; ils ne démentent point ma vie :

« Sire, vous vous apprêtiez à couronner les institutions dont vous aviez posé la base... Vous aviez déterminé une époque pour le commencement de la pairie héréditaire ; le ministère eût acquis plus d'unité ; les ministres seraient devenus membres des deux Chambres selon l'esprit même de la Charte ; une loi eût été proposée afin qu'on pût être élu membre de la Chambre des députés avant quarante ans et que les citoyens eussent une véritable carrière politique. On allait s'occuper d'un code pénal pour les délits de la presse, après l'adoption de laquelle loi la presse eût été entièrement libre, car cette liberté est inséparable de tout gouvernement représentatif ....

« Sire, et c'est ici l'occasion d'en faire la protestation solennelle : tous vos ministres, tous les membres de votre conseil, sont inviolablement attachés aux principes d'une sage liberté ; ils puisent auprès de vous cet amour des

---

1. C'était le titre qu'auraient souhaité donner les frères Bertin au journal officiel de la Légitimité en exil, qu'ils établirent à Gand dès avril 1815. Sur réclamation du gouvernement des Pays-Bas, il fallut le changer en celui de *Journal universel* ; mais on continua de désigner la publication sous le nom de *Moniteur de Gand*. Sa parution ne se termina que le 21 juin.   2. *Rapport sur l'état de la France (...) fait au Roi dans son Conseil*, par le vicomte de Chateaubriand. Ce texte fut ensuite publié sous forme de brochure, puis recueilli dans les *Œuvres complètes* de Ladvocat (« Mélanges politiques », t. XXIV, 1828).

lois, de l'ordre et de la justice, sans lesquels il n'est point de bonheur pour un peuple. Sire, qu'il nous soit permis de vous le dire, nous sommes prêts à verser pour vous la dernière goutte de notre sang, à vous suivre au bout de la terre, à partager avec vous les tribulations qu'il plaira au Tout-Puissant de vous envoyer, parce que nous croyons devant Dieu que vous maintiendrez la constitution que vous avez donnée à votre peuple, que le vœu le plus sincère de votre âme royale est la liberté des Français. S'il en avait été autrement, sire, nous serions toujours morts à vos pieds pour la défense de votre personne sacrée ; mais nous n'aurions plus été que vos soldats, nous aurions cessé d'être vos conseillers et vos ministres ....
....

« Sire, nous partageons dans ce moment votre royale tristesse ; il n'y a pas un de vos conseillers et de vos ministres qui ne donnât sa vie pour prévenir l'invasion de la France. Sire, vous êtes Français, nous sommes Français ! Sensibles à l'honneur de notre patrie, fiers de la gloire de nos armes, admirateurs du courage de nos soldats, nous voudrions, au milieu de leurs bataillons, verser jusqu'à la dernière goutte de notre sang pour les ramener à leur devoir ou pour partager avec eux des triomphes légitimes. Nous ne voyons qu'avec la plus profonde douleur les maux prêts à fondre sur notre pays. »

Ainsi, à Gand, je proposais de donner à la Charte ce qui lui manquait encore, et je montrais ma douleur de la nouvelle invasion qui menaçait la France : je n'étais pourtant qu'un banni dont les vœux étaient en contradiction avec les faits qui me pouvaient rouvrir les portes de ma patrie. Ces pages étaient écrites dans les États des souverains alliés, parmi des rois et des émigrés qui détestaient la liberté de la presse, au milieu des armées marchant à la conquête, et dont nous étions, pour ainsi dire, les prisonniers : ces circonstances ajoutent peut-être quelque force aux sentiments que j'osais exprimer.

Mon rapport, parvenu à Paris, eut un grand retentissement ; il fut réimprimé par M. Le Normant fils, qui joua sa vie dans cette occasion, et pour lequel j'ai eu toutes les peines du monde à obtenir un brevet stérile d'imprimeur du Roi. Bonaparte agit ou laissa agir d'une manière peu digne de lui : à l'occasion de mon rapport on fit ce que le Directoire avait fait à l'apparition des *Mémoires* de Cléry, on en falsifia des lambeaux : j'étais censé proposer à Louis XVIII des stupidités pour le rétablissement des droits féodaux, pour les dîmes du clergé, pour la reprise des biens nationaux, comme si l'impression de la pièce originale dans le *Moniteur de Gand*, à date fixe et connue, ne confondait pas l'imposture ; mais on avait besoin d'un mensonge d'une heure. Le pseudonyme chargé d'un pamphlet sans sincérité était un militaire d'un grade assez élevé[1] : il fut destitué après les Cent-Jours ; on motiva sa destitution sur la conduite qu'il avait tenue envers moi ; il m'envoya ses amis ; ils me prièrent de m'interposer afin qu'un homme de mérite ne perdît pas ses seuls moyens d'existence : j'écrivis au ministre de la guerre, et j'obtins une pension de retraite pour cet officier. Il est mort : la femme de cet officier est restée attachée à madame de Chateaubriand avec une reconnaissance à laquelle j'étais loin d'avoir des droits. Certains procédés sont trop estimés ; les personnes les plus vulgaires sont susceptibles de ces générosités. On se donne un renom de vertu à peu de frais : l'âme supérieure n'est pas celle qui pardonne ; c'est celle qui n'a pas besoin de pardon.

Je ne sais où Bonaparte, à Sainte-Hélène, a trouvé que *j'avais rendu à Gand des services essentiels*** : s'il jugeait

---

* Voyez vers la fin du Livre XXIV.

---

1. Charles-Joseph Bail (1777-1824), inspecteur aux revues de 1re classe, avait été réintégré dans son grade au printemps 1814, mais ensuite placé en demi-solde. Il en conçut du dépit qui le poussa, pendant les Cent-Jours, à multiplier les manifestations tapageuses de bonapartisme. C'est ainsi qu'au mois de mai 1815 il publia, sous le titre de *Rêveries de M. de Chateaubriand*, une réfutation tardive de *Buonaparte et des Bourbons*. Destitué de nouveau, il chargea sa femme de faire appel à la générosité de Chateaubriand. Celui-ci ne fut pas insensible au charme de la solliciteuse, car il multiplia les interventions en faveur du mari, avant de secourir directement « la pauvre madame Bail » (voir M. Levaillant, *Splendeurs et misères de M. de Chateaubriand*, Ollendorf 1922, chap. VIII).

trop favorablement mon rôle, du moins il y avait dans son sentiment une appréciation de ma valeur politique.

(7)

SUITE DES CENT-JOURS À GAND.

LE BÉGUINAGE. — COMMENT J'ÉTAIS REÇU.
GRAND DÎNER.
VOYAGE DE MADAME DE CHATEAUBRIAND À OSTENDE.
FABLES DANS MA VIE.
ANVERS. — UN BÈGUE. — MORT D'UNE JEUNE ANGLAISE.

Je me dérobais à Gand, le plus que je pouvais, à des intrigues antipathiques à mon caractère et misérables à mes yeux ; car, au fond, dans notre mesquine catastrophe j'apercevais la catastrophe de la société. Mon refuge contre les oisifs et les croquants était l'*enclos du Béguinage :* je parcourais ce petit univers de femmes voilées ou aguimpées [1], consacrées aux diverses œuvres chrétiennes ; région calme, placée comme les syrtes africaines au bord des tempêtes. Là, aucun disparate ne heurtait mes idées, car le sentiment religieux est si haut, qu'il n'est jamais étranger aux plus graves révolutions : les solitaires de la Thébaïde et les Barbares, destructeurs du monde romain, ne sont point des faits discordants et des existences qui s'excluent.

J'étais reçu gracieusement dans l'enclos comme l'auteur du *Génie du Christianisme* ; partout où je vais, parmi les chrétiens, les curés m'arrivent ; ensuite les mères m'amènent leurs enfants ; ceux-ci me récitent mon chapitre sur *la première communion*. Puis se présentent des personnes malheureuses qui me disent le bien que j'ai

---

1. Participe du verbe *aguimper* : mettre une guimpe. « Ce verbe est du style familier », dit *Trévoux*, qui cite La Fontaine : « Tant ne songeoient au service divin / Qu'à soi montrer es parloirs, *aguimpées*, / Bien blanchement, comme droites poupées. »

eu le bonheur de leur faire. Mon passage dans une ville catholique est annoncé comme celui d'un missionnaire et d'un médecin. Je suis touché de cette double réputation : c'est le seul souvenir agréable de moi que je conserve ; je me déplais dans tout le reste de ma personne et de ma renommée.

J'étais assez souvent invité à des festins[1] dans la famille de M. et madame d'Ops, père et mère vénérables entourés d'une trentaine d'enfants, petits-enfants et arrière-petits-enfants. Chez M. Coppens, un gala, que je fus forcé d'accepter, se prolongea depuis une heure de l'après-midi jusqu'à huit heures du soir. Je comptai neuf services : on commença par les confitures et l'on finit par les côtelettes. Les Français seuls savent dîner avec méthode, comme eux seuls savent composer un livre.

Mon *ministère* me retenait à Gand ; madame de Chateaubriand, moins occupée, alla voir Ostende, où je m'embarquai pour Jersey en 1792. J'avais descendu exilé et mourant ces mêmes canaux au bord desquels je me promenais exilé encore, mais en parfaite santé : toujours des fables dans ma carrière ! Les misères et les joies de ma première émigration revivaient dans ma pensée ; je revoyais l'Angleterre, mes compagnons d'infortune, et cette Charlotte que je devais apercevoir encore. Personne ne se crée comme moi une société réelle en évoquant des ombres ; c'est au point que la vie de mes souvenirs absorbe le sentiment de ma vie réelle. Des personnes mêmes dont je ne me suis jamais occupé, si elles meurent, envahissent ma mémoire : on dirait que nul ne peut devenir mon compagnon s'il n'a passé à travers la tombe, ce qui me porte à croire que je suis un mort. Où les autres trouvent une éternelle séparation, je trouve une réunion éternelle ; qu'un de mes amis s'en aille de la terre, c'est comme s'il venait demeurer à mes foyers ; il ne me quitte plus. À mesure que le monde présent se retire, le monde passé me revient. Si les générations actuelles dédaignent les générations vieillies, elles perdent les frais de leur

---

1. Ce paragraphe est une reprise du *Cahier rouge* (voir p. 89).

mépris en ce qui me touche : je ne m'aperçois même pas de leur existence.

Ma toison d'or n'était pas encore à Bruges[1], madame de Chateaubriand ne me l'apporta pas. À Bruges, en 1426, il y *avait un homme appelé Jean*[2], lequel inventa ou perfectionna la peinture à l'huile : remercions Jean de Bruges ; sans la propagation de sa méthode, les chefs-d'œuvre de Raphaël seraient aujourd'hui effacés. Où les peintres flamands ont-ils dérobé la lumière dont ils éclairent leurs tableaux ? Quel rayon de la Grèce s'est égaré au rivage de la Batavie ?

Après son voyage d'Ostende, madame de Chateaubriand fit une course à Anvers. Elle y vit, dans un cimetière, des âmes du purgatoire en plâtre toutes barbouillées de noir et de feu. À Louvain elle me recruta un bègue, savant professeur qui vint tout exprès à Gand pour contempler un homme aussi extraordinaire que le mari de ma femme. Il me dit : « Illus... ttt... rr... » ; sa parole manqua à son admiration et je le priai à dîner. Quand l'helléniste eut bu du curaçao, sa langue se délia. Nous nous mîmes sur les mérites de Thucydide, que le vin nous faisait trouver clair comme de l'eau. À force de tenir tête à mon hôte, je finis, je crois, par parler hollandais ; du moins je ne me comprenais plus.

Madame de Chateaubriand eut une triste nuit d'auberge à Anvers : une jeune Anglaise, nouvellement accouchée, se mourait ; pendant deux heures elle fit entendre des plaintes ; puis sa voix s'affaiblit, et son dernier gémissement, que saisit à peine une oreille étrangère se perdit dans un éternel silence. Les cris de cette voyageuse, solitaire et abandonnée, semblaient préluder aux mille voix de la mort prêtes à s'élever à Waterloo.

---

1. Ordre de chevalerie fondé à Bruges par le duc de Bourgogne Philippe le Bon, lors de son mariage avec Isabelle de Portugal, le 10 janvier 1430. Ferdinand VII le conféra à Chateaubriand le 4 décembre 1823 et les insignes lui en furent remis par Monsieur, au château des Tuileries, le 8 avril 1824.   2. Chateaubriand utilise une formule de *Jean*, I, 6 (à propos de Jean-Baptiste) pour désigner Jean de Bruges, autrement dit Van Eyck.

(8)

SUITE DES CENT-JOURS À GAND.

Mouvement inaccoutumé de Gand.
Le duc de Wellington. — Monsieur.
Louis XVIII.

La solitude accoutumée de Gand était rendue plus sensible par la foule étrangère qui l'animait alors, et qui tôt s'allait écouler. Des recrues belges et anglaises apprenaient l'exercice sur les places et sous les arbres des promenades ; des canonniers, des fournisseurs, des dragons, mettaient à terre des trains d'artillerie, des troupeaux de bœufs, des chevaux qui se débattaient en l'air tandis qu'on les descendait suspendus dans des sangles ; des vivandières débarquaient avec les sacs, les enfants et les fusils de leurs maris : tout cela se rendait, sans savoir pourquoi et sans y avoir le moindre intérêt, au grand rendez-vous de destruction que leur avait donné Bonaparte. On voyait des politiques gesticuler le long d'un canal, auprès d'un pêcheur immobile, des émigrés trotter de chez le Roi chez *Monsieur*, de chez *Monsieur* chez le Roi. Le chancelier de France, M. d'Ambray, habit vert, chapeau rond, un vieux roman sous le bras, se rendait au conseil pour amender la Charte ; le duc de Lévis allait faire sa cour avec des savates débordées qui lui sortaient des pieds, parce que, fort brave et nouvel Achille, il avait été blessé au talon. Il était plein d'esprit, on peut en juger sur le recueil de ses pensées[1].

Le duc de Wellington venait de temps en temps passer des revues. Louis XVIII sortait chaque après-dînée dans

---

1. Le duc de Lévis (1764-1830), ancien député de la noblesse du bailliage de Senlis aux États Généraux, avait émigré, puis combattu au côté des Princes. Blessé à Quiberon, exilé en Angleterre, il avait regagné la France après le 18-Brumaire pour se livrer à des activités littéraires : c'est ainsi qu'il publia, en 1808, des *Maximes et réflexions sur différents sujets*. Sous la Restauration, il sera pair de France, membre du conseil privé et académicien (1816).

un carrosse à six chevaux avec son premier gentilhomme de la chambre et ses gardes, pour faire le tour de Gand, tout comme s'il eût été dans Paris. S'il rencontrait dans son chemin le duc de Wellington, il lui faisait en passant un petit signe de tête de protection.

Louis XVIII ne perdit jamais le souvenir de la prééminence de son berceau ; il était roi partout, comme Dieu est Dieu partout, dans une crèche ou dans un temple, sur un autel d'or ou d'argile. Jamais son infortune ne lui arracha la plus petite concession ; sa hauteur croissait en raison de son abaissement ; son diadème était son nom ; il avait l'air de dire : « Tuez-moi, vous ne tuerez pas les siècles écrits sur mon front. » Si l'on avait ratissé ses armes au Louvre, peu lui importait : n'étaient-elles pas gravées sur le globe ? Avait-on envoyé des commissaires les gratter dans tous les coins de l'univers ? Les avait-on effacées aux Indes, à Pondichéry, en Amérique, à Lima et à Mexico ; dans l'Orient, à Antioche, à Jérusalem, à Saint-Jean d'Acre, au Caire, à Constantinople, à Rhodes, en Morée ; dans l'Occident, sur les murailles de Rome, aux plafonds de Caserte et de l'Escurial, aux voûtes des salles de Ratisbonne et de Westminster, dans l'écusson de tous les rois ? Les avait-on arrachées à l'aiguille de la boussole, où elles semblent annoncer le règne des lis aux diverses régions de la terre ?

L'idée fixe de la grandeur, de l'antiquité, de la dignité, de la majesté de sa race, donnait à Louis XVIII un véritable empire. On en sentait la domination ; les généraux mêmes de Bonaparte le confessaient : ils étaient plus intimidés devant ce vieillard impotent que devant le maître terrible qui les avait commandés dans cent batailles. À Paris, quand Louis XVIII accordait aux monarques triomphants l'honneur de dîner à sa table, il passait sans façon le premier devant ces princes dont les soldats campaient dans la cour du Louvre ; il les traitait comme des vassaux qui n'avaient fait que leur devoir en amenant des hommes d'armes à leur seigneur suzerain. En Europe, il n'est qu'une monarchie, celle de France ; le destin des autres monarchies est lié au sort de celle-là. Toutes les races royales sont d'hier auprès de la race de Hugues Capet, et presque toutes en sont filles. Notre ancien pouvoir royal était l'ancienne royauté du monde : du bannissement des Capets datera l'ère de l'expulsion des rois.

Plus cette superbe du descendant de saint Louis était impolitique (elle est devenue funeste à ses héritiers), plus elle plaisait à l'orgueil national : les Français jouissaient de voir des souverains qui, vaincus, avaient porté les chaînes d'un homme, porter, vainqueurs, le joug d'une race.

La foi inébranlable de Louis XVIII dans son rang est la puissance réelle qui lui rendit le sceptre ; c'est cette foi qui, à deux reprises, fit tomber sur sa tête une couronne pour laquelle l'Europe ne croyait pas, ne prétendait pas épuiser ses populations et ses trésors. Le banni sans soldats se trouvait au bout de toutes les batailles qu'il n'avait pas livrées. Louis XVIII était la légitimité incarnée ; elle a cessé d'être visible quand il a disparu.

(9)

SUITE DES CENT-JOURS À GAND.

Souvenirs de l'histoire à Gand.
Madame la duchesse d'Angoulême arrive à Gand.
M. de Sèze. – Madame la duchesse de Lévis.

Je faisais à Gand, comme je fais en tous lieux, des courses à part. Les barques glissant sur d'étroits canaux, obligées de traverser dix à douze lieues de prairies pour arriver à la mer, avaient l'air de voguer sur l'herbe ; elles me rappelaient les canaux sauvages dans les marais à folle avoine du Missouri. Arrêté au bord de l'eau, tandis qu'on immergeait des zones de toile écrue, mes yeux erraient sur les clochers de la ville ; l'histoire m'apparaissait sur les nuages du ciel.

Les Gantois s'insurgent contre Henri de Châtillon, gouverneur pour la France ; la femme d'Édouard III met au monde Jean de Gand, tige de la maison de Lancastre ;

règne populaire d'Artevelle[1] : « Bonnes gens, qui vous
meut ? Pourquoi êtes-vous si troublés sur moi ? En quoi
puis-je vous avoir courroucés ? – Il vous faut mourir ! »
criait le peuple : c'est ce que le temps nous crie à tous.
Plus tard je voyais les ducs de Bourgogne ; les Espagnols
arrivaient. Puis la pacification[2], les sièges et les prises de
Gand.

Quand j'avais rêvé parmi les siècles, le son d'un petit
clairon ou d'une musette écossaise me réveillait. J'apercevais des soldats vivants qui accouraient pour rejoindre
les bataillons ensevelis de la Batavie : toujours destruc-
tions, puissances abattues ; et, en fin de compte, quelques
ombres évanouies et des noms passés.

La Flandre maritime fut un des premiers cantonne-
ments des compagnons de Clodion et de Clovis. Gand,
Bruges et leurs campagnes, fournissaient près d'un
dixième des grenadiers de la vieille garde : cette terrible
milice fut tirée en partie du berceau de nos pères, et elle
s'est venue faire exterminer auprès de ce berceau. La *Lys*
a-t-elle donné sa fleur aux armes de nos rois ?

Les mœurs espagnoles impriment leur caractère : les
édifices de Gand me retraçaient ceux de Grenade, moins
le ciel de la Vega. Une grande ville presque sans habitants, des rues désertes, des canaux aussi déserts que ces
rues... vingt-six îles formées par ces canaux, qui n'étaient
pas ceux de Venise, une énorme pièce d'artillerie du
moyen âge, voilà ce qui remplaçait à Gand la cité des
Zegris, le Duero et le Xenil, le Généralife et l'Alhambra :
mes vieux songes, vous reverrai-je jamais ?

Madame la duchesse d'Angoulême, embarquée sur la
Gironde, nous arriva par l'Angleterre avec le général

---

1. Ce capitaine de la corporation des Brasseurs (Jan Van Artevelde)
avait dirigé la révolte des bourgeois contre le comte de Flandres en
1336. Quelques années plus tard, il voulut remettre la ville au prince
de Galles, mais il fut tué par ses concitoyens le 17 juillet 1349. Chateaubriand lui a consacré (à partir de Froissart) un fragment de son
Histoire de France, dont est tiré le dialogue qui suit.   **2.** Par la « Pacification de Gand » (1576), les dix-sept provinces des Pays-Bas se
voyaient délivrées des troupes espagnoles. Gand fut ensuite prise par
Louis XIV (1678), puis par les armées de la République.

Donnadieu et M. de Sèze, qui avait traversé l'océan, son cordon bleu par-dessus sa veste. Le duc et la duchesse de Lévis vinrent à la suite de la princesse : ils s'étaient jetés dans la diligence et sauvés de Paris par la route de Bordeaux. Les voyageurs, leurs compagnons, parlaient politique : « Ce scélérat de Chateaubriand, disait l'un d'eux, n'est pas si bête ! depuis trois jours, sa voiture était chargée dans sa cour : l'oiseau a déniché. Ce n'est pas l'embarras, si Napoléon l'avait attrapé !... »

Madame la duchesse de Lévis était une personne très belle, très bonne, aussi calme que madame la duchesse de Duras était agitée. Elle ne quittait point madame de Chateaubriand ; elle fut à Gand notre compagne assidue. Personne n'a répandu dans ma vie plus de quiétude, chose dont j'ai grand besoin. Les moments les moins troublés de mon existence sont ceux que j'ai passés à Noisiel[1], chez cette femme dont les paroles et les sentiments n'entraient dans votre âme que pour y ramener la sérénité. Je les rappelle avec regret, ces moments écoulés sous les grands marronniers de Noisiel ! L'esprit apaisé, le cœur convalescent, je regardais les ruines de l'abbaye de Chelles, les petites lumières des barques arrêtées parmi les saules de la Marne. Le souvenir de madame de Lévis est pour moi celui d'une silencieuse soirée d'automne.

Elle a passé en peu d'heures[2] ; elle s'est mêlée à la mort comme à la source de tout repos. Je l'ai vue descendre sans bruit dans son tombeau, au cimetière du Père-Lachaise ; elle est placée au-dessus de M. de Fontanes, et celui-ci dort auprès de son fils Saint-Marcellin[3], tué en duel. C'est ainsi qu'en m'inclinant au monument de madame de Lévis, je suis venu me heurter à deux autres sépulcres ; l'homme ne peut éveiller une douleur sans en réveiller une autre : pendant la nuit,

---

1. Au bord de la Marne, près de Champs.   2. La duchesse de Lévis mourut le 2 novembre 1819.   3. On doit au fils naturel de Fontanes (voir livre XI, p. 697, note 2) une *Relation d'un voyage de Paris à Gand en 1815* (Seignot, 1823), publication posthume qui comporte une notice de Chateaubriand.

les diverses fleurs qui ne s'ouvrent qu'à l'ombre s'épanouissent.

À l'affectueuse bonté de madame de Lévis pour moi était jointe l'amitié de M. le duc de Lévis le père : je ne dois plus compter que par générations. M. de Lévis écrivait bien ; il avait l'imagination variée et féconde qui sentait sa noble race comme on la retrouvait à Quiberon dans son rang répandu sur les grèves.

Tout ne devait pas finir là ; c'était le mouvement d'une amitié qui passait à la seconde génération. M. le duc de Lévis le fils[1], aujourd'hui attaché à M. le comte de Chambord, s'est approché de moi ; mon affection héréditaire ne lui manquera pas plus que ma fidélité à son auguste maître. La nouvelle et charmante duchesse de Lévis, sa femme, réunit au grand nom de d'Aubusson les plus brillantes qualités du cœur et de l'esprit : il y a de quoi vivre quand les grâces empruntent à l'histoire ses ailes infatigables !

---

1. Gaston-François-Christophe, duc de Ventadour, puis de Lévis (1794-1863), aide de camp du duc d'Angoulême en 1814, participa sous la Restauration à diverses campagnes (Espagne, Morée) qu'il termina avec le grade de colonel. Devenu pair de France à la mort de son père (15 février 1830), il refusa de siéger à la Chambre haute après la Révolution de Juillet, pour suivre la famille royale en exil. Ce sera plus tard un des conseillers politiques du comte de Chambord. Il épousera, le 10 mars 1821, Marie-Catherine d'Aubusson (1798-1854), fille du comte de La Feuillade.

(10)

SUITE DES CENT-JOURS À GAND.

Pavillon Marsan à Gand.
M. Gaillard, conseiller à la cour royale.
Visite secrète de Madame la baronne de Vitrolles.
Billet de la main de Monsieur. – Fouché.

À Gand, comme à Paris, le pavillon Marsan[1] existait. Chaque jour apportait de France à Monsieur des nouvelles qu'enfantait l'intérêt ou l'imagination.

M. Gaillard[2], ancien oratorien, conseiller à la cour royale de Paris, ami intime de Fouché, descendit au milieu de nous ; il se fit reconnaître et fut mis en rapport avec M. Capelle.

Quand je me rendais chez Monsieur, ce qui était rare, son entourage m'entretenait, à paroles couvertes et avec maints soupirs, d'un *homme qui (il fallait en convenir) se conduisait à merveille : il entravait toutes les opérations de l'empereur ; il défendait le faubourg Saint-Germain*, etc., etc., etc. Le fidèle maréchal Soult était aussi l'objet des prédilections de Monsieur, et, après Fouché, l'homme le plus loyal de France.

Un jour, une voiture s'arrête à la porte de mon auberge, j'en vois descendre madame la baronne de Vitrolles[3] : elle arrivait chargée des pouvoirs du duc d'Otrante. Elle remporta un billet écrit de la main de Monsieur, par lequel

---

1. Par extension : le parti de Monsieur, qui avait pour résidence officielle ce pavillon des Tuileries. À Gand, le frère du roi logeait Hôtel des Pays-Bas.   **2.** Maurice Gaillard (1757-1844), ancien collègue de Fouché au collège de Juilly, fut son éminence grise au ministère de la Police. Député au Corps législatif, il avait été nommé le 10 décembre 1810 conseiller à la Cour impériale.   **3.** Née Thérésia de Follevie, c'était la fille adoptive de la duchesse de Bouillon. Après de courageuses tentatives de résistance dans le Midi, le baron de Vitrolles avait été arrêté le 4 avril 1815, transféré à Vincennes, où Napoléon fut tenté de le faire fusiller. Mais il bénéficia de la protection de Fouché, déjà engagé dans le double jeu. La visite de sa femme à Gand se situe au début du mois de mai.

le prince déclarait conserver une reconnaissance éternelle à celui qui sauvait M. de Vitrolles. Fouché n'en voulait pas davantage ; armé de ce billet, il était sûr de son avenir en cas de restauration. Dès ce moment il ne fut plus question à Gand que des immenses obligations que l'on avait à l'excellent M. Fouché de Nantes, que de l'impossibilité de rentrer en France autrement que par le bon plaisir de ce juste : l'embarras était de faire goûter au Roi le nouveau Rédempteur de la monarchie [1].

Après les Cent-Jours, madame de Custine me força de dîner chez elle avec Fouché. Je l'avais vu une fois, six ans auparavant, à propos de la condamnation de mon pauvre cousin Armand [2]. L'ancien ministre savait que je m'étais opposé à sa nomination à Roye, à Gonesse, à Arnouville ; et comme il me supposait puissant, il voulait faire sa paix avec moi. Ce qu'il y avait de mieux en lui, c'était la mort de Louis XVI : le régicide était son innocence. Bavard, ainsi que tous les révolutionnaires, battant l'air de phrases vides, il débitait un ramas de lieux communs farcis de *destin*, de *nécessité*, de *droit des choses*, mêlant à ce non-sens philosophique des non-sens sur le progrès et la marche de la société, d'impudentes maximes au profit du fort contre le faible ; ne se faisant faute d'aveux effrontés sur la justice des succès, le peu de valeur d'une tête qui tombe, l'équité de ce qui prospère, l'iniquité de ce qui souffre, affectant de parler des plus affreux désastres avec légèreté et indifférence, comme un génie au-dessus de ces niaiseries. Il ne lui échappa, à propos de quoi que ce soit, une idée choisie, un aperçu remarquable. Je sortis en haussant les épaules au crime.

M. Fouché ne m'a jamais pardonné ma sécheresse et le peu d'effet qu'il produisit sur moi. Il avait pensé me fasciner en faisant monter et descendre à mes yeux, comme une gloire du Sinaï, le coutelas de l'instrument fatal ; il s'était imaginé que je tiendrais à colosse l'énergumène qui, parlant du sol de Lyon, avait dit : « Ce sol sera bouleversé ; sur les débris de cette ville superbe et

---

1. Ce développement doit beaucoup au *Cahier rouge* (voir p. 91).
2. *Cf.* livre XVIII, chap. 7.

rebelle s'élèveront des chaumières éparses que les amis
de l'égalité s'empresseront de venir habiter......................
« Nous aurons le courage énergique de traverser les
vastes tombeaux des conspirateurs ....
Il faut que leurs cadavres ensanglantés, précipités dans le
Rhône, offrent sur les deux rives et à son embouchure
l'impression de l'épouvante et l'image de la toute-puis-
sance du peuple ....
.... Nous célébrerons la victoire de Toulon ; nous
enverrons ce soir deux cent cinquante rebelles sous le fer
de la foudre. »

Ces horribles pretintailles[1] ne m'imposèrent point :
parce que M. *de Nantes* avait délayé des forfaits républicains dans de la boue impériale ; que le sans-culotte,
métamorphosé en duc, avait enveloppé la corde de la lanterne dans le cordon de la Légion d'honneur, il ne m'en
paraissait ni plus habile ni plus grand. Les Jacobins détestent les hommes qui ne font aucun cas de leurs atro-
cités et qui méprisent leurs meurtres ; leur orgueil est
irrité, comme celui des auteurs dont on conteste le talent.

---

1. Ornement découpé du costume, sous forme de bandes de tissu
taillées pour être appliquées (pompons, falbalas, etc.). Au figuré, le
mot désigne les ornements superflus du discours : recherches, fioritures, artifices.

(11)

AFFAIRES À VIENNE.

Négociations de M. de Saint-Léon, envoyé de Fouché.
Proposition relative à M. le duc d'Orléans.
M. de Talleyrand.
Mécontentement d'Alexandre contre Louis XVIII.
Divers prétendants. — Rapport de La Besnardière.
Proposition inattendue d'Alexandre au congrès :
lord Clancarthy la fait échouer.
M. de Talleyrand se retourne : sa dépêche à Louis XVIII.
Déclaration de l'Alliance,
tronquée dans le journal officiel de Francfort.
M. de Talleyrand veut que le Roi rentre en France
par les provinces du sud-est.
Divers marchés du prince de Bénévent à Vienne.
Il m'écrit à Gand : sa lettre.

En même temps que Fouché envoyait à Gand M. Gaillard négocier avec le frère de Louis XVI, ses agents à Bâle pourparlaient[1] avec ceux du prince de Metternich au sujet de Napoléon II, et M. de Saint-Léon, dépêché par ce même Fouché, arrivait à Vienne pour traiter de la couronne *possible* de M. le duc d'Orléans. Les amis du duc d'Otrante ne pouvaient pas plus compter sur lui que ses ennemis : au retour des princes légitimes, il maintint sur la liste des exilés son ancien collègue M. Thibaudeau[2], tandis que de son côté M. de Talleyrand retranchait de la liste ou ajoutait au catalogue tel ou tel proscrit, selon son caprice. Le faubourg Saint-Germain n'avait-il pas bien raison de croire en M. Fouché ?

---

1. Ce verbe de la langue médiévale (Joinville, etc.) ne subsiste que sous sa forme substantivée ; il ne figure déjà plus dans les dictionnaires contemporains de Chateaubriand. **2.** Antoine Thibaudeau (1765-1854), ancien conventionnel, ancien président du Conseil des Cinq-Cents, fut ensuite préfet des Bouches-du-Rhône. Proscrit comme régicide (ordonnance du 24 juillet 1815), il consacra son exil à des ouvrages historiques.

M. de Saint-Léon[1] à Vienne apportait trois billets dont l'un était adressé à M. de Talleyrand : le duc d'Otrante proposait à l'ambassadeur de Louis XVIII de pousser au trône, s'il y voyait jour, le fils d'Égalité. Quelle probité dans ces négociations ! qu'on était heureux d'avoir affaire à de si honnêtes gens ! Nous avons pourtant admiré, encensé, béni ces Cartouche ; nous leur avons fait la cour ; nous les avons appelés monseigneur ! Cela explique le monde actuel. M. de Montrond vint de surcroît après M. de Saint-Léon.

M. le duc d'Orléans ne conspirait pas de fait, mais de consentement ; il laissait intriguer les affinités révolutionnaires : douce société ! Au fond de ce bois, le plénipotentiaire du Roi de France prêtait l'oreille aux ouvertures de Fouché.

À propos de l'arrestation de M. de Talleyrand à la barrière d'Enfer, j'ai dit quelle avait été jusqu'alors l'idée fixe de M. de Talleyrand sur la régence de Marie-Louise : il fut obligé de se ranger par l'événement à l'éventualité des Bourbons ; mais il était toujours mal à l'aise ; il lui semblait que, sous les hoirs de saint Louis, un évêque marié ne serait jamais sûr de sa place. L'idée de substituer la branche cadette à la branche aînée lui sourit donc, et d'autant plus qu'il avait eu d'anciennes liaisons avec le Palais-Royal.

Prenant parti, toutefois sans se découvrir en entier, il hasarda quelques mots du projet de Fouché à Alexandre. Le czar avait cessé de s'intéresser à Louis XVIII : celui-ci l'avait blessé à Paris par son affectation de supériorité de race ; il l'avait encore blessé en rejetant le mariage du duc de Berry avec une sœur de l'empereur ; on refusait la princesse pour trois raisons : elle était schismatique ; elle n'était pas d'une assez vieille souche ; elle était d'une famille de fous : raisons qu'on ne présentait pas debout, mais de biais, et qui, entrevues, offensaient triplement

---

1. Saint-Léon était une créature de Fouché. En revanche, le comte de Montrond (1769-1843) figurait parmi les familiers de Talleyrand : son partenaire au jeu, mais aussi son efficace agent. Il avait épousé Aimée de Coigny.

Alexandre. Pour dernier sujet de plainte contre le vieux souverain de l'exil, le czar accusait l'alliance projetée entre l'Angleterre, la France et l'Autriche. Du reste, il semblait que la succession fût ouverte ; tout le monde prétendait hériter des fils de Louis XIV : Benjamin Constant, au nom de madame Murat, plaidait les droits que la sœur de Napoléon croyait avoir au royaume de Naples[1] ; Bernadotte jetait un regard lointain sur Versailles, apparemment parce que le roi de Suède venait de Pau.

La Besnardière[2], chef de division aux relations extérieures, passa à M. de Caulaincourt ; il brocha un rapport, *des griefs et contredits de la France* à l'endroit de la légitimité. La ruade lâchée, M. de Talleyrand trouva le moyen de communiquer le rapport à Alexandre : mécontent et mobile, l'autocrate fut frappé du pamphlet de La Besnardière. Tout à coup, en plein congrès, à la stupéfaction de chacun, le czar demande si ce ne serait pas matière à délibération d'examiner en quoi M. le duc d'Orléans pourrait convenir comme roi à la France et à l'Europe. C'est peut-être une des choses les plus surprenantes de ces temps extraordinaires, et peut-être est-il plus extraordinaire encore qu'on en ait si peu parlé*. Lord Clancarthy fit échouer la proposition russe : sa seigneurie déclara n'avoir point de pouvoirs, pour traiter une question aussi grave : « Quant à moi », dit-il, en opinant comme simple particulier, « je pense que mettre M. le duc d'Orléans sur le trône de France serait remplacer une usurpation mili-

---

* Une brochure qui vient de paraître, intitulée : *Lettres de l'étranger*, et qui semble écrite par un diplomate habile et bien instruit, indique cette étrange négociation russe à Vienne. (Paris, note de 1840.)

---

1. On a retrouvé dans les papiers de Mme Récamier une ébauche de ce projet : « Idées sur la conservation du royaume de Naples au roi Joachim Ier » (voir *Lettres de Benjamin Constant à Mme Récamier*, Calmann-Lévy, 1882, p. 351-354). 2. Jean-Baptiste de Gouey, comte de La Besnardière (1765-1843), travailla au ministère des Affaires étrangères de 1795 à 1819. Il fut le proche collaborateur de Talleyrand qu'il accompagna au Congrès de Vienne. À son retour, le roi lui accorda un titre comtal et le nomma directeur des Travaux politiques.

taire par une usurpation de famille, plus dangereuse aux monarques que toutes les autres usurpations. » Les membres du congrès allèrent dîner et marquèrent avec le sceptre de saint Louis, comme avec un fétu, le feuillet où ils en étaient restés dans leurs protocoles.

Sur les obstacles que rencontra le czar, M. de Talleyrand fit volte-face : prévoyant que le coup retentirait, il rendit compte à Louis XVIII (dans une dépêche que j'ai vue et qui portait le n° 25 ou 27) de l'étrange séance du congrès* : il se croyait obligé d'informer Sa Majesté d'une démarche aussi exorbitante, parce que cette nouvelle, disait-il, ne tarderait pas de parvenir aux oreilles du Roi : singulière naïveté pour M. le prince de Talleyrand.

Il avait été question d'une déclaration de l'Alliance, afin de bien avertir le monde qu'on n'en voulait qu'à Napoléon ; qu'on ne prétendait imposer à la France ni une forme obligée de gouvernement ni un souverain qui ne fût pas de son choix. Cette dernière partie de la déclaration fut supprimée, mais elle fut positivement annoncée dans le journal officiel de Francfort. L'Angleterre, dans ses négociations avec les cabinets, se sert toujours de ce langage libéral, qui n'est qu'une précaution contre la tribune parlementaire.

On voit qu'à la seconde restauration, pas plus qu'à la première, les alliés ne se souciaient point du rétablissement de la légitimité : l'événement seul a tout fait. Qu'importait à des souverains dont la vue était si courte que la mère des monarchies de l'Europe fût égorgée ? Cela les empêcherait-il de donner des fêtes et d'avoir des gardes ? Aujourd'hui les monarques sont si solidement assis, le globe dans une main, l'épée dans l'autre !

M. de Talleyrand, dont les intérêts étaient alors à Vienne, craignait que les Anglais, dont l'opinion ne lui était plus aussi favorable, engageassent la partie militaire

---

* On prétend qu'en 1830, M. de Talleyrand a fait enlever des archives particulières de la couronne sa correspondance avec Louis XVIII, de même qu'il avait fait enlever dans les archives de Bonaparte tout ce qu'il avait écrit, lui, M. de Talleyrand, relativement à la mort du duc d'Enghien et aux affaires d'Espagne. (Paris, note de 1840.)

avant que toutes les armées fussent en ligne, et que le cabinet de Saint-James acquît ainsi la prépondérance : c'est pourquoi il voulait amener le Roi à rentrer par les provinces du sud-est, afin qu'il se trouvât sous la tutelle des troupes de l'empire et du cabinet autrichien. Le duc de Wellington avait donc l'ordre précis de ne point commencer les hostilités ; c'est donc Napoléon qui a voulu la bataille de Waterloo : on n'arrête point les destinées d'une telle nature.

Ces faits historiques, les plus curieux du monde, ont été généralement ignorés ; c'est encore de même qu'on s'est formé une opinion confuse des traités de Vienne, relativement à la France : on les a crus l'œuvre inique d'une troupe de souverains victorieux acharnés à notre perte ; malheureusement, s'ils sont durs, ils ont été envenimés par une main française : quand M. de Talleyrand ne conspire pas, il trafique.

La Prusse voulait avoir la Saxe, qui tôt ou tard sera sa proie ; la France devait favoriser ce désir, car la Saxe obtenant un dédommagement dans les cercles du Rhin, Landau nous restait avec nos enclaves ; Coblentz et d'autres forteresses passaient à un petit État ami qui, placé entre nous et la Prusse, empêchait les points de contact ; les clefs de la France n'étaient point livrées à l'ombre de Frédéric. Pour trois millions qu'il en coûta à la Saxe, M. de Talleyrand s'opposa aux combinaisons du cabinet de Berlin ; mais, afin d'obtenir l'assentiment d'Alexandre à l'existence de la vieille Saxe, notre ambassadeur fut obligé d'abandonner la Pologne au czar, bien que les autres puissances désirassent qu'une Pologne quelconque rendît les mouvements du Moscovite moins libres dans le Nord. Les Bourbons de Naples se rachetèrent, comme le souverain de Dresde, à prix d'argent. M. de Talleyrand prétendait qu'il avait droit à une subvention, en échange de son duché de Bénévent : il vendait sa livrée en quittant son maître. Lorsque la France perdait tant, M. de Talleyrand n'aurait-il pu perdre aussi quelque chose ? Bénévent, d'ailleurs, n'appartenait pas au grand chambellan : en vertu du rétablissement des anciens traités, cette principauté dépendait des États de l'Église.

Telles étaient les transactions diplomatiques que l'on passait à Vienne, tandis que nous séjournions à Gand. Je reçus, dans cette dernière résidence, cette lettre de M. de Talleyrand :

« Vienne, le 4 mai.

« J'ai appris avec grand plaisir, Monsieur, que vous étiez à Gand, car les circonstances exigent que le Roi soit entouré d'hommes forts et indépendants.

« Vous aurez sûrement pensé qu'il était utile de réfuter par des publications fortement raisonnées toute la nouvelle doctrine que l'on veut établir dans les pièces officielles qui paraissent en France.

« Il y aurait de l'utilité à ce qu'il parût quelque chose dont l'objet serait d'établir que la déclaration du 31 mars, faite à Paris par les alliés, que la déchéance, que l'abdication, que le traité du 11 avril qui en a été la conséquence, sont autant de conditions préliminaires, indispensables et absolues du traité du 30 mai ; c'est-à-dire que sans ces conditions préalables le traité n'eût pas été fait. Cela posé, celui qui viole lesdites conditions, ou qui en seconde la violation, rompt la paix que ce traité a établie. Ce sont donc lui et ses complices qui déclarent la guerre à l'Europe.

« Pour le dehors comme pour le dedans, une discussion prise dans ce sens ferait du bien ; il faut seulement qu'elle soit bien faite, ainsi chargez-vous en.

« Agréez, Monsieur, l'hommage de mon sincère attachement et de ma haute considération,

« TALLEYRAND.

« J'espère avoir l'honneur de vous voir à la fin du mois. »

Notre ministre à Vienne était fidèle à sa haine contre la grande chimère échappée des ombres ; il redoutait un coup de fouet de son aile. Cette lettre montre du reste tout ce que M. de Talleyrand était capable de faire, quand il écrivait seul : il avait la bonté de m'enseigner le *motif*, s'en rapportant à mes fioritures. Il s'agissait bien de quelques phrases diplomatiques sur la déchéance, sur l'abdication, sur le traité du 11 avril et du 30 mai, pour arrêter Napoléon ! Je fus très reconnaissant des instructions en vertu de mon brevet d'*homme fort*, mais je ne les suivis pas : ambassadeur *in petto*, je ne me mêlais point en ce moment des *affaires étrangères* ; je ne m'occupais que de mon *ministère de l'intérieur par intérim*.

Mais que se passait-il à Paris ?

(12)

LES CENT-JOURS À PARIS.

Effet du passage de la légitimité en France.
Étonnement de Bonaparte. – Il est obligé de capituler
avec les idées qu'il avait crues étouffées.
Son nouveau système. – Trois énormes joueurs restés.
Chimères des libéraux. – Clubs et fédérés.
Escamotage de la république : l'Acte additionnel.
Chambre des représentants convoquée.
Inutile Champ-de-Mai.

Je vous fais voir l'envers des événements que l'histoire ne montre pas ; l'histoire n'étale que l'endroit. Les *Mémoires* ont l'avantage de présenter l'un et l'autre côté du tissu : sous ce rapport, ils peignent mieux l'humanité complète en exposant, comme les tragédies de Shakespeare, les scènes basses et hautes. Il y a partout une chaumière auprès d'un palais, un homme qui pleure auprès d'un homme qui rit, un chiffonnier qui porte sa hotte auprès d'un roi qui perd son trône : que faisait à l'esclave présent à la bataille d'Arbelles la chute de Darius ?

Gand n'était donc qu'un vestiaire derrière les coulisses du spectacle ouvert à Paris. Des personnages renommés restaient encore en Europe. J'avais en 1800 commencé ma carrière avec Alexandre et Napoléon ; pourquoi n'avais-je pas suivi ces premiers acteurs, mes contemporains, sur le grand théâtre ? Pourquoi seul à Gand ? Parce que le ciel vous jette où il veut. Des *petits Cent-Jours* à Gand, passons aux *grands Cent-Jours* à Paris.

Je vous ai dit les raisons qui auraient dû arrêter Bonaparte à l'île d'Elbe, et les raisons primantes[1] ou plutôt la
nécessité tirée de sa nature qui le contraignirent de sortir
de l'exil. Mais la marche de Cannes à Paris épuisa ce qui
lui restait du vieil homme : à Paris le talisman fut brisé.

Le peu d'instants que la légalité avait reparu avait suffi
pour rendre impossible le rétablissement de l'arbitraire.
Le despotisme musèle les masses, et affranchit les individus dans une certaine limite ; l'anarchie déchaîne les
masses, et asservit les indépendances individuelles. De là,
le despotisme ressemble à la liberté, quand il succède à
l'anarchie ; il reste ce qu'il est véritablement quand il
remplace la liberté : libérateur après la constitution direc-
toriale, Bonaparte était oppresseur après la Charte. Il le
sentait si bien qu'il se crut obligé d'aller plus loin que
Louis XVIII et de retourner aux sources de la souveraineté nationale. Lui, qui avait foulé le peuple en maître,
fut réduit à se refaire tribun du peuple, à courtiser la
faveur des faubourgs, à parodier l'enfance révolutionnaire, à bégayer un vieux langage de liberté qui faisait
grimacer ses lèvres, et dont chaque syllabe mettait en
colère son épée.

Sa destinée, comme puissance, était en effet si bien
accomplie, qu'on ne reconnut plus le génie de Napoléon
pendant les Cent-Jours. Ce génie était celui du succès et
de l'ordre, non celui de la défaite et de la liberté : or, il
ne pouvait rien par la victoire qui l'avait trahi, rien pour
l'ordre puisqu'il existait sans lui. Dans son étonnement il
disait : « Comme les Bourbons m'ont arrangé la France
en quelques mois ! il me faudra des années pour la refaire. » Ce n'était pas l'œuvre de la *légitimité* que le conquérant voyait, c'était l'œuvre de la *Charte* ; il avait laissé la
France muette et prosternée, il la trouvait debout et par-
lante : dans la naïveté de son esprit absolu, il prenait la
liberté pour le désordre.

Et pourtant Bonaparte est obligé de capituler avec les
idées qu'il ne peut vaincre de prime abord. À défaut de
popularité réelle, des ouvriers, payés à quarante sous par

---

1. Qui priment, qui ont la primauté.

tête, viennent, à la fin de leur journée, brailler au Carrousel *Vive l'empereur !* cela s'appelait aller *à la criée.* Des
proclamations annoncent d'abord une merveille d'oubli
et de pardon ; les individus sont déclarés libres, la nation
libre, la presse libre ; on ne veut que la paix, l'indépendance et le bonheur du peuple ; tout le système impérial
est changé ; l'âge d'or va renaître. Afin de rendre la pratique conforme à la théorie, on partage la France en sept
grandes divisions de police ; les sept lieutenants sont
investis des mêmes pouvoirs qu'avaient, sous le Consulat
et l'Empire, les directeurs généraux : on sait ce que furent
à Lyon, à Bordeaux, à Milan, à Florence, à Lisbonne,
à Hambourg, à Amsterdam, ces protecteurs de la liberté
individuelle. Au-dessus de ces lieutenants, Bonaparte
élève, dans une hiérarchie de plus en plus *favorable à la
liberté,* des commissaires extraordinaires, à la manière
des représentants du peuple sous la Convention.

La police que dirige Fouché apprend au monde, par
des proclamations solennelles, qu'elle ne va plus servir
qu'à répandre la philosophie, qu'elle n'agira plus que
d'après des principes de vertu.

Bonaparte rétablit, par un décret, la garde nationale du
royaume, dont le nom seul lui donnait jadis des vertiges.
Il se voit forcé d'annuler le divorce prononcé sous l'Empire entre le despotisme et la démagogie, et de favoriser
leur nouvelle alliance : de cet hymen doit naître, au
Champ-de-Mai, une liberté, le bonnet rouge et le turban
sur la tête, le sabre du mameluck à la ceinture et la hache
révolutionnaire à la main, liberté entourée des ombres de
ces milliers de victimes sacrifiées sur les échafauds ou
dans les campagnes brûlantes de l'Espagne et les déserts
glacés de la Russie. Avant le succès, les mamelucks sont
jacobins ; après le succès, des jacobins deviendront
mamelucks : Sparte est pour l'instant du danger, Constantinople pour celui du triomphe.

Bonaparte aurait bien voulu ressaisir à lui seul l'autorité, mais cela ne lui était pas possible ; il trouvait des
hommes disposés à la lui disputer : d'abord les républicains de bonne foi, délivrés des chaînes du despotisme et
des lois de la monarchie, désiraient garder une indépen-

dance qui n'est peut-être qu'une noble erreur ; ensuite les furieux de l'ancienne faction de la montagne : ces derniers, humiliés de n'avoir été sous l'Empire que les espions de police d'un despote, semblaient résolus à reprendre, pour leur propre compte, cette liberté de tout faire dont ils avaient cédé pendant quinze années le privilège à un maître.

Mais ni les républicains, ni les révolutionnaires, ni les satellites de Bonaparte, n'étaient assez forts pour établir leur puissance séparée, ou pour se subjuguer mutuellement. Menacés au dehors d'une invasion, poursuivis au dedans par l'opinion publique, ils comprirent que s'ils se divisaient, ils étaient perdus : afin d'échapper au danger, ils ajournèrent leur querelle ; les uns apportaient à la défense commune leurs systèmes et leurs chimères, les autres leur terreur et leur perversité. Nul n'était de bonne foi dans ce pacte ; chacun, la crise passée, se promettait de le tourner à son profit ; tous cherchaient d'avance à s'assurer les résultats de la victoire. Dans cet effrayant trente et un[1], trois énormes joueurs tenaient la banque tour à tour : la liberté, l'anarchie, le despotisme, tous trois trichant et s'efforçant de gagner une partie perdue pour tous.

Pleins de cette pensée, ils ne sévissaient point contre quelques enfants perdus qui pressaient les mesures révolutionnaires : des fédérés s'étaient formés dans les faubourgs et des fédérations s'organisaient sous de rigoureux serments dans la Bretagne, l'Anjou, le Lyonnais et la Bourgogne ; on entendait chanter *la Marseillaise* et *la Carmagnole* ; un club, établi à Paris, correspondait avec d'autres clubs dans les provinces ; on annonçait la résurrection du *Journal des Patriotes*[2]. Mais, de ce côté-là, quelle confiance pouvaient inspirer les ressuscités de 1793 ? Ne savait-on pas comment ils expliquaient la liberté, l'égalité, les droits de l'homme ? Étaient-ils plus

---

1. Jeu de cartes et de hasard ainsi appelé parce que le coup gagnant est de trente et un points. 2. Le *Journal des Patriotes de 1789* avait paru du 18 août 1795 au 16 août 1799. Il ressuscita, du 1er mai au 3 juillet 1815, sous le titre de *Patriote de 1789*, grâce à ses anciens patrons : Réal, devenu préfet de Police, et Méhée de La Touche.

moraux, plus sages, plus sincères après qu'avant leurs énormités ? Est-ce parce qu'ils s'étaient souillés de tous les vices qu'ils étaient devenus capables de toutes les vertus ? On n'abdique pas le crime aussi facilement qu'une couronne ; le front que ceignit l'affreux bandeau en conserve des marques ineffaçables.

L'idée de faire descendre un ambitieux de génie du rang d'empereur à la condition de généralissime ou de président de la République était une chimère : le bonnet rouge, dont on chargeait la tête de ses bustes pendant les Cent-Jours, n'aurait annoncé à Bonaparte que la reprise du diadème, s'il était donné à ces athlètes qui parcourent le monde de fournir deux fois la même carrière.

Toutefois, des libéraux de choix se promettaient la victoire : des hommes fourvoyés, comme Benjamin Constant, des niais, comme M. Simonde-Sismondi [1], parlaient de placer le prince de Canino [2] au ministère de l'intérieur, le lieutenant général comte Carnot au ministère de la guerre, le comte Merlin [3] à celui de la justice. En apparence abattu, Bonaparte ne s'opposait point à des mouvements démocratiques qui, en dernier résultat, fournissaient des conscrits à son armée. Il se laissait attaquer dans des pamphlets ; des caricatures lui répétaient : *Île d'Elbe*, comme les perroquets criaient à Louis XI : *Péronne*. On prêchait à l'échappé de prison en le tutoyant, la liberté et l'égalité ; il écoutait ces remontrances d'un air de componction. Tout à coup, rompant les liens dont on avait prétendu l'envelopper, il proclame de sa propre autorité, non une constitution plébéienne, mais une constitution

---

1. Le Genevois Charles Simonde de Sismondi (1773-1842), historien des républiques italiennes et des littératures du Midi, se trouvait à Paris pendant les Cent-Jours. Il publia dans le *Moniteur* des articles en faveur du nouvel « Acte additionnel », articles qu'il réunit ensuite dans un volume intitulé : *Examen de la Constitution française*.　　**2.** Lucien Bonaparte.　　**3.** Le conventionnel Philippe-Antoine Merlin (1754-1838) de Douai, auquel on attribuait la paternité de la loi des Suspects, ancien Directeur auquel le général Bonaparte avait dû sa désignation comme « défenseur de la République » le 13 vendémiaire, avait été procureur général près la Cour de cassation (1804), puis conseiller d'État (1806). Il fut proscrit comme régicide par la loi du 24 juillet 1815.

aristocratique, un *Acte additionnel* aux constitutions de l'Empire.

La république rêvée se change par cet adroit escamotage dans le vieux gouvernement impérial, rajeuni de féodalité. L'*Acte additionnel* [1] enlève à Bonaparte le parti républicain et fait des mécontents dans presque tous les autres partis. La licence règne à Paris, l'anarchie dans les provinces ; les autorités civiles et militaires se combattent ; ici on menace de brûler les châteaux et d'égorger les prêtres : là on arbore le drapeau blanc et on crie *Vive le Roi !* Attaqué, Bonaparte recule ; il retire à ses commissaires extraordinaires la nomination des maires des communes et rend cette nomination au peuple. Effrayé de la multiplicité des votes négatifs contre l'*Acte additionnel*, il abandonne sa dictature de fait et convoque la Chambre des représentants en vertu de cet acte qui n'est point encore accepté. Errant d'écueil en écueil, à peine délivré d'un danger, il heurte contre un autre : souverain d'un jour, comment instituer une pairie héréditaire que l'esprit d'égalité repousse ? Comment gouverner les deux Chambres ? Montreront-elles une obéissance passive ? Quels seront les rapports de ces Chambres avec l'assemblée projetée du Champ-de-Mai [2], laquelle n'a plus de véritable but, puisque l'*Acte additionnel* est mis à exécution avant que les suffrages eussent été comptés ? Cette assemblée, composée de trente mille électeurs, ne se croira-t-elle pas la représentation nationale ?

Ce Champ-de-Mai, si pompeusement annoncé et célébré le 1er juin, se résout en un simple défilé de troupes et une distribution de drapeaux devant un autel méprisé. Napoléon, entouré de ses frères, des dignitaires de l'État, des maréchaux, des corps civils et judiciaires, proclame

---

1. Il fut publié dans le *Moniteur* du 23 avril 1815. Largement inspiré par Benjamin Constant, il mécontenta tous les partis. Dans la suite du paragraphe, Chateaubriand réutilise certaines formules de la conclusion de son *Rapport au Roi* du 12 mai 1815.   2. Par le décret du 22 avril 1815, les électeurs étaient invités à sanctionner par un vote la nouvelle Constitution. Les résultats de ce plébiscite (1 532 527 oui, 4 802 non, mais une abstention massive) devaient être proclamés dans une assemblée du Champ-de-Mai, prévue pour le 26 mai, puis remise au 1er juin.

la souveraineté du peuple à laquelle il ne croyait pas. Les citoyens s'étaient imaginé qu'ils fabriqueraient eux-mêmes une constitution dans ce jour solennel ; les paisibles bourgeois s'attendaient qu'on y déclarerait l'abdication de Napoléon en faveur de son fils ; abdication manigancée à Bâle entre les agents de Fouché et du prince Metternich : il n'y eut rien qu'une ridicule attrape politique. L'*Acte additionnel* se présentait, au reste, comme un hommage à la légitimité ; à quelques différences près, et surtout moins l'*abolition de la confiscation*, c'était la Charte.

(13)

SUITE DES CENT-JOURS À PARIS.

Soucis et amertumes de Bonaparte.

Ces changements subits, cette confusion de toutes choses, annonçaient l'agonie du despotisme : la tyrannie conservait l'instinct du mal et n'en avait plus la puissance. Toutefois, l'empereur ne peut recevoir du dedans l'atteinte mortelle, car le pouvoir qui le combat est aussi exténué que lui ; le Titan révolutionnaire que Napoléon avait jadis terrassé, n'a point recouvré son énergie native ; les deux géants se portent maintenant d'inutiles coups ; ce n'est plus que la lutte de deux ombres.

À ces impossibilités générales se joignent pour Bonaparte des tribulations domestiques et des soucis de palais : il annonçait à la France le retour de l'impératrice et du roi de Rome, et l'une et l'autre ne revenaient point. Il disait à propos de la reine de Hollande, devenue par Louis XVIII duchesse de Saint-Leu : « Quand on a accepté les prospérités d'une famille, il faut en embrasser les adversités. » Joseph, accouru de la Suisse, ne lui demandait que de l'argent ; Lucien l'inquiétait par ses liaisons libérales ; Murat, d'abord conjuré contre son beau-frère, s'était trop hâté, en revenant à lui, d'attaquer

les Autrichiens : dépouillé du royaume de Naples et fugitif de mauvais augure, il attendait aux arrêts, près de Marseille, la catastrophe que je vous raconterai plus tard[1].

Et puis, l'empereur pouvait-il se fier à ses anciens partisans et ses prétendus amis ? ne l'avaient-ils pas indignement abandonné au moment de sa chute ? Ce Sénat qui
rampait à ses pieds, maintenant blotti dans la pairie,
n'avait-il pas décrété la déchéance de son bienfaiteur ?
Pouvait-il les croire, ces hommes, lorsqu'ils venaient lui
dire : « L'intérêt de la France est inséparable du vôtre. Si
la fortune trompait vos efforts, des revers, sire, n'affaibli-
raient pas notre persévérance et redoubleraient notre
attachement pour vous. » Votre persévérance ! votre attachement redoublé par l'infortune ! Vous disiez ceci le
11 juin 1815 : qu'aviez-vous dit le 2 avril 1814 ? que
direz-vous quelques semaines après, le 19 juillet 1815 ?

Le ministre de la police impériale, ainsi que vous
l'avez vu, correspondait avec Gand, Vienne et Bâle ; les
maréchaux auxquels Bonaparte était contraint de donner
le commandement de ses soldats avaient naguère prêté
serment à Louis XVIII ; ils avaient fait contre lui, Bonaparte, les proclamations les plus violentes* : depuis ce
moment, il est vrai, ils avaient réépousé leur sultan ; mais
s'il eût été arrêté à Grenoble, qu'en auraient-ils fait ? Suffit-il de rompre un serment pour rendre à un autre serment
violé toute sa force ? Deux parjures équivalent-ils à la
fidélité ?

Encore quelques jours, et ces jureurs du Champ-de-
Mai rapporteront leur dévouement à Louis XVIII dans les
salons des Tuileries ; ils s'approcheront de la sainte table
du Dieu de paix, pour se faire nommer ministres aux ban-
quets de la guerre ; hérauts d'armes et brandisseurs des
insignes royaux au sacre de Bonaparte, ils rempliront les

---

* Voyez plus haut celle du maréchal Soult.

---

1. Dans un des chapitres du livre sur Mme Récamier, destiné à la
troisième partie, mais qui fut amputé de la version définitive (voir
Appendice du tome 3).

mêmes fonctions au sacre de Charles X[1] ; puis, commissaires d'un autre pouvoir, ils mèneront ce roi prisonnier à Cherbourg, trouvant à peine un petit coin libre dans leur conscience pour y accrocher la plaque de leur nouveau serment. Il est dur de naître aux époques d'improbité, dans ces jours où deux hommes causant ensemble s'étudient à retrancher des mots de la langue, de peur de s'offenser et de se faire rougir mutuellement.

Ceux qui n'avaient pu s'attacher à Napoléon par sa gloire, qui n'avaient pu tenir par la reconnaissance au bienfaiteur duquel ils avaient reçu leurs richesses, leurs honneurs et jusqu'à leurs noms, s'immoleraient-ils maintenant à ses indigentes espérances ? S'enchaîneraient-ils à une fortune précaire et recommençante, les ingrats que ne fixa point une fortune consolidée par des succès inouïs et par une possession de seize années de victoires ? Tant de chrysalides, qui, entre deux printemps, avaient dépouillé et revêtu, quitté et repris la peau du légitimiste et du révolutionnaire, du napoléonien et du bourboniste ; tant de paroles données et faussées ; tant de croix passées de la poitrine du chevalier à la queue du cheval, et de la queue du cheval à la poitrine du chevalier ; tant de preux changeant de bandières, et semant la lice de leurs gages de foimentie ; tant de nobles dames, tour à tour suivantes de Marie-Louise et de Marie-Caroline, ne devaient laisser au fond de l'âme de Napoléon que défiance, horreur et mépris ; ce grand homme vieilli était seul au milieu de tous ces traîtres, hommes et sort, sur une terre chancelante, sous un ciel ennemi, en face de sa destinée accomplie et du jugement de Dieu.

---

1. Ce fut le cas de Jourdan, Moncey, Mortier et Soult qui, le 29 mai 1825, porteront dans la cathédrale de Reims les insignes du sacre (voir livre XXVIII, chap. 5).

(14)

Résolution à Vienne. – Mouvement à Paris.

Napoléon n'avait trouvé de fidèles que les fantômes de sa gloire passée ; ils l'escortèrent, ainsi que je vous l'ai dit, du lieu de son débarquement jusqu'à la capitale de la France. Mais les aigles, qui avaient *volé de clocher en clocher* de Cannes à Paris, s'abattirent fatiguées sur les cheminées des Tuileries, sans pouvoir aller plus loin.

Napoléon ne se précipite point, avec les populations émues, sur la Belgique, avant qu'une armée anglo-prussienne s'y fût rassemblée : il s'arrête ; il essaie de négocier avec l'Europe et de maintenir humblement les traités de la légitimité. Le congrès de Vienne oppose à M. le duc de Vicence [1] l'abdication du 11 avril 1814 : par cette abdication Bonaparte *reconnaissait qu'il était le seul obstacle au rétablissement de la paix en Europe*, et en conséquence *renonçait, pour lui et ses héritiers, aux trônes de France et d'Italie*. Or, puisqu'il vient rétablir son pouvoir, il viole manifestement le traité de Paris, et se replace dans la situation politique antérieure au 31 mars 1814 : donc c'est lui Bonaparte qui déclare la guerre à l'Europe, et non l'Europe à Bonaparte. Ces arguties logiques de procureurs diplomates, comme je l'ai fait remarquer à propos de la lettre de M. de Talleyrand, valaient ce qu'elles pouvaient avant le combat.

La nouvelle du débarquement de Bonaparte à Cannes était arrivée à Vienne le 3 mars [2], au milieu d'une fête où l'on représentait l'assemblée des divinités de l'Olympe et du Parnasse. Alexandre venait de recevoir le projet d'alliance entre la France, l'Autriche et l'Angleterre : il hésita

---

1. Caulaincourt, redevenu ministre des Relations extérieures.
2. En réalité, Napoléon avait débarqué le 1er mars, la nouvelle ne fut connue à Paris que le 5 (voir *supra*, p. 619, note 1). C'est par le consulat autrichien à Gênes qu'elle fut transmise à Vienne où elle arriva le 7. De toute façon, Caulaincourt ne devait reprendre son poste dans le nouveau ministère qu'un mois plus tard.

un moment entre les deux nouvelles, puis il dit : « Il ne s'agit pas de moi, mais du salut du monde. » Et une estafette porte à Saint-Pétersbourg l'ordre de faire partir la garde. Les armées qui se retiraient s'arrêtent ; leur longue ligne fait volte-face, et huit cent mille ennemis tournent le visage vers la France. Bonaparte se prépare à la guerre ; il est attendu à de nouveaux champs catalauniques : Dieu l'a ajourné à la bataille qui doit mettre fin au règne des batailles.

Il avait suffi de la chaleur des ailes de la renommée de Marengo et d'Austerlitz pour faire éclore des armées dans cette France qui n'est qu'un grand nid de soldats. Bonaparte avait rendu à ses légions leurs surnoms d'*invincible*, de *terrible*, d'*incomparable* ; sept armées reprenaient le titre d'armées des Pyrénées, des Alpes, du Jura, de la Moselle, du Rhin : grands souvenirs qui servaient de cadre à des troupes supposées, à des triomphes en espérance. Une armée véritable était réunie à Paris et à Laon ; cent cinquante batteries attelées, dix mille soldats d'élite entrés dans la garde ; dix-huit mille marins illustrés à Lützen et à Bautzen ; trente mille vétérans, officiers et sous-officiers, en garnison dans les places fortes ; sept départements du nord et de l'est prêts à se lever en masse ; cent quatre-vingt mille hommes de la garde nationale rendus mobiles ; des corps francs dans la Lorraine, l'Alsace et la Franche-Comté ; des fédérés offrant leurs piques et leurs bras ; Paris fabriquant par jour trois mille fusils : telles étaient les ressources de l'empereur. Peut-être aurait-il encore une fois bouleversé le monde, s'il avait pu se résoudre, en affranchissant la patrie, à appeler les nations étrangères à l'indépendance. Le moment était propice : les rois qui promirent à leurs sujets des gouvernements constitutionnels venaient de manquer honteusement à leur parole. Mais la liberté était antipathique à Napoléon depuis qu'il avait bu à la coupe du pouvoir ; il aimait mieux être vaincu avec des soldats que de vaincre avec des peuples. Les corps qu'il poussa successivement vers les Pays-Bas se montaient à soixante-dix mille hommes.

(15)

Ce que nous faisions à Gand. – M. de Blacas.

Nous autres émigrés, nous étions dans la ville de Charles-Quint comme les femmes de cette ville : assises derrière leurs fenêtres, elles voient dans un petit miroir incliné les soldats passer dans la rue. Louis XVIII était là dans un coin complètement oublié ; à peine recevait-il de temps en temps un billet du prince de Talleyrand revenant de Vienne, quelques lignes des membres du corps diplomatique résidant auprès du duc de Wellington en qualité de commissaires, MM. Pozzo di Borgo, de Vincent, etc., etc. On avait bien autre chose à faire qu'à songer à nous ! Un homme étranger à la politique n'aurait jamais cru qu'un impotent caché au bord de la Lys serait rejeté sur le trône par le choc des milliers de soldats prêts à s'égorger : soldats dont il n'était ni le roi ni le général, qui ne pensaient pas à lui, qui ne connaissaient ni son nom ni son existence. De deux points si rapprochés, Gand et Waterloo, jamais l'un ne parut si obscur, l'autre si éclatant : la légitimité gisait au dépôt comme un vieux fourgon brisé.

Nous savions que les troupes de Bonaparte s'approchaient ; nous n'avions pour nous couvrir que nos deux petites compagnies sous les ordres du duc de Berry, prince dont le sang ne pouvait nous servir, car il était déjà demandé ailleurs.. Mille chevaux, détachés de l'armée française, nous auraient enlevés en quelques heures. Les fortifications de Gand étaient démolies ; l'enceinte qui reste eût été d'autant plus facilement forcée que la population belge ne nous était pas favorable. La scène dont j'avais été témoin aux Tuileries se renouvela : on préparait secrètement les voitures de Sa Majesté ; les chevaux étaient commandés[1]. Nous, fidèles ministres, nous

---

1. Sur les circonstances de ce départ nous possédons un témoignage privé (adressé à la petite-fille de Bertin par une vieille amie de la famille) qui concorde avec celui de Chateaubriand (*Bulletin*, 1965-1966, p. 79).

aurions pataugé derrière, à la grâce de Dieu. Monsieur
partit pour Bruxelles, chargé de surveiller de plus près les
mouvements.

M. de Blacas était devenu soucieux et triste ; moi,
pauvre homme, je le solaciais[1]. À Vienne on ne lui était
pas favorable ; M. de Talleyrand s'en moquait ; les
royalistes l'accusaient d'être la cause du retour de Bonaparte. Ainsi, dans l'une ou l'autre chance, plus d'exil
honoré pour lui en Angleterre, plus de premières places
possibles en France : j'étais son unique appui. Je le rencontrais assez souvent au Marché aux chevaux, où il trot-
tait seul ; m'attelant à son côté, je me conformais *à sa
triste pensée*[2]. Cet homme que j'ai défendu à Gand et en
Angleterre, que je défendis en France après les Cent-
Jours, et jusque dans la préface de *la Monarchie selon la
Charte*[3], cet homme m'a toujours été contraire : cela ne
serait rien s'il n'eût été un mal pour la monarchie. Je ne
me repens pas de ma niaiserie passée ; mais je dois
redresser dans ces *Mémoires* les surprises faites à mon
jugement ou à mon bon cœur.

(16)

Bataille de Waterloo.

Le 18 juin 1815, vers midi, je sortis de Gand par la
porte de Bruxelles ; j'allai seul achever ma promenade
sur la grande route. J'avais emporté les *Commentaires de*

---

1. Ce verbe de la langue marotique, déclaré « vieilli » par *Trévoux*,
signifie : *soulager*, divertir, consoler.   2. Allusion à ces vers du récit
de Théramène (*Phèdre*, V, 6) : « Ses superbes coursiers, qu'on voyait
autrefois / Pleins d'une ardeur si noble obéir à sa voix, / L'œil morne
maintenant et la tête baissée, / Semblaient se *conformer à sa triste pensée.* »   3. C'est dans le deuxième tirage, paru quelques jours après
la première édition, que Chateaubriand ajouta au dernier paragraphe de
sa préface quelques allusions nominatives, en particulier à propos de
Blacas.

César et je cheminais lentement, plongé dans ma lecture. J'étais déjà à plus d'une lieue de la ville [1], lorsque je crus ouïr un roulement sourd : je m'arrêtai, regardai le ciel assez chargé de nuées, délibérant en moi-même si je continuerais d'aller en avant, ou si je me rapprocherais de Gand dans la crainte d'un orage. Je prêtai l'oreille ; je n'entendis plus que le cri d'une poule d'eau dans des joncs et le son d'une horloge de village. Je poursuivis ma route : je n'avais pas fait trente pas que le roulement recommença, tantôt bref, tantôt long et à intervalles inégaux ; quelquefois il n'était sensible que par une trépidation de l'air, laquelle se communiquait à la terre sur ces plaines immenses, tant il était éloigné. Ces détonations moins vastes, moins onduleuses, moins liées ensemble que celles de la foudre, firent naître dans mon esprit l'idée d'un combat. Je me trouvais devant un peuplier planté à l'angle d'un champ de houblon. Je traversai le chemin et je m'appuyai debout contre le tronc de l'arbre, le visage tourné du côté de Bruxelles. Un vent du sud s'étant levé m'apporta plus distinctement le bruit de l'artillerie. Cette grande bataille, encore sans nom, dont j'écoutais les échos au pied d'un peuplier, et dont une horloge de village venait de sonner les funérailles inconnues, était la bataille de Waterloo !

Auditeur silencieux et solitaire du formidable arrêt des destinées, j'aurais été moins ému si je m'étais trouvé dans la mêlée : le péril, le feu, la cohue de la mort ne m'eussent pas laissé le temps de méditer ; mais seul sous un arbre, dans la campagne de Gand, comme le berger des troupeaux qui paissaient autour de moi, le poids des réflexions m'accablait : Quel était ce combat ? Était-il définitif ? Napoléon était-il là en personne ? Le monde, comme la robe du Christ [2], était-il jeté au sort ? Succès

---

1. Rappelons que le champ de bataille de Waterloo se trouve à une cinquantaine de kilomètres de Gand.   2. Les quatre évangélistes ont indiqué qu'après la crucifixion les soldats romains de garde tirèrent au sort (le texte de la Vulgate est : *mittere sortem*) les vêtements du Christ pour se les partager (Matthieu, XXVII, 35 ; Marc, XV, 24 ; Luc, XXIII, 34 ; Jean, XIX, 23-24). Ce dernier est néanmoins le seul à évoquer la « tunique sans couture » à laquelle Chateaubriand fait allusion.

ou revers de l'une ou de l'autre armée, quelle serait la conséquence de l'événement pour les peuples, liberté ou esclavage ? Mais quel sang coulait ! chaque bruit parvenu à mon oreille n'était-il pas le dernier soupir d'un Français ? Était-ce un nouveau Crécy, un nouveau Poitiers, un nouvel Azincourt, dont allaient jouir les plus implacables ennemis de la France ? S'ils triomphaient, notre gloire n'était-elle pas perdue ? Si Napoléon l'emportait, que devenait notre liberté ? Bien qu'un succès de Napoléon m'ouvrît un exil éternel, la patrie l'emportait dans ce moment dans mon cœur ; mes vœux étaient pour l'oppresseur de la France, s'il devait, en sauvant notre honneur, nous arracher à la domination étrangère.

Wellington triomphait-il ? La légitimité rentrerait donc dans Paris derrière ces uniformes rouges qui venaient de reteindre leur pourpre au sang des Français ! La royauté aurait donc pour carrosses de son sacre les chariots d'ambulance remplis de nos grenadiers mutilés ! Que sera-ce qu'une restauration accomplie sous de tels auspices ?... Ce n'est là qu'une bien petite partie des idées qui me tourmentaient. Chaque coup de canon me donnait une secousse et doublait le battement de mon cœur. À quelques lieues d'une catastrophe immense, je ne la voyais pas ; je ne pouvais toucher le vaste monument funèbre croissant de minute en minute à Waterloo, comme du rivage de Boulaq, au bord du Nil, j'étendais vainement mes mains vers les Pyramides[1].

Aucun voyageur ne paraissait ; quelques femmes dans les champs, sarclant paisiblement des sillons de légumes, n'avaient pas l'air d'entendre le bruit que j'écoutais. Mais voici venir un courrier : je quitte le pied de mon arbre et je me place au milieu de la chaussée ; j'arrête le courrier et l'interroge. Il appartenait au duc de Berry et venait d'Alost. Il me dit : « Bonaparte est entré hier (17 juin) dans Bruxelles, après un combat sanglant. La bataille a dû recommencer aujourd'hui (18 juin). On croit à la défaite définitive des alliés, et l'ordre de la retraite est donné. » Le courrier continua sa route.

---

1. Voir *Itinéraire*, p. 1147-1148.

Je le suivis en me hâtant : je fus dépassé par la voiture d'un négociant qui fuyait en poste avec sa famille ; il me confirma le récit du courrier.

(17)

CONFUSION À GAND.
QUELLE FUT LA BATAILLE DE WATERLOO.

Tout était dans la confusion quand je rentrai à Gand : on fermait les portes de la ville ; les guichets seuls demeuraient entre-bâillés ; des bourgeois mal armés et quelques soldats de dépôt faisaient sentinelle. Je me rendis chez le Roi.

Monsieur venait d'arriver par une route détournée : il avait quitté Bruxelles sur la fausse nouvelle que Bonaparte y allait entrer, et qu'une première bataille perdue ne laissait aucune espérance du gain d'une seconde. On racontait que les Prussiens ne s'étant pas trouvés en ligne, les Anglais avaient été écrasés.

Sur ces bulletins, le *sauve qui peut* devint général : les possesseurs de quelques ressources partirent ; moi, qui ai la coutume de n'avoir jamais rien, j'étais toujours prêt et dispos. Je voulais faire déménager avant moi madame de Chateaubriand, grande bonapartiste, mais qui n'aime pas les coups de canon : elle ne me voulut pas quitter.

Le soir, conseil auprès de S.M. : nous entendîmes de nouveau les rapports de Monsieur et les *on dit* recueillis chez le commandant de la place ou chez le baron d'Eckstein[1]. Le fourgon des diamants de la couronne était

---

1. Ferdinand d'Eckstein (1790-1861), né dans une famille juive de Copenhague convertie au protestantisme, embrassa la religion catholique au cours du séjour qu'il fit à Rome de 1807 à 1809. Volontaire dans la campagne de 1813, il entra par la suite au service du royaume des Pays-Bas. C'est comme gouverneur de Gand qu'il gagna, pendant les Cent-Jours, la faveur de Louis XVIII. Dès lors fixé à Paris, proche de la presse ultra, ce sera une des figures en vue de la société roman-

attelé : je n'avais pas besoin de fourgon pour emporter mon trésor. J'enfermai le mouchoir de soie noire dont j'entortille ma tête la nuit dans mon flasque portefeuille de ministre de l'intérieur, et je me mis à la disposition du prince, avec ce document important des affaires de la légitimité. J'étais plus riche dans ma première émigration, quand mon havresac me tenait lieu d'oreiller et servait de maillot à *Atala* : mais en 1815 *Atala* était une grande petite fille dégingandée de treize à quatorze ans, qui courait le monde toute seule, et qui, pour l'honneur de son père, avait fait trop parler d'elle.

Le 19 juin, à une heure du matin, une lettre de M. Pozzo, transmise au Roi par estafette, rétablit la vérité des faits. Bonaparte n'était point entré dans Bruxelles ; il avait décidément perdu la bataille de Waterloo. Parti de Paris le 12 juin, il rejoignit son armée le 14. Le 15, il force les lignes de l'ennemi sur la Sambre. Le 16, il bat les Prussiens dans ces champs de Fleurus où la victoire semble à jamais fidèle aux Français. Les villages de Ligny et de Saint-Amand sont emportés. Aux Quatre-Bras, nouveau succès : le duc de Brunswick reste parmi les morts. Blücher en pleine retraite se rabat sur une réserve de trente mille hommes, aux ordres du général de Bulow ; le duc de Wellington, avec les Anglais et Hollandais, s'adosse à Bruxelles.

Le 18 au matin, avant les premiers coups de canon, le duc de Wellington déclara qu'il pourrait tenir jusqu'à trois heures ; mais qu'à cette heure, si les Prussiens ne paraissaient pas, il serait nécessairement écrasé : acculé sur Planchenois et Bruxelles, toute retraite lui était interdite. Surpris par Napoléon, sa position militaire était détestable ; il l'avait acceptée et ne l'avait pas choisie.

Les Français emportèrent d'abord, à l'aile gauche de l'ennemi, les hauteurs qui dominent le château d'Hougoumont jusqu'aux fermes de la Haie-Sainte et de Papelotte ; à l'aile droite ils attaquèrent le village de Mont-Saint-Jean ; la ferme de la Haie-Sainte est enlevée

---

tique. Il est en particulier connu pour ses publications dans le domaine orientaliste, comme dans celui de la philosophie catholique.

au centre par le prince Jérôme. Mais la réserve prussienne paraît vers Saint-Lambert à six heures du soir : une nouvelle et furieuse attaque est donnée au village de la Haie-Sainte ; Blücher survient avec des troupes fraîches et isole du reste de nos troupes déjà rompues les carrés de la garde impériale. Autour de cette phalange immobile, le débordement des fuyards entraîne tout parmi des flots de poussière, de fumée ardente et de mitraille, dans des ténèbres sillonnées de fusées à la congrève[1], au milieu des rugissements de trois cents pièces d'artillerie et du galop précipité de vingt-cinq mille chevaux : c'était comme le sommaire de toutes les batailles de l'Empire. Deux fois les Français ont crié : Victoire ! deux fois leurs cris sont étouffés sous la pression des colonnes ennemies. Le feu de nos lignes s'éteint ; les cartouches sont épuisées ; quelques grenadiers blessés, au milieu de trente mille morts, de cent mille boulets sanglants, refroidis et conglobés[2] à leurs pieds, restent debout appuyés sur leur mousquet, baïonnette brisée, canon sans charge. Non loin d'eux l'homme des batailles écoutait, l'œil fixe, le dernier coup de canon qu'il devait entendre de sa vie. Dans ces champs de carnage, son frère Jérôme combattait encore avec ses bataillons expirants accablés par le nombre, mais son courage ne peut ramener la victoire.

Le nombre des morts du côté des alliés était estimé à dix-huit mille hommes, du côté des Français à vingt-cinq mille ; douze cents officiers anglais avaient péri ; presque tous les aides de camp du duc de Wellington étaient tués ou blessés ; il n'y eut pas en Angleterre une famille qui ne prît le deuil. Le prince d'Orange avait été atteint d'une balle à l'épaule ; le baron de Vincent, ambassadeur d'Autriche, avait eu la main percée. Les Anglais furent rede-

---

1. C'est en 1804 que William Congreve (1772-1828) inventa les fusées qui portent son nom et qui furent utilisées avec succès contre Boulogne (1806), Copenhague (1807), au large de Rochefort (1809), enfin à Waterloo. Elles étaient faites de trois éléments : une cartouche en tôle pour la matière propulsive (salpêtre, soufre, charbon) ; un projectile (mitraille ou produit incendiaire) ; un système de guidage. 2. Accumulés.

vables du succès aux Irlandais et à la brigade des montagnards écossais que les charges de notre cavalerie ne purent rompre. Le corps du général Grouchy ne s'étant pas avancé, ne se trouva point à l'affaire. Les deux armées croisèrent le fer et le feu avec une bravoure et un acharnement qu'animait une inimitié nationale de dix siècles. Lord Castlereagh, rendant compte de la bataille à la Chambre des lords, disait : « Les soldats anglais et les soldats français, après l'affaire, lavaient leurs mains sanglantes dans un même ruisseau, et d'un bord à l'autre se congratulaient mutuellement sur leur courage. » Wellington avait toujours été funeste à Bonaparte, ou plutôt le génie rival de la France, le génie anglais, barrait le chemin à la victoire. Aujourd'hui les Prussiens réclament contre les Anglais l'honneur de cette affaire décisive[1] ; mais, à la guerre, ce n'est pas l'action accomplie, c'est le nom qui fait le triomphateur : ce n'est pas Bonaparte qui a gagné la véritable bataille d'Iéna[2].

Les fautes des Français furent considérables : ils se trompèrent sur des corps ennemis ou amis ; ils occupèrent trop tard la position des Quatre-Bras ; le maréchal Grouchy, qui était chargé de contenir les Prussiens avec ses trente-six mille hommes, les laissa passer sans les voir : de là des reproches que nos généraux se sont adressés[3]. Bonaparte attaqua de front selon sa coutume au lieu de tourner les Anglais, et s'occupa, avec la présomption du maître, de couper la retraite à un ennemi qui n'était pas vaincu.

---

1. *Cf.* la conclusion de Scott (t. XVI, p. 404) : « Les lauriers de Waterloo doivent être partagés : les Anglais gagnèrent la bataille, les Prussiens la terminèrent et assurèrent les fruits de la victoire ».   2. Mais Davout, vainqueur le même jour à Auerstaedt.   3. Allusion à la polémique engagée entre Grouchy et son subordonné le général Gérard. Aux *Fragments historiques relatifs à la campagne de 1815 et à la bataille de Waterloo*, publiés par le premier le 20 novembre 1829, Gérard répliqua quelques mois plus tard par ses *Dernières Observations sur les opérations de l'aile droite de l'armée à la bataille de Waterloo*. Scott juge avec sérénité la conduite de Grouchy. Ce dernier avait été élevé à la dignité de maréchal de France au printemps 1815 : elle lui fut refusée lors de la seconde Restauration, ce qui explique que Chateaubriand le désigne soit par ce titre, soit par son grade de général.

Beaucoup de menteries et quelques vérités assez curieuses ont été débitées sur cette catastrophe. Le mot : *La garde meurt et ne se rend pas*, est une invention qu'on n'ose plus défendre[1]. Il paraît certain qu'au commencement de l'action, Soult fit quelques observations stratégiques à l'empereur : « Parce que Wellington vous a battu, » lui répondit sèchement Napoléon, « vous croyez toujours que c'est un grand général. » À la fin du combat, M. de Turenne[2] pressa Bonaparte de se retirer pour éviter de tomber entre les mains de l'ennemi : Bonaparte, sorti de ses pensées comme d'un rêve, s'emporta d'abord ; puis tout à coup, au milieu de sa colère, il s'élance sur son cheval et fuit.

(18)

RETOUR DE L'EMPEREUR.
RÉAPPARITION DE LA FAYETTE.
NOUVELLE ABDICATION DE BONAPARTE.
SÉANCES ORAGEUSES À LA CHAMBRE DES PAIRS.
PRÉSAGES MENAÇANTS POUR LA SECONDE RESTAURATION.

Le 19 juin cent coups de canon des Invalides avaient annoncé les succès de Ligny, de la Sambre, de Charleroi, des Quatre-Bras ; on célébrait des victoires mortes la veille à Waterloo. Le premier courrier qui transmit à Paris la nouvelle de cette défaite, une des plus grandes de l'histoire par ses résultats, fut Napoléon lui-même : il rentra dans les barrières la nuit du 21 ; on eût dit de ses mânes revenant pour apprendre à ses amis qu'il n'était plus. Il descendit à l'Élysée-Bourbon : lorsqu'il arriva de l'île d'Elbe, il était descendu aux Tuileries ; ces deux asiles, instinctivement choisis, révélaient le changement de sa destinée.

---

1. Même opinion chez Scott, *loc. cit.*, p. 379.   **2.** Henri de Turenne (1773-1852) avait servi très jeune dans les armées révolutionnaires. Chambellan (1809), colonel et comte (1813), ce fut un des fidèles de Napoléon qu'il suivit jusqu'à Fontainebleau, puis, comme aide de camp, à Waterloo.

Tombé à l'étranger dans un noble combat, Napoléon eut à supporter à Paris les assauts des avocats qui voulaient mettre à sac ses malheurs : il regrettait de n'avoir pas dissous la Chambre avant son départ pour l'armée ; il s'est souvent aussi repenti de n'avoir pas fait fusiller Fouché et Talleyrand. Mais il est certain que Bonaparte, après Waterloo, s'interdit toute violence, soit qu'il obéît au calme habituel de son tempérament, soit qu'il fût dompté par la destinée ; il ne dit plus comme avant sa première abdication : « On verra ce que c'est que la *mort d'un grand homme.* » Cette verve était passée. Antipathique à la liberté, il songea à casser cette Chambre des représentants que présidait Lanjuinais, de citoyen devenu sénateur, de sénateur devenu pair, de pair redevenu citoyen ; de citoyen allant redevenir pair. Le général La Fayette, député, lut à la tribune une proposition qui déclarait : « la Chambre en permanence, crime de haute trahison toute tentative pour la dissoudre, traître à la patrie, et jugé comme tel, quiconque s'en rendrait coupable. » (21 juin 1815.)

Le discours du général commençait par ces mots : « Messieurs, lorsque pour la première fois depuis bien des années j'élève une voix que les vieux amis de la liberté reconnaîtront encore, je me sens appelé à vous parler du danger de la patrie..
.... Voici l'instant de nous rallier autour du drapeau tricolore, de celui de 89, celui de la liberté, de l'égalité et de l'ordre public. »

L'anachronisme de ce discours causa un moment d'illusion ; on crut voir la Révolution, personnifiée dans La Fayette, sortir du tombeau et se présenter pâle et ridée à la tribune. Mais ces motions d'ordre, renouvelées de Mirabeau, n'étaient plus que des armes hors d'usage, tirées d'un vieil arsenal. Si La Fayette rejoignait noblement la fin et le commencement de sa vie, il n'était pas en son pouvoir de souder les deux bouts de la chaîne rompue du temps. Benjamin Constant se rendit auprès de l'empereur à l'Élysée-Bourbon ; il le trouva dans son jardin. La foule remplissait l'avenue de Marigny et criait : *Vive l'empereur !* cri touchant échappé des entrailles populaires ; il s'adressait au vaincu ! Bonaparte dit à Benjamin Constant : « Que me doivent ceux-ci ? je les ai trouvés, je les ai laissés pauvres. » C'est peut-être le seul mot qui lui soit sorti du cœur, si toutefois l'émotion du député n'a pas trompé son oreille. Bonaparte, prévoyant l'événement, vint au-devant de la sommation qu'on se préparait à lui faire ; il abdiqua pour n'être pas contraint d'abdiquer : « Ma vie politique est finie, dit-il : je déclare mon fils, sous le nom de Napoléon II, empereur des Français. » Inutile disposition, telle que celle de Charles X en faveur de Henri V : on ne donne des couronnes que lorsqu'on les possède, et les hommes cassent le testament de l'adversité. D'ailleurs l'empereur n'était pas plus sincère en descendant du trône une seconde fois qu'il ne l'avait été dans sa première retraite ; aussi, lorsque les commissaires français allèrent apprendre au duc de Wellington que Napoléon avait abdiqué, il leur répondit : « Je le savais depuis un an. »

La Chambre des représentants, après quelques débats où Manuel prit la parole [1], accepta la nouvelle abdication de son souverain, mais vaguement et sans nommer de régence.

Une commission exécutive est créée : le duc d'Otrante la préside ; trois ministres, un conseiller d'État et un général de l'empereur la composent et dépouillent de nouveau leur maître : c'était Fouché, Caulaincourt, Carnot, Quinette [2] et Grenier [3].

---

1. Jacques-Antoine Manuel (1775-1827), avocat aixois, nouvel élu des Bouches-du-Rhône à la Chambre des Représentants, fit voter le 23 juin un ordre du jour en faveur de Napoléon II, puis repoussa de toutes ses forces la restauration des Bourbons. Il reviendra siéger à la Chambre des Députés de 1818 à son expulsion en 1823 (voir *Congrès de Vérone*, chap. XLV). **2.** Nicolas-Marie Quinette (1762-1821), ancien conventionnel régicide, ministre du Directoire, préfet de Napoléon, baron, etc. **3.** Le général Paul Grenier (1766-1827) avait reçu de Louis XVIII le commandement de la 8ᵉ division militaire. Au printemps de 1815, il fut élu à la nouvelle Chambre des Représentants, dont il fut élu vice-président.

Pendant ces transactions, Bonaparte retournait ses idées dans sa tête : « Je n'ai plus d'armée, disait-il, je n'ai plus que des fuyards. La majorité de la Chambre des députés est bonne ; je n'ai contre moi que La Fayette, Lanjuinais et quelques autres. Si la nation se lève, l'ennemi sera écrasé ; si, au lieu d'une levée, on dispute, tout sera perdu. La nation n'a pas envoyé les députés pour me renverser, mais pour me soutenir. Je ne les crains point, quelque chose qu'ils fassent ; je serai toujours l'idole du peuple et de l'armée : si je disais un mot, ils seraient assommés. Mais si nous nous querellons au lieu de nous entendre, nous aurons le sort du Bas-Empire. »

Une députation de la Chambre des représentants étant venue le féliciter sur sa nouvelle abdication, il répondit : « Je vous remercie : je désire que mon abdication puisse faire le bonheur de la France ; mais je ne l'espère pas. »

Il se repentit bientôt après, lorsqu'il apprit que la Chambre des représentants avait nommé une commission de gouvernement composée de cinq membres. Il dit aux ministres : « Je n'ai point abdiqué en faveur d'un nouveau Directoire ; j'ai abdiqué en faveur de mon fils : si on ne le proclame point, mon abdication est nulle et non avenue. Ce n'est point en se présentant devant les alliés l'oreille basse et le genou en terre que les Chambres les forceront à reconnaître l'indépendance nationale. »

Il se plaignait que La Fayette, Sébastiani, Pontécoulant[1], Benjamin Constant, avaient conspiré contre lui, que d'ailleurs les Chambres n'avaient pas assez d'énergie. Il disait que lui seul pouvait tout réparer, mais que les meneurs n'y consentiraient jamais, qu'ils aimeraien

---

1. Louis-Gustave Le Doulcet de Pontécoulant (1764-1853), ancien sous-lieutenant dans les Gardes du Corps, fut un conventionnel modéré de tendance girondine ; de 1796 à 1798, il fut réélu au conseil des Cinq Cents. À partir du Consulat, il fut successivement préfet, sénateur chargé de missions diverses. Il faisait partie du gouvernement provisoire constitué le 1er avril 1814, mais ne vota pas la déchéance de Napoléon. Il sera néanmoins nommé pair de France par Louis XVIII le 4 juin 1814, puis maintenu pendant les Cent-Jours ; enfin réintégré dans la Chambre haute le 5 mars 1819.

mieux s'engloutir dans l'abîme que de s'unir avec lui, Napoléon, pour le fermer.

Le 27 juin, à la Malmaison, il écrivit cette sublime lettre : « En abdiquant le pouvoir, je n'ai pas renoncé au plus noble droit du citoyen, au droit de défendre mon pays. Dans ces graves circonstances, j'offre mes services comme général, me regardant encore comme le premier soldat de la patrie. »

Le duc de Bassano lui ayant représenté que les Chambres ne seraient pas pour lui : « Alors je le vois bien, dit-il, il faut toujours céder. Cet infâme Fouché vous trompe, il n'y a que Caulaincourt et Carnot qui valent quelque chose ; mais que peuvent-ils faire, avec un traître, Fouché, et deux niais, Quinette et Grenier, et deux Chambres qui ne savent ce qu'elles veulent ? Vous croyez tous comme des imbéciles aux belles promesses des étrangers ; vous croyez qu'ils vous mettront la poule au pot, et qu'ils vous donneront un prince de leur façon, n'est-ce pas ? Vous vous trompez[*]. »

Des plénipotentiaires furent envoyés aux alliés. Napoléon requit le 29 juin deux frégates, stationnées à Rochefort, pour le transporter hors de France ; en attendant il s'était retiré à la Malmaison.

Les discussions étaient vives à la Chambre des pairs. Longtemps ennemi de Bonaparte, Carnot, qui signait l'ordre des égorgements d'Avignon sans avoir le temps de le lire, avait eu le temps, pendant les Cent-Jours, d'immoler son républicanisme au titre de comte. Le 22 juin, il avait lu au Luxembourg une lettre du ministre de la guerre, contenant un rapport exagéré sur les ressources militaires de la France. Ney, nouvellement arrivé, ne peut entendre ce rapport sans colère. Napoléon dans ses bulletins, avait parlé du maréchal avec un mécontentement mal déguisé, et Gourgaud accusa Ney d'avoir été la principale cause de la perte de la bataille de Waterloo. Ney se leva et dit : « Ce rapport est faux, faux de tous points : Grouchy ne peut avoir sous ses ordres que vingt à vingt-cinq mille hommes tout au plus. Il n'y a plus un seul soldat

---

[*] Voyez les *Œuvres de Napoléon*, tome Ier, dernières pages.

de la garde à rallier : je la commandais ; je l'ai vu massacrer tout entière avant de quitter le champ de bataille.
L'ennemi est à Nivelle avec quatre-vingt mille hommes ;
il peut être à Paris dans six jours : vous n'avez d'autre
moyen de sauver la patrie que d'ouvrir des négociations. »

L'aide de camp Flahaut[1] voulut soutenir le rapport du
ministre de la guerre ; Ney répliqua avec une nouvelle
véhémence : « Je le répète, vous n'avez d'autre voie de
salut que la négociation. Il faut que vous rappeliez les
Bourbons. Quant à moi, je me retirerai aux États-Unis. »

À ces mots, Lavalette et Carnot accablèrent le maréchal
de reproches ; Ney leur répondit avec dédain : « Je ne
suis pas de ces hommes pour qui leur intérêt est tout :
que gagnerai-je au retour de Louis XVIII ? d'être fusillé
pour crime de désertion ; mais je dois la vérité à mon
pays. »

Dans la séance des pairs du 23, le général Drouot, rap-
pelant cette scène, dit : « J'ai vu avec chagrin ce qui fut
dit hier pour diminuer la gloire de nos armes, exagérer
nos désastres et diminuer nos ressources. Mon étonnement a été d'autant plus grand que ces discours étaient
prononcés par un général distingué (Ney), qui par sa
grande valeur et ses connaissances militaires, a tant de
fois mérité la reconnaissance de la nation. »

Dans la séance du 22, un second orage avait éclaté à
la suite du premier : il s'agissait de l'abdication de Bonaparte ; Lucien insistait pour qu'on reconnût son neveu
empereur. M. de Pontécoulant interrompit l'orateur, et
demanda de quel droit Lucien, étranger et prince romain,
se permettait de donner un souverain à la France.
« Comment, ajouta-t-il, reconnaître un enfant qui réside
en pays étranger ? » À cette question, La Bédoyère[2]
s'agitant devant son siège :

---

1. Le comte de Flahaut de La Billarderie (1785-1870), général de
division, avait été nommé pair de France pendant les Cent-Jours. C'est
le père du futur duc de Morny.   2. Le colonel Charles Huchet de La
Bédoyère (1786-1815) avait déterminé le succès de Napoléon, dans sa
marche sur Paris, en lui amenant, de Grenoble à Vizille, le 7e régiment
de ligne dont Louis XVIII, pour complaire à sa famille, venait de lui

« J'ai entendu des voix autour du trône du souverain heureux ; elles s'en éloignent aujourd'hui qu'il est dans le malheur. Il y a des gens qui ne veulent pas reconnaître Napoléon II, parce qu'ils veulent recevoir la loi de l'étranger, à qui ils donnent le nom d'*alliés*.

« L'abdication de Napoléon est indivisible. Si l'on ne veut pas reconnaître son fils, il doit tenir l'épée, environné de Français qui ont versé leur sang pour lui, et qui sont encore tout couverts de blessures.

« Il sera abandonné par de vils généraux qui l'ont déjà trahi.

« Mais si l'on déclare que tout Français qui quittera son drapeau sera couvert d'infamie, sa maison rasée, sa famille proscrite, alors plus de traîtres, plus de manœuvres qui ont occasionné les dernières catastrophes et dont peut-être quelques auteurs siègent ici. »

La Chambre se lève en tumulte : « À l'ordre ! à l'ordre ! à l'ordre ! » mugit-on blessé du coup : « Jeune homme, vous vous oubliez ! » s'écria Masséna. « Vous vous croyez encore au corps de garde ? » disait Lameth[1].

Tous les présages de la seconde Restauration furent menaçants : Bonaparte était revenu à la tête de quatre cents Français, Louis XVIII revenait derrière quatre cent mille étrangers ; il passa près de la mare de sang de Waterloo, pour aller à Saint-Denis comme à sa sépulture.

C'était pendant que la légitimité s'avançait ainsi que retentissaient les interpellations de la Chambre des pairs ; il y avait là je ne sais quoi de ces terribles scènes révolutionnaires aux grands jours de nos malheurs, quand le poignard circulait au tribunal entre les mains des victimes. Quelques militaires dont la funeste fascination avait amené la ruine de la France, en déterminant la seconde invasion de l'étranger, se débattaient sur le seuil

---

confier le commandement. Au cours des Cent-Jours, il fut nommé général, puis pair de France ; mais, arrêté le 2 août 1815, il fut traduit devant un conseil de guerre, puis fusillé dans la plaine de Grenelle, le 19 août.

1. Propos rapportés par W. Scott. C'est du reste la totalité de son récit de la séance du 22 juin (voir t. XVII, p. 21-27) que Chateaubriand utilise dans la seconde moitié de ce chapitre.

du palais ; leur désespoir prophétique, leurs gestes, leurs paroles de la tombe, semblaient annoncer une triple mort : mort à eux-mêmes, mort à l'homme qu'ils avaient béni, mort à la race qu'ils avaient proscrite.

(19)

Départ de Gand. — Arrivée à Mons.
Je manque ma première occasion de fortune
dans ma carrière politique.
M. de Talleyrand à Mons. — Scène avec le roi.
Je m'intéresse bêtement à M. de Talleyrand.

Tandis que Bonaparte se retirait à la Malmaison avec l'empire fini, nous, nous partions de Gand avec la monarchie recommençante[1]. Pozzo, qui savait combien il s'agissait peu de la légitimité en haut lieu, se hâta d'écrire à Louis XVIII de partir et d'arriver vite, s'il voulait régner avant que la place fût prise : c'est à ce billet que Louis XVIII dut sa couronne en 1815.

À Mons, je manquai la première occasion de fortune de ma carrière politique ; j'étais mon propre obstacle et je me trouvais sans cesse sur mon chemin. Cette fois, mes *qualités* me jouèrent le mauvais tour que m'auraient pu faire mes défauts.

M. de Talleyrand, dans tout l'orgueil d'une négociation qui l'avait enrichi, prétendait avoir rendu à la légitimité les plus grands services et il revenait en maître. Étonné que déjà on n'eût point suivi pour le retour à Paris la route qu'il avait tracée, il fut bien plus mécontent de retrouver M. de Blacas avec le Roi. Il regardait M. de Blacas comme le fléau de la monarchie ; mais ce n'était pas là le vrai motif de son aversion : il considérait dans M. de Blacas le favori, par conséquent le rival ; il crai-

---

1. Pour les chap. 19 et 20 de ce livre XXIII, Chateaubriand utilise parfois de très près les notes de sa femme (*Cahier rouge*, p. 95-107).

gnait aussi Monsieur et s'était emporté lorsque, quinze
jours auparavant, Monsieur lui avait fait offrir son hôtel
sur la Lys. Demander l'éloignement de M. de Blacas, rien
de plus naturel ; l'exiger, c'était trop se souvenir de Bonaparte.

M. de Talleyrand entra dans Mons vers les six heures
du soir, accompagné de l'abbé Louis : M. de Ricé [1], M. de
Jaucourt et quelques autres commensaux, volèrent à lui.
Plein d'une humeur qu'on ne lui avait jamais vue, l'humeur d'un roi qui croit son autorité méconnue, il refusa
de prime abord d'aller chez Louis XVIII, répondant à
ceux qui l'en pressaient par sa phrase ostentatrice : « Je
ne suis jamais pressé ; il sera temps demain. » Je l'allai
voir ; il me fit toutes ces cajoleries avec lesquelles il
séduisait les petits ambitieux et les niais importants. Il me
prit par le bras, s'appuya sur moi en me parlant : familiarités de haute faveur, calculées pour me tourner la tête, et
qui étaient, avec moi, tout à fait perdues ; je ne comprenais même pas. Je l'invitai à venir chez le Roi où je me
rendais.

Louis XVIII était dans ses grandes douleurs : il s'agissait de se séparer de M. de Blacas ; celui-ci ne pouvait
rentrer en France ; l'opinion était soulevée contre lui ;
bien que j'eusse eu à me plaindre du favori à Paris, je ne
lui en avais témoigné à Gand aucun ressentiment. Le Roi
m'avait su gré de ma conduite ; dans son attendrissement,
il me traita à merveille. On lui avait déjà rapporté les
propos de M. de Talleyrand : « Il se vante, me dit-il, de
m'avoir remis une seconde fois la couronne sur la tête et
il me menace de reprendre le chemin de l'Allemagne :
qu'en pensez-vous, monsieur de Chateaubriand ? » Je
répondis : « On aura mal instruit Votre Majesté ; M. de
Talleyrand est seulement fatigué. Si le Roi y consent, je
retournerai chez le ministre. » Le Roi parut bien aise ; ce
qu'il aimait le moins, c'étaient les tracasseries ; il désirait
son repos aux dépens même de ses affections.

---

1. Le vicomte de *Riccé* (1758-1832) avait déjà bien entamé une carrière de préfet qu'il poursuivra jusqu'à sa mort, sous le règne de Louis-
Philippe.

M. de Talleyrand au milieu de ses flatteurs était plus monté que jamais. Je lui représentai qu'en un moment aussi critique il ne pouvait songer à s'éloigner. Pozzo le prêcha dans ce sens : bien qu'il n'eût pas la moindre inclination pour lui, il aimait dans ce moment à le voir aux affaires comme une ancienne connaissance ; de plus il le supposait en faveur près du czar. Je ne gagnai rien sur l'esprit de M. de Talleyrand, les habitués du prince me combattaient ; M. Mounier même pensait que M. de Talleyrand devait se retirer. L'abbé Louis, qui mordait tout le monde, me dit en secouant trois fois sa mâchoire : « Si j'étais le prince, je ne resterais pas un quart d'heure à Mons. » Je lui répondis : « Monsieur l'abbé, vous et moi nous pouvons nous en aller où nous voulons ; personne ne s'en apercevra ; il n'en est pas de même de M. de Talleyrand. » J'insistai encore et je dis au prince : « Savez-vous que le Roi continue son voyage ? » M. de Talleyrand parut surpris, puis il me dit superbement, comme le Balafré à ceux qui le voulaient mettre en garde contre les desseins de Henri III : « Il n'osera ! »

Je revins chez le Roi où je trouvai M. de Blacas. Je dis à S.M., pour excuser son ministre, qu'il était malade, mais qu'il aurait très certainement l'honneur de faire sa cour au Roi le lendemain. « Comme il voudra, répliqua Louis XVIII : je pars à trois heures » ; et puis il ajouta affectueusement ces paroles : « Je vais me séparer de M. de Blacas, la place sera vide, monsieur de Chateaubriand. »

C'était la maison du Roi mise à mes pieds. Sans s'embarrasser davantage de M. de Talleyrand, un politique avisé aurait fait attacher ses chevaux à sa voiture pour suivre ou précéder le Roi : je demeurai sottement dans mon auberge.

M. de Talleyrand, ne pouvant se persuader que le Roi s'en irait, s'était couché : à trois heures on le réveille pour lui dire que le Roi part ; il n'en croit pas ses oreilles : « Joué ! trahi ! » s'écria-t-il. On le lève, et le voilà, pour la première fois de sa vie, à trois heures du matin dans la rue, appuyé sur le bras de M. de Ricé. Il arrive devant l'hôtel du Roi ; les deux premiers chevaux de l'attelage

avaient déjà la moitié du corps hors de la porte cochère.
On fait signe de la main au postillon de s'arrêter ; le Roi
demande ce que c'est ; on lui crie : « Sire, c'est M. de
Talleyrand. – Il dort », dit Louis XVIII. – « Le voilà sire.
– Allons ! » répondit le Roi. Les chevaux reculent avec
la voiture ; on ouvre la portière, le Roi descend, rentre en
se traînant dans son appartement, suivi du ministre boiteux. Là M. de Talleyrand commence en colère une explication. Sa Majesté l'écoute et lui répond : « Prince de
Bénévent, vous nous quittez ? Les eaux vous feront du
bien[1] : vous nous donnerez de vos nouvelles. » Le Roi
laisse le prince ébahi, se fait reconduire à sa berline et
part.

M. de Talleyrand bavait de colère ; le sang-froid de
Louis XVIII l'avait démonté : lui, M. de Talleyrand, qui
se piquait de tant de sang-froid, être battu sur son propre
terrain, planté là, sur une place à Mons, comme l'homme
le plus insignifiant : il n'en revenait pas ! Il demeure
muet, regarde s'éloigner le carrosse, puis saisissant le duc
de Lévis par un bouton de son spencer : « Allez, monsieur
le duc, allez dire comme on me traite ! J'ai remis la couronne sur la tête du Roi (il en revenait toujours à cette
couronne), et je m'en vais en Allemagne commencer la
nouvelle émigration. »

M. de Lévis écoutant en distraction, se haussant sur la
pointe du pied, dit : « Prince, je pars, il faut qu'il y ait au
moins un grand seigneur avec le Roi. »

M. de Lévis se jeta dans une carriole de louage qui
portait le chancelier de France : les deux grandeurs de la
monarchie capétienne s'en allèrent côte à côte la rejoindre, à moitié frais, dans une *benne* mérovingienne.

J'avais prié M. de Duras de travailler à la réconciliation
et de m'en donner les premières nouvelles. « Quoi !
m'avait dit M. de Duras, vous restez après ce que vous a
dit le Roi ? » M. de Blacas, en partant de Mons de son
côté, me remercia de l'intérêt que je lui avais montré.

Je retrouvai M. de Talleyrand embarrassé ; il en était
au regret de n'avoir pas suivi mon conseil, et d'avoir,

---

1. Talleyrand venait de louer, pour la saison, une villa à Wiesbaden.

comme un sous-lieutenant mauvaise tête, refusé d'aller le
soir chez le Roi ; il craignait que des arrangements
eussent lieu sans lui, qu'il ne pût participer à la puissance
politique et profiter des tripotages d'argent qui se préparaient. Je lui dis que, bien que je différasse de son opinion, je ne lui en restais pas moins attaché, comme un
ambassadeur à son ministre ; qu'au surplus j'avais des
amis auprès du Roi, et que j'espérais bientôt apprendre
quelque chose de bon. M. de Talleyrand était une vraie
tendresse, il se penchait sur mon épaule ; certainement il
me croyait dans ce moment un très grand homme.

Je ne tardai point à recevoir un billet de M. de Duras ;
il m'écrivait de Cambrai que l'affaire était arrangée, et
que M. de Talleyrand allait recevoir l'ordre de se mettre
en route : cette fois le prince ne manqua pas d'obéir.

Quel diable me poussait ? Je n'avais point suivi le Roi
qui m'avait pour ainsi dire offert ou plutôt donné le
ministère de sa maison et qui fut blessé de mon obstination à rester à Mons : je me cassais le cou pour M. de
Talleyrand que je connaissais à peine, que je n'estimais
point, que je n'admirais point ; pour M. de Talleyrand qui
allait entrer dans des combinaisons nullement les
miennes, qui vivait dans une atmosphère de corruption
dans laquelle je ne pouvais respirer !

Ce fut de Mons même, au milieu de tous ses embarras,
que le prince de Bénévent envoya M. Duperey toucher à
Naples les millions d'un de ses marchés de Vienne[1].
M. de Blacas cheminait en même temps avec l'ambassade
de Naples dans sa poche, et d'autres millions que le généreux exilé de Gand lui avait donnés à Mons. Je m'étais
tenu dans de bons rapports avec M. de Blacas, précisément parce que tout le monde le détestait ; j'avais encouru
l'amitié de M. de Talleyrand pour ma fidélité à un caprice
de son humeur ; le Roi m'avait positivement appelé
auprès de sa personne ; et je préférai la turpitude d'un
homme sans foi à la faveur de Sa Majesté : il était trop
juste que je reçusse la récompense de ma stupidité, que

---

1. Voir le chap. 11. M. *de Perray* avait accompagné le ministre à
Vienne comme secrétaire.

je fusse abandonné de tous, pour les avoir voulu servir tous. Je rentrai en France n'ayant pas de quoi payer ma route, tandis que les trésors pleuvaient sur les disgraciés : je méritais cette correction. C'est fort bien de s'escrimer en pauvre chevalier quand tout le monde est cuirassé d'or ; mais encore ne faut-il pas faire des fautes énormes : moi demeuré auprès du Roi, la combinaison du ministère Talleyrand et Fouché devenait presque impossible ; la Restauration commençait par un ministère moral et honorable, toutes les combinaisons de l'avenir pouvaient changer. L'insouciance que j'avais de ma personne me trompa sur l'importance des faits : la plupart des hommes ont le défaut de se trop compter ; j'ai le défaut de ne me pas compter assez ; je m'enveloppai dans le dédain habituel de ma fortune ; j'aurais dû voir que la fortune de la France se trouvait liée dans ce moment à celle de mes petites destinées : ce sont de ces enchevêtrements historiques fort communs.

(20)

De Mons à Gonesse. – Je m'oppose avec
M. le comte Beugnot à la nomination de Fouché
comme ministre : mes raisons.
Le duc de Wellington l'emporte.
Arnouville. – Saint-Denis.
Dernière conversation avec le Roi.

Sorti enfin de Mons, j'arrivai au Cateau-Cambrésis ; M. de Talleyrand m'y rejoignit : nous avions l'air de venir refaire le traité de paix de 1559 entre Henri II de France et Philippe II d'Espagne.

À Cambrai, il se trouva que le marquis de La Suze [1],

---

1. Louis-François Chamillard, marquis de La Suze (1751-1833). Ses fonctions de « maréchal des logis » (officier chargé de loger la cour lorsqu'elle voyage) évoquent le temps de la vieille monarchie et, pourquoi pas puisque nous sommes à Cambrai, celui de Fénelon.

maréchal des logis du temps de Fénelon, avait disposé des billets de logement de madame de Lévis, de madame de Chateaubriand et du mien : nous demeurâmes dans la rue, au milieu des feux de joie, de la foule circulant autour de nous et des habitants qui criaient : *Vive le Roi !* Un étudiant, ayant appris que j'étais là, nous conduisit à la maison de sa mère[1].

Les amis des diverses monarchies de France commençaient à paraître ; ils ne venaient pas à Cambrai pour la ligue contre Venise, mais pour s'associer contre les nouvelles constitutions ; ils accouraient mettre aux pieds du Roi leurs fidélités successives et leur haine pour la Charte : passeport qu'ils jugeaient nécessaire auprès de Monsieur ; moi et deux ou trois raisonnables Gilles, nous sentions déjà la jacobinerie.

Le 28 juin, parut la déclaration de Cambrai. Le Roi y disait : « Je ne veux éloigner de ma personne que ces hommes dont la renommée est un sujet de douleur pour la France et d'effroi pour l'Europe. » Or voyez, le nom de Fouché était prononcé avec gratitude par le pavillon Marsan ! Le Roi riait de la nouvelle passion de son frère et disait : « Elle ne lui est pas venue de l'inspiration divine. »

Au livre IV de ces *Mémoires* je vous ai raconté qu'en traversant Cambrai après les Cent-Jours, je cherchai vainement mon logis du temps du régiment de Navarre et le café que je fréquentais avec La Martinière : tout avait disparu avec ma jeunesse.

De Cambrai, nous allâmes coucher à Roye : la maîtresse de l'auberge prit madame de Chateaubriand pour madame la Dauphine ; elle fut portée en triomphe dans une salle où il y avait une table mise de trente couverts : la salle, éclairée de bougies, de chandelles et d'un large feu, était suffocante. L'hôtesse ne voulait pas recevoir de payement, et elle disait : « Je me regarde de travers pour n'avoir pas su me faire guillotiner pour nos rois. » Der-

---

1. Plusieurs anecdotes de ce chapitre proviennent du *Cahier rouge* (p. 97-105).

nière étincelle d'un feu qui avait animé les Français pendant tant de siècles.

Le général Lamothe[1], beau-frère de M. Laborie, vint, envoyé par les autorités de la capitale, nous instruire qu'il nous serait impossible de nous présenter à Paris sans la cocarde tricolore. M. de La Fayette et d'autres commissaires, d'ailleurs fort mal reçus des alliés, valetaient[2] d'état-major en état-major, mendiant près des étrangers un maître quelconque pour la France : tout roi, au choix des Cosaques, serait excellent, pourvu qu'il ne descendît pas de saint Louis et de Louis XIV.

À Roye, on tint conseil : M. de Talleyrand fit attacher deux haridelles à sa voiture et se rendit chez Sa Majesté. Son équipage occupait la largeur de la place, à partir de l'auberge du ministre jusqu'à la porte du roi. Il descendit de son char avec un mémoire qu'il nous lut : il examinait le parti qu'on aurait à suivre en arrivant ; il hasardait quelques mots sur la nécessité d'admettre indistinctement tout ce monde au partage des places ; il faisait entendre qu'on pourrait aller généreusement jusqu'aux juges de Louis XVI. Sa Majesté rougit et s'écria en frappant des deux mains les deux bras de son fauteuil : « Jamais ! » Jamais de vingt-quatre heures.

À Senlis, nous nous présentâmes chez un chanoine : sa servante nous reçut comme des chiens ; quant au chanoine, qui n'était pas saint Rieul, patron de la ville, il ne voulut seulement pas nous regarder. Sa bonne avait ordre de ne nous rendre d'autre service que de nous acheter de quoi manger, pour notre argent : le *Génie du Christianisme* me fut néant. Pourtant Senlis aurait dû nous être de bon augure, puisque ce fut dans cette ville que Henri IV se déroba aux mains de ses geôliers en 1576 : « Je n'ai de regret », s'écriait en s'échappant le Roi, compatriote de Montaigne, « que pour deux choses que j'ai laissées à Paris : la messe et ma femme. »

---

1. Le général Gourlet de Lamothe (1772-1836) avait pris part à la conspiration de Malet. Il fut réintégré comme lieutenant-général lors de la première Restauration.   **2.** « Terme du discours familier qui signifie : avoir une assiduité servile auprès de quelqu'un » *(Trévoux)*.

De Senlis nous nous rendîmes au berceau de Philippe-Auguste, autrement Gonesse. En approchant du village, nous aperçûmes deux personnes qui s'avançaient vers nous ; c'étaient le maréchal Macdonald et mon fidèle ami Hyde de Neuville[1]. Ils arrêtèrent notre voiture et nous demandèrent où était M. de Talleyrand ; ils ne firent aucune difficulté de m'apprendre qu'ils le cherchaient afin d'informer le Roi que Sa Majesté ne devait pas songer à franchir la barrière avant d'avoir pris Fouché pour ministre. L'inquiétude me gagna, car, malgré la manière dont Louis XVIII s'était prononcé à Roye, je n'étais pas très rassuré. Je questionnai le maréchal : « Quoi ! monsieur le maréchal, lui dis-je, est-il certain que nous ne pouvons rentrer qu'à des conditions si dures ? – Ma foi, monsieur le vicomte, me répondit le maréchal, je n'en suis pas bien convaincu. »

Le Roi s'arrêta deux heures à Gonesse. Je laissai madame de Chateaubriand au milieu du grand chemin dans sa voiture, et j'allai au conseil à la mairie. Là fut mise en délibération une mesure d'où devait dépendre le sort futur de la monarchie. La discussion s'entama : je soutins, seul avec M. Beugnot, qu'en aucun cas Louis XVIII ne devait admettre dans ses conseils M. Fouché. Le Roi écoutait : je voyais qu'il eût tenu volontiers la parole de Roye ; mais il était absorbé par Monsieur et pressé par le duc de Wellington.

Dans un chapitre de *la Monarchie selon la Charte*[2], j'ai résumé les raisons que je fis valoir à Gonesse. J'étais animé ; la parole parlée a une puissance qui s'affaiblit dans la parole écrite : « Partout où il y a une tribune

---

1. Jean-Guillaume Hyde de Neuville (1776-1857) avait été long-temps un agent actif des Bourbons lorsqu'il rencontra Chateaubriand à Cadix, au printemps de 1807. Il partait alors pour les États-Unis où il demeura jusqu'en 1814. Député dans la Chambre « introuvable » de 1815, il représenta ensuite la France aux États-Unis (1816-1820), au Brésil (1820-1822), enfin au Portugal (1823), avant de devenir ministre de la Marine dans le cabinet Martignac (1828). Ami intime de Chateaubriand, il sera son conseiller dans maintes occasions, puis son exécuteur testamentaire.   2. 1re partie, chap. 29, « Quel homme ne peut jamais être ministre sous la Monarchie constitutionnelle ».

ouverte, dis-je dans ce chapitre, quiconque peut être
exposé à des reproches d'une certaine nature ne peut être
placé à la tête du gouvernement. Il y a tel discours, tel
mot, qui obligerait un pareil ministre à donner sa démission en sortant de la Chambre. C'est cette impossibilité
résultante du principe libre des gouvernements représen-
tatifs que l'on ne sentit pas lorsque toutes les illusions
se réunirent pour porter un homme fameux au ministère,
malgré la répugnance trop fondée de la couronne. L'élévation de cet homme devait produire l'une de ces deux
choses : ou l'abolition de la Charte, ou la chute du ministère à l'ouverture de la session. Se représente-t-on le
ministre dont je veux parler écoutant à la Chambre des
députés la discussion sur le 21 janvier, pouvant être apo-
strophé à chaque instant par quelque député de Lyon, et
toujours menacé du terrible *Tu es ille vir*[1] ! Les hommes
de cette sorte ne peuvent être employés ostensiblement
qu'avec les muets du sérail de Bajazet ou les muets du
Corps législatif de Bonaparte. » Je disais[2] : « Que deviendra le ministre si un député, montant à la tribune un *Moniteur* à la main, lit le rapport de la Convention du 9 août
1795 ; s'il demande l'expulsion de Fouché comme
indigne en vertu de ce rapport qui le *chassait*, lui Fouché
(je cite textuellement), *comme un voleur et un terroriste,
dont la conduite atroce et criminelle communiquait le
déshonneur et l'opprobre à toute assemblée quelconque
dont il deviendrait membre ?* »

Voilà les choses que l'on a oubliées !

Après tout, avait-on le malheur de croire qu'un homme
de cette espèce pouvait jamais être utile ? il fallait le laisser derrière le rideau, consulter sa triste expérience ; mais
faire violence à la couronne et à l'opinion, appeler à
visage découvert un pareil ministre aux affaires, un
homme que Bonaparte, dans ce moment même, traitait

---

1. « Cet homme-là, c'est toi ! » Brutale apostrophe du prophète
Nathan à David, après qu'il a évoqué de façon voilée le meurtre
déguisé commis par ce dernier pour épouser Bethsabée (Second livre
de Samuel, XII, 7). **2.** Chateaubriand rapporte cette fois les propos
qu'il a tenus au « conseil » de Gonesse. Le rapport qu'il cite a paru
dans le *Moniteur* du 27 thermidor an III/14 août 1795.

d'infâme, n'était-ce pas déclarer qu'on renonçait à la liberté et à la vertu ? Une couronne vaut-elle un pareil sacrifice ? On n'était plus maître d'éloigner personne, qui pouvait-on exclure après avoir pris Fouché ?

Les partis agissaient sans songer à la forme du gouvernement qu'ils avaient adoptée ; tout le monde parlait de constitution, de liberté, d'égalité, de droit des peuples, et personne n'en voulait ; verbiage à la mode : on demandait, sans y penser, des nouvelles de la Charte, tout en espérant qu'elle crèverait bientôt. Libéraux et royalistes inclinaient au gouvernement absolu, amendé par les mœurs : c'est le tempérament et le train de la France. Les intérêts matériels dominaient ; on ne voulait point renoncer à ce qu'on avait, dit-on, fait pendant la Révolution ; chacun était chargé de sa propre vie et prétendait en onérer[1] le voisin : le mal, assurait-on, était devenu un élément public, lequel devait désormais se combiner avec les gouvernements, et entrer comme principe vital dans la société.

Ma lubie, relative à une Charte mise en mouvement par l'action religieuse et morale, a été la cause du mauvais vouloir que certains partis m'ont porté : pour les royalistes, j'aimais trop la liberté ; pour les révolutionnaires, je méprisais trop les crimes. Si je ne m'étais trouvé là, à mon grand détriment, pour me faire maître d'école de constitutionnalité, dès les premiers jours les ultra et les jacobins auraient mis la Charte dans la poche de leur frac à fleurs de lis, ou de leur carmagnole à la Cassius[2].

M. de Talleyrand n'aimait pas M. Fouché ; M. Fouché détestait et, ce qu'il y a de plus étrange, méprisait M. de Talleyrand : il était difficile d'arriver à ce succès. M. de Talleyrand, qui d'abord eût été content de n'être pas accouplé à M. Fouché, sentant que celui-ci était inévitable, donna les mains au projet ; il ne s'aperçut pas

---

1. Recours à un archaïsme pour éviter une répétition. 2. La carmagnole (veste courte à revers étroits introduite à Paris par les Fédérés marseillais de 1792) avait fini par désigner la totalité du costume à la mode sous la Convention : pantalon noir, veste noire, gilet rouge ou tricolore.

qu'avec la Charte (lui surtout uni au mitrailleur de Lyon) il n'était guère plus possible que Fouché.

Promptement se vérifia ce que j'avais annoncé : on n'eut pas le profit de l'admission du duc d'Otrante, on n'en eut que l'opprobre ; l'ombre des Chambres approchant suffit pour faire disparaître des ministres trop exposés à la franchise de la tribune.

Mon opposition fut inutile : selon l'usage des caractères faibles, le Roi leva la séance sans rien déterminer ; l'ordonnance ne devait être arrêtée qu'au château d'Arnouville.

On ne tint point conseil en règle dans cette dernière résidence ; les intimes et les affiliés au secret furent seuls assemblés. M. de Talleyrand, nous ayant devancés, prit langue avec ses amis. Le duc de Wellington arriva : je le vis passer en calèche ; les plumes de son chapeau flottaient en l'air ; il venait octroyer à la France M. Fouché et M. de Talleyrand, comme le double présent que la victoire de Waterloo faisait à notre patrie. Lorsqu'on lui représentait que le régicide de M. le duc d'Otrante était peut-être un inconvénient, il répondait : « C'est une *frivolité*. » Un Irlandais protestant, un général anglais étranger à nos mœurs et à notre histoire, un esprit ne voyant dans l'année française de 1793 que l'antécédent anglais de l'année 1649, était chargé de régler nos destinées ! L'ambition de Bonaparte nous avait réduits à cette misère.

Je rôdais à l'écart dans les jardins d'où le contrôleur général Machault, à l'âge de quatre-vingt-treize ans, était allé s'éteindre aux Madelonnettes[1] ; car la mort dans sa grande revue n'oubliait alors personne. Je n'étais plus appelé ; les familiarités de l'infortune commune avaient cessé entre le souverain et le sujet : le Roi se préparait à rentrer dans son palais, moi dans ma retraite. Le vide se reforme autour des monarques sitôt qu'ils retrouvent le pouvoir. J'ai rarement traversé sans faire des réflexions sérieuses les salons silencieux et déshabités des Tuileries,

---

1. C'est à Arnouville que le ministre disgracié de Louis XV avait passé les quarante dernières années de sa vie, avant de mourir dans une prison de la Terreur, à quatre-vingt-treize ans (1794).

qui me conduisaient au cabinet du Roi : à moi, déserts d'une autre sorte, solitudes infinies où les mondes mêmes s'évanouissent devant Dieu, seul être réel.

On manquait de pain à Arnouville ; sans un officier du nom de Dubourg et qui dénichait de Gand comme nous, nous eussions jeûné. M. Dubourg alla à la picorée*[1] ; il nous rapporta la moitié d'un mouton au logis du maire en fuite. Si la servante de ce maire, héroïne de Beauvais demeurée seule, avait eu des armes, elle nous aurait reçus comme Jeanne Hachette.

Nous nous rendîmes à Saint-Denis : sur les deux bords de la chaussée s'étendaient les bivouacs des Prussiens et des Anglais ; les yeux rencontraient au loin les campaniles de l'abbaye : dans ses fondements Dagobert jeta ses joyaux, dans ses souterrains les races successives ensevelirent leurs rois et leurs grands hommes ; quatre mois passés, nous avions déposé là les os de Louis XVI pour tenir lieu des autres poussières. Lorsque je revins de mon premier exil en 1800, j'avais traversé cette même plaine de Saint-Denis ; il n'y campait encore que les soldats de Napoléon ; des Français remplaçaient encore les vieilles bandes du connétable de Montmorency.

Un boulanger nous hébergea. Le soir, vers les neuf heures[2], j'allai faire ma cour au Roi. Sa Majesté était logée dans les bâtiments de l'abbaye : on avait toutes les peines du monde à empêcher les petites filles de la Légion d'honneur de crier : Vive Napoléon ! J'entrai d'abord dans l'église ; un pan de mur attenant au cloître était

---

* Nous retrouverons mon ami, le général Dubourg, dans les journées de juillet.

---

1. « Pillage que font des soldats qui se détachent de leurs corps. Ce qu'on appelle aussi : aller à la maraude » *(Trévoux)*. Frédéric Dubourg (1778-1850) avait combattu en Vendée, puis suivi Bernadotte en Suède, avant de faire la campagne de Russie. Attaché au maréchal Clarke, il recevra un commandement dans le nord de la France, mais sera évincé pour ultra-royalisme. Chateaubriand le reverra lors des journées de Juillet (voir livre XXXII, chap. 6 et 9). 2. Le 7 juillet 1815.

tombé : l'antique abbatial[1] n'était éclairé que d'une lampe. Je fis ma prière à l'entrée du caveau où j'avais vu descendre Louis XVI : plein de crainte sur l'avenir, je ne sais si j'ai jamais eu le cœur noyé d'une tristesse plus profonde et plus religieuse. Ensuite je me rendis chez Sa Majesté : introduit dans une des chambres qui précédaient celle du Roi, je ne trouvai personne[2] ; je m'assis dans un coin et j'attendis. Tout à coup une porte s'ouvre : entre silencieusement le vice appuyé sur le bras du crime, M. de Talleyrand marchant soutenu par M. Fouché ; la vision infernale passe lentement devant moi, pénètre dans le cabinet du Roi et disparaît. Fouché venait jurer foi et hommage à son seigneur ; le féal régicide, à genoux, mit les mains qui firent tomber la tête de Louis XVI entre les mains du frère du roi martyr ; l'évêque apostat fut caution du serment.

Le lendemain, le faubourg Saint-Germain arriva : tout se mêlait de la nomination de Fouché déjà obtenue, la religion comme l'impiété, la vertu comme le vice, le royaliste comme le révolutionnaire, l'étranger comme le Français ; on criait de toute part : « Sans Fouché point de sûreté pour le Roi, sans Fouché point de salut pour la France ; lui seul a déjà sauvé la patrie, lui seul peut achever son ouvrage. » La vieille duchesse de Duras était une des nobles dames les plus animées à l'hymne ; le bailli

---

1. Au masculin, le mot désigne le logis abbatial, la résidence du Père Abbé. C'est peut-être une erreur de transcription.   2. En réalité, cette scène, qu'évoque aussi le *Cahier rouge* (p. 105), a au moins eu un autre témoin, le comte Beugnot, qui la raconte dans ses propres *Mémoires*. Le chapitre XLV de *La Monarchie selon la charte* (1816) nous offre la première version de ce récit : « Je me rappellerai toute ma vie la douleur que j'éprouvai à Saint-Denis. Il étoit à peu près neuf heures du soir : j'étois resté dans une des chambres qui précédoient celle du roi. Tout à coup la porte s'ouvre : je vois entrer le président du conseil, s'appuyant sur le bras du nouveau ministre... Ô Louis le Désiré ! ô mon malheureux maître ! vous avez prouvé qu'il n'y a point de sacrifices que votre peuple ne puisse attendre de votre cœur paternel ! »

de Crussol, survivant de Malte, faisait chorus[1] ; il déclarait que si sa tête était encore sur ses épaules, c'est que
M. Fouché l'avait permis. Les peureux avaient eu tant de
frayeur de Bonaparte, qu'ils avaient pris le massacreur de
Lyon pour un Titus. Pendant plus de trois mois les salons
du faubourg Saint-Germain me regardèrent comme un
mécréant parce que je désapprouvais la nomination de
leurs ministres. Ces pauvres gens, ils s'étaient prosternés
aux pieds des *parvenus* ; ils n'en faisaient pas moins des
cancans de leur noblesse, de leur haine contre les révolutionnaires, de leur fidélité à toute épreuve, de l'inflexibi-
lité de leurs principes, et ils adoraient Fouché !

Fouché avait senti l'incompatibilité de son existence
ministérielle avec le jeu de la monarchie représentative :
comme il ne pouvait s'amalgamer avec les éléments d'un
gouvernement légal, il essaya de rendre les éléments politiques homogènes à sa propre nature. Il avait créé une
terreur factice ; supposant des dangers imaginaires, il prétendait forcer la couronne à reconnaître les deux
Chambres de Bonaparte et à recevoir la déclaration des
droits qu'on s'était hâté de parachever ; on murmurait
même quelques mots sur la nécessité d'exiler Monsieur
et ses fils : le chef-d'œuvre eût été d'isoler le Roi.

On continuait à être dupe : en vain la garde nationale
passait par-dessus les murs de Paris et venait protester de
son dévouement ; on assurait que cette garde était mal
disposée. La faction avait fait fermer les barrières afin
d'empêcher le peuple, resté royaliste pendant les Cent-
Jours, d'accourir, et l'on disait que ce peuple menaçait
d'égorger Louis XVIII à son passage. L'aveuglement
était miraculeux, car l'armée française se retirait sur la
Loire, cent cinquante mille alliés occupaient les postes
extérieurs de la capitale, et l'on prétendait toujours que
le Roi n'était pas assez fort pour pénétrer dans une ville
où il ne restait pas un soldat, où il n'y avait plus que

---

1. La duchesse douairière de Duras avait connu la prison sous la
Terreur ; elle ne devait sa délivrance qu'au 9 Thermidor. Le bailli de
Crussol (1743-1815) avait été député de la noblesse de Paris aux États
Généraux. Le *Cahier rouge* attribue à la duchesse de Duras les propos
que Chateaubriand prête au bailli.

des bourgeois, très capables de contenir une poignée de fédérés, s'ils s'étaient avisés de remuer[1]. Malheureusement le Roi, par une suite de coïncidences fatales, semblait le chef des Anglais et des Prussiens ; il croyait être environné de libérateurs, et il était accompagné d'ennemis ; il paraissait entouré d'une escorte d'honneur, et cette escorte n'était en réalité que les gendarmes qui le menaient hors de son royaume : il traversait seulement Paris en compagnie des étrangers dont le souvenir servirait un jour de prétexte au bannissement de sa race.

Le gouvernement provisoire formé depuis l'abdication de Bonaparte fut dissous par une espèce d'acte d'accusation contre la couronne : pierre d'attente sur laquelle on espérait bâtir un jour une nouvelle révolution.

À la première Restauration j'étais d'avis que l'on gardât la cocarde tricolore : elle brillait de toute sa gloire ; la cocarde blanche était oubliée ; en conservant des couleurs qu'avaient légitimées tant de triomphes, on ne préparait point à une révolution prévoyable un signe de ralliement. Ne pas prendre la cocarde blanche eût été sage ; l'abandonner après qu'elle avait été portée par les grenadiers mêmes de Bonaparte était une lâcheté : on ne passe point impunément sous les fourches caudines ; ce qui déshonore est funeste : un soufflet ne vous fait physiquement aucun mal, et cependant il vous tue.

Avant de quitter Saint-Denis je fus reçu par le Roi et j'eus avec lui cette conversation :

« Eh bien ! » me dit Louis XVIII, ouvrant le dialogue par cette exclamation.

— Eh bien, sire, vous prenez le duc d'Otrante ?

— Il l'a bien fallu : depuis mon frère jusqu'au bailli de Crussol (et celui-là n'est pas suspect), tous disaient que nous ne pouvions pas faire autrement : qu'en pensez-vous ?

— Sire, la chose est faite : je demande à Votre Majesté la permission de me taire.

---

1. Ce développement, depuis le début du paragraphe, est une reprise de *La Monarchie selon la Charte* : chap. XLVII, dans la première édition ; chap. VII de la seconde partie dans les éditions ultérieures.

— Non, non, dites : vous savez comme j'ai résisté depuis Gand.

— Sire, je ne fais qu'obéir à vos ordres ; pardonnez à ma fidélité : je crois la monarchie finie. »

Le Roi garda le silence ; je commençais à trembler de ma hardiesse, quand Sa Majesté reprit :

« Eh bien, monsieur de Chateaubriand, je suis de votre avis[1]. »

Cette conversation termine mon récit des *Cent-Jours*.

---

1. « *Ce fait est vrai à la lettre* », écrit Mme de Chateaubriand dans le *Cahier rouge*, p. 106, après avoir rapporté cette conversation avec quelques variantes.

LIVRE VINGT-QUATRIÈME

(1)

BONAPARTE À LA MALMAISON. — ABANDON GÉNÉRAL.

Si un homme était soudain transporté des scènes les plus bruyantes de la vie au rivage silencieux de l'océan glacé, il éprouverait ce que j'éprouve auprès du tombeau de Napoléon, car nous voici tout à coup au bord de ce tombeau.

Sorti de Paris le 29 juin[1], Napoléon attendait à la Malmaison l'instant de son départ de France. Je retourne à lui : revenant sur les jours écoulés, anticipant sur les temps futurs, je ne le quitterai plus qu'après sa mort.

La Malmaison, où l'empereur se reposa, était vide. Joséphine était morte[2] ; Bonaparte dans cette retraite se trouvait seul. Là il avait commencé sa fortune ; là il avait été heureux ; là il s'était enivré de l'encens du monde ; là, du sein de son tombeau, partaient les ordres qui troublaient la terre. Dans ces jardins où naguère les pieds de la foule râtelaient les allées sablées, l'herbe et les ronces verdissaient ; je m'en étais assuré en m'y promenant. Déjà, faute de soins, dépérissaient les arbres étrangers ; sur les canaux ne voguaient plus les cygnes noirs de

---

1. En réalité le 25, pour la Malmaison qu'il quitta le 29 ; il arriva le 3 juillet à Rochefort. **2.** Le 29 mai 1814.

l'Océanie ; la cage n'emprisonnait plus les oiseaux du tropique : ils s'étaient envolés pour aller attendre leur hôte dans leur patrie.

Bonaparte aurait pu cependant trouver un sujet de consolation en tournant les yeux vers ses premiers jours : les rois tombés s'affligent surtout, parce qu'ils n'aperçoivent en amont de leur chute qu'une splendeur héréditaire et les pompes de leur berceau : mais que découvrait Napoléon antérieurement à ses prospérités ? La crèche de sa naissance dans un village de Corse. Plus magnanime en jetant le manteau de pourpre, il aurait repris avec orgueil le sayon du chevrier ; mais les hommes ne se replacent point à leur origine quand elle fut humble ; il semble que l'injuste ciel les prive de leur patrimoine lorsqu'à la loterie du sort ils ne font que perdre ce qu'ils avaient gagné, et néanmoins la grandeur de Napoléon vient de ce qu'il était parti de lui-même : rien de son sang ne l'avait précédé et n'avait préparé sa puissance.

À l'aspect de ces jardins abandonnés, de ces chambres déshabitées, de ces galeries fanées par les fêtes, de ces salles où les chants et la musique avaient cessé, Napoléon pouvait repasser sur sa carrière : il se pouvait demander si avec un peu plus de modération il n'aurait pas conservé ses félicités. Des étrangers, des ennemis, ne le bannissaient pas maintenant ; il ne s'en allait pas quasi-vainqueur, laissant les nations dans l'admiration de son passage, après la prodigieuse campagne de 1814 ; il se retirait battu. Des Français, des amis, exigeaient son abdication immédiate, pressaient son départ, ne le voulaient plus même pour général, lui dépêchaient courriers sur courriers, pour l'obliger à quitter le sol sur lequel il avait versé autant de gloire que de fléaux.

À cette leçon si dure se joignaient d'autres avertissements : les Prussiens rôdaient dans le voisinage de la Malmaison ; Blücher, aviné, ordonnait en trébuchant de saisir, de *pendre* le conquérant qui avait mis *le pied sur le cou des rois*. La rapidité des fortunes, la vulgarité des mœurs, la promptitude de l'élévation et de l'abaissement des personnages modernes ôtera, je le crains, à notre temps, une partie de la noblesse de l'histoire : Rome et la Grèce n'ont point parlé de *pendre* Alexandre et César.

Les scènes qui avaient eu lieu en 1814 se renouvelèrent en 1815, mais avec quelque chose de plus choquant, parce que les ingrats étaient stimulés par la peur : il se fallait débarrasser de Napoléon vite ; les alliés arrivaient ; Alexandre n'était pas là, au premier moment, pour tempérer le triomphe et contenir l'insolence de la fortune ; Paris avait cessé d'être orné de sa lustrale [1] inviolabilité ; une première invasion avait souillé le sanctuaire ; ce n'était plus la colère de Dieu qui tombait sur nous, c'était le mépris du ciel : le foudre s'était éteint.

Toutes les lâchetés avaient acquis par les Cent-Jours un nouveau degré de malignité ; affectant de s'élever, par amour de la patrie, au-dessus des attachements personnels, elles s'écriaient que Bonaparte était aussi trop criminel d'avoir violé les traités de 1814. Mais les vrais coupables, n'étaient-ils pas ceux qui favorisèrent ses desseins ? Si, en 1815, au lieu de lui refaire des armées, après l'avoir délaissé une première fois pour le délaisser encore, ils lui avaient dit, lorsqu'il vint coucher aux Tuileries : « Votre génie vous a trompé ; l'opinion n'est plus à vous ; prenez pitié de la France. Retirez-vous après cette dernière visite à la terre ; allez vivre dans la patrie de Washington. Qui sait si les Bourbons ne commettront point de fautes ? qui sait si un jour la France ne tournera pas les yeux vers vous, lorsque, à l'école de la liberté, vous aurez appris le respect des lois ? Vous reviendrez alors, non en ravisseur qui fond sur sa proie, mais en grand citoyen pacificateur de son pays. »

Ils ne lui tinrent point ce langage : ils se prêtèrent aux passions de leur chef revenu ; ils contribuèrent à l'aveugler, sûrs qu'ils étaient de profiter de sa victoire ou de sa défaite. Le soldat seul mourut pour Napoléon avec une sincérité admirable ; le reste ne fut qu'un troupeau paissant, s'engraissant à droite et à gauche. Encore si les

---

1. Chateaubriand détourne cet adjectif de son sens habituel actif (qui purifie) pour lui faire désigner le résultat du processus : purifié selon les rites. Il en résulte un étrange pléonasme.

vizirs du calife dépouillé s'étaient contentés de lui tourner le dos ! mais non : ils profitaient de ses derniers instants ; ils l'accablaient de leurs sordides demandes ; tous voulaient tirer de l'argent de sa pauvreté.

Oncques ne fut plus complet abandon ; Bonaparte y avait donné lieu : insensible aux peines d'autrui, le monde lui rendit indifférence pour indifférence. Ainsi que la plupart des despotes, il était bien avec sa domesticité ; au fond il ne tenait à rien : homme solitaire, il se suffisait ; le malheur ne fit que le rendre au désert de sa vie.

Quand je recueille mes souvenirs, quand je me rappelle avoir vu Washington dans sa petite maison de Philadelphie, et Bonaparte dans ses palais, il me semble que Washington, retiré dans son champ de la Virginie, ne devait pas éprouver les syndérèses[1] de Bonaparte attendant l'exil dans ses jardins de la Malmaison. Rien n'était changé dans la vie du premier ; il retombait sur ses habitudes modestes ; il ne s'était point élevé au-dessus de la félicité des laboureurs qu'il avait affranchis ; tout était bouleversé dans la vie du second.

(2)

Départ de la Malmaison. Rambouillet. – Rochefort.

Napoléon quitta la Malmaison accompagné des généraux Bertrand, Rovigo[2] et Becker, ce dernier en qualité de surveillant ou de commissaire. Chemin faisant, il lui prit envie de s'arrêter à Rambouillet. Il en partit pour s'embarquer à Rochefort, comme Charles X pour

---

1. Les remords. **2.** Curieuse expression pour désigner le général Savary, duc de Rovigo, à vrai dire plus policier que militaire. Le général Nicolas Becker (1770-1840), beau-frère de Desaix, avait été nommé, depuis 1809, gouverneur de Belle-Île. Il en avait conçu depuis une vive rancune contre Napoléon, ce qui amena le gouvernement provisoire à lui confier la surveillance des opérations.

s'embarquer à Cherbourg ; Rambouillet, retraite inglo-
rieuse où s'éclipsa ce qu'il y eut de plus grand, en race
et en homme ; lieu fatal où mourut François Ier ; où
Henri III, échappé des barricades, coucha tout botté en
passant ; où Louis XVI a laissé son ombre ! Heureux
Louis, Napoléon et Charles, s'ils n'eussent été que les
obscurs gardiens des troupeaux [1] de Rambouillet !

Arrivé à Rochefort, Napoléon hésitait : la commission
exécutive envoyait des ordres impératifs : « Les garnisons
de Rochefort et de La Rochelle doivent, disaient ces
dépêches, prêter main-forte pour faire embarquer Napoléon... Employez la force... faites-le partir... ses services
ne peuvent être acceptés. »

Les services de Napoléon ne pouvaient être acceptés !
Et n'aviez-vous pas accepté ses bienfaits et ses
chaînes ? Napoléon ne s'en allait point ; il était chassé :
et par qui ?

Bonaparte n'avait cru qu'à la fortune ; il n'accordait au
malheur ni le feu ni l'eau ; il avait d'avance innocenté les
ingrats : un juste talion le faisait comparaître devant son
système. Quand le succès cessant d'animer sa personne
s'incarna dans un autre individu, les disciples abandonnèrent le maître pour l'école. Moi qui crois à la légitimité
des bienfaits et à la souveraineté du malheur, si j'avais
servi Bonaparte, je ne l'aurais pas quitté ; je lui aurais
prouvé, par ma fidélité, la fausseté de ses principes politiques ; en partageant ses disgrâces, je serais resté auprès
de lui, comme un démenti vivant de ses stériles doctrines
et du peu de valeur du droit de la prospérité.

Depuis le 1er juillet, des frégates l'attendaient dans la
rade de Rochefort : des espérances qui ne meurent jamais,
des souvenirs inséparables d'un dernier adieu, l'arrêtèrent. Qu'il devait regretter les jours de son enfance alors
que ses yeux sereins n'avaient point encore vu tomber
la première pluie ? Il laissa le temps à la flotte anglaise
d'approcher. Il pouvait encore s'embarquer sur deux

---

1. C'est à la ferme de Rambouillet, créée par Louis XVI, que fut
installé en France le premier troupeau de moutons mérinos.

lougres[1] qui devaient joindre en mer un navire danois
(c'est le parti que prit son frère Joseph) ; mais la résolution lui faillit en regardant le rivage de France. Il avait
aversion d'une république ; l'égalité et la liberté des
États-Unis lui répugnaient. Il penchait à demander un
asile aux Anglais : « Quel inconvénient trouvez-vous à ce
parti ? » disait-il à ceux qu'il consultait. – « L'inconvénient de vous déshonorer », lui répondit un officier de
marine : « vous ne devez pas même tomber mort entre
les mains des Anglais. Ils vous feront empailler pour vous
montrer à un schelling par tête. »

(3)

BONAPARTE SE RÉFUGIE SUR LA FLOTTE ANGLAISE.
IL ÉCRIT AU PRINCE RÉGENT.

Malgré ces observations, l'empereur résolut de se livrer
à ses vainqueurs. Le 13 juillet, Louis XVIII étant déjà à
Paris depuis cinq jours, Napoléon envoya au capitaine du
vaisseau anglais le *Bellérophon* cette lettre pour le prince
régent :

« Altesse Royale, en butte aux factions qui divisent
mon pays et à l'inimitié des plus grandes puissances de
l'Europe, j'ai terminé ma carrière politique, et je viens,
comme Thémistocle, m'asseoir au foyer du peuple britannique. Je me mets sous la protection de ses lois, que je
réclame de Votre Altesse Royale comme du plus puissant,
du plus constant et du plus généreux de mes ennemis.

« Rochefort, 13 juillet 1815. »

Si Bonaparte n'avait pendant vingt ans accablé d'outrages le peuple anglais, son gouvernement, son roi et
l'héritier de ce roi, on aurait pu trouver quelque convenance de ton dans cette lettre ; mais comment cette

---

1. Trois-mâts de petite taille, utilisé pour la pêche ou le cabotage.

Altesse Royale, tant méprisée, tant insultée par Napoléon,
est-elle devenue tout à coup le plus *puissant*, le plus
constant, le plus *généreux* des ennemis, par la seule raison qu'elle est victorieuse ? Il ne pouvait pas être persuadé de ce qu'il disait : or ce qui n'est pas vrai n'est pas
éloquent. La phrase exposant le fait d'une grandeur tombée qui s'adresse à un ennemi est belle ; l'exemple banal
de Thémistocle est de trop[1].

Il y a quelque chose de pire qu'un défaut de sincérité
dans la démarche de Bonaparte ; il y a oubli de la
France : l'empereur ne s'occupa que de sa catastrophe
individuelle ; la chute arrivée, nous ne comptâmes plus
pour rien à ses yeux. Sans penser qu'en donnant la
préférence à l'Angleterre sur l'Amérique, son choix
devenait un outrage au deuil de la patrie, il sollicita un
asile au gouvernement qui depuis vingt ans soudoyait
l'Europe contre nous, de ce gouvernement dont le
commissaire à l'armée russe, le général Wilson, pressait
Kutuzoff dans la retraite de Moscou, d'achever de nous
exterminer : les Anglais, heureux à la bataille finale,
campaient dans le bois de Boulogne. Allez donc, ô
Thémistocle, vous asseoir tranquillement au foyer britannique, tandis que la terre n'a pas encore achevé de
boire le sang français versé pour vous à Waterloo !
Quel rôle le fugitif, fêté peut-être, eût-il joué au bord
de la Tamise, en face de la France envahie, de Wellington devenu dictateur au Louvre ? La haute fortune de
Napoléon le servit mieux : les Anglais, se laissant
emporter à une politique étroite et rancunière, manquèrent leur dernier triomphe ; au lieu de perdre leur
suppliant en l'admettant à leurs bastilles ou à leurs
festins, ils lui rendirent plus brillante pour la postérité
la couronne qu'ils croyaient lui avoir ravie. Il s'accrut
dans sa captivité de l'énorme frayeur des puissances :

---

1. Plutarque (*Thémistocle*, XLVI) raconte comment Thémistocle,
exilé par ses concitoyens, préféra se réfugier auprès du roi des
Molosses, auquel il demanda protection par les rites appropriés.

en vain l'océan l'enchaînait, l'Europe armée campait au rivage, les yeux attachés sur la mer[1].

(4)

BONAPARTE SUR LE *BELLÉROPHON*. – TORBAY.
ACTE QUI CONFINE BONAPARTE À SAINTE-HÉLÈNE.
IL PASSE SUR LE *NORTHUMBERLAND* ET FAIT VOILE.

Le 15 juillet, l'*Épervier* transporta Bonaparte au *Bellérophon*. L'embarcation française était si petite, que du bord du vaisseau anglais on n'apercevait pas le géant sur les vagues. L'empereur, en abordant le capitaine Maitland, lui dit : « Je viens me mettre sous la protection des lois de l'Angleterre. » Une fois du moins le contempteur des lois en confessait l'autorité.

La flotte fit voile pour Torbay : une foule de barques se croisaient autour du *Bellérophon* ; même empressement à Plymouth. Le 30 juillet, lord Keith délivra[2] au requérant l'acte qui le confinait à Sainte-Hélène : « C'est pis que la cage de Tamerlan[3] », dit Napoléon.

Cette violation du droit des gens et du respect de l'hospitalité était révoltante : si vous recevez le jour dans un navire *quelconque*, pourvu qu'il soit *sous voile*, vous êtes *Anglais de naissance* ; en vertu des vieilles coutumes de Londres, les *flots* sont réputés *terre d'Albion*. Et un navire anglais n'était point pour un suppliant un autel inviolable, il ne plaçait point le grand homme qui embrassait la poupe du *Bellérophon* sous la protection du trident britannique ! Bonaparte protesta ; il argumenta de lois, parla de trahison et de perfidie, en appela à l'avenir : n'avait-il pas

---

1. *Cf.* le texte du *Conservateur* cité un peu plus loin (chap. 14, p. 753-754). **2.** Sans doute un anglicisme *(delivered)* pour : notifia. **3.** La cage dans laquelle le conquérant mongol Tamerlan aurait enfermé le sultan Bajazet, après avoir anéanti son armée à Ankara, le 20 juillet 1402.

dans sa force foulé aux pieds les choses saintes[1] dont
il invoquait la garantie ? n'avait-il pas enlevé Toussaint-
Louverture et le roi d'Espagne ? n'avait-il pas fait arrêter
et détenir prisonniers pendant des années les voyageurs
anglais qui se trouvaient en France au moment de la rupture du traité d'Amiens ? Permis donc à la marchande
Angleterre d'imiter ce qu'il avait fait lui-même, et d'user
d'ignobles représailles ; mais on pouvait agir autrement.
Le droit public et le droit des gens furent violés dans la
personne du duc d'Enghien ; le sang héroïque des Condé
n'a jamais réclamé une goutte de sang de l'immortel soldat abattu. La lettre de M. Dupin nous a fait connaître la
magnanimité de l'infortuné duc de Bourbon à propos des
cendres de son fils*.

Chez Napoléon, la grandeur du cœur ne répondait pas
à la largeur de la tête ; ses querelles avec les Anglais
sont déplorables ; elles révoltent lord Byron. Comment
daigna-t-il honorer d'un mot ses geôliers ? On souffre de
le voir s'abaisser à des conflits de paroles avec lord Keith
à Torbay, avec sir Hudson Lowe à Sainte-Hélène, publier
des factums parce qu'on lui manque de foi, chicaner sur
un titre, sur un peu plus, sur un peu moins d'or ou d'honneurs. Bonaparte, réduit à lui-même, était réduit à sa
gloire, et cela lui devait suffire : il n'avait rien à demander
aux hommes ; il ne traitait pas assez despotiquement l'adversité ; on lui aurait pardonné d'avoir fait du malheur
son dernier esclave. Je ne trouve de remarquable dans sa
protestation contre la violation de l'hospitalité que la
date et la signature de cette protestation : « *À bord du
Bellérophon, à la mer. Napoléon.* » Ce sont là des harmonies d'immensité.

Du *Bellérophon*, Bonaparte passa sur le *Northumberland.* Deux frégates chargées de la garnison future de

---

* Voyez le (Seizième) livre de ces *Mémoires*.

---

1. Lointain souvenir de Matthieu, VII, 6 : « Ne donnez pas aux
chiens ce qui est sacré, et ne jetez pas vos perles devant les pourceaux,
de peur qu'ils ne les foulent aux pieds et ne se retournent pour vous
déchirer ».

Sainte-Hélène l'escortaient. Quelques officiers de cette garnison avaient combattu à Waterloo. On permit à cet explorateur du globe de garder auprès de lui M. et madame Bertrand, MM. de Montholon, Gourgaud et de Las Cases, volontaires et généreux passagers sur la planche submergée. Par un article des instructions du capitaine, *Bonaparte devait être désarmé* : Napoléon seul, prisonnier dans un vaisseau, au milieu de l'Océan, *désarmé !* quelle magnifique terreur de sa puissance ! Mais quelle leçon du ciel donnée aux hommes qui abusent du glaive[1] ! La stupide amirauté traitait en sentencié de Botany-Bay[2] le grand *convict* de la race humaine : le prince Noir fit-il *désarmer* le roi Jean ?

L'escadre leva l'ancre. Depuis la barque qui porta César, aucun vaisseau ne fut chargé d'une pareille destinée. Bonaparte se rapprochait de cette mer des miracles, où l'Arabe du Sinaï l'avait vu passer. La dernière terre de France que découvrit Napoléon fut le cap la Hogue[3] ; autre trophée des Anglais.

L'empereur s'était trompé dans l'intérêt de sa mémoire lorsqu'il avait désiré rester en Europe ; il n'aurait bientôt été qu'un prisonnier vulgaire ou flétri : son vieux rôle était terminé. Mais au delà de ce rôle une nouvelle position le rajeunit d'une renommée nouvelle. Aucun homme de bruit universel n'a eu une fin pareille à celle de Napoléon. On ne le proclama point, comme à sa première chute, autocrate de quelques carrières de fer et de marbre, les unes pour lui fournir une épée, les autres une statue ; aigle, on lui donna un rocher à la pointe duquel il est demeuré au soleil jusqu'à sa mort, et d'où il était vu de toute la terre.

---

1. Autre allusion évangélique : « Remets ton glaive à sa place car tous ceux qui auront pris le glaive périront par le glaive » (Matthieu, XXVI, 52).   2. Lieu de déportation des condamnés anglais dans la Nouvelle-Galles du Sud (Australie).   3. Comme à la fin du livre VIII, Chateaubriand mélange les noms de la Hague et de la *Hougue* : c'est à cette pointe orientale du Cotentin, au large de Saint-Vaast et de Barfleur, que la flotte de Tourville fut anéantie par les Anglais (du 29 mai au 5 juin 1692).

(5)

JUGEMENT SUR BONAPARTE.

Au moment où Bonaparte quitte l'Europe, où il abandonne sa vie pour aller chercher les destinées de sa mort, il convient d'examiner cet homme à deux existences, de peindre le faux et le vrai Napoléon : ils se confondent et forment un tout, du mélange de leur réalité et de leur mensonge. Je vous prie d'avoir en mémoire ce que je vous ai fait remarquer de l'homme, quand j'en ai parlé à la mort du duc d'Enghien, quand je vous l'ai montré agissant en Europe avant, pendant et après la campagne de Russie ; quand j'ai rendu compte de ma brochure « *De Bonaparte et des Bourbons* ». Le parallèle de Washington dans le sixième livre de ces *Mémoires* jette encore quelque lumière sur le caractère de Napoléon.

De la réunion de ces remarques il résulte que Bonaparte était un poète en action, un génie immense dans la guerre, un esprit infatigable, habile et sensé dans l'administration, un législateur laborieux et raisonnable. C'est pourquoi il a tant de prise sur l'imagination des peuples, et tant d'autorité sur le jugement des hommes positifs. Mais comme politique ce sera toujours un homme défectueux aux yeux des hommes d'État. Cette observation échappée à la plupart de ses panégyristes, deviendra, j'en suis convaincu, l'opinion définitive qui restera de lui ; elle expliquera le contraste de ses actions prodigieuses et de leurs misérables résultats. À Sainte-Hélène, il a condamné lui-même avec sévérité sa conduite politique sur deux points : la guerre d'Espagne et la guerre de Russie ; il aurait pu étendre sa confession à d'autres coulpes. Ses enthousiastes ne soutiendront peut-être pas qu'en se blâmant il s'est trompé sur lui-même. Récapitulons :

Bonaparte agit contre toute prudence, sans parler de nouveau de ce qu'il y eut d'odieux dans l'action, en tuant le duc d'Enghien : il attacha un poids à sa vie. Malgré les puérils apologistes, cette mort, ainsi que nous l'avons vu, fut le levain secret des discordes qui éclatèrent dans la suite entre Alexandre et Napoléon, comme entre la Prusse et la France.

L'entreprise sur l'Espagne fut complètement abusive : la Péninsule était à l'Empereur ; il en pouvait tirer le parti le plus avantageux : au lieu de cela, il en fit une école pour les soldats anglais, et le principe de sa propre destruction par le soulèvement d'un peuple.

La détention du pape et la réunion des États de l'Église à la France n'étaient que le caprice de la tyrannie par lequel il perdit l'avantage de passer pour le restaurateur de la religion.

Bonaparte ne s'arrêta pas lorsqu'il eut épousé la fille des Césars, ainsi qu'il l'aurait dû faire : la Russie et l'Angleterre lui criaient merci.

Il ne ressuscita pas la Pologne, quand du rétablissement de ce royaume dépendait le salut de l'Europe.

Il se précipita sur la Russie malgré les représentations de ses généraux et de ses conseillers.

La folie commencée, il dépassa Smolensk ; tout lui disait qu'il ne devait pas aller plus loin à son premier pas, que sa première campagne du Nord était finie et que la seconde (il le sentait lui-même) le rendrait maître de l'empire des czars.

Il ne sut ni computer[1] les jours, ni prévoir l'effet des climats, que tout le monde à Moscou computait et prévoyait. Voyez en son lieu ce que j'ai dit du *blocus continental* et de la *Confédération du Rhin* ; le premier, conception gigantesque, mais acte douteux ; la seconde, ouvrage considérable, mais gâté dans l'exécution par l'instinct de camp et l'esprit de fiscalité. Napoléon reçut en don la vieille monarchie française telle que l'avaient faite des siècles et une succession ininterrompue de grands hommes, telle que l'avaient laissée la majesté de Louis XIV et les alliances de Louis XV, telle que l'avait agrandie la République. Il s'assit sur ce magnifique piédestal, étendit les bras, se saisit des peuples et les ramassa autour de lui ; mais il perdit l'Europe avec autant de

---

1. Déterminer une date, évaluer, calculer (latinisme du XVIᵉ siècle).

promptitude qu'il l'avait prise ; il amena deux fois les alliés à Paris, malgré les miracles de son intelligence militaire. Il avait le monde sous ses pieds et il n'en a tiré qu'une prison pour lui, un exil pour sa famille, la perte de toutes ses conquêtes et d'une portion du vieux sol français.

C'est là l'histoire prouvée par les faits et que personne ne saurait nier. D'où naissaient les fautes que je viens d'indiquer, suivies d'un dénoûment si prompt et si funeste ? Elles naissaient de l'imperfection de Bonaparte en politique.

Dans ses alliances il n'enchaînait les gouvernements que par des concessions de territoire, dont il changeait bientôt les limites ; montrant sans cesse l'arrière-pensée de reprendre ce qu'il avait donné, faisant toujours sentir l'oppresseur ; dans ses envahissements, il ne réorganisait rien, l'Italie exceptée. Au lieu de s'arrêter après chaque pas pour relever sous une autre forme derrière lui ce qu'il avait abattu, il ne discontinuait pas son mouvement de progression parmi des ruines : il allait si vite, qu'à peine avait-il le temps de respirer où il passait. S'il eût, par une espèce de traité de Westphalie, réglé et assuré l'existence des États en Allemagne, en Prusse, en Pologne, à sa première marche rétrograde il se fût adossé à des populations satisfaites et il eût trouvé des abris. Mais son poétique édifice de victoires, manquant de base et n'étant suspendu en l'air que par son génie, tomba quand ce génie vint à se retirer. Le Macédonien fondait des empires en courant, Bonaparte en courant ne les savait que détruire ; son unique but était d'être personnellement le maître du globe, sans s'embarrasser des moyens de le conserver.

On a voulu faire de Bonaparte un être parfait, un type de sentiment, de délicatesse, de morale et de justice, un écrivain comme César et Thucydide, un orateur et un historien comme Démosthène et Tacite. Les discours publics de Napoléon, ses phrases de tente ou de conseil sont d'autant moins inspirées du souffle prophétique que ce qu'elles annonçaient de catastrophes ne s'est pas accompli, tandis que l'Isaïe du glaive a lui-même disparu : des paroles niniviennes [1] qui courent après des États sans les joindre et les détruire restent puériles au lieu d'être sublimes. Bonaparte a été véritablement le Destin pendant seize années : le Destin est muet, et Bonaparte aurait dû l'être. Bonaparte n'était point César ; son éducation n'était ni savante ni choisie ; demi-étranger, il ignorait les premières règles de notre langue : qu'importe, après tout, que sa parole fût fautive ? il donnait le mot d'ordre à l'univers. Ses bulletins ont l'éloquence de la victoire. Quelquefois dans l'ivresse du succès, on affectait de les brocher sur un tambour ; du milieu des plus lugubres accents, partaient de fatals éclats de rire. J'ai lu avec attention ce qu'a écrit Bonaparte, les premiers manuscrits de son enfance, ses romans, ensuite ses brochures à Buttafuoco, *le Souper de Beaucaire*, ses lettres privées à Joséphine, les cinq volumes de ses discours, de ses ordres et de ses bulletins, ses dépêches restées inédites et gâtées par la rédaction des bureaux de M. de Talleyrand. Je m'y connais : je n'ai guère trouvé que dans un méchant autographe laissé à l'île d'Elbe des pensées qui ressemblent à la nature du grand insulaire :

« Mon cœur se refuse aux joies communes comme à la douleur ordinaire. »

« Ne m'étant pas donné la vie, je ne me l'ôterai pas non plus, tant qu'elle voudra bien de moi. »

« Mon mauvais génie m'apparut et m'annonça ma fin, que j'ai trouvée à Leipsick. »

« J'ai conjuré le terrible esprit de nouveauté qui parcourait le monde. »

C'est là très certainement du vrai Bonaparte.

Si les bulletins, les discours, les allocutions, les proclamations de Bonaparte se distinguent par l'énergie, cette énergie ne lui appartenait point en propre ; elle était de son temps, elle venait de l'inspiration révolutionnaire qui s'affaiblit dans Bonaparte, parce qu'il marchait à l'inverse de cette inspiration. Danton disait :

---

1. *Cf.* livre XXI, p. 486, note 3. Ici : faussement prophétiques.

« Le métal bouillonne ; si vous ne surveillez la fournaise, vous serez tous brûlés. » Saint-Just disait :
« *Osez !* » Ce mot renferme toute la politique de notre
Révolution ; ceux qui font des révolutions à moitié ne
font que se creuser un tombeau.

Les bulletins de Bonaparte s'élèvent-ils au-dessus de
cette fierté de parole ?

Quant aux nombreux volumes [1] publiés sous le titre de
Mémoires de Sainte-Hélène, Napoléon dans l'exil, etc.,
etc., etc., ces documents, recueillis de la bouche de Bonaparte, ou dictés par lui à différentes personnes, ont
quelques beaux passages sur des actions de guerre,
quelques appréciations remarquables de certains
hommes ; mais en définitive Napoléon n'est occupé qu'à
faire son apologie, qu'à justifier son passé, qu'à bâtir sur
des idées nées, des événements accomplis, des choses
auxquelles il n'avait jamais songé pendant le cours de ces
événements. Dans cette compilation, où le pour et le
contre se succèdent, où chaque opinion trouve une autorité favorable et une réfutation péremptoire, il est difficile
de démêler ce qui appartient à Napoléon de ce qui appartient à ses secrétaires. Il est probable qu'il avait une version différente pour chacun d'eux, afin que les lecteurs
choisissent selon leur goût et se créassent dans l'avenir
des Napoléons à leur guise. Il dictait son histoire telle
qu'il la voulait laisser ; c'était un auteur faisant des
articles sur son propre ouvrage. Rien donc de plus
absurde que de s'extasier sur des répertoires de toutes
mains, qui ne sont pas comme les *Commentaires de César*
un ouvrage court, sorti d'une grande tête, rédigé par un
écrivain supérieur ; et pourtant ces brefs commentaires,

---

1. Chateaubriand vise en particulier les *Mémoires pour servir à
l'histoire de France sous Napoléon, écrits à Sainte-Hélène sous sa
dictée par les généraux qui ont partagé sa captivité*, publiés à partir de
1823 par Gourgaud et Montholon, chez Didot et Bossange. Il avait
néanmoins affirmé dans la préface des *Études historiques* : « M.M. de
Las Cases et Gourgaud doivent être crus, quand ils parlent du prisonnier de Sainte-Hélène. »

Asinius Pollion[1] le pensait, n'étaient ni exacts ni fidèles.
Le *Mémorial de Sainte-Hélène* est bon, toute part faite à
la candeur et à la simplicité de l'admiration.

Une des choses qui a le plus contribué à rendre de
son vivant Napoléon haïssable, était son penchant à tout
ravaler : dans une ville embrasée, il accouplait des décrets
sur le rétablissement de quelques comédiens à des arrêts
qui supprimaient des monarques[2] ; parodie de l'omnipo-
tence de Dieu, qui règle le sort du monde et d'une fourmi.
À la chute des empires il mêlait des insultes à des
femmes ; il se complaisait dans l'humiliation de ce qu'il
avait abattu ; il calomniait et blessait particulièrement ce
qui avait osé lui résister. Son arrogance égalait son bonheur ; il croyait paraître d'autant plus grand qu'il abaissait
les autres. Jaloux de ses généraux, il les accusait de ses
propres fautes, car pour lui il ne pouvait jamais avoir
failli. Contempteur de tous les mérites, il leur reprochait
durement leurs erreurs. Après le désastre de Ramillies, il
n'aurait jamais dit, comme Louis XIV au maréchal de
Villeroi : « Monsieur le maréchal, à notre âge on n'est
pas heureux.[3] » Touchante magnanimité qu'ignorait
Napoléon. Le siècle de Louis XIV a été fait par Louis le
Grand : Bonaparte a fait son siècle.

L'histoire de l'empereur, changée par de fausses traditions, sera faussée encore par l'état de la société à
l'époque impériale. Toute révolution écrite en présence
de la liberté de la presse peut laisser arriver l'œil au fond
des faits, parce que chacun les rapporte comme il les a
vus : le règne de Cromwell est connu, car on disait au

---

1. Homme politique romain du Ier siècle avant notre ère, protecteur
de Virgile qui lui dédia sa 4e Bucolique. Compagnon de César en
Gaule, puis favorable à Antoine, il avait fini par rentrer dans la vie
privée après Actium. Historien des *Guerres civiles*, orateur réputé, il
fut aussi un critique avisé, champion du style attique.   2. Allusions
successives au décret de Moscou sur la Comédie-Française, puis au
traitement réservé à la reine de Prusse (voir livre XX,
chap. 6).   3. Ce mot prononcé par Louis XIV à la suite de la défaite
de Ramillies (23 mai 1706) a été longtemps interprété, de Voltaire à
Michaud, comme une preuve de la sénile indulgence du roi envers son
favori. Chateaubriand lui restitue sa *magnanimité*.

Protecteur ce qu'on pensait de ses actes et de sa personne. En France, même sous la République, malgré l'inexorable censure du bourreau, la vérité perçait ; la faction triomphante n'était pas toujours la même ; elle succombait vite, et la faction qui lui succédait vous apprenait ce que vous avait caché sa devancière : il y avait liberté d'un échafaud à l'autre, entre deux têtes abattues. Mais lorsque Bonaparte saisit le pouvoir, que la pensée fut bâillonnée, qu'on n'entendit plus que la voix d'un despotisme qui ne parlait que pour se louer et ne permettait pas de parler d'autre chose que de lui, la vérité disparut.

Les pièces soi-disant authentiques de ce temps sont corrompues ; rien ne se publiait, livres et journaux, que par l'ordre du maître : Bonaparte veillait aux articles du *Moniteur* ; ses préfets renvoyaient des divers départements les récitations, les congratulations, les félicitations, telles que les autorités de Paris les avaient dictées et transmises, telles qu'elles exprimaient une opinion publique convenue, entièrement différente de l'opinion réelle. Écrivez l'histoire d'après de pareils documents ! En preuve de vos impartiales études, cotez les authentiques où vous avez puisé : vous ne citeriez qu'un mensonge à l'appui d'un mensonge.

Si l'on pouvait révoquer en doute cette imposture universelle, si des hommes qui n'ont point vu les jours de l'Empire s'obstinaient à tenir pour sincère ce qu'ils rencontrent dans les documents imprimés, ou même ce qu'ils pourraient déterrer dans certains cartons des ministères, il suffirait d'en appeler à un témoignage irrécusable, au Sénat *conservateur* : là, dans le décret que j'ai cité plus haut, vous avez vu ces propres paroles : « Considérant que la liberté de la presse a été constamment soumise à la censure arbitraire de sa police, et qu'en même temps *il s'est toujours servi de là presse pour remplir la France et l'Europe de faits controuvés, de maximes fausses* ; que des *actes* et *rapports* entendus par le Sénat ont subi des *altérations* dans la publication qui en a été faite, etc. » Y a-t-il quelque chose à répondre à cette déclaration ?

La vie de Bonaparte était une vérité incontestable, que l'imposture s'était chargée d'écrire.

724 Mémoires d'outre-tombe

(6)

CARACTÈRE DE BONAPARTE.

Un orgueil monstrueux et une affectation incessante gâtent le caractère de Napoléon. Au temps de sa domination, qu'avait-il besoin d'exagérer sa stature, lorsque le Dieu des armées lui avait fourni ce char dont *les roues sont vivantes*[1].

Il tenait du sang italien ; sa nature était complexe : les grands hommes, très petite famille sur la terre, ne trouvent malheureusement qu'eux-mêmes pour s'imiter. À la fois modèle et copie, personnage réel et acteur représentant ce personnage, Napoléon était son propre mime ; il ne se serait pas cru un héros s'il ne se fût affublé du costume d'un héros. Cette étrange faiblesse donne à ses étonnantes réalités quelque chose de faux et d'équivoque ; on craint de prendre le roi des rois pour Roscius, ou Roscius[2] pour le roi des rois.

Les qualités de Napoléon sont si adultérées dans les gazettes, les brochures, les vers, et jusque dans les chansons envahies de l'impérialisme, que ces qualités sont complètement méconnaissables. Tout ce qu'on prête de touchant à Bonaparte dans les *Ana* sur les *prisonniers*, les *morts*, les *soldats*, sont des billevesées que démentent les actions de sa vie*.

La Grand'mère de mon illustre ami Béranger n'est qu'un admirable pont-neuf[3] : Bonaparte n'avait rien du

---

* Voyez plus haut dans leur ordre chronologique les actions de Bonaparte.

---

1. Formule empruntée à la vision du char de Yahvé dans Ézéchiel, I, 5-28. **2.** Mime romain pour qui plaida Cicéron. **3.** Chanson populaire qu'on débite dans les rues, dont la musique est sur toutes les lèvres. *Les Souvenirs du Peuple* commence ainsi : « On parlera de sa gloire / Sous le chaume bien longtemps (...) » Mais c'est au refrain que Chateaubriand emprunte *son* titre : « Parlez-nous de lui, grand'mère (...) »

bonhomme. Domination personnifiée, il était sec ; cette frigidité faisait antidote à son imagination ardente, il ne trouvait point en lui de parole, il n'y trouvait qu'un fait, et un fait prêt à s'irriter de la plus petite indépendance : un moucheron qui volait sans son ordre était à ses yeux un insecte révolté.

Ce n'était pas tout que de mentir aux oreilles, il fallait mentir aux yeux : ici, dans une gravure, c'est Bonaparte qui se découvre devant les blessés autrichiens, là c'est un petit *tourlourou*[1] qui empêche l'empereur de passer, plus loin Napoléon touche les pestiférés de Jaffa, et il ne les a jamais touchés ; il traverse le Saint-Bernard sur un cheval fougueux dans des tourbillons de neige, et il faisait le plus beau temps du monde.

Ne veut-on pas transformer l'empereur aujourd'hui en un Romain des premiers jours du mont Aventin, en un missionnaire de liberté, en un citoyen qui n'instituait l'esclavage que par amour de la vertu contraire ? Jugez à deux traits du grand fondateur de l'égalité : il ordonna de casser le mariage de son frère Jérôme avec mademoiselle Patterson, parce que le frère de Napoléon ne se pouvait allier qu'au sang des princes ; plus tard, revenu de l'île d'Elbe, il revêt la nouvelle constitution *démocratique* d'une pairie et la couronne de l'*Acte additionnel*.

Que Bonaparte, continuateur des succès de la République, semât partout des principes d'indépendance, que ses victoires aidassent au relâchement des liens entre les peuples et les rois, arrachassent ces peuples à la puissance des vieilles mœurs et des anciennes idées ; que, dans ce sens, il ait contribué à l'affranchissement social, je ne le prétends point contester : mais que de sa propre volonté il ait travaillé sciemment à la délivrance politique et civile des nations ; qu'il ait établi le despotisme le plus étroit dans l'idée de donner à l'Europe et particulièrement à la France la constitution la plus large ; qu'il n'ait été qu'un tribun déguisé en tyran, c'est une supposition qu'il m'est impossible d'adopter.

---

1. Terme populaire (argot parisien du XIXe siècle) pour désigner le jeune soldat, le conscrit.

Bonaparte, comme la race des princes, n'a voulu et n'a cherché que l'arbitraire, en y arrivant toutefois à travers la liberté, parce qu'il débuta sur la scène du monde en 1793. La Révolution, qui était la nourrice de Napoléon, ne tarda pas à lui apparaître comme une ennemie ; il ne cessa de la battre. L'empereur, du reste, connaissait très bien le mal, quand le mal ne venait pas directement de l'empereur ; car il n'était pas dépourvu du sens moral. Le sophisme mis en avant touchant l'amour de Bonaparte pour la liberté ne prouve qu'une chose, l'abus que l'on peut faire de la raison ; aujourd'hui elle se prête à tout. N'est-il pas établi que la Terreur était un temps d'humanité ? En effet, ne demandait-on pas l'abolition de la peine de mort lorsqu'on tuait tout le monde ? Les grands civilisateurs, comme on les *appelle*, n'ont-ils pas toujours immolé les hommes, et n'est-ce pas par là, comme on le *prouve*, que Robespierre était le continuateur de Jésus-Christ ?

L'empereur se mêlait de toutes choses ; son intellect ne se reposait jamais ; il avait une espèce d'agitation perpétuelle d'idées. Dans l'impétuosité de sa nature, au lieu d'un train franc et continu, il s'avançait par bonds et haut-le-corps, il se jetait sur l'univers et lui donnait des saccades ; il n'en voulait point, de cet univers, s'il était obligé de l'attendre : être incompréhensible, qui trouvait le secret d'abaisser, en les dédaignant, ses plus dominantes actions, et qui élevait jusqu'à sa hauteur ses actions les moins élevées. Impatient de volonté, patient de caractère, incomplet et comme inachevé, Napoléon avait des lacunes dans le génie : son entendement ressemblait au ciel de cet autre hémisphère sous lequel il devait aller mourir, à ce ciel dont les étoiles sont séparées par des espaces vides.

On se demande par quel prestige Bonaparte, si aristocrate, si ennemi du peuple, a pu arriver à la popularité dont il jouit : car ce forgeur de jougs est très certainement resté populaire chez une nation dont la prétention a été d'élever des autels à l'indépendance et à l'égalité ; voici le mot de l'énigme :

Une expérience journalière fait reconnaître que les

Français vont instinctivement au pouvoir ; ils n'aiment point la liberté ; l'égalité seule est leur idole. Or, l'égalité et le despotisme ont des liaisons secrètes. Sous ces deux rapports, Napoléon avait sa source au cœur des Français, militairement inclinés vers la puissance, démocratiquement amoureux du niveau. Monté au trône, il y fit asseoir le peuple avec lui ; roi prolétaire, il humilia les rois et les nobles dans ses antichambres ; il nivela les rangs, non en les abaissant, mais en les élevant : le niveau descendant aurait charmé davantage l'envie plébéienne, le niveau ascendant a plus flatté son orgueil. La vanité française se bouffit aussi de la supériorité que Bonaparte nous donna sur le reste de l'Europe ; une autre cause de la popularité de Napoléon tient à l'affliction de ses derniers jours. Après sa mort, à mesure que l'on connut mieux ce qu'il avait souffert à Sainte-Hélène, on commença à s'attendrir ; on oublia sa tyrannie pour se souvenir qu'après avoir d'abord vaincu nos ennemis, qu'après les avoir ensuite attirés en France, il nous avait défendus contre eux ; nous nous figurons qu'il nous sauverait aujourd'hui de la honte où nous sommes : sa renommée nous fut ramenée par son infortune ; sa gloire a profité de son malheur.

Enfin les miracles de ses armes ont ensorcelé la jeunesse, en nous apprenant à adorer la force brutale. Sa fortune inouïe a laissé à l'outrecuidance de chaque ambition l'espoir d'arriver où il était parvenu.

Et pourtant cet homme, si populaire par le cylindre qu'il avait roulé sur la France, était l'ennemi mortel de l'égalité et le plus grand organisateur de l'aristocratie dans la démocratie.

Je ne puis acquiescer aux faux éloges dont on insulte Bonaparte, en voulant tout justifier dans sa conduite ; je ne puis renoncer à ma raison, m'extasier devant ce qui me fait horreur ou pitié.

Si j'ai réussi à rendre ce que j'ai senti, il restera de mon portrait une des premières figures de l'histoire ; mais je n'ai rien adopté de cette créature fantastique composée de mensonges ; mensonges que j'ai vus naître, qui, pris d'abord pour ce qu'ils étaient, ont passé avec le temps à l'état de vérité par l'infatuation et l'imbécile crédulité humaine. Je ne veux pas être une sotte grue[1] et tomber du haut mal[2] d'admiration. Je m'attache à peindre les personnages en conscience, sans leur ôter ce qu'ils ont, sans leur donner ce qu'ils n'ont pas. Si le succès était réputé l'innocence ; si, débauchant jusqu'à la postérité, il la chargeait de ses chaînes ; si, esclave future, engendrée d'un passé esclave, cette postérité subornée devenait la complice de quiconque aurait triomphé, où serait le droit, où serait le prix des sacrifices ? Le bien et le mal n'étant plus que relatifs, toute moralité s'effacerait des actions humaines.

Tel est l'embarras que cause à l'écrivain impartial une éclatante renommée, il l'écarte autant qu'il peut, afin de mettre le vrai à nu ; mais la gloire revient comme une vapeur radieuse et couvre à l'instant le tableau.

(7)

SI BONAPARTE NOUS A LAISSÉ EN RENOMMÉE
CE QU'IL NOUS A ÔTÉ EN FORCE ?

Pour ne pas avouer l'amoindrissement de territoire et de puissance que nous devons à Bonaparte, la génération actuelle se console en se figurant que ce qu'il nous a retranché en force, il nous l'a rendu en illustration. « Désormais ne sommes-nous pas, dit-elle, renommés aux quatre coins de la terre ? un Français n'est-il pas craint, remarqué, connu à tous les rivages ? »

Mais étions-nous placés entre ces deux conditions, ou l'immortalité sans puissance, ou la puissance sans immortalité ? Alexandre fit connaître à l'univers le nom des Grecs ; il ne leur en laissa pas moins quatre empires en

---

1. Expression vieillie de la langue familière, à classer dans la même série que : bécasse, dinde, oie... **2.** Terme populaire pour : épilepsie.

Asie ; la langue et la civilisation des Hellènes s'étendirent
du Nil à Babylone et de Babylone à l'Indus. À sa mort,
son royaume patrimonial de Macédoine, loin d'être diminué, avait centuplé de force. Bonaparte nous a fait
connaître à tous les rivages ; commandés par lui, les Français jetèrent l'Europe si bas à leurs pieds que la France
prévaut encore par son nom, et que l'Arc de l'Étoile peut
s'élever sans paraître un puéril trophée ; mais avant nos
revers ce monument eût été un témoin au lieu de n'être
qu'une chronique. Cependant Dumouriez avec les réquisitionnaires n'avait-il pas donné à l'étranger les premières
leçons, Jourdan gagné la bataille de Fleurus, Pichegru
conquis la Belgique et la Hollande, Hoche passé le Rhin,
Masséna triomphé à Zurich, Moreau à Hohenlinden ; tous
exploits les plus difficiles à obtenir et qui préparaient les
autres ? Bonaparte a donné un corps à ces succès épars ;
il les a continués, il a fait rayonner ces victoires : mais
sans ces premières merveilles eût-il obtenu les dernières ?
il n'était au-dessus de tout que quand la raison chez lui
exécutait les inspirations du poète.

L'illustration de notre suzerain ne nous a coûté que
deux ou trois cent mille hommes par an ; nous ne l'avons
payée que de trois millions de nos soldats ; nos concitoyens ne l'ont achetée qu'au prix de leurs souffrances et
de leurs libertés pendant quinze années : ces bagatelles
peuvent-elles compter ? Les générations venues après ne
sont-elles pas resplendissantes ? Tant pis pour ceux qui
ont disparu ! Les calamités sous la République servirent
au salut de tous ; nos malheurs sous l'Empire ont bien
plus fait ; ils ont déifié Bonaparte ! cela nous suffit.

Cela ne me suffit pas à moi, je ne m'abaisserai point à
cacher ma nation derrière Bonaparte ; il n'a pas fait la
France, la France l'a fait. Jamais aucun talent, aucune
supériorité ne m'amènera à consentir au pouvoir qui peut
d'un mot me priver de mon indépendance, de mes foyers,
de mes amis ; si je ne dis pas de ma fortune et de mon
honneur, c'est que la fortune ne me paraît pas valoir la
peine qu'on la défende ; quant à l'honneur, il échappe à
la tyrannie : c'est l'âme des martyrs ; les liens l'entourent

et ne l'enchaînent pas ; il perce la voûte des prisons et emporte avec soi tout l'homme.

Le tort que la vraie philosophie ne pardonnera pas à Bonaparte, c'est d'avoir façonné la société à l'obéissance passive, repoussé l'humanité vers les temps de dégradation morale, et peut-être abâtardi les caractères de manière qu'il serait impossible de dire quand les cœurs commenceront à palpiter de sentiments généreux. La faiblesse où nous sommes plongés vis-à-vis de nous-mêmes et vis-à-vis de l'Europe, notre abaissement actuel, sont la conséquence de l'esclavage napoléonien : il ne nous est resté que les facultés du joug. Bonaparte a dérangé jusqu'à l'avenir ; point ne m'étonnerais si l'on nous voyait dans le malaise de notre impuissance nous amoindrir, nous barricader contre l'Europe au lieu de l'aller chercher, livrer nos franchises au dedans pour nous délivrer au dehors d'une frayeur chimérique, nous égarer dans d'ignobles prévoyances, contraires à notre génie et aux quatorze siècles dont se composent nos mœurs nationales. Le despotisme que Bonaparte a laissé dans l'air descendra sur nous en forteresses[1].

La mode est aujourd'hui d'accueillir la liberté d'un rire sardonique, de la regarder comme vieillerie tombée en désuétude avec l'honneur. Je ne suis point à la mode, je pense que sans la liberté il n'y a rien dans le monde ; elle seule donne du prix à la vie ; dussé-je rester le dernier à la défendre, je ne cesserai de proclamer ses droits. Attaquer Napoléon au nom de choses passées, l'assaillir avec des idées mortes, c'est lui préparer de nouveaux triomphes. On ne le peut combattre qu'avec quelque chose de plus grand que lui, la liberté : il s'est rendu coupable envers elle et par conséquent envers le genre humain.

---

1. Allusion à la décision prise par Thiers de faire élever des fortifications autour de Paris (voir livre V, fin du chapitre 8).

(8)

INUTILITÉ DES VÉRITÉS CI-DESSUS EXPOSÉES.

Vaines paroles ! mieux que personne j'en sens l'inutilité. Désormais toute observation, si modérée qu'elle soit, est réputée profanatrice : il faut du courage pour oser braver les cris du vulgaire, pour ne pas craindre de se faire traiter d'intelligence bornée, incapable de comprendre et de sentir le génie de Napoléon par la seule raison qu'au milieu de l'admiration vive et vraie que l'on professe pour lui, on ne peut néanmoins encenser toutes ses imperfections. Le monde appartient à Bonaparte ; ce que le ravageur n'avait pu achever de conquérir, sa renommée l'usurpe ; vivant il a manqué le monde, mort il le possède. Vous avez beau réclamer, les générations passent sans vous écouter. L'antiquité fait dire à l'ombre du fils de Priam : « Ne juge pas Hector d'après sa petite tombe : l'*Iliade*, Homère, les Grecs en fuite, voilà mon sépulcre : je suis enterré sous toutes ces grandes actions [1]. »

Bonaparte n'est plus le vrai Bonaparte, c'est une figure légendaire composée des lubies du poète, des devis du soldat et des contes du peuple ; c'est le Charlemagne et l'Alexandre des épopées du moyen âge que nous voyons aujourd'hui. Ce héros fantastique restera le personnage réel ; les autres portraits disparaîtront. Bonaparte appartenait si fort à la domination absolue, qu'après avoir subi le despotisme de sa personne, il nous faut subir le despotisme de sa mémoire. Ce dernier despotisme est plus dominateur que le premier, car si l'on combattit quelquefois Napoléon alors qu'il était sur le trône, il y a consentement universel à accepter les fers que mort il nous jette. Il est un obstacle aux événements futurs : comment une puissance sortie des camps pourrait-elle s'établir après

---

1. *Anthologie palatine*, VII, 137. Chateaubriand condense le texte grec original.

lui ? n'a-t-il pas tué en la surpassant toute gloire militaire ? Comment un gouvernement libre pourrait-il naître, lorsqu'il a corrompu dans les cœurs le principe de toute liberté ? Aucune puissance légitime ne peut plus chasser de l'esprit de l'homme le spectre usurpateur : le soldat et le citoyen, le républicain et le monarchiste, le riche et le pauvre, placent également les bustes et les portraits de Napoléon à leurs foyers, dans leurs palais ou dans leurs chaumières ; les anciens vaincus sont d'accord avec les anciens vainqueurs ; on ne peut faire un pas en Allemagne qu'on ne le rencontre, car dans ce pays la jeune génération qui le repoussa est passée. Les siècles s'asseyent d'ordinaire devant le portrait d'un grand homme, ils l'achèvent par un travail long et successif. Le genre humain cette fois n'a pas voulu attendre ; peut-être s'est-il trop hâté d'estamper[1] un pastel.

Mais pourtant un peuple entier peut-il être plongé dans l'erreur ? N'est-il point de vérité d'où sont venus les mensonges ? Il est temps de placer en regard de la partie défectueuse de l'idole la partie achevée.

Bonaparte n'est point grand par ses paroles, ses discours, ses écrits, par l'amour des libertés qu'il n'a jamais eu et n'a jamais prétendu établir ; il est grand pour avoir créé un gouvernement régulier et puissant, un code de lois adopté en divers pays, des cours de justice, des écoles, une administration forte, active, intelligente, et sur laquelle nous vivons encore ; il est grand pour avoir ressuscité, éclairé et géré supérieurement l'Italie ; il est grand pour avoir fait renaître en France l'ordre du sein du chaos, pour avoir relevé les autels, pour avoir réduit de furieux démagogues, d'orgueilleux savants, des littérateurs anarchiques, des athées voltairiens, des orateurs de carrefours, des égorgeurs de prisons et de rues, des claque-dents[2] de tribune, de clubs et d'échafauds, pour les avoir réduits à servir sous lui ; il est grand pour avoir enchaîné une tourbe anarchique ; il est grand pour avoir

---

1. Estamper un pastel, c'est le graver (pour la postérité). 2. Terme de la langue populaire pour désigner un misérable crève-la-faim. On le rencontre déjà chez Rabelais.

fait cesser les familiarités d'une commune fortune, pour
avoir forcé des soldats ses égaux, des capitaines ses chefs
ou ses rivaux, à fléchir sous sa volonté ; il est grand surtout pour être né de lui seul, pour avoir su, sans autre
autorité que celle de son génie, pour avoir su, lui, se faire
obéir par trente-six millions de sujets à l'époque où
aucune illusion n'environne les trônes ; il est grand pour
avoir abattu tous les rois ses opposants, pour avoir défait
toutes les armées quelle qu'ait été la différence de leur
discipline et de leur valeur, pour avoir appris son nom
aux peuples sauvages comme aux peuples civilisés, pour
avoir surpassé tous les vainqueurs qui le précédèrent,
pour avoir rempli dix années de tels prodiges qu'on a
peine aujourd'hui à les comprendre.

Le fameux délinquant en matière triomphale n'est plus,
le peu d'hommes qui comprennent encore les sentiments
nobles peuvent rendre hommage à la gloire sans la
craindre, mais sans se repentir d'avoir proclamé ce que
cette gloire eut de funeste, sans reconnaître le destructeur
des indépendances pour le père des émancipations :
Napoléon n'a nul besoin qu'on lui prête des mérites ; il
fut assez doué en naissant.

Ores donc [1] que, détaché de son temps, son histoire est
finie et que son épopée commence, allons le voir mourir :
quittons l'Europe ; suivons-le sous le ciel de son apo-
théose ! Le frémissement des mers, là où ses vaisseaux
caleront [2] la voile, nous indiquera le lieu de sa disparition :
« À l'extrémité de notre hémisphère, on entend », dit
Tacite, « le bruit que fait le soleil en s'immergeant, *sonum
insuper immergentis audiri* [3]. »

---

1. Voir livre XVIII, p. 270, note 1.   **2.** *Caler*, c'est baisser la
voile.   **3.** *Germanie*, XLV.

(9)

ÎLE DE SAINTE-HÉLÈNE.
BONAPARTE TRAVERSE L'ATLANTIQUE.

Jean de Noya [1], navigateur portugais, s'était égaré dans les eaux qui séparent l'Afrique de l'Amérique. En 1502, le 18 août, fête de sainte Hélène, mère du premier empereur chrétien, il rencontra une île par le 16e degré de latitude méridionale et le 11e de longitude ; il y toucha et lui donna le nom du jour de la découverte [2].

Après avoir fréquenté cette île quelques années, les Portugais la délaissèrent ; les Hollandais s'y établirent, et l'abandonnèrent ensuite pour le cap de Bonne-Espérance ; la Compagnie des Indes d'Angleterre s'en saisit ; les Hollandais la reprirent en 1672 ; les Anglais l'occupèrent de nouveau et s'y fixèrent.

Lorsque Jean de Noya surgit à Sainte-Hélène, l'intérieur du pays inhabité n'était qu'une forêt. Fernand Lopez, renégat portugais, déporté à cette oasis, la peupla de vaches, de chèvres, de poules, de pintades et d'oiseaux des quatre parties de la terre. On y fit monter successivement, comme à bord de l'arche, des animaux de toute la création.

Cinq cents blancs, quinze cents nègres, mêlés de mulâtres, de Javanais et de Chinois, composent la population de l'île. Jamestown en est la ville et le port. Avant que les Anglais fussent maîtres du cap de Bonne-Espérance, les flottes de la Compagnie, au retour des Indes, relâchaient à Jamestown. Les matelots étalaient leurs pacotilles au pied des palmistes : une forêt muette et soli-

---

1. Orthographe fantaisiste du nom du navigateur galicien Juan da Nova Castella.   2. *Michaud* (t. XXXI, 1822) date la découverte du 21 mai 1502. C'est le jour où les Églises orthodoxes célèbrent la fête de Constantin et de sa mère Hélène. Les Latins, qui ne vénérèrent pas Constantin, ont déplacé au 18 août la fête de sainte Hélène : ce qui explique sans doute la confusion des dates.

taire se changeait, une fois l'an, en un marché bruyant et peuplé.

Le climat de l'île est sain, mais pluvieux : ce donjon de Neptune, qui n'a que sept à huit lieues de tour, attire les vapeurs de l'Océan. Le soleil de l'équateur chasse à midi tout ce qui respire, force au silence et au repos jusqu'aux moucherons, oblige les hommes et les animaux à se cacher. Les vagues sont éclairées la nuit de ce qu'on appelle la *lumière de mer*, lumière produite par des myriades d'insectes dont les amours, électrisés par les tempêtes, allument à la surface de l'abîme des illuminations d'une noce universelle. L'ombre de l'île, obscure et fixe, repose au milieu d'une plaine mobile de diamants. Le spectacle du ciel est semblablement magnifique, selon mon savant et célèbre ami M. de Humboldt[*] : « On éprouve », dit-il, « je ne sais quel sentiment inconnu, lorsqu'en approchant de l'équateur, et surtout en passant d'un hémisphère à l'autre, on voit s'abaisser progressivement et enfin disparaître les étoiles que l'on connut dès sa première enfance. On sent qu'on n'est point en Europe, lorsqu'on voit s'élever sur l'horizon l'immense constellation du *Navire*, ou les nuées phosphorescentes de *Magellan*.

« Nous ne vîmes pour la première fois distinctement, continue-t-il, la croix du Sud que dans la nuit du 4 au 5 juillet, par les 16 degrés de latitude.

« Je me rappelais le passage sublime de Dante que les commentateurs les plus célèbres ont appliqué à cette constellation :

« *Io mi volsi a man destra, etc.* [1]

« Chez les Portugais et les Espagnols, un sentiment religieux les attache à une constellation dont la forme leur rappelle ce signe de la foi, planté par leurs ancêtres dans les déserts du Nouveau-Monde. »

---

[*] *Voyage aux régions équinoxiales.*

---

1. *Purgatoire*, chant 1, vers. 22-24 : « Je me tournai vers ma droite, je regardai vers le pôle, et je vis quatre étoiles (...) »

Les poètes de la France et de la Lusitanie ont placé des scènes de l'élégie aux rivages du Mélinde [1] et des îles avoisinantes. Il y a loin de ces douleurs fictives aux tourments réels de Napoléon sous ces astres prédits par le chantre de Béatrice et dans ces mers d'Éléonore et de Virginie. Les grands de Rome, relégués aux îles de la Grèce, se souciaient-ils des charmes de ces rives et des divinités de la Crète et de Naxos ? Ce qui ravissait Vasco de Gama et Camoëns ne pouvait émouvoir Bonaparte : couché à la poupe du vaisseau, il ne s'apercevait pas qu'au dessus de sa tête étincelaient des constellations inconnues dont les rayons rencontraient pour la première fois ses regards. Que lui faisaient des astres qu'il ne vit jamais de ses bivouacs, qui n'avaient pas brillé sur son Empire ? Et cependant aucune étoile n'a manqué à sa destinée : la moitié du firmament éclaira son berceau ; l'autre était réservée à la pompe de sa tombe.

La mer que Napoléon franchissait n'était point cette mer amie qui l'apporta des havres de la Corse, des sables d'Aboukir, des rochers de l'île d'Elbe, aux rives de la Provence ; c'était cet océan ennemi qui, après l'avoir enfermé dans l'Allemagne, la France, le Portugal et l'Espagne, ne s'ouvrait devant sa course que pour se refermer derrière lui. Il est probable qu'en voyant les vagues pousser son navire, les vents alizés l'éloigner d'un souffle constant, il ne faisait pas sur sa catastrophe les réflexions qu'elle m'inspire : chaque homme sent sa vie à sa manière, celui qui donne au monde un grand spectacle est moins touché et moins enseigné que le spectateur. Occupé du passé comme s'il pouvait renaître, espérant encore dans ses souvenirs, Bonaparte s'aperçut à peine qu'il franchissait la ligne, et il ne demanda point quelle main traça ces cercles dans lesquels les globes sont contraints d'emprisonner leur marche éternelle.

Le 15 août, la colonie errante célébra la Saint-Napo-

---

1. Royaume de la côte de Zanzibar. C'est une géographie toute poétique qui le rapproche des îles de France (Maurice) et de Bourbon (La Réunion), où Bernardin situa *Paul et Virginie*, où Parny chanta Éléonore.

léon à bord du vaisseau qui conduisait Napoléon à sa dernière halte. Le 15 octobre, le *Northumberland* était à la hauteur de Sainte-Hélène. Le passager monta sur le pont ; il eut peine à découvrir un point noir imperceptible dans l'immensité bleuâtre ; il prit une lunette ; il observa ce grain de terre ainsi qu'il eût autrefois observé une forteresse au milieu d'un lac. Il aperçut la bourgade de Saint-James enchâssée dans des rochers escarpés ; pas une ride de cette façade stérile à laquelle ne fût suspendu un canon : on semblait avoir voulu recevoir le captif selon son génie[1].

Le 16 octobre 1815, Bonaparte aborda l'écueil, son mausolée, de même que le 12 octobre 1492 Christophe Colomb aborda le Nouveau-Monde, son monument : « Là, dit Walter Scott, à l'entrée de l'océan Indien, Bonaparte était privé des moyens de faire un second *avatar* ou incarnation sur la terre[2]. »

(10)

NAPOLÉON PREND TERRE À SAINTE-HÉLÈNE.
SON ÉTABLISSEMENT À LONGWOOD. – PRÉCAUTIONS.
VIE À LONGWOOD. – VISITES.

Avant d'être transporté à la résidence de Longwood, Bonaparte occupa une case à *Briars*[3] près de *Balcomb's cottage*. Le 9 décembre, Longwood, augmenté à la hâte par les charpentiers de la flotte anglaise, reçut son hôte. La maison, située sur un plateau de montagnes, se composait d'un salon, d'une salle à manger, d'une bibliothèque, d'un cabinet d'étude et d'une chambre à coucher. C'était peu : ceux qui habitèrent la tour du Temple et le donjon

---

1. Chateaubriand condense dans ce paragraphe un passage de Scott (t. XVII, p. 145-147), lui-même inspiré par Las Cases. **2.** Au lieu de citer la teneur exacte du texte scottien (t. XVII, p. 161), Chateaubriand recompose la phrase correspondante. **3.** Les Églantiers. Napoléon résida dans ce chalet jusqu'à son installation à Longwood.

de Vincennes furent encore moins bien logés ; il est vrai qu'on eut l'attention d'abréger leur séjour. Le général Gourgaud, M. et madame de Montholon avec leurs enfants, M. de Las Cases et son fils, campèrent provisoirement sous des tentes ; M. et madame Bertrand s'établirent à *Hute's gate*, cabine placée à la limite du terrain de Longwood[1].

Bonaparte avait pour promenoir une arène de douze milles ; des sentinelles entouraient cet espace, et des vigies étaient placées sur les plus hauts pitons. Le lion pouvait étendre ses courses au delà, mais il fallait alors qu'il consentît à se laisser garder par un bestiaire anglais. Deux camps défendaient l'enceinte excommuniée : le soir, le cercle des factionnaires se resserrait sur Longwood. À neuf heures, Napoléon consigné ne pouvait plus sortir ; les patrouilles faisaient la ronde ; des cavaliers en vedette[2], des fantassins plantés çà et là, veillaient dans les criques et dans les ravins qui descendaient à la grève. Deux bricks armés croisaient, l'un sous le vent, l'autre au vent de l'île. Que de précautions pour garder un seul homme au milieu des mers ! Après le coucher du soleil, aucune chaloupe ne pouvait mettre à la mer ; les bateaux pêcheurs étaient comptés, et la nuit ils restaient au port sous la responsabilité d'un lieutenant de marine. Le souverain généralissime qui avait cité le monde à son étrier était appelé à comparaître deux fois le jour devant un hausse-col. Bonaparte ne se soumettait point à cet appel ; quand, par fortune, il ne pouvait éviter les regards de l'officier de service, cet officier n'aurait osé dire où et comment il avait vu celui dont il était plus difficile de constater l'absence que de prouver la présence à l'univers.

Sir George Cockburn, auteur de ces règlements sévères, fut remplacé par sir Hudson Lowe[3]. Alors commencèrent les pointilleries dont tous les *Mémoires*

---

1. Pour ce qui précède, comme pour le paragraphe suivant, Chateaubriand résume Scott (t. XVII, p. 172-177) qui lui-même cite le docteur O'Meara. Il francise le mot anglais *cabin*, qui signifie « cabane ». 2. Voir livre IX, chap. 7, note 1. 3. Le nouveau gouverneur de Sainte-Hélène ne prendra son poste qu'en avril 1816.

nous ont entretenus. Si l'on en croyait ces *Mémoires*, le nouveau gouverneur aurait été de la famille des énormes araignées de Sainte-Hélène, et le reptile de ces bois où les serpents sont inconnus. L'Angleterre manqua d'élévation, Napoléon de dignité. Pour mettre un terme à ses exigences d'étiquette, Bonaparte semblait quelquefois décidé à se voiler sous un pseudonyme, comme un monarque en pays étranger ; il eut l'idée touchante de prendre le nom d'un de ses aides de camp tué à la bataille d'Arcole[1]. La France, l'Autriche, la Russie, désignèrent des commissaires à la résidence de Sainte-Hélène ; le captif était accoutumé à recevoir les ambassadeurs des deux dernières puissances ; la légitimité, qui n'avait pas reconnu Napoléon empereur, aurait agi plus noblement en ne reconnaissant pas Napoléon prisonnier.

Une grande maison de bois, construite à Londres, fut envoyée à Sainte-Hélène[2] ; mais Napoléon ne se trouva plus assez bien portant pour l'habiter. Sa vie à Longwood était ainsi réglée[3] : il se levait à des heures incertaines ; M. Marchand, son valet de chambre, lui faisait la lecture lorsqu'il était au lit ; quand il s'était levé matin, il dictait aux généraux Montholon et Gourgaud, et au fils de M. de Las Cases. Il déjeunait à dix heures, se promenait à cheval ou en voiture jusque vers les trois heures, rentrait à six et se couchait à onze. Il affectait de s'habiller comme il est peint dans le portrait d'Isabey : le matin il s'enveloppait d'un cafetan et entortillait sa tête d'un mouchoir des Indes.

Sainte-Hélène est située entre les deux pôles. Les navigateurs qui passent d'un lieu à l'autre saluent cette première station où la terre délasse les regards fatigués du spectacle de l'Océan et offre des fruits et la fraîcheur de l'eau douce à des bouches échauffées par le sel. La présence de Bonaparte avait changé cette île de promission en un roc pestiféré : les vaisseaux étrangers n'y abordaient plus ; aussitôt qu'on les signalait à vingt lieues de distance, une croisière les allait reconnaître et leur enjoi-

---

1. Le capitaine Muiron. 2. Elle arriva au mois de mai 1816. 3. *Cf.* Scott, t. XVII, p. 306-309.

gnait de passer au large ; on n'admettait en relâche, à moins d'une tourmente, que les seuls navires de la marine britannique.

Quelques-uns des voyageurs anglais qui venaient d'admirer ou qui allaient voir les merveilles du Gange visitaient sur leur chemin une autre merveille : l'Inde, accoutumée aux conquérants, en avait un enchaîné à ses portes.

Napoléon admettait ces visites avec peine. Il consentit à recevoir lord Amherst [1] à son retour de son ambassade de la Chine. L'amiral sir Pultney Malcolm [2] lui plut : « Votre gouvernement, lui dit-il un jour, a-t-il l'intention de me retirer sur ce rocher jusqu'à ma mort ? » L'amiral répondit qu'il le craignait. « Alors ma mort arrivera bientôt. – J'espère que non, *monsieur* ; vous vivrez assez de temps pour écrire vos grandes actions ; elles sont si nombreuses, que cette tâche vous assure une longue vie. »

Napoléon ne se choqua point de cette simple appellation, *monsieur* ; il se reconnut en ce moment par sa véritable grandeur. Heureusement pour lui, il n'a point écrit sa vie ; il l'eût rapetissée : les hommes de cette nature doivent laisser leurs mémoires à raconter par cette voix inconnue qui n'appartient à personne et qui sort des peuples et des siècles. À nous seuls, vulgaire, il est permis de parler de nous, parce que personne n'en parlerait.

Le capitaine Basil Hall se présenta à Longwood [3] : Bonaparte se souvint d'avoir vu le père du capitaine à Brienne : « Votre père, dit-il, était le premier Anglais que j'eusse jamais vu ; c'est pourquoi j'en ai gardé le souvenir toute ma vie. » Il s'entretint avec le capitaine de la récente

---

1. Lord Amherst (1773-1857) fut reçu par Napoléon le 27 juin 1817, au retour de la mission qu'il avait accomplie en Chine pour le compte de la Compagnie des Indes.   2. Sir Pultney Malcolm avait remplacé Cockburn comme chef de la station navale. C'était un ami de Walter Scott qui a pu recueillir (p. 328-329) le témoignage que cite Chateaubriand.   3. C'est également dans Scott (p. 334-340) que Chateaubriand a trouvé les citations suivantes, extraites du journal de Basil Hall (1789-1844). Ce capitaine de vaisseau revenait lui aussi de Chine, avant de partir explorer les côtes du continent sud-américain. Son entrevue avec Napoléon se déroula le 13 août 1817.

découverte de l'île de Lou-Tchou : « Les habitants n'ont point d'armes, dit le capitaine. – Point d'armes ! s'écria Bonaparte. – Ni canons ni fusils. – Des lances au moins, des arcs et des flèches ? – Rien de tout cela. – Ni poignards ? – Ni poignards. – Mais comment se bat-on ? – Ils ignorent tout ce qui se passe dans le monde ; ils ne savent pas que la France et l'Angleterre existent ; ils n'ont jamais entendu parler de Votre Majesté. » Bonaparte sourit d'une manière qui frappa le capitaine : plus le visage est sérieux plus le sourire est beau.

Ces différents voyageurs remarquèrent qu'aucune trace de couleur ne paraissait sur le visage de Bonaparte : sa tête ressemblait à un buste de marbre dont la blancheur était légèrement jaunie par le temps. Rien de sillonné sur son front, ni de creusé dans ses joues ; son âme semblait sereine. Ce calme apparent fit croire que la flamme de son génie s'était envolée. Il parlait avec lenteur ; son expression était affectueuse et presque tendre ; quelquefois il lançait des regards éblouissants, mais cet état passait vite ; ses yeux se voilaient et devenaient tristes [1].

Ah ! sur ces rivages avaient jadis comparu d'autres voyageurs connus de Napoléon.

Après l'explosion de la machine infernale, un sénatus-consulte du 5 janvier 1801 prononça sans jugement, par simple mesure de police, l'exil outre-mer de cent trente républicains : embarqués sur la frégate *la Chiffonne* et sur la corvette *la Flèche*, ils furent conduits aux îles Séchelles et dispersés peu après dans l'archipel des Comores, entre l'Afrique et Madagascar : ils y moururent presque tous. Deux des déportés, Lefranc et Saunois, parvenus à se sauver sur un vaisseau américain, touchèrent en 1803 à Sainte-Hélène : c'était là que douze ans plus tard la Providence devait enfermer leur grand oppresseur.

Le trop fameux général Rossignol [2], leur compagnon d'infortune, un quart d'heure avant son dernier soupir s'écria : « Je meurs accablé des plus horribles douleurs ;

---

1. Ce paragraphe correspond au témoignage de Hall, cité par Scott.
2. Jean Rossignol (1759-1802) avait donné dans les excès de la Terreur. Il fut déporté dans les Comores, où il mourut le 28 avril 1802.

mais je mourrais content si je pouvais apprendre que le tyran de ma patrie endurât les mêmes souffrances. » Ainsi jusque dans l'autre hémisphère les imprécations de la liberté attendaient celui qui la trahit.

(11)

MANZONI. — MALADIE DE BONAPARTE.
OSSIAN. — RÊVERIES DE NAPOLÉON À LA VUE DE LA MER.
PROJETS D'ENLÈVEMENT. — DERNIÈRE OCCUPATION
DE BONAPARTE. — IL SE COUCHE ET NE SE RELÈVE PLUS.
IL DICTE SON TESTAMENT. — SENTIMENTS RELIGIEUX
DE NAPOLÉON. — L'AUMÔNIER VIGNALI.
NAPOLÉON APOSTROPHE ANTOMARCHI, SON MÉDECIN.
IL REÇOIT LES DERNIERS SACREMENTS. — IL EXPIRE.

L'Italie, arrachée à son long sommeil par Napoléon, tourna les yeux vers l'illustre enfant qui la voulut rendre à sa gloire et avec lequel elle était retombée sous le joug. Les fils des Muses, les plus nobles et les plus reconnaissants des hommes, quand ils n'en sont pas les plus vils et les plus ingrats, regardaient Sainte-Hélène. Le dernier poète de la patrie de Virgile [1] chantait le dernier guerrier de la patrie de César :

> Tutto ei provò, la gloria
> Maggior dopo il periglio,
> La fuga e la vittoria,
> La reggia e il triste esiglio :
> Due volte nella polvere,
> Due volte sugli altar.
>
> Ei si nomò ; due secoli,
> L'un contro l'altro armato,
> Sommessi a lui si volsero,

---

1. Manzoni, dans son ode sur la mort de Napoléon intitulée : « Il cinque maggio » (1821).

> *Come aspettando il fato :*
> *Ei fè silenzio ed arbitro*
> *S'assise in mezzo a lor.*

« Il éprouva tout, dit Manzoni, la gloire plus grande
après le péril, la fuite et la victoire, la royauté et le triste
exil, deux fois dans la poudre, deux fois sur l'autel.

« Il se nomma : deux siècles l'un contre l'autre armés
se tournèrent[1] vers lui, comme attendant leur sort : il fit
silence, et s'assit arbitre entre eux. »

Bonaparte approchait de sa fin ; rongé d'une plaie intérieure[2], envenimée par le chagrin, il l'avait portée, cette
plaie, au sein de la prospérité : c'était le seul héritage
qu'il eût reçu de son père ; le reste lui venait des munificences de Dieu.

Déjà il comptait six années d'exil ; il lui avait fallu
moins de temps pour conquérir l'Europe. Il restait
presque toujours renfermé, et lisait Ossian de la traduction italienne de Cesarotti[3]. Tout l'attristait sous un ciel
où la vie semblait plus courte, le soleil restant trois jours
de moins dans cet hémisphère que dans le nôtre. Quand
Bonaparte sortait, il parcourait des sentiers scabreux que
bordaient des aloès et des genêts odoriférants. Il se promenait parmi les gommiers à fleurs rares que les vents
généraux faisaient pencher du même côté, ou il se cachait
dans les gros nuages qui roulaient à terre. On le voyait
assis dans les bases du *pic de Diane*, du *Flay Staff*, du
Leader Hill, contemplant la mer par les brèches des montagnes. Devant lui se déroulait cet Océan qui d'une part
baigne les côtes de l'Afrique, de l'autre les rives américaines, et qui va, comme un fleuve sans bords, se perdre
dans les mers australes. Point de terre civilisée plus voisine que le cap des Tempêtes. Qui dira les pensées de ce

---

1. Le texte italien dit : « ... se tournèrent avec soumission... »
2. Un cancer développé sur un ulcère ancien ; maladie à laquelle
avait succombé Charles Bonaparte, comme le note Scott (t. XVIII,
p. 5).   3. Melchior Cesarotti (1730-1808), helléniste padouan.

Prométhée déchiré vivant par la mort[1], lorsque, la main appuyée sur sa poitrine douloureuse, il promenait ses regards sur les flots ! Le Christ fut transporté au sommet d'une montagne d'où il aperçut les royaumes du monde ; mais pour le Christ il était écrit au séducteur de l'homme : « Tu ne tenteras point le Fils de Dieu[2]. »

Bonaparte, oubliant une pensée de lui, que j'ai citée *(Ne m'étant pas donné la vie, je ne me l'ôterai pas)*, parlait de se tuer ; il ne se souvenait plus aussi de son *ordre du jour* à propos du suicide d'un de ses soldats. Il espérait assez dans l'attachement de ses compagnons de captivité pour croire qu'ils consentiraient à s'étouffer avec lui à la vapeur d'un brasier : l'illusion était grande. Tels sont les enivrements d'une longue domination ; mais il ne faut considérer, dans les impatiences de Napoléon, que le degré de souffrances auquel il était parvenu. M de Las Cases ayant écrit à Lucien sur un morceau de soie blanche, en contravention avec les règlements, reçut l'ordre de quitter Sainte-Hélène : son absence augmenta le vide autour du banni[3].

Le 18 mai 1817, lord Holland, dans la Chambre des pairs, fit une proposition au sujet des plaintes transmises en Angleterre par le général Montholon : « La postérité n'examinera pas, dit-il, *si Napoléon a été justement puni de ses crimes*, mais si l'Angleterre a montré la générosité qui convenait à une grande nation. » Lord Bathurst combattit la motion[4].

Le cardinal Fesch dépêcha d'Italie deux prêtres à son neveu. La princesse Borghèse sollicitait la faveur de rejoindre son frère : « Non, dit Napoléon, je ne veux pas qu'elle soit témoin de mon humiliation et des insultes

---

1. Cette phrase figure déjà dans le cahier des *Pensées* (p. 44). Le passage a pu être inspiré par Eschyle ; mais la comparaison de Napoléon avec Prométhée est vite devenue un leitmotiv de la littérature romantique.   2. Voir Matthieu, IV, 7, et Luc, IV, 12. La citation exacte serait : « Tu ne tenteras pas le Seigneur, ton Dieu ».   3. Ce paragraphe résume Scott, t. XVIII, p. 5-16. Expulsé de Sainte-Hélène au mois de décembre 1816, Las Cases demeura au Cap, en résidence forcée, jusqu'au 20 août 1817.   4. W. Scott analyse beaucoup plus en détail cette discussion parlementaire (*ibid.*, p. 17-27).

auxquelles je suis exposé. » Cette sœur aimée, *germana Jovis*[1], ne traversa pas les mers ; elle mourut aux lieux où Napoléon avait laissé sa renommée.

Des projets d'enlèvement se formèrent : un colonel Latapie, à la tête d'une bande d'aventuriers américains, méditait une descente à Sainte-Hélène. Johnston, hardi contrebandier, prétendit dérober Bonaparte au moyen d'un bateau sous-marin[2]. De jeunes lords entraient dans ces projets ; on conspirait pour rompre les chaînes de l'oppresseur ; on aurait laissé périr dans les fers, sans y penser, le libérateur du genre humain. Bonaparte espérait sa délivrance des mouvements politiques de l'Europe. S'il eût vécu jusqu'en 1830, peut-être nous serait-il revenu ; mais qu'eût-il fait parmi nous ? Il eût semblé caduc et arriéré au milieu des idées nouvelles. Jadis sa tyrannie paraissait liberté à notre servitude ; maintenant sa grandeur paraîtrait despotisme à notre petitesse. À l'époque actuelle tout est décrépit dans un jour ; qui vit trop, meurt vivant. En avançant dans la vie, nous laissons trois ou quatre images de nous, différentes les unes des autres ; nous les revoyons ensuite dans la vapeur du passé comme des portraits de nos différents âges.

Bonaparte affaibli ne s'occupait plus que comme un enfant : il s'amusait à creuser dans son jardin un petit bassin ; il y mit quelques poissons : le mastic du bassin se trouvant mêlé de cuivre, les poissons moururent. Bonaparte dit : « Tout ce qui m'attache est frappé[3]. »

Vers la fin de février 1821, Napoléon fut obligé de se coucher et ne se leva plus. « Suis-je assez tombé ! murmurait-il : je remuais le monde et je ne puis soulever ma paupière ! » Il ne croyait pas à la médecine et s'opposait à une consultation d'Antomarchi[4] avec des médecins de

---

1. « Sœur de Jupiter ». Le propos de Napoléon est rapporté par Scott, *ibid.*, p. 41.   2. Scott énumère ces divers projets, *ibid.*, p. 44-45.   3. Pour ce paragraphe, jusqu'au début du suivant, voir Scott, *ibid.*, p. 50-51.   4. François Antomarchi (1780-1830), médecin corse alors professeur à Florence, fut envoyé par le cardinal Fesch à Sainte-Hélène, où il arriva le 18 septembre 1819. On lui doit des *Mémoires du docteur Antomarchi, ou les derniers moments de Napoléon*, Barrois aîné, 1825.

Jamestown. Il admit cependant à son lit de mort le docteur Arnold. Du 15 au 25 avril, il dicta son testament ; le 28, il ordonna d'envoyer son cœur à Marie-Louise ; il défendit à tout chirurgien anglais de porter la main sur lui après son décès. Persuadé qu'il succombait à la maladie dont avait été atteint son père, il recommanda de faire passer au duc de Reichstadt le procès-verbal de l'autopsie : le renseignement paternel est devenu inutile ; Napoléon II a rejoint Napoléon Ier.

À cette dernière heure, le sentiment religieux dont Bonaparte avait toujours été pénétré se réveilla[1]. Thibaudeau, dans ses *Mémoires sur le Consulat*, raconte, à propos du rétablissement du culte, que le Premier Consul lui avait dit : « Dimanche dernier, au milieu du silence de la nature, je me promenais dans ces jardins (la Malmaison) ; le son de la cloche de Ruel vint tout à coup frapper mon oreille, et renouvela toutes les impressions de ma jeunesse ; je fus ému, tant est forte la puissance des premières habitudes, et je me dis : S'il en est ainsi pour moi, quel effet de pareils souvenirs ne doivent-ils pas produire sur les hommes simples et crédules ? Que vos philosophes répondent à cela ! .... et, levant les mains vers le ciel : Quel est celui qui a fait tout cela ? »

En 1797, par sa proclamation de Macerata, Bonaparte autorise le séjour des prêtres français réfugiés dans les États du pape, défend de les inquiéter, ordonne aux couvents de les nourrir, et leur assigne un traitement en argent.

Ses variations en Égypte, ses colères contre l'Église dont il était le restaurateur, montrent qu'un instinct de spiritualisme le dominait au milieu même de ses égarements, car ses chutes et ses irritations ne sont point d'une nature philosophique et portent l'empreinte du caractère religieux.

----

1. Ce développement sur le déisme de Napoléon, ainsi que la citation des *Mémoires* de Thibaudeau, figurent déjà dans Scott (t. XVIII, p. 38-39).

Bonaparte, donnant à Vignali[1] les détails de la chapelle ardente dont il voulait qu'on environnât sa dépouille, crut s'apercevoir que sa recommandation déplaisait à Antomarchi, il s'en expliqua avec le docteur et lui dit : « Vous êtes au-dessus de ces faiblesses : mais que voulez-vous, je ne suis ni philosophe ni médecin ; je crois à Dieu ; je suis de la religion de mon père. N'est pas athée qui veut .... Pouvez-vous ne pas croire à Dieu ? car enfin tout proclame son existence, et les plus grands génies l'ont cru .... Vous êtes médecin .... ces gens-là ne brassent que de la matière : ils ne croient jamais rien[2]. »

Fortes têtes du jour[3], quittez votre admiration pour Napoléon ; vous n'avez rien à faire de ce pauvre homme : ne se figurait-il pas qu'une comète était venue le chercher comme jadis elle emporta César ? De plus, *il croyait à Dieu ; il était de la religion de son père* ; il n'était pas *philosophe* ; il n'était pas *athée* ; il n'avait pas, comme vous, livré de bataille à l'Éternel, bien qu'il eût vaincu bon nombre de rois ; il trouvait que *tout proclamait l'existence* de l'Être suprême ; il déclarait que les *plus grands génies avaient cru à cette existence*, et il voulait croire comme ses pères. Enfin, chose monstrueuse ! ce premier homme des temps modernes, cet homme de tous les siècles, était chrétien dans le xixe siècle ! Son testament commence par cet article :

« JE MEURS DANS LA RELIGION APOSTOLIQUE ET ROMAINE, DANS LE SEIN DE LAQUELLE JE SUIS NÉ IL Y A PLUS DE CINQUANTE ANS. »

Au troisième paragraphe du testament de Louis XVI on lit :

« JE MEURS DANS L'UNION DE NOTRE SAINTE MÈRE L'ÉGLISE CATHOLIQUE, APOSTOLIQUE ET ROMAINE. »

---

1. Le plus jeune des prêtres attachés à sa personne.   **2.** W. Scott rapporte lui aussi ces propos (t. XVIII, p. 61).   **3.** Ce paragraphe est une reprise de la « Digression philosophique » du livre XI (voir t. 1, p. 790, avec la référence à Antomarchi).

La Révolution nous a donné bien des enseignements ; mais en est-il un seul comparable à celui-ci ? Napoléon et Louis XVI faisant la même profession de foi ! Voulez-vous savoir le prix de la croix ? Cherchez dans le monde entier ce qui convient le mieux à la vertu malheureuse, ou à l'homme de génie mourant.

Le 3 mai, Napoléon se fit administrer l'extrême-onction et reçut le saint viatique. Le silence de la chambre n'était interrompu que par le hoquet de la mort mêlé au bruit régulier du balancier d'une pendule : l'ombre, avant de s'arrêter sur le cadran, fit encore quelques tours ; l'astre qui la dessinait avait de la peine à s'éteindre. Le 4, la tempête de l'agonie de Cromwell s'éleva : presque tous les arbres de Longwood furent déracinés. Enfin, le 5, à six heures moins onze minutes du soir, au milieu des vents, de la pluie et du fracas des flots, Bonaparte rendit à Dieu le plus puissant souffle de vie qui jamais anima l'argile humaine. Les derniers mots saisis sur les lèvres du conquérant furent : « *Tête... armée,* ou *tête d'armée.* » Sa pensée errait encore au milieu des combats. Quand il ferma pour jamais les yeux, son épée, expirée avec lui, était couchée à sa gauche, un crucifix reposait sur sa poitrine : le symbole pacifique appliqué au cœur de Napoléon calma les palpitations de ce cœur, comme un rayon du ciel fait tomber la vague.

(12)

FUNÉRAILLES.

Bonaparte désira d'abord être enseveli dans la cathédrale d'Ajaccio, puis, par un codicille daté du 16 avril 1821, il légua ses os à la France : le ciel l'avait mieux servi ; son véritable mausolée est le rocher où il expira : revoyez mon récit de la mort du duc d'Enghien. Napoléon, prévoyant à ses dernières volontés l'opposition du gouvernement britannique, fit choix éventuellement d'une sépulture à Sainte-Hélène.

Dans une étroite vallée appelée la vallée de *Slane* ou du *Géranium*, maintenant du *Tombeau*, coule une source ; les domestiques chinois de Napoléon, fidèles comme le Javanais de Camoëns, avait accoutumé d'y remplir des amphores : deux saules pleureurs pendent sur la fontaine ; une herbe fraîche, parsemée de *tchampas*, croît autour. « Le tchampas, malgré son éclat et son parfum, n'est pas une plante qu'on recherche, parce qu'elle fleurit sur les tombeaux », disent les poésies sanscrites. Dans les déclivités des roches déboisées, végètent mal des citronniers amers, des cocotiers porte-noix, des mélèzes et des conises dont on recueille la gomme attachée à la barbe des chèvres.

Napoléon se plaisait aux saules de la fontaine ; il demandait la paix à la vallée de Slane, comme Dante banni demandait la paix au cloître de Corvo. En reconnaissance du repos passager qu'il y goûta les derniers jours de sa vie, il indiqua cette vallée pour l'abri de son repos éternel. Il disait en parlant de la source : « Si Dieu voulait que je me rétablisse, j'élèverais un monument dans le lieu où elle jaillit. » Ce monument fut son tombeau. Du temps de Plutarque, dans un endroit consacré aux nymphes aux bords du Strymon[1], on voyait encore un siège de pierre sur lequel s'était assis Alexandre.

Napoléon, botté, éperonné, habillé en uniforme de colonel de la garde, décoré de la Légion d'honneur, fut exposé mort dans sa couchette de fer ; sur ce visage qui ne s'étonna jamais, l'âme, en se retirant, avait laissé une stupeur sublime. Les planeurs[2] et les menuisiers soudèrent et clouèrent Bonaparte en une quadruple bière d'acajou, de plomb, d'acajou encore et de fer-blanc ; on semblait craindre qu'il ne fût jamais assez emprisonné. Le manteau que le vainqueur d'autrefois portait aux vastes funérailles de Marengo servit de drap mortuaire au cercueil.

---

1. Fleuve qui sépare la Thrace de la Macédoine.   2. Artisans dont le métier consiste à *aplanir* le bois ou le métal à coups de marteau.

Les obsèques se firent le 28 mai. Le temps était beau ; quatre chevaux, conduits par des palefreniers à pied, tiraient le corbillard ; vingt-quatre grenadiers anglais, sans armes, l'environnaient ; suivait le cheval de Napoléon. La garnison de l'île bordait les précipices du chemin. Trois escadrons de dragons précédaient le cortège ; le 20ᵉ régiment d'infanterie, les soldats de marine, les volontaires de Sainte-Hélène, l'artillerie royale avec quinze pièces de canon, fermaient la marche. Des groupes de musiciens placés de distance en distance sur les rochers, se renvoyaient des airs lugubres. À un défilé, le corbillard s'arrêta ; les vingt-quatre grenadiers sans armes enlevèrent le corps et eurent l'honneur de le porter sur leurs épaules jusqu'à la sépulture. Trois salves d'artillerie saluèrent les restes de Napoléon au moment où il descendit dans la terre : tout le bruit qu'il avait fait sur cette terre ne pénétrait pas à deux lignes au-dessous.

Une pierre qui devait être employée à la construction d'une nouvelle maison pour l'exilé est abaissée sur son cercueil comme la trappe de son dernier cachot.

On récita les versets du psaume 87 : « J'ai été pauvre et plein de travail dans ma jeunesse ; j'ai été élevé, puis humilié... j'ai été percé de vos colères[1]. » De minute en minute le vaisseau amiral tirait. Cette harmonie de la guerre, perdue dans l'immensité de l'Océan, répondait au *requiescat in pace*. L'empereur, enterré par ses vainqueurs de Waterloo, avait ouï le dernier coup de canon de cette bataille ; il n'entendit point la dernière détonation dont l'Angleterre troublait et honorait son sommeil à Sainte-Hélène. Chacun se retira, tenant à la main une branche de saule comme on revient de la fête des Palmes.

Quand Napoléon quitta la France on prétendit qu'il aurait dû s'ensevelir sous les ruines de sa dernière bataille ; lord Byron disait dans son Ode satirique déjà citée[2] :

---

1. Traduction littérale de la Vulgate (versets 16-17).   2. Au chap. 15 du livre XXII (*supra*, p. 571).

To die a prince or live a slave
Thy choice is most ignobly brave.

Mourir prince ou vivre esclave,
Ton choix est très ignoblement brave.

C'était mal juger la force de l'espérance dans une âme irréméable[1] qui gardait tout, et d'où rien ne pouvait revenir ; lord Byron crut que le dictateur des rois avait abdiqué sa renommée avec son glaive, qu'il allait s'éteindre oublié. Le poète aurait dû savoir que la destinée de Napoléon était une muse comme toutes les hautes destinées. Cette muse sut changer un dénoûment avorté en une péripétie qui renouvelait son héros. La solitude de l'exil et de la tombe de Napoléon a répandu sur une mémoire éclatante une autre sorte de prestige. Alexandre ne mourut point sous les yeux de la Grèce ; il disparut dans les lointains superbes de Babylone. Bonaparte n'est point mort sous les yeux de la France ; il s'est perdu dans les fastueux horizons des zones torrides. Il dort comme un ermite ou comme un paria dans un vallon, au bout d'un sentier désert. La grandeur du silence qui le presse égale l'immensité du bruit qui l'environna. Les nations sont absentes, leur foule s'est retirée ; l'oiseau des tropiques, *attelé*, dit Buffon, *au char du soleil*, se précipite de l'astre de la lumière ; où se repose-t-il aujourd'hui ? Il se repose sur des cendres dont le poids a fait pencher le globe.

---

1. Ce latinisme rare est formé sur un adjectif employé par Virgile à propos du Styx (*Énéide*, VI, 425) : « Qu'on ne peut plus traverser de nouveau ». Mercier le cite dans sa *Néologie* (1801), mais Chateaubriand lui donne un sens particulier : une « force qui va », sans *retour* possible.

(13)

Destruction du monde napoléonien.

Imposuerunt omnes sibi diademata, post morten ejus....
...... et multiplicata sunt mala in terra (Machab.).

Ils prirent tous le diadème après sa mort........................
et les maux se multiplièrent sur la terre.

Ce résumé des Machabées sur Alexandre [1] semble être
fait pour Napoléon : « Les diadèmes ont été *pris* et les
maux se sont multipliés sur la terre. » Vingt années se
sont à peine écoulées depuis la mort de Bonaparte et déjà
la monarchie française et la monarchie espagnole [2] ne sont
plus. La carte du monde a changé ; il a fallu apprendre
une géographie nouvelle ; séparés de leurs légitimes souverains, des peuples ont été jetés à des souverains de rencontre ; des acteurs renommés sont descendus de la scène
où sont montés des acteurs sans nom ; les aigles se sont
envolés de la cime du haut pin tombé dans la mer, tandis
que de frêles coquillages se sont attachés aux flancs du
tronc encore protecteur.

Comme en dernier résultat tout marche à ses fins, *le
terrible esprit de nouveauté qui parcourait le monde*,
disait l'empereur, et auquel il avait opposé la barre de son
génie, reprend son cours ; les institutions du conquérant
défaillent ; il sera la dernière des grandes existences individuelles ; rien ne dominera désormais dans les sociétés
infimes et nivelées ; l'ombre de Napoléon s'élèvera seule

---

1. Ce passage du premier livre des Macchabées (I, 9) vise les Dia-
doques qui succédèrent à Alexandre. Au livre XI des *Martyrs*, Eudore
avait déjà rencontré, auprès du tombeau du Macédonien, un « obscur
chrétien » lisant ce verset de la Bible des Septante (*Œuvres*, 2, p. 280).
2. Après une féroce guerre civile qui a vu la défaite des Carlistes, la
régente Marie-Christine a dû abdiquer en faveur de sa fille Isabelle. Le
général Espartero, duc de la Victoire, exercera le pouvoir jusqu'à la
majorité de celle-ci, le 8 novembre 1843.

à l'extrémité du vieux monde détruit, comme le fantôme du déluge au bord de son abîme : la postérité lointaine découvrira cette ombre par-dessus le gouffre où tomberont des siècles inconnus, jusqu'au jour marqué de la renaissance sociale.

(14)

MES DERNIERS RAPPORTS AVEC BONAPARTE.

Puisque c'est ma propre vie que j'écris en m'occupant de celles des autres, grandes ou petites, je suis forcé de mêler cette vie aux choses et aux hommes, quand par hasard elle est rappelée. Ai-je traversé d'une traite, sans m'y arrêter jamais, le souvenir du déporté qui, dans sa prison de l'Océan, attendait l'exécution de l'arrêt de Dieu ? Non.

La paix que Napoléon n'avait pas conclue avec les rois ses geôliers, il l'avait faite avec moi : j'étais fils de la mer comme lui, ma nativité était du rocher comme la sienne. Je me flatte d'avoir mieux connu Napoléon que ceux qui l'ont vu plus souvent et approché de plus près.

Napoléon à Sainte-Hélène, cessant d'avoir à garder contre moi sa colère, avait renoncé à ses inimitiés ; devenu plus juste à mon tour, j'écrivis dans le *Conservateur* cet article[1] :

« Les peuples ont appelé Bonaparte un fléau ; mais les fléaux de Dieu conservent quelque chose de l'éternité et

---

1. C'est un article sur la Censure, intitulé « Mélanges » et daté « Paris, le 17 novembre 1818 », dans lequel ne figure qu'une partie de la citation suivante. Chateaubriand a repris le passage dans le volume de *Polémique* des *Œuvres complètes* (t. XXVI, 1827), puis dans une note de la préface des *Mélanges politiques* dans la même édition (t. XXIV, 1828). Dans les *Mémoires*, en revanche, il ne se contente pas de modifier sa première rédaction : il lui ajoute une introduction de quelques lignes qu'il emprunte à la conclusion de la préface des *Mélanges politiques*, et qu'il amalgame sans le dire au texte initial !

de la grandeur du courroux divin dont ils émanent : *Ossa arida... dabo vobis spiritum et vivetis*[1]. Ossements arides, je vous donnerai mon souffle et vous vivrez. Né dans une île pour aller mourir dans une île, aux limites de trois continents ; jeté au milieu des mers où Camoëns sembla le prophétiser en y plaçant le génie des tempêtes, Bonaparte ne se peut remuer sur son rocher que nous n'en soyons avertis par une secousse ; un pas du nouvel Adamastor à l'autre pôle se fait sentir à celui-ci. Si Napoléon, échappé aux mains de ses geôliers, se retirait aux États-Unis, ses regards attachés sur l'Océan suffiraient pour troubler les peuples de l'ancien monde ; sa seule présence sur le rivage américain de l'Atlantique forcerait l'Europe à camper sur le rivage opposé. »

Cet article parvint à Bonaparte à Sainte-Hélène ; une main qu'il croyait ennemie versa le dernier baume sur ses blessures, il dit à M. de Montholon[2] :

« Si, en 1814 et 1815, la confiance royale n'avait point été placée dans des hommes dont l'âme était détrempée par des circonstances trop fortes, ou qui, renégats à leur patrie, ne voient de salut et de gloire pour le trône de leur maître que dans le joug de la Sainte Alliance ; si le duc de Richelieu, dont l'ambition fut de délivrer son pays de la présence des baïonnettes étrangères, si Chateaubriand, qui venait de rendre à Gand d'éminents services, avaient eu la direction des affaires, la France serait sortie puissante et redoutée de ces deux grandes crises nationales. Chateaubriand a reçu de la nature le feu sacré : ses ouvrages l'attestent. Son style n'est pas celui de Racine,

---

1. Ézéchiel, XXXVII, 4-5. 2. On peut lire dans Marcellus, p. 235 : « Quand parut le livre de M. de Montholon, M. de Chateaubriand me dit : – Voilà le traité de réconciliation entre cette grande mémoire et ma vie (...). Malgré nos desseins si contraires, nos natures se touchaient par certains côtés. Du haut de son rocher lointain, avant de mourir, il a conclu la paix entre nous et pour toujours. » Ainsi, loin de vouloir ouvrir une polémique avec la littérature « hélénienne » qui ne lui a pas toujours été très favorable (voir la 9e *Lettre du cap*, et, sous la date du « samedi 1er juin 1816 », les pages de Las Cases dans le *Mémorial*), Chateaubriand préfère ne retenir que cette appréciation élogieuse, pour clore le débat.

c'est celui du prophète. Si jamais il arrive au timon des affaires, il est possible que Chateaubriand s'égare : tant d'autres y ont trouvé leur perte ! Mais ce qui est certain, c'est que tout ce qui est grand et national doit convenir à son génie, et qu'il eût repoussé avec indignation ces actes infamants de l'administration d'alors*. »

Telles ont été mes dernières relations avec Bonaparte. – Pourquoi ne conviendrais-je pas que ce jugement *chatouille de mon cœur l'orgueilleuse faiblesse*[1] ? Bien de petits hommes à qui j'ai rendu de grands services ne m'ont pas jugé si favorablement que le géant dont j'avais osé attaquer la puissance.

(15)

SAINTE-HÉLÈNE DEPUIS LA MORT DE NAPOLÉON.

Tandis que le monde napoléonien s'effaçait, je m'enquérais des lieux où Napoléon lui-même s'était évanoui. Le tombeau de Sainte-Hélène a déjà usé un des saules ses contemporains : l'arbre décrépit et tombé est mutilé chaque jour par les pèlerins. La sépulture est entourée d'un grillage en fonte ; trois dalles sont posées transversalement sur la fosse ; quelques iris croissent aux pieds et à la tête ; la fontaine de la vallée coule encore là où des jours prodigieux se sont taris. Des voyageurs apportés par la tempête croient devoir consigner leur obscurité à la sépulture éclatante. Une vieille s'est établie auprès et vit de l'ombre d'un souvenir ; un invalide fait sentinelle dans une guérite.

---

* *Mémoires pour servir à l'Histoire de France sous Napoléon*, par M. de Montholon. Tome IV, page 243.

---

1. *Iphigénie*, I, 1. C'est Agamemnon qui parle.

Le vieux Longwood, à deux cents pas du nouveau, est abandonné. À travers un enclos rempli de fumier, on arrive à une écurie ; elle servait de chambre à coucher à Bonaparte. Un nègre vous montre une espèce de couloir occupé par un moulin à bras et vous dit : *Here he died*, « ici il mourut ». La chambre où Napoléon reçut le jour n'était vraisemblablement ni plus grande ni plus riche.

Au nouveau Longwood, *Plantation House*, chez le gouverneur on voit le duc de Wellington en peinture et les tableaux de ses batailles. Une armoire vitrée renferme un morceau de l'arbre près duquel se trouvait le général anglais à Waterloo ; cette relique est placée entre une branche d'olivier cueillie au jardin des Olives[1] et des ornements de sauvages de la mer du Sud : bizarre association des abuseurs des vagues. Inutilement le vainqueur veut ici se substituer au vaincu, sous la protection d'un rameau de la Terre-Sainte et du souvenir de Cook ; il suffit qu'on retrouve à Sainte-Hélène la solitude, l'Océan et Napoléon.

Si l'on recherchait l'histoire de la transformation des bords illustrés par des tombeaux, des berceaux, des palais, quelle variété de choses et de destinées ne verrait-on pas, puisque de si étranges métamorphoses s'opèrent jusque dans les habitations obscures auxquelles sont attachées nos chétives vies ! Dans quelle hutte naquit Clovis ? Dans quel chariot Attila reçut-il le jour ? Quel torrent couvre la sépulture d'Alaric[2] ? Quel chacal occupe la place du cercueil en or ou en cristal

---

1. Le jardin des Oliviers, à Jérusalem, où Jésus passa la dernière nuit de sa vie terrestre.   2. Cf. *Études historiques*, Sixième Discours, seconde partie : « L'instinct d'une vie mystérieuse poursuivait jusque dans la mort ces mandataires de la Providence. Alaric ne survécut que peu de temps à son triomphe : les Goths détournèrent les eaux du Busentum, près Cozence ; ils creusèrent une fosse au milieu de son lit desséché ; ils y déposèrent le corps de leur chef avec une grande quantité d'argent et d'étoffes précieuses ; puis ils remirent le Busentum dans son lit, et un courant rapide passa sur le tombeau d'un conquérant. Les esclaves employés à cet ouvrage furent égorgés, afin qu'aucun témoin ne pût dire où reposait celui qui avait pris Rome, comme si l'on eût craint que ses cendres ne fussent recherchées pour cette gloire ou pour ce crime. »

d'Alexandre[1] ? Combien de fois ces poussières ont-elles changé de place ? Et tous ces mausolées de l'Égypte et des Indes, à qui appartiennent-ils ? Dieu seul connaît la cause de ces mutations liées à des mystères de l'avenir : il est pour les hommes des vérités cachées dans la profondeur du temps ; elles ne se manifestent qu'à l'aide des siècles, comme il y a des étoiles si éloignées de la terre que leur lumière n'est pas encore parvenue jusqu'à nous.

(16)

EXHUMATION DE BONAPARTE.

Mais tandis que j'écrivais ceci le temps a marché ; il a produit un événement qui aurait de la grandeur si les événements ne tombaient aujourd'hui dans la boue. On a redemandé à Londres la dépouille de Bonaparte ; la demande a été accueillie[2] : qu'importent à l'Angleterre de vieux ossements ? Elle nous fera tant que nous voudrons de ces sortes de présents. Les dépouilles de Napoléon nous sont revenues au moment de notre humiliation ; elles auraient pu subir le droit de visite ; mais l'étranger s'est montré facile : il a donné un laisser-passer aux cendres.

La translation des restes de Napoléon est une faute contre la renommée. Une sépulture à Paris ne vaudra jamais la vallée de Slane : qui voudrait voir Pompée ailleurs que dans le sillon de sable élevé par un pauvre affranchi, aidé d'un vieux légionnaire[3] ? Que ferons-nous de ces magnifiques reliques au milieu de nos misères ?

---

1. Voir les *Martyrs*, livre VI (*Œuvres*, 2, p. 280) et *Remarques* (p. 608-610).   2. Cette acceptation, négociée par Guizot, alors ambassadeur à Londres, fut transmise par Thiers à la Chambre des Députés le 12 mai 1840.   3. Voir le texte de Plutarque cité au livre XVIII, p. 278-279. Même histoire dans Lucain, *Pharsale*, chant VIII, vers 712-798.

Le granit le plus dur représentera-t-il la pérennité des œuvres de Bonaparte ? Encore si nous possédions un Michel-Ange pour sculpter la statue funèbre ? Comment façonnera-t-on le monument ? Aux petits hommes des mausolées, aux grands hommes une pierre et un nom. Du moins, si on avait suspendu le cercueil au couronnement de l'Arc de Triomphe, si les nations avaient aperçu de loin leur maître porté sur les épaules de ses victoires ? L'urne de Trajan n'était-elle pas placée à Rome au haut de sa colonne ? Napoléon, parmi nous, se perdra dans la tourbe de ces va-nu-pieds de morts qui se dérobent en silence. Dieu veuille qu'il ne soit pas exposé aux vicissitudes de nos changements politiques, tout défendu qu'il est par Louis XIV, Vauban et Turenne !

Quoi qu'il en soit, une frégate a été fournie à un fils de Louis-Philippe [1] : un nom cher à nos anciennes victoires maritimes la protégeait sur les flots. Parti de Toulon, où Bonaparte s'était embarqué dans sa puissance pour la conquête de l'Égypte, le nouvel Argo est venu à Sainte-Hélène revendiquer le néant. Le sépulcre, avec son silence, continuait à s'élever immobile dans la vallée de Slane ou du Géranium. Des deux saules pleureurs l'un était tombé ; lady Dallas, femme d'un gouverneur de l'île, avait fait planter en remplacement de l'arbre défailli dix-huit jeunes saules et trente-quatre cyprès ; la source toujours là, coulait comme quand Napoléon en buvait l'eau. Pendant toute une nuit, sous la conduite d'un capitaine anglais nommé Alexander, on a travaillé à percer le monument. Les quatre cercueils emboîtés les uns dans les autres, le cercueil d'acajou, le cercueil de plomb, le second cercueil d'acajou ou de bois des îles et le cercueil de fer-blanc, ont été trouvés intacts. On procéda à l'inspection de ces moules de momie sous une tente, au milieu d'un cercle d'officiers dont quelques-uns avaient connu Bonaparte.

---

1. La *Belle-Poule*, placée sous le commandement du prince de Joinville.

Lorsque la dernière bière fut ouverte, les regards s'y plongèrent : « Ils vinrent, dit l'abbé Coquereau[1], se heurter contre une masse blanchâtre qui couvrait le corps dans toute son étendue. Le docteur Gaillard, la touchant, reconnut un coussin de satin blanc qui garnissait à l'intérieur la paroi supérieure du cercueil : il s'était détaché et enveloppait la dépouille comme un linceul .... Tout le corps paraissait couvert comme d'une mousse légère ; on eût dit que nous l'apercevions à travers un nuage diaphane. C'était bien sa tête : un oreiller l'exhaussait un peu ; son large front, ses yeux dont les orbites se dessinaient sous les paupières, garnies encore de quelques cils ; ses joues étaient bouffies, son nez seul avait souffert, sa bouche entr'ouverte laissait apercevoir trois dents d'une grande blancheur ; sur son menton se distinguait parfaitement l'empreinte de la barbe ; ses deux mains surtout paraissaient appartenir à quelqu'un de respirant encore, tant elles étaient vives de ton et de coloris ; l'une d'elles, la main gauche, était un peu plus élevée que la droite ; ses ongles avaient poussé après la mort : ils étaient longs et blancs ; une de ses bottes était décousue et laissait passer quatre doigts de ses pieds d'un blanc mat. »

Qu'est-ce qui a frappé les nécrobies[2] ? L'inanité des choses terrestres ? La vanité de l'homme ? Non, la beauté du mort ; ses ongles seulement s'étaient allongés, pour déchirer, je présume, ce qui restait de liberté au monde. Ses pieds, rendus à l'humilité, ne s'appuyaient plus sur des coussins de diadème ; ils reposaient nus dans leur poussière. Le fils de Condé était aussi habillé dans le fossé de Vincennes ; cepen-

---

1. Aumônier de la *Belle-Poule*. De retour en France, il publia des *Souvenirs du voyage à Sainte-Hélène* (Delloye, 1841).   2. Insectes qui vivent sur les cadavres. S'il faut en croire le docteur O'Meara (*Napoléon in exile or a voice from Saint Helena*, 1822 ; tr. fr. 1823), c'est la définition que Napoléon lui aurait donnée de... Chateaubriand lui-même : « C'est un de ces lâches qui crachent sur un cadavre. (...) C'est un de ces insectes qui se nourrissent sur le cadavre d'un être dont ils n'osaient approcher durant sa vie ».

dant Napoléon, si bien conservé, était arrivé tout juste à ces *trois dents* que les balles avaient laissées à la mâchoire du duc d'Enghien.

L'astre éclipsé à Sainte-Hélène a reparu à la grande joie des peuples : l'univers a revu Napoléon ; Napoléon n'a point revu l'univers. Les cendres vagabondes du conquérant ont été regardées par les mêmes étoiles qui le guidèrent à son exil : Bonaparte a passé par le tombeau, comme il a passé partout, sans s'y arrêter. Débarqué au Havre, le cadavre est arrivé à l'Arc de Triomphe, dais sous lequel le soleil montre son front à certains jours de l'année [1]. Depuis cet Arc jusqu'aux Invalides, on n'a plus rencontré que des colonnes de planches, des bustes de plâtre, une statue du grand Condé (hideuse bouillie qui pleurait), des obélisques de sapin remémoratifs de la vie indestructible du vainqueur. Un froid rigoureux faisait tomber les généraux autour du char funèbre, comme dans la retraite de Moscou [2]. Rien n'était beau, hormis le bateau de deuil qui, sous la garde d'un prince ennemi des Anglais avait porté en silence sur la Seine Napoléon et un crucifix.

Privé de son catafalque de rochers, Napoléon est venu s'ensevelir dans les immondices de Paris [3]. Au lieu de vaisseaux qui saluaient le nouvel Hercule, consumé sur le mont Œta, les blanchisseuses de Vaugirard rôderont à l'entour avec des invalides inconnus à la grande armée. Pour préluder à cette impuissance, de petits hommes n'ont pu rien imaginer de mieux qu'un salon de Curtius [4] en plein vent. Après quelques jours de pluie, il n'est demeuré de ces décorations que des bribes crottées. Quoi qu'on fasse, on verra toujours au milieu des mers le vrai sépulcre du triomphateur : à nous le corps, à Sainte-Hélène la vie immortelle.

---

1. Au début du mois de mai, puis vers la mi-août ; la légende bonapartiste va même jusqu'à parler des 5 mai et 15 août, dates anniversaires de la mort et de la naissance de Napoléon.   **2.** Cf. la description de cette journée du 15 décembre 1840 dans *Choses vues* de Victor Hugo.   **3.** On retrouve la même idée dans une note datée « décembre 1840 » au chap. 20 du livre XXXV.   **4.** Nom du Cabinet des figures de cire, ancêtre du musée Grévin.

Napoléon a clos l'ère du passé : il a fait la guerre trop grande pour qu'elle revienne de manière à intéresser l'espèce humaine. Il a tiré impétueusement sur ses talons les portes du temple de Janus ; et il a entassé derrière ces portes des monceaux de cadavres, afin qu'elles ne se puissent rouvrir.

(17)

MA VISITE À CANNES.

En Europe je suis allé visiter les lieux où Bonaparte aborda après avoir rompu son ban à l'île d'Elbe [1]. Je descendis à l'auberge de Cannes au moment même que le canon tirait en commémoration du 29 juillet ; un de ces résultats de l'incursion de l'empereur, non sans doute prévu par lui. La nuit était close quand j'arrivai au golfe Juan ; je mis pied à terre à une maison isolée au bord de la grande route. Jacquemin, potier et aubergiste, propriétaire de cette maison, me mena à la mer. Nous prîmes des chemins creux entre des oliviers sous lesquels Bonaparte avait bivouaqué : Jacquemin lui-même l'avait reçu et me conduisait. À gauche du sentier de traverse s'élevait une espèce de hangar : Napoléon, qui envahissait seul la France, avait déposé dans ce hangar les effets de son débarquement.

Parvenu à la grève, je vis une mer calme que ne ridait pas le plus petit souffle ; la lame, mince comme une gaze, se déroulait sur le sablon sans bruit et sans écume. Un ciel émerveillable [2], tout resplendissant de constellations,

---

1. Cannes fut le point le plus éloigné du voyage accompli par Chateaubriand dans le midi de la France au mois de juillet 1838, dont nous avons déjà évoqué certains épisodes à propos du chap. 2 du livre XIV. Il avait quitté Marseille le 27 juillet, traversé Toulon, puis couché à Hyères, berceau de Massillon. Le lendemain 28 juillet, il était à Cannes.
2. Admirable : archaïsme emprunté à la langue du XVIe siècle (Du Bellay, Montaigne, Malherbe) que les dictionnaires contemporains de Chateaubriand déclarent « inusité ».

couronnait ma tête. Le croissant de la lune s'abaissa bientôt et se cacha derrière une montagne. Il n'y avait dans le golfe qu'une seule barque à l'ancre, et deux bateaux : à gauche on apercevait le phare d'Antibes, à droite les îles de Lérins ; devant moi, la haute mer s'ouvrait au midi vers cette Rome où Bonaparte m'avait d'abord envoyé.

Les îles de Lérins, aujourd'hui îles Sainte-Marguerite, reçurent autrefois quelques chrétiens fuyant devant les Barbares. Saint Honorat venant de Hongrie aborda l'un de ces écueils : il monta sur un palmier, fit le signe de la croix, tous les serpents expirèrent, c'est-à-dire le paganisme disparut, et la nouvelle civilisation naquit dans l'Occident.

Quatorze cents ans après, Bonaparte vint terminer cette civilisation dans les lieux où le saint l'avait commencée. Le dernier solitaire de ces laures[1] fut le Masque de fer, si le Masque de fer est une réalité. Du silence du golfe Juan, de la paix des îles aux anciens anachorètes, sortit le bruit de Waterloo, qui traversa l'Atlantique, et vint expirer à Sainte-Hélène.

Entre les souvenirs de deux sociétés, entre un monde éteint et un monde prêt à s'éteindre, la nuit, au bord abandonné de ces marines[2], on peut supposer ce que je sentis. Je quittai la plage dans une espèce de consternation religieuse, laissant le flot passer et repasser, sans l'effacer, sur la trace de l'avant-dernier pas de Napoléon.

À la fin de chaque grande époque, on entend quelque voix dolente des regrets du passé, et qui sonne le *couvre-feu* : ainsi gémirent ceux qui virent disparaître Charlemagne, saint Louis, François Ier, Henri IV et Louis XIV. Que ne pourrais-je pas dire à mon tour, témoin oculaire que je suis de deux ou trois mondes écoulés ? Quand on a rencontré comme moi Washington et Bonaparte, que reste-t-il à regarder derrière la charrue du Cincinnatus américain et la tombe de Sainte-Hélène ? Pourquoi ai-je survécu au siècle et aux hommes à qui j'appartenais par la date de ma vie ? Pourquoi ne suis-je pas tombé avec mes contemporains, les derniers d'une race épuisée ?

---

1. Voir livre III, chap. 4.   2. Ces rivages (archaïsme).

Pourquoi suis-je demeuré seul à chercher leurs os dans les ténèbres et la poussière d'une catacombe remplie ? Je me décourage de durer. Ah ! si du moins j'avais l'insouciance d'un de ces vieux Arabes de rivage, que j'ai rencontrés en Afrique ! Assis les jambes croisées sur une petite natte de corde, la tête enveloppée dans leur burnous, ils perdent leurs dernières heures à suivre des yeux, parmi l'azur du ciel, le beau phénicoptère[1] qui vole le long des ruines de Carthage ; bercés du murmure de la vague, ils entr'oublient leur existence et chantent à voix basse une chanson de la mer : ils vont mourir.

---

1. Nom ancien du flamant rose, remis en honneur par Buffon.

APPENDICE

FRAGMENTS RETRANCHÉS

1. Livre XIII

a) Le ms. fr. 12 454 de la Bibliothèque Nationale conserve cinq pages manuscrites (f° 1 à 5), barrées légèrement au crayon, qui correspondent à une première version des chapitre 10 et 11 du livre XIII. Ce développement est composé de passages plus ou moins remaniés provenant de la Défense du Génie du Christianisme, *de la préface du* Génie *dans les* Œuvres complètes *(Ladvocat, t. XI, 1826), enfin de* Littérature anglaise. *Ces fragments, dont une partie seulement a passé dans la version définitive, ont été publiés par A. Feugère (R.H.L.F., juillet-septembre 1909), puis par V. Giraud (*Nouvelles Études sur Chateaubriand, *Hachette, 1912, p. 139-146). À la reliure, le f° 1 a été antéposé, alors qu'il représente la suite des f° 2-5. Nous avons rétabli la séquence dans son ordre logique.*

[GÉNIE DU CHRISTIANISME : SUITE] – RENÉ

Un épisode du *Génie du Christianisme* qui fit moins de bruit alors qu'*Atala*, a déterminé un des caractères de la littérature nouvelle.

Ce qu'un critique impartial, voulant entrer dans l'esprit de mon travail, était en droit d'exiger de moi, c'est que les épisodes de l'ouvrage eussent une tendance visible à faire aimer la Religion et en démontrassent l'utilité : or, la nécessité des cloîtres pour certains malheurs, et pour ceux-là mêmes qui sont les plus grands, la puissance d'une religion qui peut seule fermer des plaies que tous les baumes de la terre ne sauraient guérir, ne sont-elles pas invinciblement prouvées dans l'histoire

de René ? J.-J. Rousseau introduisit le premier parmi nous des
rêveries désastreuses ; le roman de Werther développa depuis
ce genre de poison. Les couvents offraient autrefois des retraites
à ces âmes contemplatives que la nature appelle impérieuse-
ment aux méditations. Elles y trouvaient auprès de Dieu de quoi
remplir le vide qu'elles sentent en elles-mêmes, et souvent l'occasion d'exercer de rares et sublimes vertus. Mais depuis la
destruction des monastères et les progrès de l'incrédulité, on
doit s'attendre à voir se multiplier au milieu de la société des
espèces de solitaires tout à la fois passionnés et philosophes
qui, ne pouvant renoncer aux vices du siècle, ni aimer ce siècle,
renonceront à tout devoir divin et humain, se nourriront à l'écart
des plus vaines chimères, et se plongeront dans une misanthro-
pie orgueilleuse qui les conduira à la folie ou à la mort.

Afin d'inspirer plus d'éloignement pour ces rêveries crimi-
nelles, je pris la punition de René dans le cercle de ces malheurs
qui appartiennent moins à l'individu qu'à la famille de
l'homme, et que les anciens attribuaient à la Fatalité. J'aurais
choisi le sujet de Phèdre s'il n'eût été traité par Racine : il ne
restait que celui d'Érope et de Thyeste chez les Grecs, ou
d'Amnon et de Thamar chez les Hébreux ; et, bien qu'il ait été
aussi transporté sur notre scène, il est toutefois moins connu
que l'autre.

Au surplus, si *René* n'existait pas, je ne l'écrirais plus ; s'il
m'était possible de le détruire, je le détruirais : il a infesté l'esprit d'une partie de la jeunesse, effet que je n'avais pu prévoir,
car j'avais au contraire voulu la corriger. Une famille de Renés
poètes et de Renés prosateurs a pullulé ; on n'a plus entendu
bourdonner que des phrases lamentables et décousues ; il n'a
plus été question que de vents, d'orages, de maux inconnus
livrés aux nuages et à la nuit ; il n'y a pas de grimaud sortant
du collège, qui n'ait rêvé être le plus malheureux des hommes,
qui à seize ans n'ait épuisé la vie, qui ne se soit cru tourmenté
par son génie, qui dans l'abîme de ses pensées ne se soit livré
au vague de ses passions, qui n'ait frappé son front pâle et
échevelé, qui n'ait étonné les hommes stupéfaits d'un malheur
dont il ne savait pas le nom, ni eux non plus.

Dans *René*, j'avais exposé une infirmité de mon siècle ; mais
c'est une folie aux autres romanciers d'avoir voulu rendre universelles les afflictions en dehors de tout, exprimées dans *René*
et depuis dans *Child-Harold*. Les sentiments généraux qui
composent le fond de l'humanité, la tendresse paternelle et
maternelle, la piété filiale, l'amitié, l'amour sont inépuisables,
ils fourniront toujours des inspirations nouvelles au talent

capable de les développer ; mais dans les manières particulières de sentir, les individualités d'esprit et de caractère ne peuvent s'étendre et se multiplier dans de grands et nombreux tableaux. Les petits coins non découverts du cœur de l'homme sont un champ étroit ; il ne reste rien à recueillir dans ce champ, après la main qui l'a moissonné la première ; une maladie de l'âme n'est pas un état permanent et naturel ; on ne peut la reproduire, en faire une littérature, en tirer parti comme d'une passion générale incessamment modifiée au gré des artistes qui la manient et en changent la forme.

GÉNIE DU CHRISTIANISME : SUITE.
INFLUENCE DE L'OUVRAGE. – CE QU'IL A RECTIFIÉ
DANS LES JUGEMENTS ET LES ÉTUDES DIVERSES.

Si les journaux du temps n'attestaient la révolution opérée par le *Génie du Christianisme*, il serait décent de me taire ; mais ne me considérant que dans mes relations avec les destinées de l'humanité, je suis obligé d'admettre des faits accomplis ; s'ils peuvent être différemment jugés, leur existence n'en est pas moins avérée.

La littérature se teignit des couleurs de mes tableaux religieux comme les affaires ont gardé la phraséologie de mes écrits sur la cité : *la Monarchie selon la Charte*, par exemple, a été le rudiment de notre gouvernement représentatif et mon article du *Conservateur* sur les intérêts moraux et les intérêts matériels a laissé ces deux désignations à la politique.

b) Les archives de Combourg conservent, sous le titre « Années de ma vie 1802 et 1803 » onze pages relatives au « progrès futur des Lettres » (copie de Pilorge, avec des corrections autographes). La première moitié de cette séquence se compose de fragments rapportés, sans doute des brouillons de Littérature anglaise *(correspondant au début de la cinquième partie : « Mort des langues », etc.), repris en 1837 pour former un nouvel ensemble. En revanche, la suite (à partir de : « La littérature moderne... ») est un développement continu plus tardif (fin de 1840 ou 1841).*

Chateaubriand avait commencé par destiner ce chapitre à la fin du livre XIII ; puis il le réserva « pour la conclusion des Mémoires » (indication de la main de Pilorge sur la chemise de Combourg) ; il finit par renoncer à utiliser ce texte demeuré

inachevé. Il a été publié par M.-J. Durry, En marge des
Mémoires, *p. 151-159.*

Paris 1837.

ANNÉES DE MA VIE 1802 ET 1803.
QUESTION RELATIVE AU PROGRÈS FUTUR DES LETTRES

Au delà du mouvement imprimé aux lettres à la naissance de
ce siècle, en commencera-t-il un autre ? La nature humaine est-
elle au bout de toute progression possible en littérature ?
Pourra-t-on partir de notre tems pour avancer comme nous
sommes partis du tems écoulé <avant nous> pour faire un pas ?
[On pourroit avoir des doutes en voyant où nous sommes
arrivés pour avoir voulu nous porter au delà des besoins de la
raison et de l'esprit du siècle]

Il y a des bornes qu'on ne peut franchir parce qu'on est arrêté
par la nature même des choses : ces bornes se trouvent principalement dans la division et la caducité des langues et dans les
vanités humaines telles que la société nouvelle les a faites. Les
langues ne suivent le mouvement de la civilisation qu'avant
l'époque où leur perfectionnement s'achève : une fois arrivées
là, elles s'arrêtent quelque temps, puis elles descendent et se
détériorent.

Sans doute il y aura d'autres manières de voir les objets,
d'autres combinaisons d'idées produites par des changements
sociaux qu'il nous est impossible de deviner et dont nous ne
pouvons calculer les résultats. Mais n'est-il pas à craindre que
les talents n'aient à l'avenir pour faire entendre leurs harmonies
qu'un instrument discord ou fêlé.

Une langue peut, il est vrai, acquérir des expressions nouvelles à mesure que les lumières s'accroissent ; mais elle ne
sauroit changer sa syntaxe qu'en changeant son génie. Un Bar-
barisme heureux reste dans une Langue sans la défigurer ; des
solécismes ne s'y établissent jamais sans la détruire. Nous
aurons des Tertullien, des Stace, des Silius Italicus, des Clau-
dien : aurons-nous désormais des Bossuet, des Corneille, des
Racine, des Voltaire. [Dans une langue jeune, les auteurs ont
des expressions et des images qui viennent comme le premier
rayon du matin ; dans une langue formée ils brillent par des

beautés de toutes les sortes, dans une langue vieillie des naïvetés de style ne]

[Dans l'ancien monde civilisé deux langues dominoient, deux
peuples] <Deux langues dominoient dans l'ancien monde civilisé, deux peuples> jugeoient seuls et en dernier ressort les
monuments de leur génie. – Victorieuse des Grecs, Rome eut
pour les travaux de l'intelligence des vaincus, le même respect
qu'avoient Alexandrie et Athènes. La gloire d'Homère et de
Virgile nous fut religieusement transmise par les moines, les
prêtres et les clercs, instituteurs des Barbares dans les écoles
ecclésiastiques, les monastères, les séminaires et les universités.
Une admiration héréditaire descendit de race en race jusqu'à
nous, en vertu des leçons d'un professorat dont la chaire,
ouverte depuis quatorze siècles, confirmoit sans cesse le même
arrêt.

Il n'en est plus ainsi dans le monde [civilisé] moderne : cinq
Langues y fleurissent ; chacune de ces cinq Langues a des chefs
d'œuvre qui ne sont pas [reconnus] <regardés comme> tels
dans les pays où se parlent les quatre autres [Langues : il ne
s'en faut pas étonner.

Nul, dans une littérature vivante, n'est juge compétent que
des ouvrages écrits dans sa propre Langue. En vain vous croyez
posséder à fond un idiome étranger, le lait de la nourrice vous
manque, ainsi que les premières paroles qu'elle vous apprit à
son sein et dans vos langes : certains accens ne sont que de la
patrie. On soutient que les beautés réelles sont de tous les tems,
de tous les pays, oui, les beautés de sentiment et de pensées,
non les beautés de style. Le style n'est pas, comme la pensée,
cosmopolite, il a une terre natale, un ciel, un soleil à lui.]

Faute de cette unité de Langues Européennes que possédèrent
d'abord les Grecs et ensuite les Romains, on ne verra plus s'élever de ces colosses de gloire dont les nations et les siècles
reconnoissent également la grandeur. C'est un empêchement
considérable à nos progrès futurs, car on ne cherche point à
obtenir ce que l'on ne peut pas atteindre. Ôtez le sentiment de
l'infini à l'homme, il ne s'élèvera jamais à la hauteur où son
génie l'auroit pu porter. Le tems des dominations suprêmes ne
seroit-il point passé ? Les aristocraties ne seroient-elles pas
finies ? À l'époque où nous vivons, chaque lustre vaut un siècle ; la société meurt et se renouvelle tous les dix ans. Bonaparte sera la dernière existence isolée de ce monde ancien qui
s'évanouit ; rien ne s'élèvera plus dans les sociétés nivelées, et
la grandeur de l'Individu sera désormais remplacée par la grandeur de l'Espèce.

Enfin outre la décrépitude du françois et la division des Langues qui s'opposent chez les modernes <à des progrès ultérieurs et> aux renommées universelles, une autre cause travaille à [détruire les réputations] <nous empêcher d'avancer> : la liberté, l'esprit de nivellement et d'incrédulité, la haine des supériorités, l'anarchie des idées, la démocratie enfin est entrée dans la littérature ainsi que dans le reste de la société.

La littérature moderne, si toutefois cela peut s'appeler littérature, consiste à prendre une idée que l'on croit profonde et que l'on donne pour un type général de la société. L'un suppose un homme [qu'] <dont> une défiance perpétuelle corrompt à chaque moment le jugement et le bonheur, l'autre réduit toute la société à la sensualité et croit qu'au delà de la matière tout est rêverie creuse ; l'autre divisant le cerveau fait de la tête humaine, au moyen de certaines petites bosses, divers centres de fatalités. On appelle tout cela les peintures intimes et une supériorité de génie que le progrès de la pensée et de la civilisation a fait découvrir. On ne s'aperçoit que toutes ces petites recherches sont des systèmes plus ou moins faux qui ne peignant point la nature dans sa généralité et dans son ensemble ne dureront qu'un moment et auront le sort de ce que les peintres appellent des pochades, de petites fantaisies, de ces caricatures plus ou moins spirituelles que l'on passe rapidement en revue en s'amusant à parcourir un portefeuille ou un album. Les œuvres qui vivent et qui restent sont ces grandes compositions qui sont entendues partout où l'art n'est que le peintre de la nature et qui a fixé les traits de son modèle sur la toile par le miracle de ses études et de son travail. Le style qui est entendu partout et qui est le langage commun de tous les siècles et de tous les hommes reste ; les affectations de certaines pensées, le jargon d'un tems et d'une époque, les prétentions à l'originalité ne décèlent que la misère d'un tems épuisé et qui croit faire du nouveau en rajeunissant une locution ou un vieux mot ensevelis dans quelque dictionnaire archéologique. Il est dur sans doute de venir après les grands siècles et de se sentir emprisonné dans les limites que les grands écrivains ont posées ; mais enfin il n'y a pas moyen de les franchir ; mais si l'auteur ne sait pas être original dans une langue fixée, si son génie ne sait pas trouver des tours nouveaux et des expressions qui le font reconnoitre dans la région du bon sens et des idées qui appartiennent à la communauté des hommes, qu'il ne s'en prenne qu'à lui-même et qu'il ne se croye pas supérieur aux génies qui l'ont précédé parce qu'il ne les comprend pas et qu'il pense dans sa candeur que l'esprit humain est plus avancé.

La corruption, les mauvaises mœurs, les élégances de roué sont naturelles et ne s'apprennent pas. Si les jeunes gens aujourd'hui savoient comment ils sont gauches, ignorants, et de mauvais goût en affectant l'élégance et la legerté des mœurs du tems de Louis XV, ils se donneroient garde de tant chevaucher au bois de Boulogne et de tant aller au foyer de l'opéra. Tout au plus propres aux romans de Pigault Lebrun les liaisons dangereuses sont au dessus de notre aristocratie bourgeoise. Nous avons été trop mal élevés et notre dépravation n'a pas poussé sur un fond habituel de bonne compagnie ; à chaque mouvement et à chaque parole, malgré tous nos efforts, nous trahissons notre mauvaise éducation. J'aime mieux cette cantinière qui causoit l'autre jour au champ de Mars auprès de moi : mon vieux canard est mort vendredi. – Ah ! bah ! a répondu son amie, il est vrai qu'il toussoit beaucoup et elle imitoit la toux du vieux canard en contrefaisant la grosse voix de l'invalide décédé.

Les crimes aujourd'hui ont un caractère particulier ; ils ne sont plus crimes naturels, mais crimes de roman ; Ce sont des drames nés des feuilletons. L'auteur avant de les exécuter les compose, les combine dans sa tête et puis il les joue : il est à la fois l'auteur et l'acteur de sa pièce. On reconnoit ces crimes de mauvais aloi à [leur] la fausseté du langage et à la manière dont l'accusé se pose : lettres, actions, dialogue des acteurs tout est calculé pour le plus grand effet dramatique : public, juges, avocats tout est pris à ces scènes romantiques ; on s'enthousiasme pour l'empoisonneuse[1] qui s'évanouit à propos ou qui vêtue de deuil jette un regard passionné et attendri sur l'audience. Le faux a beau percer de toute part, on n'y croit pas, on ne veut pas y croire. Lacenaire[2] fait des vers, Peytel[3] écrit dans un journal ; on veut avoir des autographes de ces pervers ; on va jusqu'à leur faire des déclarations d'amour. Le mal n'est réellement pas dans le crime de ces personnages, il est dans le goût et la corruption de ceux qui les écoutent.

---

1. Mme Lafarge, dont le procès commença le 2 septembre 1840 devant les assises de la Corrèze et qui, une fois condamnée, publia des *Mémoires* (1841).   **2.** Lacenaire fut guillotiné au mois de janvier 1836.   **3.** Le notaire Peytel qui avait tué sa femme fut guillotiné en octobre 1839. Son procès défraya la chronique (voir les articles de Balzac dans *Le Siècle* des 27, 28 et 29 septembre 1839).

2. Livre XV

Un autre fragment conservé dans les archives de Combourg (voir Durry, En marge (...), *p. 97-100) se rattache à la fin du livre XV (voyage à Naples, au début de 1804). Il aurait formé une poétique conclusion au récit du premier séjour en Italie. En définitive, Chateaubriand a préféré terminer sur une note plus personnelle, moins digressive.*

En regardant par ma fenêtre à Naples, j'aperçus dans une Maison en face de moi, de l'autre côté de la rue, deux mains qui se serraient.

Trente ans après je revis dans une rue de Versailles deux mains qui se donnaient les mêmes signes d'amour ou d'amitié. À qui appartenaient-elles ces mains ? [je l'ignore]. J'allai me promener du côté de la pièce du dragon ; un homme s'avançait le long des fenêtres du château, il avait l'air d'écouter quelque chose, il me heurta [presque] en passant ; il me fit [mille] <des> excuses ; [et] le soir même il vint <les> répéter [chez moi ses excuses] <chez moi>. Il m'apprit qu'il descendait des comtes de Gisors. Les Fouquet avaient laissé une branche naturelle à Naples, comme Duguesclin en avait laissé une en Espagne. Je revis plusieurs fois cet étranger. Voici ce qu'il me conta un soir à l'aspect du soleil couchant qui s'abaissant à l'extrémité du grand Canal, allait disparaître sur les rivages de ma pauvre Patrie : « N'est-il pas dur, me dit-il, d'être étranger ici, où je ne devrais pas l'être ; puisque vous avez vu Naples, vous avez vu cette mer au bord de laquelle le Vésuve élève son Phare, tandis que les Napolitains se promènent le long des flots. Je me rappelle qu'une jeune fille accompagnée d'un jeune homme s'abandonnait un jour aux vagues qui la berçaient [de rêveries et d'amour].

« Si tu m'aimes, lui disait-elle, je serai toujours heureuse ; si tu ne m'aimes plus je mourrai : en disant cette [dernière] parole, sa vie lui manqua : le jeune homme avait cessé de l'aimer : On l'enterra [cette jeune fille] non loin du tombeau de Virgile. Les flots venaient du large. »

— Dans une des belles nuits de l'été, on n'aperçoit que la mer et les contours du Vésuve. On prétend. [que dans le murmure des vagues] l'on distingue encore aujourd'hui les accents d'une jeune fille, elle était allée à dieu en laissant sur la plage la tristesse, les parfums et l'enchantement de la nuit. [Mais] quelle était cette jeune fille ? je l'ignore. Je pourrais l'inventer

en supposant [des prodiges de grâces et] les charmes d'un
enfant de seize années qui passe au milieu des fleurs.

Et vous pourtant qui n'avez pas retenu le nom de cette
Éphèbe, vous vous souvenez de celui d'une foule d'hommes
qui ont troublé le monde. Il ne restera rien de vous, ou plutôt
il ne restera après vous que le chant d'un oiseau que vous n'aurez pas entendu, le murmure d'une brise inconnue qui passe.
[non] rien de l'homme ne reste, célèbre ou inconnu, c'est [la]
même chose. La célébrité seulement fera une petite tache dans
sa vie.

3. Livre XVI

*a) Un dossier manuscrit conservé dans les archives de
Combourg se rattache au livre XVI, dont il aurait formé un
chapitre supplémentaire. Chateaubriand y discute la responsabilité de Napoléon dans la mort du duc d'Enghien, dans la
supposition, alors entretenue par Thiers, qu'on aurait retrouvé
un ordre écrit de sa main. Lorsque ce dernier publia le t. IV de
son* Histoire du Consulat *(fin juillet 1845), on pouvait lire ceci
(p. 602) :*

« Le Premier Consul fit rédiger tous les ordres, les signa lui-
même, puis enjoignit à Savary de les porter à Murat, et d'aller
à Vincennes pour présider à leur exécution. Ces ordres étaient
complets et positifs. Ils contenaient la composition de la
commission, la désignation des colonels de la garnison qui
devaient en être membres, l'indication du général Hulin comme
président, l'injonction de se réunir immédiatement pour tout
finir dans la nuit ; et si, comme on ne pouvait en douter, la
condamnation était une condamnation à mort, de faire fusiller
le prisonnier sur-le-champ. Un détachement de la gendarmerie
d'élite et de la garnison devait se rendre à Vincennes, pour
garder le tribunal et procéder à l'exécution de la sentence. Ils
étaient, ces ordres funestes, signés de la propre main du Premier
Consul. »

*Malgré ces affirmations, Thiers ne produisait pas la preuve
attendue. Faute de ce document, Chateaubriand préféra supprimer la totalité de son développement. Pour une étude détaillée*

de cette dizaine de pages, on pourra se reporter à la publication qu'en a faite M.-J. Durry (En marge (...), p. 103-117).

SUR UNE PIÈCE RETROUVÉE

Vous avez lu cette phrase dans la brochure du général Hulin : « Nous ignorons si celui qui a si cruellement précipité cette exécution funeste, avait des ordres ; s'il n'en avait point, lui seul est responsable ; s'il en avait, la Commission dont le dernier vœu était pour le salut du Prince, n'a pu ni en prévenir, ni en empêcher l'effet. »

Cet ordre a-t-il été découvert comme on l'assure ? le produira-t-on... [L'ordre affirme-t-on serait écrit de la main de Bonaparte ou du moins signé de lui. Le document supposerait que le duc d'Enghien a été déclaré coupable par la Commission de Vincennes, en conséquence de cette déclation supposée et prévue, le Premier Consul prescrit la fusillade du condamné après le prononcé de l'arrêt ; il commande que cet arrêt soit exécuté de suite dans le fossé de Vincennes et que la tombe soit creusée dans le même fossé : tout était minutieusement réglé par le général comme pour les éventualités d'une grande bataille.]

Certes si j'étais un de ces amis de Napoléon qui l'acceptent tel qu'ils le font et coûte que coûte, possesseur d'une pareille pièce, je l'aurais immédiatement jetée au feu ; [jusqu'à ce que je l'ai vue, je douterai de son existence] car elle infirme ce qu'a pu dire Napoléon dans tout ce qui le regarde de près.

Ceux qui publieraient cette pièce auraient-ils donc oublié les volumes écrits à Sainte-Hélène, les relations, les mémoires sans nombre, les apologies, les excuses imaginées d'après les dires, les insinuations, les aveux et les désaveux du grand homme ? que d'impostures entassées sur des impostures pour cacher la vérité, pour échapper à la douleur de cette tunique qui se collait à la chair d'Hercule !

Ainsi disparaîtraient tous les incidents de Vincennes, les dépositions des témoins, la mission de Réal, etc., etc. ; ainsi il ne faudrait plus penser aux conjectures expiatoires de cet excellent M. de Lascazes. Était-il assez trompé par Napoléon qui lui paraissait si sincère, quand il lui expliquait les causes de la catastrophe ! Napoléon accumulait tant de motifs, tant de prétextes, tant d'excuses, en laissant planer des soupçons sur des têtes autres que la sienne, alors qu'il avait donné lui-même l'ordre du meurtre.

La pièce étant publiée détruirait les raisonnements, d'ailleurs fort justes, que je fais, relatifs à la mort du dernier des Condés : il n'y aurait qu'un seul coupable, les autres resteraient de simples soldats à qui toute réflexion est interdite et qui sont forcés à l'obéissance passive ; les juges ne seraient plus que les greffiers d'une sentence à eux dictée, les bourreaux des machines à frapper, les fossoyeurs des ouvriers diligents.

Cet ordre expliquerait encore la clause du testament dans laquelle Bonaparte se loue de son action : il prenait de loin ses précautions pour ne pas paraître en contradiction avec un témoignage qu'il croyait détruit, mais qui en fin de compte pouvait ne pas l'être. Ce qu'il y a de plus extraordinaire c'est l'existence même de cette authentique : telles choses peuvent être confiées verbalement à un homme ; mais on ne les écrit jamais. Du reste l'authentique, si véritablement elle existe (doute que je me plais à répéter), n'apprendrait rien de nouveau, ce ne serait qu'une redondance de fait, qu'une superfétation, curieuse puisque après tout le meurtre est avoué par Napoléon ; seulement elle démontrerait aux aveugles ce qu'il faut penser des assertions impériales ; les hommes d'État qui font consister le mérite dans la duplicité, sauront à quel degré on descend en poussant jusqu'au bout le mensonge.

Il semblerait que les témoins auriculaires de la lecture du Testament de Sainte-Hélène, n'auraient point entendu la déclaration au sujet de la catastrophe de Vincennes. J'ai une copie exacte de ce Testament, comme tous les Ministres de mon époque : écrite d'une manière égale d'un bout à l'autre, on ne peut remarquer dans cette copie ces variétés d'encre et d'écriture qui existent dans le texte déposé aux Archives de Londres. Dans ce texte l'aveu du meurtre de la victime est intercalé et d'un caractère plus fin que le reste de la pièce : Napoléon n'a pas eu le front d'insulter les vivants qui l'écoutaient, il s'est contenté de manquer à la postérité : elle lui répliquera ; mais il ne sera pas là pour l'entendre.

J'ignore ce que diront les adulateurs ; toutefois il est possible de le deviner : ils se jetteront sur les dangers que courait Bonaparte. « On l'avait mis, s'écrieront-ils, dans le cas de la défense personnelle : la mort du duc d'Enghien n'était qu'une représaille derrière laquelle Napoléon a été forcé de se réfugier : Georges et ses amis n'étaient-ils pas arrivés afin de tuer le premier Consul ? Pichegru et Moreau excités par Holyrood n'étaient-ils pas entrés dans des conjurations ? Ce n'est donc pas Bonaparte qui a attaqué les Bourbons ; il n'a fait que les repousser. Si un innocent a péri pour des coupables, c'est un accident malheureux, mais cet accident est plusieurs fois arrivé et cela n'a pas empêché le monde de marcher. »

Je n'opposerai pas la morale de nos anciens Princes à ces prétextes de servilité : on ne croit pas à la morale, et c'est parce qu'on n'y croit pas qu'on se vante d'être les hommes supérieurs du fait. Je ne dirai point que des propositions d'assassinat contre Napoléon furent développées à Londres devant les Bourbons, qu'ils les rejetèrent, notamment la famille des Condés : on en peut voir le récit dans mon histoire de la mort du duc de Berry. Vous venez de lire dans l'interrogatoire du duc d'Enghien cette phrase que le soldat prononça avec indignation. « Je n'ai point eu de communication avec Pichegru ; je sais qu'il a désiré me voir ; je me loue de ne l'avoir point connu d'après les vils moyens dont on dit qu'il a voulu se servir, s'ils sont vrais. » Cette déclaration magnanime sortait de la bouche du duc d'Enghien au moment où, sans le savoir, il était sentencié d'avance. Cromwell se croyant en péril s'y prit d'une autre façon que Bonaparte : son ambassadeur à La Haye déclara que si Charles II voulait jouer aux poignards, Cromwell acceptait la partie, et que si l'on pouvait payer un bras pour frapper le Protecteur, le Protecteur en avait mille pour frapper le Prétendant : cette déclaration mit fin à tout.

Il y en a qui ricanant à la vertu, admirent la précision avec laquelle le guet-apens de Vincennes fut réglé et exécuté : mon admiration remonte plus haut, elle va jusqu'au génie de Bonaparte ; je croirais l'insulter en m'extasiant sur l'adresse du fourbe ou du meurtrier. Je répondrai comme Voltaire à la naïveté de certains sentiments : « pouah ! » On pourrait admettre que le meurtre du duc de Guise à Blois, fut conduit avec entente, en raison de la puissance du Prince et de la faiblesse du Roi ; mais que déjà dominateur de l'Europe, on aille saisir chez un petit Électeur un pauvre jeune homme oublié, sans défenseur, sans appui, le dernier de sa race, n'ayant ni prétention, ni droit au trône, ce n'est pas de l'habileté : chacun peut trouver le mot. Annibal redemandé à Prusias, dit : « Délivrons les Romains de la terreur que leur inspire un vieillard dont ils n'osent même pas attendre la mort. »

Plus ingénieux que les fanatiques de Napoléon, je leur fournirai, au sujet du duc d'Enghien, des probabilités auxquelles ils n'ont peut-être pas pensé.

Qui put aveugler Bonaparte sur sa faute ? des illusions ; il faut convenir qu'elles étaient grandes. Il n'eut pas plutôt tué le duc d'Enghien que les journaux de la France se remplirent d'actions de grâces. Le nom de la victime à peine prononcé une ou deux fois sans commentaires, est absorbé dans des concerts d'admiration. Des hommes d'un grand nom ou d'un haut rang scientifique, ne craignirent pas de louer le dépêchement du Prince, Fourcroy à la clôture de la session du Corps législatif, parlait des membres de cette famille dénaturée qui auraient voulu noyer la France dans son sang pour pouvoir régner sur elle ; mais, s'ils osaient souiller de leur présence notre sol, la volonté du peuple français est qu'ils y trouvent la mort ! L'archevêque de Cambrai, M. de Rohan, s'écriait de sa verve domestique : « un chien enragé entre dans mon parc et je le tue ». Le prince Primat s'exprimait avec le même dévouement. Napoléon ne dut-il pas être persuadé de son innocence, quand le chef même de l'Église, le vénérable Pie VII, le marqua de l'Onction royale ? Mais par un prodigieux dessein de la Providence, ce fut l'ingrat Couronné qu'elle chargea de punir le Prêtre surpris : Napoléon dépouilla de ses États, et retint prisonnier le Pontife qui avait osé lui mettre à la main le sceptre de saint Louis, sur le corps palpitant du duc d'Enghien.

Enfin Napoléon peut avoir cru que sa conduite n'était pas si étrange, puisqu'elle lui semblait justifiée par une multitude d'exemples : le comte d'Anjou devenu Roi de Naples, argumentant de sa souveraineté émanée du Saint-Siège et de la raison d'État, fit trancher la tête à Conradin, héritier légitime de la Maison de Souabe dont lui, comte d'Anjou, usurpait la Couronne. L'histoire, surtout l'histoire de France et d'Angleterre (témoins Essex, Biron, Strafford, Montmorency, Charles Ier, Louis XVI) est remplie de ces exécutions iniques ou équitables, légales ou illégales, traitées d'assassinats ou de punitions méritées, selon les diverses opinions. La Terreur même s'est autorisée des lois ; ses partisans soutiennent encore qu'elle a disposé compétemment de plusieurs milliers de vies, y compris celle de mon frère et la mienne, si j'avais été arrêté, puisque lui et moi nous avions porté les armes contre le gouvernement français d'alors. Alexandre ne tua-t-il pas Clitus ? ne fit-il pas mettre à mort Philotas et Parménion ? Qui grattera le tableau de la bataille d'Arbelles, pour trouver sur la toile et sous la couleur, la cage de fer de Callisthènes ?

S'il était jamais possible de capituler au sujet de l'équité ; si l'on pouvait étouffer son indignation, se séparer de ses entrailles, s'associer à la froideur des jugements prononcés hors de la présence des faits et dans l'éloignement des années, on pourrait dire qu'à la distance où nous sommes placés, la mort du duc d'Enghien semble avoir changé de nature ; elle ne paraît plus qu'un de ces crimes de siècle, qu'un de ces forfaits qui dans les transformations sociales, tiennent plus aux choses qu'aux hommes, qu'un de ces tragiques épisodes du combat sans quartier que se livrent le passé et l'avenir. Dans les balancements et le contrepoids de la société générale, les abominations de la Convention étaient chargées de combattre les horreurs de la Saint-Barthélemy, la renommée d'Austerlitz d'immoler celle de Rocroi : il n'y avait que Bonaparte capable et digne de tuer la race des Condés. Mais il porta toute sa vie le poids de cette fatalité. La preuve qu'il abhorrait son action, attachée comme un boulet au pied de sa fortune, c'est qu'il en parlait et la vantait sans cesse. Jusque dans son testament, dicté loin des passions politiques et lorsqu'il allait mourir, son orgueil gémissant s'applaudissait du meurtre qu'il se reprochait. Il voulait rendre les générations futures perplexes dans leur jugement, par l'outrecuidance d'une déclaration effroyable ; au lieu de verser le repentir sur le meurtre afin de l'effacer, le despote, fidèle à son instinct, prétendait laisser après lui son crime pour dominer et violenter l'avenir : inutiles efforts ! Le Caïn de la gloire en acceptant la tache de sang, croyait en vain la faire disparaître ; son consentement ne la rendait que plus vive, et il en restait marqué en expiation du sang qu'il avait versé.

En mentionnant, comme l'ordonne l'histoire, les vérités de fait et de raisonnement à la décharge de l'accusé, en exposant les circonstances atténuantes, donnons-nous garde de tomber dans une impassibilité machinale et d'affaiblir la haine que le mal doit toujours inspirer.

Des capacités prétendues dominantes, qui ne sont que des capacités inférieures, malfaisantes, sophistiques, matérielles et privées du sens moral, s'enthousiasment des forfaits de la Convention ; elles seraient disposées, tel le cas échéant, à les reproduire ; elles ne s'aperçoivent pas que ces crimes, cessant d'être aujourd'hui des originaux diaboliques, ne seraient que d'exécrables copies sans puissance, parce que la fièvre et la passion qui les animèrent sont éteintes et ne les soutiendraient plus.

4. Livre XVIII

Dans la copie notariale de 1847, le récit du voyage en Orient se limite à la page suivante :

« (...) L'*Itinéraire* contient le journal de ma vie depuis l'été de 1806, jusqu'à l'été de 1807. J'ai représenté la Grèce telle que je l'ai vue ; on aura beau faire, on ne la ressuscitera pas ; elle ne renaîtra pas dans des Écoles modernes. Je ne l'ai trouvée belle que dans ses ruines. Le jour je n'entendais dans mes longues marches que la chanson de mon guide ; la nuit je dormais à l'abri de quelque laurier-rose, au bord de l'Eurotas. Les débris de Sparte se taisaient ; la gloire même était muette.

« Ma vie étant exposée heure par heure dans l'*Itinéraire*, je n'ai plus rien à dire ici.

« Quand je traversai le port du Pirée, j'enviai un douanier turc qui vivait seul dans les havres déserts, promenant des regards sur des îles bleuâtres, des promontoires brillants, des mers dorées, n'entendant que le bruit des vagues et le murmure des lointains souvenirs.

« J'allai à Constantinople, à Jérusalem, à Alexandrie, je foulai le sol de Carthage. Je descendis en Espagne : l'Alhambra me parut digne d'être remarqué après les temples de la Grèce. La vallée de Grenade m'a fait concevoir les regrets des Maures. Là un mendiant s'attacha à moi ; il n'aurait pas compris la *symphonie de la Création*. Sa poitrine brunie se montrait à travers les lambeaux de sa casaque ; il aurait eu grand besoin d'écrire, comme Beethoven à Mlle Bruning : « Vénérable Éléonore, ma très chère amie, je voudrais être assez heureux pour posséder une veste de poil de lapin tricotée par vous. »

« Je traversai d'un bout à l'autre cette Espagne, la terre des songes ; je crois voir encore ses grandes routes solitaires, je me plaisais à entendre des chants formés pour moi. Ayant touché la France et m'étant séparé des mélodies qui m'enchantaient, je (la) visitai seul en passant par les Pyrénées. Je suivis, en me rapprochant de Paris, la route qui me conduisait à un château que j'avais pris pour début et pour terme de mes erreurs. Mais les jardins d'Armide que j'allais revoir, où étaient-ils ? Leur surabondance servit seulement à embellir mon petit jardin d'Aulnay. Que de fois j'ai cherché les flèches des églises qui s'élevaient jadis à mes yeux du fond des bois ! Dans ces bois, il n'existe plus que des tombes oubliées : comme mes fortunes de mer, tout a changé. »

Faut-il croire que Chateaubriand aurait rédigé ce résumé pour remplacer un texte antérieur qu'il aurait en définitive réta-

bli ? *Quoi qu'il en soit, chacune de ces versions représente une alternative possible, qui a sa logique, voire sa beauté propre.*

5. Le discours académique

Le discours que Chateaubriand rédigea, au mois de mars 1811, en vue de sa réception académique, ne fut jamais prononcé. Mais, si le manuscrit original (celui sur lequel Napoléon avait imprimé sa marque) a été perdu, de nombreuses copies furent alors mises en circulation : qu'elles aient été remises par Chateaubriand lui-même à ses confrères, ou faites ensuite pour son entourage. Le discours fut même imprimé quelques années plus tard :

Il est donc paradoxal de voir Chateaubriand déclarer dans ses Mémoires *qu'il ne possède plus le texte de son discours. Il disait néanmoins la vérité, comme nous le confirme une lettre adressée le 14 février 1848 par son secrétaire Maujard à Philarète Chasles, alors conservateur de la Bibliothèque Mazarine : «* M. le Vicomte de Chateaubriand possédait une copie de son discours à l'Académie lorsqu'il y fut admis en 1811 en remplacement de M. Chénier ; cette copie est égarée depuis longtemps. Je prends la liberté, Monsieur, de solliciter votre bienveillance pour obtenir la permission de prendre une copie de ce discours qui doit être, je le pense, dans les archives de l'Institut. *»*

Cette requête fut exaucée, puisque le texte intégral du discours perdu, qui ne figure pas dans la copie de 1847, fut inséré in extremis *dans les* Mémoires. *Il est probable que Chateaubriand, déjà très affaibli, ne fut pas à même de le revoir : il comporte des fautes grossières, qui le rendent parfois incompréhensible. Dans ces conditions, plutôt que de reproduire le texte de 1848, nous avons préféré choisir, parmi les copies existantes, celle qui nous a paru la plus digne de confiance. Soigneusement revue (elle comporte quelques corrections), elle a sans doute appartenu à Ducis, un des académiciens «* sympathiques *» à Chateaubriand.*

« Lorsque Milton publia le *Paradis perdu*, aucune voix ne s'éleva dans les trois royaumes de la Grande-Bretagne pour louer un ouvrage qui, malgré de nombreux défauts, n'en est pas moins un des plus beaux monuments de l'esprit humain. L'Homère anglais mourut oublié, et ses contemporains laissèrent à l'avenir le soin d'immortaliser le chantre d'*Éden*. Est-ce là une de ces grandes injustices littéraires dont presque tous les siècles offrent des exemples ? Non, messieurs ; à peine échappés aux guerres civiles, les Anglais ne purent se résoudre à célébrer la mémoire d'un homme qui se fit remarquer par l'ardeur de ses opinions dans un temps de calamité. Que réserverons-nous, dirent-ils, à la tombe du citoyen qui se dévoue au salut de sa patrie, si nous prodiguons les honneurs aux cendres de celui qui peut, tout au plus, nous demander une généreuse indulgence ? La postérité rendra justice aux ouvrages de Milton ; mais nous, nous devons une leçon à nos fils ; nous devons leur apprendre, par notre silence, que les talents sont un présent funeste quand ils s'allient aux passions, et qu'il vaut mieux se condamner à l'obscurité que de se rendre célèbre par les malheurs de sa patrie.

« Imiterai-je, messieurs, ce mémorable exemple, ou vous parlerai-je de la personne et des ouvrages de M. Chénier ? Pour concilier vos usages et mes opinions, je crois devoir prendre un juste milieu entre un silence absolu et un examen approfondi. Mais, quelles que soient mes paroles, aucun fiel n'empoisonnera ce discours. Si vous retrouvez en moi la franchise de Duclos, mon compatriote, j'espère vous prouver aussi que j'ai la même loyauté.

« Il eût été curieux, sans doute, de voir ce qu'un homme dans ma position, avec mes opinions et mes principes, pourrait dire de l'homme dont j'occupe aujourd'hui la place. Il serait intéressant d'examiner l'influence des révolutions sur les lettres, de montrer comment les systèmes peuvent égarer le talent, le jeter dans des routes trompeuses qui semblent conduire à la renommée, et qui n'aboutissent qu'à l'oubli. Si Milton malgré ses égarements politiques, a laissé des ouvrages que la postérité admire, c'est que Milton, sans être revenu de ses chimères, se retira d'une société qui se retirait de lui, pour chercher dans la religion l'adoucissement de ses maux et la source de sa gloire. Privé de la lumière du ciel, il se créa une nouvelle terre, un nouveau soleil, et sortit, pour ainsi dire, d'un monde où il n'avait vu que des malheurs et des crimes ; il plaça dans le berceau d'Éden cette innocence primitive, cette félicité sainte qui régnèrent sous les tentes de Jacob et de Rachel ; et il mit aux enfers les tourments, les passions et les remords de ces hommes dont il avait partagé les fureurs.

« Malheureusement, les ouvrages de M. Chénier, quoiqu'on y découvre le germe d'un talent remarquable, ne brillent ni par cette antique simplicité, ni par cette majesté sublime. L'auteur se distinguait par un esprit éminemment classique. Il connaissait bien les principes de la littérature ancienne et moderne : théâtre, éloquence, histoire, critique, satire, il a tout embrassé ; mais ses écrits portent l'empreinte des jours désastreux qui les ont vus naître. Trop souvent dictés par l'esprit de parti, ils ont été applaudis par les factions. Comment séparerai-je, dans les travaux de mon prédécesseur, ce qui est déjà passé comme nos discordes, et ce qui restera peut-être comme notre gloire ? Ici se trouvent mêlés et confondus les intérêts de la société et ceux de la littérature. Je ne puis assez oublier les uns pour m'occuper uniquement des autres ; alors, messieurs, je suis obligé de me taire, ou d'agiter des questions politiques.

« Il y a des personnes qui voudraient faire de la littérature une chose abstraite, et l'isoler au milieu des affaires humaines. Ces personnes me diront : Pourquoi garder le silence ? ne considérez les ouvrages de M. Chénier que sous les rapports littéraires. C'est-à-dire, messieurs, qu'il faut que j'abuse de votre patience et de la mienne pour vous répéter les lieux communs que l'on retrouve partout, et que vous connaissez mieux que moi. Autre temps, autres mœurs : héritiers d'une longue suite d'années paisibles, nos heureux devanciers ont pu se livrer à des discussions purement académiques, qui prouvaient encore moins leur talent que leur bonheur. Mais nous, restes infortunés d'un grand naufrage, nous n'avons plus ce qu'il faut pour goûter un calme aussi parfait. Nos idées, nos esprits, ont pris un cours différent. L'homme a remplacé en nous l'académicien et, dépouillant les lettres de ce qu'elles peuvent avoir de futile, nous ne les voyons plus qu'à travers nos puissants souvenirs et l'expérience de notre adversité. Quoi ! après une révolution qui nous a fait parcourir en quelques années les événements de plusieurs siècles, on interdira à l'écrivain toute considération morale élevée ! On lui défendra d'examiner le côté sérieux des objets ! Il passera une vie frivole à s'occuper de chicanes grammaticales, de règles de goût, de petites sentences littéraires ! Il vieillira enchaîné dans les langes de son berceau ! Il ne montrera pas sur la fin de ses jours un front sillonné par ces longs travaux, par ces graves pensées, et souvent par ces mâles douleurs qui ajoutent à la grandeur de l'homme ! Quels soins importants auront donc blanchi ses cheveux ? Les misérables peines de l'amour-propre et les jeux puérils de l'esprit.

« Certes, messieurs, ce serait nous traiter avec un mépris bien étrange ! Pour moi, je ne puis ainsi me rapetisser, ni me réduire à l'état d'enfance, dans l'âge de la force et de la raison. Je ne puis me renfermer dans le cercle étroit qu'on voudrait tracer autour de l'écrivain. Par exemple, messieurs, si je voulais faire l'éloge de l'homme de lettres, de l'homme de cour qui préside à cette assemblée [1], croyez-vous que je me contenterais de louer en lui cet esprit français, léger, ingénieux, qu'il reçut de sa mère, et dont il offre parmi nous le dernier modèle ? Non sans doute : je voudrais encore faire briller dans tout son éclat le beau nom qu'il porte. Je citerais le duc de Boufflers qui fit lever aux Autrichiens le blocus de Gênes. Je parlerais du maréchal, père de ce guerrier qui disputa aux ennemis de la France les remparts de Lille, et consola par cette défense mémorable la vieillesse malheureuse d'un grand roi. C'est de ce compagnon de Turenne que madame de Maintenon disait : « En lui le cœur est mort le dernier. » Enfin je passerais jusqu'à ce Louis de Boufflers, dit le *Robuste*, qui montrait dans les combats la vigueur et le courage d'Hercule. Ainsi je trouverais aux deux extrémités de cette famille militaire la force et la grâce, le chevalier et le troubadour. On veut que les Français soient fils d'Hector : je croirais plutôt qu'ils descendent d'Achille, car ils manient, comme ce héros, la lyre et l'épée.

« Si je voulais, messieurs, vous entretenir du poète célèbre [2] qui chante la nature d'une voix si brillante, pensez-vous que je me bornerais à vous faire remarquer l'admirable flexibilité d'un talent qui sut rendre avec un succès égal les beautés régulières de Virgile et les beautés incorrectes de Milton ? Non, sans doute : je vous montrerais aussi ce poète ne voulant pas se séparer de ses infortunés compatriotes, les suivant avec sa lyre aux rives étrangères, chantant leurs douleurs pour les consoler ; illustre banni au milieu de cette foule d'exilés inconnus dont j'augmentais le nombre. Il est vrai que son âge, ses infirmités, ses talents ne l'avaient pas mis dans sa patrie à l'abri des persécutions. On voulait lui faire acheter la paix par des vers indignes de sa muse, et sa muse ne put chanter que la redoutable immortalité du crime et la rassurante immortalité de la vertu : « Rassurez-vous, vous êtes immortels. »

« Si je voulais enfin, messieurs, vous parler d'un ami cher à mon cœur [3], d'un de ces amis qui, suivant Cicéron, rendent la prospérité plus éclatante et l'adversité plus légère, je vanterais sans doute la finesse et la pureté de son goût, l'élégance exquise de sa prose, la beauté, la force, l'harmonie de ses vers, qui, formés sur les grands modèles, se distinguent néanmoins par un tour original. Je vanterais ce talent supérieur qui ne connut

---

1. Le chevalier de Boufflers.   2. Delille.   3. Fontanes.

jamais le sentiment de l'envie, ce talent heureux de tous les succès qui ne sont pas les siens, ce talent qui depuis dix années ressent tout ce qui peut m'arriver d'honorable, avec cette joie naïve et profonde connue seulement des plus généreux caractères et de la plus vive amitié. Mais je n'omettrais pas dans cet éloge la partie publique de la vie de mon ami. Je le peindrais à la tête d'un des premiers corps de l'État, prononçant ces discours qui sont des chefs-d'œuvre de mesure, de bienséance et de noblesse. Je le représenterais sacrifiant le doux commerce des muses à des occupations qui seraient sans charmes, si l'on ne s'y livrait dans l'espoir de former des enfants capables de suivre un jour les traces glorieuses de leurs pères et d'éviter nos erreurs.

« En parlant des hommes de talent dont se compose cette assemblée, je ne pourrais donc m'empêcher de les considérer sous le rapport de la morale et de la société. L'un[1] se distingue au milieu de vous par un esprit fin, délicat et sage, par une urbanité trop rare aujourd'hui, et surtout par la constance la plus honorable dans ses opinions modérées. L'autre[2], sous les glaces de l'âge, a retrouvé toute la chaleur de la jeunesse pour plaider la cause des infortunés. Celui-ci[3], historien élégant et agréable poète, nous devient plus respectable et plus cher par le souvenir d'un père et d'un fils mutilés au service de la patrie. Celui-là[4], en rendant l'ouïe aux sourds et la parole aux muets, nous rappelle les merveilles du culte évangélique auquel il s'est consacré. N'est-il point parmi vous, messieurs, des témoins de vos anciens triomphes, qui puissent raconter au digne héritier du chancelier d'Aguesseau comment le nom de son aïeul fut jadis applaudi dans cette assemblée ? Passant aux nourrissons favoris des neuf sœurs, j'aperçois le vénérable auteur d'*Œdipe*[5] retiré dans la solitude. Sophocle oublie à Colone la gloire qui le rappelle dans Athènes. Combien nous devons aimer, Messieurs, ces autres fils de Melpomène, qui nous ont intéressés aux malheurs de nos pères ! Tous les cœurs français ont de nouveau tremblé au pressentiment de la mort d'Henri IV[6]. La muse tragique[7] a rétabli l'honneur de ces preux chevaliers lâchement trahis par l'histoire.

« Et de nos modernes Euripides descendant aux successeurs d'Anacréon, je m'arrêterais au vieillard aimable qui, semblable au vieillard de Téos, redit encore, après quinze lustres, les chants amoureux qu'il a fait entendre à quinze ans[8]. J'irais,

---

1. Suard. **2.** Morellet. **3.** Ségur. **4.** Sicard. **5.** Ducis.
6. Legouvé. **7.** Raynouard. **8.** Laujon.

messieurs, chercher votre renommée sur ces mers orageuses que gardait autrefois le géant Adamastor, et qui se sont apaisées, aux noms charmants d'Éléonore[1] et de Virginie[2]. *Tibi rident aequora Ponti.*

« Hélas ! trop de talents parmi vous ont été errants et voyageurs ; la Muse française a chanté en vers harmonieux l'art de Neptune[3], cet art fatal qui l'a transportée sur des bords lointains. Et l'éloquence française, après avoir défendu l'État et l'autel, se retira comme à sa source dans la patrie de saint Ambroise et de Cicéron[4]. Que ne puis-je faire entrer ici tous les membres de cette assemblée dans un tableau dont la flatterie n'a point embelli les couleurs ? Car, s'il est vrai que l'envie obscurcisse quelquefois les qualités estimables des gens de lettres, il est encore plus vrai que cette classe d'hommes se distingue par des sentiments élevés, par des vertus désintéressées, par la haine de l'oppression, le dévouement à l'amitié, et la fidélité au malheur. C'est ainsi, messieurs, que je me plais à considérer un sujet sous toutes les faces, et que j'aime surtout à rendre les lettres sérieuses en les appliquant aux plus hauts sujets de la morale, de la philosophie et de l'histoire. Avec cette indépendance d'esprit, il faut donc que je m'abstienne de toucher à des ouvrages qu'il est impossible d'examiner sans irriter les passions. Si je parlais de la tragédie de *Charles IX*, pourrais-je m'empêcher de venger la mémoire du cardinal de Lorraine, et de discuter cette étrange leçon donnée aux rois ? Caius Gracchus, Calas, Fénelon, m'offriraient sur plusieurs points la même altération de l'histoire pour appuyer les mêmes doctrines. Si je relis ses satires, j'y trouve immolés des hommes qui sont placés aux premiers rangs de cette assemblée ; toutefois, ces satires écrites d'un style élégant et pur, rappellent agréablement l'école de Voltaire, et j'aurais d'autant plus de plaisir à les louer, que mon nom n'a pas échappé à la malice de l'auteur. Laissons donc là des ouvrages qui nous mèneraient à des récriminations pénibles : Non, je ne troublerai pas la mémoire d'un écrivain qui fut votre collègue et qui compte encore parmi vous des admirateurs et des amis ; il devra à la religion, qui lui parut si méprisable dans les écrits de ceux qui la défendent, la paix que je souhaite à sa tombe. Mais ici même, messieurs, ne serai-je point assez malheureux pour trouver encore un écueil ? Car en portant aux cendres de M. Chénier ce tribut de respect que tous les morts réclament, je crains de rencontrer sous mes pas des cendres bien autrement illustres. Si

---

1. Parny. 2. Bernardin. 3. Esménard. 4. Le cardinal Maury.

des interprétations peu généreuses voulaient me faire un crime de cette émotion involontaire, je me réfugierais au pied de ces autels expiatoires qu'un puissant monarque élève aux mânes des dynasties outragées.

« Ah ! qu'il eût été plus heureux pour M. Chénier de n'avoir point participé à ces calamités publiques, qui retombèrent enfin sur sa tête ! Il a su comme moi ce que c'est que de perdre dans les orages populaires un frère tendrement aimé. Qu'auraient dit nos malheureux frères si Dieu les eût appelés le même jour à son tribunal ? S'ils s'étaient rencontrés au moment suprême, avant de confondre leur sang, ils nous auraient crié sans doute : « Cessez vos guerres intestines, revenez à des sentiments d'amour et de paix ; la mort frappe également tous les partis, et vos cruelles divisions nous coûtent la jeunesse et la vie. » Tels auraient été leurs cris fraternels.

« Si M. Chénier pouvait entendre ces paroles qui ne consolent plus que son ombre, il serait sensible à l'hommage que je rends ici à son frère, car il était naturellement généreux ; ce fut même cette générosité de caractère qui l'entraîna vers des nouveautés bien séduisantes sans doute, puisqu'elles promettaient de nous rendre les vertus de Fabricius. Mais bientôt, trompé dans ses espérances, son humeur s'aigrit, son talent se dénatura. Transporté de la solitude des Muses au milieu du tumulte des factions, comment aurait-il pu se livrer à ces sentiments affectueux qui font le charme de la vie ? Heureux s'il n'eût vu d'autre ciel que le ciel de la Grèce, sous lequel il était né ! s'il n'eût contemplé d'autres ruines que celles de Sparte et d'Athènes ! Je l'aurais peut-être rencontré dans la belle patrie de sa mère, et nous nous serions juré amitié sur les bords du Permesse ; ou bien, puisqu'il devait revenir aux champs paternels, que ne me suivit-il dans les déserts où je fus jeté par nos tempêtes ? Le silence des forêts aurait calmé cette âme troublée, et les cabanes des sauvages l'eussent peut-être réconcilié avec les palais des rois. Vains souhaits ! M. Chénier resta sur le théâtre de nos agitations et de nos douleurs. Atteint, jeune encore, d'une maladie mortelle, vous le vîtes, messieurs, s'incliner chaque jour vers la tombe qu'il regardait sans frayeur. Enfin il quitta pour toujours... On ne m'a point raconté ses derniers moments.

« Nous tous, qui vécûmes dans les troubles et les révolutions, nous n'échapperons pas aux regards de l'histoire. Qui peut espérer être trouvé sans faute, dans ce temps où personne n'avait l'usage entier de sa raison ? Soyons donc pleins d'indulgence les uns pour les autres ; excusons ce que nous ne pouvons approuver. Telle est la faiblesse humaine, que la raison, la sagesse, la vertu même nous font quelquefois franchir les bornes du devoir. M. Chénier adora la liberté ; pourrait-on lui en faire un crime ? Les chevaliers eux-mêmes, s'ils sortaient de leurs tombeaux, suivraient la lumière de notre siècle. On verrait se former cette illustre alliance entre l'honneur et la liberté, comme sous le règne des Valois les créneaux gothiques couronnèrent avec une grâce infinie dans nos monuments les ordres empruntés de la Grèce. La liberté n'est-elle pas le plus grand des biens et le premier des besoins de l'homme ? Elle enflamme le génie, elle élève le cœur, elle est surtout nécessaire à l'ami des muses comme l'air qu'il respire. Les arts peuvent, jusqu'à un certain point, vivre dans la dépendance, parce qu'ils se servent d'une langue à part qui n'est pas entendue de la foule ; mais les lettres, qui parlent une langue universelle, languissent et meurent dans les fers. Comment tracerait-on des pages dignes de l'avenir, s'il faut s'interdire, en écrivant, tout sentiment magnanime, toute pensée forte et grande ? La liberté est si naturellement l'amie (l'âme ?) des sciences et des lettres, qu'elle se réfugie auprès d'elles lorsqu'elle est bannie du milieu des peuples. C'est vous, messieurs, qu'elle charge d'écrire ses annales, de la venger de ses ennemis, et de transmettre son nom et son culte à la dernière postérité. Pour qu'on ne se trompe pas à mes paroles, je déclare que je parle ici de cette liberté qui naît de l'ordre et enfante les lois, et non de cette liberté fille de la licence et mère de l'esclavage. Le tort de M. Chénier ne fut donc pas d'avoir offert son encens à la première de ces divinités, mais d'avoir cru que les droits qu'elle donne sont incompatibles avec un gouvernement monarchique. Un Français est toujours libre au pied du trône. C'est dans ses opinions qu'il met cette indépendance que d'autres peuples placent dans leurs lois. La liberté est pour lui un sentiment plutôt qu'un principe ; il est citoyen par instinct et sujet par choix. Si M. Chénier avait fait cette observation, il n'aurait pas embrassé dans un même amour la liberté qui fonde et la liberté qui détruit.

« J'ai, messieurs, fini la tâche que vos usages m'ont imposée. Près de terminer ce discours, je suis frappé d'une idée qui m'attriste ; il n'y a pas longtemps que M. Chénier prononçait sur mes ouvrages des arrêts rigoureux qu'il se préparait à publier : et c'est moi qui juge aujourd'hui mon juge. Je le dis dans toute la sincérité de mon cœur, j'aimerais mieux encore être exposé aux satires d'un ennemi, et vivre en paix dans la solitude, que de vous faire remarquer, par ma présence au milieu de vous, la rapide succession des hommes sur la terre, la subite apparition de cette mort qui renverse nos projets et nos espérances, qui nous emporte tout à coup, et livre quelquefois notre mémoire à des hommes entièrement opposés à nos goûts, à nos sentiments et à nos principes. Cette tribune est une espèce de champ de bataille où les talents viennent tour à tour briller et mourir. Que de génies divers elle a vus passer ! Corneille, Racine, Boileau, La Bruyère, Bossuet, Fénelon, Voltaire, Buffon, Montesquieu... Qui ne serait effrayé, messieurs, en pensant qu'il va former un anneau dans la chaîne de cette illustre lignée ? Accablé du poids de ces noms immortels, ne pouvant me faire reconnaître par mes talents pour héritier légitime, je tâcherai du moins de prouver ma descendance par mes sentiments.

« Quand mon tour sera venu de céder ma place à l'orateur inconnu qui doit parler sur ma tombe, il pourra traiter sévèrement mes ouvrages ; mais il sera forcé de dire que j'aimais avec transport ma patrie, que j'aurais souffert mille maux plutôt que de coûter une seule larme à mon pays, que j'aurais fait sans balancer le sacrifice de mes jours à ces nobles sentiments, qui seuls donnent du prix à la vie et de la dignité à la mort.

« Mais quel temps ai-je choisi, messieurs, pour vous parler de deuil et de funérailles ! Ne sommes-nous pas environnés de fêtes ? Voyageur solitaire, je méditais il y a quelques jours sur la ruine des empires détruits : et je vois s'élever un Empire nouveau. Je quitte à peine les tombeaux où dorment les nations ensevelies, et j'aperçois un berceau chargé des destinées de l'avenir. De toutes parts retentissent les acclamations des soldats. César monte au Capitole ; les peuples racontent des merveilles, les monuments élevés, les cités embellies, les frontières de la patrie baignées par ces mers lointaines qui portaient les vaisseaux de Scipion, et par ces mers reculées que ne vit pas Germanicus.

« Tandis que le triomphateur s'avance entouré de ses légions, que feront les tranquilles enfants des muses ? Ils marcheront à la suite du char pour joindre l'olivier de la paix aux palmes de la gloire, pour présenter au vainqueur la troupe sacrée des suppliants, pour mêler au récit des guerriers les touchantes images qui faisaient pleurer Paul-Émile sur les malheurs de Persée.

« Et vous, fille des Césars, sortez de votre palais avec votre jeune fils dans vos bras ; venez ajouter la grâce à la grandeur, venez attendrir la victoire et tempérer l'éclat des armes par la douce majesté d'une reine et d'une mère. »

TABLE DES MATIÈRES

LIVRE VINGT-TROISIÈME

LIVRE VINGT-QUATRIÈME

Imprimé en France sur Presse Offset par

BRODARD & TAUPIN

GROUPE CPI

La Flèche (Sarthe).
N° d'imprimeur : 29532 – Dépôt légal Édit. 59341-06/2005
Édition 3
LIBRAIRIE GÉNÉRALE FRANÇAISE – 31, rue de Fleurus – 75278 Paris cedex 06.

ISBN : 2-253-16080-6   ◈ 31/6080/1